ELIZABETH GEORGE

Denn sie betrügt man nicht

GOLDMANN

Buch

Ganz London stöhnt unter einer Hitzewelle. Kein Wunder, dass selbst die Hochzeitsgäste von Inspector Lynley und Lady Helen von einer Reise ans Meer träumen. Besonders Lynleys Assistentin Barbara Havers, die noch immer an den Folgen eines Berufsunfalls leidet, spielt mit dem Gedanken, sich ein paar Tage Erholungsurlaub zu nehmen. Doch dann verlässt ihr Nachbar, der pakistanische Universitätsprofessor Azhar, mit seiner kleinen Tochter überstürzt die Stadt – in dringenden Familienangelegenheiten, wie er sagt. Und kurz darauf hört Barbara im Fernsehen, dass in der kleinen Küstenstadt Balford-le-Nez ein rätselhafter Todesfall für Aufregung sorgt: Ein junger Pakistani wurde ermordet aufgefunden. Alles nur Zufall? Auf eigene Faust bricht Barbara in das alte beschauliche Seebad auf und beginnt mit ihren Nachforschungen. Als sie herausfindet, dass im Namen des Familienunternehmens, für das der Ermordete tätig war, nicht nur legale Geschäfte betrieben wurden, stößt sie auf eine Mauer aus Hass und Schweigen. Ihr Nachbar Azhar, der mit dem Unternehmen zu tun hat, versucht zu vermitteln – doch der Lösungs des Falls kommen sie nicht näher. Im Gegenteil ...

Weitere Informationen zu Elizabeth George
sowie zu lieferbaren Titeln der Autorin
finden Sie am Ende des Buches.

Elizabeth George

Denn sie betrügt man nicht

Ein Inspector-Lynley-Roman

Deutsch von
Mechtild Sandberg-Ciletti

GOLDMANN

Die Originalausgabe erschien unter dem Titel
»Deception on His Mind«
bei Bantam Books, New York.

5. Auflage
Taschenbuchausgabe April 2015
Wilhelm Goldmann Verlag, München,
in der Penguin Random House Verlagsgruppe GmbH,
Neumarkter Straße 28, 81673 München

produktsicherheit@penguinrandomhouse.de
(Vorstehende Angaben sind zugleich
Pflichtinformationen nach GPSR.)

Umschlaggestaltung: UNO Werbeagentur, München
Umschlagmotiv: Roger Coulam / Getty Images
KN · Herstellung: Str.
Druck und Bindung: GGP Media GmbH, Pößneck
Printed in Germany
ISBN: 978-3-442-48184-2

www.goldmann-verlag.de

Für Kossur
In Freundschaft und Liebe

Where is the man who has the power and skill
To stem the torrent of a woman's will?
For if she will, she will, you may depend on't;
And if she won't, she won't; so there's an end on't.

(Welcher Mann besitzt die Gewandtheit und die Kraft,
den machtvollen Willen einer Frau zu bändigen?
Denn wenn sie will, dann will sie, darauf ist Verlass;
Und wenn nicht, dann will sie eben nicht, und fertig.)

Inschrift auf einer Säule auf dem
Dane John Field in Canterbury

Prolog

Der Abstieg in Ian Armstrongs Leben hatte an dem Tag begonnen, an dem er seinen Arbeitsplatz verlor. Schon als man ihm die Stellung zugesagt hatte, war ihm klar gewesen, dass es nur eine Arbeit auf Zeit war. Die Annonce, auf die er sich gemeldet hatte, hatte nichts anderes vorgegeben, und man hatte ihm nie einen festen Vertrag angeboten. Doch nachdem zwei Jahre vergangen waren, ohne dass je das Wörtchen Entlassung gefallen wäre, hatte Ian unklugerweise zu hoffen gewagt. Das war dumm gewesen.

Ians vorletzte Pflegemutter hätte die Nachricht vom Verlust seiner Arbeitsstelle mit den Worten aufgenommen: »Tja, mein Junge, wie der Wind weht, kann man nicht ändern. Wenn er über Kuhmist weht, hält sich ein kluger Mensch die Nase zu.« Sie hätte sich dabei lauwarmen Tee in ein Glas gegossen – sie benutzte niemals Teetassen – und hinuntergekippt. Dann hätte sie gesagt: »Nimm's, wie's kommt, mein Junge« und sich wieder der neuesten Ausgabe von *Hello* zugewandt, um die Bilder der Reichen und Schönen zu bewundern, die in schicken Londoner Wohnungen und auf eleganten Landsitzen ein luxuriöses Leben führten.

Das wäre ihre Art gewesen, Ian zu raten, sich mit seinem Schicksal abzufinden, ihr wenig taktvoller Hinweis darauf, dass einer wie er für ein Leben im Luxus eben nicht geschaffen sei. Aber Ian hatte ein solches Leben nie angestrebt. Er hatte nie mehr gewollt, als anerkannt und akzeptiert zu werden, und diese beiden Ziele verfolgte er mit der Inbrunst eines verlassenen Kindes, das es nie geschafft hatte, adoptiert zu werden. Er hatte schlichte Wünsche: eine Frau, eine Familie und die Gewissheit, dass seine Zukunft rosiger ausfallen würde als seine harte Vergangenheit.

Diese Ziele waren einst erreichbar erschienen. Er machte seine Arbeit gut. Er war jeden Morgen überpünktlich ins Büro gekommen. Er hatte Überstunden ohne Bezahlung geleistet. Er hatte sich die Namen seiner Mitarbeiter eingeprägt. Er war sogar so weit gegangen, sich die Namen ihrer Ehepartner und Kinder zu merken, und das war keine Kleinigkeit. Und zum Dank für all seine Anstrengungen hatte man ihm im Büro eine Abschiedsfeier mit Fertigbowle ausgerichtet und ihm eine Schachtel Taschentücher aus einem Billigkaufhaus geschenkt.

Ian hatte versucht, dem Unvermeidlichen zuvorzukommen, es vielleicht sogar abzuwenden. Er hatte auf seine Leistungen hingewiesen, auf die vielen freiwilligen Überstunden, die er gemacht hatte, auf das Opfer, das er gebracht hatte, indem er sich nicht nach einer anderen Anstellung umgesehen hatte, solange er den Posten auf Zeit innegehabt hatte. In dem Bemühen um einen Kompromiss hatte er angeboten, sich mit einem niedrigeren Gehalt zufriedenzugeben, und zum Schluss hatte er darum gebettelt, seinen Job behalten zu dürfen.

Es hatte Ian nichts ausgemacht, sich vor seinem Arbeitgeber zu erniedrigen. Hauptsache, er behielt seine Arbeit. Denn nur wenn er Arbeit hatte, konnte er weiterhin sein neues Haus abzahlen. Und dann konnten Anita und er in ihren gemeinsamen Bemühungen fortfahren, Mikey ein kleines Geschwisterchen zu bescheren, dann brauchte Ian seine Frau nicht zur Arbeit zu schicken. Vor allem aber wäre ihm Anitas verächtlicher Blick angesichts seiner erneuten Arbeitslosigkeit erspart geblieben.

»Es ist diese gemeine Rezession, Schatz«, hatte er zu ihr gesagt. »Die nimmt einfach kein Ende. Die Bewährungsprobe unserer Eltern war der Zweite Weltkrieg. Unsere ist diese Wirtschaftskrise.«

Ihr geringschätziger Blick hatte gesagt: »Komm mir nicht mit Philosophie. Du hast deine Eltern ja nicht mal gekannt, Ian Armstrong.« Tatsächlich jedoch sagte sie mit ganz unangemessener und daher unheilverkündender Freundlichkeit: »Na, da lande ich wohl wieder in der Bibliothek. Obwohl ich mir nicht vorstellen kann, was groß übrigbleiben soll, wenn ich jemanden bezahlen muss, der auf Mikey aufpasst, solange ich weg bin. Oder hattest du vielleicht vor, ihn selbst zu hüten, anstatt auf Arbeitssuche zu gehen?« Sie lächelte mit verkniffener Unaufrichtigkeit.

»Ich hab' noch gar nicht darüber nachgedacht –«

»Das ist ja das Schlimme an dir, Ian. Du denkst nie nach. Nie hast du einen Plan. Wir schlittern vom Problem in die Krise und weiter an den Rand der Katastrophe. Wir haben ein neues Haus, das wir nicht bezahlen können, und ein Kind, das wir ernähren müssen, und trotzdem fällt dir nicht ein, mal nachzudenken. Wenn du vorausgeplant hättest, wenn du dich bei der Firma unentbehrlich gemacht und gedroht hättest zu gehen, als der Betrieb vor anderthalb Jahren umgestellt werden musste und du der *Einzige* in Essex warst, der das hätte durchziehen können –«

»Das stimmt doch gar nicht, Anita.«

»Na bitte! Da hast du's!«

»Was?«

»Du bist viel zu bescheiden. Du machst nichts aus dir. Sonst hättest du bestimmt längst einen Vertrag. Wenn du nur einmal planen würdest, hättest du damals, als sie dich am dringendsten gebraucht haben, auf einen festen Vertrag bestanden.«

Es war sinnlos, Anita erklären zu wollen, wie es im Geschäftsleben zuging, wenn sie so aufgebracht war. Und Ian konnte es seiner Frau im Grunde nicht verübeln, dass sie aufgebracht war. In den sechs Jahren ihrer Ehe hatte er dreimal die Stellung verloren. In den ersten zwei Perioden der Arbeitslosigkeit hatte sie ihn unterstützt, aber damals hatten sie auch noch bei ihren Eltern gelebt und nicht die Geldsorgen gehabt, die sie jetzt niederdrückten. Ach, wenn doch alles anders sein könnte, dachte Ian. Wenn sein Arbeitsplatz doch nur sicher gewesen wäre. Aber sich in die unsichere Welt von »wenn doch nur« zu flüchten, war keine Lösung.

Anita begann also wieder zu arbeiten. Sie bekam eine erbärmliche und schlecht bezahlte Stellung bei der Stadtbibliothek, wo sie Bücher ordnete und Rentnern half, ihre Zeitschriften zu suchen. Und Ian begab sich wieder einmal auf den demütigenden Weg der Arbeitssuche, und das in einem Teil des Landes, der schon lange tief in der wirtschaftlichen Krise steckte.

Er begann jeden Tag damit, dass er sich sorgfältig kleidete und das Haus vor seiner Frau verließ. Er hatte sein Glück im Norden bis nach Ipswich versucht, im Westen bis nach Colchester. Er hatte sich in Clacton im Süden bemüht und war sogar bis nach Southend-on-Sea vorgestoßen. Er hatte sein Bestes getan, aber erreicht hatte er nichts. Und jeden Abend sah er sich Anitas schweigender, aber wachsender Verachtung gegenüber. An den Wochenenden floh er.

Er floh in lange Wanderungen. Im Lauf der vergangenen Wochen hatte er die ganze Halbinsel Tendring kennengelernt wie seine Westentasche. Sein Lieblingsspaziergang begann nicht weit vom Ort, wo hinter der Brick Barn Farm eine Seitenstraße zu dem Fußpfad über den Wade führte. Am Ende des Sträßchens pflegte er den Morris stehenzulassen, und wenn Ebbe war, stieg er in seine Gummistiefel und stapfte über den morastigen Damm zu dem Buckel Land, der Horsey Island hieß. Hier beobachtete er die Wasservögel und ging auf Muschelsuche. In der Natur fand er den Frieden, den sein Alltag ihm verwehrte. Und an den frühen Wochenendmorgen zeigte sich ihm die Natur von ihrer schönsten Seite.

An diesem besonderen Samstagmorgen war Flut, darum wählte Ian den Nez für seine Wanderung. Der Nez war ein beeindruckendes, von Ginster überwuchertes Kap, das sich knapp fünfzig Meter über der Nordsee erhob und sie von den Salzwiesen eines Wattgebiets trennte, die man die Saltings nannte. Wie die Siedlungen an der Küste führte auch der Nez einen immerwährenden Kampf gegen die See. Doch im Gegensatz zu den Dörfern und Städten schützten ihn keine Molen; seine Hänge waren nicht mit Beton befestigt, der verhindert hätte, dass der unsichere Boden aus Lehm, Kiesel und Erdreich bröckelte und brach und zum untenliegenden Strand abrutschte.

Ian beschloss, am Südostende des Kaps loszugehen, bis zur Spitze hinauszuwandern und auf der Westseite, wo Wattvögel wie Rotschenkel und Grünschenkel nisteten und in den Prielen nach Nahrung suchten, zurückzukehren. Fröhlich winkte er Anita bei der Abfahrt zu, die seinen Gruß mit ausdrucksloser Miene erwiderte, und schlängelte sich aus der Siedlung hinaus. Nach fünf Minuten erreichte er die Straße nach Balford-le-Nez, und noch einmal fünf Minuten später war er auf der Hauptstraße von Balford, wo im *Dairy Den Diner* gerade das Frühstück serviert wurde und vor Kemps Supermarkt die Gemüseauslagen gerichtet wurden.

Er brauste durch den Ort und bog nach links ab, um der Küste zu folgen. Schon jetzt war zu spüren, dass es wieder ein heißer Tag werden würde. Er kurbelte das Fenster herunter, um die angenehme Salzluft zu genießen, und überließ sich ganz der Freude über diesen Morgen, entschlossen, die Schwierigkeiten zu vergessen, mit denen er zu kämpfen hatte. Einen Moment lang erlaubte er sich so zu tun, als wäre alles in bester Ordnung.

In dieser Stimmung nahm Ian die Abzweigung zur Nez Park Road. Das Wächterhäuschen an der Einfahrt zum Kap war so früh am Morgen verlassen; es war niemand da, der ihm für das Privileg eines Spaziergangs über die Landzunge sechzig Pence abknöpfte. Ians Wagen rumpelte ungehindert über die Schlaglöcher zum Parkplatz über dem Meer.

Und dort sah er den Nissan, ein Hecktürmodell, der einsam im Licht des frühen Morgens dastand, nur wenige Schritte von den Grenzpfählen entfernt, die den Parkplatz absteckten. Ian hielt auf den Wagen zu und bemühte sich dabei, den Schlaglöchern so gut wie möglich auszuweichen. In Gedanken war er schon bei seiner Wanderung und fand nichts Bemerkenswertes an der Anwesenheit des anderen Fahrzeugs, bis ihm auffiel, dass eine seiner Türen offen stand und Motorhaube und Dach nass waren vom nächtlichen Tau.

Er runzelte die Stirn. Er trommelte mit den Fingern auf das Lenkrad des Morris und dachte über den unangenehmen Bezug zwischen einem verlassenen Auto mit offener Tür und einem steilen Küstenfelsen nach. Beinahe hätte er angesichts der Richtung, die seine Gedanken einschlugen, kehrtgemacht, um wieder nach Hause zu fahren. Aber die Neugier siegte. Er ließ den Morris langsam vorwärtsrollen, bis er auf gleicher Höhe mit dem Nissan war.

»Hallo, guten Morgen. Brauchen Sie vielleicht Hilfe?«, rief er aufgeräumt aus seinem offenen Fenster für den Fall, dass jemand auf dem Rücksitz ein Nickerchen machte. Dann sah er, dass die Klappe des Handschuhfachs herabhing und der Inhalt über den Wagenboden verstreut lag.

Er kombinierte rasch: Da hatte jemand etwas gesucht. Er stieg aus dem Morris und beugte sich in den Nissan hinein, um sich genauer umzusehen.

Die Suche war brutal gründlich gewesen. Die Polsterung der Vordersitze war aufgeschlitzt, und der Rücksitz war nicht nur aufgeschnitten, sondern auch nach vorn gezogen, als hätte man dahinter versteckte Schätze vermutet. Die Innenwände der Türen schienen abgerissen und dann notdürftig wieder festgemacht worden zu sein, die Konsole zwischen den Sitzen war offen, das Verdeckfutter hing lose herunter.

Ian ging noch etwas weiter in seiner Schlussfolgerung: Drogen, dachte er. Die Hafenstädte Parkeston und Harwich waren nicht weit von hier. Lastzüge, Personenautos und riesige Container trafen dort jeden Tag auf Dutzenden von Fähren ein. Sie kamen aus Schweden, Holland und Deutschland, und der gerissene Schmuggler, dem es gelang, den Zoll zu überlisten, war sicher klug genug, sich an einen abgelegenen Ort zu verkrümeln – wie zum Beispiel den Nez –, ehe er seine Schmuggelware auslud. Dieser Wagen, sagte sich Ian, war stehengelassen worden, nachdem er seinen Zweck erfüllt hatte. Und er würde jetzt seine Wanderung machen und danach die Polizei anrufen, um das Fahrzeug abschleppen zu lassen.

Er war so zufrieden wie ein Kind über seine scharfe Kombinationsgabe. Belustigt über seine erste Reaktion beim Anblick des Wagens, nahm er seine Gummistiefel aus dem Kofferraum, und während er seine Füße in sie hineinschob, lachte er leise vor sich hin bei dem Gedanken, dass sich irgendein verzweifelter Zeitgenosse ausgerechnet diese Stelle ausgesucht haben sollte, um seinem Elend ein Ende zu machen. Alle Welt wusste, dass die Kante der Küstenfelsen hier auf dem Nez äußerst brüchig war. Ein Selbstmordkandidat, der vorhatte, sich an dieser Stelle ins ewige Vergessen zu stürzen, würde eher in einer durch das eigene Gewicht losgetretenen Lawine aus Lehm, Kies und Schlick zum Strand hinunterrutschen. Er würde sich vielleicht ein Bein brechen, aber seinem Leben ein Ende machen? Wohl kaum. Auf dem Nez starb man nicht.

Ian knallte den Kofferraumdeckel zu. Er sperrte den Wagen ab und gab ihm einen Klaps aufs Dach. »Treuer alter Kasten«, sagte er anerkennend. »Dank dir vielmals.« Die Tatsache, dass der Motor jeden Morgen brav ansprang, war ein Wunder, aber abergläubisch, wie Ian war, fand er, das müsse man unterstützen.

Er hob fünf Papiere irgendwelcher Art auf, die neben dem Nissan auf dem Boden lagen, und steckte sie in das Handschuhfach, aus dem sie zweifellos gekommen waren. Ordnung ist das halbe Leben, dachte er und schlug die Wagentür gewissenhaft zu. Dann ging er zu der alten Betontreppe, die zum Strand hinunterführte.

Auf der obersten Stufe blieb er stehen. Selbst um diese Zeit schon war der Himmel strahlend blau, ungetrübt vom kleinsten Wölkchen, und die Nordsee lag in heiterer sommerlicher Ruhe. Weit draußen am Horizont hing wie eine Watterolle eine Nebelbank, ferne Kulisse für einen Fischkutter – vielleicht einen halben Kilometer vor der Küste –, der in Richtung Clacton tuckerte. Ein Schwarm Möwen umspielte ihn wie eine Mückenwolke. Und Möwen flogen scharenweise oben an den Küstenfelsen entlang. Die Vögel hielten direkt auf ihn zu. Sie kamen von Norden, aus Harwich, dessen Kräne er selbst aus dieser Entfernung jenseits der Pennyhole-Bucht erkennen konnte.

Das reinste Empfangskomitee, dachte Ian beim Anblick der Vögel, deren gesammeltes Interesse einzig auf ihn gerichtet zu sein schien. Ja, sie schossen mit solch blinder Entschlossenheit auf ihn los, dass ihm unwillkürlich du Mauriers Erzählung, Hitchcocks Film und die grusligen Vogelattacken auf Tippi Hedren in den Sinn kamen. Schon dachte er an hastigen Rückzug – oder wenigstens Maßnahmen zum Schutz seines Kopfes –, als die Vögel in geschlossener Formation einen Bogen schlugen und zu einem kleinen Bauwerk am Strand hinunterstießen. Es war ein Betonbau, ein ehemaliger Bunker aus dem Zweiten Weltkrieg, in dessen Schutz britische Truppen auf der Lauer gelegen hatten, um ihr Land gegen eine Invasion der Nazis zu verteidigen. Der Bunker hatte früher einmal auf der Höhe des Nez gestanden, doch die Zeit und die See hatten den Küstenfelsen abgetragen, und nun stand er unten im Sand.

Und auf dem Dach des Bunkers vollführte eine weitere Möwenmeute ihre schwimmfüßigen Steptänze, während durch eine sechseckige Öffnung im Dach, wo früher einmal vermutlich eine Maschinengewehrstellung gewesen war, unablässig Vögel ein und aus flogen. Sie kreischten und krächzten mit heiseren Stimmen wie in aufgeregtem Gespräch, und was sie berichteten, schien sich telepathisch zu den Vögeln draußen auf See fortzupflanzen, denn sie begannen, von dem Fischkutter auszuschwärmen und Kurs aufs Festland zu nehmen.

Ihr zielgerichteter Flug erinnerte Ian an eine Szene, die er als Kind am Strand in der Nähe von Dover erlebt hatte. Ein großer, grimmig bellender Hund war von einem Schwarm ähnlicher Vögel ins Meer hinausgelockt worden. Für den Hund war es ein Spiel gewesen zu versuchen, sie vom Wasser aus zu schnappen, sie aber hatten aus dem Spiel tödlichen Ernst gemacht und ihn immer weiter hinausgelockt, bis das arme Tier gut fünfhundert Meter vom Strand entfernt gewesen war. Weder barsche Befehle noch flehentliche Beschwörungen hatten den Hund zurückholen können. Und niemand hatte die Vögel in Schach halten können. Hätte Ian nicht mit eigenen Augen gesehen, wie die Möwen mit dem rasch schwächer werdenden Hund ihr Spiel trieben – wie sie neckend über ihm kreisten, immer knapp außer Reichweite, kreischend zu ihm hinunterschossen, um gleich wieder in die Höhe zu steigen –, er hätte niemals geglaubt, Vögel könnten mörderische Absichten hegen. Aber an diesem Tag hatte er es erfahren, und seither glaubte er es. Und hielt immer sicheren Abstand zu ihnen.

Jetzt fiel ihm dieser arme Hund wieder ein. Es war offensichtlich, dass die Möwen mit irgendetwas ihr höhnisches Spiel trieben, und was auch immer dieses bedauernswerte Etwas sein mochte, es befand sich im Inneren des alten Bunkers. Handeln war angesagt!

Ian rannte die Treppe hinunter. »Hey, hey, weg da!«, rief er und wedelte mit den Armen. Aber die Möwen, die auf dem mit Vogelmist verschmierten Betondach herumstolzierten und drohend mit den Flügeln schlugen, kümmerte das nicht. Dennoch dachte Ian nicht daran aufzugeben. Die Möwen damals in Dover hatten ihren hündischen Verfolger besiegt, die Möwen aus Balford jedoch würden Ian Armstrong auf keinen Fall besiegen.

Er lief in ihre Richtung. Der Bunker war ungefähr fünfundzwanzig Meter vom Fuß der Treppe entfernt, und auf diese Distanz konnte er sich zu ansehnlicher Geschwindigkeit steigern. Mit fuchtelnden Armen und lautem Gebrüll stürzte er den Vögeln entgegen und vermerkte mit Befriedigung, dass seinen Einschüchterungsversuchen Erfolg beschieden war. Die Möwen stiegen in die Lüfte und ließen Ian mit dem Bunker und dem, was sie in seinem Inneren aufgestöbert hatten, zurück.

Der Eingang war nur ein Loch von weniger als einem Meter Höhe, gerade richtig für einen schutzsuchenden kleinen Seehund, sich da durchzurobben. Und einen Seehund erwartete Ian auch zu finden, als er geduckt durch den kurzen Tunnel kroch und in die dämmrige Düsternis des Bunkers gelangte.

Vorsichtig richtete er sich auf. Sein Kopf streifte die feuchte Decke. Ein durchdringender Geruch nach Tang und sterbenden Schalentieren schien vom Boden aufzusteigen und aus den Wänden zu sickern, die über und über mit Graffiti, vornehmlich obszöner Art, bedeckt waren.

Durch schmale Fensteröffnungen fiel Licht, und Ian konnte sehen, dass der Bunker – den er trotz seiner vielen Ausflüge auf den Nez nie zuvor erkundet hatte – aus zwei konzentrischen Mauerringen bestand. Er hatte die Form eines Donuts, und eine Öffnung in der inneren Mauer bot Zugang zu seinem Zentrum. Dorthin hatte es die Möwen gezogen, und nachdem Ian auf dem von Abfällen übersäten Boden nichts von Bedeutung entdeckt hatte, bewegte er sich auf diese Öffnung zu und rief: »Hallo? Ist da jemand?«, obwohl er sich hätte sagen müssen, dass ein Tier – ob verletzt oder nicht – ihm wohl kaum antworten würde.

Die Luft war muffig. Draußen kreischten die Vögel. Als er die Öffnung erreichte, konnte er ihren Flügelschlag hören und das Tippeln ihrer Schwimmfüße, als einige der kühneren schon wieder Stellung bezogen. Nein, so geht das nicht, dachte Ian grimmig. Schließlich war er hier der Mensch, Herr des Planeten und König all dessen, was er überblickte. Undenkbar, dass eine Bande frecher Vögel sich anmaßte, ihm die Herrschaft streitig zu machen.

»Haut ab!«, rief er. »Los, ab mit euch! Weg da!« und stieß ins Zentrum des Bunkers vor. Vögel flatterten himmelwärts. Ians Blick folgte ihrem Flug. »Das ist schon besser«, sagte er und schob die Ärmel seiner Jacke bis zu den Ellbogen hoch, um dem von den Möwen gemarterten Geschöpf Hilfe zu leisten.

Es war kein Seehund, und nicht alle Möwen hatten sich vertreiben lassen. Das sah er mit einem Blick. Ihm drehte sich der Magen um, und sein Schließmuskel erzitterte.

Ein junger Mann mit dünnem Haar saß aufrecht an die alte betonierte MG-Stellung gelehnt. Dass er tot war, demonstrierten die zwei verbliebenen Möwen, die sich über seine Augen hergemacht hatten.

Ian Armstrong trat einen Schritt an den Toten heran. Er fühlte sich selbst wie tot. Als er wieder Luft bekam und seinen Augen trauen konnte, stieß er nur zwei Worte aus: »Heiliger Himmel!«

1

Wer behauptet, der April sei der grausamste Monat des Jahres, war nie während einer sommerlichen Hitzewelle in London. Etwas Grausameres als die letzten Junitage, da die Luftverschmutzung den Himmel in elegantes Braun kleidete, Dieseldämpfe Gebäude – und Nasenwände – mit schlichtem Schwarz umschleierten und das Laub der Bäume sich in hochmodischem Staubgrau präsentierte, gab es nicht. Es war die Hölle. Zu dieser unsentimentalen Bewertung der Hauptstadt ihres Heimatlandes gelangte jedenfalls Barbara Havers, als sie in ihrem klappernden Mini durch die Stadt heimwärts fuhr.

Sie war ganz leicht – aber dennoch angenehm – angesäuselt. Nicht so sehr, dass sie sich selbst oder andere auf der Straße hätte gefährden können, aber doch so weit, dass sie auf die Ereignisse des Tages durch das rosige Licht zurückblicken konnte, das teurer französischer Champagner zu entzünden pflegt.

Sie kehrte von einer Hochzeit nach Hause. Sie war nicht das gesellschaftliche Ereignis des Jahrzehnts gewesen, was sie von einem Tag, an dem ein hochwohlgeborener Earl endlich seine langjährige Angebetete heimführte, eigentlich erwartet hätte. Es war vielmehr eine Trauung in aller Stille auf dem Standesamt in Belgravia gewesen, wo besagter Earl seinen Wohnsitz hatte. Und statt blaublütiger Gäste in Samt und Seide waren nur die engsten Freunde des Earl geladen gewesen sowie einige seiner Polizeikollegen von New Scotland Yard. Barbara Havers gehörte zur letzteren Gruppe, obwohl sie sich manchmal schmeichelte, auch zur ersteren zu gehören.

Bei genauerer Überlegung war Barbara klar, dass sie von Inspector Thomas Lynley eigentlich nichts anderes hatte erwarten können als so eine Trauung im engsten Kreis. Solange sie ihn kannte, hatte er, der den Titel Lord Asherton trug, sein adeliges Licht stets unter den Scheffel gestellt, und das Letzte, was er gewollt hätte, wäre ein rauschendes High Society-Fest gewesen. So hatten sich also stattdessen sechzehn Gäste, die entschieden nicht High Society waren, versammelt, um Lynley und Helen Clyde beim Sprung in die

Ehe Beistand zu leisten, und hinterher hatte man sich ins *La Tante Claire* in Chelsea begeben, wo sechs verschiedene Arten von Horsd'œuvres, Champagner, ein Mittagessen und noch mehr Champagner gewartet hatten.

Nachdem alle Reden gehalten waren und das Hochzeitspaar in die Flitterwochen aufgebrochen war, deren Ziel preiszugeben es sich lachend geweigert hatte, löste sich die Gesellschaft auf. Barbara stand auf dem glühend heißen Pflaster der Royal Hospital Road und schwatzte noch ein wenig mit den anderen Gästen, unter ihnen Lynleys Trauzeuge Simon St. James, seines Zeichens Gerichtsmediziner. Nach bester englischer Manier hatte man sich zunächst über das Wetter unterhalten. Je nachdem, welche Einstellung der Sprecher zu Hitze, Luftfeuchtigkeit, Smog, Abgasen, Staub und grellem Licht hatte, wurde die derzeitige Witterung als wunderbar, grässlich, angenehm, verdammt unangenehm, herrlich, köstlich, unerträglich, himmlisch oder schlicht höllisch eingestuft. Die Braut erhielt das Prädikat bezaubernd, der Bräutigam gutaussehend. Das Essen erhielt die Note hervorragend. Danach trat eine allgemeine Pause ein, während der die Gesellschaft sich entscheiden musste, ob man das Gespräch fortsetzen und riskieren wollte, dass es über Banalitäten hinausging, oder sich lieber freundlich verabschiedete.

Die Gruppe löste sich auf. Barbara blieb mit St. James und seiner Frau Deborah zurück. Beide stöhnten unter der gnadenlosen Sonne. St. James tupfte sich die Stirn immer wieder mit einem weißen Taschentuch, und Deborah fächelte sich mit einem alten Theaterprogramm, das sie aus ihrer geräumigen Strohtasche gekramt hatte, eifrig Kühlung zu.

»Kommen Sie noch mit zu uns, Barbara?«, fragte sie. »Wir setzen uns den Rest des Tages in den Garten und lassen uns von Dad mit dem Gartenschlauch abspritzen.«

»Das klingt sehr verlockend«, sagte Barbara. Sie rieb sich den schweißfeuchten Hals.

»Wunderbar.«

»Aber ich kann nicht. Ehrlich gesagt, ich bin ziemlich fertig.«

»Verständlich«, meinte St. James. »Wie lang ist es jetzt her?«

»Wie dumm von mir«, sagte Deborah hastig. »Entschuldigen Sie, Barbara. Ich hatte es ganz vergessen.«

Das bezweifelte Barbara. Angesichts des Pflasters über ihrer Nase und der Blutergüsse im Gesicht – ganz zu schweigen von dem angeschlagenen Schneidezahn – konnte wohl kaum jemand übersehen, dass sie kürzlich noch im Krankenhaus gelegen hatte. Deborah war nur zu höflich, um es zu erwähnen.

»Zwei Wochen«, antwortete Barbara auf St. James' Frage.

»Was macht die Lunge?«

»Sie funktioniert.«

»Und die Rippen?«

»Die tun nur noch weh, wenn ich lache.«

St. James lächelte. »Haben Sie Urlaub genommen?«

»Ich bin dazu verdonnert worden. Ich darf erst wieder arbeiten, wenn ich die Genehmigung des Arztes habe.«

»Das war wirklich eine schlimme Geschichte«, sagte St. James. »So ein Pech.«

»Hm, na ja.« Barbara zuckte die Achseln. Zum ersten Mal hatte sie in einem Mordfall einen Teil der Ermittlungen ganz selbständig geleitet, und prompt war sie in Ausübung ihrer Pflicht verwundet worden. Sie sprach ungern darüber. Ihr Stolz hatte so sehr gelitten wie ihr Körper.

»Und was haben Sie nun vor?«, fragte St. James.

»Sehen Sie zu, dass Sie der Hitze entkommen«, riet Deborah. »Fahren Sie in die Highlands. Oder ins Seengebiet. Oder fahren Sie ans Meer. Ich wollte, wir könnten hier weg.«

Barbara sann über Deborahs Vorschläge nach, während sie die Sloane Street hinauffuhr. Nach Abschluss des letzten Falles hatte Inspector Lynley ihr strengen Befehl gegeben, Urlaub zu machen, und hatte diesen Befehl bei einem kurzen persönlichen Gespräch nach der Hochzeit noch einmal wiederholt.

»Es ist mir ernst, Barbara«, hatte er gesagt. »Sie haben Urlaub gut, und ich möchte, dass Sie ihn nehmen. Ist das klar?«

»Klar, Inspector.«

Nur war leider gar nicht klar, was sie mit der aufgezwungenen Muße anfangen sollte. Der Gedanke, eine Zeitlang ganz ohne Arbeit auskommen zu müssen, war für sie so beängstigend, wie er nur für eine Frau sein konnte, die ihr Privatleben, ihre wunde Seele und ihre empfindlichen Gefühle allein dadurch in Schach hielt, dass sie nie Zeit hatte, sich um sie zu kümmern. In der Vergangenheit hatte sie ihre Urlaube vom Yard dafür verwendet, ihren schwerkranken Vater zu betreuen. Nach seinem Tod hatte sie ihre freien Stunden dazu genutzt, mit der geistigen Verwirrung ihrer alten Mutter fertigzuwerden, für die Renovierung und den Verkauf des elterlichen Hauses zu sorgen und ihren eigenen Umzug in ihr jetziges Häuschen zu erledigen. Muße war nichts für sie. Allein die Vorstellung von Minuten, die sich zu Stunden summierten, zu Tagen dehnten, zu einer ganzen Woche oder vielleicht sogar zwei ... Ihre Hände wurden feucht bei dieser Aussicht. Schmerz schoss bis in ihre Ellbogen. Jede Faser ihres kleinen, stämmigen Körpers bäumte sich auf und schrie: »Panik«!

Während sie ihren Wagen durch den Verkehr steuerte und ein Rußteilchen wegzwinkerte, das auf einem glühenden Luftzug durch das offene Fenster hereingetragen worden war, fühlte sie sich wie eine Frau am Rand eines Abgrunds, der jäh ins Nichts abfiel und mit dem gefürchteten Wort »Freizeit« ausgeschildert war. Was sollte sie tun? Was sollte sie unternehmen? Wohin fahren? Wie die endlosen Stunden füllen? Mit der Lektüre von Liebesromanen? Mit der gründlichen Reinigung der lächerlichen drei Fenster, die ihr Häuschen hatte? Mit Übungsstunden im Backen, Bügeln und Nähen? Wahrscheinlich würde sie sowieso gleich einen Hitzekoller bekommen. Diese verdammte Hitze, diese elende Hitze, diese widerliche, ätzende, beschissene Hitze, diese –

Reiß dich zusammen, Barbara, fuhr sie sich an. Du bist zum Urlaub verurteilt, nicht zu Einzelhaft.

Am Ende der Sloane Street wartete sie geduldig, bis sie in die Knightsbridge Road abbiegen konnte. Sie hatte im Krankenhaus täglich die Fernsehnachrichten angesehen und wusste, dass das ungewöhnlich warme Wetter einen noch größeren Schwall ausländischer Touristen als sonst nach London gelockt hatte. Aber hier sah sie sie in Fleisch und Blut: Horden von Menschen, die sich mit Mineralwasserflaschen bewaffnet die Bürgersteige entlangschoben. Weitere Horden drängten aus dem U-Bahnhof Knightsbridge herauf und spritzten auseinander, um direkten Kurs auf die schicken Geschäfte der Gegend zu nehmen. Und fünf Minuten später, als Barbara es geschafft hatte, sich die Park

Lane hinaufzuschlängeln, sah sie sie – Seite an Seite mit ihren eigenen Landsleuten – im Hyde Park, wo sie auf durstigem Rasen ihre lilienweißen Körper dem Sonnengott darboten. Unter der glühenden Sonne zuckelten Doppeldeckerbusse mit offenem Verdeck durch die Straßen, beladen mit Passagieren, die begierig den Ausführungen der Fremdenführer an den Mikrofonen lauschten. Große Reisebusse spien vor jedem Hotel Deutsche, Koreaner, Japaner und Amerikaner aus.

Und alle atmen wir die gleiche Luft, dachte sie. Die gleiche heiße, verpestete Luft. Vielleicht wäre ein Urlaub doch das Richtige.

Sie mied die ewig verstopfte Oxford Street und fuhr stattdessen durch die Edgware Road in nordwestlicher Richtung. Hier draußen lichtete sich die Masse der Touristen, wich den Immigrantenmassen: dunkelhäutige Frauen in *sari, chādor* und *hijab;* dunkelhäutige Männer in Aufmachungen, die von Bluejeans bis zum Kaftan reichten. Während Barbara, in den Verkehrsstrom eingekeilt, im Schritttempo dahinkroch, beobachtete sie diese einstigen Fremden, die sicher und zielstrebig ihrer Wege gingen, und gedachte flüchtig der Veränderungen, die London im Lauf ihrer dreiunddreißig Lebensjahre durchgemacht hatte. Das Essen war eindeutig besser geworden. Doch als Polizeibeamtin wusste sie, dass diese multikulturelle Gesellschaft auch ein gerüttelt Maß an multikulturellen Problemen hervorbrachte.

Sie machte einen Schlenker, um dem Gewimmel auszuweichen, das sich stets rund um Camden Lock staute, und zehn Minuten später zuckelte sie endlich Eton Villas hinauf und betete zum Gott für Verkehr und Transport, dass er ihr einen Parkplatz in der Nähe ihrer Wohnung bescheren möge.

Der Gott bot einen Kompromiss an: ein Plätzchen um die Ecke, ungefähr fünfzig Meter entfernt. Mit Schuhlöffelmanövern quetschte Barbara ihren Mini in die Lücke, die eigentlich nur für ein Motorrad geeignet war. Sie stapfte den Weg, den sie gekommen war, zurück und stieß das Tor zu dem gelben edwardianischen Haus auf, hinter dem ihr kleiner Bungalow stand.

Auf der langen Fahrt quer durch die Stadt hatte sich die rosige Champagnerlaune verflüchtigt, und übrig war nur das, was nach alkoholinduzierter Hochstimmung meist zurückbleibt: brennender Durst. Sie folgte dem Fußweg, der am Haus entlang in den hinteren Garten führte. An seinem Ende stand ihr Häuschen und sah im Schatten einer Robinie kühl und einladend aus.

Aber wie üblich trog der Schein. Als Barbara die Tür aufsperrte und eintrat, schlug ihr brütende Hitze entgegen. Sie hatte die drei Fenster in der Hoffnung auf einen kühlenden Durchzug offen gelassen, aber draußen regte sich kein Lüftchen, daher überfiel sie die schwüle Hitze wie eine grausame Heimsuchung.

»Ach, Mist«, murmelte sie mürrisch. Sie warf ihre Umhängetasche auf den Tisch und ging zum Kühlschrank. Eine Literflasche Vitell überragte wie ein Turm den Hort der übrigen Vorräte: Pappkartons und Styroporbehälter mit den Resten von Mahlzeiten aus dem Imbiss und Fertiggerichten. Barbara packte die Flasche und ging mit ihr zur Spüle. Sie kippte fünf kräftige Züge hinunter, dann beugte sie sich über das Becken und goss sich die Hälfte des restlichen Wassers über Kopf und Nacken. Der plötzliche Strahl eiskalten Wassers auf ihrer Haut trieb ihr fast die Augen aus dem Kopf. Es war eine Wohltat.

»Himmlisch«, prustete Barbara. »Ich habe Gott entdeckt.«

»Duschst du gerade?«, erklang hinter ihr eine Kinderstimme. »Soll ich später wiederkommen?«

Barbara drehte sich zur Tür um. Sie hatte sie offen gelassen, aber sie hatte nicht erwartet, dass Besucher das als Einladung auffassen könnten. Seit ihrer Entlassung aus dem Krankenhaus in Wiltshire, in dem sie mehrere Tage zugebracht hatte, hatte sie ihre Nachbarn gemieden. Um die Möglichkeiten einer Zufallsbegegnung zu begrenzen, hatte sie ihr Kommen und Gehen auf Zeiten beschränkt, zu denen die Bewohner des großen Haupthauses ihres Wissens nicht da waren.

Aber nun war sie doch ertappt worden. Das kleine Mädchen kam hüpfend einen Schritt näher und riss die blanken braunen Augen auf. »Was hast du denn mit deinem Gesicht angestellt, Barbara? Hast du einen Zusammenstoß mit dem Auto gehabt? Es schaut ganz furchtbar aus.«

»Danke, Hadiyyah.«

»Tut es weh? Was ist passiert? Wo bist du gewesen? Ich hab' mir solche Sorgen gemacht. Ich hab' sogar zweimal angerufen. Heute.

Schau! Dein Anrufbeantworter blinkt. Soll ich es dir vorspielen? Ich weiß, wie das geht. Du hast es mir gezeigt, weißt du noch?«

Hadiyyah hüpfte vergnügt durch das Zimmer und ließ sich auf Barbaras Bettcouch fallen. Der Anrufbeantworter stand auf einem Bord neben dem kleinen offenen Kamin. Selbstsicher drückte das Mädchen einen der Knöpfe an dem Gerät und strahlte Barbara an, als ihre eigene Stimme hörbar wurde.

»Hallo«, schallte es aus dem Anrufbeantworter. »Hier ist Khalidah Hadiyyah. Deine Nachbarin. Aus dem Vorderhaus im Parterre.«

»Dad hat gesagt, ich muss immer genau sagen, wer ich bin, wenn ich jemanden anrufe«, erklärte Hadiyyah. »Er hat gesagt, das wär' nur höflich.«

»Ja, es ist nützlich«, stimmte Barbara zu. »Dann gibt's am anderen Ende der Leitung keine Verwechslung.« Sie griff nach einem Geschirrtuch, das an einem Haken hing, und trocknete sich damit das kurzgeschnittene Haar und den Nacken.

»Es ist furchtbar, nicht?«, schwatzte die Stimme im Anrufbeantworter weiter. »Wo bist du? Ich ruf' an, weil ich dich fragen wollte, ob du mit mir ein Eis essen gehst. Ich hab' Geld gespart. Es reicht für zwei, und Dad hat gesagt, ich darf einladen, wen ich will. Also lade ich dich ein. Ruf mich bald zurück. Aber keine Angst, ich lade inzwischen bestimmt niemand anders ein. Tschüs.« Nach einer kurzen Pause, einem Piepton und einer Zeitangabe folgte die nächste Nachricht. »Hallo. Hier ist noch mal Khalidah Hadiyyah. Deine Nachbarin. Aus dem Vorderhaus im Parterre. Ich will immer noch ein Eis essen gehen. Hast du Lust? Ruf mich doch bitte an. Wenn du kannst, meine ich. Ich lade dich ein. Ich hab' Geld genug. Ich hab's gespart.«

»Hast du gewusst, wer es ist?«, fragte Hadiyyah. »Habe ich genug gesagt? Ich hab' nicht genau gewusst, was ich alles sagen muss, damit du gleich Bescheid weißt, aber ich fand, es wäre genug.«

»Es war total in Ordnung«, versicherte Barbara. »Besonders nett war's, dass du mir gesagt hast, dass du im Erdgeschoss wohnst. Da weiß ich doch gleich, wo ich deine Kohle finde, wenn ich welche klauen muss, um mir ein paar Kippen zu kaufen.«

Hadiyyah kicherte. »Das würdest du doch nie tun, Barbara!«

»Da kennst du mich aber schlecht, Schatz«, entgegnete Barbara. Sie ging zum Tisch und kramte eine Packung Players aus ihrer Tasche. Sie zündete sich eine Zigarette an und inhalierte tief. Ein kleiner Schmerzstich durchzuckte ihre Lunge, und sie verzog einen Moment das Gesicht.

»Das tut dir überhaupt nicht gut«, stellte Hadiyyah fest.

»Das sagst du mir dauernd.« Barbara legte die Zigarette auf den Rand eines Aschenbechers, in dem bereits acht Stummel lagen. »Ich muss mir unbedingt was anderes anziehen, Hadiyyah, wenn du nichts dagegen hast. Ich vergehe vor Hitze.«

Hadiyyah verstand den Wink offensichtlich nicht. Sie nickte nur und sagte: »Ja, das kann ich mir vorstellen. Dein Gesicht ist schon ganz rot.« Dann machte sie es sich auf der Bettcouch etwas bequemer.

»Na ja, wir sind ja unter uns Pfarrerstöchtern«, murmelte Barbara seufzend. Sie ging zum Schrank und blieb davor stehen. Als sie sich das Kleid über den Kopf zog, kam ihr bandagierter Brustkorb zum Vorschein.

»Hast du einen Unfall gehabt?«, fragte Hadiyyah.

»So was Ähnliches, ja.«

»Hast du dir was gebrochen? Hast du darum so viele Pflaster?«

»Meine Nase und drei Rippen.«

»Das muss doch schrecklich weh getan haben. Tut es immer noch weh? Soll ich dir beim Anziehen helfen?«

»Danke, ich schaff' das schon.« Barbara schleuderte ihre Schuhe in den Schrank und zog die Strumpfhose von den Beinen. Zusammengeknüllt unter einem schwarzen Plastikregenmantel lag eine purpurrote Pumphose mit einem Bund zum Schnüren. Genau das Richtige, sagte sie sich. Sie stieg hinein und zog ein zerknittertes pinkfarbenes T-Shirt dazu an. In dieser Aufmachung wandte sie sich wieder dem kleinen Mädchen zu, das neugierig in einem Taschenbuch blätterte, das es auf dem Tisch neben dem Bett entdeckt hatte. Am vergangenen Abend war Barbara bei ihrer Lektüre bis zu der Stelle gekommen, wo der begierige Wilde, der dem Buch den Titel gab, vom Anblick des strammen, runden und günstigerweise entblößten Gesäßes der Heldin, die vorsichtig ihr Bad im Fluss nehmen wollte, an den Rand des Wahnsinns getrieben worden war. Barbara meinte, Khalidah Hadiyyah müsse nicht unbedingt erfahren, was danach geschehen war. Sie nahm ihr das Buch aus der Hand.

»Was ist ein steifes Geschlecht?«, erkundigte sich Hadiyyah mit gerunzelten Brauen.

»Frag deinen Dad«, antwortete Barbara. »Oder nein, besser nicht.« Sie konnte sich nicht vorstellen, dass Hadiyyahs ernster Vater eine solche Frage mit dem gleichen Aplomb aus dem Weg räumen konnte wie sie. »Das ist eine vornehme und große alte Familie«, erklärte Barbara.

Hadiyyah nickte nachdenklich. »Aber da stand, sie *berührte* sein –«

»Wie sieht's jetzt mit dem Eis aus?«, unterbrach Barbara munter. »Kann ich die Einladung sofort annehmen? Ich hätte Lust auf Erdbeer. Und du?«

»Ach, deswegen bin ich ja hergekommen.« Hadiyyah glitt vom Bett und verschränkte die Arme feierlich hinter dem Rücken. »Ich muss die Einladung nämlich zurücknehmen, weißt du«, erklärte sie. »Aber aufgeschoben ist nicht aufgehoben«, fügte sie altklug hinzu.

»Oh.« Barbara war erstaunt darüber, dass ihr Stimmungsbarometer bei dieser Eröffnung merklich sank. Sie verstand ihre Enttäuschung nicht. Mit einem kleinen Mädchen ein Eis essen zu gehen war doch nun wirklich kein gesellschaftliches Großereignis, auf das man sich wochenlang freuen konnte.

»Dad und ich müssen nämlich verreisen. Es ist nur für ein paar Tage. Allerdings müssen wir jetzt gleich losfahren. Aber ich hatte dich ja angerufen und dich eingeladen, und da wollte ich dir auf jeden Fall Bescheid sagen, dass wir das verschieben müssen. Ich meine, für den Fall, dass du zurückrufen wolltest. Darum bin ich hergekommen.«

»Ach so. Natürlich.« Barbara nahm die brennende Zigarette, die immer noch im Aschenbecher lag, und setzte sich auf einen der beiden Stühle am Tisch. Sie hatte noch nicht einmal die Post von gestern aufgemacht, sondern sie nur auf die *Daily Mail* vom Morgen gelegt, und sah jetzt, dass oben auf dem dünnen Stapel ein Umschlag mit dem Aufdruck *Auf der Suche nach Liebe?* lag. Suchen wir die nicht alle, dachte sie mit grimmigem Spott und schob sich die Zigarette zwischen die Lippen.

»Du bist mir doch nicht böse?«, erkundigte sich Hadiyyah besorgt. »Dad hat gesagt, es wär' gut, wenn ich dir selbst Bescheid sage. Ich wollte doch nicht, dass du glaubst, erst lade ich dich ein, und dann bin ich gar nicht da, wenn du kommst. Das wär' doch gemein, nicht?«

Eine kleine, steile Falte erschien zwischen Hadiyyahs dichten dunklen Augenbrauen. Barbara beobachtete, wie die Last der Sorge sich auf den schmalen Kinderschultern niederließ, und dachte darüber nach, wie das Leben doch jeden einzelnen Menschen formt. Ein achtjähriges kleines Mädchen, das das Haar noch in Zöpfen trug, sollte es nicht nötig haben, sich so um andere zu sorgen.

»Keine Spur bin ich dir böse«, sagte Barbara. »Aber ich werde dich an die Einladung erinnern. Wenn's um Erdbeereis geht, lass' ich mich nicht abwimmeln.«

Hadiyyahs Gesicht hellte sich wieder auf. Sie hüpfte. »Wir gehen, sobald Dad und ich wieder da sind, Barbara. Wir fahren ja nur ein paar Tage weg. Nur ein paar Tage. Dad und ich. Zusammen. Hab' ich das schon gesagt?«

»Ja.«

»Wie ich dich angerufen habe, hab' ich das noch nicht gewusst, weißt du. Aber dann hat Dad einen Anruf bekommen, und er sagte: ›Was? Wie? Wann ist das denn passiert?‹, und danach hat er zu mir gesagt, dass wir ans Meer fahren. Stell dir nur mal vor, Barbara!« Sie drückte beide Hände auf ihre magere kleine Brust. »Ich war noch nie am Meer. Du?«

Am Meer?, dachte Barbara. Aber ja doch. Muffelnde Strandhäuser und Sonnencreme. Feuchte Badeanzüge, die zwischen den Beinen kratzen. Sie hatte jeden Sommer ihrer Kindheit am Meer verbracht und sich jedes Mal bemüht, braun zu werden, hatte sich jedoch immer nur einen Sonnenbrand und Sommersprossen geholt.

»In letzter Zeit nicht«, sagte Barbara.

Hadiyyah machte einen kleinen Luftsprung. »Komm doch mit! Ich meine, mit mir und Dad. Ach ja, komm doch. Das wäre so lustig.«

»Ich glaube nicht –«

»Doch, doch, es wäre bestimmt lustig. Wir könnten Sandburgen bauen und im Meer schwimmen. Und Fangen spielen. Wir könnten den ganzen Strand entlanglaufen. Wenn wir einen Drachen mitnehmen, könnten wir sogar –«

»Hadiyyah. Hast du gesagt, was du sagen wolltest?«

Hadiyyah verstummte augenblicklich und drehte sich nach der Stimme an der Tür um. Dort stand ihr Vater mit ernster Miene.

»Du hast gesagt, es würde nur eine Minute dauern«, bemerkte er. »Und wenn man einen kurzen Besuch bei einer Freundin zu lang ausdehnt, wird er zur Störung.«

»Sie stört mich nicht«, versicherte Barbara.

Taymullah Azhar schien sie erst jetzt wirklich wahrzunehmen. Seine schmalen Schultern strafften sich mit einem kleinen Ruck, das einzige Zeichen seiner Überraschung. »Barbara, was ist Ihnen denn passiert?«, fragte er. »Hatten Sie einen Unfall?«

»Barbara hat sich die Nase gebrochen«, erklärte Hadiyyah und trat an die Seite ihres Vaters. Er legte den Arm um sie und umfasste ihre Schulter. »Und außerdem drei Rippen. Sie hat Pflaster von oben bis unten, Dad. Ich hab' gesagt, sie soll doch mit uns ans Meer kommen. Das täte ihr bestimmt gut. Findest du nicht auch?«

Azhars Gesicht verschloss sich augenblicklich bei diesem Vorschlag, und Barbara sagte rasch: »Es ist sehr lieb von dir, mich einzuladen, Hadiyyah, aber die Zeiten, wo ich ans Meer gefahren bin, sind endgültig vorbei.« Sie wandte sich dem Vater des kleinen Mädchens zu. »Das kam wohl ganz überraschend?«

»Er hat einen Anruf bekommen«, begann Hadiyyah.

Azhar schnitt ihr das Wort ab. »Hadiyyah, hast du dich von deiner Freundin verabschiedet?«

»Ich hab' ihr erklärt, dass ich keine Ahnung hatte, dass wir wegfahren, bis du gekommen bist und gesagt hast –«

Barbara sah, wie sich Azhars Hand an der Schulter seiner Tochter verkrampfte. »Du hast deinen Koffer offen auf dem Bett liegengelassen«, sagte er. »Lauf und bring ihn in den Wagen.«

Hadiyyah senkte gehorsam den Kopf. »Tschüs, Barbara«, sagte sie und sprang zur Tür hinaus. Ihr Vater nickte Barbara zu und machte Anstalten, ihr zu folgen.

»Azhar«, sagte Barbara. Als er stehen blieb und sich zu ihr umdrehte, fragte sie: »Rauchen Sie noch eine, bevor Sie fahren?« Sie bot ihm die Packung an, und ihre Blicke trafen sich. »Zur Stärkung.«

Sie sah, wie er überlegte. Sie hätte nicht versucht, ihn zurückzuhalten, hätte er nicht so darum bemüht gewirkt, seine Tochter daran zu hindern, über die bevorstehende Reise zu plaudern. Das jedoch hatte Barbaras Neugier geweckt.

Als er nicht antwortete, fand sie, ein kleiner Anstoß könne nicht schaden. »Haben Sie was aus Kanada gehört?«, fragte sie herausfordernd und hasste sich sofort dafür, diese Frage gestellt zu haben. Seit Barbara das Kind und seinen Vater kannte, acht Wochen insgesamt, hielt Hadiyyahs Mutter sich zum Urlaub in Ontario auf. Und täglich durchsuchte Hadiyyah die Post nach Karten oder Briefen – oder einem Geburtstagsgeschenk –, die niemals kamen. »Entschuldigen Sie«, sagte Barbara. »Das war gemein von mir.«

Azhars Gesicht war, wie es immer war: das unergründlichste Gesicht, das Barbara kannte. Und er sah nicht die geringste Veranlassung, das nun entstehende Schweigen zu brechen. Barbara ertrug es, solange sie konnte, aber dann sagte sie doch: »Azhar, ich habe mich entschuldigt. Ich bin ins Fettnäpfchen getreten. Ich trete dauernd in irgendein Fettnäpfchen. Das ist mein größtes Talent. Kommen Sie, nehmen Sie eine Zigarette. Das Meer ist auch noch da, wenn Sie fünf Minuten später abfahren.«

Azhar gab nach, jedoch zögernd. Er wirkte vorsichtig und misstrauisch, als er die dargebotene Packung nahm und eine Zigarette herausschüttelte. Während er sie anzündete, zog Barbara mit nacktem Fuß den zweiten Stuhl am Tisch heraus. Er setzte sich nicht.

»Schwierigkeiten?«, fragte sie.

»Wie kommen Sie darauf?«

»Ein Anruf, eine plötzliche Reise. In meinem Geschäft bedeutet das immer nur eins: unerfreuliche Nachrichten.«

»In *Ihrem* Geschäft«, sagte Azhar mit Betonung.

»Und in Ihrem?«

Er führte die Zigarette zum Mund. »Eine kleine Familienangelegenheit.«

»Familie?« Er hatte nie etwas von einer Familie erzählt. Er sprach allerdings auch nie über persönliche Dinge. Er war der zugeknöpfteste Mensch, den Barbara außerhalb von Verbrecherkreisen kannte. »Ich wusste gar nicht, dass Sie hier im Land Familie haben, Azhar.«

»Ich habe eine ansehnliche Familie in diesem Land«, sagte er.

»Aber zu Hadiyyahs Geburtstag ist niemand –«

»Hadiyyah und ich verkehren nicht mit meiner Familie.«

»Ach so. Ich verstehe.« Aber sie verstand gar nichts. Er reiste Hals über Kopf in einer kleinen Familienangelegenheit, die eine ansehnliche Familie betraf, mit der er nicht verkehrte, ans Meer? »Und wissen Sie schon, wie lange Sie wegbleiben werden? Kann ich in der Zwischenzeit hier was für Sie tun? Die Blumen gießen? Mich um die Post kümmern?«

Er schien über diese Frage viel länger nachzudenken, als das unbekümmerte Angebot erforderte. Schließlich sagte er: »Nein, danke, das ist nicht nötig. Es hat nur einen kleinen Aufruhr unter meinen Verwandten gegeben, und ein Vetter hat mich angerufen, um mir seine Besorgnis mitzuteilen. Ich fahre hin, um ihnen meine Unterstützung und meine Sachkenntnis in diesen Dingen anzubieten. Es wird sich höchstens um ein paar Tage handeln. Die ...« Er lächelte. Er besaß ein ausgesprochen attraktives Lächeln, wenn er es einmal zeigte, blitzweiße Zähne unter nussbrauner Haut. »Die Pflanzen und die Post können warten.«

»In welche Gegend fahren Sie denn?«

»Nach Osten.«

»Essex?« Als er nickte, fügte sie hinzu: »Seien Sie froh, da entkommen Sie wenigstens der Hitze hier. Am liebsten würde ich gleich nachkommen und meinen Hintern die nächsten acht Tage in die Nordsee hängen.«

Seine einzige Reaktion bestand in den Worten: »Ich fürchte, Hadiyyah und ich werden auf dieser Reise wenig vom Meer zu sehen bekommen.«

»Oh, da wird sie aber enttäuscht sein.«

»Sie muss lernen, mit Enttäuschungen fertigzuwerden, Barbara.«

»Finden Sie nicht, dass sie noch ein bisschen jung ist, um schon jetzt die bitteren Lektionen des Lebens zu lernen?«

Azhar trat etwas näher an den Tisch und legte seine Zigarette in den Aschenbecher. Er hatte ein kurzärmeliges Baumwollhemd an, und als er sich neben ihr über den Tisch beugte, fing sie den frischen, sauberen Geruch seiner Kleidung auf und sah die feinen schwarzen Härchen auf seinem Arm. Er war zartgliedrig wie seine Tochter. Doch seine Hautfarbe war dunkler. »Leider können wir uns das Alter nicht aussuchen, in dem wir anfangen wollen, uns mit den Entsagungen auseinanderzusetzen, die das Leben uns abverlangt.«

»Hat das Leben Ihnen so übel mitgespielt?«

»Danke für die Zigarette«, sagte er.

Und weg war er, ehe sie einen zweiten Hieb anbringen konnte. Als er fort war, fragte sie sich, wieso sie überhaupt das Bedürfnis gehabt hatte zu sticheln. Sie sagte sich, es sei ihr um Hadiyyah gegangen: Jemand musste die Interessen des Kindes wahrnehmen. In Wahrheit aber wirkte Azhars unerschütterliche Verschlossenheit wie eine ständige Herausforderung auf sie, ein Dorn, der ihre Wissbegier anstachelte. Verdammt noch mal, wer war der Mann? Was hatte es mit seinem tiefen Ernst auf sich? Und wie schaffte er es, sich die Welt vom Leib zu halten?

Sie seufzte. Die Antworten auf ihre Fragen würde sie bestimmt nicht finden, indem sie hier mit einer Zigarette zwischen den Lippen wie ein Faultier am Tisch herumhing. Ach, vergiss es, dachte sie. Es war viel zu heiß, um sich Gedanken zu machen und nach plausiblen Erklärungen für das Verhalten der Mitmenschen zu suchen. Zum Teufel mit den Mitmenschen. Zum Teufel mit der ganzen blöden Welt bei dieser Affenhitze. Sie griff nach dem kleinen Stapel Briefe auf dem Tisch.

Auf der Suche nach Liebe? grinste es ihr höhnisch entgegen. Die Frage war von einem Herz umrahmt. Barbara schob ihren Zeigefinger unter die Klappe des Kuverts und zog ein einzelnes Blatt heraus, einen Fragebogen. »Haben Sie genug vom ewigen Herumprobieren in der Liebe?« stand oben groß darüber. »Können Sie sich vorstellen, dass sich der oder die Richtige eher mit dem Computer finden lässt als mit Glück?« Danach folgte der Fragebogen mit Fragen über Alter, Interessen, Beruf, Einkommen und Bildungsstand. Barbara dachte daran, ihn zum Spaß auszufüllen, aber als sie ihre Interessen Revue passieren ließ und sah, dass sie praktisch keine hatte, die der Erwähnung wert waren – wer wollte schon vom Computer mit einer Frau verbandelt werden, die sich mit der Lektüre von *Der begierige Wilde* in den Schlaf wiegte? –, knüllte sie den Fragebogen zusammen und schnippte ihn in den Mülleimer ihrer Miniküche. Dann wandte sie sich der restlichen Post zu: Telefonrechnung, eine Offerte für eine private Krankenversicherung, Reklame für eine Luxuswoche für zwei auf einem Schiff, das als schwimmendes Paradies für all jene angepriesen wurde, die sich einmal nach Herzenslust verwöhnen lassen und die sinnlichen Freuden des Lebens genießen wollten.

Gar nicht übel, so eine Kreuzfahrt, dachte sie. Sie hätte nichts dagegen, sich eine Woche lang verwöhnen zu lassen, ob nun mit oder ohne Genuss sinnlicher Freuden. Doch ein Blick auf die Broschüre ernüchterte sie: gertenschlanke, knackig braune junge Dinger, die sich mit lackierten Fingernägeln und leuchtend roten Schmollmündern auf Barhockern oder in Liegestühlen am blauen Pool räkelten, während athletische junge Männer mit stolz behaarter Brust sie umschwirrten. Barbara stellte sich vor, wie sie feengleich durch diese Gesellschaft schwebte, und lachte vor sich hin. Sie hatte seit Jahren keinen Badeanzug mehr angehabt. Manche Dinge, fand sie, blieben besser unter viel Stoff verborgen und der Phantasie überlassen.

Die Broschüre nahm den gleichen Weg wie der Fragebogen. Barbara drückte seufzend ihre Zigarette aus und sah sich auf der Suche nach weiterer Beschäftigung in ihrem Häuschen um. Nichts. Sie wechselte den Platz, ließ sich auf ihre Bettcouch fallen und griff nach der Fernbedienung des Fernsehapparats.

Sie drückte den ersten Knopf. Ah, die königliche Prinzessin, nicht ganz so pferdegesichtig wie sonst, bei der Inspektion eines Krankenhauses für unterprivilegierte Kinder irgendwo in der Karibik. Stinklangweilig. Dann ein Dokumentarbericht über Nelson Mandela. Auch zum Einschlafen. Sie drückte schneller und zappte durch einen Orson-Welles-Film, eine Kindersendung, zwei Quasselsendungen und ein Golfturnier.

Und dann wurde ihre Aufmerksamkeit vom Bild einer Phalanx von Polizisten gefesselt, die einer Menge dunkelhäutiger Demonstranten gegenüberstand. Gerade glaubte sie, einen halbwegs spannenden Krimi genießen zu können, als am unteren Bildschirmrand ein roter Balken mit dem Wort »Live« aufleuchtete. Eine aktuelle Nachrichtensendung also. Sie verfolgte sie neugierig.

Ist ja auch nicht anders, sagte sie sich, als wenn ein Erzbischof einen aktuellen Bericht über die Kathedrale von Canterbury verfolgt. Sie war schließlich Polizistin. Dennoch zwickte sie das schlechte Gewissen – eigentlich war sie doch im Urlaub! –, als sie begierig in den Fernseher starrte.

Sie sah plötzlich das Wort »Essex« auf dem Bildschirm. Ihr ging auf, dass die dunkelhäutigen Menschen unter den Transparenten Asiaten waren. Sofort drehte sie den Apparat lauter.

»... Leiche heute Morgen in einem alten Bunker am Strand gefunden wurde«, berichtete die junge Reporterin. Sie schien mit ihrer Aufgabe um einiges überfordert zu sein – während sie sprach, strich sie sich immer wieder besorgt über ihr gepflegtes blondes Haar und warf furchtsame Blicke auf die Menschenmenge hinter sich, als hätte sie Angst, sie würden sich ohne ihre Erlaubnis über ihre Frisur hermachen. Sie drückte eine Hand auf ihr Ohr, um den Lärm abzuhalten.

»Jetzt! Jetzt!«, schrien die Demonstranten. Ihre Transparente forderten »Gerechtigkeit!« und »Handeln!« und »Die Wahrheit!«.

»Das, was als Stadtratssitzung über städtische Sanierungspläne begann«, leierte die Blondine in ihr Mikrofon, »wuchs sich zu dem Massenauflauf aus, den Sie jetzt hinter mir sehen. Es ist mir gelungen, mit dem Anführer der Demonstration Kontakt aufzunehmen, und –« Blondie wurde von einem stiernackigen Polizisten zur Seite gestoßen. Das Bild geriet in heftige Turbulenzen, als der Kameramann offenbar den Boden unter den Füßen verlor.

Wütende Stimmen wurden laut. Eine Flasche flog in die Luft. Ein Brocken Beton folgte. Die Phalanx der Polizisten hob die Plexiglasschilde.

»Wahnsinn!«, murmelte Barbara. Was zum Teufel ging da vor?

Die blonde Berichterstatterin und der Kameramann fingen sich wieder. Blondie zerrte einen Mann vor die Kamera, einen muskulösen Pakistani in den Zwanzigern, mit zerrissenem Hemdsärmel, dessen langes Haar sich aus seinem Pferdeschwanz löste. Er brüllte über die Schulter: »Mensch, lasst ihn, verdammt noch mal!«, ehe er sich der Reporterin zuwandte.

Sie sagte: »Ich stehe hier mit Muhannad Malik, der –«

»Wir lassen uns nicht mit Ausflüchten, Beschönigungen und Lügen abspeisen«, unterbrach der Mann sie. »Wir fordern für unsere Leute Gleichbehandlung vor dem Gesetz. Wenn die Polizei nicht bereit ist, diesen Todesfall als das zu behandeln, was er ist – ein Verbrechen aus Hass, ein gemeiner Mord –, dann werden wir uns auf eigene Faust Gerechtigkeit verschaffen. Wir haben die Macht, und wir haben die Mittel.« Er drehte sich vom Mikrofon weg und rief die Menge durch einen Lautsprecher an. »Wir haben die Macht! Wir haben die Mittel!«

Sie brüllten. Sie drängten. Die Kamera wackelte wie wild. Die Reporterin sagte: »Peter, wir müssen uns in Sicherheit bringen«, und das Bild wechselte zum Nachrichtenstudio des Senders.

Barbara kannte den Nachrichtensprecher mit der gewichtigen Miene. Peter Soundso. Sie hatte ihn schon immer verabscheut. Sie verabscheute alle Männer mit gemeißeltem Haar.

»Lassen Sie mich die Situation in Essex rekapitulieren«, sagte er und tat genau das, während Barbara sich eine frische Zigarette anzündete.

Ein morgendlicher Spaziergänger, berichtete Peter, hatte in einem ehemaligen Bunker am Strand von Balford-le-Nez einen Toten entdeckt. Man hatte ihn bereits identifiziert. Es handelte sich um einen gewissen Haytham Querashi, der vor kurzem aus Karachi in Pakistan nach England gekommen war, um die Tochter eines wohlhabenden Geschäftsmanns der Stadt zu heiraten. Die kleine, aber wachsende pakistanische Gemeinde des Städtchens behauptete, es handle sich um ein rassistisch motiviertes Verbrechen – also eindeutig um einen Mord –, die Polizei jedoch hatte sich noch nicht dazu geäußert, in welcher Richtung sie ihre Ermittlungen führen würde.

Pakistani, dachte Barbara. *Pakistani.* Wieder hörte sie Azhar sagen: »... ein kleinerer Aufruhr unter meinen Verwandten.« Ja. Genau. Unter seinen pakistanischen Verwandten. Ein echter Kracher war das.

Sie starrte auf den Bildschirm, wo Peter immer noch mit monotoner Stimme quasselte, aber sie hörte ihm gar nicht zu. Sie war mit ihren eigenen Gedanken beschäftigt.

Eine größere pakistanische Gemeinde außerhalb einer Großstadt war etwas so Ungewöhnliches, dass es schon ein unglaublicher Zufall wäre, wenn es an der Küste von Essex zwei solche Gemeinden gäbe. Azhar selbst hatte ihr gesagt, dass er auf dem Weg nach Essex war, um, wie er es ausdrückte, »einen kleineren Aufruhr unter seinen Verwandten« zu schlichten, und unmittelbar nach seiner Abfahrt erschien nun diese Live-Sendung, die zeigte, dass sich da ein »kleinerer Aufruhr« offensichtlich zu einem größeren Aufstand auszuwachsen drohte ... Nein, an solche Ketten von Zufällen glaubte Barbara nicht. Taymullah Azhar befand sich auf dem Weg nach Balford-le-Nez.

Er wollte, wie er gesagt hatte, seine »Sachkenntnis in diesen Dingen« anbieten. Aber Sachkenntnis worin? Im Steinewerfen? In Demonstrationsstrategie? Oder erwartete er, sich in die Ermittlungen der zuständigen Polizei einzuschalten? Hoffte er, Zugang zur Pathologie zu erhalten? Oder hatte er vielleicht vor, sich an jener Art von Bürgeraktivismus zu beteiligen, den sie gerade im Fernsehen beobachtet hatte und der unweigerlich zu mehr Gewalt, Festnahme und Knast führte?

»Verdammt«, brummte Barbara. Was zum Teufel dachte sich der Mann dabei? Und was fiel ihm ein, seine kleine Tochter in diesen Schlamassel hineinzuziehen?

Barbara blickte zur Tür hinaus, auf den Weg, auf dem Hadiyyah und ihr Vater davongegangen waren. Sie dachte an Hadiyyahs strahlendes Lächeln und die Zöpfe, die ihr um den Kopf flogen, wenn sie fröhlich durch die Gegend hüpfte. Dann drückte sie ihre Zigarette aus.

Sie ging zu ihrem Kleiderschrank und holte den Matchsack vom oberen Bord.

2

Rachel Winfield beschloss, den Laden zehn Minuten vor der Zeit zu schließen, und hatte überhaupt kein schlechtes Gewissen dabei. Ihre Mutter war um halb vier gegangen, da sie, wie jede Woche um diese Zeit, einen Termin beim Friseur hatte. Zwar hatte sie strenge Anweisungen bezüglich der Pflichten einer tüchtigen Verkäuferin hinterlassen; doch seit einer halben Stunde war kein einziger Kunde mehr in den Laden gekommen, nicht einmal zum »Schauen«.

Rachel hatte Wichtigeres zu tun, als den quälend langsamen Marsch des Sekundenzeigers rund um das Zifferblatt der Wanduhr zu verfolgen. Nachdem sie sich pflichtbewusst vergewissert hatte, dass die Vitrinen alle abgeschlossen waren, verriegelte sie die Ladentür. Sie drehte das Schild mit der Aufschrift *Offen* zu *Geschlossen* um und ging ins Lager, wo sie aus dem Versteck hinter den Mülltonnen einen liebevoll verpackten Karton holte, den sie ihre Mutter auf keinen Fall hatte sehen lassen wollen. Mit dem Päckchen unter dem Arm lief sie in die Gasse hinaus, wo ihr Fahrrad stand, und legte es behutsam in den Korb. Dann schob sie das Rad um die Ecke nach vorn und nahm sich einen Moment Zeit, um nochmals zu prüfen, ob die Tür richtig abgeschlossen war.

Wenn herauskäme, dass sie früher gegangen war, wäre der Teufel los. Und wenn sich dann auch noch herausstellen würde, dass sie die Tür nicht richtig abgeschlossen hatte, zöge das ewige Verdammnis nach sich. Der Riegel war alt und klemmte manchmal. Da war es geraten, zur Beruhigung noch einen schnellen, erfolglosen Einbruchsversuch zu machen. Gut, dachte Rachel, als die Tür fest geschlossen blieb. Jetzt konnte ihr nichts mehr passieren.

Obwohl es spät am Tag war, hatte die Hitze noch nicht nachgelassen. Der gewohnte Nordseewind – der Balford-le-Nez im tiefen Winter zu einem so unwirtlichen Ort machte – blies an diesem Nachmittag überhaupt nicht. Er hatte schon seit zwei Wochen den Betrieb eingestellt, seufzte nicht einmal genug, um die Wimpelketten, die quer über der High Street gespannt waren, zu bewegen.

Unter den schlaff herabhängenden Fähnchen roter und blauer Fröhlichkeit vom laufenden Meter radelte Rachel zielstrebig nach Süden, dem besseren Teil des Städtchens entgegen. Sie wollte nicht nach Hause. Da hätte sie in die entgegengesetzte Richtung fahren müssen, am Meer entlang zu den drei kurzen Straßen hinter dem Gewerbegebiet, wo sie in einem der Reihenhäuser in arg strapazierter Eintracht mit ihrer Mutter zusammenlebte. Sie war vielmehr auf dem Weg zu ihrer ältesten und besten und einzig wahren Freundin, die eben von einem schweren Schicksalsschlag getroffen worden war.

Vergiss ja nicht, teilnahmsvoll zu sein, befahl Rachel sich streng, während sie in die Pedale trat. Auf keinen Fall darf ich das von den *Clifftop Snuggeries* sagen, bevor ich ihr erklärt hab', wie leid es mir tut. Obwohl es mir eigentlich gar nicht besonders leidtut, wenn ich ehrlich bin. Ich hab' eher das Gefühl, dass plötzlich eine Tür aufgegangen ist, und jetzt möcht' ich da rein, so schnell ich kann.

Rachel zog ihren Rock über ihre Knie hoch, um besser radeln zu können und zu verhindern, dass sich der dünne, zarte Stoff in der öligen Kette verfing. Sie hatte schon am Morgen beim Ankleiden gewusst, dass sie Sahlah Malik abends besuchen würde, sie hätte also leicht etwas anziehen können, was für eine längere Radfahrt besser geeignet gewesen wäre. Aber der Rock, den sie gewählt hatte, besaß genau die richtige Länge, um die Aufmerksamkeit auf einen ihrer wenigen körperlichen Vorzüge zu lenken – ihre schlanken Fesseln –, und Rachel wusste, dass sie, da Gott sie bei der Verteilung körperlicher Schönheit so stiefmütterlich behandelt hatte, das Beste aus dem wenigen machen musste, das sie hatte. Darum trug sie stets Röcke und Schuhe, die ihren schlanken Fesseln schmeichelten, und hoffte, dass die Leute bei einem flüchtigen Blick ihr verunglücktes Gesicht nicht wahrnehmen würden.

In den zwanzig Jahren ihres Lebens hatte sie so ziemlich jedes abfällige Wort zu hören bekommen, das es gab: Reizlos, potthässlich, schiech und grauslig waren die üblichen Adjektive; Kuh, Kröte und Gewitterziege die Substantive. Ihre ganze Schulzeit lang war sie das Ziel von Spott und gemeinen Hänseleien gewesen, und sie hatte früh gelernt, dass es für Menschen wie sie im Leben drei Möglichkeiten gab: weinen, davonlaufen oder sich wehren. Sie hatte sich für die dritte entschieden, und ihre Bereitschaft, es mit jedem aufzunehmen, der ihr krumm kam, hatte ihr Sahlah Maliks Freundschaft eingebracht.

Meine beste Freundin, dachte Rachel. Durch dick und dünn. In guten und in schlechten Zeiten. Seit ihrem neunten Lebensjahr hatten sie nichts als gute Zeiten gehabt. Nur in den letzten zwei Monaten waren die Zeiten etwas schlechter geworden. Aber das würde sich ändern. Rachel war überzeugt davon.

Sie strampelte die Church Road hinauf, am Friedhof von St. John vorbei, wo die Blumen in der Hitze die Köpfe hängen ließen. Sie folgte der Biegung der rußgeschwärzten Bahnhofsmauer und keuchte den steilen Hang hinauf, der in die vornehmeren Viertel mit sanft gewellten Rasenflächen und grünen Alleen führte. Dieser Teil der Stadt hieß »The Avenues«, und Sahlah Malik wohnte mit ihren Eltern in der Second Avenue, fünf Minuten zu Fuß vom Greensward, der gepflegten Grünanlage, unter der zwei Reihen Strandhäuser direkt am Meeresrand standen.

Das Haus der Familie Malik gehörte zu den prächtigsten des Viertels, mit ausgedehnten Rasenflächen, einem Park und einer kleinen Birnenplantage, in deren Schatten Rachel und Sahlah die Geheimnisse ihrer Kindheit geteilt hatten. Es war ein sehr englisches Haus: mit Ziegeln gedeckt, Fachwerk, mit Rautenglasfenstern im Stil eines früheren Jahrhunderts. Die massive Haustür war mit Eisenknöpfen verziert, die vielen Türmchen und Kamine erinnerten an Hampton Court, und die allein stehende Garage – im hinteren Teil des Anwesens – ähnelte einer mittelalterlichen Festung. Nie hätte man vermutet, dass dieses Haus weniger als zehn Jahre alt war. Und wenn man sich vielleicht auch gesagt hätte, dass die Bewohner zu den wohlhabendsten Leuten in Balford gehören mussten, hätte man doch nie geahnt, dass sie aus Pakistan stammten, einem Land der Mujaheddin, Moscheen und *figh.*

Rachels Gesicht war schweißnass, als sie endlich ihr Rad den Bürgersteig hinaufschob und das Tor aufstieß. Aufatmend trat sie in die frisch duftende Kühle unter einer Weide und blieb einen Moment stehen. Nur um zu verschnaufen, sagte sie sich, und wusste doch genau, dass sie es auch tat, um sich vorzubereiten. Noch nie hatte sie jemanden aufgesucht, der einen Verlust der Art erlitten hatte, wie er ihrer Freundin widerfahren war. Und jetzt musste sie genau überlegen, was sie sagen und wie sie es sagen würde, was sie tun und wie sie sich verhalten sollte. Auf keinen Fall wollte sie den Fehler machen, Sahlah vor den Kopf zu stoßen.

Sie ließ ihr Rad an einen Trog mit blühenden Geranien gelehnt stehen, nahm den hübsch verpackten Karton aus dem Korb und machte sich auf den Weg zum Haus. Krampfhaft suchte sie nach der besten Einleitung. Es tut mir so schrecklich leid ... ich bin gekommen, so schnell ich konnte ... ich wollte nicht anrufen, das kam mir so unpersönlich vor ... das ändert alles auf eine furchtbare Weise ... ich weiß, wie sehr du ihn geliebt hast ...

Aber das war eine Lüge. Sahlah Malik hatte ihren zukünftigen Mann überhaupt nicht geliebt.

Ach was, das spielte jetzt keine Rolle. Die Toten konnten nicht zurückkehren und von den Lebenden Rechenschaft fordern, und es hatte wenig Sinn, darüber nachzudenken, wie wenig ihre Freundin für einen Mann empfunden hatte, den man ihr aus einer Schar Wildfremder zum Ehemann bestimmt hatte. Nun würde er ja nicht mehr ihr Ehemann werden. Was einen beinahe auf den Gedanken bringen könnte ... Aber nein. Rachel verbot sich alle Mutmaßungen. Mit ihrem Paket unter dem Arm klopfte sie an die Tür.

Sie öffnete sich von selbst unter ihrer Hand, und aus dem Wohnzimmer schallten ihr die unverwechselbaren Klänge untermalender Filmmusik sowie mehrere Stimmen entgegen, die ein Gespräch in einer fremden Sprache führten. Urdu, vermutete sie. Der Film war gewiss wieder ein Katalogkauf von Sahlahs Schwägerin, die wahrscheinlich auf einem Kissen vor dem Videogerät hockte, wie üblich eine Schüssel Seifenwasser im Schoß, in der sie Dutzende ihrer goldenen Armbänder zur gründlichen Reinigung eingeweicht hatte.

Rachel lag gar nicht weit daneben mit ihrer Vermutung. Sie rief: »Hallo? Sahlah?« und trat ins Wohnzimmer. Dort fand sie wie erwartet Yumn vor, die junge Frau von Sahlahs Bruder, allerdings nicht mit der Reinigung ihres Schmucks beschäftigt, sondern bei Ausbesserungsarbeiten an einem ihrer vielen *dupattär*. Sie stichelte eifrig am Saum des Schals, brachte aber, ungeschickt, wie sie war, nichts Rechtes zustande.

Sie stieß einen kleinen Schrei aus, als Rachel sich räusperte, warf die Hände in die Höhe und ließ Nadel, Faden und Schal einfach fallen. Die Fingerhüte, die sie aus unerfindlichen Gründen an sämtlichen Fingern ihrer linken Hand trug, flogen in alle Richtungen. »Mein Gott, haben Sie mich erschreckt!«, rief sie heftig. »Ach, du meine Güte, du meine Güte, Rachel Winfield. Und ausgerechnet an diesem einen Tag, wo mich nichts aus der Ruhe bringen sollte. Der weibliche Zyklus reagiert so empfindlich. Hat Ihnen das noch nie jemand gesagt?«

Sahlah pflegte immer zu sagen, ihre Schwägerin sei zur Schauspielerin geboren und zu nichts erzogen. Ersteres schien wahr zu sein. Rachels Eintreten war beileibe nicht heimlich und verstohlen gewesen. Dennoch schien Yumn entschlossen, es zum Anlass zu nehmen, sich ins Rampenlicht zu rücken. Sie richtete die Scheinwerfer auf ihren »weiblichen Zyklus«, wie sie es nannte, und umschloss mit beiden Händen ihren Bauch, damit Rachel auch ja verstand, was sie meinte. Völlig überflüssig. Wenn Yumn je von etwas anderem sprach als von ihrer Absicht, ein drittes Mal schwanger zu werden – innerhalb von drei Jahren Ehe und noch bevor ihr zweiter Sohn anderthalb Jahre alt war –, so hatte Rachel es jedenfalls noch nicht erlebt.

»Tut mir leid«, sagte Rachel. »Ich wollte Sie nicht erschrecken.«

»Das will ich hoffen.« Yumn sammelte ihr Nähzeug ein. Blinzelnd begutachtete sie ihren Schal, allerdings nur mit dem rechten Auge. Das linke, dessen eigenwillige Wanderungen sie im Allgemeinen im Schatten eines verhüllenden Schals verbarg, kniff sie zu. Sie schien bereit, sich ganz in ihre Arbeit zu vertiefen und Rachel bis in alle Ewigkeit zu ignorieren.

»Yumn«, sagte Rachel, sich in Erinnerung bringend, »ich wollte zu Sahlah. Ist sie da?«

Yumn zuckte die Achseln. »Sie ist doch immer da. Aber wenn ich sie rufe, ist sie plötzlich stocktaub. Sie braucht mal eine richtige Tracht Prügel, aber keiner will sie ihr geben.«

»Wo ist sie?«, fragte Rachel.

»›Ach, die arme Kleine‹, denken alle«, fuhr Yumn fort. »›Man muss sie in Ruhe lassen. Sie trauert.‹ Trauern, ha! Das ist wirklich zum Lachen.«

Die Bemerkung erschreckte Rachel, aber aus Loyalität zu Sahlah verbarg sie es. »Ist sie da?«, wiederholte sie geduldig. »Wo ist sie, Yumn?«

»Sie ist oben.« Als Rachel sich zum Gehen wandte, fügte Yumn mit einem boshaften kleinen Lachen hinzu: »Zweifellos niedergestreckt vom Schmerz.«

Rachel fand Sahlah im Kinderzimmer, das man Yumns zwei kleinen Söhnen im vorderen Teil des Hauses eingerichtet hatte. Sie stand am Bügelbrett und war dabei, einen Berg frisch gewaschener Windeln zu präzisen Vierecken zu falten. Ihre Neffen – der eine zweieinviertel, der andere knapp anderthalb Jahre alt – lagen zusammen in einem Bettchen am offenen Fenster. Beide schliefen fest.

Rachel hatte die Freundin seit zwei Wochen nicht mehr gesehen. Beim Abschied waren unfreundliche Worte zwischen ihnen gefallen, darum fühlte sie sich jetzt trotz aller Vorbereitung auf dieses Zusammentreffen nicht recht wohl in ihrer Haut. Sie kam sich plump und linkisch vor. Schuld daran war allerdings nicht allein das Missverständnis, das sich zwischen ihnen breitgemacht hatte, auch nicht Rachels Einsicht, dass sie bei ihrem Eintritt in das Haus der Maliks einen fremden Kulturkreis betreten hatte. Es lag vor allem daran, dass Rachel sich der äußerlichen Unterschiede zwischen sich und ihrer Freundin schmerzlich bewusst war – eine Erkenntnis, die sie bei jedem Blick auf Sahlah von neuem traf.

Sahlah war schön. Aus Achtung vor ihrer Religion und den Wünschen ihrer Eltern trug sie das züchtige *shalwār-qamis*. Doch weder die weiten Pluderhosen noch das lose Hemd, das ihr bis über die Hüften hing, konnten ihrer Schönheit Abbruch tun. Sie hatte muskatbraune Haut und Augen so dunkel wie Kakao, mit langen, dichten Wimpern. Das dunkle Haar trug sie in einem festen Zopf, der ihr bis zur Taille hing, und als sie bei der Nennung ihres Namens den Kopf hob, fielen ihr leicht gekräuselte, spinnwebfeine Locken um das schmale Gesicht. Einziger Makel ihrer Schönheit war ein Muttermal von Erdbeerfarbe und -form. Es saß wie eine Tätowierung hoch auf ihrem Wangenknochen und wurde merklich dunkler, als sie Rachel erblickte.

Rachel erschrak beim Anblick von Sahlahs Gesicht. Die Freundin sah krank aus, und Rachel vergaß augenblicklich alles, was sie mit so viel Bedacht vorbereitet hatte. Impulsiv streckte sie Sahlah das Geschenk hin, das sie mitgebracht hatte. »Das ist für dich«, sagte sie. »Es ist ein Geschenk, Sahlah.« Sofort kam sie sich wie eine elende Idiotin vor.

Sahlah strich mit bedächtiger Bewegung eine Windel glatt. Sie schlug den Stoff einmal um, sorgfältig darauf bedacht, dass die Ecken genau übereinstimmten.

»Ich hab' das alles nicht so gemeint«, sagte Rachel. »Was weiß ich denn schon von der Liebe? Ausgerechnet ich. Und von der Ehe hab' ich noch weniger Ahnung. So, wie ich aufgewachsen bin! Ich meine, meine Mutter war vielleicht irgendwann mal zehn Minuten lang verheiratet. Und sie behauptet, sie hätte es aus Liebe getan. Da hast du's.«

Sahlah faltete die Windel noch zweimal und legte sie auf den Stapel am Ende des Bügelbretts. Sie ging zum Fenster und sah nach ihren Neffen. Ganz überflüssig, dachte Rachel. Die schliefen doch wie die Toten.

Sie zuckte innerlich zusammen bei dem Vergleich. Sie musste unbedingt daran denken, während ihres Besuchs in diesem Haus gerade dieses Wort nicht zu gebrauchen oder auch nur zu denken. »Es tut mir leid, Sahlah«, sagte sie.

»Du hättest mir kein Geschenk mitzubringen brauchen«, erwiderte Sahlah leise.

»Verzeihst du mir? Bitte, sag, dass du mir verzeihst. Ich könnte es nicht ertragen, wenn du mir nicht verzeihst.«

»Du brauchst dich für nichts zu entschuldigen, Rachel.«

»Das heißt, dass du mir nicht verzeihst, stimmt's?«

Die feingeschnitzten Beinperlen von Sahlahs Ohrringen schlugen leise klirrend aneinander, als sie den Kopf schüttelte. Aber sie sagte nichts.

»Bitte, nimm das Geschenk«, sagte Rachel. »Als ich es gesehen habe, habe ich sofort an dich gedacht. Mach es auf. Bitte!« Sie wünschte so sehr, sie könnte die Bitterkeit ihres letzten Gesprächs vergessen machen. Sie wünschte verzweifelt, sie könnte ihre Worte und ihre Anklagen zurücknehmen; sie wollte nur ihre Freundin wiederhaben.

Nach einem Moment der Überlegung seufzte Sahlah leise und nahm das Päckchen entgegen. Sie betrachtete das Geschenkpapier, ehe sie es entfernte, und Rachel freute sich, als sie sie über die Bilder der Kätzchen, die tollpatschig mit einem Knäuel Garn spielten, lächeln sah. Sie berührte eins mit der Fingerspitze. Dann schob sie das Band von der Schachtel und riss vorsichtig den Klebstreifen ab. Nachdem sie den Deckel des Kartons abgenommen hatte, hob sie das Kleidungsstück heraus und strich mit den Fingern behutsam über die goldenen Fäden.

Rachel wusste, dass sie gut gewählt hatte. Der *sherwani*-Mantel war lang. Er hatte einen hohen Kragen. Nichts an ihm beleidigte Sahlahs kulturelle oder religiöse Sitten. Mit einer langen Hose getragen, würde er sie ganz bedecken. Ihre Eltern – deren Wohlwollen und Verständnis Rachel für die Verwirklichung ihrer Pläne brauchte – konnten nichts an ihm auszusetzen haben. Gleichzeitig aber war der Mantel ein Symbol für den Wert, den Rachel der Freundschaft mit Sahlah beimaß. Er war aus golddurchwirkter Seide, die seinen Preis verriet. Rachel hatte tief in die Tasche greifen müssen, um ihn zu bezahlen. Aber das war bedeutungslos, wenn er ihr Sahlah zurückbrachte.

»Die Farbe hat mir gleich ins Auge gestochen«, sagte Rachel. »Sienabraun, das passt genau zu deiner Haut. Zieh ihn an.« Sie lachte ein wenig gezwungen, als Sahlah zögernd den Kopf senkte und mit einem Finger den Rand eines Knopfes nachzog. Die sind aus echtem Horn, diese Knöpfe, hätte Rachel am liebsten gesagt. Aber sie brachte die Worte nicht heraus. Sie hatte zu große Angst. »Sei doch nicht so zurückhaltend, Sahlah. Zieh ihn an. Gefällt er dir nicht?«

Sahlah legte das Kleidungsstück auf das Bügelbrett und faltete seine Ärmel so akkurat wie zuvor die Windeln. Sie umfasste einen der Anhänger an ihrer Halskette und hielt ihn fest wie einen Talisman. »Es ist zu viel, Rachel«, sagte sie schließlich. »Ich kann ihn nicht annehmen. Es tut mir leid.«

Rachel schossen die Tränen in die Augen. »Aber wir …«, begann sie. »Wir sind doch Freundinnen. Sind wir nicht Freundinnen?«

»Doch.«

»Dann –«

»Ich kann mich nicht revanchieren. Ich habe nicht das Geld dazu. Und selbst wenn ich es hätte ...« Sahlah faltete weiter an dem Mantel und ließ den Satz unvollendet.

Rachel vollendete ihn für sie. Sie kannte die Freundin lange genug, um zu wissen, was ihr durch den Kopf ging. »Du würdest es deinen Eltern geben. Du würdest es nicht für mich ausgeben.«

»Das Geld. Ja.« Sie fügte nicht hinzu: »Das ist bei uns so üblich.« Das hatte sie in den elf Jahren ihrer Freundschaft so oft gesagt – und unzählige Male wiederholt, seit sie Rachel ihre Absicht mitgeteilt hatte, einen ihr völlig fremden Pakistani zu heiraten, den ihre Eltern für sie ausgewählt hatten –, dass sie ihrer Erklärung dieses Sprüchlein nicht mehr anzuhängen brauchte.

Vor ihrem Besuch hatte Rachel nicht bedacht, dass das Zusammentreffen mit Sahlah sie noch mehr deprimieren könnte als die letzten Wochen des Schweigens. Sie hatte die Zukunft als eine Art logische Schlussfolgerung gesehen: Sahlahs Verlobter war tot, Sahlah lebte, folglich konnte Sahlah ihren Platz als Rachels beste Freundin und liebste zukünftige Gefährtin wieder einnehmen. Doch anscheinend sollte das nicht sein.

Rachel war übel. Ihr schwamm der Kopf. Nach allem, was sie getan hatte! Nach allem, was sie wusste, nach allem, was sie gehört und getreulich für sich behalten hatte, weil man das als beste Freundin tat ...

»Ich möchte, dass du ihn behältst.« Rachel bemühte sich um einen Ton, der dem Besuch in einem Haus, das vom Tod heimgesucht worden war, angemessen war. »Ich bin nur gekommen, um dir zu sagen, dass es mir schrecklich leidtut – ich meine – äh – dein Verlust.«

»Rachel«, sagte Sahlah leise, »bitte hör auf.«

»Ich verstehe, wie traurig du sein musst. Du hast ihn zwar nur kurze Zeit gekannt, aber sicher hast du ihn in dieser Zeit lieben gelernt. Denn –« Sie hörte selbst, wie ihre Stimme scharf wurde. Gleich würde sie schrill werden. »Denn ich weiß ja, dass du niemals einen Mann heiraten würdest, den du nicht liebst, Sahlah. Du hast immer gesagt, dass du das nie im Leben tun würdest. Folglich muss es doch so gewesen sein, dass dein Herz Haytham auf den ersten Blick zugeflogen ist. Und als er seine Hand auf deinen Arm gelegt hat – seine klamme, feuchte Hand –, da hast du gewusst, dass er der Richtige ist. So war es doch, oder? Und deswegen bist du jetzt so am Boden zerstört.«

»Ich weiß, dass es für dich schwer zu verstehen ist.«

»Nur scheinst du gar nicht so am Boden zerstört. Wenigstens nicht Haythams wegen. Wie kommt das wohl? Fragt sich dein Vater das auch?«

Sie sagte Dinge, die sie gar nicht sagen wollte. Es war, als hätte ihre Stimme sich selbständig gemacht und als hätte sie keine Macht, sie unter Kontrolle zu bringen.

»Du weißt überhaupt nicht, was in mir vorgeht«, sagte Sahlah leise, aber doch beinahe heftig. »Du willst mich mit deinen Maßstäben messen, aber das geht nicht, sie sind anders als meine.«

»So, wie ich anders bin als du«, fügte Rachel hinzu, und ihr Ton war bitter. »Richtig?«

Sahlahs Stimme wurde weich. »Wir sind Freundinnen, Rachel. Wir sind immer Freundinnen gewesen und werden es immer bleiben.«

Die Beteuerung schmerzte Rachel mehr als jede Zurückweisung es getan hätte. Sie wusste, dass diese Erklärung eben nicht mehr als eine Erklärung war. Sie mochte wahr sein, ein Versprechen war sie nicht.

Rachel griff in die Brusttasche ihrer Bluse und zog die zerknitterte Broschüre heraus, die sie seit mehr als zwei Monaten mit sich herumtrug. Sie hatte sie sich so oft angesehen, dass sie die Bilder und den begleitenden Werbetext über die *Clifftop Snuggeries,* eine neuerbaute Wohnanlage mit Zwei- und Dreizimmerwohnungen, auswendig kannte. Die Häuser standen an der South Promenade, direkt über dem Meer. Je nachdem, für welchen Wohnungstyp man sich entschied, hatte man entweder Balkon oder Terrasse, aber eine Aussicht hatten alle Wohnungen zu bieten: entweder auf Balfords Vergnügungspier im Norden oder auf die endlose graugrüne Weite des Meeres im Osten.

»Das sind die Wohnungen.« Rachel entfaltete den Prospekt. Sie versuchte nicht, ihn an Sahlah weiterzureichen, weil sie instinktiv wusste, dass diese ihn nicht nehmen würde. »Ich habe genug Geld für die Anzahlung gespart. Ich könnte das übernehmen.«

»Rachel, kannst du nicht mal versuchen, dich in meine Welt hineinzudenken?«

»Ich meine, ich *möchte* das übernehmen. Ich würde dafür sorgen, dass dein Name – genau wie meiner – auf die Urkunde kommt. Du müsstest jeden Monat nur einen bestimmten Betrag bezahlen, ungefähr –«

»Das kann ich nicht.«

»Doch, du kannst«, widersprach Rachel. »Du glaubst nur, dass du es nicht kannst, weil du so erzogen worden bist. Aber du brauchst doch nicht den Rest deines Lebens so zu leben. Das tut sonst auch keiner.«

Der ältere der beiden kleinen Jungen wurde unruhig und wimmerte im Schlaf. Sahlah ging zu ihm. Die Kinder waren beide nicht zugedeckt – es war viel zu warm dafür im Zimmer –, so dass keine Decken zurechtgezogen werden mussten. Sahlah strich mit der Hand leicht über die Stirn des Kleinen. Er drehte sich im Schlaf herum und reckte den Po in die Höhe.

»Rachel«, sagte Sahlah, den Blick auf ihren Neffen gerichtet, »Haytham ist tot, aber das entbindet mich nicht von meinen Pflichten der Familie gegenüber. Wenn mein Vater morgen einen anderen Mann für mich auswählt, werde ich ihn heiraten. Ich muss es.«

»Du *musst*? Das ist ja verrückt. Du hast ihn nicht mal gekannt. Und den nächsten wirst du auch nicht kennen. Was –«

»Nein. Ich *möchte* es.«

Ihre Stimme war ruhig, doch die Entschiedenheit ihres Tons war nicht zu überhören. Die Vergangenheit ist tot, sagte sie, ohne es auszusprechen. Aber sie hatte eins vergessen. Auch Haytham Querashi war tot.

Rachel trat zum Bügelbrett und faltete den Mantel fertig zusammen. Sie tat es mit der gleichen Sorgfalt, die Sahlah zuvor auf die Windeln verwendet hatte. Sie schlug den Mantel in der Mitte um und achtete darauf, dass der Saum genau in einer Linie mit den Schultern war. Sie faltete die Seiten zu schmalen Keilen, die sie einklappte. Sahlah, die immer noch am Bett der Kinder stand, sah ihr zu.

Als Rachel den Mantel wieder in den Karton gelegt und den Deckel geschlossen hatte, sagte sie: »Wir haben doch immer davon gesprochen, wie es mal werden würde.«

»Damals waren wir klein. Träume zu haben ist leicht, wenn man ein Kind ist.«

»Du hast gedacht, ich würde sie vergessen.«

»Ich habe gedacht, du würdest ihnen entwachsen.«

Die Bemerkung schmerzte, viel stärker, als Sahlah wahrscheinlich beabsichtigt hatte. Sie zeigte, in welchem Maß sie sich verändert hatte, in welchem Maß ihre Lebensverhältnisse sie verändert hatten. Und sie zeigte auch, dass sich Rachel überhaupt nicht verändert hatte. »Wie du ihnen entwachsen bist?«, fragte sie.

Sahlahs Blick wurde unsicher unter dem Rachels. Sie legte eine Hand auf das Geländer des Kinderbetts und umfasste es fest. »Bitte glaub mir, Rachel. Ich muss so handeln.«

Sie schien mehr sagen zu wollen, aber Rachel ging die Fähigkeit ab, indirekte Schlüsse zu ziehen. Sie versuchte, Sahlahs Gesicht zu entnehmen, welche Gefühle und welche Bedeutung ihre Worte in sich bargen. Aber sie konnte sie nicht erfassen. »Warum?«, fragte sie deshalb. »Weil es deine Art ist? Weil dein Vater es verlangt? Weil du aus der Familie ausgestoßen wirst, wenn du nicht tust, was dir gesagt wird?«

»Das alles trifft zu.«

»Aber es steckt noch mehr dahinter, stimmt's?« Rachel sprach hastig weiter. »Es macht nichts, wenn deine Familie dich verstößt. Ich sorge für dich, Sahlah. Ich bin immer für dich da. Ich lasse nicht zu, dass dir etwas Schlimmes geschieht.«

Sahlah lachte leise und ironisch. Sie wandte sich dem Fenster zu und sah in die gleißende Nachmittagssonne hinaus, die erbarmungslos auf den Garten herunterbrannte, den Boden austrocknete, den Rasen entwässerte, den Blumen das Leben raubte. »Das Schlimme ist schon geschehen«, sagte sie. »Was hast du getan, um es zu verhindern?«

Bei der Frage wurde Rachel so kalt, als hätte ein eisiger Luftzug sie getroffen. Sie ließ vermuten, dass Sahlah erfahren hatte, wie weit Rachel sich hatte hinreißen lassen, um sich ihre Freundschaft zu bewahren. Ihr sank der Mut. Aber sie konnte das Haus nicht verlassen, ohne die Wahrheit zu erfahren. Sie wollte sich ihr nicht stellen, weil sie sich, wenn die Wahrheit so war, wie sie glaubte, dann auch der Erkenntnis würde stellen müssen, dass sie selbst das Ende ihrer

Freundschaft verschuldet hatte. Aber sie sah keinen Ausweg. Sie hatte sich aufgedrängt, wo sie nicht erwünscht war. Jetzt würde sie erfahren, wie hoch der Preis dafür war.

»Sahlah«, sagte sie, »hat Haytham ...« Sie zögerte. Wie die Frage stellen, ohne zu bekennen, wie weit ihr hässlicher Verrat an der Freundin gegangen war?

»Was?«, fragte Sahlah. »Hat Haytham was?«

»Hat er irgendwann einmal mit dir über mich gesprochen?«

Sahlah schien so verdutzt über die Frage, dass es Rachel als Antwort genügte. Die Erleichterung, die sie empfand, war so köstlich, dass sie ihre Süße auf der Zunge schmeckte. Haytham Querashi war gestorben, ohne etwas zu sagen. Im Moment zumindest war Rachel Winfield sicher.

Vom Fenster aus blickte Sahlah ihrer Freundin nach, als sie davonradelte. Sie fuhr in Richtung Greensward. Sie wollte an der Küste entlang heimkehren. Der Weg würde sie direkt an den *Clifftop Snuggeries* vorbeiführen, dem Hort ihrer Träume trotz allem, was Sahlah gesagt und getan hatte, um zu demonstrieren, dass ihre Wege sich getrennt hatten.

Im Herzen war Rachel immer noch das kleine Mädchen von damals, als sie und Sahlah einander in der Grundschule begegnet waren. Sie hatte sich mehreren plastischen Operationen unterzogen, um dem Unglücksgesicht, mit dem sie geboren war, halbwegs passable Züge verleihen zu lassen, doch hinter dieser neuen Fassade war sie immer noch dasselbe Kind: stets voller Hoffnung und Eifer, stets voller Pläne, ganz gleich, wie unrealistisch sie waren.

Sahlah hatte sich alle Mühe gegeben, Rachel klarzumachen, dass ihr großer Plan – gemeinsam eine Wohnung zu kaufen und dort glücklich und zufrieden bis an ihr Lebensende zusammenzuleben – nicht durchführbar war. Ihr Vater hätte ihr niemals erlaubt, ein solches Leben zu führen, fern von der Familie und zusammen mit einer Frau. Und selbst wenn er in einem Anfall von Wahnsinn seiner einzigen Tochter gestatten würde, einen so abartigen Weg einzuschlagen, könnte Sahlah es nicht tun. Früher einmal hätte sie es vielleicht gekonnt. Aber jetzt war es zu spät.

Und mit jedem Augenblick, der verstrich, wurde es noch später.

Haythams Tod war in so vieler Hinsicht ihr eigener. Wäre er am Leben geblieben, hätte nichts eine Rolle gespielt. Jetzt, da er tot war, spielte alles eine Rolle.

Sie schob die Hände unter ihrem Kinn zusammen und schloss die Augen. Sie sehnte sich nach einem Hauch Meeresluft, die ihren Körper kühlen und ihren fiebrigen Geist beruhigen würde. In einem Roman – den sie vor ihrem Vater versteckt hatte, weil der solche Lektüre nicht gutgeheißen hätte – hatte sie einmal den Ausdruck »ihre Gedanken rasten« gelesen und nicht verstanden, wie Gedanken so etwas fertigbringen sollten. Aber jetzt wusste sie es. Ihre Gedanken rasten wie eine ganze Herde Gazellen, seit sie wusste, dass Haytham tot war. Von diesem Moment an hatte sie hin und her überlegt, was sie tun, wohin sie gehen, mit wem sie sprechen, wie sie sich verhalten und was sie sagen sollte. Sie hatte keine Lösung gefunden. Das Resultat war, dass sie nun wie gelähmt war. Beim Warten versteinert. Doch worauf sie wartete, hätte sie nicht sagen können. Auf Rettung vielleicht. Oder auf die Wiederherstellung ihrer Fähigkeit zu beten. Früher hatte sie fünfmal täglich mit absoluter Hingabe gebetet. Jetzt hatte sie diese Gabe verloren.

»Na, ist der Troll gegangen?«

Sahlah drehte sich um. An der Tür stand Yumn, eine Schulter an den Pfosten gelehnt. »Sprichst du von Rachel?«, fragte Sahlah.

Yumn trat ins Zimmer, die Arme erhoben, um ihr Haar zu flechten. Der Zopf, der dabei herauskam, war dürftig, kaum so dick wie der kleine Finger einer Frau. An manchen Stellen schimmerte wenig gefällig Yumns Kopfhaut durch.

»Sprichst du von Rachel?«, äffte sie ihre Schwägerin nach. »Warum redest du eigentlich immer, als hättest du einen Schürhaken im Hintern stecken?« Sie lachte. Sie hatte das *dupattā* abgenommen, das sie stets zu tragen pflegte, und ohne den Schal, ohne eine verhüllende Strähne Haar fiel ihr Wanderauge noch mehr auf als sonst. Wenn sie lachte, schien das Auge hin und her zu glitschen wie ein rohes Eigelb. »Massier mir den Rücken«, befahl sie. »Ich möchte heute Abend entspannt sein für deinen Bruder.« Sie ging zu dem Bett, in dem bald ihr älterer Sohn schlafen würde, streifte ihre Sandalen ab und ließ sich auf die himmelblaue Tagesdecke sinken. Sie legte die Beine hoch und drehte sich auf die Seite.

»Sahlah, hast du mich gehört?« fragte sie. »Massier mir den Rücken.«

»Nenn Rachel nicht Troll. Sie kann so wenig für ihr Aussehen wie –« Sahlah verkniff sich das letzte Wort. »Wie du« wäre sofort, begleitet von einem entsprechenden hysterischen Anfall, zu Muhannad weitergetragen worden. Und Sahlahs Bruder hätte sie die Beleidigung der Mutter seiner Söhne büßen lassen.

Yumn beobachtete sie mit einem hinterhältigen Lächeln. Sie wünschte, Sahlah würde den Satz vollenden. Nichts hätte sie lieber gehört als das Klatschen von Muhannads flacher Hand auf der Wange seiner jüngeren Schwester. Aber Sahlah war nicht gewillt, ihr diese Freude zu machen. Vielmehr trat sie zum Bett und wartete, während Yumn ihren Oberkörper entkleidete.

»Ich möchte Öl«, sagte sie im Befehlston. »Das mit dem Eukalyptusgeruch. Und wärme es erst in deinen Händen, kalt kann ich es nicht ausstehen.«

Sahlah holte gehorsam das Öl, während Yumn sich seitlich liegend ausstreckte. Ihr Körper zeigte die Spuren der zwei Schwangerschaften, die so rasch aufeinandergefolgt waren. Yumn war erst vierundzwanzig Jahre alt, aber ihre Brüste begannen schon schlaff zu werden, und die zweite Schwangerschaft hatte ihrer Haut die Elastizität geraubt und ihren stämmigen Körper zulegen lassen. Wenn sie an ihrer Absicht festhielt, ihrem Mann jedes Jahr ein Kind zu bescheren, wäre sie in fünf Jahren wahrscheinlich so breit wie hoch.

Sie drehte ihren Zopf auf dem Kopf zusammen und befestigte ihn dort mit einer Haarnadel, die sie vom Nachttisch nahm. »Fang an«, sagte sie.

Sahlah goss etwas Öl in ihre Hände und rieb sie aneinander, um es zu wärmen. Es war ihr unangenehm, die Haut ihrer Schwägerin berühren zu müssen, doch als Ehefrau ihres ältesten Bruders hatte Yumn das Recht, Sahlah Aufträge zu geben und zu erwarten, dass sie ohne Widerrede ausgeführt wurden.

Sahlahs Heirat hätte der Herrschaft Yumns über sie ein Ende bereitet, nicht nur, weil sie dann ebenfalls eine verheiratete Frau gewesen wäre, sondern auch, weil sie mit der Heirat das Haus ihres Vaters verlassen hätte und Yumns Knute damit entronnen wäre.

Und im Gegensatz zu Yumn, die sich trotz all ihrer Herrschsüchtigkeit der Schwiegermutter unterwerfen musste, in deren Haus sie lebte, hätte Sahlah mit Haytham allein gelebt, wenigstens so lange, bis er seine Familie aus Pakistan hätte nachkommen lassen. Nichts von alledem würde jetzt geschehen. Sie war eine Gefangene, und jeder in dem Haus in der Second Avenue – ausgenommen ihre zwei kleinen Neffen – war ihr Kerkermeister.

»Das tut gut«, meinte Yumn seufzend. »Meine Haut muss glänzen. Das gefällt deinem Bruder. Das erregt ihn. Und wenn er erregt ist ...« Sie lachte gurrend. »Männer. Was für Kinder! Die Ansprüche, die sie haben! Die Wünsche! Wie schwer sie uns das Leben machen können, nicht? Füllen uns den Bauch mit Kindern. Gerade haben wir einen Sohn geboren, will der Vater schon den nächsten. Was für ein Glück für dich, dass du diesem elenden Schicksal entronnen bist, *bahin.*« Ihre Lippen verzogen sich wie in geheimer Erheiterung.

Sahlah erkannte genau – was ja auch Zweck der Übung war –, dass ihre Schwägerin gar nicht mit ihrem Schicksal haderte. Im Gegenteil, sie sonnte sich im Glanz ihrer Gebärfreudigkeit und nutzte diese nach Kräften aus: um zu bekommen, was sie wollte, um zu tun, was ihr beliebte, um zu manipulieren und zu fordern. Was hatte ihre Eltern bewogen, ihrem einzigen Sohn eine solche Ehefrau auszuwählen?, fragte sich Sahlah. Gewiss, Yumns Vater hatte Geld, und ihre großzügige Mitgift hatte viele Neuerungen in der Familienfirma Malik ermöglicht, aber es mussten doch andere geeignete Frauen zu haben gewesen sein, als die Eltern Malik es für an der Zeit gehalten hatten, ihrem Sohn eine Frau zu suchen. Und wie brachte Muhannad es über sich, diese Frau anzufassen? Ihr Körper war teigig und ihr Geruch scharf.

»Sag mir die Wahrheit, Sahlah«, murmelte Yumn, wohlig die Augen schließend, während Sahlah ihre Muskeln knetete, »bist du froh? Du kannst es mir ruhig sagen. Ich werde Muhannad kein Wort verraten.«

»Worüber soll ich froh sein?« Sahlah griff nach dem Öl und goss ein paar Tropfen in ihre Handfläche.

»Dass du der Pflicht entronnen bist, deinem Ehemann Söhne und deinen Eltern Enkel zu bescheren.«

»Ich habe gar nicht daran gedacht, meinen Eltern Enkel zu bescheren«, erwiderte Sahlah. »Das erledigst du doch glänzend.«

Yumn lachte. »Ich kann es nicht fassen, dass sich seit Bishrs Geburt noch nichts getan hat. Muhannad braucht mich normalerweise nur anzurühren, und schon am nächsten Morgen bin ich schwanger. Und was für Söhne wir zusammen produzieren! Was für ein Mann Muhannad ist.«

Yumn drehte sich auf den Rücken. Sie umschloss ihre schweren Brüste mit den Händen und hob sie an. Die Warzenhöfe waren groß wie Untertassen und dunkel wie das Eisenvitriol vom Nez.

»Sieh dir an, was Schwangerschaften aus einem Frauenkörper machen, *bahin.* Welch ein Glück für dich, dem entronnen zu sein und schlank und unberührt bleiben zu können.« Sie machte eine träge Handbewegung. »Sieh dich an. Keine Krampfadern, keine Schwangerschaftsstreifen, keine Schwellungen oder Wehwehchen. So jungfräulich, Sahlah. Du bist so schön, dass ich mich fragen muss, ob du wirklich heiraten wolltest. Wahrscheinlich nicht. Du wolltest mit Haytham Querashi nichts zu tun haben. Richtig?«

Sahlah zwang sich, dem herausfordernden Blick ihrer Schwägerin zu begegnen. Ihr Herz klopfte so heftig, dass sie das Gefühl hatte, alles Blut werde ihr ins Gesicht getrieben. »Soll ich weitermassieren?«, fragte sie. »Oder reicht es dir?«

Yumn lächelte träge. »Ob es mir reicht?«, fragte sie. »O nein, *bahin.* Es reicht mir noch lange nicht.«

Vom Fenster der Bibliothek aus beobachtete Agatha Shaw ihren Enkel, der draußen aus seinem BMW stieg. Sie sah auf die Uhr. Er hatte sich eine halbe Stunde verspätet. Unmöglich. Geschäftsleute hatten pünktlich zu sein, und wenn Theo in Balford-le-Nez als Nachkomme von Agatha und Lewis Shaw – folglich als jemand, mit dem man rechnen musste – ernst genommen werden wollte, würde er endlich begreifen müssen, wie wichtig es war, eine Armbanduhr zu tragen statt dieses lächerlichen handschellenartigen Dings, das er so schick fand. Scheußlicher Talmi. In *ihrer* Jugend wäre ein sechsundzwanzigjähriger Mann, der ein Armband trug, vor Gericht gelandet, wo er das Wort Sodomit öfter zu hören bekommen hätte, als ihm lieb sein konnte.

Agatha trat etwas zur Seite, so dass der Vorhang sie vor Blicken von außen verbarg. Sie musterte Theo, als er auf das Haus zuging. Es gab Tage, an dem alles an dem jungen Mann in ihr wütende Ablehnung hervorrief, und dies war so ein Tag. Er war seiner Mutter zu ähnlich. Das gleiche blonde Haar, die gleiche helle Haut, die in der Sonne Sommersprossen bekam, die gleiche athletische Figur. Nun, sie war Gott sei Dank tot und würde die Strafe bekommen haben, die der Herr für skandinavische Huren vorgesehen hatte, die sich und ihren Mann mit dem Auto zu Tode fahren. Theos Anwesenheit in ihrem Leben erinnerte sie daran, dass sie ihr jüngstes und liebstes Kind zweimal verloren hatte: das erste Mal durch eine Ehe, die zu seiner Enterbung geführt hatte, und das zweite Mal durch einen Autounfall, nach dem seine zwei ungebärdigen kleinen Söhne, noch keine zehn Jahre alt, in ihrer – Agathas – Obhut zurückgeblieben waren.

Während Theo sich dem Haus näherte, ging sie noch einmal alle Aspekte durch, die ihr an ihm missfielen. Er kleidete sich auf eine Weise, die seiner Position ins Gesicht schlug. Er bevorzugte lose geschnittenes Leinen: Jacketts mit Schulterpolstern, Hemden ohne Kragen, Hosen mit Falten. Und alles immer in Pastellfarben oder Beige oder Rehbraun. Er trug lieber Sandalen als ordentliches Schuhwerk. Ob er Socken anzog war stets reine Glückssache. Und als reichte das alles noch nicht, um potentielle Investoren abzuschrecken, trug er seit dem Tod seiner Mutter dieses grässliche Goldkettchen mit dem Kreuz daran, das ihr gehört hatte, so einen makabren katholischen Talisman mit dem Gekreuzigten darauf. Genau der geeignete Blickfang für einen Geschäftsmann, den man überzeugen wollte, dass es sich lohnte, sein Geld in die Sanierung und Wiedergeburt von Balford-le-Nez zu stecken.

Aber es hatte gar keinen Sinn, Theo sagen zu wollen, wie er sich kleiden, wie er auftreten, wie er sich präsentieren sollte, wenn er die Pläne für die städtische Sanierung darlegte. »Die Leute glauben entweder an das Projekt, Großmutter, oder sie tun es nicht«, pflegte er auf ihre Vorschläge zu antworten.

Die Tatsache, dass sie sich darauf beschränken musste, Vorschläge zu machen, erboste sie. Dies war *ihr* Projekt. Dies war *ihr* Traum. Sie hatte es dank ihrer Vision geschafft, sich über vier Amtszeiten als Stadträtin von Balford zu halten, und es war zum Verzweifeln, dass sie sich nun – nur weil es einem einzigen Blutgefäß in ihrem Kopf eingefallen war zu platzen – schonen und es ihrem pflaumenweichen, konfusen Enkel überlassen musste, für sie zu sprechen. Allein der Gedanke reichte, um einen neuerlichen Schlaganfall auszulösen, darum bemühte sie sich, nicht daran zu denken.

Sie hörte, wie die Haustür geöffnet wurde. Theos Sandalen klatschten auf das Parkett. Das Geräusch wurde gedämpft, als er den ersten Perserteppich betrat. Er wechselte einige Worte mit jemandem im Vorsaal – wahrscheinlich mit Mary Ellis, dem Tagesmädchen, die so strohdumm war, dass Agatha schon wiederholt gewünscht hatte, sie wäre zu einer Zeit geboren, als man Dienstboten noch ganz selbstverständlich ausgepeitscht hatte.

»In der Bibliothek?«, hörte sie Theo sagen, dann kam er schon in ihre Richtung.

Agatha erwartete ihren Enkel aufrecht stehend. Der Tisch war zum Tee gedeckt. Sie hatte alles gelassen, wie es war, die Sandwiches an den Ecken bereits aufgebogen, der kalte Tee mit einer trüben Haut überzogen. Theo sollte sehen, dass er wieder einmal viel zu spät kam. Sie umfasste den Griff ihres Stocks mit beiden Händen und platzierte ihn direkt vor sich, so dass seine drei Dornen den Hauptteil ihres Gewichts tragen konnten. Ihre Arme begannen zu zittern unter der Anstrengung, die es sie kostete, so zu tun, als sei sie im Vollbesitz ihrer körperlichen Kräfte, und sie war froh, dass sie trotz der Hitze eine langärmelige Jacke angezogen hatte. Die lose fallende Wolle verbarg wenigstens das Zittern.

Theo blieb einen Moment in der Tür stehen. Sein Gesicht glänzte vor Schweiß, und das Leinenhemd klebte ihm am Oberkörper, der schmal und sehnig war. Ohne ein Wort des Grußes ging er plötzlich zum Teetisch mit der Sandwichetagere, nahm sich drei Canapés mit Eiersalat und schlang sie ruckzuck hinunter, ohne sich anscheinend daran zu stören, dass sie längst nicht mehr taufrisch waren. Er schien nicht einmal zu merken, dass der Tee, in den er ein Stück Würfelzucker fallen ließ, seit mindestens zwanzig Minuten kalt war.

»Wenn der Sommer bleibt, machen wir am Pier und in den Spielsalons das große Geschäft«, sagte er. Aber es klang vorsichtig, als hätte er neben dem Pier anderes im Kopf. Sofort fuhr Agatha ihre Antennen aus. Doch sie sagte nichts, als er fortfuhr: »Es ist jammerschade, dass das Restaurant nicht vor August fertig wird. Dann würden wir nämlich im Nu schwarze Zahlen schreiben. Ich habe noch mal mit Gerry DeVitt wegen des Fertigstellungstermins gesprochen, aber er hat nicht viel Hoffnung, dass sich die Dinge beschleunigen lassen. Du kennst Gerry ja. Wenn man schon was macht, dann richtig. Kein Schnell-Schnell.« Theo griff sich noch ein Sandwich, mit Gurke diesmal.

»Kommst du deshalb so spät?« Agatha hätte sich setzen müssen – sie spürte, wie nun auch ihre Beine zu zittern begannen –, aber sie weigerte sich, ihrem Körper nachzugeben.

Theo schüttelte den Kopf. Er kam mit seiner Tasse kalten Tees zu ihr und gab ihr einen trockenen Kuss auf die Wange. »Hallo«, sagte er. »Entschuldige, dass ich mich so flegelhaft benehme, aber ich hatte kein Mittagessen gehabt. Ist dir nicht heiß in der Jacke, Großmutter? Möchtest du eine Tasse Tee?«

»Hör auf mit dem Geglucke. Noch bin ich quicklebendig, auch wenn dir das vielleicht nicht gefällt.«

»Aber Großmutter, so ein Unsinn. Komm, setz dich. Dein Gesicht ist ganz feucht, und du zitterst. Merkst du das nicht? Komm, setz dich.«

Sie entriss ihm ihren Arm. »Hör auf, mich wie eine Halbidiotin zu behandeln. Ich setze mich, wann *ich* will. Wieso bist du so komisch? Was war los auf der Sitzung?«

Sie hätte selbst dort sein sollen und hätte sich das auch nicht nehmen lassen, wäre nicht vor zehn Monaten dieser Schlaganfall dazwischengekommen. Ob Hitze oder nicht, sie wäre zur Stelle gewesen und hätte dieser Bande kurzsichtiger Frauenhasser ihren Willen aufgezwungen. Es hatte unendlich viel Zeit und Mühe gekostet, um ihnen eine Sondersitzung über ihre Sanierungspläne für das Strandgebiet schmackhaft zu machen, und Theo hatte sie gemeinsam mit ihrem Architekten und einem aus Newport in Rhode Island importierten Stadtplaner präsentieren sollen.

Theo setzte sich. Einen Moment schwappte er den Tee in seiner Tasse herum, dann kippte er ihn mit einem hastigen Zug hinunter und stellte die Tasse auf den Tisch neben seinem Sessel. »Du hast es also noch nicht gehört?«

»Was denn?«

»Ich war auf der Sitzung. Es waren alle da, genau wie du es gewünscht hast.«

»Das will ich doch hoffen.«

»Aber die Sitzung ist völlig aus den Fugen geraten, und die Sanierungspläne sind überhaupt nicht zur Sprache gekommen.«

Agatha schaffte es, den erforderlichen Schritt zu machen, ohne zu schwanken. Vor Theo blieb sie stehen. »Was soll das heißen? Die Sanierungspläne waren doch der Zweck der Übung.«

»Das stimmt schon«, bestätigte er, »aber es kam zu einer – na ja, zu einer Störung, einer ziemlich drastischen Störung, könnte man sagen.« Theo spielte mit dem Siegelring, den er trug – dem Ring seines Vaters. Er wirkte betreten, und sofort erwachte Agathas Argwohn. Theo scheute jeden Konflikt, und wenn er sich jetzt so seltsam benahm, konnte der Grund nur sein, dass er ihre Erwartungen enttäuscht hatte. Es war zum Verrücktwerden! Sie hatte nichts weiter von ihm verlangt, als ihre Pläne mit der gebotenen Diplomatie zu präsentieren, und er hatte es wieder einmal geschafft, die Sache in den Sand zu setzen.

»Wir haben Opposition«, sagte sie. »Einer aus dem Stadtrat ist gegen uns. Wer ist es? Malik? Ja, es ist Malik, richtig? Dieser störrische Esel, dieser Emporkömmling! Schenkt der Stadt eine lumpige kleine Grünanlage, die er als Park bezeichnet – und auch noch nach einer seiner heidnischen Verwandten benennt! –, und schon bildet er sich ein, der große Visionär zu sein! Es ist doch Akram Malik, hab' ich recht? Und der Stadtrat steht hinter ihm, anstatt mir und Gott auf Knien zu danken, dass ich das Geld, die Verbindungen und den Willen habe, dafür zu sorgen, dass Balford wieder Bedeutung bekommt.«

»Es war nicht Akram«, entgegnete Theo. »Und es ging auch gar nicht um die Sanierung.« Aus irgendeinem Grund senkte er kurz den Blick, ehe er ihr in die Augen sah. Es war, als müsste er seinen Mut zusammenraffen, um fortzufahren. »Ich kann nicht glauben, dass du nicht gehört hast, was passiert ist. In der Stadt wird von nichts anderem geredet. Es ging um diese andere Sache, Großmutter. Diese Geschichte auf dem Nez.«

»Ach, was interessiert mich der Nez.« Irgendetwas gab es immer mit dem Nez, meistens handelte es sich um Fragen des öffentlichen Zugangs zu diesem Küstenstreifen, der immer brüchiger wurde. Diese Fragen erschienen mit schöner Regelmäßigkeit auf der Tagesordnung, und sie verstand daher nicht, warum sich irgendein langhaariger Ökofreak ausgerechnet die Sondersitzung über die Stadtsanierung – *ihre Sitzung*, Herrgott noch mal! – auserkoren haben sollte, um für die gelbgesprenkelten Ginsterhühner oder irgendeine andere ausgefallene Tierart eine Lanze zu brechen. Der Architekt hatte sich eigens zwei Tage von seinen anderen Projekten frei genommen, um anwesend sein zu können, und der Stadtplaner war auf ihre privaten Kosten nach England eingeflogen worden. Die Präsentation war bis ins kleinste Detail durchdacht, abgesprochen, ausgearbeitet und koordiniert worden; dass sie da von der Sorge um ein abbröckelndes Stück Land, über das man zu jeder Zeit diskutieren konnte, hatte verdrängt werden können ... Agatha zitterte so heftig, dass sie sich nun doch mühsam den Weg zum Sofa suchte und sich setzte.

»Wie konntest du das zulassen?«, fragte sie ihren Enkel. »Hast du dich denn nicht dagegen gewehrt?«

»Das war gar nicht möglich. Die Umstände –«

»Was heißt hier, die Umstände? Der Nez ist auch nächste Woche und nächstes Jahr noch da, Theo. Ich kann nicht einsehen, wieso eine Diskussion über den Nez ausgerechnet heute von so brennender Notwendigkeit war.«

»Es ging doch gar nicht um den Nez«, erklärte Theo. »Es ging um diesen Toten. Den man draußen auf dem Nez gefunden hat. Plötzlich erschien eine Delegation der pakistanischen Gemeinde auf der Sitzung und verlangte, angehört zu werden. Als der Stadtrat versuchte, die Leute abzuwimmeln –«

»Sie wollten angehört werden? Wozu denn?«

»Nun, zu diesem Toten draußen auf dem Nez. Also wirklich, Großmutter. Der *Standard* hat die Story in Riesenaufmachung gebracht. Du musst das doch gelesen haben. Ganz bestimmt hat Mary Ellis, das alte Klatschmaul, dir davon erzählt.«

»Klatsch interessiert mich nicht.«

Er ging zum Teetisch und goss sich eine zweite Tasse kalten Tee ein. »Na schön«, sagte er in einem Ton, der ihr verriet, dass er ihr nicht glaubte. »Auf jeden Fall haben sie den Saal besetzt, als der Stadtrat die Delegation weiterschicken wollte.«

»Sie? Wer denn?«

»Die Pakistanis, Großmutter. Die hatten sich draußen versammelt und warteten nur auf ein Zeichen. Als es so weit war, haben sie angefangen Druck zu machen – Krawall gemacht, mit Steinen geworfen. Es wurde sehr schnell ziemlich unangenehm. Die Polizei musste kommen, um die Sache in den Griff zu kriegen.«

»Aber das war doch *unsere* Sitzung!«

»Stimmt, aber die guten Leute haben alles an sich gerissen. Da war nichts zu machen. Wir werden eben einen neuen Termin ansetzen müssen, sobald sich die Situation beruhigt hat.«

»Wie kannst du das mit solcher Gelassenheit abhandeln?« Agatha schlug mit ihrem Stock auf den Teppich. Es gab kaum ein Geräusch, und das erbitterte sie noch mehr. Am liebsten hätte sie jetzt ein paar Töpfe gegen die Wand gepfeffert. Oder ein paar Gläser zerschmettert. »›Wir werden eben einen neuen Termin ansetzen müssen!‹ Was glaubst du wohl, wie weit du mit so einer Einstellung im Leben kommen wirst, Theodore Michael? Diese Sitzung wurde zur Wahrnehmung *unserer* Belange anberaumt. Wir hatten sie beantragt. Wir haben praktisch Schlange gestanden, um sie zu kriegen. Und jetzt erzählst du mir, dass eine Bande ungebildeter farbiger Querulanten, die sich bestimmt nicht einmal gewaschen hatten, bevor sie –«

»Großmutter!« Theos hellhäutiges Gesicht lief rot an. »Die Pakistanis sind ebenso reinliche Menschen wie wir, und selbst wenn sie es nicht wären – es geht hier doch nicht um Hygiene.«

»Dann sag mir doch, worum es geht.«

Er nahm wieder seinen Platz ihr gegenüber ein. Die Teetasse rutschte klirrend auf der Untertasse herum. Sie hätte am liebsten laut geschrien. Wann würde er endlich lernen, sich wie ein Shaw zu benehmen?

»Dieser Mann – er hieß Haytham Querashi –«

»Das weiß ich«, fuhr sie ihn ungeduldig an.

Er zog eine Augenbraue hoch. »Ach!« Bedächtig stellte er die Teetasse auf den Tisch und hielt, statt seine Großmutter anzusehen, seine Aufmerksamkeit auf die Tasse gerichtet, als er zu sprechen fortfuhr. »Dann weißt du wahrscheinlich auch, dass er nächste Woche Akram Maliks Tochter hätte heiraten sollen. Offensichtlich ist die pakistanische Gemeinde der Überzeugung, dass die Polizei die Ermittlungen über Querashis Tod verschleppt. Sie nahmen die Stadtratssitzung zum Anlass, um ihre Beschwerden vorzubringen. Mit Akram sind sie besonders hart umgesprungen. Er hat versucht, sie zur Ordnung zu rufen. Sie haben ihn einfach niedergebrüllt. Das Ganze war ziemlich beschämend für ihn. Danach konnte ich doch nicht gleich eine neue Sitzung fordern. Das wäre taktlos gewesen.«

Trotz ihres Ärgers über die Vereitelung ihrer Pläne verspürte Agatha eine gewisse Schadenfreude bei dieser Neuigkeit. Abgesehen davon, dass sie es dem Mann äußerst übelgenommen hatte, mit welcher Rücksichtslosigkeit er sich in ihr ganz persönliches Projekt – die Erneuerung Balfords – hineingedrängt hatte, hatte sie Akram Malik nie verziehen, dass er ihren Sitz im Stadtrat übernommen hatte. Er war nicht direkt gegen sie angetreten, aber er hatte die Berufung nicht abgelehnt, als man jemanden brauchte, der ihren verwaisten Platz einnehmen sollte, bis eine Nachwahl abgehalten werden konnte. Und als die Nachwahl dann angesetzt worden war und sie selbst wegen ihrer Krankheit nicht um ihren Sitz hatte kämpfen können, hatte Malik sich als Kandidat aufstellen lassen und einen Wahlkampf geführt, als gälte es, einen Sitz im Unterhaus zu erobern. Geschah dem Mann recht, dass er von seinen eigenen Anhängern gedemütigt worden war.

Sie sagte: »Das muss dem alten Akram ganz schön gestunken haben, dass seine hochgelobten Pakis ihn in aller Öffentlichkeit zum Narren gemacht haben. Wie schade, dass ich nicht dabei war.« Sie sah, wie Theo zusammenzuckte. Ein Wunder, dass er nicht gleich in Tränen ausbrach. Immer tat er so mitleidig. »Jetzt erzähl mir nur nicht, dass du das nicht genauso siehst, Freundchen. Letztendlich bist du ein Shaw, das kannst du nicht leugnen. Wir haben unsere Art, und diese Leute haben ihre, und es wäre besser um die Welt bestellt, wenn jeder da bliebe, wo er hingehört.« Sie klopfte mit harten Knöcheln auf den Tisch, um seine Aufmerksamkeit zu gewinnen. »Versuch nicht, mir zu widersprechen. Du hast doch selbst mehr als einen Zusammenstoß mit farbigen Jungen gehabt, als du noch in der Schule warst.«

»Großmutter ...« Was war das für ein Ton in Theos Stimme? Ungeduld? Beschwichtigung? Herablassung? Agatha musterte ihren Enkel mit zusammengekniffenen Augen.

»Was?«, fragte sie.

Er antwortete nicht gleich. Zerstreut strich er mit einem Finger um den Rand seiner Tasse, offenbar tief in Gedanken. »Das ist noch nicht alles«, sagte er dann. »Ich bin kurz am Pier vorbeigefahren. Nach dem Tumult bei der Sitzung wollte ich dort für alle Fälle nach dem Rechten sehen. Das ist übrigens der Grund, weshalb ich mich verspätet habe.«

»Und?«

»Es war gut, dass ich vorbeigefahren bin. Draußen, vor einer der Spielhallen, haben sich fünf junge Kerle geprügelt.«

»Na, ich hoffe, du hast ihnen richtig Beine gemacht. Wenn der Pier als ein Ort in Verruf gerät, wo einheimische Rowdys die Touristen belästigen, können wir unsere Sanierungspläne vergessen.«

»Es waren keine Rowdys«, versetzte Theo. »Und auch keine Touristen.«

»Wer dann?« Sie begann schon wieder in Erregung zu geraten. In ihren Ohren war ein ominöses Brausen. Wenn ihr Blutdruck wieder anstieg, würde sie bei ihrem nächsten Arztbesuch einiges zu hören bekommen. Und zweifellos weitere sechs Monate unerträgliche Zwangsschonung verschrieben bekommen.

»Es waren Teenager«, sagte er. »Junge Leute aus dem Ort. Asiaten und Engländer. Zwei von ihnen hatten Messer.«

»Genau davon rede ich. Wenn die Leute nicht unter sich bleiben, gibt's Ärger. Wenn man Leute aus einem Kulturkreis ins Land lässt, in dem ein Menschenleben nichts gilt, darf man sich nicht wundern, wenn diese Leute dann hier mit Messern herumfuhrwerken. Du kannst von Glück reden, Theo, dass diese kleinen Heiden nicht mit Krummsäbeln um sich geschlagen haben.«

Theo stand abrupt auf. Er ging zu den Sandwiches. Er nahm eins und legte es wieder hin. Er straffte die Schultern.

»Großmutter, die Engländer hatten die Messer.«

Sie fasste sich schnell genug, um bissig zu sagen: »Dann kann ich nur hoffen, du hast sie ihnen abgenommen.«

»Ja. Aber das ist eigentlich nicht der springende Punkt.«

»Dann sag mir doch freundlicherweise, was eigentlich der springende Punkt ist, Theo.«

»Es brodelt. Ich denke, es wird ziemlich unerfreulich werden. Balford-le-Nez steht vor einem heißen Sommer.«

3

Den schnellsten Weg von London nach Essex gab es nicht. Man konnte sich entscheiden, wie man wollte, es war immer verkehrt. Barbara hatte die Wahl, sich entweder querstadtein durch das Verkehrsgetümmel zu quälen oder die Fahrt über den staugefährdeten M25 zu wagen, der um die Riesenstadt herumführte und einen selbst zu den günstigsten Zeiten zwang, allen Plänen, pünktlich am Bestimmungsort anzukommen, zu entsagen. Ganz gleich, wie sie sich entschied, sie würde schwitzen. Der anbrechende Abend hatte nicht die kleinste Abkühlung gebracht.

Sie wählte den M25. Nachdem sie ihren Matchsack auf den Rücksitz geworfen und sich mit einer Flasche Mineralwasser, einem Beutel Chips, einem Pfirsich und einer frischen Packung Players ausgerüstet hatte, trat sie die Fahrt in den verschriebenen Urlaub an. Die Tatsache, dass es in Wirklichkeit gar keine Urlaubsreise war, kümmerte sie nicht im Geringsten. Wenn jemand fragen sollte, wie sie ihre Ferien von Scotland Yard verbracht hatte, würde sie ganz lässig sagen können: »Ach, ich war ein paar Tage am Meer, wissen Sie.«

Als sie in Balford-le-Nez eintraf, schlug die Glocke der St.-John's-Kirche gerade acht. Sie fand den kleinen Badeort am Meer kaum verändert seit ihrer Kindheit, da sie ihren alljährlichen Sommerurlaub hier verbracht hatte, mit ihrem Bruder und ihren Eltern und deren Freunden, Bernie und Bette Jenkins, einem korpulenten und von vielerlei Gerüchen umwehten Paar, das dem rotgesprenkelten Vauxhall der Familie Havers in seinem eigenen, blitzblank polierten Renault getreulich von Acton, dem gemeinsamen Londoner Wohnort, ans Meer zu folgen pflegte.

Auch die Anfahrt nach Balford-le-Nez war unverändert. Nördlich der Zufahrtsstraße wichen die Weizenfelder der Halbinsel Tendring wie damals dem Wade, einem Marschgebiet, in das sowohl der Balford-Kanal als auch ein schmaler Meeresarm namens Twizzle mündeten. Bei Flut ragten Hunderte sumpfiger Höcker wie kleine Inselchen aus dem Wasser des Wade. Bei Ebbe blieben flaches Schwemmland und Sand zurück, über dem grüne Algen schleimige Arme ausstreckten. Südlich der Zufahrtsstraße befanden sich noch heute kleine Enklaven niedriger, plumper Häuser mit verputzten Mauern und kaum begrünt, die alten Sommerhäuser, in denen Familien wie die Barbaras vor der sommerlichen Hitze Londons Zuflucht zu suchen pflegten.

Dieses Jahr allerdings war der Hitze nicht zu entkommen. Der Wind, der durch das offene Fenster des Mini blies und Barbaras wenig elegant gestutztes Haar zauste, war beinahe so heiß wie der, der sie wenige Stunden zuvor aus London hinausbegleitet hatte.

Vor der Kreuzung der Balford Road mit der High Street bremste sie ab, um zu überlegen, wie es jetzt weitergehen sollte. Sie hatte noch keine Unterkunft, würde sich also möglichst bald eine besorgen müssen. Ihr Magen knurrte, folglich musste sie schleunigst etwas zu sich nehmen. Und dann hatte sie keine Ahnung, welche Art Ermittlungen über den Tod des Pakistani angestellt wurden, daher musste sie auch noch das herausbekommen.

Im Gegensatz zu ihrem Chef, der sich fast nie die Zeit für eine anständige Mahlzeit nahm, fiel es Barbara nicht ein, ihrem Magen sein Recht zu verweigern. Sie bog daher nach links in die High Street ab und rollte einen sanften Hügel hinunter, an dessen Ende sie der erste Blick aufs Meer erwartete.

Wie schon in ihrer Kindheit herrschte in Balford kein Mangel an Esslokalen, und die meisten schienen in den Jahren, seit sie das letzte Mal hier gewesen war, weder den Besitzer noch den Anstrich gewechselt zu haben. Sie entschied sich für ein Restaurant namens *Breakwater*, das sich – vielleicht ein böses Omen – direkt neben D. K. Corneys Bestattungsinstitut, Inneneinrichtung und Installationsbedarf befand. Ein echter Allround-Laden, dachte Barbara. Sie stellte den Mini halb auf dem Bürgersteig ab und ging los, um zu sehen, was das *Breakwater* zu bieten hatte.

Nicht viel, wie sie entdeckte, und das war offenbar allgemein bekannt; außer ihr war kein Gast in dem Lokal, obwohl es Essenszeit war. Sie setzte sich an einen Tisch in der Nähe der Tür, weil sie hoffte, dann in den Genuss einer kleinen Meeresbrise zu kommen, falls sich eine erheben sollte. Sie ergriff die Speisekarte, die aufrecht an einer Vase mit Plastiknelken lehnte, und fächelte sich damit eine halbe Minute Kühlung zu, ehe sie sie inspizierte. Der »Riesenteller« konnte sie trotz des günstigen Preises (£ 5.50 für Schweinswurst, Schinken, Tomate, Eier, Champignons, Wiener, Steak, Nierchen, Hamburger, Lammkoteletts und Pommes) nicht locken. Sie nahm lieber die Spezialität des Hauses, *buck rarebit*, nachdem sie der Beschreibung entnommen hatte, dass es sich um einen überbackenen Käsetoast mit einem verlorenen Ei handelte. Sie bestellte bei der jungen Kellnerin, die bestimmt noch keine Zwanzig war und mitten auf dem Kinn einen Prachtpickel hatte, und entdeckte einen Augenblick später, dass auch das *Breakwater* eine Art Allround-Service bot: Neben der Kasse lag eine Zeitung im Boulevardformat. Barbara ging hinüber, um sie sich zu holen, und bemühte sich, die unappetitlichen Schmatzgeräusche zu ignorieren, die die Gummisohlen ihrer Turnschuhe auf dem klebrigen Boden machten.

Die Kopfleiste der Zeitung zierten in leuchtend blauen Lettern der Name *Tendring Standard* und das Emblem eines springenden Löwen. Darunter stand großspurig: »Regionalzeitung des Jahres«. Barbara nahm das Blatt mit an ihren Tisch und legte es auf die Plastikdecke, die kunstvoll mit kleinen weißen Blümchen bedruckt und mit den Überresten eines Mittagessens gesprenkelt war.

Die Zeitung, reichlich abgegriffen bereits, war vom vergangenen Nachmittag, und Barbara fand gleich auf der Titelseite, was sie suchte. Haytham Querashis Tod war offenbar seit mehr als fünf Jahren der erste »verdächtige Todesfall« auf der Tendring-Halbinsel und verdiente als solcher höchste journalistische Ehren.

Die Titelseite zeigte ein Bild des Toten sowie eine Aufnahme des Orts, an dem er gefunden worden war. Barbara sah sich beide Bilder genau an.

Haytham Querashi schien zu seinen Lebzeiten ein durchaus unauffälliger Mensch gewesen zu sein. Er hatte ein angenehmes, aber wenig bemerkenswertes Gesicht gehabt. Aus der Bildunterschrift ging hervor, dass er fünfundzwanzig Jahre alt gewesen war, aber er sah älter aus. Schuld daran waren seine ernste, fast düstere Miene und das schüttere Haar. Er hatte ein glattrasiertes, rundes Gesicht gehabt, und Barbara vermutete, dass er in späteren Jahren, wären sie ihm vergönnt gewesen, einiges an Übergewicht mit sich herumgeschleppt hätte.

Das zweite Foto war die Abbildung eines verlassenen alten Bunkers, der auf dem Strand am Fuß eines Küstenfelsens stand. Er war aus grauem Waschbeton, sechseckig in der Form und hatte einen niedrigen Eingang. Barbara kannte das Bauwerk. Es war ihr vor Jahren bei einer Strandwanderung mit ihrem jüngsten Bruder aufgefallen, als sie an einem trüben Tag einen Jungen und ein Mädchen beobachtet hatten, die, nachdem sie sich zuerst verstohlen umgesehen hatten, dort hineingekrochen waren. Barbaras Bruder hatte in aller Unschuld gefragt, ob die beiden Krieg spielen wollten, worauf Barbara ironisch erwidert hatte, auf jeden Fall sei eine Invasion geplant. Sie hatte Tony von dem Bunker weggeführt. »Ich kann Maschinengewehrfeuer für sie machen«, hatte er angeboten. Sie hatte ihm versichert, dass Toneffekte nicht erforderlich seien.

Ihr Essen kam. Die Kellnerin legte Besteck auf, das nicht gerade vor Sauberkeit glänzte, und stellte ihren Teller vor sie hin. Als sie die Bestellung aufgenommen hatte, hatte sie es peinlich vermieden, Barbaras verpflastertem Gesicht Beachtung zu schenken, jetzt jedoch musterte sie es mit interessiertem Blick und sagte: »Darf ich Sie mal was fragen?«

»Zitronenlimonade«, sagte Barbara statt einer Antwort. »Mit Eis. Und Sie haben wohl nicht zufällig einen Ventilator, den Sie einschalten könnten? Ich zerfließe fast.«

»Der hat gestern seinen Geist aufgegeben«, antwortete das Mädchen. »Tut mir leid.« Sie fummelte an dem Pickel an ihrem Kinn. »Wissen Sie, ich hab' mir nämlich gedacht, ich lass mir das auch mal machen, wenn ich das Geld dazu hab'. Und drum würd's mich interessieren, ob es sehr weh getan hat.«

»Was?«

»Ihre Nase. Sie haben sie doch operieren lassen, oder? Ich mein', wegen den Pflastern.« Sie nahm den Serviettenhalter aus Chrom vom Tisch, hielt ihn sich vor das Gesicht und studierte ihr Spiegelbild. »Ich hätt' gern eine Stupsnase. Meine Mutter sagt zwar immer, ich soll Gott dankbar sein für das, was ich mitbekommen hab', aber warum hat Gott die Schönheitsoperation überhaupt erfunden, wenn er was dagegen hat, hm? Die Backenknochen will ich mir auch machen lassen, aber zuerst kommt die Nase dran.«

»Es war keine Operation«, sagte Barbara. »Ich hab' sie mir gebrochen.«

»Sie haben vielleicht ein Glück!«, rief das Mädchen. »Da kriegen Sie jetzt auf Kasse eine neue. Ich frag' mich ...« Sie dachte offensichtlich ernsthaft daran, mit der Nase voraus in die nächste Tür zu rennen.

»Tja, nur fragt einen leider keiner, wie man sie gern hätte«, sagte Barbara. »Sonst hätte ich mir eine wie Michael Jackson machen lassen. Nasenlöcher, in die es reinregnet, waren schon immer mein Ideal.« Sie knisterte vielsagend mit der Zeitung.

Das junge Mädchen – ihrem Namensschild zufolge eine Suzi – stützte eine Hand auf den Tisch, vermerkte, was Barbara gerade las, und sagte in vertraulichem Ton: »Die hätten nie hierherkommen sollen, wissen Sie. So geht's, wenn sie sich reindrängen, wo sie nicht erwünscht sind.«

Barbara legte die Zeitung nieder und spießte ein Stück Ei mit ihrer Gabel auf. »Wie bitte?«, fragte sie.

Suzi wies mit dem Kopf auf die Zeitung. »Die Farbigen da. Was wollen die hier überhaupt? Außer Krawall machen, und das haben sie heute Nachmittag echt gut hingekriegt.«

»Nun, sie wollen nur ein besseres Leben.«

»Na schön, aber warum suchen sie das nicht woanders? Meine Mutter hat gleich gesagt, dass es nur Ärger gibt, wenn man ihnen erlaubt, sich hier einzunisten, und jetzt ist es passiert: Einer von ihnen jagt sich unten am Strand eine Überdosis rein, und prompt führen sich die anderen auf wie die Verrückten und behaupten, es wär' Mord.«

»Es waren Drogen im Spiel?« Barbara überflog auf der Suche nach entsprechenden Angaben den Zeitungsbericht.

»Was sonst?«, fragte Suzi. »Weiß doch jeder, dass die daheim in Pakistan das Opium und alles mögliche andere Zeug pfundweise schlucken. Sie schmuggeln den Stoff in ihren Bäuchen hier rein, und wenn sie ankommen, werden sie in ein Haus gesperrt, bis sie's wieder rausgeschissen haben. Dann dürfen sie gehen. Haben Sie das nicht gewusst? Ich hab' das mal im Fernsehen gesehen.«

Barbara rief sich ins Gedächtnis, was im Fernsehen über Haytham Querashi berichtet worden war. Der Nachrichtensprecher hatte tatsächlich gesagt, dass der Mann erst kürzlich aus Pakistan eingetroffen war. Zum ersten Mal fragte sie sich, ob sie sich auf einen Holzweg begeben hatte, als sie einzig aufgrund eines Fernsehberichts über eine Demonstration und Taymullah Azhars mysteriösen Verhaltens Hals über Kopf nach Essex abgedampft war.

»Und in dem Fall«, fuhr Suzi fort, »ist eben einer von den Beuteln, die der Mann geschluckt hat, in seinem Magen oder Darm geplatzt, und er hat sich zum Sterben in den alten Bunker verkrochen. Weil er seinen Leuten keine Schande machen wollte. Das ist denen nämlich ganz wichtig, wissen Sie.«

Barbara wandte sich wieder dem Bericht zu und begann ernsthaft zu lesen. »Ist also der Obduktionsbefund schon raus?« Suzi schien ihrer Fakten so sicher zu sein.

»Ach was, weiß doch jeder, was passiert ist. Wer braucht da noch eine Obduktion? Aber sagen Sie das mal den Farbigen. Wenn rauskommt, dass er an einer Überdosis gestorben ist, geben sie garantiert uns die Schuld daran. Sie werden schon sehen.«

Damit machte sie auf dem Absatz kehrt und ging in Richtung Küche davon. Barbara rief: »Denken Sie an meine Limo?«, als die Tür hinter ihr zufiel.

Wieder allein, las Barbara den Rest des Berichts ohne Störung. Der Tote war, wie sie dem Artikel entnahm, Produktionsleiter in einer ortsansässigen Firma namens *Maliks Senf- & Gewürzspezialitäten* gewesen. Der Eigentümer des Unternehmens war ein gewisser Akram Malik, der dem Bericht zufolge auch Mitglied des Stadtrats war. Haytham Querashi hatte zurzeit seines Todes – der gemäß einer Erklärung der zuständigen Polizeidienststelle am Freitagabend eingetreten war, fast achtundvierzig Stunden vor Barbaras Ankunft in Balford – acht Tage vor seiner Hochzeit mit Maliks Tochter gestanden. Der Mann, der beinahe sein Schwager geworden wäre und als politischer Aktivist bekannt war, Muhannad Malik, hatte nach der Entdeckung der Leiche die Demonstration derer angeführt, die eine gründliche Untersuchung des Falls forderten. Denn obwohl sich sofort die Kriminalpolizei eingeschaltet hatte, war bisher keine Auskunft über die Todesursache gegeben worden. Deshalb hatte Muhannad Malik geschworen, dass er gemeinsam mit anderen prominenten Migliedern der asiatischen Gemeinde den Untersuchungsbeamten genauestens auf die Finger sehen würde. »Wir wären ja dumm, würden wir vorgeben, nicht zu wissen, wie der schöne Spruch ›der Wahrheit auf den Grund gehen‹ zu verstehen ist, wenn er sich auf den Tod eines Asiaten bezieht«, hatte Malik angeblich am Samstagnachmittag gesagt.

Barbara legte die Zeitung auf die Seite, als Suzi mit dem Glas Zitronenlimonade kam, in dem in guter Absicht ein einsamer Eiswürfel schwamm. Sie nickte dankend und versteckte sich wieder hinter der Zeitung, um weiteren Kommentaren Suzis vorzubeugen. Sie musste jetzt nachdenken.

Sie hatte kaum Zweifel daran, dass Taymullah Azhar das »prominente Mitglied der pakistanischen Gemeinde« war, das Muhannad Malik zu mobilisieren versprochen hatte. Azhars Abreise aus London war so prompt auf das Bekanntwerden dieser Story gefolgt, dass es gar nicht anders sein konnte. Er war hierhergekommen, und Barbara wusste, dass es nur eine Frage der Zeit war, bis sie ihm oder er ihr in die Arme liefe.

Sie konnte sich nur ungefähr vorstellen, wie er ihre Absicht aufnehmen würde, zwischen ihm und der zuständigen Polizeibehörde zu vermitteln. Zum ersten Mal ging ihr auf, wie anmaßend es von ihr war, sich einzubilden, Azhar würde ihre Vermittlerdienste brauchen. Als intelligenter Mensch – mein Gott, Universitätsprofessor! – musste er doch wissen, worauf er sich da einließ, oder etwa nicht?

Barbara fuhr mit dem Finger an ihrem feuchten Limonadenglas entlang, während sie ihrer Frage nachhing. Alles, was sie über Taymullah Azhar wusste, wusste sie aus Gesprächen mit seiner Tochter. Aus Hadiyyahs Bemerkung »Dad hat heute Abend noch ein Seminar« hatte sie zunächst geschlossen, er sei Student. Diese Schlussfolgerung basierte weniger auf einem Vorurteil als auf dem jugendlichen Aussehen des Mannes. Er *wirkte* wie ein Student, und Barbaras Verblüffung, als sie erfahren hatte, dass er Professor für Mikrobiologie war, hatte denn auch weit mehr mit seinem Alter zu tun gehabt als mit einem rassistischen Vorurteil. Er war mit seinen fünfunddreißig Jahren zwei Jahre älter als sie. Und sah zehn Jahre jünger aus. Eine Gemeinheit.

Dennoch – sie wusste, dass Leute seines Metiers zu einer gewissen

Naivität neigten. Wissenschaftler seines Kalibers lebten in einem Elfenbeinturm, dessen dicke Mauern sie vor den Realitäten des täglichen Lebens schützten. Seine Gedanken kreisten um Laboratorien, Experimente, Vorlesungen und für den Laien unverständliche Aufsätze für wissenschaftliche Zeitschriften. Die Finessen der Polizeiarbeit waren ihm so fremd wie ihr irgendeine namenlose Bakterie, die man ihr unter einem Mikroskop zeigte. Die Interessen einer Universität – mit denen Barbara oberflächlich Bekanntschaft gemacht hatte, als sie im vergangenen Herbst einen Fall in Cambridge bearbeitet hatte – hatten mit denen der Polizei nichts gemein. Eine beeindruckende Liste von Veröffentlichungen, Vorträgen und akademischen Titeln galt bei der Polizei nichts neben praktischer Erfahrung und einem guten Riecher. Das würde Azhar merken, sobald er mit dem leitenden Beamten sprach, falls er das in der Tat vorhaben sollte.

Dieser Gedanke veranlasste Barbara, wieder zur Zeitung zu greifen. Wenn sie in der Hoffnung, Taymullah Azhars Vorstoß abzufedern, mit gezücktem Dienstausweis ins Geschehen eingreifen wollte, konnte es nicht schaden zu wissen, wer das Kommando hatte.

Der Name, den sie suchte, erschien gleich im ersten Absatz. Ja, der ganze Bericht drehte sich um den Ermittlungsleiter. Nicht nur war dies nämlich der erste »verdächtige Todesfall«, der sich seit mehr als fünf Jahren auf der Tendring-Halbinsel ereignet hatte, es war auch die erste Morduntersuchung, die von einer Frau geleitet wurde.

Es handelte sich um die kürzlich zum Chief Inspector ernannte Emily Barlow von der örtlichen Kriminalpolizei. »Der Herr sei gepriesen«, murmelte Barbara, als sie den Namen las, und lachte erfreut. Sie hatte ihre letzten drei Schulungen an der Akademie in Maidstone Seite an Seite mit Emily Barlow absolviert.

Dies, sagte sie sich, war eindeutig ein Zeichen: ein Blitz aus heiterem Himmel, eine Botschaft der Götter, die Schrift – rote Leuchtreklame – an der Wand ihrer Zukunft. Es hieß nämlich nicht nur, dass sie dank ihrer Bekanntschaft mit Emily Barlow hoffen konnte, leichten Zugang zum Ermittlungsteam zu finden; es hieß auch, dass ihr hier ein glücklicher Zufall den Weg bereitet hatte, in eine praktische Lehre zu gehen, durch die ihre eigene Karriere einen kräftigen Schub erhalten könnte. Denn keine Frau war kompetenter, besser geeignet für schwierige Ermittlungen, begabter in der Kunst diplomatischer Polizeiarbeit als Emily Barlow. Und Barbara wusste, dass das, was sie in nur einer Woche Zusammenarbeit mit Emily lernen konnte, wertvoller war als alles, was ein kriminologisches Lehrbuch vermitteln konnte.

Von den Teilnehmern der Lehrgänge, die sie gemeinsam absolviert hatten, war Emily damals nur Barlow die Schreckliche genannt worden. In einer Welt, in der Männer allein aufgrund der Tatsache, dass sie Männer waren, in hohe Positionen aufstiegen, hatte sie sich den Weg nach oben freigekämpft, indem sie sich den Vertretern des anderen Geschlechts in jeder Hinsicht gewachsen gezeigt hatte. »Sexismus?« hatte sie eines Abends, als sie gerade auf einem Ruderapparat ihre Muskeln trainierte, auf eine entsprechende Frage Barbaras erwidert und das Tempo nicht eine Spur zurückgenommen, um zu antworten. »Die Frage stellt sich mir gar nicht. Wenn die Kerle einmal kapiert haben, dass sie eins in die Eier kriegen, wenn sie frech werden, trauen sie sich nicht mehr. Frech zu werden, meine ich.«

Und unerschrocken war sie weiter vorwärtsgestürmt, nur ein Ziel vor Augen: eines Tages auf dem Stuhl des Chief Constable Platz zu nehmen. Und da sie bereits mit siebenunddreißig Chief Inspector geworden war, würde sie dieses Ziel vermutlich mühelos erreichen.

Barbara schlang die Reste ihres Abendessens hinunter, bezahlte und hinterließ Suzi ein großzügiges Trinkgeld. Heiterer als seit Tagen lief sie zu ihrem Mini hinaus und brauste los. Nun konnte sie ein Auge auf Hadiyyah haben und dafür sorgen, dass Taymullah Azhar nicht zu weit ging und sich Ärger einhandelte. Und konnte, zusätzliche Belohnung für ihre Bemühungen, Barlow der Schrecklichen bei der Arbeit zusehen und hoffen, dass etwas vom Glanz dieses bemerkenswerten Chief Inspectors auf einen bescheidenen kleinen Sergeant abstrahlte.

»Soll ich Ihnen Presley zur Unterstützung schicken, Inspector?«

Chief Inspector Emily Barlow hörte die spitze Frage ihres Vorgesetzten und übersetzte sie im Geist, ehe sie antwortete. In Wirklichkeit meinte er: »Ist es Ihnen gelungen, die Pakistanis zu beschwichtigen? Wenn nicht, habe ich nämlich einen anderen Chief Inspector, der Ihnen diese Aufgabe abnehmen und angemessene Arbeit leisten kann.« Donald Ferguson stand vor der Beförderung zum Assistant Chief Constable und hatte nicht das geringste Interesse daran, dass sich auf seinem bisher so glatten Karriereweg plötzlich politische Schlaglöcher auftaten.

»Ich brauche keine Unterstützung, Don. Wir haben die Situation im Griff.«

Ferguson lachte bellend. »Wir haben zwei Leute im Krankenhaus und eine Bande Pakistanis in hochexplosiver Stimmung. Erzählen Sie mir nicht, wir hätten die Situation im Griff, Barlow. Also, wie schaut's aus?«

»Ich habe Ihnen die Wahrheit gesagt.«

»Na toll.« Fergusons Stimme troff vor Sarkasmus. Emily überlegte, wieso der Superintendent um diese Abendstunde noch an seinem Schreibtisch war; die Demonstration hatte sich längst aufgelöst, und Ferguson hatte nie zu denen gehört, die über der Arbeit die Zeit vergaßen. Sie wusste, dass er in seinem Büro war, weil sie ihn dort zurückgerufen hatte. Sie hatte die Nummer sehr schnell auswendig gelernt, als sie gemerkt hatte, dass prompte Rückmeldung auf telefonische Stippvisiten von höherer Stelle Teil ihrer neuen Aufgabe sein würde. »Ja, das ist wirklich toll, Barlow«, fuhr er fort. »Darf ich fragen, wie lange es Ihrer Meinung nach dauern wird, bevor er und seine Freunde wieder auf die Straße gehen?«

»Wenn Sie mir mehr Leute gäben, bräuchten wir uns in dieser Richtung keine Sorgen zu machen.«

»Ausgeschlossen. Es sei denn, Sie wollen Presley.«

Einen weiteren Chief Inspector? Nie im Leben, dachte sie. »Presley brauche ich nicht. Ich brauche sichtbare Polizeipräsenz auf der Straße. Mit anderen Worten, mehr Leute.«

»Unsinn, Sie müssen diesen Leuten Vernunft beibringen, wenn nötig mit Gewalt. Wenn Sie das nicht schaffen –«

»Für Großeinsätze zur Gewährleistung der öffentlichen Sicherheit bin ich nicht zuständig«, konterte Emily. »Wir versuchen hier, einen Mordfall aufzuklären, und die Familie des Toten –«

»Darf ich Sie daran erinnern, dass die Maliks *nicht* Querashis Familie sind, auch wenn diese Leute wie die Kletten zusammenzuhängen scheinen?«

Emily tupfte sich den Schweiß von der Stirn. Sie hatte immer den Verdacht gehabt, dass Donald Ferguson in Wirklichkeit ein Schaf im Wolfspelz war, und praktisch jede seiner Bemerkungen bestätigte diesen Verdacht. Er wollte sie hinausdrängen. Er konnte es kaum erwarten, sie loszuwerden. Der kleinste Vorwand würde ihm genügen, und es wäre aus mit ihrer Karriere. Emily bemühte sich, ja nicht die Ruhe zu verlieren.

»Es ist die Familie, in die er einheiraten wollte, Don.«

»Und Sie haben diesen Leuten die Wahrheit gesagt. Sie haben heute Nachmittag Krawalle und Gewalt provoziert, und dafür sagen Sie ihnen die Wahrheit. Haben Sie eigentlich keine Ahnung, wie sich das auf Ihre Autorität auswirkt, Inspector?«

»Es wäre völlig sinnlos, ihnen die Wahrheit vorzuenthalten, da sie die Ersten sind, die ich zu vernehmen gedenke. Erklären Sie mir doch bitte, wie ich Ermittlungen in einem Mordfall anstellen soll, ohne zu verraten, dass wir es mit Mord zu tun haben?«

»Bitte nicht diesen Ton, Inspector Barlow. Was hat dieser Malik denn bisher getan? Außer dass er seine Freunde zum Krawall angestiftet hat. Und warum zum Teufel wurde er nicht festgenommen?«

Emily unterließ es, Ferguson auf das Offensichtliche hinzuweisen: Die Menge hatte sich zerstreut, sobald das Fernsehteam zu drehen aufgehört hatte, und es war nicht gelungen, einen der Steinewerfer zu schnappen. Sie sagte: »Er hat genau das getan, was er versprochen hat. Leere Drohungen waren noch nie Muhannad Maliks Sache, und ich kann mir nicht vorstellen, dass er sich plötzlich ändern wird, nur um es uns bequemer zu machen.«

»Danke für diese Charakterskizze. Beantworten Sie meine Frage.«

»Er hat, wie er gesagt hat, jemanden aus London kommen lassen. Einen Experten auf dem Gebiet der ›Einwanderungspolitik‹, wie er es nennt.«

»Herr, verschone uns«, murmelte Ferguson. »Und was haben Sie ihm gesagt?«

»Interessieren Sie meine genauen Worte oder nur der Inhalt?«

»Lassen Sie doch die Spitzen, Inspector. Wenn Sie etwas zu sagen haben, dann sagen Sie es rundheraus und basta.«

Es gab eine Menge zu sagen, aber dies war nicht der richtige Moment. »Don, es ist spät. Ich bin hundemüde, und hier drinnen ist es so heiß wie in einem Backofen. Ich würde gern vor morgen noch nach Hause kommen.«

»Das lässt sich arrangieren«, versetzte Ferguson.

Du lieber Gott! Was für ein ekelhafter kleiner Despot. Wie gern er doch auf seinen Rang pochte. Wie nötig er es hatte. Emily konnte sich gut vorstellen, dass der Superintendent, hätte er sich in ihrem Büro befunden, seine Hose geöffnet hätte, um zu demonstrieren, wer von ihnen der echte Mann war.

»Ich habe Malik gesagt, dass wir einen Pathologen vom Innenministerium zugezogen haben, der morgen Vormittag die Obduktion vornimmt«, erwiderte sie. »Ich habe ihm ferner gesagt, dass Mr. Querashi tatsächlich, wie er selbst von Anfang an vermutet hat, einem Mord zum Opfer gefallen zu sein scheint. Und ich habe ihm gesagt, dass der *Standard* die Story hat und sie morgen bringen wird. Okay?«

»Mir gefällt das Wörtchen *scheint*«, sagte Ferguson. »Das lässt uns einen gewissen Spielraum, um alles unter Kontrolle zu halten. Ich würde Ihnen raten, genau das zu tun.« Er beendete das Gespräch wie immer, indem er einfach auflegte. Emily hielt den Hörer ein Stück von ihrem Ohr ab, zeigte ihm den Mittelfinger und legte dann ebenfalls auf.

In dem stickigen Raum, der ihr Büro war, griff sie nach einem Papiertuch und drückte es sich aufs Gesicht. Es war feucht und fettig, als sie es wieder abnahm. Ein Königreich für einen Ventilator, dachte sie. Oder, noch besser, eine Klimaanlage. Aber sie hatte nur eine Dose lauwarmen Tomatensaft, was immerhin besser als gar nichts war, um diese höllische Hitze zu bekämpfen. Sie nahm die Dose und öffnete den Verschluss mit Hilfe eines Bleistifts. Nachdem sie einen kräftigen Schluck getrunken hatte, begann sie, sich den Nacken zu massieren. Ich brauche dringend Training, dachte sie und stellte wieder einmal mit Bedauern fest, dass ihre Arbeit – abgesehen davon, dass sie sie zwang, sich mit Idioten wie Ferguson abzugeben – ihr viel weniger Zeit für körperliche Betätigung ließ, als ihr lieb war. Wäre es nach ihr gegangen, so wäre sie schon vor Stunden draußen beim Rudern gewesen, anstatt zu tun, was die Pflicht von ihr verlangte: die Anrufe zu erwidern, die sich im Lauf des Tages angesammelt hatten.

Sie warf ihren letzten Telefonzettel in den Papierkorb und die Tomatensaftdose hintendrein. Gerade stopfte sie einen Packen Hefter in ihre große Leinentasche, als eine der Beamtinnen, die zum Ermittlungsteam im Fall Querashi gehörten, mit einem seitenlangen Fax an der Tür erschien.

»Das sind die Informationen über Muhannad Malik, um die Sie gebeten haben«, erklärte Belinda Warner. »Die politische Abteilung Clacton hat sie eben rübergeschickt. Wollen Sie sie jetzt haben oder lieber erst morgen?«

Emily nahm die Papiere an sich. »Ist was dabei, was wir nicht schon wissen?«

Belinda zuckte die Achseln. »Also, wenn Sie mich fragen, ein Musterknabe ist er bestimmt nicht. Aber eine Bestätigung werden Sie in dem Bericht nicht finden.«

Emily hatte nichts anderes erwartet. Sie nickte zum Dank, und Belinda Warner ging wieder hinaus. Einen Augenblick später hörte Emily den Klang ihrer Schritte auf der Treppe des schlecht belüfteten Gebäudes, in dem die Polizeidienststelle von Balford-le-Nez untergebracht war.

Ihrer Gewohnheit gemäß sah Emily zunächst einmal den ganzen Bericht rasch durch, ehe sie ihn genauer studierte. Dabei hatte sie vor allem eins im Kopf: Rassenunruhen waren das Letzte, was diese Stadt brauchte, doch der ungeklärte Todesfall auf dem Nez drohte genau das nach sich zu ziehen. Im Juni begann die Touristensaison, und dank der gegenwärtigen Hitzewelle, die die Städter ans Meer trieb, hoffte ganz Balford, dass nach der langen Rezession nun endlich der Aufschwung kommen würde. Aber die erwarteten Besucherströme würden sich gewiss nicht einstellen, wenn Rassenspannungen die Bewohner der Stadt dazu trieben, ihren Konflikt auf der Straße auszutragen, das war allen Geschäftsleuten in Balford klar. Einen Mord zu untersuchen und dabei zu vermeiden, dass es zum offenen Schlagabtausch zwischen den Gruppen kam, das war die heikle Aufgabe, die sie zu bewältigen hatte. Dass Balford gefährlich nahe am Rande eines englisch-pakistanischen Zusammenstoßes stand, war ja an diesem Tag offenkundig geworden.

Überbringer der Botschaft war, unterstützt von seinen Gesinnungsgenossen, Muhannad Malik gewesen. Emily kannte den jungen Pakistani seit der Zeit, als sie noch Streifenbeamtin gewesen war. Damals hatte er, ein Teenager noch, das erste Mal ihre Aufmerksamkeit auf sich gezogen. Emily, die in den Straßen von Südlondon aufgewachsen war, hatte früh gelernt, sich in meist rassistisch motivierten Konflikten zu behaupten, und sich dabei im Lauf der Zeit ein dickes Fell zugelegt, von dem alle Hänseleien über ihre Hautfarbe abprallten. Sie hatte deshalb als junge Polizeibeamtin wenig übrig gehabt für solche Leute, die, wenn ihnen etwas nicht passte, immer gleich Rassendiskriminierung schrien. Und Muhannad Malik war darin schon mit sechzehn ganz groß gewesen.

Sie hatte es sich abgewöhnt, seinen Worten zu trauen. Sie hatte sich ganz einfach geweigert zu glauben, dass jede Schwierigkeit in seinem Leben auf Rassismus zurückzuführen sei. Jetzt jedoch ging es um Mord, und das Opfer war ein Pakistani, der Ehemann in spe von Muhannad Maliks Schwester. Natürlich würde Malik angesichts dieses Mordes versuchen, eine Verbindung zum Rassismus herzustellen, den er überall um sich herum zu sehen behauptete.

Und wenn sich eine solche Verbindung feststellen lassen würde, wäre die Folge genau das, was Donald Ferguson fürchtete: ein Sommer voll Konflikte, Aggressionen und Blutvergießen, auf den die Tumulte dieses Nachmittags einen Vorgeschmack gegeben hatten.

In Reaktion auf die Ereignisse bei der Stadtratssitzung und auf der Straße waren die Telefone auf der Polizeidienststelle heißgelaufen, da die Transparente und Steinwürfe die Bürger von Balford auf die extremistischen Terrorakte gebracht hatten, die in den letzten Jahren überall auf der Welt vorgekommen waren. Einer dieser Anrufe war von der Bürgermeisterin gekommen. Er hatte dazu geführt, dass ein förmliches Informationsansuchen an jene Beamten gestellt worden war, deren Aufgabe es war, die persönlichen Daten solcher Leute zu sammeln, von denen ein Übertreten der gesetzlichen Grenzen am ehesten zu erwarten war. Die Unterlagen, die Emily jetzt in Händen hatte, enthielten das Material, das die zuständige Abteilung der regionalen Hauptdienststelle im Lauf der letzten zehn Jahre über Muhannad Malik zusammengetragen hatte.

Viel war es nicht, und das meiste schien kaum der Rede wert. Der hitzköpfige Teenager, der Muhannad gewesen war, als er das erste Mal auffällig geworden war, schien, auch wenn sein Verhalten an diesem Nachmittag dagegen sprach, im Verlauf der vergangenen zehn Jahre ruhiger geworden und gereift zu sein. Emily hatte seine Schulunterlagen und seine Abschlusszeugnisse vor sich liegen, ebenso seine Studien- und Arbeitspapiere. Er war der respektvolle Sohn eines geachteten Stadtratsmitglieds, der liebevolle Ehemann einer Frau, mit der er seit drei Jahren verheiratet war, der treusorgende Vater zweier kleiner Söhne und ein kompetenter Mitarbeiter im Familienunternehmen. Alles in allem hatte er sich, bis auf einen kleinen dunklen Fleck, zu einem wahren Musterbürger gemausert.

Doch Emily wusste, dass sich hinter scheinbar kleinen dunklen Flecken häufig größere Mängel verbargen. Deshalb las sie weiter. Malik war der Gründer von *Jum'a*, einer Organisation für junge männliche Pakistanis. Das erklärte Ziel der Vereinigung war es, die Bande unter den Moslems der Gemeinde zu festigen und das stolze Bewusstsein ihrer kulturellen Eigenart, ihrer Unterschiede zu den Menschen des westlichen Kulturkreises, unter denen sie lebten, zu fördern. Zweimal im vergangenen Jahr war *Jum'a* in Verdacht geraten, bei gewalttätigen Auseinandersetzungen zwischen jungen Pakistanis und Engländern die Hand im Spiel gehabt zu haben. Das eine Mal hatte es sich um einen Verkehrsdisput gehandelt, der zum Faustkampf ausgeartet war; bei dem zweiten Zwischenfall war ein asiatisches Schulmädchen von drei Klassenkameraden mit Rinderblut übergossen worden. Beide Male war es zu Tätlichkeiten gekommen, aber später war niemand bereit gewesen, *Jum'a* mit den Zwischenfällen in Verbindung zu bringen.

Das reichte nicht, um den jungen Mann aus dem Verkehr zu ziehen. Es reichte nicht einmal, um ihn schief anzusehen. Dennoch war Emily Barlow seine Art des politischen Aktivismus – wie er ihn an diesem Tag demonstriert hatte – nicht geheuer. Und auch nach gründlicher Lektüre des Berichts hatte sie nichts entdeckt, was ihre Bedenken hätte zerstreuen können.

Einige Stunden nach der Demonstration war sie mit ihm und dem Mann, den er als einen Experten auf dem Gebiet der Einwanderungspolitik bezeichnet hatte, zusammengetroffen. Muhannad hatte es seinem Begleiter überlassen, die Unterredung zu führen, doch es war unmöglich gewesen, seine Anwesenheit zu ignorieren, und das hatte zweifellos in seiner Absicht gelegen.

Er strahlte Feindseligkeit aus. Er lehnte es ab, sich zu setzen. Vielmehr blieb er, an die Wand gelehnt, stehen, die Arme über der Brust verschränkt, und ließ sie keinen Moment aus den Augen. Seine Miene, eine Mischung aus Misstrauen und Verachtung, war eine einzige Herausforderung an Emily, es bloß zu wagen, ihm bezüglich Querashis Tod Lügen aufzutischen. Sie hatte gar nicht daran gedacht zu lügen – jedenfalls nicht, was die wesentlichen Punkte anging.

Um Temperamentsausbrüchen von seiner Seite vorzubeugen, aber auch, um auf subtile Weise die unausgesprochene Tatsache zu unterstreichen, dass es zwischen der Demonstration und ihrer Bereitschaft, die beiden Männer zu empfangen, keinen Zusammenhang gab, hatte Emily das Wort an den Mann gerichtet, den Muhannad mitgebracht und als seinen Vetter Taymullah Azhar vorgestellt hatte. Im Gegensatz zu Muhannad strahlte dieser Mann eine Art heiterer Gelassenheit aus, wenn er auch als Angehöriger von Muhannads *khāndān* sicherlich von den Überzeugungen der Familie geprägt war. Emily war daher vorsichtig in der Wahl ihrer Worte.

»Nach ersten Untersuchungen erschien uns der Tod Mr. Querashis verdächtig«, sagte sie zu ihm. »Daraufhin forderten wir einen Pathologen vom Innenministerium an. Er wird morgen eintreffen, um die Obduktion durchzuführen.«

»Ist es ein englischer Pathologe?«, fragte Muhannad. Was er damit sagen wollte, war klar: Ein englischer Pathologe würde den Interessen der englischen Gemeinde dienen; ein englischer Pathologe würde den Tod eines Asiaten kaum ernst nehmen.

»Ich habe keine Ahnung, welcher ethnischen Gruppe er angehört. Wir können keine Wünsche äußern.«

»Und wie weit sind die Ermittlungen inzwischen fortgeschritten?« Taymullah Azhar hatte eine besondere Art zu sprechen, höflich, ohne ehrerbietig zu sein. Emily fragte sich, wie er das schaffte. Sie fragte sich auch, was sich hinter seiner ausdruckslosen Miene verbarg.

»Der Tatort wurde sofort abgesperrt, nachdem festgestellt worden war, dass der Verdacht auf ein Verbrechen bestand«, antwortete Emily.

»Und welches ist der Tatort?«

»Der alte Bunker am Fuß des Nez.«

»Steht denn fest, dass er in dem alten Bunker gestorben ist?«

Azhar war auf Draht. Emily konnte nicht umhin, das zu bewundern. »Fest steht im Moment noch gar nichts, abgesehen von der Tatsache, dass er tot ist und –«

»– und die Polizei sechs Stunden gebraucht hat, um wenigstens das festzustellen«, warf Muhannad ein. »Aber wehe, der Tote wäre ein Weißer gewesen – da hätte man den Bobbys ganz schön Feuer unter ihrem rosa Hintern gemacht.«

»– und es scheint sich, genau wie die asiatische Gemeinde vermutete, um Mord zu handeln«, endete Emily.

Sie wartete auf Maliks Reaktion. Er hatte »Mord« geschrien, seit man die Leiche vor vierunddreißig Stunden gefunden hatte. Sie wollte ihm seinen Moment des Triumphs nicht verweigern.

Er nahm ihn sich sofort. »Hab' ich es doch gesagt«, erklärte er. »Und wenn ich Ihnen nicht seit gestern Vormittag ständig auf die Finger gesehen hätte, hätten Sie wahrscheinlich von einem bedauerlichen Unglücksfall gesprochen.«

Emily wappnete sich innerlich. Ein Streit war genau das, worauf der Asiate es abgesehen hatte. Eine wütende Auseinandersetzung mit der Beamtin, die die Ermittlungen leitete, würde auf seine Anhänger wie ein Schlachtruf wirken. Ein sachliches Gespräch, bei dem es nur um die Fakten ging, wäre weit weniger nützlich. Anstatt auf seine herausfordernde Bemerkung einzugehen, sagte sie deshalb zu Taymullah Azhar: »Die Spurensicherung hat gestern etwa acht Stunden lang den Tatort genau untersucht. Alles, was an Material gefunden wurde, ist inzwischen zur Analyse im Labor.«

»Und wann kann man Ergebnisse erwarten?«

»Wir haben darum ersucht, dem Fall erste Priorität einzuräumen.«

»Wie ist Haytham gestorben?«, warf Muhannad ein.

»Mr. Malik, ich habe bereits in zwei Telefongesprächen versucht, Ihnen zu erklären, dass –«

»Sie erwarten doch von mir nicht, dass ich Ihnen glaube, Sie wüssten immer noch nicht, *wie* Querashi getötet worden ist? Ihr Arzt hat die Leiche gesehen. Sie haben am Telefon zugegeben, dass Sie selbst sie ebenfalls gesehen haben.«

»Ein Blick von außen offenbart gar nichts«, erklärte Emily. »Ihr Vater wird Ihnen das bestätigen können. Er hat den Toten identifiziert, und ich denke, er tappt so sehr im Dunkeln wie wir.«

»Gehen wir recht in der Annahme, dass keine Schusswaffe gebraucht wurde?«, fragte Azhar ruhig. »Und auch kein Messer, kein Draht oder Strick? Solche Waffen hätten ja am Körper des Toten Spuren hinterlassen.«

»Mein Vater hat gesagt, dass er nur eine Seite von Haythams Gesicht gesehen hat«, bemerkte Muhannad und erläuterte, was seine Worte schon angedeutet hatten, indem er hinzufügte: »Mein Vater hat gesagt, er *durfte* nur eine Seite des Gesichts sehen. Die Leiche war mit einem Tuch zugedeckt, das ganze fünfzehn Sekunden lang bis zum Kinn aufgeschlagen wurde. Und das war alles. Was haben Sie zu verbergen, Inspector?«

Aus einem Krug, der auf dem Tisch hinter ihrem Schreibtisch stand, goss Emily sich Wasser ein. Sie bot den Männern davon an. Beide lehnten ab, was ihr ganz recht war, da sie das letzte Wasser genommen hatte und wenig Lust verspürte, einen frischen Krug holen zu lassen. Sie trank durstig, aber das Wasser hatte einen metallischen Geschmack und hinterließ ein unangenehmes Gefühl auf der Zunge.

Sie habe nichts zu verbergen, erklärte sie den beiden Asiaten, weil es in diesem frühen Ermittlungsstadium ganz einfach nichts zu verbergen gäbe. Ersten Feststellungen zufolge sei der Tod Freitagnacht zwischen einundzwanzig Uhr dreißig und null Uhr dreißig eingetreten. Dem Pathologen zufolge war Mr. Querashi keines natürlichen Todes gestorben und hatte auch nicht selbst Hand an sich gelegt. Aber genauere –

»Augenwischerei!«, rief Muhannad, als könnte das die einzige logische Folgerung aus ihren Worten sein. »Sie können mit Bestimmtheit sagen, dass es kein Selbstmord war und auch kein natürlicher Tod, und da erwarten Sie von uns, Ihnen zu glauben, dass Sie nicht wissen, wie er umgekommen ist?«

Ohne auf Muhannads Einwurf einzugehen, berichtete Emily Taymullah Azhar, dass gegenwärtig zur weiteren Klärung des Falles ein Team von Beamten unterwegs sei, um die Anwohner und Anwohnerinnen am Nez zu befragen, ob sie in der Nacht von Haytham Querashis Tod etwas gesehen oder gehört hätten. Am Tatort selbst habe man alle erforderlichen Maßnahmen durchgeführt, man habe die Kleidung ins Labor gebracht, der Leiche würden zur mikroskopischen Untersuchung Gewebeproben entnommen werden, Blut- und Urinproben würden dem Toxikologen übergeben werden, Hintergrundinformationen –

»Sie hält uns doch nur hin, Azhar.« Emily musste Muhannads Scharfblick anerkennen. Er war beinahe so wach wie sein Vetter. »Wir sollen nicht erfahren, was passiert ist. Weil wir dann nämlich wieder auf die Straße gehen, und diesmal werden wir uns nicht zurückziehen, bevor wir alle Antworten haben und mit einem gerechten Verfahren rechnen können. Aber genau das wollen Sie natürlich gerade zu Anfang der Touristensaison überhaupt nicht.«

Azhar hob eine Hand, um Muhannad zum Schweigen zu bringen. »Wie steht es mit Fotografien?«, fragte er Emily ruhig. »Sie haben doch welche gemacht.«

»Das geschieht immer zuerst. Der gesamte Tatort wird fotografiert, nicht nur die Leiche.«

»Können wir die Aufnahmen sehen?«

»Leider nicht.«

»Warum nicht?«

»Da wir zu der Überzeugung gelangt sind, dass es sich um Mord handelt, können Bestandteile der amtlichen Ermittlung der Öffentlichkeit nicht bekanntgemacht werden. Das ist einfach so.«

»Und trotzdem bekommen die Medien bei ähnlichen Ermittlungen häufig Wind von gerade solchen Informationen«, entgegnete Azhar.

»Das mag sein«, erwiderte Emily, »aber nicht durch den leitenden Beamten.«

Azhar sah sie nachdenklich an. Er hatte große, intelligente

braune Augen. Wenn es im Zimmer nicht sowieso schon unerträglich heiß gewesen wäre, wäre Emily unter diesem forschenden Blick errötet, das wusste sie. So aber rettete sie die Hitze. Jeder im Haus – ausgenommen die Asiaten – lief mit hochrotem Kopf herum, ihre eigene Gesichtsfarbe verriet also nichts.

»Wie werden die Ermittlungen nun weitergeführt?«, fragte er schließlich.

»Wir warten zunächst einmal alle Berichte ab. Und jeder, der mit Mr. Querashi bekannt war, steht für uns unter Verdacht. Wir werden zuerst die vernehmen –«

»Die eine braune Haut haben«, unterbrach Muhannad.

»Das habe ich nicht gesagt, Mr. Malik.«

»Das war gar nicht nötig, Inspector.« Er sprach ihren Titel mit so höflicher Betonung aus, dass man es nur als spöttische Geringschätzung verstehen konnte. »Sie haben nicht die geringste Absicht, Ihre Ermittlungen in die weiße Gemeinde hineinzutragen. Wenn es nach Ihnen ginge, würden Sie sich wahrscheinlich überhaupt nicht die Mühe machen, diesen Todesfall als Mord zu behandeln. Versuchen Sie nicht, das zu bestreiten. Ich habe einige Erfahrung damit, wie die Polizei mit Verbrechen umgeht, die gegen Menschen meiner Rasse begangen werden.«

Emily ließ sich auch von dieser herausfordernden Bemerkung nicht reizen, und Taymullah Azhar verhielt sich so, als habe er die Worte seines Vetters gar nicht gehört. Er sagte nur: »Könnte ich wenigstens die Fotografien des Toten sehen, da ich Mr. Querashi zu Lebzeiten nicht gekannt habe? Es würde meine Familie beruhigen zu erfahren, dass die Polizei uns nichts vorenthält.«

»Tut mir leid«, erwiderte Emily nur.

Muhannad schüttelte den Kopf, als hätte er diese Antwort von Anfang an erwartet. Er sagte zu seinem Vetter: »Komm, verschwinden wir hier. Wir verschwenden nur unsere Zeit.«

»Vielleicht nicht.«

»Komm schon. Es ist doch alles Quatsch. Sie ist nicht bereit, uns zu helfen.«

Azhar machte ein nachdenkliches Gesicht. »Sind Sie bereit, uns entgegenzukommen, Inspector?«

»In welcher Weise?« Emily war sofort auf der Hut.

»Durch einen Kompromiss.«

»Was? Kompromiss?«, rief Muhannad. »Nein. Kommt nicht in Frage, Azhar. Wenn wir uns auf Kompromisse einlassen, werden wir am Ende nur zusehen, wie der ganze Fall unter den Teppich gekehrt –«

»Muhannad.« Azhar sah ihn an. Es war das erste Mal, dass er überhaupt den Blick auf ihn richtete. »Inspector?«, sagte er, sich wieder Emily zuwendend.

»Bei einer polizeilichen Untersuchung kann es keine Kompromisse geben, Mr. Azhar. Ich verstehe daher Ihren Vorschlag nicht.«

»Mir geht es darum, einen Weg zu finden, die drückendsten Sorgen der Gemeinde zu beschwichtigen.«

Sie beschloss, diese Erklärung im besten Sinne auszulegen: Vielleicht schlug er ja einen Weg vor, die Asiaten ruhig zu halten. Das wäre ihren eigenen Interessen natürlich sehr dienlich. Sie antwortete mit Bedacht. »Ich will nicht leugnen, dass die Gedanken an die Gemeinde mich sehr beschäftigen«, sagte sie und wartete ab, um zu sehen, worauf er hinauswollte.

»Dann würde ich Ihnen regelmäßige Treffen mit der Familie vorschlagen. Das wird alle unsere Sorgen – nicht nur die der Familie, sondern auch die der Gemeinde – über Ihre Vorgehensweise bei den Ermittlungen beschwichtigen. Wären Sie dazu bereit?«

Er wartete geduldig auf ihre Antwort. Sein Gesichtsausdruck war so kühl und ruhig, wie er von Anfang an gewesen war. Er gab sich so, als hinge nichts – am allerwenigsten der Frieden in Balford-le-Nez – von ihrer Kooperationsbereitschaft ab. Während Emily ihn beobachtete, erkannte sie plötzlich, dass er jede ihrer Antworten vorausgesehen und von vornherein geplant hatte, um zum Schluss, als logische Folge all dessen, was sie gesagt hatte, mit diesem Vorschlag herauszurücken. Sie war soeben von diesen beiden Männern ausmanövriert worden. Sie hatten ihr, in abgeschwächter Form, das Spiel vom guten und vom bösen Polizisten vorgeführt, und sie war darauf hereingefallen wie ein kleines Schulmädchen, das die Polizei in die Mangel genommen hatte, weil es im Laden ein paar Süßigkeiten gestohlen hatte.

»Ich würde sehr gern so weit wie möglich mit Ihnen zusammenarbeiten«, sagte sie vorsichtig, nicht bereit, sich festzulegen. »Aber es ist in einem laufenden Ermittlungsverfahren schwierig, Ihnen zu garantieren, dass ich immer für Sie erreichbar sein werde, wenn Sie mit mir sprechen wollen.«

»Eine bequeme Antwort«, stellte Muhannad fest. »Ich schlage vor, wir beenden diese Komödie, Azhar.«

»Ich habe den Eindruck, Sie geben meinen Worten eine Auslegung, die nicht meiner Absicht entspricht«, sagte Emily.

»Ich weiß genau, was Sie für Absichten haben: Wer gegen uns die Hand erhebt, soll ruhig ungeschoren davonkommen, auch wenn es Mord ist.«

»Muhannad«, sagte Taymullah Azhar ruhig. »Geben wir Inspector Barlow doch eine Gelegenheit zum Kompromiss.«

Aber Emily wollte keinen Kompromiss. Sie wollte sich nicht mitten in einem Ermittlungsverfahren zu Besprechungen verpflichtet sehen, bei denen sie gezwungen wäre, ständig auf der Hut zu sein, jedes Wort auf die Goldwaage zu legen und unter allen Umständen ihren Gleichmut zu bewahren. Sie hatte keine Lust auf dieses Spiel. Wichtiger noch, sie hatte nicht die Zeit dazu. Bei der Untersuchung dieses Falles lief ihnen schon jetzt die Zeit davon, und das war vor allem Maliks Umtrieben zu verdanken. Sie hinkten dem Zeitplan bereits vierundzwanzig Stunden hinterher. Aber Taymullah Azhar hatte ihr soeben einen Ausweg geboten, auch wenn ihm selbst das nicht klar war.

»Würde die Familie an meiner Stelle einen Vertreter akzeptieren?«

»Was für einen Vertreter?«

»Jemanden, der zwischen Ihnen – der Familie und der Gemeinde – und den ermittelnden Beamten Verbindung hält. Wären Sie bereit, das zu akzeptieren?« Und endlich abzuhauen, fügte sie im Stillen hinzu. Und dafür zu sorgen, dass Ihre Leute Ruhe geben, zu Hause bleiben, brav ihrer Arbeit nachgehen und nicht auf der Straße randalieren.

Azhar tauschte einen Blick mit seinem Vetter. Muhannad zuckte kurz die Achseln. »Wir sind einverstanden«, sagte Azhar und stand auf. »Unter der Bedingung, dass diese Person von Ihnen abgelöst wird, falls wir sie als parteiisch, inkompetent oder unaufrichtig zurückweisen müssten.«

Emily hatte sich mit dieser Bedingung einverstanden erklärt, und danach waren die beiden Männer endlich gegangen. Sie hatte sich das Gesicht mit einem Papiertuch abgetupft und es an ihrem schweißfeuchten Nacken zu kleinen Fitzelchen zerrieben. Nachdem sie sich die Überreste von der feuchten Haut gezupft hatte, ging sie daran, ihre Anrufe zu erledigen. Zuletzt hatte sie mit ihrem Superintendent gesprochen.

Jetzt, nachdem sie den Bericht über Muhannad Malik gelesen hatte, schrieb sie den Namen Taymullah Azhars auf und erbat einen ähnlichen Bericht über ihn. Dann schob sie den Riemen ihrer Tasche über ihre Schulter und knipste die Lichter im Büro aus. Durch dieses Gespräch mit den Pakistanis hatte sie sich erst einmal einen kleinen zeitlichen Freiraum geschaffen. Und Zeit war bei einer Morduntersuchung alles.

Barbara Havers fand die Polizeidienststelle von Balford in der Martello Road, einer schmalen Straße mit heruntergekommenen roten Backsteinhäusern, über die man ebenfalls zum Meer gelangte. Die Dienststelle befand sich in einem dieser Häuser, einem spitzgiebeligen viktorianischen Bau mit vielen kleinen Kaminen, in dem früher gewiss einmal eine der besseren Familien der Stadt gewohnt hatte. Jetzt war es durch eine blaue Lampe gekennzeichnet, auf deren Glas in Weiß »Polizei« stand.

Als Barbara vor dem Haus anhielt, gingen die abendlichen Flutlichter an und schnitten Lichtbogen in die dunkle Fassade. Eine Frau kam gerade zur Tür heraus und blieb stehen, um den Riemen ihrer vollgepackten Umhängetasche zurechtzuschieben. Barbara hatte Emily Barlow vor anderthalb Jahren das letzte Mal gesehen, aber sie erkannte sie augenblicklich: eine große Frau in weißem ärmellosem Top und dunkler Hose, mit den breiten Schultern und dem ausgeprägten Bizeps der engagierten Triathletin, die sie war. Sie ging auf die Vierzig zu, aber ihr Körper sah aus wie der einer Zwanzigjährigen. Bei ihrem Anblick – selbst aus der Ferne und in der hereinbrechenden Dunkelheit – fühlte sich Barbara wieder wie damals, als sie zusammen ihre Kurse absolviert hatten: wie jemand, der dringend Entfettung, eine von Grund auf neue Garderobe und sechs Monate intensives Fitnesstraining brauchte.

»Em?«, rief sie leise. »Hallo! Ich hab' mir doch gedacht, dass ich dich noch bei der Arbeit finden würde.«

Bei Barbaras erstem Wort hatte Emily misstrauisch den Kopf gehoben. Jetzt aber trat sie von der Haustür weg und lief zum Bordstein. »Das gibt's doch nicht!«, rief sie. »Bist du's wirklich, Barbara? Was zum Teufel tust du denn in Balford?«

Was, fragte sich Barbara, käme wohl am besten? *Ich bin einem kauzigen Pakistani und seiner kleinen Tochter auf den Fersen, weil ich verhindern möchte, dass die beiden im Knast landen.* Na klar, auf so eine Geschichte würde Chief Inspector Emily Barlow ganz bestimmt groß abfahren. »Ich bin im Urlaub hier«, entschied sich Barbara zu sagen. »Ich bin gerade angekommen. Ich hab' im hiesigen Käseblättchen von dem Fall gelesen, und als ich deinen Namen sah, hab' ich mir gedacht, ich fahr' mal vorbei und schau' nach, was läuft.«

»Das hört sich aber nicht nach Urlaub an.«

»Na ja, ich kann nun mal nicht abschalten. Du weißt ja, wie das ist.« Barbara kramte in ihrer Tasche nach ihren Zigaretten, bis ihr im letzten Moment einfiel, dass Emily nicht nur nicht rauchte, sondern auch bereit war, sich mit jedem, der es tat, anzulegen. Barbara ließ die Players, wo sie waren, und holte stattdessen den Kaugummi heraus. »Meinen Glückwunsch übrigens zu der Beförderung«, fügte sie hinzu. »Wahnsinn, Em, du steigst ja hoch wie eine Rakete.« Sie schob sich den Kaugummi in den Mund.

»Die Glückwünsche könnten verfrüht sein. Wenn es nach meinem Chef geht, stecke ich bald wieder in Uniform.« Emily runzelte die Stirn. »Was ist denn mit deinem Gesicht los, Barb? Du siehst ja grässlich aus.«

Barbara nahm sich vor, die Pflaster abzureißen, sobald sie den nächsten Spiegel vor sich hatte. »Ich hab' vergessen, mich zu ducken. Bei meinem letzten Fall.«

»Ich hoffe nur, er sieht noch schlimmer aus – falls es denn ein Er war.«

Barbara nickte. »Er sitzt jetzt wegen Mordes.«

Emily lächelte. »Recht geschieht ihm.«

»Was hast du jetzt vor?«

Emily verlagerte das Gewicht ihrer schweren Tasche und fuhr

sich mit der für sie typischen Handbewegung, die Barbara so gut kannte, durch das rabenschwarze Haar, das nach Punkerart gefärbt und geschnitten war. An jeder anderen Frau ihres Alters hätte es albern ausgesehen, aber nicht an Emily Barlow. Für Albernheit hatte sie nichts übrig, weder im Aussehen noch in irgendeiner anderen Hinsicht.

»Eigentlich«, sagte sie freimütig, »sollte ich mich mit einem Freund treffen, zu einem romantischen Mondscheinspaziergang und dem, was romantischen Mondscheinspaziergängen im Allgemeinen so folgt. Aber ehrlich gesagt, er hat seinen Reiz für mich so ziemlich verloren, darum hab' ich abgesagt. Mir war klar, dass er irgendwann anfangen würde, mir was von seiner Frau und den lieben Kindern vorzujammern, und mir war einfach nicht danach, ihm das Händchen zu halten, während er sich wieder mal in Schuldgefühlen suhlt.«

Das war typisch Emily. Sie hatte Sex schon seit langem in den Bereich Aerobic verwiesen.

Barbara fragte: »Hast du dann Zeit, ein bisschen zu quatschen? Mir von deinem Fall zu erzählen?«

Emily zögerte. Barbara wusste, dass sie jetzt erst einmal überlegte, ob der Vorschlag akzeptabel war, und wartete. Ihr war klar, dass Emily sich auf nichts einlassen würde, was entweder die Ermittlungen oder ihre neuerworbene Position gefährden könnte. Schließlich warf Emily einen Blick zurück zum Haus und schien einen Entschluss zu fassen.

»Hast du schon gegessen, Barb?«, fragte sie.

»Ja, im *Breakwater*.«

»Das war echt mutig. Ich sehe förmlich, wie sich das Cholesterin in deinem Blut ansammelt, während wir hier reden. Aber ich hab' seit heute Morgen nichts mehr gegessen. Ich will jetzt nur noch nach Hause. Komm doch mit. Wir können quatschen, während ich esse.«

Den Wagen würden sie nicht brauchen, fügte sie hinzu, als Barbara in ihrer Umhängetasche nach den Schlüsseln zu suchen begann. Sie wohnte gleich am oberen Ende der Straße, wo die Martello Road in den Crescent überging.

Bei dem flotten Tempo, das Emily vorlegte, brauchten sie keine fünf Minuten für den Marsch. Ihr Haus war fast am Ende des Crescent, das letzte in einer Zeile von neun Reihenhäusern, die sich in unterschiedlichen Stadien entweder der Erneuerung oder des Verfalls zu befinden schienen. Emilys gehörte zur ersteren Gruppe: Es war bis zum zweiten Stockwerk eingerüstet.

»Du musst das Chaos entschuldigen.« Emily führte Barbara über die acht gesprungenen Stufen der Vordertreppe hinauf auf eine schmale Veranda, deren Wände edwardianische Kacheln schmückten. »Das wird ein richtiges Paradestück, wenn es fertig ist, aber im Moment komme ich kaum dazu, etwas daran zu machen.« Mit der Schulter drückte sie die abgebeizte Haustür auf. »Komm mit nach hinten«, sagte sie, schon auf dem Weg durch einen Korridor, in dem es nach Sägemehl und Terpentin roch. »Das ist der einzige Teil, der halbwegs bewohnbar ist.«

Falls Barbara vorgehabt hatte, sich bei Emily Barlow einzunisten, begrub sie jeden Gedanken daran, als sie »hinten« sah. Emily schien einzig in der stickigen Küche zu hausen, die nicht viel größer war als eine Kammer und mit einem Kühlschrank, einem Herd, einer Spüle und einer Arbeitsplatte ausgestattet war, wie sich das für eine Küche gehörte. Außerdem jedoch hatte Emily ein Feldbett, einen Klapptisch und zwei Klappstühle aus Metall sowie einen uralten Badezuber aus Zeiten, als es noch kein fließendes Wasser gab, in den kleinen Raum hineingezwängt. Barbara wollte lieber nicht fragen, wo die Toilette war.

Eine nackte Birne, die von der Decke herabhing, diente als einzige Beleuchtung. Eine Taschenlampe, die neben einer Ausgabe von *Eine kurze Geschichte der Zeit* auf dem Feldbett lag, zeigte allerdings, dass Emily sich zur abendlichen Entspannungslektüre – wenn man bei einem Buch über Astrophysik überhaupt von Entspannungslektüre reden konnte – etwas mehr Licht gönnte. Das ganze Bettzeug bestand aus einem Schlafsack und einem dicken Kopfkissen, auf dem Snoopy und Woodstock die Hundehütte aus dem Ersten Weltkrieg über Frankreich flogen.

Es war eine Notunterkunft, wie Barbara sie der Emily Barlow, die sie aus Maidstone kannte, niemals zugetraut hätte. Hätte sie sich die Zeit genommen, darüber nachzudenken, wie Emily lebte, so hätte sie an etwas schnörkellos Modernes mit viel Glas, Metall und Stein gedacht.

Emily stellte ihre große Leinentasche auf der Arbeitsplatte ab, lehnte sich dagegen und schob die Hände in die Hosentaschen. Als hätte sie Barbaras Gedanken gelesen, sagte sie: »Das lenkt mich von der Arbeit ab. Wenn ich das Haus hier fertig renoviert habe, such' ich mir ein anderes. Wenn ich das nicht hätte und ab und zu einen willigen Mann, würde ich, glaube ich, verrückt werden.« Sie legte den Kopf schief. »Ich hab' dich noch gar nicht gefragt, wie geht's deiner Mutter, Barb?«

»Weil du gerade vom Verrücktwerden sprichst oder ganz allgemein?«

»Tut mir leid. So hab' ich's nicht gemeint.«

»Du brauchst dich nicht zu entschuldigen.«

»Lebt sie noch bei dir?«

»Ich hab's nicht mehr geschafft.« Barbara berichtete Emily kurz und fühlte sich dabei so, wie sie sich immer fühlte, wenn sie widerstrebend bekannte, dass sie ihre Mutter in ein privates Pflegeheim gegeben hatte: schuldig, undankbar, egoistisch, rücksichtslos. Es spielte keine Rolle, dass ihre Mutter dort besser aufgehoben war als in Barbaras Obhut. Sie war und blieb ihre Mutter. Sie schuldete ihr ihr Leben, und diese Schuld würde immer zwischen ihnen stehen, auch wenn kein Kind sie je willentlich eingeht.

»Das muss eine schwere Zeit für dich gewesen sein«, sagte Emily, als Barbara schwieg. »Du hast dir die Entscheidung bestimmt nicht leichtgemacht.«

»Nein. Trotzdem hab' ich das Gefühl, dass ich ihr etwas schuldig geblieben bin.«

»Wieso?«

»Ich weiß auch nicht. Weil ich ihr mein Leben verdanke, nehme ich an.«

Emily nickte nachdenklich. Der Blick, mit dem sie Barbara betrachtete, schien prüfend zu sein, und bei dieser Musterung begann Barbaras Gesichtshaut unter den Pflastern plötzlich heftig zu jucken. Es war drückend heiß in dem kleinen Raum, und obwohl das einzige Fenster, das aus irgendeinem Grund schwarz gestrichen war, offen stand, bewegte sich kein Lüftchen in der Küche.

Emily raffte sich auf. »Essen«, sagte sie. Sie ging zum Kühlschrank, kauerte vor ihm nieder und holte einen Familienbecher

Joghurt heraus. Aus einem Schrank nahm sie eine Schüssel und löffelte eine große Portion Joghurt hinein. Sie griff nach einem Päckchen mit Trockenfrüchten und Nüssen. »Wahnsinn, diese Hitze«, sagte sie und rubbelte sich mit einer Hand die Haare. »Diese fürchterliche Hitze!« Sie riss das Päckchen mit den Zähnen auf.

»Das schlimmste Wetter für ernsthafte Ermittlungsarbeit«, meinte Barbara. »Jeder ist gereizt und explodiert beim geringsten Anlass.«

»Das kannst du zweimal sagen«, stimmte Emily zu. »Ich war in den letzten zwei Tagen hauptsächlich damit beschäftigt zu verhindern, dass die Pakistanis einen Aufstand proben und dass mein Chef seinem Golfpartner die Ermittlungsleitung für diesen Fall überträgt.«

Barbara war froh, dass Emily ihr diese Einstiegsmöglichkeit geboten hatte. »Die heutige Demonstration ist sogar im Fernsehen übertragen worden. Wusstest du das?«

»O ja.« Emily schüttete die Hälfte der Nüsse und Trockenfrüchte aus dem Päckchen auf den Joghurt und rührte mit dem Löffel um, ehe sie aus einer Obstschale auf der Arbeitsplatte eine Banane nahm. »Die Asiaten erschienen in geballter Ladung bei einer Stadtratssitzung, um mit Gebrüll ihre Bürgerrechte einzuklagen. Einer von ihnen machte die Medien mobil, und als ein Fernsehteam erschien, fingen sie an, mit Betonbrocken zu werfen. Sie haben Leute von außen geholt, die sie unterstützen sollen. Und Ferguson – das ist mein Chef – ruft mich seitdem stündlich an, um mir zu erklären, wie ich meine Arbeit zu tun habe.«

»Worum geht es den Asiaten in erster Linie?«

»Das kommt darauf an, mit wem man spricht. Sie möchten unbedingt etwas aufdecken: eine Vertuschung, Verschleppungstaktik der Polizei, eine Verschwörung innerhalb der Kripo oder die Anfänge einer ethnischen Säuberung. Du kannst dir's aussuchen.«

Barbara setzte sich auf einen der beiden Metallstühle. »Und was kommt der Wahrheit am nächsten?«

Emily warf ihr einen scharfen Blick zu. »Großartig, Barb. Du redest genau wie sie.«

»Entschuldige. Ich wollte natürlich nicht unterstellen –«

»Vergiss es. Ich hab' sowieso schon die ganze Welt auf dem Hals, warum nicht auch dich?« Aus einer Schublade nahm Emily ein kleines Messer und begann, die Banane in den Joghurt mit den Nüssen und den Trockenfrüchten zu schnipseln. »Die Situation ist folgende: Ich versuche, möglichst alles unter Verschluss zu halten. Die Lage in der Gemeinde ist verdammt brenzlig, und wenn ich nicht aufpasse, wer was und wann erfährt, gibt's hier im Ort einen, der sich als der große Rächer betrachtet und bestimmt sofort losballern wird.«

»Wer ist das?«

»Ein Moslem. Muhannad Malik.« Emily erklärte seine Beziehung zu dem Toten und schilderte die Bedeutung der Familie Malik – und somit auch Muhannads – in Balford-le-Nez. Sein Vater, Akram, war vor elf Jahren mit seiner Familie und dem Traum von einem eigenen Geschäft in die Stadt gekommen. Im Gegensatz zu den meisten asiatischen Einwanderern, die sich auf den Betrieb von Restaurants, Lebensmittelgeschäften, chemischen Reinigungen oder Tankstellen beschränkten, fühlte sich Akram Malik zu Höherem berufen. Er erkannte, dass er in diesem wirtschaftlich darniederliegenden Gebiet vielleicht nicht nur als künftiger Arbeitgeber willkommen geheißen werden würde, sondern die Chance hatte, Großes zu leisten. Er hatte klein angefangen, im Hinterzimmer einer Bäckerei in der Old Pier Street, wo er Senf hergestellt hatte. Nun hatte er eine komplette Fabrik im Norden des Ortes, wo so ziemlich alles vom Senf bis zu Soßen und Gelees produziert wurde. *»Maliks Senf- & Gewürzspezialitäten«*, schloss Emily. »Andere Pakistanis sind ihm hierher gefolgt. Teilweise Verwandte von ihm, aber auch andere, die nicht zur Familie gehören. Wir haben hier jetzt eine ständig wachsende asiatische Gemeinde. Samt allen Schwierigkeiten, die sich aus einem derartigen Zusammenleben ergeben.«

»Und eine dieser Schwierigkeiten ist Muhannad?«

»Eine ganz dicke. Wegen diesem Kerl hinke ich mit den Ermittlungen einen ganzen Tag hinterher.« Sie griff nach einem Pfirsich, schnitt ihn auf und legte die Schnitzel rund um den Rand ihrer Joghurtschüssel. Barbara sah ihr zu und dachte an ihr eigenes ungesundes Essen, aber es gelang ihr, ihr schlechtes Gewissen zu verdrängen.

Muhannad war, wie Emily ihr erklärte, ein politischer Aktivist, der mit wütendem Nachdruck für die Gleichberechtigung und gerechte Behandlung seiner Landsleute kämpfte. Er hatte eine Organisation gegründet, deren vorgebliches Ziel gegenseitige Unterstützung, Verbrüderung und Solidarität unter jungen Pakistanis war, und pflegte beim leisesten Verdacht von Diskriminierung mit blinder Hitzköpfigkeit zu reagieren. Wer immer einem Asiaten zu nahe trat, wurde prompt von einem oder mehreren Rächern in die Mangel genommen, zu deren Identität die Opfer danach niemals irgendwelche Angaben machen konnten.

»Keiner kann die asiatische Gemeinde so mobilisieren wie Malik«, sagte Emily. »Seit Querashis Leiche gefunden wurde, sitzt er mir wie der Teufel im Nacken und wird bestimmt nicht lockerlassen, bis ich jemanden festnehme. Wenn ich nicht gerade ihn beschwichtigen muss, dann Ferguson. Ich habe kaum mehr Zeit für die eigentlichen Ermittlungen.«

»Ganz schön hart«, meinte Barbara.

»Zum Kotzen ist es.« Emily warf das Messer in die Spüle und stellte ihre Schüssel mit dem Joghurt auf den Tisch.

»Ich hab' mich im *Breakwater* mit der Kellnerin unterhalten«, bemerkte Barbara, als Emily zum Kühlschrank ging und zwei Dosen Heineken herausholte. Nachdem sie beide geöffnet hatte, gab sie eine Barbara. Dann setzte sie sich, indem sie sportlich ein Bein über den Sitz ihres Stuhls schwang, anstatt sich mit bemühter weiblicher Grazie auf ihm niederzulassen. »Es geht das Gerücht, dass Querashi mit Drogen zu tun hatte. Du weißt schon, dass er ein paar Beutel Heroin geschluckt hat, bevor er aus Pakistan weg ist.«

Emily tauchte den Löffel in ihren Joghurt. Sie rollte die Bierdose über ihre schweißnasse Stirn. »Wir haben von der Toxikologie noch keinen endgültigen Befund über Querashi«, sagte sie. »Kann schon sein, dass da Drogen im Spiel sind. Angesichts der Nähe der Häfen müssen wir das auf jeden Fall in Betracht ziehen. Aber er ist nicht an Drogen gestorben, falls du das glauben solltest.«

»Weißt du, woran er gestorben ist?«

»O ja. Das weiß ich.«

»Und warum macht ihr ein Geheimnis daraus? Ich hab' gesehen, dass die Todesursache noch nicht bekanntgegeben worden ist, dass also immer noch nicht klar ist, ob es sich überhaupt um Mord handelt. Seid ihr inzwischen immer noch nicht weitergekommen?«

Emily trank einen Schluck Bier und betrachtete Barbara forschend. »Wie weit bist du im Urlaub, Barb?«

»Ich kann den Mund halten, falls es dir darum geht.«

»Vielleicht geht es mir ja um mehr.«

»Brauchst du meine Hilfe?«

Emily legte den Löffel, den sie gerade zum Mund hatte führen wollen, wieder in die Schüssel und meditierte ein Weilchen über diese Frage, ehe sie antwortete. »Es könnte sein.«

Na, das war doch viel besser, als erst irgendwelche Hintertürchen suchen zu müssen, sagte sich Barbara und ergriff die Gelegenheit, die Emily Barlow ihr unwissentlich bot, sofort beim Schopf. »Die kannst du haben. Warum haltet ihr die Presse hin? Wenn es keine Drogen waren, ist es dann eine Sexgeschichte? War es Selbstmord? Oder ein Unfall? Was läuft da?«

»Es war Mord«, antwortete Emily.

»Aha. Und wenn das rauskommt, gehen die Asiaten wieder auf die Straße.«

»Es ist schon heraus. Ich hab's den Pakistanis heute Nachmittag gesagt.«

»Und?«

»Und sie werden uns von jetzt an nicht mal mehr allein pinkeln gehen lassen.«

»Ist es eine Rassengeschichte?«

»Das wissen wir noch nicht.«

»Aber ihr wisst, wie er gestorben ist?«

»Das wussten wir schon in dem Moment, wo wir ihn uns genauer angesehen haben. Aber ich möchte es den Pakistanis so lange wie möglich verheimlichen.«

»Warum? Wenn sie wissen, dass es Mord ist –«

»Weil die Art des Mordes auf genau das hinweist, was sie behaupten.«

»Rassenhass?« Als Emily nickte, fragte Barbara: »Wieso? Ich meine, wieso hat euch ein Blick auf die Leiche genügt, um zu glauben, dass der Mord von Ausländerhass motiviert war? War sie denn irgendwie gezeichnet? Mit Hakenkreuzen oder so?«

»Nein.«

»Hatte irgendeine Art von Nationaler Front ihre Visitenkarte hinterlassen?«

»Nein, auch nicht.«

»Woher wisst ihr dann –«

»Er hatte am ganzen Körper blaue Flecken. Und sein Genick war gebrochen, Barb.«

»O verdammt!« Barbaras Stimme klang beinah ehrfürchtig. Sie erinnerte sich an das, was sie gelesen hatte. Querashis Leiche war in einem alten Bunker am Strand gefunden worden. Das legte einen Überfall aus dem Hinterhalt nahe. Kamen dann noch körperliche Misshandlungen vor der Tötung dazu, konnte man in der Tat auf einen rassistisch motivierten Mord schließen. Denn vorsätzlicher Mord – wenn ihm nicht Folterungen vorausgingen, wie Serienmörder sie bevorzugten – wurde im Allgemeinen schnell ausgeführt, da das Ziel ja der Tod des Opfers war. Das gebrochene Genick sprach ferner dafür, dass der Killer ein Mann gewesen war. Keine normale Frau würde über die Körperkraft verfügen, einem Mann das Genick zu brechen.

Während Barbara über diese Punkte nachdachte, ging Emily zur Arbeitsplatte und holte ihre Leinentasche. Am Tisch zurück, schob sie ihre Schüssel ganz an den Rand und nahm drei braune Hefter aus der Tasche. Sie schlug den ersten auf, legte ihn auf die Seite und öffnete den zweiten. Er enthielt eine Serie Hochglanzfotografien. Sie suchte einige heraus und reichte sie Barbara.

Die Aufnahmen zeigten den Toten so, wie er am Samstagmorgen in dem alten Bunker aufgefunden worden war. Die erste konzentrierte sich auf sein Gesicht, und Barbara sah, dass es beinahe ebenso zerschunden war wie ihr eigenes. Auf der rechten Wange sah man eine starke Quetschung, und über eine Augenbraue zog sich eine Platzwunde. Zwei weitere Fotografien zeigten seine Hände. Beide waren voller Schrammen und Hautabschürfungen, als hätte er versucht, seinen Angreifer abzuwehren.

Barbara dachte darüber nach, was diese Bilder aussagten. Der Zustand der rechten Gesichtshälfte legte nahe, dass der Angreifer Linkshänder gewesen war. Doch die Verletzung an der Stirn befand sich auf der linken Seite, was wiederum entweder auf

Beidhändigkeit des Killers oder auf einen Komplizen schließen ließ.

Emily reichte ihr noch eine Fotografie und sagte: »Kennst du den Nez?«

»Ich war seit Jahren nicht mehr dort«, antwortete Barbara. »Aber ich erinnere mich an die hohen Felsen. Dann war da irgendein Café oder so was. Und ein alter Wachturm.«

Das letzte Foto war eine Luftaufnahme. Auf ihr waren der Bunker, die Felsen dahinter, die hohe Säule des Wachturms und das L-förmige Café zu sehen. Auf einem Parkplatz im Südwesten des Cafés standen mehrere Polizeifahrzeuge um einen Pkw. Was Barbara an dem Bild jedoch auffiel, war die Tatsache, dass etwas fehlte, etwas, was am Parkplatz hätte aufragen müssen, um nach Einbruch der Dunkelheit für Beleuchtung zu sorgen.

»Em«, sagte sie, »gibt's da draußen keine Laternen? Auf dem Nez, meine ich? Oben auf den Felsen? Gibt es dort kein Licht?« Als sie aufblickte, sah sie, dass Emily sie beobachtete, eine Augenbraue hochgezogen in Anerkennung ihrer Überlegungen. »Aha! Also nicht, hm? Und wenn's da draußen kein Licht gibt …?« Barbara neigte den Kopf wieder über die Fotografie und richtete ihre nächste Frage anscheinend an sich selbst. »Was zum Teufel hat Haytham Querashi dann nachts auf dem Nez zu suchen gehabt?« Wieder hob sie den Kopf und sah, dass Emily ihr mit der Bierdose salutierte. »Tja, genau das ist die Frage, Sergeant Havers«, sagte sie und setzte die Dose an den Mund.

4

»Soll ich Sie jetzt ins Schlafzimmer raufbringen, Mrs. Shaw? Es ist schon nach zehn, und der Doktor hat gesagt, ich soll dafür sorgen, dass Sie Ihren Schlaf kriegen.«

Mary Ellis' Stimme hatte genau diesen zaghaften Ton, der Agatha Shaw auf die Palme brachte. Doch sie beherrschte sich und wandte sich langsam von den drei großen Staffeleien ab, die Theo für sie in der Bibliothek aufgestellt hatte. Auf ihnen waren Darstellungen von Balford-le-Nez in der Vergangenheit, der Gegenwart und der Zukunft. Sie hatte sich während der letzten halben Stunde darauf konzentriert, sie genau zu studieren, um so die Wut im Zaum zu halten, die in ihr tobte, seit ihr Enkel ihr mitgeteilt hatte, wie ihre sorgfältig geplante Sondersitzung des Stadtrats sabotiert worden war. Es war wirklich ein einziger Abend der Wut gewesen, wobei ihr Zorn sich beim Essen, als Theo ihr die Vorgänge bei der Sitzung und hinterher Schritt für Schritt erklärt hatte, noch gesteigert hatte.

»Mary«, sagte sie, »sehe ich aus, als müsste man mich wie bei Senilität im Endstadium behandeln?«

Marys pickelige Stirn runzelte sich in angestrengter Konzentration, als sie über diese Frage nachdachte. »Wie bitte?«, fragte sie und wischte sich die Hände am Rock ab. Der Rock war aus Baumwolle in einem blassen, scheußlich anämischen Blau. Ihre Hände hinterließen feuchte Flecken auf dem Stoff.

»Ich weiß, wie spät es ist«, erläuterte Agatha. »Und wenn ich mich zurückziehen möchte, rufe ich dich.«

»Aber es ist doch schon fast halb elf, Mrs. Shaw ...« Mary sprach nicht weiter, sondern biss sich stattdessen auf die ihr eigene Art auf die Unterlippe, um ihren Gedanken Ausdruck zu verleihen.

Agatha kannte das schon. Sie hasste es, manipuliert zu werden. Sie wusste, dass das Mädchen gehen wollte – zweifellos, um irgendeinen gleichermaßen pickeligen Kerl in den Genuss ihrer zweifelhaften Reize kommen zu lassen –, aber allein die Tatsache, dass sie nicht fähig war, offen zu sagen, was sie wollte, war für Agatha eine

Provokation. Das Mädchen war selbst schuld daran. Sie war neunzehn, alt genug, um zu sagen, was sie wollte. In ihrem Alter war Agatha bereits ein Jahr lang Marinehelferin gewesen und hatte den einzigen Mann, den sie je geliebt hatte, beim Bombenangriff auf Berlin verloren. Wenn eine Frau damals nicht imstande war zu sagen, was sie wollte, musste sie damit rechnen, dass sie das nächste Mal überhaupt keine Gelegenheit mehr haben würde, irgendetwas zu sagen. Weil sie nämlich damit Gefahr lief, dass es ein nächstes Mal nicht geben würde.

»Ja?«, ermunterte Agatha sie freundlich. »Es ist fast halb elf, Mary …?«

»Ich hab' gedacht … Wollen Sie nicht … Ich mein' ja nur, eigentlich geht meine Arbeitszeit doch nur bis neun. Das war doch so ausgemacht, oder?«

Agatha wartete auf mehr. Mary wand sich, als krabbelte ein Tausendfüßler ihren Oberschenkel hinauf.

»Es ist ja nur … Ich meine, es wird langsam spät …«

Agatha zog eine Augenbraue hoch.

Mary gab klein bei. »Rufen Sie mich, wenn Sie hinaufgehen wollen, Madam.«

Agatha lächelte. »Danke, Mary. Das werde ich tun.«

Während Mary Ellis gesenkten Hauptes zur Tür hinausschlich, wandte sie sich wieder den Staffeleien zu. Auf der ersten präsentierte sich das Balford-le-Nez der Vergangenheit in sieben übersichtlich arrangierten Fotografien, die zwischen 1880 und 1930, während der fünfzigjährigen Blütezeit der Stadt als Urlaubs- und Ferienparadies, aufgenommen worden waren. Das Mittelstück des Arrangements bildete eine große Aufnahme von Agathas erster Liebe, dem Vergnügungspier, das die Bilder anderer ehemaliger Touristenattraktionen wie Blütenblätter umgaben. Badekarren säumten den Meeresrand am Princes Beach; Frauen spazierten unter Sonnenschirmen durch die belebte High Street; ein Hummerboot lud am Strand seine vollen Netze aus. Hier war das berühmte *Pier End Hotel*, und dort die elegante georgianische Häuserreihe mit Blick auf die Strandpromenade.

Diese verdammten Farbigen, dachte Agatha. Wenn die nicht wären und so wütend darauf bestehen würden, dass ganz Balford ihnen in den Hintern kroch, nur weil einer von ihnen seine wahrscheinlich wohlverdiente Strafe bekommen hatte ... Wenn diese Leute nicht wären, wäre Balford-le-Nez jetzt einen Schritt näher daran, wieder das beliebte Seebad zu werden, das es einmal gewesen war und das es sein sollte. Und worüber hatten sich diese Pakis überhaupt aufgeregt? Weshalb hatten sie ausgerechnet *ihre* Stadtratssitzung mit ihrem Krawall stören müssen?

»Ihnen geht es um ihre Bürgerrechte«, hatte Theo beim Abendessen gesagt, und dieser verdammte Idiot hatte doch tatsächlich ein Gesicht gemacht, als wäre er mit der ganzen Bande einer Meinung.

»Vielleicht würdest du mir das näher erklären«, hatte Agatha ihren Enkel gebeten. Ihre Stimme war eisig. Sie bemerkte sehr wohl das Unbehagen, das dies augenblicklich bei Theo hervorrief. Er war für ihren Geschmack viel zu weichherzig. Seinen Glauben an Fairness, Gleichberechtigung und Gerechtigkeit für alle, die sie forderten, hatte er gewiss nicht von ihr. Sie wusste, was er mit den Bürgerrechten meinte, aber sie wollte ihn zwingen, es auszusprechen. Sie wollte ihn dazu zwingen, weil sie streiten wollte. Und wenn sie in ihrem jetzigen Zustand – in einem Körper gefangen, der ihr jeden Moment den Dienst zu versagen drohte – schon nicht den totalen Kampf ohne Rücksicht auf Verluste haben konnte, nach dem es sie gelüstete, würde sie sich eben mit einem Wortgefecht begnügen. Ein guter Streit war besser als gar nichts.

Aber Theo ließ sich nicht herausfordern. Und bei näherer Überlegung musste Agatha zugeben, dass diese Weigerung, sich von ihr reizen zu lassen, durchaus als ein positives Zeichen gesehen werden konnte. Er musste sich eine härtere Schale zulegen, wenn er die Firma *Shaw Enterprises* nach ihrem Tod mit Erfolg weiterführen wollte. Vielleicht hatte der Prozess schon begonnen.

»Die Asiaten trauen der Polizei nicht«, erklärte er. »Sie glauben nicht, dass sie als Gleichberechtigte behandelt werden. Sie wollen das allgemeine Interesse an den Ermittlungen wachhalten, um auf diese Weise die Kriminalpolizei unter Druck zu setzen.«

»Ich finde, wenn sie als Gleichberechtigte behandelt werden wollen – und ich kann nur vermuten, dass das heißen soll, wie ihre englischen Mitbürger –, sollten sie vielleicht ausnahmsweise einmal daran denken, sich wie ihre englischen Mitbürger zu verhalten.«

»Ach, es hat doch in den vergangenen Jahren genug Demonstrationen gegeben, die von Weißen organisiert wurden«, entgegnete Theo. »Die Unruhen wegen der Kopfsteuer, die Proteste gegen die Fuchsjagden, die Bewegung zur –«

»Ich spreche nicht von Demonstrationen«, unterbrach sie ihn. »Ich spreche davon, dass sie sich entschließen sollten, sich wie Engländer zu benehmen, wenn sie wie Engländer behandelt werden wollen. Sich zu kleiden wie Engländer. Sich in ihrem Glauben nach englischen Gepflogenheiten zu richten. Ihre Kinder wie Engländer zu erziehen. Wenn jemand in ein anderes Land auswandert, sollte er nicht erwarten, dass dieses Land sich nach seinen Eigenheiten richtet, Theo. Und wenn ich an deiner Stelle in dieser Stadtratssitzung gewesen wäre, hätte ich genau das gesagt, darauf kannst du dich verlassen.«

Theo faltete akkurat seine Serviette und legte sie neben seinen Teller, wie Agatha es ihn gelehrt hatte. »Das bezweifle ich nicht, Großmutter«, erwiderte er im Ton bitterer Erheiterung. »Und du wärst natürlich hinterher mitten ins Gewoge hineinmarschiert und hättest ein paar Leute deinen Stock spüren lassen.« Er schob seinen Stuhl zurück und ging zu ihr. Er legte seine Hand auf ihre Schulter und küsste ihre Stirn.

Agatha stieß ihn unwirsch weg. »Hör auf mit diesem Unsinn. Außerdem hat Mary Ellis den Käse noch nicht hereingebracht.«

»Auf den verzichte ich heute Abend.« Theo ging zur Tür. »Ich hole das Display aus dem Wagen.«

Das hatte er getan, und es stand jetzt vor ihm. Das Balford-le-Nez von heute war in all seiner Baufälligkeit auf der mittleren Staffelei dargestellt: die verlassenen Häuser längs des Strandes mit den vernagelten Fenstern und den verwitterten Holzbalken, von denen die Farbe abblätterte wie sonnenverbrannte Haut; die todgeweihte High Street, wo jedes Jahr ein anderes Geschäft für immer seine Türen schloss; die ungepflegte Badeanstalt, deren Gestank nach Schwamm und faulendem Holz eine Kamera nicht einfangen konnte. Und wie auf der Staffelei mit den Bildern vergangener Pracht befand sich auch unter diesen Aufnahmen eine Fotografie der Pier, die Agatha gekauft, die sie renoviert, die sie wiederhergestellt und zu neuem Glanz aufpoliert hatte, die sie wie Gott persönlich mit neuem Leben erfüllt und zu einer unausgesprochenen Verheißung für das Städtchen am Meer gemacht hatte, in dem sie ihr Leben zugebracht hatte.

Diesem Leben und seinem bevorstehenden Ende sollte das Balford der Zukunft einen Sinn geben: mit einladenden Hotels, Geschäften an der Promenade, deren Betreiber durch garantiert niedrige Grundmieten und das Engagement der Vermieter für Stadterneuerung und -verschönerung angelockt werden sollten, mit edelsanierten Häusern, neubepflanzten Parks – *großen* Parks, nicht so ein paar lumpigen grünen Fleckchen, die dann jemand nach der pakistanischen Mutter auf einen unaussprechlichen Namen taufte – und mit zusätzlichen Attraktionen an der Promenade. Es gab Pläne für ein Sport- und Freizeitzentrum, für ein renoviertes Hallenbad, für Tennis- und Squashplätze, für einen neuen Cricketplatz. So sollte Balford-le-Nez einmal werden, und dieses Ziel verfolgte Agatha Shaw auf ihrer Jagd nach einem Fünkchen Unsterblichkeit mit aller Energie.

Sie hatte ihre Eltern beim Großangriff auf London verloren. Mit achtunddreißig hatte sie ihren Mann verloren. Sie hatte drei Kinder an das Leben in fernen Ländern verloren und das vierte, einen Sohn, durch einen Autounfall, den seine charakterschwache skandinavische Ehefrau verursacht hatte. Sie hatte früh gelernt, dass eine kluge Frau sich wenig erwartet und ihre Träume für sich behält, doch in den letzten Jahren ihres Lebens war sie der ständigen Unterwerfung in den Willen des Allmächtigen so müde geworden, wie sie es müde geworden wäre, gegen diesen Willen anzukämpfen. Für ihr letztes Anliegen hatte sie sich daher wie ein Krieger in den Kampf geworfen, eisern entschlossen, diese Schlacht bis zu ihrem Ende durchzustehen.

Nichts würde dieses Projekt vereiteln, schon gar nicht der Tod irgendeines Ausländers, den sie nicht kannte. Doch sie brauchte Theo als ihre rechte Hand. Sie brauchte einen wachen und starken Theo. Unnachgiebig und unbesiegbar musste er sein, und er hätte ihren Plänen für Balford nichts Schlimmeres antun können, als ihre gewaltsame Beförderung aufs Abstellgleis stillschweigend hinzunehmen.

Sie packte ihren Stock so fest, dass ihr Arm zu zittern begann. Sie konzentrierte sich, wie ihre Physiotherapeutin ihr gesagt hatte, dass sie sich von nun an würde konzentrieren müssen, um überhaupt gehen zu können. Es war eine unsägliche Grausamkeit, jedem Bein vor jedem Schritt genaue Befehle geben zu müssen, was es zu tun hatte. Sie, die früher geritten war, die Tennis und Golf gespielt, die geangelt und gerudert hatte, war jetzt gezwungen, sich gut zuzureden, nur um die Tür zu erreichen. »Erst links, dann rechts. Jetzt links, dann rechts«, murmelte sie zähneknirschend. Wenn sie einen Hund besessen hätte, einen treuen und anhänglichen Corgi vielleicht, und der erforderlichen Anstrengung gewachsen wäre, sie hätte das Tier aus reinem Frust getreten.

Sie fand Theo im früheren Damenzimmer. Er hatte es schon vor langer Zeit zu seinem eigenen Zimmer gemacht, mit einem Fernsehapparat, einer Stereoanlage, Büchern, gemütlichen alten Möbeln und einem PC ausgestattet, über den er mit den sozialen Versagern dieser Welt kommunizierte, die sein leidenschaftliches Interesse an der Paläontologie teilten. Für Agatha war das nichts weiter als der Vorwand eines Erwachsenen, im Dreck zu wühlen. Für Theo jedoch war es eine Liebhaberei, der er mit der gleichen Hingabe nachging, mit der viele Männer dem sexuellen Abenteuer nachjagten. Ob Tag oder Nacht, für Theo spielte es kaum eine Rolle: Sobald er ein wenig freie Zeit hatte, marschierte er in Richtung Nez davon, wo die erodierten Felsen ihre zweifelhaften Schätze freigaben, seit das Meer an ihnen nagte.

An diesem Abend war er nicht am Computer. Er saß auch nicht mit seinem Vergrößerungsglas über irgendeinen alten Steinbrocken gebeugt – »Kannst du dir das vorstellen, Großmutter, das ist tatsächlich ein Rhinozeroszahn«, sagte er dann vielleicht geduldig –, den er auf dem Felsen gefunden hatte. Stattdessen telefonierte er leise, sprach in hastig hervorgestoßenen Sätzen, die Agatha nicht recht mitbekam, auf jemanden ein, der offensichtlich nicht hören wollte.

Sie fing die Worte »Bitte. Bitte! Hör mir doch zu« auf. Dann blickte sie zur Tür, und als er sie sah, legte er den Hörer auf, als wäre gar keine Verbindung zustande gekommen.

Sie musterte ihn. Der Abend war beinahe so schwül, wie der Tag gewesen war, und da sein Zimmer sich auf der Westseite des Hauses befand, war es der schlimmsten Hitze am längsten ausgesetzt gewesen. Dies war sicherlich ein Grund dafür, dass Theos Gesicht gerötet war und feucht und glänzend wirkte. Der andere Grund jedoch, vermutete sie, saß irgendwo mit einem Telefonhörer in der schweißfeuchten Hand und wunderte sich, weshalb er zuerst gesagt hatte: »Hör mir doch zu« und das Gespräch dann beendet hatte, anstatt es weiterzuführen.

Die Fenster standen offen, aber die Luft im Zimmer war unerträglich. Selbst die Wände schienen unter der alten William-Morris-Tapete zu schwitzen. Das Durcheinander von Zeitschriften, Zeitungen, Büchern und vor allem diese Haufen von Steinen – »Nein, Großmutter, sie sehen nur wie Steine aus. In Wirklichkeit sind es Knochen und Zähne, und hier, schau, das ist ein Teil eines Mammutstoßzahns«, pflegte Theo wohl zu sagen – ließen die Atmosphäre des Zimmers noch drückender erscheinen, als steigerten sie die Temperatur nochmals um zehn Grad. Und obwohl ihr Enkel die Gesteinsbrocken mit großer Sorgfalt zu reinigen pflegte, erfüllten sie die Luft mit einem aufdringlichen Geruch nach fruchtbarer Erde.

Theo trat vom Telefon zu dem breiten Eichentisch, der mit einer feinen Staubschicht bedeckt war, da er Mary Ellis nicht erlaubte, dort sauberzumachen und womöglich die Fossilien durcheinanderzubringen, die er in unterteilten flachen Holzkästen angeordnet hatte. Vor dem Tisch stand ein alter Sessel mit hoher Rückenlehne. Den drehte er jetzt zu ihr herum.

Sie verstand die Geste sofort, er bot ihr einen Sitzplatz an, den sie ohne Mühe erreichen konnte, und hätte ihn am liebsten ins Ohr gekniffen, bis er schrie. Sie war noch nicht bereit für das Grab, obwohl es bereits ausgehoben war, und sie konnte auf diese zartfühlenden Gesten verzichten, die zeigten, dass andere bereits mit ihrem Ableben rechneten. Sie blieb stehen.

»Und das Endresultat?«, fragte sie, als wäre ihr Gespräch nicht unterbrochen worden.

Er zog die Augenbrauen zusammen. Mit dem Rücken seines gekrümmten Zeigefingers wischte er sich den Schweiß von der Stirn. Sein Blick flog zum Telefon und kehrte dann zu ihr zurück.

»Dein Liebesleben interessiert mich nicht im Geringsten, Theodore. Du wirst noch früh genug erfahren, dass es ein Oxymoron ist. Ich bete jeden Abend darum, dass du den Verstand entwickelst, dich weder von deiner Nase noch von deinem Penis leiten zu lassen. Was du sonst mit deiner freien Zeit anfängst, geht nur dich und die Person an, mit der du den flüchtigen Genuss der Fleischeslust teilst. Obwohl mir schleierhaft ist, wie man bei dieser Hitze an Geschlechtsverkehr auch nur –«

»Großmutter!« Theos Gesicht war flammend rot.

Mein Gott, dachte Agatha. Er ist sechsundzwanzig Jahre alt und hat die sexuelle Reife eines Teenagers. Sie konnte nur schaudern bei der Vorstellung, seinem täppisch-inbrünstigen Gegrapsche ausgesetzt zu sein. Sein Großvater – dem man sicher vieles vorwerfen konnte, zum Beispiel, dass er sich mit zweiundvierzig aus dem Leben gestohlen hatte – hatte es wenigstens verstanden, eine Frau zu nehmen, ohne viel Aufhebens darum zu machen. Mehr als eine Viertelstunde hatte Lewis nie gebraucht, und wenn sie besonderes Glück gehabt hatte, war die Sache in weniger als zehn Minuten erledigt gewesen. Der Geschlechtsakt war in ihren Augen reine Gesundheitsvorsorge: Man musste die Körpersäfte in Fluss halten, wenn man gesund bleiben wollte.

»Was haben sie uns versprochen, Theo?«, fragte sie. »Du hast natürlich auf Anberaumung einer neuen Sondersitzung gedrungen.«

»Also, ich …« Er blieb stehen wie sie. Doch er griff nach einem seiner kostbaren Fossilien und drehte es in seinen Händen.

»Du wirst doch geistesgegenwärtig genug gewesen sein, eine neue Sitzung zu verlangen, Theo? Du hast doch nicht einfach diesen Farbigen das Kommando überlassen, ohne etwas zu unternehmen?«

Sein betretener Blick war ihr Antwort genug.

»Mein Gott!«, sagte sie. Er war seiner hirnlosen Mutter so ähnlich. Agatha musste sich setzen, obwohl sie es nicht wollte. Sie ließ sich langsam in den Sessel sinken und setzte sich so, wie man sie es in ihrer Jugend gelehrt hatte – als hätte sie ein Lineal im Rücken. »Was um alles in der Welt ist eigentlich los mit dir, Theodore Michael?«, fragte sie. »Und setz dich bitte. Ich möchte mir nicht unbedingt einen steifen Hals holen.«

Er zog einen alten Lehnstuhl heran, um sich ihr gegenüber zu setzen. Auf dem verschossenen Cordsamtbezug der Sitzfläche war ein froschförmiger Fleck, über dessen Entstehung Agatha lieber keine Vermutungen anstellen wollte.

»Es war nicht der richtige Moment«, sagte er.

»Es war nicht der – was?« Sie hatte ihn genau verstanden, aber sie wusste aus langer Erfahrung, dass das wirksamste Mittel, den anderen ihrem Willen zu unterwerfen, darin bestand, ihn zu zwingen, seine eigene Überzeugung mit solcher Gewissenhaftigkeit zu prüfen, dass er sie am Ende zugunsten der ihrigen verwarf.

»Es war nicht der richtige Moment, Großmutter.« Theo setzte sich. Die bloßen Arme auf die in beigefarbenes Leinen gehüllten Knie gestützt, neigte er sich zu ihr. Er hatte eine Art, die den Werbespruch »Leinen knittert edel« zu bestätigen schien. Sie fand solch modisches Flair unpassend für einen Mann. »Der Stadtrat hatte alle Hände voll damit zu tun, Muhannad Malik zu bändigen. Was dann leider doch nicht gelungen ist.«

»Es war aber doch nicht seine Sitzung.«

»Und da es um den Tod eines Menschen ging und um die Sorge dieser Leute, wie die Polizei –«

»Um die Sorge dieser Leute! Um ihre *Sorge*«, spottete Agatha.

»Großmutter, es war einfach nicht der richtige Moment. Ich konnte nicht mitten in einer chaotischen Situation Forderungen stellen, vor allem keine, bei denen es um Wiederaufbau geht.«

Sie stieß ihren Stock in den Teppich. »Warum nicht?«

»Weil ich es für wichtiger halte, die Hintergründe dieses Todesfalls auf dem Nez zu klären, als über die Finanzierung der Renovierung vom *Pier End Hotel* zu verhandeln.« Er hob abwehrend die Hand. »Nein, einen Augenblick noch, Großmutter. Lass mich ausreden. Ich weiß, wie wichtig dir dieses Projekt ist. Mir ist es auch wichtig. Es ist für die ganze Stadt wichtig. Aber du musst doch einsehen, dass es sinnlos wäre, in Balford Geld hineinzupumpen, wenn am Ende nichts von Balford übrigbleibt.«

»Du willst doch nicht im Ernst behaupten, dass diese Asiaten die Macht oder auch nur die Dreistigkeit besitzen, diese Stadt zu zerstören? Da würden sie sich ja den Ast absägen, auf dem sie sitzen.«

»Ich behaupte, wenn zukünftige Besucher in dieser Stadt fürchten müssen, wegen ihrer Hautfarbe angegriffen zu werden, können wir alles Geld, das wir für Sanierungsprojekte ausgeben, genauso gut verbrennen.«

Er überraschte sie. Einen Moment lang sah Agatha den Schatten seines Großvaters in ihm. Lewis hätte genauso gedacht.

»Hm«, brummte sie.

»Du siehst doch ein, dass ich recht habe.« Er kleidete seine Worte nicht in eine Frage, sondern brachte sie als Feststellung vor. Genau wie Lewis es getan hätte. »Ich werde ein paar Tage abwarten, bis die Spannung sich legt, und dann eine neue Sitzung organisieren. Das ist die beste Lösung. Du wirst sehen.« Er warf einen Blick auf die antike Uhr auf dem Kaminsims und stand auf. »Und jetzt ist es Zeit, dass du ins Bett kommst. Ich hole Mary Ellis.«

»Ich kann Mary Ellis schon selbst rufen, wenn ich zu Bett gehen möchte, Theodore. Hör endlich auf, mich wie –«

»Keine Widerrede.« Er ging zur Tür.

Sie sprach, ehe er sie öffnen konnte. »Du gehst weg?«

»Ich sagte, ich hole –«

»Das weiß ich. Das habe ich nicht gemeint. Ich möchte wissen, ob du heute Abend wieder ausgehst, Theo.« Seine Miene verriet ihr, dass sie zu weit gegangen war. Selbst Theos Gutmütigkeit hatte ihre Grenzen. Und er zog sie dort, wo sein Privatleben begann. »Ich frage nur, weil ich mir nicht sicher bin, ob deine nächtlichen Wanderungen im Augenblick ratsam sind. Wenn die Situation in der Stadt so ist, wie du sagst – so angespannt –, dann denke ich, sollte man nach Einbruch der Dunkelheit lieber nicht außer Haus gehen. Du bist doch nicht wieder mit dem Boot hinausgefahren? Du kennst meine Einstellung zu nächtlichen Segelpartien.«

Theo sah sie von der Tür aus an. Da zeigte er sich wieder, Lewis' Schatten: in diesen Gesichtszügen, die zu einer freundlichen, aber völlig unergründlichen Maske gerannen. Wann hatte er gelernt, sich so zu verstellen?, fragte sie sich. Und warum hatte er es gelernt?

»Ich hole jetzt Mary Ellis«, sagte er und ließ sie mit ihren unbeantworteten Fragen zurück.

Sahlah durfte an der Besprechung teilnehmen, da der Mann, dem man das Leben genommen hatte, ja ihr Verlobter gewesen war. Sonst hätte sie nicht dabei sein dürfen, das wusste sie. Die moslemischen Männer ihrer Bekanntschaft pflegten dem Wort einer Frau keinerlei Gewicht beizumessen, und wenn auch ihr Vater ein sanftmütiger Mann war, der seine Zärtlichkeit meist nur zeigte, indem er ihr im Vorübergehen leicht über die Wange strich, war er doch, wenn es um die Konventionen ging, Moslem bis ins Mark. Er sprach jeden Tag fünfmal mit inniger Frömmigkeit seine Gebete; er war bei seiner dritten Lesung des heiligen Koran; er sorgte dafür, dass ein Teil seines Geschäftsgewinns den Armen zufloss; und zweimal schon war er den Spuren von Millionen von Muslimen gefolgt, die zur Ka'bā gepilgert waren. Während Sahlah also an diesem Abend am Gespräch der Männer teilhaben durfte, bestand die ganze Aufgabe ihrer Mutter darin, aus der Küche Speisen und Getränke heranzutragen, während Sahlahs Schwägerin sich rarmachte. Yumn tat dies natürlich aus zwei Gründen: einerseits als Referenz an das *haya* – Muhannad bestand auf der traditionellen Auffassung weiblicher Schamhaftigkeit und erlaubte daher keinem Mann außer seinem Vater, seine Frau anzusehen – und andererseits, weil dies ihrer Natur entsprach – wäre sie unten geblieben, so hätte ihre Schwiegermutter ihr womöglich befohlen, beim Kochen zu helfen, und Yumn war die Faulheit in Person. Sie begrüßte daher Muhannad auf ihre übliche Art, indem sie um ihn herumscharwenzelte, als wäre es ihr größter Wunsch, dass er seine Stiefel am Gesäß ihrer Pluderhose abwischte, und verschwand dann in den oberen Regionen. Sie müsse bei Anas wachen, behauptete sie, falls der wieder einen seiner schrecklichen Alpträume haben sollte. In Wahrheit vertrieb sie sich die Zeit damit, in Zeitschriften zu blättern, um sich die neuesten westlichen Moden anzusehen, die zu tragen ihr Muhannad niemals erlaubt hätte.

Sahlah saß abseits von den Männern und nahm aus Ehrerbietung vor deren Geschlecht weder Speisen noch Getränke zu sich. Sie war sowieso nicht im Geringsten hungrig, von dem *lassī* jedoch, das ihre Mutter den anderen servierte, hätte sie gern getrunken. Das Joghurtgetränk wäre bei dieser Hitze eine köstliche Erfrischung gewesen.

Seiner Gewohnheit gemäß dankte Akram Malik seiner Frau mit großer Höflichkeit, nachdem sie den Gästen und ihrem Sohn aufgetragen hatte. Sie berührte flüchtig seine Schulter, sagte: »Möge es dir wohl sein, Akram«, und ging aus dem Zimmer. Sahlah fragte sich oft, wie ihre Mutter es fertigbrachte, sich ihrem Ehemann in allen Dingen zu unterwerfen, als besäße sie keinen eigenen Willen. Doch wenn sie sie fragte, sagte Wardah immer nur: »Ich unterwerfe mich nicht, Sahlah. Dazu besteht keine Notwendigkeit. Dein Vater ist mein Leben, wie ich seines bin.«

Es bestand eine tiefe Verbundenheit zwischen ihren Eltern, die Sahlah stets bewundert hatte, obwohl sie sie nie ganz verstanden hatte. Sie schien einer unauslöschlichen beiderseitigen Traurigkeit zu entspringen, über die sie niemals sprachen, und sie manifestierte sich in dem Feingefühl, mit dem sie miteinander umgingen und miteinander sprachen. Akram Malik erhob niemals seine Stimme. Aber das brauchte er auch gar nicht. Sein Wort war für seine Frau Gesetz, und für seine Kinder sollte es ebenso Gesetz sein.

Doch als Teenager hatte Muhannad Akram hinter seinem Rücken höhnisch den »alten Scheißer« genannt. Und in der Birnenplantage hinter ihrem Haus pflegte er Steine an die Mauer zu werfen und die Stämme der Bäume mit Füßen zu treten, um der Wut Luft zu machen, die sein Vater jedes Mal in ihm hervorrief, wenn er seine Wünsche durchkreuzte. Doch er war sorgsam darauf bedacht, Akram seine Wut niemals sehen zu lassen. In seiner Gegenwart war Muhannad still und gehorsam. Er verbrachte seine Jugend gewissermaßen in Warteposition, richtete sich nach den Befehlen seines Vaters und tröstete sich mit dem Wissen, dass Geschäft und Vermögen der Familie am Ende in seine Hände übergehen würden, wenn er nur seinen familiären Verpflichtungen den Vorrang einräumte. Dann würde *sein* Wort Gesetz sein. Sahlah wusste, dass Muhannad diesen Tag herbeisehnte.

Im Augenblick jedoch sah er sich der zornigen Empörung seines Vaters gegenüber, die allerdings unausgesprochen blieb. Nicht nur hatte er an diesem Tag in der Stadt Aufruhr gestiftet, er hatte auch noch Taymullah Azhar nach Hause gebracht und sich damit eines schweren Verstoßes gegen die Familie schuldig gemacht. Denn Taymullah Azhar war zwar der Sohn von Akrams ältestem Bruder, doch er war, wie Sahlah wusste, aus der Familie ausgestoßen worden, und das hieß, dass er für die ganze Sippe tot war. Auch für die Familie seines Onkels.

Akram war nicht zu Hause gewesen, als Muhannad mit Taymullah Azhar eintraf und Wardahs leise, aber dringende Warnung »Das darfst du nicht, mein Sohn« einfach übergangen hatte. »Wir brauchen ihn«, hatte er gesagt. »Wir brauchen jemanden mit seiner Erfahrung. Wenn wir jetzt nicht ein für alle Mal klarstellen, dass wir nicht zusehen werden, wie der Mord an Haytham einfach unter den Teppich gekehrt wird, können wir von dieser Stadt das Übliche erwarten.«

Wardah hatte ein ängstliches Gesicht gemacht, aber nichts mehr gesagt. Nach dem ersten Augenblick erschreckten Erkennens vermied sie es beharrlich, Taymullah Azhar anzusehen. Sie nickte nur – dem einzigen Sohn dieselbe Ehrfurcht zeigend wie ihrem Ehemann – und zog sich mit Sahlah in die Küche zurück, um auf die Heimkehr Akrams zu warten, der in der Fabrik noch damit beschäftigt war, einen Ersatz für Haytham zu finden.

»*Ammī*«, hatte Sahlah mit leiser Stimme gefragt, als ihre Mutter begann, eine Mahlzeit zuzubereiten, »wer ist dieser Mann?«

»Er ist niemand«, hatte Wardah entschieden geantwortet. »Er existiert nicht.«

Aber natürlich existierte Taymullah Azhar sehr wohl, und Sahlah erfuhr seinen Namen – und dank zehnjährigem Familienklatsch unter den jüngeren Verwandten wusste sie sofort, wer er war –, als ihr Vater bei seiner Heimkehr in die Küche kam und Wardah ihn abfing, um ihn auf die Anwesenheit des Gastes vorzubereiten, den ihr Sohn mitgebracht hatte. Sie tauschten gedämpfte Worte. Nur Akrams Augen verrieten eine Reaktion; sie verengten sich hinter den Gläsern seiner Brille einen Moment lang zu schmalen Schlitzen.

»Warum?«, fragte er.

»Wegen Haytham«, antwortete seine Frau. Sie sah Sahlah voller Mitleid an, als glaubte sie, ihre Tochter hätte den Mann, den sie ihr ausgesucht hatten, tatsächlich lieben gelernt. Und warum auch nicht?, dachte Sahlah. Wardah, die auf gleiche Weise verheiratet worden war, hatte ja auch gelernt, Akram Malik zu lieben. »Muhannad sagt, der Sohn deines Bruders hat Erfahrung in diesen Angelegenheiten, Akram.«

Akram versetzte verächtlich: »Das kommt darauf an, was man unter ›diesen Angelegenheiten‹ versteht. Du hättest ihn nicht ins Haus lassen sollen.«

»Er ist mit Muhannad gekommen«, entgegnete sie. »Was hätte ich tun sollen?«

Er war jetzt immer noch da, saß an einem Ende des Sofas, während Muhannad am anderen Platz genommen hatte. Akram hatte es sich mit einem von Wardahs bestickten Kissen im Rücken in einem Sessel bequem gemacht. Über den überdimensionalen Bildschirm des Fernsehapparats flimmerte einer von Yumns asiatischen Filmen. Sie hatte nur den Ton ausgedreht, anstatt den Apparat ganz abzustellen, bevor sie nach oben geflüchtet war. Über die Schulter ihres Vaters hinweg konnte Sahlah zwei verzweifelte junge Liebende sehen, die sich heimlich trafen wie Romeo und Julia. Nur fand ihr Stelldichein nicht auf einem Balkon statt, sondern auf einem Feld, wo sie einander in die Arme fielen und zu Boden sanken, verborgen von hohen Maisstengeln. Sahlah sah weg. Ihr Herz flatterte wie ein gefangener Vogel.

»Ich weiß, dass du mit vielem, was heute Nachmittag geschehen ist, nicht einverstanden bist«, sagte Muhannad gerade. »Aber wir haben der Polizei die Zusicherung abgerungen, dass einer ihrer Beamten sich jeden Tag mit uns trifft. Auf diese Weise erfahren wir wenigstens, was vorgeht.« An der scharfen, abgehackten Sprechweise ihres Bruders erkannte Sahlah, dass die unausgesprochene Missbilligung und Verärgerung seines Vaters ihn reizte. »So weit wären wir in diesem einen Gespräch nicht gekommen, wenn Azhar nicht dabei gewesen wäre, Vater. Er drängte die Beamtin so in die Ecke, dass ihr gar nichts mehr übrigblieb, als zuzustimmen. Und er hat das so geschickt gemacht, dass sie erst gemerkt hat, in welche Richtung er sie führte, als sie dort angekommen war.« Er warf Azhar einen bewundernden Blick zu.

Azhar kniff die Bügelfalte seiner Hose zwischen zwei Fingern, sagte aber kein Wort. Er hielt seinen Blick auf seinen Onkel gerichtet. Sahlah war noch nie jemandem begegnet, der angesichts solcher Ablehnung so viel Gelassenheit zeigte.

»Und das war dein Ziel, als du die Leute zum Aufstand angestiftet hast?«

»Es geht nicht darum, wer wen wozu angestiftet hat. Das Entscheidende ist, dass wir diese Zusicherung bekommen haben.«

»Und du bist der Meinung, dass wir das allein nicht hätten erreichen können, Muhannad? Diese Zusicherung, wie du es nennst.« Akram hob sein Glas und trank von seinem *lassī*. Er hatte Taymullah Azhar nicht ein einziges Mal angesehen.

»Die Polizei kennt uns, Vater. Sie kennt uns seit Jahren. Und solche Vertrautheit verleitet die Leute im Allgemeinen dazu, ihre Pflichten auf die leichte Schulter zu nehmen. Derjenige, der am lautesten schreit, wird als Erster verhört, das weißt du doch.«

Diese letzte Bemerkung war ein Fehler. Sie war Muhannads Ungeduld und seiner Abneigung gegen die Engländer entsprungen. Sahlah verstand ihn – auch sie war während ihrer Kindheit oft genug Zielscheibe von Spott und Quälereien ihrer Klassenkameraden gewesen –, aber sie wusste, dass ihr Vater es nicht tat. Er war in Pakistan geboren und erst als junger Mann nach England gekommen und hatte nur einmal offene Ausländerfeindlichkeit zu spüren bekommen. Selbst diese eine öffentliche Demütigung in einem Londoner U-Bahnhof hatte ihn nicht gegen die Menschen einnehmen können, die er künftig als seine Landsleute annehmen wollte. In seinen Augen hatte Muhannad an diesem Tag Schande über die ganze pakistanische Gemeinde gebracht. Und das würde Akram Malik so bald nicht vergessen.

»Wer am lautesten schreit, hat am wenigsten zu sagen«, entgegnete er.

Muhannads Blick wurde scharf. »Wir müssen uns jetzt organisieren. Und darauf versteht Azhar sich.«

»Was heißt jetzt, Muni? Ist Haytham weniger tot, als er gestern um diese Zeit war? Ist die Zukunft deiner Schwester weniger zerstört? Wie soll die Anwesenheit eines Mannes das ändern, was ist?«

»Das kann ich dir sagen«, gab Muhannad zurück, und sein Ton verriet Sahlah, dass er sich seinen Trumpf bis zuletzt aufgehoben hatte. »Sie geben jetzt zu, dass es Mord ist.«

Akrams Gesicht wurde ernst. So irrational das gewesen sein mochte, er hatte sich selbst, seine Familie und besonders Sahlah damit zu trösten versucht, dass er an der Überzeugung festgehalten hatte, Haythams Tod sei die Folge eines Unglücksfalls gewesen. Jetzt, da Muhannad die Wahrheit ans Licht gezerrt hatte, würde er, das war Sahlah klar, umdenken müssen. Er würde die Frage nach dem Warum stellen müssen, was ihn sehr wohl in eine Richtung führen konnte, die er gar nicht einschlagen wollte.

»*Zugegeben,* Vater. Uns gegenüber. Aufgrund dessen, was sich heute während der Stadtratssitzung und hinterher auf der Straße abgespielt hat. Warte. Sag noch nichts.« Um seinen Worten Nachdruck zu verleihen, stand Muhannad auf und ging zum offenen Kamin, wo auf dem Sims eine ganze Galerie gerahmter Familienfotografien stand. »Ich weiß, dass ich dich heute verärgert habe. Ich gebe zu, dass alles etwas außer Kontrolle geraten ist. Aber sieh dir doch bitte an, was ich erreicht habe. Und Azhar war derjenige, der vorgeschlagen hat, wir sollten auf der Stadtratssitzung den Anfang machen. Azhar, Vater! Als ich ihn in London angerufen habe. Kannst du behaupten, dass die Polizei zugegeben hat, dass es sich um Mord handelt, als du mit ihnen gesprochen hast? Mir gegenüber haben sie's jedenfalls nicht getan. Und Sahlah haben sie schon überhaupt nichts gesagt.«

Sahlah senkte die Lider, als die Männer zu ihr herübersahen. Sie brauchte die Worte ihres Bruders nicht zu bestätigen. Akram war bei ihrem kurzen Gespräch mit dem Constable, der sie von Haythams Tod informiert hatte, zugegen gewesen. Er wusste genau, was gesprochen worden war: »Es tut mir leid, Ihnen mitteilen zu müssen, dass es auf dem Nez einen Todesfall gegeben hat. Der Tote ist, soweit wir feststellen konnten, ein gewisser Haytham Querashi. Wir brauchen dennoch jemanden, der den Toten offiziell identifizieren kann, und soweit wir unterrichtet sind, wollten Sie ihn heiraten.«

»Ja«, hatte Sahlah gefasst geantwortet, während es in ihrem Inneren nein, nein, nein schrie.

»Das mag sein«, sagte Akram zu seinem Sohn. »Aber du bist zu weit gegangen. Wenn einer von uns gestorben ist, ist es nicht deine Aufgabe, dafür zu sorgen, dass er wieder aufersteht, Muhannad.«

Sahlah wusste, dass er nicht von Haytham sprach. Er sprach von Taymullah Azhar. Seine Eltern hatten ihn für tot erklärt, und folglich war er von allen Mitgliedern der Familie als tot anzusehen. Wenn man ihm auf der Straße begegnete, sah man entweder durch ihn hindurch oder wandte den Blick ab. Sein Name wurde niemals erwähnt. Niemals wurde über ihn gesprochen, auch nicht in indirekter Weise. Und wenn man an ihn dachte, so beschäftigte man seinen Geist rasch mit anderen Dingen, um sich nicht durch die Gedanken an ihn dazu verleiten zu lassen, von ihm zu sprechen und dadurch wiederum verführt zu werden, seine Rückkehr in die Familie zu erwägen. Sahlah war zu jung gewesen, um zu erfahren, welches Verbrechen wider die Familie Azhar begangen hatte, um verstoßen zu werden, und danach war es ihr streng verboten gewesen, mit irgendjemandem über ihn zu sprechen.

Zehn Jahre Einsamkeit, dachte sie, während sie ihren Vetter beobachtete. Zehn Jahre einzig und allein auf sich gestellt. Wie war das für ihn gewesen? Wie hatte er ohne seine Familie überlebt?

»Was ist denn wichtiger?« Muhannad bemühte sich, ruhig und vernünftig zu sein. Er wollte die Missstimmung zwischen sich und seinem Vater nicht noch verschärfen. Er konnte es nicht riskieren, selbst verstoßen zu werden. Er hatte eine Frau und zwei Kinder, für die er sorgen musste. »Was ist wichtiger, Vater, den Mann zu finden, der einen von uns ermordet hat, oder eisern an Azhars Ausschluss aus unserer Familie festzuhalten? Sahlah ist ebenso sehr ein Opfer dieses Verbrechens wie Haytham. Haben wir nicht eine Verpflichtung ihr gegenüber?«

Als Muhannad sie ansah, senkte Sahlah sofort wieder schamhaft den Blick. Aber innerlich war ihr eiskalt. Sie wusste die Wahrheit. Wie war es nur möglich, dass irgendjemand ihren Bruder nicht als das ansah, was er wirklich war?

»Muhannad, ich brauche deine Belehrungen nicht«, entgegnete Akram ruhig.

»Ich will dich ja gar nicht belehren. Ich sage ja nur, dass wir ohne Azhar –«

»Muhannad!« Akram griff sich eins der *parāthās*, die seine Frau zubereitet hatte. Sahlah nahm den Geruch des gehackten Rindfleisches wahr, das in die Teigtasche eingeschlagen war, und ihr Magen tat einen kleinen Sprung. »Dieser Mensch, von dem du sprichst, ist für uns tot. Du hättest ihn nicht in unser Leben, geschweige denn in unser Haus holen dürfen. Was das Verbrechen betrifft, das gegen Haytham, deine Schwester und unsere ganze Familie begangen wurde, so bin ich durchaus deiner Meinung – wenn es sich tatsächlich um ein Verbrechen handelt.«

»Aber ich hab' dir doch eben erklärt, dass die Beamtin sagte, dass es Mord ist. Und ich habe dir auch erklärt, dass sie es zugeben musste, weil wir die Polizeibehörden unter Druck gesetzt haben.«

»Der Druck, den du heute Nachmittag ausgeübt hast, war nicht gegen die Polizeibehörden gerichtet.«

»Aber so funktioniert das nun einmal. Siehst du das denn nicht?«

Es war so heiß im Zimmer, dass man kaum atmen konnte. Muhannads weißes T-Shirt klebte an seinem muskulösen Körper. Taymullah Azhar hingegen wirkte so kühl und unberührt von der Hitze, als hätte er sich in eine andere Welt versetzt.

Muhannad wechselte die Taktik. »Es tut mir leid, wenn ich dir Kummer bereitet habe. Vielleicht hätte ich dich vorher warnen sollen, dass es eine Störung der Sitzung geben –«

»Vielleicht?«, fragte Akram. »Und das, was sich bei der Sitzung abgespielt hat, war keine einfache Störung.«

»Gut. Gut! Vielleicht habe ich es falsch angepackt.«

»Vielleicht?«

Sahlah sah, wie sich die Muskeln ihres Bruders spannten. Aber er war inzwischen zu alt, um Steine an die Mauer zu feuern, und es waren keine Baumstämme im Zimmer, die er mit Füßen hätte treten können. Sein Gesicht war schweißnass, und zum ersten Mal erkannte Sahlah, wie wichtig es war, bei zukünftigen Gesprächen mit der Polizei jemanden wie Taymullah Azhar als Vermittler zur Seite zu haben. Muhannad war nicht der Mensch, der unter Druck Ruhe bewahren konnte. Er war jemand, der sich darauf verstand, andere einzuschüchtern, aber in diesem Fall würde das nicht reichen.

»Sieh dir doch an, was die Demonstration uns gebracht hat, Vater: ein Gespräch mit der Beamtin, die die Ermittlungen leitet. Und das Eingeständnis, dass ein Mord vorliegt.«

»Das sehe ich«, gab Akram zu. »Und jetzt wirst du deinem Vetter in aller Form für seine Beratung danken und ihn verabschieden.«

»Das gibt's doch nicht!« Muhannad fegte drei gerahmte Fotografien vom Kaminsims zu Boden. »Was ist eigentlich mit dir los? Wovor hast du Angst? Fühlst du dich diesen verdammten Engländern so verbunden, dass du nicht einmal daran denken kannst –«

»Es reicht!« Akram tat etwas, was er sonst nie tat: Er erhob die Stimme.

»Nein! Es reicht nicht. Du hast ja nur Angst, dass einer von diesen Engländern Haytham ermordet hat. Und dass du dann entsprechend reagieren musst – sie zum Beispiel anders sehen musst. Und dem willst du einfach nicht ins Auge sehen, weil du seit siebenundzwanzig Jahren den gottverdammten Engländer mimst.«

Akram war so schnell auf den Beinen, so schnell drüben am Kamin, dass Sahlah erst bewusst wurde, was geschah, als er Muhannad ins Gesicht schlug. Sie schrie auf.

»Hört auf!« Sie nahm die Angst in ihrer Stimme wahr. Sie hatte Angst um beide, Angst davor, was sie einander antun könnten und was sie damit der Familie antun würden. »Muni! *Abhy-jahn*! Hört auf!«

Die beiden Männer rückten voneinander ab, Akram mit warnend erhobenem Finger, den er Muhannad direkt vor die Augen hielt. Die Geste war typisch für ihn, während der ganzen Kindheit seines Sohnes hatte er sie immer wieder gebraucht. Jetzt jedoch musste er den Arm heben, um ihr Wirkung zu verleihen, weil Muhannad fast einen halben Kopf größer war als er.

»Wir wollen doch alle das Gleiche«, sagte Sahlah. »Wir wollen wissen, was Haytham zugestoßen ist. Und warum. Wir wollen wissen, warum.« Sie war sich nicht sicher, ob diese beiden Behauptungen überhaupt wahr waren. Aber sie sprach sie aus, weil es wichtiger war, für Frieden zwischen ihrem Vater und ihrem Bruder zu sorgen, als ihnen die ganze Wahrheit zu sagen. »Warum streitet ihr? Ist es nicht das Beste, den Weg einzuschlagen, der uns am schnellsten zur Wahrheit führt? Ist das nicht das, was wir alle wollen?«

Die Männer antworteten nicht. Oben begann Anas zu weinen, und gleich darauf hörten sie Yumn in ihren teuren Sandalen durch den Korridor eilen.

»Ich will es jedenfalls«, sagte Sahlah leise. Den Rest brauchte sie nicht auszusprechen: Ich bin die Geschädigte, denn es war mein zukünftiger Mann. »Muni. *Abhy-jahn*. Ich möchte es«, wiederholte sie.

Taymullah Azhar stand vom Sofa auf. Er war kleiner als die beiden anderen Männer, schmächtiger gebaut. Aber er schien ihnen in jeder Hinsicht gewachsen, als er sprach, obwohl Akram ihn nicht ansah. *»Chachā«*, sagte er.

Akram zuckte zusammen bei dieser Anrede: Vaterbruder. Sie berief sich auf Blutsbande, die er nicht anerkennen wollte.

»Es ist nicht mein Wunsch, Unfrieden in dein Haus zu tragen«, sagte Azhar und wehrte Muhannad mit einer Geste ab, als dieser ihn hitzig unterbrechen wollte. »Lass mich der Familie dienen. Du wirst mich nur zu Gesicht bekommen, wenn es absolut nötig ist. Ich werde mir eine andere Unterkunft suchen, so dass du dein Gelöbnis meinem Vater gegenüber nicht zu brechen brauchst. Ich kann helfen, weil ich, wenn nötig, mit unseren Leuten in London zusammenarbeite, wenn sie mit den Polizei- oder Regierungsbehörden Schwierigkeiten haben. Ich habe Erfahrung im Umgang mit den Engländern –«

»Und wir wissen, wohin ihn diese Erfahrung geführt hat«, sagte Akram bitter.

Azhar blieb ungerührt. »Ich habe Erfahrung im Umgang mit den Engländern, die wir in dieser Situation alle gebrauchen können. Ich bitte dich, mich helfen zu lassen. Da ich zu diesem Mann keine direkte Verbindung hatte und von seinem Tod nicht direkt betroffen bin, kann ich objektiver sein. Ich kann klarer denken und klarer sehen. Ich biete euch meine Dienste an.«

»Er hat Schande über unseren Namen gebracht«, sagte Akram.

»Eben darum benutze ich ihn nicht mehr«, entgegnete Azhar. »Anders kann ich mein Bedauern nicht zeigen.«

»Er hätte seine Pflicht tun können.«

»Ich habe mein Bestes getan.«

Anstatt das Gespräch fortzuführen, richtete Akram seinen Blick auf Muhannad. Er schien seinen Sohn zu taxieren. Dann drehte er sich mit einer schleppenden Bewegung um und sah Sahlah an.

Er sagte: »Ich hätte dir etwas anderes gewünscht, Sahlah. Ich sehe deinen Schmerz. Ich möchte das hier nur zu einem Ende bringen.«

»Dann lass Azhar –«

Akram brachte Muhannad mit erhobener Hand zum Schweigen. »Ich tue das für deine Schwester«, erklärte er seinem Sohn. »Lass ihn mir nicht unter die Augen kommen. Sorge dafür, dass er nicht mit mir spricht. Und wage es nicht, noch mehr Schande über diese Familie zu bringen.«

Damit ging er. Seine Füße schlugen schwer auf jeder Treppenstufe auf.

»Dieser alte Scheißer!«, spie Muhannad. »Dieser ignorante, nachtragende, engstirnige alte Scheißer.«

Taymullah Azhar schüttelte den Kopf. »Er möchte nur tun, was für seine Familie das Beste ist. Gerade ich kann diese Einstellung sehr gut verstehen.«

Nachdem Emily gegessen hatte, hatten sie und Barbara sich in den Garten hinter dem Haus gesetzt. Sie waren durch einen Anruf von Emilys Liebhaber gestört worden. »Ich kann's einfach nicht fassen«, hatte er gesagt, »dass du heute absagst. Nach der letzten Woche! Kannst du mir mal sagen, wann du je so oft gekommen –« Da erst hatte Emily hastig den Hörer abgenommen und den Anrufbeantworter unterbrochen. »Hallo, ich bin zu Hause, Gary«, hatte sie gesagt und sich umgedreht, so dass sie mit dem Rücken zu Barbara stand. Das Gespräch war kurz gewesen. »Nein«, hatte Emily gesagt, »damit hat das gar nichts zu tun. Du hast gesagt, sie hätte eine Migräne, und ich hab' dir geglaubt ... Ach, das bildest du dir doch ein ... Es hat *nichts* damit zu tun – Gary, du weißt, wie sehr ich es hasse, wenn du mich unterbrichst ... Ja, ja, ich hab' im Augenblick Besuch, ich kann jetzt nicht länger reden ... Ach, Herrgott noch mal, mach dich nicht lächerlich! Selbst wenn es so wäre, was würde das für eine Rolle spielen? Wir waren uns doch von Anfang an einig, wie – mit Kontrolle hat das überhaupt nichts zu tun. Ich arbeite heute Abend ... Und das, Darling, geht dich gar nichts an.«

Mit einem Knall legte sie auf und sagte: »Männer! Du meine Güte. Wenn sie nicht das richtige Gerät hätten, um uns zu amüsieren, würde sich's kaum lohnen, sich mit ihnen abzugeben.«

Barbara versuchte gar nicht erst, eine witzige Antwort zu geben. Ihre Erfahrungen mit männlichem Gerät waren allzu beschränkt; sie konnte nicht mehr bieten als ein Augenrollen und hoffen, Emily würde das als »Du sagst es« auslegen.

Emily war mit dieser Reaktion allem Anschein nach durchaus zufrieden gewesen. Sie hatte eine Schale Obst und eine Flasche Brandy genommen und war Barbara mit den Worten »Komm, gehen wir ein bisschen frische Luft schnappen« in den Garten vorausgegangen.

Der Garten war nicht in wesentlich besserem Zustand als das Haus. Doch das üppigste Unkraut war entfernt worden, und ein Plattenweg war in leichtem Bogen zu einem Kastanienbaum gelegt worden. Unter diesem Baum saßen Barbara und Emily jetzt in zwei Segeltuchstühlen, zwischen sich die Obstschale und zwei Gläser mit Brandy, die Emily immer wieder nachfüllte. Irgendwo in den Ästen über ihnen sang eine Nachtigall. Emily verspeiste ihre dritte Pflaume. Barbara hatte sich eine Handvoll Weintrauben genommen.

Es war wenigstens kühler im Garten als in der Küche, und man hatte sogar eine Aussicht. Auf der Balford Road unter ihnen fuhren Autos vorüber, und jenseits glitzerten die abendlichen Lichter der fernen Sommerhäuser durch die Bäume. Barbara überlegte, warum Emily ihr Feldbett samt Schlafsack, Taschenlampe und Lektüre nicht einfach hier heraustrug.

Emily rief sie aus ihren Gedanken. »Hast du zurzeit irgendwas Nettes am Laufen, Barb?«

»Ich?« Absurd, diese Frage. Emily hatte schließlich gesunde Augen im Kopf, da musste sie sich die Antwort doch denken können, ohne fragen zu müssen. Schau mich doch an, hätte Barbara am liebsten gesagt, ich bin gebaut wie ein Schimpanse. Was glaubst du wohl, was ich da am Laufen haben sollte? Doch stattdessen sagte sie: »Wer hat schon für so was Zeit?« und hoffte, dass das Thema damit erledigt wäre.

Emily sah sie an. Das Licht einer Straßenlampe am Crescent fiel in den Garten, und Barbara spürte, wie Emily sie musterte.

»Das klingt mir sehr nach einer Entschuldigung«, sagte sie. Sie nahm einen herzhaften Schluck Brandy und fuhr sich mit der Hand über den Mund.

»Wofür?«

»Den Status quo aufrechtzuerhalten.« Emily warf den Pflaumenstein über die Mauer, wo er ins Unkraut des leeren Nachbargrundstücks fiel. »Du bist immer noch allein, stimmt's? Aber du kannst doch nicht ewig allein bleiben wollen.«

»Warum nicht? Du bist es doch auch. Und dich bremst es offensichtlich nicht.«

»Stimmt. Aber es gibt Alleinsein und *Allein*sein«, entgegnete Emily trocken. »Du verstehst, was ich meine?«

O ja, das verstand Barbara nur zu gut. Emily lebte zwar allein, hatte aber immer irgendeinen Mann am Bändel. Aber sie war eben vom Glück begünstigt: Sie sah gut aus, hatte einen schönen Körper, einen scharfen Verstand. Wie kam es, dass Frauen, die allein durch ihr Dasein die Männer anlockten wie die Motten das Licht, immer glaubten, andere Frauen hätten die gleiche Macht?

Sie lechzte nach einer Zigarette. Es kam ihr vor, als hätte sie seit Tagen keine mehr geraucht. Was zum Teufel taten Nichtraucher, um abzulenken, um einem Gespräch aus dem Weg zu gehen oder einfach, um die eigenen Nerven zu beruhigen? Sie sagten: »Entschuldige, aber darüber möchte ich jetzt nicht sprechen«, was gerade in dieser Situation, da Barbara sich eine enge Zusammenarbeit mit Emily erhoffte, nicht die beste Antwort gewesen wäre.

»Du glaubst mir nicht, nicht wahr?«, fragte Emily, als Barbara sich in Schweigen hüllte.

»Sagen wir einfach, dass die Erfahrung meine Skepsis genährt hat. Und außerdem …« Sie hoffte, das leichte Prusten, das sie hören ließ, würde den Eindruck von Unbekümmertheit vermitteln. »Ich fühl' mich so, wie es ist, ganz wohl.«

Emily griff nach einer Aprikose. Sie rollte sie auf ihrer offenen Hand hin und her. »Ah ja«, meinte sie nachdenklich.

Barbara beschloss, diese kurze Bemerkung als Ende der Diskussion zu betrachten. Sie suchte nach einer eleganten Überleitung zu einem neuen Thema. Etwas wie »weil wir gerade von Mord sprechen« wäre gut gewesen, nur hatten sie, seit sie in den Garten hinausgegangen waren, nicht mehr von Mord gesprochen. Barbara wollte nicht zu sehr in diese Richtung drängen, da sie in diesem Ermittlungsverfahren keinerlei amtliche Funktion hatte, aber sie wollte gern zum Thema zurückkehren. Sie war wegen dieser Angelegenheit nach Balford-le-Nez gekommen, nicht um Betrachtungen über das Alleinleben und die Einsamkeit anzustellen.

Sie tat einfach so, als wäre ihr Gespräch über den Todesfall auf dem Nez nie unterbrochen worden, und ging die Sache direkt an. »Was mir Gedanken macht, ist der Rassenaspekt«, sagte sie, und damit Emily nicht etwa glaubte, sie spräche Befürchtungen hinsichtlich ihres Privatlebens an, fügte sie hinzu: »Wenn Haytham Querashi erst seit kurzem in England war – und so wurde es im Fernsehen dargestellt –, lässt sich vermuten, dass er seinen Mörder nicht gekannt hat. Was wiederum nahelegt, dass es sich hier um eine Art willkürlicher Gewalt aus Rassenhass handelt, wie sie in Amerika vorkommt. Oder, wie die Dinge liegen, in jeder Großstadt der Welt.«

»Du denkst genau wie die Asiaten, Barb«, sagte Emily und biss von ihrer Aprikose ab. Den Saft fing sie in der Hand auf und leckte ihn ab. »Aber der Nez bietet sich nicht gerade als Ort für willkürliche Gewaltakte an. Die Gegend ist nachts völlig verlassen. Und du hast ja die Bilder gesehen. Es gibt keine Beleuchtung, weder oben auf den Felsen noch unten am Strand. Wenn da also abends jemand allein hingeht – und nehmen wir für den Moment mal an, Querashi hat das getan –, dann tut er das wahrscheinlich aus einem von zwei Gründen. Um allein einen Spaziergang zu machen –«

»War es dunkel, als er aus seinem Hotel wegging?«

»Ja. Und vom Mond war übrigens auch nicht viel zu sehen. Wir können also den Spaziergang streichen, wenn wir nicht annehmen wollen, dass es ihm Spaß machte, wie ein Blinder durch die Dunkelheit zu stolpern, und können stattdessen vermuten, dass er allein da draußen war, weil er in Ruhe nachdenken wollte.«

»Vielleicht hatte er kalte Füße bekommen wegen der bevorstehenden Heirat. Vielleicht wollte er sie abblasen und überlegte, wie er das anstellen sollte.«

»Das ist eine gute Theorie. Und auch logisch. Aber es gibt noch einen Punkt, den wir berücksichtigen müssen: Sein Wagen wurde durchsucht. Irgendjemand hat ihn praktisch auseinandergenommen. Was schließt du daraus?«

Da schien es nur eine Möglichkeit zu geben. »Dass er dort hingefahren war, um sich mit jemandem zu treffen. Er hatte etwas dabei, was er abliefern sollte. Er wollte es nicht übergeben wie ausgemacht und musste dafür mit seinem Leben bezahlen. Danach hat der Mörder sein Auto nach dem durchsucht, was er eigentlich hätte überbringen sollen.«

»Das alles hört sich für mich nicht nach einem Mord mit rassistischen Hintergründen an«, sagte Emily. »Solche Gewalttaten sind immer willkürlich. Das trifft aber hier nicht zu.«

»Aber das heißt nicht, dass ihn nicht doch ein Engländer getötet hat, Em. Aus Gründen, die mit Rassenhass nichts zu tun haben.«

»Das brauchst du mir nicht zu sagen. Es heißt aber ebenso wenig, dass ihn nicht auch ein Asiate getötet haben kann.«

Barbara nickte, verfolgte jedoch weiter ihren eigenen Gedankengang. »Wenn ihr einräumt, dass ein Engländer als Täter in Frage kommt, wird die asiatische Gemeinde natürlich sofort von einem Verbrechen aus Rassenhass sprechen, weil es so *aussieht.* Und wenn das passiert, kommt es hier zur Explosion. Stimmt's?«

»Stimmt. Und darum bin ich, auch wenn das die ganze Sache höllisch kompliziert, ausgesprochen froh, dass der Wagen durchsucht wurde. Dadurch kann ich den Mord auch anders interpretieren, solange ich nicht mit Sicherheit weiß, dass Rassismus dahintersteckt. Damit gewinne ich Zeit, die Situation wird zunächst einmal etwas entschärft, und ich bekomme Gelegenheit zu taktieren. Wenigstens fürs Erste. Und nur, wenn ich es schaffe, mir Ferguson mal vierundzwanzig Stunden lang vom Leib zu halten.«

»Könnte denn jemand von den Pakistanis Querashi getötet haben?« Barbara griff in die Obstschale, um sich noch eine Handvoll Trauben zu nehmen.

Emily streckte sich in ihrem Sessel aus, balancierte das Brandyglas auf ihrem Bauch und legte den Kopf in den Nacken, um ins dunkle Laub der Kastanie hinaufzusehen. Immer noch sang im sicheren Schutz der Blätter die Nachtigall.

»Ausgeschlossen ist das sicher nicht«, meinte Emily. »Ich halte es sogar für wahrscheinlich. Wer außer den Pakistanis hat ihn denn gut genug gekannt, um überhaupt ein Motiv zu haben, ihn umzubringen?«

»Und er sollte ja die Malik-Tochter heiraten, nicht wahr?«

»Richtig. Eine dieser Heiraten im Geschenkkarton, hübsch verpackt von Mama und Papa. Du weißt, was ich meine.«

»Vielleicht gab's deshalb Probleme. Sie hat ihn nicht angemacht. Oder er sie nicht. Es gab eine Auseinandersetzung, die sich nicht bereinigen ließ.«

»Na, jemandem das Genick zu brechen ist schon eine ziemlich extreme Maßnahme, um eine Verlobung zu lösen«, meinte Emily. »Außerdem lebt Akram schon viele Jahre hier, und seine Tochter liebt er abgöttisch. Ich kann mir nicht vorstellen, dass er sie zu dieser Heirat gezwungen hätte, wenn sie sie nicht gewollt hätte.«

Barbara ließ sich das durch den Kopf gehen und schlug dann eine neue Richtung ein. »Bei diesen Leuten ist es doch noch Sitte, dass die Braut eine Mitgift mitbringt, nicht wahr? Was hätte Maliks Tochter mit in die Ehe gebracht? Könnte es sein, dass Querashi in den Augen der Familie ihre Großzügigkeit nicht angemessen honoriert hat?«

»Und sie ihn deshalb kurzerhand elimiert haben?« Emily streckte ihre langen Beine aus und umschloss ihr Brandyglas mit beiden Händen. »Ja, eine Möglichkeit ist das sicher. Akram Malik würde ich es niemals zutrauen, aber Muhannad ...? Dieser Bursche ist meiner Ansicht nach zu allem fähig. Aber das durchsuchte Auto passt nicht in diese Theorie.«

»Gab es irgendeinen Hinweis darauf, dass etwas aus dem Wagen entwendet wurde?«

»Ich sagte doch, man hatte ihn auseinandergenommen.«

»Und war der Tote durchsucht worden?«

»Eindeutig. Wir haben den Wagenschlüssel oben auf dem Felsen in einem Stück Meerfenchel gefunden. Ich bezweifle, dass Querashi ihn dort hingeworfen hat.«

»Hatte der Mann noch irgendetwas bei sich, als er gefunden wurde?«

»Zehn Pfund und drei Kondome.«

»Keine Papiere?« Emily schüttelte den Kopf. »Woher wusstet ihr dann, wer er war?«

Emily seufzte und schloss die Augen. Barbara hatte den Eindruck, dass sie nun endlich zum Knackpunkt gekommen waren, jenem Teil des Falls, den Emily bisher allen, die nicht unmittelbar mit der Untersuchung zu tun hatten, vorenthalten hatte.

»Er wurde gestern Morgen von einem gewissen Ian Armstrong gefunden«, erklärte Emily. »Und Ian Armstrong wusste sofort, wer er war.«

»Ein Engländer«, konstatierte Barbara.

»*Der* Engländer«, sagte Emily grimmig.

Barbara begriff sofort. »Armstrong hat ein Motiv?«

»O ja.« Emily öffnete die Augen und drehte den Kopf zu Barbara.

»Ian Armstrong hat in Maliks Unternehmen gearbeitet. Er hat vor sechs Wochen seine Stellung verloren.«

»Hat Haytham Querashi ihn an die Luft gesetzt?«

»Viel schlimmer, von Muhannads Standpunkt aus allerdings viel besser, wenn man bedenkt, wie er diese Information ausschlachten wird, wenn er Wind davon bekommt.«

»Wieso? Was könnte er denn daraus machen?«

»Ein Verbrechen aus Rache, Notwendigkeit, Verzweiflung. Was du willst. Haytham Querashi hat Ian Armstrong aus seiner Stellung in der Fabrik verdrängt, Barb. Und kaum war Haytham Querashi tot, hat er seinen Job zurückbekommen. Na, ist das ein Motiv?«

5

»Hm, ganz schön heikel«, räumte Barbara ein. »Aber hätte Armstrong nicht weit mehr Anlass gehabt, die Person zu töten, die ihn hinausgeworfen hat?«

»Unter gewissen Umständen, ja. Wenn er Rache wollte.«

»Aber unter diesen Umständen?«

»Armstrong hat offenbar ausgezeichnete Arbeit geleistet. Er wurde einzig und allein entlassen, um Querashi Platz zu machen.«

»O verdammt«, sagte Barbara mit Inbrunst. »Hat Armstrong ein Alibi?«

»Er behauptet, er sei mit seiner Frau und seinem fünfjährigen Sohn zu Hause gewesen. Er hatte eine Mittelohrentzündung – der Kleine, meine ich, nicht Armstrong.«

»Und die Frau bestätigt das natürlich?«

»Er ist der Versorger, und sie weiß, wo ihr Vorteil liegt.« Emily strich mit einem Finger nervös über die Rundung eines Pfirsichs in der Obstschale. »Armstrong sagt, er sei in aller Frühe zum Nez gefahren, um eine Wanderung zu machen. Er behauptet, er habe seit einiger Zeit die Gewohnheit, jedes Wochenende wandern zu gehen, um für ein paar Stunden seiner Frau zu entkommen und seine Ruhe zu haben. Er weiß nicht, ob ihn auf diesen Wanderungen jemand gesehen hat, aber selbst wenn dem so wäre, sagt das noch nicht, dass er dieses normale Wochenendvergnügen nicht dazu ausgenutzt hat, sich eine Art Alibi zu verschaffen.«

Barbara wusste, was sie dachte: Es kam gar nicht so selten vor, dass ein Mörder nach vollbrachter Tat den zufälligen Entdecker der Leiche spielte, weil er hoffte, auf diese Weise den Verdacht um so wirksamer von sich abzulenken. Aber etwas, was Emily zuvor bemerkt hatte, veranlasste Barbara, einen anderen Kurs einzuschlagen. »Vergiss mal einen Moment lang den Wagen. Du hast gesagt, dass Querashi drei Kondome und zehn Pfund bei sich hatte. Könnte es nicht sein, dass er sich auf dem Nez mit jemandem verabredet hatte, um vor der Ehe noch ein bisschen Spaß zu haben? Vielleicht mit einer Prostituierten? Es wäre doch denkbar, dass er nicht riskieren wollte, von jemandem gesehen zu werden, der seinem zukünftigen Schwiegervater von seiner Eskapade berichtet hätte.«

»Kennst du eine Prostituierte, die's für zehn Pfund macht, Barb?«

»Wenn sie jung ist. Dringend Geld braucht. Vielleicht gerade erst anfängt.« Als Emily den Kopf schüttelte, sagte Barbara: »Dann hat er sich vielleicht mit einer Frau getroffen, die sonst unerreichbar für ihn gewesen wäre, mit einer verheirateten Frau. Der Ehemann kam dahinter und hat ihn erledigt. Kann es sein, dass Querashi Armstrongs Frau kannte?«

»Wir suchen generell nach Verbindungen zu einer verheirateten Frau«, sagte Emily.

»Und dieser Muhannad«, fragte Barbara, »ist der verheiratet?«

»O ja«, antwortete Emily ruhig. »O ja. Den haben Mama und Papa vor drei Jahren unter die Haube gebracht.«

»Ist die Ehe glücklich?«

»Frag mich was Leichteres. Da teilen deine Eltern dir eines Tages mit, dass sie dir den Partner fürs Leben ausgesucht haben. Du lernst diesen Menschen kennen, und ein paar Monate später bist du mit ihm im Ehekäfig eingesperrt. Hört sich das nach einem Rezept für eine glückliche Ehe an?«

»Eigentlich nicht. Aber die halten das doch schon seit Jahrhunderten so, es kann also nicht ganz schlecht sein.«

Emily warf ihr einen Blick zu, der Bände sprach. Eine Weile schwiegen sie beide und hörten nur dem Lied der Nachtigall zu. In Gedanken schob Barbara die Fakten herum, die Emily ihr geliefert hatte. Die Leiche, das Auto, die Schlüssel im Gebüsch, der Bunker am Strand, ein gebrochenes Genick.

Schließlich sagte sie: »Weißt du, wenn in Balford jemand auf Rassenkonflikt fixiert ist, spielt es im Grunde überhaupt keine Rolle, wen ihr festnehmt, nicht wahr?«

»Wieso?«

»Wenn die Betreffenden eine Festnahme zum Vorwand nehmen wollen, um Unruhe zu stiften, dann werden sie das so oder so tun. Steckt ihr einen Engländer in den Knast, dann machen sie Krawall, weil der Mord für sie ein Zeichen des allgemeinen Fremdenhasses ist. Steckt ihr einen Pakistani in den Knast, dann beschuldigen sie die Polizei des Rassenvorurteils. Man kann es drehen und wenden, wie man will, es kommt immer das Gleiche heraus.«

Emily musterte Barbara mit forschendem Blick. Als sie wieder sprach, machte sie den Eindruck, als wäre sie plötzlich auf eine kluge Idee gekommen. »*Natürlich*«, sagte sie. »Wie kommst du in Ausschüssen zurecht, Barb?«

»Was?«

»Du hast doch vorhin gesagt, du würdest gern helfen. Was ich brauche, ist eine Beamtin oder ein Beamter mit einem Talent für Ausschussarbeit, und ich glaube, du wärst die richtige. Wie geht's dir im Umgang mit Asiaten? Ich könnte in dieser Sache wirklich Hilfe gebrauchen, allein schon, um mir meinen Chef vom Leib zu halten.«

Ehe Barbara in aller Eile den Schatz ihrer gesammelten Erfahrungen durchwühlen und eine Antwort hervorbringen konnte, fuhr Emily fort. Sie habe für den Verlauf der Ermittlungen regelmäßige Zusammentreffen mit Mitgliedern der pakistanischen Gemeinde zugesagt. Sie brauche jemanden, der sich um diese Gruppe kümmerte. Sie wolle Barbara die Aufgabe anvertrauen, wenn diese damit einverstanden sei.

»Du wirst es mit Muhannad Malik zu tun haben«, erklärte Emily, »und er wird versuchen, dir die Hölle heiß zu machen, es hängt also alles davon ab, dass du kühlen Kopf behältst. Aber es ist noch ein zweiter Pakistani dabei, ein Mann aus London namens Azhar oder so ähnlich, und der scheint mir fähig zu sein, Muhannad halbwegs im Zaum zu halten. Du wirst also von ihm eine gewisse Hilfe bekommen, ob ihm selbst das nun klar ist oder nicht.«

Barbara konnte sich vorstellen, wie Taymullah Azhar reagieren würde, wenn er bei der ersten Zusammenkunft zwischen den Pakistanis und den örtlichen Bullen ihr zerschundenes Gesicht sah. Sie sagte: »Ich weiß nicht recht. Ausschussarbeit ist eigentlich nicht gerade meine Stärke.«

»Unsinn.« Emily ließ ihre Einwände nicht gelten. »Du wirst das bestimmt ganz prima machen. Die meisten Leute kommen zur Vernunft, wenn man ihnen die Fakten in der richtigen Anordnung vorlegt. Ich werd' mit dir genau ausarbeiten, wie die richtige Anordnung aussieht.«

»Und wenn's zu einer Krise kommt, steckt *mein* Hals in der Schlinge, wie?«, fragte Barbara.

Es war taktisch überaus geschickt von Emily, die Vermittlungsrolle einer Außenstehenden zu übertragen, erkannte Barbara.

»Es wird nicht zur Krise kommen«, entgegnete Emily. »Ich weiß, du kannst mit jeder Situation fertigwerden. Und selbst wenn das nicht der Fall wäre, wer wäre besser geeignet als eine Beamtin von Scotland Yard, um den Asiaten die Gewissheit zu geben, dass sie ernst genommen werden? Also, tust du's?«

Ja, das eben war die Frage. Doch sie wäre tatsächlich von Nutzen, sagte sich Barbara. Nicht nur für Emily, sondern auch für Azhar. Denn wer wäre besser geeignet, die Klippen pakistanischer Feindseligkeit zu umschiffen, als jemand, der mit einem dieser Pakistanis bekannt war?

»Also gut«, sagte sie.

»Klasse!« Emily hob ihren Arm ins dämmrige Licht der Straßenlampe, um auf die Uhr zu sehen. »Mensch, ist das spät!«, sagte sie. »Wo wohnst du, Barb?«

»Ich hab' mir noch gar kein Quartier gesucht«, antwortete Barbara und sprach sofort weiter, damit Emily gar nicht erst auf den Gedanken kommen konnte, sie warte auf eine Einladung, den zweifelhaften Komfort ihres Sanierungsprojekts mit ihr zu teilen. »Ich hab' mir gedacht, ich such' mir ein Zimmer am Meer. Wenn in den nächsten vierundzwanzig Stunden ein kühles Lüftchen aufkommen sollte, möchte ich die Erste sein, die es erfährt.«

»Noch besser«, sagte Emily. »Ideal geradezu.« Bevor Barbara fragen konnte, was an ihrer Sehnsucht nach einer kühlen Brise so ideal war, fuhr Emily zu sprechen fort. Das *Burnt House Hotel*, meinte sie, wäre genau das Richtige. Es hätte zwar keinen direkten Zugang zum Strand, doch es stand am Nordende der Stadt gleich über dem Meer, wo nichts einen kühlen Wind behindern konnte, sollte sich tatsächlich einer erheben. Da es keinen direkten Zugang zum Strand und zum Wasser hatte, füllte es sich in der Saison immer als Letztes. Außerdem aber sei das *Burnt House Hotel* noch aus einem anderen Grund die ideale Unterkunft für Sergeant Barbara Havers von Scotland Yard für die Dauer ihres Aufenthalts in Balford.

»Und der wäre?«, fragte Barbara.

Haytham Querashi hatte dort gewohnt. »Da kannst du also gleich ein bisschen für mich herumstöbern«, sagte Emily.

Rachel Winfield fragte sich oft, wo sich normale junge Mädchen Rat holten, wenn sich die gewichtigeren moralischen Fragen des Lebens vor ihnen erhoben und Antworten verlangten. Sie stellte sich vor, dass normale junge Mädchen sich an ihre normalen Mütter wandten. Und dann lief es etwa so ab: Die normalen jungen Mädchen und ihre normalen Mütter setzten sich bei einer Kanne Tee – und vielleicht einem Teller Kekse – zusammen in die Küche. Und dann wurde geredet, und die normalen Töchter und ihre normalen Mütter sprachen in schöner Gemeinschaft über alles, was ihre Herzen bewegte. Das war das Schlüsselwort: Herzen im Plural. Das Gespräch zwischen ihnen war eine beiderseitige Angelegenheit, bei der die Mutter der Tochter zuhörte und sie dann an ihren eigenen Erfahrungen teilhaben ließ. Doch hätte Rachels Mutter überhaupt daran gedacht, ihre Tochter an ihren eigenen Erfahrungen teilhaben zu lassen, so hätte dieser das in der gegenwärtigen Situation herzlich wenig genützt. Was half es, sich die Geschichten einer nicht mehr ganz jungen – ganz gleich, wie erfolgreichen – Turniertänzerin anzuhören, wenn es einem gar nicht um Turniertanz ging? Wenn das, was einen beschäftigte, Mord war, dann war es überhaupt keine Hilfe, einen temperamentvollen Bericht über ein Ausscheidungsturnier zu hören, bei dem zu den manischen Rhythmen von *The Boogie Woogie Bugle Boy of Company B* getanzt worden war.

Rachels Mutter Connie war gerade an diesem Abend von ihrem regulären Tanzpartner im Stich gelassen worden – gewissermaßen vor dem Altar stehengelassen worden, was unangenehme Erinnerungen daran weckte, dass sie tatsächlich vor dem Altar stehengelassen worden war, und das nicht nur einmal, sondern zweimal, von Männern, die so erbärmlich waren, dass sie es nicht verdienten, beim Namen genannt zu werden –, und es war keine zwanzig Minuten vor Beginn des Wettbewerbs passiert. »Er hatte es mit dem *Magen*«, hatte Connie mit bitterem Spott bemerkt, als sie mit einer kleinen, aber dennoch blitzenden Trophäe für den dritten

Platz heimgekehrt war, der Statuette eines Tanzpaars, das sich in unglaublichen Verrenkungen übte. »Er hat den ganzen Abend auf der Toilette gehangen und gejammert. Ich hätte den ersten Platz gemacht, wenn ich nicht mit Seamus O'Callahan hätte tanzen müssen. Der bildet sich ein, er sei Rudolph Valentino –«

Nurejew, korrigierte Rachel im Stillen.

»– und ich muss dauernd aufpassen, dass er mir nicht die Füße zerquetscht, wenn er seine Sprünge vollführt. Beim Swing springt man nicht, hab' ich immer wieder gesagt, aber glaubst du vielleicht, das hätte den Guten irgendwie beeindruckt, Rachel? Keine Spur. Wie sollte es auch, bei einem Typen, der schwitzt wie ein Truthahn im Bratrohr!«

Connie stellte ihren Preis auf eins der auf Holz getrimmten Metallborde des Wohnzimmerregals, auf dem bereits zwei Dutzend ähnlicher Trophäen prangten. Die kleinste war ein Zinnbecher in Schnapsglasgröße, in den ein Tanzpaar beim Walzer eingraviert war. Die größte war eine versilberte Schale mit der Inschrift *1. Platz Southend Swingtime*, deren Silberauflage von allzu hingebungsvollem Polieren an einigen Stellen bereits durchgescheuert war.

Connie Winfield trat vom Regal zurück und bewunderte das neueste Stück ihrer Sammlung. Sie sah nach den langen Stunden auf der Tanzfläche ein wenig mitgenommen aus. Und was nach den energischen Leibesübungen vom Schick ihrer frisch gelegten Haare noch übrig war, hatte die Hitze zerstört.

Rachel stand an der Wohnzimmertür und beobachtete ihre Mutter. Sie vermerkte den Knutschfleck an ihrem Hals und fragte sich, wer das Vernügen gehabt hatte: Seamus O'Callahan oder Connies regulärer Tanzpartner, ein Mann namens Jake Bottom, den Rachel, nachdem ihre Mutter ihn nachts kennengelernt hatte, morgens in der Küche vorgefunden hatte. »Sein Wagen ist nicht angesprungen«, hatte Connie ihrer Tochter zugeflüstert, als diese beim Anblick von Jakes haarloser, ihr bisher unbekannter Männerbrust am Frühstückstisch abrupt stehen geblieben war. »Er hat auf dem Sofa geschlafen, Rachel«, hatte sie hinzugefügt, und Jake hatte den Kopf gehoben und anzüglich gezwinkert.

Aber Rachel hätte dieses Zwinkern gar nicht gebraucht, um zwei und zwei zusammenzuzählen. Jake Bottom war nicht der erste

Mann, dem ausgerechnet vor ihrer Haustür das Auto nicht angesprungen war.

»Sind schon toll, was?«, bemerkte Connie, den Blick auf ihre Sammlung gerichtet. »Das hättest du deiner Mutter nicht zugetraut, was, dass sie so eine Kanone ist?« Sie musterte ihre Tochter. »Was machst du so ein verbiestertes Gesicht, Rachel Lynn? Du hast doch nicht etwa vergessen, den Laden abzuschließen? Rachel, wenn du uns einen Einbruch eingehandelt hast, kannst du was erleben.«

»Ich hab' abgeschlossen«, sagte Rachel. »Ich hab' extra noch mal nachgesehen.«

»Was ist dann mit dir los? Du schaust aus, als hättest du in eine Zitrone gebissen. Warum nimmst du eigentlich nicht das Make-up, das ich dir gekauft hab'? Du könntest so leicht was aus dir machen, wenn du dir nur ein bisschen Mühe gäbst, Rachel.«

Connie ging zu ihr und begann, an ihrem Haar herumzurupfen, tat das, was sie immer tat: zog es nach vorn, so dass ein Großteil ihres Gesichts von einem schwarzen Haarschleier verdeckt war. Das ist modisch, pflegte sie zu sagen. Aber Rachel ließ sich von dieser Bemerkung niemals täuschen.

»Mama –«

»Connie«, korrigierte ihre Mutter sie. Sie hatte an Rachels zwanzigstem Geburtstag beschlossen, dass sie es nicht ertragen konnte, die Mutter einer erwachsenen jungen Frau zu sein. »Wir sehen sowieso mehr wie Schwestern aus«, hatte sie gesagt, als sie Rachel mitgeteilt hatte, dass sie für sie von nun an Connie hieße.

»Connie«, sagte Rachel.

Connie lächelte und tätschelte ihr die Wange. »Schon besser«, sagte sie. »Aber leg doch ein bisschen Rouge auf, Rachel. Du hast tolle Wangenknochen. Andere Frauen würden was drum geben, solche Wangenknochen zu haben. Warum machst du nichts draus, Herrgott noch mal?«

Rachel wusste, wie sinnlos es war, dass es ihr Aussehen kaum verbessern würde, wenn sie ihre Wangenknochen betonte. Zwanzig Jahre lang hatte ihre Mutter so getan, als wäre mit Rachels Gesicht alles in Ordnung. Daran würde sich nichts ändern.

Rachel folgte Connie in die Küche, wo diese sich zu dem kleinen

Kühlschrank hinunterbückte. Sie holte eine Cola heraus und ein sehr breites und sehr dickes Gummiband, das sie in einer Plastiktüte aufbewahrte. Das Gummiband – ungefähr zwölf Zentimeter breit und sechzig Zentimeter lang – warf sie auf den Küchentisch. Das Coca-Cola goss sie in ein Glas, gab zwei Stück Zucker dazu, wie sie das immer tat, und sah zu, wie das Getränk zu schäumen begann. Sie stellte das Glas auf den Tisch und schlüpfte aus ihren Schuhen. Sie zog den Reißverschluss ihres Kleides auf, legte es ab, stieg aus ihren Petticoats und setzte sich in ihrer Unterwäsche auf den Boden. Mit ihren zweiundvierzig Jahren hatte sie den Körper einer jungen Frau, und sie zeigte ihn gern, wenn auch nur die geringste Aussicht auf ein Kompliment – übertrieben oder nicht, Connie war da nicht wählerisch – bestand.

Rachel tat ihre Pflicht. »Wahnsinn, was du für einen flachen Bauch hast.«

Connie nahm das Gummiband, hakte es um ihre Füße und begann mit Übungen für die Bauchmuskulatur, wobei sie abwechselnd die gestreckten Beine und den Oberkörper mit Hilfe des Bandes, das durch die Kälte im Kühlschrank sehr steif geworden war, weit in die Höhe zog. »Nichts als Gymnastik, Rachel. Und richtige Ernährung. Und eine jugendliche Einstellung. Wie schauen meine Oberschenkel aus? Keine Orangenhaut, oder?« Sie hielt inne, um ein Bein in die Luft zu strecken, und strich mit den Händen von den Knöcheln bis zu ihren Strumpfbändern hinauf.

»Total in Ordnung«, sagte Rachel. »Perfekt.«

Connie machte ein zufriedenes Gesicht. Rachel setzte sich an den Tisch, während ihre Mutter mit ihren Übungen fortfuhr.

Connie keuchte. »Ist diese Hitze nicht fürchterlich? Du kannst wohl auch nicht schlafen? Das wundert mich nicht. Mir ist sowieso schleierhaft, wie du überhaupt schlafen kannst, eingemummelt wie eine alte Oma. Schlaf doch nackt, Mädchen. Mach dich frei.«

»Es liegt nicht an der Hitze«, sagte Rachel.

»Nein? Woran dann? Ist es ein Kerl?« Sachte stöhnend, begann sie mit ihren Spreizübungen und tippte dabei mit den langen Fingernägeln auf den Linoleumboden, um die Wiederholungen zu zählen. »Du machst es doch nicht ohne Schutz, Rachel? Ich hab' dir gesagt, du musst immer darauf bestehen, dass der Kerl einen Gummi nimmt. Wenn er das nicht will, dann schieb ihn ab. Als ich in deinem Alter war –«

»Mama«, unterbrach Rachel sie. Dieses Gerede war doch der reinste Witz. Für wen hielt ihre Mutter sie eigentlich? Für einen Abklatsch ihrer selbst? Connie hatte, wenn man ihr glauben durfte, von ihrem vierzehnten Geburtstag an die Männer mit einem Cricketschläger abwehren müssen. Und nichts wäre ihr lieber gewesen, als eine Tochter zu haben, die mit dem gleichen »Dilemma« zu kämpfen hatte.

»Connie«, korrigierte Connie sie.

»Ja, ja. Hab' ich ja gemeint.«

»Na sicher, Schätzchen.« Connie zwinkerte ihr zu, legte sich auf die Seite und begann, die Arme über dem Kopf ausgestreckt, mit seitlichen Spreizübungen der Beine. Wenn Rachel etwas an ihrer Mutter bewunderte, so war es die unbeirrbare Entschlossenheit, mit der sie ihr jeweiliges Ziel verfolgte. Welches Ziel das gerade war, spielte keine Rolle. Connie strebte es an wie eine junge Braut Christi: Sie wurde zur Verkörperung absoluter Hingabe. So viel zielgerichtete Konzentration war beim Turniertanz, bei der Gymnastik, selbst im Geschäft sicher gut; im Augenblick jedoch hätte Rachel darauf verzichten können. Sie brauchte jetzt die ungeteilte Aufmerksamkeit ihrer Mutter. Sie raffte ihren Mut zusammen, um sie zu fordern.

»Connie, kann ich dich mal was fragen? Was Persönliches? Über dein Innenleben?«

»Mein Innenleben?« Connie zog eine Augenbraue hoch. Ein Schweißtropfen fiel aus den feinen Härchen herab. Er glitzerte im Licht der Küchenlampe. »Soll ich dich aufklären?« Keuchend und kichernd schwenkte sie ihr Bein auf und nieder. Ihr Dekolleté wurde allmählich schweißfeucht. »Bisschen spät dafür, findest du nicht? Täusch' ich mich, oder hab' ich dich mehr als einmal abends mit irgendeinem Kerl unten bei den Strandhäusern rumschleichen sehen?«

»Mama!«

»Connie.«

»Entschuldige, natürlich. Connie.«

»Du hattest keine Ahnung, dass ich das weiß, was, Rachel? Wer war der Bursche eigentlich? Hat er dich schlecht behandelt?« Sie setzte sich auf, legte das Gummiband um ihre Schultern und begann es zum Training ihrer Arme nach vorn zu ziehen und wieder locker zu lassen. Der feuchte Fleck, den sie auf dem Linoleum hinterlassen hatte, hatte die Form einer etwas deformierten Birne. »Männer, Rachel: Bild dir bloß nicht ein, du könntest ihnen ins Hirn schauen oder sie irgendwie beeinflussen. Wenn ihr beide das Gleiche wollt, dann ran an den Speck, hab' ruhig deinen Spaß. Wenn nicht, vergiss die ganze Sache. Und sieh immer zu, dass es Spaß bleibt, Rachel; nichts als Spaß. Und schütz dich, damit du hinterher keine Überraschungen erlebst, mit Beinen oder ohne. Die Überraschungen, meine ich. So hab' ich's immer gehalten, und ich bin gut damit gefahren.« Sie sah Rachel aufmerksam an, als warte sie auf die nächste Frage oder ein verschämtes Bekenntnis, hervorgelockt durch ihre eigene Aufrichtigkeit von Frau zu Frau.

»Diese Art Innenleben hab' ich nicht gemeint«, sagte Rachel. »Ich hab' das richtige Innenleben gemeint. Seele und Gewissen.«

Connies Miene war nicht ermutigend. Sie wirkte nur verblüfft. »Wirst du jetzt etwa fromm?«, fragte sie. »Hast du letzte Woche mit diesen Hare Krishnas geredet? Schau mich nicht so unschuldig an. Du weißt genau, wen ich meine. Die haben mit ihren Tamburinen da draußen bei der Princes-Mole rumgetanzt. Du bist doch bestimmt mit dem Fahrrad an ihnen vorbeigekommen.« Sie begann wieder mit ihren Armübungen.

»Mit Religion hat es gar nichts zu tun. Es geht um Recht und Unrecht. Darüber wollt' ich mit dir reden.«

Es handelte sich offensichtlich um etwas Ernsteres. Connie legte das Gummiband weg und stand auf. Sie trank einen großen Schluck Cola und griff nach einer Packung Dunhill, die in einem Plastikkorb in der Mitte des Tisches lag. Argwöhnisch sah sie ihre Tochter an, während sie sich eine Zigarette anzündete, inhalierte und den Rauch einen Moment in ihrer Lunge zurückhielt, ehe sie ihn in einem breiten Strom in Rachels Richtung ausstieß. »Was hast du angestellt, Rachel Lynn?« Mit einem Schlag war sie ganz Mutter.

Rachel war froh über diese Veränderung. Einen Moment lang fühlte sie sich ermutigt wie in den Augenblicken ihrer Kindheit, wenn Connies mütterliche Instinkte sich gegen ihre Indifferenz den mütterlichen Pflichten gegenüber durchgesetzt hatten.

»Nichts«, antwortete sie. »Es geht nicht um etwas, was ich getan habe. Jedenfalls nicht eigentlich.«

»Worum geht es dann?«

Rachel zögerte. Jetzt, da sie die Aufmerksamkeit ihrer Mutter hatte, fragte sie sich, wie ihr das helfen würde. Sie konnte ihr nicht alles sagen – sie konnte keinem Menschen alles sagen –, aber sie musste mit irgendjemandem reden und wenigstens so viel verraten, dass ihr Gegenüber ihr einen Rat geben konnte. »Nimm mal an«, begann Rachel vorsichtig, »dass jemand was Schlimmes zugestoßen ist.«

»Okay.« Connie rauchte und machte ein nachdenkliches Gesicht, soweit das in einem schwarzen trägerlosen Büstenhalter, passendem Höschen und Spitzenstrapsgürtel möglich war.

»Das, was passiert ist, ist wirklich sehr schlimm. Nimm an, du weißt etwas, was vielleicht mit erklären könnte, warum diese schlimme Geschichte überhaupt passiert ist.«

»Erklären?«, wiederholte Connie. »Warum ist da eine Erklärung nötig? Schlimme Dinge passieren doch dauernd.«

»Aber das ist etwas wirklich Schlimmes. Das Schlimmste überhaupt.«

Connie zog wieder an ihrer Zigarette und sah ihre Tochter forschend an. »Das Schlimmste überhaupt? Hm, was kann das sein? Dass einem das Haus abbrennt? Dass man aus Versehen das Los mit dem Hauptgewinn in den Müll geschmissen hat? Dass die Ehefrau mit Ringo Starr durchgebrannt ist?«

»Es ist mir ernst«, sagte Rachel.

Connie sah wohl die ängstliche Unruhe im Gesicht ihrer Tochter, denn sie zog sich einen Stuhl heran und setzte sich zu Rachel an den Tisch. »Okay«, sagte sie. »Jemandem ist also etwas Schlimmes zugestoßen. Und du weißt, warum. Ist das richtig so? Ja? Und was ist nun dieses Schlimme?«

»Der Tod.«

Connie blies die Backen auf. Sie schob sich die Zigarette in den Mund und tat einen tiefen Zug. »Der Tod, Rachel Lynn? Was redest du da?«

»Es ist jemand gestorben. Und ich –«

»Bist du da etwa in irgendeine unsaubere Geschichte verwickelt?«

»Nein.«

»Worum geht's dann?«

»Mama, ich versuch' doch, es dir zu erklären. Ich meine, ich wollte dich –«

»Ja?«

»Ich wollte dich um Hilfe bitten. Um Rat. Ich wollte dich fragen, ob man, wenn man etwas über einen Todesfall weiß, unbedingt die ganze Wahrheit sagen sollte. Ob man, wenn das, was man weiß, vielleicht überhaupt nichts mit dem Todesfall zu tun hat, lieber den Mund halten sollte, wenn man danach gefragt wird, was man weiß. Ich meine, ich weiß, dass man nichts zu sagen braucht, wenn man nicht gefragt wird. Aber angenommen, man wird gefragt, sollte man dann was sagen, wenn man nicht sicher ist, dass es was hilft?«

Connie sah sie an, als hätte sie sich eben als ein Wesen von einem anderen Stern entpuppt. Dann kniff sie die Augen zusammen. Als sie zu sprechen begann, war klar, dass sie trotz Rachels wirrer Präsentation ein paar kluge Schlussfolgerungen gezogen hatte. »Sprechen wir hier von einem plötzlichen Tod, Rachel? Von einem unerwarteten Tod?«

»Also, ja.«

»Und ist er ungeklärt?«

»Ich denke schon, ja.«

»Hat er sich erst vor kurzem ereignet?«

»Ja.«

»Hier am Ort?«

Rachel nickte.

»Ist es dann …« Connie klemmte sich die Zigaretten zwischen ihre Lippen und kramte in einem Stapel Zeitungen, Zeitschriften und Post, der unter dem Plastikkorb, aus dem sie ihre Zigaretten genommen hatte, lag. Sie warf einen Blick auf die Titelseite einer Ausgabe des *Tendring Standard*, legte sie weg, ergriff die nächste und dann eine dritte. »Das hier?« Sie warf die Zeitung vor Rachel auf den Tisch. Es war die mit dem Bericht über den Todesfall auf dem Nez. »Weißt du darüber was, Rachel?«

»Wie kommst du darauf?«

»Na hör mal, Rachel. Ich bin doch nicht blind. Ich weiß, dass du dauernd mit den Farbigen zusammensteckst.«

»Sag das nicht.«

»Warum nicht? Du hast nie ein Geheimnis daraus gemacht, dass du und Sally Malik –«

»Sahlah. Nicht Sally. Und ich hab' nicht gemeint, du sollst nicht sagen, dass ich mit ihnen befreundet bin. Ich hab' gemeint, du sollst sie nicht Farbige nennen. Das ist primitiv.«

»Oh, entschuldige vielmals!« Connie stäubte ihre Zigarette an einem Aschenbecher ab, der wie ein hochhackiger Pumps geformt war. Am Absatz konnte man die Zigarette ablegen. Das tat Connie aber nicht, denn dann hätte sie ja auf ein paar Züge aus ihrer Zigarette verzichten müssen, und das wollte sie in diesem Moment offensichtlich auf keinen Fall. Sie sagte: »Du sagst mir am besten ganz offen, was los ist, Rachel, ich habe keine Lust, heute Abend Ratespiele zu spielen. Weißt du etwas über den Tod dieses Mannes?«

»Nein. Nicht direkt jedenfalls.«

»Also dann indirekt. Richtig? Hast du den Mann persönlich gekannt?« Kaum hatte sie die Frage gestellt, da schien irgendwo in ihrem Kopf eine Signallampe aufzuleuchten. Sie riss plötzlich die Augen auf und drückte ihre Zigarette mit solcher Heftigkeit aus, dass sie den Aschenbecher umkippte. »Ist das etwa der Kerl, mit dem du unten bei den Strandhäusern warst? Das darf doch nicht wahr sein, du hast es mit einem Farbigen getrieben? Wo hast du eigentlich deinen Verstand, Rachel? Hast du überhaupt keinen Anstand? Überhaupt kein Selbstwertgefühl? Glaubst du, ein Farbiger würde sich darum scheren, wenn er dich schwängert? Bestimmt nicht! Und was, wenn er dir eine von diesen Krankheiten angehängt hat, die bei den Farbigen umgehen? Oder irgendein Virus? Wie heißt das gleich wieder? Enola? Oncola?«

Ebola, korrigierte Rachel im Stillen. Und mit Geschlechtsverkehr – ob nun mit einem Weißen, Braunen, Schwarzen oder Roten – hatte es überhaupt nichts zu tun. »Mama!«, sagte sie geduldig.

»Connie! Connie, Connie, Connie!«

»Ja, schon gut. Ich hab's mit niemandem getrieben, Connie. Glaubst du im Ernst, dass irgendeiner, ganz gleich, was für eine Hautfarbe er hat, scharf darauf ist, es mit mir zu treiben?«

»Und warum nicht?«, fragte Connie. »Was gibt's an dir auszusetzen? Ein schöner Körper, tolle Wangenknochen, tolle Beine, wieso sollte ein Mann nicht scharf darauf sein, Rachel Lynn Winfield jeden Abend in der Woche zu vernaschen?«

Rachel sah die Verzweiflung in den Augen ihrer Mutter. Sie wusste, es wäre sinnlos – schlimmer noch, es wäre unnötig grausam –, Connie zu zwingen, die Wahrheit zuzugeben. Schließlich war sie ja diejenige, die das Kind mit dem verunglückten Gesicht zur Welt gebracht hatte. Mit dieser Realität zu leben war wahrscheinlich genauso schwer, wie mit dem Gesicht selbst zu leben. »Ja, da hast du recht, Connie«, sagte sie, und eine stumme Hoffnungslosigkeit senkte sich über sie wie ein Netz, das aus Kümmernissen geflochten war. »Aber mit diesem Mann auf dem Nez, mit dem hab' ich's nicht getrieben.«

»Aber du weißt etwas über seinen Tod.«

»Nicht direkt über seinen Tod. Aber etwas, was damit zu tun hat. Und ich wollte wissen, ob ich das sagen soll, wenn mich jemand fragt.«

»Wer zum Beispiel?«

»Jemand von der Polizei vielleicht.«

»Von der Polizei?« Connie schaffte es, das Wort auszusprechen, fast ohne die Lippen zu bewegen. Unter dem fuchsienroten Rouge, das sie trug, war ihre Haut sehr blass geworden, so dass die Schminke auf ihren Wangen sich tiefrot abhob, wie feuchte Rosenblätter. Sie sah Rachel nicht an, als sie sagte: »Wir sind Geschäftsfrauen, Rachel Lynn Winfield. Wir sind vor allem Geschäftsfrauen. Was wir haben – auch wenn es noch so wenig ist –, hängt vom Wohlwollen dieser Stadt ab. Und nicht nur vom Wohlwollen der Touristen, wohlgemerkt, die im Sommer hierherkommen, sondern vom Wohlwollen aller. Ist dir das klar?«

»Natürlich. Das weiß ich.«

»Wenn du also dafür bekannt wirst, dass du eine bist, die quatscht und jedem alles erzählt, was sie weiß, sind nur wir die Verlierer: du und ich. Dann meiden uns die Leute, sie kommen nicht mehr in den Laden. Sie machen ihre Einkäufe drüben in Clacton, und es macht ihnen gar nichts aus, weil sie lieber irgendwo einkaufen, wo sie sich gut aufgehoben fühlen, wo sie sagen können: ›Ich brauch' was Hübsches für eine ganz besondere Frau‹ und dazu zwinkern können und wissen, dass ihre Ehefrauen nichts davon erfahren. Hab' ich mich klar genug ausgedrückt, Rachel? Wir haben ein Geschäft. Und das Geschäft kommt an erster Stelle. Immer.«

Nach dieser kurzen Rede griff sie wieder zu ihrem Colaglas, und als sie getrunken hatte, nahm sie sich von dem Papierstapel auf dem Tisch eine Frauenzeitschrift, schlug sie auf und begann das Inhaltsverzeichnis zu studieren. Das Gespräch war beendet.

Rachel beobachtete sie, als sie mit langem rotem Fingernagel die Liste der Artikel durchging, die in der Zeitschrift enthalten waren. Sie sah zu, wie sie zu einem Beitrag mit dem Titel »Sieben Arten dahinterzukommen, ob er Sie betrügt« blätterte. Rachel fröstelte trotz der Hitze, so genau traf der Titel den Nagel auf den Kopf. Sie brauchte einen Aufsatz zu dem Thema, was man tut, wenn man es bereits weiß, aber sie hatte ja ihre Antwort. Nichts tun und abwarten. Was, wie ihr klar wurde, jeder tun sollte, wenn es um Verrat ging, ob geringfügig oder nicht. Auf sein Wissen hin zu handeln führte nur in die Katastrophe. Die letzten Tage in Balford-le-Nez hatten es Rachel Winfield eindeutig bewiesen.

»Sie wissen noch nicht, wie lange Sie bleiben wollen?« Der Eigentümer des *Burnt House Hotels* sabberte fast vor Wonne und rieb sich die Hände, als knete er schon das Geld, das Barbara am Ende ihres Aufenthalts zurücklassen würde. Er hatte sich ihr als Basil Treves vorgestellt und hinzugefügt, er habe früher als Lieutenant beim Heer gedient – bei den »Streitkräften Ihrer Majestät«, wie er es formulierte –, als er ihrem Anmeldezettel entnommen hatte, dass sie bei New Scotland Yard angestellt war. Das machte sie in seinen Augen offenbar irgendwie zu Kollegen.

Wahrscheinlich, vermutete Barbara, weil sie beide einmal Uniform getragen hatten, er in der Armee, sie bei der Polizei. Sie hatte seit Jahren keine Uniform mehr getragen, aber dieses kleine persönliche Detail unterschlug sie. Sie brauchte Basil Treves' Unterstützung, und alles, was ihn auf ihre Seite brachte und dort festhielt, war es wert, kultiviert zu werden. Außerdem war sie ihm dankbar für die Tatsache, dass er taktvollerweise keine Bemerkung über den Zustand ihres Gesichts gemacht hatte. Sie hatte die restlichen Pflaster im Wagen entfernt, nachdem sie sich von Emily getrennt hatte, doch die Haut war von den Augen bis zu den Lippen immer noch eine Symphonie in Gelb, Violett und Blau.

Treves führte sie eine Treppe hinauf und dann durch einen düsteren Korridor. Nichts gab Barbara Anlass zu der Hoffnung, das *Burnt House Hotel* sei ein Urlaubsparadies, das nur darauf wartete, sich ihr mit all seinen Wonnen zu erschließen. Es war ein Relikt aus längst vergangenen edwardianischen Sommern mit abgetretenen Teppichen, knarrenden Bodendielen und Wasserflecken an den Decken. Es war durchzogen von einer Stimmung vornehmen Verfalls.

Treves jedoch schien dafür blind zu sein. Auf dem Weg zu Barbaras Zimmer schwatzte er unablässig und strich sich dabei immer wieder über sein dünnes, fettiges Haar, das von einem Scheitel direkt über seinem linken Ohr über die glänzende Rundung seines Schädels geklebt war. Sie würde im *Burnt House* jeden erdenklichen Komfort finden, erklärte er: Farbfernsehen mit Fernbedienung in jedem Zimmer und ein weiteres Fernsehgerät mit großem Bildschirm im Salon, sollte sie abends auf ein wenig Geselligkeit Wert legen; auf dem Nachttisch einen Teekocher mit allen notwendigen Utensilien für den Morgentee; fast alle Zimmer mit Bad, außerdem zusätzliche Bäder und Toiletten in jeder Etage; Telefone mit direkter Verbindung zur Außenwelt, wenn man nur die Neun wählte, und, die Krönung modernen Komforts, ein Faxgerät am Empfang. Er nannte es einen Faksimileschreiber, als wären er und das Gerät noch nicht auf du und du, und fügte hinzu: »Aber das werden Sie wahrscheinlich nicht brauchen. Sie sind ja auf Urlaub, nicht wahr, Miss Havers?«

»Sergeant Havers«, korrigierte Barbara ihn und ergänzte: »Detective Sergeant Havers, Kriminalpolizei.« Am besten, sagte sie sich, verwies sie Basil Treves gleich auf den Platz, an dem sie ihn brauchte. Seine scharfen, kleinen Augen und die erwartungsvolle Haltung verrieten ihr, dass er der Polizei mit Freuden Informationen liefern würde, wenn man ihm nur Gelegenheit dazu gab. Das gerahmte Zeitungsbild von ihm, das im Empfang hing – aufgenommen zur Feier seiner Wahl in den Stadtrat –, ließ darauf schließen, dass seine Möglichkeiten, von sich reden zu machen, dünn gesät waren. Er würde zweifellos jede Chance, sich etwas Ruhm und Ansehen zu erwerben, energisch beim Schopf packen. Und was gab es Ruhmvolleres, als inoffiziell bei der Untersuchung eines Mordfalls mitzuwirken? Er würde sich möglicherweise als sehr nützlich erweisen, und das, ohne dass sie selbst sich besonders anzustrengen brauchte.

»Tatsächlich bin ich dienstlich hier«, sagte sie nicht ganz wahrheitsgemäß. »Im Rahmen eines kriminalpolizeilichen Ermittlungsverfahrens, um genau zu sein.«

Treves blieb vor der Tür zu ihrem Zimmer stehen. Der Schlüssel in seiner Hand hing an einem übermäßig großen elfenbeinfarbenen Schild, das die Form einer Achterbahn hatte. Jeder der Hotelzimmerschlüssel war, wie Barbara gesehen hatte, als sie sich eingetragen hatte, mit so einem Rummelplatzsymbol versehen. Es gab alles, vom Autoscooter bis zum Riesenrad, und die Zimmer, zu denen diese Schlüssel gehörten, hatten entsprechende Namen.

»Eine kriminalpolizeiliche Untersuchung?«, sagte Treves. »Handelt es sich etwa ... Aber das dürfen Sie mir natürlich nicht sagen, nicht wahr? Nun, auf *meine* Verschwiegenheit können Sie sich verlassen, das verspreche ich Ihnen, Sergeant. Nicht ein Wort wird über meine Lippen kommen. So, da wären wir.«

Nachdem er die schmale Tür aufgestoßen hatte, knipste er das Licht an und trat zurück, um ihr den Vortritt zu lassen. Als sie eingetreten war, huschte er wie ein Wiesel an ihr vorbei und deponierte, leise vor sich hin summend, ihren Matchsack auf einem Gepäckständer. Mit stolzgeschwellter Brust deutete er auf das Badezimmer und verkündete, er habe ihr »die Toilette mit Aussicht« gegeben. Er patschte auf die gallegrünen Chenilleüberwürfe der beiden Betten und sagte: »Angenehm hart, aber nicht zu hart, hoffe ich« und zupfte am rosaroten Volant eines nierenförmigen Toilettentischs. Er richtete die beiden Drucke an den Wänden gerade – zwei viktorianische Eisläufer, die in entgegengesetzten Richtungen auseinanderstrebten und bei dem kalten Vergnügen nicht allzu glücklich wirkten – und befingerte die Teebeutel, die in einem Körbchen auf den nächsten Morgen warteten. Er knipste die Nachttischlampe an und knipste sie wieder aus. Dann knipste er sie nochmals an, als sendete er Signale aus.

»Ich denke, Sie haben alles, was Sie brauchen, Sergeant Havers, und wenn Sie noch irgendwelche Wünsche haben, stehe ich Tag und Nacht zu Ihren Diensten. Zu jeder Zeit.« Er strahlte sie an. Er hielt die Hände in Brusthöhe gefaltet und stand stramm wie ein Soldat. »Haben Sie heute Abend noch einen Wunsch? Einen Gutenachttrunk vielleicht? Ein Cappuccino? Etwas Obst? Mineralwasser? Griechische Tanzknaben?« Er gluckste vergnügt. »Ich bin hier, um jeden Ihrer Wünsche zu erfüllen. Vergessen Sie das nicht.«

Barbara dachte daran, ihn zu bitten, sich die Schuppen von den Schultern zu fegen, aber das war sicher nicht die Art Wunsch, an die er dachte. Sie ging zum Fenster und öffnete es. Es war so stickig im Zimmer, dass die Luft zu flirren schien, und sie wünschte, zum modernen Komfort des Hotels hätten eine Klimaanlage oder wenigstens Ventilatoren gehört. Die Luft war reglos. Es war, als hielt die ganze Welt den Atem an.

»Herrliches Wetter, nicht wahr?«, bemerkte Treves vergnügt. »Das wird die Gäste in Scharen anlocken. Ein Glück, dass Sie schon jetzt gekommen sind, Sergeant. Noch eine Woche, und wir werden bis in den letzten Winkel ausgebucht sein. Aber für Sie hätte ich natürlich Platz geschaffen. Polizeigeschäfte haben Vorrang, nicht wahr?«

Barbara sah, dass ihre Fingerspitzen ganz schwarz waren, nachdem sie das Fenster geöffnet hatte. Sie wischte sie verstohlen an ihrer Hose ab. »Apropos Polizeigeschäfte, Mr. Treves ...«

Er legte den Kopf schief wie ein Vogel. »Ja? Kann ich irgendwas –«

»Ist es richtig, dass ein gewisser Mr. Querashi hier gewohnt hat? Haytham Querashi.«

Es schien kaum möglich, dass Basil Treves noch strammer stehen konnte, aber er schaffte es. Barbara wartete nur darauf, dass er salutieren würde. »Eine unglückselige Geschichte«, sagte er förmlich.

»Dass er hier gewohnt hat?«

»Du meine Güte, nein! Er war hier durchaus willkommen. Mehr als willkommen. Im *Burnt House* gibt es keine Diskriminierung. Hat es nie gegeben, wird es nie geben.« Er warf einen Blick über die Schulter zur offenen Tür und sagte: »Gestatten Sie?« Als Barbara nickte, schloss er die Tür und fuhr mit gesenkter Stimme fort: »Ich muss allerdings der Ehrlichkeit halber gestehen, dass ich auf eine gewisse Trennung der Rassen sehe, wie Sie wahrscheinlich während Ihres Aufenthalts hier noch bemerken werden. Das hat mit meiner persönlichen Einstellung überhaupt nichts zu tun. Ich habe überhaupt nichts gegen Menschen anderer Hautfarbe. Nicht das Geringste. Aber die anderen Gäste … Offen gesagt, Sergeant, die Zeiten sind ziemlich schwierig. Es wäre geschäftlich unvernünftig, etwas zu tun, was Unwillen hervorruft. Wenn Sie wissen, was ich meine.«

»Mr. Querashi hat also in einem anderen Teil des Hotels gewohnt? Wollen Sie das damit sagen?«

»Nicht gerade in einem anderen Teil, aber abseits von den anderen. Nur minimal. Ich bezweifle, dass er es überhaupt bemerkt hat.« Treves faltete wieder die Hände über seiner Brust. »Sehen Sie, ich habe mehrere Dauergäste. Es sind ältere Damen, und die können sich einfach nicht daran gewöhnen, dass die Zeiten sich geändert haben. Eine von ihnen hat Mr. Querashi am ersten Morgen, als er zum Frühstück herunterkam, sogar für einen Angestellten gehalten. Äußerst peinlich. Können Sie sich das vorstellen? Wirklich sehr unangenehm.«

Barbara war nicht sicher, ob er meinte, dass es für Haytham Querashi unangenehm gewesen sei oder für die alte Frau, aber sie konnte es sich denken.

»Ich würde gern mal das Zimmer sehen, in dem er gewohnt hat, wenn das möglich ist«, sagte sie.

»Dann sind Sie also tatsächlich wegen seines Ablebens hier.«

»Nicht wegen seines Ablebens. Wegen seiner Ermordung.«

Treves sagte: »Ermordung? Du meine Güte!« Er griff hinter sich, bis seine Hand eins der beiden Betten ertastet hatte, und ließ sich darauf niedersinken. »Verzeihen Sie«, sagte er und senkte den Kopf. Er atmete mehrmals tief durch, und als er schließlich den Kopf wieder hob, fragte er gedämpft: »Muss es unbedingt bekannt werden, dass er hier gewohnt hat? Hier, im *Burnt House*? Werden die Zeitungen das bringen? Ich meine, gerade jetzt, wo das Geschäft endlich einen kleinen Aufschwung zu nehmen scheint …«

So viel zu der Frage, ob seine Reaktion mit Entsetzen, Schuldbewusstsein oder menschlichem Mitgefühl zu tun hatte, dachte Barbara. Nicht zum ersten Mal sah sie ihre langgehegte Überzeugung bestätigt, dass der *Homo sapiens* in direkter Linie vom Abschaum abstammte.

Treves sah wohl, was in ihr vorging, denn er fügte hastig hinzu: »Es ist nicht etwa so, dass es mir gleichgültig ist, was Mr. Querashi zugestoßen ist. Im Gegenteil. Es tut mir in der Seele leid. Er war trotz all seiner Eigenarten ein durchaus angenehmer Mensch, und ich bedauere, dass ihm so etwas zustoßen musste. Aber wenn das Geschäft gerade jetzt, nach den langen Jahren der Rezession, einen Aufschwung nimmt, kann man nicht das kleinste Risiko eingehen –«

»Seine Eigenarten?«, unterbrach Barbara, um seinen Diskurs über die wirtschaftliche Lage der Nation abzubiegen.

Basil Treves zwinkerte etwas verwirrt. »Nun ja, sie sind nun mal anders, nicht wahr?«

»Sie?«

»Diese Asiaten. Aber das wissen Sie doch. Das müssen Sie wissen, wo Sie doch in London arbeiten. Himmel. Das kann niemand bestreiten.«

»In welcher Hinsicht war er anders?«

Treves interpretierte in die Frage offenbar etwas hinein, was sie gar nicht beabsichtigt hatte. Sein Gesicht verschloss sich, und er verschränkte die Arme. Aha, jetzt werden die Mauern hochgezogen, stellte Barbara mit Interesse fest und fragte sich, weshalb er glaubte, sich wappnen zu müssen. Doch sie wusste, dass es ihr nichts bringen würde, mit ihm in Konflikt zu geraten, deshalb beeilte sie sich, ihn zu beruhigen.

»Ich meinte, da Sie ihn regelmäßig gesehen haben, könnten Sie mir jetzt sehr helfen, wenn Sie mir sagen, was Ihnen an seinem Verhalten als ungewöhnlich aufgefallen ist. Sicher hat es kulturelle Unterschiede zu Ihren übrigen Gästen –«

»Er ist nicht der einzige Asiate, der hier gewohnt hat«, unterbrach Treves, immer noch darauf bedacht, seine Liberalität zu betonen. »Die Türen unseres Hotels stehen jedem offen.«

»Aber ja. Natürlich. Dann nehme ich an, dass er Eigenarten hatte, die ihn auch von den anderen Asiaten unterschieden haben. Sie können sich darauf verlassen, dass ich alles, was Sie mir sagen, vertraulich behandeln werde, Mr. Treves. Aber vielleicht ist unter dem, was Sie über Mr. Querashi wissen, was Sie gesehen oder auch nur vermutet haben, die eine Tatsache, die wir brauchen, um dem, was ihm zugestoßen ist, auf den Grund zu gehen.«

Ihre Worte schienen den Mann zu besänftigen und zu ermutigen, sich darüber Gedanken zu machen, wie wichtig er in dieser polizeilichen Untersuchung werden könnte. Er sagte: »Ich verstehe. Ja, ich verstehe« und setzte ein nachdenkliches Gesicht auf. Er strich seinen struppigen, recht ungepflegten Bart.

»Kann ich sein Zimmer sehen?«

»Aber natürlich. Ja. Ja.«

Er führte sie den Weg zurück, den sie gekommen waren. Sie stiegen noch eine Treppe höher und gingen durch einen Korridor zum hinteren Teil des Gebäudes. Drei der Türen im Korridor standen offen, auf Gäste wartend. Eine vierte war geschlossen. Dahinter waren Fernsehstimmen zu hören, rücksichtsvoll gedämpft. Haytham Querashis Zimmer war das nächste, das fünfte am hintersten Ende des Ganges.

Treves hatte einen Hauptschlüssel. Er sagte: »Ich war nicht mehr hier seit seinem ... Na ja ... seit dem Unfall ...« Aber es gab keinen Euphemismus für Mord, und er gab es auf, nach einem zu suchen. »Die Polizei kam kurz vorbei, um mir Bescheid zu sagen«, bemerkte er. »Sie haben mir nur gesagt, dass er tot sei und dass ich sein Zimmer zusperren solle, bis ich von ihnen höre.«

»Wir haben immer alles gern unberührt, bis wir wissen, womit wir es zu tun haben«, erklärte Barbara. »Natürliche Ursachen, Mord, Unfall oder Selbstmord. Sie haben doch nichts im Zimmer angerührt, nicht wahr? Und auch sonst niemand?«

»Niemand«, bestätigte er. »Akram Malik kam mit seinem Sohn vorbei. Sie wollten seine persönlichen Dinge, um sie nach Pakistan zurückzuschicken, und sie waren gar nicht glücklich, das können Sie mir glauben, als ich ihnen sagte, dass sie nicht in das Zimmer hineinkönnen. Muhannad hat sich benommen, als hätte ich mich mit der ganzen Welt gegen ihn und seine Leute verschworen.«

»Und Akram Malik? Wie hat er reagiert?«

»Ach, unser Akram ist immer sehr zugeknöpft, Sergeant. Der wäre nicht so dumm, mich merken zu lassen, was er denkt.«

»Wie kommt das?«, fragte Barbara, als Treves die Tür zu Haytham Querashis Zimmer öffnete.

»Weil wir einander nicht ausstehen können«, erklärte Treves freundlich. »Ich kann Emporkömmlinge nicht leiden, und ihn macht es wütend, als einer betrachtet zu werden. Es ist ein Jammer, dass er nach England ausgewandert ist, wenn man sich's überlegt. In den USA, wo's in erster Linie darum geht, ob einer Geld hat, und kein Mensch sich darum kümmert, woher er kommt, wäre er viel besser gefahren. So, da sind wir.« Er machte Licht.

Es war ein Einzelzimmer mit einem kleinen Fenster, das auf den Garten hinter dem Hotel hinausging. Die Einrichtung war so buntscheckig wie in Barbaras Zimmer. Gelb, rot und rosarot kämpften um den Vorrang.

»Er schien sich hier recht wohl zu fühlen«, bemerkte Treves, während Barbara das Zimmer musterte, das deprimierend schmale Bett, den einsamen durchgesessenen Sessel ohne Armlehnen, den Kleiderschrank aus Holzimitat, die Lücken im Fransenbehang des Schirms an der Wandlampe. Über dem Bett hing ein Druck, wieder eine viktorianische Szene, eine junge Frau, die hingegossen auf einer Chaiselongue lag. Das Papier des Passepartouts war längst grau und fleckig.

»Tja.« Barbara rümpfte die Nase über den Geruch im Zimmer, verbrannte Zwiebeln und verkochter Kohl. Das Zimmer befand sich über der Küche, zweifellos ein dezenter Hinweis für den Gast, auf welcher Stufe der Hotelhierarchie er stand. »Mr. Treves, was können Sie mir über Haytham Querashi erzählen? Wie lange hat er bei Ihnen gewohnt? Bekam er Besuch? Von Freunden vielleicht? Hat er irgendwelche besonderen Anrufe bekommen oder selbst getätigt?«

Sie drückte den Handrücken gegen ihre feuchte Stirn und trat zur Kommode, um Querashis Sachen durchzusehen. Bevor sie die erste Schublade aufzog, kramte sie die Plastiktüte für Beweisstücke, die Emily ihr mitgegeben hatte, aus ihrer Umhängetasche, und zog Latexhandschuhe über.

Querashi hatte, wie Basil Treves berichtete, sechs Wochen im *Burnt House Hotel* gewohnt. Akram Malik hatte ihm das Zimmer besorgt. Die Familie hatte dem jungen Paar ein Haus gekauft, das zur Mitgift der Malik-Tochter gehörte, doch da es erst noch renoviert werden musste, hatte Querashi seinen Aufenthalt im Hotel mehrmals verlängert. Er war jeden Morgen vor acht Uhr zur Arbeit gefahren und im Allgemeinen abends zwischen halb acht und acht zurückgekehrt. Unter der Woche hatte er das Frühstück und das Abendessen im *Burnt House* eingenommen, an den Wochenenden hatte er irgendwo anders zu Abend gegessen.

»Bei den Maliks?«

Treves zuckte die Achseln. Er strich mit einem Finger über die Türfüllung und inspizierte danach seine Fingerspitze. Selbst Barbara, die drüben bei der Kommode stand, konnte sehen, dass der Staub dick an ihr hing. *Beschwören* könne er nicht, dass Querashi jedes Wochenende bei den Maliks verbracht hatte. Einleuchtend wäre es natürlich gewesen – »Da so ein junges Paar unter normalen Umständen natürlich jede Gelegenheit nutzen würde, um zusammen zu sein, nicht wahr?« –, da jedoch die Umstände in diesem Fall ziemlich ungewöhnlich gewesen seien, bestünde durchaus die Möglichkeit, dass Querashi seine Freizeit am Wochenende anders genutzt habe.

»Was meinen Sie mit ungewöhnliche Umstände?« Barbara wandte sich von der Kommode ab.

»Nun, eine arrangierte Heirat«, erläuterte Treves. »Ziemlich mittelalterlich, finden Sie nicht auch?«

»Das ist doch eine kulturelle Sache.«

»Nennen Sie es, wie Sie wollen, wenn man Männern und Frauen des zwanzigsten Jahrhunderts die Sitten aus dem vierzehnten Jahrhundert aufzwingt, darf man sich über das, was dabei herauskommt, nicht wundern.«

»Was kam denn in diesem Fall dabei heraus?« Barbara wandte sich wieder der Kommode zu, um die Sachen durchzusehen, die auf ihr lagen: ein Reisepass, ein Häufchen Münzen, eine Geldklammer mit fünfzig Pfund in Scheinen und ein Prospekt des *Castle Hotel-Restaurants,* das der beigefügten Karte zufolge an der Hauptstraße nach Harwich lag. Barbara öffnete ihn neugierig. Die Preisliste fiel heraus. Das letzte aufgeführte Zimmer war eine Hochzeitssuite. Für achtzig Pfund pro Nacht hätte man Querashi und seiner Braut ein Himmelbett, eine halbe Flasche Asti Spumante, eine rote Rose und Frühstück im Bett geboten. Romantischer Bursche, dachte sie und nahm sich als Nächstes ein ledernes Kästchen vor, das jedoch abgesperrt war.

Ihr wurde plötzlich bewusst, dass Treves ihre Frage nicht beantwortet hatte. Sie warf ihm einen Blick zu. Er zupfte nachdenklich an seinem Bart, und sie bemerkte zum ersten Mal einige wenig appetitliche Hautfetzen im Haargewirr, Abfallprodukte eines Ekzems an seinen unteren Wangenpartien. Auf seinem Gesicht lag ein Ausdruck, der beinahe typisch war für Menschen, die keine Macht hatten, aber nach Macht lechzten. Hochmütig und wissend, zugleich jedoch voll Unschlüssigkeit, ob es klug sei, das eigene Wissen mit anderen zu teilen. Barbara seufzte innerlich. Musste man diesem Kerl denn jedes Mal um den Bart gehen, wenn man etwas von ihm wissen wollte?

»Ich brauche Ihren Einblick, Mr. Treves. Abgesehen von den Maliks sind Sie wahrscheinlich die beste Informationsquelle, die wir haben.«

»Das ist mir klar.« Treves strich glättend über seinen Bart. »Aber Sie müssen verstehen, dass ein Hotelier gewisse Ähnlichkeit mit einem Beichtvater hat. Der erfolgreiche Hotelier wird das, was er sieht und hört, stets vertraulich behandeln, ebenso die Schlüsse, die er daraus zieht.«

Barbara hätte ihn gern darauf hingewiesen, dass der Zustand des *Burnt House Hotels* ihn wohl kaum dazu berechtigte, sich als erfolgreich zu bezeichnen. Doch sie kannte die Regeln des Spiels, das er spielte.

»Glauben Sie mir«, erklärte sie feierlich, »alle Informationen, die Sie an uns weitergeben, werden absolut vertraulich behandelt, Mr. Treves. Aber ich muss sie haben, wenn wir als gleichwertige Partner zusammenarbeiten wollen.« Bei den letzten Worten hätte sie am liebsten gefaucht. Sie vertuschte diesen Impuls, indem sie die oberste Schublade der Kommode aufzog, um unter sorgfältig gefalteter Unterwäsche nach dem Schlüssel zu dem verschlossenen Lederkästchen zu suchen.

»Wenn Sie mir das garantieren können …« Treves hatte es – entgegen seinen Worten – offenbar so eilig, sein Wissen loszuwerden, dass er fortfuhr, ohne auf ihre Bestätigung zu warten. »Dann muss ich es Ihnen sagen. Es gab außer der Malik-Tochter noch jemand anders in seinem Leben. Das ist die einzige Erklärung.«

»Wofür?« Barbara kramte in der zweiten Schublade. Ein Stapel perfekt gefalteter Hemden, die nach Farbe geordnet waren: weiß, elfenbein, grau und schließlich schwarz. In der dritten Schublade waren Schlafanzüge. Die vierte war leer. Querashi war mit leichtem Gepäck gereist.

»Für seine nächtlichen Ausgänge.«

»Haytham Querashi ist nachts ausgegangen? Häufig?«

»Mindestens zweimal die Woche. Manchmal auch öfter. Und immer erst nach zehn. Anfangs glaubte ich, er besuche seine Verlobte. Das schien mir die logischste Erklärung zu sein, trotz der späten Stunde. Es wäre doch noch ganz normal gewesen, dass er sie vor der Hochzeit ein bisschen näher kennenlernen wollte. Diese Leute sind ja nun doch keine kompletten Heiden. Sie verschachern ihre Söhne und Töchter vielleicht an den Meistbietenden, aber ich vermute, sie übergeben sie nicht einfach wildfremden Menschen, ohne ihnen vorher Gelegenheit zu geben, Bekanntschaft zu schließen. Ist es nicht so?«

»Ich habe keine Ahnung«, antwortete Barbara. »Fahren Sie fort.« Sie ging zum Nachttisch, einem wackligen Ding mit einer einzigen Schublade. Sie zog sie auf.

»Nun, worauf ich hinauswill, ist, dass ich ihn an diesem besonderen Abend zufällig sah, als er das Hotel verließ. Wir haben uns kurz über die bevorstehende Heirat unterhalten, und er sagte, er wolle ein Stück die Promenade entlanglaufen. Um seine Nervosität vor der Hochzeit abzureagieren und so. Sie wissen schon.«

»Ich verstehe.«

»Als ich dann hörte, dass er ausgerechnet auf dem Nez umgekommen ist – der, wie Sie vielleicht wissen, Sergeant, von diesem Hotel aus genau entgegengesetzt von der Promenade liegt –, war mir sofort klar, dass er mir verheimlichen wollte, was er vorhatte. Und das kann nur bedeuten, dass er etwas vorhatte, was nicht ganz koscher war. Und da er das Hotel regelmäßig zu dem Zeitpunkt verließ, zu dem er am Freitagabend weggegangen ist, und da er am Freitagabend getötet wurde, kann man wohl mit ziemlicher Sicherheit davon ausgehen, dass er an dem Abend nicht nur mit jemandem zusammentraf, mit dem er sich auch an den anderen Abenden getroffen hat, sondern außerdem mit jemandem, mit dem er sich eigentlich gar nicht hätte treffen dürfen.« Treves faltete wieder einmal seine Hände vor der Brust und sah Barbara an, als erwartete er, sie würde rufen: »Holmes, Sie versetzen mich in Erstaunen!«

Doch da Haytham Querashi ermordet worden war und der Zustand der Leiche darauf schließen ließ, dass es sich nicht um einen willkürlichen Akt gehandelt hatte, war Barbara bereits klar gewesen, dass der Mann zum Nez hinausgefahren war, um dort jemanden zu treffen. Das einzig Neue, was Treves beigesteuert hatte, war die Tatsache, dass Querashi sich dort vielleicht regelmäßig mit jemandem getroffen hatte. Und dies war, auch wenn sie es nur widerwillig zugab, ein äußerst wertvolles kleines Detail. Sie warf dem Spürhund dafür einen Knochen zu. »Mr. Treves, Sie haben den falschen Beruf gewählt.«

»Meinen Sie wirklich?«

»Glauben Sie mir.«

Solcherart ermutigt, trat Treves neben sie, um mit ihr zusammen den Inhalt der Nachttischschublade zu inspizieren: ein gelb gebundenes Buch, das, wenn man es an der Stelle aufschlug, wo das dazugehörige gelbe Satinlesebändchen steckte, eine in Klammern gesetzte Passage eines durchgängig arabischen Textes zeigte, eine Schachtel, die zwei Dutzend Kondome enthalten hatte, von denen aber die Hälfte fehlte, und einen braunen Briefumschlag in Standardgröße. Barbara verstaute das Buch in einem Plastikbeutel, während Treves sich zungenschnalzend über die Kondome und alles, was der Besitz solcher Utensilien vermuten ließ, entrüstete. Barbara ließ ihn ruhig weiterschnalzen und kippte den Inhalt des braunen Briefkuverts in ihre offene Hand. Zwei Schlüssel fielen heraus, der eine nicht viel größer als ihr Daumen, der andere winzig, fingernagelgroß. Dieser zweite musste der Schlüssel zu dem Lederkästchen auf der Kommode sein. Sie schloss ihre Finger um beide Schlüssel und bedachte ihren nächsten Schritt. Sie wollte gern nachsehen, was das Kästchen enthielt, wollte dazu jedoch allein sein. Also musste sie zuerst einmal ihren bärtigen Sherlock loswerden.

Sie überlegte, wie sie das am besten bewerkstelligen könnte, ohne sich das Wohlwollen des Mannes zu verscherzen. Er wäre bestimmt nicht begeistert, wenn ihm dämmerte, dass er als einer, der das Opfer gekannt hatte, im Mordfall Querashi zu den Verdächtigen gehörte, solange ihn nicht ein Alibi oder andere Zeugnisse entlasteten.

»Mr. Treves«, sagte sie, »diese Schlüssel scheinen mir von höchster Wichtigkeit für unsere Ermittlungen zu sein. Wären Sie so nett und würden draußen auf dem Korridor Wache halten? Lauscher oder Spitzel können wir gerade jetzt am allerwenigsten gebrauchen. Geben Sie mir Bescheid, wenn die Luft rein ist.«

»Natürlich, natürlich, Sergeant«, sagte er. »Mit Vergnügen!« Und schon eilte er davon, um seinen Auftrag auszuführen.

Nachdem er ihr brav grünes Licht gegeben hatte, sah sie sich die Schlüssel genauer an. Sie waren beide aus Messing, der größere an einer Kette befestigt, an der außerdem ein kleines Metallschild hing. Es trug die Zahl 104. Ein Schließfach? In einem Bahnhof? In einem Busbahnhof? Oder gehörte der Schlüssel vielleicht zu einem dieser Metallspinde am Strand, in denen die Leute ihre Kleider unterbrachten, während sie im Meer badeten? Es waren alles Möglichkeiten.

Den zweiten Schlüssel schob sie ins Schloss des kleinen Lederkästchens. Er drehte sich reibungslos. Sie schob das Schnappschloss des Kästchens nach rechts und öffnete seinen Deckel.

»Haben Sie schon was Brauchbares gefunden?«, flüsterte Treves von der Tür her in 007-Manier. »Hier ist immer noch alles klar, Sergeant.«

»Bleiben Sie auf dem Posten, Mr. Treves«, flüsterte sie zurück.

»In Ordnung«, murmelte er. Sie merkte ihm an, dass er im Begriff war, richtig in seine Verschwörerrolle hineinzuwachsen.

»Ich verlasse mich auf Sie«, sagte sie, die Worte zwischen zusammengebissenen Zähnen hervorzischend, da sie hoffte, dass dies das Spannungsmoment, das anscheinend nötig war, um ihn bei der Stange zu halten, noch verstärken würde. »Wenn sich irgendwas rührt … Ganz egal, was, Mr. Treves –«

»Selbstverständlich«, versicherte er. »Machen Sie ruhig weiter, Sergeant Havers.«

Sie lächelte. So ein Kauz, dachte sie. Sie schob die Schlüssel in den Plastikbeutel. Dann wandte sie sich dem Kästchen zu.

Sein Inhalt zeigte sich wohlgeordnet: ein Paar goldene Manschettenknöpfe, eine goldene Geldklammer mit einer Gravur in arabischer Schrift, ein kleiner goldener Ring – vielleicht für eine Frau gedacht – mit einem Rubin, eine Goldmünze, vier goldene Armreifen, ein Scheckbuch und ein gelber Zettel, der einmal gefaltet war. Barbara hielt inne, um über Querashis Vorliebe für Gold nachzudenken und zu überlegen, was, wenn überhaupt, eine solche Vorliebe bedeuten konnte und in welchem Zusammenhang sie eventuell mit dem stehen könnte, was dem Mann zugestoßen war. Habgier?, dachte sie. Erpressung? Kleptomanie? Weise Voraussicht? Besessenheit? Was?

Das Scheckbuch war von einer örtlichen Filiale der Barclay's Bank. Auf der linken Seite war es mit Quittungsabschnitten für die einzelnen Schecks versehen. Nur einer war ausgeschrieben und auf dem Quittungsabschnitt eingetragen worden, vierhundert Pfund an einen F. Kumhar. Barbara sah sich das Datum an und rechnete nach: drei Wochen vor Querashis Tod.

Sie schob das Scheckbuch in einen Plastikbeutel und nahm den gefalteten gelben Zettel. Der entpuppte sich als Quittung von einem Geschäft am Ort mit dem Namen *Racon – künstlerischer Schmuck.* Darunter stand in Kursivschrift: *Erstes Haus am Ort.* Zunächst glaubte Barbara, die Quittung gehöre zu dem kleinen Rubinring. Vielleicht ein Schmuckstück, das Querashi seiner zukünftigen Braut gekauft hatte. Dann aber sah sie, dass die Quittung nicht auf Querashi ausgestellt war, sondern auf Sahlah Malik.

Aus der Quittung ging nicht hervor, was gekauft worden war. Der Gegenstand war nur durch zwei Buchstaben und eine Nummer gekennzeichnet: AK – 162. Daneben stand in Anführungszeichen geschrieben: »Das Leben beginnt jetzt«. Unten war der Preis angegeben, den Sahlah Malik bezahlt hatte: zweihundertzwanzig Pfund.

Interessant, dachte Barbara. Sie fragte sich, wie Querashi in den Besitz dieser Quittung gekommen war, die offensichtlich einen Kauf seiner Verlobten betraf. Die Worte »Das Leben beginnt jetzt« hatten wahrscheinlich in das Schmuckstück eingraviert werden sollen. Ein Ehering vielleicht? Das war die naheliegendste Vermutung. Aber trugen pakistanische Ehemänner überhaupt Trauringe? Bei Taymullah Azhar hatte Barbara nie einen gesehen, aber das hatte nicht viel zu bedeuten; auch die verheirateten Männer ihres eigenen Kulturkreises trugen ja nicht alle Trauringe. Aber ganz gleich, wofür die Quittung ausgestellt war, die Tatsache, dass Querashi sie in seinem Besitz gehabt hatte, ließ darauf schließen, dass er vorgehabt hatte, das Schmuckstück, das Sahlah gekauft hatte, zurückzugeben. Und die Rückgabe eines Geschenks, das dem Empfänger mit den hoffnungsfrohen und vertrauensvollen Worten »Das Leben beginnt jetzt« gewidmet wurde, konnte eigentlich nur bedeuten, dass die Hochzeitspläne gescheitert waren.

Barbara sah zum Nachttisch hinüber, dessen Schublade immer noch offen stand. Sie sah die angebrochene Schachtel Kondome und erinnerte sich, dass man in den Taschen des Toten drei weitere Kondome gefunden hatte. In Verbindung mit der Quittung aus dem Schmuckgeschäft ließ das wohl nur einen Schluss zu.

Nicht nur waren die Heiratspläne ernstlich gefährdet gewesen, es hatte höchstwahrscheinlich noch eine dritte Person gegeben, die Querashi möglicherweise angestachelt hatte, die geplante Eheschließung zugunsten einer anderen Beziehung aufzugeben. Und dies war erst vor kurzem geschehen, da sich in seinem Besitz noch die Beweise dafür befanden, dass er eine Hochzeitsreise geplant hatte.

Barbara legte die Quittung zu den anderen Gegenständen, die sie an sich genommen hatte. Sie sperrte das Lederkästchen ab und verstaute es ebenfalls in einem Plastikbeutel. Sie fragte sich, welche Reaktionen es bei einer Heiratsabsprache zwischen zwei Familien auslösen würde, wenn der Bräutigam plötzlich darum bat, alle Vorbereitungen einzustellen. Würde es Ärger geben? Würden Rachepläne geschmiedet werden? Sie hatte keine Ahnung. Aber sie wusste, wie sie es herausfinden konnte.

»Sergeant Havers?« Es war weniger ein Flüstern als ein Zischen: 007 begann ungeduldig zu werden.

Barbara ging zur Tür und öffnete sie. Sie trat in den Korridor und nahm Treves beim Arm. »Wir haben vielleicht eine Spur«, sagte sie kurz.

»Wirklich?« Sofort war er in heller Aufregung.

»Absolut. Führen Sie Buch über telefonische Anrufe? Ja? Wunderbar. Ich möchte diese Aufzeichnungen gern haben«, sagte sie. »Mich interessiert jeder Anruf, den er gemacht hat, und jeder Anruf, den er bekommen hat.«

»Heute Abend noch?« Treves leckte sich voll Eifer die Lippen. Wenn es nach ihm ging, erkannte Barbara, würden sie bis zum Morgengrauen in Papieren herumwühlen.

»Morgen reicht auch noch«, erwiderte sie. »Jetzt schlafen wir erst einmal. Damit wir morgen frisch sind.«

»Gott sei Dank«, flüsterte er aufgeregt, »dass ich niemanden in das Zimmer gelassen habe.«

»Halten Sie es weiter so, Mr. Treves«, sagte sie. »Schließen Sie die Tür ab. Stehen Sie Wache, wenn es sein muss. Engagieren Sie einen Wächter. Stellen Sie eine Videokamera auf. Aber lassen Sie um Gottes willen niemanden in dieses Zimmer. Ich verlasse mich auf Sie. Kann ich das?«

»Sergeant«, versicherte Treves, die Hand auf dem Herzen, »Sie können sich hundertprozentig auf mich verlassen.«

»Großartig«, sagte Barbara.

6

Die Morgensonne weckte sie. Sie wurde begleitet vom Geschrei der Möwen und dem feinen Salzgeruch in der Luft. Diese war, wie am Vortag, völlig unbewegt. Barbara sah es, als sie vom Bett aus zum offenen Fenster hinausblinzelte. Draußen stand ein Lorbeerbaum, an dem nicht ein staubiges Blättchen auch nur leise bebte. Bis zum Mittag würde das Quecksilber in sämtlichen Thermometern der Stadt kochen.

Barbara drückte sich die Fäuste ins Kreuz, da es nach einer Nacht auf einer Matratze, die von mehreren Gästegenerationen durchgelegen worden war, unangenehm schmerzte. Sie schwang die Beine aus dem Bett und wankte schlaftrunken in ihre Toilette mit Aussicht.

Auch im Badezimmer begegnete sie den Zeichen vornehmen Verfalls, dem das Hotel sich ergeben hatte: Auf den Wandkacheln und dem Kitt rund um die Badewanne sprießten kleine Schimmelbüschel, und die Türen des Schränkchens unter dem Waschbecken wurden von einem Gummiband gehalten, das zwischen den beiden Knöpfen gespannt war. Die »Aussicht« konnte man durch ein kleines Fenster über der Toilette genießen, vier schmutzige Glasscheiben hinter einem lappigen Vorhang, auf dem Delphine aus schäumenden Wellen hochsprangen, die längst die triste Farbe eines winterlichen Himmels angenommen hatten.

Barbara nahm das Ambiente mit einem »Uah« zur Kenntnis und musterte ihr Gesicht in dem von Altersflecken gesprenkelten Spiegel über dem Becken, der mit Abziehbildern von pfeileschießenden Cupidos verziert war. Sie nahm den Anblick ihres Gesichts mit einem weiteren, inbrünstigen »Uah« auf. Die farbliche Vielfalt der Verletzungsspuren in ihrem Gesicht bildete zusammen mit den Schlafknittern auf ihrer linken Wange ein wenig gefälliges Ensemble; es war eine Zumutung, sich vor dem Frühstück so etwas ansehen zu müssen. Da verging einem wirklich der Appetit. Barbara wandte sich von ihrem Spiegelbild ab, um die Aussicht zu genießen, die das Klofenster bot.

Es war so weit wie möglich geöffnet und gewährte generöse fünfzehn Zentimeter frische Morgenluft. Sie sog sie tief in ihre Lunge und rieb sich mit beiden Händen ihr struppiges Haar, während sie über den grasbewachsenen Hang hinweg zum Meer hinausblickte.

Das *Burnt House Hotel*, das auf einer Anhöhe etwa anderthalb Kilometer nördlich der Ortsmitte stand, war ideal gelegen für Reisende, die nur auf der Suche nach einer schönen Aussicht nach Balford kamen. Im Süden krümmte sich halbmondförmig der Sandstrand von Princes Beach, von drei steinernen Wellenbrechern geschützt. Im Osten zog sich der Rasen bis hin zu einem Küstenfelsen, hinter dem sich in endloser Weite das Meer dehnte, völlig ruhig an diesem Morgen und begrenzt von einer grauen Nebelbank, die am fernen Horizont hing und kühleres Wetter versprach. Im Norden reckten die Kräne des fernen Hafens von Harwich ihre Dinosaurierhälse hoch über die Fähren, die auf ihrem Weg nach Europa durch das Wasser glitten. Das alles konnte Barbara von ihrem Fenster aus sehen, so klein es war, und das alles und mehr würde sich jedem darbieten, der in einem der altersschwachen Liegestühle auf dem Hotelrasen saß.

Ein Landschaftsmaler oder Skizzenzeichner würde das *Burnt House Hotel* für seine Zwecke vielleicht ideal finden, dachte Barbara, aber im Hinblick auf Touristen, die in Balford-le-Nez mehr wollten als nur eine schöne Aussicht, hatte man bei der Standortwahl des Hotels eine wirtschaftliche Riesendummheit begangen. Die Entfernung zwischen dem Hotel und dem Ort selbst mit seiner Strandpromenade, dem Vergnügungspier und der High Street unterstrich das. An diesen Orten nämlich, die gewissermaßen das kommerzielle Herz der Stadt bildeten, gaben die Touristen ihr Geld aus, und die konnten sie von den anderen Hotels, Pensionen und Sommerhäusern aus bequem zu Fuß erreichen, nicht jedoch vom *Burnt House Hotel* aus. Eltern mit kleinen Kindern, junge Leute, die sich in das fragwürdige Nachtleben, das der Ort heute noch zu bieten hatte, stürzen wollten, Urlauber, die auf alles vom Strand bis zum Souvenir scharf waren, würden hier draußen, nördlich von Balford, nicht finden, was sie suchten. Sie konnten natürlich in die Stadt gehen. Aber es gab keinen direkten Weg, der am Meer entlangführte. Wollte man vom *Burnt House Hotel* aus zu Fuß in die Stadt, so musste man zuerst die Nez Park Road landeinwärts marschieren und dann wieder hinaus zur Strandpromenade.

Basil Treves, sagte sich Barbara, konnte von Glück reden, wenn überhaupt jemand in seinem Hotel abstieg, egal um welche Jahreszeit. Und das hieß, dass es ein Glück für ihn gewesen war, Haytham Querashi als Dauergast bei sich zu haben. Was wiederum die Frage aufwarf, ob Treves vielleicht eine Rolle bei Querashis Heiratsplänen gespielt hatte. Es war eine interessante Spekulation.

Barbara sah zum Vergnügungspier hinüber. An seinem Ende, dort, wo früher *Jack 'Awkins Cafeteria* gewesen war, wurde heftig gebaut. Und selbst auf diese Entfernung konnte sie erkennen, dass der Pier selbst in taufrischen Farben prangte, weiß, grün, blau und orange, und dass an den Masten, die seine beiden Seiten säumten, bunte Fahnen flatterten. Das alles hatte es noch nicht gegeben, als sie das letzte Mal in Balford gewesen war.

Barbara wandte sich ab. Wieder vor dem Spiegel, musterte sie prüfend ihr Gesicht und fragte sich, ob die Idee, die Pflaster zu entfernen, wirklich so grandios gewesen war, wie sie zunächst geglaubt hatte. Sie hatte kein Make-up mitgenommen. Da ihr ganzes Kosmetikarsenal sowieso nur aus einer Tube Lippenpomade und einem Töpfchen Rouge bestand, das einmal ihrer Mutter gehört hatte, hatte sie es nicht der Mühe wert befunden, das Zeug einzupacken. Sie betrachtete sich gerne als eine Frau, deren Ehrlichkeit es nicht gestattete, mehr zu tun, als sich in die Wangen zu kneifen, um ihrem Gesicht etwas Farbe zu geben. Die Wahrheit war jedoch, dass sie, vor die Wahl gestellt, ihr Gesicht zu bemalen oder morgens eine Viertelstunde länger zu schlafen, ihr Leben lang den Schlaf gewählt hatte. Bei ihrem Job war ihr das immer als das Gescheitere erschienen. Folglich brauchte sie keine zehn Minuten, um sich für den kommenden Tag zu rüsten, und vier davon brachte sie damit zu, auf der Suche nach einem frischen Paar Socken fluchend in ihrem Matchsack zu kramen.

Sie putzte sich die Zähne, bürstete schnell ihr Haar, packte die Schätze, die sie am vergangenen Abend aus Querashis Zimmer mitgenommen hatte, in ihre Umhängetasche und ging los. Im Korridor hingen die Frühstücksgerüche wie lästige Kinder am Rockzipfel ihrer Mutter. Irgendwo waren Schinken, Eier und Würstchen gebraten worden, Toast war verbrannt, Tomaten und Champignons gegrillt worden. Barbara brauchte keinen Plan, um den Speisesaal zu finden. Sie folgte einfach den immer intensiver werdenden Gerüchen die Treppe hinunter und in einen schmalen Korridor im Erdgeschoss, wo Besteckklappern und Stimmengemurmel die Führung übernahmen.

Eine Stimme traf klar und deutlich ihr Ohr, als sie sich näherte. Ein Kind sagte aufgeregt: »Hast du gewusst, dass man hier mit einem Hummerboot fahren kann? Machen wir das, Dad? Und ein Riesenrad gibt's auch. Fahren wir da heute mal damit? Ich hab's gestern Abend, als ich mit Mrs. Porter im Garten war, immerzu angeschaut, und sie hat gesagt, als *sie* in meinem Alter war, hat das Riesenrad –«

Eine leise Stimme unterbrach das hoffnungsfrohe Geplapper. Wie immer, dachte Barbara fast grimmig. Was zum Teufel war los mit dem Mann? Er unterdrückte jede spontane Regung des kleinen Mädchens. Unerklärlich gereizt und kampfbereit, obwohl ihr, wie sie wusste, dergleichen gar nicht zustand, näherte sich Barbara der Tür.

Hadiyyah und ihr Vater saßen in einer düsteren Ecke des alten holzgetäfelten Speisesaals. Man hatte sie abseits von den anderen Hotelgästen gesetzt, drei älteren weißhaarigen Paaren, deren Tische direkt an der Terrasse standen und die sich ihrem Frühstück widmeten, als wäre außer ihnen niemand im Saal. Eine Ausnahme bildete nur eine alte Dame mit einer Gehhilfe, die an ihrem Stuhl lehnte. Dies schien die eben erwähnte Mrs. Porter zu sein; von ihrem Ende des Saales aus nickte sie Hadiyyah ermutigend zu.

So sehr überraschte es Barbara gar nicht, Hadiyyah und Taymullah Azhar in diesem Hotel anzutreffen. Sie hatte zwar erwartet, dass die beiden bei der Familie Malik wohnen würden, doch da das offenbar nicht möglich war, war es eigentlich ganz logisch, dass sie das *Burnt House Hotel* gewählt hatten. Haytham Querashi hatte ja hier gewohnt, und Azhar war Querashis wegen nach Balford gekommen.

»Ah! Sergeant Havers.« Barbara drehte sich um und sah hinter sich Basil Treves mit zwei Frühstückstellern in den Händen. Er strahlte sie an. »Wenn Sie mir gestatten, Ihnen Ihren Tisch zu zeigen ...«

Als er sich an ihr vorbeischieben wollte, um die Honneurs zu machen, stieß Hadiyyah einen Freudenschrei aus. »Barbara! Du bist gekommen!« Sie ließ ihren Löffel in ihre Cornflakes fallen, dass die Milch über das rosafarbene Tischtuch spritzte. Sie sprang von ihrem Stuhl auf und hüpfte durch den Saal. »Da bist du ja! Da bist du ja! Da bist du ja am Meer!«, sang sie strahlend, und ihre Zöpfe mit den gelben Schleifen flogen. Sie sah aus wie der Sonnenschein persönlich: gelbe Shorts und gelbgestreiftes T-Shirt, gelbe Ringelsöckchen und gelbe Sandalen. Sie ergriff Barbaras Hand. »Baust du nachher eine Sandburg mit mir? Gehen wir zusammen Muscheln suchen? Ich möcht' so gern auf den Pier und Autoscooter fahren. Kommst du mit?«

Basil Treves beobachtete die Szene konsterniert. Er sagte mit Betonung: »Wenn ich Ihnen jetzt Ihren Tisch zeigen darf, Sergeant Havers?« und wies mit dem Kopf zu einem Tisch an einem offenen Fenster, eindeutig auf der englischen Seite.

»Ich würde lieber da drüben sitzen«, erwiderte Barbara und streckte ihren Daumen in Richtung der düsteren Pakistaniecke. »Zu viel frische Luft am Morgen schlägt mir immer auf den Magen. Es stört Sie doch nicht?«

Ohne auf eine Antwort von ihm zu warten, ging sie zu Azhar hinüber. Hadiyyah hüpfte ihr voraus und rief: »Sie ist hier! Schau, Dad! Sie ist hier! Sie ist hier!« und schien gar nicht zu bemerken, dass ihr Vater ihre Begeisterung über Barbaras Ankunft keineswegs teilte.

Basil Treves hatte inzwischen die beiden Frühstücksteller vor Mrs. Porter und ihrer Begleitung abgestellt. Er eilte herüber, um Barbara an dem Tisch neben Azhars einen Stuhl herauszuziehen. »Ja, selbstverständlich«, beeilte er sich zu sagen. »Sie nehmen Orangensaft, Sergeant Havers? Wie steht's mit Grapefruit? Oder lieber Melone?« Er schüttelte die wigwamförmig gefaltete Serviette mit so elegantem Schwung aus, als hätte er von Anfang an vorgehabt, Sergeant Havers zu den Ausländern zu setzen.

»Nein, sie sitzt bei uns! Bei uns!«, rief Hadiyyah. Sie zog Barbara zu ihrem Tisch. »Das ist doch okay, Dad, oder? Sie muss unbedingt bei uns sitzen.«

Azhar sah Barbara mit seinen unergründlichen braunen Augen ruhig an. Einziges Zeichen einer inneren Reaktion war der Moment absichtlichen Zögerns, bevor er aufstand, um sie zu begrüßen.

»Wir würden uns freuen, Barbara«, sagte er förmlich.

Von wegen, dachte Barbara. Aber sie sagte: »Wenn Sie Platz haben ...?«

»Den Platz können wir schaffen«, versicherte Basil Treves. Und während er Besteck und Geschirr von ihrem Tisch zu Azhars trug, summte er mit der grimmigen Entschlossenheit eines Mannes, der sich bemüht, das Beste aus einer üblen Situation zu machen, vor sich hin.

»Ich freu' mich so, ich freu' mich so!«, sang Hadiyyah. »Du bist auf Urlaub hier, stimmt's? Wir können an den Strand gehen. Wir können Muscheln suchen. Wir können angeln. Wir können auf den Pier gehen.« Sie setzte sich wieder auf ihren Stuhl und fischte nach ihrem Löffel, der wie ein silbernes Ausrufezeichen, das die Ereignisse kommentierte, mitten in den Cornflakes lag. Sie zog ihn heraus, ohne darauf zu achten, dass dabei Milch auf ihr gestreiftes T-Shirt tropfte. »Gestern, als Dad zu tun hatte, hat Mrs. Porter auf mich aufgepasst«, berichtete sie Barbara. »Wir haben ein Buch über Fossilien im Garten gelesen. Ich meine«, erläuterte sie kichernd, »wir haben im Garten *gelesen*. Heute wollten wir oben auf der Cliff Parade einen Spaziergang machen, aber bis zum Pier ist es zu weit. Ich meine, für Mrs. Porter. Aber *ich* kann leicht so weit laufen. Und jetzt, wo *du* hier bist, lässt Dad mich bestimmt auf den Pier gehen. Nicht, Dad? Ich darf doch, wenn Barbara mitkommt?« Sie drehte sich auf ihrem Stuhl um, um Barbara anzusehen. »Wir können mit der Achterbahn fahren und mit dem Riesenrad, Barbara. Und wir können an der Schießbude schießen. Kannst du gut schießen? Dad kann es ganz toll. Er hat mir einmal einen Koalabären geschossen, und einmal hat er Mami einen rosa –«

»Hadiyyah!« Die Stimme ihres Vaters war streng und brachte sie wie immer sofort zum Schweigen.

Barbara vertiefte sich in das Studium der Karte. Dann gab sie bei Treves, der in der Nähe herumschwirrte, ihre Bestellung auf.

»Barbara ist hier, um sich zu erholen, Hadiyyah«, erklärte Azhar seiner Tochter, als Treves sich in Richtung zur Küche entfernte.

»Du darfst dich in ihrem Urlaub nicht aufdrängen. Sie hat einen Unfall gehabt und fühlt sich sicher noch nicht wohl genug, um in der Stadt herumzurennen.«

Hadiyyah antwortete nicht, warf Barbara jedoch einen hoffnungsvollen Blick zu. Ihr aufgeregtes kleines Gesicht verriet, dass ihr nichts als Riesenrad, Achterbahn und Spielautomaten durch den Kopf spukten. Sie baumelte mit den Beinen und wippte auf ihrem Stuhl auf und nieder, und Barbara fragte sich, wie ihr Vater es fertigbrachte, ihr irgendetwas zu verwehren.

»Meine ächzenden alten Knochen werden vielleicht noch einen Marsch zum Pier schaffen«, sagte Barbara. »Aber wir müssen abwarten, wie die Dinge sich entwickeln.«

Dieses halbe Versprechen reichte dem kleinen Mädchen. Sie rief: »Hurra! Hurra!«, und bevor ihr Vater sie von neuem zurechtweisen konnte, machte sie sich über den Rest ihrer Cornflakes her.

»Lassen Sie sich bitte nicht stören.« Barbara wies mit einem Nicken auf den Teller mit Rührei, den Azhar vor sich stehen hatte. Wieder mimte er einen Augenblick des Zögerns, um seinem Widerstreben Ausdruck zu verleihen, doch was ihm widerstrebte, ob es sein Essen oder ihre Gesellschaft war, konnte sie nicht sagen, vermutete allerdings das Letztere.

Er nahm seinen Löffel zur Hand, begann aber nicht gleich zu essen, sondern sagte zuerst, ganz ohne Ironie: »Was für ein Zufall, dass Sie für den Urlaub ausgerechnet den Ort gewählt haben, wo Hadiyyah und ich sind, Barbara. Und ein noch größerer Zufall ist es, dass wir alle im selben Hotel wohnen.«

»Das ist doch toll«, erklärte Hadiyyah vergnügt. »Da können Barbara und ich wenigstens zusammen sein. Und wenn du wegmusst, Dad, kann Barbara jetzt auf mich aufpassen. Mrs. Porter ist schon ganz nett«, teilte sie Barbara mit gesenkter Stimme mit. »Ich mag sie. Aber sie kann nicht gut laufen, weil sie irgendeine Krankheit hat.«

»Hadiyyah«, mahnte ihr Vater leise. »Dein Frühstück.«

Hadiyyah senkte den Kopf, aber nicht bevor sie Barbara mit einem strahlenden Lächeln angesehen hatte. Ihre Füße schlugen unternehmungslustig an die Beine ihres Stuhls.

Barbara wusste, dass es sinnlos gewesen wäre zu lügen. Gleich beim ersten Treffen zwischen der Polizei und den Vertretern der pakistanischen Gemeinde würde Azhar die Wahrheit über ihre Tätigkeit in Balford entdecken. Aber sie war froh, das wurde ihr jetzt bewusst, dass sie ihm etwas Wahres erzählen konnte, ohne den ursprünglichen Grund für ihre überstürzte Reise nach Essex aufdecken zu müssen.

»Tja, eigentlich bin ich dienstlich hier«, sagte sie. »Oder sagen wir, quasi dienstlich.« Leichten Tons erzählte sie ihm, dass sie nach Balford gekommen sei, um einer alten Freundin bei der örtlichen Kriminalpolizei unter die Arme zu greifen: der Beamtin, die die Ermittlungen in einem Mordfall leitete. Sie machte eine Pause, um seine Reaktion abzuwarten. Sie war typisch für Azhar: Er zuckte kaum mit der Wimper. »Vor drei Tagen wurde nicht weit von hier ein Mann namens Haytham Querashi ermordet aufgefunden«, fuhr sie fort und fügte mit Unschuldsmiene hinzu: »Er hat übrigens auch in diesem Hotel gewohnt. Haben Sie von dieser Geschichte gehört, Azhar?«

»Und Sie arbeiten an diesem Fall mit?«, fragte Azhar. »Wie ist das möglich? Sie sind doch in London stationiert.«

Barbara jonglierte ein wenig mit der Wahrheit. Sie habe einen Anruf von ihrer alten Freundin Emily Barlow erhalten, erklärte sie. Em habe irgendwie Wind davon bekommen – »Das Buschtelefon funktioniert auch bei der Polizei bestens« –, dass Barbara im Augenblick Urlaub habe. Daraufhin habe sie angerufen und Barbara gebeten, nach Essex zu kommen. Tja, und hier sei sie nun.

Barbara knetete den Teig ihrer Freundschaft mit Emily, bis er richtig schön aufging und es sich anhörte, als wären sie ein Mittelding zwischen Seelenfreundinnen und siamesischen Zwillingen. Als sie sicher war, ihn davon überzeugt zu haben, dass sie für Emily durchs Feuer gehen würde, erzählte sie weiter: »Em hat mich gebeten, die Polizei in einem Ausschuss zu vertreten, dessen Aufgabe es ist, die asiatische Gemeinde hier in der Stadt über den Gang der Ermittlungen ständig auf dem Laufenden zu halten.« Und wieder wartete sie seine Reaktion ab.

»Wieso gerade Sie?« Azhar legte seinen Löffel weg. »Leidet die örtliche Polizeidienststelle unter Personalmangel?«

»Die gesamte Kriminalpolizei ist mit den Ermittlungen selbst befasst«, erklärte Barbara ihm, »und das ist ja auch sicher das, was die pakistanische Gemeinde wünscht. Meinen Sie nicht?«

Azhar nahm seine Serviette vom Schoß. Er faltete sie ordentlich und legte sie neben seinen Teller. »Dann sind wir beide in ähnlicher Mission hier.« Azhar sah seine Tochter an. »Hadiyyah, bist du fertig? Ja? Gut. Ich habe den Eindruck, Mrs. Porter würde gerne mit dir Pläne für den heutigen Tag machen.«

Hadiyyah sah niedergeschmettert aus. »Aber ich hab' gedacht, Barbara und ich –«

»Barbara hat uns eben erklärt, dass sie dienstlich hier ist, Hadiyyah. Geh zu Mrs. Porter. Hilf ihr in den Garten hinaus.«

»Aber –«

»Hadiyyah, keine Widerrede.«

Sie schob ihren Stuhl zurück und trottete mit hängenden Schultern durch den Saal zu Mrs. Porter, die in der Tat mit heftig zitternden Händen versuchte, ihre Gehhilfe vor ihrem Stuhl aufzustellen. Azhar wartete, bis Hadiyyah und die alte Dame durch die Terrassentür hinausgegangen waren, dann wandte er sich wieder Barbara zu.

Genau in diesem Moment schwirrte Basil Treves mit Barbaras Frühstück in den Saal und stellte es mit schwungvoller Bewegung vor ihr ab. »Wenn Sie mich brauchen, Sergeant ...«, sagte er mit seiner vielsagenden Kopfbewegung in Richtung Empfang, was, meinte Barbara, wohl heißen sollte, dass er mit dem Telefon in der Hand bereitstehen würde, um sofort den Notruf zu wählen, sollte Taymullah Azhar sich vergessen.

»Danke«, sagte Barbara und begann zu essen. Sie würde erst einmal Azhar sprechen lassen. Mal sehen, wie viel er ihr über seine Geschäfte in Balford mitzuteilen bereit war. Sie wollte ihre Karten nicht auf den Tisch legen, solange sie überhaupt keine Ahnung hatte, was für ein Blatt er in der Hand hatte.

Er hätte nicht lakonischer sein können. Soweit Barbara feststellen konnte, verheimlichte er ihr nichts: Der Ermordete war mit Azhars Cousine verlobt gewesen; Azhar war auf Bitten der Familie nach Balford gekommen; er hatte in ihrem Auftrag eine ähnliche Funktion übernommen wie Barbara im Auftrag der örtlichen Polizei.

Barbara verriet ihm nicht, dass sie die Grenzen des ihr zugeteilten Aufgabenbereichs als Verbindungsbeamtin bereits überschritten hatte. Verbindungsbeamte kramten nicht in den Zimmern von Ermordeten herum und steckten alles ein, was sie interessierte. Sie sagte vielmehr: »Das trifft sich aber wirklich gut. Ich bin froh, dass Sie hier sind. Die Polizei braucht dringend ein klares Bild von Querashi. Da können Sie helfen, Azhar.«

Sofort war er auf der Hut. »Ich diene den Interessen der Familie.«

»Selbstverständlich. Aber Sie sind von dem Mord nicht direkt betroffen, Sie können daher objektiver sein als die Familie. Richtig?« Ehe er antworten konnte, sprach sie hastig weiter. »Gleichzeitig gehören Sie der Gruppe an, die Querashi am nächsten stand, und sind dadurch natürlich im Besitz von Insiderinformationen.«

»Die Interessen der Familie stehen an erster Stelle, Barbara.«

»Ich würde doch denken, dass es im Interesse der Familie ist«, sagte sie mit leiser Ironie, »herauszubekommen, wer Querashi getötet hat.«

»Natürlich. Das ist ihr vordringlichstes Interesse.«

»Freut mich, das zu hören.« Barbara strich Butter auf ein Toastdreieck und schob eine Ladung Spiegelei auf ihre Gabel. »Also, es läuft folgendermaßen: Wenn jemand ermordet wird, sucht die Polizei nach den Antworten auf drei Fragen: Wer hatte ein Motiv? Wer hatte die Mittel? Wer hatte die Gelegenheit? Sie können der Polizei helfen, diese Antworten zu finden.«

»Indem ich meine Familie verrate, meinen Sie«, versetzte Azhar. »Also hat Muhannad doch recht. Die Polizei möchte den Schuldigen in der pakistanischen Gemeinde finden, nicht wahr? Und da Sie für die Polizei arbeiten, wollen auch Sie –«

»Die Polizei«, unterbrach Barbara scharf und richtete ihr Messer auf ihn, um die Tatsache zu unterstreichen, dass sie nicht bereit war, sich mit Vorwürfen von Rassismus manipulieren zu lassen, »möchte der Wahrheit auf den Grund gehen, ganz gleich, wie sie aussieht. Sie würden Ihrer Familie einen Gefallen tun, wenn Sie ihr das klarmachen.« Sie kaute ihren Toast und beobachtete, wie er sie ansah. Unergründlich, dachte sie. Er hätte einen guten Bullen abgegeben. Mit einem Klumpen Toast in der Backentasche sagte sie: »Schauen

Sie, Azhar, wir müssen begreifen, was Querashi für ein Mensch war. Wir müssen die Familie begreifen. Wir müssen die asiatische Gemeinde ganz allgemein begreifen. Wir werden jeden unter die Lupe nehmen, mit dem er Kontakt hatte, und einige dieser Personen werden Asiaten sein. Wenn Sie die Absicht haben, jedes Mal einen dicken Hals zu kriegen, wenn wir pakistanisches Terrain betreten, führt das nirgendwohin. Und zwar schnell.«

Er griff nach seiner Tasse – er trank Kaffee –, führte sie jedoch nicht zum Mund. »Aus dem, was Sie sagen, wird deutlich, dass die Polizei dies nicht als einen Zwischenfall mit rassistischem Hintergrund sehen möchte.«

»Und Sie, mein Bester, ziehen voreilige Schlüsse. Was ein Vermittler lieber unterlassen sollte, meinen Sie nicht?«

Er lächelte flüchtig, widerwillig, wie ihr schien. »Akzeptiert, Sergeant Havers.«

»Gut. Dann einigen wir uns doch jetzt erst einmal auf eins: Wenn ich Ihnen eine Frage stelle, steckt nicht mehr dahinter als genau das, okay? Eine Frage. Sie bedeutet nicht, dass ich auf irgendetwas Bestimmtes hinauswill. Ich bemühe mich lediglich, das kulturelle Umfeld zu begreifen, damit ich die Gemeinde begreifen kann. Okay?«

»Wie Sie meinen.«

Barbara beschloss, dies als rückhaltlose Einwilligung seinerseits zu nehmen, alle Fakten, die er zur Hand hatte, offenzulegen. Es hatte keinen Sinn, ihn dazu zwingen zu wollen, einen Kooperationsvertrag mit seinem Blut zu unterzeichnen. Außerdem schien er ihre etwas großzügige Interpretation ihrer Rolle als Verbindungsbeamtin zu akzeptieren, und solange er das tat, wollte sie alles an Informationen aus ihm herausholen, was möglich war.

Sie spießte ein Stück Ei und ein Stück Schinken auf. »Nehmen wir doch für den Augenblick mal an, dass dieses Verbrechen keinerlei rassistische Motive hat. Die meisten Mordopfer werden von jemandem getötet, den sie kennen, nehmen wir also an, dass das auch bei Querashi der Fall war. In Ordnung?«

Azhar drehte seine Tasse hin und her. Er hatte noch immer nicht aus ihr getrunken. Sein Blick war unverwandt auf Barbara gerichtet. Er nickte leicht.

»Er war noch nicht lange in England.«

»Sechs Wochen«, sagte Azhar.

»Und in dieser Zeit hat er in der Fabrik der Familie Malik gearbeitet.«

»Richtig.«

»Es ist also anzunehmen, dass die Mehrzahl seiner Bekannten hier in England – nicht alle, aber die Mehrzahl, okay? – Asiaten waren?«

Sein Gesicht war düster. »Für den Moment können wir das annehmen, meinetwegen.«

»Gut. Und seine Ehe wäre nach den Gepflogenheiten Ihres Volkes geschlossen worden, ist das richtig?«

»Ja.«

Barbara schnitt sich noch ein Stück Schinken ab und tauchte es in Eigelb. »Dann muss ich zunächst einmal eins wissen: Was passiert, wenn so ein Eheversprechen, das zwischen den Familien ausgehandelt wurde, gebrochen wird?«

»Was meinen Sie mit ›gebrochen‹?«

»Ich meine, was passiert, wenn einer der Beteiligten sich weigert, den Vertrag zu erfüllen, noch bevor die Ehe geschlossen ist?«

Die Frage, dachte Barbara, war doch klar, und als er nicht sofort antwortete, blickte sie irritiert von ihrem Toast auf. Sein Gesicht war ausdruckslos, aber es erschien ihr zu beherrscht. Zum Teufel mit diesem Mann. Er zog schon wieder voreilige Schlüsse, obwohl sie ihm gerade erst erklärt hatte, dass es hier einzig um Information ging.

Ungeduldig sagte sie: »Azhar –«

»Haben Sie etwas dagegen?« Er zog eine Packung Zigaretten heraus. »Darf ich? Da Sie noch essen …?«

»Rauchen Sie ruhig. Wenn ich gleichzeitig essen und rauchen könnte, würde ich's tun, glauben Sie mir.«

Er zündete die Zigarette mit einem kleinen silbernen Feuerzeug an. Dann drehte er sich ein wenig auf seinem Stuhl und blickte zum Garten. Draußen auf dem Rasen warf Hadiyyah einen blauroten Ball in die Luft. Er schien zu überlegen, wie er ihre Frage am besten beantworten sollte, und Barbara, die ihn beobachtete, verspürte einen Anflug von Gereiztheit. Wenn jedes ihrer Gespräche ein vorsichtiger Tanz um das Fettnäpfchen der *political correctness* werden würde, würden sie Weihnachten noch in Balford sitzen.

»Azhar, soll ich das umformulieren?«, fragte sie ihn.

Er wandte sich ihr wieder zu. »Haytham und Sahlah waren beide mit dem Vertrag einverstanden«, sagte er, während er seine Zigarette mit der Spitze im Aschenbecher hin und her rollte, obwohl sich noch gar keine Asche angesammelt hatte. »Wenn Haytham die Vereinbarung zurückgewiesen hätte, hätte er damit Sahlah zurückgewiesen. Das wäre als schwere Beleidigung ihrer Familie angesehen worden. Meiner Familie.«

»Weil die Familie die Ehe vereinbart hatte?« Barbara schenkte sich eine Tasse Tee ein. Er war dickflüssig und so dunkel, als hätte er wie irgendein Höllengebräu eine ganze Woche lang vor sich hin geköchelt. Sie gab kräftig Zucker und Milch dazu.

»Weil mein Onkel durch Haythams Absage das Gesicht und damit den Respekt der Gemeinde verloren hätte. Sahlah selbst wäre als verschmäht gebrandmarkt gewesen, was sie in den Augen anderer Männer herabgewürdigt hätte.«

»Und Haytham? Was für Folgen hätte es für ihn gehabt?«

»Mit dem Rücktritt von dem Ehevertrag hätte er sich seinem eigenen Vater widersetzt. Das hätte zur Folge haben können, dass ihn seine Familie verstößt, falls diese Ehe als eine wichtige Verbindung betrachtet worden wäre.« Der Rauch seiner Zigarette verschleierte Azhars Gesicht. Aber Barbara konnte sehen, dass er sie genau beobachtete, als er weitersprach. »Verstoßen zu werden heißt, keinerlei Kontakt mit der Familie mehr zu haben. Niemand kommuniziert mit dem Verstoßenen, weil alle Angst haben, selbst verstoßen zu werden. Auf der Straße wendet man sich ab. Die Türen des Hauses bleiben dem Verstoßenen verschlossen. Anrufe werden nicht erwidert. Alle Post wird ungeöffnet zurückgeschickt.«

»Als wäre man tot?«

»Ganz anders. Der Toten erinnert man sich, man betrauert sie und verehrt sie. Der Verstoßene hat nie existiert.«

»Das ist hart«, meinte Barbara. »Aber wäre das für Querashi ein Problem gewesen? Befindet sich seine Familie nicht in Pakistan? Er hätte sie doch sowieso nicht gesehen, nicht wahr?«

»Haytham hätte sicher die Absicht gehabt, seine Familie nach

England zu holen, sobald er die Mittel gehabt hätte. Sahlahs Mitgift hätte ihm das ermöglicht.«

Azhars Blick wanderte wieder zum Garten. Hadiyyah sprang über den Rasen und ließ dabei den Wasserball auf ihrem Kopf auf und nieder hüpfen. Azhar lächelte bei dem Anblick und beobachtete seine Tochter weiter, als er zu sprechen fortfuhr. »Ich halte es daher für unwahrscheinlich, Barbara, dass er von der Heirat mit Sahlah zurücktreten wollte.«

»Aber wenn er sich nun in eine andere Frau verliebt hätte? Mir ist schon klar, wie das mit diesen Eheverträgen läuft, und ich kann mir auch vorstellen, dass die Leute bereit sind, sich der Pflicht zu beugen – Mann, man braucht sich ja nur die königliche Familie anzusehen, wie die sich alle im Namen der Pflicht das Leben verpfuscht haben –, aber was wäre passiert, wenn Haytham sich in eine andere Frau verliebt hätte, bevor er recht wusste, wie ihm geschah? So was kommt schließlich vor.«

»Das ist wahr«, sagte er.

»Also. Was, wenn er sich an dem Abend, an dem er gestorben ist, mit einer Geliebten treffen wollte? Und was, wenn die Familie dahintergekommen wäre?« Als Azhar zweifelnd die Stirn runzelte, füge sie hinzu: »Er hatte drei Kondome in der Tasche, Azhar. Was fällt Ihnen dazu ein?«

»Geschlechtsverkehr.«

»Keine Liebesbeziehung? Eine Liebesbeziehung, die Querashi so viel bedeutete, dass er die bevorstehende Heirat abblasen wollte?«

»Es mag sein, dass Haytham sich in eine andere Frau verliebt hatte«, entgegnete Azhar. »Aber bei uns akzeptiert man es, dass Liebe und Pflicht einander häufig ausschließen, Barbara. Hier im Westen sehen die Menschen die Heirat als die logische Folge der Liebe. Bei uns ist das nicht unbedingt so. Es ist also durchaus möglich, dass Haytham sich in eine andere Frau verliebt hat – und die Tatsache, dass er Kondome bei sich hatte, lässt vermuten, dass er, als er an dem Abend auf den Nez ging, mindestens ein Abenteuer im Sinn hatte, wenn nicht Liebe, dem stimme ich zu –, aber daraus folgt nicht, dass er gewünscht hätte, von seinem Versprechen, meine Cousine zu heiraten, zurückzutreten.«

»Okay, ich akzeptier' das mal so.« Barbara wischte mit einem Stück Toast das restliche Eigelb von ihrem Teller auf und schob es in den Mund. Bedächtig kauend, dachte sie über andere mögliche Konstellationen nach. Als sie auf eine gekommen war und ihre Aufmerksamkeit wieder auf Azhar richtete, um sie ihm auseinanderzusetzen, merkte sie, dass er sie stirnrunzelnd betrachtete. Zweifellos irritierten ihn ihre Tischmanieren, die zumindest beim Frühstück einiges zu wünschen übrig ließen. Sie war so daran gewöhnt, im Schnellverfahren zu essen, dass sie es auch jetzt nicht unterlassen konnte, ihr Frühstück hinunterzuschlingen, als wäre ihr ein Mafiavollstrecker auf den Fersen.

»Was ist, wenn er eine Frau geschwängert hatte?«, meinte sie. »Kondome sind nun mal nicht hundertprozentig sicher. Sie können undicht sein, sie können zerreißen, oder sie werden nicht rechtzeitig angelegt.«

»Wenn sie schwanger war, weshalb hätte er dann an dem Abend Kondome mitnehmen sollen? Das wäre doch unnötig gewesen.«

»Stimmt«, bestätigte Barbara. »Aber vielleicht wusste er nicht, dass sie schwanger war. Er traf sich mit ihr wie immer, gut gerüstet, und als er ankam, eröffnete sie ihm die freudige Neuigkeit. Und schon haben wir den Salat, sie ist schwanger, und er ist mit einer anderen Frau verlobt. Was dann?«

Azhar drückte seine Zigarette aus. Er zündete sich eine neue an, ehe er antwortete: »Das wäre sehr bedauerlich gewesen.«

»Okay. Gut. Stellen wir uns also vor, es war so. Hätten die Maliks nicht –«

»Aber Haytham hätte sich weiterhin an Sahlah gebunden gefühlt«, unterbrach er ruhig. »Und die Familie hätte die Frau für die Schwangerschaft verantwortlich gemacht. Da sie wahrscheinlich Engländerin gewesen wäre –«

»Moment mal!«, fuhr Barbara dazwischen, aufgebracht über diese Unterstellung. »Weshalb sollte sie *wahrscheinlich* Engländerin gewesen sein? Woher hätte er überhaupt eine Engländerin kennen sollen?«

»Das Ganze ist doch Ihre Theorie, Barbara, nicht meine.« Es war offensichtlich, dass er ihre Verärgerung bemerkte. Es war ebenso offensichtlich, dass ihn das nicht aus der Ruhe brachte. »Sie wäre wahrscheinlich Engländerin gewesen, weil junge Asiatinnen ganz anders zu ihrer Unberührtheit stehen als junge Engländerinnen. Englische Mädchen sind leicht zu haben, und asiatische Männer, die sexuelle Erfahrung sammeln wollen, suchen sie bei ihnen, nicht bei asiatischen Frauen.«

»Wie reizend von ihnen«, bemerkte Barbara bissig.

Azhar zuckte die Achseln. »Das Verhältnis der Geschlechter zueinander wird von den Werten der Gemeinde bestimmt. Die Jungfräulichkeit der unverheirateten Frau ist ebenso Gebot wie die Schamhaftigkeit der verheirateten Frau. Ein junger Mann, der sich die Hörner abstoßen will, wird sich deshalb an die Engländerinnen halten, weil bekannt ist, dass englischen jungen Mädchen ihre Jungfräulichkeit nicht wichtig ist. Man kann sich also ruhig bedienen.«

»Und wenn Querashi es nun mit einer jungen Engländerin zu tun hatte, die diese reizende Einstellung nicht teilte? Wenn er es mit einem Mädchen zu tun hatte, für das es sehr wohl etwas Bindendes hatte, mit einem Mann zu schlafen – ganz gleich, welcher Hautfarbe, welcher Rasse oder Religion?«

»Sie sind zornig«, stellte Azhar fest. »Aber ich wollte Sie mit dieser Erklärung nicht beleidigen, Barbara. Wenn Sie Fragen über unsere Kultur stellen, werden Sie ganz sicher ab und zu Antworten bekommen, die zu Ihren eigenen Überzeugungen in Widerspruch stehen.«

Barbara schob ihren Teller auf die Seite. »Und Sie würden gut daran tun, sich mal zu überlegen, dass meine Überzeugungen – wie Sie es ausdrücken – vielleicht die Überzeugungen *meiner* Kultur widerspiegeln. Wenn Querashi eine junge Engländerin geschwängert hat und sich dann als der große Tugendbold aufgespielt hat, der seine Pflicht Sahlah Malik gegenüber erfüllen muss, so etwa nach dem Motto: ›Nichts für ungut, aber für dich als Engländerin ist so eine Schwangerschaft doch eine Lappalie‹, was glauben Sie wohl, wie da ihr Vater oder Bruder reagiert hätte?«

»Böse vielleicht«, sagte Azhar. »Ja, vielleicht sogar mit Mordgedanken. Meinen Sie nicht auch?«

Es fiel Barbara nicht ein, ihm zu erlauben, dieses Gespräch einem Ende zuzuführen, das *ihm* in den Kram passte – der Schuld eines Engländers. Er war schlagfertig, aber sie war hartnäckig. »Und angenommen, die Maliks haben das alles entdeckt: die Affäre, die Schwangerschaft. Angenommen, die Frau – wer immer sie auch sein mag – hat die Familie informiert, bevor sie mit Querashi gesprochen hat? Wären die guten Leute da nicht ein bisschen irritiert gewesen?«

»Sie fragen, ob sie danach an Mord gedacht hätten«, stellte Azhar klar. »Aber die Ermordung des Bräutigams hätte doch wohl kaum der Erfüllung des Ehevertrags gedient.«

»Ach, zum Teufel mit dem Ehevertrag!« Das Geschirr schepperte, als Barbara mit der flachen Hand auf den Tisch schlug. Die Leute im Saal blickten zu ihnen herüber. Azhar hatte seine Zigaretten auf dem Tisch liegen lassen, und Barbara nahm sich eine und sagte ruhiger: »Kommen Sie, Azhar. Die Sache funktioniert doch in beide Richtungen, und das wissen Sie auch. Okay, wir reden hier von Pakistanis, aber das sind auch nur Menschen mit menschlichen Gefühlen.«

»Sie möchten gern glauben, dass jemand aus Sahlahs Familie dieses Verbrechen verübt hat, vielleicht sogar Sahlah selbst oder jemand, der im Auftrag Sahlahs handelte.«

»Ich höre, dass Muhannad ein rechter Hitzkopf ist.«

»Aber dass man Haytham Querashi für sie auswählte, hatte mehrere Gründe, Barbara. Und der wichtigste Grund war, dass die Familie ihn brauchte. Die ganze Familie. Er hatte das Fachwissen, das sie sich für ihr Unternehmen wünschten: einen Abschluss in Wirtschaftswissenschaften von einer pakistanischen Universität und Erfahrung in der Leitung des Produktionsbereichs einer großen Firma. Es war eine Beziehung auf Gegenseitigkeit, die Maliks brauchten ihn, und er brauchte die Maliks. Und das hätte sicher keiner von beiden vergessen, ganz gleich, was Haytham mit den Kondomen in seiner Tasche vorhatte.«

»Ach, und dieses Fachwissen hätte ihnen wohl ein Engländer nicht bieten können?«

»Doch, natürlich. Aber es ist der Wunsch meines Onkels, seine Firma als Familienunternehmen zu führen. Muhannad hat bereits einen verantwortungsvollen Posten. Er kann nicht zwei wichtige Aufgaben zugleich übernehmen. Andere Söhne sind nicht da.

Akram könnte natürlich einen Engländer einstellen, aber dann bliebe es nicht in der Familie.«

»Es sei denn, Sahlah würde ihn heiraten.«

Azhar schüttelte den Kopf. »Ausgeschlossen. Das würde niemals erlaubt werden.« Er bot ihr sein Feuerzeug an, und erst jetzt merkte Barbara, dass sie die Zigarette, nach deren Genuss sie so gelechzt hatte, gar nicht angezündet hatte. Sie beugte sich über die Flamme. »Sie sehen also, Barbara«, schloss Azhar, »die pakistanische Gemeinde hatte allen Grund, Haytham Querashi am Leben zu erhalten. Das Motiv zu seiner Ermordung werden Sie nur bei den Engländern finden.«

»Ach was?«, gab Barbara zurück. »Wissen Sie was, Azhar, ich finde, wir sollten das Pferd erst mal satteln, ehe wir lospreschen.«

Azhar lächelte. Es sah aus, als lächelte er trotz einer inneren Stimme, die ihm sagte, es zu unterlassen. »Packen Sie Ihre Arbeit immer mit solcher Leidenschaft an, Sergeant Barbara Havers?«

»Da vergeht die Zeit schneller«, versetzte Barbara.

Er nickte. Auf der anderen Seite des Saales schlurfte das letzte alte Ehepaar zur Tür. Basil Treves machte sich am Buffet zu schaffen. Mit viel Geklapper füllte er sechs Menagefläschchen mit Öl aus einem Plastikbehälter.

»Barbara, wissen Sie, wie Haytham umgekommen ist?«, fragte Azhar leise, den Blick auf seine Zigarette gerichtet, die er über den Aschenbecher hielt.

Seine Frage überraschte Barbara. Und noch mehr überraschte sie ihr augenblicklicher Impuls, ihm die Wahrheit zu sagen. Sie dachte einen Moment darüber nach und versuchte herauszubekommen, woraus dieser Impuls entsprungen war. Und sie fand ihre Antwort in jenem flüchtigen Moment der Wärme, den sie zwischen ihnen gespürt hatte, als er ihren leidenschaftlichen Einsatz für ihre Arbeit angesprochen hatte. Aber sie hatte auf bittere Art gelernt, jedem Gefühl der Wärme, das sie einem anderen Menschen, besonders einem Mann gegenüber, empfand, zu misstrauen. Wärme führte zu Schwäche und Unschlüssigkeit. Diese beiden Eigenschaften waren gefährlich im Leben. Sie konnten tödlich sein, wenn es um Mord ging.

Sie wich aus, indem sie sagte: »Die Obduktion soll heute Vormittag stattfinden.« Sie wartete darauf, dass er sagte: »Und wenn der Befund da ist …?« Aber er sagte es nicht. Er sah ihr lediglich forschend ins Gesicht, das sie mit einem Ausdruck, der nichts verriet, zu verschließen suchte.

»Dad! Barbara! Schaut mal!«

Gerettet, dachte Barbara. Sie sah zum Garten hinaus. Hadiyyah stand mit ausgebreiteten Armen, den Wasserball auf dem Kopf, direkt vor der Tür.

»Ich darf mich nicht bewegen«, rief sie. »Ich darf nicht mal mit der Wimper zucken. Wenn ich mich bewege, fällt er runter. Kannst du das auch, Dad? Kannst du das, Barbara? Könnt ihr so die Balance halten?«

Ja, das war die Frage. Barbara wischte sich mit ihrer Serviette den Mund ab und stand auf. »Danke für das Gespräch«, sagte sie zu Azhar und dann zu seiner Tochter: »Die richtigen Jongleure können einen Ball auf der Nase halten. Ich rechne fest damit, dass du das bis zum Abendessen auch kannst.« Sie zog ein letztes Mal an ihrer Zigarette und drückte sie dann im Aschenbecher aus. Schließlich nickte sie Azhar zu und ging aus dem Saal.

Basil Treves folgte ihr.

»Äh – Sergeant …?« Er kam ihr vor wie eine Dickens'sche Figur, wie Uriah Heep in Ton und Haltung, die Hände auf der Brust gefaltet, wie sie das schon von ihm kannte. »Wenn Sie vielleicht einen Moment Zeit haben? Gleich da drüben …«

»Da drüben« war die Rezeption, ein höhlenartiger kleiner Raum unter der Treppe. Treves begab sich hinter das Pult und bückte sich, um aus einer Schublade etwas hervorzuholen. Es war ein Bündel rosafarbener Zettel. Er reichte sie Barbara und beugte sich über den Empfangstisch. »Nachrichten«, hauchte er wie ein Verschwörer.

Barbara fühlte sich flüchtig beunruhigt bei dem Gedanken, was die Ginwolke, die ihr ins Gesicht blies, zu bedeuten hatte. Sie warf einen Blick auf die Zettel und sah, dass sie aus einem Buch herausgerissen waren, Durchschläge eingegangener telefonischer Nachrichten. Einen Augenblick lang fragte sie sich, wie sie in so kurzer Zeit eine solche Masse von Anrufen hatte bekommen können, zumal niemand in London wusste, wo sie war. Doch dann sah sie, dass sie alle für H. Querashi bestimmt waren.

»Ich bin mit den Hühnern aufgestanden«, flüsterte Treves. »Hab' das ganze Buch durchgesehen und alle seine Zettel herausgerissen. An den Telefonaten, die er von hier aus selbst getätigt hat, arbeite ich noch. Wie viel Zeit habe ich? Und was ist mit seiner Post? Wir führen im Allgemeinen nicht Buch über die Briefe, die unsere Gäste bekommen, aber wenn ich meine kleinen grauen Zellen ein bisschen strapaziere, fällt mir vielleicht etwas ein, was uns weiterhelfen kann.«

Barbara entging nicht, dass er »uns« sagte. »Alles ist hilfreich«, sagte sie. »Briefe, Rechnungen, Telefonate, Besucher. Alles.«

Treves' Gesicht leuchtete auf. »Ja dann, Sergeant ...« Er sah sich um. Es war niemand in der Nähe. Im Salon lief der Fernsehapparat mit einer Lautstärke, gegen die nicht einmal die drei Tenöre angekommen wären, dennoch tat Treves weiterhin so, als fürchtete er den Lauscher an der Wand. »Zwei Wochen vor seinem Tod hatte er tatsächlich Besuch. Ich habe vorher nicht daran gedacht, weil sie ja verlobt waren, warum hätte sie da nicht ...? Obwohl es ungewöhnlich war, sie in so einem Aufzug zu sehen. Ich meine, normalerweise läuft sie nicht so herum. Sie geht allerdings auch nicht viel aus. Das erlaubt die Familie nicht. Also kann ich eigentlich gar nicht sagen, dass ihr Aufzug so ungewöhnlich war.«

»Mr. Treves, wovon zum Teufel reden Sie überhaupt?«

»Ich spreche von der Frau, die Haytham Querashi besucht hat«, antwortete Treves, als wäre das selbstverständlich. Er schien pikiert, dass Barbara es nicht geschafft hatte, einem Gedankengang zu folgen, der zu einem absolut offenkundigen Ziel führte. »Zwei Wochen vor seinem Tod hatte er Besuch von einer Frau. Sie kam in diesem Aufzug, den diese Leute tragen. Sie muss gebrutzelt haben darunter, bei dieser Hitze.«

»Eine Frau im *chādor*? Meinen Sie das?«

»Kann schon sein, dass sie es so nennen. Sie war jedenfalls von Kopf bis Fuß in Schwarz gemummt. Nur ihre Augen waren zu sehen. Sie kam herein und fragte nach Querashi. Er saß gerade im Salon und trank Kaffee. Die beiden haben da drüben bei der Tür, gleich neben dem Schirmständer, kurz miteinander geflüstert. Dann sind sie nach oben gegangen.« Mit frommer Miene fügte er hinzu: »Ich habe natürlich keine Ahnung, was die beiden da oben getrieben haben.«

»Wie lange waren sie oben?«

»Ich habe wirklich nicht auf die Zeit geachtet, Sergeant«, antwortete Treves listig. Dann, als sie gerade gehen wollte, sagte er: »Aber es war lang genug, wenn Sie mich fragen.«

Yumn streckte sich wohlig und wälzte sich auf die Seite. Sie betrachtete den Hinterkopf ihres Mannes. Unten im Haus hörte sie die gewohnten morgendlichen Geräusche, die ihr sagten, dass sie beide eigentlich längst auf sein müssten, aber sie genoss es, hier mit Muhannad zu liegen, wie in einen Kokon eingesponnen, in dem sie einzig miteinander beschäftigt waren, während der Rest der Familie den Tagesgeschäften nachging.

Träge hob sie die Hand zum langen Haar ihres Mannes – das aus seinem Pferdeschwanz befreit war – und schob ihre Finger hinein. *»Meri-jahn«*, murmelte sie.

Sie brauchte nicht auf den kleinen Kalender auf dem Nachttisch zu schauen, um zu sehen, welcher Tag des Monats vor ihnen lag. Sie führte gewissenhaft Buch über ihren »weiblichen Zyklus«, und sie hatte den Vermerk am vergangenen Abend gesehen. Wenn sie heute mit ihrem Mann schlief, konnte daraus eine weitere Schwangerschaft entstehen. Und das wollte Yumn mehr als alles andere – das war ihr noch wichtiger, als die verwöhnte Sahlah fest und auf Dauer in ihre Grenzen zu verweisen.

Zwei Monate nach Bishrs Geburt hatte sie den Wunsch nach einem weiteren Kind verspürt. Und sie hatte begonnen, ihren Mann regelmäßig zu umgarnen, um ihn zu reizen, den Samen eines weiteren Sohnes in die Erde ihres empfangsbereiten Körpers zu pflanzen. Selbstverständlich würde es ein Sohn werden, wenn es so weit war.

Yumn verspürte eine leichte körperliche Erregung, als sie Muhannad berührte. Er war so schön. Wie sehr die Heirat mit einem solchen Mann ihr Leben verändert hatte! Gerade sie, die älteste Schwester, die unattraktivste, nach Ansicht ihrer Eltern ein hoffnungsloser Fall, wenn es darum ging, einen Mann für sie zu finden, gerade sie – Yumn, im Vergleich zu ihren zarten, rehäugigen Schwestern der Trampel – hatte sich als außergewöhnliche Ehefrau eines außergewöhnlichen Mannes erwiesen. Wer hätte das für möglich gehalten? Ein Mann wie Muhannad hätte unter vielen Frauen wählen können, hätte es nicht nötig gehabt, sich von der Größe der Morgengabe, mit der ihr Vater ihn und seine Eltern hatte locken wollen, beeindrucken zu lassen. Als einziger Sohn eines Mannes, der sich brennend Enkelkinder wünschte, hätte Muhannad durchsetzen können, dass die Frau, die er schließlich zur Ehefrau nahm, alle seine Vorstellungen von einer idealen Lebenspartnerin verkörperte. Er hätte seine Wünsche zu Bedingungen machen können, die sein Vater ihm nicht abzuschlagen gewagt hätte. Und danach hätte er die Kandidatinnen, die seine Eltern ihm vorstellten, bewerten und jede zurückweisen können, die diesen Wünschen nicht entsprochen hätte. Doch er hatte sich der Wahl seines Vaters, die auf sie gefallen war, widerspruchslos gefügt, und an dem Abend, an dem sie einander zum ersten Mal begegnet waren, hatte er ihr Heiratsabkommen besiegelt, indem er sie ohne viel Federlesens in die dunkle Obstplantage geführt und dort mit ihrem ersten Sohn geschwängert hatte.

»Wir sind ein besonderes Paar, *Meri-jahn*«, murmelte sie und schob sich näher an ihn heran. »Wir sind gut füreinander.« Sie drückte ihren Mund auf seinen Nacken. Der Geschmack seiner Haut erhöhte ihre Begierde. Sie schmeckte leicht salzig, und sein Haar roch nach den Zigaretten, die er zu rauchen pflegte, wenn sein Vater nicht zugegen war.

Sie strich mit der Hand seinen nackten Arm hinunter, aber nur ganz leicht, so dass die drahtigen Härchen ihre Handfläche kitzelten. Sie umfasste seine Hand und schob ihre Finger dann in das dichte krause Haar auf seinem Bauch.

»Du warst gestern so lange auf, Muni«, flüsterte sie, den Mund an seinen Hals gedrückt. »Ich wollte dich hier haben. Worüber habt ihr so lange geredet, du und dein Cousin?«

Sie hatte ihre Stimmen bis tief in die Nacht hinein gehört, lange noch, nachdem ihre Schwiegereltern nach oben gegangen waren, um sich schlafen zu legen. Während sie dagelegen und ungeduldig auf ihren Mann gewartet hatte, hatte sie sich gefragt, was es Muhannad kosten konnte, dass er sich seinem Vater widersetzt und den Verstoßenen ins Haus gebracht hatte. Muhannad hatte ihr seinen Plan am Abend, bevor er ihn in die Tat umsetzte, anvertraut. Sie hatte ihn gebadet. Und danach, während sie Körpermilch in seine Haut massierte, hatte er ihr mit leiser Stimme von Taymullah Azhar erzählt.

Es sei ihm egal, was der alte Scheißer sage, hatte er ihr erklärt. In dieser Geschichte mit Haytham, bei der es ja immerhin um einen Todesfall ging, würde er seinen Vetter zu Hilfe holen. Er trete aktiv für die Rechte der pakistanischen Einwanderer ein. Er wisse das von einem Mitglied von *Jum'a,* der ihn auf einer Konferenz ihrer Leute in London hatte sprechen hören. Er hatte über das Rechtssystem gesprochen und erläutert, wie schnell die Einwanderer – ob sie nun legal oder illegal ins Land gekommen waren – in der Falle saßen, wenn sie sich im Umgang mit Polizei, Anwälten oder Gerichten von ihren Traditionen und den Gepflogenheiten ihrer Kultur leiten ließen. Dies alles hatte Muhannad im Kopf behalten. Und als Haythams Tod nicht unverzüglich zur Folge eines Unfalls erklärt worden war, hatte er sich beeilt, seinen Vetter zu mobilisieren. Azhar kann helfen, hatte er Yumn erklärt, als diese begonnen hatte, sein Haar zu bürsten. Azhar *wird* helfen.

»Aber wobei denn, Muni?«, hatte sie gefragt, sofort besorgt, was die Ankunft dieses Eindringlings für ihre eigenen Pläne bedeuten könnte. Sie wollte nicht, dass Muhannad Zeit und Gedanken auf Haytham Querashis Tod verschwendete.

»Er wird uns helfen, dafür zu sorgen, dass diese verdammte Polizei den Mörder schnappt«, sagte Muhannad. »Die werden natürlich versuchen, es einem Pakistani in die Schuhe zu schieben. Aber das werde ich nicht zulassen.«

Diese Erklärung gefiel Yumn. Sie liebte diese Aufmüpfigkeit an ihm. Auch sie besaß diesen aufmüpfigen Zug. Sie begegnete ihrer Schwiegermutter zwar mit allen Anzeichen des Gehorsams, genau wie Brauch und Tradition es verlangten, doch in Wirklichkeit bereitete es ihr großes Vergnügen, Wardah zu demonstrieren, mit welcher Mühelosigkeit die gehorsame Schwiegertochter ein Kind nach dem anderen gebären konnte. Sie hatte den Ausdruck bitteren Neides nicht vergessen, der über Wardahs Gesicht gehuscht war, als sie ihr nur zwölf Wochen nach der Geburt ihres ersten Sohnes stolz von ihrer zweiten Schwangerschaft Mitteilung gemacht hatte. Und sie ließ keine Gelegenheit verstreichen, sich vor ihrer Schwiegermutter im Glanz ihrer Fruchtbarkeit zu sonnen.

»Aber hat dein Vetter deinen Verstand, *Meri-jahn?*«, flüsterte sie. »Denn er hat sonst nichts von dir, denke ich. So schmächtig. So klein.«

Sie ließ ihre Finger vom Bauch ihres Mannes abwärts marschieren in den dichter werdenden Haarwald, und während sie sein Haar um ihre Finger wickelte, sachte zog und zupfte, spürte sie, wie ihre eigene Begierde wuchs, bis es nur noch ein Mittel gab, um sie zu befriedigen.

Aber zuerst musste auch seine Begierde entflammt sein. Denn wenn es ihr nicht gelang, an diesem Morgen sein Begehren zu wecken, würde er, das wusste Yumn, den Kitzel anderswo suchen.

Es wäre nicht das erste Mal. Yumn kannte den Namen der Frau – oder der Frauen – nicht, mit der oder denen sie ihren Mann teilen musste. Sie wusste nur, dass es sie gab. Stets tat sie, als schliefe sie, wenn Muhannad nachts das gemeinsame Bett verließ, und sobald er die Tür hinter sich geschlossen hatte, schlich sie zum Fenster. Sie lauschte, bis sie am Ende der Straße das Motorengeräusch seines Wagens hörte, den er bis dahin lautlos hatte rollen lassen. Manchmal hörte sie es. Manchmal nicht.

Immer aber lag sie wach in diesen Nächten, in denen Muhannad sie verließ, starrte in die Dunkelheit und zählte die Minuten. Und wenn er kurz vor Morgengrauen zu ihr zurückkehrte – vorsichtig unter die Decke schlüpfte –, zog sie prüfend die Luft um ihn herum ein, obwohl sie wusste, dass der Geruch seines Verrats so quälend wie der Anblick selbst gewesen wäre. Aber Muhannad achtete sorgsam darauf, den schweren Geruch nach einer sexuellen Begegnung mit einer anderen Frau nicht in ihr Bett zu tragen. Er lieferte ihr keinerlei konkrete Beweise seiner Untreue. Sie musste daher der unbekannten Rivalin mit der einzigen Waffe gegenübertreten, die sie besaß.

Sie leckte mit der Zunge über seine Schulter. »So ein Mann«, flüsterte sie. Sie suchte seinen Penis. Er war steif. Sie begann ihn zu bearbeiten. Sie streifte mit ihren Brüsten über seinen Rücken. Sie bewegte rhythmisch ihre Hüften. Sie flüsterte seinen Namen.

Endlich regte er sich. Er griff nach ihrer Hand und umschloss sie mit seiner eigenen. Er fasste sie fester. Er steigerte das Tempo ihrer Bewegungen.

Draußen im Haus wurde es lauter. Der jüngere ihrer beiden Söhne schrie. Jemand lief durch den oberen Korridor, wobei die Sohlen der Sandalen klatschend auf den Boden schlugen. Aus der Küche erscholl Wardahs Stimme. Sahlah und ihr Vater redeten leise miteinander. Draußen hinter dem Haus zwitscherten die Vögel in der Birnenplantage, und irgendwo bellte ein Hund.

Wardah würde es übel vermerken, dass die Frau ihres Sohnes nicht rechtzeitig aufgestanden war, um sich um Muhannads Frühstück zu kümmern. Die alte Frau, sie würde niemals verstehen, wie wichtig es war, sich um andere Dinge zu kümmern.

Muhannads Hüften zuckten. Behutsam drehte Yumn ihn auf den Rücken. Sie warf das Laken zurück, unter dem sie geschlafen hatten, zog ihr Nachthemd hoch und setzte sich rittlings über ihn. Er öffnete die Augen.

Er packte ihre Hände. Sie sah ihn an. Sie hauchte: »Muni, *Merijahn*, es fühlt sich so gut an.«

Sie erhob sich ein wenig, um ihn in sich einzuführen. Doch er glitt rasch unter ihr weg.

»Aber, Muni, willst du nicht –«

Er drückte ihr die Hand auf den Mund, so dass sie nicht weitersprechen konnte, und seine Finger gruben sich mit solcher Gewalt in ihre Wangen, dass seine Nägel wie heiße Kohlen auf ihrer Haut brannten. Er kniete sich hinter sie und drückte sich, ihren Kopf nach rückwärts ziehend, an sie. Mit der anderen Hand umfasste er ihre Brust und rieb ihre Brustwarze zwischen Daumen und Zeigefinger, bis sie sich wand. Sie spürte seine Zähne an ihrem Hals, und seine Hand entfernte sich von ihrer Brust und glitt über ihren Bauch abwärts in das Dreieck ihres Schamhaars. Grob packte er zu und stieß sie nach unten, so dass sie auf Händen und Knien zu liegen kam. Seine Hand immer noch auf ihrem Mund, fand er die Stelle, die er suchte, und begann zu stoßen. In weniger als zwanzig Sekunden hatte er seine Begierde gestillt.

Er ließ sie los, und sie rollte auf die Seite. Einen Moment blieb er auf den Knien über ihr, die Augen geschlossen, den Kopf nach rückwärts geworfen, während seine Brust sich in schnellen Stößen hob und senkte. Er zog seine Finger durch sein lose fallendes Haar. Sein Körper glänzte schweißnass.

Er sprang aus dem Bett und griff nach dem T-Shirt, das er am Abend vorher abgelegt hatte. Es lag auf dem Boden unter seinen anderen Sachen, und er wischte sich damit ab, ehe er es wieder auf den Kleiderhaufen warf. Er nahm seine Jeans und zog sie über seinen nackten Körper. Er schloss den Reißverschluss und ging mit nackter Brust und bloßen Füßen aus dem Zimmer.

Yumn starrte auf seinen Rücken, bis die Tür sich geschlossen hatte. Sie spürte, wie seine Körpersäfte langsam aus ihr herausrannen. Hastig griff sie nach einem Papiertuch und schob sich ein Kissen unter die Hüften. Sie begann, sich zu entspannen, während sie sich das flinke Gewimmel seiner Spermien auf der Jagd nach dem wartenden Ei vorstellte. Heute Morgen würde es geschehen, dachte sie.

Was für ein Mann ihr Muni doch war!

7

Emily Barlow war gerade dabei, das Kabel eines Ventilators in eine Steckdose in ihrem Büro zu schieben, als Barbara kam. Sie lag auf allen vieren unter einem Tisch, auf dem ein Computer stand. Auf dem Bildschirm flimmerte ein Dateiformat, das Barbara schon von der Tür aus erkannte: Es war HOLMES, das Programm, in dem alle kriminalpolizeilichen Untersuchungen des Landes systematisch zusammengefasst waren.

Im Büro war es schon jetzt so heiß wie in einem Dampfbad, obwohl das einzige Fenster sperrangelweit geöffnet war. Und drei leere Evianflaschen verrieten, was Emily bisher zur Linderung der Hitze unternommen hatte.

»In dieser verdammten Bude kühlt es nicht mal nachts ab«, bemerkte Emily, als sie unter dem Tisch hervorkam und den Ventilator einschaltete. Nichts geschah. »Was zum – so ein Mist!« Emily rannte zur Tür und schrie: »Billy, Sie haben doch gesagt, das Ding funktioniert!«

»Ich hab' gesagt: ›Versuchen Sie's mal, Chefin‹«, rief von irgendwo ein Mann zurück. »Ich hab' nichts versprochen.«

»Na toll!« Emily kehrte wütend zu dem Ventilator zurück. Sie schaltete ihn aus, schaltete ihn wieder ein, probierte nacheinander sämtliche Einstellungen aus. Sie schlug mit der Faust auf das Plastikgehäuse des Motors. Endlich begannen die Ventilatorblätter sich müde zu drehen. Sie schufen nicht den geringsten Luftzug, als sie lethargisch die stickige Luft herumschaufelten.

Emily schüttelte angewidert den Kopf, klopfte sich den Staub von ihrer grauen Baumwollhose und sagte mit einem Blick auf Barbaras Hand: »Was haben wir denn da?«

»Telefonische Nachrichten, die Querashi im Lauf der letzten sechs Wochen erhalten hat. Ich hab' sie mir heute Morgen von Basil Treves geben lassen.«

»Und, ist was Brauchbares dabei?«

»Es ist ein ziemlicher Haufen. Ich hab' erst das erste Drittel durchgesehen.«

»Mensch, damit hätten wir uns schon vor zwei Tagen befassen können, wenn Ferguson nur ein bisschen kooperativ gewesen wäre. Gib sie mal her.« Emily nahm Barbara den Stapel Zettel ab und rief zum Korridor hinaus: »Belinda Warner!«

Die Beamtin kam im Laufschritt. Ihre Uniformbluse war bereits feucht von der Hitze, und ihr Haar hing ihr strähnig in die Stirn. Emily stellte sie kurz vor. Sie gab ihr den Auftrag, die Nachrichten durchzusehen – »Durchsehen, ordnen, eintragen und dann wieder bei mir melden« –, und wandte sich dann wieder Barbara zu. Sie unterzog sie einer kurzen Musterung und sagte: »Heiliger Himmel, eine Katastrophe. Komm mit.«

Schon lief sie die schmale Treppe hinunter, machte im Zwischenstock kurz halt, um ein Fenster weiter zu öffnen, und rannte weiter. Barbara folgte ihr. Im hinteren Teil des weitläufigen viktorianischen Gebäudes hatte man einen Raum, der früher wahrscheinlich als Speise- oder Wohnzimmer gedient hatte, in eine Art Fitnessraum verwandelt. In der Mitte standen die Geräte – Fahrrad, Ruderapparat, Gewichte und Ähnliches –, an der einen Wand waren Garderobenschränke, gegenüber zwei Duschkabinen, drei Waschbecken und ein großer Spiegel. Ein bulliger Rotschopf im Trainingsanzug ruderte wie wild und sah aus, als stünde er kurz vor einem Herzinfarkt. Im Übrigen war der Raum leer.

»Frank«, blaffte Emily, »Sie übertreiben.«

»Ich muss vor der Hochzeit noch dreizehn Kilo abnehmen«, keuchte er.

»Na und? Dann passen Sie eben beim Essen ein bisschen auf. Vergessen Sie mal Fisch und Pommes.«

»Das geht nicht, Chefin.« Er steigerte das Tempo. »Marsha kocht so gern. Das wär' eine Beleidigung für sie.«

»Was meinen Sie, wie beleidigt sie erst sein wird, wenn Sie vor dem Altar tot umfallen«, gab Emily zurück und ging zu einem der Schränke. Sie öffnete das Kombinationsschloss, nahm eine kleine Toilettentasche aus dem Schrank und marschierte weiter zum nächsten Waschbecken.

Barbara folgte ihr zögernd. Sie hatte schon eine Ahnung, was jetzt geschehen würde, und es behagte ihr gar nicht. Sie sagte: »Em, ich glaube nicht –«

»Na, das ist ja wohl klar«, unterbrach Emily. Sie öffnete den Reißverschluss der Toilettentasche und kramte in ihr herum. Dann stellte sie auf den Rand des Beckens ein Fläschchen flüssiges Make-up, zwei flache, etwa handtellergroße Dosen und legte mehrere Pinsel daneben.

»Du willst doch nicht etwa –«

»Schau dich an. Schau dich doch nur mal an!« Emily drehte Barbara zum Spiegel. »Du siehst zum Davonlaufen aus.«

»Was erwartest du denn? Ich bin zusammengeschlagen worden. Der Kerl hat mir die Nase und drei Rippen gebrochen.«

»Und das tut mir auch ehrlich leid«, sagte Emily. »Das hast du wirklich nicht verdient. Aber das ist keine Entschuldigung, Barb. Wenn du mit mir zusammenarbeiten willst, musst du entsprechend auftreten.«

»Em! Lass doch! Ich nehm' diese Schmiere nicht.«

»Betrachte es einfach als stärkende Erfahrung. Komm her. Sieh mich an.« Als Barbara zögerte und von neuem protestieren wollte, sagte sie kurz: »So gehst du mir nicht zu dem Treffen mit den Asiaten. Das ist ein Befehl, Sergeant.«

Barbara fühlte sich wie von einer Dampfwalze überrollt und gab klein bei. Emily arbeitete rasch und zielstrebig mit Schminke, Schwämmchen und Pinseln. Die ganze Prozedur dauerte nicht länger als zehn Minuten, und als sie erledigt war, trat Emily einen Schritt zurück und studierte mit kritischem Blick ihr Werk.

»So geht's«, konstatierte sie. »Aber diese Haare, Barb! Da ist nichts zu retten. Die sehen aus, als hättest du dich einfach unter die Dusche gestellt und drauflosgeschnipselt.«

»Äh … na ja«, sagte Barbara. »Es war das einfachste, weißt du.«

Emily verdrehte nur die Augen, ohne etwas zu sagen. Sie packte ihre Kosmetika wieder ein. Barbara ergriff die Gelegenheit, um sich zu mustern.

»Nicht übel«, sagte sie. Die Spuren ihrer Verletzungen waren noch vorhanden, aber sie sprangen nicht mehr so ins Auge. Und ihre Augen – die sie für sich immer als Schweinsäuglein bezeichnete – wirkten richtig groß. Emily hatte recht: Die Haare waren eine Katastrophe. Im Übrigen jedoch sah sie keineswegs aus wie ein Kinderschreck. »Woher hast du das Zeug?«, fragte sie.

»Von Boots. Von dieser Drogeriekette wirst du doch schon mal gehört haben?«, versetzte Emily ironisch. »Jetzt komm. Ich warte auf einen Bericht von dem Mann, der in meinem Auftrag der Autopsie beigewohnt hat. Und ich hoffe auf ein paar Ergebnisse aus dem Labor.«

Der Autopsiebefund war da. Er lag in der Mitte von Emilys Schreibtisch, sachte raschelnd in dem Lufthauch, der auf die Bemühungen des Ventilators zurückzuführen war. Emily nahm ihn zur Hand und sah ihn durch, während sie sich geistesabwesend mit den Fingern durchs Haar fuhr.

Dem Bericht beigelegt war eine weitere Serie Fotografien. Die nahm Barbara.

Sie zeigten die Leiche entkleidet, bevor der erste Schnitt gemacht worden war. Der Mann war, wie Barbara sah, brutal misshandelt worden. Nicht nur sein Gesicht war voller Blutergüsse, sondern auch Brust und Schultern. Die Verfärbungen jedoch waren unregelmäßiger Art. Und weder ihre Größe noch ihre Form legten nahe, dass der Mann mit Fäusten geschlagen worden war.

Während Emily las, überlegte Barbara. Querashi musste mit einer Waffe misshandelt worden sein. Aber mit was für einer? Die Verletzungen passten ihrer Form und Größe nach in kein einheitliches Schema. Dieses Mal hier hätte von einem Schraubenschlüssel stammen können, dieses dort von einem Stock, ein drittes von einem Schaufelrücken, ein viertes von einem Stiefelabsatz. Das alles legte nahe, dass der Mann aus dem Hinterhalt überfallen worden war, von mehr als einer Person angegriffen worden war und einen Kampf bis zum Tod geführt hatte.

»Em«, sagte sie nachdenklich, »so übel, wie der Mann aussieht, hätte man doch überall im Bunker und um ihn herum Kampfspuren finden müssen. Was haben deine Spurensicherungsleute da draußen festgestellt? Haben sie Blutspritzer gefunden? Oder vielleicht eine Waffe, mit der er geschlagen worden ist?«

Emily sah von dem Bericht auf. »Nein, nichts. Nicht das Geringste.«

»Und oben auf dem Nez? Niedergetrampelte Büsche vielleicht? Fußspuren?«

»Nein, da war auch nichts.«

»Dann unten am Strand?«

»Kann sein, dass im Sand ursprünglich Spuren waren. Aber wenn, dann hat die Flut sie weggespült.«

War es wirklich möglich, dass ein solcher Kampf nirgends Spuren hinterlassen hatte außer auf dem Körper des Opfers? Und konnte man, selbst wenn der Kampf unten am Strand stattgefunden hatte, mit gutem Grund annehmen, dass jeder Hinweis auf einen Überfall von der Flut weggespült worden war? Barbara dachte über diese Fragen nach, während sie die Fotos des Toten betrachtete. Die Tatsache, dass die Verletzungen des geschundenen Körpers von so unterschiedlicher Art waren, brachte sie auf eine andere Möglichkeit.

Sie suchte eine Vergrößerung von Querashis nacktem Bein heraus und dann die Vergrößerung eines Teilbereichs. Die Stelle, auf die der Pathologe die Polizei hinweisen wollte, war gekennzeichnet. Hier, am Schienbein, war ein haarfeiner Schnitt.

Im Vergleich mit den Quetschungen und Schrammen am Oberkörper des Toten schien ein fünf Zentimeter langer feiner Schnitt an seinem Bein eine Lappalie zu sein. Doch im Zusammenhang mit dem, was sie und Emily bereits über den Tatort wussten, war dieser Schnitt ein Detail, das neugierig machen musste.

Emily warf den Bericht auf ihren Schreibtisch. »Nicht viel, was wir nicht schon wissen. Gestorben ist er an dem Genickbruch. Das Blut scheint sauber zu sein. Aber der Pathologe rät uns, die Kleider zu untersuchen, und empfiehlt im Besonderen, die Hose genauer zu betrachten.«

Emily trat hinter ihren Schreibtisch und tippte auf ihrem Telefon eine Nummer. Während sie wartete, rubbelte sie sich den Nacken mit einem Waschlappen, den sie aus ihrer Tasche zog. »Diese Hitze«, murmelte sie und sagte einen Moment später in die Sprechmuschel des Hörers: »Chief Inspector Barlow hier. Sind Sie das, Roger? – Hm. Ja. Zum Verrücktwerden. Aber Sie haben wenigstens eine Klimaanlage. Kommen Sie mal hierher, wenn Sie richtig leiden wollen.« Sie knüllte den Waschlappen zusammen und steckte ihn wieder ein. »Sagen Sie, haben Sie schon was für mich? … Ich spreche von dem Mord auf dem Nez, Roger … Erinnern Sie sich? … Ich weiß, was Sie gesagt haben, aber der Pathologe vom Innenministerium hat uns empfohlen, seine Kleider zu untersuchen ... Was? Also, hören Sie, Rog. Suchen Sie's mir raus, okay? ... Ja, das versteh' ich, aber ich möchte nicht erst den getippten Bericht abwarten.« Sie verdrehte die Augen. »Roger ... Roger ... verdammt noch mal. Würden Sie mir jetzt endlich die Informationen durchgeben?« Sie legte ihre Hand auf die Sprechmuschel und sagte, zu Barbara gewandt: »Lauter Primadonnen, die Kerle da drüben.«

Sie konzentrierte sich wieder auf ihr Telefongespräch, griff nach einem Block und begann sich Notizen zu machen. Zweimal unterbrach sie den Sprecher am anderen Ende der Leitung, einmal um zu fragen, wie lange; einmal um zu fragen, ob sich feststellen lasse, wie alt der Schaden sei. Dann legte sie mit einem brüsken »Danke, Rog« auf und sagte zu Barbara: »In einem der Hosenbeine war ein Riss.«

»Wo?«

»Genau zwölfeinhalb Zentimeter oberhalb vom Saum. Er sagte, der Riss sei offensichtlich frisch, denn die gerissenen Fäden waren nicht glattgerieben, wie sie das nach einer Wäsche gewesen wären.«

»Der Pathologe hat dir ein Foto seines Beins mitgeschickt«, sagte Barbara. »Am Schienbein ist ein Schnitt.«

»Passt er zum Riss in der Hose?«

»Darauf wette ich.« Barbara reichte die Fotos weiter.

Die Aufnahmen, die am Samstagmorgen auf dem Nez gemacht worden waren, lagen auf dem Schreibtisch. Während Emily sich über die Fotos der Leiche beugte, sah Barbara die Bilder von Querashi durch, wie er im Bunker gefunden worden war, und dann die vom Ort des Verbrechens. Sie sah, wo Querashi seinen Wagen gelassen hatte – oben auf dem Felsen, direkt vor einem der weißen Pfosten, die den Parkplatz begrenzten. Sie vermerkte die Entfernung vom Wagen zum Café und vom Wagen zum Rand des Felsens. Und da fiel ihr auf, was sie bei der ersten Durchsicht dieser Fotos am vergangenen Abend schon gesehen hatte, ohne es zu registrieren. Eigentlich hätte sie sich von ihrem lang vergangenen Ausflug zum Nez daran erinnern müssen: eine Betontreppe, die in einem diagonalen Einschnitt die Felswand hinunterführte.

Sie konnte erkennen, dass diese Treppe im Gegensatz zum Vergnügungspier nicht renoviert worden war. Das Geländer auf beiden Seiten war rostig und verbogen, und die Treppe selbst hatte unter dem ständigen Ansturm der Nordsee an den Felsen gelitten. Die Stufen hatten überall Sprünge, die ziemlich tief zu sein schienen. Sie hatten gefährliche Mulden. Aber auf ihnen lag die Wahrheit.

»Die Treppe«, sagte Barbara leise. »Mensch, Em, er muss die Treppe runtergefallen sein. Daher die vielen Blutergüsse.«

Emily sah von den Fotos des Leichnams auf. »Schau dir seine Hose an, Barb. Und sein Bein. Weißt du was, da hatte jemand einen Stolperdraht gespannt.«

»Wahnsinn! Hat man irgendwas in der Art am Tatort gefunden?«, fragte Barbara.

»Ich werd' mal nachfragen«, antwortete Emily. »Aber es ist ein öffentlich zugänglicher Ort. Selbst wenn da ein Draht gefunden wurde – was ich bezweifle –, wäre es für jeden Verteidiger, der sein Handwerk versteht, ein Leichtes, das hinwegzuerklären.«

»Wenn nicht Fasern von Querashis Hose daran sind.«

»Ja, wenn«, meinte Emily. Sie machte sich eine Notiz.

Barbara nahm sich die anderen Aufnahmen des Fundorts vor. »Der Mörder muss die Leiche in den Bunker gebracht haben, nachdem Querashi die Treppe heruntergestürzt war. Habt ihr Spuren gefunden, Em? Fußabdrücke im Sand? Irgendeinen Hinweis darauf, dass die Leiche von der Treppe zum Bunker geschleift worden war?« Dann fiel ihr ein, was Emily vorher gesagt hatte. »Nein, natürlich nicht. Wegen der Flut.«

»Genau.« Emily kramte in einer ihrer Schreibtischschubladen und brachte ein Vergrößerungsglas zum Vorschein. Sie studierte aufmerksam die Fotografie von Querashis Bein. Sie suchte in dem Autopsiebericht und sagte: »Hier haben wir es. Die Schnittwunde ist vier Zentimeter lang. Er hat sie sich irgendwann kurz vor seinem Tod zugezogen.« Sie legte den Bericht zur Seite und sah Barbara an, doch der geistesabwesende Ausdruck auf ihrem Gesicht verriet, dass sie in Wirklichkeit den Nez sah, den Nez in der Dunkelheit, ohne ein Licht, das den arglosen Spaziergänger auf den Draht aufmerksam gemacht hätte, der quer über die Treppe gespannt worden war, um einen tödlichen Sturz zu verursachen. »Was für eine

Art von Draht suchen wir?« Es war eine rhetorische Frage. »Einen Elektrodraht?«

»Der hätte keine Schnittwunde verursacht«, meinte Barbara.

»Außer man hätte ihn bloßgelegt«, versetzte Emily. »Das hätte man auf jeden Fall tun müssen, weil man ihn sonst trotz Dunkelheit hätte sehen können.«

»Hm. Könnte sein. Aber wie wär's mit einer Angelschnur? Aus irgendeinem stabilen Material, wie es in der Sportfischerei verwendet wird. Aber außerdem dünn. Und biegsam.«

»Da haben wir's schon«, sagte Emily. »Man könnte auch an Klaviersaiten denken. Oder an das Zeug, das die Chirurgen zum Nähen verwenden. Oder Blumendraht.«

»Mit anderen Worten, es kommt praktisch alles in Frage, was dünn, stabil und biegsam ist.« Barbara legte die Plastikbeutel mit ihrer Sammlung von Gegenständen aus Querashis Zimmer auf den Schreibtisch. »Dann schau dir mal diese Sachen an. Die sind aus seinem Zimmer. Die Maliks wollten da übrigens rein.«

»Das glaub' ich gern«, sagte Emily etwas rätselhaft. Sie zog Latexhandschuhe über und öffnete die Beutel. »Hast du die Sachen als Beweisstücke erfassen lassen?«

»Ja, gleich als ich kam. Der Beamte lässt dir übrigens ausrichten, er hätte nichts gegen einen Ventilator.«

»Der träumt wohl«, murmelte Emily. Sie blätterte das gelb gebundene Buch aus Querashis Nachttischschublade durch. »Es war also kein Verbrechen im Affekt. Es war vorsätzlicher Mord, genau geplant von jemandem, der wusste, wohin Querashi wollte, als er am Freitagabend das *Burnt House Hotel* verließ. Möglicherweise von ebender Person, die er auf dem Nez treffen wollte. Oder von jemandem, der diese Person kannte.«

»Es muss ein Mann gewesen sein«, meinte Barbara. »Da die Leiche weggeschafft wurde, kann es nur ein Mann gewesen sein.«

»Oder ein Mann und eine Frau, die zusammengearbeitet haben«, widersprach Emily. »Oder sogar eine Frau allein, wenn die Leiche von der Treppe zum Bunker gezogen wurde. Das hätte eine Frau schaffen können.«

»Aber warum hat man die Leiche überhaupt weggebracht?«, fragte Barbara.

»Damit sie nicht gleich entdeckt wird, vermute ich. Obwohl« – Emilys Stimme klang nachdenklich –, »wenn das der Zweck der Übung war, weshalb hat man dann den Wagen stehenlassen? Der so offensichtlich durchsucht worden war. Das war doch das reinste Signal dafür, dass etwas nicht in Ordnung war. Der wäre doch jedem, der vorbeikommt, sofort aufgefallen und hätte ihn argwöhnisch gemacht.«

»Vielleicht hatte es der Bursche, der den Wagen durchsucht hat, so eilig, dass er keine Rücksicht darauf nehmen konnte, ob es auffallen würde.« Barbara beobachtete Emily. Sie studierte die Seite in dem gelben Buch, die durch das Satinbändchen gekennzeichnet war. Sie tippte mit dem Fingernagel auf die in Klammern gesetzte Passage. »Oder vielleicht war die Durchsuchung nur ein Vorwand, um die Entdeckung der Leiche plausibel zu machen.«

Emily blickte auf. Sie blies sich eine Haarsträhne aus dem Gesicht. »Womit wir wieder bei Armstrong wären, richtig? Barb, wenn der in diese Geschichte verwickelt ist, nehmen die Pakistanis die Stadt auseinander.«

»Aber es funktioniert, oder?«, sagte Barbara. »Du weißt doch, was für ein Spiel ich meine. Er tut so, als machte er einen harmlosen kleinen Spaziergang, und stößt auf das Auto. ›Du meine Güte‹, ruft er, ›was haben wir denn hier? Da scheinen ja Vandalen am Werk gewesen zu sein. Wer weiß, was ich da unten am Strand noch finde.‹«

»Ja, es funktioniert«, stimmte Emily zu. »Aber nur mit knapper Not. Überleg doch mal, mit was für einem Aufwand so ein Unternehmen verbunden gewesen wäre: Er hätte Querashi vom Tag seiner Ankunft an beobachten müssen, um sich mit seinen Gewohnheiten vertraut zu machen. Er hätte den richtigen Abend wählen müssen, dann hätte er den Draht spannen und sich verstecken müssen, bis Querashi heruntergestürzt wäre, er hätte die Leiche wegschaffen, das Auto durchsuchen und dann am nächsten Morgen wiederkommen müssen, bevor jemand anders ihm zuvorkommen konnte, um vorzugeben, er habe die Leiche zufällig entdeckt. Findest du das nicht ziemlich kompliziert?«

Barbara zuckte die Achseln. »Kommt drauf an, wie dringend er seine Arbeit brauchte.«

»Zugegeben. Gut. Aber ich hab' mich mit dem Mann unterhalten, und meiner Ansicht nach ist er einfach nicht clever genug, um etwas so Detailliertes zu planen.«

»Aber er leitet wieder die Produktion der Firma, stimmt's? Du hast mir doch selbst erzählt, dass er dort gute Arbeit geleistet hat, bevor Querashi auftauchte. Wenn das der Fall ist, kann er ja nicht ganz blöd sein.«

»Verdammt!« Emily blätterte den Rest des gelben Buches durch. »Wunderbar. Sanskrit. Von Anfang bis Ende.« Sie lief zur Tür. »Belinda Warner!«, rief sie. »Suchen Sie mir jemanden, der Pakistanisch lesen kann.«

»Arabisch«, sagte Barbara.

»Was?«

»Die Schrift. Das ist Arabisch.«

»Na schön, dann eben Arabisch.« Emily holte die Kondome, die beiden Messingschlüssel und das Lederkästchen aus den Plastikbeuteln. »Das hier ist ein Bankschlüssel, vermute ich«, bemerkte sie, auf den größeren Schlüssel mit der Nummer 104 deutend. »Schaut mir aus wie ein Schlüssel zu einem Schließfach. Wir haben hier Barclay's Westminster, Lloyds und Midland. Hier und in Clacton.« Sie machte sich eine entsprechende Notiz.

»Waren seine Fingerabdrücke am Auto?«, fragte Barbara, während Emily schrieb.

»Wessen?«

»Armstrongs. Ihr habt doch den Nissan beschlagnahmt. Waren seine Abdrücke drauf, Em?«

»Er hat ein Alibi, Barb.«

»Aber sie waren drauf, richtig? Und er hat ein Motiv. Und –«

»Ich hab' gesagt, er hat ein Alibi«, fuhr Emily sie gereizt an. Sie warf ihren Stift hin. Sie ging zu einem kleinen Kühlschrank neben der Tür, machte ihn auf, holte eine Dose Saft heraus. Sie warf sie Barbara zu.

Barbara hatte noch nie erlebt, dass Emily die Nerven durchgegangen waren, aber sie hatte sie auch noch nie unter Druck erlebt. Erst jetzt wurde ihr so richtig klar, dass sie ja nicht mit Inspector Lynley zusammenarbeitete, dessen ungezwungene Gelassenheit seine Mitarbeiter stets ermutigte, ihren Standpunkt offen und, wenn nötig, leidenschaftlich zu vertreten. Emily Barlow war da ganz anders. Barbara wusste, dass sie das im Kopf behalten musste.

»Entschuldige«, sagte sie. »Ich bin leicht mal eigensinnig.«

Emily seufzte. »Hör zu, Barb. Ich will deine Mitarbeit bei diesem Fall. Ich brauche jemanden, der auf meiner Seite steht. Aber wenn du dich auf Armstrong fixierst, bist du meiner Ansicht nach auf dem Holzweg. Mach mir bloß keinen Ärger, das tut Ferguson schon zur Genüge.« Emily öffnete ihre Saftdose und trank einen Schluck, ehe sie mit bemühter Geduld sagte: »Armstrong behauptet, seine Fingerabdrücke waren auf dem Wagen, weil er sich im Innern umgesehen hat. Er sah ihn mit offener Tür dastehen und meinte, jemand könnte in Schwierigkeiten sein.«

»Glaubst du ihm?« Barbara brachte ihr nächstes Argument mit Vorsicht vor. Ihre Position im Ermittlungsteam war unsicher. Sie wollte sie gern behalten. »Er *könnte* das Auto selbst durchsucht haben.«

»Ja, das könnte er«, gab Emily ausdruckslos zurück und nahm sich wieder die Beweisstücke auf dem Schreibtisch vor.

»Chefin?«, rief von irgendwoher eine Frau. »Ein gewisser Kayr al Din Siddiqi von der Universität London. Haben Sie mich gehört, Chefin? Er kann Arabisch. Sie brauchen's ihm nur zu faxen.«

»Belinda Warner«, sagte Emily trocken. »Das Mädchen kann keinen ordentlichen Bericht tippen, aber drück ihr einen Telefonhörer in die Hand, und sie vollbringt wahre Wunder. In Ordnung«, rief sie zurück und schickte das gelbe Buch zum Kopiergerät. Sie nahm Haytham Querashis Scheckbuch aus dem Plastikbeutel.

Bei seinem Anblick erkannte Barbara, dass der Weg, der direkt zu Armstrongs Tür führte, nicht der einzige war, der sich ihnen anbot. Sie sagte: »Querashi hat vor zwei Wochen einen Scheck ausgestellt. Er hat den Quittungsabschnitt ausgefüllt. Vierhundert Pfund an einen gewissen F. Kumhar.«

Emily fand den Eintrag und blickte stirnrunzelnd darauf nieder. »Nicht gerade ein Vermögen, aber auch keine Lappalie. Wir müssen der Sache nachgehen.«

»Das Scheckbuch war übrigens in diesem Lederkästchen eingesperrt. Es war auch noch eine Quittung von einem Schmuckgeschäft hier in der Stadt dabei. Sie ist auf Sahlah Maliks Namen ausgestellt.«

»Was für eine Idee, ein Scheckbuch einzuschließen«, meinte Emily. »Die Schecks hätte doch sowieso keiner außer Querashi benutzen können.« Sie warf es Barbara zu. »Sieh mal zu, was du da rauskriegst. Und geh der Quittung auch nach.«

In Anbetracht der kurzen Gereiztheit, die Armstrongs wegen zwischen ihnen aufgewallt war, schien es ein generöses Angebot. Und Emilys nächste Worte unterstrichen ihre Bereitschaft zur Großzügigkeit noch. »Ich werde mir Mr. Armstrong noch einmal vornehmen. Gemeinsam müssten wir es doch schaffen, heute endlich ein ordentliches Stück voranzukommen.«

»In Ordnung«, sagte Barbara und hätte Emily am liebsten gedankt: dafür, dass sie sich um ihr zerschundenes Gesicht gekümmert hatte; dass sie ihr erlaubte, an ihrer Seite zu arbeiten; dass sie es auch nur in Betracht gezogen hatte, sie in ihr Team aufzunehmen. Stattdessen aber sagte sie nur: »Ich meine, wenn du sicher bist.«

»Ich bin sicher«, erklärte Emily locker und selbstsicher, wie Barbara sie in Erinnerung hatte. »Was mich betrifft, gehörst du zu uns.« Sie setzte ihre Sonnenbrille auf und nahm ihren Schlüsselbund. »Scotland Yard hat einen Ruf, den die Pakistanis respektieren werden und den vielleicht sogar mein Chef anerkennen wird. Ich kann nicht arbeiten, wenn mir dauernd die einen oder der andere sagen wollen, was ich zu tun und zu lassen habe. Darum brauche ich dich, damit du sie mir vom Leib hältst.«

Nachdem sie ihren Mitarbeitern zugerufen hatte, dass sie auf dem Weg zu Mr. Armstrong sei, um ihn noch einmal in die Mangel zu nehmen, und das Handy dabeihabe, falls jemand sie brauche, nickte Emily Barbara kurz zu und schoss davon.

Allein in Emilys Büro, sah Barbara noch einmal die Beweisstücke durch, die sie aus Querashis Zimmer mitgenommen hatte. Was für Schlussfolgerungen erlaubten diese Gegenstände, wenn man sie in Zusammenhang mit Emilys Folgerung sah, dass Haytham Querashi mittels eines Stolperdrahts ermordet worden war? Ein Schlüssel, der wahrscheinlich zu einem Schließfach gehörte, eine Passage aus einem arabischen Buch, ein Scheckbuch mit einem Scheck darin, der auf einen Asiaten ausgestellt war, und eine sehr merkwürdige Quittung aus einem Schmuckgeschäft.

Es schien ihr das Beste, ihre Nachforschungen mit dieser Quittung zu beginnen. Wenn es bei der Suche nach einem Mörder darum ging, einzelne Details unter die Lupe zu nehmen, war es immer klug, bei dem anzufangen, das den leichtesten Zugang bot. Es gestattete einem ein Erfolgserlebnis, ganz gleich, wie unwichtig es für den Fall selbst war.

Barbara ließ den lethargisch gegen die drückenden Luftmassen ankämpfenden Ventilator zurück, lief die Treppe hinunter und trat auf die Straße hinaus, wo ihr Mini von der Sonne aufgeheizt wurde wie eine Blechdose auf einem Grill.

Das Lenkrad war heiß unter ihren Händen, und sie sank in die abgewetzten Polster wie in die Umarmung eines feuerspeienden Drachens. Doch der Motor sprang mit weniger Koketterie an als sonst, und sie fuhr den Hang hinunter und bog nach rechts in Richtung High Street ab.

Sie brauchte nicht weit zu fahren. Das Schmuckgeschäft *Racon – künstlerischer Schmuck* befand sich an der Ecke High Street und Saville Lane und zeichnete sich dadurch aus, dass es eins von nur drei Geschäften war, die, wie es schien, in dieser Ladenzeile noch in Betrieb waren.

Es hatte noch nicht geöffnet. In der Hoffnung, dass sich jemand im Hinterzimmer befand, das sie durch eine Türöffnung gleich hinter dem Verkaufstisch sehen konnte, klopfte Barbara dennoch an. Sie rüttelte an der Klinke und klopfte ein zweites Mal, aggressiver diesmal. Das hatte endlich die erwünschte Wirkung. Eine Frau mit beeindruckend gestyltem Haar in einem gleichermaßen beeindruckenden Rotton erschien in der Türöffnung und deutete auf das Schild mit der Aufschrift *Geschlossen,* das im Fenster hing. »Wir sind noch nicht ganz so weit«, rief sie mit bemühter Munterkeit. Und weil ihr zweifellos klargeworden war, wie dumm es bei der gegenwärtigen wirtschaftlichen Situation in Balford war, eine mögliche Kundin abzuweisen, fügte sie hinzu: »Ist es dringend? Brauchen Sie ein Geburtstagsgeschenk oder so?« und öffnete nun doch die Tür.

Barbara zeigte ihren Dienstausweis. Die Frau riss die Augen auf.

»Scotland Yard?«, fragte sie und drehte aus irgendeinem Grund den Kopf zu dem Zimmer, aus dem sie gekommen war.

»Ich suche kein Geschenk«, erklärte Barbara. »Mir geht es nur um eine Auskunft, Mrs. ...?«

»Winfield«, sagte sie. »Connie Winfield. Connie von *Racon*.«

Barbara brauchte einen Moment, um zu kapieren, dass die andere Frau nicht auf den Ort ihrer Herkunft à la Katharina von Aragonien verwies, sondern auf den Namen ihres Geschäfts.

»Das ist also Ihr Laden?«

»Ganz recht.« Connie Winfield schloss hinter Barbara die Tür. Sie kehrte zum Ladentisch zurück und faltete das rostbraune Tuch zusammen, das über dem Glas ausgebreitet lag. Die Auslage zeigte Ohrringe, Halsketten, Armbänder und andere Schmuckstücke. Sie waren von ganz anderer Art als das, was man gewöhnlich in Juweliergeschäften sah, lauter ausgesprochen originelle Stücke, vor allem aus Münzen, Glasperlen, Federn, polierten Steinen und Leder gearbeitet. Dort, wo Edemetalle verwendet worden waren, handelte es sich um das traditionelle Gold oder Silber, jedoch auf besondere Art geschmiedet.

Barbara dachte an den Ring, den sie in Querashis Lederkästchen gesehen hatte, ein konservatives Stück mit einem Rubin. Der Ring war ganz gewiss nicht hier gekauft worden.

Sie kramte die Quittung heraus, die sie bei Querashi gefunden hatte. »Mrs. Winfield, diese Quittung –«

»Connie«, unterbrach die Frau sie. Sie war zu einer zweiten Vitrine gegangen und hatte sie von ihrem schützenden Tuch befreit. »Alle nennen mich Connie. Schon immer. Ich hab' mein Leben lang hier gelebt und fände es albern, mich von Leuten, die mich schon in den Windeln gesehen haben, plötzlich Mrs. Winfield nennen zu lassen.«

»Natürlich«, sagte Barbara. »Also, Connie.«

»Sogar meine Künstler nennen mich Connie. Ich meine die, die meine Schmuckstücke machen. Künstler von Brighton bis Inverness. Ich nehme ihre Stücke in Kommission. Nur deshalb hab' ich's bis jetzt geschafft, diese Rezession zu überstehen. Die meisten anderen Geschäfte – die Luxusläden, meine ich, nicht die Lebensmittelgeschäfte oder die Apotheke oder so – mussten in den letzten fünf Jahren zumachen. Aber ich hab' einen guten Geschäftssinn, hatte ich schon immer. Und als ich *Racon* vor zehn Jahren aufgemacht habe, hab' ich mir gesagt, Connie, sei gescheit, steck nicht dein ganzes Geld in ein Lager. Da ist nämlich die Pleite schon vorprogrammiert, wenn Sie verstehen, was ich meine.«

Aus Schränken unter den Ladentischen nahm sie Schmuckständer aus poliertem Holz, die Bäumen nachempfunden waren. An ihnen hingen vor allem Ohrringe, deren Perlen und Münzen leise klirrend aneinanderschlugen, als Connie sie auf den Verkaufstisch stellte und flink und geschickt so arrangierte, dass das Angebot am besten zur Geltung kam. Sie widmete sich ihrer Arbeit mit so großer Energie, dass Barbara nicht umhinkonnte, sich zu fragen, ob die Aufmerksamkeit, mit der sie sich ihren Waren widmete, morgendliche Gewohnheit war oder nervöse Reaktion auf einen Besuch von der Polizei.

Sie legte die Quittung neben einen der Ständer mit Ohrgehängen. »Mrs. – Connie, diese Quittung stammt doch aus Ihrem Laden, nicht wahr?«

Connie nahm sie zur Hand. »Ja, steht ja *Racon* oben drauf«, stimmte sie zu.

»Können Sie mir anhand der Quittung sagen, was da gekauft wurde? Und was bedeuten die Worte ›Das Leben beginnt jetzt‹?«

»Warten Sie.« Connie ging in eine Ecke des Ladens hinüber, wo ein großer Ventilator stand. Sie schaltete ihn ein, und Barbara vermerkte erfreut, dass er, im Gegensatz zum Ventilator in Emilys Büro, durchaus effektiv arbeitete.

Connie nahm die Quittung mit zur Kasse, wo ein schwarzes Heft mit dem goldenen Aufdruck *Racon Schmuck* lag. Sie schlug es auf. »AK steht für den Künstler«, erklärte sie Barbara. »Damit wir immer gleich wissen, von wem das Stück ist. Das hier war von Aloysius Kennedy, einem Künstler aus Northumberland. Ich verkaufe nicht viele von seinen Stücken, weil sie für hiesige Verhältnisse ein bisschen teuer sind. Aber das hier ...« Sie leckte sich den Mittelfinger und blätterte in dem Heft. Mit langem Acrylfingernagel – im Farbton ihres Haares lackiert – fuhr sie eine Liste hinunter, als sie die richtige Seite gefunden hatte. »Die 162 ist die Artikelnummer«, bemerkte sie. »Und in diesem Fall – ja. Hier haben wir es schon. Es war eine seiner festen Armspangen mit Scharnier. Oh! Die war wirklich wunderschön. Ich habe kein zweites Stück mehr da, aber« – sie kehrte plötzlich die Verkäuferin hervor – »ich kann Ihnen etwas Ähnliches zeigen, wenn es Sie interessiert.«

»Und ›Das Leben beginnt jetzt‹?«, sagte Barbara. »Was hat das zu bedeuten?«

»Gesunden Menschenverstand, würde ich sagen«, meinte Connie und lachte ein wenig zu herzlich über ihren kleinen Scherz. »Tja, da werden wir Rachel fragen müssen. Das ist ihre Schrift.« Sie ging zur Tür zum Hinterzimmer und rief: »Rachel, Schätzchen. Scotland Yard ist hier und fragt nach einer Quittung, die du ausgestellt hast. Könntest du mir einen Kennedy bringen?« Sie lächelte Barbara zu. »Rachel, meine Tochter.«

»Das Ra von *Racon*.«

»Sie sind ganz schön auf Draht«, bestätigte Connie.

Im Hinterzimmer waren Schritte zu hören. Einen Augenblick später kam eine junge Frau an die Tür. Mit einem kleinen Kasten in der Hand blieb sie im Schatten stehen. Sie sagte: »Ich hab' gerade die Sendung aus Devon durchgesehen. Sie verarbeitet diesmal Muscheln, wusstest du das?«

»Ach was? Na, der Frau braucht man wirklich nicht zu sagen, was sich gut verkauft. Das ist Scotland Yard, Rachel.«

Rachel kam nur ein ganz kleines Stück näher, aber es reichte, um Barbara erkennen zu lassen, dass sie keinerlei Ähnlichkeit mit ihrer Mutter hatte. Trotz des unnatürlichen feuerroten Haars war Connie eine Frau mit einem hübschen Gesicht und makelloser Haut, langen Wimpern und einem feingezeichneten Mund. Das Gesicht ihrer Tochter hingegen sah aus, als wäre sie aus den aussortierten Teilen von fünf oder sechs unattraktiven Menschen zusammengesetzt.

Ihre Augen lagen unnatürlich weit auseinander, und bei einem hing das Lid herab, als litte sie an einer Nervenschwäche. Das Kinn war ein kleiner Fleischbuckel unter der Unterlippe, der direkt in den Hals überging. Und dort, wo die Nase hätte sein sollen, war offensichtlich früher einmal gar nichts gewesen. Ein künstlich geschaffener Auswuchs nahm jetzt diese Stelle ein; zwar war er wie eine Nase geformt, doch der Rücken war viel zu winzig ausgefallen, daher sah es aus, als wäre ein Daumen in ein Tonmodell gedrückt worden.

Barbara wusste nicht, wohin sie sehen sollte, ohne auf die junge Frau kränkend zu wirken. Sie überlegte krampfhaft, was Menschen mit körperlichen Gebrechen sich von ihren Mitmenschen wünschten: Sie anzustarren war beleidigend, aber eine solche Person einfach nicht anzusehen, während man mit ihr sprach, schien Barbara noch grausamer zu sein.

»Also, was kannst du Scotland Yard über diese Quittung erzählen, Schätzchen?«, sagte Connie. »Es ist ein Stück von Kennedy, du hast die Quittung geschrieben, und verkauft hast du das Ding an –« Sie brach ab, als sie jetzt zum ersten Mal den Namen auf der Quittung sah. Sie sah ihre Tochter an, und ihre Tochter begegnete ihrem Blick. Ein Austausch schien zwischen ihnen stattzufinden.

»Aus der Quittung geht hervor, dass das Schmuckstück an Sahlah Malik verkauft wurde«, sagte Barbara zu Rachel Winfield.

Endlich kam Rachel ins Licht des Ladens. Einen Schritt vom Empfangstisch entfernt, auf dem die Quittung lag, blieb sie stehen. Sie richtete ihren Blick so zaghaft auf sie, als hätte sie ein unbekanntes Wesen vor sich, vor dem Vorsicht geboten war. Ein Puls pochte in der Ader an ihrer Schläfe, und während sie die Quittung aus sicherem Abstand anstarrte, umschlang sie ihren Oberkörper fest mit beiden Armen und rieb mit dem Daumen ihrer freien Hand nervös über ihren Oberarm.

Ihre Mutter trat neben sie und machte sich mit missbilligendem Getue an ihrem Haar zu schaffen. Sie zog eine Strähne weiter nach vorn, bauschte eine andere etwas nach außen auf. Rachels Gesicht zeigte Unwillen, aber sie wehrte ihre Mutter nicht ab.

»Ihre Mutter sagt, dass das Ihre Handschrift ist«, sagte Barbara zu ihr. »Dann haben wahrscheinlich Sie den Verkauf getätigt. Können Sie sich daran erinnern?«

»Ein Verkauf war es eigentlich nicht«, antwortete Rachel. Sie räusperte sich. »Eher ein Austausch. Sie fertigt Schmuck für uns an, Sahlah, meine ich, und da haben wir so eine Art Tauschgeschäft gemacht. Sie hat – na ja, sie hat kein eigenes Geld.« Sie zeigte auf eine Auslage folkloristisch wirkender Halsketten, schwere Stücke mit fremdartigen Münzen und geschnitzten Holzperlen.

»Sie kennen sie also«, stellte Barbara fest.

Rachel ging die Sache aus einer anderen Richtung an. »Das, was ich da geschrieben habe, sollte eine Gravur werden. ›Das Leben beginnt jetzt‹, das sollte innen in das Armband eingraviert werden. Aber so was machen wir hier nicht. Wir geben solche Aufträge weiter.« Sie legte das Kästchen, das sie aus dem Hinterzimmer mitgebracht hatte, auf den Ladentisch und öffnete es. Darin lag ein Gegenstand, der in weiches, rotes Tuch gehüllt war. Rachel entfernte das Tuch und legte ein goldenes Armband auf den Verkaufstisch. Es passte in seinem eigenwilligen Stil zu den übrigen Schmuckstücken im Laden. Es war offensichtlich ein Armband, jedoch so unregelmäßig gestaltet, als wäre es in eine geschmeidige Form gegossen und seine Ausbildung dem Zufall überlassen worden.

»Das ist ein Kennedy-Stück«, bemerkte Rachel. »Sie sind alle unterschiedlich, aber so können Sie sich doch eine allgemeine Vorstellung davon machen, wie AK-162 aussieht.«

Barbara ergriff das Armband. Es war ein sehr ausgefallenes Stück, und hätte sie etwas Ähnliches unter Querashis Sachen gefunden, so hätte sie sich daran erinnert. Sie fragte sich, ob er es an dem Abend, an dem er umgekommen war, getragen hatte. Zwar konnte der Killer ihm das Armband abgenommen haben, nachdem er in den Tod gestürzt war, es erschien jedoch kaum wahrscheinlich, dass er das ganze Auto durchsucht hatte, um es zu finden. Und hatte Querashi wegen eines Armbands, das zweihundertzwanzig Pfund wert war, sterben müssen? Natürlich war es möglich, aber Barbara war nicht bereit, ihre nächste Gehaltserhöhung darauf zu verwetten.

Sie ergriff wieder die Quittung und sah sie sich noch einmal genau an. Rachel und ihre Mutter sagten nichts, doch wieder tauschten sie einen Blick, und Barbara spürte eine Spannung, der sie auf den Grund gehen wollte.

Die Reaktion der Frauen verriet ihr, dass irgendeine Verbindung zu dem Ermordeten bestand. Aber welcher Art mochte diese Verbindung sein? Sie wusste, wie gefährlich es war, voreilige Schlüsse zu ziehen – zumal, wenn solche Schlüsse auf etwas im Grunde so Oberflächlichem wie der äußeren Erscheinung eines Menschen beruhten –, aber es war schwierig, sich Rachel Winfield als Querashis heimliche Geliebte vorzustellen. Es war schwierig, sich Rachel

Winfield überhaupt als Geliebte vorzustellen. Barbara, die selbst keine männermordende Schönheit war, wusste nur zu gut, welchen Wert Männer auf ein ansprechendes Gesicht legten. Es erschien daher nur logisch anzunehmen, dass die Verbindung, wie sie auch aussehen mochte, mit Liebe oder Sex nichts zu tun gehabt hatte. Andererseits hatte die junge Frau eine hübsche Figur, das musste man auch in Betracht ziehen. Und im Schutz der Dunkelheit ... Barbara zügelte sich. Im Moment ging es nur um die Quittung und die Frage, wie sie in Querashis Besitz gelangt war und was aus dem Armband geworden war.

Bei dem Gedanken an die Quittung warf sie einen Blick zur Kasse. Neben ihr lag ein aufgeschlagener Quittungsblock. Seine Blätter waren weiß. Und die Quittung aus Querashis Zimmer war gelb.

Und erst jetzt sah sie auf dem Papier in ihrer Hand, was ihr vielleicht schon früher aufgefallen wäre, hätte sie sich nicht ganz auf den Namen Sahlah Malik, die Worte »Das Leben beginnt jetzt« und den Preis des gekauften Schmuckstücks konzentriert. Ganz unten auf dem Blatt stand noch ein Wort: »Geschäftskopie«.

»Das ist eigentlich Ihre Kopie, nicht wahr?«, fragte sie Rachel Winfield und ihre Mutter. »Der Kunde bekommt das weiße Original aus dem Buch neben der Kasse. Die gelbe Kopie bleibt im Laden.«

Connie Winfield rief hastig: »Ach, so furchtbar pingelig sind wir da nie, nicht wahr, Rachel? Wir reißen einfach die Quittung heraus und drücken dem Kunden eins der beiden Blätter in die Hand. Es ist uns ziemlich egal, welches es ist, Hauptsache wir behalten eins bei uns. So ist es doch, nicht wahr, Schätzchen?«

Aber Rachel, so schien es, hatte den Fehler ihrer Mutter sofort bemerkt. Sie blinzelte heftig, als Barbara nach dem Quittungsblock griff. Die bereits ausgeschriebenen Quittungskopien waren mit dem Deckel des Büchleins nach hinten geklappt. Barbara blätterte sie durch. Jede verbliebene Kopie war gelb.

Sie sah, dass die Blätter nummeriert waren, und ging sie durch, um das Original der Kopie, die in ihrem Besitz war, Nummer 2395, zu suchen. 2394 und 2396 waren in Gelb im Buch, 2395 gab es weder in Gelb noch in Weiß.

Barbara klappte das Büchlein zu. »Liegt das immer hier im Laden? Sperren Sie es ein, wenn Sie abends zumachen?«

»Es kommt unter die Kleingeldschublade in der Kasse«, antwortete Connie. »Da passt es genau rein. Warum? Stimmt was nicht dran? Ich geb's ja zu, Rachel und ich handhaben unsere Buchhaltung ein bisschen locker, aber wir haben nie was *Verbotenes* getan.« Sie lachte. »Man kann die Bücher nicht frisieren, wenn man selbst die Chefin ist, wenn Sie wissen, was ich meine. Es gibt niemanden, den man betrügen kann. Ich mein', wir könnten vielleicht die Künstler betrügen, wenn wir das wollten, aber das würde am Ende doch rauskommen, weil wir ihnen zweimal im Jahr eine Abrechnung machen und sie das Recht haben, unsere Bücher durchzusehen. Es wäre also blöd von uns – und ich glaube nicht, dass wir das sind – zu –«

»Diese Quittung befand sich unter den Sachen eines Toten«, unterbrach Barbara sie.

Connie schluckte und drückte eine Faust auf ihre Brust. Und sie hielt den Blick so starr auf Barbara gerichtet, dass klar war, wem sie jetzt nicht ins Gesicht sehen wollte. Selbst als sie sprach, schaute sie ihre Tochter nicht an. »Stell dir das vor, Rachel. Wie kann denn das passiert sein? Sprechen Sie von diesem Mann auf dem Nez, Sergeant? Ich meine, Sie sind von der Polizei, und das ist der einzige Tote hier in der Gegend, für den die Polizei sich interessiert. Es kann sich also nur um ihn handeln. Richtig?«

»Richtig«, bestätigte Barbara.

»Na, so was«, hauchte Connie. »Ich habe keinen blassen Schimmer, wie der zu einer von unseren Quittungen gekommen sein könnte. Und du, Schätzchen? Weißt du was darüber, Rachel?«

Rachel grub eine Hand in eine Falte ihres Rocks. Es war einer dieser Indienröcke aus durchscheinendem Stoff, wie sie im ganzen Land auf Märkten verkauft wurden. Er war nicht unbedingt ein Beweis dafür, dass das Mädchen mit der asiatischen Gemeinde hier zu tun hatte. Doch ihr Widerwille, sich zu der gegenwärtigen Situation zu äußern, ließ darauf schließen, dass sie irgendwie – wenn auch vielleicht nur am Rande – in diese Situation verwickelt war.

»Ich hab' keine Ahnung«, sagte sie jetzt leise. »Vielleicht hat der Mann sie auf der Straße gefunden oder so was. Es steht ja Sahlah

Maliks Name drauf. Den hätte er sicher erkannt. Vielleicht wollte er ihr die Quittung zurückgeben und ist nie dazu gekommen.«

»Woher soll er Sahlah Malik gekannt haben?«, fragte Barbara.

Rachels Hand am Rock zuckte. »Sagten Sie nicht, dass er und Sahlah –«

»Die Geschichte stand in der Zeitung, Sergeant«, warf Connie ein. »Rachel und ich können lesen, und in dem Bericht hieß es, der Mann sei hergekommen, um Akram Maliks Tochter zu heiraten.«

»Und Sie wissen nicht mehr als das, was Sie in der Zeitung gelesen haben?«, fragte Barbara.

»Ich nicht«, entgegnete Connie. »Du, Rachel?«

»Nein«, sagte Rachel.

Barbara bezweifelte das. Connie übertrieb es mit ihrer Redseligkeit. Rachel war zu schweigsam. Hier musste man einmal gründlich auf den Busch klopfen, aber sie würde mit einem stärkeren Stock zurückkehren müssen. Sie nahm eine ihrer Karten heraus, kritzelte den Namen des *Burnt House Hotels* darauf und bat die zwei Frauen, sie anzurufen, wenn ihnen noch irgendetwas einfallen sollte. Sie sah sich das Kennedy-Armband ein letztes Mal genau an und steckte die Quittung für AK-162 wieder ein.

Als sie aus dem Laden ging, warf sie noch einen raschen Blick zurück. Beide Frauen beobachteten sie. Was immer sie wussten, sie würden früher oder später darüber sprechen. Das taten sie alle, wenn es darauf ankam. Vielleicht, dachte Barbara, würde der Anblick des verschwundenen goldenen Armbands den beiden Winfields Feuer unterm Hintern machen. Sie musste es finden.

Rachel sperrte sich in der Toilette ein. Kaum war die Polizeibeamtin außer Sicht, stürzte sie ins Hinterzimmer. Sie rannte den Korridor hinunter, der zwischen der Wand und einer Reihe freistehender Regale geschaffen worden war. Die Toilette befand sich direkt neben der Hintertür des Ladens. Sie stürmte hinein und verriegelte die Tür hinter sich.

Sie drückte ihre Hände zusammen, um ihr Zittern zu beruhigen, und als ihr das nicht gelang, benutzte sie beide, um den Hahn an dem kleinen, dreieckigen Waschbecken aufzudrehen. Ihr war glühend heiß und eiskalt zugleich, obwohl das gar nicht möglich schien. Sie wusste, dass man bestimmte Maßnahmen ergreifen konnte, wenn einen solche Körperreaktionen überfielen, aber sie hätte nicht um viel Geld sagen können, was das für Maßnahmen waren. Sie begnügte sich damit, sich Wasser ins Gesicht zu spritzen, und war immer noch dabei, das zu tun, als Connie an die Tür schlug.

»Komm sofort da raus, Rachel Lynn«, befahl sie. »Wir haben miteinander zu reden.«

Rachel keuchte: »Kann nicht. Mir ist schlecht.«

»Dass ich nicht lache!«, rief Connie aufgebracht zurück. »Machst du jetzt sofort die Tür auf, oder muss ich sie mit der Axt einschlagen, um dich da rauszuholen?«

»Ich musste schon die ganze Zeit, als sie hier war, ganz dringend«, behauptete Rachel und hob ihren Rock, um sich auf die Toilette zu setzen, als könnte ihre Mutter sie sehen.

»Du hast doch eben gesagt, dir ist schlecht.« In Connies Stimme schwang der Triumph der Mutter, die ihre Tochter bei einer Lüge ertappt hat. »Hast du das nicht eben gesagt? Also, was ist es nun, Rachel Lynn? Ist dir schlecht? Oder sitzt du auf dem Topf? Oder was?«

»Mir ist schlecht, aber nicht so, wie du meinst«, gab Rachel zurück. »Anders. Bauchweh. Du weißt schon. Würdest du mich also bitte allein lassen.«

Darauf folgte Stille. Rachel konnte sich ihre Mutter vorstellen, wie sie jetzt dastand und mit ihrem kleinen, wohlgeformten Fuß auf den Boden klopfte. Das tat sie immer, wenn sie überlegte.

»Lass mich für eine Minute allein, Mama«, bat Rachel. »Ich hab' fürchterliche Bauchkrämpfe. Hast du gehört? War das nicht die Ladenglocke?«

»Glaub ja nicht, du kannst mich an der Nase rumführen, Rachel. Ich sehe auf die Uhr. Und ich weiß genau, wie viel Zeit man für so eine Sitzung auf dem Klo braucht. Hast du mich verstanden, Rachel?«

Rachel hörte ihre Mutter mit schnellen, energischen Schritten nach vorn gehen. Sie wusste, dass sie sich höchstens ein paar Minuten erkauft hatte, und versuchte verzweifelt, ihre fünf Sinne zusammenzubringen und sich einen Plan zurechtzulegen. Du bist doch eine Kämpfernatur, Rachel, sagte sie sich, ganz so wie früher als Kind, als sie sich morgens gegen die Hänseleien ihrer erbarmungslosen Schulkameraden gewappnet hatte. Also denk nach. Denk nach! Es ist schnurzpiepegal, wenn die ganze Welt dich im Stich lässt, Rachel, du hast immer noch dich selbst, und das ist das Einzige, was zählt.

Aber das hatte ihr keinen Halt gegeben, als Sahlah Malik ihr vor zwei Monaten eröffnet hatte, dass sie sich entschlossen hatte, sich den Wünschen ihrer Eltern, die eine Heirat mit einem Fremden aus Pakistan für sie vereinbart hatten, zu fügen. Anstatt sich daran zu erinnern, dass sie immer noch sich selbst hatte, war sie bei dem Gedanken, Sahlah zu verlieren, völlig außer sich geraten. Sie hatte sich sowohl verloren als auch verlassen gefühlt. Und am Ende hatte sie sich aufs grausamste verraten geglaubt. Der Boden, auf den sie vertrauensvoll ihre Zukunft gebaut hatte, hatte sich plötzlich unter ihr aufgetan, und in diesem Augenblick hatte sie das Wichtigste, was das Leben sie gelehrt hatte, völlig vergessen. Die ersten zehn Jahre ihres Lebens hatte sie in der sicheren Überzeugung gelebt, dass ihr Erfolg, ihr Scheitern und ihr Glück vom Willen einer einzigen Person abhingen: Rachel Lynn Winfield. Die herzlosen Neckereien ihrer Schulkameraden hatten weh getan, aber sie hatten sie nicht verletzen können, und sie hatte gelernt zu kämpfen und ihren eigenen Weg zu gehen. Doch an dem Tag, an dem sie Sahlah begegnet war, hatte sich das alles geändert; sie hatte ihre Freundschaft als Zentrum ihrer Zukunft betrachtet.

Es war dumm gewesen – dumm! –, so zu denken, und das wusste sie jetzt. Aber in jenen ersten schrecklichen Minuten, als Sahlah ihr auf ihre ruhige und sanfte Art – diese Art, die auch sie zum Opfer grausamer kleiner Monster werden ließ, die es nicht wagten, eine Hand gegen Sahlah Malik zu erheben oder ein höhnisches Wort über ihre Hautfarbe zu sagen, wenn Rachel Winfield in der Nähe war – eröffnete, was sie vorhatte, hatte Rachel keinen anderen Gedanken gehabt als: »Und was ist mit mir? Was ist mit uns? Was ist mit unseren Plänen? Wir wollten doch eine Wohnung anzahlen, wir wollten sie mit Kiefernmöbeln und großen, weichen Kissen möblieren, wir wollten in deinem Zimmer auf einer Seite eine kleine Werkstatt einrichten, damit du deinen Schmuck machen könntest, ohne dass deine Neffen dauernd an deine Sachen gehen, wir wollten am Strand Muscheln sammeln, wir wollten uns zwei Katzen anschaffen, du wolltest mir das Kochen beibringen, und ich wollte dir beibringen, wie man … was? Was hätte ich dir schon beibringen können, Sahlah? Was hatte ich dir denn je zu bieten?«

Aber das alles hatte sie nicht gesagt. Stattdessen hatte sie gesagt: »Du heiratest? Ausgerechnet du? Du willst heiraten, Sahlah? Wen denn? Doch nicht … Aber du hast doch immer gesagt, du könntest niemals –«

»Einen Mann aus Karachi. Einen Mann, den meine Eltern mir ausgesucht haben«, hatte Sahlah gesagt.

»Du meinst …? Einen wildfremden Menschen, Sahlah? Das kann doch nicht dein Ernst sein.«

»So ist auch die Ehe meiner Eltern geschlossen worden. Das ist bei uns so Brauch.«

»Bei euch, bei euch«, hatte Rachel ungeduldig gerufen und versucht, die Sache mit einem Lachen abzutun, um Sahlah zu zeigen, wie absurd es war. »Du bist Engländerin«, hatte sie gesagt. »Du bist in England geboren. Du bist so wenig Pakistani wie ich. Was weißt du denn überhaupt über diesen Mann? Ist er dick? Ist er hässlich? Hat er vielleicht falsche Zähne? Oder wachsen ihm Haare aus der Nase und den Ohren? Und wie alt ist er? Ist es vielleicht so ein alter Knacker mit Krampfadern?«

»Er heißt Haytham Querashi. Er ist fünfundzwanzig Jahre alt. Er hat studiert –«

»Als würde ihn das zum perfekten Ehemann machen«, hatte Rachel bitter gesagt. »Ich vermute, er hat außerdem einen Haufen Geld. Da wäre doch dein Dad gleich dabei. Genau wie bei Yumn. Ist ja völlig egal, was für ein Typ zu dir ins Bett kriecht, Hauptsache, für Akram springt bei dem Handel das raus, was er will. So ist es doch, stimmt's? Für deinen Vater springt doch was dabei raus? Sag mir die Wahrheit, Sahlah.«

»Haytham soll im Geschäft mitarbeiten, falls du das meinst«, sagte Sahlah.

»Ha! Siehst du nicht, was sie mit dir machen? Er hat was, was sie haben wollen – Muhannad und dein Dad –, und sie können es nur kriegen, wenn sie dich irgendeinem schmierigen Kerl ausliefern, den du nicht mal kennst. Ich kann's nicht fassen, dass du das tun willst.«

»Ich habe keine Wahl.«

»Was soll das heißen? Wenn du sagen würdest, dass du den Kerl nicht heiraten willst, wenn du dich einmal energisch zur Wehr setzen würdest, kann ich mir nicht vorstellen, dass dein Dad dich zwingen würde. Er vergöttert dich doch. Du brauchst ihm nur zu sagen, dass wir beide schon unsere eigenen Pläne haben und du nicht die Absicht hast, irgendeinen Kerl aus Pakistan zu heiraten, den du noch nicht mal kennst.«

»Ich möchte ihn heiraten«, sagte Sahlah.

Rachel starrte sie fassungslos an. »Du möchtest ...« Die Ungeheuerlichkeit dieses Verrats schmetterte sie nieder. Sie hätte nie geglaubt, dass vier einfache Worte solchen Schmerz hervorrufen könnten, und sie hatte keinen Panzer, um sich davor zu schützen. »Du *möchtest* ihn heiraten? Aber du kennst ihn doch gar nicht, und du liebst ihn nicht. Wie kannst du auch nur daran denken, dein Leben auf so einer Lüge aufzubauen?«

»Wir werden lernen, uns zu lieben«, entgegnete Sahlah. »So war es bei meinen Eltern auch.«

»Und bei Muhannad auch? Das ist doch ein Witz! Yumn ist nicht seine geliebte Frau. Sie ist sein Fußabstreifer. Das hast du doch selbst gesagt. Möchtest du, dass es dir genauso geht? Na los, sag schon.«

»Mein Bruder und ich sind verschieden.« Sahlah wandte sich ab, als sie dies sagte, und das herabfallende *dupattā* verbarg ihr Gesicht. Sie entzog sich, und gerade deshalb fühlte Rachel sich getrieben, um so fester zu klammern.

»Darauf kommt es doch gar nicht an. Der springende Punkt ist doch, wie verschieden dein Bruder und dieser Haybram –«

»Haytham.«

»Ist ja gleich, wie er heißt. Der springende Punkt ist, wie verschieden dein Bruder und dieser Mann sind. Du weißt doch nicht mal, ob sie sich überhaupt unterscheiden. Das wirst du erst merken, wenn er dir das erste Mal eine runterhaut, Sahlah. Genau wie Muhannad. Ich hab' Yumns Gesicht gesehen, nachdem dein wunderbarer Bruder ihr eine geklebt hatte. Wieso sollte dieser Haykem –«

»Haytham, Rachel.«

»Ja, ja, schon gut. Wieso sollte er anders sein?«

»Darauf kann ich dir keine Antwort geben. Ich weiß die Antwort noch nicht. Wenn ich ihn kennenlerne, werde ich es sehen.«

»So einfach ist das?«, fragte Rachel.

Sie waren in der Birnenplantage gewesen, unter blühenden Frühlingsbäumen. Sie hatten auf derselben wackeligen alten Bank gesessen, auf der sie als Kinder so oft gesessen und mit den Beinen gebaumelt hatten, voller Pläne für eine Zukunft, die nun niemals kommen würde. Es war ungerecht, dass ihr verwehrt werden sollte, was von Rechts wegen ihr gehörte, dachte Rachel, dass ihr der einzige Mensch entrissen werden sollte, dem zu trauen sie gelernt hatte. Es war nicht nur nicht gerecht, es war auch einfach nicht recht. Sahlah hatte sie belogen. Sie hatte bei einem Spiel mitgemacht, das sie nie zu Ende hatte führen wollen.

Rachels Schmerz über den Verlust und den Verrat machte eine Wandlung durch, wie ein Stück Erde, das von einem Beben erschüttert wurde und sich an einer neuen Stelle setzt. Erster Zorn regte sich in ihr. Und mit dem Zorn kam sein Begleiter: Rachedurst.

»Mein Vater hat mir gesagt, dass ich mich gegen Haytham entscheiden kann, wenn wir uns kennenlernen«, sagte Sahlah. »Er will mich nicht zu einer Heirat zwingen, wenn er weiß, dass ich damit nicht glücklich bin.«

Rachel sah genau, was hinter den Worten ihrer Freundin stand. »Aber das wird nicht passieren, nicht wahr? Du wirst ihn auf jeden Fall heiraten. Das seh' ich dir an. Ich kenne dich doch, Sahlah.«

Die Bank, auf der sie saßen, war alt. Sie stand schief auf dem Boden unter den Bäumen. Sahlah zupfte an einem Splitter am Rand der Sitzfläche und hob ihn mit der glatten, halbmondförmigen Rundung ihres Fingernagels langsam an.

Zu Rachels Verlangen, zurückzuschlagen und zu verletzen, gesellte sich allmählich tiefe Verzweiflung. Es war unfassbar für sie, dass die Freundin sich so sehr verändert haben sollte. Erst zwei Tage vor diesem Gespräch hatten sie sich das letzte Mal gesehen. Da hatten ihre Zukunftspläne noch Bestand gehabt. Was also war geschehen, um diese Veränderung herbeizuführen? Dies war nicht die Sahlah, mit der sie Stunden und Tage der Freundschaft verbracht hatte, die Sahlah, mit der sie gespielt hatte, die sie gegen die Angriffe grausamer Mitschüler verteidigt hatte. Dies war nicht die Sahlah, die sie kannte.

»Du hast mir von Liebe erzählt«, sagte Rachel. »Wir haben so oft davon gesprochen. Und wir haben über Ehrlichkeit gesprochen. In der Liebe, haben wir immer gesagt, ist die Ehrlichkeit das Wichtigste. Erinnerst du dich?«

»Ja. Ja, ich weiß.« Sahlah beobachtete ständig das Haus ihrer Eltern, als fürchtete sie, jemand könnte ihr Gespräch und Rachels leidenschaftliche Reaktion auf ihre Mitteilung beobachten. Jetzt jedoch wandte sie sich Rachel zu. »Aber manchmal«, sagte sie, »ist vollständige – absolute – Ehrlichkeit nicht möglich. Sie ist unter Freunden nicht möglich. Und sie ist unter Liebenden nicht möglich. Sie ist auch zwischen Eltern und Kindern nicht möglich. Und auch nicht zwischen Mann und Frau. Und sie ist nicht nur manchmal nicht möglich, Rachel, sie ist auch nicht immer nützlich. Und sie ist nicht immer klug.«

»Aber du und ich, wir waren doch ehrlich zueinander«, protestierte Rachel, die bei Sahlahs Worten eine schreckliche Furcht überfiel. »Zumindest ich war ehrlich zu dir. Immer. In allem. Und du warst doch auch ehrlich zu mir. In allem. Oder nicht? In allem?«

In Sahlahs Schweigen hörte Rachel die Wahrheit. »Aber ich weiß doch alles über ... Du hast mir erzählt ...« Doch plötzlich war alles fragwürdig geworden. Was hatte Sahlah ihr denn schon von sich mitgeteilt? Jungmädchengeheimnisse über Träume, Hoffnungen und Liebe. Geheimnisse, von denen Rachel geglaubt hatte, sie besiegelten eine Freundschaft, Geheimnisse, die sie niemals zu verraten geschworen hatte.

Aber solchen Schmerz hatte sie nicht erwartet. Nie war es ihr in den Sinn gekommen, dass sie bei der Freundin auf so viel ruhige und unerschütterliche Entschlossenheit stoßen könnte, ihre Welt in Trümmer zu legen. Eine derartige Unerbittlichkeit und alle Folgen, die sich aus ihr ergaben, verlangten eine Reaktion.

Rachel hatte den einzigen Weg gewählt, der ihr offengestanden hatte. Und jetzt lebte sie mit den Konsequenzen.

Was sollte sie tun? Nie hätte sie geglaubt, dass ein simpler Entschluss eine solche Wirkung haben könnte, eine Kettenreaktion auslösen könnte, die nichts unzerstört zurückließ.

Rachel wusste, dass die Polizeibeamtin ihr und ihrer Mutter nicht geglaubt hatte. Als sie den Quittungsblock genommen und durchgeblättert hatte, hatte sie die Wahrheit gesehen. Als Nächstes würde sie logischerweise mit Sahlah sprechen. Und wenn sie das tat, wäre ihr jede Möglichkeit eines neuen Anfangs mit Sahlah genommen.

Also brauchte sie eigentlich gar nicht lange zu überlegen, was sie tun sollte. Der Weg lag offen und gerade vor ihr.

Rachel stand von der Toilette auf und schlich sich auf Zehenspitzen zur Tür. Ganz leise schob sie den Riegel zurück und öffnete die Tür einen Spalt, durch den sie das Hinterzimmer überblicken und hören konnte, was im Laden vorging. Ihre Mutter hatte das Radio eingeschaltet und eine Sendung eingestellt, die sie zweifellos an ihre Jugend erinnerte. Als sie das Stück hörte, das gerade gespielt wurde, empfand sie es als reinste Ironie – als wäre der DJ ein höhnischer Gott, der die Geheimnisse von Rachel Winfields Seele kannte. Die Beatles sangen *Can't Buy Me Love.* Rachel hätte gelacht, wäre ihr nicht viel mehr nach Weinen zumute gewesen.

Vorsichtig schob sie sich aus der Toilette. Mit einem hastigen Blick zum Laden huschte sie zur Hintertür, die sie in der Hoffnung auf einen Durchzug zwischen der drückend heißen Gasse hinter dem Laden und der gleichermaßen drückenden High Street offen gelassen hatten. Kein Lüftchen regte sich, aber die offene Tür machte es Rachel leichter zu entkommen. Sie stahl sich in die Gasse und lief zu ihrem Fahrrad. Sie sprang auf und radelte schnell in Richtung Meer davon.

Sie hatte eine ganze Kette von Ereignissen ausgelöst, das war wahr. Aber vielleicht war doch noch etwas zu retten.

8

Maliks Senf- & Gewürzspezialitäten hatte ihren Sitz in einem kleinen Gewerbegebiet am nördlichen Ende von Balford-le-Nez. Ja, es befand sich direkt an der Straße zum Nez selbst, an einem Knick, wo die Hall Lane, die nordwestlich vom Meer abschwenkte, zur Nez Park Road wurde. Hier waren in einer Ansammlung ziemlich schäbiger Gebäude die sogenannten Industrieunternehmen der Stadt untergebracht: eine Segelmacherwerkstatt, ein Matratzenauslieferungslager, eine Schreinerei, eine Autoreparaturwerkstatt, ein Zaunbauer, eine Autoschrottverwertung und ein Hersteller von individuell gefertigten Puzzlespielen, deren schlüpfrige Sujets, wären sie allgemein bekanntgeworden, ihm öffentliche Missbilligung von sämtlichen Kirchenkanzeln der Stadt eingetragen hätten.

Die Gebäude, in denen diese Unternehmen arbeiteten, waren meist Fertigbauten aus Metall, funktionell und ihrer Umgebung entsprechend: Eine schmale Schotterstraße voller Schlaglöcher schlängelte sich zwischen ihnen hindurch; orangefarbene Müllcontainer, auf denen in Purpurrot das schöne Oxymoron »Mülldeponie Goldküste« zu lesen war und die von altem Gerümpel überquollen, standen in gefährlicher Schräglage auf dem holprigen Gelände; an mehreren ausrangierten Fahrradrahmen rankten sich, Alptraum jedes Gärtners, Brennnesseln und Sauerampfer in üppiger Pracht empor; und Wellblechplatten, faulende Holzbretter, leere Plastikbehälter und sperrige, verrostete eiserne Sägeböcke machten den Weg über das Industriegebiet zu einem wahren Hindernislauf.

Mitten in dieser Unansehnlichkeit stand, gänzlich aus der Art geschlagen und wie ein stummer Vorwurf, das Firmengebäude von *Maliks Senf- & Gewürzspezialitäten.* Es nahm ein Drittel des Geländes ein, ein langer, mit vielen Kaminen versehener viktorianischer Bau, in Balfords Blütezeit das Sägewerk. Nach dem Zweiten Weltkrieg war das Sägewerk wie der Rest der Stadt langsam verfallen, jetzt jedoch erstrahlte es in neuem Glanz. Die Backsteinmauern waren von hundert Jahren Ruß und Schmutz befreit worden, Türen- und

Fensterrahmen erneuert und jährlich frisch gestrichen. Es war ein leuchtendes Beispiel dafür, was man aus den anderen Unternehmen machen könnte, besäßen ihre Eigentümer nur halb so viel Energie und Entschlossenheit wie Sayyid Akram Malik.

Akram Malik hatte das heruntergekommene Sägewerk am fünften Jahrestag der Ankunft seiner Familie in Balford-le-Nez erworben, und eine Plakette mit einer entsprechenden Inschrift war das Beeindruckendste, was Emily Barlow auffiel, als sie das Gebäude betrat, nachdem sie ihren Peugeot auf der Schotterstraße an einer relativ müllfreien Stelle abgestellt hatte.

Sie hatte mit Kopfschmerzen zu kämpfen. Die morgendliche Besprechung mit Barbara Havers hatte beunruhigende Untertöne gehabt. Das belastete sie. Sie brauchte keine Advokatin für *political correctness* in ihrem Team, und Barbaras Bereitschaft, die Schuld genau dorthin zu packen, wo die verdammten Asiaten sie haben wollten – nämlich auf den Rücken eines Engländers –, störte sie, so dass sie sich fragte, inwieweit die Kollegin wirklich klaren Blick hatte. Und Donald Ferguson, der sie ständig belauerte wie eine Katze auf der Pirsch, machte ihr zusätzlich das Leben schwer.

Er hatte ihr gleich den Beginn des Tages mit einem seiner Anrufe vergällt. Ohne ein Wort des Grußes oder freundlicher Anteilnahme wegen der andauernden Hitze hatte er geblafft: »Barlow, wo stehen wir?«

Sie hatte nur gestöhnt. Um acht Uhr morgens war es in ihrem Büro so heiß gewesen wie in einem Brutkasten, und eine fünfzehnminütige Suche im stickigen, staubigen Speicher des alten Dienstgebäudes nach einem Ventilator hatte ihre Stimmung nicht gerade verbessert. Da hatte ihr Ferguson gerade noch gefehlt.

»Don, lassen Sie mir nun in dieser Sache freie Hand?«, hatte sie gefragt. »Oder wollen wir jeden Tag zweimal Schule spielen, Sie fragen ab, und ich trage vor?«

»Hüten Sie Ihre Zunge«, warnte Ferguson. »Sie täten gut daran, nicht zu vergessen, wer am anderen Ende dieser Telefonleitung sitzt.«

»Das werde ich wohl kaum vergessen. Sie geben mir ja gar keine Chance dazu. Halten Sie die anderen eigentlich auch so fest an der

Kandare? Powell zum Beispiel oder Honeyman? Und wie steht's mit unserem Freund Presley?«

»Die drei haben zusammen mehr als fünfzig Jahre Erfahrung. Sie brauchen keine Beaufsichtigung. Presley am allerwenigsten.«

»Weil sie Männer sind.«

»Wir wollen daraus doch keine Geschlechterfrage machen. Wenn Sie einen Komplex haben, sollten Sie ihn schleunigst ablegen, bevor Sie Probleme kriegen. Also, wie weit sind wir, Inspector?«

Emily verwünschte ihn im Stillen von Herzen, dann brachte sie ihn auf den neuesten Stand, ohne ihn darauf aufmerksam zu machen, wie unwahrscheinlich es war, dass zwischen seinem letzten Anruf am vergangenen Abend und dem jetzigen am frühen Morgen eine weltbewegende Wende eingetreten war.

Er sagte nachdenklich: »Diese Frau ist also von Scotland Yard? Das gefällt mir, Barlow. Das gefällt mir sehr. Das vermittelt genau den richtigen Eindruck von Aufrichtigkeit, nicht wahr?« Am anderen Ende der Leitung klirrte ein Glas, und Emily konnte Ferguson schlucken hören, als er trank. Er war ganz verrückt nach Fanta, kippte jeden Tag ein Glas nach dem anderen hinunter, immer mit einer papierdünnen Zitronenscheibe und einem einzigen Eiswürfel. Dies war wahrscheinlich sein viertes Glas an diesem Morgen. »Schön. Wie schaut's mit Malik aus? Und mit diesem Helden aus London? Sind Sie an denen dran? Lassen Sie sie nicht aus den Augen, Barlow. Wenn sie letzte Woche geniest haben, dann will ich wissen, welche Farbe das Taschentuch hatte, mit dem sie sich den Rotz abgewischt haben. Ist das klar?«

»Ich habe bereits einen ausführlichen Bericht über Muhannad Malik.« Es war Emily eine Genugtuung, ihm unter die Nase zu reiben, dass sie ihm einen Schritt voraus gewesen war. Sie ging kurz auf die wesentlichen Punkte des Berichts ein. »Und ich habe gestern einen Bericht über den anderen angefordert, über Taymullah Azhar. Da er aus London kommt, müssen wir mit SO11 zusammenarbeiten, aber ich denke, es wird eine Hilfe sein, dass Sergeant Havers zu unserem Team gehört.«

Wieder hörte sie Fergusons Glas klirren. Er brauchte die kleine Pause wahrscheinlich, um seiner Überraschung Herr zu werden. Er gehörte zu den Männern, die behaupten, Gott habe die Hand der Frau zur perfekten Bedienung eines Staubsaugers geformt. Dass eine Frau tatsächlich fähig war, vorausschauend zu handeln und den Erfordernissen der Untersuchung zuvorzukommen, brachte den Superintendent in seiner ihm so liebgewordenen Voreingenommenheit zweifellos völlig durcheinander.

»Gibt es sonst noch etwas?«, fragte sie liebenswürdig. »Ich habe in fünf Minuten eine Lagebesprechung angesetzt. Ich möchte nicht zu spät kommen. Aber wenn Sie dem Team etwas ausrichten lassen möchten ...?«

»Nichts«, gab Ferguson brüsk zurück. »Machen Sie sich an die Arbeit.« Er knallte den Hörer auf.

Emily lächelte bei der Erinnerung. Ferguson hatte ihre Beförderung zum Chief Inspector befürwortet, weil die Umstände – eine negative Beurteilung des Innenministeriums, worin der Polizei Essex vorgeworfen wurde, die Chancengleichheit nicht genügend berücksichtigt zu haben – ihn dazu gezwungen hatten. Er hatte sie unter vier Augen wissen lassen, dass jede Entscheidung, die sie traf, einer genauen Prüfung unter seiner persönlichen Lupe unterzogen werden würde. Es war die reine Freude, diesem elenden kleinen Wurm bei dem Spiel, das er ihr aufgezwungen hatte, wenigstens einmal eine Nasenlänge voraus zu sein.

Emily drückte die Tür zur Firma Malik auf. Am Empfangstisch saß eine junge Asiatin im cremefarbenen Leinenhemd und passender Hose. Trotz der Hitze, die die dicken Mauern des Gebäudes kaum abhalten konnten, hatte sie einen bernsteinfarbenen Schal um den Kopf. Allerdings hatte sie ihn – vielleicht als Tribut an die Haute Couture – in modischen Falten um die Schultern gelegt. Als sie von dem Computer aufsah, an dem sie arbeitete, klirrten ihre Ohrringe aus Bein und Messing leise. Sie passten zu der raffinierten Halskette, die sie trug. Ein kleines Schild auf dem Tisch gab ihren Namen an: S. Malik. Das musste die Tochter sein, dachte Emily, die Verlobte des Ermordeten. Sie war ein hübsches Mädchen.

Emily stellte sich vor und zeigte ihren Dienstausweis. »Sie sind Sahlah, nicht wahr?«, fragte sie.

Das erdbeerfarbene Muttermal auf der Wange des Mädchens wurde einen Ton dunkler, als sie nickte. Sie zog ihre Hände von der

Tastatur weg und senkte sie hastig auf die Handballenstütze. Die gekrümmten Finger fest aneinandergepresst, ließ sie sie dort liegen.

Sie sah aus wie das personifizierte Schuldbewusstsein. Ihre Hände sagten, legt mich in Ketten. Ihr Gesicht rief, o nein, bitte nein.

»Ich bedaure Ihren Verlust«, sagte Emily. »Sie haben es jetzt sicher nicht leicht.«

»Danke«, antwortete Sahlah leise. Sie sah auf ihre Hände, schien ihre verkrampfte Haltung zu bemerken und zwang sie auseinander. Es war eine verstohlene Bewegung, aber sie entging Emily nicht. »Kann ich Ihnen irgendwie behilflich sein, Inspector? Mein Vater arbeitet heute Morgen in der Versuchsküche, und mein Bruder ist noch nicht da.«

»Ich brauche sie gar nicht. Ich suche Ian Armstrong.«

Der Blick des jungen Mädchens schweifte zu einer der beiden geschlossenen Türen in der Empfangshalle. Durch das facettierte Glas in ihrer oberen Hälfte konnte Emily mehrere Schreibtische erkennen und eine Staffelei, auf der Pläne für eine Werbekampagne ausgebreitet zu sein schienen.

»Er ist doch hier, nicht wahr?«, fragte Emily. »Mir wurde gesagt, er würde den Posten übernehmen, der nach Mr. Querashis Tod frei geworden ist.«

Sahlah Malik bestätigte, dass Armstrong an diesem Morgen in der Firma war. Als Emily um ein Gespräch mit ihm bat, drückte sie einige Tasten auf ihrem Computer, um ihn auszuschalten. Dann entschuldigte sie sich und schlüpfte durch die andere der beiden Türen hinaus, die unverglast war und Zugang zu einem Korridor in den hinteren Teil des Gebäudes bot.

Da bemerkte Emily die Plakette. Sie war aus Bronze und hing an einer Wand, die fast ganz von der großen Fotografie eines Bauern bei der Ernte auf einem schier endlosen gelben Feld, zweifellos einem Senffeld, bedeckt wurde. Emily las die Inschrift auf der Plakette: »Siehe! Erschafft die Schöpfung, und erschafft sie dann wieder zur Belohnung derer, die glauben und gute Werke tun mit Gerechtigkeit.« Darunter befand sich eine weitere Inschrift in Arabisch, gefolgt von den Worten »Wir wurden mit einer Vision gesegnet, die uns an diesen Ort führte. 15. Juni« und danach das Jahr.

»Er ist gut zu uns gewesen«, sagte jemand hinter Emily. Sie drehte sich um und sah, dass Sahlah nicht wie erbeten Ian Armstrong geholt hatte, sondern ihren Vater. Sie stand hinter ihm.

»Wer?«, fragte Emily.

»Allah.« Er sprach den Namen mit einer einfachen Würde aus, die Emily nur bewundern konnte. Dann kam Akram Malik auf sie zu, um sie zu begrüßen. Er war ganz in Weiß gekleidet, wie es sich für einen Küchenchef gehörte, mit einer fleckigen Schürze um den Bauch und einer Pappmütze auf dem Kopf. Die Gläser seiner Brille waren gesprenkelt mit irgendeiner Substanz aus der Küche, und er nahm sich einen Moment Zeit, um sie an seiner Schürze abzuwischen, während er seiner Tochter mit einer Kopfbewegung bedeutete, wieder an ihre Arbeit zu gehen.

»Sahlah sagte mir, dass Sie Mr. Armstrong sprechen möchten«, bemerkte Akram und tupfte dabei seine beiden Wangen und seine Stirn mit dem Handgelenk ab. Im ersten Moment glaubte Emily, es handle sich um eine Art moslemische Begrüßung, dann erkannte sie, dass er sich bloß den Schweiß vom Gesicht tupfte.

»Ja, sie sagte, dass er hier ist. Das Gespräch wird höchstens eine Viertelstunde dauern. Es bestand eigentlich kein Anlass, Sie zu stören, Mr. Malik.«

»Es war schon richtig, dass Sahlah mich geholt hat«, versetzte Malik in einem Ton, der keinen Zweifel daran ließ, dass Sahlah Malik ganz automatisch das Richtige tat. »Ich führe Sie zu Mr. Armstrong, Inspector.«

Er wies auf die Tür mit der Glasscheibe und führte Emily in das Großraumbüro dahinter. Hier standen vier Schreibtische, zahllose Aktenschränke und zusätzlich zu den Staffeleien, die Emily vorher durch das Fenster gesehen hatte, zwei Zeichentische. An einem der Tische arbeitete ein Asiate an irgendeinem kalligraphischen Entwurf, doch er legte seine Feder sofort nieder und erhob sich respektvoll, als Akram Emily durch das Büro führte. An dem anderen Tisch begutachteten eine Frau mittleren Alters und zwei jüngere Männer – alle Pakistanis wie die Maliks – eine Serie Hochglanzfotos, auf denen die Erzeugnisse des Unternehmens in einer Reihe von Vignetten vom Picknick im Grünen bis zum großen Silvesterbankett präsentiert wurden. Niemand sprach.

Emily fragte sich, ob es sich bereits herumgesprochen hatte, dass die Polizei da war. Sie mussten natürlich einen Besuch von der Kriminalpolizei Balford erwartet haben. Man sollte meinen, sie hätten sich darauf vorbereitet. Aber genau wie Sahlah machten sie alle Gesichter, als sollte der nächste Schritt auf ihrem Lebensweg sie zum Galgen führen.

Akram führte sie in einen kleinen Korridor, an dem drei Büros lagen. Ehe er sie jedoch bei Armstrong abliefern konnte, ergriff Emily die Gelegenheit, die Sahlah ihr geboten hatte.

»Wenn Sie einen Moment Zeit haben, Mr. Malik, würde ich auch gern mit Ihnen sprechen.«

»Selbstverständlich.« Er wies zu einer offenen Tür am Ende des Korridors. Emily sah einen Konferenztisch und eine antike Vitrine, auf deren Borden kein Geschirr stand, sondern eine Auswahl der Firmenerzeugnisse. Es war ein beeindruckendes Arrangement aus mehreren Flaschen, die die verschiedensten Soßen, Gelees, Senfsorten, Chutneys, Cremes und Marinaden enthielten. Die Firma Malik hatte seit den frühen Tagen der Senfküche in einer ehemaligen Bäckerei in der Old Pier Street eine beachtliche Entwicklung genommen.

Malik schloss die Tür nicht ganz. Er ließ sie einen Spalt offen, vielleicht mit Rücksicht darauf, dass er mit einer Frau allein war. Er wartete, bis Emily sich an den Tisch gesetzt hatte, ehe er es ihr nachtat und seine Papiermütze vom Kopf nahm, um sie säuberlich zu einem Rechteck zu falten.

»Wie kann ich Ihnen behilflich sein, Inspector Barlow?«, fragte er. »Meiner Familie und mir ist sehr viel daran gelegen, dieser unglückseligen Geschichte auf den Grund zu kommen. Bitte glauben Sie mir, dass wir bereit sind, Sie in jeder nur möglichen Hinsicht zu unterstützen.«

Sein Englisch war ausgezeichnet für einen Mann, der die ersten zweiundzwanzig Jahre seines Lebens in einem abgelegenen pakistanischen Dorf verbracht hatte, in dem es nur einen Dorfbrunnen gegeben hatte und keinerlei Errungenschaften der modernen Technik. Aber Emily wusste aus der Literatur, die er verteilt hatte, als er sich um einen Sitz im Stadtrat beworben hatte, sowie aus den Gesprächen, die er mit den Bürgern der Stadt während des

Wahlkampfs geführt hatte, dass Akram Malik nach seiner Ankunft in England die Sprache vier Jahre lang bei einem Privatlehrer studiert hatte. »Der gute Mr. Geoffrey Talbert«, hatte er ihn genannt. »Er hat mich gelehrt, meine Wahlheimat zu lieben, ihr reiches Erbe und ihre herrliche Sprache.« Das war bei Bürgern, die einem Fremden eher misstrauten, gut angekommen, und für Akram Malik hatte es sich ausgezahlt: Er hatte das Mandat mit Leichtigkeit gewonnen, und es bestand kaum Zweifel daran, dass das muffige Sitzungszimmer des Stadtrats von Balford-le-Nez nicht das Endziel seiner politischen Ambitionen war.

»Ihr Sohn hat Ihnen gesagt, dass wir inzwischen festgestellt haben, dass Mr. Querashi ermordet wurde?«, fragte Emily. Als Akram nickte, fuhr sie fort: »Unter diesen Umständen wäre mir alles, was Sie mir über ihn sagen können, eine Hilfe.«

»Es gibt Leute, die der Meinung sind, dass es sich hier um einen willkürlichen Akt der Fremdenfeindlichkeit handelt«, sagte Malik. Es war eine kluge Art, diesen Punkt anzusprechen, nicht in Form einer Anklage, vielmehr im Gewand nachdenklicher Überlegung.

»Ihr Sohn gehört zu ihnen«, versetzte Emily. »Aber es gibt Indizien dafür, dass das Verbrechen vorsätzlich begangen wurde, Mr. Malik. Und dass Mr. Querashi gemeint war, nicht einfach irgendein Asiate. Das heißt nicht, dass wir es nicht möglicherweise mit einem Engländer als Täter zu tun haben. Und es heißt auch nicht, dass nicht auf einer anderen Ebene Rassismus hinter dem Verbrechen steht. Aber es heißt eindeutig, dass eine bestimmte Person gemeint war.«

»Das kann ich kaum glauben.« Malik knickte seine Papiermütze noch einmal um und strich mit seinen dunklen Fingern glättend über die Falte. »Haytham war doch erst so kurze Zeit hier. Er kannte kaum jemanden. Wie wollen Sie da so sicher sein, dass er seinen Mörder kannte?«

Emily erklärte ihm, dass gewisse Einzelheiten der Ermittlung nicht publik gemacht werden könnten, Einzelheiten, von denen nur der Mörder und die Polizei wüssten und die daher letztlich dazu verwendet werden könnten, ihm eine Falle zu stellen, falls das notwendig werden sollte. »Aber wir wissen, dass jemand ihn beobachtet hat, um sicherzugehen, dass er an jenem Abend auf dem Nez sein würde, und wenn wir uns ein Bild von seinen täglichen Gewohnheiten machen können, gelingt es uns vielleicht, auf diesem Weg dem Mörder auf die Spur zu kommen.«

»Ich weiß kaum, wo ich anfangen soll«, sagte Malik.

»Vielleicht mit der Verlobung mit Ihrer Tochter«, schlug sie vor.

Ein leicht gespannter Zug trat in Maliks Gesicht. »Sie wollen doch nicht unterstellen, dass Sahlah mit Haythams Tod etwas zu tun hat?«

»Soviel ich weiß, hatten Sie diese Heirat für sie arrangiert. War sie damit einverstanden?«

»Absolut. Und sie wusste, dass weder ihre Mutter noch ich sie zwingen würden, gegen ihren Willen zu heiraten. Wir haben ihr Gelegenheit gegeben, Haytham kennenzulernen und einige Zeit mit ihm allein zu verbringen, und danach hat sie sich für die Heirat entschieden. Ja, ich kann behaupten, dass sie sehr gern heiraten wollte. Wäre dem nicht so gewesen, so wäre Haytham zu seiner Familie nach Karachi zurückgekehrt. So hatten wir es mit seinen Eltern vereinbart, bevor er nach England kam.«

»Und Sie meinten nicht, dass ein junger Pakistani, der in England geboren ist, besser zu Ihrer Tochter gepasst hätte? Sahlah wurde doch hier geboren, oder? Ein Mann, der auch hier geboren wurde, wäre ihr doch sicher vertrauter gewesen.«

»Junge Asiaten, die in England geboren wurden, geraten oft mit ihren Wurzeln in Konflikt, Inspector Barlow. Sie geraten häufig mit dem Islam in Konflikt, mit unserer Kultur, unseren Sitten und unserer Überzeugung von der Wichtigkeit der Familie.«

»Ähnlich wie Ihr Sohn vielleicht?«

Malik wich aus. »Haytham hingegen lebte nach den Lehren des Islam. Er war ein guter Mann. Er wollte nach Mekka pilgern. Mir war gerade das für den Ehemann meiner Tochter wichtig. Und Sahlah dachte ebenso.«

»Und was hielt Ihr Sohn davon, dass Mr. Querashi in Ihre Familie aufgenommen werden sollte? Er arbeitet doch in Ihrem Unternehmen, nicht wahr?«

»Muhannad ist unser Verkaufsdirektor. Haytham war unser Produktionsleiter.«

»Also gleichwertige Positionen?«

»Im Wesentlichen, ja. Und da ich weiß, dass Sie das gleich fragen werden: Es bestand keine Konkurrenz zwischen den beiden. Die Aufgabenbereiche sind streng voneinander getrennt.«

»Aber beide hätten doch den Ehrgeiz gehabt, gute Leistungen zu bringen, nehme ich an«, meinte Emily.

»Das will ich hoffen. Doch ihre persönlichen Leistungen hätten an der Zukunft nichts geändert. Nach meinem Tod wird mein Sohn das Unternehmen leiten. Haytham wusste das. Genau das hätte er auch erwartet. Muhannad brauchte Haytham deshalb nicht zu fürchten, falls Sie darauf hinauswollen. Im Gegenteil, es war genau umgekehrt. Haytham konnte Muhannad eine Bürde abnehmen.«

»Welche Bürde?«

Malik öffnete den obersten Knopf seines Hemdes und tupfte sich wieder mit dem Handgelenk den Schweiß aus dem Gesicht. Die Luft im Zimmer stand, und Emily fragte sich, warum er nicht eins der beiden Fenster öffnete.

»Vor Haythams Ankunft musste Muhannad neben seinen eigentlichen Aufgaben Mr. Armstrongs Arbeit beaufsichtigen. Mr. Armstrong war nur zur Aushilfe bei uns, und da er nicht zur Familie gehört, musste seine Arbeit genauer überwacht werden. Als Produktionsleiter war er für den Betrieb der ganzen Firma verantwortlich, und wenn ich auch sagen muss, dass er gute Arbeit geleistet hat, so wusste er doch, dass er nur auf Zeit bei uns tätig war. Er hatte daher keinen Grund, es ganz so genau zu nehmen wie jemand mit einem dauerhaften Interesse an der Firma.« Er hob abwehrend eine Hand, als Emily Anstalten machte, eine weitere Frage zu stellen. »Ich will damit nicht sagen, dass wir mit Mr. Armstrongs Arbeit nicht zufrieden waren. Wäre das der Fall gewesen, hätte ich ihn nach Haythams Tod nicht gebeten zurückzukommen.«

Dies war genau der Punkt, auf den Barbara Havers mit so viel Nachdruck hingewiesen hatte. Armstrong hatte seine Stellung in der Firma Malik wiedererhalten.

»Und wie lange werden Sie Mr. Armstrong diesmal in Ihrer Firma behalten?«

»So lange, bis ich einen anderen geeigneten Ehemann für meine Tochter gefunden habe, der eine Stellung in der Firma übernehmen kann.«

Und das, dachte Emily, konnte einige Zeit dauern, Zeit, die Ian Armstrong dazu nutzen konnte, seine Stellung zu festigen. »Hat Mr. Armstrong Mr. Querashi gekannt?«

»Aber ja. Ian hat, bevor er uns verlassen hat, fünf Tage lang mit Haytham zusammengearbeitet, um ihn einzuweisen.«

»Und wie sind die beiden miteinander zurechtgekommen?«

»Durchaus problemlos, wie es schien. Aber Haytham war auch ein angenehmer Mensch. Er war warmherzig und sympathisch, freundlich, ohne neugierig zu sein. Hier in der Firma hatte er keine Feinde.«

»Er kannte alle Mitarbeiter der Firma?«

»Das musste er schon. Er war doch Produktionsleiter.«

Und das hieß, dass man jeden Einzelnen befragen musste, dachte Emily, denn jeder hatte Feinde, ganz gleich, was Akram Malik sagte. Es kam darauf an, sie zu finden. Im Geist stellte sie zwei Constables für diese Aufgabe ab. Sie konnten diesen Konferenzraum hier benutzen. Sie würden diskret sein.

»Und außerhalb des Werkes? Was für Bekannte hatte Mr. Querashi da?«

Akram überlegte. »Wenige. Aber er kannte natürlich die Leute von der *Gentlemen's Cooperative.* Ich hatte ihm vorgeschlagen beizutreten, und das hat er auch sofort getan.«

Emily wusste von der *Gentlemen's Cooperative.* Sie hatte einen vorherrschenden Platz in dem Bild eingenommen, das Akram Malik während seines Wahlkampfs von sich gezeichnet hatte. Es war eine Vereinigung von Geschäftsleuten der Stadt, die Akram Malik ins Leben gerufen hatte, kurz nachdem er seine Fabrik eröffnet hatte. Man traf sich jede Woche einmal zum Lunch und jeden Monat einmal zum Abendessen, und Zweck des Vereins war es, für ein gutes Klima zu sorgen, die Zusammenarbeit im Geschäftsleben und das engagierte Bemühen um das wirtschaftliche Wachstum der Stadt und das Wohlergehen ihrer Bürger zu fördern. Es ging darum, unter den Mitgliedern Gemeinsamkeiten zu entdecken und zu pflegen, da Menschen, die ein gemeinsames Ziel haben, nach Auffassung des Vereinsgründers in Harmonie miteinander leben. Es war interessant, dachte Emily, sich den Unterschied zwischen der *Gentlemen's Cooperative,* die Akram Malik gegründet hatte, und *Jum'a,* die von seinem Sohn gegründet worden war, vor Augen zu halten. Sie fragte sich, wie das Verhältnis zwischen diesen beiden Männern war und ob es auch den zukünftigen Schwiegersohn betroffen hatte.

»Ist Ihr Sohn auch Mitglied dieser Gruppe?«, fragte sie neugierig.

»Muhannads Anwesenheit ist nicht unbedingt das, was ich wünsche«, antwortete Malik. »Aber ja, er ist Mitglied.«

»Der guten Sache weniger verpflichtet als Mr. Querashi?«

Maliks Gesicht war ernst. »Sie versuchen, meinen Sohn mit Mr. Querashis Tod in Verbindung zu bringen, nicht wahr?«

»Wie stand denn Ihr Sohn zu dieser arrangierten Heirat?«, konterte sie.

Einen Moment lang sah es aus, als wollte Akram Malik keine weiteren Fragen über seinen Sohn beantworten, solange ihm Emily nicht sagte, was sie bezweckte. Dann aber besann er sich.

»Da auch Muhannad verheiratet wurde, hatte er damit kein Problem.« Er setzte sich etwas gerader in seinen Sessel. »Mein Sohn war nicht einfach zu erziehen, Inspector. Er hat sich meiner Meinung nach zu sehr von der westlichen Kultur beeinflussen lassen. Und das drückt sich vielleicht in seinem Verhalten auf eine Weise aus, die es schwierig macht, ihn zu verstehen. Aber er achtet seine Wurzeln und ist stolz auf seine Herkunft. Er ist ein Mann seines Volkes.«

Oft genug hatte Emily diese Phrase in Bezug auf IRA-Terroristen und andere wüste Extremisten gehört. Muhannads politischer Aktivismus bestätigte zwar die Behauptung seines Vaters, aber in Anbetracht der Existenz von *Jum'a* konnte man Muhannads sogenannten Stolz auf seine Herkunft auch ganz anders sehen, als eine Neigung nämlich, die Grenze zu überschreiten und andere unter Ausnützung ihrer Unwissenheit und Furcht zu manipulieren. Der Gedanke an *Jum'a* veranlasste sie zu fragen: »Gehörte Mr. Querashi auch der Vereinigung Ihres Sohnes an, Mr. Malik?«

»Welcher Vereinigung?«

»Sie wissen doch von *Jum'a*. Gehörte Haytham Querashi dazu?«

»Das weiß ich nicht.« Er breitete seine Mütze so sorgsam wieder aus, wie er sie zuvor gefaltet hatte, und richtete seine ganze Aufmerksamkeit auf die Tätigkeit seiner Finger. »Da müssen Sie Muhannad fragen.« Er runzelte die Stirn und blickte dann endlich auf. »Aber ich muss gestehen, dass mich die Richtung, die Ihre letzten Fragen nehmen, beunruhigt. Da drängt sich mir doch die Frage auf, ob mein Sohn – der, wenn es um Rassenfragen geht, zugegebenermaßen viel zu schnell in Hitze gerät und sich zu unerwiesenen Behauptungen hinreißen lässt – mit seiner Vermutung recht hat, dass Sie nicht geneigt sind, der Möglichkeit ins Auge zu sehen, dass hinter diesem Verbrechen einzig Hass und Ignoranz stehen könnten.«

»Das habe ich nicht im mindesten übersehen«, entgegnete Emily. »Verbrechen aus Rassenhass sind ein globales Problem, es wäre töricht von mir, das zu leugnen. Aber wenn Hass und Ignoranz in diesem Fall die Motive sind, galten sie einer ganz bestimmten Person und nicht jedem beliebigen Asiaten, der dem Killer in den Weg kam. Wir müssen wissen, welche Kontakte Mr. Querashi in *beiden* Gemeinden hatte. Nur so können wir seinem Mörder auf die Spur kommen. Die *Gentlemen's Cooperative* steht für eine Lebensanschauung in Balford-le-Nez. *Jum'a*, da werden Sie mir doch zustimmen, steht für eine andere.« Sie stand auf. »Wenn Sie mich jetzt zu Mr. Armstrong führen würden ...?«

Akram Malik betrachtete sie nachdenklich. Unter seinem Blick wurde sich Emily der Unterschiede zwischen ihnen bewusst, und nicht nur der geschlechtsspezifischen Unterschiede, sondern auch der kulturellen Unterschiede, die sie stets definieren würden. Sie manifestierten sich in ihrer Kleidung: dünnes ärmelloses Oberteil, graue Hose, keine Kopfbedeckung. Sie manifestierten sich in der Freiheit, die sie genoss: eine Frau, die auf eigenen Füßen stand und ihr Leben selbst gestaltete. Sie manifestierten sich in der Position, die sie einnahm: Kopf einer Arbeitsgruppe, die größtenteils aus Männern bestand. Sie und Akram Malik hätten – trotz seiner erklärten Liebe zu seiner Wahlheimat – aus verschiedenen Welten kommen können.

Er stand auf. »Bitte folgen Sie mir«, sagte er.

Barbara zuckelte mit ihrem Mini die holprige Schotterstraße entlang und fand einen Parkplatz neben einem Fertigbau, dessen Firmenschild zu entnehmen war, dass hier »Hegartys Spiele für Erwachsene« hergestellt wurden. Sie bemerkte die Klimaanlage, die in eins der vorderen Fenster eingebaut war, und spielte flüchtig mit dem Gedanken, hineinzulaufen und sich davor aufzupflanzen. Das wäre doch mal ein Spiel, das den Einsatz lohnte, dachte sie.

Die Hitze an der Küste war bald noch schlimmer als die Hitze in London, und die war schon kaum zu ertragen gewesen. Wenn England sich infolge der globalen Erwärmung, vor der die Wissenschaftler seit Jahren warnten, in eine Tropenzone verwandeln sollte, wäre es doch schön, dachte Barbara, wenn einige der Annehmlichkeiten, die man gemeinhin mit einem Aufenthalt in den Tropen verband, damit einhergingen. Ein weißbefrackter Kellner mit einem Tablett voll Singapore Slings wäre zum Beispiel gar nicht schlecht gewesen.

Sie warf einen Blick in ihren Rückspiegel, um festzustellen, wie Emilys Visagistinnenkünste den Schweißströmen standgehalten hatten. Sie erwartete, ihre Gesichtszüge in Auflösung zu sehen wie bei einer von Dr. Jekylls Verwandlungen, aber es war nichts verschmiert und nichts verlaufen. Vielleicht hatte es doch etwas für sich, auf der Suche nach betörender Schönheit jeden Morgen mit Farbtöpfen herumzumachen.

Barbara ging auf der schmalen Straße zurück zu Maliks Senffabrik. Ein kurzer Besuch bei der Familie Malik hatte ihr genügt, um zu erfahren, dass Sahlah mit ihrem Vater und ihrem Bruder zusammen in der Firma arbeitete. Eine nachlässig gekleidete, dickliche Frau mit einem Kind auf der Hüfte und einem zweiten an der Hand, einem Schielauge und feinem, aber dennoch unübersehbarem dunklen Flaum auf der Oberlippe hatte ihr die Auskunft gegeben. Sie hatte sich Barbaras Dienstausweis angesehen und gesagt: »Ach, zu Sahlah wollen Sie? Zu unserer kleinen Sahlah? Du meine Güte, was hat sie denn angestellt, dass die Polizei mit ihr sprechen möchte?« Doch in den Fragen schwang ein genüsslicher Unterton, die gespannte Erwartungsfreude einer Frau, die entweder in ihrem Leben wenig Abwechslung kannte oder etwas gegen ihre Schwägerin hatte. Sie hatte Barbara sogleich über ihre Beziehung zu Sahlah Malik aufgeklärt. Sie sei die Ehefrau Muhannads, des einzigen Sohns der Familie, hatte sie gesagt, und diese beiden – sie wies mit Stolz auf die Kinder – seien Muhannads Söhne. Und bald – wobei sie vielsagend in Richtung ihres Bauches nickte – werde es einen dritten Sohn geben, den dritten in drei Jahren. Einen dritten Sohn für Muhannad Malik.

Blablabla, dachte Barbara. Diese Frau, fand sie, hatte dringend ein Hobby nötig, wenn das ihr einziges Gesprächsthema war. Sie sagte: »Ich hätte Sahlah gern gesprochen. Vielleicht könnten Sie ihr Bescheid sagen.«

Aber das ging nicht. Sahlah war in der Fabrik. »Arbeit ist immer die beste Medizin, wenn man Kummer hat, nicht wahr?«, behauptete sie. Doch wieder zeigte ihr Gesicht einen wonnigen Ausdruck, der in krassem Widerspruch zu ihren teilnahmsvollen Worten stand. Barbara fand die Frau gruslig.

Sie hatte sich also verabschiedet und war zur Firma gefahren, und als sie sich jetzt dem Gebäude näherte, nahm sie die Quittung aus dem Schmuckgeschäft aus ihrer Tasche und steckte sie in ihre Hosentasche.

Die Luft drinnen war schal, und ein Farn neben dem Empfang schien kurz davor, seinen Geist aufzugeben. Die junge Frau, die am Computer saß, wirkte bemerkenswert frisch, obwohl ihr Anzug kein Stückchen Haut frei ließ und ihr dunkles Haar, das zu einem dicken Zopf geflochten war, der ihr über den Rücken bis zur Taille herabhing, größtenteils unter einem traditionellen Schal verborgen war.

Auf dem Empfangstisch stand ein Namensschildchen, Barbara wusste also, dass sie nicht weiter nach Sahlah Malik zu suchen brauchte. Sie zeigte ihren Dienstausweis und stellte sich vor. »Kann ich Sie einen Augenblick sprechen?«

Die junge Frau blickte zu einer Tür mit einer Glasscheibe in der oberen Hälfte, durch die man irgendwelche Büros erkennen konnte. »Mich?«

»Sie sind doch Sahlah Malik?«

»Ja, aber ich habe schon mit der Polizei gesprochen, wenn es sich um Haytham Querashi handeln sollte. Ich habe gleich am ersten Tag mit ihnen gesprochen.« Auf ihrem Schreibtisch lag ein langer Computerausdruck, eine Liste mit Namen, wie es schien. Sie nahm einen gelben Filzstift aus der Schreibtischschublade und begann, verschiedene Namen auf der Liste entweder zu unterstreichen oder mit einem Bleistift durchzustreichen.

»Haben Sie da auch von dem Armband berichtet?«, fragte Barbara sie.

Sie sah nicht von ihrer Arbeit auf, aber Barbara bemerkte, wie sie flüchtig die Augenbrauen zusammenzog. Es hätte ein Runzeln der Konzentration sein können – falls das Markieren von Namen Konzentration erforderte –, es konnte aber auch ein Ausdruck von Verwirrung sein.

»Von dem Armband?«, wiederholte sie.

»Ein Schmuckstück von einem gewissen Aloysius Kennedy. Aus Gold. Mit einer Gravur des Wortlauts ›Das Leben beginnt jetzt‹. Sagt Ihnen das etwas?«

»Ich verstehe die Frage nicht«, entgegnete die junge Frau. »Was hat ein goldenes Armband mit Haythams Tod zu tun?«

»Das weiß ich nicht«, versetzte Barbara. »Vielleicht gar nichts. Ich dachte, Sie würden mir das vielleicht sagen können. Das hier« – sie legte die Quittung auf den Tisch – »befand sich unter seinen Sachen. Eingesperrt übrigens. Haben Sie eine Ahnung, warum? Oder wie es überhaupt in seinen Besitz gekommen ist?«

Sahlah schob die Schutzkappe über den gelben Stift und legte den Bleistift weg, ehe sie die Quittung zur Hand nahm. Sie hatte sehr schöne Hände, mit schlanken Fingern und kurzgeschnittenen Nägeln, die glatt und gepflegt wirkten. Sie trug keine Ringe.

Barbara wartete auf ihre Reaktion. Aus dem Augenwinkel bemerkte sie eine Bewegung in dem Büro hinter der Glastür und drehte den Kopf in die Richtung. In einem Korridor auf der anderen Seite sprach Emily Barlow mit einem Pakistani mittleren Alters, der wie ein Küchenchef gekleidet war. Akram Malik?, fragte sich Barbara. Er wirkte alt und gesetzt genug, um es zu sein. Sie richtete ihre Aufmerksamkeit wieder auf Sahlah.

»Ich weiß nicht«, sagte Sahlah. »Ich weiß nicht, wieso er sie hatte.« Sie sah immer noch auf die Quittung hinunter.

»Vielleicht suchte er eine Möglichkeit, sich zu revanchieren, und dies schien ihm das Beste zu sein. Haytham war ein sehr guter Mensch. Ein sehr aufmerksamer Mensch. Es hätte ihm ähnlichgesehen, dass er versucht hat, den Preis herauszubekommen, um ein Gegengeschenk von gleichem Wert machen zu können.«

»Wie bitte?«

»*Lenā-denā*«, erklärte Sahlah. »Der Austausch von Geschenken. Das gehört bei uns zum Aufbau einer Beziehung.«

»Das goldene Armband war ein Geschenk für ihn? Von Ihnen? Für Mr. Querashi?«

»Es ist bei uns Brauch, dass ich, als seine Verlobte, ihm etwas schenke. So wie er mir.«

Aber dann blieb die Frage, wo das Armband jetzt war. Unter Querashis Habe hatte Barbara es nicht gesehen. Sie hatte im Polizeibericht nichts darüber gelesen, dass man es bei der Leiche gefunden hatte. Würde tatsächlich jemand einem anderen auflauern und ihn töten, nur um ein goldenes Armband an sich zu bringen? Menschen hatten schon wegen geringfügigerer Dinge ihr Leben lassen müssen, aber in diesem Fall ... Wie kam es, dass die Vorstellung so unwahrscheinlich erschien?

»Aber er hatte das Armband nicht«, sagte Barbara. »Er hatte es nicht bei sich, und es war auch nicht in seinem Zimmer im *Burnt House Hotel*. Haben Sie dafür eine Erklärung?«

Sahlah griff wieder zu dem gelben Stift und beugte sich über die Namensliste. »Ich hatte es ihm noch nicht gegeben«, antwortete sie. »Ich hätte es ihm am Tag des *nikāh* geschenkt.«

»Und was ist das?«

»Der Tag, an dem unser Ehevertrag in aller Form unterzeichnet worden wäre.«

»Dann haben also Sie das Armband.«

»Nein. Ich wollte es nicht behalten. Als ich von seinem Tod erfuhr, bin ich ...« Hier hielt sie inne. Mit den Fingern strich sie über die Ränder des Computerausdrucks, um ihn zu glätten.

»Das klingt jetzt sicher absurd und melodramatisch, wie etwas aus einem Roman des letzten Jahrhunderts. Als ich von Haythams Tod hörte, habe ich das Armband vom Pier aus ins Wasser geworfen. Ich bin zum Ende des Piers gegangen und habe es hineingeworfen. Es war eine Art Lebewohl.«

»Und wann war das?«

»Am Samstag. An dem Tag, an dem die Polizei mir mitteilte, was ihm zugestoßen war.«

Damit jedoch war die Frage nach der Quittung immer noch

nicht beantwortet. »Er wusste also nicht, dass Sie ihm ein Armband gekauft hatten?«

»Nein.«

»Wieso hatte er dann die Quittung?«

»Das kann ich Ihnen nicht sagen. Aber er hätte natürlich gewusst, dass ich ihm etwas schenken würde. Das ist Tradition.«

»Gemäß … wie nannten Sie es gleich wieder?«

»*Lenā-denā.* Ja. Und er hätte nicht gewollt, dass sein Geschenk an mich einen geringeren Wert besessen hätte als mein Geschenk an ihn. Damit hätte er meine Familie beleidigt, und in diesen Dingen war Haytham sehr aufmerksam. Ich vermute« – zum ersten Mal seit Beginn des Gesprächs sah sie Barbara an –, »ich vermute, er hat auf eigene Faust ein bisschen Detektiv gespielt, um herauszubekommen, was ich ihm gekauft hatte und wo. Das wäre nicht weiter schwierig gewesen. Balford ist eine Kleinstadt. Die besseren Geschäfte, in denen man etwas für einen Anlass wie *nikāh* bekommen könnte, sind leicht zu finden.«

Ihre Erklärung war plausibel. Durchaus einleuchtend, dachte Barbara. Der einzige Haken daran war, dass weder Rachel Winfield noch ihre Mutter etwas gesagt hatten, was diese Vermutung auch nur im Entferntesten bestätigte.

»Sie haben es also vom Ende des Piers ins Wasser geworfen«, meinte Barbara. »Um welche Zeit?«

»Ich habe keine Ahnung. Ich habe nicht auf eine Uhr gesehen.«

»Die genaue Zeit wollte ich gar nicht wissen. Aber war es am Morgen? Am Nachmittag? Oder abends?«

»Am Nachmittag. Am Morgen war die Polizei bei uns.«

»Aber nicht abends?«

Vielleicht erkannte sie zu spät, worauf Barbara hinauswollte; ihr Blick wurde plötzlich unsicher. Doch gleichzeitig schien ihr klar zu sein, in welche Schwierigkeiten sie sich bringen würde, wenn sie jetzt ihre Geschichte änderte. Sie sagte: »Es war am Nachmittag.«

Und eine Frau, die wie Sahlah gekleidet war, wäre zweifellos aufgefallen – wem auch immer. Auf dem Pier waren Renovierungsarbeiten im Gange. Erst an diesem Morgen hatte Barbara Leute an einem Bau arbeiten sehen, der genau an der Stelle errichtet wurde, von der aus Sahlah ihrer Behauptung nach das goldene Armband ins Wasser geworfen hatte. Es musste also jemanden auf dem Pier geben, der ihre Geschichte bestätigen konnte.

Wieder zog eine Bewegung hinter der Glastür ihr Augenmerk auf sich. Diesmal war es nicht Emily, die sich in Barbaras Blickfeld geschoben hatte, es waren zwei Männer, Asiaten, die an einen Zeichentisch traten, wo sie ein Gespräch mit einem dritten Asiaten, der dort arbeitete, begannen. Bei ihrem Anblick fiel Barbara der Name ein.

»F. Kumhar«, sagte sie zu Sahlah. »Ist jemand dieses Namens hier im Werk beschäftigt?«

»Im Büro nicht«, antwortete Sahlah.

»Im Büro nicht?«

»Ich meine, nicht in der Buchhaltung oder beim Verkauf. Das sind die Bürojobs.« Sie wies auf die Tür mit dem Fenster. »Aber in der Fabrik ... Das ist die Produktion. Ich kenne die Festangestellten in der Produktion, aber nicht die Leute, die wir immer dann holen, wenn ein großer Auftrag rausgeht.«

»Diese Aushilfen arbeiten stundenweise für Sie?«

»Ja. Ich kenne sie nicht immer.« Sie wies auf den Ausdruck auf ihrem Schreibtisch. »Ich habe den Namen nie hier auf diesen Listen gesehen, aber da wir die Aushilfen nicht über Computer bezahlen, ist das ganz normal.«

»Und wer kennt die Aushilfen?«

»Der Produktionsleiter.«

»Haytham Querashi«, sagte Barbara.

»Ja. Und vor ihm Mr. Armstrong.«

Und so kam es, dass Barbara und Emily in der Firma Malik zusammentrafen, als Sahlah Barbara zu Mr. Armstrong führte.

Wenn man nach der Größe des Büros gehen konnte – wie das bei New Scotland Yard der Fall war, wo die Bedeutung eines Beamten an der Zahl der Fenster in seinem Büro abzulesen war –, bekleidete Ian Armstrong, wenn auch nur vorübergehend, eine Position von einiger Bedeutung. Nachdem Sahlah an die Tür geklopft und eine Stimme »Herein!« gerufen hatte, sah Barbara vor sich einen großen Raum mit einem Schreibtisch, einem runden Konferenztisch und sechs Sesseln. Er hatte keine Fenster, und von Ian Armstrongs Gesicht tropfte der Schweiß – entweder infolge der Hitze oder infolge von Emily Barlows Fragen.

Armstrong sagte gerade: »… eigentlich nicht notwendig, am letzten Freitag mit Mikey zum Arzt zu gehen. Das ist mein Sohn. Mikey.«

»Hatte er Fieber?« Emily nickte kurz, als Barbara eintrat. Sahlah schloss die Tür hinter ihr und ging.

»Ja, aber Kinder haben leicht mal erhöhte Temperatur, nicht wahr?« Armstrong warf einen kurzen Blick auf Barbara, ehe er sich wieder Emily zuwandte. Er schien nicht zu bemerken, dass ihm Schweiß von der Stirn auf die Wange lief.

Emily ihrerseits sah aus, als ränne Eiswasser und nicht Blut in ihren Adern. Kühl saß sie mit einem kleinen Recorder vor sich am Konferenztisch und zeichnete Ian Armstrongs Antworten auf.

»Man rast nicht gleich mit einem Kind zur Notaufnahme, nur weil seine Stirn heiß ist«, erklärte Armstrong. »Außerdem hat der Junge so häufig Ohrenschmerzen, dass wir inzwischen wissen, was wir zu tun haben. Wir haben Tropfen. Wir behandeln ihn mit Wärme. Dann beruhigt er sich im Allgemeinen bald.«

»Kann jemand außer Ihrer Frau das bestätigen? Haben Sie am Freitag Ihre Schwiegereltern angerufen und um Rat gefragt? Oder Ihre eigenen Eltern? Einen Nachbarn, oder Bekannte?«

Sein Gesicht trübte sich. »Ich … lassen Sie mich einen Moment nachdenken …«

»Lassen Sie sich ruhig Zeit, Mr. Armstrong«, sagte Emily. »Wir wollen möglichst genau sein.«

»Wissen Sie, ich hatte noch nie mit so etwas zu tun, und ich bin ein bisschen nervös. Sie verstehen sicher, was ich meine.«

»In der Tat«, bestätigte Emily.

Während Emily Barlow auf die Antwort des Mannes auf ihre Frage wartete, sah Barbara sich in dem Büro um. Es war ein zweckmäßig eingerichteter Raum. An den Wänden hingen mehrere gerahmte Poster mit Abbildungen der Firmenprodukte. Der Schreibtisch war aus strapazierfähigem Stahl, ebenso wie die Aktenschränke und die Regale. Tisch und Sessel waren relativ neu, aber nicht sonderlich feudal. Der Beachtung wert schienen Barbara lediglich die drei gerahmten Fotografien, die auf dem Schreibtisch standen. Sie schob sich um den Schreibtisch herum, um sie sich anzusehen. Die eine zeigte eine ziemlich säuerlich dreinblickende Frau mit blondem Haar und einer Retrofrisur, die an die frühen sechziger Jahre erinnerte, die andere ein Kind, das mit ernster Miene vor dem Weihnachtsmann stand, und auf dem dritten Bild war die ganze glückliche Familie in Stufenformation, Kind auf Mutters Schoß, Vater hinter beiden stehend, die Hände auf Mutters Schultern. Armstrong sah auf diesem Foto erstaunt aus, als wäre er ganz durch Zufall und sehr zu seiner Überraschung in die Rolle des Familienvaters geraten.

Die Tatsache, dass seine Zeit hier begrenzt war, hatte ihn nicht davon abhalten können, sich häuslich einzurichten. Barbara stellte sich ihn vor, wie er an diesem Morgen mit den Fotos in der Aktentasche geschäftig hereingekommen war, die Bilder mit einem Taschentuch abgestaubt und sie, fröhlich vor sich hin summend, aufgestellt hatte, bevor er sich an die Arbeit gemacht hatte. Diese Vorstellung schien jedoch nicht recht zu seinem jetzigen Verhalten zu passen. Immer wieder warf er besorgte Blicke auf Barbara, als hätte er Angst, sie werde gleich seinen Schreibtisch durchsuchen. Emily machte sie schließlich miteinander bekannt.

Armstrong sagte: »Oh! Noch eine …?« Hastig schluckte er hinunter, was ihm auf der Zunge lag. Schließlich sagte er: »Meine Schwiegereltern« und fuhr mit wachsendem Selbstvertrauen fort: »Die Zeit weiß ich nicht mehr genau, aber ich weiß mit Sicherheit, dass ich am Freitagabend mit ihnen gesprochen habe. Sie wussten, dass es Mikey nicht gutging, und haben uns angerufen.« Er lächelte. »Ich hatte das vergessen, weil Sie gefragt haben, ob ich angerufen hätte. Es war genau umgekehrt.«

»Können Sie uns die Zeit wenigstens ungefähr sagen?«, fragte Emily.

»Wann sie angerufen haben? Es muss nach den Nachrichten gewesen sein. Auf ITV.«

Die um zehn Uhr begannen, dachte Barbara. Sie beobachtete den Mann mit zusammengekniffenen Augen und fragte sich, inwieweit das, was er da erzählte, spontane Erfindung war und wie schnell er, sobald sie und Emily gegangen waren, zum Telefon greifen würde, um sich die Unterstützung seiner Schwiegereltern zu sichern.

Während Barbara sich dies durch den Kopf gehen ließ, legte Emily einen anderen Gang ein. Sie kam auf Haytham Querashi zu sprechen und fragte Armstrong nach seiner Beziehung zu dem Mann. Sie sei, behauptete der Produktionsleiter auf Zeit, gut gewesen, ausgezeichnet; wenn man Armstrong glauben durfte, waren sie praktisch Blutsbrüder gewesen.

»Und er hatte hier im Werk keine Feinde, soweit ich sehen konnte«, schloss Armstrong. »Im Gegenteil, um ganz ehrlich zu sein, die Leute in der Fabrik waren begeistert, als er kam.«

»Und nicht traurig, dass Sie gehen mussten?«, fragte Emily.

»Nein, wohl nicht«, bekannte Armstrong. »Die meisten unserer Arbeiter sind Pakistanis, und es ist verständlich, dass ihnen einer ihrer eigenen Leute als Vorgesetzter weit lieber ist als ein Engländer. Das ist doch eigentlich ganz natürlich, oder?«

Er blickte von Emily zu Barbara, als wartete er darauf, dass eine von ihnen ihm eine Bestätigung geben würde. Als keine von beiden es tat, kehrte er zu seinem früheren Gedankengang zurück. »Es gab also im Grunde niemanden. Wenn Sie hier unter den Arbeitern nach einem Motiv suchen, wüsste ich nicht, wie Sie eins finden sollten. Ich bin erst seit ein paar Stunden wieder hier, und nach allem, was ich soweit gesehen habe, herrscht hier unter den Leuten nichts als aufrichtige Trauer.«

»Kennen Sie jemanden namens Kumhar?«, fragte Barbara. Sie setzte sich zu Emily und Armstrong an den Tisch.

»Kumhar?« Armstrong runzelte die Stirn.

»F. Kumhar. Ist Ihnen der Name bekannt?«

»Nein. Ist das jemand, der hier arbeitet? Ich kenne eigentlich jeden in der Fabrik ... Nun, das gehört dazu, wenn man die Produktion leitet. Wenn es also nicht jemand ist, der eingestellt wurde, als Mr. Querashi hier war, und den ich noch nicht kennengelernt habe ...«

»Miss Malik meint, es wäre vielleicht eine Aushilfskraft, die als zusätzliche Hilfe bei einem Großauftrag eingestellt wurde.«

»Ein Teilzeitarbeiter?« Armstrong sah Emily an. »Wenn Sie gestatten ...?«, sagte er, als glaubte er, er stünde unter Aufsicht. Er ging zu einem der Regale, nahm einen Ordner heraus und trug ihn zum Tisch. »Wir nehmen es mit unseren Unterlagen sehr genau«, bemerkte er. »Mr. Malik kann es sich in seiner Position nicht leisten, illegale Arbeitskräfte einzustellen.«

»Ist das denn hier in der Gegend ein Problem?«, fragte Barbara. »Soviel ich weiß, versuchen die illegalen Einwanderer im Allgemeinen in der Stadt unterzutauchen. In London oder Birmingham oder anderen Städten, wo es große asiatische Gemeinden gibt.«

»Hm, ja. Das wird schon so sein«, murmelte Armstrong, während er in dem Ordner blätterte. »Aber wir sind ja nicht weit von den Häfen entfernt, nicht wahr? Da kann immer mal ein Illegaler durch die Maschen schlüpfen. Deshalb legt Mr. Malik größten Wert auf Wachsamkeit, damit solche Leute sich hier nicht einschmuggeln.«

»Hätte Haytham Querashi draufkommen können, wenn Mr. Malik illegale Ausländer in seinem Betrieb beschäftigen würde?«, fragte Barbara.

Ian Armstrong blickte auf. Ihm war sofort klar, worauf sie hinauswollte, und er machte keinen Hehl aus seiner Erleichterung, nun nicht mehr selbst im Rampenlicht zu stehen. Dennoch schien er keinen Versuch zu machen, seine Antwort zu färben. »Er hätte vielleicht Verdacht geschöpft. Aber wenn jemand ihm gut gefälschte Papiere vorgelegt hätte, glaube ich nicht, dass er etwas gemerkt hätte. Er war ja kein Engländer. Woher hätte er wissen sollen, worauf er achten muss?«

Barbara hätte gern gewusst, wieso man dafür als Engländer besser geeignet sein sollte. Eine gute Fälschung war eine gute Fälschung, das hatte doch nichts damit zu tun, wo der Mensch, der sie sich ansah, geboren war, oder?

Armstrong überflog eine Seite in seinem Ordner. Dann sah er zwei weitere durch. »Das hier sind die Listen der Aushilfskräfte, die zuletzt eingestellt wurden«, erklärte er. »Aber ein Kumhar ist nicht unter ihnen. Tut mir leid.«

Folglich musste Querashi ihn privat gekannt haben, sagte sich Barbara. Es hätte sie interessiert, woher. Über die pakistanische Organisation, die, wie Emily ihr erzählt hatte, Muhannad Malik aufgezogen hatte? Es war eine Möglichkeit.

Emily sagte gerade: »Angenommen, es ist jemand von Querashi an die Luft gesetzt worden, egal ob Teilzeitarbeiter oder nicht, stünde der da auf der Liste?«

»Die ehemaligen Angestellten haben natürlich Personalakten«, antwortete Armstrong und wies auf die Aktenschränke an der Wand. Aber noch während er sprach, wurde sein Ton zerstreut, und er lehnte sich mit nachdenklicher Miene in seinem Sessel zurück. Was ihm da durch den Kopf ging, schien ihn zu erleichtern, denn er nahm nun endlich ein Taschentuch heraus und tupfte sich das Gesicht damit ab.

»Ihnen ist ein Gedanke gekommen?«, fragte Emily ihn.

»An einen ehemaligen Angestellten?«, fügte Barbara hinzu.

»Es ist wahrscheinlich nichts. Ich weiß nur davon, weil einer seiner Kollegen in der Versandabteilung mir hinterher davon erzählt hat. Es gab offensichtlich einen ziemlichen Wirbel.«

»Weshalb?«

»Es ging um Trevor Ruddock, einen jungen Mann aus der Stadt. Haytham hat ihn vor ungefähr drei Wochen fristlos entlassen.« Armstrong ging zu einem der Aktenschränke und sah eine Schublade durch. Er zog einen Hefter heraus, setzte sich damit an den Tisch und las ein Dokument, das er enthielt. »Ja, hier haben wir es ... hm. Nicht sehr schön.« Er blickte auf und lächelte. Was Trevor Ruddocks Akte enthielt, war für ihn offenbar frohe Botschaft, und er scheute sich nicht, seine Freude darüber zu zeigen. »Trevor wurde entlassen, weil er gestohlen hatte, steht hier. Den Bericht hat Haytham geschrieben. Er hat Trevor offenbar mit einer Palette unserer Produkte ertappt und auf der Stelle hinausgesetzt.«

»Sie sprachen von einem jungen Mann«, bemerkte Barbara. »Wie alt ist er denn?«

Armstrong warf einen Blick in die Akte. »Einundzwanzig.«

Emily sah, worauf sie hinauswollte. »Hat er eine Frau? Kinder?«

Und Armstrong sah es auch. »Nein«, antwortete er. »Aber er lebt zu Hause, wie in seiner Bewerbung steht. Und ich weiß, dass außer ihm noch fünf Kinder da sind. Und nach der Adresse zu urteilen, die er angegeben hat ...« Armstrong hob den Kopf und sah die beiden Polizeibeamtinnen an. »Na, es ist nicht gerade die beste Gegend. Ich kann mir vorstellen, dass seine Familie jeden Penny brauchte, den er verdiente. So ist das in diesem Teil der Stadt.«

Nachdem er das gesagt hatte, schien ihm bewusst zu werden, dass jeder Versuch seinerseits, ihren Verdacht auf jemand anders zu lenken, möglicherweise nur dazu führen würde, ihren Argwohn gegen ihn selbst zu verstärken. Er fügte daher hastig hinzu: »Aber Mr. Malik hat sich für den Jungen eingesetzt. Hier liegt eine Kopie eines Briefes, den er an einen anderen Geschäftsmann in der Stadt geschrieben hat, um ihn zu bitten, Trevor noch mal eine Chance und eine Arbeit zu geben.«

»Wo?«, fragte Barbara.

»Am Vergnügungspier. Da werden Sie ihn zweifellos finden. Ich meine, wenn Sie mit ihm über seine Beziehung zu Mr. Querashi sprechen wollen.«

Emily schaltete den Recorder aus. Armstrong atmete auf – endlich aus dem Schneider. Doch Emily dämpfte seine Freude gleich wieder. »Sie haben nicht die Absicht, in den nächsten paar Tagen zu verreisen, oder?«, erkundigte sie sich freundlich.

»Ich habe keine Pläne, zu –«

»Gut«, unterbrach Emily. »Wir werden auf jeden Fall noch einmal mit Ihnen sprechen müssen. Und auch mit Ihren Schwiegereltern.«

»Natürlich. Aber was diese andere Sache angeht … Trevor … Mr. Ruddock …? Sie werden doch sicher …« Aber er vollendete den Satz nicht. Er wagte es nicht. »Ruddock hat ein Motiv« lauteten die Worte, die Ian Armstrong nicht auszusprechen wagte. Denn wenn auch Haytham Querashi beide Männer um ihre Arbeitsstelle gebracht hatte, so hatte doch nur einer von ihnen unmittelbar von seinem Tod profitiert. Und alle am Tisch wussten, dass der Hauptnutznießer dieses seit fünf Jahren ersten Kapitalverbrechens auf der Halbinsel Tendring jetzt in Querashis ehemaligem Büro saß, da er die Position wiedergewonnen hatte, die ihn Querashis Ankunft in England gekostet hatte.

9

Cliff Hegarty sah sie zusammen aus der Senffabrik herauskommen. Er hatte sie nicht zusammen hineingehen sehen. Er hatte nur die kleine Dicke mit dem Strubbelkopf gesehen, die mit einer Umhängetasche von der Größe eines Briefkastens aus einem klapprigen Austin Mini gestiegen war. Er hatte keinen Gedanken an sie verschwendet, außer dass er sich gefragt hatte, warum eine Frau mit ihrer Figur eine Pluderhose trug, die sie noch plumper wirken ließ. Er hatte sie gesehen, ihr Äußeres begutachtet, sie als jemanden eingestuft, der sicher nicht gekommen war, um in seinen Spielen für Erwachsene herumzustöbern, und abgetan. Erst als er sie das zweite Mal sah, erkannte er, wer – oder besser, was – sie war. Und da wusste er, dass der Tag, der schon schlecht angefangen hatte, leicht noch unerfreulicher werden konnte.

Als die kleine Dicke das zweite Mal erschien, war sie in Begleitung einer anderen Frau. Diese war größer, körperlich so fit, dass sie aussah, als könnte sie einen Eisbären niederringen, und so herrisch in ihrer Haltung, dass es auf die Frage, was sie nach dem Tod auf dem Nez in Maliks Senffabrik zu suchen hatte, nur eine Antwort gab. Sie war von der Polizei. Eine andere Erklärung gab es nicht. Die andere – mit der sie zusammenstand und redete – musste daher auch ein Bulle sein.

Scheiße, dachte er. Das hatte ihm gerade noch gefehlt, dass die Bullen hier im Gewerbegebiet herumstöberten. Die Leute vom Stadtrat waren schon übel genug. Die nutzten jede Gelegenheit, ihm die Hölle heiß zu machen, und er wusste genau, dass sie ihm trotz ihrer Beteuerungen, Balford aus dem wirtschaftlichen Sumpf ziehen zu wollen, liebend gern das Geschäft vermasselt hätten. Und diese beiden Bullen – zwei Frauen noch dazu – würden sich wahrscheinlich mit Wonne der Opposition anschließen, wenn sie erst einmal einen Blick auf seine Puzzlespiele geworfen hatten. Und zu sehen bekämen sie sie bestimmt. Wenn sie beschlossen, ihn sich vorzuknöpfen, was sie bestimmt tun würden, wenn sie erst einmal herausgebracht hatten, wer den Toten alles gekannt hatte, bevor er tot gewesen war, würden sie mehr als genug zu sehen bekommen. Schon dieser Besuch an sich, ganz abgesehen von den Fragen, die sie ihm stellen würden und die er so ausweichend wie möglich beantworten wollte, war eins von mehreren bevorstehenden Ereignissen, denen Cliff nicht gerade mit grenzenloser Freude entgegensah.

Sein Geschäft lief fast ausschließlich über den Versand, deshalb konnte Cliff nie verstehen, was die ganze Aufregung über seine Puzzlespiele sollte. Es war schließlich nicht so, dass er sie im *Tendring Standard* anpries oder in den Läden in der High Street Poster aufhängte. Er war diskret. Er war immer diskret.

Aber Diskretion zählte nicht viel, wenn die Bullen einmal entschlossen waren, einem auf den Pelz zu rücken. Das wusste Cliff noch aus seiner Zeit in Earl's Court. Wenn die Bullen einmal diesen Weg eingeschlagen hatten, schneiten sie einem täglich ins Haus. Nur eine Frage, Mr. Hegarty. Wir haben da ein Problem, bei dem Sie uns vielleicht helfen können, Mr. Hegarty. Würden Sie zu einem Gespräch aufs Revier kommen, Mr. Hegarty? Wir untersuchen einen Einbruch (oder einen Überfall oder einen Handtaschendiebstahl oder einen tätlichen Angriff, es spielte nie eine Rolle, was es war) und würden gern wissen, wo Sie sich an dem fraglichen Abend aufgehalten haben. Es wäre nett, wenn Sie uns Ihre Fingerabdrücke dalassen würden. Nur um Sie von jedem Verdacht zu befreien, natürlich. Und so ging das unentwegt, bis einem, wenn man seine Ruhe haben wollte, nichts anderes übrigblieb, als seine Zelte abzubrechen, weiterzuziehen und anderswo neu anzufangen.

Cliff wusste, dass er das jederzeit tun konnte. Er hatte es ja schon früher getan. Aber damals war er noch allein gewesen.

Jetzt, wo er eine feste Beziehung hatte – nicht nur irgend so eine Klette, sondern jemanden mit einem Job, einer Zukunft und einer anständigen Wohnung in Jaywick Sands –, dachte er nicht daran, sich wieder hinausdrängen zu lassen. Denn während Cliff Hegarty sein Geschäft überall führen konnte, war es für Gerry DeVitt nicht so leicht, im Baugewerbe Arbeit zu finden. Und gerade jetzt, wo es ganz danach aussah, als sollte die lang geplante Stadterneuerung tatsächlich Wirklichkeit werden, sah Gerrys eigene Zukunft sehr rosig aus. Er würde bestimmt nicht die Tapeten wechseln wollen, wenn nun endlich die Aussicht bestand, ordentlich Geld zu verdienen.

Nicht, dass Gerry einzig Geld im Kopf hatte, dachte Cliff. Das Leben wäre verdammt viel einfacher, wenn es so wäre. Wenn Gerry nichts anderes im Sinn hätte, als jeden Morgen brav zur Arbeit zu zuckeln und bis zum Umfallen auf dem Bau am Pier zu schuften, wäre alles in bester Butter. Er würde abends hundemüde heimkommen und nur an Essen und Schlafen denken. Er würde an die Prämie denken, die die Shaws ihm versprochen hatten, wenn er es schaffte, das Restaurant so schnell hochzuziehen, dass es zum nächsten Feiertag eröffnet werden konnte. Und er würde sich nicht um andere Dinge kümmern.

Wie er das offensichtlich und sehr zu Cliffs Beunruhigung an ebendiesem Morgen getan hatte.

Cliff war um sechs Uhr in die Küche gekommen, nachdem ihn die plötzliche Wahrnehmung, dass Gerry nicht mehr neben ihm im Bett lag, aus seinem unruhigen Schlaf gerissen hatte. Er war in seinen Bademantel geschlüpft und hatte Gerry voll bekleidet am offenen Fenster vorgefunden, wo er offensichtlich schon eine ganze Weile herumgestanden hatte. Vom Fenster aus sah man ein Stück betonierte Promenade, dann den Strand und dahinter das Meer. Gerry hatte nur dagestanden, einen Becher Kaffee in der Hand, und seinen Gedanken nachgehangen, etwas, was Cliff stets nervös machte.

Gerry war eigentlich kein Mensch, der seine Gedanken für sich behielt: Ein Paar zu sein hieß für ihn, alles miteinander zu teilen, und das wiederum hieß, tiefschürfende Gespräche zu führen, Selbstentblößung zu betreiben und ständig »die Beziehung zu hinterfragen«. Cliff konnte solchen Beziehungskram eigentlich überhaupt nicht ausstehen, aber er hatte gelernt, sich damit abzufinden. Dies war immerhin Gerrys Wohnung, und selbst wenn es nicht so gewesen wäre, er mochte Gerry eben. Deshalb nahm er sich zusammen und bemühte sich, gute Miene zum bösen Sag-die-Wahrheit-Spiel zu machen.

In letzter Zeit jedoch hatte sich die Situation auf eine schleichende Art verändert. Gerrys Sorgen um den Stand ihrer Beziehung schienen sich verflüchtigt zu haben. Er hatte aufgehört, dauernd darüber zu sprechen, und er hatte, was bedenklicher war, aufgehört zu klammern. Dafür hatte Cliff jetzt das Gefühl, klammern zu müssen. Was schlichtweg idiotisch war. Was Cliff stocksauer machte, weil sonst immer er derjenige war, der Raum brauchte, und Gerry derjenige, der ihm keinen lassen wollte.

Cliff hatte sich zu ihm ans Küchenfenster gestellt. Über die Schulter seines Geliebten hinweg hatte er gesehen, dass sich leuchtende Bänder Morgenlichts über das Wasser zu schlängeln begannen. In ihrem Glanz tuckerte ein Fischerboot nach Norden. Die dunklen Silhouetten der Möwen hoben sich vom Himmel ab. Cliff hatte wenig Sinn für die Schönheit der Natur, doch er hatte immerhin einen Blick dafür, wenn sich eine Stimmung zu stiller Kontemplation anbot.

Und Gerry hatte das Angebot dieses Morgens offensichtlich wahrgenommen. Er schien tief in Gedanken, als Cliff sich zu ihm gesellte.

Cliff legte seine Hand auf Gerrys Nacken und war sich dabei bewusst, dass die Rollenverteilung in der Vergangenheit genau umgekehrt gewesen wäre. Gerry hätte die zärtliche Geste gemacht, sanft, aber dennoch fordernd: Nimm mich wahr, bitte, erwidere meine Berührung, sag mir, dass du mich ebenso sehr, ebenso blind, ebenso selbstlos liebst, wie ich dich liebe.

Und noch vor kurzem hätte Cliff Gerrys Hand am liebsten abgeschüttelt. Nein, um ganz aufrichtig zu sein, sein erster Impuls wäre gewesen, Gerrys Hand wegzu*schlagen.* Ja, er hätte am liebsten den ganzen Gerry quer durchs Zimmer gefeuert, weil in dieser Berührung – so fürsorglich, so zart – Forderungen enthalten waren, die zu erfüllen er weder die Kraft noch die Fähigkeit hatte. Doch an diesem Morgen hatte er sich plötzlich in Gerrys Rolle versetzt gesehen, ein Zeichen von Gerry herbeisehnend, dass ihre Beziehung noch intakt und für ihn das Wichtigste war.

Gerry hatte sich unter seiner Hand zu regen begonnen, als wäre er aus tiefem Schlaf erwacht. Er hatte den Versuch einer Kontaktaufnahme gemacht, aber für Cliff fühlte sich die oberflächliche Berührung seiner Finger wie eine Pflichtübung an, ähnlich einem dieser trocknen, steiflippigen Küsse, wie Menschen sie tauschen, die schon zu lange zusammen sind.

Cliff ließ die Hand, die in Gerrys Nacken gelegen hatte, sinken. Scheiße, dachte er und überlegte krampfhaft, was er sagen sollte. Er begann mit dem Nächstliegenden. »Konntest du nicht schlafen? Wie lang bist du schon auf?«

»Eine ganze Weile.« Gerry hob seinen Kaffeebecher.

Cliff hatte sein Spiegelbild im Fenster beobachtet und versucht, den Ausdruck des Gesichts zu deuten. Aber es war ein Morgenbild und kein Nachtbild, und deshalb zeigte es wenig mehr als eine Silhouette, den Umriss eines stämmigen Mannes, mit einem Körper, der von körperlicher Arbeit gestählt und gehärtet war.

»Was ist los?«, hatte Cliff ihn gefragt.

»Nichts. Ich konnte nicht schlafen. Es ist mir zu heiß. Dieses Wetter ist einfach unglaublich. Man könnte meinen, wir befänden uns in Acapulco.«

Cliff hatte vorsichtig, wie Gerry es unter umgekehrten Vorzeichen vielleicht auch getan hätte, auf den Busch geklopft. Er sagte: »Du *wünschtest*, wir wären in Acapulco. Bei all diesen knackigen jungen Mexikanern ...«

Und er hatte auf die Art Beschwichtigung gewartet, die sich Gerry einst von ihm gewünscht hätte: Was soll ich mit knackigen jungen Mexikanern? Spinnst du, Mann? Wen interessiert so ein schmieriges kleines Kerlchen, wenn ich *dich* haben kann?

Aber sie war nicht erfolgt. Cliff stieß seine Fäuste in die Taschen seines Bademantels. Verdammter Mist, dachte er, angewidert von sich selbst. Wer hätte gedacht, dass *er* einmal in die Rolle des Unsicheren geraten würde? Er – Cliff Hegarty, nicht Gerry DeVitt – hatte doch immer behauptet, Treue auf Dauer sei nichts weiter als ein Boxenstop auf dem Weg ins Grab. Er hatte große Reden darüber gehalten, wie tödlich es sei, jeden Morgen dasselbe müde Gesicht beim Frühstück zu sehen, jeden Abend denselben müden Körper im Bett vorzufinden. Er hatte immer behauptet, dass nach ein paar solcherart verbrachten Jahren nur das Erlebnis eines heimlichen Seitensprungs – mit jemandem, der die Erregung der Jagd liebte, den besonderen Reiz der Anonymität oder den Kitzel des Betrugs – den Appetit auf den langjährigen Geliebten von neuem anregen würde. So sei das nun einmal, hatte er immer gesagt. So sei das Leben.

Aber Gerry sollte doch nicht *glauben*, dass es Cliff mit seinen Worten wirklich ernst war. Verdammt noch mal, nein. Gerry sollte im Ton resignierten Spotts sagen: »Natürlich, Kumpel. Red du ruhig weiter, darin bist du nämlich echt gut, und Gerede ist immer nur Gerede.« Das Letzte, was Cliff erwartet hatte, war, dass Gerry seine Worte ernst nehmen würde. Doch nun war Cliff gezwungen, der Tatsache ins Auge zu sehen, dass Gerry genau das getan haben musste, und es kostete ihn den letzten Rest gute Laune.

Am liebsten hätte er aggressiv gefragt: »Willst du Schluss machen, Ger?« Aber seine Furcht vor der möglichen Antwort war zu groß. In einem blitzartigen Moment der Klarheit erkannte er, dass er in Wirklichkeit mit Gerry zusammenbleiben wollte, ganz gleich, was er vom sicheren Weg ins Grab redete. Nicht nur wegen des alten Rennboots, das Gerry liebevoll renoviert hatte und in dem sie beide im Sommer über das Wasser schossen, und nicht weil Gerry davon gesprochen hatte, im Winter, wenn der Wind wie ein sibirischer Zyklon durch das Haus fuhr, Urlaub in Australien zu machen. Cliff wollte mit Gerry zusammenbleiben, weil ... Na ja, es hatte eben einfach etwas verdammt Beruhigendes, mit einem Kerl liiert zu sein, der an die ewige Treue glaubte ... Auch wenn man es nie über sich brachte, ihm das zu sagen.

Deshalb bemerkte Cliff jetzt in einem gleichgültigen Ton, der gar nicht seiner Gemütslage entsprach: »Ist dir dieser Tage mehr nach einem kleinen Mexikaner, Ger? Zur Abwechslung mal dunkles Fleisch statt weißes?«

Gerry drehte sich zu ihm um. Er stellte seinen Becher auf den Tisch. »Hast du Buch geführt? Willst du mir nicht sagen, warum?«

Cliff hob in lachender Abwehr die Hände. »Kommt nicht in Frage. Hey, hier geht's nicht um mich. Ich kenn' dich doch jetzt lang genug, um zu wissen, wenn dir was im Kopf rumgeht. Ich frage nur, ob du darüber reden möchtest.«

Gerry tat einen Schritt zur Seite und ging durch die Küche zum Kühlschrank. Er öffnete ihn. Er begann die Zutaten für sein übliches Frühstück herauszunehmen, legte vier Eier in eine kleine Schüssel und schob vier Würstchen aus ihrer Zellophanverpackung.

»Bist du wegen irgendwas sauer?« Cliff griff nervös nach dem Gürtel seines Bademantels. Er band ihn neu und schob die Hände wieder in die Taschen. »Okay, ich weiß ja, dass ich ziemlich ekelhaft geworden bin, als du unseren Urlaub in Costa Rica storniert hast, aber ich dachte, das hätten wir bereinigt. Ich weiß, dass der Auftrag am Pier eine große Sache für dich ist, und dann noch diese Hausrenovierung ... Ich meine, ich weiß, dass es in den letzten Jahren nicht genug Arbeit gegeben hat und du jetzt, wo es wieder Aufträge gibt, das Geld mitnehmen möchtest und dir nicht freinehmen kannst. Das versteh' ich doch. Wenn du also sauer bist wegen dem, was ich gesagt hab' –«

»Ich bin nicht sauer«, versetzte Gerry. Er schlug die Eier auf und verrührte sie, während die Würstchen in der Pfanne zu brutzeln begannen.

»Okay. Dann ist es ja gut.«

Aber war es wirklich gut? Cliff glaubte es nicht. In letzter Zeit waren ihm Veränderungen an Gerry aufgefallen: die untypischen langen Zeiten des Schweigens, die häufigen Wochenendrückzüge in die kleine Garage, wo er Schlagzeug spielte; die abendlichen Abwesenheiten, wenn er bis tief in die Nacht hinein an dieser Hausrenovierung in Balford arbeitete; die scharfen, taxierenden Blicke, mit denen er Cliff seit neuestem zu mustern pflegte, wenn er glaubte, Cliff würde es nicht bemerken. Na schön, Ger war vielleicht im Moment nicht sauer. Aber irgendwas war eindeutig nicht in Ordnung.

Cliff wusste, er sollte mehr sagen, aber gleichzeitig wurde ihm bewusst, dass es ihn drängte, den Raum zu verlassen. Er sagte sich, es wäre sowieso klüger, trotz aller gegenteiligen Anzeichen einfach so zu tun, als wäre alles in bester Ordnung. Es war vernünftiger, als das Risiko einzugehen, etwas herauszufinden, was er gar nicht wissen wollte.

Dennoch blieb er in der Küche. Er beobachtete, wie sein Freund sich bewegte, und versuchte zu ergründen, was es bedeutete, dass Gerry sich mit einer solchen Selbstsicherheit und Konzentration der Zubereitung seines Frühstücks widmete. Es war nicht etwa so, dass Selbstsicherheit und Konzentration bei Gerry ungewöhnlich gewesen wären. Um in seiner Arbeit Erfolg zu haben, brauchte er beides. Aber im Allgemeinen legte er keine dieser Eigenschaften an den Tag, wenn er mit Cliff zusammen war.

Jetzt jedoch … das war ein ganz anderer Gerry. Das war nicht der Mann, dessen Hauptsorge es stets gewesen war, dass Probleme zwischen ihnen gelöst, Fragen beantwortet und kleine Irritationen ausgebügelt wurden, ohne dass einer von ihnen dabei die Stimme erhob. Dieser Gerry benahm sich wie ein Mann, der seine Ruder ins Wasser geschoben hatte und genau wusste, wie weit er bis zum Ufer rudern musste.

Cliff hatte nicht darüber nachdenken wollen, was das bedeutete. Er wünschte nur, er wäre im Bett geblieben. Hinter sich an der Wand hörte er die Küchenuhr ticken. Es klang wie der dumpfe, gleichmäßige Trommelschlag, der einen zum Tode Verurteilten zum Block begleitete. Scheiße, dachte er wieder. Gottverdammte, beschissene Scheiße.

Gerry trug sein Frühstück zum Tisch. Es war eine kompakte Mahlzeit, die bis zum Mittagessen vorhalten musste: Eier, Würstchen, Obst, Toast und Marmelade. Aber nachdem er das Besteck bereitgelegt hatte, ein Glas Saft eingeschenkt und eine Serviette in den Kragen seines T-Shirts gestopft hatte, langte er nicht zu. Er starrte das Essen nur an, krümmte seine Hand um das Saftglas und schluckte so laut, als hätte er einen Obstkern im Hals.

Dann sah er auf. »Ich glaube«, sagte er, »wir müssen beide einen Bluttest machen.«

Die Küchenwände waberten. Der Boden schwankte. Die Erinnerung an ihre gemeinsame Geschichte überschwemmte Cliff in einem heißen Schwall.

Niemals würden sie vergessen können, wer sie gewesen waren, zwei Typen, die ihre Familien darüber belogen hatten, wie und wann und wo sie einander begegnet waren: in einer öffentlichen Bedürfnisanstalt, und zwar zu einer Zeit, wo »vorsichtig zu sein« nicht halb so wichtig war wie den nächstbesten Kerl zu ficken, der es haben wollte. Er und Ger wussten die Wahrheit übereinander, wussten genau, was sie gewesen waren und, weit wichtiger, was sie leicht wieder werden konnten, wenn der Zeitpunkt richtig war und die Verlockung da und die Bedürfnisanstalt am Marktplatz leer bis auf einen anderen gefälligen Kerl.

Cliff wollte lachen, so tun, als hätte er nicht recht gehört. Er wollte sagen: »Bist du verrückt? Was redest du denn da für einen

Quatsch?« Doch stattdessen sagte er nichts. Weil er schon vor langer Zeit gelernt hatte, wie wichtig es war zu warten, bis Schreck und Panik nachließen, und nicht das Erstbeste zu sagen, das einem in den Kopf kam.

»Hey, ich liebe dich, Gerry DeVitt«, sagte er schließlich.

Gerry senkte den Kopf und begann zu weinen.

Jetzt beobachtete Cliff die beiden Polizistinnen, die draußen vor *Hegartys Spiele für Erwachsene* quasselten wie zwei alte Scharteken beim Tee. Er wusste, dass sie bald jedes Unternehmen im Gewerbegebiet aufsuchen würden. Das mussten sie. Der Paki war ermordet worden, und sie würden selbstverständlich mit jedem sprechen wollen, der den Burschen vielleicht gesehen oder mit ihm geredet oder im Gespräch mit irgendeiner anderen Person beobachtet hatte. Logisch, dass sie sich nicht nur in der Umgebung seiner Wohnung umschauen würden, sondern auch im Gewerbegebiet. Es war deshalb nur eine Frage der Zeit, bevor sie bei Hegarty erscheinen würden.

»Scheiße«, flüsterte Cliff. Er schwitzte trotz der Klimaanlage im Fenster, die kalte Luft in seine Richtung blies. Die Bullen konnte er jetzt überhaupt nicht gebrauchen. Er musste sie von Gerry fernhalten. Und er musste es vermeiden, irgendjemandem die Wahrheit zu sagen.

Ein spektakulärer türkisfarbener Straßenkreuzer bog in die Gewerbezone ein, als Emily gerade sagte: »Eins können wir jetzt aufgrund der Tatsache, dass Sahlah F. Kumhar nicht kennt, mit Sicherheit sagen: Er ist ein Mann, wie ich von Anfang an vermutet habe.«

»Wie kommst du darauf?«

Emily hob eine Hand, um Barbaras Frage fürs Erste abzuwehren, als der Wagen die Schotterstraße herunterschaukelte. Es war ein amerikanisches Kabriolett, lang und schnittig, innen mit Lederpolstern, außen mit Chromleisten, die wie poliertes Platin glänzten. Ein Thunderbird, dachte Barbara, mindestens vierzig Jahre alt und perfekt erhalten. Da hatte einer jede Menge Geld.

Der Fahrer war ein Mann mit teebrauner Haut, vielleicht Mitte zwanzig. Das lange Haar trug er in einem Pferdeschwanz. Die Augen waren hinter der Art Panoramasonnenbrille verborgen, die

Barbara immer mit Zuhältern, Gigolos und professionellen Glücksspielern assoziierte. Sie erkannte ihn, sie hatte ihn am Vortag im Fernsehen gesehen. Muhannad Malik.

Taymullah Azhar begleitete ihn. Zu seiner Ehre musste man sagen, dass es ihm nicht sonderlich zu behagen schien, hier wie ein Gangster aus *Miami Vice* vorzufahren.

Die beiden Männer stiegen aus. Azhar blieb mit verschränkten Armen am Wagen stehen, während Muhannad lässigen Schrittes auf die beiden Polizeibeamtinnen zuging. Er nahm seine Sonnenbrille ab und steckte sie in die Tasche seines weißen Hemdes, das makellos gebügelt war und taufrisch aussah. Er trug es zu Jeans und Schlangenlederstiefeln.

Emily übernahm die Vorstellung. Barbaras Handflächen wurden feucht. Jetzt war der Moment, Emily zu sagen, dass sie ihr Taymullah Azhar nicht vorzustellen brauchte. Aber sie hielt den Mund. Sie wartete darauf, dass Azhar seinerseits die Verhältnisse seinem Cousin gegenüber klarstellen würde. Azhar sah Muhannad an, schwieg jedoch ebenfalls. Es war eine unerwartete Wendung. Barbara beschloss abzuwarten, wohin sie führte.

Muhannad musterte Barbara mit einem abschätzigen Blick, bei dem sie ihm am liebsten die Daumen in die Augäpfel gerammt hätte. Er blieb erst stehen, als er – dessen war sie sicher – sicher sein konnte, dass so viel aufdringliche Nähe ein entspanntes Gespräch unmöglich machte.

»Und das ist Ihre Verbindungsbeamtin?«, erkundigte er sich ironisch.

»Sergeant Havers ist heute Nachmittag zu einem Gespräch mit Ihnen bereit«, erwiderte Emily. »Um fünf Uhr in der Dienststelle.«

»Vier Uhr passt uns besser«, konterte Muhannad. Er versuchte gar nicht erst zu verbergen, was er mit dieser Entgegnung bezweckte: Dominanz.

Emily spielte nicht mit. »Ich kann Ihnen leider nicht garantieren, dass meine Mitarbeiterin schon um vier da sein wird«, erklärte sie gelassen. »Aber Sie können es natürlich um vier versuchen. Wenn Sergeant Havers bei Ihrer Ankunft noch nicht da ist, wird sich einer der Beamten Ihrer annehmen.« Sie lächelte freundlich.

Muhannad Malik bedachte zuerst Emily, dann Barbara mit einem Blick, wobei er das Gesicht verzog, als wäre ihm ein übler Geruch in die Nase gestiegen. Nachdem er ihnen solcherart seine Meinung über sie mitgeteilt hatte, wandte er sich an Azhar. »Cousin«, sagte er kurz und steuerte auf die Fabrik zu.

»Kumhar, Mr. Malik«, rief Emily ihm nach, als er die Hand schon an der Tür hatte. »F. Kumhar.«

Muhannad blieb stehen und drehte sich um. »Wollen Sie mich etwas fragen, Inspector Barlow?«

»Ist Ihnen dieser Name bekannt?«

»Warum fragen Sie?«

»Wir sind auf ihn gestoßen. Weder Ihre Schwester noch Mr. Armstrong kannten ihn. Ich dachte, Ihnen wäre er vielleicht bekannt.«

»Warum?«

»Wegen *Jum'a*. Ist Kumhar Mitglied?«

»*Jum'a*?« Muhannads Gesicht verriet nichts.

»Ja. *Jum'a*. Ihr Club, Ihre Organisation, Ihre Vereinigung. Was immer es ist. Sie glauben doch nicht, dass die Polizei nichts davon weiß?«

Er lachte leise. »Mit dem, was die Polizei nicht weiß, könnte man Bände füllen.« Er stieß die Tür auf.

»Kennen Sie Kumhar?«, beharrte Emily. »Es ist doch ein asiatischer Name, oder?«

Wieder blieb er stehen, halb im Licht, halb im Schatten. »Da schimmert Ihr Rassismus durch, Inspector. Aus der Tatsache, dass es sich um einen asiatischen Namen handelt, folgt noch lange nicht, dass ich mit dem Mann bekannt bin.«

»Ich habe nicht gesagt, dass Kumhar ein Mann ist.«

»Passen Sie auf, dass Sie nicht in Ihre eigenen Fallen stolpern. Sie haben mich gefragt, ob Kumhar zu *Jum'a* gehört. Wenn Sie über *Jum'a* Bescheid wissen, wissen Sie vermutlich auch, dass nur Männer zugelassen sind. So, gibt es sonst noch was? Wir haben nämlich zu arbeiten.«

»Ja, es gibt noch etwas«, sagte Emily. »Wo waren Sie an dem Abend, an dem Mr. Querashi getötet wurde?«

Muhannad ließ die Tür los. Er trat zurück ins Licht und setzte seine Sonnenbrille wieder auf. »Wie bitte?«, fragte er pointiert, eindeutig um des Effekts willen und nicht, weil er die Frage nicht verstanden hatte.

»Wo waren Sie an dem Abend, an dem Mr. Querashi getötet wurde?«, wiederholte Emily.

Er schnaubte verächtlich. »So, dahin haben Ihre Ermittlungen also geführt. Wie ich es erwartet habe. Ein Paki ist tot, also muss ein Paki es getan haben. Und welcher Paki wäre in Ihren Augen besser geeignet für die Rolle des Verdächtigen als ich?«

»Das ist eine höchst interessante Beobachtung«, stellte Emily fest. »Vielleicht würden Sie sie mir näher erklären.«

Wieder nahm er seine Sonnenbrille ab. Sein Blick war voller Verachtung. Das Gesicht Taymullah Azhars, der hinter ihm stand, war verschlossen. »Ich bin Ihnen im Weg«, sagte Malik. »Ich kümmere mich um meine Leute. Ich möchte ihnen helfen, stolz auf ihre Herkunft zu sein. Ich möchte, dass sie den Kopf hoch tragen. Ich möchte ihnen begreiflich machen, dass man nicht weiß zu sein braucht, um etwas wert zu sein. Und das alles stinkt Ihnen gewaltig, Inspector Barlow. Da bietet es sich für Sie doch geradezu an, meine Leute zu unterdrücken – sie durch Erniedrigung in eine Unterwürfigkeit zu zwingen, mit der Sie leben können –, indem Sie mich ins Scheinwerferlicht Ihrer erbärmlichen Untersuchung rücken.«

Der Mann war nicht dumm, dachte Barbara. Wie ließ sich Dissens in einer Gemeinschaft besser ausschalten als dadurch, dass man ihr den Anführer der Dissidenten als Gott auf tönernen Füßen vorführte? Aber – vielleicht war er das ja auch. Barbara sandte einen raschen Blick zu Azhar, um zu sehen, wie er auf den Wortwechsel zwischen Emily und seinem Cousin reagierte. Sie bemerkte, dass er nicht Emily beobachtete, sondern sie selbst. Sehen Sie, schien seine Miene zu sagen. Denken Sie an unser Frühstücksgespräch.

»Das ist eine glänzende Analyse meiner Motive«, sagte Emily zu Muhannad. »Und Sie können sich darauf verlassen, dass wir uns zu einem späteren Zeitpunkt darüber unterhalten werden.«

»Im Beisein Ihrer Vorgesetzten.«

»Ganz wie Sie wollen. Aber jetzt beantworten Sie bitte meine Frage oder kommen Sie mit mir auf die Dienststelle, da können Sie dann in Ruhe darüber nachdenken.«

»Das hätten Sie wohl gern, was?«, entgegnete Muhannad Malik.

»Tut mir leid, dass ich Sie um dieses Vergnügen bringen muss.« Er kehrte zur Tür zurück und stieß sie wieder auf. »Rakin Khan. Sie finden ihn in Colchester. Ich bin sicher, für jemanden mit Ihren bewundernswerten ermittlerischen Fähigkeiten wird es nicht schwierig sein, ihn aufzustöbern.«

»Sie waren am Freitagabend mit jemandem namens Rakin Khan zusammen?«

»Tut mir leid, dass ich Ihre Hoffnungen enttäuschen muss.« Ohne auf eine Antwort zu warten, verschwand er im Gebäude. Azhar nickte Emily zu, dann folgte er ihm.

»Schlagfertig ist er«, bemerkte Barbara widerwillig. »Aber diese Sonnenbrille sollte er schleunigst entsorgen.« Sie wiederholte die Frage, die sie unmittelbar vor Muhannads Ankunft gestellt hatte. »Wie kommst du also darauf, dass Kumhar ein Mann ist?«

»Weil Sahlah ihn nicht kennt.«

»Na und? Muhannad hat doch eben gesagt –«

»Das war doch nichts als Quatsch, Barbara. Die pakistanische Gemeinde in Balford ist klein und eng miteinander verknüpft. Wenn es da einen F. Kumhar gibt, dann kennt gerade Muhannad Malik ihn ganz bestimmt, das kannst du mir glauben.«

»Und wieso dann seine Schwester nicht?«

»Weil sie eine Frau ist. Die Familie lebt streng traditionsgebunden – du brauchst nur an diese arrangierte Heirat zu denken. Sahlah kennt selbstverständlich die pakistanischen Frauen in der Gemeinde und natürlich auch die Männer, die hier in der Fabrik arbeiten. Aber daraus folgt nicht, dass sie sonst irgendwelche Männer kennt, es sei denn, sie sind mit Freundinnen von ihr verheiratet oder sie kennt sie aus ihrer Schulzeit. Schau dir doch ihr Leben an. Sie geht wahrscheinlich nie mit Männern aus. Sie geht in keine Kneipe. Sie geht überhaupt kaum allein aus dem Haus. Sie ist nicht weggegangen, um zu studieren. Sie ist praktisch eine Gefangene. Wenn ihre Behauptung, dass sie den Namen nicht kennt, also nicht gelogen ist – was natürlich sein könnte –«

»Ganz recht. Sie könnte lügen«, unterbrach Barbara. »F. Kumhar könnte nämlich auch eine Frau sein, und sie könnte es wissen. F. Kumhar könnte sogar *die* Frau sein. Und Sahlah ist vielleicht dahintergekommen.«

Emily kramte in ihrer Tasche und nahm ihre Sonnenbrille heraus. Geistesabwesend rieb sie sie am Stoff ihres Oberteils ab. »Aus der Scheckquittung geht hervor, dass Querashi Kumhar vierhundert Pfund bezahlt hat. Ein Scheck, eine Zahlung. Wenn der Scheck für eine Frau war, wofür hat Querashi sie dann bezahlt?«

»Erpressung«, schlug Barbara vor.

»Warum dann Querashi töten? Wenn er von F. Kumhar erpresst wurde und gezahlt hat, warum ihm dann das Genick brechen? Dann kann die Kuh doch nicht mehr gemolken werden.«

Barbara ließ sich diese Fragen durch den Kopf gehen. »Er ist abends weggegangen. Er wollte sich mit jemandem treffen. Er hatte Kondome dabei. Könnte F. Kumhar nicht die Frau sein, mit der er ein Verhältnis hatte? Und könnte F. Kumhar nicht schwanger geworden sein?«

»Warum dann noch Kondome mitnehmen?«

»Weil die Sache mit ihr inzwischen aus war. Er hatte schon die Nächste. Und F. Kumhar wusste es.«

»Und die vierhundert Pfund? Wofür waren die? Für einen Abbruch?«

»Einen Abbruch in aller Stille, ja. Vielleicht war es sogar ein verpfuschter Abbruch.«

»Und jemand wollte sich hinterher rächen?«

»Warum nicht? Querashi war seit sechs Wochen im Land. Das reicht, um eine Frau zu schwängern. Wenn rausgekommen wäre, dass er so was getan hatte – noch dazu mit einer Pakistani, für die Jungfräulichkeit oder Keuschheit eine Riesenbedeutung hat –, hätten der Vater, der Bruder, der Ehemann oder diverse Verwandte vielleicht versucht, die Sache wieder in Ordnung zu bringen. Also – ist hier in letzter Zeit eine junge Pakistani gestorben? Ist vielleicht eine mit verdächtigen Blutungen ins Krankenhaus eingeliefert worden? Wir müssen dem auf jeden Fall nachgehen, Em.«

Emily warf ihr einen ironischen Blick zu. »So schnell hast du Armstrong gestrichen? Wir haben immer noch seine Fingerabdrücke auf dem Nissan. *Und* er hockt immer noch munter und fröhlich da drinnen an Querashis Schreibtisch.«

Barbara betrachtete das Gebäude und sah wieder den kräftig schwitzenden Mr. Ian Armstrong vor sich, wie er von Chief Inspector Barlow in die Mangel genommen wurde. »Seine Schweißdrüsen haben auf Hochtouren gearbeitet«, meinte sie. »Deshalb würde ich ihn nicht streichen.«

»Und wenn seine Schwiegereltern die Geschichte vom Telefonat am Freitagabend bestätigen?«

»Dann, denke ich, sollten wir uns die Unterlagen der Telefongesellschaft vornehmen.«

Emily lachte leise. »Du bist ein echter Terrier, Sergeant Havers. Wenn du mal Lust hast, das Yard mit einem netten Posten an der Küste zu vertauschen, nehm' ich dich sofort in mein Team.«

Barbara wurde ganz warm bei diesem Lob der Kollegin. Aber sie gehörte nicht zu den Leuten, die sich auf ihren Lorbeeren auszuruhen pflegten. Deshalb kramte sie jetzt ihren Wagenschlüssel aus der Tasche und sagte: »Okay. Ich möchte Sahlahs Geschichte mit dem Armband nachprüfen. Wenn sie es wirklich am Samstagnachmittag vom Pier ins Wasser geworfen hat, hat sie wahrscheinlich jemand gesehen. Sie ist ja nicht gerade unauffällig in ihrem Aufzug. Soll ich dann auch gleich mal versuchen, mir diesen Trevor Ruddock zu schnappen? Wenn er am Pier arbeitet, kann ich zwei Fliegen mit einer Klappe schlagen.«

Emily nickte. »Tu das. Ich werde mich inzwischen um diesen Rakin Khan kümmern, den Muhannad mir so empfohlen hat. Obwohl ich kaum Zweifel daran habe, dass er das Alibi bestätigen wird. Er wird doch sicher wollen, dass sein Bruder im Glauben – wie hat unser lieber Muhannad es doch formuliert – den Kopf hoch halten kann. Was für ein schönes Bild!« Sie lachte kurz und ging zu ihrem Wagen.

Sie winkte einmal, dann brauste sie los nach Colchester, zu einem weiteren Alibi.

Die erste Wiederbegegnung mit dem Vergnügungspier von Balford seit ihrem sechzehnten Sommer war nicht die Reise in die Vergangenheit, die Barbara erwartet hatte. Der Pier, über dessen Eingang jetzt ein bogenförmiges Schild mit der Aufschrift *Shaws Vergnügungspark* in bunter Neonschrift prangte, hatte sich stark verändert. Doch der frische Anstrich, die neue Beplankung, die wie gestärkt wirkenden Liegestühle, die aufgemöbelten Karussells und Buden und die moderne Spielhalle, die alles vom Flipper bis zu Videospielen bot, konnten nichts an den Gerüchen ändern, die ihr stets ihre jährlichen Besuche in Balford in Erinnerung bringen würden. Der Geruch von Pommes und Fisch, Hamburgern, Popcorn und Zuckerwatte vermischte sich mit dem Salzgeruch des Meeres. Und auch die Geräusche waren unverändert: Kindergeschrei und -gelächter, das Klirren und Scheppern und Klingeln aus der Spielhalle, die Musik der Dampforgel, die das Auf und Ab der Zirkuspferde auf ihren glänzenden Messingpfosten begleitete.

Barbara legte auf dem Weg zum Pierende eine Pause ein, lehnte sich gegen das glatte weiße Geländer und zündete sich eine Zigarette an.

Das Wasser unter ihr hob und senkte sich unablässig. Beim Rauchen sah sie den Wellen zu und fragte sich, warum die Nordsee, egal, zu welcher Jahreszeit, immer aussah wie schmutzige Waschlauge.

»Schau nur, wie Daddy den Ball wirft, Stevie!«, rief eine Mutter. Barbara wandte sich zum Pier um und beobachtete Daddy, der sich abmühte, an der Wurfbude einen Plüsch-Tweety zu erringen, der binnen weniger Tage zweifellos in der Ecke liegen würde.

»Darf ich Autoscooter fahren? Bin ich groß genug dafür?«, quäkte ein Mädchen.

»Schau in die Kamera, Donny! Schau in die Kamera!«

Barbara lächelte. Obwohl so viele Jahre vergangen waren, hatte es auf dem Pier keine grundlegenden Veränderungen gegeben.

Selbst die Teenager drückten sich unverändert dort herum: lässig an die Wand gelehnte Jungs und langgliedrige Mädchen, die eine ungezwungene Sexualität ausstrahlten, mit der sie einander anzogen und in Atem hielten.

Barbara nahm einen letzten Zug und schnippte die Zigarette ins Wasser.

Der Pier ragte in gerader Linie ins Meer hinaus und verbreiterte sich an seinem Ende keilförmig. Barbara ging dort hinaus, wo an der Renovierung der alten *Jack 'Awkins Cafeteria* gearbeitet wurde und von wo Sahlah Malik angeblich das Armband ins Wasser geworfen hatte, das sie für ihren Verlobten gekauft hatte.

Aus dem ausgeweideten Bau der alten Imbissstube klangen

laute Stimmen, die das Donnern von Werkzeugen auf Metall und das laute Zischen eines Schweißbrenners zu übertönen suchten. Die Hitze schien in pulsierenden Wellen aus dem Gebäude zu kommen, und als Barbara hineinspähte, spürte sie, wie sie ihr ins Gesicht schlug.

Die Arbeiter waren dürftig gekleidet. Abgeschnittene Jeans, dickbesohlte Stiefel und schmutzige T-Shirts – oder gar keins – schienen die bevorzugte Arbeitskleidung zu sein. Es waren muskelbepackte Männer, die sich ganz auf ihre Arbeit konzentrierten. Doch als einer von ihnen Barbara bemerkte, legte er sein Werkzeug weg und schrie: »Zutritt verboten! Können Sie nicht lesen? Verschwinden Sie hier, ehe Ihnen was passiert.«

Barbara zog ihren Dienstausweis heraus, mehr um des Effekts willen, da der Mann aus der Entfernung gar nicht hätte sehen können, worum es sich handelte. Sie schrie zurück: »Polizei.«

»Gerry!«, brüllte der Mann den Schweißer an, der dank Kopfschutz und der Konzentration auf die Flamme, die zischend über das Metall schoss, für seine Umwelt taub zu sein schien.

»Gerry! Hey! DeVitt!«

Barbara stieg über drei Stahlträger hinweg, die auf dem Boden lagen und auf Montierung warteten. Sie ging um mehrere riesige Rollen Elektrokabel und einen Stapel Holzkisten herum.

Jemand rief: »Gehen Sie zurück! Wollen Sie unbedingt, dass Ihnen was passiert?«

Nun wurde Gerry doch aufmerksam. Er blickte auf, sah Barbara und löschte die Flamme seines Schweißbrenners. Er nahm den Kopfschutz ab und das Tuch, das er darunter um den Kopf trug, wischte sich damit zuerst das Gesicht, dann den glänzenden, haarlosen Schädel. Er trug wie die anderen abgeschnittene Jeans und ein ärmelloses T-Shirt. Er hatte einen Körper, der bei ungesunder Nahrung oder längerer Untätigkeit rasch schwammig werden würde. Doch im Moment schien diese Gefahr nicht zu bestehen. Der Mann, dessen Haut von der Sonne verbrannt war, wirkte äußerst fit.

Ehe er dazu kam, sie ebenfalls anzufahren, hob Barbara wieder ihren Ausweis und sagte: »Polizei. Kann ich mal einen Moment mit euch sprechen, Leute?«

Er runzelte die Stirn und wickelte sich das Tuch wieder um den Kopf. Er knüpfte es im Nacken zusammen; mit dem goldenen Kreolenring, den er in einem Ohr trug, gab es ihm etwas Piratenhaftes. Er spie auf den Boden – wenigstens seitlich – und kramte eine Rolle Polos aus seiner Tasche. Er nahm eins heraus und schob es sich in den Mund. »Gerry DeVitt«, sagte er. »Ich bin hier der Chef. Was gibt's denn?«

Er kam nicht näher, und Barbara wusste, dass er von seinem Standort aus sicherlich nicht lesen konnte, was auf ihrem Ausweis stand. Sie stellte sich vor, und wenn er auch kurz die Brauen zusammenzog, als sie »New Scotland Yard« sagte, zeigte er doch sonst keine Reaktion.

Mit einem Blick auf seine Uhr erklärte er: »Wir haben nicht viel Zeit.«

»Nur fünf Minuten«, versetzte Barbara, »vielleicht sogar weniger. Es ist übrigens keiner hier in Schwierigkeiten.«

Er nickte. Einige der Männer hatten ihre Arbeit sowieso schon niedergelegt, daher winkte er sie und die anderen zu sich. Insgesamt waren es sieben, schweißnass, dreckig und nicht gerade wohlriechend.

»Danke«, sagte Barbara zu DeVitt. Sie erklärte, was sie wissen wollte: ob einer von ihnen bestätigen könne, dass am Samstag eine junge Frau – wahrscheinlich in traditioneller pakistanischer Kleidung – ans Ende des Piers gekommen war und von dort aus etwas ins Wasser geworfen hatte. »Es muss am Nachmittag gewesen sein«, fügte sie hinzu. »Arbeiten Sie samstags?«

»Ja«, antwortete DeVitt. »Um welche Zeit?«

Sahlah hatte behauptet, sich an die genaue Zeit nicht erinnern zu können. Wenn ihre Geschichte stimmte, dachte Barbara, und sie an diesem Tag zur Arbeit gegangen war, um nicht allein zu Hause sein zu müssen, hatte sie den Abstecher zum Pier wahrscheinlich nach der Arbeit gemacht, also irgendwann am späten Nachmittag. »Ich würde sagen, so um fünf herum.«

Gerry schüttelte den Kopf. »Wir verschwinden hier spätestens um halb fünf.« Er wandte sich seinen Männern zu. »Hat von euch einer die Frau gesehen? War einer nach fünf noch hier?«

»Soll das ein Witz sein?«, sagte ein Mann, und die anderen lachten – die Vorstellung, auch nur eine Minute länger als nötig an der Arbeitsstelle zu bleiben, schien sie zu amüsieren. Keiner konnte Sahlah Maliks Geschichte bestätigen.

»Sie wäre uns aufgefallen, wenn wir noch hier gewesen wären«, sagte DeVitt. Er wies auf seine Mitarbeiter. »Die Burschen kriegen doch bei jedem hübschen Mädchen, das hier vorbeikommt, Stielaugen.« Wieder lachten die Männer. DeVitt grinste und sagte zu Barbara: »Die Frau, die Sie suchen, sieht die gut aus?«

Ja, sie sei sehr hübsch, bestätigte Barbara. Der Typ Frau, nach dem Männer sich umdrehen. Und in ihrer Tracht – hier, in dieser Kleinstadt, wo man Frauen in Sahlahs Aufmachung selten allein sah – wäre sie ganz sicher aufgefallen.

»Dann muss sie hier gewesen sein, nachdem wir schon weg waren«, sagte DeVitt. »Können wir sonst noch was für Sie tun?«

Barbara verneinte, aber sie reichte dem Mann auf jeden Fall eine ihrer Karten, nachdem sie den Namen des *Burnt House Hotels* auf die Rückseite geschrieben hatte. Sollte ihm irgendetwas einfallen, sollte einem von ihnen irgendetwas einfallen …

»Scheint ja eine wichtige Sache zu sein«, meinte DeVitt neugierig. »Hat es vielleicht – ich meine, da Sie eine Pakistani suchen, hat es vielleicht mit dem Mann zu tun, der kürzlich umgekommen ist?«

Sie überprüfe lediglich einige Tatsachen, antwortete Barbara. Mehr könne sie ihnen im Moment nicht sagen. Wenn ihnen aber irgendetwas, was mit dem Zwischenfall zu tun haben könnte, einfallen sollte …

»Glaub' ich kaum«, meinte DeVitt, als er die Karte in die Gesäßtasche seiner Jeans schob. »Wir gehen den Pakistanis aus dem Weg. Das ist das Einfachste.«

»Wie meinen Sie das?«

Er zuckte die Achseln. »Na ja, die haben ihre Art, und wir haben unsere. Wenn man das vermischen will, gibt's nur Ärger. Leute wie wir« – er wies mit einer umfassenden Geste auf seine Mitarbeiter – »brauchen keinen Ärger. Wir arbeiten hart, trinken hinterher vielleicht noch einen und gehen dann nach Hause, damit wir am nächsten Tag fit sind.« Er nahm seinen Kopfschutz und seinen Schweißbrenner. »Aber wenn die Frau, nach der Sie suchen, hier war, sollten Sie auf jeden Fall mit den anderen Leuten hier auf dem Pier reden. Vielleicht hat einer von ihnen sie gesehen.«

Das würde sie tun, sagte Barbara, bedankte sich und suchte sich ihren Weg hinaus. Fehlanzeige, dachte sie. Aber DeVitt hatte recht. Die Buden und Karussells auf dem Pier waren von morgens bis spätabends geöffnet. Wenn Sahlah Malik nicht in einem Boot zum Ende des Piers gefahren oder gar hinausgeschwommen und dann hinaufgeklettert war, um das Armband mit dramatischer Geste von oben ins Meer zu werfen, hatte sie an all den Schaustellern vorbeigehen müssen.

Es war eine mühselige Plackerei, die Art Befragung, die Barbara immer gehasst hatte. Doch sie arbeitete sich, bei einem Karussell namens *Walzerbahn* beginnend, tapfer und verbissen von Stand zu Stand, bis zu einer Frittenbude am Schluss. Auf der Landseite war der Pier überdacht; eine Plexiglaskonstruktion wölbte sich über der Spielhalle und den Kinderkarussells. Hier war es so laut, dass Barbara schreien musste, um sich Gehör zu verschaffen. Aber niemand konnte Sahlah Maliks Geschichte bestätigen, nicht einmal Rosalie, die Handleserin, die in farbenprächtige Schals gehüllt auf einem dreibeinigen Hocker vor ihrer Höhle saß, schwitzte und rauchte und sich mit einem Pappteller Kühlung zufächelte, während sie mit Argusaugen nach Kundschaft Ausschau hielt. Wenn überhaupt jemand Sahlah Malik gesehen hatte, dann sie. Aber sie hatte sie nicht gesehen. Sie bot Barbara jedoch eine Lesung an, aus der Hand oder mit Tarotkarten. »Sie sollten's mal versuchen, Kindchen«, sagte sie mit freundlicher Teilnahme. »Sie könnten's gebrauchen. Glauben Sie mir. Rosalie weiß so was.«

Barbara lehnte dankend ab. Wenn die Zukunft ebenso reizend sei wie die Vergangenheit, sagte sie, würde sie sich lieber überraschen lassen.

Bei Jack Willies Fisch- und Meeresfrüchtestand kaufte sie sich ein Körbchen frittierte Sprotten, etwas, was sie seit Jahren nicht mehr gegessen hatte. Sie wurden angemessen fetttriefend und mit einem kleinen Töpfchen Remouladensoße serviert. Barbara setzte sich auf eine der knallig orangefarbenen Bänke im Freien und mampfte mit Appetit, während sie über die Situation nachdachte.

Bisher hatte sie niemanden gefunden, der Sahlah Malik auf dem

Pier gesehen hatte; es gab daher drei Möglichkeiten. Die erste war am ehesten dazu geeignet, Verwirrung zu stiften: Sahlah Malik log. Wenn das zutraf, musste Barbara als Nächstes festzustellen versuchen, warum. Die zweite Möglichkeit war die am wenigsten plausible: Sahlah sagte die Wahrheit, obwohl niemand sich erinnern konnte, sie auf dem Pier gesehen zu haben. Barbara hatte auf ihrem Gang über den Pier festgestellt, dass die Besucher hier bevorzugt in schwarzem Leder auftraten – trotz der Hitze. Wenn also Sahlah nicht inkognito auf den Pier gekommen war – und das war Möglichkeit Nummer drei –, dann blieb Barbara eigentlich nur Möglichkeit Nummer eins: dass Sahlah log.

Nachdem sie die letzte Sprotte verdrückt hatte, wischte sie sich die Finger an einer Papierserviette ab und lehnte sich auf der Bank zurück. Sie hielt das Gesicht in die Sonne und ließ ihre Gedanken weiterwandern, in eine andere Richtung, zurück zu F. Kumhar.

Der einzige moslemische Mädchenname mit F, der ihr einfiel, war Fatimah, aber es gab sicher andere. Doch einmal angenommen, F. Kumhar, der Querashi den Scheck über vierhundert Pfund ausgestellt hatte, war tatsächlich eine Frau, und weiter angenommen, der Scheck stand irgendwie mit Querashis Ermordung in Verbindung, welche halbwegs vernünftigen Folgerungen ließ das über den Verwendungszweck des Scheckes zu? Eine Abtreibung war ganz sicher eine Möglichkeit: Er hatte sich heimlich mit jemandem getroffen. Er hatte Kondome bei sich gehabt. Er hatte weitere Verhütungsmittel in seinem Nachttisch gehabt. Aber was war sonst noch möglich? Irgendein Kauf, vielleicht des *Lenā-denā-Geschenks,* das Sahlah von ihm erwartet hatte, eines Geschenks, das er noch nicht abgeholt hatte. Ein Darlehen an jemanden in Not, eine Landsmännin, die aus irgendwelchen Gründen ihre eigene Familie nicht um Hilfe bitten konnte. Eine Anzahlung für einen Gegenstand, der nach Querashis Heirat geliefert werden sollte: Bett, Sofa, Tisch, Kühlschrank.

Auch wenn F. Kumhar ein Mann war, lagen die Möglichkeiten nicht viel anders. Was kauften die Leute?, fragte sich Barbara. Sie kauften natürlich konkrete Dinge wie Einrichtungsgegenstände, Häuser, Nahrung und Kleidung. Aber sie kauften auch abstrakte Dinge wie Loyalität, Verrat und Aufruhr. Und sie kauften die Abwesenheit von Dingen, indem sie sich das Schweigen oder Verschwinden eines anderen sicherten.

Wie dem auch sein mochte, es gab nur ein Mittel zu erfahren, was Querashi gekauft hatte. Sie und Emily mussten Kumhar finden. Und bei dieser Überlegung fiel Barbara wieder ein, warum sie noch auf den Pier gekommen war: um Trevor Ruddock ausfindig zu machen.

Sie atmete einmal tief durch und schluckte. Der Geschmack der Sprotten und des Frittieröls, das sich an ihrem Gaumen festgesetzt zu haben schien, hielt sich beharrlich in ihrem Mund. Sie hätte, dachte sie, gleich auch etwas zu trinken kaufen sollen, mit dem sie das fettige Zeug hätte hinunterspülen können, am besten etwas Kochendheißes, das das Fett vor seinem verheerenden Weg durch ihr Verdauungssystem geschmolzen hätte. In einer halben Stunde würde sie zweifellos für ihren impulsiven Kauf bei Jack Willies Fisch- und Meeresfrüchtestand bezahlen müssen. Vielleicht würde ein Cola ihren Magen beruhigen, der schon jetzt bedenklich zu grummeln begann.

Sie stand auf und beobachtete einen Moment den Flug zweier Möwen, die über sie hinwegsegelten und sich auf dem Dach über dem Pier niederließen. Zum ersten Mal fiel ihr über der Spielhalle ein zweites Stockwerk mit einer Reihe von Fenstern auf. Das mussten Büros sein. Hier bot sich eine letzte Möglichkeit, jemanden zu finden, der Sahlah Malik auf dem Pier bemerkt hatte, und die erste Möglichkeit, nach Trevor Ruddock zu fragen, bevor jemand auf dem Pier ihm steckte, dass eine kleine dicke Polizistin hinter ihm her war.

Die Treppe zum oberen Stockwerk war in der Spielhalle, eingezwängt zwischen Rosalies Wahrsagerklause und einer Hologrammausstellung. Sie führte zu einer Tür hinauf, auf der in schwarzer Schrift *Direktion* stand.

Dahinter war ein Korridor mit Fenstern, die alle geöffnet waren, um jede kleine Brise hereinzulassen. Aus den Büros, die von dem Korridor abgingen, war das Läuten von Telefonen, Stimmengewirr, das Rattern von Büromaschinen und das Summen von Ventilatoren zu hören. Der Bereich hier oben war gut isoliert, von dem Getöse in der Spielhalle unterhalb war kaum etwas zu hören.

Doch Barbara sah sofort, wie unwahrscheinlich es war, dass hier oben jemand Sahlah Malik gesehen hatte. Ein Blick in eins der Büros zu ihrer Rechten zeigte ihr, dass die Fenster auf das Meer, auf den südlichen Teil Balfords und die Reihen bunter Strandhütten hinausgingen. Wenn nicht genau in dem Moment, wo Sahlah unten an der Berg- und Talbahn vorübergekommen war, einer zufällig aus dem Fenster gesehen hatte, war kaum noch damit zu rechnen, dass jemand ihre Geschichte bestätigen würde. Es sei denn, sie war von dem Büro ganz am Ende des Korridors, das sowohl den Pier als auch das Meer zu überblicken schien, beobachtet worden.

»Kann ich Ihnen irgendwie behilflich sein?« Barbara drehte sich um. An der Tür des ersten Büros stand eine junge Frau mit Pferdegebiss. »Suchen Sie jemanden? Das hier sind die Direktionsbüros.«

Barbara sah, dass sie sich die Zunge hatte piercen lassen. Das Loch zierte jetzt ein heftig glitzernder Stecker. Ein kalter Schauder – recht angenehm bei dieser Hitze – überlief Barbara bei dem Anblick, und sie dankte ihrem Schöpfer, dass sie in einer Zeit aufgewachsen war, in der es noch nicht Mode gewesen war, sich diverse Körperteile durchbohren zu lassen.

Sie zeigte ihren Dienstausweis und leierte ihr Sprüchlein herunter. Die Antwort fiel aus, wie Barbara es erwartet hatte. Mit funkelnder Zunge erklärte das Mädchen, niemanden wie Sahlah Malik auf dem Pier gesehen zu haben. Eine Pakistani allein?, meinte sie. Du lieber Gott, sie habe noch nie eine Pakistani ohne Begleitung gesehen. Jedenfalls nicht in der Tracht, die die Polizeibeamtin beschrieben hatte.

Dann vielleicht in anderer Aufmachung?, erkundigte sich Barbara.

Die junge Frau kaute, klick-klick, auf ihrem Zungenschmuck, während sie überlegte. Barbara wurde ganz anders.

Nein, sagte sie schließlich. Was natürlich nicht heißen solle, dass nicht irgendeine Asiatin in *normaler* Kleidung auf dem Pier gewesen sei. Nur, wenn sie wie ein *normaler* Mensch gekleidet gewesen wäre, na ja ... Dann wäre sie nicht weiter aufgefallen, nicht wahr?

Tja, genau da lag natürlich der Hase im Pfeffer.

Barbara fragte, wer in dem Büro am Ende des Korridors sitze.

Das sei Mr. Shaws Büro, wurde ihr gesagt. Von der Firma Shaw, fügte sie bedeutsam hinzu. Ob Barbara ihn zu sprechen wünsche?

Warum nicht?, dachte Barbara. Wenn er dem, was sie bisher über Sahlah Maliks angeblichen Besuch auf dem Pier gehört hatte, nichts hinzufügen konnte, so würde er ihr als Betreiber des Piers doch wenigstens sagen können, wo sie Trevor Ruddock finden konnte.

»Gut, dann sag' ich rasch Bescheid«, sagte die junge Frau. Sie ging zu der letzten Tür, öffnete sie und rief durch den Spalt hinein: »Theo? Hier ist eine Polizeibeamtin. Sie möchte Sie gern sprechen.«

Barbara konnte keine Antwort hören, aber gleich darauf trat ein Mann durch die Tür. Er war jünger als Barbara – Mitte zwanzig vielleicht – und trug modisch weit geschnittenes Leinen. Die Hände hatte er lässig in den Hosentaschen, doch seine Miene war besorgt.

»Es hat doch nicht schon wieder Ärger gegeben?« Er warf einen Blick aus dem Fenster zum Pier hinunter. »Ist etwas nicht in Ordnung?«

Sie wusste, dass er nicht von den Installationen sprach. Er meinte seine Kunden. Ein Geschäftsmann in seiner Position wusste natürlich, wie wichtig es war, dass sein Betrieb ohne Turbulenzen lief. Und wenn die Polizei kam, hieß das im Allgemeinen, dass Ärger in der Luft lag.

»Kann ich Sie einen Moment sprechen?«, fragte sie.

»Danke, Dominique«, sagte Theo zur Brillantzunge.

Dominique?, dachte Barbara. Sie hatte einen Namen wie Slam oder Punch erwartet.

Dominique zog sich in das Büro vorn an der Treppe zurück. Barbara folgte Theo Shaw in das seine. Sie sah sofort, dass die Fenster den Blick boten, den sie erwartet hatte: Auf der einen Seite sah man das Meer, auf der anderen den Pier. Hier war die letzte Möglichkeit, eine Bestätigung für Sahlah Maliks Geschichte zu finden.

Sie wandte sich ihm zu, um ihre Frage zu stellen. Die Worte blieben ihr im Hals stecken.

Er hatte die Hände aus den Hosentaschen gezogen, während sie sich die Aussicht angesehen hatte. An einem Arm hatte er eine goldene Aloysius-Kennedy-Armspange.

10

Nach ihrer heimlichen Flucht aus dem Laden hatte Rachel zunächst nur ein Ziel im Sinn gehabt. Sie wusste, dass sie etwas unternehmen musste, um die unangenehme Lage zu mildern, in die sie Sahlah und auch sich selbst durch ihr Handeln gebracht hatte. Das Problem war nur, dass sie nicht genau wusste, was. Nur eins war ihr klar – dass sie sofort handeln musste. Sie hatte sich also auf ihr Fahrrad geschwungen und war im Eiltempo in Richtung Senffabrik geradelt. Aber als ihr aufging, dass logischerweise auch diese Polizeibeamtin dort ihren nächsten Besuch machen würde, hatte sie aufgehört zu strampeln und das Fahrrad einfach laufen lassen, bis es am Kai zum Stillstand gekommen war.

Ihr Gesicht war tropfnass. Sie pustete einen Luftstrom aufwärts, um ihre glühende Stirn zu kühlen. Ihre Kehle war wie ausgetrocknet, und sie wünschte, sie hätte daran gedacht, eine Flasche Wasser mitzunehmen. Aber sie hatte an gar nichts gedacht außer an die dringende Notwendigkeit, so schnell wie möglich mit Sahlah zu sprechen.

Draußen am Kai jedoch war Rachel klargeworden, dass sie der Polizei nicht zuvorkommen konnte. Und wenn die Beamtin zuerst zu Sahlah nach Hause fuhr, konnte sich die ganze Situation noch verschlimmern. Sahlahs Mutter oder diese schleimige Yumn würden ihr die Wahrheit sagen – dass Sahlah mit ihrem Vater zur Arbeit gefahren war (*trotz* des plötzlichen Todes ihres Zukünftigen, wie Yumn zweifellos hinzufügen würde) –, und da würde die Beamtin natürlich sofort zur Senffabrik fahren. Wenn sie dort ankam, während Rachel dort war, um Sahlah davon zu überzeugen, dass das, was diese zweifellos für einen unverzeihlichen Verrat hielt, nicht so gemeint gewesen war, und um sie vor dem unmittelbar bevorstehenden Besuch der Polizeibeamtin zu warnen, die versuchen würde, sie mit überraschenden Fragen aus der Fassung zu bringen … Wie würde das aussehen? Es würde ganz so aussehen, als wäre da jemand verdammt schuldig. Und wenn es auch zutraf, dass Rachel schuldig war, so war sie doch nicht des *Schlimmsten* schuldig.

Sie hatte Haytham Querashi nichts getan. Nur … Na ja, ganz stimmte das vielleicht nicht, wenn man es sich recht überlegte.

Sie hatte ihr Fahrrad auf den Bürgersteig gehoben und zur Kaimauer geschoben. Sie hatte es an den Stein gelehnt und eine gute Viertelstunde dort gesessen, während die Hitze, die aus dem Beton aufstieg, ihr fast das Gesäß verbrannt hatte. Sie konnte jetzt nicht in den Laden zurück und sich den scharfen Fragen ihrer Mutter stellen. Sie konnte Sahlah nicht vor der Polizei erreichen. Sie musste einen Platz finden, wo sie verschnaufen konnte, bis die Luft rein war und sie zur Senffabrik fahren und mit der Freundin sprechen konnte.

So war sie schließlich da gelandet, wo sie jetzt war: oben bei den *Clifftop Snuggeries*. Es war der einzige Zufluchtsort gewesen, der ihr eingefallen war.

Sie hatte einen Umweg fahren müssen, um hierherzukommen, und war statt durch die High Street, wo sie am Laden vorbeigekommen wäre, die Marine Parade hinaufgeradelt. Das war weit mühevoller gewesen, weil sie sich den steilen Anstieg zur Upper Parade hatte hinaufquälen müssen, die reine Folter bei dieser Hitze, aber sie hatte keine Wahl gehabt. Hätte sie versucht, über die Church Road, die längst nicht so steil war, zu den *Snuggeries* zu gelangen, so hätte sie durch die High Street fahren müssen, direkt am Schmuckgeschäft vorbei. Ein Blick auf Rachel, die da auf ihrem Fahrrad vorbeisauste, und Connie wäre wie eine Furie aus dem Laden geschossen.

Daher war Rachel schließlich völlig ausgepumpt bei der Wohnanlage angekommen. Sie hatte ihr Fahrrad neben einem staubigen Begonienbeet fallen lassen und war um die Häuser herum nach hinten getrottet. Dort war ein Garten mit einer kleinen verdorrten Rasenfläche, drei schmalen Blumenbeeten, in denen Kornblumen, Tagetes und Tausendschön vor sich hin welkten, zwei steinernen Vogelbädern und einer Holzbank, auf der Rachel sich niedersetzte. Von hier aus blickte sie nicht aufs Meer hinaus, sondern direkt auf die Wohnanlage, die sie mit stummem Vorwurf anzusehen schien. Es war kaum zu ertragen. Vor sich hatte sie das, was ihr an den Wohnungen am besten gefiel: oben die Balkone und unten die Terrassen mit Blick nicht nur auf den Garten, sondern auf die

Southcliff-Promenade, die sich in Windungen über dem Meer dahinzog.

Wir sind für dich verloren, auf immer verloren, schienen die *Clifftop Snuggeries* zu sagen. All deine schönen Pläne sind gescheitert, Rachel Winfield, und wie stehst du jetzt da?

Rachel wandte sich ab. Ihre Kehle war wie zugeschnürt. Sie rieb sich mit dem Unterarm die Stirn und stellte sich vor, wie köstlich es jetzt wäre, ein Zitroneneis zu schlecken. Sie drehte sich auf der Bank und sah aufs Meer hinaus. Die Sonne brannte gnadenlos herab, während weit draußen am Horizont, wie schon seit Tagen, eine schmale Nebelbank lag.

Rachel legte ihre Faust auf die Rückenlehne der Bank und ihr Kinn auf ihre Faust. Ihre Augen brannten wie von einem starken salzigen Wind gereizt, und sie zwinkerte mehrmals schnell hintereinander, um die Tränen zu vertreiben. Sie wünschte sich fort von hier, von diesem Ort der Einsamkeit, an den Zorn, Groll und Eifersucht sie geführt hatten.

Was hieß es eigentlich, sich einem anderen Menschen zu verschreiben? Es war noch gar nicht so lange her, da hätte sie die Frage mit Leichtigkeit beantworten können. Es hieß, dass man die Hand ausstreckte und in ihr das Herz der Freundin hielt, die Geheimnisse ihrer Seele und ihrer liebsten Träume. Es hieß, dass man Geborgenheit bot, einen geschützten Raum, wo alles möglich war, wo sich zwischen zwei verwandten Seelen alles von selbst verstand. Es hieß, wir sind einander ebenbürtig und was auch geschieht, wir werden es gemeinsam durchstehen. So hatte sie es einmal gesehen. Wie naiv ihr Versprechen unverbrüchlicher Treue doch gewesen war!

Aber anfangs waren sie einander ja auch ebenbürtig gewesen, sie und Sahlah, zwei Schulmädchen, die immer als Letzte ins Team gewählt wurden, die nicht zu den Festen ihrer Schulkameraden gehen durften oder eingeladen wurden – oder sich auch einfach nicht zu kommen getrauten –, deren neckisch verzierte Schuhkartons, die man am Valentinstag hinten im Klassenzimmer der Grundschule aufzustellen pflegte, leer geblieben wären, hätte nicht eine an die andere gedacht und hätten sie nicht beide gewusst, wie es war, im Regen stehengelassen zu werden. Ja, zu Beginn waren

Sahlah und sie einander ebenbürtig gewesen. Doch jetzt am Ende stimmte die Balance nicht mehr.

Rachel schluckte, um ihre trockene Kehle zu befeuchten. Sie hatte niemandem weh tun wollen. Sie hatte nur gewollt, dass die Wahrheit ans Licht kam. Die Wahrheit war immer das Beste. War es nicht besser, mit der Wahrheit zu leben als mit einer Lüge?

Doch Rachel wusste, dass jetzt sie diejenige war, die log. Und der Beweis dafür befand sich direkt hinter ihr, Backsteinmauern, Fenster mit gerüschten Vorhängen und eine Tür mit einem roten Aufkleber, auf dem *Zu verkaufen* stand.

Sie wollte nicht an die Wohnung denken. »Unsere Allerletzte«, hatte der Makler gesagt und dazu vielsagend gezwinkert, während er sich nach Kräften bemüht hatte, ihr entstelltes Gesicht zu ignorieren. »Genau das Richtige für den Anfang. So was suchen Sie doch, stimmt's? Wer ist denn der Glückliche?«

Aber Rachel hatte nicht an Heirat und Kinder gedacht, als sie durch die Wohnung gegangen war, die Schränke inspiziert, die Aussicht bewundert, die Fenster geöffnet hatte. Sie hatte an Sahlah gedacht. Sie hatte sich und Sahlah gesehen, wie sie gemeinsam kochten, vor dem offenen Kamin mit dem hoffnungslos künstlich glühenden Feuer saßen, im Frühjahr auf der winzigen Terrasse ihren Tee tranken, sie hatte daran gedacht, wie sie miteinander schwatzen und träumen und einander das sein würden, was sie nun schon seit einem Jahrzehnt waren: beste Freundinnen.

Sie war nicht auf Wohnungssuche gewesen, als sie zufällig auf die letzte Wohnung der *Clifftop Snuggeries* gestoßen war. Sie war auf der Heimfahrt von einem Besuch bei Sahlah gewesen, einem Besuch wie unzählige andere mit Gesprächen, Gelächter, Musik und Tee. Diesmal jedoch wurde er von Yumn gestört, die mit einem ihrer herrischen Befehle ins Zimmer geplatzt war. Sahlah solle ihr eine Pediküre machen. Sofort. Jetzt. Die Tatsache, dass Sahlah gerade Besuch hatte, spielte überhaupt keine Rolle. Yumn hatte einen Befehl gegeben und erwartete seine unverzügliche Ausführung. Rachel hatte bemerkt, wie Sahlah sich in Yumns Anwesenheit verändert hatte. Aus dem lebensfrohen Mädchen war eine unterwürfige Dienerin geworden: gehorsam, fügsam, wieder das verängstigte Kind aus der Grundschule, das alle gehänselt hatten.

Darum war Rachel, als sie auf der Heimfahrt das große rote Plakat mit der Ankündigung »Nur noch wenige Wohnungen! Modernster Komfort!« gesehen hatte, von Westberry Way abgebogen und zu den Wohnungen hinaufgeradelt. Sie sah den Makler nicht als das, was er war, einen übergewichtigen und übereifrigen Versager mit einem Fleck auf der Krawatte, sie sah in ihm den Mann, der ihre Träume erfüllen konnte.

Aber Träume, das hatte sie inzwischen gelernt, gingen leicht in die Brüche und brachten einem nichts als Enttäuschung. Vielleicht war es daher besser, überhaupt nicht erst zu träumen. Denn wenn man sich Hoffnungen machte, dann –

»Rachel!«

Rachel fuhr in die Höhe. Mit einer hastigen Bewegung kehrte sie der Aussicht auf die endlose glatte Oberfläche der Nordsee den Rücken. Sahlah stand vor ihr. Ihr *dupattā* war ihr vom Kopf geglitten und lag lose um ihre Schultern. Ihr Gesicht war ernst. Das erdbeerfarbene Muttermal auf ihrer Wange war tiefrot, ein sicheres Zeichen für inneren Aufruhr.

»Sahlah! Wie hast du …? Was tust du …?« Rachel wusste nicht, wie sie das Gespräch, das sie so dringend gesucht hatte, beginnen sollte.

»Ich war zuerst im Laden. Deine Mutter hat mir gesagt, dass du weggefahren bist, nachdem die Frau von Scotland Yard da war. Ich dachte mir schon, dass du hierhergekommen bist.«

»Weil du mich kennst«, sagte Rachel unglücklich. Sie zupfte an einem goldenen Faden in ihrem Rock. Er zog sich glitzernd durch das rot-blaue Arabeskenmuster des Stoffes. »Du kennst mich besser als jeder andere, Sahlah. Und ich kenne dich.«

»Ich dachte immer, wir würden einander kennen«, erwiderte Sahlah. »Aber jetzt bin ich mir nicht mehr so sicher. Ich bin nicht einmal sicher, ob wir noch Freundinnen sind.«

Rachel wusste nicht, was ärger weh tat, das Wissen, dass sie Sahlah einen schrecklichen Schlag versetzt hatte, oder der Schlag, den Sahlah jetzt ihr versetzte. Sie konnte sie nicht ansehen, weil sie das Gefühl hatte, wenn sie die Freundin jetzt ansähe, würde sie sich ärgeren Verletzungen aussetzen, als sie ertragen konnte.

»Warum hast du Haytham die Quittung gegeben? Ich weiß, dass

er sie nur von dir bekommen haben kann, Rachel. Deine Mutter hätte sie bestimmt nicht hergegeben. Aber ich verstehe nicht, warum du sie ihm gegeben hast.«

»Du hast zu mir gesagt, dass du Theo liebst.« Rachel hatte Mühe zu sprechen, ihre Zunge fühlte sich an wie dick geschwollen. Sie suchte verzweifelt nach einer Antwort, die hätte erklären können, was ihr selbst unerklärlich war. »Du hast gesagt, dass du ihn liebst.«

»Ich kann nicht mit Theo zusammen sein. Das hab' ich dir auch gesagt. Ich hab' dir gesagt, dass meine Familie es niemals erlauben würde.«

»Und es hat dir das Herz gebrochen. Das hast du selbst gesagt, Sahlah. Du hast gesagt: ›Ich liebe ihn. Er ist wie meine andere Hälfte.‹ Genau das hast du gesagt.«

»Aber ich habe auch gesagt, dass wir nicht heiraten können, auch wenn ich es mir noch so sehr wünsche, trotz allem, was wir gemeinsam haben, trotz all unserer Hoffnungen und ...« Sahlah verstummte. Rachel sah auf. Ihre Freundin hatte Tränen in den Augen und wandte sich rasch ab, nach Norden, zum Pier, wo Theo Shaw war. Nach einer kleinen Pause sprach sie weiter. »Ich hab' dir gesagt, dass ich früher oder später den Mann würde heiraten müssen, den meine Eltern mir aussuchen würden. Wir haben darüber gesprochen, du und ich, das kannst du nicht abstreiten. Ich hab' gesagt: ›Meine Liebe zu Theo ist aussichtslos, Rachel.‹ Daran musst du dich doch erinnern. Du hast immer gewusst, dass ich niemals mit ihm zusammenleben kann. Was hast du dir also davon versprochen, als du Haytham die Quittung gegeben hast?«

»Du hast Haytham nicht geliebt.«

»Ja, das stimmt. Ich habe Haytham nicht geliebt. Und er hat mich nicht geliebt.«

»Ohne Liebe kann man doch nicht heiraten. Man kann nicht glücklich sein, wenn man sich nicht gegenseitig liebt. Dann fängt man sein Leben doch mit einer Lüge an.«

Sahlah trat zur Bank und setzte sich. Rachel senkte den Kopf. Sie konnte den Saum von Sahlahs Leinenhose sehen, ihren schlanken Fuß und den Riemen ihrer Sandale. Eine tiefe Traurigkeit überfiel sie. Seit Jahren hatte sie sich nicht mehr so allein gefühlt.

»Du hast gewusst, dass meine Eltern eine Heirat mit Theo niemals erlauben würden. Sie hätten mich aus der Familie ausgestoßen. Aber du hast Haytham trotzdem von Theo erzählt –«

Rachel hob ruckartig den Kopf. »Ich hab' seinen Namen nicht gesagt. Ich schwör's dir. Ich habe Haytham seinen Namen nicht gesagt.«

»Weil«, fuhr Sahlah fort, mehr zu sich selbst als zu Rachel, als versuchte sie, Rachels Motiven beim Reden auf den Grund zu kommen, »du gehofft hast, Haytham würde seine Verlobung mit mir lösen. Und dann?« Sahlah wies auf die Wohnanlage, und zum ersten Mal sah Rachel sie so, wie Sahlah sie zweifellos sah: billig gebaut, ohne Stil oder Charakter. »Dann hätte ich hier mit dir zusammenleben können, meinst du? Hast du im Ernst geglaubt, dass mein Vater das erlauben würde?«

»Du liebst Theo«, sagte Rachel schwach. »Das hast du selbst gesagt.«

»Willst du etwa behaupten, du hättest in *meinem* Interesse gehandelt?«, fragte Sahlah. »Willst du behaupten, dass es dich gefreut hätte, wenn Theo und ich geheiratet hätten? Das glaube ich dir nicht. Die Wahrheit sieht anders aus, aber das willst du nicht zugeben: Hätte ich versucht, Theo zu heiraten – was mir natürlich nicht eingefallen wäre –, aber hätte ich es versucht, hättest du alles getan, um auch das zu verhindern.«

»Das ist nicht wahr!«

»Wir hätten heimlich heiraten müssen, weil es anders nicht gegangen wäre. Ich hätte dir von unseren Plänen erzählt, weil ich dich für meine beste Freundin hielt. Und du hättest dafür gesorgt, dass nichts aus den Plänen geworden wäre. Wahrscheinlich indem du sie meinem Vater verraten hättest. Oder Muhannad oder sogar –«

»Nein! Niemals! Nie im Leben!« Rachel konnte nicht verhindern, dass sie zu weinen anfing, und hasste sich für diese Schwäche, die ihre Freundin, wie sie wusste, nie gezeigt hätte. Sie drehte sich wieder um, das Gesicht zum Meer. Die Sonne brannte auf sie herunter, erhitzte ihre Tränen, erhitzte sie so schnell, dass sie auf ihrer Haut trockneten, und sie spürte, wie diese unter dem dünnen Salzfilm spannte.

Zunächst sagte Sahlah gar nichts. Die einzige Antwort auf Rachels

Weinen war das Schreien der Möwen und das Motorengeräusch eines Rennboots, das in der Nähe über das Meer raste.

»Rachel.« Sahlah berührte ihre Schulter.

»Es tut mir leid«, sagte Rachel weinend. »Ich wollte doch nicht … Ich dachte ja nur …« Ihr Schluchzen brach ihre Worte wie dünnes Glas. »Du kannst Theo ruhig heiraten. Ich hindere dich bestimmt nicht daran. Und dann wirst du schon sehen.«

»Was?«

»Dass ich immer nur wollte, dass du glücklich bist. Und wenn Glück für dich bedeutet, mit Theo zusammenzuleben, dann möchte ich, dass du genau das tust.«

»Ich kann Theo nicht heiraten.«

»Doch, du kannst! Du kannst! Warum sagst du immer, du kannst nicht und du willst nicht?«

»Weil meine Familie es niemals akzeptieren wird. Es verstößt gegen unsere Sitten. Und selbst wenn es anders wäre –«

»Du brauchst doch deinem Vater, wenn er den nächsten Kandidaten aus Pakistan anschleppt, nur zu sagen, dass dir der nicht passt. Das Gleiche kannst du beim nächsten und beim übernächsten wieder sagen. Immer weiter. Er zwingt dich bestimmt nicht, irgendeinen zu heiraten. Das hast du selbst gesagt. Wenn er dann nach einiger Zeit merkt, dass du mit den Männern, die er dir ausgesucht hat, nichts zu tun haben willst –«

»Das ist es ja gerade. Rachel. Ich habe keine Zeit. Verstehst du denn nicht? Ich habe keine Zeit.«

Rachel versetzte ungeduldig: »Ach, hör doch auf. Du bist gerade mal zwanzig Jahre alt. Kein Mensch betrachtet heutzutage eine Zwanzigjährige als alt. Auch ihr Pakistanis nicht. Mädchen in deinem Alter gehen jeden Tag auf die Uni. Sie arbeiten als Bankangestellte. Sie studieren Jura. Sie studieren Medizin. Die heiraten doch nicht alle gleich. Was ist nur los mit dir, Sahlah? Früher hast du viel mehr gewollt. Früher hattest du Träume.« Rachel empfand die Hoffnungslosigkeit der Situation um so stärker, da sie die Freundin nicht zwingen konnte, ihre Auffassung zu verstehen oder ihre Wahrheiten zu akzeptieren. Sie rang um Worte und gab schließlich auf, sagte nur: »Möchtest du so werden wie Yumn? Ist es das, was du willst?«

»Ich bin wie Yumn.«

»Natürlich«, sagte Rachel spöttisch. »Du bist genau wie sie. Du wirst von Tag zu Tag fetter und hast vom Leben nichts anderes zu erwarten, als dass dein Hintern in die Breite geht und du jedes Jahr ein Kind zur Welt bringst.«

»Ganz recht«, sagte Sahlah, und ihre Stimme klang trostlos. »Rachel, genau so ist es.«

»Das ist doch gar nicht wahr! Du brauchst überhaupt nicht so zu sein. Du bist gescheit. Du bist hübsch. Du kannst viel mehr aus dir machen.«

»Du hörst mir nicht zu«, entgegnete Sahlah. »Du hast nicht zugehört, und darum verstehst du nicht. Ich habe keine Zeit. Ich habe keine Wahl. Jedenfalls jetzt nicht mehr. Ich *bin* wie Yumn. Ganz genauso.«

Wieder wollte Rachel protestieren, doch als sie das Gesicht ihrer Freundin sah, hielt sie inne. Sahlah beobachtete sie so gespannt, mit so viel Qual in den dunklen Augen, dass Rachel ihre Bemerkung hinunterschluckte. Sie holte tief Atem und rief hitzig: »Du bist ja verrückt, wenn du glaubst, dass du wie Yumn bist«, aber das Feuer ihrer Worte erlosch wie unter einem kalten Wasserstrahl, als sie begriff, was Sahlah ihr sagen wollte.

»Yumn«, stammelte sie. »O mein Gott, Sahlah. Soll das heißen ... Du und Theo ...? Du hast nie was davon gesagt!« Unwillkürlich schweifte ihr Blick über den Körper der Freundin, der so sorgfältig unter der weiten Kleidung verborgen war.

»Ja«, antwortete Sahlah. »Und deshalb hatte sich Haytham damit einverstanden erklärt, die Hochzeit vorzuverlegen.«

»Er hat es gewusst?«

»Ich hätte ihm nicht vormachen können, das Kind sei von ihm. Selbst wenn ich geglaubt hätte, ich könnte es tun, hätte ich ihm die Wahrheit sagen müssen. Er war hergekommen, um mich zu heiraten, aber er war durchaus bereit, noch eine Weile zu warten – vielleicht sechs Monate –, um uns beiden Zeit zu geben, einander besser kennenzulernen. Ich musste ihm klarmachen, dass ich keine Zeit hatte. Was hätte ich ihm sagen sollen? Die Wahrheit war die einzige Möglichkeit.«

Rachel war fassungslos. Was ihre Freundin ihr da erzählte, war ungeheuerlich in Anbetracht ihrer Herkunft, ihrer Religion und ihrer Kultur. Und dann sah sie – hasste sich für diese kühle Berechnung – die rettende Lösung. Denn wenn Haytham Querashi schon gewusst hatte, dass Theo Shaw Sahlahs Liebhaber war, konnte sie sich selbst vergeben für das, was sie getan hatte, als sie ihm mit den mysteriösen Worten »Fragen Sie Sahlah danach« die Quittung gegeben und auf das erwünschte Resultat gewartet hatte. Dann hatte sie ihm ja nur etwas gesagt, was er bereits gewusst und akzeptiert hatte … Wenn Sahlah ihm die ganze Wahrheit gesagt hatte.

»Hat er von Theo gewusst?«, fragte Rachel, bemüht, sich nicht anmerken zu lassen, wie begierig sie auf eine Bestätigung wartete. »Hast du ihm von Theo erzählt?«

»Das hast du ja für mich getan«, versetzte Sahlah.

Rachels Hoffnung sank in sich zusammen und erlosch. »Wer sonst weiß es?«

»Niemand. Yumn argwöhnt etwas. Wie kann es auch anders sein. Sie kennt die Anzeichen ja gut genug. Aber ich habe nichts zu ihr gesagt, und sonst weiß niemand etwas.«

»Auch Theo nicht?«

Sahlah senkte die Lider, und Rachels Blick folgte dem ihren zu ihren Händen, die sie im Schoß gefaltet hielt. Die Knöchel traten weiß hervor. Als wäre Theo Shaws Name gar nicht gefallen, sagte Sahlah: »Haytham wusste, wie wenig Zeit uns blieb, das zu tun, was Paare normalerweise tun, bevor sie heiraten. Nachdem ich ihm von meinem – von dem Kind erzählt hatte, wollte er mir unbedingt jede Demütigung ersparen. Er versprach mir, dass wir so schnell wie möglich heiraten würden.« Sie zwinkerte kurz, als wollte sie eine Erinnerung löschen. »Rachel, Haytham Querashi war ein sehr guter Mensch.«

Rachel hätte gern gesagt, dass Haytham Querashi bei aller Güte sicher auch ein Mann gewesen war, dem nichts daran gelegen hatte, von seinen Landsleuten dafür verachtet zu werden, dass er eine Frau geheiratet hatte, die einen Fehltritt begangen hatte. Es war auch zu seinem Vorteil gewesen, so schnell wie möglich zu heiraten, um so das Kind, ganz gleich, wie hellhäutig es sein mochte, als das seine ausgeben zu können. Stattdessen dachte Rachel über Theo Shaw und Sahlah nach und überlegte, wie sie mit dem Wissen, das sie jetzt besaß, die Dinge wieder ins Lot bringen konnte. Zunächst aber musste sie Gewissheit haben. Sie wollte nicht wieder das Falsche tun.

»Weiß Theo von dem Kind?«

Sahlah lachte mutlos. »Du hast immer noch nicht verstanden, nicht wahr? Du hast Haytham diese Quittung gegeben, er wusste, dass sie für ein goldenes Armband ausgestellt war, dann begegnete er Theo bei dieser idiotischen *Gentlemen's Cooperative*, die diese erbärmliche kleine Stadt wieder in Schwung bringen soll –« Sahlah brach ab, als würde sie sich plötzlich der verräterischen Bitterkeit ihrer Worte bewusst. »Was spielt es jetzt noch für eine Rolle, ob Theo es weiß oder nicht?«

»Was willst du damit sagen?« Rachel hörte die Furcht in ihrer Stimme und bemühte sich, sie um Sahlahs willen zu unterdrücken.

»Haytham ist tot, Rachel. Verstehst du denn nicht? Haytham ist *tot.* Und er ist draußen auf dem Nez umgekommen. Abends. Im Dunklen. Nicht mal einen Kilometer von dem Haus entfernt, in dem Theo lebt. Auf dem Nez, wo Theo seit zwanzig Jahren seine Fossilien sammelt. Begreifst du jetzt?«, fragte Sahlah scharf. »Begreifst du endlich, Rachel Winfield?«

Rachel starrte sie offenen Mundes an. »Theo?«, sagte sie. »Nein. Sahlah, du kannst nicht glauben, dass Theo Shaw ...«

»Haytham hätte wissen wollen, wer es war«, entgegnete Sahlah. »Er war zwar bereit, mich zu heiraten, aber er hätte auf jeden Fall wissen wollen, von wem ich schwanger war. Das wäre bei jedem Mann so gewesen, und wenn er vorher zehnmal gesagt hätte, er würde es lieber nicht wissen. Er hätte es wissen wollen.«

»Aber selbst wenn er es gewusst hat, selbst wenn er tatsächlich mit Theo gesprochen hat, kannst du doch nicht glauben, dass Theo ...« Rachel konnte den Satz nicht zu Ende bringen, so entsetzt war sie über die Logik hinter Sahlahs Worten. Sie konnte sich sogar vorstellen, wie es sich abgespielt hatte: eine Zusammenkunft auf dem Nez im Dunklen, Haytham Querashis Gespräch mit Theo Shaw, bei dem er von Sahlahs Schwangerschaft sprach, Theo Shaws verzweifelter Wunsch, den Mann aus dem Weg zu räumen, der zwischen ihm und seiner großen Liebe stand und ihn daran hinderte, das zu tun, was er als seine moralische Pflicht erkannte, erkennen *musste* … Denn Theo Shaw hätte sich seiner Verantwortung Sahlah gegenüber nicht entziehen wollen. Er liebte Sahlah, und wenn er gewusst hätte, dass er der Vater des Kindes war, das sie erwartete, hätte er ihr zur Seite stehen wollen. Und da Sahlah so große Angst davor hatte, von ihrer Familie verstoßen zu werden, wenn sie einen Engländer heiratete, hatte er auch gewusst, dass es nur eine Möglichkeit gab, sie an sich zu binden.

Rachel schluckte. Sie zog ihre Unterlippe ein und biss fest darauf.

»Siehst du jetzt, was du angerichtet hast, als du die Quittung für das Armband weitergegeben hast, Rachel?«, sagte Sahlah. »Du hast der Polizei eine Verbindung zwischen Haytham Querashi und Theo Shaw geliefert, von der sie sonst vielleicht nie erfahren hätte. Und wenn ein Mord verübt worden ist, suchen sie immer als Erstes danach, nach einer Verbindung, meine ich.«

Rachel war so entsetzt darüber, was für eine Rolle sie bei der Tragödie auf dem Nez gespielt hatte, fühlte sich so schuldig, dass sie nur stammeln konnte: »Ich rufe ihn sofort an. Ich fahre zum Pier.«

»Nein!«, rief Sahlah erschrocken.

»Ich sag' ihm, er soll das Armband in den Müll werfen. Ich sag' ihm, dass er es nie wieder tragen darf. Die Polizei hat bis jetzt überhaupt keinen Grund, mit ihm zu reden. Die wissen doch gar nicht, dass er Haytham gekannt hat. Und selbst wenn sie mit sämtlichen Männern von der *Gentlemen's Cooperative* reden, werden sie dazu Tage brauchen, meinst du nicht?«

»Rachel –«

»Und nur auf dem Weg werden sie überhaupt auf Theo Shaw stoßen. Es gibt keine andere Verbindung zwischen ihm und Haytham. Nur die Kooperative. Darum muss ich zuerst mit ihm reden. Dann bekommen sie das Armband nie zu sehen und werden nichts erfahren. Ich schwöre es, sie werden nichts erfahren.«

Sahlah schüttelte den Kopf. Ihr Gesicht drückte Ungläubigkeit und Hoffnungslosigkeit zugleich aus. »Aber verstehst du denn nicht, Rachel? Das geht doch am wahren Problem vorbei. Ganz gleich, was du zu Theo sagst, Haytham ist tot.«

»Aber die Polizei wird den Fall abschließen oder ad acta legen oder was auch immer, und dann könnt ihr, du und Theo –«

»Dann können wir was?«

»Dann könnt ihr heiraten«, sagte Rachel. Und als Sahlah nicht gleich antwortete, fügte sie schwach hinzu: »Du und Theo. Ihr könnt heiraten. Verstehst du.«

Sahlah stand auf. Sie zog sich ihr *dupattā* wieder über den Kopf. Sie blickte zum Pier hinüber. Die Dampforgelmusik des Karussells schwebte auf der stillen Luft gedämpft zu ihnen herüber. Das Riesenrad glitzerte in der Sonne, und in der *Wilden Maus* wurden die kreischenden Fahrgäste von einer Seite zur anderen geschleudert.

»Glaubst du im Ernst, dass es so einfach ist? Du sagst Theo, er soll das Armband in den Müll werfen, die Polizei zieht sich zurück, und er und ich heiraten.«

»Warum nicht? Wir brauchen doch nur dafür zu sorgen, dass es so läuft.«

Wieder schüttelte Sahlah den Kopf, dann sah sie Rachel an. »Du hast nicht die leiseste Ahnung«, sagte sie. In ihrer Stimme lag tiefe Resignation. Sie hatte ihren Entschluss gefasst. »Ich muss abtreiben. So bald wie möglich. Und dazu brauche ich deine Hilfe.«

Das Armband war unverkennbar ein Stück aus Aloysius Kennedys Werkstatt: dick, schwer, in unregelmäßigen Windungen gearbeitet wie das Armband, das Barbara bei *Racon* gesehen hatte. Gewiss, es konnte ein rein zufälliges Zusammentreffen sein, dass ein solch ausgefallenes Schmuckstück sich in Theo Shaws Besitz befand, doch Barbara arbeitete nicht umsonst seit elf Jahren bei der Kriminalpolizei: Sie wusste, dass Zufälle eher unwahrscheinlich waren, wenn Mord im Spiel war.

»Darf ich Ihnen etwas zu trinken anbieten?« Theo Shaws Ton war so freundlich, dass Barbara überlegte, ob er wider alle Vernunft glaubte, sie wolle ihm nur einen Höflichkeitsbesuch abstatten. »Kaffee? Tee? Ein Cola? Ich wollte mir selbst eben etwas zu trinken holen. Furchtbar heiß, nicht wahr?«

Barbara sagte, sie würde gern ein Cola nehmen, und als er hinausging, um ihr das Getränk zu holen, nutzte sie die Gelegenheit zu einer kleinen Inspektion. Sie wusste eigentlich gar nicht, was sie suchte, wenn sie auch gegen eine schöne Rolle Draht – von der Art, die sich als Stolperdraht eignete – mitten auf dem Schreibtisch nichts einzuwenden gehabt hätte.

Aber es gab hier nicht viel Bemerkenswertes. In einem Bücherregal stand auf dem einen Bord eine Reihe grüner Plastikordner, auf einem zweiten eine Reihe von Rechnungsbüchern, deren Rücken mit aufeinanderfolgenden Jahreszahlen in goldenen Ziffern gekennzeichnet waren. In einem Eingangskorb aus Metall, der auf einem Aktenschrank stand, lag ein Bündel Rechnungen, soweit sie sehen konnte für Nahrungsmittel, Elektroarbeiten, Installationsarbeiten und Büromaterial. An einem Schwarzen Brett an einer der Wände hingen vier Blaupausen: zwei für ein Gebäude, das als das *Pier End Hotel* gekennzeichnet war, und zwei für ein Freizeitzentrum, das den Namen *Agatha-Shaw-Freizeitzentrum* trug. Barbara vermerkte den Namen. Theos Mutter?, fragte sie sich. Tante? Schwester? Ehefrau?

Aus reiner Langeweile nahm sie einen großen Briefbeschwerer zur Hand, der auf einem Stapel Papiere lag. Sie schienen sich alle auf Pläne zur Stadtsanierung zu beziehen. Als sie im Korridor lauter werdende Schritte vernahm, ließ sie die Briefe sein und richtete ihre Aufmerksamkeit auf den Briefbeschwerer, der aussah wie ein großer, pockennarbiger Steinbrocken.

»*Raphidonema*«, sagte Theo Shaw. Er trug zwei Dosen Cola, eine mit einem übergestülpten Pappbecher. Diese reichte er Barbara.

»Raphi... wer?«, fragte sie.

»*Raphidonema. Porifera calcarea pharetronida lelapiidae raphidonema,* um genau zu sein.« Er lächelte. Er besaß ein höchst ansprechendes Lächeln, fand Barbara und zog innerlich sofort eine Mauer hoch. Sie wusste gut genug, welche Abgründe sich hinter einem ansprechenden Lächeln verbergen konnten. »Ich gebe an«, sagte er freimütig. »Es ist ein versteinerter Schwamm. Aus der Kreidezeit. Ich habe ihn gefunden.«

Barbara drehte den Stein in ihren Händen. »Tatsächlich? Er sieht aus wie ... Sandstein? Woher wissen Sie, was es ist?«

»Erfahrung. Ich interessiere mich für Paläontologie. Seit Jahren schon.«

»Wo haben Sie ihn gefunden?«

»An der Küste, gleich nördlich von hier.«

»Am Nez?«, fragte Barbara.

Theo kniff die Augen zusammen, aber so flüchtig, dass Barbara es übersehen hätte, hätte sie nicht auf irgendeinen Hinweis darauf gewartet, dass er im Grunde genau wusste, weshalb sie ihn aufgesucht hatte.

»Richtig«, sagte er. »Der rote Fels schließt sie ein. Man braucht nur zu warten, bis das Meer die Felsen aushöhlt, dann fallen sie einem in den Schoß.«

»Dann gehen Sie dort wohl bevorzugt auf Fossiliensuche? Draußen auf dem Nez?«

»Nicht auf dem Nez«, korrigierte er sie. »Am Strand darunter, am Fuß der Felsen. Aber ja, Sie haben recht, das ist an diesem Stück Küste der ergiebigste Fundort für Fossilien.«

Sie nickte und legte den versteinerten Schwamm wieder auf die Papiere. Sie machte ihr Cola auf und trank direkt aus der Dose. Den Pappbecher drückte sie langsam in ihrer Hand zusammen. Die Art, wie Theo Shaw leicht die Augenbrauen hochzog, verriet ihr, dass er die Geste nicht missverstand.

Alles schön der Reihe nach, dachte sie. Durch das Armband und seine offenkundige Vertrautheit mit dem Nez war Theo Shaw selbst interessant geworden, aber bevor sie diesem Interesse nachging, gab es anderes zu erledigen. Sie sagte: »Was können Sie mir über einen gewissen Trevor Ruddock sagen?«

»Trevor Ruddock?«

Hatte das erleichtert geklungen? »Er arbeitet irgendwo auf dem Pier. Kennen Sie ihn?«

»Ja. Er ist seit drei Wochen hier.«

»Er ist über die Firma Malik zu Ihnen gekommen, soviel ich weiß.«

»Das stimmt.«

»Wo man ihn wegen Diebstahls entlassen hat.«

»Ich weiß«, sagte Shaw. »Akram hat mir einen Brief dazu geschrieben. Und angerufen hat er auch. Er bat mich, dem Jungen eine Chance zu geben, er meinte, in diesem Fall könnte man mildernde Umstände geltend machen. Die Familie ist arm. Sechs Kinder. Und Trevors Vater ist seit anderthalb Jahren arbeitslos, weil er ein Rückenleiden hat. Akram meinte, er könne Ruddock nicht guten Gewissens in der Firma behalten, aber er wolle ihm, wenn möglich, zu einer zweiten Chance verhelfen. Daraufhin habe ich ihn eingestellt. Die Arbeit ist nicht toll, und er verdient bei weitem nicht das, was er bei Akram bekommen hat, aber es hält ihn über Wasser.«

»Was ist das für eine Arbeit?«

»Er reinigt den Pier. Nach Betriebsschluss.«

»Dann ist er also jetzt nicht hier?«

»Er fängt erst nachts um halb zwölf an. Es wäre sinnlos für ihn, früher zu kommen, es sei denn, er käme zum eigenen Vergnügen.«

Barbara hielt sich ihre Liste von Verdächtigen vor Augen und setzte im Geiste ein weiteres Häkchen neben Trevor Ruddocks Namen. Das Motiv war vorhanden und nun auch die Gelegenheit. Er hätte mit Leichtigkeit Haytham Querashi auf dem Nez töten und dennoch rechtzeitig zur Arbeit auf dem Pier erscheinen können.

Das ließ aber immer noch die Frage offen, wie Theo Shaw zu dem Aloysius-Kennedy-Armband gekommen war. Wenn es denn das Kennedy-Armband war, das sie suchte. Es gab nur ein Mittel, das festzustellen.

Auftritt Havers, die große Mimin, dachte Barbara. Sie sagte: »Ich brauche seine Adresse, wenn Sie sie haben.«

»Kein Problem.« Theo ging zu seinem Schreibtisch und setzte sich in den Sessel dahinter. Er blätterte eine Kartei durch, bis er die Karte gefunden hatte, die er suchte. Er schrieb die Adresse auf einen kleinen Zettel und reichte ihr den. Worauf Mimin Havers die Gelegenheit beim Schopf ergriff.

»Wahnsinn!«, sagte sie. »Ist das ein Aloysius Kennedy? Ist ja phantastisch!«

»Wie bitte?«, sagte Theo.

Volltreffer, dachte Barbara. Er hatte das Armband nicht selbst gekauft, sonst wüsste er Bescheid. Die Winfields hätten es sich gewiss nicht nehmen lassen, ihn genauestens über seine Herkunft aufzuklären.

»Das Armband, das Sie tragen«, erläuterte Barbara. »Es sieht fast genauso aus wie eins, das ich in einem Londoner Schmuckgeschäft gesehen habe und am liebsten auf der Stelle gekauft hätte. Der Goldschmied, der diese Armbänder entwirft, heißt Aloysius

Kennedy. Darf ich es mir einmal ansehen?« Mit, wie sie hoffte, mädchenhafter Treuherzigkeit fügte sie hinzu: »Dann hab' ich wenigstens mal eins in der Hand gehabt. Leisten kann ich mir so was ja doch nie.«

Einen Moment lang fürchtete sie, er werde nicht anbeißen. Doch der Köder ihres Interesses war verlockend genug. Theo Shaw schnappte zu. Er öffnete den Verschluss der Armspange, nahm sie ab und reichte sie ihr.

»Das ist wirklich wunderschön«, sagte Barbara. »Darf ich …?« Sie wies zum Fenster, und als er nickte, ging sie mit dem Armband hinüber. Sie drehte es in ihrer Hand hin und her. Sie sagte: »Der Mann ist ein Genie, finden Sie nicht auch? Mir gefällt gerade das Unregelmäßige an der Arbeit. Und es ist vollendet gearbeitet. Er ist der Rembrandt unter den Goldschmieden, wenn Sie mich fragen.« Sie konnte nur hoffen, dass der Vergleich passend war. Das, was sie über Rembrandt wusste – ganz zu schweigen davon, was sie über die Goldschmiedekunst wusste –, hätte mit Leichtigkeit auf einem Teelöffel Platz gehabt. Sie kommentierte das Gewicht des Armbands, sie ließ ihre Finger über das Metall gleiten, sie prüfte den geschickt verborgenen Verschluss. Und dann sah sie sich die Innenseite an und entdeckte das, was sie erwartet hatte, vier Worte die in leicht verschnörkelter Schrift in das Gold eingraviert waren: »Das Leben beginnt jetzt.«

Aha. Zeit, die Daumenschrauben anzusetzen. Barbara kehrte zum Schreibtisch zurück und legte das Armband neben den versteinerten Schwamm. Theo Shaw legte es nicht gleich wieder an. Sein Gesicht war ein wenig gerötet. Er hatte gesehen, wie sie die Inschrift gelesen hatte, und sie hatte kaum Zweifel daran, dass sie und der junge Mann gleich einen vorsichtigen Pas de deux beginnen würden, bei dem jeder versuchte, den anderen auszumanövrieren. Sie würde darauf achten müssen, ihm gleich einen Schritt voraus zu sein, wenn die Musik einsetzte.

»Das sagt einem doch was.« Sie wies auf das Armband. »Ich hätte nichts dagegen, morgens so eins vor meiner Tür zu finden. Genau die Art Geschenk, die man sich von einem unbekannten Bewunderer erhofft.«

Theo nahm das Armband und legte es wieder an. »Es hat meinem Vater gehört«, sagte er.

Na bitte, dachte Barbara. Er hätte den Mund halten sollen, aber eben das taten Leute, die sich schuldig fühlten, ihrer Erfahrung nach selten, weil sie immer meinten, sie müssten aller Welt ihre Unschuld demonstrieren.

»Ihr Vater ist tot?«

»Meine Mutter auch.«

»Dann ist das alles hier« – sie wies zum Pier hinunter und schloss die Blaupausen auf dem Schwarzen Brett in ihre Geste ein – »zum Andenken an Ihre Eltern gedacht?«

Er sah sie verständnislos an.

»Als ich als Kind hier war«, fuhr sie fort, »war das hier der Pier von Balford. Jetzt heißt es *Shaws Vergnügungspark.* Und das Freizeitzentrum – *Agatha-Shaw-Freizeitzentrum,* ist das der Name Ihrer Mutter?«

Jetzt verstand er. »Agatha Shaw ist meine Großmutter. Sie hat allerdings seit meinem sechsten Lebensjahr Mutterstelle an mir vertreten. Meine Eltern sind bei einem Autounglück umgekommen.«

»Das muss schlimm gewesen sein«, meinte Barbara.

»Ja. Aber – nun, meine Großmutter war wunderbar.«

»Ist sie Ihre einzige Angehörige?«

»Die einzige, die hier lebt. Der Rest der Familie hat sich schon vor Jahren in alle Winde zerstreut. Meine Großmutter hat uns aufgenommen – ich habe einen älteren Bruder, der sein Glück in Hollywood versucht – und uns wie ihre eigenen Kinder großgezogen.«

»Schön, dass Sie ein Andenken an Ihren Vater haben«, bemerkte Barbara mit einer Kopfbewegung zu dem Armband. Sie würde ihm nicht erlauben, mit Dickens'schen Reminiszenzen über seine Jugend, die er als Waise in der Obhut einer alternden Großmutter verbracht hatte, vom eigentlichen Thema abzuschweifen. Sie sah ihn unverwandt an. »Ziemlich modern allerdings für ein Familienerbstück. Es sieht aus, als wäre es erst gestern gemacht worden.«

Theo Shaw erwiderte ihren Blick ruhig, wenn er auch nicht verhindern konnte, dass er rot wurde. »Das ist mir nie aufgefallen. Aber Sie haben wahrscheinlich recht.«

»Ja. Hm. Auf jeden Fall ist es interessant, dass es mir ausgerechnet jetzt unterkommt. Wir sind nämlich auf der Suche nach einem sehr ähnlichen Stück von Kennedy.«

Shaw runzelte die Stirn. »Auf der Suche ...? Warum denn?«

Barbara gab keine Antwort. Sie ging wieder zum Fenster über dem Pier. Draußen hatte das Riesenrad sich zu drehen begonnen und schwang Scharen juchzender Fahrgäste in die Lüfte. Sie fragte: »Woher kennen Sie Akram Malik, Mr. Shaw?«

»Bitte?« Er hatte offensichtlich etwas anderes erwartet.

»Sie sagten vorhin, dass er Sie Trevor Ruddocks wegen angerufen hat. Das lässt vermuten, dass Sie mit ihm bekannt sind. Es hätte mich interessiert, woher.«

»Über die *Gentlemen's Cooperative.*« Theo erläuterte, worum es sich handelte. »Wir versuchen, uns gegenseitig zu helfen. In diesem Fall konnte ich ihm einen Gefallen tun. Er wird sich eines Tages revanchieren.«

»Ist das Ihre einzige Verbindung zu den Maliks?«

Er blickte von ihr zum Fenster. Eine Möwe hatte sich draußen auf dem Dach der Spielhalle unter ihnen niedergelassen. Der Vogel sah erwartungsvoll aus. Barbara ebenfalls. Sie wusste, dass Theo Shaw in diesem Moment auf einem schmalen Grat balancierte. Da er nicht wusste, was sie bereits von anderen über ihn erfahren hatte, würde er sehr sorgfältig zwischen Wahrheit und Lüge abwägen müssen.

»Ich habe Akram bei der Einrichtung eines Computersystems in seiner Firma geholfen«, sagte er schließlich. »Und ich bin hier in Balford mit Muhannad zur Grundschule gegangen. Später auch in die Gesamtschule, aber das war in Clacton.«

»Ah ja.« Die geographischen Details seiner Verbindung zu der Familie interessierten Barbara nicht. Ob Clacton oder Balford, das spielte keine Rolle. Wichtig war die Verbindung selbst. »Sie kennen die Familie also schon seit Jahren.«

»In gewisser Weise, ja.«

»Wie meinen Sie das, in gewisser Weise?« Barbara nahm noch einen Schluck Cola. Es wirkte Wunder zur Beruhigung ihres Magens, dem die fettigen Sprotten noch immer zu schaffen machten.

Theo tat es ihr nach und trank ebenfalls von seinem Cola. »Ich kenne Muhannad aus der Schule, aber wir waren nie Freunde, darum lernte ich die Familie auch erst kennen, als ich bei der Einrichtung des Computersystems in der Firma half. Das war vor einem Jahr, kann auch etwas länger her sein.«

»Dann kennen Sie Sahlah Malik sicher auch?«

»Ich bin ihr begegnet, ja.« Er tat das, was Barbaras Erfahrung nach viele taten, wenn sie inneres Unbehagen bei einer Information vertuschen wollten: Er sah ihr unverwandt in die Augen.

»Sie würden Sie also erkennen. Auf der Straße zum Beispiel. Oder vielleicht auf dem Pier. Ob sie nun nach moslemischer Art gekleidet ist oder nicht.«

»Gewiss. Aber ich verstehe nicht, was diese Fragen sollen. Worum geht es hier eigentlich?«

»Haben Sie Sahlah Malik in den letzten Tagen irgendwann auf dem Pier gesehen?«

»Nein.«

»Wann haben Sie sie zuletzt gesehen?«

»Ich kann mich nicht erinnern. Nach dem, was ich gesehen habe, als ich mich mit den Computern in der Firma beschäftigt habe, hält Akram sie ziemlich fest an der Kandare. Sie ist die einzige Tochter, und das ist so ihre Art. Wie kommen Sie darauf, dass sie auf dem Pier gewesen sein könnte?«

»Sie hat es mir gesagt. Sie sagte, sie hätte ein Armband, etwas Ähnliches wie dieses« – sie deutete auf sein goldenes Kennedy-Band –, »vom Ende des Piers ins Wasser geworfen, nachdem sie von Haytham Querashis Tod erfahren hatte. Sie sagte, es sei ein Geschenk für ihn gewesen und sie hätte es am Samstagnachmittag ins Wasser geworfen. Aber soweit ich feststellen konnte, hat sie merkwürdigerweise keine Menschenseele gesehen. Wie erklären Sie sich das?«

Wie von selbst wanderten seine Finger zu seinem Handgelenk und schlossen sich um das Armband. »Keine Ahnung«, antwortete er.

»Hm.« Barbara nickte mit ernster Miene. »Aber sonderbar ist es schon, nicht wahr? Dass niemand sie gesehen hat.«

»Wir haben Hochsommer. Auf dem Pier wimmelt es jeden Tag von Menschen. Da ist es wenig wahrscheinlich, dass einem eine bestimmte Person im Gedächtnis bleibt.«

»Möglich«, sagte Barbara, »Aber als ich mich vorhin auf dem Pier umgesehen habe, ist mir eins aufgefallen: Da läuft kein Mensch in moslemischer Tracht herum.« Barbara kramte in ihrer Tasche nach ihren Zigaretten. »Stört es Sie?«, fragte sie, und als er ihr mit einer kurzen Handbewegung bedeutete, dass sie ruhig rauchen könne, zündete sie sich eine an und sagte: »Sahlah kleidet sich auf traditionelle Art. Und wenn sie keinen Grund hatte, den Pier inkognito aufzusuchen, wird sie auch hier die gewohnte Tracht getragen haben. Sind Sie nicht auch der Meinung? Ich meine, sie hat ja schließlich nichts Verbotenes getan, wozu sie sich hätte verkleiden müssen. Sie hat lediglich ein teures Schmuckstück ins Meer geworfen.«

»Ja, das erscheint mir einleuchtend.«

»Wenn sie also sagt, dass sie hier war, und niemand sie gesehen hat, obwohl sie, wie wir vermuten, ihre gewohnte Tracht trug, kann man doch eigentlich nur einen Schluss ziehen, nicht wahr?«

»Schlüsse zu ziehen ist Ihre Aufgabe, nicht meine«, versetzte Theo Shaw, und Barbara musste zugeben, dass er es völlig ruhig sagte. »Aber wenn Sie unterstellen wollen, dass Sahlah Malik in irgendeiner Weise in den Tod ihres Verlobten verwickelt ist ... Es ist ganz einfach ausgeschlossen.«

»Wie kommen wir denn plötzlich auf diese Geschichte auf dem Nez?«, fragte Barbara. »Das ist ein ziemlicher Sprung.«

Diesmal ließ er sich nicht ködern. Er sagte: »Sie sind von der Polizei, und ich bin nicht dumm. Wenn Sie mich danach fragen, ob ich die Maliks kenne, heißt das, dass Sie mit den Ermittlungen über den Tod auf dem Nez zu tun haben. Stimmt das nicht?«

»Und Sie wussten, dass sie Querashi heiraten sollte?«

»Ich bin ihm bei der *Gentlemen's Cooperative* vorgestellt worden. Akram nannte ihn seinen zukünftigen Schwiegersohn. Mir war klar, dass er nicht hergekommen war, um Muhannad zu heiraten, da war es doch eigentlich logisch, dass er Sahlah heiraten würde.«

Gut gekontert. Barbara konnte nur den Hut ziehen. Sie hatte geglaubt, sie hätte ihn, aber er war geschickt ausgewichen.

»Sie haben Querashi also persönlich gekannt?«

»Er war mir bekannt, ja. Ich würde nicht sagen, dass ich ihn kannte.«

»Natürlich. Richtig. Aber Sie wussten, wer er war. Sie hätten ihn auf der Straße erkannt.« Als Theo Shaw das bestätigte, sagte Barbara: »Nur um Missverständnisse zu vermeiden – wo waren Sie Freitagabend?«

»Ich war zu Hause. Und da Sie sich sowieso erkundigen werden, wenn nicht bei mir, dann bei jemand anders, ich wohne in einem Haus am Ende der Old Hall Lane, zu Fuß zehn Minuten vom Nez entfernt.«

»Waren Sie allein?«

Er drückte mit dem Daumen eine kleine Mulde in die Coladose. »Was zum Teufel sollen diese Fragen?«

»Mr. Querashi wurde ermordet, Mr. Shaw. Aber ich nehme an, das wissen Sie bereits, nicht wahr?«

Sein Daumen entspannte sich. »Sie wollen mich unbedingt mit in diese Geschichte hineinziehen, oder? Ich kann Ihnen sagen, dass meine Großmutter oben in ihrem Bett war, während ich unten im Arbeitszimmer saß. Sie sehen also, dass ich durchaus die Gelegenheit hatte, zum Nez zu laufen und Querashi zu töten. Ich hatte natürlich keinen Grund, ihn zu töten, aber diese Kleinigkeit ist ja anscheinend ohne Belang.«

»Keinen Grund?«, sagte Barbara. Sie schnippte Zigarettenasche in den Papierkorb.

»Nein. Keinen Grund.« Theo Shaws Stimme war ruhig und fest, aber sein Blick flog zum Telefon. Es hatte nicht geläutet, darum fragte sich Barbara, wen er wohl anrufen würde, sobald sie aus seinem Büro verschwunden war. Leider würde er wohl kaum so dumm sein, den Anruf zu tätigen, während sie im Korridor lauerte. Was immer er sein mochte, wie ein Dummkopf sah Theo Shaw nicht aus.

»Gut«, sagte Barbara. Mit der Zigarette zwischen den Lippen kritzelte sie die Nummer des *Burnt House Hotels* auf die Rückseite einer ihrer Karten. Sie reichte sie Theo Shaw und bat ihn, sie anzurufen, falls er sich an etwas erinnern sollte, was für den Fall von Bedeutung sein konnte – zum Beispiel, wie er nun wirklich in den Besitz des goldenen Armbands gekommen war, fügte sie im Stillen hinzu.

Draußen, im Lärm und Getöse der Spielhalle, dachte Barbara über die Schlussfolgerungen nach, die man daraus ziehen konnte, dass das goldene Armband Theo Shaw gehörte und er bezüglich seiner Herkunft gelogen hatte. Sicher war es möglich, dass zwei Aloysius-Kennedy-Armbänder in ein und derselben Stadt auftauchten, dass sie aber auch noch mit der gleichen Inschrift versehen sein sollten, war höchst unwahrscheinlich. Es war daher nur logisch anzunehmen, dass Sahlah Malik gelogen hatte, als sie behauptet hatte, das Armband vom Pier aus ins Wasser geworfen zu haben, dass dieses Armband vielmehr Theo Shaws Handgelenk umschloss. Und es gab nur zwei Möglichkeiten, wie das Schmuckstück in Theo Shaws Besitz gelangt sein konnte: Entweder hatte Sahlah Malik es ihm geschenkt, oder aber sie hatte es Haytham Querashi geschenkt und Theo Shaw hatte es gesehen und dem toten Querashi abgenommen. So oder so, Theo Shaw musste zu den Tatverdächtigen gerechnet werden.

Wieder ein Engländer, dachte Barbara. Sie fragte sich, was aus dem mühsam gewahrten Frieden in der Stadt werden würde, wenn sich herausstellen sollte, dass Querashi von einem Engländer getötet worden war. Im Augenblick war es ja tatsächlich so, dass sie nur zwei echte Verdächtige hatten, Armstrong und Shaw, und beide waren Engländer. Und der Nächste auf ihrer Liste war Trevor Ruddock, Engländer Nummer drei. Wenn sich nicht F. Kumhar als oberfaul entpuppte oder einer von den Maliks stärker zu schwitzen begann, als man bei dieser Hitze erwarten konnte – abgesehen von Sahlah, die ohne Poren zur Welt gekommen zu sein schien –, dann war der Täter, den sie suchten, wahrscheinlich ein Engländer.

Die Wagenschlüssel und den zerknitterten Zettel mit Trevor Ruddocks Adresse schon in der Hand, zögerte Barbara bei dem Gedanken an Sahlah. Was hatte es zu bedeuten, wenn Sahlah das Armband Shaw geschenkt hatte und nicht Querashi? Das Naheliegende natürlich, nicht wahr? »Das Leben beginnt jetzt« war nicht gerade ein Motto, das man einem flüchtigen Bekannten widmete, folglich war Theo Shaw kein flüchtiger Bekannter. Das hieß, dass er und Sahlah einander weit besser gekannt hatten, als er zugegeben hatte. Und das wiederum hieß, dass nicht nur Theo Shaw ein Motiv gehabt hatte, Querashi aus dem Weg zu räumen. Auch Sahlah Malik konnte sehr wohl Grund gehabt haben, ihren Verlobten zu töten.

Endlich jemand aus der pakistanischen Gemeinde auf der Liste der Verdächtigen, dachte Barbara. Die Partie war also noch völlig offen.

11

Barbara holte sich an einer Bude gleich am Anfang des Piers eine Tüte Popcorn und eine Tüte bunte Zuckerstangen. All die Wohlgerüche nach Donuts, Zuckerwatte und Popcorn, die von dem Stand namens *Süße Genüsse* ausgingen, waren einfach zu verlockend. Sie deckte sich also mit süßen Genüssen ein und hatte kaum ein schlechtes Gewissen dabei. Schließlich, sagte sie sich, war damit zu rechnen, dass sie ihre nächste Mahlzeit mit der kalorienbewussten Emily Barlow zusammen einnehmen würde. Da wollte sie wenigstens vorher ihre tägliche Süßkramration intus haben.

Sie tauchte ihre Hand zuerst in die kleine Tüte mit den altmodischen Zuckerstangen, schob sich ein Stück in den Mund und machte sich auf den Rückweg zu ihrem Wagen. Sie hatte den Mini auf der Parade stehengelassen, einem Stück Uferstraße, das zum höhergelegenen Teil der Stadt hinaufführte. Hier blickte eine Reihe edwardianischer Villen, der Emilys nicht unähnlich, auf das Meer hinaus. Sie hatten etwas Italienisches mit ihren Balkonen, Bogenfenstern und gewölbten Türen und waren um die Jahrhundertwende sicher sehr elegant gewesen. Jetzt bedurften sie, genau wie Emilys Haus, dringend der Renovierung. In jedem Fenster zur Straße hingen *Bed-and-Breakfast*-Schilder, doch schmutzgraue Vorhänge und Fenster- und Türrahmen, deren Lackierung rissig und teilweise abgeblättert war, hielten zweifellos die weniger abenteuerlustigen Gäste ab. Die Häuser sahen unbewohnt aus, beinahe abbruchreif.

Bei ihrem Wagen angekommen, blieb Barbara stehen. Zum ersten Mal bot sich ihr hier die Gelegenheit, die Stadt von der Meerseite aus zu überblicken, und was sie sah, war nicht sehr hübsch. Die Uferstraße war durchaus malerisch gelegen, aber die Häuser, die sie säumten, waren wie die Villen schäbig und heruntergekommen. Jahrelang waren sie der feuchten Meeresluft preisgegeben gewesen, so dass alle Farbe weggefressen, alles Metall verrostet war. Jahrelang war die Stadt vom Tourismus vergessen worden, weil billige Pauschalreisen nach Spanien verlockender schienen als eine Sommerfrische in Essex, und das hatte Handel und Wirtschaft schwer geschadet.

Die Stadt brauchte dringend das, was Akram Malik anzubieten hatte: Arbeitsplätze. Und sie brauchte das, was die Familie Shaw offensichtlich beabsichtigte: Sanierung und Erneuerung. Während Barbaras Blick über die Stadt schweifte, überlegte sie, ob es da vielleicht einen Konflikt gab, den die Kriminalpolizei von Balford näher in Augenschein nehmen sollte.

Während sie noch über die Frage nachdachte, sah sie zwei kleine dunkelhäutige Jungen – vielleicht zehn Jahre alt – aus Stans Imbissstube kommen. Beide schleckten sie Cornettos, während sie in Richtung Pier gingen. Wie wohlerzogene Kinder blieben sie am Bordstein stehen, um nach rechts und links zu sehen, ehe sie die Straße überquerten. Ein staubbedeckter Lieferwagen bremste ab, um sie vorbeizulassen.

Halb verborgen hinter einer schmutzstarrenden Windschutzscheibe, bedeutete ihnen der Fahrer winkend, auf die andere Straßenseite hinüberzugehen. Die beiden Jungen nickten dankend und traten vom Bordstein. Und darauf, so schien es, hatten die Insassen des Lieferwagens nur gewartet.

Mit lautem Hupen schoss das Fahrzeug plötzlich vorwärts. Das Aufheulen des Motors brach sich an den Gebäudemauern. Erschrocken sprangen die kleinen Jungen zurück. Der eine ließ seine Eistüte fallen und bückte sich automatisch, um sie aufzuheben. Der andere, eine Hand am Kragen seines Freundes, riss ihn hastig zurück. »Scheißpakis!« schrie jemand aus dem Lieferwagen, und eine Flasche flog heraus. Sie war nicht geschlossen, und ihr Inhalt spritzte in hohem Bogen durch die Luft. Die Jungen versuchten auszuweichen, schafften es aber nicht ganz. Gelbe Flüssigkeit klatschte in ihre Gesichter und auf ihre Kleider, bevor die Flasche vor ihren Füßen landete und zersprang.

»Verdammt noch mal«, murmelte Barbara. Sie rannte über die Straße.

»Mein Eis!«, rief der kleinere Junge. »Ghassan, mein Eis!«

Ghassans Gesicht war wütend, als er dem davonfahrenden Wagen nachblickte. Der raste die Uferstraße hinauf und verschwand im Schatten einer Zypresse in einer Kurve.

»Alles in Ordnung?«, fragte Barbara die Jungen. Der kleinere hatte zu weinen begonnen.

Auf dem glühenden Pflaster erhitzte sich die Flüssigkeit, die aus der Flasche gespritzt war, schnell. Der scharfe Geruch von Urin stieg auf. Die Jungen hatten das Zeug auf ihren Kleidern und ihrer Haut. Es bildete hässliche gelbe Flecken auf ihren weißen Shorts und sprenkelte ihre braunen Beine und ihre Wangen.

»Ich hab' mein Eis verloren«, jammerte der kleinere Junge.

»Sei still, Muhsin«, fuhr Ghassan ihn an. »Die wollen doch, dass du heulst. Sei still.« Er schüttelte den Kleinen heftig. »Hier, nimm meins. Ich will es sowieso nicht.«

»Aber –«

»Nimm es!« Er drückte dem Kleinen sein Cornetto in die Hand.

»Ist alles in Ordnung?«, wiederholte Barbara. »Das war wirklich gemein.«

Jetzt erst sah Ghassan sie an. Die Verachtung in seinem Gesicht war unverkennbar. »Englische Schlampe.« Er sprach die Worte so deutlich aus, dass sie nicht missverstanden werden konnten. »Hau ab. Komm, Muhsin.«

Barbara fiel die Kinnlade herunter, und sie klappte schnell den Mund zu, als die Jungen davongingen. Sie behielten ihre ursprüngliche Richtung zum Pier bei. Nichts und niemand, so schien es, würde sie davon abhalten können, das zu tun, was sie tun wollten.

Barbara hätte sie bewundert, hätte sie nicht erkannt, dass der Zwischenfall – so kurz er gewesen war – die Rassenspannungen, die in Balford schwelten und vor ein paar Tagen vielleicht sogar zu einem Mord geführt hatten, schlaglichtartig erhellte. Sie sah den beiden Jungen noch einen Moment nach, dann kehrte sie zu ihrem Wagen zurück.

Zu Trevor Ruddocks Haus brauchte sie nicht weit zu fahren. Sie brauchte überhaupt nicht zu fahren. Der Kauf eines Stadtplans in Balfords Buchhandlung zeigte, dass die Alfred Terrace keine fünf Gehminuten von der High Street und der Buchhandlung entfernt war. Und auch nicht weiter vom Schmuckgeschäft *Racon*, ein Detail, das Barbara mit Interesse vermerkte.

Die Alfred Terrace bestand aus einer Reihe von sieben schuhkartonähnlichen Häuschen auf einer Seite eines kleinen, rechteckigen

Platzes. Jedes Haus zierten verwaiste Blumenkästen, und jedes besaß eine so schmale Haustür, dass die Bewohner vermutlich gewissenhaft auf ihre Linie achten mussten, damit sie stets Zugang zu ihrem Wohnzimmer hatten. Die Häuser waren einheitlich schmutzig weiß. Das Einzige, was sie voneinander unterschied, waren die Türen, die alle in verschiedenen Farben von Gelb bis Rostrot gestrichen waren. Im Lauf der Zeit allerdings waren die Farben stark verblasst, denn die Häuserfront blickte nach Westen, zur Wetterseite.

So war sie jetzt der Sonne und der Hitze ungeschützt ausgesetzt. Die Luft stand, und die Temperatur schien zehn Grad höher zu sein als draußen auf dem Pier. Auf dem Bürgersteig hätte man Eier braten können.

Die Familie Ruddock wohnte im Haus Nummer sechs. Ihre Haustür war einmal rot gewesen, inzwischen jedoch zu einem Ton verblasst, der an rohen Lachs erinnerte. Barbara klopfte und warf einen raschen Blick durch das einzige vordere Fenster. Sie konnte nichts sehen als die dichten Scheibengardinen, doch sie hörte laute Rapmusik, die vom Dröhnen eines Fernsehapparats begleitet wurde. Als sich auf ihr erstes Klopfen nichts rührte, versuchte sie es noch einmal, mit mehr Nachdruck.

Das hatte Erfolg. Sie hörte polternde Schritte auf einem nackten Holzfußboden, dann wurde die Tür geöffnet.

Ein Kind, das offensichtlich gerade Verkleiden spielte, stand vor Barbara. Sie konnte nicht sagen, ob es ein Junge oder ein Mädchen war, sie sah nur, dass es sich offensichtlich Papas Sachen zum Spielen geholt hatte. Die Schuhe wirkten wie Kähne an den kleinen Füßen, und trotz der Hitze hing dem Kind ein altes Tweedjackett bis zu den Knien.

»Ja?«, fragte das Kind.

»Was ist denn, Brucie?«, rief eine Frau aus den Tiefen des Hauses. »Bist du an der Tür? Ist jemand da? Geh ja nicht in Dads Sachen auf die Straße. Hast du mich gehört, Brucie?«

Brucie musterte Barbara. Seine Augenwinkel, bemerkte sie, hatten eine gründliche Reinigung nötig.

Sie begrüßte den kleinen Jungen in ihrem freundlichsten Ton, worauf er sich mit dem Jackenärmel die Nase abwischte. Darunter trug er nur eine Unterhose, deren Gummiband völlig ausgeleiert war. Die Hose hing unsicher an seinem mageren kleinen Körper.

»Ich möchte gern zu Trevor Ruddock«, erklärte Barbara. »Wohnt er hier? Bist du sein Bruder?«

Der kleine Junge in den Riesenschuhen drehte sich herum und schrie: »Mam! Da ist so eine dicke Frau, die zu Trev will.« Barbara hätte ihm am liebsten eine gelangt.

»Zu Trev ...? Das ist doch nicht schon wieder dieses krätzige Ding vom Schmuckgeschäft?«

Die Frau kam aus einem hinteren Zimmer nach vorn zur Tür. Zwei Kinder folgten ihr, Mädchen, wie es ausah. Sie trugen blaue Shorts, pinkfarbene rückenfreie Oberteile und weiße Cowboystiefel, die mit Glitzersteinchen verziert waren. Eine von ihnen hatte einen mit Pailletten besetzten Taktstock in der Hand, mit dem sie ihrem kleinen Bruder einen kräftigen Schlag auf den Kopf gab. Brucie schrie. Dann ging er zum Angriff über, schoss an seiner Mutter vorbei und stürzte sich auf seine Schwester. Seine Zähne gruben sich in ihren Arm.

»Was gibt's denn?« Mrs. Ruddock schien nichts zu bemerken von dem wütenden Gekreisch und Gerangel, das hinter ihr losbrach, als das andere Mädchen versuchte, ihre Schwester von Brucie zu befreien. Die beiden Mädchen begannen zu schreien: »Mam! Sag ihm, er soll aufhören!« Mrs. Ruddock achtete nicht auf sie. »Sie wollen zu unserm Trevor?« Sie sah alt und müde aus, mit verwaschenen blauen Augen und strähnigem, blondiertem Haar, das sie mit einem roten Schuhband zurückgebunden hatte.

Barbara zeigte ihren Dienstausweis. »Scotland Yard. Ich würde gern mal mit Trevor sprechen. Ist er zu Hause?«

Mrs. Ruddock wurde starr vor Abwehr, noch während sie nach einem dünnen Haarbüschel griff, das sich aus dem Schnürsenkel gelöst hatte, und es hinter ihr Ohr schob. »Was wollen Sie von unserm Trevor? Er hat nichts angestellt. Er ist ein guter Junge.«

Die drei tobenden Kinder hinter ihr flogen krachend an die Wand. Ein Bild über ihnen fiel scheppernd zu Boden. Von oben brüllte ein Mann. »Herrgott noch mal! Kann man denn hier nicht mal schlafen? Shirl! Was ist da unten los?«

»He, ihr da! Das reicht!« Mrs. Ruddock packte Brucie beim Kragen des Männerjacketts, das er anhatte, und seine Schwester am Haarschopf. Alle drei Kinder brüllten. »Es reicht!«, schrie sie.

»Sie hat mich geschlagen!«

»Er hat mich gebissen!«

»Shirl! Sie sollen endlich die Klappe halten!«

»Jetzt habt ihr euren Dad aufgeweckt«, schimpfte Mrs. Ruddock und schüttelte die Kampfhähne einmal kräftig durch. »Los, in die Küche mit euch dreien. Stella, im Kühlschrank liegen ein paar Eis. Jeder kriegt eins.«

Die Aussicht auf eine Leckerei schien die Kinder zu beruhigen. Einmütig trotteten sie in die Richtung davon, aus der ihre Mutter gekommen war. Oben knarrten die Dielen unter jemandes Schritten. Ein Mann räusperte sich laut und hustete röchelnd. Barbara fragte sich, wie der Mann überhaupt hatte schlafen können. Eine Rapgruppe, die in donnernden Tönen sang, konkurrierte mit *Coronation Street* in ohrenbetäubender Lautstärke.

»Nein, er hat nichts angestellt«, sagte Barbara. »Ich habe nur einige Fragen an ihn.«

»Worüber? Trev hat das ganze Zeug wieder zurückgegeben. Okay, wir haben ein paar Gläser verkauft, bevor's die Farbigen gemerkt haben, aber das bisschen Geld fehlt denen doch nicht. Der schwimmt doch im Geld, dieser Akram Malik. Haben Sie gesehen, wie diese Leute wohnen?«

»Ist Trevor hier?« Barbara bemühte sich um Geduld, doch in der sengenden Sonne drohte das bisschen, über das sie verfügte, rasch zu verdampfen.

Mrs. Ruddock warf ihr einen feindseligen Blick zu, als sie merkte, dass ihre Worte keinen Eindruck machten. Sie drehte sich um und schrie: »Stella!«, und als das ältere der beiden Mädchen mit einem Eis am Stiel im Mund aus der Küche kam, sagte sie: »Bring sie zu Trev rauf. Und sag Charlie gleich, er soll diesen Krach ausmachen.«

»Mam ...« Stellas Quengelstimme zerlegte das Wort in zwei Silben, was mit einem Eis am Stiel im Mund nicht ganz einfach war, aber sie schien ein Mädchen zu sein, das jeder Herausforderung gewachsen war.

»Los jetzt!«, blaffte Mrs. Ruddock.

Stella nahm das Eis aus dem Mund und seufzte. »Kommen Sie

schon«, sagte sie zu Barbara und schickte sich an, die Treppe hinaufzutrotten.

Barbara spürte, dass Mrs. Ruddocks feindseliger Blick ihr folgte, als sie auf den Spuren von Stellas polternden weißen Cowboystiefeln die Treppe hinaufstieg. Es war klar, dass »unser Trevor«, ganz gleich, weshalb er aus der Senffabrik entlassen worden war, in den Augen seiner Mutter kein Unrecht tun konnte.

Der Delinquent selbst befand sich in einem der beiden Zimmer im ersten Stockwerk des Hauses. Die Rapmusik donnerte durch die Tür. Stella öffnete sie ohne jegliches Zeremoniell, allerdings nur einen Spalt, weil irgendetwas, was über der Tür hing, weitere Bewegung zu verhindern schien.

»Charlie!«, schrie sie. »Mam hat gesagt, du sollst das leise stellen.« Sie blickte zu Barbara und sagte: »Er ist hier drin«, während Mr. Ruddock aus dem anderen Zimmer brüllte: »Kann man denn in seinem eigenen Haus nicht schlafen, verdammt noch mal?«

Barbara nickte Stella dankend zu und trat mit eingezogenem Kopf ins Zimmer. Das war nötig, weil das, was die Tür an weiterer Bewegung hinderte, wie ein Fischernetz herabhing. Die Vorhänge am Fenster waren zugezogen, es war dämmrig im Raum und so heiß, dass man das Gefühl hatte, die Hitze pulsierte.

Der Lärm war überwältigend. Er brach sich donnernd an den Wänden, an deren einer ein Stockbett stand. Im oberen Bett lag ein halbwüchsiger Junge, der mit zwei hölzernen Essstäbchen auf dem Fußbrett des Bettes im Takt schlug. Das untere Bett war leer. Der andere Bewohner des Zimmers saß an einem Tisch mit einer Neonlampe, die einen hellen Lichtstrahl auf schwarze Garnknäuel, verschiedene Rollen farbigen Zwirns, einen Stapel schwarzer Pfeifenreiniger und einen Plastikkasten voll runder Schwämme unterschiedlicher Größe warf.

»Trevor Ruddock?«, schrie Barbara in das Getöse hinein. »Kann ich Sie einen Moment sprechen? Kriminalpolizei.« Sie schaffte es, die Aufmerksamkeit des Jungen auf dem Bett auf sich zu ziehen. Er sah ihren Dienstausweis und griff, vielleicht weil er entweder von ihren Lippen oder ihrem Gesichtsausdruck abgelesen hatte, dass es ernst war, nach dem Ghettoblaster am Fußende seines Bettes, um ihn leiser zu stellen.

»Hey, Trev!«, schrie er laut, obwohl es plötzlich merklich ruhiger geworden war. »Trev! Die Bullen!«

Der Junge am Tisch richtete sich auf, drehte sich um und sah Barbara. Sein Blick senkte sich zu ihrem Dienstausweis. Langsam hob er die Hände zu seinen Ohren und zog die Ohrenstöpsel heraus.

Barbara musterte ihn im dämmrigen Licht. Alles an ihm schrie *National Front*: vom kahlen Schädel, über dem nur ein feiner Schatten dunkler Haarstoppeln lag, bis zu den schweren Militärstiefeln. Er war glattrasiert, völlig glatt. Er hatte nicht einmal Augenbrauen.

Als er sich vom Tisch abwandte, zeigte sich, woran er gearbeitet hatte. Es schien sich um das Modell einer Spinne zu handeln, soweit Barbara das an den drei spindeldürren Pfeifenreinigern erkennen konnte, die an einem schwarzweiß gestreiften Körper aus Schwamm befestigt waren. Die Spinne hatte zwei Paar Augen aus schwarzen Glasperlen: zwei große und zwei kleine in einem Halbkreis am Kopf angebracht.

Trevor warf einen Blick auf seinen Bruder, der sich an die Kante des Bettes geschoben hatte und beinebaumelnd zu Barbara hinuntersah. »Geh raus«, sagte er.

»Ich sag' nichts.«

»Hau ab«, sagte Trevor.

»Trev.« Auch Charlie hatte dieses Quengeln an sich, das für die Familie typisch zu sein schien. Er zerlegte die erste Silbe des Namens seines Bruders in zwei.

»Los jetzt.« Trevor sah ihn scharf an. Charlie sagte: »Mist«, einsilbig diesmal, und sprang vom Bett. Mit dem Ghettoblaster unter dem Arm schlurfte er an Barbara vorbei aus dem Zimmer. Er schloss die Tür hinter sich.

Jetzt konnte Barbara sehen, was ihr vorher fast den Eintritt verwehrt hatte. Es war in der Tat ein altes Fischernetz, jedoch zu einem riesigen Spinnennetz verarbeitet, auf dem eine bunte Schar von Spinnen ihr Unwesen trieb. Wie das Tier, das im Augenblick auf dem Tisch in Arbeit war, handelte es sich auch hier nicht um Feld-, Wald- und Wiesenspinnen, braun-schwarz, vielbeinig und dazu gerüstet, Fliegen, Zecken und Tausendfüßler zu verschlingen. Diese Exemplare waren sowohl in der Farbe als auch in der Form von exotischer Art, mit rotem, gelbem oder grünem Körper, gesprenkelten behaarten Beinen und bösen Augen.

»Gute Arbeit«, bemerkte Barbara. »Beschäftigen Sie sich mit Entomologie?«

Trevor Ruddock antwortete nicht. Barbara ging durch das Zimmer an den Tisch. An seiner Schmalseite stand ein zweiter Stuhl, der mit Büchern, Zeitungen und Zeitschriften bepackt war. Sie legte die Stapel auf den Boden und setzte sich. »Stört es Sie?«, fragte sie, und er schüttelte mit einem Blick auf die Zigarette in ihrer Hand den Kopf. Sie bot ihm die Packung an, und er nahm sich eine Zigarette. Er zündete sie mit einem Streichholz aus einem Heftchen an. Ihr gab er kein Feuer.

Jetzt, da die Rapmusik nicht mehr alles übertönte, gewannen die anderen Geräusche im Haus die Oberhand. Die Damen aus der *Coronation Street* tauschten mit einer Lautstärke, die jedes Marktschreiers würdig gewesen wäre, Klatschgeschichten aus, und Stella beschwerte sich kreischend über den Diebstahl einer Halskette, den sie Charlie – dessen Namen sie dreisilbig hinbekam – zur Last legte.

»Soviel ich weiß, sind Sie vor drei Wochen von der Firma Malik entlassen worden«, sagte Barbara.

Trevor inhalierte mit zusammengekniffenen Augen, den Blick auf Barbara gerichtet. Seine Finger, bemerkte sie, waren rot entzündet von eingewachsenen Nägeln.

»Und?«

»Wollen Sie mir was dazu sagen?«

Prustend stieß er eine Rauchwolke aus. »Als hätt' ich eine Wahl, hm?«

»Wie sieht Ihre Seite der Geschichte aus? Die der anderen hab' ich gehört. Sie konnten, soviel ich weiß, nicht bestreiten, die Waren gestohlen zu haben. Sie wurden mit ihnen erwischt. In flagranti sozusagen.«

Er nahm einen der Pfeifenreiniger und wand ihn sich um den Zeigefinger. Die Zigarette hing lose zwischen seinen Lippen, und sein Blick war auf das halbfertige Spinnentier auf dem Tisch gerichtet. Er griff nach einer Drahtschere und schnitt einen zweiten Pfeifenreiniger in der Mitte auseinander. Die beiden Hälften wurden zu Beinen der Spinne. Er befestigte sie mit Klebstoff, den er mit größter Sorgfalt aus einer Tube auftrug.

»Die bei Malik tun wohl so, als wär's ein Kapitalverbrechen gewesen oder was? Es waren nicht mal zwei läppische Kisten mit dem Zeug. In einer Kiste sind sechsunddreißig Gläser. Außerdem hab' ich nicht nur lauter Senf oder Soße oder Marinade genommen, wo es dann für die Großbestellung von irgendeinem superwichtigen Kunden knapp geworden wär'. Ich hab' alles gemischt.«

»Aha, Sie haben ein Sortiment zusammengestellt. Ich verstehe schon.«

Er warf Barbara einen finsteren Blick zu, ehe er sich wieder der Spinne widmete. Das Tier hatte einen sehr echt aussehenden Körper, bei dem Kopfbruststück und Hinterleib, aus unterschiedlich großen Schwämmen gemacht, durch einen Einschnitt voneinander getrennt waren. Während Barbara das Modell betrachtete, überlegte sie beiläufig, wie die beiden Körpersegmente miteinander verbunden waren. Durch Klebstoff? Mit Heftklammern? Oder hatte der junge Mr. Ruddock vielleicht Draht benützt? Sie hielt auf dem Tisch nach einer Rolle Draht Ausschau, doch in dem Durcheinander von Utensilien zur Spinnenfertigung, Insektenbüchern, aufgeschlagenen Zeitungen, halb niedergebrannten Kerzen und Werkzeugkästen konnte sie nichts dergleichen entdecken. Ihr war schleierhaft, wie er in dieser Unordnung überhaupt irgendetwas finden konnte.

»Mir ist berichtet worden, dass Mr. Querashi Sie entlassen hat. Ist das richtig?«

»Wenn Sie's so gehört haben, wird's wohl stimmen.«

»Haben Sie eine andere Version?« Barbara sah sich nach einem Aschenbecher um, fand aber keinen. Trevor schob ihr einen leeren Joghurtbecher hin, der innen bereits mit Asche verkrustet war.

»Kann schon sein«, sagte er.

»Sind Sie zu Unrecht entlassen worden? Hat Querashi vorschnell gehandelt?«

Trevor sah von seiner Spinne auf. Zum ersten Mal fiel Barbara auf, dass er unter dem linken Ohr eine Tätowierung hatte. Es war ein Spinnennetz mit einer unangenehm realistisch aussehenden Spinne, die auf dem Weg zur Netzmitte war.

»Sie meinen, hab' ich ihn umgebracht, weil er mich rausgeschmissen hat? Das ist doch Ihre Frage?« Trevor zupfte an den Pfeifenreinigerbeinen der Spinne, bis es aussah, als wären sie von Haaren bedeckt. »Ich bin nicht blöd, wissen Sie. Ich hab' den *Standard* heut schon gesehen. Ich weiß, dass die Polizei von Mord redet. Ich hab' mir gleich gedacht, dass einer von Ihrer Truppe bei mir vorbeischauen würde. Und da sind Sie ja auch schon. Ich hab' ein Motiv, stimmt's?«

»Erzählen Sie mir doch etwas über Ihre Beziehung zu Mr. Querashi, Trevor.«

»Ich hab' ein paar Gläser aus der Packerei geklaut. Ich hab' in der Versandabteilung gearbeitet, da war das ein Kinderspiel. Querashi hat mich erwischt und rausgeschmissen. Und das ist die Geschichte unserer Beziehung.« Trevor gab dem letzten Wort sarkastischen Nachdruck mit.

»War das nicht riskant, die Gläser aus der Packerei zu nehmen, wo Sie doch nicht in der Packerei gearbeitet haben?«

»Ich hab' sie doch nicht geklaut, wenn jemand drin war. Ich hab' immer mal in den Pausen hier ein Glas und da ein Glas mitgehen lassen. Gerade so viel, um es in Clacton verhökern zu können.«

»Sie haben die Gläser verkauft? Warum? Brauchten Sie Geld? Wozu?«

Trevor stand vom Tisch auf. Er ging zum Fenster und schob den Vorhang zurück. Im Licht der Sonne sah man rissige Wände und schäbige alte Möbel. An manchen Stellen war der Teppich auf dem Boden bis auf seine Unterseite durchgetreten. Aus irgendeinem Grund hatte jemand auf ihm eine schwarze Linie gezogen, die den Schlafbereich vom Arbeitsbereich trennte.

»Mein Dad kann nicht arbeiten. Und ich bin so blöd, dass ich gern verhindern möchte, dass die Familie auf der Straße landet. Charlie hilft auch mit. Er schaut immer, dass er hier in der Nachbarschaft Gelegenheitsjobs kriegt, und Stella geht manchmal zum Babysitten. Aber wir sind hier zu acht, und alle haben Hunger. Drum verkaufen Mam und ich alles, was geht, auf dem Markt in Clacton.«

»Und die Gläser aus der Firma Malik gehörten auch dazu.«

»Genau. Viele waren's sowieso nicht, und wir haben sie billiger verkauft. Geschadet hat das bestimmt niemand. Mr. Malik verkauft ja sein Zeug gar nicht hier. Er verkauft's nur an teure Geschäfte und solche Nobelrestaurants.«

»Da haben Sie also im Grunde den Verbrauchern einen Gefallen getan?«

»Kann schon sein.« Er drückte sein Gesäß an das Fensterbrett und drehte die Zigarette in seinem Mund zwischen Daumen und Zeigefinger hin und her. Das Fenster stand weit offen, aber sie hätten sich ebenso gut im Inneren eines Bratrohrs befinden können. »Ich hab' gedacht, es könne nichts passieren, wenn ich das Zeug in Clacton verkauf'. Ich hab' nicht erwartet, dass Querashi da aufkreuzen würde.«

»Sie wurden also dabei erwischt, wie Sie versuchten, die Gläser auf dem Markt zu verkaufen? Hat Querashi selbst Sie erwischt?«

»Genau. Höchstpersönlich. Natürlich hat er genauso wenig erwartet, mich in Clacton anzutreffen, wie ich erwartet hab', ihn dort zu treffen. Und er war auch nicht umsonst dort, drum hab' ich gedacht, er wird ein Auge zudrücken und meinen kleinen Fehltritt einfach übersehen. Wo er doch selber einen kleinen Fehltritt gemacht hat.«

Bei dieser Bemerkung kribbelte es Barbara in den Fingerspitzen, wie immer, wenn bei einer Vernehmung eine unvorhergesehene Wendung eintrat. Gleichzeitig jedoch war sie auf der Hut. Trevor Ruddock beobachtete sie scharf, um zu sehen, ob sie nach dem Happen schnappen würde, den er ihr soeben hingeworfen hatte. Und ebendiese gespannte Aufmerksamkeit legte nahe, dass er schon des Öfteren mit der Polizei zu tun gehabt hatte. Die meisten Menschen waren zumindest nervös, wenn sie amtliche Fragen beantworten mussten. Trevor Ruddock jedoch wirkte völlig gelassen, als hätte er schon vorher gewusst, was sie fragen und was er antworten würde.

»Wo waren Sie an dem Abend, an dem Mr. Querashi getötet wurde, Trevor?«

Ein Flackern in seinem Auge verriet ihr seine Enttäuschung darüber, dass sie Querashis »kleinem Fehltritt« nicht sofort nachgegangen war. Gut, dachte sie. Das wäre ja noch schöner, wenn jetzt die Verdächtigen die Vernehmungstaktik bestimmten.

»In der Arbeit«, antwortete Trevor. »Den Pier reinigen. Sie können Mr. Shaw fragen, wenn Sie mir nicht glauben.«

»Das hab' ich bereits getan. Mr. Shaw sagt, dass Sie normalerweise abends um halb zwölf zu arbeiten anfangen. War das am Freitagabend auch so? Haben Sie dort übrigens eine Stechkarte?«

»Ich hab' zur selben Zeit wie immer gestochen.«

»Um halb zwölf?«

»Ja, so um den Dreh. Und ich bin nicht weggegangen, falls Sie das interessiert. Ich arbeite mit einem ganzen Trupp zusammen, und die Jungs können Ihnen sagen, dass ich den ganzen Abend nicht einmal weg war.«

»Und vor halb zwölf?«, fragte Barbara.

»Wieso?«

»Wo waren Sie da?«

»Wann?«

»Vor halb zwölf, Trevor.«

»Um welche Zeit genau?«

»Sagen Sie mir nur, was Sie in der Zeit vorher getan haben, bitte.«

Er zog ein letztes Mal an seiner Zigarette, ehe er sie aus dem Fenster schnippte. Statt der Zigarette schob er den Zeigefinger in den Mund und kaute nachdenklich darauf herum, bevor er antwortete. »Bis um neun war ich zu Hause. Dann bin ich weggegangen.«

»Wohin?«

»Ach, nirgendwohin eigentlich.« Er spie ein Stückchen Fingernagel zu Boden und inspizierte sein Werk, während er zu sprechen fortfuhr. »Ich hab' ein Mädchen, mit dem ich mich ab und zu treffe. Mit der war ich zusammen.«

»Sie kann das bestätigen?«

»Klar. Aber sie ist nicht meine Freundin. Wir treffen uns nur manchmal. Wir reden miteinander. Rauchen eine. Quatschen über Gott und die Welt.«

Natürlich, dachte Barbara. Wieso nur hatte sie Mühe, sich Trevor Ruddock in tiefschürfendem Gespräch mit einer Frau vorzustellen?

Sie machte sich ihre Gedanken über seine Erklärung und fragte sich, warum er sich überhaupt bemüßigt gefühlt hatte, ihr eine zu geben. Entweder war er mit einer Frau zusammen gewesen oder nicht. Sie würde sein Alibi entweder bestätigen oder nicht. Ob die beiden geknutscht, politisiert, Schnipp-Schnapp gespielt oder miteinander gebumst hatten, war Barbara völlig gleichgültig. Sie griff nach ihrer Tasche und nahm ihren Block heraus. »Und wie heißt sie?«

»Sie meinen, das Mädchen?«

»Richtig. Das Mädchen. Ich muss mit ihr sprechen. Wer ist sie?«

Er trat von einem Fuß auf den anderen. »Nur eine Bekannte. Wir reden miteinander. Es ist keine große –«

»Nennen Sie mir nur ihren Namen, okay?«

Er seufzte. »Sie heißt Rachel Winfield. Sie arbeitet in dem Schmuckgeschäft in der High Street.«

»Ach, Rachel. Die habe ich schon kennengelernt.«

Er umfasste mit der linken Hand seinen rechten Ellbogen. »Ja, hm, mit der war ich am Freitagabend zusammen. Wir sind befreundet. Das kann sie Ihnen bestätigen.«

Barbara vermerkte sein Unbehagen und fragte sich, woher es kam. Entweder war es ihm peinlich, dass seine Bekanntschaft mit Rachel Winfield bekanntgeworden war, oder er log und hoffte, mit ihr sprechen zu können, bevor Barbara seine Geschichte überprüfen konnte.

»Wo waren Sie beide?«, fragte sie, da es anscheinend nötig war, seine Geschichte anderweitig bestätigen zu lassen. »In einem Café? In einem Pub? In der Spielhalle?«

»Äh – nein, nirgends. Wir sind nur spazierengegangen.«

»Vielleicht auf dem Nez?«

»Hey, nie im Leben. Wir waren unten am Strand, das stimmt schon, aber weit weg vom Nez. Wir waren in der Nähe vom Pier.«

»Hat jemand Sie gesehen?«

»Das glaub' ich nicht.«

»Aber abends ist es doch voll auf dem Pier. Da muss Sie doch jemand gesehen haben.«

»Nein ... Wir waren ja nicht *auf* dem Pier. Ich hab' nie gesagt, dass wir auf dem Pier waren. Wir waren bei den Strandhütten. Wir waren –« Er schob wieder seinen Zeigefinger in den Mund und kaute hektisch darauf herum. »Wir waren *in* einer Strandhütte. Okay?«

»In einer Strandhütte?«

»Genau.« Er nahm den Finger aus dem Mund. Sein Blick war trotzig. Es war ziemlich klar, was er mit Rachel getrieben hatte, und Barbara wusste, dass es mit tiefschürfenden Gesprächen wenig zu tun gehabt hatte.

»Jetzt erzählen Sie mir mal von Mr. Querashi auf dem Marktplatz«, sagte sie. »Clacton ist ja nicht sehr weit weg von hier. Wie lange wird man brauchen? Mit dem Auto zwanzig Minuten? Eine Reise zum Mond ist das nicht gerade. Was war also so ungewöhnlich daran, dass Haytham Querashi dort auf dem Markt war?«

»Es geht ja gar nicht darum, dass er dort war«, entgegnete Trevor. »Wir leben in einem freien Land. Er kann gehen und fahren, wohin er will. Es geht darum, was er da gemacht hat. Und mit wem.«

»Also schön. Raus mit der Sprache. Was hat er denn gemacht?«

Trevor kehrte zu seinem Platz am Tisch zurück. Unter einem Wust von Zeitungen zog er ein Buch mit bunten Bildern hervor. Die aufgeschlagene Seite zeigte eine Farbfotografie. Barbara sah, dass es eine Aufnahme der Spinne war, die Trevor zurzeit nachzubilden versuchte. »Das ist eine Springspinne«, teilte er ihr mit. »Die arbeitet nicht mit einem Netz wie die anderen, das macht sie zu etwas Besonderem. Die jagt ihre Beute. Sie geht auf die Pirsch, und wenn sie was Geeignetes findet, dann« – seine Hand schnellte vor und landete auf ihrem Arm – »schnappt sie zu.« Der junge Mann grinste. Er hatte merkwürdige Eckzähne, einer war lang, der andere kurz. Sie gaben ihm ein gefährliches Aussehen, und Barbara merkte, dass er das wusste und es genoss.

Sie befreite ihren Arm von seiner Hand. »Das ist eine bildliche Darstellung, richtig? Querashi die Spinne? Was hat er gejagt?«

»Das, was so ein Typ meistens jagt, wenn er irgendwo hingeht, wo er glaubt, dass ihn keiner kennt. Aber ich hab' ihn eben gesehen. Und er hat gewusst, dass ich ihn gesehen hab'.«

»Er war mit jemand zusammen?«

»Ach, sie haben's ganz unauffällig gemacht, aber ich hab' gesehen, wie sie miteinander geredet haben, und hab' sie hinterher beobachtet. Und bingo, erst ist der eine zu den Toiletten marschiert, dann der andere – ganz lässig, Sie wissen schon –, und beide haben sie ausgesehen wie die Katzen, denen noch die Federn aus dem Maul hängen.«

Barbara musterte den jungen Mann, und er musterte sie. Sie sagte vorsichtig: »Trevor, wollen Sie damit sagen, dass Haytham Querashi auf dem Marktplatz in Clacton einen Mann abgeschleppt hat?«

»So hat's jedenfalls ausgeschaut«, erwiderte Trevor. »Er hat da an einem Stand auf der anderen Seite der Toiletten Schals angesehen. Dann kam irgendein Kerl und hat sich ungefähr zwei Schritte neben ihn hingestellt und auch mit den Schals rumgemacht. Dann haben sich die beiden angesehen. Dann haben sie weggeschaut. Dann ist der andere Kerl an Haytham vorbeigegangen und hat ihm was ins Ohr geflüstert. Haytham ist schnurstracks zum Männerklo gegangen. Ich hab' abgewartet. Zwei Minuten später ist der andere Kerl auch da drin verschwunden. Noch mal zehn Minuten später ist Haytham wieder rausgekommen. Allein. Richtig satt. Und da hat er mich dann gesehen.«

»Wer war der andere Mann? Jemand aus Balford? Kennen Sie ihn?«

Trevor schüttelte den Kopf. »Das war einfach irgendein Schwuler, der auf eine Gelegenheit gewartet hat. Der's zur Abwechslung mal mit 'ner andern Hautfarbe versuchen wollte.«

Barbara hakte sofort nach. »Er war weiß? Der Homosexuelle? Er war Engländer?«

»Kann schon sein. Aber es kann auch ein Deutscher, ein Däne oder ein Schwede gewesen sein. Vielleicht auch ein Norweger. Keine Ahnung. Aber es war jedenfalls kein Farbiger, das steht fest.«

»Und Querashi wusste, dass Sie ihn gesehen hatten?«

»Ja und nein. Er hat mich gesehen, aber er hat nicht gewusst, dass ich beobachtet hab', wie er diesen Kerl abgeschleppt hat. Erst als er mich feuern wollte, hab' ich ihm gesagt, dass ich alles gesehen hab'.« Trevor schob das Spinnenbuch wieder unter den Zeitungswust. »Ich hab' gedacht, dass ich damit ein bisschen Druck machen könnte, verstehen Sie? Dass er mich vielleicht nicht rausschmeißen würde, weil er Angst hätte, ich könnte dem alten Akram erzählen, dass sein zukünftiger Schwiegersohn es mit weißen Jungs in der öffentlichen Bedürfnisanstalt treibt. Aber Querashi hat alles abgestritten. Er hat nur gesagt, ich soll mir ja nicht einbilden, dass ich meine Arbeit in der Firma behalte, wenn ich schmutzige Gerüchte über ihn verbreite. Akram würde sie sowieso nicht glauben, hat er gesagt, und ich würde nicht nur meine Arbeit bei Malik verlieren, sondern auch den neuen Job am Pier nicht kriegen. Aber ich hab' den Job am Pier gebraucht, drum hab' ich die Klappe gehalten. Ende der Geschichte.«

»Sie haben sonst niemand davon erzählt? Nicht Mr. Malik? Nicht Muhannad? Nicht Sahlah?« Die, dachte Barbara, zweifellos entsetzt gewesen wäre zu hören, dass ihr zukünftiger Ehemann sie betrog und Schande über die ganze Familie zu bringen drohte. Denn für die Pakistani wäre das doch sicher eine Frage der Ehre. Sie musste das mit Azhar klären.

»Es stand ja mein Wort gegen seins«, sagte Trevor. »War ja nicht so, dass er von den Bullen auf frischer Tat ertappt worden ist.«

»Also nicht einmal Sie wissen mit Sicherheit, was er an diesem Tag in der Toilette tat.«

»Ich bin nicht reingegangen, um es persönlich zu überprüfen, wenn Sie das meinen. Aber ich bin doch nicht von gestern, oder? Die Toiletten da sind ein Homotreff, das weiß jeder. Und wenn da zwei Kerle reingehen und 'ne halbe Stunde zum Pinkeln brauchen ... Na, überlegen Sie doch mal.«

»Was ist mit Mr. Shaw? Haben Sie es ihm erzählt?«

»Hab' ich doch schon gesagt. Ich hab' keinem was erzählt.«

»Wie hat der andere Mann ausgesehen?«, fragte Barbara.

»Ich weiß auch nicht. Ein Kerl eben. So richtig knackig braun. Eine schwarze Baseballmütze hat er aufgehabt, verkehrt rum. Er war kein sehr kräftiger Typ, wissen Sie, aber wie 'ne Schwuchtel hat er auch nicht ausgesehen. Ach ja, noch was. Er hatte 'nen Ring durch die Lippe. Einen kleinen goldenen Kreolen.« Trevor schauderte. »Mann«, sagte er ohne eine Spur von Ironie, die Fingerspitzen auf der Spinne an seinem Hals, »wie manche Kerle sich verschandeln.«

»Homosexualität?«, fragte Emily Barlow. Gespanntes Interesse verlieh ihrer Stimme einen scharfen Ton.

Barbara hatte sie im Konferenzraum der alten Polizeidienststelle gefunden, wo sie täglich ihre Lagebesprechungen mit dem Ermittlungsteam abhielt. Sie war gerade dabei gewesen, Namen und Aufträge auf einer hellen Tafel zu notieren.

Barbara sah, dass seit Emilys Besuch in der Fabrik zwei Constables abgestellt worden waren, die die Firma Malik unter die Lupe nehmen sollten. Sie hatten bereits damit begonnen, sämtliche Angestellten zu vernehmen. Ihr Ziel war es, Informationen zu sammeln, die zu einem Feind Haytham Querashis führen konnten.

Diese letzte Neuigkeit über den Toten würde äußerst wertvoll für sie sein, und Emily Barlow düste auch unverzüglich zur Tür und gab Anweisung, die Beamten in der Firma Malik augenblicklich ins Bild zu setzen. »Piepsen Sie sie erst an«, befahl sie Constable Belinda Warner, die im Nebenzimmer am Computer arbeitete. »Wenn Sie sich melden, informieren Sie sie, aber sagen Sie ihnen um Gottes willen, sie sollen vorsichtig zu Werke gehen.«

Dann kam sie in den Konferenzraum zurück, schob die Verschlusskappe über ihren Filzstift und legte ihn auf die Ablage der Tafel. Barbara hatte umfassenden Bericht über ihre Aktivitäten dieses Tages erstattet: von ihrem Gespräch mit Connie und Rachel Winfield bis zu ihren erfolglosen Bemühungen, eine Bestätigung für Sahlah Maliks Behauptung zu finden, dass sie das goldene Armband vom Pier aus ins Wasser geworfen hatte. Emily hatte ab und zu genickt, während sie fortfuhr, auf die Tafel zu schreiben. Erst als Querashis mutmaßliche homosexuelle Neigungen zur Sprache gekommen waren, hatte sie reagiert.

»Wie die Moslems zur Homosexualität stehen.« Sie formulierte es wie den Punkt einer Arbeitsliste, die sie im Kopf für die Ermittlungen aufgestellt hatte.

»Ich hab' keinen Schimmer, wie sie dazu stehen«, antwortete Barbara. »Aber je intensiver ich auf der Rückfahrt hierher über die Frage der Homosexualität nachgedacht habe, desto weniger konnte ich sie mit Querashis Ermordung verknüpfen.«

»Wie kommt das?« Emily trat zu einem der Schwarzen Bretter, die an den Wänden hingen. Fotos des Opfers hingen dort, und sie studierte sie mit ernster Aufmerksamkeit, als könnte sie so irgendwie Gewissheit über Querashis sexuelle Neigungen erlangen.

»Weil ich es für wahrscheinlicher halte, dass die Maliks einfach die Heirat abgeblasen und Querashi ins nächste Flugzeug nach Karachi gesetzt hätten, wenn einer von ihnen dahintergekommen wäre, dass er schwul war. Umgebracht hätten die ihn bestimmt nicht. Weshalb sich die Mühe machen?«

»Sie sind Pakistanis. Sie verlieren nicht gern das Gesicht«, versetzte Emily. »Und den Kopf hätten sie – wie Muhannad es so schön formuliert hat – nun wirklich nicht mehr hoch tragen können, wenn publik geworden wäre, dass Querashi sie zum Narren gehalten hatte.«

Barbara ließ sich Emilys Argumente durch den Kopf gehen. Ihr schien da etwas nicht ganz zu stimmen. Sie sagte: »Und deshalb hat einer von ihnen Querashi getötet? Mensch, Em, das hieße aber wirklich, es mit dem ethnischen Stolz zu weit treiben. Ich könnte mir eher vorstellen, dass Querashi daran gelegen wäre, jemanden mundtot zu machen, der sein Geheimnis wusste, als umgekehrt – dass jemand Querashi töten wollte, weil er ein Geheimnis *hatte*. Wenn wirklich Homosexualität hinter dieser Tat steckt, wäre es dann nicht einleuchtender, Querashi als den Täter und nicht als das Opfer zu sehen?«

»Nicht, wenn sich einer der Pakistanis in seiner Empörung darüber, dass dieser Mann sich Sahlah Maliks bedienen wollte, um seine homosexuellen Neigungen zu verschleiern, Querashi vorgeknöpft hat.«

»Immer vorausgesetzt, dass Querashi das überhaupt vorhatte«, sagte Barbara.

Emily griff nach einem kleinen Plastikbeutel, der auf einem der Computer im Zimmer lag. Sie drehte den Drahtverschluss auf und nahm vier Karotten heraus. Barbara, die das sah, dachte an die Sprotten und die Zuckerstangen, die sie verdrückt hatte, ganz zu schweigen von den Zigaretten, die sie geraucht hatte, und kämpfte gegen das schlechte Gewissen, als die tugendhafte Emily zu kauen begann. »Und welcher Asiate fällt einem ein, wenn man an einen Mord aus Rache wegen eines solchen Arrangements denkt?«

»Ich weiß, worauf du hinauswillst«, sagte Barbara. »Aber ich dachte, Muhannad trüge das Banner seines Volkes. Wenn es nicht so ist und wenn er Querashi getötet hat, warum macht er dann überhaupt so einen Wirbel um den Mord?«

»Um sich als Heiligen hinzustellen. *Jihad*: der heilige Krieg gegen die Ungläubigen. Er fordert lauthals Gerechtigkeit und lenkt den

Verdacht auf einen Engländer und damit, übrigens, gleichzeitig von sich selbst ab.«

»Aber Em, das ist nichts anderes als das, was Armstrong vielleicht mit dem durchsuchten Auto tut. Ein anderer Ansatz, aber die gleiche Absicht.«

»Armstrong hat ein Alibi.«

»Und wie steht's mit Muhannads? Hast du diesen Rakin Khan in Colchester aufgetrieben?«

»O ja, das habe ich. Er thronte mit einem halben Dutzend anderer seines Schlags in einem Nebenraum des väterlichen Restaurants und hielt Hof. In einem Anzug von Armani, Schuhen von Bally, mit einer Rolexuhr und einem Brillantring am kleinen Finger. Er behauptete, er wäre ein alter Freund von Malik, aus der gemeinsamen Studienzeit.«

»Und was hat er gesagt?«

»Er hat Muhannads Aussage bis aufs i-Tüpfelchen bestätigt. Er sagte, die beiden hätten an dem Abend zusammengesessen. Um acht haben sie angefangen und durchgemacht bis Mitternacht.«

»Ein vierstündiges Abendessen? Wo? In einem Restaurant? In diesem Restaurant?«

»Wäre das nicht schön für uns? Aber nein, dieses große Abendessen fand bei ihm zu Hause statt, wie er sagte. *Und* er hat alles selbst gekocht, deshalb hat es so lange gedauert. Er kocht gern, er kocht leidenschaftlich gern, er hat während des Studiums immer für Muhannad gekocht, sagte er, weil sie beide das englische Essen nicht ausstehen können. Er hat mir sogar das Menü aufgesagt.«

»Kann irgendjemand seine Geschichte bestätigen?«

»O ja. Wie es die gütige Vorsehung wollte, waren sie nämlich nicht allein. Es war noch ein Ausländer da – interessant, nicht wahr, dass es lauter Ausländer sind? Ebenfalls ein ehemaliger Studienkollege. Khan sagte, es sei eine kleine Wiedersehensfeier gewesen.«

»Na ja«, meinte Barbara, »wenn sie beide bestätigen …«

»Quatsch!« Emily verschränkte die Arme. »Muhannad Malik hatte massenhaft Zeit, Rakin Khan vor meiner Ankunft in Colchester anzurufen und genau zu instruieren.«

»Das Gleiche kann man von Armstrong sagen«, entgegnete Barbara. »Er hatte ebenfalls massenhaft Zeit, seine Schwiegereltern zu instruieren. Hast du schon mit ihm gesprochen?«

Emily antwortete nicht.

»Ian Armstrong hat ein handfestes Motiv«, fuhr Barbara fort. »Warum bist du so auf Muhannad versessen?«

»Er protestiert zu viel«, versetzte Emily.

»Vielleicht hat er allen Anlass dazu«, sagte Barbara. »Hör mal, ich find' ja auch, dass er das Zeug dazu hat, eines Tages im Knast zu landen. Und dieser Rakin Khan ist vielleicht genauso übel. Aber du lässt da einfach ein paar Details aus, die du nicht mit Muhannad verknüpfen kannst. Ich nenne nur drei. Du hast gesagt, dass Querashis Wagen durchsucht wurde. Die Leiche wurde vom eigentlichen Tatort weggebracht. Seine Wagenschlüssel wurden ins Gebüsch geworfen. Wenn Muhannad Querashi umgebracht hat, um die Ehre der Familie zu retten, warum hat er dann den Wagen durchsucht, und warum hat er die Leiche fortgeschafft? Wozu das alles, wenn die Tat ohne diese Auffälligkeiten vielleicht als Unfall durchgegangen wäre?«

»Er wollte gar nicht, dass sie als Unfall durchgeht«, behauptete Emily. »Er wollte genau das, was er erreicht hat: einen Zwischenfall, der ihm dazu dient, seine Leute aufzuhetzen. Auf die Art und Weise erreicht er zweierlei: Er lässt Querashi dafür büßen, dass er den Namen seiner Familie in den Schmutz ziehen wollte, und er zementiert seine Position in der pakistanischen Gemeinde.«

»Okay, vielleicht«, sagte Barbara. »Aber warum sollten wir andererseits Trevor Ruddock diese Geschichte von Querashis Homosexualität überhaupt glauben? Ruddock hat auch ein Motiv. Gut, er hat seine Arbeit nicht zurückbekommen wie Armstrong, aber ich kann mir gut vorstellen, dass er der Typ ist, der eine Gelegenheit zu handfester Rache nicht vorübergehen lassen würde.«

»Aber du hast doch gesagt, dass er auch ein Alibi hat.«

»Verdammt noch mal! Sie haben *alle* Alibis, Em! Irgendeiner lügt da.«

»Genau das ist mein Argument, Sergeant Havers.« Emilys Stimme war durchaus ruhig, doch der stählerne Unterton rief Barbara erneut zwei Dinge ins Gedächtnis: Emily war aufgrund ihrer Begabung, Intelligenz, Intuition und Erfahrung ihre Vorgesetzte, und sie selbst hatte es nur Chief Inspector Barlows Großzügigkeit zu verdanken, dass sie in das Ermittlungsteam aufgenommen worden war.

Halt dich zurück, sagte sie sich. Du bist hier nicht daheim, Barb. Sie merkte plötzlich, wie entsetzlich heiß es in dem Raum war. Heiß wie in der Hölle. Das grelle Licht des späten Nachmittags strömte herein wie eine feurige Flut. Wann, fragte sie sich, hatten sie je einen so fürchterlichen Sommer gehabt?

»Ich habe gleich versucht, Trevors Alibi zu überprüfen«, sagte sie. »Ich bin auf dem Weg hierher bei *Racon* vorbeigefahren. Ihre Mutter sagt, Rachel sei gleich, nachdem ich gegangen war, verschwunden. Sie konnte mir nicht sagen, wo Rachel am Mordabend war, weil sie selbst bei irgendeinem Turnier in Chelmsford getanzt hat. Immerhin hat sie eine interessante Bemerkung gemacht.«

»Was denn?«, fragte Emily.

»Sie sagte: ›Meine Rachel geht nur mit weißen Jungs aus, das sollten Sie sich hinter die Ohren schreiben, Sergeant.‹ Was meinst du, was das zu bedeuten hat?«

»Dass sie sich wegen irgendwas Sorgen macht.«

»Wir vermuten, dass Querashi sich am fraglichen Abend mit jemandem getroffen hat. Bis jetzt wissen wir nur von Trevor Ruddock, dass Querashi auf Männer scharf war. Aber selbst wenn dem so war, heißt das noch nicht, dass er's nicht auch mit Frauen getrieben hat.«

»Ach, spannst du Querashi jetzt mit Rachel Winfield zusammen?«, fragte Emily.

»Sie hat ihm diese Quittung gegeben, Em. Dafür muss sie doch einen Grund gehabt haben.« Barbara nahm sich ein weiteres Stück des Puzzles vor, das sie noch nicht zu platzieren versucht hatten. »Aber das gibt uns noch keine Antwort auf die Frage nach dem Armband. Wie ist Theo Shaw dazu gekommen? Ich habe angenommen, dass Sahlah es ihm geschenkt hat. Aber es ist ebenso gut möglich, dass er es Querashi abgenommen hat, als er tot war. Wenn das allerdings so ist, dann heißt es, dass Sahlah mir das Märchen vom weggeworfenen Armband aufgetischt hat, weil sie genau weiß, dass derjenige, der das Armband jetzt hat, in diese Geschichte verwickelt ist. Weshalb sonst hätte sie lügen sollen?«

»Herrgott noch mal«, sagte Emily hinter ihr heftig, »das ist ja, als würde man in den verdammten Kaninchenbau kriechen.«

Ihr Ton veranlasste Barbara, einen scharfen Blick auf sie zu werfen. Emily stand an die Tischkante gelehnt. Zum ersten Mal fielen Barbara die dunklen Ringe unter ihren Augen auf.

»Em?«, fragte sie.

»Wenn es einer von ihnen ist, Barb, dann geht diese Stadt hoch.«

Barbara wusste, was hinter dieser Bemerkung steckte. Wenn der Mörder Engländer war und diese Tatsache neue Rassenunruhen in der Stadt auslöste, würden diverse Köpfe rollen. Und der erste würde Emily Barlows sein.

In der Stille hörte Barbara von unten, wo die Wache war, Stimmen. Scharf und herrisch die eines Mannes, ruhig und sachlich die einer Frau. Die Männerstimme erkannte Barbara. Muhannad Malik war zu seiner Nachmittagssitzung mit der Polizei eingetroffen.

Und zweifellos wurde er von Azhar begleitet. Nun also war der Moment gekommen, da Barbara Emily Barlow die Wahrheit hätte offenbaren müssen.

Sie öffnete den Mund, um es ihr zu sagen, aber sie konnte nicht. Wenn sie jetzt alles erklärte – wenigstens soweit sie dazu fähig war, da sie sich ja nicht einmal die Mühe gemacht hatte, ihre Motive zu überprüfen, bevor sie nach Balford aufgebrochen war –, würde Emily sie von den Ermittlungen ausschließen müssen. Sie konnte Barbara nicht mehr als neutral betrachten, wenn ausgerechnet der Mann, der einem der Verdächtigen zur Seite stand, ein Bekannter von ihr war, der in London keine fünfzig Meter von ihr entfernt wohnte. Aber Barbara wollte jetzt aus mehr als einem Grund an dem Fall weiterarbeiten. Gewiss war sie ursprünglich nur aus Sorge um ihre pakistanischen Nachbarn nach Balford-le-Nez gekommen, doch jetzt wurde sie sich bewusst, dass sie um der Kollegin willen bleiben wollte.

Barbara wusste, welch hohen Preis Frauen bezahlen mussten, wenn sie bei der Polizei Karriere machen wollten. Männer brauchten niemanden davon zu überzeugen, dass ihre Kompetenz von ihrem Geschlecht nicht beeinträchtigt wurde, Frauen mussten das täglich neu beweisen. Wenn sie Emily also helfen konnte, ihre Position zu halten und sich als Chief Inspector zu bewähren, so wollte sie das unbedingt tun.

»Ich bin auf deiner Seite, Em«, sagte sie leise.

»Ach ja.« Wieder sprach Emily die beiden Worte im Ton einer Feststellung aus, nicht einer Frage. Und das erinnerte Barbara an etwas anderes: Je höher man auf der Leiter der Macht stieg, desto weniger wahre Freunde blieben einem.

Doch einen Moment später schüttelte Emily die finsteren Gedanken, die sie bedrückten, ab und fragte: »Wo war eigentlich Theo Shaw am Freitagabend?«

»Er sagt, er sei zu Hause gewesen. Seine Großmutter war auch da, aber sie kann nichts bestätigen. Sie war schon zu Bett gegangen.«

»Dieser Teil seiner Geschichte ist vermutlich wahr«, meinte Emiliy. »Agatha Shaw – das ist die Großmutter – hatte vor einiger Zeit einen Schlaganfall. Da braucht sie zweifellos Ruhe.«

»Somit hatte Theo beste Gelegenheit, zu Fuß zum Nez hinüberzumarschieren«, stellte Barbara fest.

»Was die Erklärung dafür wäre, warum niemand in der Nachbarschaft ein zweites Auto gehört haben will.« Emily runzelte nachdenklich die Stirn. Sie richtete ihre Aufmerksamkeit auf eine zweite Wandtafel. Auf ihr hatte sie die Namen der Verdächtigen sowie ihren vorgeblichen Aufenthaltsort zur Tatzeit aufgezeichnet. »Die kleine Malik wirkt ja eigentlich ganz zahm, aber wenn sie heimlich mit Theo verbandelt war, hatte sie vielleicht Grund, ihren Verlobten die Treppe am Nez hinunterzustoßen. Damit wäre sie ihre Verpflichtung Querashi gegenüber los gewesen. Für immer.«

»Aber du hast mir doch erzählt, dass ihr Vater gesagt hat, er hätte sie nicht gezwungen, den Mann zu heiraten.«

»Das sagt er jetzt. Aber vielleicht deckt er sie ja. Vielleicht stecken sie und Theo zusammen in der Sache drin.«

»Romeo und Julia nehmen dem Grafen Paris das Leben anstatt sich selbst? Okay. Könnte sein. Aber abgesehen von dem durchsuchten Auto, das wir für den Moment mal vergessen können, gibt's noch einen anderen Punkt, den wir nicht berücksichtigt haben: Sagen wir, Querashi hat sich zu einem Treffen mit Theo Shaw auf dem Nez überreden lassen, um mit ihm über seine – ich meine, Theos – Beziehung zu Sahlah zu sprechen. Wie erklärst du dir dann die Kondome in seiner Tasche?«

»Ach Mist. Die Kondome«, sagte Emily. »Okay, dann hat er sich vielleicht doch nicht mit Theo Shaw getroffen. Aber selbst wenn er von Theo keine Ahnung hatte, sicher ist eins: Theo wusste von ihm – die geplante Heirat war schließlich kein Geheimnis.«

Barbara musste zugeben, dass sich die Indizien für die Schuld eines Engländers zu häufen begannen. Was zum Teufel, dachte sie, würde sie den Pakistanis berichten, wenn sie sich nachher mit ihnen zusammensetzte? Sie konnte sich lebhaft vorstellen, was Muhannad Malik mit Informationen anfangen würde, die seine Überzeugung, dass das Verbrechen rassistische Hintergründe habe, stützten.

»Okay«, sagte sie, »aber wir dürfen auch nicht vergessen, dass wir Sahlah Malik bei einer Lüge ertappt haben. Und die Tatsache, dass Haytham Querashi diese Quittung hatte, lässt meiner Ansicht nach den Schluss zu, dass jemand wollte, dass er von Sahlahs heimlicher Beziehung erfährt.«

»Rachel Winfield«, meinte Emily. »Sie ist für mich immer noch das Rätsel in dieser ganzen Geschichte.«

»Eine Frau hat Querashi im Hotel besucht. Eine Frau, die einen *chādor* trug.«

»Und wenn diese Frau Rachel Winfield war, und wenn Rachel Winfield Querashi für sich selbst haben wollte –«

»Chefin?« Emily und Barbara wandten sich zur Tür, wo Belinda Warner erschienen war. Sie hatte mehrere ordentlich zusammengeheftete Zettelhäufchen in der Hand. Barbara sah, dass es die Kopien der Telefonzettel aus dem *Burnt House Hotel* waren, die sie Emily am Morgen gebracht hatte.

»Was ist?«, fragte Emily.

»Ich hab' die Zettel alle durchgesehen und geordnet und bin den einzelnen Anrufen nachgegangen.« Sie trat ein und gab zu jedem der Häufchen ihren Kommentar ab, während sie eins nach dem anderen niederlegte. »Anrufe von den Maliks: Sahlah, Akram und Muhannad. Anrufe von einem Bauunternehmer: einem gewissen Gerry DeVitt aus Jaywick Sands. Er macht die Renovierungsarbeiten an dem Haus, das Akram für das junge Paar gekauft hatte.«

»DeVitt?«, fragte Barbara. »Em, der arbeitet auf dem Pier. Ich habe heute Nachmittag mit ihm gesprochen.«

Emily machte sich eine Notiz in ihr Heft, das sie von einem Tisch im Konferenzraum aufnahm. »Was noch?«, fragte sie Belinda.

»Anrufe von einem Innenausstatter in Colchester, der ebenfalls an dem Haus gearbeitet hat. Und das letzte Häufchen hier, das sind verschiedene Anrufe, vermutlich von Freunden, wenn man nach ihren Namen geht: Mr. Zaidi, Mr. Farugi, Mr. Kumhar, Mr. Kat –«

»Kumhar?«, riefen Emily und Barbara wie aus einem Mund.

Belinda blickte auf. »Kumhar«, bestätigte sie. »Er hat am häufigsten angerufen. Es sind elf Nachrichten von ihm da.« Sie leckte ihren Finger ab und blätterte das letzte Häufchen durch. Sie zog den Zettel heraus, den sie gesucht hatte. »Hier haben wir ihn. Fahd Kumhar«, sagte sie.

»Teufel noch mal«, bemerkte Barbara ehrfürchtig.

»Es ist eine Nummer in Clacton«, fuhr Belinda fort. »Ich hab' da angerufen, aber ich hab' nur einen Zeitungshändler in der Carnarvon Road bekommen.«

»In der Carnarvon Road?«, fragte Emily rasch. »Sind Sie sicher, dass es die Carnarvon Road war?«

»Ja, ich hab' die Adresse hier.«

»Die Sterne scheinen es gut mit uns zu meinen.«

»Wieso?«, fragte Barbara. An einem der Schwarzen Bretter hing eine Regionalkarte. Sie ging hin und sah sie sich an, um die Carnarvon Road zu suchen. Sie fand sie, im rechten Winkel von der Strandpromenade von Clacton aufsteigend. Sie führte am Bahnhof vorbei und schließlich zur A133, der Landstraße nach London. »Ist an der Carnarvon Road etwas Besonderes?«

»Etwas so Besonderes, dass es kein Zufall sein kann«, versetzte Emily. »Die Carnarvon Road ist genau an der Ostseite des Marktplatzes. Des Marktplatzes von *Clacton*, meine ich, der uns seit neuestem als Schwulentreff bekannt ist.«

»Hey, das ist wirklich interessant«, meinte Barbara. Als sie der Karte den Rücken kehrte, sah sie, dass Emily sie scharf beobachtete. Ihre Augen glitzerten.

»Ich hab' das starke Gefühl, dass sich da ganz neue Möglichkeiten bieten, Sergeant Havers«, sagte sie, und in ihrer Stimme vibrierte die Energie, die Barbara immer als bezeichnend für Barlow die Schreckliche betrachtet hatte. »Wer immer dieser F. Kumhar auch sein mag, wir müssen den Kerl finden.«

12

Mit großer Sorgfalt legte Sahlah sich ihre Werkzeuge zurecht. Sie hob die durchsichtigen Plastikschalen aus dem grünen Metallkasten und reihte sie ordentlich nebeneinander auf. Sie nahm die kleine Kneifzange mit dem schmalen Kopf, den Bohrer und die Drahtschere aus ihren Schutzhüllen und legte sie neben die feinen Schnüre, Riemen und Goldkettchen, mit denen sie die Ketten und Ohrgehänge fertigte, die Rachel und ihre Mutter netterweise zum Verkauf in ihren Laden genommen hatten. »Die Sachen sind mindestens genauso gut wie alles andere, was wir bei *Racon* haben«, hatte Rachel loyal erklärt. »Meine Mutter wird sie nehmen *wollen*, Sahlah. Du wirst schon sehen. Außerdem – ein Versuch kann doch nicht schaden. Wenn die Sachen sich verkaufen, hast du ein bisschen Geld für dich. Wenn nicht, hast du ein paar neue Schmuckstücke, stimmt's?«

So unrichtig war das gar nicht. Aber neben dem Geld – von dem sie drei Viertel ihren Eltern gab, nachdem sie genug verdient hatte, um Theos Armband abzubezahlen – hatte sie der Wunsch, ganz allein etwas auf die Beine zu stellen, etwas, was ihren persönlichen Stempel trug, zu schöpferischer Tätigkeit veranlasst, deren Ergebnis für das Auge und den Besitz von Leuten außerhalb ihrer Familie bestimmt war.

War das der erste Schritt gewesen? Sie griff nach der Schale mit den afrikanischen Perlen und ließ sie langsam in ihre offene Hand rieseln, kühl und glatt wie winterliche Regentropfen. Hatte ihr die Entscheidung, sich auf diese einsame kreative Tätigkeit einzulassen, erstmals die Augen geöffnet für die Möglichkeiten, die die Welt jenseits des Familienkreises bot? Und war durch dieses kreative Schaffen, das Entwerfen und Fertigen einfachen Schmucks in der Abgeschiedenheit ihres eigenen Zimmers, der erste Riss in ihrer inneren Zufriedenheit entstanden?

Nein. Das erkannte sie klar. Nichts war so einfach. Es war kein grundlegendes Schema von Ursache und Wirkung, auf das sie mit dem Finger hätte zeigen können, um nicht nur die Ruhelosigkeit ihres Geistes, sondern auch die Wahrheit eines Herzens, das einer Insel gleich war, zu erklären. Es gab nur die Dualität eines Lebens, in dem sie versuchte, in zwei miteinander in Konflikt stehenden Welten zu existieren.

»Du bist meine kleine Engländerin«, hatte ihr Vater beinahe jeden Tag zu ihr gesagt, wenn sie morgens ihre Schulbücher genommen hatte. Und sie hatte den Stolz in seiner Stimme gehört. Sie war in England geboren; sie ging hier in der Stadt zusammen mit englischen Kindern zur Schule; sie sprach die Sprache, weil sie mit ihr aufgewachsen und ihr täglich ausgesetzt war, hatte sie nicht erst als Erwachsene mühsam erlernen müssen. Für ihren Vater war sie daher die kleine Engländerin, so waschecht wie jedes kleine englische Mädchen mit porzellanhellen Wangen, die in der Hitze des Spiels einen Hauch von Pfirsich bekamen. Sie war in der Tat so englisch, wie Akram insgeheim zu sein wünschte.

In dieser Hinsicht hatte Muhannad recht, dachte Sahlah. Obwohl ihr Vater versuchte, sich in zwei unterschiedliche kulturelle Trachten zu kleiden, galt seine wahre Liebe dem Schirm und der Melone seiner Wahlheimat, wenn auch sein Erbe ihn dem traditionellen *shalwār-qamīs* verpflichtete. Und von seinen Kindern hatte er seit ihrer Geburt erwartet, dass sie diese verwirrende Spaltung mitmachen und verstehen würden. Zu Hause hatten sie sich der Tradition ihrer Kultur zu beugen: Von Sahlah wurde erwartet, dass sie still und gehorsam war und sich in den häuslichen Pflichten übte, um ihren zukünftigen Ehemann zufriedenstellen zu können; von Muhannad wurden Respekt und Fleiß erwartet und frühe Vorbereitung darauf, später einmal die Verantwortung für das Familienunternehmen zu tragen und Söhne zu zeugen, die nach ihm diese Verantwortung übernehmen würden. Außerhalb der häuslichen Sphäre jedoch sollten die beiden Malik-Kinder englisch bis ins Mark sein. Von ihrem Vater zum Verkehr mit ihren Schulkameraden ermutigt, sollten sie Freundschaften schließen, um der Familie und damit auch dem Familienunternehmen Respekt und Wohlwollen zu sichern. Zu diesem Zweck überwachte Akram das Schulleben seiner Kinder und suchte nach Anzeichen fortschreitender gesellschaftlicher Integration, wo er unmöglich hoffen konnte, welche zu finden.

Sahlah hatte sich alle Mühe gegeben, es ihm recht zu machen. Da sie nicht damit zurechtgekommen wäre, ihren Vater zu enttäuschen, hatte sie Valentins- und Geburtstagskarten, die sie an sich selbst geschrieben und mit den Namen von Mitschülerinnen unterzeichnet hatte, mit nach Hause gebracht. Sie hatte sich kleine Briefchen geschrieben und vorgegeben, sie wären ihr während des Unterrichts zugesteckt worden. Sie hatte liegengelassene oder weggeworfene Fotos von Klassenkameraden gesammelt und sie mit einer Widmung für sich versehen. Und wenn ihr Vater von Geburtstagsfesten Wind bekam, machte sie sich ihm zuliebe scheinbar auf den Weg zu einer Feier, zu der sie niemals eingeladen war, und vergnügte sich stattdessen auf einem Baum am unteren Ende des Obstgartens, wo sie vor Blicken aus dem Haus und vor der Ernüchterung ihres Vaters geschützt war.

Muhannad jedoch unternahm keinerlei derartige Bemühungen, den Phantasien seines Vaters gerecht zu werden. Es störte ihn nicht, in einer Welt voll weißer Gesichter dunkelhäutig zu sein, und niemals versuchte er zu beschwichtigen, wenn er auf Befremden stieß, das Befremden von Leuten, denen der Anblick dunkelhäutiger Menschen größtenteils nicht vertraut war. In England geboren wie sie, fiel es ihm nicht ein, sich als Engländer zu betrachten. Engländer zu sein wäre in der Tat das Letzte gewesen, was Muhannad sich gewünscht hätte. Er verachtete alles, was unter den Begriff englischer Kultur fiel. Er hatte nichts als Geringschätzung für die Zeremonien und Traditionen übrig, die das Fundament englischen Lebens bildeten. Er spottete über die unerschütterliche Haltung in allen Lebenslagen, die die gesellschaftlichen Formen Männern abverlangten, die als Gentlemen gelten wollten. Und die Masken, die die Menschen im Westen trugen, um ihre Vorurteile zu verbergen, lehnte er völlig ab. Er selbst trug seine Vorurteile und feindseligen Einstellungen vor sich her wie das Familienbanner. Die Dämonen, die ihn jagten, waren niemals die des Rassismus gewesen, mochte er sich noch so sehr bemühen, sich und anderen dies einzureden.

Aber sie wollte jetzt nicht an Muhannad denken. Sie nahm die Zange mit dem langen schmalen Kopf zur Hand, als brauchte sie nur Arbeit vorzuschützen, um jeden Gedanken an ihren Bruder zu verscheuchen. Sie zog ein Blatt Papier zu sich heran, um den Entwurf für eine Halskette zu skizzieren, weil sie hoffte, dass sie damit die Erinnerung an dieses Glitzern in den Augen ihres Bruders, wenn er entschlossen war, seinen Willen durchzusetzen, an diese grausame Seite seines Charakters, die er vor ihren Eltern stets zu verbergen wusste, und vor allem an seine Wut, die durch seine Arme schoss und aus den Spitzen seiner Finger hervorbrach, wenn sie es am wenigsten erwartete, auslöschen könnte.

Irgendwo unten im Haus hörte Sahlah Yumn einen ihrer Söhne rufen: »Mein Baby, mein süßes Baby«, gurrte sie. »Du süßer kleiner Junge. Komm zu deiner *Ammī-gee,* kleiner Mann.«

Sahlahs Kehle war plötzlich wie zugeschnürt, ihr schwamm der Kopf, und die afrikanischen Perlen, die vor ihr auf dem Tisch lagen, verschmolzen miteinander. Sie ließ die kleine Zange los, verschränkte die Arme auf dem Tisch und senkte ihren Kopf in die Mulde, die sie bildeten. Wie kam sie dazu, über die Sünden ihres Bruders nachzudenken, da doch ihre eigenen ebenso schwer waren und die Familie ebenso leicht zerstören konnten?

»Ich hab' dich mit ihm gesehen«, hatte Muhannad ihr ins Ohr gezischt. »Du Hure. Ich hab' dich mit ihm gesehen. Hörst du mich? Ich habe es *gesehen.* Und dafür wirst du bezahlen. Weil alle Huren bezahlen. Besonders die dreckigen Schlampen, die mit Weißen gehen.«

Aber sie hatte sich nichts Böses dabei gedacht. Am wenigsten hatte sie an Liebe gedacht.

Sie hatte mit Theo Shaw zusammenarbeiten dürfen, weil ihr Vater ihn aus der *Gentlemen's Cooperative* kannte und in der Annahme seines Angebots, ihnen seine Computererfahrung zur Verfügung zu stellen, eine weitere Möglichkeit sah, Solidarität mit der englischen Gemeinde zu demonstrieren. Das Unternehmen war erst vor kurzem in sein neues Haus im Gewerbegebiet an der Old Hall Lane umgezogen, und diese Erweiterung hatte eine Modernisierung des Geschäftsbetriebs notwendig gemacht.

»Es wird Zeit, dass wir ins zwanzigste Jahrhundert eintreten«, hatte Akram seiner Familie erklärt. »Die Geschäfte gehen gut. Die Verkaufszahlen steigen. Die Aufträge sind um achtzehn Prozent hinaufgegangen. Ich habe mich mit den Herren von der Kooperative darüber unterhalten, und unter ihnen ist ein anständiger junger Mann, der bereit ist, uns bei der Umstellung auf EDV zu helfen.«

Nur weil Theo Shaw in Akram Maliks Augen ein anständiger junger Mann war, durfte er mit Sahlah zusammenarbeiten. Akram hätte es trotz seiner Liebe zum Westen am liebsten gesehen, wenn seine Tochter keinerlei Kontakt mit seinen Männern gehabt hätte. Eine Tochter Pakistans musste, bis sie in die Hände ihres zukünftigen Ehemanns überging, geschützt und treu behütet werden, das galt ebenso für die Formung ihres Geistes wie für den Schutz ihrer Jungfräulichkeit. Ja, ihre Jungfräulichkeit war beinahe ebenso wichtig wie ihre Mitgift, und keine Maßnahme ging zu weit, wenn durch sie sichergestellt wurde, dass eine Frau unberührt in die Ehe ging. Im Westen galten diese Werte nichts, daher musste Akram seine Tochter von Beginn ihrer Pubertät an vor den Männern dieser fremden Welt behüten. Doch in Bezug auf Theo Shaw hatte er sich keinerlei Sorgen gemacht.

»Er kommt aus einer guten Familie, einer alten Familie dieser Stadt«, hatte Akram erklärt, als wäre er darum eher akzeptabel. »Er wird uns helfen, ein EDV-System aufzubauen, das den Betrieb von Grund auf modernisieren wird. Es wird dann alles nur noch über Computer laufen, die Korrespondenz, die Buchhaltung, die Marketingprogramme, die Planung und das Layout für die Werbung und die Etikettierung. Er hat das bei seiner eigenen Firma schon gemacht, hat er mir gesagt, und er meinte, dass wir innerhalb von einem halben Jahr die Ergebnisse sehen würden, sowohl in der Zahl der Arbeitsstunden als auch in einer Verkaufssteigerung.«

Niemand hatte die Klugheit der Entscheidung, Theos Hilfe anzunehmen, bezweifelt, nicht einmal Muhannad, von dem am wenigsten Bereitschaft zu erwarten war, einen Engländer in der Firma zu akzeptieren, vor allem, wenn dieser Engländer auch noch eine leitende Funktion übernehmen sollte, und sei es nur auf einem so obskuren Gebiet wie der Datenverarbeitung. Theo Shaw war also in die Firma gekommen und hatte die Programme erstellt, die den Betrieb des Unternehmens revolutionieren würden. Er hatte das Personal geschult, und zu diesem Personal hatte Sahlah gehört.

Sie hatte nicht die Absicht gehabt, ihn zu lieben. Sie wusste, was von ihr erwartet wurde, auch wenn sie in England geboren war. Sie würde einen Mann heiraten, den ihre Eltern mit aller Sorgfalt für sie aussuchen würden, und da ihnen das Wohl ihrer Tochter am Herzen lag und sie sie besser kannten als sie sich selbst, würden sie an einem Mann die Eigenschaften erkennen können, die zu denen ihrer Tochter am besten passten.

»Die Ehe«, hatte Wardah Malik ihrer Tochter oft gesagt, »ist wie eine Vereinigung zweier Hände. Die Handflächen begegnen einander« – sie führte es vor, indem sie ihre eigenen Hände in Gebetshaltung hielt –, »und die Finger verschränken sich miteinander. Wenn sie in Größe, Form und Beschaffenheit zueinander passen, wird sich diese Verbindung reibungslos einspielen und von Dauer sein.«

Eine solche Vereinigung war für Sahlah mit Theo Shaw nicht möglich. Asiatische Eltern suchten ihren Töchtern keine Männer aus dem Westen aus. Eine solche Wahl hätte nur die Mutterkultur, der die Tochter entsprang, verwässert. Und das war undenkbar.

Sie hatte daher in Theo einzig den netten jungen Mann gesehen – umgänglich, attraktiv und von einer Zwanglosigkeit, die nur westliche Männer im Umgang mit Frauen zeigten –, der der Firma Malik einen Freundschaftsdienst leistete. Sie hatte sich im Grunde überhaupt keine Gedanken über ihn gemacht, bis er ihr eines Tages den Stein auf den Schreibtisch gelegt hatte.

Er hatte schon früher ihren Schmuck bewundert, die Halsketten und Ohrgehänge, die aus alten Münzen und viktorianischen Knöpfen, aus afrikanischen und tibetischen handgeschnitzten Perlen, sogar aus Federn und grünen Eisensulfatsteinen, die sie und Rachel auf dem Nez gesammelt hatten, gefertigt waren. Er hatte gesagt: »Das ist wirklich eine schöne Halskette, die Sie da tragen. Sie ist etwas ganz Besonderes.« Und als sie ihm gesagt hatte, dass sie sie selbst gemacht hatte, hatte er sich sehr beeindruckt gezeigt.

Ob sie gelernte Goldschmiedin sei?, hatte er gefragt.

Wohl kaum, hatte sie gedacht. Dann hätte sie ja irgendwo in eine Schule oder eine Lehre gehen müssen, in Colchester vielleicht oder in noch ferneren Gegenden. Und hätte ihre Familie zurücklassen müssen, das Geschäft, wo sie gebraucht wurde. »Das ist nicht erlaubt«, wollte sie sagen, entschied sich jedoch stattdessen für eine Halbwahrheit. Ich bringe mir gern selbst etwas bei, hatte sie erklärt. Das macht mir Spaß.

Als sie am nächsten Tag zur Arbeit gekommen war, hatte der Stein auf ihrem Schreibtisch gelegen. Doch es war gar kein Stein, wie Theo ihr erklärt hatte. Es war ein Fossil, die Flosse eines Holozänfisches aus dem jüngeren Trias. »Mir gefällt die Form, diese gefiederten Ränder.« Er errötete leicht. »Ich dachte, Sie könnten es vielleicht für eine Kette verwenden. Als Mittelstück oder so etwas ...? Ich meine, wie man das eben nennt.«

»Es würde sich gut als Anhänger eignen.« Sahlah drehte den Stein in ihrer Hand. »Aber ich müsste ein Loch hineinbohren. Da hätten Sie nichts dagegen?«

Oh, er wolle das Schmuckstück nicht für sich, versicherte er hastig. Er wolle ihr das Fossil schenken, für eine eigene Kette. Er sammle nämlich Fossilien, draußen auf dem Nez, wo die Felsen langsam abbröckelten. Ihm war aufgefallen, dass dieses besondere Fossil sich dank seiner Form und seinem Aussehen vielleicht für eine künstlerische Verwendung eigne. Wenn sie also meine, sie könne etwas damit anfangen, nun ... dann würde er es ihr gern schenken.

Sahlah hatte gewusst, dass sie, wenn sie das Geschenk annahm – mochte es auch in aller Unschuld gegeben sein –, eine Grenze überschritt. Und sie sah, wie die Pakistani in ihr den Kopf senkte und das Geschenk in höflicher Ablehnung schweigend über den Schreibtisch zurückschob. Aber die Engländerin in ihr kam der Asiatin zuvor. Sie schloss die Hand um das Fossil und sagte: »Vielen Dank. Ich weiß, dass ich es verwenden kann. Ich zeige Ihnen die Kette, wenn ich sie fertig habe, wenn Sie möchten.«

»Das würde mich sehr freuen«, sagte er. Dann lächelte er, und damit war eine stillschweigende Abmachung zwischen ihnen getroffen.

Ihre Schmuckgestaltung würde ihnen einen Vorwand für künftige Gespräche geben, seine Fossiliensammlung wäre Anlass für weitere Zusammenkünfte.

Aber man verliebte sich nicht, weil ein einziger Stein oder tausend Steine von der Hand eines Mannes in die einer Frau wechselten. Und Sahlah Malik hatte sich nicht wegen eines Steines in Theo Shaw verliebt. Erst als die Liebe zu ihm sie schon ganz erfasst hatte, war sie überhaupt gewahr geworden, dass es ein einfaches Wort mit fünf Buchstaben gab, das alle ihre Empfindungen erklärte, die Weichheit, die sie in ihrem Herzen spürte, die Sehnsucht, die sie in ihren Händen spürte, die Wärme, die in ihr aufstieg, und die Schwerelosigkeit ihres Körpers, der in einen Schwebezustand zu verfallen schien, wenn Theo da war oder wenn sie seine Stimme hörte.

»Flittchen«, hatte Muhannad sie geschimpft, und sie hatte das bösartige Zischen – wie das einer Schlange – in seinen Worten gehört. »Dafür wirst du bezahlen. Wie alle Huren bezahlen.«

Aber sie würde nicht daran denken. Sie würde einfach nicht daran denken.

Sahlah hob den Kopf von ihren Armen und blickte auf das Papier hinunter, den Bleistift, die Perlen, die ersten Striche einer Skizze, die keine Skizze war, weil sie nicht fähig war, einen Entwurf zu machen oder Dinge zu einem Muster zusammenzustellen, das ausgewogen und für das Auge angenehm war. Sie war verloren. Sie bezahlte schon. Sie war zu einer Sehnsucht erwacht, die innerhalb der engen Grenzen des Lebens, das zu führen von ihr erwartet wurde, nicht erfüllt werden konnte, und sie hatte schon Monate vor Haythams Ankunft begonnen, den Preis für diese Sehnsucht zu bezahlen.

Haytham hätte sie gerettet. Er war echter Anteilnahme fähig, die alle eigennützigen Interessen hintanstellte, und er besaß eine Großzügigkeit des Herzens, wie sie ihr nie begegnet war. Er nahm die Nachricht von ihrer Schwangerschaft mit einer Frage auf, die all ihre Schuldgefühle und all ihre Furcht hinwegfegte. »Und du hast diese schreckliche Last in diesen drei Monaten ganz allein getragen, meine Sahlah?«

Erst in diesem Moment hatte sie geweint. Sie hatten im Obstgarten gesessen, Seite an Seite auf der Holzbank, deren hintere Beine zu tief in die weiche Erde eingesunken waren. An den Schultern hatten sie einander berührt, sonst jedoch gab es keine Berührung zwischen ihnen, bis sie sich ihm anvertraute. Sie hatte ihn beim Sprechen nicht ansehen können, da sie wusste, wie viel von den nächsten Minuten abhing. Sie konnte nicht glauben, dass er sie zur Frau nehmen würde, wenn er erfuhr, dass sie von einem anderen Mann schwanger war. Aber sie brachte es auch nicht über sich, ihn einfach zu heiraten und dann zu versuchen, ihre Umwelt zu täuschen und ein gesundes, voll ausgetragenes Kind als Frühgeburt auszugeben. Außerdem hatte er es mit der Heirat nicht eilig gehabt, und ihre Eltern hatten seinen Vorschlag, noch eine Weile zu warten, nicht als Widerstreben, seinen Teil des Vertrages zu erfüllen, aufgefasst, sondern als kluge Entscheidung eines Mannes, die Frau, die seine Ehefrau werden würde, vor der Heirat besser kennenzulernen. Sahlah jedoch hatte keine Zeit, eine Bekanntschaft mit Haytham Querashi zu pflegen.

Darum hatte sie sprechen müssen. Dann hatte sie warten müssen, während ein Mann, den sie noch nicht einmal eine Woche kannte, ihre Zukunft und die Ehre ihrer Familie in der Hand hielt.

»Und du hast diese schreckliche Last in diesen drei Monaten ganz allein getragen, meine Sahlah?« Und als er ihr den Arm um die Schultern legte, wusste Sahlah, dass sie gerettet war.

Sie hatte ihn fragen wollen, wie er es über sich brachte, sie so zu nehmen, wie sie war: entehrt von einem anderen, schwanger mit dem Kind dieses anderen, beschmutzt durch die Berührung eines Mannes, der niemals ihr Ehemann werden konnte. Ich habe gesündigt und habe den Preis für meine Sünde bezahlt, hatte sie sagen wollen. Stattdessen jedoch sagte sie nichts, sondern weinte nur lautlos und wartete auf seine Entscheidung über ihr Schicksal.

»Dann werden wir also früher heiraten, als ich erwartet hatte«, meinte er nachdenklich. »Es sei denn ... Sahlah, du hast nicht den Wunsch, den Vater deines Kindes zu heiraten?«

Sie hatte die Hände zwischen den Schenkeln zu Fäusten geballt. Ihre Worte waren heftig. »Nein. Ich will nicht. Ich kann nicht.«

»Weil deine Eltern ...?«

»Ich kann nicht. Wenn sie die Wahrheit erführen, würde es sie vernichten. Ich würde verstoßen werden ...« Mehr konnte sie nicht sagen, da der Schmerz und die Angst in ihrem Inneren – die sie so lange in Schach gehalten hatte – endlich freien Lauf fanden.

Und Haytham verlangte keine weitere Erklärung von ihr. Er wiederholte nur seine ursprüngliche Frage: Ob sie die Last ganz allein getragen habe? Als er hörte, dass es so war, versuchte er nur, sie mit ihr zu teilen und sie zu trösten.

So jedenfalls hatte sie es verstanden, dachte Sahlah jetzt. Aber

Haytham war Moslem, war der Tradition und seinem Glauben verhaftet. Die Vorstellung, dass ein anderer Mann die Frau berührt hatte, die seine Ehefrau werden sollte, musste ihn tief getroffen haben. Er hätte eine Konfrontation mit diesem Mann gesucht, und nachdem Rachel ihn auf die Existenz des goldenen Armbands aufmerksam gemacht hatte, das ein Geschenk der Liebe war …

Sahlah konnte sich die Zusammenkunft der beiden Männer nur allzu deutlich vorstellen: Haytham, der um sie gebeten hatte, und Theo, der bereitwillig auf den Vorschlag eingegangen war. »Gib mir Zeit«, hatte er sie angefleht, als sie ihm gesagt hatte, dass sie einen Mann aus Pakistan heiraten würde, den ihre Eltern für sie ausgewählt hatten. »Um Gottes willen, Sahlah, gib mir noch etwas Zeit.« Und er wäre ausgezogen, sich diese Zeit zu verschaffen, indem er den Mann beseitigte, der zwischen ihnen stand, um das zu verhindern, was er anders nicht hätte aufhalten können: ihre Verheiratung.

Jetzt hatte sie ein Übermaß an Zeit und überhaupt keine Zeit. Ein Übermaß an Zeit, weil es nun keinen gab, der sie vor der Schande retten und so verhindern konnte, dass sie ihre Familie verlor. Und überhaupt keine Zeit, weil in ihrem Körper ein neues Leben wuchs und alles zu zerstören drohte, was sie kannte, was ihr lieb und teuer war, worauf sie baute. Wenn sie nicht so bald wie möglich energisch handelte.

Die Schlafzimmertür hinter ihr öffnete sich. Sahlah drehte sich um, als ihre Mutter ins Zimmer trat. Wardah trug den Kopf züchtig bedeckt. Trotz der Hitze war sie von Kopf bis Fuß verhüllt, nur ihre Hände und ihr Gesicht waren frei. Sie war dunkel gekleidet, wie das ihre Gewohnheit war, als wäre sie in dauernder Trauer über einen Tod, von dem sie niemals sprach.

Sie kam durch das Zimmer und berührte ihre Tochter an der Schulter. Schweigend nahm sie Sahlah das *dupattā* ab und löste ihr Haar, das in einem dicken Zopf geflochten war. Sie holte eine Haarbürste aus der Kommode. Sie begann das Haar ihrer Tochter zu bürsten. Sahlah konnte das Gesicht ihrer Mutter nicht sehen, aber sie spürte ihre Liebe in der Berührung ihrer Finger und die Zärtlichkeit in jedem Bürstenstrich.

»Du bist nicht in die Küche gekommen«, sagte Wardah. »Ich

habe dich vermisst. Anfangs glaubte ich, du wärst noch nicht zu Hause. Aber Yumn hat dich heimkommen hören.«

Und Yumn hatte es natürlich sogleich gemeldet, dachte Sahlah. Sie war von einem boshaften Eifer getrieben, ihre Schwiegermutter jede kleinste Pflichtvergessenheit Sahlahs sogleich wissen zu lassen.

»Ich wollte ein paar Minuten allein sein«, sagte Sahlah. »Es tut mir leid, *Ammī*. Hast du schon mit dem Abendessen angefangen?«

»Nur mit den Linsen.«

»Soll ich dann –«

Wardah hinderte ihre Tochter mit sanftem Druck auf beide Schultern, als diese aufstehen wollte. »Ich kann das Abendessen im Schlaf kochen, Sahlah. Deine Gesellschaft hat mir gefehlt. Das ist alles.« Sie wickelte eine lange Haarsträhne Sahlahs um ihre Hand, während sie bürstete. Sie ließ sie auf Sahlahs Rücken herabfallen und wählte eine zweite. »Wollen wir miteinander sprechen?«, fragte sie.

Sahlah empfand den Schmerz bei der Frage ihrer Mutter so stark, als drückte ihr eine Faust das Herz zusammen. Wie oft in den vergangenen Jahren hatte Wardah diese vier Worte zu ihrer Tochter gesagt? Tausendmal? Hunderttausendmal? Sie waren stets eine Einladung, tiefe innere Gedanken und Gefühle miteinander zu teilen: Geheimnisse, Träume, verwirrende Fragen, Kränkungen, heimliche Hoffnungen. Und immer ging mit der Einladung das stillschweigende Versprechen einher, dass alles, was zwischen Mutter und Tocher gesprochen wurde, treu bewahrt werden würde.

Sag mir, was zwischen einem Mann und einer Frau geschieht. Und Sahlah hatte erschreckt und ehrfürchtig zugehört, während Wardah erklärte, was geschah, wenn ein Mann und eine Frau sich aneinander banden.

Aber wie wissen die Eltern, welcher Mensch für eine Ehe mit einem ihrer Kinder der richtige ist? Und ruhig legte ihr Wardah die vielen Möglichkeiten dar, die es Müttern und Vätern gestatten, Herz und Geist ihrer Kinder zu erkennen.

Und du, Ammī? *Hattest du keine Angst, einen Mann zu heiraten, den du nicht kanntest?* Ich hatte größere Angst davor, nach England zu gehen, antwortete Wardah. Aber geradeso, wie sie darauf vertraut hatte, dass ihr Vater ihr einen Mann wählen würde, der ihr Leben lang für sie sorgen würde, hatte sie darauf vertraut, dass Akram das tun würde, was für sie am besten war.

Aber hattest du denn nie in deinem Leben Angst? Nicht einmal vor der ersten Begegnung mit Abhy-jahn? Natürlich, sagte ihre Mutter. Aber sie hatte gewusst, was ihre Pflicht war, und als Akram Malik ihr vorgestellt worden war, hatte sie gesehen, dass er ein guter Mann war, ein Mann, an dessen Seite sie leben konnte.

Das ist es, wonach wir Frauen streben, pflegte Wardah ihr in jenen stillen Momenten zu erklären, wenn sie und ihre Tochter in der Dunkelheit Seite an Seite auf Sahlahs Bett lagen, bevor Sahlah einschlief. Wir finden unsere Erfüllung als Frau darin, indem wir den Bedürfnissen unserer Ehemänner und unserer Kinder gerecht werden und unsere Kinder schließlich in ihr eigenes Leben an der Seite von passenden Partnern entlassen.

Echte innere Zufriedenheit wächst aus der Tradition, Sahlah. Und die Tradition hält uns als Volk zusammen.

Bei diesen nächtlichen Gesprächen verbargen die Schatten im Zimmer ihre Gesichter voreinander, und das gab ihnen die Freiheit, ihr Innerstes zu öffnen. Doch jetzt … Wie, fragte sich Sahlah, sollte sie jetzt mit ihrer Mutter sprechen? Sie wünschte es sich. Es drängte sie, ihrer Mutter ihr Herz zu öffnen, um getröstet zu werden und die Geborgenheit zu fühlen, die ihr die Anwesenheit ihrer Mutter immer vermittelt hatte. Um den Trost und die Geborgenheit zu erhalten, nach denen sie verlangte, hätte sie die Wahrheit sagen müssen, und ebendie würde jede Möglichkeit des Trosts und der Geborgenheit für immer zerstören.

Deshalb sagte sie leise das Einzige, was sie sagen konnte: »Die Polizei war heute in der Firma, *Ammī.*«

»Dein Vater hat mich angerufen, ja«, antwortete Wardah.

»Sie haben uns zwei Constables geschickt, die mit jedem Einzelnen in der Firma sprechen und die Gespräche aufzeichnen. Sie sitzen im Konferenzzimmer und rufen einen nach dem anderen zur Befragung herein. Aus der Küche, aus dem Versand, aus dem Lager, aus der Produktion.«

»Haben die Beamten auch mit dir gesprochen, Sahlah?«

»Nein. Noch nicht. Aber sie werden es sicher bald tun.«

Wardah schien einen besonderen Ton in ihrer Stimme zu vernehmen; einen Moment lang hielt sie im Bürsten inne. »Hast du Angst vor einem Gespräch mit den Polizeibeamten? Weißt du etwas über Haythams Tod? Etwas, worüber du noch nicht gesprochen hast?«

»Nein.« Sahlah sagte sich, das sei keine Lüge. Sie wusste ja wirklich nichts. Sie vermutete es nur. Sie wartete, um zu sehen, ob ihre Mutter in ihrer Stimme ein Zögern gehört hatte, das sie verriet, oder einen ungewohnten Ton, der den Tumult in ihrer Seele, in der Schuldgefühle, Bekümmerung, Furcht und Angst miteinander stritten, enthüllt hatte. »Aber ich habe Angst«, sagte sie. Und dies wenigstens war eine Wahrheit, zu der sie sich bekennen konnte.

Wardah legte die Haarbürste auf die Kommode. Sie kehrte zu ihrer Tochter zurück und schob ihre Finger unter Sahlahs Kinn. Sie hob das Gesicht ihrer Tochter an und sah ihr in die Augen. Sahlah merkte, wie ihr Herz zu hämmern begann, und sie wusste, dass das Muttermal auf ihrer Wange dunkel geworden war.

»Du hast keinen Grund, dich zu ängstigen«, sagte Wardah. »Dein Vater und dein Bruder werden dich beschützen, Sahlah. Wie ich. Was Haytham zugestoßen ist, ist schrecklich, aber es kann dir nichts anhaben. Eher würde dein Vater sein eigenes Leben opfern. Genau wie Muhannad. Das weißt du doch, nicht wahr?«

»Aber wir sind schon alle betroffen«, flüsterte Sahlah.

»Ja, was Haytham geschehen ist, berührt unser aller Leben«, stimmte Wardah zu. »Aber es braucht uns nicht zu infizieren, wenn wir das nicht zulassen. Und wir verhindern es, indem wir uns für die Wahrheit entscheiden. Nur Lügen und Leugnen haben die Macht, uns zu beschmutzen.«

Diese Worte waren nichts Neues; Wardah hatte in der Vergangenheit oft genug Ähnliches gesagt. Doch in diesem Moment trafen sie Sahlah überraschend tief. Es gelang ihr nicht, ihre Tränen zurückzudrängen, ehe ihre Mutter sie sah.

Wardahs Gesicht wurde weich. Sie zog Sahlah an sich und drückte ihren Kopf an ihre Brust. »Du bist sicher, mein Kind«, sagte sie. »Ich verspreche es dir.«

Doch Sahlah wusste, dass die Sicherheit, von der ihre Mutter sprach, eine Illusion war.

Zum zweiten Mal an diesem Tag musste Barbara sich von Emily das Gesicht bearbeiten lassen. Ehe die es ihr gestattete, sich in ihrer Rolle als Verbindungsbeamtin zur ersten offiziellen Sitzung mit den Pakistanis zu begeben, schleppte sie sie in den Fitnessraum und schob sie vor den Spiegel, um ihr erneut mit Make-up, Puder, Wimperntusche und Wangenrouge zu Leibe zu rücken. Sie zog sogar Barbaras Lippen nach und sagte nur: »Klappe, Sergeant«, als Barbara protestierte. »Ich möchte, dass du frisch aussiehst, wenn du in den Kampf ziehst«, erklärte sie. »Man darf die Wirkung der äußeren Erscheinung nicht unterschätzen, schon gar nicht in unserer Branche. Glaub also ja nicht, Aussehen zählt nicht.«

Während sie die Schäden reparierte, die die Hitze angerichtet hatte, gab sie Barbara Anweisungen für die bevorstehende Besprechung. Sie sagte ihr genau, was sie den beiden Vertretern der asiatischen Gemeinde mitteilen durfte und was nicht, und wies sie noch einmal darauf hin, auf welch gefährlichem Terrain sie sich befanden.

Zum Schluss sagte sie: »Auf keinen Fall möchte ich, dass Muhannad Malik irgendetwas, was er in dieser Sitzung erfährt, dazu benutzen kann, seine Leute aufzuwiegeln, klar? Und beobachte die beiden genau, wenn ihr redet. Lass sie nicht aus den Augen. Ich bin mit den anderen vom Team im Konferenzraum, falls du mich brauchst.«

Barbara war entschlossen, sie nicht zu brauchen und dem Vertrauen, das sie ihr entgegenbrachte, in vollem Umfang gerecht zu werden. Als sie sich Muhannad Malik und Taymullah Azhar gegenüber an den Tisch setzte, nahm sie sich das noch einmal fest vor.

Man hatte die beiden Männer eine Viertelstunde warten lassen. In dieser Zeit hatte ihnen jemand einen Krug Wasser, vier Gläser und einen blauen Pappteller mit Schwarzweißplätzchen gebracht. Aber sie schienen nichts angerührt zu haben. Als Barbara eintrat, stand Azhar auf. Muhannad nicht.

»Es tut mir leid, dass Sie warten mussten«, sagte sie. »Es gab in letzter Minute noch einige Einzelheiten zu klären.«

Muhannad machte nicht den Eindruck, als glaubte er ihr. Er war offensichtlich erfahren und klug genug, um es zu durchschauen, wenn der Gegner sich gleich von Anfang an die Oberhand zu verschaffen suchte. Azhar seinerseits musterte Barbara, als wolle er die Wahrheit in ihrer Seele ergründen. Als sie seinen forschenden Blick erwiderte, senkte er die Lider.

»Und wir sind gespannt, diese Einzelheiten zu hören«, sagte Muhannad. Barbara musste ihm zugestehen, dass er sich bemühte, höflich zu sein.

»Tja. Hm.« Sie warf die Hefter auf den Tisch, die sie bei sich trug. Es waren drei, und sie hatte sie im Grunde nur um des Effekts willen mitgebracht. Obenauf legte sie das gelb gebundene Buch, das sie aus Querashis Hotelzimmer mitgenommen hatte. Dann zog sie sich einen Stuhl heraus, setzte sich und forderte Azhar mit einer Geste auf, ebenfalls Platz zu nehmen. Sie hatte ihre Zigaretten mitgebracht und nahm sich einen Moment Zeit, um sich eine anzuzünden.

Im Zimmer war es kaum weniger heiß als in Emily Barlows Büro, aber dort hatte wenigstens ein Ventilator die drückende Luft etwas in Bewegung gebracht. Hier stand sie. Auf Muhannads Stirn glänzte der Schweiß. Azhar hingegen sah aus, als hätte er kurz vor Barbaras Ankunft eine eiskalte Dusche genommen.

Barbara wies mit ihrer Zigarette auf das gelbe Buch. »Ich würde gern damit anfangen. Können Sie mir sagen, was das ist?«

Azhar griff über den Tisch. Er drehte das Buch um und las die Seite, die Barbara für die letzte gehalten hätte. Er sagte: »Das ist der Heilige Qur'aan, Sergeant. Woher haben Sie das Buch?«

»Aus Querashis Zimmer.«

»Da er Moslem war, kann Sie das nicht überraschen«, bemerkte Muhannad spitz.

Barbara streckte die Hand nach dem Buch aus, und Azhar gab es ihr. Sie öffnete es an der Stelle, die mit dem Satinbändchen gekennzeichnet war, und wies Azhar auf die Passage auf der Seite hin, die mit blauer Tusche eingeklammert war. »Sie können offensichtlich Arabisch«, sagte sie. »Würden Sie mir das hier übersetzen? Wir haben eine Kopie davon an einen Fachmann an der Londoner Universität gefaxt und um Übersetzung gebeten, aber es würde natürlich Zeit sparen, wenn Sie uns den Text gleich übersetzen würden.«

Barbara bemerkte einen flüchtigen Schatten der Irritation auf

Azhars Gesicht. Sie lächelte innerlich, weil sie wusste, dass seine Gereiztheit nicht ihr galt, sondern ihm selbst. Indem er ihr gezeigt hatte, dass er Arabisch konnte, hatte er ihr, ohne es zu wollen, einen Vorteil verschafft, den sie sonst nicht gehabt hätte. Und indem sie ihm gesagt hatte, dass sie den Text bereits nach London geschickt hatten, hatte sie es ihm unmöglich gemacht, ihr eine Übersetzung anzubieten, die vielleicht anderen Zwecken als der Wahrheit gedient hätte. Es kam schließlich darauf an, dass Taymullah Azhar von Anfang an begriff, dass sich Sergeant Havers durch die Bekanntschaft mit ihm nicht davon abhalten lassen würde, ihre Pflicht zu tun. Und ebenso kam es darauf an, dass beide Männer von Anfang an wussten, dass sie keine dumme Gans vor sich hatten.

Azhar las die Passage. Einen Moment schwieg er, und in der Stille konnte Barbara Stimmen aus dem Konferenzraum im Erdgeschoss hören, als die Tür geöffnet und wieder geschlossen wurde. Sie warf einen Blick auf Muhannad, konnte aber nicht sagen, ob sein Gesicht Langeweile, Wissbegierde, Feindseligkeit oder Gespanntheit ausdrückte. Sein Blick war auf seinen Vetter gerichtet. In der Hand hielt er einen Bleistift, mit dessen Ende er auf den Tisch klopfte.

Schließlich sagte Azhar: »Eine direkte Übersetzung ist nicht immer möglich. Die englischen Wendungen sind den arabischen nicht immer angemessen oder vergleichbar.«

»In Ordnung«, meinte Barbara. »Zur Kenntnis genommen. Tun Sie einfach Ihr Bestes.«

»Dieser Abschnitt bezieht sich auf die Pflicht des Einzelnen, denen zu helfen, die Hilfe brauchen«, erklärte Azhar. »Grob übersetzt steht da: ›Wie solltest du nicht für die Sache Allahs und der Schwachen unter den Männern und der Frauen und Kinder kämpfen, die da rufen: O Herr! Bringe uns fort aus dieser Stadt, in der die Menschen Unterdrücker sind! Oh, gib uns einen Freund und Beschützer!‹«

»Aha«, sagte Barbara trocken. »Grob übersetzt, wie Sie sagen. Ist das alles?«

»Natürlich nicht«, antwortete Azhar mit feiner Ironie. »Aber nur diese Stelle ist gekennzeichnet.«

»Ich denke, es ist offensichtlich, warum Haytham sie gekennzeichnet hat«, warf Muhannad ein.

»Ach ja?« Barbara zog an ihrer Zigarette und musterte ihn. Er hatte seinen Stuhl zurückgeschoben, während sein Vetter vorgelesen hatte. Er machte ein Gesicht wie jemand, der seinen Argwohn bestätigt sieht.

»Sergeant, wenn Sie je auf dieser Seite des Tisches gesessen hätten, wüssten Sie, dass es so ist«, sagte er. »›Bringe uns fort aus dieser Stadt, in der die Menschen Unterdrücker sind!‹ Da haben Sie es doch schon.«

»Danke, ich habe die Übersetzung gehört.«

Muhannad entgegnete gereizt: »Wirklich? Dann frage ich nur, was brauchen Sie denn noch? Eine Botschaft, die mit Haythams Blut geschrieben ist?« Er ließ seinen Bleistift auf den Tisch fallen, stand auf und ging zum Fenster. Als er wieder zu sprechen begann, wies er auf die Straße und die Stadt dahinter. »Haytham war lange genug hier, um etwas zu spüren zu bekommen, was er vorher noch nie hatte spüren müssen: die brennende Demütigung des Rassismus. Was glauben Sie wohl, wie er sich fühlte?«

»Es gibt nicht den geringsten Hinweis darauf, dass Mr. Querashi –«

»Dann schlüpfen Sie doch nur einen Tag lang in meine Haut. Haytham war braun. Und wenn man eine braune Haut hat, ist man in diesem Land automatisch nicht willkommen. Haytham hätte gern den ersten Flug nach Karachi genommen, aber das konnte er nicht, weil er meiner Familie gegenüber eine Verpflichtung eingegangen war, die er erfüllen wollte. Da hat er auf der Suche nach einer Lösung den Qur'aan gelesen und gesehen, dass geschrieben steht, für seinen eigenen Schutz könne er kämpfen. Und das hat er getan. Und so ist er gestorben.«

»Das stimmt nicht ganz«, entgegnete Barbara. »Mr. Querashi hatte ein gebrochenes Genick. So ist er gestorben. Es gibt nicht den geringsten Hinweis darauf, dass er gekämpft hat, tut mir leid.«

Muhannad wandte sich seinem Vetter zu und ballte die Faust. »Ich hab' es dir ja gesagt, Azhar. Sie haben uns von Anfang an im Dunkeln gelassen.«

Azhars Hände lagen auf dem Tisch. Er drückte die Fingerspitzen aneinander. »Warum wurden wir nicht sofort informiert?«, fragte er.

»Weil die Obduktion noch nicht durchgeführt worden war«, antwortete Barbara. »Und solange kein Befund vorliegt, werden keinerlei Informationen herausgegeben. Das ist so Usus.«

Muhannad starrte sie ungläubig an. »Sie wollen uns doch nicht weismachen, dass Sie nicht sofort, als Sie den Toten sahen, gewusst haben –«

»Wie genau ist es denn zu dem Genickbruch gekommen?«, fragte Azhar mit einem beschwichtigenden Blick zu seinem Vetter. »So etwas kann ja auf vielerlei Art passieren.«

»Die Frage ist noch nicht geklärt.« Barbara hielt sich genau an Emilys Direktiven. »Aber wir können mit ziemlicher Sicherheit sagen, dass es sich um Mord handelt. Vorsätzlichen Mord.«

Muhannad ließ sich auf seinen Stuhl fallen. Er sagte: »Einem Menschen das Genick zu brechen, das ist doch rohe Gewalt: die Folge eines Kampfes, ein Ergebnis von Zorn und Wut und Hass. Man kann doch nicht vorher planen, jemand das Genick zu brechen.«

»Unter normalen Umständen würde ich da nicht widersprechen«, sagte Barbara.

»Dann –«

»Aber in diesem Fall deuten die Umstände darauf hin, dass jemand wusste, dass Querashi auf dem Nez anzutreffen sein würde, und diese Person begab sich vor ihm dorthin und brachte die Ereignisse ins Rollen, die zu seinem Tod führten. Das ist vorsätzlicher Mord, Mr. Malik. Ganz gleich, wie Sie Mr. Querashis Tod gern sehen würden, es war kein willkürlicher Anschlag nach einem rassistisch motivierten Zwischenfall.«

»Was wissen Sie denn schon von rassistisch motivierten Zwischenfällen? Was können Sie uns darüber sagen, wie sie entstehen? Kennen Sie den Ausdruck auf einem englischen Gesicht, der einem Ausländer rät, lieber die Richtung zu wechseln, wenn er die Straße hinuntergeht, den Blick niederzuschlagen, wenn er eine Handvoll Kleingeld über die Theke schiebt, um für seine Zeitung zu bezahlen, die Blicke der anderen Gäste zu ignorieren, wenn er ein Restaurant betritt und sieht, dass er der einzige Dunkelhäutige im Raum ist?«

»Vetter«, sagte Azhar. »Das führt doch zu nichts.«

»O doch, ganz im Gegenteil«, beharrte Muhannad. »Wie soll eine Truppe weißhäutiger Polizeibeamter den Tod eines Mannes untersuchen, dessen Erfahrungen sie nicht einmal im Entferntesten begreifen kann? Diese Leute tragen doch Scheuklappen, Azhar. Gerechtigkeit können wir nur erwarten, wenn wir ihnen die Augen öffnen.«

»Ist das der Zweck von *Jum'a?*«, fragte Barbara.

»Der Zweck von *Jum'a* steht hier nicht zur Diskussion. Es geht um Haythams Tod.«

»War er Mitglied bei *Jum'a*?«

»Sie werden so lange keine Ruhe geben, bis Sie diese Sache einem Pakistani angehängt haben. Nur darauf wollen Sie doch hinaus.«

»Beantworten Sie bitte meine Frage.«

»Nein, er war kein Mitglied. Wenn Sie den Verdacht haben, dass ich ihn deshalb ermordet habe, dann nehmen Sie mich doch fest.«

Sein Gesicht, so angespannt, so voller Wut und Abscheu, erinnerte Barbara flüchtig an den kleinen Jungen Ghassan, den sie mit urinbespritzten Beinen auf der Straße gesehen hatte. Waren es Zwischenfälle wie diese, die sich durch Kindheit und Jugend zogen und die tiefe Feindseligkeit hervorriefen, die ihr von Muhannad Malik entgegenschlug? In vieler Hinsicht hatte er recht, dachte sie. In vieler Hinsicht aber auch unrecht.

»Mr. Malik«, sagte sie schließlich und legte ihre Zigarette auf den Rand eines Aschenbechers, der neben ihr stand, »eins möchte ich gern klarstellen, bevor wir weitermachen: Wenn jemand zufällig mit weißer Haut geboren ist, heißt das noch lange nicht, dass er sein Leben lang versucht, den silbernen Löffel aus dem Mund zu kriegen.« Sie wartete nicht auf eine Erwiderung, sondern ging sogleich dazu über, den derzeitigen Gang der Ermittlungen zu erläutern: Im Augenblick sei man damit beschäftigt, die Herkunft eines Schließfachschlüssels festzustellen, den man unter den Effekten des Toten gefunden hatte; man überprüfe die Alibis sämtlicher Personen, die in irgendeiner Beziehung zu Querashi gestanden hatten; man sei dabei, die Papiere, die man in Querashis Besitz gefunden hatte, zu sichten; man sei ferner dabei, Fahd Kumhar ausfindig zu machen.

»Dann haben Sie ja jetzt seinen Vornamen«, stellte Azhar fest. »Dürfen wir wissen, wie Sie ihn erfahren haben?«

»Glück«, antwortete Barbara.

»Dass Sie den Namen haben oder dass er Pakistani ist?«, fragte Muhannad.

»Du lieber Gott, mach doch mal eine Pause«, hätte Barbara am liebsten gesagt. Stattdessen jedoch sagte sie: »Ein bisschen was dürfen Sie uns schon zutrauen, Mr. Malik. Wir vergeuden unsere Zeit gewiss nicht damit, irgendeinen Unbekannten ausfindig zu machen, nur um unser Bedürfnis zu stillen, ihm die Hölle heiß zu machen. Wir müssen mit ihm sprechen, weil wir wissen müssen, in welcher Beziehung er zu Mr. Querashi gestanden hat.«

»Ist er ein Verdächtiger?«, fragte Azhar.

»Jeder, der Querashi kannte, wird überprüft. Wenn dieser Mann ihn kannte, betrachten Sie ihn ruhig als Verdächtigen.«

»Haytham hat auch Engländer gekannt«, sagte Azhar, und so milde, dass Barbara sofort klar war, dass er die Antwort bereits wusste, fügte er hinzu: »Gibt es einen Engländer oder eine Engländerin, die von seinem Tod profitiert haben?«

Barbara hatte nicht die Absicht, sich mit Azhar oder sonst jemandem auf dieses dünne Eis zu begeben. Sie antwortete: »Meine Herren, wäre es vielleicht möglich, unsere Gespräche jenseits englisch-asiatischer Fragen zu führen? Wir haben es bei unserer Untersuchung nämlich nicht mit einer englisch-asiatischen Frage zu tun, sondern schlicht und einfach mit der Frage nach Schuld oder Unschuld. Wir suchen einen Mörder, gleich welcher Hautfarbe: einen Mann oder eine Frau mit einem Motiv, einen anderen Menschen zu beseitigen.«

»Eine Frau?«, fragte Azhar. »Sie wollen doch damit nicht sagen, dass eine Frau ihm das Genick gebrochen haben könnte?«

»Ich will damit sagen, dass eine Frau in die Sache verwickelt sein kann.«

»Wollen Sie etwa meine Schwester da mit hineinziehen?«, fragte Muhannad.

»Das habe ich nicht gesagt.«

»Aber welche Frauen kämen denn sonst in Frage? Die in der Fabrik?«

»Wir wissen nichts mit Sicherheit, deshalb wollen wir uns alle Möglichkeiten offenhalten. Wenn Mr. Querashi Fahd Kumhar gekannt hat – einen Mann, der mit der Firma nichts zu tun hatte, nicht wahr? –, kann er ebenso gut eine Frau gekannt haben, die mit der Firma nichts zu tun hat.«

»Und was unternehmen Sie, um diese Frau zu finden?«, fragte Azhar.

»Wir stellen Fragen, wir verfolgen Spuren, wir suchen nach Verbindungen und versuchen festzustellen, ob Querashi in den Wochen vor seiner Ermordung mit anderen Personen ernstere Auseinandersetzungen gehabt hat. Das bedeutet viel Lauferei und einen Haufen Kleinarbeit, aber wir kommen nicht darum herum.«

Sie schob ihre Hefter zusammen und legte das gelbe Buch obenauf. Ihre Zigarette war im Aschenbecher ausgegangen, doch sie drückte den kurzen Stummel dennoch aus, zum Zeichen, dass die Sitzung beendet war. Dann stand sie auf und sagte bewusst sehr höflich zu Muhannad Malik: »Ich nehme an, Sie werden dies alles an Ihre Leute weitergeben. Wir wollen doch nicht, dass sie durch Fehlinformationen in Aufregung geraten, wenn das gar nicht nötig ist.«

Es war klar, dass er sie verstand: Wenn Fehlinformationen irgendwelcher Art die pakistanische Gemeinde erreichten, konnten sie nur aus einer Quelle stammen.

Auch Muhannad Malik stand auf, und Barbara hatte den Eindruck, dass er sich seiner Größe bediente – er überragte sie um mindestens zwanzig Zentimeter –, um ihr zu demonstrieren, dass Einschüchterungsversuche, wenn sie in Zukunft Teil ihrer Gespräche sein sollten, seine Sache sein würden.

Er sagte: »Wenn Sie nach pakistanischen Verdächtigen suchen, Sergeant, lassen Sie sich gesagt sein, dass wir die Absicht haben, Ihnen zuvorzukommen. Ob Mann oder Frau oder Kind. Wir werden Ihnen nicht gestatten, einen Pakistani zu vernehmen, ohne dass ein Rechtsbeistand – ein pakistanischer Rechtsbeistand – zugegen ist.«

Barbara maß ihn mit einem langen, scharfen Blick, ehe sie antwortete. Er wollte ihr zum Schluss der Sitzung noch einmal zeigen, dass er der Überlegene war, und sie war halb geneigt, ihm die Freude zu lassen. Doch das war nur die Hälfte in ihr, die hundemüde und verschwitzt war und begierig darauf, sich unter eine kühle Dusche zu stellen und ordentlich etwas zu essen. Die andere Hälfte, die wusste, wie wichtig es war, die erste Runde in einem Pinkelwettkampf zu gewinnen, war die, welche sprach. »Ich kann Ihnen im Moment die Hände nicht binden, Mr. Malik. Aber wenn Sie unsere Ermittlungen unnötig erschweren, indem Sie sich in Dinge einmischen, die Sie nichts angehen, werden Sie wegen Behinderung einer polizeilichen Untersuchung in einer Zelle landen, das kann ich Ihnen jetzt schon sagen.« Sie wies mit dem Kopf zur Tür und fügte hinzu: »Sie finden hinaus?«

Muhannads Augen verengten sich. »Eine gute Frage«, versetzte er. »Sie sollten sie sich vielleicht selbst einmal stellen, Sergeant.«

Emily stand neben der hellen Wandtafel, als Barbara ins Konferenzzimmer trat, wo die nachmittägliche Lagebesprechung in vollem Gang war. Zum ersten Mal machte sie mit den Beamten Bekanntschaft, die das Ermittlungsteam bildeten, und sie musterte sie neugierig. Vierzehn Männer und drei Frauen waren in dem nicht sonderlich großen Raum zusammengepfercht, der früher vermutlich der Salon gewesen war. Einige standen lässig mit gekreuzten Armen und geöffneten Krawatten an Tischkanten gelehnt. Andere saßen auf Plastikstühlen. Ein paar von ihnen grüßten Barbara, als diese eintrat, die anderen jedoch hielten ihre Aufmerksamkeit auf die Chefin gerichtet.

Emily stand, das ganze Gewicht auf ein Bein gelagert, neben der Tafel, in der einen Hand einen Filzstift, in der anderen eine Flasche Evian. Sie war so verschwitzt wie alle anderen im Raum.

»Ah«, sagte sie mit einem Nicken zu Barbara. »Darf ich vorstellen, das ist Sergeant Havers. Ihr und Scotland Yard haben wir es zu verdanken, wenn die Pakistanis endlich ein bisschen Ruhe geben, so dass wir uns auf unsere Ermittlungen konzentrieren können.«

Aller Augen richteten sich auf Barbara. Sie versuchte, in den Blicken zu lesen. Niemand schien auf ihr Eindringen in fremdes Revier feindselig zu reagieren. Mindestens vier der Männer machten den Eindruck hartgesottener Veteranen, die sich gern einen Spaß daraus machten, Kolleginnen aufs Korn zu nehmen. Sie starrten sie an. Barbara kam sich vor wie ein dicker Klops.

»Habt ihr ein Problem damit, Freunde?«, fragte Emily.

So zurechtgewiesen, wandten sie sich wieder ihr zu.

Mit einem Blick auf die Tafel sagte sie: »Also gut. Fahren wir fort. Wer hat die Krankenhäuser abgeklappert?«

»Nichts Brauchbares«, antwortete ein langer schlaksiger Mann am Fenster. »In Clacton ist letzte Woche eine Asiatin gestorben, aber sie war fünfundsiebzig Jahre alt, und es war Herzversagen. Nirgends ist ein Fall eingeliefert worden, der nach verpfuschter Abtreibung aussah. Ich habe sämtliche Krankenhäuser, Kliniken und Arztambulanzen überprüft. Nichts.«

»Wenn er schwul ist, wie Sie gesagt haben, ist das doch sowieso eine Sackgasse, oder nicht, Chefin?« Die Frage kam von einem älteren Mann, der dringend eine Rasur und ein neues Deo brauchte. Feuchtigkeitsflecken reichten von seinen Achselhöhlen bis fast hinunter zu seiner Taille.

»Es ist noch zu früh, um irgendetwas als sinnlos abzutun«, versetzte Emily. »Solange wir keine soliden Fakten haben, überprüfen wir alles. Phil, was haben Sie noch zum Nez?«

Phil zog einen Zahnstocher aus seinem Mund. »Ich war noch einmal in den Häusern da oben.« Er warf einen Blick in ein kleines, schwarz gebundenes Notizbuch. »Ein Ehepaar namens Sampson war an dem Abend aus, und ein Babysitter hat auf die Kinder aufgepasst. Die Babysitterin – ein Mädchen namens Lucy Angus – hatte sich ihren Freund eingeladen, aber als ich sie schließlich gefunden hab' und ihrem Gedächtnis einen kleinen Stoß gegeben hab', hat sie sich erinnert, dass sie am Freitagabend so gegen halb elf einen Motor gehört hat.«

Die Neuigkeit wurde mit beifälligem Gemurmel aufgenommen. Emily sagte: »Wie verlässlich ist das? Was war denn das für ein Stoß, den Sie ihr gegeben haben?«

»Na, hypnotisiert hab' ich sie jedenfalls nicht, falls Sie das meinen sollten«, antwortete Phil grinsend. »Sie war in die Küche gegangen, um sich ein Glas Wasser zu holen –«

»Ich kann mir schon denken, wovon sie solchen Durst gekriegt hat«, rief jemand dazwischen.

»Ruhe!« Emilys Befehl war brüsk. »Phil? Weiter.«

»Na ja, und da hat sie einen Motor gehört. Sie erinnert sich an die Zeit, weil der da draußen mit seinem Motor ein Riesengedröhne veranstaltet hat und sie rausgeschaut hat. Aber sie hat nichts gesehen. Es war jemand, der ohne Licht gefahren ist, sagte sie.«

»Ein Boot?«, fragte Emily.

»Der Richtung nach, aus der das Geräusch kam, ja. Sie sagt, es sei wahrscheinlich ein Boot gewesen.«

»Dann gehen Sie dem nach«, sagte Emily. »Fragen Sie im Jachthafen, überprüfen Sie jeden Hafen von Harwich bis Clacton, fragen Sie bei den Bootsvermietungen und schauen Sie sich in Garage, Schuppen und Garten sämtlicher Personen um, die auch nur im Entferntesten mit Querashi zu tun hatten. Wenn jemand in der Nacht mit einem Boot rausgefahren ist, muss jemand es gesehen oder gehört haben. Frank, was gibt's über diesen Schlüssel aus Querashis Zimmer?«

»Der war von Barclay's Bank«, antwortete er. »Drüben in Clacton. Das Zeitschloss lief schon, als ich hinkam, ich bekomme die Sachen also gleich morgen, wenn sie aufmachen.«

»Gut«, meinte Emily. »Wir machen folgendermaßen weiter«, fuhr sie ohne Pause fort und begann, die Aufgaben für den folgenden Tag zu verteilen. Erste Priorität hatte die Suche nach Fahd Kumhar. »Wir müssen diesen Burschen finden«, erklärte Emily, »und zwar schnell, bevor er türmen kann. Verstanden?«

Zweitwichtigste Aufgabe war es zu versuchen, Muhannad Maliks Alibi zu erschüttern. Einige der Beamten reagierten mit überraschtem Gemurmel auf diesen Gedanken Emilys, doch sie ließ sich davon nicht aus dem Konzept bringen. Sie übertrug einem Constable namens Doug Trotter die Aufgabe, sich Rakin Khans Nachbarn vorzuknöpfen, um eventuell jemanden ausfindig zu machen, der beschwören konnte, dass der Pakistani am Freitagabend nicht mit Muhannad Malik zusammen gewesen war.

Barbara beobachtete sie. Ein solches Team zu leiten war für Emily offensichtlich eine Kleinigkeit. Sie besaß ein unerschütterliches Selbstbewusstsein, das einiges darüber sagte, wie sie sich in so jungen Jahren diese hohe Stellung bei der Polizei erkämpft hatte. Barbara dachte an die Vorstellung, die sie selbst bei ihrem letzten Fall gegeben hatte, und kam sich erbärmlich vor im Vergleich zu Emily.

Nach einer kurzen Diskussion mit Fragen und Vorschlägen beendete Emily die Besprechung. Während die Beamten hinausgingen, trank sie einen kräftigen Schluck von ihrem Wasser und trat dann zu Barbara.

»Na?«, sagte sie. »Wie ist es gelaufen mit unseren Freunden?«

»Muhannad ist vorerst bereit stillzuhalten, aber er reitet weiterhin auf den ausländerfeindlichen Motiven herum.«

»Das Lied singt er, solange ich ihn kenne.«

»Tja«, meinte Barbara, »aber könnte es sein, dass er recht hat?« Sie berichtete Emily von dem Zwischenfall mit den beiden kleinen Jungen, den sie am Nachmittag in der Nähe des Piers beobachtet hatte.

»Das ist höchst unwahrscheinlich«, entgegnete Emily, als sie geendet hatte. »Nicht mit einem Stolperdraht, Barb.«

»Ich meine ja auch nicht, dass es eine Tat im Affekt war, die aus einem Rassendisput entstanden ist«, sagte Barbara. »Ich meine, könnte nicht doch das Rassenelement eine Rolle spielen, auch wenn die Tat geplant war? Könnten nicht kulturelle Unterschiede und die Missverständnisse, die mit diesen Unterschieden fast immer einhergehen, dahinterstecken?«

Emily schien sich das einen Moment durch den Kopf gehen zu lassen. Ihr Blick war auf die helle Tafel gerichtet, doch sie schien die Daten und Aufstellungen darauf gar nicht zu sehen. »An wen denkst du?«

»Es kann kein Zufall sein, dass Theo Shaw dieses goldene Armband trägt. Er muss was mit Sahlah Malik gehabt haben. Und wie wird er da wohl reagiert haben, als er von dieser Heirat hörte, die ihre Eltern für sie geplant hatten? Glaubst du, er hätte brav und folgsam die Fliege gemacht, nur weil ihm gesagt wurde, er solle abtreten? Und was ist mit Armstrong? Der hat seinen Job an einen anderen verloren. Und warum? Weil es bei diesen Leuten Tradition ist, die wichtigen Posten mit Familienmitgliedern zu besetzen. Aber wenn er es nicht verdient hat, entlassen zu werden, würde er dann nicht etwas unternehmen wollen, um die Dinge ins Lot zu bringen?«

»Armstrongs Alibi ist absolut in Ordnung. Seine Schwiegereltern haben es bestätigt. Ich habe selbst mit ihnen gesprochen.«

»Okay. Aber war nicht zu erwarten, dass sie es auf jeden Fall bestätigen würden, ganz gleich, wie die Wahrheit aussieht? Er ist mit ihrer Tocher verheiratet. Er ist der Versorger der Familie. Würden die eine Aussage machen, die dazu führt, dass ihre eigene Tocher auf der Straße landet?«

»Eine Bestätigung ist eine Bestätigung«, erklärte Emily.

»Aber nicht in Muhannads Fall«, entgegnete Barbara. »Er hat auch ein Alibi, und du akzeptierst es nicht. Richtig?«

»Ach, soll ich jetzt Armstrongs Schwiegereltern aufs Rad spannen?« Emilys Stimme klang ungeduldig.

»Sie sind mit ihm verwandt. Da zählt ein Alibi nicht so viel. Muhannad ist mit diesem Rakin Khan nicht verwandt, oder? Wieso nimmst du dann an, dass Khan lügt? Was für einen Grund sollte er haben?«

»Die halten doch zusammen. Das ist nun mal ihre Art.«

Doch in dieser Behauptung steckte eine gehörige Portion Unlogik. »Wenn sie zusammenhalten, warum sollten sie sich dann gegenseitig umbringen?«

Emily trank den letzten Schluck Wasser und warf die leere Flasche in einen Papierkorb.

»Em?«, hakte Barbara nach. »Das ist doch unlogisch. Entweder sie halten zusammen – dann ist es unwahrscheinlich, dass ein anderer Pakistani Querashi beseitigt hat –, oder sie halten nicht zusammen – dann ist nicht einzusehen, weshalb Khan für Muhannad Malik lügen sollte. Beides geht nicht. Ich hab' den Eindruck –«

»Es ist ein Gefühl«, unterbrach Emily sie. »Es ist Instinkt. Es ist ein grundlegendes Gefühl, dass da etwas gewaltig stinkt, und ich muss dahinterkommen, was es ist. Wenn die Spur in die asiatische Gemeinde führt, kann ich schließlich nichts dafür, okay?«

Emily brauchte niemandes Okay. Sie leitete schließlich die Ermittlungen. Dennoch war Barbara dieses Gerede von Gefühl und Instinkt nicht geheuer. Sie hatte es in der Praxis oft genug erlebt, dass der sogenannte Instinkt sich am Ende nur als ein Synonym für etwas anderes entpuppt hatte.

»Ja, wahrscheinlich«, antwortete sie mit Unbehagen. »Du bist die Chefin.«

Emily warf ihr einen Blick zu. »Genau«, sagte sie.

13

Rachel Winfield ging nicht direkt auf den Pier hinaus. Sie blieb auf der Promenade zwischen dem *Pier End Hotel*, dessen Fenster und Türen zum Meer hin mit Brettern vernagelt waren, und der Reihe von Kinderkarussells, die zu beiden Seiten den Piereingang flankierten, stehen. Es war Abendessenszeit, und die Geschäfte auf dem Pier gingen ein wenig flau. Karussells und Achterbahnen fuhren noch, und das Getöse aus der Spielhalle übertönte immer noch das Kreischen der Möwen, aber die Schar der Besucher hatte sich gelichtet, und das Scheppern und Bimmeln der Spielautomaten und Flipper war nur noch mit Unterbrechungen zu hören.

Es war genau der richtige Zeitpunkt, um mit Theo Shaw zu reden.

Er war noch auf dem Pier. Rachel wusste das, weil sie den BMW gesehen hatte, der auf seinem üblichen Platz gleich hinter der *Lobster Hut* stand, einer kleinen gelb und grün gestreiften Bude gleich jenseits des verlassenen Hotels, die noch nie Hummer verkauft hatte. Sie starrte auf das handgeschriebene Schild an der Bude – »Hamburger, Hotdogs, Popcorn, Donuts« –, und während sie ein älteres Paar beobachtete, das eine Tüte Popcorn kaufte, kaute sie auf ihrer Unterlippe herum und versuchte, alle Folgen ihres Vorhabens zu bedenken.

Sie musste mit ihm sprechen. Theo mochte in seinem Leben Fehler gemacht haben – und dass er Sahlah nach Haytham Querashis Tod nicht augenblicklich zu Hilfe geeilt war, war zweifellos einer von ihnen –, aber er war im Grunde kein schlechter Mensch. Rachel wusste, dass er am Ende alles wiedergutmachen würde. So handelten Menschen nun mal, wenn sie liebten.

Gewiss, es war unklug von Sahlah gewesen, Theo nichts von ihrer Schwangerschaft zu sagen. Und noch unklüger war es gewesen, einer Verheiratung mit Haytham Querashi zuzustimmen, obwohl sie von einem anderen Mann schwanger war. Theo konnte schließlich auch rechnen, und wenn Sahlah Haytham Querashi tatsächlich geheiratet und in weniger als acht oder neun Monaten ein Kind –

vorgeblich aus dieser Ehe – zur Welt gebracht hätte … Nun, Theo hätte sofort gewusst, dass das Kind nicht von Haytham war, und was hätte er dann getan?

Die aktuelle Frage war natürlich, was er vor drei Tagen getan hatte, am Freitagabend draußen auf dem Nez. Doch diese Frage wollte Rachel nicht beantworten, und sie hoffte von Herzen, dass die Polizei sie nicht stellen würde.

Es geht hier einzig um Liebe, sagte sie sich energisch. Es geht nicht um Hass und Mord. Wenn Theo Haytham etwas angetan hatte – was sie keinen Moment lang glaubte –, dann hatte Haytham ihn zweifellos dazu herausgefordert. Wütende Anschuldigungen waren vielleicht ausgestoßen worden. Hässliche Bemerkungen gefallen. Und dann war vielleicht im blinden Zorn eines schrecklichen Augenblicks ein Schlag geführt worden, der Sahlah in diese schlimme Situation gebracht hatte, in der sie sich jetzt befand.

Der Gedanke, dass Sahlah heimlich abtreiben könnte, war Rachel unerträglich. Sie wusste, dass nur die Not des Augenblicks die Freundin in diese Richtung trieb. Da Haytham nun tot war und Sahlah glaubte, dass es einen anderen Ausweg aus dem Dilemma nicht gäbe, wollte sie etwas tun, was sie, davon war Rachel überzeugt, ihr Leben lang bereuen würde.

Mädchen wie Sahlah – sensibel, kreativ, behütet aufgewachsen, sanft und ohne Arg – kamen über einen Schwangerschaftsabbruch nicht so leicht hinweg, wie sie vielleicht glaubten. Und viel schwerer noch war es für eine Frau, über die Abtreibung eines Kindes hinwegzukommen, dessen Vater sie liebte, wie Sahlah offensichtlich Theo liebte. Sahlah war verrückt zu glauben, der Schwangerschaftsabbruch sei für sie die einzige Möglichkeit. Und Rachel war entschlossen, ihr das zu beweisen.

Was konnte denn so Schlimmes geschehen, wenn Sahlah Theo Shaw heiratete? Natürlich würden ihre Eltern eine Zeitlang verschnupft sein, wenn sie entdeckten, dass sie heimlich einen Engländer geheiratet hatte. Sie würden vielleicht sogar ein paar Monate lang nicht mit ihr reden. Aber wenn erst das Kind da wäre – ihr Enkelkind, Sohn oder Tochter ihres eigenen geliebten Kindes –, wäre alles verziehen und die Familie wieder vereint.

Aber zu diesem glücklichen Ende konnte es nur kommen, wenn

Rachel Theo davor warnte, dass die Polizei möglicherweise versuchen würde, ihn mit Haytham Querashis Ermordung in Verbindung zu bringen. Zu diesem glücklichen Ende konnte es nur kommen, wenn er das belastende Armband verschwinden ließ, ehe die Polizei dahinterkam, dass er es hatte.

Es war darum klar, was sie zu tun hatte. Sie musste ihn warnen. Und sie musste ihn ganz vorsichtig anstupsen, Sahlah gegenüber seine Pflicht zu tun, und zwar noch bevor ein weiterer Tag verging. Aber das Anstupsen brauchte es wahrscheinlich gar nicht. Theo mochte die letzten Tage wegen der Ereignisse im Zusammenhang mit Haythams Ermordung gezögert haben, doch wenn er hörte, dass Sahlah einen Schwangerschaftsabbruch plante, dass die Uhr schon lief, würde er bestimmt mit aller Entschlossenheit zu ihr stehen.

Aber immer noch zögerte Rachel. Was, wenn Theo Sahlah im Stich ließ? Was, wenn er sich entzog? Männer scheuten oft zurück, wenn Pflicht und Verantwortung auf sie zukamen, und wer konnte mit Sicherheit sagen, dass Theo Shaw nicht ebenso reagieren würde? Sahlah war offensichtlich überzeugt, dass er sie sitzenlassen würde, sonst hätte sie ihm doch von dem Kind erzählt. Oder nicht?

Na schön, dachte Rachel entschlossen, wenn Theodore Shaw nicht bereit sein sollte, seine Verpflichtungen Sahlah gegenüber zu erfüllen, würde eben sie, Rachel Winfield, einspringen. Die letzte Wohnung in den *Clifftop Snuggeries* war immer noch nicht verkauft, und auf Rachels Sparkonto lag immer noch das Geld, das für eine Anzahlung nötig war. Wenn Theo sich also drückte, wenn Sahlah von ihren Eltern verstoßen wurde, würde eben Rachel der Freundin ein Heim geben. Und gemeinsam würden sie Theos Kind großziehen.

Aber so weit würde es wahrscheinlich nicht kommen. Theo Shaw würde bestimmt mit aller Entschlossenheit handeln, wenn er hörte, dass Sahlah beabsichtigte, ihr gemeinsames Kind abtreiben zu lassen.

Da nun alle Möglichkeiten gründlich bedacht waren, kehrte Rachel der *Lobster Hut* den Rücken und machte sich auf den Weg zum Pier hinaus. Doch sie brauchte gar nicht weit zu gehen. Gleich in der Spielhalle sah sie Theo Shaw, der im Gespräch mit Rosalie, der Wahrsagerin, war.

Das war eindeutig ein positives Zeichen, sagte sich Rachel. Obwohl sie nicht den Eindruck hatte, dass Theo sich von der Wahrsagerin beraten ließ – da Rosalie sich weder auf seine Hand noch auf die Tarotkarten, noch eine Kristallkugel konzentrierte, sondern ausschließlich auf ein Stück Pizza, das auf einem Teller auf ihrem Schoß lag –, bestand ja dennoch die Chance, dass Rosalie, während sie ihre Pizza kaute, Theo in den Genuss ihrer Erfahrungen im Umgang mit den Nöten und Problemen ihrer Mitmenschen kommen ließ.

Rachel wartete, bis sie ihr Gespräch beendet hatten. Als Theo nickend aufstand, Rosalie kurz auf die Schulter tippte und dann auf sie zukam, holte Rachel tief Atem und straffte ihre Schultern. Sie zog sich ihr Haar noch etwas weiter ins Gesicht und ging ihm entgegen. Er trug das goldene Armband, wie sie mit Schrecken feststellte. Nun, er würde es nicht mehr lange tragen.

»Ich muss mit dir reden«, sagte sie ohne Umschweife. »Es ist wirklich wichtig, Theo.«

Theo sah zu der bunten clownsgesichtigen Uhr hinauf, die über der Tür der Spielhalle hing. Rachel hatte Angst, er würde sagen, er habe einen Termin, und fügte hastig hinzu: »Es geht um Sahlah.«

»Um Sahlah?« Sein Ton war zurückhaltend, unverbindlich.

»Ich weiß von euch beiden. Sahlah und ich haben keine Geheimnisse voreinander. Sie ist meine beste Freundin. Schon seit der Grundschule.«

»Hat sie dich zu mir geschickt?«

Rachel hörte den eifrigen Ton in seiner Stimme und legte dies als ein weiteres positives Zeichen aus. Offensichtlich lag ihm viel an Sahlah. Und wenn dem so war, würde das, was sie sich vorgenommen hatte, leichter werden, als sie gedacht hatte.

»Nicht direkt.« Rachel sah sich um. Es war besser, wenn sie nicht zusammen gesehen wurden, vor allem nicht von der Polizei, falls die hier irgendwo auf der Lauer lag. Sie steckte sowieso schon ganz schön in der Tinte, nachdem sie zuerst die Polizeibeamtin im Laden belogen hatte und dann einfach abgehauen war. Es konnte ihrer Position nur schaden, wenn sie im Gespräch mit Theo ertappt wurde, solange der das goldene Armband umhatte.

»Können wir irgendwo zusammen reden? Ich meine, irgendwo, wo wir unter uns sind? Es ist wirklich wichtig.«

Theo zog die Augenbrauen zusammen, doch er ging auf ihren Vorschlag ein und wies hinüber zur *Lobster Hut*, wo sein BMW stand. Rachel folgte ihm zum Wagen und sah sich dabei mit nervösen Blicken um, fast sicher, dass sie – bei dem Glück, das sie immer hatte – von irgendjemandem gesehen werden würde, ehe sie und Theo in Sicherheit waren.

Aber das geschah nicht. Theo schloss den Wagen auf, und nachdem er eingestiegen war, öffnete er ihr die Tür auf der Beifahrerseite. Noch einmal sah sie sich um, dann rutschte sie neben ihn.

Theo ließ die Fenster herunter. Er drehte sich in seinem Sitz zu ihr um. »Was ist denn los?«

»Du musst dieses Armband verschwinden lassen«, platzte Rachel heraus. »Die Polizei weiß, dass Sahlah es für dich gekauft hat.«

Sein Blick blieb auf sie gerichtet, aber mit der rechten Hand umfasste er automatisch den goldenen Reif an seinem linken Arm. »Was hast denn du mit dieser Sache zu tun?«

Genau diese Frage hätte sie lieber nicht gehört. Ihr wäre es lieber gewesen, er hätte gesagt: »O verdammt. Natürlich« und das Armband ohne jede weitere Frage entfernt. Am besten hätte es ihr gefallen, wenn er das Armband kurzerhand in den nächsten Mülleimer geworfen hätte, der, von Fliegen umschwirrt, etwa drei Meter entfernt stand.

»Rachel?«, sagte er ungeduldig, als sie nicht antwortete. »Was hast du mit dieser Sache zu tun? Hat Sahlah dich geschickt?«

»Das fragst du mich jetzt schon das zweite Mal.« Rachel hörte selbst, wie schwach und dünn ihre Stimme klang. »Du denkst dauernd an sie, stimmt's?«

»Was ist denn eigentlich los? Die Polizei war übrigens schon hier, so eine pummlige Frau mit einem Haufen blauer Flecken im Gesicht. Sie hat sich das Armband von mir zeigen lassen.«

»Du hast es ihr doch nicht gegeben, Theo!«

»Was hätte ich denn tun sollen? Ich hatte keine Ahnung, was sie damit wollte, bis sie es sich gründlich angesehen hatte und mir sagte, dass sie nach einem ähnlichen Stück suchen, das Sahlah angeblich vom Pier aus ins Wasser geworfen hat.«

»O nein«, flüsterte Rachel.

»Aber sie kann gar nicht wissen, dass es ein und dasselbe ist«, fuhr Theo fort. »Jeder kann schließlich ein goldenes Armband tragen. Die Tatsache, dass ich eins habe, beweist gar nichts.«

»Aber sie weiß, was innen eingraviert ist«, sagte Rachel erregt. »Sie weiß es. Und wenn sie die Gravur in deinem Armband gesehen hat …« Sie sah, dass immer noch ein Fünkchen Hoffnung bestand, und fügte begierig hinzu: »Aber vielleicht hat sie sich ja die Innenseite von deinem Armband gar nicht angesehen.«

Doch Theos Miene sagte ihr, dass die Kriminalbeamtin von Scotland Yard genau das getan hatte, dass sie die verräterischen Worte gelesen und diese Entdeckung mit den Auskünften in Verbindung gebracht hatte, die sie zuerst von Rachel und dann von Sahlah erhalten hatte.

»Ich hätte anrufen sollen«, sagte Rachel verstört. »Dich und Sahlah. Ich hätte anrufen sollen. Aber ich konnte nicht, weil meine Mutter da war, und sie wollte wissen, was los ist, und ich musste aus dem Laden verschwinden, sobald die Polizeibeamtin gegangen war.«

Theo, der sich in seinem Sitz gedreht hatte, um ihr ins Gesicht sehen zu können, wandte sich jetzt ab und blickte zur Promenade hinaus, die sich am Strand entlangzog und den Pier von den Strandhäusern trennte, die sich in drei Reihen an den Hügel lehnten. Er wirkte nicht erschrocken, wie Rachel erwartet hatte. Er wirkte verwirrt.

Er sagte: »Ich verstehe nicht, wie sie so schnell darauf gekommen sind, dass ich das Armband habe. Sahlah hat doch bestimmt nicht …« Dann wandte er sich ihr wieder zu, und seine Stimme klang wieder eifrig, als hätte er eine Schlussfolgerung gezogen, die ihm erlaubte, ein Bild zu sehen, das er sich lange zu sehen gewünscht hatte. »Hat Sahlah ihnen gesagt, dass sie es mir geschenkt hat? Aber nein, das kann ja nicht sein, wenn sie ihnen gesagt hat, dass sie es ins Wasser geworfen hat. Aber wie …?«

Da gab es natürlich nur eine Möglichkeit, und er schien schnell genug auf sie gekommen zu sein, denn er sagte: »Diese Polizeibeamtin hat auch mit dir gesprochen? Wie ist sie denn auf dich gekommen?«

»Weil …« Wie sollte sie ihr Handeln so erklären, dass er es verstehen konnte, wenn sie selbst es im Grunde nicht verstand? Sahlah hatte natürlich ihre eigene Interpretation, was Rachel bezweckt hatte, als sie Haytham die Quittung für das Armband gegeben hatte, aber Sahlah täuschte sich. Rachel hatte nichts Böses im Sinn gehabt. Sie hatte nur das Beste gewollt: dass Haytham seine Verlobte nach dem Armband fragen würde, wie das wahrscheinlich jeder Mann getan hätte, und dass dann die Wahrheit über Sahlahs Liebe zu Theo ans Licht gekommen wäre; dass Sahlah vor einer Ehe bewahrt worden wäre, die sie gar nicht wollte; dass Sahlah frei gewesen wäre zu heiraten, wo sie wollte, wen sie wollte, wann sie wollte.

»Haytham hatte die Quittung«, sagte Rachel. »Die Polizei hat sie bei seinen Sachen gefunden. Sie überprüften alles, was irgendwie mit ihm zu tun hat. Darum sind sie in den Laden gekommen und haben nach der Quittung gefragt.«

Theo schien noch verwirrter als zuvor. »Aber weshalb hätte Sahlah ihm die Quittung geben sollen? Das ergibt doch keinen Sinn, außer sie hatte sich entschlossen, ihn doch nicht zu heiraten. Denn es wusste ja sonst niemand …« Doch in diesem Moment begriff er, und sie sah ihm an, dass er begriffen hatte. Sein Blick, der auf sie gerichtet war, wurde scharf.

Kleine Schweißbäche rannen von Rachels Schläfen, folgten ihrem Haaransatz abwärts zu ihrem Hals. »Was spielt es für eine Rolle, wie er an die Quittung gekommen ist?«, fragte sie hastig. »Vielleicht hat sie sie auf der Straße verloren. Vielleicht hat sie sie irgendwo zu Hause herumliegen lassen, und Yumn hat sie an sich genommen. Yumn hasst Sahlah. Das musst du doch wissen. Und wenn sie diese Quittung gefunden hat, dann kannst du dich darauf verlassen, dass sie sie sofort Haytham gegeben hat. Boshaft, wie sie ist. Sie ist eine richtige Hexe.« Je mehr Rachel darüber nachdachte, desto mehr war sie davon überzeugt, dass dieses Märchen hervorragend passte. Yumn wollte Sahlah als ihre persönliche Sklavin behalten. Sie wäre vor fast nichts zurückgeschreckt, um eine Heirat ihrer Schwägerin zu verhindern, damit diese für immer im Haus und zu Yumns ständiger Verfügung bliebe. Wäre ihr tatsächlich diese Quittung in die Hände gefallen, sie hätte sie Haytham unverzüglich übergeben. Daran gab es nicht den geringsten Zweifel.

»Theo, wichtig ist doch, was jetzt geschieht.«

»Haytham hat also gewusst, dass Sahlah und ich …« Theo hatte seinen Blick von Rachel abgewandt, so dass sie ihm nicht in die Augen sehen und ergründen konnte, warum er auf einmal so nachdenklich war. Doch sie konnte sich den Grund auch so denken. Wenn Haytham gewusst hatte, dass Sahlah und Theo ein Liebespaar waren, dann war Haytham an dem verhängnisvollen Freitagabend nicht auf dem Nez gewesen, um auf den Busch zu klopfen. Haytham hatte ja schon alles gewusst. Darum hatte er Theo um ein Zusammentreffen gebeten, darum war er mit Beschuldigungen so schnell bei der Hand gewesen, weil es ja keine leeren Beschuldigungen waren, sondern die Wahrheit.

»Vergiss Haytham«, sagte Rachel hastig, um ihn dahin zu lenken, wo sie ihn haben wollte. »Okay, es ist passiert. Es ist vorbei. Wichtig ist jetzt nur Sahlah. Theo, hör mir zu. Sahlah geht es schlecht. Ich weiß, du findest wahrscheinlich, dass sie dir gegenüber nicht fair war, als sie dieser Heirat mit Haytham zugestimmt hat, aber vielleicht hat sie nur deshalb so schnell zugestimmt, weil sie dachte, du würdest nicht zu ihr stehen. Solche Geschichten passieren doch immer wieder, wenn zwei sich lieben. Einer sagt was, und es wird missverstanden, und dann sagt der andere was anderes, und das wird ebenfalls missverstanden, und schon weiß keiner mehr, was der andere wirklich meint oder denkt oder fühlt. Alles gerät durcheinander, und die Leute entschließen sich zu Dingen, die ihnen sonst niemals einfallen würden. So ist es doch, oder?«

»Was ist denn los mit Sahlah?«, fragte er. »Ich habe sie gestern Abend angerufen, aber sie wollte mir überhaupt nicht zuhören. Ich hab' versucht, ihr zu erklären –«

»Sie will abtreiben«, fiel Rachel ihm ins Wort. »Theo, sie hat mich gebeten, ihr zu helfen. Ich soll ihr jemand suchen, der einen Abbruch macht, und soll ihr ein Alibi geben, damit sie lange genug von zu Hause wegkann. Sie möchte es so bald wie möglich machen lassen, weil sie weiß, dass ihr Vater Monate brauchen wird, bis er einen anderen Heiratskandidaten für sie findet, und bis dahin ist es zu spät.«

Rachel sah, dass sie alle Gedanken an das goldene Armband und die verhängnisvolle Quittung aus seinem Kopf vertrieben hatte. Mit einer blitzartigen Bewegung packte er ihr Handgelenk. »Was?«, fragte er. Seine Stimme war heiser.

Gott sei Dank, dachte Rachel und versicherte sich, dass sie es wirklich so meinte. Theo Shaw liebte Sahlah.

»Sie glaubt, dass ihre Eltern sie verstoßen, wenn sie das mit dem Kind rausbekommen, Theo. Und sie glaubt nicht, dass du sie heiraten willst. Und sie weiß, dass überhaupt keine Hoffnung besteht, so schnell einen anderen zu finden. Und sie kann die Wahrheit ja nicht ewig verheimlichen. Drum hat sie mich gebeten, ihr einen Arzt oder eine Klinik oder so was zu suchen. Und es wäre ja auch kein Problem, was zu finden, aber ich will nicht, denn wenn sie das wirklich tut ... Theo, kannst du dir vorstellen, was das für Sahlah bedeuten würde? Sie liebt dich. Wie kann sie da dein Kind töten?«

Er ließ ihr Handgelenk los. Er drehte den Kopf und starrte geradeaus auf die Felsmauer, die den Hügelhang befestigte. Dort oben erhob sich die Stadt, wo in diesem Augenblick Sahlah darauf wartete, dass Theo Shaw über ihr Schicksal entscheiden würde.

»Du musst zu ihr gehen«, sagte Rachel. »Du musst mit ihr reden. Du musst ihr klarmachen, dass es nicht das Ende der Welt ist, wenn ihr beide heimlich fortgeht und heiratet. Natürlich werden ihre Eltern zuerst sauer sein. Aber wir leben ja schließlich nicht mehr im Mittelalter. Heutzutage heiraten die Menschen aus Liebe, nicht aus Pflichtgefühl oder irgendwelchen anderen Gründen. Ich meine, sie tun's natürlich, aber die richtigen Ehen, die, die halten, sind die, die aus Liebe geschlossen werden.«

Er nickte, aber sie konnte nicht erkennen, ob er ihr tatsächlich zugehört hatte. Seine Hände lagen auf dem Lenkrad des BMW und umschlossen es so fest, dass es aussah, als würden die Knöchel jeden Moment seine sommersprossige Haut sprengen.

»Du musst etwas tun«, sagte Rachel. »Du bist der Einzige, der das kann.«

Theo antwortete nicht. Er drückte plötzlich seinen Arm auf seinen Magen, und ehe Rachel Gelegenheit hatte, ihm zu sagen, dass er nur um Sahlahs Hand zu bitten brauchte, um das Leben ihres Kindes zu retten, war er aus dem Wagen gesprungen und rannte stolpernd zum Mülleimer. Dort übergab er sich heftig und so lange, dass Rachel den Eindruck hatte, er speie sein ganzes Innerstes heraus.

Als es vorüber war, wischte er sich mit der Faust den Mund ab. Sein goldenes Armband funkelte im gleißend heißen Licht des Nachmittags. Doch er kam nicht zum Wagen zurück. Er blieb neben dem Mülleimer stehen, schwer atmend wie ein ausgepumpter Läufer, den Kopf tief gesenkt.

Sich auf so eine Nachricht hin zu übergeben, war eigentlich eine ganz logische Reaktion, sagte sich Rachel. Es war sogar eine bewundernswerte Reaktion. Theo wollte genauso wenig, dass Sahlah sich unter das Messer begab – oder was man sonst benutzte, um unerwünschte Föten aus dem Leib ihrer Mutter zu bekommen – wie Rachel.

Erleichterung überschwemmte sie wie kühles Wasser. Gewiss, es war nicht recht gewesen, dass sie Haytham Querashi die Quittung für das Armband gegeben hatte, aber nun war ja doch noch alles gut geworden: Theo und Sahlah würden zusammenkommen.

Sie begann, ihr nächstes Zusammentreffen mit Sahlah zu planen. Sie überlegte sich, welche Worte sie gebrauchen würde, um zu berichten, was sich soeben zwischen ihr und Theo abgespielt hatte. Sie stellte sich gerade den Ausdruck auf dem Gesicht ihrer Freundin vor, wenn diese hörte, dass Theo sie holen kommen würde, als Theo den Kopf hob und Rachel sein Gesicht sah. Ihr war, als würde ihr der Boden unter den Füßen weggezogen.

Seine Gesichtszüge waren gezeichnet vom Elend und der Hoffnungslosigkeit eines Menschen, der sich in einer ausweglosen Falle gefangen sieht. Und als er schweren Schrittes zum Wagen zurückkehrte, begriff Rachel, dass er niemals die Absicht gehabt hatte, ihre Freundin zu heiraten. Er war genau wie die vielen Männer, die Connie Winfield im Lauf der Jahre nach Hause gebracht hatte, Männer, die die Nacht in ihrem Bett verbrachten, den Morgen an ihrem Frühstückstisch, um dann in ihr Auto zu springen und aus dem Liebesnest zu fliehen wie schmutzige kleine Gauner nach einem Handtaschendiebstahl.

»O Gott, nein.« Rachels Mund bildete die Worte, doch kein Laut kam über ihre Lippen. Sie wusste jetzt alles: Er hatte Sahlah, in der er nicht mehr gesehen hatte als eine leichte Beute seiner sexuellen Begierden, nach typischer Männerart benützt. Er hatte sie mit der Aufmerksamkeit und Bewunderung verführt, die sie von einem Pakistani niemals erwarten konnte, und hatte klug gewartet, bis sie für eine körperliche Annäherung reif gewesen war. Zweifellos war er dabei sehr vorsichtig zu Werke gegangen und hatte erst zugepackt, als er sicher gewesen war, dass Sahlah sich rettungslos in ihn verliebt hatte. Sie hatte bereit sein müssen. Mehr noch, sie hatte willig sein müssen. Dann nämlich konnte die Verantwortung für die möglicherweise unerfreulichen Folgen dieser Beziehung, von der Theo Shaw nur Genuss ohne Reue wollte, allein Sahlah zugeschrieben werden.

Und Sahlah hatte das von Anfang an gewusst.

Rachel spürte, wie Wut und Feindseligkeit in einem Schwall in ihr hochschossen. Was ihrer Freundin da zugestoßen war, war so unglaublich ungerecht. Sahlah war gut, und sie verdiente einen Menschen, der genauso gut wie sie war. Theo Shaw war dieser Mensch offensichtlich nicht.

Theo setzte sich wieder in den Wagen. Rachel öffnete ihre Tür.

»Also dann, Theo«, sagte sie, ohne sich zu bemühen, ihre Verachtung zu verbergen, »soll ich Sahlah irgendwas von dir ausrichten?«

Seine Antwort überraschte sie nicht, dennoch wollte sie sie hören, nur um sicher zu sein, dass er wirklich so erbärmlich war, wie sie ihn einschätzte.

»Nein«, antwortete er.

Barbara trat vor dem Spiegel in ihrer Toilette mit Aussicht zurück und bewunderte ihr Werk. Auf der Rückfahrt zum *Burnt House Hotel* hatte sie einen Abstecher zu Boots gemacht, und zwanzig Minuten vor dem Regal, das unter dem Namen Kosmetikabteilung lief, hatten ihr gereicht, um eine ganze Tüte voll Kosmetika zu erstehen. Eine junge Verkäuferin, deren Gesicht lebendiges Zeugnis von ihrer Begeisterung für kreative Gesichtsbemalung ablegte, hatte ihr dabei geholfen. »Super!«, hatte sie gerufen, als Barbara sie um Tipps hinsichtlich der geeigneten Marken und Farben gebeten hatte. »Sie sind ein Frühlingstyp, stimmt's?«, hatte sie, für Barbara nicht recht verständlich, hinzugefügt, während sie schon begonnen hatte, ein Sortiment mysteriöser Fläschchen, Tuben, Gläser und Pinsel in den Korb zu schichten.

Das Mädchen hatte sich erboten, Barbara gleich dort im Laden »zurechtzumachen«, aber angesichts der gelben Lidschatten und der zyklamenfarbenen Wangen des Mädchens hatte Barbara dankend abgelehnt. Sie brauchte die Übung, hatte sie erklärt. Einmal müsse jede anfangen.

Hm, dachte sie, als sie jetzt ihr Gesicht musterte. Sie würde zwar nicht unbedingt auf dem Titelblatt der *Vogue* landen und sicher auch nicht zum strahlenden Beispiel weiblichen Triumphs über eine gebrochene Nase, mannigfaltige Blutergüsse und – wenn man es nett ausdrücken wollte – ein Mopsgesicht erkoren werden; aber sie konnte sich sehen lassen. Besonders bei schummriger Beleuchtung oder unter Leuten, deren Sehkraft nicht ganz auf der Höhe war.

Sie packte ihre Schätze in das Apothekerschränkchen, dann nahm sie ihre Umhängetasche und ging.

Sie war hungrig, aber das Abendessen würde warten müssen. Bei ihrer Ankunft hatte sie durch die Fenster der Hotelbar draußen auf dem Rasen Taymullah Azhar und seine Tochter gesehen, und sie wollte mit ihnen sprechen – zumindest mit einem von ihnen –, ehe sie ihr entwischten.

Sie stieg die Treppe hinunter und überquerte den Gang, um durch die Bar zu gehen. Zum Glück war Basil Treves vollauf damit beschäftigt, sich um die Wünsche seiner speisenden Gäste zu kümmern, und hatte keine Zeit, sie abzufangen. Er hatte ihr schon mit vielsagender Miene zugewinkt, als er sie vorher hatte kommen sehen. »Wir müssen dringend miteinander reden«, hatte er ihr zugeflüstert und dabei so bedeutungsvoll die Augenbrauen hochgezogen, als hätte er ihr etwas von größter Wichtigkeit mitzuteilen. Doch er war gerade im Begriff gewesen, einen beladenen Servierwagen in den Speisesaal zu schieben, und als er fast lautlos »später« gehaucht hatte und dabei die Schultern hochgezogen hatte, um anzuzeigen, dass das Wort als Frage gedacht war, hatte sie ihm mit erhobenem Daumen kräftig Bestätigung gegeben, um sein schwächliches kleines Ego zu bauchpinseln. Der Mann war ein ekelhafter Schleimer, aber er hatte auch seinen Nutzen. Er hatte sie schließlich, wenn auch unwissentlich, auf Fahd Kumhars Spur gebracht. Weiß der Himmel, was für Schätze er noch zutage fördern würde, wenn man ihm die Gelegenheit und Ermutigung dazu gab. Jetzt aber wollte sie mit Azhar sprechen, und es war ihr daher ganz recht, dass Treves unabkömmlich war.

Sie ging durch die Bar zur Terrassentür, die weit offen stand. Dort hielt sie inne.

Azhar und seine Tochter saßen in der Abenddämmerung auf der Terrasse, das kleine Mädchen über ein Schachbrett gebeugt, das auf einem fleckigen schmiedeeisernen Tisch stand, während ihr Vater mit einer Zigarette in der Hand lächelnd zu ihm hinunterblickte. Seine Züge hatten in diesem Moment, da er sich unbeobachtet glaubte, eine Weichheit, die Barbara nie zuvor an ihm gesehen hatte.

»Wie lange brauchst du denn noch, *khushi?*«, fragte er. »Ich glaube, du sitzt in der Falle und verlängerst nur die Todesqualen deines Königs.«

»Ich muss doch nachdenken, Dad.« Hadiyyah stand kurz von ihrem Stuhl auf und kniete sich auf seine Sitzfläche, die Ellbogen auf den Tisch gestützt, das kleine Gesäß in die Luft gereckt. Sie nahm das Schlachtfeld noch genauer in Augenschein. Ihre Finger schweiften erst zu einem Springer, dann zu dem noch verbliebenen Turm. Ihre Dame hatte sie schon verloren, wie Barbara vermerkte, und sie versuchte jetzt, eine Attacke gegen weit überlegene Streitkräfte zu reiten. Sie machte Anstalten, den Turm zu bewegen.

Ihr Vater sagte erwartungsvoll: »Ah.«

Sie zog ihre Finger zurück. »Ich hab's mir anders überlegt«, erklärte sie hastig. »Ich hab's mir anders überlegt.«

»Hadiyyah!« Ihr Vater zog ihren Namen in einem Ausdruck liebevoller Ungeduld in die Länge. »Wenn du dich entschieden hast, musst du auch dabeibleiben.«

»Das klingt ja wie im richtigen Leben«, bemerkte Barbara und trat zu ihnen an den Tisch.

»Barbara!« Hadiyyah reckte den kleinen Körper, bis sie aufrecht auf ihrem Stuhl kniete. »Du bist hier! Ich hab' beim Essen die ganze Zeit nach dir geschaut. Ich musste mit Mrs. Porter essen, weil Dad nicht hier war, und ich hab' mir immerzu gewünscht, sie wäre du.

Was hast du denn mit deinem Gesicht gemacht?« Sie kniff die Augen zusammen, dann lachte sie. »Du hast dich geschminkt! Du hast die blauen Flecken verdeckt. Du siehst richtig schön aus. Sieht Barbara nicht schön aus, Dad?«

Azhar war aufgestanden. Er nickte höflich. Als Hadiyyah in ausgelassenem Singsang »Setz dich, setz dich, bitte setz dich doch« rief, holte er einen dritten Stuhl für Barbara. Er bot ihr eine Zigarette an und gab ihr wortlos Feuer, als sie eine nahm.

»Mami schminkt sich auch«, berichtete Hadiyyah mitteilsam, als Barbara es sich bequem machte. »Wenn ich alt genug bin, zeigt sie mir, wie man es richtig macht. Sie macht ihre Augen immer so schön, schöner als die schönsten Augen, die du je gesehen hast. Wenn sie fertig ist, sind sie unheimlich groß. Aber sie sind natürlich sowieso schon groß. Mami hat wirklich die schönsten Augen der Welt, stimmt's, Dad?«

»Ja«, antwortete Azhar, dessen eigene Augen auf seiner Tochter ruhten.

Barbara fragte sich, was er sah, wenn er sie betrachtete: ihre Mutter? Sich selbst? Den lebenden Beweis ihrer Liebe zueinander? Sie hatte keine Ahnung, und sie bezweifelte, dass er es ihr sagen würde. Darum wandte sie ihre Aufmerksamkeit dem Schachbrett zu.

»Die Lage ist ernst«, sagte sie, als sie das dürftige Sortiment von Figuren sah, mit dem Hadiyyah gegen ihren Vater zu Felde ziehen wollte. »Ich glaube, es ist Zeit für die weiße Flagge, Hadiyyah.«

»Ach was«, versetzte Hadiyyah vergnügt. »Jetzt wollen wir sowieso nicht mehr weiterspielen. Wir reden viel lieber mit dir.« Sie zog ihre Beine unter ihrem Po hervor, um sich wieder richtig zu setzen, und schwang die in Sandalen steckenden Füße gegen die Stuhlbeine. »Ich hab' heute mit Mrs. Porter ein Puzzle gemacht. Von Schneewittchen. Sie hat geschlafen, und der Prinz hat sie wach geküsst, und die Zwerge haben alle geweint, weil sie gedacht haben, sie wäre tot. Dabei hat sie gar nicht tot ausgesehen. Wenn sie sich nur mal überlegt hätten, warum sie so rote Backen hat, hätten sie auch selbst darauf kommen können, dass sie nur schläft. Aber auf die Idee sind sie gar nicht gekommen, und sie haben nicht gewusst, dass man ihr nur einen Kuss zu geben brauchte, um sie zu wecken. Aber weil die Zwerge das nicht wussten, hat sie einen echten Prinzen getroffen, und sie haben in Glück und Zufriedenheit zusammengelebt bis an ihr seliges Ende.«

»Ein Schluss, den wir uns alle wünschen«, sagte Barbara.

»Und gemalt haben wir auch. Mrs. Porter hat früher Aquarelle gemalt und zeigt mir jetzt, wie es geht. Ich hab' ein Bild vom Meer gemacht und eins vom Pier und eins von –«

»Hadiyyah«, sagte ihr Vater leise.

Hadiyyah zog den Kopf ein und verstummte.

»Weißt du, Aquarelle finde ich besonders gut«, sagte Barbara zu dem kleinen Mädchen. »Ich würde deine Bilder schrecklich gern sehen, wenn du sie mir zeigen willst. Wo hast du sie denn?«

Hadiyyah wurde sofort wieder munter. »In unserem Zimmer. Soll ich sie holen? Ich kann sie mit Leichtigkeit holen, Barbara.«

Barbara nickte, und Azhar reichte seiner Tochter den Zimmerschlüssel. Hadiyyah rutschte von ihrem Stuhl und flitzte ins Hotel, dass ihre Zöpfe flogen. Gleich darauf konnten sie ihre polternden Schritte auf der Holztreppe hören.

»Sie waren zum Abendessen aus?«, fragte Barbara Azhar, als sie allein waren.

»Es gab nach unserem Gespräch einiges zu erledigen«, antwortete er. Er schnippte Asche von seiner Zigarette und trank aus einem Glas auf dem Tisch. Es enthielt irgendein sprudelndes Getränk mit Eis und einer Limettenscheibe. Mineralwasser, vermutete sie. Nicht einmal bei dieser Hitze konnte sie sich Azhar Gin Tonic schlürfend vorstellen. Er stellte das Glas genau auf den feuchten Ring, von dem er es aufgenommen hatte. Dann sah er sie mit so viel prüfender Aufmerksamkeit an, dass sie sicher war, ihre Wimperntusche sei verschmiert. »Sie haben Ihre Sache gut gemacht«, sagte er schließlich. »Das Gespräch hat uns einiges gebracht, aber nicht alles, denke ich, was Sie wissen.«

Und darum, vermutete Barbara, war er nicht rechtzeitig zum Abendessen mit seiner Tochter ins Hotel zurückgekehrt. Er und sein Vetter hatten sich wahrscheinlich zusammengesetzt, um ihren nächsten Schritt zu besprechen. Sie hätte gern gewusst, was sie planten: eine Versammlung der pakistanischen Gemeinde; eine neuerliche Straßendemonstration; einen Interventionsantrag bei ihrem Abgeordneten; ein Happening, das das Medieninteresse an dem Mord und der polizeilichen Untersuchung anfachen würde. Sie wusste es nicht und konnte auch keine Vermutungen darüber anstellen. Aber sie zweifelte kaum daran, dass er und Muhannad Malik beschlossen hatten, in den nächsten Tagen etwas zu unternehmen.

»Sie müssen mir unbedingt etwas über den Islam erzählen«, sagte sie zu ihm.

»Quid pro quo«, versetzte er. »Was bekomme ich als Gegenleistung …?«

»Azhar, so können wir das Spiel leider nicht spielen. Ich kann Ihnen nur das sagen, was mir Chief Inspector Barlow erlaubt hat.«

»Das ist sehr bequem für Sie.«

»Nein. Nur so bleibe ich weiter an den Ermittlungen beteiligt.« Barbara zog an ihrer Zigarette und überlegte, wie sie sich seine Kooperation am besten sichern könnte. Sie sagte: »Und so, wie ich die Situation sehe, ist es für alle von Vorteil, wenn ich weiterhin mit von der Partie bin. Ich lebe nicht hier, ich verfolge keine eigennützigen Zwecke und habe kein persönliches Interesse daran, jemandes Schuld oder Unschuld zu beweisen. Wenn Sie und Ihre Leute der Meinung sind, dass bei der Untersuchung Voreingenommenheit im Spiel ist, können Sie von mir am ehesten erwarten, dass ich etwas dagegen tue.«

»Und ist Voreingenommenheit im Spiel?«, fragte er.

»Ja, verdammt noch mal, das weiß ich doch nicht. Ich bin jetzt gerade mal vierundzwanzig Stunden hier, Azhar. Ich glaube, dass ich ganz gut bin, aber dass ich so gut bin, bezweifle ich. Also, können wir beide uns jetzt unterhalten?«

Er nahm sich einen Moment Bedenkzeit, und sie hatte den Eindruck, er versuchte, aus ihrem Gesicht herauszulesen, ob sie die Wahrheit gesagt hatte. »Aber Sie wissen, wie es zu dem Genickbruch kam«, sagte er schließlich.

»Ja. Das wissen wir. Überlegen Sie doch mal, wie sollten wir sonst feststellen können, dass es Mord war.«

»War es denn Mord?«

»O ja.« Sie stäubte Asche auf die Steinplatten der Terrasse und zog wieder an ihrer Zigarette. »Ich würde gern wissen«, sagte sie dann, »wie der Islam zu Homosexualität steht, Azhar.«

Sie sah ihm an, dass er überrascht war. Bei ihrer Bemerkung, dass sie mehr über den Islam wissen wolle, hatte er zweifellos geglaubt, es würde sich wie schon am Morgen um Fragen über die Tradition der Eheschließung handeln. Diese Frage jedoch zielte in eine ganz neue Richtung, und er war intelligent genug, um sogleich die Verbindung zu der laufenden Untersuchung herzustellen.

»Haytham Querashi?«, fragte er.

Sie zuckte die Achseln. »Wir haben eine Aussage, die es möglich erscheinen lässt, aber das ist auch alles. Und die Person, von der wir die Aussage haben, hat guten Grund, uns auf eine falsche Fährte locken zu wollen, es kann also sein, dass gar nichts dahintersteckt. Aber ich muss wissen, was Homosexualität für einen Moslem bedeutet, und es wäre mir lieber, ich müsste nicht erst nach London schreiben, um es herauszubekommen.«

»Einer der Verdächtigen hat diese Aussage gemacht«, meinte Azhar nachdenklich. »Ist dieser Verdächtige Engländer?«

Barbara seufzte und paffte eine Rauchwolke in die Luft. »Azhar, könnten wir vielleicht mal ein anderes Liedchen singen? Was spielt es für eine Rolle, ob er Engländer oder Pakistani ist? Möchten Sie und Ihre Leute, dass dieser Mord unter allen Umständen aufgeklärt wird? Oder nur, wenn ein Engländer ihn begangen hat? Der Verdächtige ist übrigens tatsächlich Engländer. Und die Person, die uns auf ihn aufmerksam gemacht hat, ist ebenfalls Engländer. Um ganz aufrichtig zu sein, wir haben mindestens drei Kandidaten, und alle sind Engländer. So, würden Sie jetzt endlich Ruhe geben und meine Fragen beantworten?«

Er lächelte und drückte seine Zigarette aus. »Wenn Sie heute bei unserem Gespräch solche Leidenschaft gezeigt hätten, Barbara, hätte das die meisten Befürchtungen meines Vetters beschwichtigt. Warum haben Sie es nicht getan?«

»Weil ich mir, ehrlich gesagt, einen Dreck aus den Befürchtungen Ihres Vetters mache. Selbst wenn ich ihm gesagt hätte, dass wir drei englische Verdächtige haben, hätte er mir nicht geglaubt, wenn ich ihm nicht auch ihre Namen genannt hätte. Hab' ich recht?«

»Ja, zugegeben.« Azhar trank von seinem Wasser.

»Also?«, sagte sie.

Er nahm sich einen Moment Zeit, ehe er antwortete. In der Stille hörte Barbara Basil Treves' dröhnendes Lachen über irgendeinen Scherz eines Gastes. Azhar verzog das Gesicht über den unverkennbar falschen Ton des Gelächters. »Homosexualität ist ausdrücklich verboten«, sagte er.

»Was passiert, wenn ein Mann homosexuell ist?«

»Er würde es für sich behalten.«

»Weil?«

Azhar spielte mit der Dame, die er seiner Tochter abgenommen hatte, rollte die Figur in seinen dunklen Fingern hin und her. »Wenn er sich offen zu seiner Homosexualität bekennen würde, würde er damit zu erkennen geben, dass er sich nicht mehr an seinen Glauben gebunden fühlt. Das ist eine schwere Sünde. Dafür – ebenso wie für seine Homosexualität – würde er von seiner Familie und von den anderen Moslems verstoßen werden.«

»Daraus folgt also«, meinte Barbara nachdenklich, »dass ihm daran gelegen wäre, die Sache geheim zu halten. Vielleicht würde er sogar heiraten wollen, um sich eine Fassade zu schaffen und allen Verdacht von sich abzulenken.«

»Das sind schwere Beschuldigungen, Barbara. Sie müssen sich davor hüten, das Andenken eines Mannes wie Haytham herabzusetzen. Wenn Sie ihn beleidigen, beleidigen Sie die Familie, an die er durch den Ehevertrag gebunden war.«

»Ich habe niemanden ›beschuldigt‹«, entgegnete Barbara. »Aber wenn sich neue Ermittlungswege auftun, wird die Polizei sie natürlich begehen. Das ist unsere Aufgabe. Also – wie steht es mit der Beleidigung für die Familie, wenn er tatsächlich homosexuell war? Dann hätte er sich doch unter Vortäuschung falscher Tatsachen zu einer Ehe verpflichtet, nicht wahr? Und wenn ein Mann einer Familie wie den Maliks so etwas antut, wie sieht dann die Strafe aus?«

»Die Ehe ist ein Vertrag zwischen zwei Familien, nicht nur zwischen zwei Einzelpersonen.«

»Herrgott noch mal, Azhar. Sie wollen mir doch nicht sagen, dass Querashis Eltern einfach einen seiner Brüder rüberschicken würden, um den Ehevertrag mit Sahlah Malik zu erfüllen, ganz so, als wäre sie ein warmes Brötchen, das nur auf die richtige Wurst wartet.«

Azhar musste unwillkürlich lächeln. »Bewundernswert, wie Sie Ihr Geschlecht verteidigen, Sergeant.«

»Ja, vielen Dank. Also –«

Er unterbrach sie. »Nein, ich meinte Folgendes: Haythams Täuschung hätte einen irreparablen Bruch zwischen den beiden Familien verursacht. Dieser Bruch – und seine Ursache – wären der ganzen Gemeinschaft bekanntgeworden.«

»Er wäre also nicht nur von seiner Familie verstoßen worden, er hätte auch alle ihre Chancen auf Auswanderung zunichte gemacht, stimmt's? Denn ich nehme doch an, dass danach niemand mehr scharf darauf gewesen wäre, mit ihnen einen Ehevertrag zu schließen. Ich meine, nachdem sie gewissermaßen versucht hatten, den Maliks falsch deklarierte Ware unterzujubeln.«

»Richtig«, bestätigte Azhar.

Endlich, dachte Barbara, machten sie Fortschritte. »Er hatte also einen ganzen Haufen Gründe zu verheimlichen, dass er schwul war.«

»*Wenn* er es war«, sagte Azhar.

Sie drückte ihre Zigarette aus, während sie im Geist dieses neue Stückchen Wissen an verschiedenen Stellen des Puzzles von Querashis Ermordung einzufügen versuchte, um zu sehen, wo es am besten passte. Als sie ein mögliches Bild vor Augen hatte, sprach sie langsam weiter. »Und wenn jemand gewusst hat, was er verheimlichte, wenn er es mit Sicherheit gewusst hat, weil er Querashi in einer Situation beobachtet hatte, die absolut eindeutig war ... Und wenn diese Person sich dann mit ihm in Verbindung gesetzt und ihm gesagt hat, was sie weiß ... Und wenn ebendiese Person gewisse Forderungen gestellt hat ...«

Er sagte: »Sprechen Sie von der Person, die Sie auf Haythams mögliche Homosexualität aufmerksam gemacht hat?«

Barbara vermerkte seinen Ton: besorgt und erleichtert zugleich. Sie erkannte, dass ihre Spekulationen sie beide genau dorthin zu führen drohten, wo er und sein Vetter sie so gern haben wollten, und verpasste ihm eine kalte Dusche. »Die Engländer, die auch nur einen blassen Schimmer davon haben, was Homosexualität in der moslemischen Gesellschaft bedeutet, sind sehr dünn gesät, Azhar.«

»Aber jeder Pakistani hätte es gewusst, das wollen Sie damit doch sagen.«

»Ich will gar nichts sagen.«

Doch an der Bewegung seiner Augen, deren Blick zu seinem Glas wanderte und dort haftenblieb, sah sie, dass er überlegte. Und seine Überlegungen führten ihn zu dem einzigen Asiaten, den die Polizei – abgesehen von den Mitgliedern seiner eigenen Familie – in Zusammenhang mit Haytham Querashi erwähnt hatte. »Kumhar«, sagte er. »Sie glauben, dass dieser Fahd Kumhar bei Haythams Ermordung eine Rolle gespielt hat.«

»Von mir haben Sie das nicht gehört«, entgegnete Barbara.

»Und Sie sind nicht einfach aus heiterem Himmel auf diese Idee gekommen«, fuhr er fort. »Irgendjemand hat Sie auf eine Beziehung zwischen Haytham und diesem Mann aufmerksam gemacht, richtig?«

»Azhar –«

»Oder irgendetwas. Irgendetwas hat Sie aufmerksam gemacht. Und wenn Sie unter diesen Umständen von Forderungen sprechen, Forderungen, die dieser Fahd Kumhar an Haytham Querashi stellte, dann können Sie nur von Erpressung sprechen.«

»Jetzt sind Sie aber wirklich vorschnell mit Ihren Schlussfolgerungen«, meinte Barbara. »Ich hab' doch nur gesagt, wenn eine Person Querashi an einem Ort gesehen hat, wo er nichts zu suchen hatte, dann kann auch eine andere Person ihn dort gesehen haben. Ende der Geschichte.«

»Und Sie glauben, dass diese andere Person Fahd Kumhar war«, folgerte Azhar.

»Jetzt hören Sie doch mal, Azhar.« Barbara war gereizt, zum Teil, weil er sie so leicht durchschaute, und zum Teil, weil sie fürchtete, eben weil er sie so leicht durchschaute, würde er Sand ins Getriebe der Ermittlungen bringen, indem er seinen Vetter ins Vertrauen zog, wenn man den ganz und gar nicht brauchen konnte. »Was zum Teufel spielt es für eine Rolle, ob es Fahd Kumhar ist oder die Königin von –«

»Hier! Hier! Hier!«, jubelte Hadiyyah von der Tür her. In einer Hand schwenkte sie ihre selbstgemalten Bilder, in der anderen hielt sie ein Marmeladenglas mit weißem Deckel. »Ich hab' nur zwei mitgebracht, weil das Bild vom Meer echt scheußlich ist, Barbara. Und schau mal, was ich heut gefangen hab'. Sie war in den Rosen vor dem Speisesaal, und nach dem Mittagessen hab' ich mir ein Marmeladenglas aus der Küche geholt, und sie ist direkt reingeflogen.«

Sie hielt Barbara das Glas zur Inspektion hin. Im schwindenden Licht sah Barbara eine ziemlich unglückliche Biene, die immer wieder brummend gegen die Glaswand flog.

»Ich hab' ihr auch was zu essen reingetan. Schau. Siehst du? Und ich hab' ein paar Löcher in den Deckel gemacht. Glaubst du, dass es ihr in London gefällt? Ich glaub' schon, weil es da doch einen Haufen Blumen gibt, die kann sie auffressen und dann Honig draus machen.«

Barbara stellte das Glas neben das Schachbrett auf den Tisch und betrachtete es genauer. Das Futter, das Hadiyyah hineingegeben hatte, bestand aus einem Häufchen welkender Rosenblätter und einigen traurigen grünen Blättern, die sich an den Rändern schon aufrollten. Eine angehende Insektenforscherin von Nobelpreiskaliber war sie offensichtlich nicht. Aber sie war eine Meisterin in der Kunst, Ablenkung zu schaffen.

»Tja, weißt du, da gibt's nur ein Problem, Schatz«, sagte Barbara. »Bienen haben Familien, und sie leben alle zusammen in einem Stock. Sie mögen keine Fremden. Wenn du die Biene jetzt mit nach London nimmst, hat sie ja keine Familie mehr. Wahrscheinlich regt sie sich deswegen auch so auf. Es wird langsam dunkel, und sie möchte heim.«

Hadiyyah stellte sich zwischen Barbaras Beine. Sie ging in die Hocke, so dass ihr Kinn mit der Tischkante abschloss, und drückte die Nase an das Glas. »Meinst du wirklich?«, fragte sie. »Soll ich sie freilassen? Vermisst sie ihre Familie?«

»Ganz sicher«, antwortete Barbara, während sie zu Hadiyyahs selbstgemalten Bildern griff, um sie sich anzusehen. »Außerdem gehören Bienen nicht in Marmeladengläser. Das ist nicht schön, und es ist gefährlich.«

»Warum?«, fragte Hadiyyah.

Barbara hob den Blick von den Bildern und sah Azhar an. »Weil am Ende immer einer verletzt wird, wenn man ein Geschöpf zwingt, gegen seine Natur zu leben.«

Theo hörte nicht zu. Agatha Shaw war wütend. Er hatte schon den ganzen Abend nicht zugehört, nicht bei den Cocktails, nicht beim Essen, nicht beim Kaffee, nicht bei den Neunuhrnachrichten. Körperlich war er anwesend gewesen, und er hatte immerhin so weit reagiert, dass ein weniger scharfsichtiges Gegenüber ihn am Gespräch beteiligt geglaubt hätte; aber ihr war klar, dass seine Gedanken so wenig bei der Erneuerung von Balford-le-Nez waren wie ihre beim gegenwärtigen Brotpreis in Moskau.

»Theodore!«, blaffte sie und schlug mit ihrem Stock nach seinen Beinen. Er marschierte schon wieder an ihrem Sofa vorbei, auf ewiger Wanderung zwischen seinem Sessel und dem offenen Fenster, als wollte er unbedingt noch vor dem Ende des Abends auf dem Perserteppich einen Weg austreten. Agatha wusste nicht, was ihr stärker auf die Nerven ging: die Farce eines Gesprächs, die er ihr vorspielte, oder sein neu entdecktes Interesse am Zustand des Gartens. Dabei konnte er bei der rasch zunehmenden Dunkelheit sowieso kaum noch etwas vom Garten sehen. Doch würde sie ihn fragen, was es denn da draußen so Faszinierendes zu sehen gäbe, so würde er zweifellos behaupten, den Tod des Rasens zu beklagen.

Ihr Stock konnte ihn nicht aufhalten, verfehlte ihn ganz. »Theodore Michael Shaw, wenn du nicht endlich aufhörst, hier hin und her zu rennen, geb' ich dir eigenhändig was auf den Hintern, und zwar mit diesem Stock. Hast du verstanden?«

Das wirkte. Theo blieb stehen, drehte sich um und sah sie mit einem müden Lächeln an. »Schaffst du das, Großmutter?« Sein Ton war liebevoll, doch gegen seinen Willen, wie es schien. Er setzte seinen Weg zum Fenster nicht fort, aber sein Blick wanderte dennoch dorthin.

»Was zum Teufel ist eigentlich los?«, fuhr sie ihn an. »Du hast mir den ganzen Abend überhaupt nicht zugehört. Das muss aufhören, und zwar sofort. Heute Abend noch.«

»Was denn?«, fragte er und machte tatsächlich ein so verblüfftes Gesicht, dass er sie beinahe überzeugte.

Aber so leicht war sie nicht zum Narren zu halten. Sie hatte nicht umsonst vier schwierige Kinder – sechs, wenn man Theo und seinen eigensinnigen Bruder mitzählte – großgezogen. Sie merkte es immer, wenn etwas im Busch war, und sie merkte es immer, wenn man ihr etwas zu verbergen suchte.

»Mach mir doch nichts vor«, sagte sie scharf. »Du bist schon wieder zu spät gekommen. Du hast beim Essen keine zehn Bissen gegessen. Du hast den Käse stehen- und den Kaffee kalt werden lassen, und seit zwanzig Minuten läufst du unentwegt hier hin und her und schaust ständig auf die Uhr wie ein Gefangener, der auf die Besuchszeit wartet.«

»Ich habe spät zu Mittag gegessen, Großmutter«, argumentierte Theo ganz vernünftig. »Und diese Hitze ist die reine Hölle. Wie kann man bei diesem Wetter auch noch warm essen?«

»Wieso? Ich habe es doch auch geschafft«, entgegnete sie. »Und warmes Essen ist gerade bei diesem Wetter gesund. Es kühlt das Blut.«

»Das klingt mir sehr nach einem Ammenmärchen.«

»Ach, Unsinn«, sagte sie. »Außerdem geht es nicht ums Essen. Es geht um dich. Um dein Verhalten. Du bist völlig verändert, seit –« Sie hielt inne, um nachzudenken. Seit wann war Theo nicht mehr der Theo, den sie seit zwanzig Jahren kannte und liebte – gegen ihren Willen und ihre bessere Einsicht liebte? Seit einem Monat? Seit zwei? Angefangen hatte es mit ungewohnten Perioden der Schweigsamkeit, dann hatte er begonnen, sie intensiv zu beobachten, wenn er dachte, sie merkte es nicht, dazu war er nachts immer öfter verschwunden, hatte heimliche Telefonate geführt und beunruhigend viel Gewicht verloren. »Was in drei Teufels Namen geht eigentlich vor?«, fragte sie schließlich.

Er sah sie mit einem flüchtigen Lächeln an, aber es entging ihr nicht, dass dieses Lächeln am trostlosen Ausdruck seiner Augen nichts veränderte. »Glaub mir, Großmutter, es geht gar nichts vor.« Er sprach in dem beschwichtigenden Ton, den Ärzte gebrauchen, wenn sie einen widerspenstigen Patienten zur Mitarbeit bewegen wollen.

»Führst du etwas im Schilde?«, fragte sie ganz direkt. »Wenn das der Fall ist, kann ich dir gleich sagen, dass dir Verschleierung nichts bringen wird.«

»Ich führe nichts im Schilde. Ich habe über das Geschäft nachgedacht: wie die Arbeiten auf dem Pier vorangehen und wie viel

Geld wir verlieren, wenn Gerry DeVitt das Restaurant nicht vor dem Feiertag im August fertigstellen kann.« Er kehrte zu seinem Sessel zurück, als wollte er damit die Wahrheit seiner Worte beweisen. Er faltete seine Hände lose zwischen seinen Knien und gab sich aufmerksam.

Sie sprach weiter, als hätte er nichts gesagt. »Verschleierung zerstört. Und wenn du das bestreiten möchtest, werden vielleicht drei Namen genügen, um mein Argument zu untermauern: Stephen, Lawrence, Ulrike. Alle drei Meister in der Kunst der Täuschung.«

Sie sah, wie er, innerlich zusammenzuckend, die Augen zusammenkniff, und es freute sie. Sie wollte ihm einen Schlag unter die Gürtellinie versetzen, und es befriedigte sie zu wissen, dass er es gespürt hatte. Die drei waren sein Bruder, sein Vater und seine hirnlose Mutter. Alle drei Heuchler, die eben deshalb enterbt und verstoßen worden waren und schauen konnten, wie sie allein fertigwurden. Zwei von ihnen waren schon tot, und der dritte ... Wer konnte sagen, welch unerquickliches Ende Stephen Shaw in dieser Irrenanstalt namens Hollywood nehmen würde?

Seit Stephen mit neunzehn Jahren fortgegangen war, hatte sie sich immer wieder gesagt, dass Theo anders sei. Er hatte im Gegensatz zu seinen nächsten Anverwandten keine Flausen im Kopf, war vernünftig und verständig. In ihn hatte sie ihre Hoffnungen gesetzt, ihm würde sie ihr Vermögen vererben. Wenn sie die Auferstehung von Balford-le-Nez nicht mehr erleben sollte, so machte das nichts, weil Theo ihren Traum verwirklichen würde. Durch ihn und seine Bemühungen würde sie fortleben.

Das zumindest hatte sie geglaubt. Doch in den letzten Wochen – oder war es ein Monat? Zwei? – war sein Interesse an ihren Angelegenheiten sichtlich abgeflaut. Die letzten Tage hatten ihr gezeigt, dass er in Gedanken mit ganz anderen Dingen beschäftigt war. Und die letzten Stunden hatten ihr klar und deutlich demonstriert, dass sie bald etwas unternehmen musste, um ihn wieder auf das richtige Gleis zu bringen, wenn sie ihn nicht ganz verlieren wollte.

»Sei mir nicht böse«, sagte er. »Es war nicht meine Absicht, dich zu ignorieren. Aber ich versuche, das alles unter einen Hut zu bringen, den Pier, die Arbeiten am Restaurant, die Pläne für das Hotel, die Sache mit dem Stadtrat ...« Und schon wieder wanderte sein

Blick zum offenen Fenster, doch er schien sich bewusst zu sein, was er tat, denn er nahm sich hastig zusammen. »Und dann diese Hitze«, sagte er. »Die setzt mir einfach wahnsinnig zu.«

Sie beobachtete ihn mit zusammengekniffenen Augen. Wahrheit oder Lüge?, fragte sie sich.

Er sprach weiter. »Ich habe übrigens wegen der Anberaumung einer neuen Stadtratssondersitzung angerufen. Heute Morgen. Sie haben versprochen, sich bei uns zu melden, aber wegen dieser Sache mit den Pakistanis und dem Toten auf dem Nez wird es wohl noch eine Weile dauern.«

Das, musste sie zugeben, war immerhin ein kleiner Fortschritt, und zum ersten Mal seit ihrem Schlaganfall fühlte sie sich ein wenig ermutigt. Gewiss, es ging mit einer Langsamkeit voran, die einen wirklich wahnsinnig machen konnte, aber immerhin ging es voran. Vielleicht war Theo ja wirklich so rundum aufrichtig, wie er zu sein vorgab. Für den Augenblick beschloss sie, an diese Möglichkeit zu glauben.

»Ausgezeichnet«, sagte sie. »Wirklich ausgezeichnet. Auf die Weise werden wir bis zur Sitzung die notwendigen Stimmen in der Tasche haben. Ich muss sagen, Theo, ich sehe diese Unterbrechung der gestrigen Sitzung inzwischen als eine Art göttliche Fügung. Dadurch bekommen wir Gelegenheit, jedes Stadtratsmitglied persönlich zu bearbeiten.«

Theos Aufmerksamkeit schien jetzt wirklich auf sie gerichtet zu sein, und sie war entschlossen, das Beste aus diesem Gespräch zu machen, solange sein Interesse geweckt war. Sie sagte: »Um Treves habe ich mich übrigens schon gekümmert. Er gehört uns.«

»Ach?«, sagte Theo höflich.

»Ja. Ich habe heute Nachmittag selbst mit diesem unerträglichen Menschen gesprochen. Das überrascht dich? Nun, warum nicht? Warum nicht unsere Geschütze in Position bringen, ehe wir anfangen zu schießen?« Sie spürte, wie ihre Erregung wuchs, während sie sprach. Sie überkam sie wie ein sexuelles Lustgefühl; sie erhitzte zwischen den Beinen wie früher Lewis' Küsse in ihren Nacken. Sie wurde sich plötzlich bewusst, dass es ihr ziemlich gleichgültig war, ob Theo zuhörte oder nicht. Sie hatte ihre freudige Erregung den ganzen Tag zurückgehalten – es war absolut sinnlos, Mary Ellis von ihren Plänen zu erzählen –, und jetzt musste und wollte sie ihr freien Lauf lassen.

»Es war ein Kinderspiel, ihn auf unsere Seite zu ziehen«, berichtete sie triumphierend. »Er verabscheut die Pakis genauso sehr wie wir und ist bereit, alles zu tun, um unsere Sache zu fördern. ›Die Firma Shaw dient mit ihren Sanierungsplänen den Interessen der ganzen Gemeinde‹, hat er zu mir gesagt. Was er damit meinte, war, dass er sich die Kehle durchschneiden würde, wenn das die Pakis in die Schranken verweisen könnte. Er möchte überall nur englische Namen sehen: auf dem Pier, am Eingang zum Park, an den Hotels, über dem Freizeitzentrum. Er will mit aller Macht verhindern, dass Balford zu einer Hochburg der Farbigen wird. Ganz besonders hasst er Akram Malik«, fügte sie mit tiefer Befriedigung hinzu und empfand dasselbe kribbelnde Vergnügen wie am Telefon, als sich herausgestellt hatte, dass sie und der widerliche Hotelbesitzer mindestens eins gemeinsam hatten.

Theo blickte auf seine Hände hinunter, und sie bemerkte, dass er seine Daumen fest aneinandergepresst hielt. Er sagte: »Großmutter, was ist denn eigentlich so wichtig daran, dass Akram Malik ein Stück Rasen, einen Springbrunnen, eine Holzbank und einen Strauch Goldregen nach seiner Schwiegermutter benannt hat? Wieso bringt dich das so fürchterlich auf?«

»Ich bin nicht aufgebracht. Und schon gar nicht über diese rattenverseuchte kleine Grünanlage von Akram Malik.«

»Wirklich nicht?«, Theo hob den Kopf. »Soweit ich mich erinnere, hast du an Stadtsanierung gar nicht gedacht, bis der *Standard* diesen Bericht über Maliks Park brachte.«

»Dann täuscht dich deine Erinnerung«, konterte Agatha. »Wir hatten bereits zehn Monate lang am Pier gearbeitet, bevor Akram Malik diesen Park einweihte.«

»Ja, am Pier, das ist richtig. Aber an alles andere – das Hotel, das Freizeitzentrum, die Häuser an der Marine Parade, die Restaurierung der High Street – hast du doch vor Maliks Park nicht einmal gedacht. Erst nachdem du den Artikel im *Standard* gelesen hattest, musstest du schleunigst Architekten beauftragen, Stadtplaner von weiß Gott woher einfliegen lassen und dafür sorgen, dass alle Welt erfuhr, dass du für Balford-le-Nez große Zukunftspläne hast.«

»Na und?«, versetzte Agatha. »Es ist meine Stadt. Ich habe mein Leben lang hier gelebt. Wer hat ein größeres Recht darauf, in ihre Zukunft zu investieren, als ich?«

»Wenn es allein darum ginge – in Balfords Zukunft zu investieren –, wäre ich ganz deiner Meinung«, sagte Theo. »Aber Balfords Zukunft spielt nur eine untergeordnete Rolle. In Wirklichkeit geht es dir doch um etwas ganz anderes, Großmutter.«

»Tatsächlich?«, fragte sie. »Und worum geht es mir, wenn ich fragen darf?«

»Du willst die Pakistanis loswerden«, antwortete er. »Du willst die Immobilienpreise in Balford-le-Nez so weit in die Höhe treiben, dass keiner von ihnen sich hier ein Grundstück kaufen kann; du willst sie wirtschaftlich, gesellschaftlich und kulturell aushungern, indem du dafür sorgst, dass es für sie kein Land gibt, auf dem sie eine Moschee bauen könnten, keinen Laden, in dem sie *halal* Fleisch kaufen können, keine Arbeitsplätze, wo sie –«

»Ich schaffe doch Arbeitsplätze«, fuhr Agatha dazwischen. »Ich gebe jedem in dieser Stadt Arbeit. Was glaubst du denn, wer in den Hotels, den Restaurants und den Geschäften arbeiten wird, wenn nicht die Bewohner von Balford?«

»Oh, ich bin sicher, du hast den Pakistanis, die du nicht von hier vertreiben kannst, ihre Arbeitsplätze schon zugeteilt. Sie dürfen dann die Aushilfsarbeiten machen, Geschirr spülen, Betten machen, Böden schrubben. Lauter mindere Arbeiten, die es ihnen von vornherein unmöglich machen, jemals hochzukommen.«

»Und warum, bitte, sollen wir sie hochkommen lassen?«, fragte Agatha scharf. »Sie verdanken diesem Land ihr Leben, und es würde sich, verdammt noch mal, für sie gehören, immer daran zu denken.«

»Also wirklich, Großmutter«, sagte Theo. »Wir wollen uns doch nicht als die mächtigen Kolonialherren aufspielen.«

Die Bemerkung reizte sie, aber mehr wegen des müden Tons, in dem er sie hervorbrachte, als wegen ihres Inhalts. Er erinnerte sie plötzlich so stark an seinen Vater, dass sie sich am liebsten auf ihn gestürzt hätte. Sie konnte Lawrence in seiner Stimme hören. Sie konnte Lawrence *sehen*. Er hatte in demselben Sessel gesessen, als er ihr mit feierlichem Ernst erklärt hatte, dass er beabsichtigte, sein

Studium abzubrechen und eine schwedische Volleyballspielerin zu heiraten, die zwölf Jahre älter war als er und nichts zu bieten hatte als einen Riesenbusen und eine braune Lederhaut.

»Dann werf' ich dich hinaus, und du bekommst keinen Shilling von mir«, hatte sie geschrien, »nicht einen Farthing!« Dass diese Münzen längst außer Gebrauch waren, war ihr egal gewesen, ihr war es einzig darauf angekommen, ihn zurückzuhalten, und zu diesem Zweck hatte sie alle ihr zur Verfügung stehenden Mittel eingesetzt. Sie hatte taktiert und manipuliert und letztlich nichts weiter erreicht, als ihren Sohn aus dem Haus und ins Grab zu treiben.

Aber alte Gewohnheiten sterben nicht, wenn man sie nicht mit aller Entschlossenheit ausmerzt. Und Agatha hatte von sich selbst nie die gleiche Unnachsichtigkeit gegen charakterliche Mängel gefordert, die sie von anderen verlangte. Darum sagte sie jetzt: »Hör mir gut zu, Theo Shaw. Wenn dir meine Sanierungspläne nicht passen und du lieber anderswo Arbeit suchen möchtest, sag es am besten gleich. Du bist leicht zu ersetzen, und ich lasse dich gern ziehen, wenn dir der Umgang mit mir so widerwärtig ist.«

»Großmutter!« Das klang mutlos, aber sie wollte keine Mutlosigkeit. Sie wollte Kapitulation.

»Es ist mir ernst. Ich nehme kein Blatt vor den Mund. Das habe ich nie getan. Und werde es niemals tun. Wenn du das nicht ertragen kannst, ist es vielleicht an der Zeit, dass wir uns trennen. Wir hatten einen guten Lauf: zwanzig gemeinsame Jahre, das ist länger, als heutzutage die meisten Ehen halten. Aber wenn du deinen eigenen Weg gehen musst wie dein Bruder, dann geh. Ich halte dich nicht auf.«

Die Erwähnung seines Bruders würde ihn daran erinnern, wie sein Bruder gegangen war: mit einem Vermögen von zehn Pfund und neunundfünfzig Pence in der Tasche, dem sie in den zehn Jahren seiner Abwesenheit nicht einen Penny hinzugefügt hatte. Theo stand auf, und einen schrecklichen Moment lang glaubte sie, sie hätte ihn falsch eingeschätzt und ein Bedürfnis nach familiärer Bindung gesehen, dem er längst entwachsen war. Aber dann begann er zu sprechen, und sie wusste, dass sie gewonnen hatte.

»Ich fange gleich morgen Vormittag an, die Stadtratsmitglieder anzurufen«, sagte er.

Sie spürte, wie ihr starres Gesicht sich in einem Lächeln löste. »Du verstehst doch, wie wir diese geplatzte Sondersitzung von gestern zu unserem Vorteil nutzen können, nicht wahr, Theo? Wir werden siegen, Theo. Und dann wird überall in der Stadt der Name Shaw in Leuchtschrift strahlen. Überleg mal, was für ein Leben das für dich sein wird. Überleg, was für eine Position du hier haben wirst.«

Er wandte sich von ihr ab, aber nicht zum Fenster. Zur Tür diesmal und dem, was dahinter wartete. Trotz der Hitze, die in der Luft zu pulsieren schien, fröstelte er. Dann ging er auf die Tür zu.

»Was denn?«, rief sie. »Es ist fast zehn. Wohin willst du noch?«

»Ich brauch' ein bisschen Abkühlung«, antwortete er.

»Na, draußen ist es auch nicht kühler als hier drinnen.«

»Ich weiß«, sagte er, »aber die Luft ist frischer, Großmutter.«

Und sein Ton vermittelte ihr eine Ahnung davon, was ein Sieg kosten konnte.

14

Da Barbara an diesem Abend die Letzte im Speisesaal gewesen war, war es für Basil Treves ein Leichtes, sie abzufangen. Er trat ihr in den Weg, als sie durch den Salon ging, nachdem sie beschlossen hatte, auf den Kaffee zum Nachtisch zu verzichten und stattdessen lieber einen Spaziergang am Meer zu machen, wo sie auf ein kleines Lüftchen zu treffen hoffte.

»Sergeant?«, zischte Treves geheimniskrämerisch – offenkundig war er in 007-Stimmung. »Ich wollte Sie nicht beim Essen stören.« Ein Schraubenzieher in seiner Hand zeigte an, dass er gerade dabei gewesen war, irgendetwas an dem Fernsehapparat mit dem übergroßen Bildschirm zu richten, auf dem eben Daniel Day Lewis einer Frau mit wogendem Busen ewige Treue schwor, bevor er durch einen Wasserfall sprang. »Aber jetzt, wo Sie fertig sind ... Wenn Sie einen Augenblick Zeit haben ...?«

Ohne auf eine Antwort zu warten, nahm er Barbara mit spitzen Fingern beim Ellbogen und führte sie durch den Gang zur Rezeption. Er schob sich hinter den Empfangstisch und nahm einen Computerausdruck aus der untersten Schublade. »Weitere Informationen«, verkündete er im Verschwörerton. »Und ich hielt es für besser, sie Ihnen nicht zu unterbreiten, solange Sie mit – nun, mit anderen Personen zusammen waren, wenn Sie wissen, was ich meine. Aber da Sie ja jetzt frei sind ... Sie sind doch frei, oder?« Er spähte über ihre Schulter nach hinten in den Salon, als erwartete er, dass jeden Moment Daniel Day Lewis mit dem Gewehr im Anschlag herausstürzen würde, um sie ihm zu rauben.

»Frei und ungebunden.« Barbara konnte nicht verstehen, warum dieser unappetitliche Mensch nichts gegen sein Ekzem tat. Sein Bart hing voller großer Schuppen. Er sah aus, als hätte er sein Gesicht in einen Teller voll Blätterteigkrümel getunkt.

»Ausgezeichnet«, sagte er. Er sah sich nach Lauschern um, entdeckte offenbar keine, hielt es dennoch für nötig, Vorsicht walten zu lassen, und beugte sich weit über den Empfangstisch, um ihr vertraulich zuzuraunen und sie an seiner Ginfahne teilhaben zu lassen. »Telefonaufzeichnungen«, erklärte er. »Ich habe letztes Jahr Gott sei Dank ein neues System installieren lassen, das sämtliche Ferngespräche aufzeichnet. Vorher gingen alle Telefonate über die Zentrale, und wir mussten sie mit der Hand vermerken und selbst auf die Zeit achten. Völlig überholt natürlich und nicht sehr genau. Glauben Sie mir, Sergeant, es gab immer wieder die widerwärtigsten Streitereien bei der Abreise der Gäste.«

»Sie haben einen Nachweis der Anrufe, die Mr. Querashi gemacht hat?«, sagte Barbara ermutigend. Sie war wider Willen leicht beeindruckt. Ekzem oder nicht, dieser Mann entpuppte sich als wahre Fundgrube. »Hervorragend, Mr. Treves. Und was haben wir da nun?«

Sichtlich geschmeichelt ob dieses Plurals drehte er den Computerausdruck auf dem Empfangstisch herum, so dass sie ihn lesen konnte. Sie sah, dass er etwa zwei Dutzend Anrufe eingekreist hatte. Die Nummern begannen alle mit einer doppelten Null. Es war eine Liste von Auslandsgesprächen, wie Barbara erkannte.

»Ich habe mir die Freiheit genommen, unsere Nachforschungen noch ein wenig weiterzutreiben, Sergeant. Ich hoffe, ich bin nicht zu weit gegangen.« Aus einem Becher, der aus einer mit Muscheln beklebten Suppendose gefertigt war, zog er einen Bleistift, den er als Zeigestab benutzte: »Diese Nummern gehören zu Anschlüssen in Pakistan: drei in Karachi und einer in Lahore. Das ist, nebenbei gesagt, im Pandschab. Die beiden hier sind in Deutschland, beide in Hamburg. Ich habe natürlich bei keiner von ihnen angerufen. Nachdem ich die internationalen Vorwahlen gesehen hatte, fand ich alle Auskünfte, die ich brauchte, im Telefonbuch. Dort sind die Länder- und Städtevorwahlen aufgelistet.« Er wirkte leicht enttäuscht bei dieser Erklärung. Wie so viele Leute hatte er wohl angenommen, dass Polizeiarbeit aus spannungsgeladener Bespitzelung von Verdächtigen bestand, wenn man nicht gerade mit Schießereien und endlosen gefährlichen Verfolgungsjagden beschäftigt war, bei denen Lastwagen und Busse ineinander krachten, während die Bösewichte wie die Wilden durch den städtischen Verkehr rasten.

»Das sind alle seine Anrufe?«, fragte Barbara. »Alle, die er während seines Aufenthalts hier gemacht hat?«

»Alle Ferngespräche«, korrigierte Treves. »Die Ortsgespräche sind natürlich nicht aufgezeichnet.«

Barbara beugte sich über den Tisch und ging daran, den Ausdruck Seite um Seite durchzusehen. In den frühen Tagen seines Aufenthalts in Balford hatte Querashi nur vereinzelte Ferngespräche geführt, alle unter derselben Nummer in Karachi. In den letzten drei Wochen jedoch hatte sich die Zahl der Ferngespräche sichtlich gesteigert und in den letzten fünf Tagen verdreifacht. Die meisten hatte er mit Karachi geführt. Nur viermal hatte er in Hamburg angerufen.

Sie ließ sich das durch den Kopf gehen. Unter den telefonischen Nachrichten, die Anrufer für Haytham Querashi während seiner Abwesenheit im *Burnt House Hotel* hinterlassen hatten, waren keine aus dem Ausland gewesen; die äußerst kompetente Belinda Warner hätte ihre Chefin ohne Zweifel auf Anrufe aus dem Ausland aufmerksam gemacht, als sie am Nachmittag über ihre Durchsicht der Telefonzettel Bericht erstattet hatte. Entweder also hatte er den gewünschten Teilnehmer stets erreicht, oder aber er hatte nicht um Rückruf gebeten, wenn er ihn nicht erreicht hatte. Barbara prüfte die Dauer der verschiedenen Gespräche und sah diese Vermutung bestätigt: Das längste Gespräch, das er geführt hatte, hatte zweiundvierzig Minuten gedauert, das kürzeste dreizehn Sekunden, gewiss nicht genug Zeit, um eine Nachricht zu hinterlassen.

Das jedoch, was Barbara an dieser Aufstellung faszinierte, war die Häufung der Anrufe so kurz vor seinem Tod. Ihr war klar, dass sie jetzt dringend die einzelnen Teilnehmer ausfindig machen musste. Sie sah auf ihre Uhr und fragte sich, wie spät es jetzt in Pakistan war.

»Mr. Treves«, sagte sie, um das Gespräch abzuschließen und den Mann loszuwerden, »Sie sind wirklich ein Phänomen.«

Er legte eine Hand auf seine Brust, ganz demütige Ergebenheit. »Es ist mir eine Freude, Ihnen zu helfen, Sergeant. Was immer Sie brauchen, wenden Sie sich an mich, und ich werde mich bemühen, Ihnen zu Diensten zu sein. Und selbstverständlich mit absoluter Diskretion. Darauf können Sie sich verlassen. Ganz gleich, worum es sich handelt, ob um Informationen, Beweismaterial, Erinnerungen, Augenzeugenaussagen –«

»Ach ja, gut, dass Sie mich daran erinnern …« Barbara sagte sich, dass es keinen besseren Zeitpunkt gäbe, um dem Mann die Wahrheit darüber herauszukitzeln, wo er selbst sich am Abend von Querashis Ermordung aufgehalten hatte. Sie überlegte, wie sie ihm das entlocken konnte, ohne dass er merkte, worum es ging. »Am vergangenen Freitagabend, Mr. Treves ...«

Augenblicklich ging er in Habachtstellung, den Kopf erhoben, die Hände unter dem dritten Hemdknopf gefaltet. »Ja? Letzten Freitagabend?«

»Sie haben Mr. Querashi doch weggehen sehen, oder?«

In der Tat, bestätigte Treves. Er war in der Bar gewesen und hatte mit Brandy und Port hantiert, als Querashi die Treppe heruntergekommen war. Er hatte ihn im Spiegel hinter dem Tresen gesehen. Aber habe er Sergeant Havers das nicht bereits mitgeteilt?

Natürlich, natürlich, versicherte sie ihm hastig. Ihr gehe es im Augenblick um die Gäste in der Bar. Wenn Mr. Treves Brandy und Port ausgeschenkt hatte, sei daraus doch wohl zu schließen, dass in der Bar Gäste gewesen seien, die er bedient hatte. Traf das zu? Und wenn ja, war von den Gästen jemand zur gleichen Zeit gegangen wie Querashi? War ihm vielleicht jemand gefolgt?

»Ach so.« Treves hob einen Zeigefinger himmelwärts zum Zeichen, dass er begriffen hatte. Die Einzigen, sagte er, die die Bar verlassen hatten, als Querashi ausgegangen war, waren die arme alte Mrs. Porter mit ihrer Gehhilfe, offensichtlich nicht flinkfüßig genug, um sich auf jemandes Fährte zu heften, und die Reeds, ein altes Ehepaar aus Cambridge, das ins *Burnt House Hotel* gekommen war, um seinen fünfundvierzigsten Hochzeitstag zu feiern. »Für Geburtstage, Hochzeiten und Jubiläumsfeiern bieten wir nämlich Sonderarrangements an«, vertraute er Barbara an. »Ich vermute, sie wollten hinauf zu ihrem Champagner und ihren Pralinen.«

Die übrigen Hotelgäste hatten bis nach halb zwölf in der Bar und im Salon gesessen. Er könne für jeden Einzelnen von ihnen die Hand ins Feuer legen, erklärte er. Er sei ja den ganzen Abend da gewesen.

Wunderbar, dachte Barbara und freute sich, dass er ihr soeben ahnungslos sein eigenes Alibi geliefert hatte. Sie dankte ihm, wünschte ihm gute Nacht und ging mit dem Computerausdruck unter dem Arm nach oben.

In ihrem Zimmer griff sie sofort zum Telefon. Es stand auf einem der beiden wackeligen Nachttische neben einer verstaubten Lampe in Form einer Ananas. Mit dem Ausdruck auf dem Schoß tippte Barbara die erste Nummer in Deutschland ein. Mehrfaches Klicken und Knacken, dann war die Verbindung hergestellt. Irgendwo auf der anderen Seite der Nordsee begann ein Telefon zu läuten.

Als sie ein Knacken und dann ein Summen hörte, holte sie Luft, um sogleich ihren Namen zu nennen. Doch es meldete sich nur ein Anrufbeantworter, eine männliche Stimme, die wie ein Maschinengewehr auf Deutsch losratterte. Sie schnappte die Zahlen Sieben und Neun auf, aber abgesehen davon und dem Wort »Tschüs« am Ende der Ansage blieb ihr das ganze Geknatter unverständlich. Dann folgte der Pfeifton, und sie hinterließ ihren Namen, ihre Telefonnummer und eine Bitte um Rückruf, alles in der Hoffnung, dass der Unbekannte am anderen Ende der Leitung Englisch sprach.

Sie wählte die zweite Hamburger Nummer und hatte wenig später eine Frau in der Leitung, die wie die Männerstimme auf dem Anrufbeantworter Unverständliches sagte. Doch wenigstens hatte sie es hier mit einem leibhaftigen menschlichen Wesen zu tun, und sie war entschlossen, die Gelegenheit zu nutzen.

Jetzt wünschte sie, sie hätte in der Schule Fremdsprachen gewählt. Das Einzige, was sie auf Deutsch sagen konnte, war »Bitte zwei Bier«, und das war für die gegebene Situation wohl kaum geeignet. O verdammt, dachte sie, raffte dann aber ihre dürftigen Sprachkenntnisse zusammen und sagte: »Ich spreche ... sprechen vous ... nein, falsch ... ich bin ein – von England ... Mist!«

Das reichte offensichtlich, denn die Erwiderung erfolgte in Englisch, und die Worte waren eine Überraschung. »Hier spricht Ingrid Eck«, sagte die Frau kurz und mit so starkem Akzent, dass Barbara fast erwartete, im Hintergrund das Deutschlandlied zu hören. »Hamburger Polizei. Wer spricht da, bitte? Wie kann ich Ihnen behilflich sein?«

Polizei?, dachte Barbara. Hamburger Polizei? Deutsche Polizei? Was in drei Teufels Namen hatte ein Pakistani in England mit der deutschen Polizei zu tun?

Sie sagte: »Entschuldigen Sie. Hier spricht Sergeant Barbara Havers von der Kriminalpolizei. New Scotland Yard.«

»New Scotland Yard?«, wiederholte die Frau. »Ja? Mit wem möchten Sie sprechen?«

»Das weiß ich selbst nicht genau«, antwortete Barbara. »Wir untersuchen einen Mordfall, und das Opfer –«

»Ein deutscher Staatsbürger?«, fragte Ingrid Eck sofort. »Ist ein deutscher Staatsbürger in einen Mordfall verwickelt?«

»Nein. Das Opfer ist ein Asiate. Ein Pakistani. Ein gewisser Haytham Querashi. Und er hat zwei Tage vor seiner Ermordung diese Nummer angerufen. Ich versuche herauszufinden, mit wem er gesprochen hat. Können Sie mir da weiterhelfen?«

»Oh. Ja. Ich verstehe.« Danach sprach sie auf Deutsch in den Raum hinein, in dem sie sich befand. Sie sprach sehr schnell, und Barbara fing nur die Wörter England und Mord auf. Mehrere Stimmen antworteten ihr, rau und guttural – es klang wie das Räuspern eines halben Dutzends Männer mit schwerem Katarrh. Das Gespräch wurde mit solcher Leidenschaft geführt, dass Barbara Hoffnung schöpfte, die jedoch sogleich zerstört wurde, als Ingrid sich wieder meldete.

»Hier ist noch einmal Ingrid Eck«, sagte sie. »Ich fürchte, wir können Ihnen nicht helfen.«

»Vielleicht ist es am besten, wenn ich Ihnen den Namen buchstabiere«, sagte Barbara. »Ausländische Namen klingen ja häufig so unverständlich. Wenn Sie den Namen schriftlich vor sich haben, erkennen Sie ihn vielleicht wieder. Oder jemand anders bei Ihnen erkennt ihn, wenn Sie ihn herumgehen lassen.«

Mit viel Nachfragen und mindestens fünf Pausen für Korrekturen nahm Ingrid Eck Haytham Querashis Namen auf. In ihrem kreativen und gebrochenen Englisch versprach sie, ihn durch die einzelnen Abteilungen gehen zu lassen, sagte aber gleich, New Scotland Yard solle sich keine großen Hoffnungen auf eine hilfreiche Auskunft machen. Im Polizeihochhaus in Hamburg arbeiteten viele hundert Menschen, und es gäbe keine Garantie, dass der Name gerade die richtige Person sofort erreichen würde. Viele träten jetzt ihren Sommerurlaub an, fast alle seien überarbeitet, die allgemeine Aufmerksamkeit richte sich mehr auf deutsche als auf englische Probleme …

Ein Hoch auf die europäische Gemeinschaft, dachte Barbara. Sie bat Ingrid, ihr Bestes zu tun, hinterließ ihre Nummer und machte Schluss. Sie tupfte sich das heiße Gesicht mit dem Saum ihres T-Shirts ab und dachte dabei, wie unwahrscheinlich es war, dass sie bei den nächsten Anrufen, die sie in Angriff nehmen wollte, auf jemanden treffen würde, der Englisch sprach. In Pakistan musste es weit nach Mitternacht sein, und da sie kein Wort Urdu sprach und daher nicht in der Lage war, einem schlaftrunkenen Pakistani zu erklären, warum er mitten in der Nacht aus den Federn geholt wurde, beschloss sie, sich jemanden zu suchen, der das für sie erledigen konnte.

Sie ging die Treppe hinauf und dann den Korridor entlang zu jenem Teil des Hotels, in dem Querashis Zimmer gewesen war. Vor der Tür, hinter der sie am Abend zuvor Fernsehgeräusche gehört hatte, blieb sie stehen. Dort mussten Azhar und Hadiyyah wohnen. Undenkbar, dass Basil Treves von seiner widerwärtigen Politik des »gleich, aber getrennt« abgewichen war und die Pakistanis in einem Teil seines Hotels untergebracht hatte, wo sie durch ihre Fremdartigkeit das Feingefühl seiner englischen Gäste beleidigt hätten.

Sie klopfte leise und sagte Azhars Namen, klopfte dann noch einmal. Drinnen drehte sich der Schlüssel im Schloss, und Azhar öffnete. Er trug einen rostbraunen Morgenrock und hatte eine Zigarette in der Hand. Das Zimmer hinter ihm lag im Halbdunkel. Die Nachttischlampe war mit einem großen blauen Taschentuch abgeschirmt, doch das Licht reichte ihm offensichtlich zum Lesen. Neben seinem Kopfkissen lag irgendein gebundenes Dokument.

»Schläft Hadiyyah? Können Sie mit in mein Zimmer kommen?«, fragte sie ihn.

Er sah sie so entgeistert an, dass sie unwillkürlich rot anlief und hastig hinzufügte: »Ich brauche Sie für ein paar Telefongespräche mit Pakistan.« Sie erklärte ihm, wie sie zu den Nummern gekommen war.

»Ach so.« Er sah auf die goldene Uhr an seinem schmalen Handgelenk. »Haben Sie eine Ahnung, wie spät es in Pakistan jetzt ist, Barbara?«

»Spät.«

»Früh«, verbesserte er. »Sehr früh. Wäre Ihnen nicht besser gedient, wenn Sie eine vernünftige Zeit abwarten würden?«

»Nicht, wenn es um Mord geht«, entgegnete sie. »Würden Sie die Telefonate für mich erledigen, Azhar?«

Er warf einen Blick über seine Schulter ins Zimmer. Hinter ihm konnte Barbara Hadiyyahs kleine zusammengerollte Gestalt in dem zweiten Bett sehen. Das kleine Mädchen schlief mit einem großen Plüsch-Kermit neben sich.

»Na schön«, sagte Azhar und trat ins Zimmer zurück. »Wenn Sie mir einen Moment Zeit lassen, um mich anzuziehen ...«

»Ach, vergessen Sie's. Sie brauchen sich nicht erst anzuziehen. Das Ganze ist wahrscheinlich in fünf Minuten erledigt. Kommen Sie.«

Sie ließ ihm keine Zeit zur Widerrede, sondern machte sich unverzüglich auf den Rückweg zur Treppe. Hinter sich hörte sie das Geräusch der Tür, die leise geschlossen wurde, und das Knirschen des Schlüssels, als er absperrte. An der Treppe wartete sie auf ihn.

»In den letzten drei Wochen hat Querashi mindestens einmal täglich in Pakistan angerufen. Die Empfänger dieser Anrufe müssen sich auf jeden Fall daran erinnern, ob sie von seinem Tod gehört haben.«

»Die Familie ist jedenfalls informiert worden«, sagte Azhar. »Wen er außer seiner Familie angerufen haben soll, weiß ich nicht.«

»Genau das wollen wir ja jetzt herausbekommen.«

Sie stieß die Tür zu ihrem Zimmer auf und ließ ihn eintreten. Rasch hob sie vom Boden ihre Unterwäsche, die Pluderhose und das T-Shirt auf, die sie den Tag über angehabt hatte. Sie warf die Sachen mit einem »Entschuldigen Sie das Chaos« in den Kleiderschrank und führte ihn zum Bett, wo der Computerausdruck auf der schmuddeligen Tagesdecke lag.

»Legen Sie los«, sagte sie. »Machen Sie es sich bequem.«

Er setzte sich, im Mund die Zigarette, von der sich ein dünner Rauchfaden in die Höhe schlängelte. Einen Moment lang sah er sich den Ausdruck an. Er tippte mit den Fingern auf eine der eingekreisten Nummern und hob schließlich den Kopf, um sie anzublicken.

»Wollen Sie wirklich, dass ich diese Anrufe mache?«

»Warum denn nicht?«

»Wir stehen auf gegnerischen Seiten, Barbara. Wenn diese Leute, deren Nummern wir hier haben, nur Urdu sprechen, woher wollen Sie dann wissen, dass ich Ihnen die Wahrheit über das Gespräch sage?«

Das war ein Argument. Bevor sie gegangen war, um ihn zu holen, hatte sie nicht lang über Azhars Zuverlässigkeit als Übersetzer nachgedacht. Genauer gesagt, sie hatte überhaupt nicht über die Frage nachgedacht. Und das wunderte sie. Dennoch sagte sie: »Wir haben doch das gleiche Ziel, oder nicht? Wir wollen beide wissen, wer Querashi getötet hat. Ich kann mir nicht vorstellen, dass Sie versuchen würden, die Wahrheit zu vertuschen, wenn Sie wüssten, dass es die Wahrheit ist. Ehrlich gesagt, diesen Eindruck haben Sie nie auf mich gemacht.«

Er sah sie an, und in seinem Gesichtsausdruck mischten sich Nachdenklichkeit, Verständnis und Verblüffung. Schließlich sagte er: »Wie Sie wollen« und hob den Hörer ab.

Barbara kramte ihre Zigaretten aus ihrer Tasche, zündete sich eine an und setzte sich auf den lindgrün gepolsterten Hocker vor dem Toilettentisch. Sie stellte einen Aschenbecher so, dass sie ihn beide erreichen konnten.

Azhar schob sich mit langen Fingern eine schwarze Haarsträhne aus dem Gesicht. Er legte seine Zigarette in den Aschenbecher und sagte: »Es läutet. Haben Sie einen Stift da?« Und einen Augenblick später: »Es ist eine Ansage, Barbara.« Stirnrunzelnd lauschte er und machte ein paar Notizen auf die Computerliste. Er hinterließ jedoch keine Nachricht, als die Ansage zu Ende war. Er legte einfach auf. »Diese Nummer hier« – er hakte eine von ihnen ab – »ist ein Reisebüro in Karachi. *World Wide Tours.* Die Ansage hat Auskunft über die Öffnungszeiten gegeben, die« – er lächelte und griff nach seiner Zigarette – »leider nicht zwischen Mitternacht und sieben Uhr morgens liegen.«

Barbara warf einen Blick auf den Ausdruck. »Er hat dort letzte Woche viermal angerufen. Was meinen Sie? Pläne für die Flitterwochen? Oder die große Flucht vor der Ehe?«

»Er hat vermutlich nur die Reisearrangements für seine Familie gemacht, Barbara. Seine Eltern und Geschwister hätten sicher zu seiner Hochzeit mit meiner Cousine anreisen wollen. Soll ich es weiter versuchen?«

Sie nickte. Er wählte die nächste Nummer, eine Verbindung kam zustande, und einen Augenblick später begann er in Urdu zu sprechen. Barbara konnte die Stimme am anderen Ende der Leitung hören. Zunächst zögernd, bald drängend und leidenschaftlich. Das Gespräch dauerte einige Minuten, mit eingestreuten englischen Wörtern, für die es keine Übersetzung gab. Neben ihrem eigenen Namen hörte sie New Scotland Yard, Balford-le-Nez, *Burnt House Hotel*, Essex.

Nachdem Azhar aufgelegt hatte, sagte sie: »Wer war das? Was haben Sie –« Er hob die Hand, um ihre Fragen abzuwehren, und wählte gleich die nächste Nummer.

Diesmal sprach er länger und machte sich Notizen, während sein Gesprächspartner in Pakistan ihm eine Fülle von Auskünften gab. Es juckte Barbara in den Fingern, Azhar den Hörer zu entreißen und selbst Fragen zu stellen, doch sie übte sich in Geduld.

Ohne Kommentar wählte Azhar zum vierten Mal, und als er zu sprechen begann, waren Barbara seine einleitenden Worte schon vertraut: vermutlich eine Entschuldigung für seinen Anruf zu so früher Stunde, gefolgt von einer Erklärung, in der Haytham Qureshis Name mehr als einmal genannt wurde. Dieses letzte Gespräch war das längste, und nachdem es beendet war, blickte Azhar mit ernster Miene auf die Computerliste hinunter, bis Barbara ihn ansprach.

Sein Gesichtsausdruck war so düster, dass Barbara mulmig zu werden begann. Sie hatte ihm ja wirklich Zugang zu einer Informationsquelle verschafft, deren Ertrag für die polizeilichen Ermittlungen von entscheidender Bedeutung sein konnte. Und er konnte damit anfangen, was er wollte, er konnte sie über den Inhalt der Auskünfte, die er erhalten hatte, belügen oder alles mit entsprechend aufwieglerischen Kommentaren an seinen Vetter weitergeben.

»Azhar?«, sagte sie.

Er erwachte aus seiner Versunkenheit. Er griff nach seiner Zigarette und zog daran. Dann sah er sie an.

»Das erste Gespräch war mit seinen Eltern.«

»Das ist die Nummer, die auch schon früher auf dem Ausdruck erscheint?«

»Ja. Sie sind –« Er brach ab, schien nach einem passenden Wort oder einer passenden Wendung zu suchen. »Sie sind verständlicherweise niedergeschmettert. Sie wollten Näheres über den Stand der Ermittlungen wissen. Und Sie möchten gern den Leichnam haben. Sie haben das Gefühl, nur dann richtig um ihren ältesten Sohn trauern zu können, wenn sie seinen Leichnam haben. Sie lassen deshalb fragen, ob sie der Polizei etwas dafür bezahlen müssen, dass sie den Leichnam freigibt.«

»Bezahlen?«

Azhar sprach schon weiter. »Haythams Mutter hatte einen Zusammenbruch, als sie vom Tod ihres Sohnes erfuhr, und ist jetzt in ärztlicher Behandlung. Seine Schwestern sind verwirrt, sein Bruder hat seit Samstagnachmittag kein Wort mehr gesprochen, und seine Großmutter väterlicherseits bemüht sich, die Familie irgendwie zusammenzuhalten. Aber sie hat Angina Pectoris, die Belastung ist groß, und ein starker Herzanfall könnte ihr Tod sein. Das Läuten des Telefons hat sie alle sehr erschreckt.«

Er sah sie an. Sie sagte: »Mord ist immer eine schlimme Sache, Azhar. Es tut mir leid, aber es gibt keine Möglichkeit, es erträglicher zu machen. Und ich würde lügen, wenn ich Ihnen sagte, dass der Schrecken endet, wenn wir jemanden festnehmen. Er endet nicht. Er endet nie.«

Er nickte. Mit einer Hand rieb er sich geistesabwesend den Nacken. Zum ersten Mal bemerkte sie, dass er unter dem Morgenrock nur die Pyjamahose trug. Sein Oberkörper war nackt, und seine dunkle Haut wirkte im Licht wie bronziert.

Barbara stand auf und ging zum Fenster. Von irgendwoher hörte sie Musik, die tastenden Töne eines angehenden Musikers, der in einem der Häuser oben auf den Felsen Klarinette übte.

»Die zweite Nummer ist die eines Mullahs«, sagte Azhar hinter ihr. »Das ist ein Schriftgelehrter, ein heiliger Mann.«

»Wie ein Ayatollah?«

»Von niederem Rang. Er leitet eine Gemeinde, in diesem Fall die Gemeinde, in der Haytham aufgewachsen ist.«

Seine Stimme klang so ernst, dass Barbara sich vom Fenster abwandte, um ihn anzusehen. Auch sein Gesicht war sehr ernst. »Was wollte er von dem Mullah? Hatte es mit der Heirat zu tun?«

»Mit dem Qur'aan«, antwortete Azhar. »Er wollte mit dem Mullah über die Passage sprechen, die er angemerkt hatte und die ich Ihnen heute Nachmittag bei unserer Besprechung übersetzt habe.«

»Über die Stadt voller Unterdrücker?«

Azhar nickte. »Aber sein Interesse galt nicht der ›Stadt, in der die Menschen Unterdrücker sind‹, wie mein Vetter vermutete. Er wollte wissen, wie genau man das Wort ›schwach‹ definiert.«

»Er wollte wissen, was ›schwach‹ heißt? Und deswegen hat er bis nach Pakistan telefoniert? Das ist ja verrückt.«

»Haytham wusste, was ›schwach‹ heißt, Barbara. Er wollte wissen, wie die Definition anzuwenden ist. Der Qur'aan lehrt die Moslems, für die Sache der Schwachen zu streiten. Haytham wollte mit dem Mullah darüber sprechen, wie man erkennt, ob ein Mitmensch zu den Schwachen gehört.«

»Weil er mit jemandem streiten wollte?« Barbara setzte sich wieder auf den Hocker vor dem Toilettentisch, griff nach dem Aschenbecher und drückte ihre Zigarette aus. »Du meine Güte«, sagte sie mehr zu sich selbst. »Was hatte er denn vor?«

»Die dritte Nummer war die eines Mufti«, fuhr Azhar fort. »Das ist ein Rechtsgelehrter.«

»Ein Rechtsanwalt, meinen Sie?«

»So etwas Ähnliches. Ein Mufti ist jemand, der das islamische Recht interpretiert. Er ist eigens dazu ausgebildet, eine sogenannte *fatwa* zu erstellen.«

»Und was ist das?«

»So etwas wie ein Rechtsgutachten.«

»Und was wollte Querashi von diesem Mann?«

Azhar zögerte, und Barbara war klar, dass hier der Grund für seinen Ernst steckte. Statt ihr zu antworten, zog er den Aschenbecher heran und drückte seine Zigarette aus. Wieder strich er sich das Haar aus der Stirn. Er sah auf seine Füße hinunter. Sie waren nackt und schmal wie seine Hände. Mit hohem Rist und glatter Haut. Es hätten die Füße einer Frau sein können.

»Azhar«, sagte Barbara. »Bitte kneifen Sie jetzt nicht, okay? Ich brauche Sie.«

»Meine Familie –«

»Braucht Sie auch. Natürlich. Aber wir wollen doch alle die Wahrheit wissen. Ob der Mörder nun Pakistani oder Engländer ist, keiner von uns will, dass Querashis Tod ungestraft bleibt. Nicht einmal Muhannad kann das wünschen. Auch wenn ihm noch so viel daran liegt, seine Leute zu schützen.«

Azhar seufzte. »Den Mufti hat Haytham nach dem Wesen der Sünde befragt. Er wollte wissen, ob ein Moslem, der eine schwere Sünde auf sich geladen hat, ein Moslem bleiben und somit weiterhin zur Gemeinschaft der Moslems gehören würde.«

»Also ob er weiterhin zu seiner Familie gehören würde?«

»Zu seiner Familie und zu der ganzen Gemeinschaft.«

»Und was hat der Mufti ihm gesagt?«

»Er hat mit ihm über die *usul al-figh* gesprochen: die Quellen des Rechts.«

»Und die wären?«

Azhar hob den Kopf, um sie anzusehen. »Der Qur'aan, die *Sunna* des Propheten –«

»*Sunna*?«

»Das Vorbild des Propheten.«

»Was noch?«

»Der Konsensus der Gemeinde und der Analogieschluss.«

Barbara griff, ohne hinzusehen, nach ihren Zigaretten. Sie nahm sich eine heraus und bot Azhar die Packung an. Er nahm das Streichholzheftchen vom Toilettentisch, gab erst ihr Feuer und zündete sich dann die eigene Zigarette an. Danach kehrte er zu seinem Platz auf der Bettkante zurück.

»Und als er und der Mufti ihre Diskussion beendet hatten, waren sie doch wohl zu einer Schlussfolgerung gekommen, oder? Ich meine, sie hatten eine Antwort auf seine Frage, ob ein Moslem, der eine schwere Sünde begangen hat, ein Moslem bleiben kann.«

Er antwortete mit einer Gegenfrage. »Wie kann man im Widerspruch zu einem der Glaubenssätze des Islam leben und dennoch behaupten, ein Moslem zu sein, Barbara?«

Die Glaubenssätze des Islam. Barbara wälzte diese Wendung in ihrem Kopf und versuchte, sie mit dem in Verbindung zu bringen, was sie bisher über Querashi und die Menschen, mit denen er Kontakt gehabt hatte, gehört hatte. Und dabei sah sie, dass die Frage direkt mit Querashis eigenem Leben verknüpft war. Eine Welle der Erregung erfasste sie, als sie das Verhalten des Pakistanis zu begreifen begann.

»Vorhin – als wir draußen waren – haben Sie gesagt, dass der Qur'aan die Homosexualität ausdrücklich verbietet.«

»Das ist richtig.«

»Aber er wollte heiraten. Er hatte sich sogar verpflichtet zu heiraten. Er hatte sich so weit festgelegt, dass seine Familie sich schon bereitgemacht hatte, zu der Feier anzureisen. Und er hatte auch bereits die Hochzeitsnacht geplant.«

»So sieht es aus«, meinte Azhar vorsichtig.

»Können wir also annehmen, dass Querashi nach seinem Gespräch mit dem Mufti beschloss, von nun an nach den Lehren des Islam zu leben, mit anderen Worten, seine Homosexualität zu verleugnen?« Sie erwärmte sich für ihre Spekulationen. »Können wir annehmen, dass er seit seiner Ankunft in England deswegen mit sich selbst in Widerstreit lag? Er hatte sich ja schließlich zur Ehe verpflichtet, fühlte sich aber trotzdem immer noch zu Männern hingezogen und damit zu Orten, wo man Schwule kennenlernen konnte. Einen lernte er in Clacton auf dem Marktplatz kennen und fing was mit ihm an, aber Querashi wollte kein Doppelleben führen – es stand zu viel auf dem Spiel –, deshalb wollte er die Sache beenden. Nur war's dann stattdessen sein Ende.«

»Am Marktplatz in Clacton?«, fragte Azhar. »Was hat der Marktplatz in Clacton mit alldem zu tun, Barbara?«

Da erst wurde Barbara bewusst, was sie angerichtet hatte. Sie war so intensiv damit beschäftigt gewesen, Fakten und Spekulationen zu einem Bild zusammenzusetzen, dass sie Azhar unbeabsichtigt eine Information gegeben hatte, die bisher nur im Besitz von Trevor Ruddock und den Ermittlern gewesen war. Und damit hatte sie eine verbotene Grenze überschritten.

Mist, dachte sie und wünschte, sie könnte das Band zurückspulen, die Wörter »Marktplatz in Clacton« aus der Luft schnappen und wieder hinunterschlucken. Aber sie konnte sie nicht ungesagt machen. Sie konnte nur versuchen zu improvisieren. Doch gerade das gehörte nicht zu ihren stärksten Seiten. Ach, wenn doch Inspector Lynley hier wäre! Mit seinem gesellschaftlichen Geschick und seiner Zungenfertigkeit hätte er sie beide im Nu aus dieser Situation herausmanövriert. Aber er hätte sie natürlich gar nicht erst in eine solche Situation gebracht, da es nicht seine Gewohnheit war, laut zu denken, es sei denn, er befand sich in Gesellschaft seiner Kollegen. Aber das war ja etwas anderes.

Sie beschloss, Azhars Frage einfach zu ignorieren, und sagte, ganz als wäre sie tief in Gedanken: »Es kann natürlich sein, dass er an eine andere Person dachte, als er mit dem Mufti sprach.« Und kaum hatte sie das gesagt, erkannte sie, wie nahe sie der Wahrheit vielleicht soeben gekommen war.

»An wen?«, fragte Azhar.

»An Sahlah Malik. Vielleicht hatte er etwas über sie in Erfahrung gebracht, was ihn so störte, dass er nicht mehr bereit war, sie zu heiraten. Vielleicht wollte er von dem Mufti hören, ob es eine Möglichkeit gäbe, aus dem Heiratsvertrag herauszukommen. Wäre ein schweres Vergehen einer Frau – etwas, was dazu führen würde, dass sie verstoßen wird, wenn es herauskäme – Grund genug, einen Ehevertrag zu annullieren?«

Er machte ein skeptisches Gesicht, dann schüttelte er den Kopf. »Ja, es würde den Vertrag null und nichtig machen. Aber welches schwere Vergehen sollte meine Cousine Sahlah denn auf sich geladen haben, Barbara?«

Theo Shaw, dachte Barbara. Aber diesmal war sie klug genug zu schweigen.

Sie waren mitten im Streit, als es läutete. Connies Stimme hatte derart schrille Höhen erreicht, dass Rachel das Klingeln gar nicht gehört hätte, hätte sie nicht an der Wohnzimmertür gestanden. Doch das Ding-Dong des Glockenspiels, dessen zweiter Ton immer so abrupt abbrach, als wäre ein Vogel mitten im Jubelgezwitscher abgeschossen worden, erklang genau in dem Moment, als ihre Mutter eine Verschnaufpause machte.

Connie beachtete es nicht. »Antworte mir, Rachel!«, schrie sie. »Ich will jetzt sofort eine Antwort haben, und zwar eine gute. Was weißt du über diese Geschichte? Du hast diese Polizistin angelogen, und jetzt belügst du mich, aber damit kommst du bei mir nicht durch, Rachel Lynn. Bilde dir das ja nicht ein!«

»Es hat geklingelt, Mam«, sagte Rachel.

»Connie! Ich heiße Connie, merk dir das endlich. Es ist mir egal, ob's geklingelt hat. Die Tür wird erst aufgemacht, wenn du mir geantwortet hast. Was hast du mit diesem Toten vom Nez zu tun?«

»Das hab' ich doch schon gesagt«, antwortete Rachel. »Ich hab' ihm die Quittung gegeben, weil ich wollte, dass er sieht, wie sehr Sahlah ihn liebt. Sie hat zu mir gesagt, sie hätte Angst. Sie hat gesagt, sie hätte das Gefühl, dass er ihr nicht glaubt, und *ich* dachte, wenn er die Quittung sähe –«

»Blödsinn!«, kreischte Connie. »Nichts als Quatsch! Wenn das stimmt, fress' ich einen Besen. Warum hast du das nicht dieser Polizistin erzählt, als sie dich danach gefragt hat, hä? Aber die Antwort darauf wissen wir ja. Du hast nichts gesagt, weil du dir da noch keine passende Geschichte ausgedacht hattest. Aber wenn du von mir erwartest, ich nehm' dir diesen Quatsch ab, dass du einem dahergelaufenen Paki beweisen wolltest, wie sehr seine Braut ihn liebt, dann –«

Es läutete wieder. Dreimal hintereinander. Connie selbst stürmte hinaus. Sie riss die Tür so heftig auf, dass diese gegen die Wand krachte.

»Was ist los?«, schrie sie. »Was wollen Sie? Wer zum Teufel sind Sie überhaupt? Ist Ihnen klar, wie spät es ist?«

Eine junge Stimme, männlich. Ein bemüht ehrerbietiger Ton. »Ist Rachel da, Mrs. Winfield?«

»Rachel? Was wollen Sie von meiner Rachel?«

Rachel ging zur Tür und blieb hinter ihrer Mutter stehen. Connie versuchte, ihr den Weg zu versperren.

»Wer ist dieser Wichser?«, fragte Connie sie. »Und wie kommt er dazu, um diese Zeit – eine Unverschämtheit! Ist Ihnen klar, wie spät es ist?«, fragte sie wieder.

Es war Trevor Ruddock. Er hielt sich absichtlich im Schatten, so dass weder das Licht aus dem Haus noch das der Straßenbeleuchtung ihn erreichte. Verstecken konnte er sich dennoch nicht. Und er sah noch schlimmer aus als sonst. Sein T-Shirt war verschwitzt, mit Löchern am Hals, und seine Jeans stand vor Dreck.

Rachel versuchte, an ihrer Mutter vorbeizukommen. Connie packte sie am Arm. »Wir sind noch nicht fertig, mein Fräulein.«

»Was ist denn, Trev?«, fragte Rachel.

»Du *kennst* diesen Kerl?«, rief Connie ungläubig.

»Offensichtlich«, antwortete Rachel. »Da er nach mir gefragt hat, kenn' ich ihn wahrscheinlich.«

»Kann ich einen Moment mit dir sprechen?«, fragte Trevor. Er trat von einem Fuß auf den anderen, und seine Stiefel – nicht geputzt und ohne Schnürsenkel – kratzten auf dem Beton der Haustürstufe. »Ich weiß, es ist spät, aber ich hatte gehofft ... Rachel, ich muss unbedingt mit dir reden, okay? Allein.«

»Worüber?«, fragte Connie scharf. »Was haben Sie Rachel Lynn zu sagen, das Sie ihr nicht vor ihrer Mutter sagen können? Und wer sind Sie überhaupt? Wieso hab' ich Sie noch nie gesehen, wenn Sie und Rachel einander so gut kennen, dass Sie es wagen, nachts um Viertel nach elf hier zu läuten?«

Trevor blickte von Rachel zu ihrer Mutter. Dann sah er wieder Rachel an. Sein Gesicht sagte klar und deutlich: »Wie viel darf sie erfahren?« Und Connie las in ihm wie in einem offenen Buch.

Sie riss an Rachels Arm. »Mit diesem Kerl hast du dich rumgetrieben? Mit dem bist du da draußen an den Strandhäusern rumgeschlichen? Du hast dich mit so einem Kerl eingelassen, der nicht besser ist als der letzte Dreck?«

Trevors Lippen zuckten, doch er sagte nichts. Rachel tat es für ihn.

»Sei still, Mam.« Sie entwand sich dem Griff ihrer Mutter und trat auf die Veranda hinaus.

»Komm sofort wieder rein«, befahl ihre Mutter.

»Hör auf zu reden, als wär' ich ein kleines Kind«, gab Rachel zurück. »Trevor ist mein Freund, und wenn er mit mir reden will, dann will ich wissen, warum. Und Sahlah ist meine Freundin, und wenn ich ihr helfen möchte, dann tu' ich das auch. Und keine Polizistin – und auch du nicht, Mam – kann mich daran hindern.«

Connie starrte sie mit offenem Mund an. »Rachel Lynn Winfield!«

»Richtig, so heiß ich«, sagte Rachel. Sie hörte, wie ihre Mutter bei dieser frechen Antwort nach Luft schnappte. Sie nahm Trevor beim Arm und führte ihn zur Straße, wo er seinen alten Motorroller abgestellt hatte. »Wir können weiterreden, wenn ich mit Trevor gesprochen hab'«, rief sie ihrer Mutter zu.

Krachend flog die Haustür ins Schloss.

»Tut mir leid«, sagte sie zu Trevor und blieb auf halbem Weg zur Straße stehen. »Meine Mutter ist total ausgeflippt. Heute Morgen waren die Bullen im Laden, und ich bin abgehauen, ohne ihr zu sagen, warum.«

»Bei mir waren sie auch«, sagte er. »Eine Frau, ein Sergeant. So eine kleine Dicke mit einem Gesicht wie –« Ihm schien plötzlich einzufallen, mit wem er sprach und wie eine Bemerkung über ein verunglücktes Gesicht auf sie wirken könnte. »Ist ja egal«, sagte er und schob die Hände in die Taschen seiner Jeans. »Sie war bei mir, weil irgendjemand bei Malik ihnen erzählt hatte, dass Querashi mich gefeuert hat.«

»Das ist ja fies«, sagte Rachel. »Aber sie glauben doch nicht, dass du was getan hast, oder? Ich meine, was hättest du denn für einen Grund haben sollen? Es war ja nicht so, dass Mr. Malik nicht wusste, warum Haytham dich rausgeschmissen hat.«

Trevor zog seine Schlüssel heraus und begann mit ihnen zu spielen. Rachel merkte, dass er nervös war, aber erst als er weitersprach, wurde ihr klar, warum.

»Ja, das schon, aber es geht auch gar nicht darum, *warum* ich gefeuert worden bin«, sagte er. »Der springende Punkt ist, dass ich überhaupt gefeuert worden bin. Die glauben, ich könnte ihn aus Rache abgemurkst haben. So sehen die das. Außerdem bin ich weiß. Und er war ein Farbiger. Ein Paki. Und so, wie die Bande sich über Ausländerfeindlichkeit aufregt ...« Er hob den Arm und wischte sich die Stirn ab. »Diese beschissene Hitze«, sagte er. »Nachts könnte es doch wenigstens ein bisschen abkühlen.«

Rachel beobachtete ihn neugierig. Sie hatte Trevor Ruddock nie nervös erlebt. Er war immer cool, als wüsste er genau, was er wollte und wie man es sich holte. Zu ihr jedenfalls war er immer so gewesen: cool und locker. Echt locker, aber jetzt ... so hatte sie Trevor noch nie erlebt, nicht einmal in der Schule, wo er als Schläger ohne Hirn und ohne Zukunft abseitsgestanden hatte. Selbst da hatte er immer den Selbstbewussten gespielt. Was er mit dem Verstand nicht lösen konnte, hatte er mit den Fäusten gelöst.

»Ja, es ist heiß«, sagte sie unverbindlich und wartete darauf, was sich zwischen ihnen entwickeln würde. Es konnte nicht das sein, was sich sonst immer zwischen ihnen entwickelte. Nicht hier, wo ihre Mutter wutschnaubend hinter den Wohnzimmervorhängen lauerte und die Nachbarn in der engen Straße an den offenen Fenstern die Ohren spitzten. »Ich kann mich nicht erinnern, dass wir jemals so eine Hitzewelle hatten, du? Ich hab' in der Zeitung was über die globale Erwärmung gelesen. Vielleicht liegt's daran, hm?«

Aber es war offenkundig, dass Trevor nicht hergekommen war, um sich mit ihr über naturwissenschaftliche Fragen zu unterhalten. Er schob seine Schlüssel wieder in die Tasche, kaute auf seinem Daumen herum und warf einen schnellen Blick über seine Schulter zum Wohnzimmerfenster.

»Hör mal«, sagte er. Er musterte seinen angeknabberten Daumen und rieb ihn an seinem T-Shirt ab. »Hör mal, Rachel, ich muss mit dir reden.«

»Wir reden doch schon.«

Er wies mit dem Kopf zur Straße. »Ich meine ... können wir ein Stück weitergehen?« Er nahm Kurs auf die Straße. Am rostigen Gartentürchen machte er halt und bedeutete ihr – wieder mit einer Kopfbewegung –, dass sie ihm folgen solle.

Sie tat es. »Müsstest du jetzt nicht eigentlich in der Arbeit sein, Trev?«, sagte sie.

»Doch. Ich geh' auch gleich. Aber erst muss ich mit dir reden.« Er wartete, bis sie ihn eingeholt hatte, aber er ging nicht weiter als bis zu seinem Motorroller, schwang ein Bein über den Sitz und setzte sich. Den Blick auf den Lenker gerichtet, sagte er: »Du weißt doch, du und ich ... ich meine ... letzten Freitagabend. Als sie Querashi umgebracht haben. Da waren wir doch zusammen. Das weißt du doch noch, oder?«

»Natürlich«, antwortete sie. Die Hitze, die in ihrer Brust aufstieg und bis in ihren Hals hinaufzog, verriet ihr, dass sie rot wurde.

»Und du weißt doch auch noch, wann wir uns getrennt haben? Wir sind ungefähr um neun zu den Strandhäusern raufgegangen.

Dann haben wir dieses Zeug getrunken – hat ja scheußlich geschmeckt –, wie hieß es gleich wieder?«

»Calvados«, sagte sie und fügte ganz überflüssigerweise hinzu: »Er wird aus Äpfeln gemacht. Man trinkt ihn eigentlich nach dem Essen.«

»Na ja, wir haben ihn gewissermaßen vor dem Essen getrunken, hm?« Er grinste.

Sie mochte es nicht, wenn er so grinste. Ihr gefielen seine Zähne nicht. Sie mochte nicht daran erinnert werden, dass er nie zum Zahnarzt ging. Sie mochte auch nicht daran erinnert werden, dass er nicht regelmäßig badete, dass er seine Fingernägel niemals mit einer Bürste saubermachte und, vor allem, dass er immer sorgfältig darauf achtete, nicht mit ihr zusammen gesehen zu werden. Wenn sie sich trafen, dann immer unter dem Pier, möglichst dicht am Wasser, von wo aus sie dann zur Strandhütte schlichen, die nach Moder roch und deren Strohmatten auf der Haut der vor ihm knienden Rachel ein rotes Gittermuster zu hinterlassen pflegten.

Liebe mich, liebe mich, hatten ihre Handlungen gebettelt. Sieh doch, wie gut ich dir tue.

Aber das war gewesen, bevor sie gewusst hatte, dass Sahlah ihre Hilfe brauchte. Bevor sie diesen Ausdruck auf Theo Shaws Gesicht gesehen hatte, der klar besagte, dass er die Absicht hatte, Sahlah im Stich zu lassen.

»Jedenfalls«, sagte Trevor, als sie bei seiner anzüglichen Bemerkung keine Miene verzog, »waren wir doch bis halb zwölf da, weißt du noch? Ich musste mich sogar beeilen, um noch pünktlich zur Arbeit zu kommen.«

Sie schüttelte langsam den Kopf. »Nein, das stimmt nicht, Trev. Ich war gegen zehn zu Hause.«

Er grinste, den Blick immer noch auf den Lenker seines Motorrollers gerichtet. Mit einem nervösen Lachen hob er den Kopf, sah sie aber immer noch nicht an. »Hey, Rachel, da täuschst du dich. Ich versteh' natürlich, dass du dich auf die Zeit nicht so genau besinnen kannst, wir waren ja ziemlich beschäftigt.«

»Ich war beschäftigt«, korrigierte Rachel ihn. »Ich kann mich nicht erinnern, dass du viel mehr getan hättest, als den Schwanz aus der Hose zu ziehen.«

Da sah er sie endlich an. Zum ersten Mal, seit sie ihn kannte, sah sie Furcht in seinem Gesicht. »Rachel«, sagte er kleinlaut. »Komm schon, Rachel. Du weißt doch, wie's war.«

»Ja, ich weiß, dass es dunkel war«, sagte sie. »Ich weiß, dass du mir gesagt hast, ich soll zehn Minuten warten, weil du zuerst zu der Hütte raufgehen wolltest – die drittletzte in der obersten Reihe war es –, um sie ... warum gleich wieder, Trev? Um sie ›auszulüften‹, hast du gesagt. Ich sollte unter dem Pier warten und in zehn Minuten nachkommen.«

»Du hättest doch gar nicht reingehen wollen, wo's so gestunken hat«, protestierte er.

»Und du wolltest auf keinen Fall mit mir gesehen werden.«

»Das ist nicht wahr«, sagte er, und einen Moment lang klang seine Stimme so ehrlich empört, dass Rachel ihm gern geglaubt hätte. So gern hätte sie geglaubt, dass es nichts zu bedeuten hatte, dass sie sich das einzige Mal, wo sie sich zusammen in der Öffentlichkeit gezeigt hatten, in einem chinesischen Restaurant getroffen hatten, das günstigerweise ungefähr zwanzig Kilometer von Balford-le-Nez entfernt war. So gern hätte sie geglaubt, dass er sie nur deshalb nicht auf den Mund küsste, weil er schüchtern war und erst den Mut dazu aufbringen musste. Und so gern hätte sie geglaubt, die Tatsache, dass er sich von ihr fünfzehnmal hatte bedienen lassen, ohne sich auch nur ein einziges Mal zu fragen, was sie selbst davon hatte – außer der Scham darüber, ihre verzweifelte Sehnsucht nach einer halbwegs normalen Beziehung so offen zu zeigen –, bedeutete lediglich, dass er noch nicht zu geben gelernt hatte wie sie. Aber sie konnte sich nichts vormachen. Und deshalb saß sie mit der Wahrheit da.

»Ich bin gegen zehn nach Hause gekommen, Trev. Ich weiß es, weil ich mich innerlich ganz leer gefühlt hab' und gleich den Fernseher angemacht hab'. Und ich weiß sogar noch, was ich mir angesehen habe, Trev. Es war ein alter Film mit Sandra Dee und Troy Donahue. Ich hab' nur noch die zweite Hälfte gesehen. Ich wette, du kennst den Film: Es ist Hochsommer, und die beiden verlieben sich ineinander und schlafen miteinander und so. Und am Schluss wird ihnen klar, dass die Liebe wichtiger ist, als Angst zu haben und zu verbergen, wer man wirklich ist.«

»Kannst du's ihnen nicht einfach so sagen?«, fragte er. »Kannst du nicht einfach sagen, dass es halb zwölf war? Rachel, die Bullen kommen bestimmt zu dir und fragen dich, weil ich gesagt hab', dass ich an dem Abend mit dir zusammen war. Und das stimmt ja auch. Aber wenn du ihnen sagst, dass du schon gegen zehn heimgekommen bist – ich mein', ist dir klar, was das bedeutet?«

»Ich vermute, es bedeutet, dass du Zeit gehabt hättest, Haytham Querashi zu töten«, antwortete sie.

»Aber ich hab's nicht getan«, sagte er. »Rachel, ich hab' den Kerl an dem Abend überhaupt nicht gesehen. Aber wenn du jetzt was andres sagst als ich, dann wissen die, dass ich gelogen hab'. Und wenn sie wissen, dass ich da gelogen hab', werden sie denken, ich lüge auch, wenn ich sag', dass ich ihn nicht umgebracht hab'. Kannst du mir nicht helfen? Was ist denn schon eine Stunde mehr?«

»Anderthalb Stunden«, korrigierte sie. »Du hast gesagt halb zwölf.«

»Okay. Anderthalb Stunden. Was sind schon anderthalb Stunden?«

Zeit genug, um mir zu zeigen, dass du wenigstens ab und zu mal auch an mich denkst, antwortete sie im Stillen. Laut sagte sie: »Ich lüge nicht für dich, Trev. Früher hätt' ich's vielleicht getan. Jetzt nicht mehr.«

»Aber warum denn nicht?« Seine Stimme klang bettelnd. Er legte seine Hand auf ihren Arm und streichelte ihre nackte Haut. »Rachel, ich hab' gedacht, zwischen uns wär' was ganz Besonderes. Hast du das nicht gepürt? Wenn wir zusammen waren, war's wie … Hey, es war wie im Märchen, findest du nicht?« Seine Finger erreichten den Ärmel ihrer Bluse. Er schob sie hinein, ihre Schulter hinauf, am Träger ihres Büstenhalters entlang.

Sie verlangte so heftig nach Berührung, dass ihr ganz heiß wurde. Die Hitze lag zwischen ihren Beinen, in ihren Kniekehlen und in der Mulde an ihrem Halsansatz, wo ihr Herz schlug.

»Rachel …« Seine Finger streiften leicht über ihre Brust.

So sollte es sein, dachte sie. So sollte ein Mann eine Frau berühren, eingehen auf ihr Begehren, ihre Lust –

»Bitte, Rachel. Du bist die Einzige, die mir helfen kann.« Aber dies war auch das erste und einzige Mal, dass er sie zärtlich berührt hatte und nicht mit der seelenlosen Ungeduld, die nur auf seine eigene Befriedigung gerichtet war.

Der Frau sollte man 'ne Tüte übern Kopf ziehen!

Hey, du hast 'n Gesicht wie 'n Hundearsch, Rachel Winfield!

Wer mit der bumst, muss sich die Augen verbinden.

Sie erstarrte unter seiner Berührung, als sie sich an die Stimmen erinnerte und wie sie ihre ganze Kindheit lang gegen sie gekämpft hatte. Sie schlug Trevor Ruddocks Hand weg.

»Rachel!« Er schaffte es sogar, tief verwundet auszusehen.

Tja, sie wusste, wie das war.

»Ich bin am Freitagabend gegen zehn heimgekommen«, sagte sie. »Und wenn die Bullen mich fragen, werd' ich ihnen genau das sagen.«

15

Sahlah betrachtete die Schattenrisse mondbeschienener Blätter an ihrer Schlafzimmerdecke. Sie bewegten sich nicht. Obwohl das Haus nah am Meer lag, regte sich kein Lüftchen. Es würde wieder eine drückende Nacht werden, und der Gedanke an Laken auf der Haut war so beklemmend wie die Vorstellung, unter Plastikfolie schlafen zu müssen. Aber sie wusste, dass sie sowieso nicht schlafen würde. Sie hatte der Familie um halb elf gute Nacht gewünscht, nachdem sie den ganzen Abend unter der spannungsgeladenen Unterhaltung zwischen ihrem Vater und ihrem Bruder gelitten hatte. Als Akram gehört hatte, dass Haytham an einem Genickbruch gestorben war, war er zunächst wie vor den Kopf geschlagen gewesen. Muhannad hatte die sprachlose Betroffenheit ihres Vaters sofort ausgenützt, um lauthals alles andere zu berichten, was er von der Polizei erfahren hatte – wenig genug, fand Sahlah –, und darzulegen, was er und Taymullah Azhar als nächsten Schritt geplant hatten. »Das ist doch kein Spiel, Muhannad«, hatte Akram eingeworfen, und im Nu hatte sich der Disput entwickelt.

Ihre Worte, Akrams scharf, Muhannads hitzig, hatten nicht nur eine feindselige Kluft zwischen Vater und Sohn aufgerissen, sondern auch den Hausfrieden und den Zusammenhalt der Familie bedroht. Yumn hatte natürlich zu Muhannad gehalten. Wardah hatte sich in lebenslang geübtes Schweigen der Unterwerfung unter den männlichen Willen zurückgezogen und, den Blick beharrlich auf ihre Stickarbeit gerichtet, nicht ein einziges Wort gesagt. Sahlah hatte versucht, zwischen den beiden Männern zu vermitteln. Am Ende hatten sie alle in einer Stille beieinandergesessen, die so geladen war, dass die Luft zu knistern schien. Yumn, die Stille, ganz gleich in welcher Form, nicht aushalten konnte, war aufgesprungen und hatte eine Videokassette in den Recorder geschoben. Als das körnige Bild auf dem Schirm erschien – ein pakistanischer Junge, der mit einem Stock in der Hand einer Herde Ziegen folgte, während zur Begleitung einer Sitar der Vorspann in

Urdu ablief – war Sahlah aufgestanden. Nur ihre Mutter hatte ihre Gutenachtwünsche erwidert.

Mittlerweile war es halb zwei. Seit elf war sie im Bett. Im Haus war es seit Mitternacht still. Als Letztes hatte sie ihren Bruder im Badezimmer rumoren hören, bevor auch er sich zurückgezogen hatte. Nirgends knarrte mehr eine Diele. Und sie wartete vergeblich auf Schlaf.

Sie wusste, um einschlafen zu können, würde sie ihren Kopf aller Gedanken entleeren und sich auf Entspannung konzentrieren müssen. Das Zweite wäre ihr vielleicht gelungen, aber sie wusste, dass sie das Erste nicht schaffen würde.

Rachel hatte nicht angerufen. Das hieß, dass sie die für einen Schwangerschaftsabbruch nötigen Informationen nicht zusammengebracht hatte. Sahlah konnte sich nur in Geduld fassen und hoffen, dass ihre Freundin sie nicht im Stich lassen oder ein zweites Mal verraten würde.

Nicht zum ersten Mal, seit sie gemerkt hatte, dass sie schwanger war, haderte Sahlah mit dem strengbehüteten Leben, das sie führte. Nicht zum ersten Mal verachtete sie sich dafür, dass sie sich stets so brav und fügsam dem wohlwollenden und liebevollen, aber dennoch unerbittlichen Diktat ihrer Eltern gebeugt hatte. Ihr war klar, dass der Schoß der Familie, der ihr in einer oft unfreundlichen Welt stets Schutz geboten hatte, sie jetzt behinderte. Die Beschränkungen, die ihre Eltern ihr auferlegt hatten, hatten sie geschützt, das war wahr. Doch sie hatten ihr auch Fesseln angelegt. Und so richtig war ihr erst heute klargeworden, dass sie sich mehr als alles andere das zwanglose Leben junger Engländerinnen wünschte, dieses sorglose Kommen und Gehen nach eigenem Belieben, auf das die Eltern, die wie ferne Planeten am Rand der Lebenssphäre ihrer Töchter kreisten, kaum Einfluss hatten.

Wäre sie eine rücksichtslose Draufgängerin, sagte sich Sahlah, so wüsste sie jetzt, was sie zu tun hätte. Ja, wäre sie eine Draufgängerin, so würde sie wahrscheinlich lautstark verkünden, was sie zu tun beabsichtigte. Sie würde ihre ganze Geschichte ohne gesichtswahrende Abschweifung und ohne Rücksicht auf irgendjemandes Gefühle herausposaunen. Weil ihre Familie ihr ja nichts bedeuten würde, wenn sie eine Draufgängerin wäre, weil die Ehre und der

Stolz ihrer Eltern – ganz zu schweigen von ihrem liebevollen Glauben an ihre Kinder – für sie dann ohne Belang wären.

Aber sie war nie eine Draufgängerin gewesen. Und deshalb war ihr nichts, nicht einmal das eigene Glück, wichtiger, als ihre Eltern zu schützen, die ihr teurer waren als ihr Leben.

Teurer auf jeden Fall als dieses Leben, dachte sie und umschloss mit einer reflexhaften Bewegung ihren Bauch mit beiden Händen. Genauso schnell zog sie ihre Hände allerdings wieder zurück. Ich kann dir das Leben nicht geben, sagte sie zu dem Geschöpf in ihrem Schoß. Ich kann nicht etwas gebären, was meine Eltern in Schande stürzen und die Familie zerstören würde.

Und Schande auch über dich, hm, Sahlah, meine Liebe?, hörte sie die unerbittliche Stimme ihres Gewissens, die sie mit ihrem spöttischen Ton nun schon Nacht für Nacht, Woche für Woche quälte. Denn wer ist denn schuld an dieser Situation, wenn nicht du selbst?

»Hure, Flittchen«, hatte ihr Bruder sie flüsternd beschimpft, mit einer Gehässigkeit, die sie selbst in der Erinnerung noch schaudern machte. »Dafür wirst du bezahlen, Sahlah. Auf die gleiche Weise, wie alle Huren bezahlen.«

Sie drückte fest die Augen zu, als könnte undurchdringliche Dunkelheit ihren Geist von der Erinnerung, ihr Herz von der Qual und ihre Seele von dem Druck der Ungeheuerlichkeit der Tat, an der sie beteiligt war, befreien. Aber es half nichts, Lichtblitze durchschossen ihre Augenlider, als wollte ein inneres Wesen, über das sie keine Gewalt hatte, alles, was sie verborgen zu halten wünschte, hell erleuchten.

Sie machte die Augen wieder auf. Die Lichtblitze verschwanden nicht. Verwirrt sah sie zu, wie an der Stelle, wo die Wand ihres Schlafzimmers mit der Decke zusammentraf, das Licht aufflammte und wieder erlosch, erneut aufflammte und wiederum erlosch. Es dauerte einen Moment, ehe sie begriff.

Kurz, kurz, lang, Pause. Kurz, kurz, lang, Pause. Wie oft hatte sie dieses Signal in den letzten Monaten gesehen! Es hieß: »Komm zu mir, Sahlah.« Es sagte ihr, dass Theo Shaw draußen wartete und sie mit Signalen aus seiner Taschenlampe wissen ließ, dass er im Obstgarten war.

Sie verschloss ihre Augen vor den Signalen. Vor kurzem noch

wäre sie aus dem Bett gesprungen, hätte mit ihrer eigenen Taschenlampe die Zeichen erwidert und hätte sich leise aus ihrem Schlafzimmer geschlichen. In weichen Hausschuhen, die das Geräusch ihrer Schritte dämpften, wäre sie am Zimmer ihrer Eltern vorbeigehuscht, nachdem sie einen Moment vor der verschlossenen Tür gezögert hatte, um auf das beruhigende Schnarchen ihrer Eltern – donnerndes Grollen von ihrem Vater, sanftere Begleittöne von ihrer Mutter – zu lauschen. Dann wäre sie die Treppe hinuntergeflogen, durch die Küche hinaus in die Nacht.

Kurz, kurz, lang, Pause. Kurz, kurz, lang, Pause. Selbst durch ihre Lider hindurch konnte sie das Licht sehen.

Sie spürte das Drängen dahinter. Es war das gleiche Drängen, das sie in seiner Stimme gehört hatte, als er sie am vergangenen Abend angerufen hatte.

»Sahlah, Gott sei Dank«, hatte er gesagt. »Ich hab' dich mindestens fünfmal angerufen, seit ich das mit Haytham gehört habe, aber du warst nie zu erreichen, und dir eine Nachricht zu hinterlassen … das hab' ich mich nicht getraut. Um deinetwillen. Jedes Mal war Yumn am Apparat. Sahlah, ich möchte mit dir reden. Wir müssen miteinander reden. Unbedingt.«

»Wir haben geredet«, hatte sie geantwortet.

»Nein! Hör mir doch zu. Du hast mich missverstanden. Als ich sagte, dass ich warten will, hatte das mit meinen Gefühlen für dich überhaupt nichts zu tun.« Er sprach hastig, leise. Es klang, als glaubte er, sie würde auflegen, bevor er alles sagen konnte, was er geplant und wahrscheinlich einstudiert hatte. Aber es klang auch so, als fürchtete er, das Gespräch könnte mitgehört werden. Sie wusste auch, von wem.

»Ich muss meiner Mutter beim Abendessen helfen«, hatte sie gesagt. »Ich kann jetzt nicht mit dir sprechen.«

»Du denkst, es wäre deinetwegen, nicht wahr? Ich habe es dir angesehen. In deinen Augen bin ich ein Feigling, weil ich meiner Großmutter nicht sage, dass ich eine Pakistani liebe. Aber die Tatsache, dass ich ihr nichts gesagt habe, hat nichts mit dir zu tun. Gar nichts! Es ist einfach nicht der richtige Zeitpunkt.«

»Ich habe nie geglaubt, es hätte etwas mit mir zu tun«, entgegnete sie.

Aber es war, als hörte er sie gar nicht. Sie konnte ihn nicht von seinem Kurs abbringen. Er hatte hastig weitergesprochen. »Es geht ihr nicht gut. Sie kann nicht mehr klar sprechen. Sie kann praktisch überhaupt nicht mehr gehen. Sie ist schwach. Sie braucht Pflege. Ich muss für sie da sein, Sahlah. Und ich kann von dir nicht verlangen, in dieses Haus zu kommen – als meine Frau –, nur um dir dann die Pflege für eine kranke alte Frau aufzubürden.«

»Ja«, sagte sie. »Das alles hast du mir schon gesagt, Theo.«

»Und warum, um Gottes willen, gibst du mir dann nicht etwas Zeit? Jetzt, wo Haytham tot ist, können wir doch zusammen sein. Wir können zusammenbleiben. Sahlah, siehst du denn nicht? Haythams Tod hat vielleicht sein sollen. Er könnte ein Zeichen sein. Es ist, als wollte Gott uns sagen –«

»Haytham wurde ermordet, Theo«, unterbrach sie. »Und ich glaube nicht, dass Gott etwas damit zu tun hatte.«

Darauf hatte er geschwiegen. War er schockiert? War er entsetzt? Suchte er jetzt nach Worten, die genau den richtigen Ton von Aufrichtigkeit hatten: nach liebevollen Worten der Anteilnahme, die er gar nicht empfand? Oder ging in seinem Kopf etwas ganz anderes vor, überlegte er krampfhaft, wie er sich auf subtile Art im besten Licht zeigen könnte?

Sag etwas, hatte sie gedacht. Stell nur eine einzige Frage, die als Zeichen dienen kann.

»Woher weißt du …? Die Zeitung … ich weiß nicht, warum, aber ich dachte, er hätte einen Herzinfarkt oder so was, oder er wäre vielleicht gestürzt. Aber ermordet?«

Nicht, mein Gott, wie wirst du damit fertig? Nicht, was kann ich tun, um dir zu helfen? Nicht, ich bin sofort bei dir, Sahlah. Ich stelle mich an deine Seite, wo ich hingehöre, und wir machen dieser verdammten Farce ein Ende.

»Die Polizei hat es meinem Bruder heute Nachmittag gesagt«, hatte sie bemerkt.

Wieder folgte Stille. Sie hörte seinen Atem und versuchte, die Art, wie er atmete, zu interpretieren, wie sie einen Moment zuvor versucht hatte, die Bedeutung der langen Pause zwischen ihren Worten und seiner Erwiderung zu erfassen.

Er sagte schließlich: »Es tut mir leid, dass er tot ist. Es tut mir leid, dass er sterben musste. Aber ich kann nicht behaupten, dass es mir leidtut, dass du nun am Wochenende nicht heiraten wirst. Sahlah, ich werde mit meiner Großmutter sprechen. Ich werde ihr alles sagen, von Anfang bis Ende. Ich weiß, wie nahe daran ich war, dich zu verlieren, und sobald wir dieses Sanierungsprojekt zum Laufen gebracht haben, wird sie abgelenkt sein, und dann werde ich es ihr sagen.«

»Ach, und das möchtest du? Dass sie abgelenkt ist? Weil sie dann, wenn du mich ihr vorstellst, vielleicht nicht merkt, dass meine Haut nicht die richtige Farbe hat?«

»Das habe ich nicht gesagt.«

»Oder willst du uns gar nicht erst miteinander bekannt machen? Vielleicht hoffst du ja, dass dieses Sanierungsprojekt, das ihr so am Herzen liegt, sie so viel Kraft kosten wird, dass sie daran stirbt. Dann hast du ihr Geld und deine Freiheit.«

»Nein! Bitte! Hör mir doch zu.«

»Ich habe keine Zeit«, hatte sie gesagt und genau in dem Moment aufgelegt, als Yumn aus dem Wohnzimmer in den Flur gekommen war, wo das Telefon auf einem Tischchen neben der Treppe stand.

Yumn hatte mit so viel falscher Fürsorge gelächelt, dass Sahlah gewusst hatte, dass sie ihre Seite des Gesprächs mit angehört hatte. »Ach, du meine Güte, das Telefon hört ja überhaupt nicht mehr auf zu läuten, seit bekannt wurde, was dem armen Haytham zugestoßen ist«, sagte Yumn. »Es ist wirklich nett von all seinen Freunden, hier anzurufen, um der jungen Braut ihr Beileid auszudrücken. Aber unsere kleine Sahlah war ja noch gar keine richtige Braut, nicht wahr? Da haben noch ein paar Tage gefehlt. Nun ja. Es muss ihrer Seele guttun, dass es so viele Menschen gibt, die Haytham ebenso geliebt haben wie sie.« Yumns Augen lachten aus ihrem Gesicht, das zu einer angemessenen Begräbnismiene verzogen war.

Sahlah wandte sich ohne ein Wort ab und ging zu ihrer Mutter, doch sie hörte Yumns leises Gelächter, das ihr folgte. Sie weiß es, dachte Sahlah, aber sie weiß nicht alles.

Jetzt, in ihrem Bett, öffnete sie die Augen, um zu sehen, ob die Taschenlampe draußen immer noch ihre Botschaft sandte. Kurz, kurz, lang, Pause. Kurz, kurz, lang, Pause. Er wartete.

Ich schlafe schon, Theo. Geh nach Hause. Geh zu deiner Großmutter. Es spielt sowieso keine Rolle, denn selbst wenn du es ihr erzählen würdest – voll Stolz auf unsere Liebe und ohne Furcht vor der Reaktion deiner Großmutter –, könnte ich nicht zu dir kommen. Du bist im Grunde wie Rachel, Theo. Für dich ist Freiheit nichts als ein einfacher Willensakt, eine logische Konsequenz aus der Erkenntnis der eigenen Wünsche und Bedürfnisse, deren Befriedigung es zu erreichen gilt. Aber diese Art Freiheit besitze ich nicht, und wenn ich versuche, sie mir zu nehmen, wird uns das beide zerstören. Und wenn Menschen, die lieben, ihre fragile Welt in Trümmern sehen, dann stirbt die Liebe rasch, und Vorwürfe nehmen ihren Platz ein. Geh also nach Hause, Theo. Bitte. Geh nach Hause.

Sie wandte sich ab, kehrte dem unnachgiebig blinkenden Licht den Rücken. Doch sie sah es immer noch, reflektiert im Spiegel auf der anderen Seite des Zimmers. Und es erinnerte sie: an ihren eilenden Lauf durch den Obstgarten zu ihm, in seine ausgebreiteten Arme, an die Berührung seiner Lippen an ihrem Hals und ihren Schultern, an seine Finger, die sich in ihr Haar schoben.

Und an anderes: an die fieberhafte Freude vor dem Treffen, die Heimlichkeit, den Kleidertausch mit Rachel, damit sie unerkannt nach Einbruch der Dunkelheit zum Jachthafen hinunterlaufen konnte, die stille Fahrt über den Wade bei Flut – nicht in der Jacht der Shaws, sondern einem kleinen Zodiac, den sie für ein paar Stunden aus dem Bootsverleih entwendet hatten. Sie erinnerte sich, wie sie in einer flachen Mulde auf Horsey Island am Feuer gesessen hatte, das er aufgeschichtet und mit Treibholz genährt hatte, erinnerte sich, wie der Wind durch das hohe Seegras strich und im wilden Lavendel seufzte.

Er hatte sein Radio mitgebracht, und zur Hintergrundmusik hatten sie zunächst nur miteinander gesprochen, lange Gespräche geführt, für die am Arbeitsplatz weder Zeit noch Gelegenheit war, und staunend entdeckt, wie viel es zu erzählen gab, wenn man einen anderen Menschen wirklich kennenlernen wollte. Aber beide waren sie nicht klug genug gewesen zu erkennen, wie leicht dem intensiven Gespräch die Liebe folgte. Und beiden war nicht klar gewesen, dass Liebe zu einer Sehnsucht führte, die nur noch heftiger wurde, wenn man ihr die Erfüllung verweigerte.

Trotz allem, was in den letzten Monaten und Tagen geschehen war, spürte Sahlah diese Sehnsucht noch immer. Aber sie würde nicht zu ihm gehen. Sie konnte ihm nicht gegenübertreten. Sie wollte nicht auf seinem Gesicht einen Ausdruck sehen, der vielleicht – zweifellos – seine Furcht, seinen Schmerz oder seinen Abscheu offenbaren würde.

Wir alle tun, was wir tun müssen, Theo, sagte sie lautlos. Und ganz gleich, was wir uns wünschen, keiner von uns kann den Weg ändern, den ein anderer wählt oder der ihm aufgezwungen wird.

Als Barbara am nächsten Morgen in die Dienststelle kam, war Emily Barlow am Telefon. Sie war so wütend und aufgebracht, dass Barbara sofort erriet, dass sie mit ihrem Superintendent sprach.

»Nein, Don«, sagte sie. »Ich kann nicht Gedanken lesen. Ich werde also erst wissen, was die Pakistanis geplant haben, wenn sie losschlagen ... und wo zum Teufel soll ich einen Pakistani für solche Bespitzelungsarbeit hernehmen? ... Ja, wenn wir davon ausgehen, dass New Scotland Yard nichts Besseres zu tun hat, als uns einen Beamten zur Verfügung zu stellen, um ihn in eine Organisation einzuschleusen, die – soweit wir bisher feststellen konnten – nicht ein einziges Verbrechen begangen hat ... genau, das versuche ich ja rauszukriegen, Herrgott noch mal ... ja, das könnte ich. Wenn Sie so nett wären, mich meine Arbeit machen zu lassen, anstatt mir zweimal am Tag am Telefon die Ohren vollzublasen.«

Barbara konnte die erboste Stimme eines Mannes am anderen Ende der Leitung hören. Emily verdrehte die Augen und hörte ohne Kommentar zu, bis der Superintendent das Gespräch abrupt beendete, indem er einfach den Hörer auf die Gabel knallte. Barbara hörte das Krachen. Emily fluchte, als das Geräusch ihr Ohr traf.

»Er hatte heute Morgen in aller Frühe gleich drei Stadträte in seinem Büro«, berichtete Emily. »Sie haben gehört, dass für Mittag ein Protest in der High Street geplant ist, und sie haben Angst um die Geschäfte – was da an Geschäften noch übrig ist. Aber etwas Konkretes kann uns natürlich keiner sagen.«

Sie wandte sich wieder der Tätigkeit zu, mit der sie offenbar vor Barbaras Ankunft und Fergusons Anruf beschäftigt gewesen war:

Sie hängte vor dem vorhanglosen Schiebefenster ihres Büros einen blauen Kissenbezug auf, vermutlich um der aufkommenden Hitze entgegenzuwirken. Sie warf einen Blick über ihre Schulter, während sie einen Bürohefter dazu zweckentfremdete, Reißnägel durch den Stoff in die Wand zu treiben. »Hast dich gut geschminkt, Barb«, bemerkte sie. »Du siehst richtig menschlich aus.«

»Danke. Ich weiß nicht, wie lang ich das durchhalten kann, aber ich muss zugeben, die blauen Flecken vertuscht es ganz gut. Ich hab' allerdings gedacht, diese Schminkerei ginge schneller. Tut mir leid, dass ich die Morgenbesprechung verpasst habe.«

Emily tat die Entschuldigung mit einer Handbewegung ab. Barbara, sagte sie, brauche sich doch nicht nach der Stechuhr zu richten. Sie sei schließlich im Urlaub. Die Dienststelle sei froh und dankbar für ihre Hilfe im Umgang mit den Pakistanis. Keiner erwarte von ihr, dass sie sich hier noch mit anderen Dingen abrackere.

Emily stieg von ihrem Stuhl herunter und ging daran, den Kissenbezug weiter unten an der Wand zu befestigen. Sie sei am vergangenen Abend bei dem Zeitungshändler in der Carnarvon Road in Clacton gewesen, berichtete sie Barbara, und habe sich ungefähr eine Viertelstunde lang mit dem Mann unterhalten. Er führte den Laden selbst, und als sie ihn nach dem pakistanischen Kunden gefragt hatte, der mehrmals das Telefon im Geschäft benutzt hatte, um Haytham Querashi anzurufen, hatte er sofort gesagt: »Das muss Mr. Kumhar sein. Er ist doch nicht etwa in Schwierigkeiten?«

Fahd Kumhar komme oft vorbei, hatte er ihr erzählt. Machte niemals Ärger oder Schwierigkeiten, zahlte immer bar. Er kam mindestens dreimal in der Woche, um sich seine Zigaretten zu kaufen, Benson & Hedges. Manchmal nahm er auch eine Zeitung mit. Und Zitronenpastillen. Er lutsche leidenschaftlich gern Zitronenpastillen.

»Er hat Kumhar nie danach gefragt, wo er wohnt«, sagte Emily. »Aber der Mann kommt offensichtlich oft genug in den Laden, so dass es uns nicht schwerfallen dürfte, mit ihm Kontakt aufzunehmen. Ich habe einen Mann im Waschsalon gegenüber postiert, der den Laden beobachtet. Sobald Kumhar aufkreuzt, wird er ihn verfolgen und uns dann Bescheid geben.«

»Wie weit ist dieser Zeitungshändler vom Marktplatz entfernt?«

Emily lächelte grimmig. »Keine fünfzig Meter.«

Barbara nickte. Noch jemand in der Nähe der Herrentoilette – vielleicht bot sich hier eine Möglichkeit, Bestätigung für Trevor Ruddocks Aussage zu erhalten. Sie erzählte Emily von ihren Anrufen nach Pakistan in der vergangenen Nacht. Sie sagte nichts davon, dass Azhar die Gespräche geführt hatte, und als Emily keine Fragen stellte, die es nötig gemacht hätten, dieses Detail zu erwähnen, sagte sie sich, dass ihr die Information selbst wohl wichtiger sei als die Art und Weise, wie Barbara an sie gekommen war.

Genau wie Barbara griff Emily sich sofort das Gespräch Querashis mit dem Mufti heraus. Sie sagte: »Wenn die Homosexualität bei den Moslems als schwere Sünde gilt –«

»Tut sie«, warf Barbara ein. »Das hab' ich inzwischen herausbekommen.«

»Dann ist es gut möglich, dass unser Freund Trevor Ruddock die Wahrheit sagt. Und dass Kumhar – der sich auch da in der Gegend herumgetrieben hat – ebenfalls über Querashi Bescheid wusste.«

»Vielleicht«, meinte Barbara. »Aber Querashi könnte den Mufti auch wegen eines Vergehens von jemand anders angerufen haben, meinst du nicht? Ich denke zum Beispiel an Sahlah. Wenn sie ein Verhältnis mit Theo Shaw hatte – und außerehelicher Verkehr ist ja, soweit ich verstanden habe, auch ein recht schweres Vergehen –, dann würde sie verstoßen werden. Und dann hätte Querashi sie nicht zu heiraten brauchen. Es kann doch sein, dass es ihm genau darum ging: einen Ausweg zu finden.«

»Hm, das hätte die Maliks bestimmt in Rage gebracht.« Mit einem Nicken dankte Emily Belinda Warner, die mit einem Fax ins Zimmer gekommen war und es ihr reichte. »Ist aus London schon was zu den Abdrücken gekommen, die wir an dem Nissan gesichert haben?«, fragte Emily sie.

»Ich hab' mit SO4 telefoniert«, antwortete Belinda. »Sie wollten wissen, ob mir klar wäre, dass sie jeden Tag die Abdrücke von zweitausendsechshundert Leuten reinkriegen, und ob es einen besonderen Grund gebe, weshalb ausgerechnet unsere Abdrücke vorrangig behandelt werden sollten.«

»Ich ruf' noch mal an«, sagte Barbara zu Emily. »Ich kann nichts versprechen, aber ich werd' versuchen, denen ein bisschen Beine zu machen.«

»Das Fax ist aus London«, fuhr Belinda fort. »Professor Siddiqi hat die Seite aus dem Buch, das wir in Querashis Zimmer gefunden haben, übersetzt. Und Phil hat vom Jachthafen aus angerufen. Die Shaws haben dort ein Boot liegen, eine große Segeljacht.«

»Und die Pakistanis?«, fragte Emily.

»Nur die Shaws.«

Emily ließ die junge Frau gehen und starrte nachdenklich auf das Fax hinunter, ehe sie es las.

»Sahlah hat Theo Shaw dieses Armband geschenkt«, sagte Barbara zu ihr. »›Das Leben beginnt jetzt‹. Und sein Alibi ist ungefähr so stabil wie ein Wackelpudding.«

Doch Emily studierte immer noch das Fax aus London. Sie las es vor. »›Wie solltet ihr nicht für die Sache Allahs und der Schwachen unter den Männern und der Frauen und Kinder kämpfen, die da rufen: O Herr! Bring uns fort aus dieser Stadt, in der die Menschen Unterdrücker sind! Oh, gib uns einen Freund und Beschützer! Oh, gib uns einen Beschützer!‹ Hm.« Sie warf das Fax auf ihren Schreibtisch. »Alles klar wie dicke Tinte.«

»Es scheint immerhin, dass wir Azhar trauen können«, stellte Barbara fest. »Dieser Text stimmt praktisch Wort für Wort mit seiner Übersetzung von gestern überein. Was es zu bedeuten hat, ist eine andere Frage. Muhannad behauptete gestern, es wäre ein Zeichen dafür, dass jemand Querashi Ärger gemacht hat. Er griff sich sofort das ›Bring uns fort aus dieser Stadt‹ heraus.«

»Er behauptet, dass Querashi ständig verfolgt wurde?«, fragte Emily. »Darauf gibt es nicht den geringsten Hinweis.«

»Dann wollte Querashi vielleicht einen Grund für seinen Rücktritt vom Ehevertrag finden«, meinte Barbara und führte den Gedanken, der ihre frühere Hypothese stützte, sogleich näher aus. »Er kann ja nicht gerade begeistert gewesen sein, wenn er entdeckt hat, dass seine Verlobte was mit Shaw hatte. Logisch, dass er unter den Umständen versuchen würde, die ganze Sache abzublasen. Und vielleicht hat er den Mufti in Pakistan angerufen, um *darüber* mit ihm zu sprechen, durch die Blume natürlich.«

»Ich halte es für wahrscheinlicher, dass ihm klargeworden ist, dass er es nicht schaffen würde, die nächsten vierzig Jahre so zu tun, als wäre er hetero, und er deshalb aus seinem Vertrag mit den Maliks aussteigen wollte, ganz gleich, worüber er nun mit diesem Mufti gesprochen hat. Dann bekam irgendjemand Wind davon, dass er Sahlah nicht heiraten wollte, und –« Sie hielt Daumen und Zeigefinger wie eine Pistole, die sie auf Barbara richtete, und tat so, als drückte sie ab. »Den Rest kannst du dir denken, Barb.«

»Aber was ist dann mit Kumhar? Und mit den vierhundert Pfund, die er von Querashi bekommen hat?«

»Wären vierhundert Pfund nicht eine nette Anzahlung auf eine Mitgift? Vielleicht wollte Querashi Kumhar als Ehekandidaten für eine seiner Schwestern anwerben. Er hat doch Schwestern, oder? Das hab' ich doch in einem von diesen verdammten Berichten gelesen.« Sie wies auf den Papierwust auf ihrem Schreibtisch.

Emilys Überlegungen waren durchaus vernünftig, doch ihre Gewissheit weckte Unbehagen in Barbara, das sich nicht legte, als Emily zu sprechen fortfuhr.

»Der Mord war bis ins letzte Detail geplant, Barb. Und das letzte Detail musste ein hieb- und stichfestes Alibi sein. Wer sich die Zeit genommen hat, Querashi des Abends hinterherzuschleichen, den Stolperdraht auf der Treppe anzubringen und alle Spuren zu verwischen, hat gewiss nicht versäumt, dafür zu sorgen, dass er für Freitagabend auch ein unerschütterliches Alibi hat.«

»Okay«, sagte Barbara. »Einverstanden. Aber da alle außer Theo Shaw ein Alibi haben – und mehr als einer auch ein Motiv, Querashi umzulegen –, sollten wir doch auch andere Möglichkeiten in Betracht ziehen.« Sie berichtete Emily von den anderen Telefongesprächen, die Querashi geführt hatte. Aber sie kam nur bis zu der unverständlichen Ansage auf dem Anrufbeantworter in Hamburg, ehe Emily sie unterbrach.

»Hamburg?«, rief sie. »Querashi hat mit Hamburg telefoniert?«

»Die Hamburger Nummern waren auf dem Computerausdruck. Sein zweiter Anruf nach Hamburg ging übrigens ans Polizeipräsidium. Ich bin allerdings nicht weit gekommen mit meinen Bemühungen herauszubekommen, wen er dort angerufen hat. Warum fragst du? Hat Hamburg eine besondere Bedeutung?«

Statt zu antworten zog Emily einen Plastikbeutel mit Studentenfutter aus ihrer Schublade. Barbara bemühte sich, kein schuldbewusstes Gesicht zu machen, als sie an ihr eigenes Frühstück zurückdachte: eine in Fett und Cholesterin schwimmende Portion Eier mit Kartoffeln, Würstchen, Pilzen und Schinken. Aber Emily hätte es nicht einmal bemerkt, wenn sie ein Judasgesicht aufgehabt hätte, so tief war sie in Gedanken, wie Barbara sah.

»Em?«, sagte sie. »Was ist los?«

»Klaus Reuchlein.«

»Wer?«

»Er war der dritte Gast bei dem Abendessen in Colchester am Freitagabend.«

»Ein *Deutscher*? Als du Ausländer sagtest, dachte ich, du sprächest ...« Wie leicht ihre eigene Veranlagung und unbewussten Vorurteile doch ihr Denken beeinflussen konnten! Barbara hatte es als gegeben angenommen, dass mit dem Wort »Ausländer« ein Pakistani gemeint war, obwohl eine der ersten Grundregeln der Polizeiarbeit gebot, nichts als gegeben anzunehmen.

»Er kommt aus Hamburg«, erklärte Emily. »Rakin Khan hat mir seine Nummer gegeben. Wenn Sie mir nicht glauben, und Sie tun es offensichtlich nicht, hat er gesagt, dann lassen Sie sich Muhannads Alibi von diesem Mann bestätigen. Und dann hat er mir die Nummer gegeben. Wo hab' ich sie nur ...« Sie kramte hastig in den Papieren und Heftern auf ihrem Schreibtisch und fand schließlich ihr Heft. Sie blätterte es durch, bis sie die Seite gefunden hatte, die sie suchte, und las die Nummer dann laut vor.

Barbara zog die Liste aus ihrer Umhängetasche, suchte die erste der beiden Hamburger Telefonnummern und sagte: »Ich werd' verrückt.«

»Was vermutlich heißen soll, dass du gestern Abend mit Mr. Reuchlein telefoniert hast.« Emily lächelte, dann warf sie den Kopf zurück und stieß die geballte Faust in die Luft. »Na also! Der Führer seines Volkes. Mr. Politiko persönlich. Ich glaube, wir haben ihn.«

»Wir haben eine Verbindung«, stimmte Barbara vorsichtig zu. »Aber das könnte auch reiner Zufall sein, Em.«

»Zufall?«, wiederholte Emily ungläubig. »Querashi hat zufällig den Mann angerufen, dessen Name uns als Muhannad Maliks Alibi präsentiert wird? Also wirklich, Barb. Das ist kein Zufall.«

»Und was ist mit Kumhar?«, fragte Barbara.

»Wieso?«

»Wie passt der ins Bild? Er wohnt offensichtlich ganz in der Nähe vom Marktplatz in Clacton, genau da, wo Trevor Ruddock behauptet, Querashi beim Abmarsch in die Klappe beobachtet zu haben. Ist das ein Zufall? Und wenn ja, wie können wir dann sagen, die eine Tatsache in diesem Fall sei ein Zufall und die andere ein eindeutiger Hinweis auf Querashis Mörder? Und wenn die Geschichte mit Kumhar kein Zufall ist, was haben wir dann? Eine weitreichende Verschwörung zur Ermordung Querashis, die von den Mitgliedern seiner eigenen Gemeinde eingefädelt wurde? Und wenn ja, warum?«

»Um das Warum brauchen wir uns nicht zu kümmern. Das ist Sache der Staatsanwaltschaft. Wir brauchen ihnen nur ein Wer und ein Wie zu überreichen.«

»Gut«, sagte Barbara. »Akzeptiert. Aber wir wissen, dass an diesem Abend vor der Küste ein Boot gehört wurde. Und die Shaws haben ein Boot. Wir wissen, dass Ian Armstrong Querashis Tod sehr zupasskam. Und sein Alibi steht auf ziemlich wackligen Füßen. Wir haben eine Aussage, der zufolge Querashi schwul war. Und wir wissen, dass er auf den Nez gefahren ist, um sich dort mit jemandem zu treffen, einer Person, mit der er sich regelmäßig getroffen hat. Ich finde nicht, dass wir das alles einfach außer Acht lassen können, um einzig der Spur zu folgen, die zu Muhannad Malik führt. Das ist keine ordentliche Polizeiarbeit, Em, und ich glaube, das weißt du auch.«

Sie wusste sofort, dass sie zu weit gegangen war. Ihr verflixter Hang zu quasseln, zu argumentieren, zu beschuldigen und zu konfrontieren – bei der Zusammenarbeit mit dem äußerst umgänglichen Inspector Lynley in London nie ein Problem – hatte wieder einmal die Oberhand über ihre Selbstbeherrschung gewonnen. Emily Barlow reagierte, indem sie sich kerzengerade aufrichtete und die Augen zusammenkniff.

»Tut mir leid«, sagte Barbara hastig. »Ach verdammt, es tut mir wirklich leid. Manchmal verrenn' ich mich einfach und schau' dann gar nicht mehr nach links und rechts. Bitte entschuldige, ich werd' versuchen, den Fuß aus dem Fettnäpfchen zu ziehen.«

Emily schwieg. Sie bewegte sich nicht, nur mit dem Zeige- und Mittelfinger der rechten Hand klopfte sie in schnellem Tempo abwechselnd auf die Schreibtischplatte.

Das Telefon läutete. Sie hob nicht ab. Barbara sah sie nervös an.

Nach etwa fünfzehn Sekunden brach das Läuten ab. Belinda Warner kam an die Tür. »Frank ist am Telefon, Chefin«, sagte sie. »Er hat Querashis Schließfach bei Barclay's Bank in Clacton aufgemacht. Er hat einen Frachtbrief gefunden, von einer Firma namens *Eastern Imports*« – hier warf sie einen Blick auf einen Zettel, auf dem sie sich offenbar die Informationen, die der Constable ihr übermittelt hatte, notiert hatte –, »die mit Möbeln, Teppichen und anderen Einrichtungsgegenständen handelt. Sie scheinen die Sachen aus Pakistan zu beziehen. Außerdem hat er einen Briefumschlag gefunden, auf dem ein Teil einer deutschen Adresse steht. Oskarstraße 15, sonst nichts. Und ein Blatt aus einem Hochglanzmagazin, aus dem er nicht schlau wird. Dann waren noch Papiere über ein Haus in der First Avenue da und Querashis Einwanderungsunterlagen. Das war alles. Frank möchte wissen, ob er das Zeug mit reinbringen soll?«

»Sagen Sie, er soll zur Abwechslung mal seinen Kopf gebrauchen«, blaffte Emily. »Natürlich soll er die Papiere herbringen.«

Belinda schluckte und zog sich hastig zurück. Emily wandte sich Barbara zu.

»Oskarstraße fünfzehn«, sagte sie nachdenklich, aber mit einem Unterton, den Barbara nicht missverstehen konnte. »Na, was glaubst du, wo das ist?«

»Ich weiß, ich bin zu weit gegangen«, sagte Barbara. »Manchmal geht einfach der Gaul mit mir durch. Können wir vergessen, was ich gesagt habe?«

»Nein«, antwortete Emily. »Können wir nicht.«

Scheiße, dachte Barbara. Jetzt konnte sie ihre Pläne, mit Emily zusammenzuarbeiten, etwas von ihr zu lernen und gleichzeitig Taymullah Azhar vor Schwierigkeiten zu bewahren, vergessen. Und das hatte sie nur ihrem eigenen großen Mundwerk zu verdanken. »Mensch, Em«, sagte sie.

»Mach weiter.«

»Es tut mir leid. Wirklich! Ich wollte doch nicht ... Ach, Mist!« Barbara senkte den Kopf.

»Ich hab' nicht gemeint, dass du weiter vor mir auf dem Bauch kriechen sollst«, sagte Emily. »Auch wenn es angebracht wäre. Ich hab' gemeint, du sollst da weitermachen, wo du vorhin angefangen hast.«

Verwirrt blickte Barbara auf und suchte im Gesicht der Freundin nach Ironie und der Absicht zu demütigen. Doch sie sah nur Interesse. Und wieder musste sie anerkennen, dass sie jene Eigenschaften besaß, die für ihre Arbeit so wichtig waren: die Fähigkeit, sich zurückzunehmen, die Bereitschaft zuzuhören und die Flexibilität, den eingeschlagenen Kurs zu ändern, wenn ein anderer sich zeigte.

Barbara leckte sich die Lippen und schmeckte den Lippenstift, den sie am Morgen aufgelegt hatte. »Okay«, sagte sie, tastete sich jedoch vorsichtig voran, entschlossen, diesmal ihre Zunge im Zaum zu halten. »Vergessen wir einmal Sahlah und Theo Shaw. Nehmen wir an, Querashi hat den Mufti, wie du meintest, tatsächlich wegen seiner Homosexualität angerufen. Als er fragte, ob ein Moslem, der sich einer schweren Sünde gegen den Glauben schuldig macht, weiterhin ein Moslem bleiben kann, sprach er von sich selbst.«

»Einverstanden.« Emily nahm sich eine Handvoll Studentenfutter und hielt es in der hohlen Hand, während Barbara weitersprach.

»Er bekam zu hören, dass eine schwere Sünde zu seiner Verstoßung aus der Gemeinde führen würde, und beschloss daraufhin, seinem homosexuellen Verhältnis ein Ende zu machen. Er teilte das dem anderen Mann bei einer früheren Zusammenkunft mit. Aber der andere – sein Liebhaber – wollte nicht Schluss machen. Er bat ihn noch einmal um ein Treffen. Querashi nahm seine Kondome mit, weil er damit rechnete, dass sie zum Abschied noch mal bumsen würden. Vorsicht ist schließlich die Mutter der Porzellankiste. Aber statt mit ihm zu bumsen, hat der Liebhaber ihn umgebracht, etwa nach dem Motto, wenn ich dich nicht haben kann, soll keiner dich haben.«

»Er war von Querashi besessen«, sagte Emily zur Erklärung, die mehr für sie selbst als für Barbara gedacht zu sein schien. Sie richtete ihren Blick auf den Ventilator, den sie am Vortag vom Speicher geholt hatte. Sie hatte ihn noch nicht eingeschaltet. »Ja, das funktioniert, Barb, aber eins hast du vergessen: dein eigenes Argument von gestern. Weshalb hätte der Liebhaber, nachdem er Querashi getötet hatte, die Leiche fortschaffen sollen? Dadurch wurde Querashis Tod, der sonst leicht für einen Unglücksfall hätte gehalten werden können, augenblicklich verdächtig. Ebenso wie durch die Tatsache, dass der Nissan durchsucht wurde.«

»Ach, dieses verdammte Auto«, sagte Barbara, ein ärgerliches Eingeständnis, dass Emily soeben ihre schöne Theorie zunichte gemacht hatte. Doch als sie die Ereignisse des vergangenen Freitagabends noch einmal überdachte – ein heimliches Rendezvous, ein tödlicher Sturz, ein Leichnam, der vom Tatort entfernt, ein Auto, das durchsucht worden war –, begann sie, eine andere Möglichkeit zu sehen. »Em, wie wär's, wenn da noch ein Dritter mitgemischt hat?«

»Eine *ménage à trois*? Wie meinst du das?«

»Wenn Querashis mutmaßlicher Liebhaber gar nicht der Mörder ist? Hast du die Fotos vom Tatort da?«

Wieder kramte Emily in den Heftern und Papierstapeln auf ihrem Schreibtisch. Sie fand die Akte und legte die Fotos des Leichnams auf die Seite. Die Bilder des Tatorts reihte sie nebeneinander auf. Barbara stellte sich hinter sie und studierte die Fotografien.

»Okay«, sagte Emily. »Versuchen wir's. Schauen wir mal, was dabei rauskommt, wenn der Liebhaber *nicht* Querashis Mörder ist. Wenn Querashi am Freitagabend die Absicht hatte, sich mit jemandem zu treffen, dann war dieser Jemand entweder schon am Nez und hat ihn erwartet, als er kam, oder er war auf dem Weg zum Stelldichein. Einverstanden?«

»Einverstanden.« Barbara spann den Faden weiter. »Wenn diese Person dann entweder sah oder hörte, wie Querashi stürzte, oder wenn sie ihn tot am Fuß der Treppe fand –«

»– dann hätte sie logischerweise angenommen, es sei ein Unfall gewesen. Sie hätte dann die Wahl zwischen zwei Möglichkeiten gehabt: die Leiche einfach liegenzulassen und zu warten, bis sie von jemand anders gefunden wurde, oder den Unfall zu melden.«

»Genau. Wenn der Bursche die Liaison geheim halten will, lässt er den Leichnam liegen. Wenn es ihm egal ist –«

»– meldet er den Unglücksfall«, sagte Emily.

»Aber das Bild ändert sich total, wenn Querashis Liebhaber an dem Abend tatsächlich etwas Verdächtiges gesehen hat.«

Langsam hob Emily den Kopf von den Fotografien und drehte sich zu Barbara um. Sie sagte: »Wenn der Liebhaber etwas Verdächtiges – Mensch, Barb! Der Mann, den Querashi dort treffen wollte, muss gewusst haben, dass es Mord war, als er stürzte.«

»Also – Querashis Liebhaber ist irgendwo außer Sicht und wartet. Er sieht, wie der Mörder den Stolperdraht spannt. Er sieht nur einen Schatten, der sich auf der Treppe bewegt. Er weiß noch nicht, was er da beobachtet, aber als Querashi stürzt, wird ihm schlagartig alles klar. Er beobachtet sogar den Mörder, wie er hinterher den Draht entfernt.«

»Aber er kann sich nicht melden, weil nicht publik werden darf, dass er ein Abenteuer hatte«, fuhr Emily fort.

»Weil er verheiratet ist«, sagte Barbara.

»Oder mit einem anderen zusammenlebt.«

»Wie dem auch sei, er kann sich nicht melden, aber er möchte irgendetwas tun, um der Polizei zu signalisieren, dass Querashi ermordet wurde und nicht Opfer eines Unglücksfalls war.«

»Also bringt er die Leiche weg«, sagte Emily. »Und durchsucht das Auto. Menschenskind, Barb, weißt du, was das heißt?«

Barbara lächelte. »Wir haben einen Zeugen, Chefin.«

»Und wenn der Mörder das weiß«, fügte Emily grimmig hinzu, »könnte dieser Zeuge in Gefahr sein.«

Yumn stand am Fenster und wickelte ihren kleinen Jungen, als sie unten die Haustür zufallen hörte und Schritte auf dem Weg zur Straße vernahm. Sie reckte den Hals und sah Sahlah, die, ihr bernsteinfarbenes *dupattā* über das dicke Haar ziehend, zu ihrem Micra rannte, der am Bordstein stand. Sie würde schon wieder zu spät zur Arbeit kommen, aber Akram würde seiner kostbaren kleinen Prinzessin diesen Lapsus zweifellos verzeihen.

Sie war eine halbe Stunde im Badezimmer gewesen und hatte die ganze Zeit das Badewasser laufen lassen, um zu verhindern, dass jemand im Haus hörte, wie sie sich übergab. Aber sie hatten ja sowieso alle keine Ahnung. Sie glaubten, sie wasche sich, ein für sie ungewöhnliches Morgenritual – Sahlah badete immer abends –, doch bei dieser sengenden Hitze verständlich. Nur Yumn kannte die Wahrheit. Yumn, die draußen vor der Tür gestanden und gelauscht hatte, um Körnchen für Körnchen Informationen zusammenzutragen, die sie gegen Sahlah einsetzen konnte, wenn diese das Missfallen der Schwägerin erregen sollte, der sie Respekt, Diensteifer und Ergebenheit schuldete.

Diese kleine Hure, dachte Yumn, während sie zusah, wie Sahlah in ihren Wagen stieg und beide Fenster herunterkurbelte. Da schleichst du dich nachts hinaus, um ihn zu treffen, holst ihn in dein Zimmer, wenn das ganze Haus schläft, machst die Beine für ihn breit, wälzt dich mit ihm in deinem Bett und schaffst es trotzdem, am nächsten Morgen so rein, so unschuldig, so zart, so lieblich auszusehen ... Du kleine *Hure*! Wie ein faules Ei, das von außen vollkommen aussieht, jedoch die innere Fäulnis offenbart, wenn man es aufschlägt.

Der kleine Junge begann zu weinen. Als Yumn sich ihm zuwandte, sah sie, dass sie ihm die schmutzige Windel, die sie eigentlich hatte entfernen wollen, in ihrer Zerstreutheit um sein Bein gewickelt hatte.

»Ach, mein Süßer«, sagte sie, die Windel schnell wegnehmend. »Verzeih deiner gedankenlosen *Ammī-gee*, Bishr.«

Er strampelte und krähte vergnügt. Sie sah auf ihn hinunter. So nackt war er einfach herrlich.

Sie säuberte ihn mit dem Waschlappen, zog das feuchte Tuch zwischen seinen Beinen hindurch und wischte sorgfältig seinen winzigen Penis ab. »Du bist *Ammī-gees* kleiner Liebster, Bishr. Ja. Ja. Das bist du. Du bist *Ammī-gees* einzige wahre Liebe.«

Als er sauber war, griff sie nicht sogleich nach einer frischen Windel. Erst bewunderte sie seinen Körper. An der Form und Kraft seiner Glieder konnte sie sehen, dass er genau wie sein Vater werden würde.

Seine Männlichkeit bestätigte ihren Platz als Frau. Es war ihre Pflicht, ihrem Ehemann Söhne zu schenken, und sie hatte diese Pflicht erfüllt und würde sie weiterhin erfüllen, solange ihr Körper es ihr erlaubte. Dafür wäre sie im Alter nicht nur versorgt, sie würde in Ehren gehalten werden. Und das war mehr, als diese verhasste kleine Sahlah in tausend Leben erreichen würde. Sie konnte nicht hoffen, so fruchtbar zu sein wie Yumn, und sie hatte sich schon jetzt eines so schweren Vergehens gegen ihren Glauben schuldig gemacht, dass es keine Wiedergutmachung gab. Sie war beschmutzt und besudelt, mit einem Makel behaftet, der nie mehr zu bereinigen war. Sie taugte zu nichts mehr als einem Leben in Knechtschaft.

Welch herrlicher Gedanke.

»Ja«, gurrte Yumn, über ihren kleinen Jungen gebeugt. »Ja, ja, das ist ein herrlicher Gedanke.«

Sie streichelte das unbedeutende Anhängsel zwischen seinen Beinen. Unglaublich, dass ein so kleines Ding die Rolle festlegte, die dieses Kind im Leben spielen würde. Aber so hatte der Prophet es entschieden.

»Die Männer haben die Herrschaft über uns«, erklärte Yumn ihrem kleinen Jungen, »weil Allah das eine Geschlecht geschaffen hat, um das andere zu übertreffen. Mein kleiner Bishr, hör auf deine *Ammī-gee.* Tu deine Pflicht: Du musst schützen, behüten und führen. Und such dir eine Frau, die die ihre tut.«

Sahlah tat das eindeutig nicht. Sie spielte die gehorsame Tochter, die pflichtbewusste jüngere Schwester und Schwägerin, tat fügsam und untertänig, wie Glaube und Tradition es befahlen. Aber sie spielte nur. Die wahre Sahlah war die, die nachts in einem rhythmisch quietschenden Bett lag.

Yumn wusste das. Sie hatte es für sich behalten. Nicht ganz allerdings. Es gab eine Art Heuchelei, die unerträglich war. Als Sahlah so bald nach Beginn ihrer morgendlichen Übelkeit eingewilligt hatte, den ersten jungen Mann zu heiraten, den die Familie ihr als Ehekandidaten präsentierte, hatte Yumn beschlossen zu handeln. Sie würde bei diesem Betrug, mit dem Sahlah die Zarte ihren Verlobten offensichtlich hereinlegen wollte, nicht mitmachen.

Darum hatte sie sich an einem der vielen Abende, die Muhannad außer Haus verbrachte, davongeschlichen, um Haytham Querashi aufzusuchen. Sie hatte ihn in seinem Hotel abgefangen und, Knie an Knie mit ihm in seiner winzigen Kammer sitzend, ihre Pflicht getan, wie jede Gläubige das getan hätte: Sie hatte ihm eröffnet, welch unüberwindliches Hindernis seiner bevorstehenden Heirat mit ihrer Schwägerin im Wege stand. Das Kind, das Sahlah erwartete, konnte sie natürlich loswerden. Ihre Jungfräulichkeit jedoch war unwiederbringlich dahin.

Aber Haytham hatte nicht so reagiert, wie Yumn erwartet hatte.

Die Worte *Sie ist nicht mehr unschuldig, sie ist schwanger mit dem Kind eines anderen Mannes* hatten nicht die Wirkung gehabt, die sie Tradition und Logik zufolge eigentlich hätten haben müssen. Nein, Haytham hatte Yumns Enthüllung so ruhig aufgenommen, dass sie einen Moment voller Schrecken gedacht hatte, sie hätte die Ereignisse vielleicht irgendwie durcheinandergebracht und Sahlahs morgendliche Übelkeit hätte erst nach Haythams Ankunft begonnen, nicht schon vorher, Haytham wäre also der Vater von Sahlahs Kind.

Aber sie wusste, dass das nicht zutraf. Sie wusste, dass Sahlah bei Haythams Ankunft bereits schwanger gewesen war. Folglich konnte seine Einwilligung, sie zu heiraten – in Zusammenhang mit der Gelassenheit gesehen, mit der er die Mitteilung von ihrem schweren Verstoß gegen Sitte und Glauben aufgenommen hatte –, nur eins bedeuten: Er hatte von ihrem Zustand gewusst und war bereit, sie dennoch zu heiraten. Das kleine Luder war gerettet. Schimpf und Schande würden ihr erspart bleiben, weil Haytham bereit und willens war, sie aus dem Haus ihrer Familie zu führen, sobald sie es zu verlassen wünschte.

Yumn war wütend über so viel Ungerechtigkeit. Seit fast drei Jahren musste sie praktisch täglich die Lobeshymnen ihrer Schwiegermutter auf Sahlahs Tugenden über sich ergehen lassen. Es war ihr daher eine große Befriedigung, die junge Frau zu quälen, wo es nur ging. Sie hatte genug davon, ständig von Sahlahs Schönheit zu hören, ihrer Kunstfertigkeit bei der Herstellung dieser läppischen Ketten und Gehänge, ihren intellektuellen Gaben, ihrer Frömmigkeit, ihrer Grazie und, vor allem, ihrem großen Pflichtbewusstsein. Über die letztgenannte Eigenschaft ihrer geliebten Tochter konnte Wardah Malik sich bis zur Unerträglichkeit auslassen. Und sie dachte sich überhaupt nichts dabei, jedes Mal, wenn Yumn ihr Missfallen erregte, auf Sahlahs Vorbild hinzuweisen. Wenn Yumn das *sevian* verkochen ließ, konnte Wardah ihr einen zwanzigminütigen Vortrag über Sahlahs Kochkünste halten. Wenn sie es wagte, eins der fünf täglichen Gebete auszulassen – und sie unterschlug gern das frühmorgendliche *namāz* –, durfte sie sich zehn Minuten lang anhören, wie unvergleichlich fromm Sahlah war. Wenn sie nicht gründlich genug abstaubte, die Badewanne nicht von oben bis unten schrubbte oder nicht jede Spinnwebe im Haus aufspürte, wurde ihre Schlamperei unweigerlich mit Sahlahs vorbildlicher Gewissenhaftigkeit verglichen.

Es war Yumn daher eine tiefe Genugtuung gewesen, das hässliche Geheimnis ihrer Schwägerin zu kennen, mit dem sie diese jederzeit erpressen konnte. Und ihre Genugtuung hatte sich noch vergrößert, als ihr klargeworden war, wie sie ihr Wissen für sich einsetzen konnte. Nachdem Haytham seine Absicht kundgetan hatte, Sahlah trotz ihrer Sündhaftigkeit zu heiraten, hatte Yumn ihre Träume, Sahlah auf unbegrenzte Zeit unter ihrer Fuchtel zu haben, beinahe aufgeben müssen. Jetzt jedoch hatte sie die Zukunft ihrer Schwägerin wieder in der Hand. Und genau das hatte Sahlah Malik verdient.

Yumn sah lächelnd zu ihrem kleinen Sohn hinunter. Sie begann, ihn in die frische Windel einzuschlagen.

»Das Leben ist schön, mein kleiner Gott«, flüsterte sie.

Und im Geist machte sie schon eine Liste der Arbeiten, mit denen sie Sahlah beauftragen würde, wenn diese am Abend nach Hause kam.

16

Die Möglichkeit, dass es für den Mord an Querashi einen Zeugen gab, beflügelte die Ermittlungen und gab ihnen eine neue Richtung. Emily Barlow setzte sich über Handy mit allen ihren Leuten in Verbindung. »Jeder, der irgendwie mit Querashi Kontakt hatte, gilt von jetzt an als möglicher Zeuge des Mordes«, sagte sie. »Ich möchte das Alibi jedes Einzelnen, und zwar mit Bestätigung. Wir müssen den Mann finden, der an dem Abend auf dem Nez war.«

Barbara ihrerseits übernahm es, den Erkennungsdienst in London anzurufen, um das bisschen Einfluss, das sie vielleicht besaß, geltend zu machen und SO4 zu veranlassen, die Fingerabdrücke, die an dem Nissan gesichert worden waren, so schnell wie möglich zu überprüfen. Sie wusste, dass der Erfolg nicht garantiert war. Eine Spur würde sich nur dann auftun, wenn die Person, die die Fingerabdrücke auf dem Nissan hinterlassen hatte, schon früher einmal festgenommen und erkennungsdienstlich behandelt worden war. Aber wenn das der Fall war, konnten sie sich freuen. Dann hätten sie eine Identität, einen konkreten Hinweis jenseits aller Spekulation.

Barbara machte ihren Anruf. Sie wusste, dass alles, was nach Einmischung einer anderen Abteilung roch, beim Erkennungsdienst ebenso unbeliebt war wie bei den meisten anderen Dienststellen der Polizei, deshalb bezog sie sich auf die Rassenspannungen in der Stadt, um ihr Anliegen zu begründen. Sie sagte abschließend: »Wir sitzen hier auf einem Pulverfass und brauchen Ihre Hilfe, um eine Explosion zu verhindern.«

SO4 verstand. Es war ja immer das Gleiche, jeder wollte die Fingerabdrücke, die er eingereicht hatte, postwendend identifiziert haben. Aber Sergeant Havers müsste einsehen, dass eine hochspezialisierte Truppe wie SO4 täglich nur eine begrenzte Anzahl von Indizien bearbeiten könne. »Wir können uns keine Fehler leisten«, erklärte der Abteilungsleiter salbungsvoll, »dazu hängt von den Ergebnissen unserer Arbeit zu viel ab.«

Ja, ja, du hast ja recht, dachte Barbara. Sie bat ihn, sein Bestes zu tun, und kehrte zu Emily zurück.

»Ich hab' leider weniger Einfluss, als ich gern hätte«, sagte sie aufrichtig. »Sie haben mir versprochen, ihr Bestes zu tun. Was gibt's denn?«

Emily blätterte gerade eine Akte durch. Sie sagte: »Querashis Foto« und zog es heraus. Es war, wie Barbara sah, die Aufnahme des Ermordeten, die der *Tendring Standard* auf seiner Titelseite gebracht hatte: Querashi sah feierlich und gleichzeitig harmlos aus. »Wenn Trevor Ruddock uns die Wahrheit über Querashi und die Klappe gesagt hat, ist es gut möglich, dass ihn noch andere auf dem Marktplatz in Clacton gesehen haben. Und wenn das zutrifft, wurde vielleicht auch unser möglicher Zeuge mit ihm zusammen gesehen. Ich will diesen Zeugen haben, Barb. Wenn Ruddock die Wahrheit sagt.«

»Ja, wenn«, meinte Barbara. »Er hatte ja selbst ein Motiv, Querashi zu töten, und ich habe sein Alibi noch nicht überprüft. Ich möchte mir seine Stechkarte von letzter Woche ansehen, und ich möchte mit Rachel Winfield sprechen. Irgendwie scheint bei diesem Mädchen alles zusammenzulaufen. Das finde ich sonderbar.«

Emily war mit Barbaras Plan einverstanden. Sie selbst wollte der Frage nach Querashis Homosexualität nachgehen. Es schienen ja – sie denke dabei an den Marktplatz und an Fahd Kumhar, den sie bisher nicht gefunden hatten – einige Wege nach Clacton zu führen. Die wollte sie nicht unerforscht lassen. »Denn wenn dieser Zeuge existiert, dann ist er unser Schlüssel«, schloss sie.

Sie trennten sich auf dem asphaltierten Parkplatz der Dienststelle. Auf der einen Seite stand eine Wellblechhütte, das schäbige Reich des Beamten, der die Beweisstücke verwaltete: In Hemdsärmeln und mit einem blauen Tuch auf dem Kopf, das den Schweiß aufsaugen sollte, saß er auf einem Hocker. Er schien gerade dabei zu sein, seine Bestände anhand eines Registers zu überprüfen. Die Hitze war im Begriff, Backofentemperatur zu erreichen. Der arme Kerl, dachte Barbara, hatte wirklich den schlimmsten Job.

Der Mini hatte in der Zeit, in der sie sich in der Dienststelle aufgehalten hatte, trotz der offenen Fenster so viel Hitze aufgesogen, dass es ihr fast den Atem verschlug, als sie einstieg. Das Lenkrad war so heiß, dass sie sich die Finger verbrannte, und die Glut, die der Sitz gespeichert hatte, stach durch den dünnen Stoff ihrer Hose. Sie sah auf ihre Uhr. Noch nicht einmal Mittag. Spätestens um zwei würde sie sich wahrscheinlich wie ein Rostbraten fühlen.

Das Schmuckgeschäft *Racon* war geöffnet, als sie dort ankam. Hinter der weit offen stehenden Ladentür waren Connie Winfield und ihre Tochter damit beschäftigt, eine neue Sendung Halsketten und Ohrgehänge auszupacken, um sie dann mit Stecknadeln an einem altmodischen, mit Samt bespannten Paravent zu befestigen.

Barbara sah ihnen einen Augenblick zu, ohne auf sich aufmerksam zu machen. Beiläufig vermerkte sie zwei Details. Die beiden Frauen hatten den Geschmack und das Geschick, die Schmuckstücke ansprechend anzuordnen. Und ihr Schweigen bei der Arbeit wirkte ausgesprochen feindselig. Die Mutter warf der Tochter zornige Blicke zu. Die Tochter begegnete ihnen mit Hochnäsigkeit, um zu zeigen, wie gleichgültig ihr die Missbilligung ihrer Mutter war.

Beide Frauen fuhren zusammen, als Barbara ihnen einen guten Morgen wünschte. Rachel schwieg.

Connie sagte: »Ich bezweifle, dass Sie hergekommen sind, um etwas zu kaufen.« Sie legte ihre Arbeit nieder und ging zum Verkaufstisch, wo in einem mondsichelförmigen Aschenbecher eine Zigarette schwelte. Sie klopfte die Asche ab und führte die Zigarette zum Mund. Durch ihren Rauch musterte sie Barbara mit feindseligem Blick.

»Ich würde gern mit Rachel sprechen«, sagte Barbara.

»Bitte. Und viel Glück dabei. Ich würde selbst gern mal mit ihr reden, aber ich krieg' nichts aus ihr raus. Versuchen Sie's ruhig. Ich kann kaum erwarten zu hören, was sie zu sagen hat.«

Barbara hatte nicht die Absicht, im Beisein der Mutter mit dem Mädchen zu sprechen. Sie sagte: »Rachel, können Sie einen Moment mit hinauskommen? Wir können vielleicht ein paar Schritte spazieren gehen?«

»Was soll das?«, rief Connie. »Ich hab' kein Wort davon gesagt, dass sie einfach abhauen kann. Wir haben hier eine Menge Arbeit. Wenn Sie mit ihr reden wollen, können Sie's hier tun. Während wir auspacken.«

Rachel drapierte die Halskette, die sie in der Hand hielt, über einen der sechs Blumenknäufe des dreiflügeligen Paravents. Connie wusste sofort, was das bedeutete, und rief wütend: »Rachel Lynn, bilde dir ja nicht ein –«

»Wir können zum Park raufgehen«, sagte Rachel zu Barbara. »Das ist nicht weit, und ich könnte eine Pause gebrauchen.«

»Rachel Lynn!«

Rachel kehrte ihrer Mutter demonstrativ den Rücken und ging vor Barbara aus dem Laden auf die Straße. Barbara hörte Connie noch einmal den Namen ihrer Tochter rufen – bettelnd diesmal –, als sie in Richtung Balford Road davongingen.

Der Park war ein von der Sonne ausgedörrtes quadratisches Stück Rasen nicht weit hinter der St.-John's-Kirche. Ein frisch gestrichener, schwarzer schmiedeeiserner Zaun umgab ihn, doch das Törchen stand offen. Ein Schild daran hieß den Besucher willkommen und gab den Namen der Anlage an, *Falak-Dedar-Park*. Ein moslemischer Name, vermerkte Barbara. Es hätte sie interessiert, ob das ein Zeichen für das Vordringen pakistanischer Interessen in der Stadt war.

Ein Fußweg führte sie am Rasen entlang zu einer Bank, die halb im Schatten der üppigen gelben Kaskaden eines Goldregens stand. In der Mitte des Parkes plätscherte ein Brunnen: die aus grau-weißem Marmor gehauene Figur einer verschleierten Frau, die aus einem Krug Wasser in ein flaches Becken zu ihren Füßen goss. Nachdem Rachel ihren dünnen Rock zurechtgezogen hatte, richtete sie ihre Aufmerksamkeit auf diesen Brunnen, nicht auf Barbara.

Barbara erklärte ihr, was sie von ihr wissen wollte: wo sie vergangenen Freitagabend gewesen sei. »Vor vier Tagen«, erinnerte sie Rachel, um diese gar nicht erst auf den Gedanken kommen zu lassen, sie könnte behaupten, sich nicht zu erinnern. Vier Tage, deutete ihre Bemerkung an, seien weiß Gott keine Zeitspanne, die Erinnerungslücken rechtfertige.

Rachel hatte offensichtlich Übung darin, zwischen den Zeilen zu lesen. Sie sagte: »Sie wollen wissen, wo ich war, als Haytham Querashi ermordet wurde.«

Barbara gab zu, dass sie genau das wolle. »Wir sind im Zusammenhang mit diesem Fall mehr als einmal auf Ihren Namen gestoßen, Rachel«, sagte sie. »Ich wollte das nicht vor Ihrer Mutter erörtern –«

»Danke«, warf Rachel ein.

»– aber es sieht nie gut aus, wenn der eigene Name in einer Mordsache auftaucht, egal wie. Rauchen Sie?«

Rachel schüttelte den Kopf und vertiefte sich wieder in die Betrachtung des Brunnens. Sie sagte: »Ich war mit einem Jungen namens Trevor Ruddock unterwegs. Er arbeitet auf dem Pier. Aber das wissen Sie wahrscheinlich schon. Er hat mir gestern Abend erzählt, dass Sie mit ihm gesprochen haben.« Sie strich mit der Hand glättend über eine Stelle ihres Rockes, wo ein stilisierter Pfauenkopf raffiniert in das verschlungene Muster des Stoffes eingearbeitet war.

Barbara beugte sich ein wenig vor, um ihr Heft aus ihrer Umhängetasche zu holen. Auf der Suche nach ihren Aufzeichnungen über ihr Gespräch mit Trevor Ruddock blätterte sie es durch und bemerkte dabei, dass Rachel sie aus dem Augenwinkel beobachtete. Die Hand, die über den Rock gestrichen hatte, hielt inne, als hätte das Mädchen Angst, eine Bewegung könnte sie verraten.

Barbara nahm sich einen Moment Zeit, um anhand ihrer Notizen ihr Gedächtnis aufzufrischen, dann wandte sie sich Rachel zu. »Trevor Ruddock behauptet, Sie seien mit ihm zusammen gewesen«, sagte sie. »Aber seine Angaben sind ein bisschen vage. Mir kommt es auf Genauigkeit an. Vielleicht können Sie da nachhelfen.«

»Ich wüsste nicht, wie.«

»Ganz einfach.« Barbara zückte ihren Stift. Sie sagte: »Was haben Sie beide getan?«

»Getan?«

»Am Freitagabend. Wo waren Sie? Beim Essen? Auf einen Kaffee? Im Kino? Oder vielleicht waren Sie irgendwo in einer Kneipe?«

Mit zwei Fingern kniff Rachel den Pfauenkopf zusammen. »Das soll wohl ein Witz sein?« Ihr Ton war bitter. »Trevor hat Ihnen doch bestimmt gesagt, wo wir waren.«

»Kann schon sein«, gab Barbara zu. »Aber ich würde gerne Ihre Version hören, wenn Sie nichts dagegen haben.«

»Und wenn ich doch was dagegen hab'?«

»Dann kann man es nicht ändern. Aber ratsam ist so was nicht, wenn es um Mord geht. Da ist es das Beste, die Wahrheit zu sagen. Denn wenn man schwindelt, wollen die Bullen immer wissen, warum. Und meistens lassen sie so lange nicht locker, bis sie es erfahren haben.«

Rachel knüllte den Stoff ihres Rockes noch fester zusammen. Wenn der Pfau echt gewesen wäre, dachte Barbara, wäre ihm jetzt die Luft ausgegangen.

»Rachel?«, sagte sie. »Gibt es ein Problem? Meinetwegen können Sie jederzeit in den Laden zurückgehen, wenn Sie noch mal in Ruhe nachdenken möchten. Sie können ja Ihre Mutter fragen, was sie tun sollen. Sie schien mir gestern sehr besorgt um Sie, und ich bin sicher, wenn sie wüsste, dass die Polizei sich dafür interessiert, was Sie am Mordabend getrieben haben, würde sie mit guten Ratschlägen nicht hinterm Berg halten. Wenn ich mich recht erinnere, hat Ihre Mutter gestern zu mir gesagt, dass Sie –«

»Ja, ist ja schon gut.« Es war klar, dass Rachel von Barbara nicht noch mehr über ihre Mutter hören wollte. »Was er gesagt hat, ist wahr. Was er Ihnen erzählt hat, stimmt. In Ordnung? Das wollten Sie doch hören, oder?«

»Was ich hören will, sind Fakten, Rachel. Wo waren Sie und Trevor am Freitagabend?«

»Da, wo er gesagt hat. Oben in einer der Strandhütten. Da sind wir Freitagabend meistens. Weil da im Dunkeln kein Mensch mehr ist, der sehen könnte, von wem Trevor Ruddock sich einen blasen lässt. So, jetzt wissen Sie's.«

Rachel drehte den Kopf. Sie war rot bis an die Haarwurzeln. Und das harte, gnadenlose Tageslicht zeigte jeden Zug ihres missgebildeten Gesichts mit grausamer Schärfe. Als sie sie so sah, unverhüllt von Schatten, von Angesicht zu Angesicht, fiel Barbara unwillkürlich ein Dokumentarfilm ein, den sie sich einmal auf BBC angesehen hatte und in dem es darum ging, was für das menschliche Auge Schönheit ist. Symmetrie, hatte die Schlussfolgerung des Filmes gelautet. Der Mensch ist genetisch programmiert, Symmetrie zu bewundern. Wenn das zutraf, dachte Barbara, hatte Rachel Winfield keine Chance.

Sie seufzte. Sie hätte dem jungen Mädchen gern gesagt, dass man sein Leben nicht so führen musste, wie sie es führte. Doch die einzige Alternative, die sie zu bieten hatte, war das Leben, das sie selbst führte, und sie führte es allein.

»Wissen Sie«, sagte sie, »was Sie und Trevor da oben getan haben, interessiert mich eigentlich nicht sonderlich, Rachel. Es ist Ihre Sache, mit wem Sie was tun wollen und warum. Wenn Sie nach einem Abend mit ihm glücklich und zufrieden sind, um so besser. Wenn nicht, suchen Sie sich was anderes.«

»Ich bin zufrieden«, versetzte Rachel trotzig. »Ich bin rundum glücklich und zufrieden.«

»Gut«, sagte Barbara. »Und wie spät war es, als Sie glücklich und zufrieden nach Hause gegangen sind? Trevor sagt, es sei halb zwölf gewesen. Was sagen Sie?«

Rachel starrte sie an. Barbara sah, dass sie auf ihrer Unterlippe kaute.

»Also, wie steht's?«, fragte sie. »Entweder waren Sie bis halb zwölf mit ihm zusammen, oder Sie waren es nicht.« Den Rest sprach sie nicht aus, weil sie wusste, dass Rachel es bereits erfasst hatte. Wenn Trevor Ruddock mit ihr gesprochen hatte, dann hatte er ihr auch gesagt, dass er in Verdacht geraten würde, wenn sie seine Aussage nicht bis ins Detail bestätigte.

Rachel sah wieder zum Brunnen hinüber. Die Wassergießerin war schlank und anmutig, mit – soweit man sehen konnte – vollkommenen Gesichtszügen und niedergeschlagenen Augen. Ihre Hände waren klein, und ihre Füße – gerade noch sichtbar unter dem Saum ihres Gewandes – waren zart wie ihr ganzer Körper. In den Anblick des Standbilds vertieft, entschied sich Rachel. »Es war zehn«, sagte sie, ohne den Blick von dem Brunnen zu wenden. »Ich bin gegen zehn nach Hause gekommen.«

»Das wissen Sie mit Sicherheit? Haben Sie auf die Uhr gesehen? Es kann nicht sein, dass Sie sich irgendwie vertan haben?«

Rachel lachte einmal kurz und resigniert. »Wissen Sie, wie lange man braucht, um einem Kerl einen zu blasen? Wenn das das Einzige ist, was er will, und das Einzige, was man jemals rausholt? Von ihm oder von irgendeinem anderen. Glauben Sie mir, das dauert nicht lang.«

Barbara spürte das ganze Elend hinter den gequälten Fragen

des jungen Mädchens. Sie klappte ihr Heft zu und überlegte, was sie Rachel sagen könnte. Einerseits sagte sie sich, es sei nicht ihre Aufgabe, gute Ratschläge zu geben, seelischen Schmerz zu lindern oder Öl auf die Wellen inneren Aufruhrs zu gießen. Andererseits fühlte sie sich dem jungen Mädchen verwandt. Für Barbara war es eine der schwierigsten und bittersten Lektionen gewesen, allmählich zu begreifen, was Liebe war: Geben und Nehmen zugleich. So richtig hatte sie die Lektion noch immer nicht gelernt. Und manchmal fragte sie sich, gerade angesichts ihrer täglichen Arbeit, ob sie sie je lernen würde.

»Verkaufen Sie sich nicht zu so einem Schleuderpreis«, begnügte sie sich schließlich zu sagen. Sie ließ ihre Zigarette zu Boden fallen und drückte sie mit der Spitze ihres Baseballstiefels aus. Der Hals tat ihr weh von der Hitze, dem Rauch und der Anspannung, mit der sie unwillkommene Gefühle und die Erinnerung daran, wie oft sie selbst sich unter Wert angeboten hatte, zu unterdrücken suchte. »Natürlich wird zu dem Preis jemand zugreifen, es ist ja ein Schnäppchen. Aber der Preis, den Sie bezahlen, ist verdammt viel höher.«

Sie stand auf, ohne dem Mädchen Gelegenheit zu einer Antwort zu lassen. Sie nickte ihr dankend zu und ging. Auf dem Weg zur Pforte bemerkte sie einen jungen Pakistani mit einem Stapel gelber Zettel, von denen er einen am schmiedeeisernen Zaun der Anlage befestigte. Als sie den Ausgang erreichte, war er schon weg. Sie sah ihn ein Stück weiter unten auf der Straße, wo er einen seiner Zettel an einem Telegrafenmast festmachte.

Neugierig überflog sie den Anschlag. Die großen schwarzen Lettern auf dem gelben Papier waren leicht zu lesen. Die Überschrift bildete der Name eines Mannes: FAHD KUMHAR. Darunter stand sowohl in Englisch als auch in Urdu: »Die Kriminalpolizei Balford sucht Sie zur Vernehmung. Sprechen Sie nicht ohne einen Rechtsanwalt mit ihr. *Jum'a* wird ihn zur Verfügung stellen. Bitte rufen Sie an.« Diesem kurzen Text folgte eine örtliche Telefonnummer, die auf einer Reihe von Abreißstreifen am unteren Ende des Blattes wiederholt wurde.

Nun, jetzt wussten sie wenigstens, was Muhannad Malik vorhatte. Barbara empfand eine Mischung aus Befriedigung und Erleichterung darüber, was der gelbe Zettel ihr verriet. Obwohl Azhar guten Grund gehabt hätte, es zu tun, hatte er seinem Vetter nichts von ihrem leichtsinnigen Versprecher am vergangenen Abend gesagt. Hätte er es getan, so wären die Anschläge nur in Clacton erschienen und dort vor allem rund um den Marktplatz.

Jetzt hatte er etwas gut bei ihr. Und auf dem Rückweg zur High Street fragte sie sich, wann und wie Taymullah Azhar die Schuld einfordern würde.

Cliff Hegarty konnte sich nicht konzentrieren. Dabei war im Grunde gar keine Konzentration nötig, um die Dekupiersäge am Bild der beiden kopulierenden Männer anzusetzen, aus dem das neueste Puzzle im Angebot von *Hegartys Spiele für Erwachsene* entstehen würde. Die Maschine war vorprogrammiert und lief ganz von allein. Er brauchte nur das künftige Puzzle richtig einzulegen, eins von etwa fünfzig Mustern, in die die Säge das Bild zerlegen konnte, auszuwählen, einen Knopf zu drehen, einen Hebel zu drücken und auf das Resultat zu warten. Es gehörte zur täglichen Routine, genauso wie die Entgegennahme von telefonischen Aufträgen, die Vorbereitung des nächsten Katalogs für die Druckerei oder die Versendung dieses oder jenes diskret verpackten Spielzeugs an irgendeinen geilen Bock auf den Hebriden, der seinen Postboten lieber nicht wissen lassen wollte, womit er sich die Zeit vertrieb.

Aber heute war alles anders, und aus mehr als einem Grund.

Er hatte die Bullen gesehen. Er hatte sogar mit ihnen gesprochen. Zwei Beamte in Zivil waren, mit einem Kassettenrecorder bewaffnet, gleich am frühen Morgen in die Senffabrik marschiert. Einundzwanzig Minuten später waren noch zwei gekommen, ebenfalls in Zivil. Diese beiden begannen die anderen Unternehmen im Gewerbegebiet abzuklappern. Daher wusste Cliff, dass es nur eine Frage der Zeit war, bis sie zu ihm kommen würden.

Er hätte verschwinden können, aber das hätte das Unvermeidliche nur aufgeschoben und die Bullen womöglich veranlasst, nach Jaywick Sands zu fahren, um ihn zu Hause aufzusuchen. Und das wollte er nun gar nicht. Du liebe Scheiße, das durfte auf keinen Fall passieren, und er war bereit, so ziemlich alles zu tun, um es zu verhindern.

Als sie daher nach einem Besuch bei dem Segelmacher und in der Matratzenfabrik auf sein Büro zusteuerten, wappnete er sich für das bevorstehende Gespräch, indem er all seinen Schmuck abnahm und die aufgerollten Ärmel seines T-Shirts herunterzog, um die Tätowierung auf seinem Bizeps zu verbergen. Die Bullen waren berüchtigt für ihren Schwulenhass. Da fand Cliff es unnötig, sich ihnen gleich als Homosexueller zu offenbaren.

Sie hatten ihre Ausweise gezeigt und sich als Constable Grey und Constable Waters vorgestellt. Grey führte das Wort, während Waters mitschrieb. Und beide musterten eine Vitrine mit Dildos, Ledermasken und Penisringen aus Elfenbein und rostfreiem Stahl.

Man kann davon leben, Jungs, hätte er gern gesagt, hielt es jedoch für klüger, den Mund zu halten.

Er war froh um die Klimaanlage. Wäre das Ding nicht auf Hochtouren gelaufen, wäre er gehörig ins Schwitzen gekommen. Sicher hätte das großenteils an der Hitze gelegen, die sich in diesem Wellblechschuppen staute, in dem er arbeiten musste, aber die Nervosität hätte auch ihr Teil beigetragen. Und Nervosität wollte er vor den Bullen auf keinen Fall zeigen.

Sie legten ihm ein Foto vor und fragten ihn, ob er den Mann darauf kenne. Klar, sagte er, das sei der Tote vom Nez, Haytham Querashi. Er habe in der Senffabrik gearbeitet.

Wie gut er Querashi gekannt habe, wollten sie als Nächstes wissen.

Nun, er habe ihn vom Sehen gekannt, falls sie das meinen sollten. Er habe ihn gut genug gekannt, um ihm zuzunicken und guten Morgen zu sagen oder verdammt heißer Tag heute, was?

Cliff gab sich größte Mühe, unbefangen zu wirken. Er kam hinter seinem Arbeitstisch hervor, um ihre Fragen zu beantworten, und blieb in lässiger Haltung, die Arme verschränkt, die Hauptlast seines Körpers auf einem Bein, vor ihnen stehen. Diese Haltung brachte seine muskulösen Arme zur Geltung, und das war nicht schlecht. In den Augen der meisten Heteros waren Muskeln gleich Männlichkeit. Männlichkeit war gleich Heterosexualität, jedenfalls für die, die von Tuten und Blasen keine Ahnung hatten. Und zu denen gehörten nach Cliffs Erfahrung die meisten Bullen.

Ob er Querashi auch außerhalb des Gewerbegebiets gekannt habe, lautete ihre nächste Frage.

Cliff fragte, was sie meinten. Natürlich habe er Querashi auch außerhalb des Gewerbegebiets gekannt. Wenn er ihn hier gekannt habe, habe er ihn auch anderswo gekannt. Ihm setze doch nicht plötzlich nach Arbeitsschluss das Gedächtnis aus.

Sie fanden die Bemerkung nicht erheiternd. Sie baten ihn zu erklären, welcher Art seine Bekanntschaft mit Querashi gewesen sei.

Er antwortete, die Bekanntschaft sei innerhalb des Gewerbegebiets ebenso flüchtig gewesen wie außerhalb. Wenn er Querashi in Balford oder sonst wo gesehen hätte, hätte er ihn gegrüßt, vielleicht gesagt, verdammt heißer Tag heute, und wäre mit einem Nicken weitergegangen. Und fertig.

Wo er Querashi denn außerhalb des Arbeitsbereichs gesehen habe, fragten sie.

Und wieder einmal sah Cliff, wie die Bullen es fertigbrachten, alles so zu verdrehen, wie sie es brauchten. In diesem Moment hasste er die Kerle. Wenn er nicht jedes Wort auf die Goldwaage legte, würden sie ihm am Ende noch nachweisen, dass er und Querashi Busenfreunde gewesen waren.

Er beherrschte sich und antwortete ihnen, er sei dem Mann außerhalb des Gewerbegebiets nie begegnet. Er habe ihnen lediglich sagen wollen, dass er ihn, *wenn* er ihm begegnet wäre, erkannt hätte und genauso gegrüßt hätte wie jeden anderen flüchtigen Bekannten. So sei er nun mal.

Umgänglich, bemerkte der Bulle namens Grey und ließ seinen Blick vielsagend über die Vitrine mit den Ausstellungsstücken wandern.

Cliff verkniff es sich, die beiden mit einem aufgebrachten »Hey, was soll das heißen?« zu provozieren. Er wusste, dass die Bullen einen gern in Rage brachten, weil man dann nicht mehr auf der Hut war. Er hatte dieses Spielchen mehr als einmal mit den Bullen gespielt. Eine einzige Nacht im Knast hatte ihm genügt, um zu begreifen, wie wichtig es war, kühlen Kopf zu bewahren.

Plötzlich wechselten sie das Thema und fragten, ob er einen Mann namens Fahd Kumhar kenne.

Er verneinte. Er gab zu, dass er Fahd Kumhar vielleicht vom Sehen kenne, weil er die meisten Pakistanis, die in der Senffabrik arbeiteten, vom Sehen kenne. Aber er wusste ihre Namen nicht. Die Namen von denen klingen doch, als hätten sie nur ein paar Buchstaben aneinandergereiht, um irgendein Geräusch hervorzubringen, und ich kann sie mir nie merken, erklärte er. Wieso geben diese Leute ihren Kindern keine richtigen Namen? Wie zum Beispiel William, Charlie oder Steve?

Die Bullen gingen auf diese kleine Nebenbemerkung nicht ein. Stattdessen kehrten sie wieder zu Querashi zurück. Ob er Querashi je mit irgendjemandem zusammen gesehen habe? Vielleicht im Gespräch mit irgendjemandem?

Er könne sich nicht erinnern, antwortete Cliff. Möglich sei es, aber er hätte es wahrscheinlich gar nicht registriert. Im Gewerbegebiet war ja dauernd was los, da herrschte ein ständiges Kommen und Gehen, Lastwagen fuhren vor, Lieferungen wurden gebracht, Waren wurden zum Versand abgeholt.

Es sei anzunehmen, dass Querashi sich mit einem Mann unterhalten hätte, erklärte Waters. Und mit einer Kopfbewegung zur Vitrine fragte er Cliff, ob er und Querashi vielleicht geschäftlich miteinander zu tun gehabt hätten.

Querashi sei schwul gewesen. Ob Cliff das gewusst habe?

Die Frage traf einen Nerv. Cliff versuchte, die Erinnerung an sein Gespräch mit Gerry am vergangenen Morgen auszublenden. Er versuchte, seine inneren Ohren vor den Worten zu verschließen: Beschuldigungen auf der einen Seite, Leugnen und Abwehr auf der anderen.

Und was ist mit der Treue?

Was soll mit der Treue sein? Alles, was ich darüber weiß, ist das, was du mir erzählst. Und zwischen dem, was einer fühlt, und dem, was er sagt, ist oft genug ein Riesenunterschied.

War es am Marktplatz? Ist es dort passiert? Hast du ihn dort getroffen?

Klar, klar. Du weißt ja immer alles ganz genau.

Und das Krachen der Tür hatte diesem sogenannten Gespräch ein Ende gemacht.

Aber den Bullen durfte er nichts von alledem verraten. Keinesfalls durfte er diese Burschen in Gerrys Nähe lassen. Nein, sagte er ruhig. Er habe mit Haytham Querashi nie geschäftlich zu tun gehabt, und es sei ihm völlig neu, dass der Mann schwul gewesen sei. Er habe geglaubt, Querashi habe Akram Maliks Tochter heiraten sollen. Ob die Bullen denn sicher seien, dass ihre Informationen stimmten?

Sicher sei in einem Ermittlungsverfahren erst dann etwas, wenn ein Verdächtiger hinter Gittern sitze, erklärte Grey ihm.

Und Waters fügte hinzu, wenn ihm noch irgendetwas einfalle, was seiner Meinung nach für die Polizei von Interesse sein könnte …

Cliff versicherte ihnen, dass er gründlich nachdenken werde. Er werde sofort anrufen, wenn ihm etwas in den Kopf kommen sollte.

Tun Sie das, sagte Grey und sah sich ein letztes Mal in der Werkstatt um. Als er und Waters hinausgingen, sagte er gerade so laut, dass Cliff es hören musste: »Verdammte Drecksau.«

Cliff sah ihnen nach. Erst als sie in der Schreinerei drüben auf der anderen Seite verschwanden, rührte er sich. Er trat hinter die Theke, wo sein Schreibtisch stand, und ließ sich auf den Holzstuhl fallen.

Sein Herz raste, aber das hatte er gar nicht gemerkt, solange die Bullen da gewesen waren. Jetzt aber, wo sie weg waren, spürte er, wie es hämmerte, so heftig und schnell, dass er das Gefühl hatte, es würde ihm gleich aus der Brust springen und zuckend auf dem blauen Linoleumboden liegenbleiben. Reiß dich zusammen, sagte er sich. Er musste seine fünf Sinne beisammenhalten. Er musste über Gerry nachdenken.

Gerry hatte in der vergangenen Nacht nicht zu Hause geschlafen. Als Cliff am Morgen erwacht war, war die andere Seite des Bettes unberührt gewesen, und er hatte sofort gewusst, dass Gerry überhaupt nicht aus Balford zurückgekommen war. Er war zu Tode erschrocken. Und trotz morgendlicher Hitze waren ihm bei dem Gedanken, was Gerrys Abwesenheit bedeuten konnte, Hände und Füße so eiskalt geworden wie ein toter Fisch.

Zunächst versuchte er sich einzureden, dass Gerry einfach beschlossen hatte, die Nacht durchzuarbeiten. Er wollte ja das Restaurant am Pier unbedingt vor dem nächsten Feiertag fertigstellen. Und gleichzeitig machte er endlose Überstunden, um dieses Privathaus in Balford zu renovieren. Ganz verständlich also, wenn er lange ausblieb. Vielleicht war er direkt von der einen Arbeitsstelle zur anderen gefahren, das tat er ziemlich häufig, manchmal arbeitete er sogar bis drei Uhr morgens, wenn er noch irgendetwas fertigstellen wollte. Aber rund um die Uhr hatte er noch nie gearbeitet. Und bisher hatte er immer angerufen, wenn er vorgehabt hatte, bis spät in die Nacht hinein auszubleiben.

Diesmal hatte er nicht angerufen. Er war nicht nach Hause gekommen. Und als Cliff an diesem Morgen auf dem Bett saß, ging er sein letztes Gespräch mit Gerry durch und suchte nach Hinweisen, nach Anhaltspunkten, die ihm vielleicht etwas über Gerrys Verbleib und seine Gemütsverfassung sagen würden. Nur war es leider weniger ein Gespräch als ein Streit gewesen, eins dieser Wortgefechte, bei denen vergangene Handlungen und Verhaltensweisen plötzlich zum Maßstab für gegenwärtige Zweifel werden.

Sämtliche Details ihrer gemeinsamen wie ihrer individuellen Vergangenheit waren ans Licht gezerrt und zur eingehenden Untersuchung ausgebreitet worden. Der Marktplatz in Clacton. Die Herrentoilette. *Leather and Lace* im *Castle Hotel.* Gerrys endlose Arbeit in diesem piekfeinen Haus in Balford. Cliffs Wanderungen und Spazierfahrten und seine Abstecher ins *Never Say Die.* Wütend hatten sie darüber diskutiert, wer ständig das Motorrad benützte und wer wann und warum das Boot genommen hatte. Und als ihnen die Beschuldigungen ausgegangen waren, hatten sie darüber gestritten, wessen Eltern es akzeptiert hatten, dass ihr Sohn schwul war, und wessen Vater seinen Sohn halb zu Tode prügeln würde, wenn er die Wahrheit erführe.

Im Allgemeinen ging Gerry jedem Streit aus dem Weg, diesmal jedoch hatte er nicht gekniffen. Und Cliff konnte sich nur fragen, was es zu bedeuten hatte, dass sein Liebhaber – sonst so sanft und so ernst – plötzlich zum Rabauken geworden war, der auch vor Handgreiflichkeiten nicht zurückgeschreckt wäre, wenn sie nötig geworden wären.

Der Tag hatte also schlecht angefangen und war nicht besser geworden: erst Gerrys Verschwinden, dann der Besuch der Bullen.

Cliff versuchte, sich auf seine Arbeit zu konzentrieren. Es mussten Bestellungen ausgeführt und Puzzles geschnitten werden, es mussten Bilder geprüft werden, die sich eventuell als Puzzles eigneten, und es musste überlegt werden, ob das Sortiment neuartiger Kondome aus Amsterdam bestellt werden sollte. Er musste mindestens sechzehn Videos begutachten und Besprechungen für das *Crossdresser's Quarterly* schreiben. Aber er war unfähig, über etwas anderes nachzudenken als über die Fragen, die die Bullen ihm gestellt hatten, und darüber, ob es ihm gelungen war, so überzeugend zu wirken, dass sie nicht in Jaywick Sands aufkreuzen würden, um sich Gerry DeVitt vorzuknöpfen.

Theo Shaw sah nicht so aus wie einer, der den Schlaf des Gerechten geschlafen hatte, dachte Barbara. Seine Augen waren verschwollen und so stark blutunterlaufen, dass er beinahe wie ein weißes Kaninchen aussah. Als Dominique Zungenbrilli zu ihm hineingegangen war, um Barbaras Ankunft zu melden, hatte Theo brüsk gesagt: »Unmöglich. Sagen Sie ihr –«, den Rest seiner Worte jedoch abrupt hinuntergeschluckt, als er Barbara direkt hinter dem Mädchen stehen sah.

Dominique sagte: »Sie möchte die Stechkarte sehen, Mr. Shaw, die von letzter Woche. Soll ich sie holen? Ich wollte nichts tun, bevor ich mit Ihnen gesprochen hab'.«

»Ich mach' das schon«, versetzte Theo Shaw und hüllte sich in Schweigen, bis Dominique in ihren orangefarbenen Plateauschuhen zum Empfang zurückgestakt war. Dann erst sah er Barbara an, die ohne Aufforderung in sein Büro gekommen war und sich in einem der beiden Korbsessel vor seinem Schreibtisch niedergelassen hatte. »Sie wollen die Stechkarten sehen?«

»Singular«, korrigierte Barbara. »Trevor Ruddocks Stechkarte von letzter Woche, genau gesagt. Haben Sie sie da?«

Selbstverständlich. Die Karte befinde sich in der Buchhaltung, bei der Lohnabrechnung. Wenn Sergeant Havers einen Moment warten wolle ...

Barbara hatte nichts dagegen. Eine weitere Gelegenheit, Theo Shaws Büro zu inspizieren, kam ihr gerade recht. Doch er schien zu erraten, was sie vorhatte, denn anstatt sich selbst auf den Weg zu machen, griff er zum Telefon, tippte drei Nummern ein und bat darum, dass ihm die Karte gebracht wurde.

»Ich hoffe, Trevor ist nicht in Schwierigkeiten«, bemerkte er. Wer's glaubt, wird selig, dachte Barbara. Sie sagte: »Es geht nur darum, ein paar Einzelheiten zu überprüfen.« Sie wies zum Fenster. »Auf dem Pier scheint heute viel los zu sein. Es geht wohl aufwärts mit dem Geschäft.«

»Ja.«

»Das wird der Sache guttun.«

»Welcher Sache?«

»Der Stadtsanierung. Machen die Pakistanis da auch mit? Bei der Sanierung, meine ich.«

»Das ist eine merkwürdige Frage. Wie kommen Sie darauf?«

»Ich war vorhin in einem kleinen Park, der *Falak-Dedar-Park* heißt. Er scheint neu zu sein. In der Mitte ist ein Brunnen – eine junge Frau in arabischer Tracht, die Wasser gießt. Und der Name klingt pakistanisch. Das hat mich auf die Frage gebracht, ob die Pakistanis an Ihrem Sanierungsprojekt beteiligt sind. Oder haben sie ein eigenes aufgezogen?«

»Jeder kann sich beteiligen«, antwortete Theo Shaw. »Die Stadt braucht Investoren. Wir werden bestimmt niemanden davon abhalten, bei dem Projekt mitzumachen.«

»Und wenn jemand seinen eigenen Weg gehen will? Ein eigenes Projekt durchziehen will? Mit anderen Vorstellungen, als Sie sie haben? Was passiert dann?«

»Ein einheitlicher Plan ist für Balford das Vernünftigste«, meinte Theo Shaw. »Sonst stehen wir hier am Ende mit dem gleichen architektonischen Potpourri da, wie wir es am Südufer der Themse haben. Ich lebe seit meiner Kindheit hier, und ich muss sagen, mir wäre es lieber, wenn das nicht geschieht.«

Barbara nickte. Seine Überlegungen waren sinnvoll, schlossen jedoch nicht aus, dass die pakistanische Gemeinde sich vielleicht auch auf diesem Gebiet mit den alteingesessenen Bewohnern von Balford-le-Nez in Konflikt befand. Sie stand aus ihrem Sessel auf und trat zu den Bebauungsplänen, die ihr bei ihrem letzten Besuch aufgefallen waren. Sie wollte sehen, auf welche Weise Gebiete wie das Gewerbegelände, in das Akram Malik mit seiner Senffabrik offensichtlich viel Geld investiert hatte, in diese Pläne einbezogen waren. Doch ihre Aufmerksamkeit wurde von einem Stadtplan abgelenkt, der an der Wand neben den Blaupausen und den Zeichnungen des zukünftigen Balford hing.

Aus diesem Plan ging hervor, in welche Stadtteile das meiste Geld hineingesteckt werden würde. Aber das war es nicht, was Barbara interessierte. Ihre Aufmerksamkeit galt dem Jachthafen. Er befand sich westlich des Nez am Fuß der Halbinsel. Bei günstigen Wasserstandsbedingungen konnte man, wenn man vom Jachthafen aus den Balford-Kanal in die Pennyhole-Bucht hinaufsegelte, ganz leicht die Ostseite des Nez erreichen, wo Haytham Querashi ermordet worden war.

Sie sagte: »Sie haben doch ein Boot, nicht wahr, Mr. Shaw? Es liegt im Jachthafen, ja?«

Sein Gesicht war verschlossen. »Es gehört der Familie, nicht mir.«

»Eine Segeljacht, richtig? Segeln Sie auch nachts?«

»Manchmal.« Er sah gleich, worauf sie hinauswollte. »Aber am Freitagabend war ich nicht unterwegs.«

Das würde man ja sehen, dachte Barbara.

Trevors Stechkarte wurde von einem alten Herrn gebracht, der aussah, als arbeitete er auf dem Pier, seit der erbaut worden war. Trotz der Hitze in Leinenanzug, gestärktes Hemd und Krawatte gewandet, taperte er ins Zimmer und reichte Theo Shaw die Karte mit einem respektvollen »Bitte, Mr. Shaw. Ein herrlicher Tag, nicht wahr? Ein richtiges Geschenk Gottes.«

Theo dankte ihm, erkundigte sich nach seinem Hund, seiner Frau und seinen Enkelkindern – in dieser Reihenfolge – und entließ ihn. Er gab Barbara die Stechkarte.

Sie sah darauf, was sie erwartet hatte. Trevor Ruddock hatte ihr nur die halbe Wahrheit gesagt: Seine Stechkarte zeigte, dass er um dreiundzwanzig Uhr sechsunddreißig zur Arbeit gekommen war. Doch wenn Rachel die Wahrheit gesagt hatte, dann war er an dem Abend nach zehn Uhr nicht mehr mit ihr zusammen gewesen, es blieben also anderthalb Stunden, für die er bisher kein Alibi vorgewiesen hatte. Motiv und Gelegenheit hatte er gehabt. Barbara fragte sich, ob das Mittel irgendwo in dem Durcheinander auf seinem Spinnenfabrikationstisch lag.

Sie sagte Theo Shaw, sie müsse die Stechkarte behalten. Er erhob keinen Protest, fügte jedoch hinzu: »Trevor ist schon in Ordnung,

Sergeant. Er sieht schlimmer aus, als er ist. Er mag ein kleiner Dieb sein, aber ein Mörder ist er sicher nicht.«

»Ach, mit Menschen kann man seine blauen Wunder erleben«, entgegnete Barbara. »Gerade, wenn man sich einbildet zu wissen, mit wem man es zu tun hat, tun sie plötzlich irgendwas, das einen daran zweifeln lässt, dass man sie je wirklich gekannt hat.«

Da schien sie etwas getroffen zu haben: einen blanken Nerv oder einen wunden Punkt. Sie sah es ihm an den Augen an. Sie wartete darauf, dass er eine Bemerkung machen würde, die ihn verriet, aber er tat es nicht. Er sagte lediglich das Angemessene, dass er selbstverständlich gern bereit sei, ihr bei ihren Ermittlungen zu helfen. Dann brachte er sie hinaus.

Draußen auf dem Pier schob Barbara die Stechkarte in ihre Umhängetasche. Sie schaffte es, die Wahrsagerin Rosalie zu umgehen, und schlängelte sich durch die Pulks kleiner Kinder, die mit ihren Eltern vor den Karussells warteten. Wie am Vortag war dieser überdachte Teil des Piers von ohrenbetäubendem Getöse erfüllt. Bimmelnde Glocken, schrille Pfeifen, eine dröhnende Dampforgel, Geschrei und Gelächter vereinigten sich zu einem wahren Höllenlärm. Barbara hatte das Gefühl, sie sauste im Inneren eines riesigen Flippers herum. Eilig drängte sie ins Freie hinaus.

Zu ihrer Linken drehte sich das Riesenrad. Zu ihrer Rechten versuchten Anreißer die Vorüberkommenden zu beschwatzen, ihr Glück an der Schießbude, am Glückshafen oder beim Büchsenwerfen zu versuchen. Weiter hinten raste ein Wagen der Achterbahn voll kreischender Passagiere abwärts, und ein kleiner Dampfzug zuckelte schnaubend zum Ende des Piers hinaus.

Barbara folgte dem Zug. Das im Bau befindliche Restaurant erhob sich direkt über dem Meer, und die Arbeiter auf seinem Dach erinnerten sie daran, dass sie mit dem Bauleiter, Gerry DeVitt, ja noch eine Frage klären wollte.

Wie am Vortag war DeVitt beim Schweißen. Diesmal sah er zufällig auf, als Barbara über einen Berg Kupferrohr stieg. Er löschte die Flamme des Schweißbrenners und schob seine Schutzbrille in die Höhe.

»Was wollen Sie denn diesmal?« Es klang weder grob noch ungeduldig, dennoch schwang ein scharfer Unterton in seiner Stimme mit. Willkommen war sie hier jedenfalls nicht. Und ihre Fragen auch nicht. »Machen Sie's kurz, okay? Wir haben heute einen Haufen Arbeit und keine Zeit zum Schwatzen.«

»Kann ich Sie einen Moment sprechen, Mr. DeVitt?«

»Das tun Sie doch schon.«

»Stimmt. Aber draußen vielleicht. Wo es nicht so laut ist.« Sie musste brüllen, um sich Gehör zu verschaffen. Das Hämmern, Klopfen und Sägen hatte diesmal bei ihrem Erscheinen nicht aufgehört.

DeVitt verstellte irgendetwas an den Flaschen an seinem Gerät, dann führte er sie durch das Restaurant nach vorn. Er drückte sich an einem Stapel von Fertigfenstern vorbei, die an der Tür lehnten, und trat ins Freie hinaus. Am Piergeländer blieb er stehen und kramte eine Rolle Polos aus der Tasche seiner abgeschnittenen Jeans. Er schob eins in den Mund, wandte sich Barbara zu und sagte: »Also?«

»Also, warum haben Sie gestern nicht erwähnt, dass Sie Haytham Querashi gekannt haben?«, sagte sie.

Er sah blinzelnd ins grelle Licht. Er tat nicht so, als verstünde er nicht. »Soweit ich mich erinnere«, antwortete er, »haben Sie nicht danach gefragt. Sie wollten wissen, ob wir eine Pakistani auf dem Pier gesehen hätten. Hatten wir nicht. Ende der Geschichte.«

»Aber gestern haben Sie gesagt, dass Sie sich von den Pakistanis fernhalten«, entgegnete Barbara. »Sie sagten ungefähr, Pakistanis und Engländer hätten jeder ihre eigene Lebensweise, und wenn man sie vermischte, gäb's nur Ärger.«

»Das ist immer noch meine Meinung.«

»Aber Sie haben Querashi gekannt, richtig? Sie haben im *Burnt House Hotel* mehrere telefonische Nachrichten für ihn hinterlassen. Das legt doch nahe, dass Sie mit ihm verkehrt haben.«

DeVitt lehnte sich an das Geländer und stützte die Ellbogen auf. Er stand mit dem Gesicht zu ihr, nicht zum Meer, doch sein Blick war auf die Stadt gerichtet. Er wirkte nachdenklich, vielleicht wollte er ihr aber auch nur nicht in die Augen sehen.

»Ich habe nicht mit ihm verkehrt. Ich habe für ihn ein Haus in der First Avenue renoviert. Da wollte er nach seiner Heirat einziehen.«

»Sie haben ihn also gekannt.«

»Ich hab' vielleicht zehn- oder zwölfmal mit ihm gesprochen. Aber das ist auch alles. Wenn das ausreicht, um zu sagen, dass man jemanden kennt, dann habe ich ihn gekannt.«

»Wo haben Sie ihn kennengelernt?«

»Dort, in dem Haus.«

»In der First Avenue? Sind Sie sicher?«

Er warf ihr einen kurzen Blick zu. »Ja.«

»Wie kam er darauf, sich wegen der Renovierungsarbeiten an Sie zu wenden?«

»Er hat sich nicht an mich gewendet«, antwortete DeVitt. »Das war Akram Malik. Er kam vor ungefähr zwei Monaten auf mich zu und sagte, er wolle dringend ein Haus renovieren lassen, ob ich das übernehmen könnte. Ich hab' mir das Haus angesehen und hab' den Job angenommen. Das Geld konnte ich gebrauchen. Und dort – in dem Haus – hab' ich Querashi kennengelernt, nachdem ich bereits mit der Arbeit angefangen hatte.«

»Aber Sie sind doch hier auf dem Pier voll beschäftigt? Wann arbeiten Sie in der First Avenue? An den Wochenenden?«

»Und abends.«

»Abends?« Barbaras Stimme wurde scharf.

Wieder warf er ihr einen Blick zu, einen misstrauischeren Blick als zuvor. »Genau.«

Sie unterzog DeVitt einer genaueren Musterung. Sie wusste seit langem, dass es einer der dümmsten Fehler war, die ein Ermittler machen konnte, wenn er sich in seinem Urteil von der äußeren Erscheinung eines Menschen beeinflussen ließ. Rein äußerlich wirkte Gerry DeVitt, der Schweißer mit dem bulligen Körper, wie ein Mann, der seinen Arbeitstag normalerweise mit einem Glas Bier und einer Nummer mit der Ehefrau oder der Freundin beschloss. Gewiss, er trug einen Ohrring – denselben kleinen goldenen Ring wie gestern –, aber Ohrringe, Zehenringe, Nabelringe oder auch Brustwarzenringe sagten in diesem Jahrzehnt überhaupt nichts.

»Wir glauben, dass Mr. Querashi homosexuell war«, sagte Barbara. »Wir glauben, dass er die Absicht hatte, sich an dem Abend, an dem er getötet wurde, auf dem Nez mit seinem Liebhaber zu treffen. Da er wenige Tage später heiraten sollte, vermuten wir, er könnte sich dort draußen mit seinem Liebhaber getroffen haben, um die Beziehung zu beenden. Denn wenn er versucht hätte, als Sahlah Maliks Gatte ein Doppelleben zu führen, wäre wahrscheinlich früher oder später jemand dahintergekommen, und er hatte eine Menge zu verlieren.«

DeVitt hob eine Hand zu seinem Mund. Die Bewegung war langsam und überlegt, als wollte er demonstrieren, dass diese Neuigkeit mit ihm nichts zu tun hatte. Er spie das Polo in seine Hand und warf es ins Meer. »Keine Ahnung, worauf der Mann abgefahren ist«, sagte er. »Können Männer, Frauen oder Tiere gewesen sein. Wir haben uns nicht darüber unterhalten.«

»Er ist mehrmals in der Woche abends ausgegangen, immer um die gleiche Zeit. Wir sind ziemlich sicher, dass er sich regelmäßig mit jemandem getroffen hat. Er hatte drei Kondome in der Tasche, als er gefunden wurde, ich denke, daraus kann man ohne weiteres schließen, dass er nicht nur auf ein Bier gegangen ist. Sagen Sie, Mr. DeVitt, wie oft ist Querashi in die First Avenue gekommen, um sich über den Fortschritt der Arbeiten zu informieren?«

Diesmal sah sie seine Reaktion: das kurze, heftige Zucken eines Muskels in seinem Unterkiefer. Er antwortete nicht.

»Haben Sie allein dort gearbeitet, oder haben Ihnen einige von den Leuten geholfen?« Sie wies auf das Restaurant. Drinnen hatte jemand ein Kofferradio aufgedreht. Eine Stimme, die vom Leben und der Liebe sang, übertönte den Baulärm. »Mr. DeVitt?«, drängte Barbara.

»Allein«, antwortete er.

»Ah«, sagte sie.

»Was soll das heißen?«

»Ist Querashi oft vorbeigekommen, um nachzuschauen, wie weit Sie sind?«

»Ein- oder zweimal. Akram ebenfalls. Und seine Frau auch, Mrs. Malik.«

Er sah sie an. Sein Gesicht war feucht, aber das konnte an der Hitze liegen. Die Sonne stieg höher und brannte sengend auf sie beide herunter. Barbara wusste, dass auch ihr eigenes Gesicht feucht gewesen wäre, hätte sie es nicht im Rahmen ihres Verschönerungsprojekts gründlich gepudert.

»Ich hab' nie gewusst, wann einer von denen vorbeikommt«, fügte er hinzu. »Ich hab' meine Arbeit gemacht, und wenn sie kommen und nachschauen wollten, war mir das recht.« Er wischte sich das Gesicht mit dem Ärmel seines T-Shirts ab und fügte hinzu: »Wenn das alles ist, würd' ich jetzt gern weitermachen.«

Barbara nickte zustimmend, doch als er sich der Tür zum Restaurant näherte, hielt sie ihn noch einmal auf. »Mr. DeVitt«, sagte sie, »wohnen Sie in Jaywick Sands? Daher kamen Ihre Anrufe bei Querashi.«

»Ja, dort wohne ich.«

»Ich war seit Jahren nicht mehr dort, aber soweit ich mich erinnere, ist es von dort nicht weit nach Clacton. Mit dem Auto höchstens ein paar Minuten. Das stimmt doch, oder?«

Er kniff die Augen zusammen. Aber er hätte es auch wegen des grellen Lichts tun können. »Was soll das heißen, Sergeant?«

Barbara lächelte. »Ich versuche nur, meine Ortskenntnisse aufzufrischen. In so einem Fall muss man auf tausend Details achten. Man weiß nie, welches einen vielleicht zu einem Mörder führt.«

17

Emilys Handy piepste genau in dem Moment, als sie die Marine Parade East erreichte, die auf dem Weg zum Vergnügungspier von Clacton-on-Sea am Wasser entlangführte. Sie hatte gerade abgebremst, um eine Gruppe alter Leute aus einem Altenheim über die Straße gehen zu lassen – drei mit Gehhilfen, zwei mit Spazierstöcken –, als das Piepsen des Telefons sie aus ihren Überlegungen darüber riss, was ein Zeuge des Mordes für ihre Ermittlungen bedeuten konnte.

Der Anrufer war Constable Billy Honigman, der schon den ganzen Tag schräg gegenüber von *Jackson & Son*, dem Zeitungsgeschäft in der Carnarvon Road, in einem Escort saß.

»Ich hab' ihn, Chefin«, meldete er kurz und bündig.

Kumhar, dachte sie. »Wo?«, fragte sie.

Er hatte den Pakistani zu einem Haus in der Chapman Road verfolgt, das praktisch um die Ecke von *Jackson & Son* war. Es schien sich um eine Pension oder ein Wohnheim zu handeln. In einem der Fenster hing jedenfalls ein Schild, dass Zimmer zu vermieten seien.

»Bin schon unterwegs«, sagte Emily. »Bleiben Sie, wo Sie sind. Unternehmen Sie nichts.«

Sie machte Schluss. Als die alten Leute an ihrem Wagen vorbei waren, gab sie Gas und bog etwa einen Kilometer später in die Carnarvon Road ein. Links von der High Street ging die Chapman Road ab, eine Straße mit viktorianischen Reihenhäusern, alle aus dem gleichen dunkelbraunen Backstein mit Erkerfenstern. Nur die unterschiedliche Farbgebung der Fensterrahmen machte es möglich, die Häuser voneinander zu unterscheiden. Als Emily zu Constable Honigman trat, wies der auf ein Haus mit gelben Rahmen. Es war etwa zwanzig Meter von der Stelle entfernt, wo Honigman seinen Escort geparkt hatte.

»Er wohnt da drüben«, sagte er. »Er hat im Laden eine Zeitung, Zigaretten und eine Tafel Schokolade gekauft und ist dann gleich wieder hergekommen. Aber nervös war er. Er ist schnell gegangen und hat immer stur geradeaus geschaut, aber als er zum Haus kam, ist er daran vorbeigegangen. Er ist fast bis zum Ende der Straße gegangen und hat sich umgesehen, bevor er umgekehrt ist.«

»Hat er Sie gesehen, Billy?«

»Schon möglich. Aber was hat er da schon groß gesehen? Einen Mann, der einen Parkplatz sucht, weil er einen Tag am Meer verbringen will.«

Da hatte er recht. Honigman mit seinem Auge für das Detail hatte ein kleines Schlauchboot auf das Dach seines Wagens geschnallt und sich wie ein Sommerfrischler gekleidet. Er trug Khakishorts und ein loses Tropenhemd. Wie ein Polizeibeamter sah er gewiss nicht aus.

»Also, dann wollen wir mal sehen, was wir da haben«, sagte Emily mit einer Kopfbewegung zum Haus.

Eine Frau mit einem Pudel im Arm öffnete ihnen. Sie und der Hund hatten erstaunliche Ähnlichkeit: weißhaarig, langnasig und frisch frisiert. Sie sagte: »Tut mir leid, ich weiß, das Schild hängt noch im Fenster, aber die Zimmer sind alle vergeben. Ich muss es rausnehmen. Aber mein Rheumatismus macht mir so zu schaffen.«

Emily erklärte der Frau, dass sie nicht auf der Suche nach Unterkunft waren. Sie zeigte ihren Ausweis.

Die Frau gab einen Laut der Überraschung von sich, der wie das Blöken eines Schafes klang. Sie sagte, sie sei »Gladys Kersey, Mrs. Kersey, wenn mein Mann auch leider schon lange verstorben ist«, und versicherte ihnen, dass in ihrem Haus alles in bester Ordnung sei, so sei es immer gewesen, und so werde es auch immer sein. Während sie sprach, klemmte sie den Pudel fest unter ihren Arm, und der Hund quietschte erschrocken, ein Laut, der dem Blöken seiner Herrin nicht unähnlich war.

»Es geht um Fahd Kumhar«, sagte Emily. »Wir würden ihn gern einmal sprechen, Mrs. Kersey.«

»Mr. Kumhar? Er steckt doch nicht etwa in Schwierigkeiten? Er macht einen so netten Eindruck. Und so sauber ist er, alle seine Hemden bleicht er mit der Hand, seiner Haut tut das übrigens gar nicht gut. Mit seinem Englisch ist es nicht weit her, aber er sieht sich im Salon immer die Morgennachrichten an, man merkt, dass er sich große Mühe gibt, die Sprache zu lernen. Er ist doch nicht in Schwierigkeiten?«

»Könnten Sie uns sein Zimmer zeigen?« Emily sprach höflich, aber entschieden.

Mrs. Kersey versuchte, ein bisschen weiterzugrasen. »Es geht doch nicht etwa um diese Geschichte in Balford?«

»Wie kommen Sie darauf?«

»Nur so.« Mrs. Kersey lupfte den Pudel höher. »Ich meine, er ist ja schließlich einer von ihnen. Sie wissen schon ...« Sie ließ den Satz in der Luft hängen, als hoffte sie, Emily würde ihn für sie vollenden. Als diese das nicht tat, grub Mrs. Kersey ihre Finger in den Lockenpelz des Pudels und bat die beiden Besucher von der Polizei, ihr zu folgen.

Fahd Kumhars Zimmer war im ersten Stock, im rückwärtigen Teil des Hauses. Es war einer von drei Räumen, die von einem quadratischen kleinen Vorplatz abgingen. Mrs. Kersey klopfte leise an die Tür, warf ihren Begleitern, die hinter ihr standen, einen Blick zu und rief: »Mr. Kumhar? Sie haben Besuch.«

Schweigen antwortete ihr.

Mrs. Kersey machte ein verdutztes Gesicht. Sie sagte: »Ich hab' ihn doch vor zehn Minuten erst kommen sehen. Wir haben sogar noch miteinander gesprochen. Er ist immer sehr höflich. Und er geht niemals aus dem Haus, ohne sich zu verabschieden.« Sie klopfte noch einmal, diesmal kräftiger. »Mr. Kumhar? Hören Sie mich?«

Aus dem Zimmer waren gedämpfte Geräusche zu hören. Emily sagte: »Lassen Sie mich bitte vorbei«, und als Mrs. Kersey zur Seite trat, griff sie nach dem Türknauf. »Polizei, Mr. Kumhar!«, rief sie.

Aus dem Zimmer war ein Rattern zu hören. Emily drehte schnell den Türknauf. Honigman glitt wie eine Katze an ihr vorbei und bekam Fahd Kumhar, der gerade aus dem Fenster klettern wollte, im letzten Moment am Arm zu fassen.

Mrs. Kersey konnte noch entsetzt rufen: »Aber, Mr. Kumhar!«, bevor Emily ihr und dem Hund die Tür vor der Nase zuschlug.

Honigman, dem es gelungen war, auch noch ein Bein zu erwischen, riss den Pakistani ins Zimmer zurück. »Nicht so eilig, junger Mann«, sagte er, als er den Mann zu Boden gleiten ließ. Kumhar kauerte sich auf der Stelle zusammen.

Emily ging zum Fenster. Unten war der Garten, ziemlich weit

unten, und nichts, was einen Sprung aus dem ersten Stock gedämpft hätte. Auch eine Regenrinne war nicht am Haus, an der man sich hätte hinunterlassen können. Kumhar hätte sich auf der Flucht vor der Polizei leicht ein Bein brechen können.

Sie wandte sich ihm zu. »Kriminalpolizei Balford«, sagte sie bewusst langsam. »Ich bin Chief Inspector Barlow. Das ist Constable Honigman. Sprechen Sie Englisch, Mr. Kumhar? Können Sie mich verstehen?«

Er rappelte sich auf. Honigman ging einen Schritt auf ihn zu, und Kumhar hob die Hände, als wollte er ihnen zeigen, dass er unbewaffnet war.

»Papiere«, sagte er. »Ich habe Papiere.«

»Was soll das denn?« Honigman richtete die Frage an Emily.

»Sie warten bitte, ja?«, sagte Kumhar, immer noch mit erhobenen Händen. »Ich zeige Ihnen Papiere. Ja. Okay? Sie sehen Papiere.«

Er ging zu einer Kommode aus Korbgeflecht. Als er die Hand nach dem Griff der obersten Schublade ausstreckte, sagte Honigman: »Halt! Treten Sie zurück. Ein bisschen dalli. Na los. Zurück!«

Kumhar hob wieder die Hände. Er rief: »Nichts tun. Bitte. Papiere. Ich habe Papiere.«

Emily verstand. Sie waren die Polizei. Er war Ausländer. »Er möchte uns seine Ausweise zeigen, Billy. Sie sind wahrscheinlich in der Schublade da.« Mit einem Kopfschütteln sagte sie zu dem Pakistani: »Wir sind nicht hier, um uns Ihre Papiere anzusehen, Mr. Kumhar.«

»Papiere, ja.« Kumhar nickte heftig. Er begann, eine der Kommodenschubladen aufzuziehen.

Honigman rief: »Nichts da! Lassen Sie das.«

Der Pakistani sprang zurück. Er floh zu dem Waschbecken in der Ecke des Zimmers. Darunter war ein eingestürzter Stapel Zeitschriften, abgegriffen, eselsohrig und schmuddelig. Emily, die am offenen Fenster stand, konnte einige der Titel lesen: *Country Life, Hello, Woman's Own, Vanity Fair.* Unter ihnen lag ein kleines englisches Lexikon. Es sah ebenso abgegriffen aus wie die Zeitschriften.

Honigman kramte die Schublade durch, die Kumhar aufgezogen hatte. »Keine Waffen«, sagte er und schob sie wieder zu.

Kumhar beobachtete jede ihrer Bewegungen. Er machte den Eindruck, als müsste er seine ganze Willenskraft aufbieten, um sich nicht aus dem Fenster zu stürzen. Emily dachte darüber nach, wie sein offenkundiges Verlangen nach Flucht in ihren Fall passte.

»Setzen Sie sich, Mr. Kumhar«, sagte sie und wies auf den einzigen Stuhl im Zimmer. Er stand vor einem kleinen, mit einer Zeitung bedeckten Tisch, auf dem ein Puppenhaus im Bau war. Es sah so aus, als hätte Kumhar seine Arbeit an dem Puppenhaus unterbrochen, um in das Zeitungsgeschäft zu gehen, und wäre dann infolge der Ankunft der Polizei nicht dazu gekommen, an seinem Werk weiterzubasteln. Auf dem Tisch lagen eine offene Tube Klebstoff und fünf Miniaturdachschindeln, die schon mit dem Kleber eingestrichen waren. Das Haus selbst war eindeutig englischen Stils: ein Cottage mit Reetdach, wie man es fast an jeder Ecke des Landes finden konnte.

Vorsichtig ging Kumhar durch das Zimmer zu dem Stuhl. Er bewegte sich seitlich wie ein Krebs, als glaubte er, bei der kleinsten falschen Bewegung würde der schwere Arm des Gesetzes auf ihn herabsausen. Emily blieb am Fenster. Honigman ging zur Tür. Dahinter winselte schwach der Pudel. Mrs. Kersey ließ sich offensichtlich auch von zugeschlagenen Türen nicht schrecken.

Emily wies mit einer kurzen Kopfbewegung zur Tür. Honigman nickte. Er öffnete sie und sprach ein paar leise Worte mit der Hausherrin. Er gestattete ihr einen kurzen Blick ins Zimmer, damit sie sich vergewissern konnte, dass ihr Mieter unversehrt war. Sie hatte anscheinend zu viele amerikanische Krimis gesehen und erwartet, Fahd Kumhar blutverschmiert und in Handschellen auf dem Boden vorzufinden. Als sie ihn heil und gesund auf dem Stuhl sitzen sah, schluckte sie nur einmal, lupfte ihren Pudel noch höher und zog sich zurück. Honigman schloss die Tür.

»Es geht um Haytham Querashi, Mr. Kumhar«, sagte Emily. »Bitte sagen Sie uns, in welcher Beziehung Sie zu ihm standen.«

Kumhar schob seine Hände zwischen seine Knie. Er war klapperdünn, mit eingefallener Brust und hängenden Schultern. Sein tadellos gebügeltes weißes Hemd war trotz der Hitze bis zum Hals zugeknöpft. Er trug eine schwarze Hose und als Gürtel einen braunen Lederriemen, der für seinen Umfang viel zu lang war und schlaff herabhing wie der Schwanz eines geprügelten Hundes. Auf Emilys Frage antwortete er nicht. Er schluckte nur und kaute heftig auf seiner Unterlippe.

»Mr. Querashi hat einen Scheck über vierhundert Pfund auf Sie ausgestellt. Sie haben im *Burnt House Hotel* mehrere telefonische Nachrichten für ihn hinterlassen. Wenn Sie die hier gelesen haben« – sie zeigte auf die Zeitungen, die zum Schutz auf dem Tisch ausgebreitet lagen –, »wissen Sie, dass Mr. Querashi tot ist.«

»Papiere«, sagte Fahd Kumhar wieder und blickte von ihr zur Kommode und dann zu Honigman.

»Ich bin nicht wegen Ihrer Papiere hier.« Emily sprach noch langsamer und deutlicher, obwohl sie ihn viel lieber kräftig geschüttelt hätte. Warum um alles in der Welt, fragte sie sich, wanderte man in ein Land aus, dessen Sprache man nicht verstand? »Wir sind hier, um mit Ihnen über Haytham Querashi zu sprechen. Sie haben ihn doch gekannt, nicht wahr? Haytham Querashi?«

»Mr. Querashi, ja.« Kumhars Hände krampften sich zusammen. Er zitterte so heftig, dass der Stoff seines Hemdes wie unter einem Windstoß vibrierte.

»Er ist ermordet worden, Mr. Kumhar. Wir untersuchen diesen Mord. Weil er Ihnen vierhundert Pfund gegeben hat, gehören Sie zu den Verdächtigen. Wofür hat er Ihnen das Geld gegeben?«

Man hätte meinen können, Kumhar hätte einen leichten Anfall, so stark steigerte sich sein Zittern. Emily glaubte, er *müsse* sie doch verstehen. Aber als er ihr antwortete, tat er es in seiner Muttersprache. Ein Schwall unverständlicher Worte sprudelte aus ihm heraus.

Emily unterbrach die Tirade, einen Strom von Unschuldsbeteuerungen, wie sie vermutete. Ungeduldig sagte sie: »Auf englisch bitte, Mr. Kumhar. Sie haben seinen Namen doch genau verstanden. Und Sie verstehen auch, was ich Sie frage. Woher kannten Sie Mr. Querashi?«

Kumhar brabbelte weiter.

»Wo haben Sie ihn kennengelernt?«, fragte Emily. »Warum hat er Ihnen Geld gegeben? Was haben Sie damit getan?«

Neuerliches Gebrabbel, lauter diesmal. Kumhar drückte seine Hände auf die Brust und begann zu jammern.

»Antworten Sie mir, Mr. Kumhar. Sie wohnen nicht weit vom

Marktplatz. Wir haben gehört, dass Mr. Querashi sich dort manchmal aufgehalten hat. Haben Sie ihn je dort gesehen? Haben Sie ihn so kennengelernt?«

Es klang, als wiederholte Kumhar immer wieder in einer Art ritualisiertem Singsang das Wort Allah. Großartig, dachte Emily, wahrscheinlich war es Zeit, sich gen Mekka zu verneigen.

»Beantworten Sie meine Fragen«, sagte sie, ebenfalls lauter werdend.

Honigman mischte sich ein. »Ich glaube, er versteht Sie nicht, Chefin.«

»Oh, der versteht mich ganz genau«, entgegnete Emily. »Ich wette, sein Englisch ist so gut wie unseres, wenn es ihm in den Kram passt.«

»Mrs. Kersey hat gesagt, dass es ziemlich dürftig ist«, bemerkte Honigman.

Emily beachtete den Einwurf nicht. Vor ihr saß ein Mann, der eine wahre Goldgrube an Informationen über den Ermordeten war, und sie war fest entschlossen, ihn zum Reden zu bringen, solang er ihr allein ausgeliefert war.

»Haben Sie Mr. Querashi schon in Pakistan gekannt? Kannten Sie seine Familie?«

»*'Uaaa-'ika 'alaa Hudammir-Rabbihim wa 'ulaaaa-'ika humul-MufLihuun*«, skandierte er.

Emily sprach noch lauter, um das Kauderwelsch zu übertönen. »Wo arbeiten Sie, Mr. Kumhar? Wovon leben Sie? Wer bezahlt dieses Zimmer? Wer kauft Ihre Zigaretten, Ihre Zeitschriften, Ihre Zeitungen, Ihre Süßigkeiten? Haben Sie ein Auto? Was tun Sie hier in Clacton?«

»Chefin«, sagte Honigman voll Unbehagen.

»*'Innallaziina 'aamanuu wa 'amilus-saalihaati lanhum* –«

»Verdammt noch mal!« Emily schlug mit der Faust auf den Tisch. Kumhar sank augenblicklich in sich zusammen und verstummte.

»Nehmen Sie ihn mit«, sagte Emily zu ihrem Constable.

»Was?«, fragte Honigman.

»Sie haben gehört, was ich gesagt habe, Constable. Nehmen Sie ihn mit. Ich will ihn in Balford haben. In Gewahrsam. Da kann er sich überlegen, wie viel Englisch er wirklich versteht.«

»In Ordnung«, sagte Honigman.

Er trat zu dem Pakistani, nahm ihn beim Arm und zog ihn hoch. Kumhar begann von neuem zu jammern, diesmal jedoch löste sich seine Tirade rasch in Tränen auf.

»Heiliger Strohsack«, sagte Honigman zu Emily. »Was hat der Kerl bloß?«

»Genau das möchte ich rausbekommen«, erklärte Emily.

Die Tür des Hauses Alfred Terrace Nummer sechs stand offen, als Barbara kam. Von drinnen erschallte donnernde Musik, und der Fernsehapparat dröhnte so laut wie am Tag zuvor. Sie klopfte mit der Faust gegen den Türpfosten, aber um das Getöse zu durchdringen, hätte man einen Presslufthammer gebraucht.

Sie trat aus der glühenden Sonne in den kleinen Vorraum. Auf der Treppe direkt vor ihr lagen zwischen Tellern mit Essensresten schmutzige Kleidungsstücke verstreut. Der Korridor zur Küche war mit Fahrradreifen, einem stark mitgenommenen Buggy, zwei Einkaufskörben, drei Besen und einem Staubsaugerbeutel mit einem Riss an der Seite fast völlig blockiert. Und das Wohnzimmer zu ihrer Linken schien als eine Art Zwischenlager für Gegenstände zu dienen, die von einem Ort zum anderen verfrachtet werden sollten. Rund um den Fernsehapparat, über dessen Bildschirm wieder einmal eine wilde Verfolgungsjagd tobte, standen Kartons, die, wie es schien, überquollen von Kleidern, Handtüchern und Haushaltsgegenständen.

Neugierig trat Barbara näher, um die Kartons zu inspizieren. Sie enthielten ein wahlloses Durcheinander von Gegenständen, das von einem kleinen, halbverrosteten Butangasherd bis zu einem Stickmustertuch mit dem sinnigen Spruch »Seefahrt ist Not« reichte. Es sah aus, dachte Barbara, als hätten die Ruddocks vor, Balford Hals über Kopf den Rücken zu kehren, veranlasst vielleicht durch ihren – Barbaras – gestrigen Besuch.

»Hey! Hände weg von den Sachen!«

Barbara fuhr herum. Trevors Bruder Charlie stand an der Tür zum Wohnzimmer. Ihm folgten schnell hintereinander sein älterer Bruder und seine Mutter. Alle drei waren offenbar eben erst ins Haus gekommen. Es wunderte Barbara, dass sie sie auf der Straße nicht gesehen hatte. Vielleicht waren sie irgendwo auf dem Balford Square gewesen, dessen eine Seite die Alfred Terrace bildete.

»Was soll das?«, fragte Shirl Ruddock. »Wie kommen Sie dazu, ungebeten einfach hier reinzumarschieren?«

Sie stieß Charlie zur Seite und kam ins Wohnzimmer. Sie roch verschwitzt und ungewaschen, ihr Gesicht war schmutzig, und ihre Shorts und das kleine Oberteil mit den dünnen Trägern hatten Schweißränder.

»Sie haben kein Recht, einfach ein fremdes Haus zu betreten. Mit dem Gesetz kenn' ich mich aus.«

»Ziehen Sie um?«, fragte Barbara und trat, ihre Inspektion ohne Rücksicht auf Shirl Ruddocks Worte fortsetzend, zum nächsten Karton. »Hat die Familie Ruddock beschlossen, ihre Zelte in Balford abzubrechen?«

Shirl Ruddock stemmte die Fäuste in die Hüften. »Was geht Sie das an? Wenn wir umziehen wollen, ziehen wir um. Wir brauchen die Bullen nicht wissen zu lassen, in welchem Haus wir unseren Hut hinhängen.«

»Mam!«, sagte Trevor hinter ihr. Er war verschwitzt und schmutzig wie seine Mutter, aber nicht hitzig wie sie. Auch er kam ins Wohnzimmer.

Drei Personen zwischen den Kartons und den Möbeln waren zwei Personen zu viel. Charlie drängte sich auch noch mit herein.

»Was wollen Sie?«, fragte Shirl Ruddock aggressiv. »Sie haben doch mit unserem Trevor geredet. Und dabei das ganze Haus in Aufruhr gebracht. Sein Vater konnte nicht mehr schlafen, und der braucht weiß Gott seine Ruhe. Dem geht's nicht gut, da haben Sie gerade noch gefehlt.«

Barbara hätte gern gewusst, wie in einem Haus, in dem ständig vor Krach die Wände wackelten, überhaupt jemand Ruhe finden konnte. Auch jetzt mussten sie alle praktisch brüllen, um den Radau aus dem Fernsehapparat und die Rapmusik, die in donnernden Rhythmen aus dem oberen Stockwerk herunterschallte, zu übertönen.

»Ich muss noch einmal mit Trevor sprechen«, sagte Barbara zu Shirl Ruddock.

»Wir haben zu tun«, entgegnete diese. »Das sehen Sie doch. Oder sind Sie nicht nur begriffsstutzig, sondern auch noch blind?«

»Mam«, sagte Trevor wieder warnend.

»Hör auf mit deinem ›Mam‹. Ich kenne meine Rechte. Und da steht nirgends, dass ein Bulle einfach hier reinspazieren und in meinen Sachen rumwühlen kann. Kommen Sie später wieder. Jetzt müssen wir arbeiten.«

»Was denn für eine Arbeit?«, fragte Barbara.

»Das geht Sie einen Dreck an.« Shirl Ruddock packte einen Karton und hievte ihn auf Hüfthöhe hoch. »Charlie«, fuhr sie ihren zweiten Sohn an, »mach weiter.«

»Ist Ihnen klar, welchen Eindruck es macht, wenn Sie plötzlich umziehen, während die Polizei einen Mord untersucht?«, fragte Barbara.

»Ist mir scheißegal, welchen Eindruck das macht«, versetzte Shirl Ruddock. »Charlie! Mach, dass du von der Couch runterkommst. Dreh die Glotze aus. Dein Dad wird dir richtig den Hintern versohlen, wenn du ihn wieder weckst.«

Sie machte auf dem Absatz kehrt und schleppte ihren Karton hinaus. Barbara beobachtete durch das Fenster, wie sie die Straße überquerte und auf den Platz trat, wo eine Reihe geparkter Autos stand. Charlie stieß einen tiefen Seufzer aus, packte ebenfalls einen Karton und folgte seiner Mutter.

»Wir ziehen nicht um«, sagte Trevor, als er und Barbara allein waren. Er ging zum Fernsehapparat und schaltete den Ton aus. Das Bild blieb: ein Hubschrauber, der einen von lodernden Flammen umschlossenen Möbelwagen verfolgte. Sie waren auf einer Brücke. Die Katastrophe drohte.

»Was hat das alles hier dann zu bedeuten?«, fragte Barbara.

»Wir gehen auf den Markt in Clacton. Das Zeug ist für den Stand.«

»Ach so«, sagte sie. »Und woher haben Sie die Sachen?«

Er wurde rot. »Nicht geklaut, falls Sie das glauben, okay?«

»Okay. Also, wie sind Sie zu den Sachen gekommen, Trevor?«

»Meine Mutter und ich gehen an den Wochenenden zu Haushaltsauflösungen und so. Wir kaufen alles zusammen, was wir können, richten es wieder her und verkaufen es dann zu einem höheren Preis in Clacton. Viel springt dabei nicht raus, aber es hilft.« Er stieß mit der Schuhspitze gegen einen der Kartons.

Barbara musterte ihn mit scharfem Blick, nicht sicher, ob sie ihm trauen konnte. Da er sie schon einmal belogen hatte, hatte er keine guten Karten. Aber die Geschichte klang immerhin glaubhaft.

»Rachel hat Ihre Aussage nicht bestätigt, Trevor«, sagte sie. »Wir müssen noch mal miteinander reden.«

»Ich hab' diesen Mann nicht umgebracht. Ich war am Freitag nicht mal in der Nähe vom Nez.«

»Sie hat also nicht gelogen.«

»Ich hatte überhaupt keinen Grund, ihm was anzutun. Klar, recht war's mir nicht, dass er mich gefeuert hat, aber das hab' ich schließlich riskiert, als ich die Ware aus der Fabrik mitgehen hab' lassen. Und ich musste dafür bezahlen.«

»Wo waren Sie am Freitagabend?«, Er hob eine Faust zu seinem Mund und klopfte mit ihr leicht gegen seine Lippen. Auf Barbara wirkte die Geste nervös.

»Trevor?«, hakte sie nach.

»Ja. Okay. Aber es nützt sowieso nichts, wenn ich's Ihnen sage, weil keiner bezeugen kann, dass es die Wahrheit ist. Und drum werden Sie mir auch nicht glauben. Wozu also der ganze Quatsch?«

»Na, für Sie geht es doch immerhin darum, Ihre Unschuld zu beweisen. Daran müsste Ihnen doch eigentlich gelegen sein. Aber da das nicht der Fall zu sein scheint, frage ich mich natürlich, warum nicht. Und diese Frage führt mich direkt zum Nez. Aus Ihrer Stechkarte geht hervor, dass Sie um halb zwölf zur Arbeit gekommen sind. Rachel hat mir erzählt, dass Sie sich vor zehn von ihr getrennt haben. Bleiben anderthalb Stunden, Trevor, und man braucht kein Genie zu sein, um sich auszurechnen, dass anderthalb Stunden dicke reichen, um von den Strandhütten zum Nez und von dort wieder zum Pier zu kommen.«

Trevors Blick flog zur Tür, vielleicht weil er erwartete, dass gleich seine Mutter zurückkommen würde, um den nächsten Karton zu holen. Er sagte bockig: »Ich hab' Ihnen alles gesagt. Ich war an dem Abend nicht auf dem Nez. Und ich hab' den Mann auch nicht umgebracht.«

»Und das ist alles, was Sie mir zu sagen haben?«

»Genau.«

»Dann gehen wir doch jetzt mal nach oben.«

Er sah so erschrocken aus wie jemand, der etwas zu verheimlichen hat. Barbara wusste, dass sie jetzt, da seine Mutter nicht da war, ihn über seine Rechte aufzuklären, die Oberhand hatte, und ging ohne Umschweife zur Treppe. Er lief ihr nach.

»Da oben ist nichts«, erklärte er. »Und Sie haben überhaupt kein Recht –«

Sie drehte sich nach ihm um. »Hab' ich gesagt, dass ich etwas suche, Trevor?«

Er begann zu stottern. »S-sie haben gesagt …«

»Ich habe gesagt, dann gehen wir jetzt mal nach oben. Ich möchte mich gern in Ruhe mit Ihnen unterhalten.«

Sie ging weiter. Die Rapmusik donnerte hinter einer der Türen, aber diesmal war es nicht die Tür zu Trevors Zimmer. Da sie vom Rauschen fließenden Wassers begleitet war, vermutete Barbara, dass sie einem der anderen Familienmitglieder als Untermalung bei einem Bad diente.

Sie trat in Trevors Zimmer, hielt ihm die Tür auf und schloss sie hinter ihm. Dann ging sie sofort zu dem Tisch, auf dem seine Spinnenutensilien ausgebreitet lagen, und begann, sie durchzusehen.

»Was tun Sie da?«, fragte er scharf. »Sie haben gesagt, Sie wollten in Ruhe reden.«

»Ich hab' gelogen«, antwortete sie. »Was soll dieser ganze Krempel hier überhaupt? Und was hat ein netter Kerl wie Sie mit Spinnen am Hut?«

»Nicht!«, rief er, als sie eine Kollektion halbfertiger Spinnentiere zur Seite schob, um zu sehen, was in der Schachtel unter ihnen war. »Die gehen doch alle kaputt!«

»Ich hab' mich schon gefragt, wie die überhaupt zusammenhalten, als ich gestern hier war«, sagte Barbara.

Sie stöberte durch Schwämme verschiedener Größe, durch Farbtuben, Pfeifenreiniger, schwarze Plastikperlen, Stecknadeln und Klebstoff. Sie schob Garn in Schwarz, Gelb und Rot auf die Seite.

Trevor rief aufgebracht: »Das sind meine Sachen! Die gehen Sie überhaupt nichts an.«

Doch Barbara sah das anders, als sie hinter zwei alten Lexika, die sie von der Wand weggeschoben hatte, eine weitere Spule entdeckte, die nicht mit Garn umwickelt war. Auf der Spule war Draht aufgerollt.

»Ich glaube, das hier geht mich doch was an.« Sie richtete sich auf und hielt die Drahtrolle hoch. »Haben Sie dazu nichts zu sagen?«

»Worüber? Was denn? Das ist Draht. Das sehen Sie doch selbst.«

»Das stimmt.« Sie ließ die Rolle in ihre Umhängetasche fallen.

»Was wollen Sie damit? Warum stecken Sie die ein? Sie können doch nicht einfach was aus meinem Zimmer mitnehmen! Außerdem ist es doch überhaupt nichts. Nur eine Rolle Draht.«

»Und wozu brauchen Sie den Draht?«

»Für alles mögliche. Für das Netz da drüben zum Beispiel.« Er wies zu dem Fischernetz über der Tür, wo immer noch seine selbstgebastelten Spinnen herumkrochen. »Ich brauch' ihn, um die Spinnenkörper zusammenzuhalten. Ich brauch' ihn ...« Er überlegte krampfhaft, wozu er ihn noch brauchte. Aber es fiel ihm nichts ein, und zornig sprang er auf sie zu. »Geben Sie mir den Draht zurück, verdammt!«, sagte er zähneknirschend. »Ich hab' nichts verbrochen, und Sie können nicht so tun, als hätt' ich was angestellt. Und ohne meine Erlaubnis können Sie hier gar nichts wegnehmen, weil –«

»O doch, ich kann«, entgegnete Barbara freundlich. »Ich kann Sie mitnehmen.«

Er starrte sie an. Die Augen traten ihm fast aus den Höhlen, und seine Kinnlade fiel herab. Schnell klappte er sie wieder zu.

»Kommen Sie freiwillig mit, oder muss ich anrufen und Unterstützung anfordern?«

»Aber ... Nein ... Wieso ... Ich hab' doch nichts –«

»Das haben Sie schon gesagt«, fiel sie ihm ins Wort. »Dann haben Sie doch sicher nichts dagegen, uns Ihre Fingerabdrücke zu geben, hm? Jemand, der so unschuldig ist wie Sie, braucht keine Angst zu haben.«

Eingedenk der Tatsache, dass der junge Mann ihr an Größe und Körperkraft weit überlegen war, ließ Barbara ihm gar keine Chance, Widerstand zu leisten. Sie hatte ihn beim Arm gepackt, aus dem Zimmer gedrängt und die Treppe hinuntergeschoben, ehe er Protest erheben konnte. Leider trafen sie unten auf seine Mutter.

Shirl Ruddock hievte gerade einen weiteren Karton in die Höhe – diesmal auf ihre Schulter –, während Charlie eine Pause einlegte und am Fernsehapparat herumspielte. Als sie Barbara und ihren ältesten Sohn am Fuß der Treppe sah, ließ sie den Karton fallen.

»Hey, Moment mal!« Wie der Blitz rannte sie zur Treppe und trat ihnen in den Weg.

»Es ist besser, Sie mischen sich da nicht ein, Mrs. Ruddock«, sagte Barbara.

»Sie werden mir jetzt gefälligst sagen, was Sie da tun«, entgegnete Shirl Ruddock. »Ich kenne meine Rechte. Niemand hat Sie ins Haus gebeten. Wenn Sie sich einbilden, Sie brauchen hier einfach reinzutanzen und können unsern Trevor –«

»Ihr Trevor ist in einen Mordfall verwickelt«, sagte Barbara, gereizt von der Hitze und fast am Ende ihrer Geduld. »Gehen Sie also bitte zur Seite, wenn Sie nicht auch noch bei der Polizei landen wollen.«

Sie ließ sich nicht aufhalten. Trevor sagte: »Mam! Wir brauchen keinen Ärger. Mam! Hörst du mich?«

Charlie war zur Tür gekommen. Oben hatte Mr. Ruddock zu brüllen angefangen. In diesem Moment kam der Jüngste der Familie aus der Küche gerannt, in einer Hand ein Glas Honig, in der anderen eine Tüte Mehl.

»Mam?«, sagte Charlie.

»Shirl!«, brüllte Mr. Ruddock.

»Schau mal!«, rief Brucie und kippte Honig und Mehl auf den Boden.

Barbara sah sich das alles schweigend an und modifizierte im Stillen Trevors Bemerkung. Die Ruddocks brauchten nicht noch *mehr* Ärger. Aber es war ja häufig so, dass man gerade das, was man nicht brauchte, im Überfluss bekam.

»Pass auf die Kinder auf«, sagte Trevor zu seiner Mutter. Er warf einen Blick zur Treppe. »Lass ihn nicht an sie ran, solange ich weg bin.«

Muhannad kam zum Nachmittagsgebet. Sahlah hatte es nicht erwartet. Der Streit vom vergangenen Abend hatte auf das Frühstück am Morgen übergegriffen. Es hatte keinen weiteren Wortwechsel wegen Muhannads Einmischung in die polizeilichen Ermittlungen gegeben, doch die Atmosphäre hatte geknistert unter der feindseligen Spannung, die immer noch zwischen Vater und Sohn herrschte.

»Dann sieh doch zu, dass du diesen verdammten Engländern nur ja nicht auf die Zehen trittst«, hatte Muhannad erregt gesagt und mit dem Zeigefinger in die Luft gestochen. »Aber verlang das nicht von mir. Ich werde nicht zulassen, dass die Polizei auch nur einen unserer Leute ohne Anwalt verhört, und wenn sie dir deshalb im Stadtrat Schwierigkeiten machen, kann ich's auch nicht ändern. Trau du ruhig dem falschen Wohlwollen und den ach so edlen Absichten dieser Heuchler hier, Vater. Niemand wird dich daran hindern, denn wir wissen ja beide, dass auf der Welt Platz genug für naive Narren ist.«

Sahlah war zu Tode erschrocken gewesen und hatte darauf gewartet, dass ihr Vater zuschlagen würde. Stattdessen jedoch hatte Akram, auch wenn man an seiner Schläfe eine Ader pochen sehen konnte, sehr ruhig geantwortet.

»Im Beisein deiner Frau, deren Pflicht es ist, dir zu gehorchen und dich zu achten, werde ich nicht tun, was ich eigentlich tun sollte, Muni. Aber der Tag wird kommen, an dem du einsehen musst, dass es einem nichts bringt, Feindschaft zu nähren.«

»Haytham ist tot!«, hatte Muhannad ihm entgegengehalten und dabei mit der Faust in seine offene Hand geschlagen. »War das nicht der erste Schlag im Namen der Feindschaft? Und wer hat diesen Schlag geführt?«

Sahlah war gegangen, bevor Akram darauf geantwortet hatte, doch sie hatte noch gesehen, wie ihre Mutter ihre Stickerei in den Händen zusammengeknüllt hatte, und sie hatte auch noch gesehen, mit welch glühender Begierde Yumn die hitzigen Worte zwischen Vater und Sohn aufgesogen hatte. Sie wusste auch, warum. Jede feindselige Auseinandersetzung zwischen Akram und Muhannad konnte den Sohn dem Vater nur weiter entfremden und Yumn tiefer in die Arme treiben. Und ebendas hatte diese von Anfang an gewollt: Muhannad ganz für sich allein. Die Tradition gestattete das nicht. Der Sohn hatte den Eltern gegenüber Pflichten, die eine so enge Bindung an die Ehefrau nicht zuließen. Aber mit Haythams Tod war die Tradition zum Fenster hinausgeflogen.

Als Sahlah jetzt draußen im Hof der Senffabrik stand, sah sie, dass ihr Bruder sich im Hintergrund hielt – er hatte sich hinter die drei moslemischen Frauen, die in der Fabrik beschäftigt waren, gestellt –, während die anderen Arbeiter dem *mihrab* zugewandt waren, der Gebetsnische, die Akram in die Mauer hatte einsetzen lassen und die seinen Arbeitern die Gebetsrichtung nach Mekka anzeigte. Muhannad beteiligte sich nicht an den Verneigungen und Fußfällen, und als das *shahada* gesprochen wurde, blieb er stumm und überließ es den anderen, das Glaubensbekenntnis abzulegen: »Es gibt keinen Gott außer Allah, und Mohammed ist sein Prophet.«

Diese Worte wurden nicht in englisch gesprochen, aber jeder kannte ihre Bedeutung. Ebenso wie jeder die Bedeutung des *fatihah* kannte, das folgte.

»*Allahu Akbar*«, hörte Sahlah ihren Vater murmeln und wünschte sich aus tiefstem Herzen, sie könnte glauben. Doch wenn Gott wirklich der Größte war, warum hatte er dann zugelassen, dass es mit ihrer Familie so weit gekommen war: dass einer den anderen befehdete und jede Auseinandersetzung zwischen ihnen darauf abzielte zu demonstrieren, wer die Macht hatte und wer infolge von Alter, Geburt oder Veranlagung gezwungen war, klein beizugeben?

Die Gebete im Freien gingen weiter. Drinnen, im Firmengebäude, hatten die wenigen englischen Angestellten, die Akram beschäftigte, wie ihre pakistanischen Kollegen eine Arbeitspause eingelegt. Akram hatte ihnen schon vor langem gesagt, dass sie die Gebetszeiten der Moslems dazu verwenden könnten, selbst ein Gebet zu sprechen oder zu meditieren. Aber Sahlah wusste, dass sie stattdessen schnellstens hinauszulaufen pflegten, um eine Zigarette zu rauchen, die Großzügigkeit ihres Vaters mit der gleichen Selbstverständlichkeit ausnützend, mit der sie jegliches Interesse an seinem Glauben und seinem Lebensstil verweigerten.

Aber das sah Akram Malik nicht. Und er bemerkte auch nicht, wie sie hinter seinem Rücken die Lippen kräuselten und voll selbstgerechter Hochnäsigkeit über diese fremden Sitten lächelten. Und ebenso wenig gewahrte er die Blicke, die sie tauschten – achselzuckend die Augen himmelwärts drehend –, wenn er seine moslemischen Angestellten in den Hof hinausführte, wo sie ihre Gebete sprachen.

Wie sie das auch jetzt taten, mit einer tiefen Frömmigkeit, die Sahlah verlorengegangen war. Sie stand mit ihnen im Hof, bewegte sich mit ihnen, ihre Lippen bildeten die angemessenen Worte. Aber bei ihr war es nur Schauspielerei.

Eine unerwartete Bewegung erregte ihre Aufmerksamkeit. Sie drehte den Kopf. Der verstoßene Cousin – Taymullah Azhar – war in den Hof gekommen. Er sprach flüsternd mit Muhannad, und in Reaktion auf das, was Azhar berichtete, erstarrte Muhannads Gesicht. Er nickte einmal kurz und wies mit einer Seitwärtsbewegung des Kopfes zur Tür. Die beiden Männer gingen zusammen davon.

Vor der kleinen Gruppe der Gläubigen erhob sich Akram von seinem letzten Fußfall. Er beschloss ihre Gebete mit dem *taslim*, einer Bitte um Frieden, Gnade und den Segen Gottes. Während Sahlah ihn beobachtete und seinen Worten lauschte, fragte sie sich, wann ihr und ihrer Familie eine dieser drei Bitten gewährt werden würde.

Wie jeden Tag kehrten die Angestellten der Firma Malik still an ihre Arbeit zurück. Sahlah wartete an der Tür auf ihren Vater.

Sie betrachtete ihn, als er sich einen Moment lang unbeobachtet glaubte. Er war gealtert, und es war ihr bis zu diesem Moment kaum aufgefallen. Sein Haar, das ordentlich gekämmt über seinen Kopf gebreitet lag, war viel dünner geworden. Seine Wangen waren nicht mehr straff, und sein Körper – der für sie immer ein Bild eiserner Stärke gewesen war – wirkte schlaff, als hätte ein Teil seiner Widerstandskraft ihn verlassen. Die Haut unter seinen Augen war dunkel, kohleschwarz unter den Wimpern des Unterlids. Und sein Schritt, der stets schnell und zielstrebig gewesen war, erschien ihr jetzt unsicher.

Sie wollte ihm sagen, dass nichts so viel zählte wie die Zukunft, die ihm seit langem so am Herzen lag, eine Zukunft, zu der er in einer kleinen Stadt in Essex die Wurzeln gelegt hatte, als er sich dort mit seiner Familie niedergelassen hatte und für seine Kinder und Enkel wie für die anderen Pakistanis, die wie er, einem Traum folgend, ihr Heimatland verlassen hatten, eine Lebensgrundlage geschaffen hatte. Aber sie hatte mit dazu beigetragen, diese Zukunft auszulöschen. Jedes Wort, das sie jetzt darüber sagte, wäre nur aus dem Wunsch geboren, den Schein aufrechtzuerhalten, und das konnte sie im Moment nicht.

Akram trat ins Gebäude. Er hielt einen Moment inne, um die Tür hinter sich zu schließen und abzusperren. Als er sie beim Trinkwasserbehälter stehen sah, kam er zu ihr und nahm den Pappbecher, den sie ihm hinhielt.

»Du siehst müde aus, *Abhy*«, sagte sie. »Du brauchst doch nicht hierzubleiben. Mr. Armstrong schafft das heute Nachmittag auch allein. Warum fährst du nicht nach Hause?«

Sie machte ihm diesen Vorschlag aus mehr als einem Grund. Wenn sie selbst die Firma verließ, solange ihr Vater da war, würde er das sehr schnell merken und wissen wollen, warum sie gegangen war. »Rachel hat angerufen. Es ist ein Notfall«, hatte ihr am vergangenen Tag als Ausrede gedient, als sie weggefahren war, um ihre Freundin in der Wohnanlage zu treffen. Diesen Vorwand konnte sie nicht schon wieder gebrauchen.

Er legte ihr die Hand auf die Schulter. »Sahlah. Du trägst die Last unserer Sorgen mit einer Kraft, die mir unbegreiflich ist.«

Sahlah wollte das Lob nicht, es peinigte nur ihr Gewissen. Sie suchte nach einer Antwort, die der Wahrheit wenigstens nahekam, weil ihr unerträglich geworden war, was sie nun seit Monaten tat: ein Netz von Lügen zu knüpfen, die sie als die reine Lichtgestalt zeigten, die sie nicht war.

»*Abhy*, ich habe ihn nicht geliebt. Ich habe gehofft, dass ich ihn eines Tages so lieben würde, wie du und *Ammī* euch liebt. Aber ich hatte noch nicht gelernt, ihn zu lieben, darum ist mein Schmerz nicht so tief, wie du glaubst.«

Einen Moment lang schloss er seine Finger fester um ihre Schulter, dann strich er ihr über die Wange. »Ich wünsche mir, dass du in deinem Leben die innige Zuneigung kennenlernst, die ich für deine Mutter empfinde. Das hatte ich mir für dich und Haytham erhofft.«

»Er war ein guter Mensch«, sagte sie und wusste, dass das wenigstens keine Lüge war. »Du hattest eine gute Wahl für mich getroffen.«

»Eine gute Wahl oder eine eigennützige?«, fragte er sinnend.

Langsam gingen sie durch den Korridor der Fabrik, an den Spinden und dem Aufenthaltsraum für die Angestellten vorbei.

»Er hatte der Familie viel zu bieten, Sahlah. Darum habe ich ihn gewählt. Und seit seinem Tod frage ich mich unablässig, ob ich ihn auch gewählt hätte, wenn er bucklig, böse oder krank gewesen wäre. Hätte ich ihn dennoch gewählt, nur weil ich seine Fähigkeiten hier brauchte?« Akrams Geste umfasste das ganze Werk. »Wir sind fähig, uns Lügen aller Art einzureden, wenn der Eigennutz uns leitet. Und wenn dann das Schlimmste passiert, stehen wir da und müssen unsere Handlungen überdenken. Wir fragen uns, ob nicht eine von ihnen die Ursache der Katastrophe war. Wir fragen uns, ob eine andere Entscheidung das Schlimmste vielleicht verhindert hätte.«

»Du gibst dir doch nicht etwa die Schuld an Haythams Tod«, fragte sie, entsetzt bei dem Gedanken, dass ihr Vater sich diese Bürde aufgeladen hatte.

»Wem sonst ist ein Vorwurf zu machen? Wer hat ihn denn in dieses Land geholt? Und weil *ich* ihn gebraucht habe, Sahlah. Nicht du.«

»Ich habe Haytham auch gebraucht, *Abhy-jahn*.«

Ihr Vater zögerte einen Moment, ehe er durch die Tür zu seinem Büro trat. Sein Lächeln war sehr traurig. »Dein Herz ist so groß, wie es rein ist«, sagte er.

Kein Lob hätte ihr mehr Schmerz bereiten können. In diesem Moment wünschte sie, sie könnte ihrem Vater die Wahrheit sagen. Aber sie erkannte sogleich, wie selbstsüchtig dieser Wunsch war. Natürlich wäre es für sie eine Erleichterung, endlich die Maske einer Lauterkeit, die sie gar nicht besaß, abzustreifen, doch es geschähe um den Preis, einem Menschen das Herz zu brechen, der nicht in der Lage war zu sehen, dass hinter einer Fassade der Reinheit Schlechtigkeit existieren konnte.

Der verzweifelte Wunsch, ihrem Vater das Bild zu bewahren, das er von ihr hatte, veranlasste sie jetzt zu sagen: »Fahr nach Hause, *Abhy-jahn*. Bitte. Fahr nach Hause und ruh dich aus.«

Statt einer Antwort drückte er einen Kuss auf seine Fingerspitzen und legte ihr diese auf die Wange. Ohne ein weiteres Wort ging er in sein Büro.

Sie kehrte zum Empfang zurück, wo ihre Arbeit sie erwartete, doch die ganze Zeit war sie einzig damit beschäftigt, verzweifelt nach einem Vorwand zu suchen, der ihr gestatten würde, die Firma zu verlassen, um zu tun, was getan werden musste. Wenn sie vorgab, sich nicht wohl zu fühlen, würde ihr Vater darauf bestehen, dass jemand sie nach Hause begleitete. Wenn sie einen häuslichen Notfall vorschob – zum Beispiel, dass eins der Kinder verschwunden sei und Yumn in heller Panik –, würde ihr Vater selbst eingreifen. Wenn sie einfach verschwand ... aber wie konnte sie das tun? Wie konnte sie ihrem Vater noch mehr Angst und Sorge bereiten?

Sie setzte sich an ihren Schreibtisch und starrte auf die Fische und Luftblasen, die über den Schirm ihres Computers schwebten. Es gab eine Menge Arbeit, aber im Moment konnte sie sich nicht darauf konzentrieren. Sie konnte nur im Geist die Möglichkeiten wälzen, die ihr offenstanden: was sie tun konnte, um ihre Familie vor dem Verderben zu schützen und gleichzeitig sich selbst zu retten. Es gab nur einen einzigen Weg.

Plötzlich ging die Haupttür auf, und Sahlah blickte auf. Gott ist doch groß, jubelte sie im Stillen, als sie sah, wer das Gebäude betrat. Es war Rachel Winfield.

Sie war mit dem Fahrrad gekommen. Rostig vom jahrelangen Kontakt mit der feuchten Salzluft, lehnte es draußen an der Mauer. Rachel trug einen langen, schwingenden Rock und um den Hals und an den Ohren eine Kette und Gehänge, die Sahlah entworfen und aus polierten Rupien und Perlen gefertigt hatte.

Sahlah wollte es als gutes Omen sehen, dass Rachel ihren Schmuck trug. Das musste doch heißen, dass sie nichts anderes im Sinn hatte, als ihr zu helfen.

Sahlah entbot ihrer Freundin keinen Gruß, ließ sich von ihrer tiefernsten Miene auch nicht entmutigen. Es ging ja auch um eine ernste Angelegenheit. Rachel war nicht der Typ, der leichtfertig bei der Auslöschung eines ungeborenen Lebens mitwirkte, auch wenn eine noch so dringende Notwendigkeit für diese Tat bestand.

»Heiß«, sagte Rachel statt einer Begrüßung. »So heiß wie noch nie. Man hat das Gefühl, die Sonne hat den Wind aufgefressen und wird gleich auch noch das Meer verschlingen.«

Sahlah wartete. Ihre Freundin konnte nur aus einem Grund in

die Fabrik gekommen sein. Der einzige Ausweg, der Sahlah blieb, um ihr Leben wieder in Ordnung zu bringen, führte über Rachel. Es würde nicht einfach werden, es so einzurichten, dass sie für die Zeitdauer, die erforderlich war, um ihr Problem zu lösen, von zu Hause fortkonnte – ihre Eltern hatten es sich vor langer Zeit zur Gewohnheit gemacht, sich von ihr über jede Minute ihres Tages Rechenschaft ablegen zu lassen –, aber mit Rachels Hilfe würde es ihr sicher gelingen, einen plausiblen Grund für ihre Abwesenheit zu finden, damit sie einen Arzt oder eine Klinik oder eine Notaufnahme eines Krankenhauses aufsuchen konnte, wo jemand dem Alptraum, den sie seit –

Sahlah zwang sich, Angst und Verzweiflung hinter sich zu lassen. Rachel war ja hier, sagte sie sich im Stillen, Rachel war gekommen.

»Kannst du reden?«, fragte Rachel. »Ich meine« – mit einem Blick zur Tür, die zu den Verwaltungsbüros führte –, »vielleicht tun wir's besser draußen. Du weißt schon.«

Sahlah stand auf und folgte der Freundin in den sonnigen Tag hinaus. Trotz der Hitze war ihr unerklärlich kalt, aber die Kälte strömte unter ihre Haut, als wehrte ihr Blut sich gegen das, was ihre Sinne wahrnahmen.

Rachel fand eine geschützte Stelle im Schatten der Fabrikmauer. Sie stand Sahlah gegenüber, blickte jedoch über deren Schulter hinweg zu dem Gebäude der Matratzenfabrik, als faszinierte es sie ganz besonders.

Gerade als Sahlah sich fragte, ob ihre Freundin überhaupt etwas sagen würde, begann Rachel endlich zu sprechen. »Ich kann nicht«, sagte sie.

Die Kälte unter Sahlahs Haut schien sich in ihre Lunge auszubreiten. »Was kannst du nicht?«

»Du weißt schon.«

»Nein, ich weiß es nicht. Sag es mir.«

Rachel wandte den Blick von der Matratzenfabrik und sah Sahlah an. Es erstaunte Sahlah, dass ihr nie aufgefallen war, wie missgestaltet diese Augen waren: das eine lag etwas tiefer als das andere, und der Abstand zwischen ihnen war zu groß – selbst nach der Operation noch –, um als natürlich angesehen werden zu können. Sahlah hatte sich darin geübt, auf diese Fehlbildung nicht zu achten. Rachel konnte nichts dafür, wie sie geschaffen war. Niemand konnte das.

»Ich habe immerzu nachgedacht«, sagte Rachel. »Die ganze Nacht. Ich hab' nicht mal geschlafen. Ich kann dir nicht helfen bei dem – du weißt schon – bei dem, worum du mich gebeten hast.«

Im ersten Moment wollte Sahlah nicht glauben, dass Rachel von der Abtreibung sprach. Doch die unerbittliche Entschlossenheit, die die befremdlichen, unregelmäßigen Gesichtszüge ihrer Freundin erhärtete, war nicht zu übersehen.

Sahlah brachte nichts weiter hervor als: »Du kannst nicht.«

»Sahlah, ich habe mit Theo gesprochen«, berichtete Rachel hastig. »Ich weiß, ich weiß. Das wolltest du nicht, aber du kannst nicht klar denken, weil du so durcheinander bist. Es ist doch nur fair, dass Theo auch ein Wörtchen mitzureden hat. Das musst du doch einsehen.«

»Das hat mit Theo nichts zu tun.« Sahlah hörte die Abwehr in ihrer Stimme.

»Sag das mal Theo«, versetzte Rachel. »Er musste kotzen, als er gehört hat, was du vorhast. Jetzt mach nicht so ein Gesicht, Sahlah. Ich weiß genau, was du denkst. Du meinst, die Tatsache, dass er sich übergeben hat, bedeutet, dass er dir gar nicht helfen will. Das hab' ich zuerst auch geglaubt. Aber dann hab' ich die ganze Nacht nachgedacht, und ich weiß einfach, wenn du wartest, bis sich alles ein bisschen beruhigt hat, und Theo eine Chance gibst –«

»Du hast mir überhaupt nicht zugehört«, unterbrach Sahlah endlich. Ihr ganzer Körper war angespannt, so sehr drängte es sie, etwas zu tun, und zwar gleich. Sie erkannte, dass es reine Panik war, aber diese Erkenntnis konnte die Panik nicht bezwingen. »Hast du eigentlich irgendwas von dem gehört, was ich dir gestern erzählt habe, Rachel? Ich kann Theo nicht heiraten. Ich kann nicht mit Theo zusammen sein, ich kann mit Theo nicht einmal in der Öffentlichkeit reden. Wieso begreifst du das nicht?«

»Okay, ich begreif' es ja«, sagte Rachel. »Und vielleicht kannst du ja wirklich eine Weile nicht mit ihm reden. Vielleicht so lange nicht, bis das Kind kommt. Aber wenn das Kind da ist … Ich meine, er ist doch ein Mensch, Sahlah. Er ist kein Ungeheuer. Er ist ein anständiger Mann, der weiß, was recht ist. Ein anderer würde vielleicht kneifen, aber Theo Shaw doch nicht. Theo Shaw wird sein eigenes Kind bestimmt nicht zurückweisen. Du wirst schon sehen.«

Sahlah hatte ein Gefühl, als sänke sie in den welligen heißen Asphalt unter ihren Füßen. »Und wie soll ich deiner Meinung nach verhindern, dass meine Familie alles erfährt? Ich meine, dass ich schwanger bin? Dass ich ein Kind bekomme?«

»Das kannst du nicht«, antwortete Rachel ruhig und sachlich, in einem Ton, der verriet, dass sie nicht die geringste Ahnung hatte, was es hieß, als Frau in eine traditionsgebundene pakistanische Familie hineingeboren zu sein. »Du wirst es deiner Mutter und deinem Vater sagen müssen.«

»Rachel!« Sahlahs Gedanken rasten von einer Möglichkeit zur nächsten und fanden keinen Ausweg. »Du musst mir zuhören. Du musst versuchen, mich zu verstehen.«

»Aber es geht nicht allein darum, was für dich und das Kind und Theo das Rechte ist«, erklärte Rachel, immer noch die Vernunft in Person. »Ich habe die ganze letzte Nacht auch darüber nachgedacht, was ich verantworten kann.«

»Was hat das alles denn mit dir zu tun? Alles, was ich von dir brauche, sind ein paar Auskünfte. Und ein bisschen Hilfe, damit ich von hier wegkann – oder von zu Hause –, um einen Arzt aufzusuchen.«

»Aber es ist nicht so, als ob man einfach einkaufen geht, Sahlah. Du kannst nicht einfach irgendwo reinmarschieren und sagen: ›Ich erwarte ein Kind, das ich loswerden möchte.‹ Wir müssten mehr als einmal gehen, du und ich, und –«

»Ich habe dich nicht gebeten, überhaupt mitzukommen«, entgegnete Sahlah. »Ich habe dich lediglich darum gebeten, mir zu helfen, indem du dich erkundigst. Aber das kann ich auch selbst tun. Und ich *werde* es selbst tun. Und wenn ich die nötigen Informationen beisammenhabe, brauche ich von dir nur noch deine Bereitschaft, mich anzurufen und zu bitten, etwas zu tun – ganz gleich, was –, das ich als Ausrede gebrauchen kann, um lange genug von zu Hause wegzukommen und in eine Klinik zu gehen – oder wo ich eben sonst hinmuss, um es machen zu lassen.«

»Hör dir doch nur mal zu«, sagte Rachel. »Du kannst ja nicht mal das Wort aussprechen. Du sagst immer ›es‹. Das müsste dir doch eigentlich sagen, wie du dich fühlst, wenn du das Kind abgetrieben hast.«

»Ich weiß genau, wie ich mich fühlen werde. Erleichtert. Ich werde mich fühlen, als wäre mir mein Leben neu geschenkt worden. Ich werde wissen, dass ich den Glauben meiner Eltern an ihre Kinder nicht zerstört habe, dass ich meine Familie nicht in Stücke gerissen habe, meinem Vater nicht das Herz gebrochen habe, meine Welt –«

»Das alles wird doch überhaupt nicht passieren«, sagte Rachel. »Und selbst wenn es einen Tag oder eine Woche oder einen Monat lang so sein sollte, werden sie schließlich doch zur Besinnung kommen. Und sie werden alle zu dir stehen. Theo, deine Mutter und dein Vater. Sogar Muhannad.«

»Muhannad«, widersprach Sahlah, »wird mich umbringen. Sobald ich meinen Zustand nicht mehr verheimlichen kann, wird mein Bruder mich umbringen, Rachel.«

»Das ist doch Blödsinn«, sagte Rachel. »Und das weißt du auch. Klar wird er sich aufregen, und vielleicht wird er sogar auf Theo losgehen, aber dir wird er bestimmt kein Haar krümmen. Du bist doch seine Schwester, Herrgott noch mal.«

»Bitte, Rachel. Du kennst ihn nicht. Du kennst meine Familie nicht. Du siehst nur das Äußere – das, was alle sehen –, aber du weißt nicht, wie es wirklich ist. Du weißt nicht, wozu sie fähig sind. Sie werden die Schande sehen –«

»– und darüber hinwegkommen«, erklärte Rachel mit einer Endgültigkeit, die bei Sahlah tiefe Hoffnungslosigkeit hervorrief. »Und bis es so weit ist, sorg' ich für dich. Du weißt doch, ich werde immer für dich da sein.«

Da sah Sahlah klar: Sie waren wieder am Ausgangspunkt angekommen. Sie waren wieder dort, wo sie am Sonntagnachmittag gewesen waren, dort, wo sie sich am gestrigen Tag getroffen hatten. Sie waren in den *Clifftop Snuggeries*, in der gemeinsamen Wohnung.

»Außerdem«, bemerkte Rachel in einem Ton, der anzeigte, dass sie nun zum Schluss kommen wollte, »muss ich auch an mein Gewissen denken, Sahlah. Und was glaubst du, wie mir zumute wäre, wenn ich wüsste, dass ich bei was mitgemacht habe, was ich gar nicht für richtig halte? Das muss ich schließlich auch bedenken.«

»Natürlich.« Sahlahs Lippen bildeten die Worte, aber sie konnte ihre eigene Stimme gar nicht hören. Ihr war, als würde sie ein starker Sog von Rachel wegtragen, weit weg, hinaus aus dem Gewerbegebiet. Eine unsichtbare Gewalt hatte sie im Griff und schleuderte sie weit weit weg. Sie fühlte keinen Boden mehr unter ihren Füßen, und die eben noch heiße Sonne war ausgebrannt und hatte nichts als Kälte und ewiges Eis zurückgelassen.

Und aus der Ferne konnte Sahlah Rachels Abschiedsworte hören. »Du brauchst dir keine Sorgen zu machen, Sahlah. Wirklich nicht. Es wird alles gut. Du wirst schon sehen.«

18

Barbara übergab Trevor Ruddock erst einmal dem Erkennungsdienst, dann führte sie ihn in einen Vernehmungsraum in der Polizeidienststelle. Sie brachte ihm eine Packung Zigaretten, um die er gebeten hatte, und dazu ein Cola, einen Aschenbecher und Streichhölzer. Sie sagte ihm, er solle in aller Ruhe darüber nachdenken, was er am Freitagabend getan hatte und wer unter seinen zweifellos zahlreichen Freunden und Bekannten seine Aussage wohl bestätigen könnte. Als sie ging, sperrte sie die Tür ab, um sicherzugehen, dass er nicht zum nächsten Telefon lief und sich ein gefälschtes Alibi beschaffte.

Emily hatte, wie sie von Constable Warner hörte, ebenfalls einen Verdächtigen mitgebracht. »Den Farbigen aus Clacton«, beschrieb Belinda ihn. »Den von den Telefonzetteln aus dem Hotel.«

Kumhar, dachte Barbara. Emilys Entschluss, den Zeitungsladen in Clacton überwachen zu lassen, hatte sich also schneller ausgezahlt, als sie erwartet hatte.

Sie fand Emily im Dienstraum vor, wo sie gerade Anweisungen gab, Kumhars Fingerabdrücke nach London zu schicken. Gleichzeitig würden die Abdrücke ans pathologische Labor in Peterborough gehen, wo man sie mit denen, die an Querashis Nissan gesichert worden waren, vergleichen würde. Barbara veranlasste sogleich, dass Trevor Ruddocks Abdrücke ebenfalls mitgeschickt wurden. Langsam schienen sie der Wahrheit näher zu kommen.

»Sein Englisch ist gleich null«, berichtete Emily ihr kurz, als sie gemeinsam in ihr Büro zurückkehrten. Sie tupfte sich das Gesicht mit einem Stück Küchenkrepp ab, das sie aus ihrer Hosentasche gezogen hatte. Dann knüllte sie es zusammen und warf es in den Papierkorb. »Oder aber er tut so, als wäre sein Englisch gleich null. In Clacton sind wir jedenfalls keinen Schritt weitergekommen mit ihm. Er hat ständig nur von seinen Papieren gebrabbelt, als wären wir nur vorbeigekommen, um ihn mit dem nächsten Flugzeug abzuschieben.«

»Leugnet er, Querashi gekannt zu haben?«

»Ich weiß nicht, was er tut – abstreiten, lügen, die Wahrheit sagen oder Gedichte deklamieren. Ich versteh' immer nur Bahnhof.«

»Wir brauchen einen Dolmetscher«, sagte Barbara. »Es dürfte doch nicht allzu schwer sein, einen zu kriegen, oder? Ich meine, Pakistanis gibt's hier ja genug.«

Emily lachte kurz. »Du kannst dir wohl denken, wie weit wir uns auf die Richtigkeit einer Übersetzung verlassen könnten, die aus dieser Ecke kommt. Verdammt noch mal.«

Dagegen konnte Barbara nichts einwenden. Wie sollte sie sich bei der gespannten Situation in Balford-le-Nez darauf verlassen können, dass jemand aus der pakistanischen Gemeinde genau und objektiv dolmetschen würde?

»Wir könnten jemanden aus London kommen lassen. Einer der Beamten könnte doch diesen Universitätsmenschen holen, der uns die Seite aus dem Qur'aan übersetzt hat. Wie hieß er gleich wieder?«

»Siddiqi.«

»Richtig. Professor Siddiqi. Weißt du was, ich könnte im Yard anrufen und darum bitten, dass einer unserer Leute ihn abholt und herbringt.«

»Das ist vielleicht die einzige Möglichkeit, die wir haben«, meinte Emily.

Sie betraten ihr Büro, in dem es noch heißer zu sein schien als in den übrigen Räumen des Hauses. Die Nachmittagssonne brannte auf den Kissenbezug, den Emily vor das Fenster gehängt hatte, und tauchte den Raum in ein bläuliches Licht, das dem Teint wenig schmeichelte und einem das Gefühl gab, man befände sich in einem Aquarium.

»Soll ich anrufen?«, fragte Barbara.

Emily ließ sich in den Sessel hinter dem Schreibtisch fallen. »Noch nicht. Ich hab' Kumhar in eine Zelle gesperrt und möchte ihn gern noch ein bisschen schmoren lassen. Ich hab' das Gefühl, dem muss man nur ein bisschen Dampf machen, damit er kooperiert. Und er ist noch so neu in England, dass er mir nicht gleich sämtliche Paragraphen des Polizeigesetzes und der Beweisermittlungsvorschriften herunterbeten wird. Im Augenblick hab' ich die Oberhand, und das möchte ich ausnützen.«

»Aber wenn er kein Englisch spricht, Em …«, sagte Barbara vorsichtig.

Emily schien die indirekte Frage gar nicht zu kümmern: ob sie, indem sie ihn in Gewahrsam hielten, ohne auch nur den geringsten Versuch zu machen, einen vertrauenswürdigen Dolmetscher beizuziehen, nicht kostbare Zeit verloren. »Das wird sich ja in ein paar Stunden herausstellen«, versetzte sie nur und richtete dann ihre Aufmerksamkeit auf Belinda Warner, die mit einem versiegelten Plastikbeutel in der Hand ins Büro gekommen war.

»Das sind die Sachen aus Querashis Schließfach«, erklärte sie. »Bei Barclay's Bank.«

Emily ließ sich den Beutel geben, und als wollte sie Barbaras unausgesprochene Besorgnis beschwichtigen, trug sie Belinda Warner dann auf, Professor Siddiqi in London anzurufen und nachzufragen, ob er bei der Vernehmung eines pakistanischen Verdächtigen nötigenfalls als Dolmetscher zur Verfügung stünde. »Bitten Sie ihn, sich bereitzuhalten«, sagte Emily. »Wenn wir ihn wirklich brauchen, muss er schnell hier sein können.«

Dann öffnete sie den Plastikbeutel, dessen Inhalt größtenteils aus Papieren bestand: einem Bündel Dokumente, die sich auf das Haus in der First Avenue bezogen, einem zweiten Bündel mit seinen Einwanderungsunterlagen, einem Arbeitsvertrag, der von Gerry DeVitt, Querashi und Akram Malik unterzeichnet war, und mehreren losen Blättern. Eins davon war offensichtlich aus einem Spiralheft herausgerissen worden. Als Emily es an sich nahm, griff Barbara nach einem der anderen Blätter.

»Da haben wir's wieder, Oskarstraße fünfzehn«, sagte Emily aufblickend. Sie drehte das Blatt um und sah es sich genauer an. »Aber keine Stadt. Trotzdem wette ich, dass die Straße in Hamburg ist. Was hast du denn da?«

Es sei ein Frachtbrief, antwortete Barbara. Von einer Firma namens *Eastern Imports.* »›Möbel, Teppiche und andere Einrichtungsgegenstände‹«, las sie Emily vor. »Importe aus Indien, Pakistan und Bangladesch.«

»Weiß Gott, was man aus Bangladesch importieren sollte«, bemerkte Emily trocken. »Sieht aus, als hätten die Turteltauben ihr Haus in der First Avenue möblieren wollen.«

Barbara war da nicht so sicher. »Aber auf dem Frachtbrief steht gar nichts, Em. Wenn Querashi und die Malik-Tochter da ihr Schlafzimmer gekauft hätten und was sonst noch so zu einem Heim gehört, müsste das hier nicht eine Quittung sein? Es ist aber nichts weiter als ein unausgefüllter Frachtbrief der Firma.«

Emily runzelte die Stirn. »Und wo ist die Firma? In Hounslow? Oxford? Oder in den Midlands?« Lauter Gegenden, wie sie beide wussten, mit größeren indischen und pakistanischen Gemeinden.

Barbara schüttelte den Kopf. »Sie ist in Parkeston«, antwortete sie.

»Parkeston?« Emily klang ungläubig. »Gib mal her, Barb.«

Während sie sich den Frachtbrief ansah, schob Emily ihren Sessel zurück und trat an die Wand, wo eine Karte der Tendring-Halbinsel hing und daneben eine größere Karte der ganzen Küste. Barbara nahm sich inzwischen die Dokumentenbündel vor.

Die Einwanderungspapiere schienen alle in Ordnung zu sein, soweit sie das beurteilen konnte. Das Gleiche galt für die Papiere, die das Haus in der First Avenue betrafen. Auf den meisten dieser Dokumente befand sich klar und deutlich Akram Maliks Unterschrift, aber das war ganz logisch, wenn das Haus zu Sahlah Maliks Mitgift gehört hatte. Barbara blätterte gerade den Arbeitsvertrag mit Gerry DeVitt durch, als ein loses Blatt herausglitt, das offenbar zwischen den Seiten gelegen hatte.

Es war eine Seite aus einem Hochglanzmagazin, vorsichtig herausgerissen und sorgfältig gefaltet. Barbara entfaltete es und breitete es auf ihrem Schoß aus.

Auf beiden Seiten des Blatts waren Annoncen, die unter der Rubrik »Dienstleistungen« zusammengefasst waren. Da gab es Briefkastenfirmen auf der Isle of Man, über die man sein Vermögen außer Landes bringen und dem Finanzamt ein Schnippchen schlagen konnte; Überwachungsdienste für Unternehmen, die ihren Angestellten nicht trauten; eine Firma namens *Spycatcher*, die die neuesten Geräte zum Aufspüren von Wanzen »zum umfassenden Schutz des seriösen Geschäftsmanns« anbot; Mietwagenunternehmen; Apartmenthotels in London und Sicherheitsdienste. Barbara las jede einzelne Anzeige. Sie verstand nicht, warum Querashi dieses Stück Papier zusammen mit seinen anderen Unterlagen aufbewahrt hatte, und dachte schon, es müsse einfach ein Irrtum sein, als ihr plötzlich ein vertrauter Name ins Auge sprang. *World Wide Tours,* las sie, *Ihr Reisebüro und Spezialist in Einwanderungsangelegenheiten.*

Noch so ein merkwürdiger Zufall, dachte sie. Einer der Anrufe, die Querashi vom *Burnt House Hotel* aus gemacht hatte, war an diese Firma gerichtet gewesen; allerdings hatte Querashi mit *World Wide Tours* in Karachi telefoniert, während diese Agentur ihren Sitz in Harwich in der High Street hatte.

Barbara trat zu Emily, die immer noch vor den Karten stand und die Halbinsel Tendring nördlich der Pennyhole-Bucht betrachtete. Barbara, die sich nie für Geographie begeistert hatte, sah erst jetzt, bei aufmerksamer Betrachtung der Karte, dass Harwich genau nördlich des Nez an der Mündung des Stour lag, mit dem Rest des Landes durch eine Eisenbahnlinie verbunden. Als sie, ohne dabei eine bestimmte Absicht zu verfolgen, den Verlauf der schwarzen gestrichelten Linie nach Westen musterte, sah sie, dass der erste Bahnhof – kaum weit genug von Harwich entfernt, um als separate Ortschaft gesehen zu werden – Parkeston war.

»Em«, sagte Barbara, die das Gefühl hatte, dass plötzlich einiges ineinandergriff, »er hat hier eine Annonce von einem Reisebüro in Harwich, und es heißt genauso wie das, das er in Karachi angerufen hat.«

Aber Emily, das merkte sie gleich, schlug den Bogen zwischen Karachi und Harwich und zwischen Harwich und Parkeston nicht. Ihr Interesse galt einem kleinen Informationskästchen, das östlich von Harwich mitten im blauen Meer eingefügt war. Barbara beugte sich vor, um die Angaben zu lesen.

Autofähre von Harwich (Parkeston Quay) nach:

Hoek van Holland	6 bis 8 Stunden
Esbjerg	20 Stunden
Hamburg	18 Stunden
Göteborg	24 Stunden

»So so«, sagte Barbara.

»Interessant, nicht?« Emily wandte der Karte den Rücken zu. An ihrem Schreibtisch schob sie Papiere, Akten und Berichte herum, bis sie Haytham Querashis Foto gefunden hatte. Sie hielt es Barbara hin und sagte: »Was würdest du zu einer kleinen Spazierfahrt heute Nachmittag sagen?«

»Harwich und Parkeston?«, fragte Barbara.

»Wenn er dort war, hat ihn jemand gesehen«, erwiderte Emily. »Und wenn jemand ihn gesehen hat, kann der Betreffende uns vielleicht sagen –«

»Chefin?« Belinda Warner war wieder an der Tür. Sie blickte über die Schulter zurück, als erwartete sie, dass jemand ihr gefolgt sei.

»Was ist denn?«, fragte Emily.

»Die Pakistanis. Mr. Malik und Mr. Azhar. Sie sind hier.«

»Mist!« Emily sah auf ihre Uhr. »So geht das nicht. Wenn die sich einbilden, sie können hier zu ihren verdammten Besprechungen aufkreuzen, wann es ihnen gerade einfällt –«

»Darum geht's nicht, Chefin«, unterbrach Belinda. »Sie haben von dem Mann aus Clacton gehört.«

Einen Moment lang starrte Emily ihre Mitarbeiterin an, als hätte sie nicht recht verstanden. »Clacton?«, wiederholte sie sogar.

»Genau«, sagte Belinda. »Mr. Kumhar. Sie wissen, dass er hier ist. Sie wollen ihn sehen. Sie haben gesagt, sie werden nicht gehen, bevor sie mit ihm gesprochen haben.«

»Die haben vielleicht Nerven!«, sagte Emily.

Barbara wusste, was sie dachte, auch wenn sie es nicht sagte: Die Pakistanis kannten das Polizeigesetz und die Beweisermittlungsvorschriften offensichtlich besser, als sie vorausgesehen hatte. Und Barbara war klar, dass diese genaue Kenntnis des Gesetzes nur aus einer Quelle stammen konnte.

Agatha Shaw legte den Telefonhörer auf und gestattete sich ein triumphierendes Lachen. Wäre sie dazu in der Lage gewesen, sie hätte vor Freude einen Schottischen getanzt, hätte ihn quer durch die Bibliothek getanzt bis zu den drei Staffeleien, auf denen auch jetzt noch – zwei Tage nach der verunglückten Sondersitzung des Stadtrats – die Darstellungen ihrer Stadt von morgen standen.

Dann hätte sie jede dieser Staffeleien umarmt und geküsst wie geliebte Kinder.

So aber rief sie nur ungeduldig: »Mary Ellis! Marsch in die Bibliothek! Ich brauche dich hier.« Sie stemmte ihren Stock zwischen ihren Beinen in den Teppich und zog sich mühsam hoch.

Die Anstrengung brachte sie heftig ins Schwitzen, und obwohl sie, wie ihr schien, ewig brauchte, um auf die Füße zu kommen, merkte sie, dass sie zu schnell aufgestanden war. Schwindel erfasste sie wie ein Windstoß. »Hoppla«, sagte sie, aber sie lachte dazu. Es war ja kein Wunder, dass ihr schwindlig war, schwindlig vor Aufregung, schwindlig vor Erfolg, schwindlig vor Triumph, schwindlig vor Freude, Herrgott noch mal, es gab gute Gründe dafür.

»Mary Ellis! Verflixt noch mal, Mädchen! Kannst du mich denn nicht hören?«

Das Geräusch eilender Schritte verriet ihr, dass das Mädchen endlich kam. Mit rotem Gesicht und außer Atem trat Mary Ellis in die Bibliothek und sagte: »Heiliger Herr Jesus, Mrs. Shaw, haben Sie mich erschreckt! Geht es Ihnen gut?«

»Natürlich geht es mir gut«, fuhr Agatha sie an. »Wo warst du denn? Warum kommst du nicht, wenn ich rufe? Wozu bezahle ich dich, wenn ich jedes Mal, wenn ich dich brauche, herumstehen und wie eine Furie kreischen muss?«

Mary trat zu ihr. »Sie wollten doch, dass heute das Wohnzimmer umgestellt wird, Mrs. Shaw. Erinnern Sie sich nicht? Sie wollten das Klavier nicht mehr so nah am Kamin haben, und Sie haben gesagt, dass die Sofabezüge ganz verschossen sind, weil sie zu nah am Fenster stehen. Und die Bilder wollten Sie auch –«

»Schon gut. Schon *gut.*« Agatha versuchte, Marys feuchte Hand abzuschütteln. »Betatsche mich nicht so, Mädchen. Ich bin kein Pflegefall. Ich kann mich allein bewegen, das weißt du genau.«

Mary sagte: »Ja, Madam«, zog ihre Hand weg und wartete auf weitere Instruktionen.

Agatha musterte sie. Wieder einmal fragte sie sich, was um alles in der Welt sie veranlasste, dieses erbärmliche Ding im Haus zu behalten. Abgesehen davon, dass ihr jegliche intellektuelle Gabe fehlte und unterhaltsame Gespräche mit ihr deshalb unmöglich waren, war Mary Ellis in einer körperlichen Verfassung, die zum

Himmel schrie. Wie konnte man derartig schwitzen und keuchen, nur weil man ein Klavier und ein paar andere lumpige Möbelstücke herumgeschoben hatte?

»Wozu sollte ich dich denn brauchen, Mary, wenn du nicht sofort kommst, wenn ich dich rufe?«, fragte Agatha.

Mary senkte den Blick. »Ich hab' Sie ja gehört, Madam, aber ich war oben auf der Leiter, wissen Sie. Ich wollte gerade das Porträt von Ihrem Großvater an einen anderen Platz hängen, und ich konnte es nicht so schnell runtertun.«

Agatha wusste, von welchem Bild sie sprach. Es hing über dem Kamin, beinahe lebensgroß, in einem antiken goldenen Rahmen ... Bei dem Gedanken, dass das Mädchen es tatsächlich geschafft hatte, dieses Gemälde durch den Salon zu schleppen, rührte sich beinahe etwas wie Achtung in Agatha.

Sie räusperte sich laut. »Deine erste Pflicht ist es, dich um mich zu kümmern«, erklärte sie dem Mädchen. »Sieh zu, dass du das in Zukunft nicht vergisst.«

»Ja, Madam.« Marys Stimme war bedrückt.

»Jetzt sei nicht gleich eingeschnappt. Ich bin dir ja dankbar, dass du die Möbel umgestellt hast. Aber wir wollen doch aus einer Mücke keinen Elefanten machen. Komm, gib mir deinen Arm. Ich möchte zum Tennisplatz.«

»Zum Tennisplatz?«, fragte Mary ungläubig. »Was wollen Sie denn auf dem Tennisplatz, Mrs. Shaw?«

»Ich möchte sehen, in was für einem Zustand er ist. Ich werde wieder zu spielen anfangen.«

»Aber Sie können doch nicht –« Mary schluckte den Rest ihres Satzes hinunter, als Agatha ihr einen stechenden Blick zuwarf.

»Ich kann nicht spielen, meinst du?«, sagte Agatha. »Blödsinn. Ich kann alles, was ich will. Wenn ich ans Telefon gehen und jede Stimme im Stadtrat gewinnen kann, ohne dass die Leute überhaupt die Pläne gesehen haben ...« Agatha lachte kichernd. »Ich schaffe alles.«

Mary Ellis fragte nicht, was es mit dem Stimmenfang im Stadtrat auf sich hatte, wie Agatha sich das von ihr gewünscht hatte. Sie war begierig – ganz versessen darauf –, jemandem ihren Triumph mitzuteilen. Am liebsten hätte sie vor Theodore damit geprotzt, aber

Theo war ja dieser Tage nie dort, wo er eigentlich sein sollte, deshalb hatte sie gar nicht erst versucht, ihn auf dem Pier zu erreichen. Sie hatte gehofft, ihr Wink sei deutlich genug gewesen, um selbst jemanden mit Mary Ellis' beschränkten geistigen Fähigkeiten in ein Gespräch zu verwickeln. Aber dem war nicht so. Mary blieb stumm.

»Verdammt noch mal, Mädchen«, sagte Agatha, »hast du eigentlich auch nur einen Funken Grips in deinem Kopf? Ja? Nein? Ach, vergiss es. Gib mir deinen Arm. Hilf mir hinaus.«

Sie tappten aus der Bibliothek hinaus und steuerten auf die Haustür zu. Agatha, die wusste, dass Mary ihr jetzt nicht entkommen konnte, erläuterte ihre Bemerkung.

Sie spreche von den Sanierungsplänen für Balford-le-Nez, teilte sie Mary mit, und als diese einige kurze Grunzgeräusche ausstieß, denen man entnehmen konnte, dass sie verstanden hatte, fuhr Agatha fort zu sprechen. Die Leichtigkeit, mit der es ihr am Vortag gelungen war, Basil Treves auf ihre Seite zu ziehen, hatte sie auf den Gedanken gebracht, dass sie das auch bei den anderen Stadtratsmitgliedern schaffen würde, wenn sie sich für jeden von ihnen am Telefon ein wenig Zeit nahm.

»Außer Akram Malik«, sagte sie. »Jeder Versuch, ihn einzuspannen, wäre sinnlos gewesen. Außerdem« – und hier lachte sie wieder leise – »möchte ich den alten Akram sehr gern vor ein *fait accompli* stellen.«

»Es ist eine Fete geplant?«, fragte Mary begierig.

Du lieber Gott, dachte Agatha verdrossen. »Keine Fete, du dummes Ding«, sagte sie. »Ein *fait.* Ein *fait accompli.* Weißt du nicht, was das heißt? Ach, vergiss es.«

Sie wollte jetzt nicht von ihrem Thema abschweifen. Treves, berichtete sie, sei am leichtesten zu kapern gewesen, ganz logisch eigentlich, bei seiner Meinung über die Farbigen. Sie hatte ihn gestern Abend für ihre Sache gewonnen. Die anderen waren nicht so schnell bereit gewesen, sich auf ihre Seite zu schlagen. »Trotzdem hatte ich sie am Ende alle in der Tasche«, sagte sie. »Ich meine, all die, die ich für die Abstimmung brauche. Eins habe ich als Geschäftsfrau gelernt, Mary: Keiner – ob Mann oder Frau – kann der Versuchung widerstehen, sein Geld anzulegen, wenn ihn die Anlage praktisch nichts kostet und trotzdem Gewinn bringt. Und genau das versprechen unsere Pläne, verstehst du. Der Stadtrat investiert, die Stadt wird attraktiver, die Touristen kommen, und alle profitieren.«

Mary hüllte sich in Schweigen, als ließe sie sich Agathas Entwurf durch den Kopf gehen. Dann sagte sie: »Ich hab' die Pläne gesehen. Das sind doch die, die in der Bibliothek auf der Staffelei stehen.«

»Und bald«, fuhr Agatha fort, »wirst du sehen, wie diese Pläne Gestalt annehmen. Ein Freizeitzentrum, eine High Street, in der wieder was los ist, renovierte Hotels, eine Strandpromenade, die sich sehen lassen kann. Warte nur, Mary Ellis. Balford-le-Nez wird bald das Schmuckstück der ganzen Küste sein.«

»Eigentlich gefällt's mir so, wie es ist«, meinte Mary.

Sie waren aus dem Haus getreten und standen auf der breiten Auffahrt. Sie war von der Sonne so aufgeheizt, dass Agatha es an ihren Füßen fühlte. Sie blickte nach unten und sah, dass sie nicht ihre Straßenschuhe trug, sondern ihre Hausschuhe. Die Glut, die sich im Kies gestaut hatte, stach sie durch die dünnen Sohlen. Sie kniff die Augen zusammen und versuchte, sich zu erinnern, wann sie das letzte Mal außer Haus gewesen war. Das Licht war beinahe unerträglich hell.

»So, wie es *ist?*« Agatha zerrte an Mary Ellis' Arm und wandte sich dem Rosengarten zu, der nördlich vom Haus lag. Hinter den Rosen fiel der Rasen sanft ab, und am Fuß dieses kleinen Hanges befand sich der Tennisplatz. Es war ein Sandplatz, den Lewis ihr zu ihrem fünfunddreißigsten Geburtstag hatte bauen lassen. Vor ihrem Schlaganfall hatte sie dreimal in der Woche gespielt, niemals sehr gut, aber stets mit verbissenem Siegeswillen.

»Du musst weiterdenken, Mädchen. Die Stadt ist doch völlig zugrunde gerichtet. In der High Street schließen die Läden, die Restaurants sind leer, die Hotels – die wenigen, die es noch gibt – haben mehr Zimmer zu vermieten, als es Leute auf der Straße gibt. Wenn sich nicht jemand findet, der bereit ist, Balford eine kräftige Transfusion zu geben, ist die Stadt in spätestens drei Jahren nur noch eine Leiche. Aber die Stadt hat Potenzial, Mary Ellis. Es muss nur jemand her, der den Weitblick hat, das zu erkennen.«

Schlurfend arbeiteten sie sich in den Rosengarten vor. Agatha blieb stehen. Sie hatte Mühe zu atmen – dank dieses verdammten Schlaganfalls, wütete sie innerlich – und nahm eine genauere Inspektion der Büsche zum Vorwand, um einen Moment zu verschnaufen. Verdammt noch mal, wann würde sie endlich wieder richtig zu Kräften kommen?

»Was ist denn das?«, rief sie aufgebracht. »Warum sind die Rosen nicht gesprüht worden? Schau dir das an, Mary. Siehst du diese Blätter? Da fressen sich die Blattläuse auf meine Kosten dick und rund, und keiner unternimmt was dagegen. Muss ich dem verdammten Gärtner auch noch sagen, was er zu tun hat? Ich möchte, dass diese Büsche gesprüht werden, Mary Ellis. Noch heute.«

»Ja, Madam«, sagte Mary Ellis. »Ich rufe Harry an. Er nimmt's eigentlich immer sehr genau, aber sein Sohn hat vor zwei Wochen einen Blinddarmdurchbruch gehabt, und ich weiß, dass Harry sich Sorgen macht, weil der Junge einfach nicht wieder auf die Beine kommt.«

»Der wird sich um ganz andere Dinge Sorgen machen müssen als um einen Blinddarmdurchbruch, wenn er meine Rosen einfach den Blattläusen überlässt.«

»Sein Sohn ist erst zehn, Mrs. Shaw, und die Ärzte kriegen das Gift einfach nicht aus seinem Körper raus. Er ist schon dreimal operiert worden, hat Harry mir erzählt, und er ist immer noch ganz aufgeschwollen. Sie glauben –«

»Mary, sehe ich aus, als hätte ich Lust, mit dir über Pädiatrie zu diskutieren? Jeder von uns hat seine Probleme. Aber wir tun unsere Pflicht trotz dieser Probleme. Wenn Harry das nicht schafft, fliegt er raus.«

Agatha wandte sich von den Rosen ab. Ihr Stock hatte sich tief in die frisch umgegrabene Erde am Rand des Blumenbeets eingegraben. Sie versuchte, ihn herauszuziehen, doch ihr fehlte die Kraft.

»Gott verdammich!« Sie riss am Griff ihres Stockes und verlor beinahe das Gleichgewicht. Mary hielt sie am Arm fest. »Hör endlich auf, mich wie ein kleines Kind zu behandeln. Ich brauche dein Getue nicht. Herr im Himmel, wann lässt endlich diese Hitze nach?«

»Mrs. Shaw, Sie sollen sich doch nicht aufregen.« Marys Stimme klang ängstlich und unterwürfig, als erwartete sie, gleich geschlagen zu werden. Diesen Ton zu hören war schlimmer, als mit dem verflixten Stock zu kämpfen.

»Ich reg' mich nicht auf«, widersprach Agatha zähneknirschend. Sie riss ein letztes Mal an ihrem Stock und bekam ihn frei, aber die Anstrengung raubte ihr den Atem.

Doch von etwas so Lächerlichem wie Atemnot würde sie sich nicht unterkriegen lassen. Sie wies zur Rasenfläche jenseits der Rosen und setzte sich mit eiserner Entschlossenheit von neuem in Bewegung.

»Möchten Sie sich nicht einen Moment ausruhen?«, fragte Mary. »Sie sind ein bisschen rot im Gesicht und –«

»Was erwartest du denn bei der Hitze?«, fuhr Agatha sie an. »Ich brauche mich nicht auszuruhen. Ich will meinen Tennisplatz sehen, und zwar jetzt gleich.«

Aber auf dem Rasen war die Fortbewegung noch schwieriger als zwischen den Blumenbeeten, wo es wenigstens einen Kiesweg gegeben hatte. Hier war der Boden uneben, und das von der Sonne gebräunte Gras verbarg seine Unregelmäßigkeiten. Agatha stolperte und rappelte sich wieder hoch, stolperte und rappelte sich von neuem hoch. Sie riss sich von Mary los und keifte das Mädchen wütend an, als diese besorgt ihren Namen sprach. Gottverdammter höllischer Garten, fluchte sie im Stillen. Und wie hatte sie die Beschaffenheit ihres eigenen Rasens vergessen können? War Leichtfüßigkeit für sie so selbstverständlich gewesen, dass ihr die heimtückischen Bodenunebenheiten niemals aufgefallen waren?

»Wir können eine Pause machen, wenn Sie möchten«, sagte Mary Ellis. »Ich kann Ihnen ein Glas Wasser holen.«

Agatha schlurfte weiter. Ihr Ziel war in Sicht, nicht mehr als dreißig Meter entfernt. Wie eine ziegelrote Decke lag es da, das Netz straff gespannt, die Begrenzungen der Felder frisch geweißt für ihr nächstes Match. Der Tennisplatz flirrte in der Hitze, und es sah aus, als stiege Dampf von ihm auf.

Ein Schweißbächlein rann von Agathas Stirn in ihr Auge. Ein zweites folgte. Die Brust war ihr eng geworden, und sie hatte das Gefühl, als steckte ihr Körper in einem heißen Gummischlauch. Jede Bewegung war ein Kampf, während Mary Ellis neben ihr über den Rasen schwebte wie eine Feder im Wind. Zum Teufel mit ihrer

Jugend. Zum Teufel mit ihrer Gesundheit. Zum Teufel mit ihrer unbekümmerten Annahme, Jugend und Gesundheit verliehen ihr in dem kleinen Haushalt eine Vormachtstellung.

Agatha spürte die unausgesprochene Überlegenheit des Mädchens, konnte sogar ihre Gedanken lesen: erbärmliches altes Weib, ausgemergelte alte Kuh. Nun, sie würde es ihr zeigen. Sie würde auf diesen Tennisplatz gehen und ihren Gegnern den Ball um die Ohren schlagen.

Sie würde es Mary Ellis zeigen. Sie würde es allen zeigen. Agatha Shaw ließ sich nicht unterkriegen. Sie hatte den ganzen Stadtrat ihrem Willen unterworfen. Sie hatte Balford-le-Nez neues Leben eingehaucht. Sie hatte ihre Kraft wiedergewonnen und ihr Lebensziel neu entworfen. Sie würde auch ihren verächtlichen Körper ihrem Willen unterwerfen.

»Mrs. Shaw ...« Marys Ton war zaghaft. »Meinen Sie nicht, dass eine Pause ...? Wir können uns da drüben unter die Linde setzen. Ich kann Ihnen was zu trinken holen.«

»Blödsinn!« Agatha merkte, dass sie das Wort nur lallen konnte. »Ich will ... Tennis ... sehen.«

»Bitte, Mrs. Shaw. Ihr Gesicht ist ganz rot. Ich hab' Angst, dass –«

»Quatsch! Angst!« Agatha wollte lachen, aber als es herauskam, klang es wie ein Husten. Wie kam es, dass der Tennisplatz noch ebenso weit weg zu sein schien wie am Beginn ihres Spaziergangs? Ihr war, als hätten sie einen unendlich weiten Weg zurückgelegt, und dennoch waren sie ihrem Ziel, das wie eine Luftspiegelung schimmerte, keinen Schritt näher gekommen. Wie war das möglich? Sie schleppte sich weiter vorwärts, schleifte ihren Stock über den Boden, schleifte ihren Fuß über den Boden und hatte dabei immer das Gefühl, als würde sie zuerst nach rückwärts gezogen und dann abwärts wie ein Bleilot, das im Meer versinkt. »Du – hältst mich – zurück«, keuchte sie. »Verflucht – Mädchen. Hältst mich fest, was?«

»Nein, Mrs. Shaw, ich halte Sie nicht«, sagte Mary, und ihre Stimme klang hoch und verängstigt. »Mrs. Shaw, ich berühre Sie überhaupt nicht. Bitte, bleiben Sie doch stehen. Ich kann einen Stuhl holen. Und ich hol' einen Schirm gegen die Sonne.«

»Blödsinn ...« Mit einer schwachen Geste winkte Agatha ab.

Aber dann merkte sie, dass sie sich überhaupt nicht mehr bewegte. Stattdessen schien sich die Landschaft rund um sie zu bewegen. Der Tennisplatz zog sich immer weiter von ihr zurück und schien mit dem fernen Wade zu verschmelzen, der wie ein grünes, bockendes Pferd jenseits des Balford-Kanals dalag.

Sie hörte, dass Mary Ellis etwas sagte, aber sie verstand die Worte nicht. Ihr Kopf dröhnte, der Schwindel, der sie vorher in der Bibliothek kurz erfasst hatte, schlug jetzt über ihr zusammen. Und obwohl sie um Hilfe bitten wollte – oder zumindest den Namen ihrer Begleiterin sagen wollte –, brachte ihr Mund nichts hervor als ein Stöhnen. Arm und Bein hingen auf einer Seite wie Gewichte an ihr, leblose Anker, die zu schwer waren, um aus dem Boden gezogen zu werden.

Von irgendwoher hörte sie jemanden schreien.

Die Sonne glühte.

Der Himmel wurde weiß.

Lewis rief: »Aggie!«

Lawrence sagte: »Mama?«

Ihr Blickfeld verengte sich, bevor sie zu Boden stürzte.

Trevor Ruddock hatte es geschafft, das Vernehmungszimmer mit so dichten Schwaden von Zigarettenrauch anzufüllen, dass Barbara sich eigentlich gar keine mehr anzuzünden brauchte. Als sie zu ihm ins Zimmer trat, sah sie ihn hinter dichten grauen Schleiern an dem schwarzen Metalltisch sitzen, und der Boden rund um seinen Stuhl war mit Zigarettenstummeln übersät. Sie hatte ihm einen Aschenbecher gegeben, aber er hatte es offenbar nötig gehabt, seinem Protest auf diese Weise Ausdruck zu verleihen.

»Na, hatten Sie genug Zeit zum Nachdenken?«, fragte Barbara ihn.

»Ich hab' das Recht auf einen Anwalt«, sagte er.

»Wollen Sie einen Anwalt? Das ist aber eine merkwürdige Bitte, wenn Sie, wie Sie behaupten, mit dem Mord an Querashi nichts zu tun haben.«

Er sagte: »Ich will meinen Anruf.«

»Gut. Sie machen ihn natürlich in meinem Beisein.«

»Das muss ich mir nicht –«

»Falsch. Sie müssen.« Keinesfalls würde sie Trevor Ruddock auch nur die geringste Chance geben, sich ein Alibi zurechtzubasteln. Nachdem er das zweifellos bereits mit Rachel Winfields Hilfe versucht hatte, stand seine Ehrlichkeit bei ihr nicht sehr hoch im Kurs.

Trevor sah sie wütend an. »Ich hab' doch zugegeben, dass ich das Zeug aus der Fabrik geklaut hab'. Ich hab' Ihnen doch gesagt, dass Querashi mich gefeuert hat. Ich hab' Ihnen alles gesagt, was ich über den Mann weiß. Warum hätt' ich das tun sollen, wenn ich ihn umgebracht hätte?«

»Ja, das habe ich mir auch schon überlegt«, meinte Barbara freundlich. Sie setzte sich zu ihm an den Tisch. Der Raum hatte keine Ventilation, die Luft war drückend und beklemmend wie in einer Sauna. Der Qualm aus Trevors unzähligen Zigaretten tat auch nichts dazu, die Atmosphäre angenehmer zu gestalten. Das Beste, sagte sie sich, war, einfach ebenfalls zu rauchen. Sie nahm sich eine seiner verbliebenen Zigaretten und zündete sie an. »Ich hab' mich heute Morgen mit Rachel unterhalten.«

»Als ob ich das nicht wüsste«, versetzte er. »Sie sind doch nur deswegen zu mir gekommen, weil Sie mit ihr geredet haben. Sie hat Ihnen wahrscheinlich erzählt, dass wir uns gegen zehn getrennt haben. Okay. Das stimmt. Wir haben uns so gegen zehn getrennt. Jetzt wissen Sie's.«

»Richtig, jetzt weiß ich es. Aber sie hat mir noch etwas erzählt, was ich erst richtig einordnen konnte, als Sie sich geweigert haben, mir zu sagen, was Sie am Freitagabend getrieben haben, nachdem Sie sich von ihr getrennt hatten. Aber wenn ich das, was sie mir erzählt hat, in Zusammenhang mit dem sehe, was Sie mir über Querashi berichtet haben, und wenn ich dann Ihre geheimnisvollen Aktivitäten am Freitagabend im Licht dieser beiden Tatsachen betrachte, ergibt sich nur eine Möglichkeit. Und über die müssen wir jetzt reden.«

»Und, was soll das sein?« Sein Ton klang misstrauisch. Er kaute auf seinem Zeigefinger herum und spie ein Fetzchen Haut aus.

»Haben Sie je Geschlechtsverkehr mit Rachel Winfield gehabt?«

Er hob das Kinn, halb trotzig, halb verlegen. »Und wenn ja? Hat Sie vielleicht gesagt, sie hätt's nicht gewollt oder so? Da kann ich nur sagen, ich hab's anders in Erinnerung.«

»Beantworten Sie einfach die Frage, Trevor. Haben Sie je Geschlechtsverkehr mit Rachel gehabt?«

»Oft genug.« Er grinste. »Wenn ich sie anrufe und ihr Tag und Zeit sage, kommt sie sofort angerannt. Und wenn sie an dem Abend schon was anderes vorhat, sagt sie's ab. Sie ist echt scharf auf mich.« Er krauste die brauenlose Stirn. »Hat sie Ihnen vielleicht was anderes erzählt?«

»Ich spreche von richtigem Geschlechtsverkehr«, erklärte Barbara, ohne auf seine anderen Bemerkungen einzugehen.

Er kaute wieder auf seinem Finger herum, während er sie musterte. »Was reden Sie da überhaupt?«

»Ich glaube, das wissen Sie ganz genau. Haben Sie je vaginalen Geschlechtsverkehr mit Rachel gehabt?«

»Mensch, bumsen kann man auf viele Arten. Man muss es doch nicht gleich machen wie die Rentner.«

»Sicher nicht. Aber Sie beantworten meine Frage nicht. Ich möchte wissen, ob Sie je in Rachel Winfield eingedrungen sind. Im Stehen, Sitzen, Knien oder sonst wie. Die Einzelheiten interessieren mich nicht besonders. Nur der Akt an sich.«

»Klar, wir haben's gemacht. Genau wie Sie gesagt haben. Wir haben's gemacht. Sie hat ihrs gekriegt und ich meins.«

»Sie hatten also vaginalen Geschlechtsverkehr mit ihr.«

Er grapschte nach der Zigarettenschachtel. »Scheiße. Was soll das eigentlich? Ich hab' Ihnen doch gesagt, dass wir's gemacht haben. Behauptet sie vielleicht, ich hätt' sie vergewaltigt?«

»Nein. Sie behauptet etwas, was ich um einiges interessanter finde. Sie behauptet, der Sex zwischen Ihnen beiden sei immer eine Einbahnstraße gewesen. Sie hätten nichts weiter getan, als sich von Rachel Winfield einen blasen zu lassen, Trevor. Stimmt das nicht?«

»Moment mal!« Seine Ohren waren puterrot geworden. Die Spinne, die auf seinen Hals tätowiert war, schien beim Pulsieren seiner Halsschlagader lebendig zu werden.

»Sie haben jedes Mal, wenn Sie beide zusammen waren, Ihren Kick bekommen«, fuhr Barbara fort. »Aber Rachel hat überhaupt nichts davon gehabt. Nicht einmal einen flüchtigen Gruß an die unteren Regionen, wenn Sie verstehen, was ich meine.«

Er leugnete es nicht, doch er drückte die Zigarettenschachtel, die er in der Hand hielt, zusammen.

»Und darum vermute ich Folgendes«, fuhr sie fort, »entweder Sie sind in Bezug auf Frauen ein arroganter Vollidiot, der sich einbildet, wenn eine seinen Schwanz in den Mund nehmen darf, wär' das für sie die reinste Seligkeit, oder Sie haben für Frauen nichts übrig, was eine Erklärung dafür wäre, weshalb Ihre sexuellen Aktivitäten mit Rachel sich auf orale Praktiken beschränkten. Also, wie schaut's aus, Trevor? Sind Sie ein arroganter Idiot oder ein verkappter Schwuler?«

»Bin ich nicht!«

»Was sind Sie nicht?«

»Keins von beiden. Ich mag Frauen, und sie mögen mich. Und wenn Rachel Ihnen was andres erzählt hat –«

»Ich kann das nicht so ganz glauben«, sagte Barbara.

»Ich kann Ihnen Namen nennen«, rief er hitzig. »Dutzende! Hunderte! Ich hab' meine erste Frau gehabt, als ich zehn war, und ich kann Ihnen versichern, ihr hat's gefallen. Stimmt schon, dass ich Rachel Winfield nicht vögel'. Ich hab's nie getan, und ich werd's auch nie tun. Na und? Die ist doch hässlich wie die Nacht. Die kann doch nur einer vögeln, der blind ist. Was ich nicht bin, für den Fall, dass Sie's noch nicht gemerkt haben sollten.« Er schob seinen Zeigefinger in die Zigarettenpackung und fischte eine Zigarette heraus. Es war anscheinend die letzte, denn er knüllte die Schachtel zusammen und warf sie in die Ecke.

»Ja. Hm«, sagte Barbara, »ich glaub' Ihnen ja, dass sich für Sie die Frauen gleich reihenweise hinlegen. Wenigstens in Ihren Träumen. Aber wir haben's hier nicht mit Träumen zu tun, Trevor. Wir haben's mit der Realität zu tun, und die Realität heißt Mord. Ich habe nur Ihr Wort dafür, dass Sie Haytham Querashi am Marktplatz in Clacton dabei beobachtet haben, wie er einen Schwulen abgeschleppt hat, und mir ist mittlerweile klargeworden, dass es sehr gut sein kann, dass das Sie waren.«

»Das ist eine gottverdammte Lüge!« Er sprang so heftig auf, dass sein Stuhl umkippte.

»Ach ja?«, fragte Barbara freundlich. »Bitte setzen Sie sich wieder. Oder soll ich einen Constable holen, damit der Ihnen dabei hilft?« Sie wartete, bis er seinen Stuhl wieder aufgestellt und sich gesetzt hatte. Er hatte seine Zigarette auf den Tisch geworfen, und jetzt nahm er sie und riss an der Kante seines schmutzigen Daumennagels ein Streichholz an. »Ihnen ist doch klar, wie es aussieht?«, fragte Barbara ihn. »Sie haben in der Senffabrik zusammen gearbeitet. Er hat Sie entlassen, angeblich weil Sie ein paar Gläser Senf und Chutney gestohlen hatten. Aber vielleicht war das gar nicht der Grund, weshalb er Sie hinausgesetzt hat. Vielleicht hat er Sie gefeuert, weil er Sahlah Malik heiraten sollte und Sie nicht länger in der Nähe haben wollte, wo Sie ihn ständig daran erinnert hätten, wer er wirklich war.«

»Ich will jetzt meinen Anruf machen«, sagte Trevor. »Ich hab' Ihnen nichts mehr zu sagen.«

»Aber Ihnen ist doch klar, wie übel es für Sie aussieht?« Barbara drückte ihre Zigarette aus, gewissenhaft im Aschenbecher. »Sie machen uns auf Querashis Homosexualität aufmerksam; Sie beschränken sich beim Verkehr mit Rachel Winfield auf orale Praktiken –«

»Das hab' ich doch schon erklärt, warum!«

»Und Querashi kommt genau zu einer Zeit ums Leben, für die Sie kein Alibi haben. Also, Trevor, wäre das nicht für Sie Anlass genug, uns zu sagen, was Sie am Freitagabend getrieben haben? Immer vorausgesetzt natürlich, Sie waren nicht draußen auf dem Nez, um Haytham Querashi umzubringen.«

Er presste die Lippen aufeinander und starrte sie trotzig an.

»Na schön«, sagte sie, »ganz wie Sie wollen. Aber überlegen Sie, ob Sie sich damit nicht selbst schaden.«

Damit ging sie hinaus und machte sich auf die Suche nach Emily. Sie hörte sie, bevor sie sie sah. Ihre Stimme – im Dialog mit einer feindseligen Männerstimme – schallte aus dem Erdgeschoss herauf. Barbara spähte über das geschwungene Treppengeländer hinunter und sah Emily Auge in Auge mit Muhannad Malik. Taymullah Azhar befand sich direkt hinter seinem Cousin.

»Sie brauchen mir das Polizeigesetz und die Beweisermittlungsvorschriften nicht zu erklären«, sagte Emily gerade kurz, als Barbara die Treppe herunterkam. »Ich kenne die gesetzlichen Vorschriften. Mr. Kumhar wird wegen eines Vergehens festgehalten, das sofortige Verhaftung zulässt. Es ist durchaus legal, dafür zu sorgen, dass die Beweisermittlung nicht behindert und keine Personen gefährdet werden.«

»Gefährdet ist doch Mr. Kumhar.« Muhannads Gesicht war hart. »Und wenn Sie sich weigern, uns zu ihm zu bringen, kann es dafür nur einen Grund geben.«

»Würden Sie das freundlicherweise näher erklären?«

»Ich möchte überprüfen, in was für einer körperlichen Verfassung er sich befindet. Wir wollen uns doch nicht vormachen, dass Sie die schöne Wendung ›Widerstand gegen die Staatsgewalt‹ niemals als Rechtfertigung für Handgreiflichkeiten seitens Ihrer Leute benutzt haben.«

»Ich glaube«, sagte Emily spitz, »Sie sehen zu viel fern, Mr. Malik. Es ist nicht meine Gewohnheit, Verdächtige zu misshandeln.«

»Dann werden Sie ja nichts dagegen haben, dass wir ihn aufsuchen.«

Ehe Emily darauf etwas sagen konnte, mischte sich Azhar ein. »Laut Gesetz steht es einem Verdächtigen auch zu, dass im Fall seiner Festnahme unverzüglich ein Freund, Verwandter oder Bekannter unterrichtet wird. Dürfen wir den Namen der Person erfahren, die Sie informiert haben, Inspector Barlow?«

Er sah nicht ein einziges Mal zu Barbara hin, als er sprach, dennoch war sie sicher, dass er spürte, wie sie innerlich zusammenzuckte. Gesetze waren gut und schön, aber wenn die Ereignisse eine Dynamik gewannen, die die Fähigkeit der Polizei, mit ihnen Schritt zu halten, überstieg, kam es häufig genug vor, dass auch gewissenhafte Beamte es mit den Buchstaben des Gesetzes nicht mehr ganz so genau nahmen. Azhar setzte wohl darauf, dass genau das geschehen war, und Barbara wartete darauf, ob Emily nun einen Freund oder Verwandten Fahd Kumhars aus dem Ärmel schütteln würde.

Sie versuchte es gar nicht erst. »Bisher hat Mr. Kumhar uns niemanden genannt, den er benachrichtigen lassen möchte.«

»Weiß er denn, dass er das Recht dazu hat?«, fragte Azhar scharfsinnig.

»Mr. Azhar, wir hatten kaum Gelegenheit, lang genug mit dem Mann zu sprechen, um ihn auf seine Rechte aufmerksam zu machen.«

»Aha, das Übliche«, bemerkte Muhannad. »Sie hat ihn in Einzelhaft gesteckt, weil sie nur auf die Art hoffen kann, ihn so weit aus der Fassung zu bringen, dass er bereit ist, mit ihr zu kooperieren.«

Azhar widersprach dieser Einschätzung der Dinge vonseiten seines Cousins nicht. Aber er ließ sich davon auch nicht aufhetzen. Ruhig fragte er: »Ist Mr. Kumhar ein Staatsbürger dieses Landes, Inspector?«

Emily, dachte Barbara, verwünschte sich jetzt wahrscheinlich dafür, dass sie sich Kumhars Gebrabbel über seine Papiere angehört hatte. Sie konnte nicht bestreiten, von seinem rechtlichen Status als Immigrant zu wissen, und ebenso wenig konnte sie bestreiten, das Gesetz zu kennen, das bezüglich der Rechte von Immigranten sehr deutlich war. Wenn sie jetzt Ausflüchte machte – nur um zu entdecken, dass Fahd Kumhar tatsächlich in den Mord an Haytham Querashi verwickelt war –, riskierte sie, dass ihre Beweise vor Gericht später nicht anerkannt wurden.

Sie sagte: »Im Augenblick möchten wir Mr. Kumhar nur zu seiner Beziehung zu Haytham Querashi befragen. Wir haben ihn in die Dienststelle gebracht, weil er in seiner Wohnung nicht bereit war, Fragen zu beantworten.«

»Lassen Sie diese verdammten Ausweichmanöver«, sagte Muhannad. »Ist Kumhar ein englischer Staatsbürger oder nicht?«

»Er scheint es nicht zu sein«, antwortete Emily, doch sie richtete das Wort an Azhar und nicht an Muhannad.

»Aha.« Azhar schien irgendwie getröstet durch dieses Bekenntnis. Den Grund dafür erkannte Barbara, als er seine nächste Frage stellte. »Wie gut spricht er Englisch?«

»Ich habe ihn keiner Prüfung unterzogen.«

»Aber das ist nicht von Belang, oder?«

»Azhar, verdammt noch mal. Wenn sein Englisch nicht –«

Azhar schnitt seinem Vetter mit einer ruhigen Geste das Wort ab. Er sagte: »Dann muss ich Sie bitten, uns unverzüglich zu Mr. Kumhar zu lassen, Inspector. Ich möchte Ihnen nicht unterstellen, Sie wüssten nicht, dass die einzigen Verdächtigen, die ein uneingeschränktes Recht auf Besucher haben, Personen aus dem Ausland sind.«

Spiel, Satz und Sieg, dachte Barbara mit uneingeschränkter Bewunderung. Taymullah Azhar, hauptamtlich Professor für Mikrobiologie, war offensichtlich auch in seiner Nebentätigkeit als edler Ritter, der für die Rechte seines Volkes eintrat, eine Größe, mit der man rechnen musste. Sie hätte sich, erkannte sie, weiß Gott nicht zu sorgen brauchen, dass dieser Mann auf seiner Reise nach Balford unter die Räder kommen könnte. Es war ziemlich offenkundig, dass er die Situation – zumindest was die Verhandlungen mit der Polizei betraf – absolut im Griff hatte.

Muhannad quittierte diese Wendung der Ereignisse mit einem triumphierenden Blick und sagte mit ausgesuchter Höflichkeit: »Wenn Sie uns also jetzt zu ihm führen würden, Inspector Barlow ...? Wir möchten unseren Leuten gern berichten, dass es Mr. Kumhar gutgeht. Ihnen liegt verständlicherweise sehr viel daran zu hören, dass er von Ihnen gut behandelt wird.«

Für politische Manöver war da kaum noch Platz. Die Botschaft war klar. Muhannad Malik konnte seine Leute jederzeit zu weiteren Protestaktionen, Demonstrationen oder neuerlichen Unruhen mobilisieren. Genauso leicht konnte er sie dazu bringen, Frieden zu halten. Die Entscheidung lag bei Emily Barlow, und sie würde auch die Verantwortung tragen müssen.

Barbara sah, wie sich Emilys Augenwinkel leicht zusammenzogen. Das war die einzige Reaktion, die sie den beiden Männern zu zeigen gewillt war.

»Folgen Sie mir«, sagte sie.

Ihr war, als läge sie in Eisen gefangen. Nicht in Eisen, die sie an Händen und Füßen fesselten, sondern in den Eisen, die sie vom Kopf bis zu den Zehen umschlossen.

In ihrem Kopf dröhnte Lewis' Stimme. Er redete und redete, über die Kinder, über sein Geschäft, über seine infernalische Leidenschaft für dieses museumsreife Segelboot, das *niemals* richtig funktionierte, ganz gleich, wie viel Geld er hineinsteckte. Dann verdrängte Lawrence ihn. Aber der sagte nur: Ich liebe sie, ich liebe sie, warum kannst du nicht verstehen, dass ich sie liebe, Mama, und wir zusammenleben wollen? Und dann mischte sich auch noch dieses schwedische Luder ein, mit ihrem Psychogequatsche, das sie wahrscheinlich gelernt hatte, während sie irgendwo an einem Strand in Kalifornien einen Volleyball durch die Gegend geschleudert hatte. Lawrences Liebe zu mir kann seine Liebe zu Ihnen nicht verringern, Mrs. Shaw. Das sehen Sie doch ein, oder? Und Sie wollen doch sein Glück? Und danach meldete sich Stephen und sagte: Es ist mein Leben, Großmutter. Du kannst es nicht für mich leben. Wenn du mich nicht so akzeptieren kannst, wie ich bin, dann stimme ich dir zu: dann ist es das Beste, wenn ich gehe.

Alle redeten sie, unaufhörlich. Sie brauchte irgendetwas, um ihr Gedächtnis mundtot zu machen. Sie empfand im Moment keinen nennenswerten Schmerz. Nur diese Stimmen quälten sie, unaufhörlich und hartnäckig.

Sie wollte mit ihnen streiten, ihnen widersprechen, sie ihrem Willen unterwerfen. Aber sie konnte nichts tun, als ihnen zuzuhören, eine Gefangene ihrer bedrängenden Forderungen, ihrer Unvernunft, ihrer Unnachgiebigkeit.

Sie wünschte sich, sie könnte ihre Fäuste heben und damit auf ihren Kopf einschlagen. Aber die Eisen umklammerten ihren Körper, und jedes Glied war ein Zentnergewicht, das sie nicht bewegen konnte.

Sie nahm Licht wahr, und mit dieser Wahrnehmung wichen die Stimmen in den Hintergrund zurück. Doch sie wurden durch andere Stimmen ersetzt. Agatha strengte sich an, zu verstehen, was da gesprochen wurde.

Anfangs flossen die Wörter alle ineinander. »Nichtvielandersalsbeim Herzen«, sagte jemand erklärend. »AberdashieristeinGehirninfarkt.«

AberdashieristeinGehirninfarkt? Was heißt das?, fragte sich Agatha. Wo bin ich? Und warum liege ich so still? Sie hätte meinen können, sie wäre gestorben und ihr Ich aus ihrem Körper herausgetreten, aber sie befand sich fest und unverkennbar *in* ihrem Körper, war sich dieses Gefängnisses nur allzu deutlich bewusst.

»Ogottwieschlimmistes?« Das war Theos Stimme, und Agatha war froh. Theo, dachte sie. Theo ist hier. Theo ist hier bei mir, in diesem Zimmer, ganz in meiner Nähe. So schlimm, wie es schien, konnte es also nicht sein.

So erleichtert war sie darüber, seine Stimme zu hören, dass sie in den nächsten Minuten nur Wortfetzen vernahm. Thrombose, hörte sie. Cholesterinablagerungen. Arterienverschluss. Und Hemiparese rechts.

Da wusste sie es. Und in diesem Augenblick empfand sie abgrundtiefe Verzweiflung. Wie ein rasch wachsender Ballon blähte sich diese Verzweiflung zu einem Schrei auf, den sie nicht ausstoßen konnte, der sie zu töten drohte. Ach, täte er es doch, dachte sie gebrochen. Ach, Herr Jesus, würde er mich doch töten.

Lewis hatte sie gerufen. Lawrence hatte sie gerufen. Aber dickköpfig wie immer war sie ihren Rufen nicht gefolgt. Sie hatte noch Dinge zu erledigen, Träume zu verwirklichen, Standpunkte durchzusetzen, ehe sie ihr Leben aus der Hand geben konnte. Als der Schlag sie getroffen und das Blutgerinnsel ihrem Gehirn für Gott weiß wie lange den Sauerstoff geraubt hatte, hatten Wille und Geist Agatha Shaws sich mit aller Kraft zur Wehr gesetzt. Und sie war nicht gestorben.

Jetzt wurden die Worte allmählich klarer. Das Licht, das ihr Gesichtsfeld erfüllte, begann sich in Formen zu wandeln. Aus diesen Formen schälten sich Menschen, zunächst nicht voneinander zu unterscheiden.

»Es ist wieder die linke mittlere Gehirnarterie betroffen.« Eine Männerstimme, die sie jetzt erkannte. Dr. Fairclough, der sie bei ihrem letzten Schlaganfall betreut hatte. »Man kann das an der Verzerrung ihrer Gesichtsmuskeln sehen. Schwester, würden Sie noch mal die Probe mit der Nadel machen, bitte. Sehen Sie? Keine Reaktion. Wenn wir die Probe an ihrem Arm machen, werden wir dasselbe Ergebnis bekommen.«

Er beugte sich über das Bett. Jetzt konnte Agatha ihn deutlich sehen. Er hatte eine große Nase mit Poren, die wie dunkle Stecknadelköpfe aussahen. Die Gläser seiner Brille waren schmierig und voller Flecken. Wie konnte er durch diese Dinger überhaupt hindurchsehen?

»Agatha?«, rief er. »Wissen Sie, wer ich bin, Agatha? Wissen Sie, was geschehen ist?«

Idiot, dachte Agatha. Wie sollte sie *nicht* wissen, was geschehen war? Mit großer Anstrengung zwinkerte sie einmal. Die winzige Bewegung erschöpfte sie.

»Ja. Gut«, sagte Dr. Fairclough. »Sie hatten einen zweiten Schlaganfall, meine Liebe. Aber jetzt ist alles in Ordnung. Und Theo ist hier.«

»Großmutter?« Seine Stimme klang so vorsichtig, als wäre sie plötzlich zu einem verlassenen kleinen Hündchen geworden, das er aus einem Versteck zu locken versuchte. Er stand zu weit von ihr entfernt, sie konnte ihn nicht klar erkennen, doch ihn überhaupt zu sehen, wenn auch undeutlich und verschwommen, war ein Trost, ein Zeichen, dass vielleicht alles wieder gut werden würde. »Warum zum Teufel wolltest du unbedingt zum Tennisplatz?«, fragte Theo. »Mein Gott, Großmutter, wenn Mary nicht bei dir gewesen wäre ... Sie hat nicht mal den Rettungsdienst angerufen. Sie hat dich einfach hochgehoben und selbst hergebracht. Dr. Fairclough ist der Meinung, dass sie dir das Leben gerettet hat.«

Wer hätte diesem albernen Ding so viel Geistesgegenwart zugetraut?, dachte Agatha. Das Einzige, was Mary Ellis ihrer Erinnerung nach bisher in einem Notfall getan hatte, war zu blubbern, zu blinzeln und die Nase laufen zu lassen.

»Sie reagiert nicht«, sagte Theo, und Agatha konnte erkennen, dass er sich dem Arzt zugewandt hatte. »Kann sie mich überhaupt sehen?«

»Agatha«, sagte der Arzt. »Würden Sie Theo zeigen, dass Sie hören, was er sagt?«

Ganz langsam und wieder mit großer Anstrengung zwinkerte Agatha noch einmal. Sie schien dazu ihrer ganzen Kraft zu bedürfen und spürte die Anspannung bis in ihren Hals hinunter.

»Was wir hier vor uns sehen«, sagte der Arzt in diesem aufreizenden Ton sachlicher Belehrung, der Agatha immer in Rage gebracht hatte, »nennt man motorische Aphasie. Das Blutgerinnsel hat die Versorgung der linken Gehirnhälfte mit Blut – und daher mit Sauerstoff – verhindert. Da hier das Sprachzentrum sitzt, ist ihre Sprechfähigkeit betroffen.«

»Aber es ist viel schlimmer als das letzte Mal. Damals konnte sie noch ein bisschen reden. Wie kommt es, dass sie jetzt gar nicht mehr sprechen kann? Großmutter, kannst du meinen Namen sagen? Kannst du deinen eigenen Namen sagen?«

Agatha zwang sich, ihren Mund zu öffnen. Doch der einzige Laut, den sie bilden konnte, klang in ihren Ohren wie »Ach«. Sie versuchte es ein zweites, dann ein drittes Mal. Und wieder hatte sie das Gefühl, dass dieser ballonartig aufgeblähte Schrei in ihrem Inneren mit Gewalt herauswollte.

»Es ist diesmal ein schwererer Schlaganfall«, sagte Dr. Fairclough. Er legte seine Hand auf Agathas Schulter, und sie spürte, wie er sie teilnehmend drückte. »Agatha, strengen Sie sich nicht an. Ruhen Sie sich aus. Sie sind in den besten Händen. Und Theo ist hier, wenn Sie ihn brauchen.«

Sie traten vom Bett weg, aus ihrem Blickfeld heraus, aber sie konnte einige ihrer gedämpft gesprochenen Worte noch hören.

»... leider keine Wunder«, sagte der Arzt. »... umfassende Rehabilitationsmaßnahmen nötig ...«

»... Therapie?« Dies von Theo.

»Physikalische und logopädische Therapie.«

»... Krankenhaus?«

Und Agatha bemühte sich, etwas aufzuschnappen. Intuitiv wusste sie, was ihr Enkel fragte, weil es das war, was sie selbst verzweifelt zu wissen wünschte: Wie sah die Prognose in einem Fall wie dem ihren aus? Musste sie damit rechnen, bis zu ihrem letzten Tag im Krankenhaus zu bleiben, bewegungsunfähig in einem Gitterbett wie eine Stoffpuppe?

»... eigentlich ganz vielversprechend«, sagte Dr. Fairclough, und er kehrte zum Bett zurück, um ihr diese Information zukommen zu lassen. Er tätschelte ihr die Schulter, berührte dann mit den Fingerspitzen ihre Stirn, als gäbe er ihr den Segen.

Ärzte, dachte sie. Wenn sie sich nicht für den Papst hielten, hielten sie sich für Gott.

»Agatha, die Lähmung wird sich bei regelmäßiger Physiotherapie mit der Zeit zurückbilden. Die Aphasie ... nun, was das Wiedererlangen der Sprechfähigkeit betrifft, so sind da Vorhersagen schwieriger zu machen. Aber wenn Sie gute Pflege und Betreuung bekommen, und vor allem, wenn Sie den Willen zur Genesung haben, können Sie noch eine ganze Reihe von Jahren leben.« Der Arzt wandte sich Theo zu. »Aber sie muss leben *wollen*. Und sie muss einen Grund zum Leben haben.«

Den habe ich, dachte Agatha. Den habe ich, verdammt noch mal. Sie *würde* diese Stadt nach dem Bild eines Seebads, wie es ihrer

Meinung nach sein sollte, neu erschaffen. Sie würde es von ihrem Bett aus tun, von ihrem Sarg aus, von ihrem Grab aus. Der Name Agatha Shaw würde für mehr stehen als eine verfehlte Ehe, die ein sinnloses vorzeitiges Ende gefunden hatte, ein Scheitern als Mutter, deren Kinder entweder in alle Winde zerstreut waren oder in frühen Gräbern lagen, und ein Leben, das durch die Menschen definiert war, die sie verloren hatte. Sie hatte den Willen zu leben und durchzuhalten. Sie hatte ihn im Überfluss.

Der Arzt sprach weiter. »Zwei Dinge sprechen für sie, und an sie können wir unsere Hoffnung auf Genesung knüpfen. Insgesamt ist sie in ausgezeichneter körperlicher Verfassung: Herz, Lunge, Knochen, Muskeln. Sie hat die Konstitution einer Frau in den Fünfzigern, und das wird ihr zugutekommen, glauben Sie mir.«

»Sie war ja auch immer aktiv«, sagte Theo. »Bis zu ihrem ersten Schlaganfall hat sie regelmäßig Tennis gespielt, ist gerudert und geritten.«

»Hm. Ja. Sehr zu ihrem Nutzen. Aber Leben bedeutet mehr, als den Körper fit zu halten. Auch das Herz und die Seele müssen fit bleiben. Und dabei helfen Sie ihr. Sie steht nicht allein auf der Welt. Sie hat eine Familie. Und Menschen, die eine Familie haben, haben einen Grund, weiterleben zu wollen.« Der Arzt stellte seine letzten Fragen mit einem leisen Lachen, so gewiss schien er der Antwort zu sein. »Sie haben doch nicht die Absicht, längere Zeit zu verreisen, Theo, oder? Sie planen doch keine Expedition nach Afrika? Oder eine Reise auf den Mars?«

Stille folgte, und in dieser Stille hörte Agatha die Geräusche der Monitore, an die sie angeschlossen war. Sie piepten und zischten irgendwo außerhalb ihres Blickfeldes über ihrem Kopf.

Sie wollte Theo sagen, er solle näher herankommen, damit sie ihn sehen konnte. Sie wünschte, sie könnte ihm sagen, wie sehr sie ihn liebte. Liebe war nichts als sentimentaler Quatsch, das wusste sie. Nichts als Unsinn und Illusion, die einem einzig Schmerzen und Kummer einbrachte. Es war ein Wort, das sie in ihrem Leben nie ausgesprochen hatte. Doch jetzt hätte sie es ausgesprochen.

Sie sehnte sich nach ihm, sie sehnte sich danach, ihn zu berühren und im Arm zu halten. Sie hatte stets geglaubt, körperliche

Berührung sei nur da, um zu strafen. Wie hatte sie nicht sehen können, dass aus ihr innere Bindung erwuchs?

Der Arzt lachte wieder, aber diesmal klang es gezwungen. »Du lieber Gott, machen Sie doch nicht so ein Gesicht, Theo. Sie brauchen doch die Pflege und Betreuung Ihrer Großmutter nicht allein zu übernehmen. Wichtig ist, dass Sie jetzt einfach für sie da sind. Sie braucht Kontinuität. Die können Sie ihr geben.«

Theo kam jetzt so nahe, dass sie ihn sehen konnte. Er blickte ihr in die Augen, und seine eigenen wirkten trübe. Genau wie damals, als sie in dem nach Urin stinkenden Kinderheim angekommen war, wo er und Stephen nach dem Tod ihrer Eltern untergebracht worden waren. »Na, dann kommt mal mit, ihr beiden«, hatte sie zu ihnen gesagt, und als sie keinem von ihnen die Hand geboten hatte, war Stephen einfach vorausgegangen. Theo jedoch hatte sich an ihrem Rock festgehalten.

»Ich werde immer für sie da sein«, sagte Theo. »Ich bleibe selbstverständlich hier.«

19

In ihrer Eigenschaft als Verbindungsbeamtin schlug Barbara einen Kompromiss vor, mit dem alle Beteiligten sich einverstanden erklärten. Emily hatte den kleinen Zug vor dem Vernehmungsraum angehalten und den beiden Männern mitgeteilt, dass ihnen lediglich Sichtkontakt mit Fahd Kumhar gewährt werden würde. Es sei ihnen gestattet, sich ein Bild von seinem körperlichen Zustand zu machen, aber sie dürften keinerlei Fragen stellen. Diese Grundregeln führten zu augenblicklichem Streit zwischen Emily und den Pakistanis, bei dem Muhannad seinem Vetter rigoros die Gesprächsführung entriss. Nachdem Barbara sich seine Drohungen von einem »bevorstehenden Aufruhr in der Gemeinde« angehört hatte, schlug sie vor, Taymullah Azhar – ein Außenstehender, der eindeutig über allen Verdacht erhaben sei – solle die Rolle des Dolmetschers übernehmen. Man würde Fahd Kumhar in englischer Sprache auf seine Rechte hinweisen, Azhar würde alles übersetzen, was der Mann nicht verstand, und Emily würde das ganze Gespräch auf Band aufzeichnen, um es Professor Siddiqi in London zur Verifizierung vorzulegen. Damit schienen jedermanns Rechte gewahrt zu sein, und alle waren sich einig, dass diese Alternative endlosem Streit auf dem Korridor vorzuziehen sei. Der Kompromiss wurde also im gleichen Geist angenommen wie die meisten Kompromisse: Alle stimmten ihm zu, keinem gefiel er.

Emily öffnete die alte Eichentür und ließ sie in den kleinen Raum. Fahd Kumhar saß in einer Ecke, von dem Polizeibeamten – höchst seltsam gewandet in Shorts und Hawaiihemd –, der ihn bewachte, so weit wie möglich entfernt. Wie ein Kaninchen, das sich von Hunden umstellt sieht, hockte er auf seinem Stuhl, und als er sah, wer die Neuankömmlinge waren, flog sein Blick von Emily zu Barbara und dann über sie hinweg zu Azhar und Muhannad. Sein Körper schien wie in einem Reflex zu reagieren. Er stemmte die Füße gegen den Holzboden und schob seinen Stuhl mit einem Ruck noch tiefer in die Ecke. Furcht oder Flucht, dachte Barbara.

Sie konnte seine Angst riechen. Der saure Gestank männlichen

Schweißes machte die Luft beinahe ungenießbar. Sie fragte sich, wie die Pakistanis den Gemütszustand des Mannes interpretieren würden.

Sie brauchte nicht lang auf eine Antwort zu warten. Mit schnellem Schritt ging Azhar durch das Zimmer und kauerte vor Kumhars Stuhl nieder. Während Emily den Kassettenrecorder einschaltete, sagte er: »Ich werde mich ihm jetzt vorstellen. Und meinen Cousin ebenfalls.« Dann sprach er in Urdu. Kumhars schneller Blick von Azhar zu Muhannad und wieder zurück zu Azhar zeigte an, dass Azhar ebendies getan hatte.

Als Kumhar leise wimmerte, legte Azhar ihm die Hand auf den Arm, den er immer noch wie abwehrend vor seine Brust hielt. »Ich habe ihm gesagt, dass ich aus London gekommen bin, um ihm zu helfen«, erklärte Azhar. Ruhig sprach er in seiner Muttersprache weiter und wiederholte dann auf englisch sowohl seine Fragen als auch Kumhars Antworten. »Ist man Ihnen zu nahe getreten?«, fragte er. »Hat die Polizei Sie misshandelt, Mr. Kumhar?«

Sofort schaltete sich Emily ein. »Diese Fragen liegen nicht im Bereich unserer Abmachung, Mr. Azhar, und das wissen Sie auch.«

Muhannad warf ihr einen verächtlichen Blick zu. »Wir können ihn nicht auf seine Rechte hinweisen, solange wir nicht wissen, wie viele von ihnen bereits verletzt worden sind«, sagte er. »Sieh ihn dir an, Azhar. Er ist ja völlig aufgelöst. Kannst du irgendwelche Verletzungen sehen? Schau dir doch mal seine Handgelenke und seinen Hals an.«

Der Constable, der bei ihrer Ankunft im Raum gewesen war, reagierte aufgebracht. Er sagte: »Bis ihr Leute hier reinmarschiert seid, war er ganz gefasst.«

»Seien Sie vorsichtig, was Sie sagen, Constable«, entgegnete Muhannad. »›Wir Leute‹ sind schließlich nicht ohne Chief Inspector Barlow hier hereingekommen.«

Bei diesen Bemerkungen begann Kumhar unwillkürlich leise zu jammern. Er sagte sehr schnell irgendetwas, aber es schien an keinen von ihnen gerichtet zu sein.

»Was war das?«, fragte Emily scharf.

Behutsam zog Azhar einen der erhobenen Arme des Mannes abwärts. Er knöpfte den Ärmel des weißen Baumwollhemdes auf und prüfte zuerst das eine Handgelenk, dann das andere, wobei er sagte: »Er hat gesagt: ›Beschützen Sie mich. Ich möchte nicht sterben.‹«

»Sag ihm, dass ich das tun werde«, befahl Muhannad. »Sag ihm –«

»Moment mal«, unterbrach Barbara ärgerlich. »Wir hatten eine Vereinbarung, Mr. Malik.«

Gleichzeitig blaffte Emily: »Das reicht jetzt, verdammt noch mal. Hinaus mit Ihnen beiden. Auf der Stelle.«

»Vetter«, sagte Azhar bittend. Er sprach mit Kumhar und erklärte dann Emily und Barbara, dass er versuche, den Mann zu beruhigen, ihm zu versichern, dass er von der Polizei nichts zu befürchten habe und dass die pakistanische Gemeinde für seine Sicherheit sorgen würde.

»Das ist ja sehr freundlich von Ihnen«, sagte Emily bissig. »Aber Sie haben Ihre Chance schon vertan. Ich möchte, dass Sie hier verschwinden. Constable, vielleicht können Sie uns helfen …«

Der Constable, der an der Tür saß, stand auf. Er war ein Hüne. Bei seinem Anblick fragte sich Barbara, ob Kumhars Angst nicht zum Teil damit zu tun hatte, dass er hier mit einem Mann vom Format eines Berggorillas eingeschlossen war.

»Inspector«, sagte Azhar, »ich bitte um Entschuldigung. Für mich und für meinen Vetter. Aber Sie sehen doch selbst, dass Mr. Kumhar große Angst hat, und ich denke, es ist zum Vorteil aller, wenn wir ihm klarmachen, welche gesetzlichen Rechte er hat. Selbst wenn er eine Aussage macht, wird sie, fürchte ich, in Anbetracht seiner gegenwärtigen Verfassung, die dafür spricht, dass er unter äußerstem Druck steht, nicht als Beweis zugelassen werden.«

»Das riskier' ich«, entgegnete Emily und gab ihm durch ihren Ton zu verstehen, dass sie ihm seine Besorgnis nicht abnahm.

Aber Azhar hatte so unrecht nicht. Barbara suchte einen Weg aus dieser Sackgasse, der sowohl dem Anliegen der Polizei, den Frieden in der Stadt zu wahren, dienen würde, als auch allen Beteiligten erlauben würde, das Gesicht zu wahren. Die beste Lösung wäre ihrer Meinung nach gewesen, Muhannad, den Störenfried, einfach an die Luft zu setzen. Aber sie wusste, dass dieser Vorschlag Malik nur noch mehr in Rage bringen würde.

Sie bat Emily um eine kurze Unterredung unter vier Augen. Als diese zu ihr an die Tür kam – ohne die Pakistanis aus den Augen zu lassen –, sagte Barbara leise: »Solang der Mann in diesem Zustand ist, werden wir sowieso nichts aus ihm herausbekommen. Entweder lassen wir Professor Siddiqi kommen, damit er ihn beruhigen und ihm erklären kann, wie es um seine Rechte bestellt ist, oder wir überlassen es Azhar – Mr. Azhar –, das zu tun, aber unter der Bedingung, dass Muhannad die Klappe hält. Wenn wir uns für die erste Möglichkeit entscheiden, können wir hier nur untätig herumsitzen, bis der Professor kommt, was mindestens zwei Stunden dauern wird. Und in der Zwischenzeit hetzt Muhannad seine Leute mit Beschreibungen von Mr. Kumhars Seelenzustand gegen uns auf. Wenn wir uns für die zweite Möglichkeit entscheiden, besänftigen wir die Moslems und dienen gleichzeitig unseren eigenen Interessen.«

Stirnrunzelnd verschränkte Emily die Arme. »Gott, wie es mir widerstrebt, diesem Dreckskerl nachzugeben«, sagte sie zähneknirschend.

»Wir handeln in unserem eigenen Interesse«, wiederholte Barbara. »Es sieht nur so aus, als gäben wir nach.«

Sie wusste, dass sie recht hatte. Aber sie wusste auch, dass Emily sich von ihrer Abneigung gegen den Pakistani – und dazu kam noch das, was Muhannad Malik tat, um diese Abneigung zu fördern – dazu verleiten lassen könnte, es anders zu sehen. Sie war in einer schwierigen Position. Sie konnte es sich nicht leisten, den Eindruck von Schwäche zu vermitteln, gleichzeitig jedoch konnte sie es sich nicht leisten, die Brisanz der Situation noch zu verschärfen.

Schließlich holte Emily tief Luft, und als sie sprach, klang es so, als widerte sie die ganze Sache gründlich an. »Wenn Sie uns garantieren können, dass Ihr Vetter sich von jetzt an nicht mehr in das Gespräch einmischt, Mr. Azhar, können Sie Mr. Kumhar auf seine Rechte hinweisen.«

Azhar nickte. »Vetter?«, sagte er zu Muhannad.

Muhannad nickte kurz und widerwillig. Doch er stellte sich so, dass er den verängstigten Pakistani voll im Blick hatte; mit gespreizten Beinen und verschränkten Armen stand er da wie ein Wachtposten.

Fahd Kumhar hatte offensichtlich nichts von dem hitzigen Austausch zwischen der Polizei und seinen Landsleuten begriffen. Immer noch hockte er da wie ein in die Enge getriebenes Karnickel und schien nicht zu wissen, wen er ansehen sollte. Sein Blick huschte mit einer Geschwindigkeit, die darauf schließen ließ, dass er – trotz Azhars beschwichtigender Worte – keinem traute, von einem zum anderen.

Da Muhannad sich, wenn auch grollend, an die neugetroffene Vereinbarung hielt, konnte Azhar nun das Gespräch mit Fahd Kumhar wieder aufnehmen.

Er fragte ihn, ob er verstanden habe, dass die Polizei ihn im Rahmen ihrer Ermittlungen über Haytham Querashis Ermordung vernehmen wolle.

Ja, das habe er verstanden, aber er habe mit diesem Mord nichts zu tun, überhaupt nichts, er kenne überhaupt keinen Mr. Querashi.

Ob er wisse, dass er bei einer Vernehmung durch die Polizei ein Recht auf den Beistand eines Anwalts habe?

Er kenne keinen Anwalt, er habe seine Papiere, sie wären alle in Ordnung, er habe versucht, sie der Polizei zu zeigen, er habe nie einen Mr. Querashi kennengelernt.

Ob er wünsche, dass man ihm einen Anwalt besorge?

Er habe eine Frau in Pakistan, er habe zwei Kinder, sie brauchten ihn, sie brauchten Geld, um zu –

»Fragen Sie ihn, warum Haytham Querashi einen Scheck über vierhundert Pfund auf ihn ausgestellt hat, wenn er ihn gar nicht gekannt hat«, sagte Emily.

Barbara warf ihr einen erstaunten Blick zu. Sie hätte nicht gedacht, dass Emily im Beisein der Pakistanis ihre Karten aufdecken würde. Sie sah, wie Muhannads Augen sich in Reaktion auf Emilys Worte zusammenzogen, während er schweigend diese Information aufnahm und dann seinen Blick taxierend auf den Mann auf dem Stuhl richtete.

Doch Kumhars Antwort war die gleiche wie zuvor. Er habe keinen Mr. Querashi gekannt. Da müsse ein Irrtum vorliegen, vielleicht handele es sich um einen anderen Kumhar. Der Name sei ja ziemlich geläufig.

»Aber nicht hier«, gab Emily zurück. »Kommen Sie zum Ende,

Mr. Azhar. Es liegt auf der Hand, dass Mr. Kumhar etwas Zeit braucht, um über seine Situation nachzudenken.«

Doch Barbara hatte noch eine Frage. Sie sagte: »Er spricht immer wieder von seinen Papieren. Fragen Sie ihn, ob er mit einer Agentur namens *World Wide Tours* zu tun hatte, entweder hier oder in Pakistan. Diese Leute haben sich auf Immigrationsangelegenheiten spezialisiert.«

Wenn Azhar, der für sie das Reisebüro in Karachi angerufen hatte, den Namen wiedererkannte, ließ er sich nichts davon anmerken. Er übersetzte lediglich Kumhars Erklärung, dass er über die Firma *World Wide Tours* so wenig wisse wie über Haytham Querashi.

Nachdem Azhar Kumhar über seine Rechte belehrt hatte, richtete er sich auf und ging von dem Stuhl in der Ecke weg. Aber nicht einmal das konnte den jungen Mann beruhigen. Die geballten Fäuste fest unter sein Kinn geschoben, hatte er schon wieder seine ursprüngliche Haltung eingenommen. Von seinem Gesicht tropfte der Schweiß. Sein dünnes Hemd klebte an seinem knochigen Körper. Barbara bemerkte, dass er unter seiner schwarzen Hose keine Socken trug, und die nackte Haut über dem billigen Schuh wirkte rot und entzündet.

Azhar musterte den jungen Mann noch einen Moment lang mit forschender Miene, ehe er sich Barbara und Emily zuwandte. »Sie täten gut daran, ihn von einem Arzt untersuchen zu lassen«, meinte er. »Im Augenblick ist er offensichtlich unfähig, eine vernünftige Entscheidung darüber zu treffen, ob er sich von einem Anwalt vertreten lassen sollte oder nicht.«

»Danke«, sagte Emily in eiskaltem, höflichem Ton. »Sie haben sich ja nun vergewissert, dass er unverletzt ist. Sie haben gesehen, dass er bewacht wird, damit ihm nichts zustoßen kann. Und jetzt, wo Sie wissen, dass er seine Rechte kennt –«

»Das werden wir erst wissen, wenn er sie geltend macht«, warf Muhannad ein.

»– kann Sergeant Havers Sie über den Stand der Ermittlungen ins Bild setzen, und dann können Sie gehen.« Emily sprach so unbeirrt weiter, als hätte sie Muhannads Bemerkung gar nicht gehört. Sie wandte sich zur Tür, die ihr der Constable öffnete.

»Einen Augenblick noch, Inspector«, sagte Azhar ruhig. »Wenn Sie gegen diesen Mann nichts vorzubringen haben, können Sie ihn höchstens vierundzwanzig Stunden festhalten. Ich möchte, dass er das weiß.«

»Dann sagen Sie es ihm«, versetzte Emily.

Azhar tat es. Kumhar schien nicht erleichtert über diese Neuigkeit. Er sah in der Tat nicht anders aus als in dem Moment, wo sie in den Raum getreten waren.

»Und sag ihm auch gleich«, bemerkte Muhannad, »dass jemand von *Jum'a* ihn nach Ablauf dieser vierundzwanzig Stunden hier abholen und nach Hause bringen wird. Und« – dies mit einem vielsagenden Blick auf die Polizeibeamten – »dass die Polizei schon einen wirklich triftigen Grund haben muss, um ihn über diese Zeit hinaus hier festzuhalten.«

Azhar sah Emily an, als wartete er entweder auf ihre Reaktion oder ihre Erlaubnis, diese Information weiterzugeben. Emily nickte knapp. Sie hörte das Wort *Jum'a*, als Azhar übersetzte.

Draußen im Korridor richtete Emily ihr letztes Wort an Muhannad Malik. Sie sagte: »Ich verlasse mich darauf, dass Sie die Leute, die es angeht, von Mr. Kumhars Wohlbefinden unterrichten.«

Was sie damit sagen wollte, war klar: Sie hatte das Ihre getan, nun erwartete sie von ihm, dass er das Seine tun würde.

Danach ging sie und ließ die beiden Männer in Barbaras Gesellschaft zurück.

Als Emily, kochend vor Zorn darüber, dass sie vor den beiden Pakistanis hatte klein beigeben müssen, nach oben kam, hörte sie, dass Superintendent Ferguson am Telefon war und mit ihr zu sprechen wünschte. Belinda Warner rief es ihr zu, als sie gerade in der Toilette verschwinden wollte.

»Ich bin nicht da«, rief sie.

»Das ist sein vierter Anruf seit zwei Uhr, Inspector«, erwiderte Belinda in einem Ton, der vorsichtige schwesterliche Anteilnahme ausdrückte.

»Tatsächlich? Dann sollte man diesem Idioten endlich mal die Wiederwahltaste vom Telefon abschrauben. Ich spreche mit ihm, wenn es *mir* passt, Constable.«

»Was soll ich ihm dann sagen? Er weiß, dass Sie im Haus sind. Die Kollegen von der Wache haben es ihm gesagt.«

Die Loyalität der Kollegen von der Wache war etwas Wunderbares, dachte Emily. »Sagen Sie ihm, dass wir einen Verdächtigen haben und ich Wichtigeres zu tun habe, als meine Zeit mit sinnlosem Gequatsche mit einer Nervensäge namens Ferguson zu vertun.«

Damit stieß sie die Tür zur Toilette auf und rannte hinein. Am Waschbecken drehte sie das Wasser auf, zog sechs Papiertücher aus dem Automaten und hielt sie unter den Wasserhahn. Als sie gründlich durchnässt waren, drückte sie sie aus und rieb sich damit Hals und Brust ab, dann die Arme und zum Schluss Stirn und Wangen.

Wahnsinn, dachte sie, wie sehr sie diesen miesen Pakistani hasste. Sie verabscheute ihn, seit sie ihm zum ersten Mal begegnet war. Damals war er noch ein Teenager gewesen und der ganze Stolz seiner Eltern. Stets waren ihm alle Wege geebnet worden, und alles, was andere sich im Leben erkämpfen mussten, hatte Muhannad Malik auf dem Silbertablett überreicht bekommen. Aber war er sich dessen überhaupt bewusst? Brachte er auch nur den geringsten Funken Anerkennung dafür auf? Natürlich nicht. Weil Menschen, denen im Leben alles geschenkt wurde, niemals den Blick hatten zu erkennen, was für ein verdammtes Glück sie hatten.

Da war er, mit seiner Rolex und seinem Brillantring, mit seinen Schlangenlederstiefeln und der goldenen Schlangenkette, die unter seinem makellos gebügelten T-Shirt blitzte. Da war er, mit seinem Oldtimer und seiner Oakley-Sonnenbrille und einem Körper, dem man ansah, wie viel Muße der Kerl besaß, um sich täglich um seine gemeißelte Schönheit zu kümmern. Und dennoch wusste er von nichts anderem zu reden als davon, wie übel man ihm mitgespielt hatte, wie gemein es im Leben zuging, welch ein Übermaß an Hass und Vorurteil ihm sein privilegiertes kleines Leben vergällt hatte.

Ja, sie hasste ihn aus tiefstem Herzen, und sie hatte allen Grund dazu. Seit zehn Jahren suchte er unter jedem Steinchen, das er auf seinem Weg fand, nach Rassenhass und Ausländerfeindlichkeit. Sie hatte wahrhaftig die Nase voll, nicht nur von ihm, sondern auch davon, jedes Wort, jede Frage und jeden Impuls auf die Goldwaage legen zu müssen, wenn sie mit ihm zu tun hatte. Wenn die Polizei gezwungen war, gerade die Personen mit Samthandschuhen anzufassen, die sie verdächtigte – und Emily verdächtigte Muhannad Malik so ziemlich jeder Gesetzesüberschreitung, die in den letzten zehn Jahren in ihrem Revier in Balford vorgefallen war –, spielte sie die Partie mit Handicap. So wie sie jetzt.

Sie fand die Situation unerträglich, und während sie sich mit den feuchten Papiertüchern die glühende Haut abtupfte, verfluchte sie Superintendent Ferguson, Muhannad Malik, den Mord auf dem Nez und die gesamte pakistanische Gemeinde. Sie konnte es nicht fassen, dass sie Barbaras Vorschlag tatsächlich nachgegeben und den Pakistanis gestattet hatte, Kumhar zu sehen. Sie hätte sie hochkant hinauswerfen sollen. Oder noch besser, sie hätte Taymullah Azhar gleich verhaften sollen, als sie ihn bei ihrer Ankunft mit Kumhar draußen vor der Dienststelle hatte herumlungern sehen. Er hatte ja nichts Eiligeres zu tun gehabt, als seinem verdammten Vetter mitzuteilen, dass die Bullen einen pakistanischen Verdächtigen in Gewahrsam hatten. Emily zweifelte nicht daran, dass er derjenige gewesen war, der Muhannad und Kohorten Bescheid gegeben hatte. Wer war er überhaupt, dieser Azhar? Mit welchem Recht spielte er sich hier auf wie irgendein Staranwalt, der er ganz entschieden nicht war?

Die Frage, wer dieser Mann war – und der Ärger darüber, von ihm übertrumpft worden zu sein –, trieb Emily in ihr Büro zurück. Bis zu diesem Moment hatte sie ihre an die Nachrichtenabteilung gestellte Anfrage über diesen unbekannten Pakistani, der am Sonntagnachmittag plötzlich in Balford aufgekreuzt war, ganz vergessen. Die Anfrage lag Clacton seit mehr als achtundvierzig Stunden vor. Diese Zeit musste doch gereicht haben, um sich die Informationen zu beschaffen, die SO11 in London zusammengetragen hatte, *wenn* Taymullah Azhar je die Aufmerksamkeit des Nachrichtendiensts auf sich gezogen hatte.

Auf ihrem Schreibtisch häuften sich Berge von Akten, Dokumenten und Berichten. Sie brauchte gut zehn Minuten, um den ganzen Papierkram zu durchforsten. Über Azhar war noch nichts hereingekommen.

Schade. Sie wollte so gern irgendetwas gegen diesen Mann in der Hand haben, auch wenn es nur eine Kleinigkeit oder ein unbedeutendes Geheimnis war, um bei der nächsten verbalen Auseinandersetzung mit ihm eine Andeutung einfließen lassen zu können und ihm zu zeigen, dass er vor der Polizei doch nicht ganz so sicher war, wie er sich anscheinend fühlte. Mit solchen kleinen Manövern gelang es im Allgemeinen, dem Gegner den Wind aus den Segeln zu nehmen. Natürlich hatte sie selbst die Oberhand – sie konnte Informationen weitergeben oder zurückhalten, ganz wie sie es für richtig hielt –, aber sie wollte die Pakistanis dazu bringen, dies auch zu erkennen.

Sie griff zum Telefon und rief die Nachrichtenabteilung an.

Emily war am Telefon, als Barbara ins Zimmer kam. Sie führte ein Privatgespräch, wie am Timbre ihrer Stimme leicht zu hören war. Die Stirn in eine Hand gestützt, während sie mit der anderen den Hörer ans Ohr hielt, saß sie an ihrem Schreibtisch und sagte: »Glaub mir, *das* könnte ich heute Abend zweimal gebrauchen. Vielleicht sogar dreimal.« Dann lachte sie gurrend.

Mit ihrem Chef, dachte Barbara, sprach Emily bestimmt nicht.

»Wann?«, fragte sie gerade. »Hm. Das könnte ich schaffen. Aber wird sie sich nicht wundern? ... Gary, kein Mensch geht drei Stunden lang mit dem Hund spazieren.« Und auf Garys Erwiderung lachte sie wieder und setzte sich anders hin.

Barbara trat zurück, um hinauszugehen, bevor Emily auf sie aufmerksam wurde. Doch diese kleine Bewegung reichte. Emily hob den Kopf und bedeutete Barbara mit einer Handbewegung zu bleiben. Offenbar war sie im Begriff, das Gespräch zu beenden.

»Also dann«, sagte sie. »Um halb elf. Und vergiss diesmal die Kondome nicht.«

Ohne jede Verlegenheit legte sie auf und sagte zu Barbara: »Wie hast du sie abgespeist?«

Barbara musterte sie. Sie wusste, dass ihr Gesicht knallrot war. Emily ihrerseits war völlig sachlich und so unbefangen, als hätte sie nicht gerade ein heimliches Stelldichein mit einem verheirateten Mann verabredet. Eher wirkte sie so, als hätte sie gerade einen Zahnarzttermin vereinbart.

Emily schien peinlicherweise Barbaras Gedanken genau zu erraten. Sie sagte: »Zigaretten, Alkohol, Magengeschwüre, Migränen, psychosomatische Krankheiten oder Promiskuität. Jeder nach seinem Geschmack, Barb.«

»Ja, hm«, erwiderte Barbara mit einem Achselzucken, das den Eindruck vermitteln sollte, auch sie gehöre zu den Frauen, die den Alltagsstress mit wechselnden Partnern abreagierten. In Wirklichkeit kam sie fast um vor Gier nach einer Zigarette – nicht nach einem Mann – und spürte, wie sie das Verlangen nach Nikotin von Kopf bis Fuß durchzuckte, obwohl sie während der Sitzung mit Azhar und seinem Cousin eine nach der anderen geraucht hatte. »Hauptsache, es funktioniert.«

»Genau.« Emily lachte und fuhr sich mit den Fingern durch das Haar. Ein kleiner Vorrat an durchnässten Papiertüchern hing über der Lampe auf ihrem Schreibtisch, und sie nahm eins der Tücher, um sich damit den Nacken abzureiben. »Also wirklich, diese Hitze ist schlimmer als Hochsommer in Neu-Delhi. Warst du mal dort? Nein? Sei froh. Verschwende dein Geld lieber auf was anderes. Es ist fürchterlich dort. Also, womit hast du sie abgespeist?«

Barbara erstattete ihren Bericht. Sie hatte den Pakistanis mitgeteilt, dass die Polizei Querashis Schließfach bei Barclay's Bank gefunden und den Inhalt an sich genommen hatte, dass Siddiqi Azhars Übersetzung der Qur'aan-Passage bestätigt hatte, dass sie derzeit seinen Telefonaten nachgingen und neben Kumhar einen weiteren Verdächtigen verhörten.

»Und Maliks Reaktion?«, fragte Emily.

»Er hat mich ziemlich bedrängt.«

Und das war noch untertrieben. Muhannad Malik hatte in scharfem Ton zu wissen verlangt, um wen es sich bei dem zweiten Verdächtigen handele und welcher Rasse er angehöre. Er hatte eine Liste der Gegenstände verlangt, die man in Querashis Schließfach gefunden hatte. Er hatte verlangt, darüber aufgeklärt zu werden, was es bedeutete, Telefonaten »nachzugehen«. Er hatte verlangt, für ihn einen Kontakt mit Professor Siddiqi herzustellen, damit er dem Mann klarmachen könne, worum es bei diesem Mord ging, der in Balford-le-Nez untersucht wurde.

»Dieser unverschämte Kerl«, bemerkte Emily, als Barbara zum Schluss gekommen war. »Was hast du gesagt?«

»Ich brauchte gar nichts zu sagen«, antwortete Barbara. »Azhar hat es für mich getan.« Und er hatte es auf seine gewohnte Art getan, mit der selbstsicheren Gelassenheit, die zeigte, dass er nicht das erste Mal als Unterhändler bei Verhandlungen mit der Polizei auftrat. Für Barbara war das erneut Anlass gewesen, sich über ihren Londoner Nachbarn Gedanken zu machen. In den knapp zwei Monaten ihrer Bekanntschaft hatte sie ihm das Etikett »Universitätsprofessor« und »Vater von Hadiyyah« verpasst. Aber was war er noch?, fragte sie sich jetzt. Was alles wusste sie nicht über diesen Mann?

»Du magst diesen anderen, diesen Azhar«, stellte Emily scharfsichtig fest. »Warum?«

Barbara wusste, dass sie jetzt hätte sagen sollen: »Weil ich ihn aus London kenne, wir sind Nachbarn, seine kleine Tochter ist mir sehr ans Herz gewachsen.« Stattdessen aber sagte sie: »Ach, es ist nur ein Gefühl. Er scheint ehrlich zu sein. Er macht auf mich den Eindruck, dass ihm ebenso viel daran liegt wie uns, die Wahrheit über Querashi herauszubekommen.«

Emily antwortete mit einem kurzen skeptischen Lachen. »Darauf würde ich mich nicht verlassen, Barb. Wenn er so dick befreundet mit Muhannad ist, geht's ihm um was ganz anderes, als rauszukriegen, was draußen auf dem Nez wirklich passiert ist. Oder sind dir die Untertöne bei unserem kleinen Rendezvous mit Azhar, Malik und Fahd Kumhar entgangen?«

»Welche Untertöne?«

»Kumhars Reaktion, als die beiden ins Vernehmungszimmer marschierten. Die hast du doch bemerkt, oder nicht? Was meinst du wohl, was das zu bedeuten hatte?«

»Kumhar hatte eine Scheißangst«, gab Barbara zu. »Ich hab' nie jemand gesehen, der sich in Haft so aufgeführt hat. Aber das ist doch der springende Punkt, Em. Er ist in Haft. Worauf willst du also hinaus?«

»Ich will auf eine Verbindung zwischen diesen Burschen hinaus. Als Kumhar Azhar und Malik sah, hätte er sich beinahe in die Hose gemacht.«

»Willst du damit sagen, dass er sie kennt?«

»Azhar vielleicht nicht. Aber ich bin überzeugt davon, dass er Muhannad Malik kennt. Ich bin sogar absolut sicher, dass er ihn kennt. Der hat von Kopf bis Fuß gezittert vor Angst. Und du kannst mir glauben, diese Reaktion hatte nichts damit zu tun, dass wir ihn hopsgenommen haben.«

Barbara spürte Emilys Gewissheit und begegnete ihr mit Vorsicht. »Aber Em, schau dir seine Situation doch mal an. Er gilt in einem Mordfall als Verdächtiger und ist in einem fremden Land, wo er mit seinen Sprachkenntnissen im Fall eines Fluchtversuchs nicht mal bis zum Stadtrand käme, in Polizeigewahrsam. Ist das nicht Grund genug für ihn –«

»Doch«, fiel Emily ihr ungeduldig ins Wort. »Du hast ja recht. Sein Englisch würde nicht mal ausreichen, um einen Hund hinterm Ofen vorzulocken, wenn er einen Knochen in der Hand hätte. Aber was tut er dann in Clacton? Und wie ist er überhaupt dort hingekommen? Clacton ist kein Ort, wo es von Pakistanis wimmelt. Die sind da so dünn gesät, dass der Zeitungsmann von *Jackson & Son* sofort wusste, dass wir Kumhar suchten, als wir uns nach einem Pakistani erkundigten.«

»Und?«, fragte Barbara.

»Na, hör mal, Barb, in dieser Kultur wird Individualismus doch nicht gerade großgeschrieben. Diese Leute glucken zusammen. Was also tut Kumhar mutterseelenallein in Clacton, wenn seine Landsleute alle hier in Balford sind?«

Barbara hätte gern dagegengehalten, dass auch Azhar allein in London lebte, obwohl er, wie sie vor kurzem erst erfahren hatte, anderswo in diesem Land eine große Familie hatte. Sie hätte gern dagegengehalten, dass sich die Pakistanis in London hauptsächlich auf die Gegend von Southall und Hounslow konzentrierten, während Azhar in Chalk Farm lebte und in Bloomsbury arbeitete. Wie typisch ist das denn?, hätte sie gern gefragt. Aber sie konnte es nicht tun, ohne ihren Platz im Ermittlungsteam zu gefährden.

Emily ließ nicht locker. »Du hast gehört, was Constable Honigman gesagt hat. Kumhar war ganz in Ordnung, bis diese beiden Burschen ins Zimmer kamen. Was glaubst du denn, was das zu bedeuten hat?«

Es konnte alles Mögliche bedeuten, dachte Barbara. Und es konnte so hingedreht werden, dass es die gewünschte Bedeutung erhielt. Sie dachte daran, Emily an das zu erinnern, was Muhannad gesagt hatte: Die Pakistanis waren ja nicht allein ins Zimmer gekommen. Doch sich wegen einer reinen Vermutung auf einen Streit einzulassen hätte in diesem Moment gar nichts gebracht. Es hätte wahrscheinlich nur die Atmosphäre vergiftet. Deshalb ließ sie sich auf keine weiteren Erörterungen von Kumhars Seelenzustand ein, sondern sagte: »Wenn Kumhar Malik bereits kennt, welcherart ist dann die Verbindung zwischen ihnen?«

»Meiner Ansicht nach steckt da irgendeine Gaunerei dahinter. Verlass dich drauf. Auf der gleichen Linie wie die Dinger, die Muhannad schon als Teenager gedreht hat: irgendeine krumme Sache, die man ihm nie richtig nachweisen kann. Aber jetzt gibt er sich nicht mehr mit kleinen Fischen zufrieden wie damals, jetzt macht er dreckige Geschäfte im großen Stil.«

»Und was für Geschäfte sollen das sein?«

»Weiß der Teufel. Einbrüche, Autoschiebereien, Pornographie, Prostitution, Drogen, Schmuggel, Waffenschmuggel, terroristische Aktivitäten. Ich weiß nicht, was es ist, aber eins weiß ich mit Sicherheit: Es springt ein Haufen Geld dabei raus. Woher sonst hat Muhannad dieses Auto? Die Rolex? Die Klamotten? Den Schmuck?«

»Em, sein Vater hat eine ganze Fabrik. Die Familie muss doch bestimmt in Geld schwimmen. Außerdem hat er bestimmt eine dicke Mitgift von seinen Schwiegereltern bekommen. Weshalb sollte Muhannad seinen Reichtum nicht zur Schau tragen?«

»Weil das nicht die Art dieser Leute ist. Kann ja sein, dass die im Geld schwimmen, aber die ganze Kohle wird gleich wieder in die Firma investiert. Oder sie schicken sie nach Pakistan. Oder sie finanzieren damit anderen Familienangehörigen die Auswanderung. Oder sie sparen das Geld für die Mitgift ihrer Töchter. Glaub mir, für Oldtimer und protzigen Schmuck geben sie es bestimmt nicht aus. Nie im Leben.« Emily warf ihre feuchten Papiertücher in den Papierkorb. »Barb, glaub mir, Malik hat Dreck am Stecken. Er hat schon schmutzige Geschäfte gemacht, als er sechzehn war, und daran hat sich nichts geändert, außer dass er inzwischen den Einsatz erhöht hat. Heutzutage benützt er *Jum'a* als Fassade. Er spielt den großen Beschützer seines Volkes. Aber in Wahrheit ist er ein Mensch, der seiner eigenen Mutter den Hals aufschlitzen würde, wenn er sich dafür noch einen Brilli an den kleinen Finger stecken könnte.«

Oldtimer, Brillanten, eine Rolexuhr. Barbara hätte in diesem Moment einen Lungenflügel dafür gegeben, eine Zigarette in Emilys Büro rauchen zu können. Es waren weniger Emilys Worte, die sie beunruhigten, als die uneingestandene – und daher möglicherweise gefährliche – Leidenschaft, mit der sie vorgetragen wurden. Diese Straße war auch sie schon gegangen. Ihr Name lautete »Verlust der Objektivität«, und sie führte nicht in die Richtung, die ein gewissenhafter Polizeibeamter anstrebte. Und Emily Barlow war eine gewissenhafte Polizeibeamtin. Sie war eine der Besten.

Barbara suchte nach einem Weg zum Ausgleich. Sie sagte: »Warte. Wir haben auch noch Trevor Ruddock, der für Freitagabend kein Alibi hat. Seine Fingerabdrücke werden gerade untersucht. Ich hab' die Bastelsachen, die er für seine Spinnen braucht, ins Labor geschickt. Wollen wir den einfach gehen lassen und uns stattdessen auf Muhannad konzentrieren? Ruddock hatte Draht in seinem Zimmer, Em. Eine ganze Rolle.«

Emily sah an ihr vorbei zur Wand ihres Büros, zu der Tafel voller Notizen, die dort hing. Sie sagte nichts. In der Stille hörte man das Läuten von Telefonen. Irgendwo in der Nähe rief jemand lachend: »Mensch, Kumpel, mach dir doch nichts vor!«

Genau, dachte Barbara. Also, wie steht's. Komm, Em. Enttäusch mich jetzt nicht.

»Wir müssen die Kartei prüfen«, sagte Emily entschieden. »Hier und in Clacton. Wir müssen nachsehen, was angezeigt und bisher noch nicht aufgeklärt wurde.«

Nun war Barbara doch enttäuscht. »Die Kartei? Ja, glaubst du denn im Ernst, wir werden Muhannad auf die Art auf die Schliche kommen, wenn er wirklich unsaubere Geschäfte macht?«

»Irgendwie werden wir ihm auf die Schliche kommen«, erwiderte Emily. »Glaub mir. Aber wir werden nichts finden, wenn wir nicht anfangen zu suchen.«

»Und Trevor? Was soll ich mit dem tun?«

»Lass ihn vorläufig mal laufen.«

»Du willst ihn laufen lassen?« Barbara drückte ihre Fingernägel in die Unterseite ihres Arms. »Aber, Em, wir können mit ihm doch das Gleiche machen wie mit Kumhar. Wir können ihn bis morgen Nachmittag schmoren lassen. Wir können ihn uns jede Viertelstunde vorknöpfen. Ich schwör's dir, der Junge hat was zu verbergen, und solange wir nicht wissen, was es ist –«

»Lass ihn gehen, Barbara«, sagte Emily mit Entschiedenheit.

»Aber wir wissen ja noch nicht einmal über seine Fingerabdrücke Bescheid. Und über den Draht, den ich ins Labor geschickt hab', wissen wir auch noch nichts. Und als ich mit Rachel gesprochen habe …« Barbara wusste nicht, was sie noch vorbringen wollte.

»Barb, Trevor Ruddock läuft uns nicht davon. Er weiß genau, dass wir ihm gar nichts anhaben können. Also lassen wir ihn einfach gehen, bis wir vom Labor gehört haben. Und inzwischen nehmen wir uns die Pakistanis vor.«

»Wie denn?«

Emily zählte auf: Ein Blick in die Karteien der Dienststellen in und um Balford würde erweisen, ob krumme Geschäfte – bei denen Muhannad die Hand im Spiel gehabt haben könnte – im Gange waren; den Hinweisen, die die Papiere aus Querashis Schließfach enthielten, musste nachgegangen werden; jemand musste, mit Querashis Foto bewaffnet, das Reisebüro *World Wide Tours* in Harwich aufsuchen; den Bewohnern der Häuser am Nez musste ein Foto Kumhars gezeigt werden, ebenso den Angestellten von *World Wide Tours*, nur um nichts zu versäumen.

»Ich habe in knapp fünf Minuten eine Besprechung mit dem Team«, sagte Emily. Sie stand auf. Ihr Ton sagte klar, dass das Gespräch beendet war. »Ich verteile die Aufgaben für morgen. Ist irgendwas dabei, was du gern übernehmen möchtest, Barb?«

Was sie damit sagen wollte, war kristallklar: Emily Barlow leitete die Ermittlungen, nicht Barbara Havers. Trevor Ruddock würde auf freien Fuß gesetzt werden. Sie würden nunmehr den Pakistanis auf den Leib rücken. Einem insbesondere – und dieser eine hatte ein hervorragendes Alibi.

Barbara war klar, dass sie nichts weiter tun konnte. »Ich übernehme *World Wide Tours*«, sagte sie. »Eine kleine Spritztour nach Harwich tut mir sicher ganz gut.«

Barbara sah den türkisfarbenen Thunderbird sofort, als sie anderthalb Stunden später auf den Parkplatz des *Burnt House Hotels* fuhr. Schnittig, blitzblank und von exotischer Eleganz, war er unter den staubigen Escorts, Volvos und Vauxhalls auch kaum zu übersehen. Das Kabriolett sah aus, als würde es jeden Tag auf Hochglanz poliert. Von den blitzenden Radkappen bis zu den glänzenden Chromleisten war es so makellos sauber wie das Besteck eines Chirurgen. Es stand am Ende der Wagenreihe, zwei Parkbuchten in Anspruch nehmend, damit nur ja keiner, der rechts oder links die Tür eines geringeren Fahrzeugs öffnete, den Lack beschädigte. Barbara spielte mit dem Gedanken, mit ihrem neugekauften Lippenstift »Egoist« auf die Windschutzscheibe des Wagens zu schmieren, doch sie gab sich mit einem passenden mündlichen Kommentar zufrieden und zwängte ihren Mini in eine vom Duft der Küchenabfälle umwehte Lücke beim rückwärtigen Teil des Hotels.

Muhannad Malik war zweifellos drinnen bei Azhar, um mit ihm neue Schachzüge zu planen, nachdem jede seiner Forderungen, ihnen das Beweismaterial zur Prüfung zu überlassen, rundweg abgelehnt worden war. Das hatte ihm nicht gepasst. Noch weniger hatte es ihm gepasst, als sein Cousin ihm erklärt hatte, dass die Polizei, ganz abgesehen davon, dass sie ihnen ihr Beweismaterial nicht vorzulegen brauchte, nicht einmal verpflichtet war, sich überhaupt auf diese Sitzungen mit ihnen einzulassen. Muhannad hatte darauf ausgesprochen mürrisch reagiert, doch wenn er auf seinen Cousin ärgerlich war, so hatte er sich das nicht anmerken lassen. Er hatte seinen Zorn und seine Verachtung vielmehr gegen Barbara gerichtet. Sie konnte sich vorstellen, mit welcher Freude er jetzt ihre Ankunft im Hotel aufnehmen würde, sollte sie ihm zufällig begegnen. Was sie inbrünstig zu vermeiden hoffte.

Zigarettenrauch und gedämpftes Stimmengewirr verrieten Barbara, dass die Hotelgäste sich eben jetzt in der Bar versammelten, um ihren Sherry zu trinken und die Speisekarte zu studieren, wie das Ritual der abendlichen Speiseaufnahme es befahl. Die Tatsache, dass das Angebot so ewig wiederkehrend war wie Ebbe und Flut – Schwein, Hühnchen, Scholle, Rind –, schien auf das brennende Bedürfnis der Gäste, die Karte mit dem Eifer von Bibelforschern zu prüfen, keinen Einfluss zu haben. Barbara sah sie flüchtig, als sie sich zur Treppe wandte. Erst eine Dusche, sagte sie sich. Dann ein Bier und einen Whisky.

»Barbara! Barbara!« Das Klappern leichter Sandalen auf dem

Parkettboden begleitete den freudigen Ruf. Hadiyyah, für das Abendessen fein herausstaffiert in pastellfarbener Seide, hatte sie von der Bar aus gesehen und ergriff sofort die Initiative.

Barbara zögerte, sich innerlich windend. Wenn sie gehofft hatte, sich durch eine Zufallsbegegnung mit Muhannad Malik im Hotel irgendwie hindurchlavieren zu können, ohne bekennen zu müssen, dass sie seinen Vetter bereits aus London kannte, so war daran jetzt nicht mehr zu denken. Und Azhar war nicht flink genug, um seine Tochter zurückzuhalten. Er stand auf, doch sie hüpfte schon vergnügt durch den Saal. Eine kleine weiße Tasche, rund wie der Vollmond, baumelte an ihrem Arm.

»Komm schnell«, sagte Hadiyyah, »ich muss dir doch zeigen, wer da ist. Es ist mein Onkel, Barbara. Er heißt Muhannad. Er ist sechsundzwanzig Jahre, und er ist verheiratet, und er hat zwei kleine Jungen, die noch Windeln kriegen. Ich hab' ihre Namen vergessen, aber sie fallen mir bestimmt wieder ein, wenn ich sie sehe.«

»Ich wollte grade rauf in mein Zimmer«, erwiderte Barbara. Sie vermied es, zur Bar hinüberzusehen, als könnte sie so vermeiden, selbst gesehen zu werden.

»Ach komm. Es dauert ja nur eine Minute. Ich möchte so gern, dass du ihn mal siehst. Ich hab' ihn gefragt, ob er hier mit uns isst, aber er hat gesagt, dass seine Frau zu Hause auf ihn wartet. Und seine Mam und sein Dad. Er hat auch noch eine Schwester.« Sie seufzte voll Wonne. Ihre Augen blitzten. »Stell dir nur mal vor, Barbara. Und ich hatte bis heute Abend überhaupt keine Ahnung. Ich hab' nicht gewusst, dass ich außer Mami und Dad noch Verwandte habe. Er ist wahnsinnig nett, mein Onkel Muhannad. Also, kommst du jetzt mit?«

Azhar war zur Tür der Bar gekommen. Hinter ihm war Muhannad aus einem riesigen Ledersessel aufgestanden, der am Fenster stand. Er hielt ein Glas in der Hand, das er zum Mund führte und austrank, ehe er es auf einen Tisch in der Nähe stellte.

Barbara fixierte Taymullah Azhar mit beschwörendem Blick. Was soll ich sagen?

Doch Hadiyyah hatte sie schon bei der Hand genommen, und jeder Gedanke daran, eine gerade zwei Tage alte Freundschaft vorzutäuschen, die aus einer beiderseitigen Vorliebe für die kulinarischen Genüsse des Hotels entstanden war, wurde durch ihre nächsten Worte vernichtet. »Das hast du doch auch immer gedacht, nicht wahr, Barbara? Weil uns auch nie Verwandte besucht haben. Aber jetzt kommen sie sicher zu uns nach London. Sie können am Wochenende kommen. Und wir können sie einladen, wenn wir mal wieder grillen, nicht?«

Aber sicher, hätte Barbara am liebsten gesagt. Muhannad Malik war bestimmt schon ganz versessen darauf, sich Sergeant Barbara Havers' gegrilltes Kebab einzuverleiben.

»Onkel Muhannad«, rief Hadiyyah ausgelassen, »komm! Schau, das ist meine Freundin Barbara. Sie wohnt in London. Wir haben die Wohnung im Parterre, das hab' ich dir ja schon erzählt, und Barbara wohnt in dem kleinen Häuschen hinter dem Haus. Es ist ganz süß. Wir haben uns kennengelernt, weil ihr Kühlschrank aus Versehen bei uns abgeliefert worden ist. Dad hat ihn dann zu ihr hingetragen. Er hat ein bisschen Schmiere auf sein Hemd gekriegt. Das meiste haben wir wieder rausbekommen, aber wenn er in die Universität muss, zieht er's jetzt nicht mehr an.«

Muhannad kam näher. Hadiyyah nahm seine Hand. Jetzt hielt sie sie beide an den Händen – Barbara auf der einen und ihren Onkel auf der anderen Seite – und strahlte, als hätte sie sie eben miteinander vermählt.

Muhannads Gesicht war anzusehen, wie es in seinem Kopf arbeitete – als wäre ein Computer in seinem Gehirn dabei, empfangene Daten zu registrieren und in die angemessenen Kategorien einzuordnen. Barbara konnte sich gut vorstellen, welche Etiketten sie trugen: Verrat, Heimlichtuerei, Täuschung. Er sprach mit Hadiyyah, doch er sah dabei ihren Vater an.

»Ich freu' mich sehr, deine Freundin kennenzulernen, Hadiyyah. Kennst du sie schon lange?«

»Oh, schon seit *Wochen*«, erklärte Hadiyyah. »Manchmal gehen wir in die Chalk Farm Road und kaufen uns ein Eis. Wir waren auch schon mal im Kino, und sie ist sogar zu meinem Geburtstag gekommen. Manchmal besuchen wir auch ihre Mam in Greenford. Wir haben immer so viel Spaß zusammen, stimmt's, Barbara?«

»Was für ein schöner Zufall, dass ihr im selben Hotel in Balford-le-Nez wohnt«, meinte Muhannad vielsagend.

»Hadiyyah«, sagte Azhar. »Barbara ist eben erst zurückgekommen, und ich habe den Eindruck, sie würde gern in ihr Zimmer hinaufgehen. Wenn du –«

»Ja, weißt du, wir haben ihr erzählt, dass wir nach Essex fahren«, berichtete Hadiyyah ihrem Onkel liebenswürdig. »Wir mussten es ihr sagen, weil ich auf ihren Anrufbeantworter gesprochen hatte. Ich wollte sie eigentlich zu einem Eis einladen, und ich wollte nicht, dass sie glaubt, ich hätte sie vergessen. Drum bin ich zu ihr ins Häuschen gelaufen, um ihr zu sagen, dass wir wegfahren, und dann ist Dad auch gekommen, und wir haben ihr gesagt, dass wir ans Meer fahren. Aber Dad hat mir nicht gesagt, dass *du* hier wohnst, Onkel Muhannad. Es war eine Überraschung für mich. Und jetzt kannst du meine Freundin Barbara kennenlernen, und sie kann dich kennenlernen.«

»Das ist ja jetzt geschehen«, sagte Azhar.

»Aber offenbar mit einiger Verspätung«, bemerkte Muhannad.

»Hören Sie, Mr. Malik«, begann Barbara, doch das Erscheinen von Basil Treves hinderte sie daran weiterzusprechen.

Er kam geschäftig wie immer mit den Bestellungen für das Abendessen aus der Bar. Und wie immer summte er vor sich hin. Beim Anblick von Barbara in Gesellschaft der Pakistanis verstummte er jedoch abrupt.

»Ah! Sergeant Havers«, sagte er. »Sie hatten einen Anruf. Drei, genauer gesagt, alle von derselben Person.« Er warf einen taxierenden Blick auf Muhannad und dann auf Azhar, ehe er etwas kryptisch, aber mit wichtigtuerischem Air, das seine Stellung als Landsmann, Mitarbeiter und Vertrauter der Beamtin von Scotland Yard unterstrich, hinzufügte: »Sie wissen schon, Sergeant. Diese deutsche Angelegenheit? Er hat zwei Nummern hinterlassen, seine private und seine dienstliche. Ich habe Ihnen einen Zettel in Ihr Fach gelegt, und wenn Sie einen Augenblick Geduld haben ...«

Als er davoneilte, um die Zettel zu holen, sagte Muhannad: »Vetter, wir werden uns später unterhalten, hoffe ich. Hadiyyah, gute Nacht. Es war ...« Sein Gesicht wurde weich, und mit einer Hand umfasste er liebevoll den Hinterkopf des kleinen Mädchens. Er beugte sich hinunter und küsste sie auf den Scheitel. »Es war mir wirklich eine große Freude, dich endlich kennenzulernen.«

»Kommst du wieder? Ich möchte so gern deine Frau und deine kleinen Jungen kennenlernen.«

»Alles zu seiner Zeit«, antwortete er lächelnd.

Er verabschiedete sich von ihnen, und Azhar warf Barbara nur einen kurzen Blick zu, ehe er ihm folgte. Sie hörte, wie er drängend sagte: »Muhannad, einen Moment noch«, als die beiden Männer die Tür erreichten, und fragte sich, wie er seinem Vetter die Situation erklären wollte. Ganz gleich, wie man sie betrachtete, sie sah nicht gut aus.

»So, da wären wir schon.« Basil Treves schwenkte die Telefonzettel, als er wieder zu ihnen trat. »Er war sehr höflich am Telefon. Erstaunlich für einen Deutschen. Essen Sie im Haus zu Abend, Sergeant?«

Sie bejahte, und Hadiyyah sagte sofort: »Du sitzt bei uns, du sitzt bei uns!«

Treves sah bei diesem Ansinnen ebenso pikiert aus wie am Montagmorgen beim Frühstück, als Barbara ohne viel Federlesens die unsichtbare Grenze überschritten hatte, die er zwischen seinen weißen Gästen und den Gästen anderer Hautfarbe gezogen hatte. Er tätschelte Hadiyyah den Kopf und bedachte sie mit jenem Blick falschen Wohlwollens, den man sich im Allgemeinen für kleine Tiere, gegen die man stark allergisch ist, aufhebt. »Ja, ja, wenn Sie es wünscht«, sagte er mit einer Herzlichkeit, die der Aversion in seinen Augen widersprach. »Sie kann Platz nehmen, wo sie möchte, mein Kind.«

»Gut, gut!« Beruhigt sprang Hadiyyah davon. Einen Augenblick später hörte Barbara sie an der Hotelbar mit Mrs. Porter schwatzen.

»Es war die Polizei«, teilte Treves ihr in vertraulichem Ton mit. Er wies auf die Zettel in Barbaras Hand. »Ich wollte das vor – vor diesen beiden nicht sagen. Sie wissen schon. Bei Ausländern kann man nicht vorsichtig genug sein.«

»Natürlich«, sagte Barbara und unterdrückte den Impuls, Treves zu ohrfeigen und auf seinen Füßen herumzutrampeln. Stattdessen ging sie nach oben in ihr Zimmer.

Die Hitze war mittlerweile infernalisch. Sie schien den Staub auf den Vorhängen und dem uralten Mobiliar gebacken zu haben. Barbaras Schweißdrüsen legten einen Gang zu. Sie warf ihre Umhängetasche auf eins der beiden Betten und ließ sich auf das andere fallen, um sich die Telefonzettel anzusehen. Beide nannten denselben Namen: Helmut Kreuzhage. Das erste Mal hatte er um drei Uhr nachmittags angerufen, dann nochmals um siebzehn Uhr und um achtzehn Uhr fünfzehn. Sie sah auf ihre Uhr und beschloss, es zuerst in seinem Büro zu versuchen. Sie tippte die Nummer ein und fächelte sich mit dem Plastiktablett, das sie unter der bereitstehenden Blechteekanne hervorzog, Kühlung zu.

»Kriminalhauptkommissar Kreuzhage hier.«

Bingo, dachte sie. An Ingrid und ihre bescheidenen Englischkenntnisse denkend, sprach sie langsam und deutlich, als sie sich meldete. Der Deutsche wechselte sofort die Sprache und sagte: »Ja, Sergeant Havers. Ich bin derjenige, der hier in Hamburg die Anrufe von Mr. Haytham Querashi entgegengenommen hat.« Er sprach mit einem kaum merklichen Akzent. Seine Stimme war angenehm und weich. Basil Treves, dachte Barbara, musste völlig entgeistert gewesen sein, so wenig erinnerte er an einen Kino-Nazi.

»Wunderbar«, sagte Barbara erfreut und dankte ihm dafür, dass er sie zurückgerufen hatte. Dann berichtete sie ihm rasch, wie sie dazu gekommen war, mit ihm Verbindung aufzunehmen.

Er kommentierte ihren Bericht über den Stolperdraht, die alte Betontreppe und Haytham Querashis tödlichen Sturz mit ein paar Lauten der Betroffenheit. »Als ich mir hier im Hotel die Liste seiner Anrufe angesehen habe«, sagte Barbara abschließend, »bin ich auf Ihre Nummer gestoßen. Wir gehen natürlich jedem möglichen Hinweis nach. Ich hoffe, Sie können uns weiterhelfen.«

»Ich fürchte, ich kann kaum etwas für Sie tun«, antwortete Kreuzhage.

»Erinnern Sie sich an Ihre Gespräche mit Querashi? Er hat ja mehr als einmal bei der Hamburger Polizei angerufen.«

»O ja, ich erinnere mich sehr gut«, erklärte Kreuzhage. »Er wollte mir von gewissen Aktivitäten berichten, die seiner Meinung nach in einer Wohnung in Wandsbek vorgingen.«

»Wandsbek?«

»Ja. Das liegt im Osten der Stadt.«

»Was für Aktivitäten?«

»Tja, da waren die Angaben leider recht vage. Er sprach nur von illegalen Aktivitäten zwischen Hamburg und der Hafenstadt Parkeston in England.«

Barbara spürte, wie ihre Fingerspitzen zu prickeln begannen. War es möglich, dass Emily Barlow doch recht hatte? »Das klingt mir nach einer Schmuggeloperation«, sagte sie.

Kreuzhage hustete. Es klang verschleimt. Auch ein Raucher, dachte Barbara, aber ein noch stärkerer als sie. Sie hörte, wie er ausspie, obwohl er dabei offenbar das Telefon von sich weghielt. Sie schauderte und gelobte, weniger zu rauchen.

»Da bin ich mir nicht so sicher«, sagte Kreuzhage.

»Warum nicht?«

»Nun, als Mr. Querashi Parkeston erwähnte, dachte ich natürlich zunächst auch an Schmuggel und schlug vor, er solle die Davidwache an der Reeperbahn anrufen. Das ist die Polizeiwache hier in Hamburg. Bei Schmuggel wäre sie zuständig. Aber das wollte er nicht. Er gab mir klar zu verstehen, dass das nicht in Frage käme, und daraus schloss ich, dass es sich bei den Aktivitäten, von denen er gesprochen hatte, nicht um Schmuggel handelt.«

»Aber was hat er Ihnen denn überhaupt gesagt?«

»Er sagte nur, er wisse von betrügerischen Aktivitäten, die über eine Adresse in Wandsbek liefen. Allerdings wusste er natürlich nicht, dass es Wandsbek war. Er wusste nur, dass es eine Adresse in Hamburg war.«

»Oskarstraße fünfzehn?«, tippte Barbara.

»Aha, ich nehme an, Sie haben die Adresse bei seinen Sachen gefunden. Ja, das ist richtig. Wir haben es überprüft, aber nichts festgestellt.«

»Sie meinen, er war auf der falschen Fährte? Oder hatte er vielleicht die falsche deutsche Stadt?«

»Es gibt im Grunde keine Möglichkeit, das mit Sicherheit festzustellen«, antwortete Kreuzhage. »Es kann durchaus sein, dass seine Angaben über diese betrügerischen Aktivitäten zutreffend waren, aber Oskarstraße fünfzehn ist ein großer Wohnblock mit etwa achtzig Wohnungen. Wir haben keinen Anlass, die alle zu durchsuchen, und konnten dies auch aufgrund der unbegründeten Verdächtigungen eines Herrn, der aus dem Ausland anrief, nicht tun.«

»Unbegründete Verdächtigungen, sagten Sie?«

»Mr. Querashi hatte keinerlei konkrete Beweise, Sergeant Havers. Oder wenn er sie hatte, so war er nicht bereit, es mich wissen zu lassen. Doch er wirkte sehr überzeugend und aufrichtig, deshalb habe ich das Gebäude zwei Tage lang überwachen lassen. Es steht am Rande eines Parkes, darum war es nicht schwierig, meine Leute so zu postieren, dass sie nicht gesehen wurden. Aber ich verfüge weder über das Personal noch über die finanziellen Mittel, um ein Gebäude von der Größe des Hauses Oskarstraße fünfzehn über längere Zeit hinweg überwachen zu lassen. Jedenfalls nicht aufgrund so vager Angaben.«

Ein durchaus verständlicher Standpunkt, dachte Barbara. Der Brauch, fremde Häuser und Wohnungen einfach zu stürmen, war in Deutschland nach dem Krieg zweifellos aus der Mode gekommen.

Aber dann fiel ihr etwas ein.

»Klaus Reuchlein«, sagte sie.

»Ja? Er ist ...?« Kreuzhage wartete.

»Er wohnt in Hamburg«, sagte Barbara. »Ich habe seine Adresse nicht, aber ich habe seine Telefonnummer. Und es würde mich interessieren, ob er vielleicht in der Oskarstraße fünfzehn wohnt.«

»Das«, sagte Kreuzhage, »lässt sich nachprüfen. Aber darüber hinaus ...« Er war so freundlich, seiner Stimme einen Ton des Bedauerns zu geben. Dann erklärte er ihr – im nüchternen Ton eines Mannes, der mit dem Verbrechen durchaus bestens vertraut ist –, dass es zahlreiche Bereiche illegaler Tätigkeit gebe, die über die Nordsee reichen und England mit Deutschland verbinden könnten. Prostitution, Geldfälscherei, Waffenschmuggel, Terrorismus, Industriespionage, Bankraub, Kunstdiebstahl ... Der erfahrene Polizeibeamte beschränkte seinen Verdacht nicht auf Schmuggel, wenn es Anzeichen für kriminelle Verbindungen zwischen zwei Ländern gab.

»Das habe ich auch Mr. Querashi zu erklären versucht«, sagte er, »um ihm klarzumachen, wie schwierig das war, was er von mir verlangte. Aber er bestand darauf, dass eine gründliche Untersuchung des Hauses Oskarstraße fünfzehn uns die Informationen liefern würde, die wir brauchten, um eine Festnahme vorzunehmen. Leider war Mr. Querashi nie in der Oskarstraße fünfzehn gewesen.«

Barbara hörte, wie er seufzte. »Eine Untersuchung? Die Leute haben manchmal keine Ahnung, wie genau das Gesetz regelt, was wir Polizeibeamten tun und nicht tun dürfen.«

Wie wahr. Barbara dachte an die Krimis, die sie im Fernsehen gesehen hatte, diese Sendungen, in denen die Bullen starrköpfige Verdächtige innerhalb einer Stunde so weich kneteten, dass sie ein Geständnis ablegten. Sie ließ ihn wissen, dass sie ganz seiner Meinung war, und fragte, ob er sich über diesen Klaus Reuchlein erkundigen könne. »Ich habe ihn ebenfalls angerufen und eine Nachricht hinterlassen«, erklärte sie, »aber ich habe das dumpfe Gefühl, dass er mich nicht zurückrufen wird.«

Kreuzhage versicherte ihr, dass er tun würde, was in seiner Macht stand. Danach legte sie auf. Einen Moment lang blieb sie tatenlos auf dem Bett sitzen und ließ den Schweiß von ihren Beinen in die hässliche Tagesdecke sickern. Dann stand sie auf und stellte sich unter die Dusche, so kaputt von der Hitze, dass sie sich nicht einmal dazu aufraffen konnte, ihr gewohntes Rock-'n'-Roll-Potpourri vor sich hin zu trällern.

20

Nach dem Abendessen landete Barbara auf dem Vergnügungspier – einzig deswegen, weil Hadiyyah sie eingeladen hatte. Impulsiv und großzügig, wie es ihre Art war, hatte das kleine Mädchen erklärt: »Du musst mitkommen, Barbara. Wir gehen zum Pier, Dad und ich, und du musst mitkommen. Nicht wahr, Dad, sie muss doch mitkommen? Es wird bestimmt viel lustiger, wenn sie auch dabei ist.« Sie reckte den Hals, um ihrem Vater ins Gesicht sehen zu können, der sich die Einladung ruhig anhörte.

Sie waren die Letzten im Speisesaal, gerade dabei, ihr Sorbet du jour zu verspeisen. Es war Zitrone an diesem Abend, und sie mussten schnell essen, ehe es in der Hitze zerfloss. Hadiyyah wedelte mit ihrem Löffel in der Luft herum, während sie sprach, und sprenkelte das Tischtuch mit Sorbettröpfchen.

Barbara hätte ein beschauliches Stündchen auf dem Rasen mit Blick auf das Meer vorgezogen. Auf ein Bad in der schwitzenden und sicherlich nicht gerade wohlriechenden Menge der Vergnügungssuchenden auf dem Pier hätte sie gern verzichtet. Doch Azhar war während des ganzen Abendessens mit seinen eigenen Gedanken beschäftigt gewesen und hatte seiner Tochter ausnahmsweise einmal gestattet, ihrer flinken Zunge völlig freien Lauf zu lassen. Sein Verhalten war so untypisch, dass Barbara klar war, es musste mit Muhannad Malik zu tun haben und dem Gespräch, das die beiden Männer draußen auf dem Parkplatz vor seiner Abfahrt geführt hatten. Sie erklärte sich also bereit, Azhar und seine Tochter auf den Pier zu begleiten, und wenn es nur war, um aus dem Mann wenigstens eine Andeutung darüber herauszukitzeln, was zwischen ihm und seinem Vetter vorgefallen war.

So kam es, dass sie sich um zehn Uhr inmitten wogender Massen sonnengebräunter Menschen und aufdringlicher Gerüche nach Sonnenöl, Schweiß, frittiertem Fisch, glitschigen Hamburgern und klebrigem Popcorn auf dem Pier wiederfand. Der abendliche Lärm übertraf noch das ohrenbetäubende Getöse bei Tag, vielleicht, weil die Anreißer vor den Buden und Karussells sich jetzt, kurz vor Betriebsschluss, noch intensiver bemühten, Kunden anzulocken. Sie brüllten aus Leibeskräften, um die Vorüberkommenden dazu zu verführen, Bälle zu werfen, das Glücksrad zu drehen oder Pappenten abzuschießen, denn wenn sie gehört werden wollten, mussten sie die Karussellmusik und das Pfeifen, Bimmeln, Knallen und Krachen aus der Spielhalle übertönen.

Dorthin, zur Spielhalle, führte Hadiyyah sie jetzt, jeden von ihnen an einer Hand haltend. »Oh, ist das lustig, ist das lustig!«, jubelte sie und schien gar nicht zu merken, wie wenig gesprächig ihr Vater und ihre Freundin waren.

Rund um sie herum drängten sich in dem Getöse schwitzende Menschen vor den Videospielen und Flippern. Kleine Kinder rannten lachend und kreischend zwischen den Spielautomaten umher. Mehrere halbwüchsige Jungen produzierten sich, begleitet vom Bewunderungsgeschrei einer Gruppe junger Mädchen, an einem Computerspiel als tollkühne Autorennfahrer. An einem langen schmalen Tisch saß eine Reihe alter Damen beim Bingospiel. Die Zahlen wurden über Mikrofon von einem als Clown kostümierten Mann ausgerufen, dessen Schminke sich in der Hitze längst in Wohlgefallen aufgelöst hatte. Nirgends in der Spielhalle, stellte Barbara fest, war ein Pakistani zu sehen.

Hadiyyah schien das alles nicht zu stören – der Lärm, die Gerüche, die Hitze, die Menschenmassen und die Tatsache, dass sie hier außer ihrem Vater das einzige dunkelhäutige Wesen war. Sie ließ ihren Vater und Barbara los und wirbelte, von einem Fuß auf den anderen hüpfend, begeistert herum. »Der Kranschnapper!«, jubelte sie. »Dad, der Kranschnapper!« Und schon rannte sie auf und davon.

Als sie sie einholten, stand sie vor dem Apparat, die Nase an die Scheibe gepresst, um zu sehen, was der Glaskasten alles enthielt. Er war mit Plüschtieren gefüllt: rosaroten Schweinen, scheckigen Kühen, Giraffen, Löwen und Elefanten. »Eine Giraffe! Ich möchte eine Giraffe«, rief sie und zeigte mit dem Finger auf das Tier, das sie gern haben wollte. »Dad, kannst du mir die Giraffe holen? Weißt du, er ist nämlich beim Kranschnappen ganz große Klasse, Barbara. Warte nur, du wirst schon sehen.« Wie ein kleiner Wirbelwind drehte sie sich herum und nahm ihren Vater beim Arm, um ihn vorwärts zu ziehen. »Und wenn du mir eine Giraffe rausgeholt hast, dann musst du Barbara auch was rausholen. Einen Elefanten, Dad. Weißt du noch, der Elefant, den du für Mami gewonnen hast? Weißt du noch, wie ich ihn mit der Schere aufgeschnitten habe? Ich wollte es nicht, Barbara. Ich war erst fünf Jahre alt, und ich hab' Tierarzt gespielt. Ich wollte eine Operation machen, aber als ich ihn aufgeschnitten hab', ist alles rausgekommen, was innen in ihm drin war. Mami war furchtbar wütend. Sie hat mich angeschrien. Nicht wahr, Dad?«

Azhar antwortete nicht. Er konzentrierte sich ganz auf den Kranschnapper. Er ging genauso vor, wie Barbara vermutet hatte: mit der ernsten Konzentration, die er allem widmete, was er tat. Sein erster Versuch schlug fehl. Ebenso der zweite. Doch weder er noch seine Tochter ließen sich davon entmutigen.

»Er muss erst ein bisschen üben«, teilte Hadiyyah Barbara vertraulich mit. »Er muss immer erst ein bisschen üben. Stimmt's, Dad?«

Azhar war mit seiner Aufgabe beschäftigt. Beim dritten Versuch brachte er den Kran schnell in Stellung, ließ geschickt den Haken herabfallen und schnappte die Giraffe, die seine Tochter haben wollte. Hadiyyah jauchzte vor Wonne und drückte das Plüschtier in die Arme, als hätte sie soeben das herrlichste Geschenk ihres kurzen achtjährigen Lebens erhalten.

»Danke, danke«, rief sie und umarmte ihren Vater. »Die ist jetzt mein Andenken an Balford. Immer wenn ich sie sehe, denk' ich dran, wie schön es in unserem Urlaub war. Hol' noch eins raus. Bitte, Dad, versuch's. Einen Elefanten für Barbara zum Andenken.«

»Ein andermal, Schatz«, sagte Barbara hastig zu dem kleinen Mädchen. Der Gedanke, von Azhar ein Plüschtier überreicht zu bekommen, war irgendwie beunruhigend. »Wir wollen doch nicht unser ganzes Geld an einem Ort lassen. Was ist mit dem Flipper? Oder mit dem Karussell?«

Hadiyyahs Gesicht leuchtete auf. Sofort schoss sie los und schlängelte sich durch das Gewühl zur Tür. Um dorthin zu gelangen, musste sie an den Computerspielen vorbei, und in ihrer eifrigen Hast drängte sie sich durch die Gruppe junger Leute, die dort stand.

Es geschah ganz plötzlich und so schnell, dass man nicht erkennen konnte, ob es unglücklicher Zufall oder Absicht war. Eben war Hadiyyah in einen Pulk Halbwüchsiger eingetaucht, im nächsten Moment lag sie der Länge nach auf dem Boden.

Irgendjemand lachte, man hörte es kaum im donnernden Lärm der Spielhalle, doch Barbara hörte es und schoss, ohne weiter zu überlegen, mitten in die Gruppe hinein.

»Scheiße. Pakis«, sagte jemand.

»Schau dir bloß mal das Kleid an.«

»Aufgedonnert wie sonst was.«

»Die glaubt wohl, sie wird der Queen vorgestellt.«

Barbara packte das schlabbrige, verschwitzte T-Shirt des Jungen, der ihr am nächsten stand. Sie drehte es in ihrer Hand zusammen und riss daran, bis der Junge keine Handbreit mehr von ihr entfernt war.

»Meine kleine Freundin«, sagte sie ruhig, »ist anscheinend gestolpert. Einer von euch jungen Herren würde ihr doch sicher gern helfen.«

»Verpiss dich, blödes Luder«, antwortete er knapp und deutlich.

»Fällt mir ja nicht im Traum ein«, sagte sie.

»Barbara!« Azhars Stimme klang ruhig und vernünftig wie immer.

Vor ihr richtete sich Hadiyyah zwischen den Doc Martens, Sandalen und Baseballstiefeln, die sie umgaben, auf die Knie auf. Ihr seidenes Kleidchen war bei dem Sturz schmutzig geworden, und unter dem Arm war die Naht aufgerissen. Sie schien nicht verletzt zu sein, nur überrascht. Verwirrt sah sie sich um.

Barbara packte das T-Shirt des Jungen noch fester. »Du kannst es dir überlegen, du kleiner Scheißer«, sagte sie leise. »Ich habe gesagt, dass meine kleine Freundin Hilfe braucht.«

»Lass die Kuh ruhig quatschen, Sean. Die sind zu zweit, und wir sind zu zehnt«, sagte jemand links von Barbara.

»Stimmt«, gab Barbara freundlich zurück, das Wort an Sean richtend und nicht an seinen Berater. »Aber ich glaube nicht, dass einer von euch so was hat.« Mit ihrer freien Hand kramte sie in ihrer Tasche, bis sie ihren Dienstausweis gefunden hatte. Sie klappte ihn auf und hielt ihn Sean unter die Nase. Sie stand so dicht vor ihm, dass er ihn gar nicht lesen konnte, aber darauf kam es ihr nicht an.

»Los, hilf ihr auf«, sagte sie.

»Ich hab' ihr nichts getan.«

»Barbara!«, sagte Azhar wieder.

Sie sah ihn aus dem Augenwinkel. Er war auf dem Weg zu Hadiyyah.

»Lassen Sie sie«, sagte sie. »Einer von diesen Rabauken« – sie packte das T-Shirt noch fester – »wird uns jetzt zeigen, wie nett und zuvorkommend er sein kann. Richtig, Sean? Wenn er das nämlich nicht tut« – noch ein Dreh am T-Shirt –, »wird die ganze Bande hier heute Abend Mama und Papa vom Knast aus anrufen.«

Doch Azhar ignorierte Barbaras Worte. Er ging zu seiner Tochter und half ihr auf die Füße. Die jungen Burschen machten ihm Platz. »Du hast dir doch nicht weh getan, Hadiyyah?« Er hob die Giraffe auf, die ihr bei dem Sturz aus den Händen gefallen war.

»Ach nein!«, rief sie in klagendem Ton. »Dad, sie ist ganz kaputt.«

Sean immer noch fest im Griff, sah Barbara zu der Kleinen hinüber. Die Giraffe war voller Ketchupflecken. Ihr Kopf war von irgendjemandes Schuh plattgetreten.

Ein Junge hinter Barbara kicherte. Doch bevor sie ihn sich schnappen konnte, sagte Azhar: »Das lässt sich bestimmt ganz leicht wieder richten.« Er sprach im Ton eines Mannes, der wusste, wie viel im Leben nicht zu richten war. Die Hände auf Hadiyyahs Schultern, schob er sie vor sich her aus der Gruppe hinaus.

Barbara sah, wie niedergeschlagen das Kind den Kopf hängen ließ. Es drängte sie, Sean gegen die nächste Wand zu schleudern und ihm ihr Knie zwischen die Beine zu rammen. Stattdessen jedoch ließ sie ihn los und wischte sich die Hand an ihrer Hose ab. »Ihr seid wirklich echte Helden. Auf ein achtjähriges Mädchen loszugehen«, sagte sie. »Ich würde vorschlagen, ihr feiert diese Leistung, indem ihr euch von hier verzieht.«

Sie drängte sich an ihnen vorbei und folgte Azhar und Hadiyyah aus der Spielhalle hinaus. Im ersten Moment sah sie nicht, wohin die beiden gegangen waren, weil die Menschenmenge noch größer geworden zu sein schien. Wohin sie auch blickte, sah sie schwarzes Leder, Nasenstecker, Brustwarzenringe und Ketten. Sie kam sich vor, als wäre sie in einen Sado-Maso-Kongress geraten.

Dann entdeckte sie ihre Freunde drüben auf der rechten Seite, wo Azhar seine Tochter gerade zum offenen Teil des Piers hinausführte. Sie lief ihnen nach.

»... nur ein Ausdruck von Furcht«, sagte Azhar zum gesenkten Kopf seiner Tochter. »Die Menschen fürchten, was sie nicht verstehen, Hadiyyah. Diese Furcht bestimmt ihre Handlungen.«

»Ich hätte ihnen nicht weh getan«, erklärte Hadiyyah. »Aber ich bin ja sowieso viel zu klein, um ihnen weh zu tun.«

»Ach, aber sie haben keine Angst davor, dass man ihnen weh tut, *khushi.* Sie haben Angst davor, erkannt zu werden. Ah, hier ist Barbara. Komm, wir wollen uns den Abend nicht von einer Gruppe fremder Leute verderben lassen.«

Hadiyyah hob den Kopf. Barbara wurde das Herz schwer, als sie das traurige Gesicht ihrer kleinen Freundin sah. »Ich glaube, die Flieger da drüben rufen uns, Schatz«, sagte sie aufmunternd und wies auf ein Karussell in der Nähe: kleine Flugzeuge, die sich in dauernder Wellenbewegung rund um einen Mast in der Mitte drehten. »Was meinst du?«

Hadiyyah sah den Flugzeugen einen Moment lang zu. Sie hatte ihre verschmutzte, deformierte Giraffe im Arm getragen, jetzt aber reichte sie sie ihrem Vater und straffte die Schultern. »Flieger mag ich besonders gern«, sagte sie.

Wenn sie nicht mit ihr fahren konnten, sahen sie zu. Manche der Vergnügungsfahrzeuge waren so klein, dass nur Kinder hineinpassten: die Mini-Jeeps, der Zug, die Hubschrauber und die Flugzeuge. Andere boten auch Erwachsenen Platz, und in denen fuhren sie alle drei zusammen, jagten von den fliegenden Untertassen zum Riesenrad, zur Achterbahn und schafften es, Enttäuschung und Niedergeschlagenheit immer mindestens eine Nasenlänge voraus zu bleiben. Erst als Hadiyyah unbedingt dreimal hintereinander mit den kleinen Segelschiffen fahren wollte – »Da macht's in meinem Bauch immer so schön hopplahopp«, erklärte sie –, fand Barbara Gelegenheit, mit Azhar allein zu sprechen.

»Tut mir wirklich leid, was da passiert ist«, sagte sie zu ihm. Er hatte seine Zigaretten herausgenommen und bot ihr eine an. Sie nahm an. Er gab ihr Feuer. »Das war wirklich eine Gemeinheit. Und noch dazu im Urlaub.«

»Ich würde sie gern vor allem Schmerz behüten.« Azhar beobachtete seine Tochter und lächelte, als er sie beim Auf und Ab ihres Schiffchens im simulierten Wellengang jauchzen hörte. »Aber das wünschen sich alle Eltern, die ihre Kinder lieben, oder? Es ist ein durchaus verständlicher Wunsch, und doch ist er unmöglich zu erfüllen.« Er führte seine Zigarette zum Mund und hielt seinen Blick auf Hadiyyah gerichtet. »Trotzdem, vielen Dank«, sagte er.

»Wofür?«

Er wies mit dem Kopf in Richtung Spielhalle. »Dass Sie ihr zu Hilfe gekommen sind. Das war sehr freundlich von Ihnen.«

»Zum Teufel, Azhar! Ich mag sie. Ich liebe sie. Was haben Sie denn erwartet, dass ich tun würde? Wenn's nach mir gegangen wäre, wären wir da nicht rausgegangen wie die Sanftmütigen, die dereinst das Himmelreich besitzen werden, das können Sie mir glauben.«

Azhar sah Barbara an. »Es ist mir eine Freude, Sie zu kennen, Sergeant Havers.«

Barbara spürte, wie ihr Gesicht heiß wurde. Sie sagte: »Okay, hm«, zog einigermaßen verwirrt an ihrer Zigarette und betrachtete eingehend die Strandhütten am Ufer, die halb erleuchtet waren von Lampen, die wie alte Gaslaternen aussahen, und halb im Schatten der Dunkelheit lagen. Trotz des warmen Abends war es dort still und leer. Die Urlaubsgäste, die sich tagsüber in den Strandhütten aufhielten, hatten sich für die Nacht bereits in ihre Hotels und Ferienhäuschen zurückgezogen.

Sie sagte: »Tut mir leid, was da im Hotel passiert ist, Azhar. Die Begegnung mit Muhannad, meine ich. Ich hab' den Thunderbird gesehen, als ich auf den Parkplatz kam. Aber ich dachte, ich könnte ungesehen in mein Zimmer hinaufkommen. Ich brauchte unbedingt eine Dusche, sonst hätt' ich mich inzwischen irgendwo in ein Pub gesetzt. Jetzt ist mir klar, dass ich das auf jeden Fall hätte tun sollen.«

»Früher oder später hätte mein Vetter doch erfahren, dass wir miteinander bekannt sind«, sagte er. »Das war unvermeidlich. Ich hätte es ihm gleich sagen sollen. Die Tatsache, dass ich es nicht getan habe, hat bei ihm natürlich Zweifel an meinem Engagement für unsere Leute geweckt. Und mit Recht.«

»Er sah ja ziemlich verschnupft aus, als er ging. Wie haben Sie es ihm denn erklärt?«

»So, wie Sie es mir erklärt haben«, antwortete Azhar. »Ich habe ihm gesagt, dass Chief Inspector Barlow um Ihre Unterstützung gebeten hatte und dass es für Sie ebenso überraschend kam wie für mich, auf der gegnerischen Seite einen Bekannten vorzufinden.«

Barbara spürte, dass er sie forschend ansah, und ihr wurde noch heißer. Sie war froh, dass sie im Schatten des Schiffskarussells stand. Wenigstens war sie so vor dem durchdringenden Blick sicher, der für Azhar so typisch war.

Sie verspürte einen starken Impuls, ihm die Wahrheit zu sagen. Nur hätte sie in diesem Moment nicht genau sagen können, was die Wahrheit war. Irgendwann im Lauf der letzten Tage schien sie ihr entglitten zu sein, und um nichts in der Welt hätte sie sagen können, wann die Tatsachen sich in derart glitschige Gewänder gekleidet hatten. Sie wollte irgendwie Wiedergutmachung leisten für die Lügen, die sie ihm aufgetischt hatte. Aber, wie er selbst gesagt hatte, er und sie standen auf gegnerischen Seiten.

»Und wie hat Muhannad darauf reagiert?«, fragte sie.

»Mein Vetter hat ein heftiges Temperament«, antwortete Azhar. Er schnippte Asche von seiner Zigarette auf den Pier. »Er ist ein Mensch, der überall Feinde sieht. Da fiel es ihm natürlich nicht schwer, mir die vorsichtigen Töne, die ich während unserer Gespräche in den letzten Tagen anzuschlagen versucht habe, als Doppelzüngigkeit auszulegen. Er fühlt sich von einem seiner eigenen Leute hintergangen, und das macht alles zwischen uns im Moment ein wenig schwierig. Aber das ist verständlich. Täuschung ist schwer zu verzeihen.«

Barbara hatte das Gefühl, als spielte er auf ihrem Gewissen wie auf einer Geige. Um sowohl ihre Gewissensbisse als auch ihren Wunsch nach Absolution zu verdrängen, sorgte sie dafür, dass sie in ihrem Gespräch weiterhin bei seinem Vetter blieben. »Sie haben ihn doch nicht aus Böswilligkeit getäuscht, Azhar. Verdammt noch mal, Sie haben ihn überhaupt nicht getäuscht. Er hat Sie doch nicht *gefragt*, ob Sie mich kennen, oder? Weshalb hätten Sie ihm es von sich aus erzählen sollen?«

»Mit diesem Argument kann Muhannad im Moment nicht viel

anfangen. Daher« – er warf ihr einen entschuldigenden Blick zu – »habe ich jetzt vielleicht bei meinem Vetter ausgedient. Und Sie vielleicht bei Chief Inspector Barlow.«

Barbara sah sofort, worauf er hinauswollte. »Soll das etwa heißen, dass Muhannad Emily Barlow von uns erzählen wird?« Wieder schoss ihr die Hitze ins Gesicht. »Ich meine – nicht *uns*. Ein Uns gibt es nicht. Aber Sie wissen, was –«

Er lächelte. »Ich habe keine Ahnung, was Muhannad tun wird, Barbara. In vieler Hinsicht ist er ein sehr verschlossener Mensch. Bis zu diesem Wochenende habe ich ihn fast zehn Jahre lang nicht mehr gesehen, aber er war schon als Teenager so.«

Barbara dachte über diese Bemerkung nach – über alles, was Verschlossenheit bedeuten konnte –, besonders in Bezug auf das Gespräch mit Fahd Kumhar an diesem Nachmittag. Sie sagte: »Azhar, um noch einmal auf die Zusammenkunft von heute zurückzukommen, die in der Zelle ...«

Er ließ seine Zigarette zu Boden fallen und trat sie aus. Hinter ihnen ging die Schiffchenfahrt zu Ende. Hadiyyah rief, ob sie noch ein letztes Mal fahren dürfe. Ihr Vater nickte, löste eine Karte und sah zu, wie seine Tochter von neuem in imaginäre Weltmeere hinaussegelte. Er sagte: »Sie sprachen von der Zusammenkunft.«

»Mit Fahd Kumhar. Wenn Muhannad ein so verschlossener Mensch ist, wie Sie sagen, wäre es dann möglich, dass er den Mann bereits kannte? Ich meine, bevor er in die Zelle kam.«

Barbara spürte, wie Azhar sich augenblicklich innerlich zurückzog, und sie sah ihm an, dass er nicht bereit war, sich dazu zu äußern. Sie wünschte, sein Vetter hätte ihn in diesem Augenblick gesehen, so klar zeigte sein Ausdruck, wem seine Loyalität galt.

»Meine Frage hat einen Grund«, sagte sie. »Kumhars Reaktion erschien mir völlig überzogen. Man hätte doch meinen sollen, dass er erleichtert gewesen wäre, Sie und Muhannad zu sehen, aber das war offensichtlich nicht der Fall. Er hat sich ja förmlich zu einem Bündel Angst zusammengezogen.«

»Ach so«, sagte Azhar. »Das ist eine Klassenfrage, Barbara. Mr. Kumhars Reaktion – die Verwirrung, Unterwürfigkeit und Ängstlichkeit – entspringt unserem gesellschaftlichen System. Als er den Namen meines Vetters hörte, wusste er sofort, dass er einer gesellschaftlich und wirtschaftlich höherstehenden Gruppe angehört. Sein eigener Name – Kumhar – ist, wie wir es nennen, *Kami* und zeigt an, dass er der Kaste der Handwerker angehört, der Arbeiter, Zimmerleute, Töpfer und so weiter. Der Name meines Vetters hingegen – Malik – weist ihn als ein Mitglied der grundbesitzenden Klasse aus.«

»Sie wollen sagen, er hat sich nur wegen eines *Nachnamens* so gebärdet?« Barbara fiel es schwer, diese Erklärung zu glauben. »Aber, Herrgott noch mal, Azhar, wir sind hier doch in England, nicht in Pakistan.«

»Gerade darum sollten Sie verstehen, was ich meine. Mr. Kumhars Reaktion ist doch kaum etwas anderes als das Unbehagen, mit dem ein Engländer reagiert, wenn er sich einem Landsmann gegenübersieht, dessen Aussprache oder Wortwahl erkennen lässt, dass er einer anderen Gesellschaftsschicht angehört.«

Zum Teufel mit diesem Mann. Er hatte einen so unerträglichen, unbeirrbaren Scharfblick.

»Entschuldigen Sie?«, sagte plötzlich jemand hinter ihnen.

Barbara und Azhar drehten sich um und sahen ein langhaariges blondes Mädchen in einem Minirock, das verlegen neben einem überquellenden Abfallkorb stand. Sie hielt eine Stoffgiraffe wie die, die Azhar früher am Abend seiner kleinen Tochter geschenkt hatte. Unsicher trat sie von einem Fuß auf den anderen und sah bald Azhar, bald Barbara mit beschämtem Blick an.

»Ich hab' Sie schon überall gesucht«, sagte sie. »Ich war vorhin mit denen zusammen. Ich meine, ich war auch dabei. Drinnen, in der Spielhalle. Als das kleine Mädchen ...« Sie senkte den Kopf und drehte die Giraffe in den Händen, bevor sie sie ihnen hinhielt. »Würden Sie ihr die geben, bitte? Sie soll doch nicht glauben ... die wollen sich doch bloß aufspielen. Die sind einfach so.«

Mit einem flüchtigen Lächeln drückte sie Azhar das Plüschtier in die Hand und rannte zurück zu ihren Gefährten. Azhar blickte ihr nach. Leise sprach er einige Worte.

»Was war denn das?«, fragte Barbara.

»›Lasst euch von ihrem Tun nicht bekümmern‹«, sagte er mit einem Lächeln und einer Kopfbewegung zu dem davoneilenden Mädchen. »›Sie verletzen Allah nicht.‹«

Hadiyyah war hocherfreut über ihre neue Giraffe. Glücklich drückte sie das Stofftier an ihr Herz und schob seinen Kopf unter ihr Kinn. Doch es kam ihr nicht in den Sinn, sich von der anderen Giraffe zu trennen. Sie hielt sie fest in ihrer anderen Hand. »Es ist doch nicht *ihre* Schuld, dass sie in Ketchup gefallen ist«, sagte sie, als handelte es sich um ein lebendes Wesen. »Wir können sie doch waschen. Nicht wahr, Dad? Und wenn das Ketchup nicht ganz rausgeht, denken wir uns einfach, dass sie mit knapper Not einem Löwen entkommen ist, als sie klein war.«

Kinder, diese Lebenskünstler, dachte Barbara.

Noch eine weitere Stunde genossen sie hemmungslos die Vergnügungen, die der Pier zu bieten hatte: irrten lachend durch das Spiegelkabinett, standen fasziniert vor der Hologrammausstellung, warfen Bälle auf einen Korb, versuchten ihr Glück beim Bogenschießen, überlegten lange, was sie sich auf die T-Shirts drucken lassen würden, die sie sich zum Andenken kaufen wollten, Hadiyyah entschied sich schließlich für eine Sonnenblume, Azhar wählte einen Dampfzug – wenn Barbara sich auch nicht vorstellen konnte, ihn je in etwas weniger Korrektem als einem seiner blütenweißen Leinenhemden zu sehen –, und Barbara suchte sich eine kleine Karikatur aus, die Abbildung eines Eis, das zerschmettert auf steinigem Boden am Fuß einer Mauer lag und mit den Worten »Armes Rührei« übertitelt war.

Hadiyyah seufzte vor glücklicher Zufriedenheit, als sie schließlich dem Ausgang zustrebten. Buden und Karussells begannen zu schließen, der Lärm hatte nachgelassen, und die Menschenmenge hatte sich deutlich gelichtet. Übrig waren fast nur noch Pärchen, junge Burschen und Mädchen, die jetzt so begierig die Schatten suchten, wie sie früher Spiele und Unterhaltung gesucht hatten. Eng umschlungen lehnten sie hier und dort am Piergeländer. Einige betrachteten die Lichter der Stadt, die sich am Ufer entlangzogen, andere lauschten den Wellen, die rhythmisch klatschend unter ihnen an die Pfeiler schlugen, und einige schienen ihre Umwelt völlig vergessen zu haben und einzig die Nähe des anderen zu genießen.

»Das hier«, erklärte Hadiyyah hingerissen, »ist der allerschönste Platz auf der ganzen weiten Welt. Wenn ich groß bin, komme ich jeden Urlaub hierher. Und du kommst mit, nicht wahr, Barbara? Denn wir bleiben doch auf immer und ewig befreundet. Und Dad, du kommst auch mit, oder? Und Mami auch. Und wenn Dad diesmal einen Elefanten für Mami gewinnt, dann schneid' ich ihn auch nicht mehr kaputt.« Sie seufzte wieder. Ihre Augen begannen schwer zu werden. »Wir müssen Postkarten kaufen, Dad«, sagte sie und stolperte vor Müdigkeit. »Wir müssen Mami eine Karte schicken.«

Azhar blieb stehen. Er nahm Hadiyyah die beiden Giraffen ab und gab sie Barbara. Dann hob er seine Tochter hoch und setzte sie sich auf die Hüfte.

»Ich kann doch gehen«, protestierte sie schläfrig. »Ich bin nicht müde. Kein bisschen.«

Azhar küsste sie auf die Wange. Einen Moment lang blieb er mit seiner Tochter in den Armen reglos stehen, als hätte ihn ein Gefühl überkommen, das er auszukosten, aber nicht zu zeigen wünschte.

Und Barbara, die ihn beobachtete, verspürte flüchtig eine tiefe Sehnsucht, die sie nicht näher untersuchen und erst recht nicht zulassen wollte. Hastig kramte sie in dem Plastikbeutel, in dem die drei T-Shirts lagen, steckte die beiden Giraffen hinein und fand es dringend nötig, die Tasche am Arm zu verlagern. Es war ein Augenblick, in dem ihr gewohnter Panzer aus Spott und Ironie den Dienst völlig versagte. Dort, auf dem Pier, beim Anblick eines Vaters und seines Kindes, drängte es sie, endlich einmal persönliche Bilanz zu ziehen.

Aber sie war kein Mensch, der solchem Drängen nachgab, und suchte daher sofort nach einer Ausweichmöglichkeit. Sie fand sie ohne Mühe: Eben trat Trevor Ruddock aus dem hellerleuchteten überdachten Teil des Piers und kam ihnen entgegen.

Er trug einen himmelblauen Overall, eine für ihn so ungewöhnliche Kostümierung, dass es sich nach Barbaras Vermutung nur um eine Uniform des Reinigungs- und Wachpersonals handeln konnte, das nach Betriebsschluss auf dem Pier für Sauberkeit und Ordnung sorgte. Aber es war nicht der Overall, der sie veranlasste, dem jungen Mr. Ruddock genauere Aufmerksamkeit zu schenken. Er arbeitete ja schließlich auf dem Pier. Er war einige Stunden zuvor aus der Haft entlassen worden. Seine Anwesenheit hier war völlig normal. Doch die Tatsache, dass er einen prallvollen Rucksack auf dem Rücken trug, erschien ihr weniger normal.

Vom grellen Licht unter dem Dach noch geblendet, sah Trevor Barbara und ihre Freunde nicht. Er ging direkt zu einem Schuppen auf der Ostseite des Piers, sperrte die Tür auf und verschwand im Inneren.

Als Azhar Anstalten machte, zum Ausgang zu gehen, legte Barbara ihm die Hand auf den Arm. »Einen Moment noch«, sagte sie.

Seine Augen folgten ihrem Blick, doch er schien nichts zu sehen. Verblüfft sah er sie an. »Ist denn ...?«

»Ich möchte da nur schnell was überprüfen«, erklärte sie. Der Schuppen war schließlich ein ideales Versteck für Schmuggelware. Und Trevor Ruddock hatte eindeutig mehr in dem Rucksack als sein Nachtmahl. Wo Balford so nahe an Harwich und Parkeston lag ... Es wäre dumm gewesen, eine solche Gelegenheit vorübergehen zu lassen.

Trevor kam wieder aus dem Schuppen heraus, ohne Rucksack, wie Barbara vermerkte, dafür einen Handwagen vor sich her schiebend, der mit Besen und Bürsten, Eimern und Schaufeln, einem aufgerollten Schlauch und diversen unidentifizierbaren Flaschen, Dosen und Kanistern beladen war. Reinigungs- und Desinfektionsmittel, vermutete Barbara. Den Pier in Schuss zu halten war eine ernste Angelegenheit. Flüchtig überlegte sie, ob Trevors Rucksack vielleicht nur seine Ausrüstung enthalten hatte. Eine Möglichkeit war es. Nun, es gab nur einen Weg, das festzustellen.

Er ging zum Ende des Piers davon, offensichtlich in der Absicht, sich von hinten, dem Standort des zukünftigen Restaurants, nach vorn zu arbeiten. Barbara ergriff die Gelegenheit beim Schopf. Sie packte Azhar beim Arm und schob ihn über den Pier zu dem Schuppen. Sie drehte den Knauf der Tür, die Trevor hinter sich zugeschlagen hatte. Und sie hatte Glück. Er hatte nicht wieder abgesperrt.

Sie schlüpfte hinein. »Stehen Sie nur für mich Schmiere«, bat sie Azhar.

»Schmiere stehen?« Azhar verlagerte Hadiyyahs Gewicht von einem Arm auf den anderen. »Wozu denn? Barbara, was haben Sie vor?«

»Ich will nur eine Theorie überprüfen«, antwortete sie. »Ich bin gleich wieder da.«

Er sagte nichts mehr, und da sie ihn nicht sehen konnte, konnte sie nur annehmen, dass er seinen Teil tat und aufpasste, ob sich jemand dem Schuppen näherte. Sie für ihren Teil ließ sich noch einmal durch den Kopf gehen, was Helmut Kreuzhage aus Hamburg ihr an diesem Abend berichtet hatte: dass Haytham Querashi eine oder mehrere Personen illegaler Aktivitäten zwischen Hamburg und den englischen Hafenstädten in der Nähe von Balford verdächtigt hatte.

Natürlich kam einem da als Erstes Drogenschmuggel in den Sinn, trotz allem, was Hauptkommissar Kreuzhage dagegen vorgebracht hatte. Im Drogenhandel wurden riesige Gewinne gemacht, besonders mit Heroin. Doch Schmuggel im großen Stil musste nicht auf den Handel mit Narkotika beschränkt sein. Es gab andere Möglichkeiten, Pornographie, Juwelen, Sprengstoffe oder Faustfeuerwaffen zum Beispiel, und jede dieser Waren ließe sich leicht in einem Rucksack auf den Pier befördern und dort in einem Schuppen verstecken.

Sie schaute sich nach dem Rucksack um, aber er war nirgends zu sehen. Sie begann eine systematische Suche. Die einzige Beleuchtung war der schmale Lichtstrahl, der durch den Spalt der teilweise geöffneten Tür hereinfiel, aber das reichte ihr aus, nachdem ihre Augen sich an die Düsternis gewöhnt hatten. Der Schuppen war mit einer Reihe schmaler Schränke ausgestattet, die sie geschwind durchsah. Sie entdeckte nichts außer fünf Eimern, Farbe, Pinseln, Streichbürsten und Rollapparaten, Overalls und Zeltplanen sowie einem Sortiment von Reinigungsmitteln.

Neben den Schränken waren noch ein Kasten mit zwei tiefen Schubfächern und eine Truhe da. In den Schubladen fand sie Werkzeuge für kleinere Reparaturen: Schraubenzieher, Schraubenschlüssel, Zangen aller Art, ein Stemmeisen, Nägel, Schrauben und eine kleine Säge. Aber sonst nichts.

Sie ging zu der Truhe. Der Deckel knarrte beim Anheben so laut, dass sie meinte, man müsste es bis nach Clacton gehört haben. Drinnen lag der Rucksack, so ein Ding auf einem Aluminiumgestell, mit dem Studenten durch die Welt trampten.

Voll gespannter Erwartung, überzeugt, endlich Land zu sehen, hob Barbara den Rucksack aus der Truhe und legte ihn auf den Boden. Aber sie war tief enttäuscht, als sie seinen Inhalt sah, enttäuscht und verblüfft.

Der Rucksack enthielt ein Sammelsurium wertloser Gegenstände, wertlos jedenfalls für sie. Sie packte alles aus: Salzfässer in Gestalt von Leuchttürmen, knorrigen Seebären, Ankern und Walfischen; Pfeffermühlen, die sich als Schotten in Tracht und als Piraten präsentierten; ein Teeservice aus Plastik; zwei schmutzige Barbiepuppen; drei neue, noch versiegelte Kartenspiele; einen Becher mit dem Hochzeitskleid des Herzogs und der Herzogin von York, die längst getrennt lebten; die Miniaturausgabe eines Londoner Taxis, dem ein Rad fehlte; zwei Kindersonnenbrillen; eine ungeöffnete Packung Nougatpralinen und zwei Pingpongschläger samt Netz und einer Schachtel Bälle.

Mist, dachte Barbara. Das war ja ein totaler Reinfall.

»Barbara«, hörte sie von draußen Azhar leise rufen. »Es kommt jemand. Ein Junge. Er geht direkt auf den Schuppen zu.«

Hastig packte sie alles wieder ein und bemühte sich dabei, die einzelnen Gegenstände in der Reihenfolge einzuordnen, in der sie sie vorgefunden hatte. Wieder sagte Azhar ihren Namen, drängender diesmal.

»Ja, ja, ich komm' ja schon«, flüsterte sie. Sie warf den Rucksack wieder in die Truhe und lief zu Azhar auf den Pier hinaus.

Hinter einem Karussell, wo die Schatten tief waren, stellten sie sich ans Geländer. Der Junge, den Azhar angekündigt hatte, kam um die Ecke des Schuppens, ging ohne zu zögern zur Tür, warf einen verstohlenen Bick in die Runde und trat ein.

Barbara erkannte ihn sofort, sie hatte ja schon zweimal mit ihm zu tun gehabt. Es war Charlie Ruddock, Trevors jüngerer Bruder.

»Wer ist das, Barbara?«, fragte Azhar leise. »Kennen Sie ihn?« Hadiyyah, die schlafend an seiner Schulter lag, murmelte etwas, als wollte sie ihrem Vater antworten.

»Er heißt Charlie Ruddock«, sagte Barbara.

»Warum beobachten wir ihn? Und was haben Sie da in dem Schuppen gemacht?«

»Das weiß ich selbst nicht genau«, antwortete sie, und als er ein skeptisches Gesicht machte, fügte sie hinzu: »Es ist die Wahrheit, Azhar. Ich weiß es nicht. Das ist ja das Verdammte an diesem Fall. Es könnte eine Rassengeschichte sein, wie Sie es gern hätten –«

»Wie *ich* es gern hätte? Nein, Barbara. Ich bin nicht –«

»Okay, okay. Wie manche Leute es gern hätten. Aber langsam sieht's so aus, als könnte es auch was ganz anderes sein.«

»Was?«, fragte er, spürte jedoch ihr Widerstreben, mehr dazu zu sagen, so klar, als hätte sie sich dahingehend geäußert. »Sie sind nicht bereit, das näher zu erklären, nicht wahr?«

Eine Antwort auf diese Frage blieb ihr erspart. In diesem Moment nämlich kam Charlie Ruddock wieder aus dem Schuppen heraus. Und auf dem Rücken trug er den Rucksack, den Barbara soeben durchsucht hatte. Das wird ja immer seltsamer, dachte sie. Was zum Teufel geht hier vor?

Charlie machte sich auf den Rückweg zum überdachten Teil des Piers. »Kommen Sie«, sagte Barbara und setzte sich in Bewegung, um dem Jungen zu folgen.

Die Lichter der Buden und Karussells waren jetzt ausgeschaltet, und außer den Pärchen, die sich in den Schatten herumdrückten, waren nur noch einige Elternpaare übrig, die immer noch ihre Sprösslinge einsammelten, um endlich nach Hause fahren zu können. Es war still geworden. Die Gerüche hatten sich verzogen. Die Schausteller und Budenbesitzer, die vom Geschäft auf dem Pier lebten, waren dabei, alles für den nächsten Tag vorzubereiten.

Jetzt, da nur noch so wenige Menschen unterwegs waren und die meisten dem Ausgang zustrebten, war es ein Leichtes, dem Jungen auf den Fersen zu bleiben. Während Barbara mit ihren Freunden zum Ausgang ging, ließ sie Charlie nicht aus den Augen und überdachte, was sie an diesem Abend gesehen und gehört hatte.

Haytham Querashi hatte felsenfest behauptet, dass zwischen Deutschland und England etwas Illegales vor sich gehe. Da er in Hamburg angerufen hatte, war anzunehmen, dass er glaubte, diese Aktivitäten hätten dort ihren Ursprung. Und deutsche Fährschiffe verkehrten täglich zwischen Hamburg und Parkeston bei Harwich. Aber Barbara war der Wahrheit darüber, was – wenn überhaupt etwas – zwischen den beiden Ländern vorging, und wer – wenn überhaupt jemand – an diesen illegalen Unternehmungen beteiligt war, nicht näher als zu dem Zeitpunkt, da man aufgrund des Zustands von Querashis Wagen die Möglichkeit einer Schmuggeloperation ins Auge gefasst hatte.

Die Tatsache, dass der Nissan durchsucht worden war, stellte aber eigentlich sowieso alles, was Querashi betraf, in Frage. Wies nicht gerade der Zustand des Wagens auf die Möglichkeit einer Schmuggeloperation hin? Und *wenn* es sich um Schmuggel handelte, war Querashi dann beteiligt gewesen? Oder hatte er, ein Mann von so tiefen religiösen Überzeugungen, dass er bis nach Pakistan telefoniert hatte, nur um über die Auslegung einer Qur'aan-Passage zu sprechen, versucht, diese illegalen Aktivitäten aufzudecken? Und einmal ganz abgesehen davon, was Querashi getan oder nicht getan hatte, wie zum Teufel passte Trevor Ruddock ins Bild? Oder sein Bruder Charlie?

Barbara wusste, wie Muhannad Malik – und vielleicht auch Azhar – diese beiden letzten Fragen beantworten würden. Die Ruddocks waren schließlich Weiße.

Doch sie selbst hatte an diesem Abend eine Illustration dessen bekommen, was sie über das Verhältnis zwischen den Rassen bereits gewusst hatte. Die Halbstarken, die Hadiyyah belästigt hatten, und das eine junge Mädchen, das versucht hatte, das Unrecht wiedergutzumachen, hatten nur die Einstellung der Bevölkerung insgesamt widergespiegelt und damit Barbaras Überzeugung bestätigt: Einige ihrer Landsleute waren fremdenfeindliche Idioten, andere waren das ganz entschieden nicht.

Was aber brachte diese Erkenntnis für die Untersuchung des Mordes an Querashi?, fragte sie sich. Vor allem, da die einzigen Verdächtigen ohne Alibis Weiße waren.

Charlie Ruddock hatte das Ende des Piers erreicht und blieb stehen. Barbara und Azhar machten ebenfalls halt. Der Junge schwang sich am Südgeländer des Piers auf ein klappriges, rostzerfressenes Fahrrad. Weiter drüben waren die Besitzer der *Lobster Hut* gerade dabei, den Metallladen vor ihrem Ausgabefenster herunterzulassen. Die terrassenförmig angeordneten Reihen menschenleerer Strandhütten längs der Promenade im Süden ähnelten einem verlassenen Dorf. Türen und Fenster waren fest verriegelt, und das einzige Geräusch, das aus ihrer unmittelbaren Nachbarschaft zu hören war, war der Wellenschlag des Meeres.

»Dieser Junge ist in irgendeine unsaubere Geschichte verwickelt, nicht wahr?«, fragte Azhar. »Und es hat etwas mit dem Mord an Haytham zu tun.«

»Ich weiß es nicht, Azhar«, antwortete Barbara wahrheitsgemäß, den Blick auf Charlie gerichtet, der auf seinem uralten Fahrrad in Richtung des fernen Nez davonradelte. »In irgendetwas Dubioses ist er sicher verwickelt. Das immerhin scheint klar zu sein. Aber fragen Sie mich nicht, was es ist. Ich habe wirklich keine Ahnung.«

»Spricht da die Polizeibeamtin oder Barbara?«, fragte Azhar ruhig.

Sie ließ den jungen Ruddock davonfahren und sah den Mann an ihrer Seite an. »Zwischen den beiden gibt es keinen Unterschied«, sagte sie.

Azhar nickte und umfasste seine Tochter fester. »Ich verstehe. Aber vielleicht sollte es einen geben.«

21

Um zehn am nächsten Morgen war Barbara schon auf der Fahrt nach Harwich. Sie hatte Emily angerufen, sobald ihr Wecker geläutet hatte, und hatte sie noch zu Hause erreicht. Sie hatte ihr berichtet, was sie von Hauptkommissar Kreuzhage in Hamburg erfahren hatte und was sie selbst am vergangenen Abend auf dem Pier beobachtet hatte. Sie unterschlug die Tatsache, dass sie in Begleitung von Taymullah Azhar und seiner Tochter gewesen war, als sie Trevor Ruddock und seinen Bruder mit dem Rucksack gesehen hatte, und sagte sich, eine langatmige Erklärung ihrer Beziehung zu den Pakistanis würde nur Sand ins Getriebe der Ermittlungen bringen, die nun endlich in Gang zu kommen schienen.

Sie merkte jedoch schnell, dass es gar keine Rolle gespielt hätte, wenn sie erwähnt hätte, mit wem sie auf dem Pier gewesen war. Von dem Moment an, da Barbara von ihrem Gespräch mit Helmut Kreuzhage berichtete, schien Emily sowieso Ohren für nichts anderes mehr zu haben. Emily wirkte frisch, ausgeruht und hellwach am Telefon. Was immer sie und der gesichtslose Gary am Abend zum Stressabbau unternommen hatten, schien gewirkt zu haben.

»Illegale Geschäfte?«, fragte sie. »In Hamburg? Gut gemacht, Barb. Ich hab' ja gleich gesagt, dass dieser Muhannad Dreck am Stecken hat, nicht wahr? Jetzt haben wir wenigstens eine erste Spur.«

Barbara versuchte, sie ein wenig zu bremsen. »Aber Querashi hat Kommissar Kreuzhage nicht einen einzigen Hinweis darauf geliefert, um welche illegalen Geschäfte es sich handelt. Und er hat auch keine Namen erwähnt – auch nicht Muhannads. Und als Kreuzhage die Oskarstraße fünfzehn überwachen ließ, ist überhaupt nichts dabei herausgekommen, Em. Seine Leute haben nichts bemerkt, was nicht absolut koscher aussah.«

»Ist doch klar, dass Muhannad alle Spuren tunlichst verwischt. Das tut er seit mehr als zehn Jahren. Und wir wissen, wer immer Querashi ermordete, hat seine Spuren wie ein echter Profi verwischt. Die Frage ist: Was zum Teufel treibt Muhannad? Schmuggel? Prostitution? Internationalen Raub? Was ist es?«

»Kreuzhage hatte keinen Schimmer. Er hat nicht gerade umfassende Ermittlungen eingeleitet, und das wenige, was er unternommen hat, hat nicht ausgereicht, um irgendetwas aufzudecken. Ich sehe es darum so: Wenn es keinen konkreten Beweis dafür gibt, dass drüben in Deutschland was im Gange ist –«

»– müssen wir hier versuchen rauszufinden, was los ist«, fiel Emily ihr ins Wort. »Und die Senffabrik eignet sich perfekt als Zentrale für alle möglichen Unternehmungen, von der Geldfälscherei bis zum Terrorismus. Wenn überhaupt Beweise zu finden sind, dann werden wir sie dort finden. Die liefern da doch mindestens einmal in der Woche Waren aus. Wer weiß, was außer Senfgläsern und Soßenflaschen in diese Kartons wandert.«

»Aber Em, die Maliks sind doch nicht die einzigen Leute, die Querashi kannte. Sie können deshalb auch nicht unsere einzigen Verdächtigen im Zusammenhang mit diesen Geschichten in Hamburg sein. Trevor Ruddock hat auch in der Fabrik gearbeitet. Und denk an den Draht, den ich in seinem Zimmer gefunden habe. *Und* Querashis heimlicher Liebhaber ist auch noch da, wenn wir den je finden.«

»Barbara, ganz gleich, was wir finden, es wird uns immer zu Muhannad führen.«

Über diesen Satz machte Barbara sich ihre Gedanken, als sie nach Harwich fuhr. Sie musste zugeben, dass Emilys Vermutungen über Muhannad und die Senffabrik einer gewissen Logik nicht entbehrten. Doch das Tempo, mit dem Emily zu ihrer Überzeugung gelangt war, flößte ihr Unbehagen ein. Das unbestreitbar seltsame Verhalten der Ruddocks hatte sie mit der kurzen Bemerkung »Das sind doch alles nur Aasgeier« abgetan und hatte dann auf eine Art davon berichtet, dass Theo Shaws Großmutter am vergangenen Nachmittag einen schweren Schlaganfall gehabt hatte, als befreite diese Tatsache den jungen Mann von jedem Verdacht, bei Querashis Tod die Hand im Spiel gehabt zu haben. Sie hatte gesagt: »Ich lasse jetzt diesen Professor Siddiqi aus London kommen. Der wird diesmal dolmetschen, wenn ich Kumhar vernehme.«

»Und Azhar?«, fragte Barbara. »Würde es nicht Zeit sparen, wenn du ihn als Dolmetscher nehmen würdest? Du könntest ihn doch ohne Muhannad kommen lassen.«

Emily hatte für diesen Gedanken nur ein verächtliches Lachen übrig. »Ich habe nicht die Absicht, Muhannad Malik oder seinen aalglatten Vetter noch mal in Kumhars Nähe zu lassen. Der Mann ist eine wichtige Informationsquelle für uns, Barb. Ich werd' doch nicht riskieren, dass irgend so ein zwielichtiger Geselle sich im Hintergrund rumdrückt, während ich Kumhar vernehme, und mir diese Quelle zum Versiegen bringt. Ich bin überzeugt, Kumhar weiß was über die Fabrik. Muhannad ist der Verkaufsdirektor der Firma. Und der Verkaufsdirektor ist auch für den Versand zuständig. Meinst du nicht, dass dieses kleine Detail unter den gegebenen Umständen eine gewisse Bedeutung hat?«

Inspector Lynley hätte Emilys Überlegungen als »intuitive Polizeiarbeit« bezeichnet, eine Vorgehensweise, die langer Erfahrung und dem sorgfältig geschärften Bewusstsein für all das, was in einem selbst vorging, während Verdächtige verhört und Beweise zusammengetragen wurden, entsprang. Aber Barbara hatte aus eigener schmerzlicher Erfahrung auch gelernt, sich bewusst zu machen, was in ihr als Mitglied eines Ermittlungsteams vorging, und das, was sie nach diesem Gespräch mit Emily empfand, gefiel ihr nicht.

Sie drehte dieses innere Unbehagen hin und her, um es aus jedem Blickwinkel zu betrachten, untersuchte es wie ein Wissenschaftler, der ein fremdartiges Wesen vor sich hat. Wenn Muhannad Malik tatsächlich der Kopf einer Verbrecherorganisation war und Querashi ihn hatte entlarven wollen, dann hatte er natürlich ein Motiv gehabt, Querashi zu töten. Aber die bloße Existenz dieser Möglichkeit hätte nicht dazu führen dürfen, dass Theo Shaw und Trevor Ruddock aus dem Kreis der Verdächtigen ausgeschlossen wurden. Beide hatten ein Motiv gehabt, Querashi aus dem Weg zu räumen, keiner von beiden hatte ein stichhaltiges Alibi. Doch genau das schien bei Emily geschehen zu sein: Sie hatte jeden Verdacht gegen Trevor Ruddock und Theo Shaw kurzerhand verworfen. Und während Barbara über diese Tatsache nachdachte, merkte sie, dass ihr Unbehagen zu einer einfachen und unfreundlichen Frage gerann: Ließ Emily sich von ihrer Intuition leiten oder vielleicht von etwas anderem?

Kommissar Kreuzhage in Hamburg hatte es selbst gesagt: Es gab keinerlei Hinweise oder Beweise. Worauf also gründete Emily ihre intuitiven Folgerungen?

Barbara erinnerte sich an die mühelosen Erfolge der Freundin bei den drei Lehrgängen, die sie gemeinsam in Maidstone absolviert hatten. Sie hatte bei den Instruktoren hohes Lob und bei den Kollegen Bewunderung geerntet. Damals hatte es für Barbara keinen Zweifel daran gegeben, dass Emily Barlows Fähigkeiten weit über dem Durchschnitt lagen. Sie war in ihrer Arbeit nicht nur gut; sie war hervorragend. Dass man sie mit siebenunddreißig Jahren zum Chief Inspector befördert hatte, war nur ein Beweis dieser Tatsache. Wie kam es also, fragte sich Barbara jetzt, dass sie plötzlich an Emily Barlows Kompetenz zweifelte?

Im Lauf ihrer langen Zusammenarbeit mit Inspector Lynley hatte sich Barbara mehr als einmal gezwungen gesehen, nicht nur die Fakten eines Falles unter die Lupe zu nehmen, sondern auch ihre eigenen Motive, wenn sie dieses oder jenes Faktum vor anderen ins Rampenlicht des Verdachts stellte. Eine ähnliche Untersuchung stellte sie jetzt an, während sie zwischen sommerlichen Weizenfeldern auf der Straße nach Harwich dahinfuhr. Nur überprüfte sie diesmal nicht, welche Fakten des Falles sie besonders herausgriff und warum. Sie prüfte vielmehr die Grundlage ihres eigenen Unbehagens.

Das Ergebnis der Prüfung gefiel ihr nicht besonders. Sie kam nämlich zu dem Schluss, dass das Problem durchaus bei ihr selbst liegen konnte. Fiel es Sergeant Barbara Havers vielleicht aus ganz persönlichen Gründen schwer, die Schuld bei den Pakistanis zu suchen? Möglicherweise hätte sie sich Muhannad Malik ohne jedes Fünkchen Unbehagen als Gauner oder Schwerverbrecher vorstellen können, hätten nicht Taymullah Azhar und seine entzückende kleine Tochter, wenn auch ganz am Rande, mit diesem Fall zu tun gehabt.

Diese letzte Überlegung versetzte ihr einen Schock, auf den sie gern verzichtet hätte. Sie wurde sich bewusst, dass sie keine Mutmaßungen darüber anstellen wollte, wer bei dieser Morduntersuchung klaren Blick hatte und wer nicht. Und keinesfalls wollte sie über ihre Gefühle für Azhar und Hadiyyah nachdenken.

Entschlossen, die bevorstehenden Nachforschungen mit aller

Objektivität zu betreiben, fuhr sie in Harwich ein. Sie folgte der High Street auf ihrem gewundenen Weg zum Meer und entdeckte das Reisebüro *World Wide Tours,* eingezwängt zwischen einem Schnellimbiss und einem Spirituosenladen, der Amontillado im Angebot hatte.

Die Agentur *World Wide Tours* bestand aus einem großen Raum mit drei Schreibtischen, an denen zwei Frauen und ein Mann saßen. Er war üppig ausgestattet, aber merkwürdig altmodisch. An den in einem nachempfundenen William-Morris-Muster tapezierten Wänden hingen goldgerahmte Zeichnungen, die Familien der Jahrhundertwende in der Sommerfrische zeigten. Schreibtische, Sessel und Regale waren aus schwerem Mahagoni. Im Raum verteilt standen fünf große Topfpalmen, und sieben Ampeln mit gigantischen Farnen hingen von der Decke herab. Ein Ventilator sorgte für eine frische Brise, so dass sich die Blätterpracht raschelnd bewegte. Barbara wäre dieser ganzen künstlichen viktorianischen Überladenheit am liebsten mit einem Feuerwehrschlauch zu Leibe gerückt.

Eine der beiden Frauen fragte Barbara, ob sie ihr behilflich sein könne. Die andere war am Telefon, während ihr männlicher Kollege vor einem Computerbildschirm saß und »Nun komm schon, Lufthansa« murmelte.

Barbara zückte ihren Dienstausweis. Dem kleinen Namensschild auf dem Schreibtisch der Frau, die sie angesprochen hatte, entnahm sie, dass diese Edwina hieß.

»Polizei?«, fragte Edwina und drückte drei Finger in das Grübchen an ihrem Halsansatz, als erwartete sie, eines schlimmeren Verbrechens beschuldigt zu werden als freiwilliger Tätigkeit in einem geschmacklos auf alt getrimmten Büro. Sie sah ihre Kollegen an. Der Mann – dem Namensschildchen zufolge hieß er Rudi – schlug einmal kurz auf die Tastatur seines Computers und drehte seinen Stuhl in ihre Richtung. Als er, ganz als wäre er Edwinas Echo, das gefürchtete Wort wiederholte, beendete die dritte Angestellte, die, wie Barbara sah, Jen hieß, ihr Telefongespräch und umklammerte die beiden Seitenkanten ihres Stuhls, als fürchtete sie, er würde sich plötzlich in die Lüfte erheben. Das Erscheinen eines Polizeibeamten, dachte Barbara nicht zum ersten Mal, brachte stets die unbewussten Schuldgefühle der Leute ans Tageslicht.

»Richtig«, sagte sie. »New Scotland Yard.«

»Scotland Yard?«, wiederholte Rudi, das Echo. »Sie sind aus London hierhergekommen? Ich hoffe, es gibt keinen Ärger?«

Könnte durchaus sein, dachte Barbara. Der Mann sprach mit deutschem Akzent.

Sie konnte beinahe Inspector Lynleys kultivierte Stimme hören: Bei Mord gibt es keine Zufälle. Barbara musterte den jungen Mann von Kopf bis Fuß. Rund wie ein Fass, sehr kurz geschnittenes rotes Haar, das sich an der Stirn schon lichtete – er sah weiß Gott nicht aus wie jemand, der etwas mit Mord zu tun hatte. Aber die wenigsten sahen so aus.

Sie kramte ihre Fotos aus ihrer Umhängetasche und zeigte ihnen zuerst das Querashis. »Kennt einer von Ihnen diesen Mann?«

Die anderen beiden drängten sich um Edwinas Schreibtisch und beugten sich über das Bild, das Barbara in die Mitte gelegt hatte. Sie betrachteten es schweigend, während über ihren Köpfen die Farnwedel raschelten und der Ventilator surrte. Es verging fast eine Minute, ehe überhaupt einer von ihnen etwas sagte, und dann war es Rudi, der das Wort an seine Kolleginnen richtete und nicht an Barbara.

»Das ist doch der Mann, der sich nach Flugtickets erkundigt hat, nicht wahr?«

»Ich weiß nicht«, antwortete Edwina unsicher. Sie zupfte mit den Fingern an der Haut unterhalb des Grübchens an ihrem Hals.

Jen sagte: »Doch. Ich erinnere mich an ihn. Ich hab' ihn bedient, Eddie. Du warst nicht im Büro.« Sie sah Barbara direkt in die Augen. »Er war vor – wann war es, Rudi? – vielleicht vor drei Wochen hier. Ich weiß nicht mehr genau.«

»Aber Sie erinnern sich an ihn«, sagte Barbara.

»Ja, doch. Ich meine, es kommt ja nicht jeden Tag so einer ...«

»Man sieht hier in Harwich sehr wenige Pakistanis«, sagte Rudi.

»Und Sie selbst kommen aus ...?« erkundigte sich Barbara interessiert, obwohl sie sich der Antwort schon ziemlich sicher war.

»Hamburg«, sagte er.

Sieh einer an, dachte sie.

»Das heißt, ursprünglich aus Hamburg«, fügte er hinzu. »Ich lebe seit sieben Jahren hier.«

»Ah ja«, meinte sie. »Gut. Dieser Mann heißt Haytham Querashi. Er wurde letzte Woche in Balford-le-Nez ermordet, und wir untersuchen den Fall. Nach was für Flugtickets fragte er denn?«

Sie wirkten alle gleichermaßen überrascht oder bestürzt, als das Wort »Mord« fiel. Wie auf Kommando senkten sie alle gleichzeitig die Köpfe, um die Fotografie Querashis nochmals zu betrachten, so andächtig, als handelte es sich um eine Heiligenreliquie. Jen beantwortete Barbaras Frage. Er hatte sich nach Flugscheinen für seine Familie erkundigt, erklärte sie. Er hatte sie aus Pakistan nach England holen wollen. Es sei eine ganze Gesellschaft gewesen: Brüder und Schwestern, Eltern, alles, was eben so dazugehörte. Er hatte sie für immer zu sich nach England holen wollen.

»Sie haben eine Filiale in Pakistan«, bemerkte Barbara. »In Karachi, richtig?«

»Wir haben außerdem Filialen in Hongkong, Istanbul, Neu-Delhi, Vancouver, New York und Kingston«, zählte Edwina stolz auf. »Wir sind auf Auslandsreisen und Immigrationsangelegenheiten spezialisiert. In allen unseren Büros arbeiten Fachleute.«

Darum wahrscheinlich habe Querashi sich an *World Wide Tours* gewandt und nicht an ein Reisebüro in Balford, erläuterte Jen, die sich offenbar berufen fühlte, mit Referenzen aufzuwarten. Er hatte sich über die Einwanderungsformalitäten informieren wollen. Im Gegensatz zu den meisten Reisebüros, denen es einzig darum gehe, ihren Kunden das Geld aus der Tasche zu ziehen, genieße *WWT* internationale Anerkennung – »höchste internationale Anerkennung«, wie sie es formulierte – ob seiner Verbindungen zu Anwälten rund um die Welt, die auf Immigrationsangelegenheiten spezialisiert waren. »Ob UK, EU oder USA«, sagte sie, »wir sind das Reiseunternehmen für die mobile Gesellschaft von heute.«

Blablabla, dachte Barbara. Das Mädchen klang wie ein Werbespot. Nun, ihren früheren Einfall, dass Querashi sich kurz vor seinem Hochzeitstag hatte verdrücken wollen, konnte sie nun wohl vergessen. Es hörte sich ganz so an, als wäre er entschlossen gewesen, seinen Teil der Ehevereinbarung zu erfüllen. Er schien ja sogar Pläne für die Zukunft seiner Familie gemacht zu haben.

Als Nächstes legte Barbara den drei Angestellten des Reisebüros das Polaroidfoto von Fahd Kumhar vor. Aber diesen Pakistani kannte keiner von ihnen. Sie hatten ihn nie gesehen. Barbara beobachtete sie alle drei mit scharfem Blick, um zu sehen, ob vielleicht einer von ihnen log. Aber keiner zuckte auch nur mit der Wimper.

Pech gehabt, dachte sie. Sie dankte ihnen für ihre Hilfe und trat aus dem Büro in die High Street. Es war elf Uhr, und sie war bereits schweißgebadet. Da sie außerdem durstig war, machte sie einen Abstecher ins *Whip and Whistle* gegenüber. Sie schaffte es, den Wirt zu überreden, sich von fünf seiner Eiswürfel zu trennen und ihr Zitronenlimonade darüberzugießen. Sie nahm das Glas – und dazu einen Beutel Chips – mit zu einem Tisch am Fenster, ließ sich auf einen Stuhl fallen, zündete sich eine Zigarette an und stellte sich auf einen gemütlichen Imbiss ein.

Sie hatte die Hälfte der Chips gegessen, den größten Teil ihrer Limonade getrunken und ihre Zigarette fertig geraucht, als sie drüben auf der anderen Straßenseite Rudi aus dem Reisebüro treten sah. Aufmerksam sah er erst nach rechts, dann nach links, dann wieder nach rechts. Entweder, dachte Barbara, war er übertrieben vorsichtig – wie die meisten Leute vom Kontinent, die den englischen Straßenverkehr nicht gewohnt waren –, oder er hatte etwas zu verbergen. Sie tippte auf das Letztere, und als Rudi losmarschierte, kippte sie ihre Limonade hinunter und ließ die restlichen Chips auf dem Tisch liegen.

Draußen sah sie ihn an der Straßenecke einen Renault aufsperren. Ihr Mini stand zwei Autos entfernt. Während der Deutsche seinen Wagen anließ und auf die Fahrbahn hinauslenkte, rannte sie zu ihrem eigenen und heftete sich an Rudis Reifen.

Natürlich konnte ihn alles Mögliche zu diesem Ausflug veranlasst haben: ein Termin beim Zahnarzt, ein Stelldichein mit einer Frau, ein Besuch beim Fußpfleger, die Lust auf ein frühes Mittagessen. Aber dass dieser Ausflug so kurz nach ihrem Besuch erfolgte, machte sie neugierig. Da musste sie einfach nachhaken.

Sie folgte ihm mit Abstand. Er nahm die A120 stadtauswärts. Er fuhr ohne Rücksicht auf das Tempolimit und führte sie direkt nach Parkeston, etwas mehr als drei Kilometer von dem Reisebüro entfernt. Doch er bog nicht zum Hafen ab, sondern fuhr kurz vor der Hafenstraße auf ein Industriegelände.

Barbara konnte es nicht riskieren, ihm dorthin zu folgen. Sie hielt in einer Parkbucht am Rand des Industriegeländes und beobachtete, wie der Renault vor einer Lagerhalle aus Wellblech am hintersten Ende des Geländes anhielt. Barbara hätte ihr Exemplar des *Begierigen Wilden* darum gegeben, wenn sie in diesem Moment einen Feldstecher gehabt hätte. Sie war zu weit von dem Gebäude entfernt, um das Firmenschild lesen zu können.

Im Gegensatz zu den anderen Lagerhäusern auf dem Gelände wirkte dieser Bau verlassen. Aber als Rudi an die Tür klopfte, ließ ihn jemand ein.

Barbara blieb auf ihrem Beobachtungsposten. Sie wusste nicht, was sie eigentlich zu sehen erwartete, und sie sah auch nichts. Eine Viertelstunde lang schwitzte sie in dem glühend heißen Wagen stumm vor sich hin. Es erschien ihr wie eine Ewigkeit. Dann kreuzte Rudi endlich wieder auf, und er hatte nichts bei sich: kein Säckchen voller Heroin, keine Koffer voll Falschgeld, keine Kinderpornos, keine Waffen oder Sprengstoffe. Er war nicht einmal in Begleitung. Er verließ das Lagerhaus so, wie er es betreten hatte: mit leeren Händen und allein.

Barbara wusste, dass er sie sehen würde, wenn sie am Rand des Industriegeländes stehen blieb, deshalb fuhr sie wieder auf die A120 hinaus. Sobald Rudi verschwunden war, wollte sie umdrehen und eine kleine Inspektionsfahrt über das Gelände machen. Doch auf der Suche nach einer geeigneten Stelle zum Wenden bemerkte sie plötzlich ein großes steinernes Gebäude, das zurückgesetzt von der Straße an einer hufeisenförmigen Auffahrt stand. *The Castle Hotel* stand in altenglischer Schrift auf dem Hinweisschild an der Straße. Sie erinnerte sich an die Broschüre, die sie in Querashis Zimmer gefunden hatte, und fuhr kurzerhand auf den Parkplatz des Hotels. Warum nicht gleich zwei Fliegen mit der Klappe schlagen, die ihr das Glück in die Hand gegeben hatte.

Professor Siddiqi entsprach überhaupt nicht dem, was Emily Barlow erwartet hatte. Sie hatte ihn sich dunkelhäutig vorgestellt, mittleren Alters, mit schwarzem Haar, einer hohen Stirn und kohlschwarzen Augen. Der Mann jedoch, der in Begleitung von Constable Hesketh, der ihn aus London geholt hatte, in ihr Büro trat, war beinahe blond, seine Augen waren grau, und seine Haut war so hell, dass man ihn für einen Nordeuropäer hätte halten können. Er schien Anfang dreißig zu sein, ein stämmiger Mann, kleiner als sie. Er wirkte bullig, wie ein Amateurringer.

Als sie ihre Überraschung hastig hinter einer Miene der Gleichgültigkeit zu verstecken suchte, lächelte er, bot ihr die Hand und sagte: »Wir werden nicht geklont, Inspector Barlow.«

Es passte ihr nicht, so leicht durchschaut zu werden, schon gar nicht von jemandem, den sie nicht kannte. Sie ignorierte die Bemerkung und sagte brüsk: »Sehr freundlich von Ihnen, dass Sie gekommen sind. Möchten Sie etwas trinken, oder sollen wir gleich zu Mr. Kumhar gehen?«

Er bat um einen Grapefruitsaft, und während Belinda Warner hinausging, um ihn zu holen, machte Emily ihn mit der Situation vertraut. »Ich werde das ganze Gespräch auf Band aufzeichnen«, sagte sie abschließend. »Meine Fragen auf englisch, dann Ihre Übersetzung, Mr. Kumhars Antworten, dann Ihre Übersetzung.«

Siddiqi verstand sofort, worum es ihr ging. »Sie können sich auf meine Integrität verlassen«, sagte er. »Aber da wir uns nicht kennen, verstehe ich natürlich, dass Sie sich rückversichern wollen.«

Nachdem dies geregelt war, führte Emily ihn in den Vernehmungsraum, in dem Kumhar wartete.

Kumhar hatte die Nacht in polizeilichem Gewahrsam nicht gutgetan. Er wirkte womöglich noch verängstigter als am vergangenen Nachmittag. Er war schweißdurchnässt und von einem Gestank umgeben, als hätte er sich angekotet.

Siddiqi warf nur einen Blick auf ihn, dann drehte er sich zu Emily um. »Wo hat man diesen Mann festgehalten? Und was zum Teufel haben Sie mit ihm angestellt?«

Wieder einer, der sich mit Leidenschaft IRA-freundliche Filme ansah, dachte Emily verdrossen. Der Schaden, den Guildford und Birmingham – wo IRA-Leute höchst dubiosen Verhörmethoden ausgesetzt und vermutlich zu Unrecht verurteilt worden waren – dem Ansehen der Polizei zugefügt hatten, war kaum wiedergutzumachen.

»Er war in einer Zelle untergebracht, die Sie selbstverständlich jederzeit inspizieren können, Professor«, versetzte sie. »Und ›angestellt‹ haben wir gar nichts mit ihm, außer dass wir ihm sein Abendessen und sein Frühstück serviert haben. Es ist heiß in den Zellen. Aber nicht heißer als sonst wo im Haus oder in der Stadt. Aber das wird er Ihnen selbst sagen, wenn Sie ihn fragen.«

»Das werde ich tun«, sagte Siddiqi und wandte sich sogleich mit einer Reihe von Fragen, die er unübersetzt ließ, an Kumhar.

Zum ersten Mal, seit man ihn in die Dienststelle gebracht hatte, wirkte Kumhar nicht mehr wie ein zu Tode geängstigtes Kaninchen. Er löste seine Hände aus ihrer krampfhaften Verklammerung und streckte sie Siddiqi entgegen, als hätte man ihm eine Rettungsleine zugeworfen.

Es war eine flehentliche Geste, und Siddiqi verstand sie offensichtlich auch als solche. Er umfasste die dargebotenen Hände und führte den Mann an den Tisch in der Mitte des Raums.

»Ich habe mich ihm vorgestellt«, erklärte er Emily. »Ich habe ihm gesagt, dass ich Ihre Fragen und seine Antworten übersetzen werde. Und ich habe ihm gesagt, dass Sie ihm nichts Böses wollen. Ich hoffe, das ist die Wahrheit, Inspector.«

Was war los mit diesen Leuten? Überall sahen sie Ungerechtigkeit, Vorurteil und Brutalität. Statt Siddiqi direkt zu antworten, schaltete sie den Kassettenrecorder ein und nannte Datum, Tageszeit und die Namen der Anwesenden. Danach sagte sie: »Mr. Kumhar, Ihr Name stand auf einem Papier, das wir im Besitz des Ermordeten, Mr. Haytham Querashi, gefunden haben. Können Sie mir erklären, woher Sie Mr. Querashi kannten?«

Sie erwartete eine Wiederholung der Vorstellung vom Vortag: einen Schwall von Unschuldsbeteuerungen. Sie erlebte eine Überraschung. Kumhar hielt den Blick fest auf Siddiqi gerichtet, als dieser ihm die Frage übersetzte, und auch während seiner Antwort – die sehr ausführlich war – sah er Siddiqi offen an. Dieser hörte schweigend zu, nickte wiederholt und unterbrach einmal die Rede des Mannes, um ihm eine Frage zu stellen. Dann wandte er sich Emily zu.

»Er ist Mr. Querashi in der Nähe von Weeley auf der A133 begegnet. Er – das heißt, Mr. Kumhar – ist getrampt, und Mr. Querashi hat ihn mitgenommen. Das war vor fast einem Monat. Mr. Kumhar hatte bis dahin als Landarbeiter gearbeitet und war durch das ganze Land von Bauernhof zu Bauernhof gezogen. Aber er war unzufrieden mit dem Lohn, den er bekam, und auch mit den Arbeitsbedingungen, deshalb beschloss er, sich eine andere Tätigkeit zu suchen.«

Emily nahm das alles mit gerunzelter Stirn auf. »Warum hat er mir das nicht schon gestern gesagt? Warum hat er bestritten, Mr. Querashi zu kennen?«

Siddiqi richtete das Wort wieder an Kumhar, dessen Blick mit der Unterwürfigkeit eines Hündchens, das seinem Herrn gefallen will, an seinen Lippen hing. Doch ehe Siddiqi zum Ende seiner Frage gekommen war, begann Kumhar zu sprechen, und diesmal richtete er seine Antwort an Emily.

»›Als Sie sagten, dass Mr. Querashi ermordet worden ist‹«, übersetzte Siddiqi, »›hatte ich Angst, Sie könnten glauben, dass ich etwas damit zu tun hätte. Ich habe gelogen, um mich zu schützen und nicht unter Verdacht zu geraten. Ich bin noch nicht lange hier in England, und ich möchte auf keinen Fall meine Aufenthaltsgenehmigung verlieren. Bitte, glauben Sie mir, dass ich es sehr bedaure, Sie belogen zu haben. Mr. Querashi hat mir nur Gutes getan, und ich habe seine Güte verraten, indem ich nicht sogleich die Wahrheit gesagt habe.‹«

Emily registrierte den Schweiß, der auf dem Gesicht des Mannes wie ein Ölfilm lag. Dass er sie am Vortag belogen hatte, stand fest. Fraglich blieb, ob er sie auch jetzt belog.

Sie sagte: »Wusste Mr. Querashi, dass Sie Arbeit suchten?«

Ja, das habe er gewusst, antwortete Kumhar. Er hatte Mr. Querashi erzählt, wie unzufrieden er mit seiner Arbeit in der Landwirtschaft gewesen war. Das hatte den Hauptteil ihres Gesprächs im Auto ausgemacht.

»Und hat Mr. Querashi Ihnen eine Arbeit angeboten?«

Kumhar sah sie verblüfft an. Eine Arbeit?, fragte er. Nein. Mr. Querashi hatte ihm keine Arbeit angeboten. Er hatte ihn nur mitgenommen und zu seiner Unterkunft gefahren.

»Und er hat Ihnen einen Scheck über vierhundert Pfund ausgeschrieben«, fügte Emily hinzu.

Siddiqi zog eine Augenbraue hoch, übersetzte jedoch ohne Kommentar.

Ja, es sei wahr, dass Mr. Querashi ihm Geld gegeben habe. Der Mann sei die Güte selbst gewesen, und Mr. Kumhar wolle nicht lügen und dieses Geschenk von vierhundert Pfund als Darlehen bezeichnen. Aber der Qur'aan befehle und die fünf Säulen des Islam verlangten die Zahlung des *zakat* an einen Menschen in Not. Indem Mr. Querashi ihm also die vierhundert Pfund gegeben habe –

»Was heißt *zakat?«*, warf Emily ein.

»Almosen für die Armen«, erklärte Siddiqi. Kumhar beobachtete ihn ängstlich, als er ins Englische wechselte, und sein Gesichtsausdruck war der eines Mannes, der sich bemühte, jedes Wort zu verstehen und aufzunehmen. »Moslems sind verpflichtet, sich um das wirtschaftliche Wohl der Mitglieder ihrer Gemeinde zu kümmern. Wir geben, um die Armen und Mittellosen zu unterstützen.«

»Dann hat also Haytham Querashi, als er Mr. Kumhar vierhundert Pfund gab, lediglich seine Pflicht als Gläubiger getan?«

»Genau so ist es«, bestätigte Siddiqi.

»Er hat nichts gekauft?«

»Was denn?«, sagte Siddiqi mit einer Geste zu Kumhar. »Was könnte dieser arme Mann zu verkaufen haben?«

»Nun, da fällt mir zum Beispiel Schweigen ein. Mr. Kumhar hält sich häufiger in der Nähe des Marktplatzes von Clacton auf. Fragen Sie ihn, ob er Mr. Querashi je dort gesehen hat.«

Siddiqi sah sie einen Moment lang an, als versuchte er, die Bedeutung dieser Frage zu erfassen. Dann zuckte er die Achseln und wandte sich Kumhar zu, um die Frage in ihrer Muttersprache zu wiederholen.

Kumhar schüttelte mit Entschiedenheit den Kopf. Emily brauchte keine Übersetzung für dieses Nein, niemals, kein einziges Mal, er selbst sei ja nie auf dem Marktplatz gewesen.

»Mr. Querashi war der Leiter der Produktionsabteilung in einer hiesigen Fabrik. Er könnte Mr. Kumhar eine Anstellung angeboten haben. Doch Mr. Kumhar behauptet, dass dieses Thema zwischen ihnen nie zur Sprache gekommen sei. Möchte er diese Behauptung vielleicht revidieren?«

Nein, ließ Kumhar ihr durch seinen Dolmetscher sagen. Er wolle diese Behauptung nicht revidieren. Er habe Mr. Querashi nur als einen Wohltäter gekannt, den Allah in seiner Güte zu ihm geschickt habe. Aber eins hätten sie gemeinsam gehabt: Beide hätten sie in Pakistan Familien gehabt, die sie nach England holen wollten. Wenn es sich bei Querashi auch um Eltern und Geschwister handelte und bei Kumhar um Ehefrau und zwei Kinder, so sei ihre Absicht doch die gleiche gewesen, daher hätten sie sich besser verstanden, als man von zwei Fremden, die einander zufällig auf einer öffentlichen Straße begegneten, erwartete.

»Aber wäre denn für Sie, der Sie Ihre Familie nach England holen wollten, eine feste Anstellung nicht eine weit größere Hilfe gewesen als ein Geschenk von vierhundert Pfund?«, fragte Emily. »Wie weit hätte dieses Geld gereicht im Vergleich zu dem, was Sie als Angestellter der Firma Malik im Lauf der Zeit verdient hätten?«

Kumhar zuckte die Achseln. Mit einer Erklärung, warum Mr. Querashi ihm keine Anstellung angeboten hatte, konnte er nicht dienen.

Siddiqi steuerte einen Kommentar bei. »Mr. Kumhar war ein Reisender, Inspector. Mit dem Geldgeschenk erfüllte Mr. Querashi seine Verpflichtung ihm gegenüber. Mehr brauchte er nicht zu tun.«

»Mir scheint dennoch, dass ein Mann, der, wie Mr. Kumhar sagt, die Güte selbst war, sich nicht nur um Mr. Kumhars unmittelbare Bedürfnisse gekümmert hätte, sondern auch um sein zukünftiges Wohlergehen.«

»Wir wissen nicht, was für Absichten er letztlich Mr. Kumhar gegenüber hatte«, sagte Professor Siddiqi. »Wir können nur seine Handlungen interpretieren. Alles andere macht leider sein Tod unmöglich.«

Wie praktisch, dachte Emily.

»Hat Mr. Querashi Ihnen gegenüber einen Annäherungsversuch gemacht, Mr. Kumhar?«, fragte sie.

Siddiqi starrte sie an, als hätte er Mühe, diesen abrupten Themawechsel zu verarbeiten. »Wollen Sie fragen –«

»Ich denke, die Frage ist klar genug. Gewissen Informationen zufolge war Querashi homosexuell. Ich möchte wissen, ob Mr. Kumhar außer Geld noch etwas von Querashi bekommen hat.«

Kumhar nahm die Frage mit Betroffenheit auf. Er gab seine Antwort in einem Ton mühsam unterdrückten Entsetzens. Nein, nein,

nein. Mr. Querashi sei ein guter Mensch gewesen. Ein rechtschaffener Mensch. Niemals hätte er seinen Körper, seinen Geist und seine ewige Seele durch solches Verhalten besudelt. Es sei ausgeschlossen, dass er sich in dieser Weise an seinem Glauben versündigt habe.

»Und wo waren Sie am Freitagabend?«

Er sei in seinem Zimmer in Clacton gewesen. Und Mrs. Kersey – seine großzügige Wirtin – werde das Inspector Barlow gern bestätigen.

Damit war das Gespräch beendet. Aber als Emily den Kassettenrecorder ausschaltete, begann Kumhar drängend auf Siddiqi einzureden.

»Moment mal«, rief Emily ärgerlich.

Siddiqi sagte: »Er möchte nur wissen, ob er jetzt nach Clacton zurückkehren kann. Er kann es verständlicherweise kaum erwarten, von hier wegzukommen, Inspector.«

Emily überlegte, ob die Aussicht bestand, noch etwas aus dem Pakistani herauszukriegen, wenn sie ihn nicht sogleich auf freien Fuß setzte, sondern noch ein Weilchen in der stickigen Zelle gleich neben dem Fitnessraum schmoren ließ. Wenn sie ihn noch zwei- oder dreimal ins Verhör nahm, würde es ihr vielleicht gelingen, ihm eine Einzelheit zu entreißen, die sie dem Killer einen Schritt näherbringen würde. Aber wenn sie das tat, riskierte sie gleichzeitig einen neuen Aufstand der asiatischen Gemeinde. Das *Jum'a*-Mitglied – wer es auch sein mochte –, das am Nachmittag erscheinen würde, um Kumhar abzuholen und nach Clacton zurückzubringen, würde Augen und Ohren offenhalten, um etwas für die Polizei Nachteiliges zu entdecken, was gemeldet und dazu verwendet werden konnte, die Leute aufzuwiegeln. Es galt daher, das eine sorgfältig gegen das andere abzuwägen.

Sie ging schließlich zur Tür und riss sie auf. Constable Honigman wartete im Korridor.

»Bringen Sie Mr. Kumhar in den Fitnessraum«, sagte sie. »Sorgen Sie dafür, dass er duschen kann. Lassen Sie ihm etwas zu essen bringen und frische Kleidung. Und sagen Sie Constable Hesketh, dass er den Professor jetzt nach London zurückbringen kann.«

Sie kehrte zu Siddiqi und Kumhar in den Vernehmungsraum

zurück. »Mr. Kumhar, ich bin noch nicht fertig mit Ihnen«, sagte sie, »lassen Sie sich also bloß nicht einfallen, aus der Gegend zu verschwinden. Wenn Sie es dennoch tun, werde ich Sie aufstöbern und, wenn nötig, an den Eiern hierher zurückzerren. Ist das klar?«

Siddiqi warf ihr einen ironischen Blick zu. »Ich denke, er wird verstehen, was Sie meinen.«

Sie ging hinaus und kehrte in ihr Büro im ersten Stockwerk zurück. Lange Erfahrung hatte sie gelehrt, ihrem Instinkt zu trauen, und der sagte ihr laut und deutlich, dass Fahd Kumhar mehr wusste, als er preisgegeben hatte. Zum Teufel auch mit dem Gesetz und dem Verbot der Folter, dachte sie mit einer unbändigen Wut im Bauch. Ein paar Minuten auf dem Rad wie im Mittelalter, und dieser kleine Wurm wäre Wachs in den Händen seines Inquisitors gewesen. So aber konnte er seine Geheimnisse heil und sicher bewahren, aus der Dienststelle hinausmarschieren und sie mit rasenden Kopf- und Muskelschmerzen zurücklassen.

Es war zum Wahnsinnigwerden. Und das Schlimmste war, dass dieses eine kurze Gespräch mit Fahd Kumhar die ganze wohltuende Wirkung der heißen Nacht mit Gary zunichte gemacht hatte.

Am liebsten hätte sie irgendjemandem den Kopf abgerissen. Am liebsten hätte sie jeden, der ihr jetzt unter die Augen kam, angebrüllt. Am liebsten hätte sie –

»Chefin?«

»Was denn?«, brüllte Emily. »Was denn? Was?«

Belinda Warner zögerte an der Tür zu Emilys Büro. Sie hielt ein langes Fax in der einen Hand und einen rosaroten Telefonzettel in der anderen. Verwirrt und erschrocken wagte sie einen Blick in Emilys Büro, um zu sehen, was die Ursache für Chief Inspector Barlows schlechte Laune war.

Emily seufzte. »Entschuldigen Sie. Was gibt's denn?«

»Gute Neuigkeiten, Chefin.«

»Die kann ich gebrauchen.«

Beruhigt trat Belinda Warner ein. »Wir haben von London gehört«, berichtete sie. Sie schwenkte erst den Telefonzettel, dann das Fax. »SO4 und SO11. Die Fingerabdrücke auf dem Nissan sind identifiziert. Und wir haben einen Bericht über diesen Pakistani Taymullah Azhar.«

Das *Castle Hotel* hatte nicht viel Ähnlichkeit mit einem Schloss. Eher schon erinnerte es an eine trutzige Festung, mit einer Brustwehr statt Zinnen auf dem Dach. Von außen zeigte es sich in langweiliger Eintönigkeit – brauner Stein, braune Ziegel, brauner Verputz –, doch die braune Tristesse wurde durch das farbenfrohe Interieur mehr als aufgewogen.

Das Foyer schwamm in einem Meer von Farben, in dem die Pinktöne vorherrschten: eine fuchsienrote Decke mit Stuckverzierungen in Rosenrot an den Rändern, Tapeten mit Streifen in wechselnden Himbeercremetönen, ein rostbrauner Spannteppich mit einem Hyazinthenmuster. Es war, als befände man sich innerhalb eines gigantischen Bonbons, dachte Barbara.

Hinter dem Empfangstisch beobachtete ein Mann mittleren Alters im Schwalbenschwanz mit erwartungsvoller Miene ihre Ankunft. Sein Namensschildchen wies ihn als Curtis aus, und das Empfangsritual, das er ihr zu Ehren zelebrierte, wirkte wie vor dem Spiegel einstudiert. Zuerst ein zögerndes Lächeln, bis er Blickkontakt mit ihr hatte; dann das Entblößen der Zähne; danach wurde der Kopf mit einer Miene hilfreichen Interesses schief gelegt, eine Augenbraue hochgezogen und mit einer Hand nach einem Bleistift gegriffen.

Als er ihr mit beflissener Höflichkeit seine Dienste anbot, zog sie ihren Dienstausweis. Die Augenbraue fiel herab. Der Bleistift ebenfalls. Der Kopf ging in Grundstellung. Aus Curtis dem Empfangschef wurde Curtis auf der Hut.

Barbara kramte wieder ihre Bilder heraus und legte sie nebeneinander auf den Empfangstisch. »Dieser Mann ist letzte Woche auf dem Nez ermordet worden«, erklärte sie kurz. »Und der hier sitzt im Moment in einer Zelle und wird von der Polizei vernommen. Haben Sie einen der beiden schon mal gesehen?«

Curtis atmete ein klein wenig auf. Während er die Fotos betrachtete, nahm Barbara von einem Messingtablett auf dem Empfangstisch eine Hotelbroschüre. Es war die gleiche wie die, die sie in Querashis Zimmer gefunden hatte. Es waren auch noch andere Prospekte da, und sie sah sie interessiert durch. Das *Castle Hotel*, so schien es, bemühte sich, die Geschäfte in diesen wirtschaftlich so schwierigen Zeiten mit Hilfe besonderer Angebote anzukurbeln.

Da gab es ermäßigte Wochenendtarife, Tanzveranstaltungen, Weinproben und spezielle Feiertagsarrangements zu Weihnachten, Neujahr und Ostern.

»Ja.« Curtis dehnte das Wort nachdenklich in die Länge. »O ja, ganz sicher.«

Barbara blickte von den Prospekten auf. Das Bild Kumhars hatte er auf die Seite geschoben. Querashis Bild jedoch hatte er in die Hand genommen und hielt es zwischen Daumen und Zeigefinger.

»Sie haben ihn schon einmal gesehen?«, fragte Barbara.

»O ja, in der Tat. Ich erinnere mich sogar sehr gut an ihn, weil ich vorher noch nie einen Asiaten bei *Leather and Lace* gesehen hatte. Diese Leute sind für so was im Allgemeinen nicht zu haben.«

»Pardon?«, fragte Barbara verblüfft. *»Leather and Lace?«*

Curtis wühlte in den Broschüren auf dem Messingtablett und zog eine heraus, die Barbara noch nicht gesehen hatte. Der Umschlag war schwarz, diagonal durchzogen von einem durchbrochenen weißen Streifen, der wie ein Spitzenband wirkte. Aufgeschlagen enthielt der Prospekt eine Einladung zum allmonatlichen Ball der Tunten und Lederkerls, samt Aufnahmen von früheren Veranstaltungen, die auch die letzten Zweifel beseitigten.

Eins zu null für Trevor Ruddock, dachte Barbara. »Eine Tanzveranstaltung für Homosexuelle?«, fragte sie Curtis. »Recht unüblich draußen auf dem Land, oder?«

»Die Zeiten sind schwierig«, erwiderte er. »Ein Unternehmen, das nicht alle seine Möglichkeiten, Gewinne zu machen, wahrnimmt, wird feststellen, dass es gar keine Möglichkeiten mehr hat.«

Das war nicht von der Hand zu weisen, dachte Barbara. Basil Treves sollte sich da mal eine Scheibe abschneiden und sie gründlich kauen, wenn er am Ende des Geschäftsjahrs Bilanz zog.

Sie sagte: »Und Sie haben Querashi auf einer dieser Veranstaltungen gesehen?«

»Ja, im letzten Monat. Eindeutig. Wie ich schon sagte, man sieht dort nur sehr wenige Asiaten. Man sieht in diesem Teil der Welt überhaupt wenige Asiaten. Darum ist er mir gleich aufgefallen, als er kam.«

»Und Sie sind sicher, dass er wegen der Veranstaltung hier war? Nicht zum Essen? Oder zu einem Drink in der Bar?«

»Nein, er war eindeutig zum Tanzen hier, Sergeant. Oh, nicht in Frauenkleidern. Er schien mir nicht der Typ zu sein, der auf so was steht. Kein Make-up. Kein Schmuck. Sie wissen, was ich meine. Aber es war ganz klar, wozu er ins *Castle* gekommen war.«

»Um jemanden aufzureißen?«

»Sicher nicht. Er war nicht allein. Und sein Begleiter sah nicht so aus, als würde er es sich ohne weiteres gefallen lassen, einfach abgeschoben zu werden.«

»Aha, er war also mit einem Liebhaber hier.«

»Das kann man wohl sagen.«

Hier also hatten sie erstmals eine Bestätigung für Trevor Ruddocks Behauptung, dass Querashi homosexuell gewesen war. Doch das allein entlastete Trevor nicht.

»Wie hat dieser andere Mann ausgesehen? Querashis Liebhaber, meine ich«, sagte Barbara.

Curtis lieferte ihr eine nichtssagende Beschreibung, mit der nicht viel anzufangen war. Alles an dem Mann war Mittelmaß gewesen. Größe, Figur, Gewicht. Völlig unbrauchbar, wäre da nicht ein kleines Detail gewesen: Als Barbara fragte, ob Querashis Begleiter sichtbare Tätowierungen gehabt habe, genau gesagt, eine Spinnennetztätowierung am Hals, konnte Curtis das verneinen. *Eindeutig nicht* waren seine Worte, ehe er erklärend hinzufügte: »Wenn ich eine Tätowierung sehe, vergesse ich das nie. Schon bei dem Gedanken, mich tätowieren zu lassen, schlottern mir die Knie. Ich habe eine richtige Nadelphobie«, erläuterte er. »Wenn mir einmal Blut abgenommen werden muss, werde ich bestimmt ohnmächtig.«

»Aha«, sagte Barbara nur.

»Wenn man sieht, was die Leute sich alles antun, nur um in zu sein …« Er schauderte. Doch gleich darauf hob er flink einen Finger, als wäre ihm bei seinen Worten plötzlich etwas eingefallen. »Warten Sie«, sagte er. »Der Mann hatte einen Lippenring, Sergeant. Ja, ich bin ganz sicher. Und Ohrringe hatte er auch. Nicht nur einen. Mindestens vier in jedem Ohr.«

Da hatte sie endlich, wonach sie gesucht hatte. Den Lippenring hatte auch Trevor Ruddock erwähnt. Nun wussten sie wenigstens einen Teil der Wahrheit: Querashi war in der Tat homosexuell gewesen.

Sie dankte Curtis für seine Hilfe und kehrte zu ihrem Wagen zurück. Sie kramte ihre Zigaretten aus ihrer Tasche, stellte sich in den Schatten einer staubbedeckten Weißbuche und rauchte und dachte darüber nach, was die Bestätigung von Trevors Aussagen für den Fall bedeutete.

Azhar hatte gesagt, dass die Homosexualität bei den Moslems praktisch als Todsünde galt, die es rechtfertigte, einen Mann für immer aus der Familie zu verstoßen. Klar also, dass man einen solchen Verstoß gegen den Glauben tunlichst geheim hielt. Doch hätte man Querashi das Leben genommen, wenn sein Geheimnis ans Licht gekommen wäre? Natürlich wäre es für die Maliks eine tödliche Beleidigung gewesen, wenn Querashi sich nur mit ihnen zusammengetan hätte, um unter dem Deckmantel des braven Ehemanns sein Doppelleben weiterführen zu können. Aber wäre es, anstatt ihn zu töten, nicht eine wirksamere Rache gewesen, ihn vor seiner eigenen Familie zu entlarven und es dieser zu überlassen, die Konsequenzen zu ziehen?

Und wenn seine Homosexualität der Schlüssel zu seinem tödlichen Sturz auf dem Nez war, welche Rolle spielte dann Kumhar? Was hatten die Anrufe in Deutschland und Pakistan zu bedeuten? Die Gespräche mit dem Mullah und dem Mufti? Die Adresse in Hamburg? Die Papiere in seinem Schließfach?

Bei dieser letzten Frage warf Barbara ihre Zigarette weg und kehrte zu ihrem Mini zurück. Sie hatte Rudis Besuch auf dem Industriegelände ganz vergessen gehabt. Es würde auf jeden Fall nicht schaden, sich dort umzusehen.

In weniger als fünf Minuten war sie zurück. Sie vergewisserte sich, dass Rudis Renault nirgends zu sehen war, ehe sie abbog und auf die unfreundlich aussehenden Lagerhallen zufuhr.

Es waren zweifarbige Fertigbauten: grünes Wellblech unten, silberfarbenes Wellblech oben. An jede Halle angebaut war ein Empfangshäuschen aus schmutzfarbenem Backstein. Es gab nicht einen einzigen Baum auf dem ganzen Gelände; ungedämpft von schattenspendendem Grün, strahlte die Hitze mit sengender Glut von den Gebäuden ab. Ganz im Gegensatz jedoch zu den anderen Hallen, deren Tore und Fenster in der Hoffnung auf ein Lüftchen weit offen standen, war das Lagerhaus am Ende der Straße, in dem Rudi verschwunden war, völlig dicht, das hohe Tor und die hochliegenden Fenster fest verschlossen.

Barbara suchte sich einen Parkplatz, der ein Stück von Rudis Lagerhaus entfernt war. Sie stellte den Wagen neben einer Reihe rotweißer Müllcontainer ab, die von Büscheln welkenden Gänsefußes mit traurig hängenden Blättern umgeben waren. Mit dem Handrücken wischte sie sich den Schweiß von der Stirn, ärgerte sich, dass sie weggefahren war, ohne eine Flasche Wasser mitzunehmen, und dann noch so dumm gewesen war, eine Zigarette zu rauchen und dadurch ihren Durst zu verschlimmern, und stieß die Wagentür auf.

Es gab zwei Straßen auf dem Industriegelände, die sich im rechten Winkel kreuzten. Beide waren von Lagerhäusern gesäumt, die dank der Nähe des Geländes zum Hafen von Parkeston für die Zwischenlagerung von Frachtgütern, die entweder aus dem Ausland kamen oder ins Ausland gingen, hervorragend geeignet waren. Von der Sonne ausgebleichte Schilder zeigten an, was jeweils in ihnen untergebracht war: elektronische Geräte, Elektrogeräte, Porzellan und Kristall, Haushaltsgüter, Büromaschinen.

Das Lagerhaus, dem Barbaras Interesse galt, war weniger auffällig gekennzeichnet. Erst als Barbara bis auf zehn Meter an den kleinen Büroanbau herangekommen war, konnte sie das kleine weiße Schild entziffern, das über der Tür angebracht war:

Eastern Imports stand da in schwarzen Lettern, und darunter *Qualitätsmöbel und Einrichtungsgegenstände.*

Sieh an, sieh an, dachte Barbara und zog im Geist den Hut vor Inspector Lynley. Na bitte, Sergeant, konnte sie ihn mit ruhiger Genugtuung sagen hören. Es gibt eben wirklich keine Zufälle, wenn es um Mord geht. Entweder hatte Rudi seinen Posten im Reisebüro *World Wide Tours* verlassen, weil ihn der plötzliche Wunsch überkommen hatte, sein Apartment neu einzurichten, oder weil er mehr wusste, als er gesagt hatte. Was auch immer, es gab nur einen Weg, das herauszufinden.

Die Bürotür war abgeschlossen. Barbara klopfte. Als sich nichts rührte, spähte sie mit zusammengekniffenen Augen durch das staubige Fenster. Drinnen gab es Anzeichen dafür, dass kürzlich noch jemand da gewesen war: Brot, Käse, ein Apfel und aufgeschnittener Schinken lagen auf einem Schreibtisch.

Zunächst glaubte sie, dass nur ein geheimer Klopfcode ihr Zugang zu dem Gebäude verschaffen würde. Doch ein zweites, energischeres Klopfen brachte drinnen jemanden auf die Beine. Durch das Fenster sah sie, wie die Tür zwischen dem Büroanbau und dem Gebäude selbst geöffnet wurde. Ein magerer Mann mit Brille – so ausgezehrt, dass sein Gürtel geknotet werden musste – erschien und schloss die Tür sorgfältig hinter sich.

Mit dem Zeigefinger schob er seine Brille etwas höher, als er durch das Büro zur Tür ging. Er war etwa einen Meter achtzig groß, wirkte jedoch durch seine schlechte Haltung kleiner.

»Es tut mir schrecklich leid«, sagte er sehr freundlich, als er die Tür geöffnet hatte. »Wenn ich hinten bin, sperre ich meistens ab.«

Schon wieder ein Deutscher, dachte Barbara, als sie den Akzent hörte. Seine Kleidung war lässig für einen Geschäftsmann. Er trug eine Baumwollhose und ein weißes T-Shirt, an den Füßen Turnschuhe ohne Socken. Sein Gesicht war von der Sonne gebräunt, das hellbraune Oberlippenbärtchen hatte die gleiche Farbe wie sein Haar.

Sie sagte: »Kriminalpolizei, Scotland Yard« und zeigte ihm ihren Ausweis.

Er betrachtete ihn stirnrunzelnd. Doch als er den Kopf hob, zeigte sein Gesicht genau die richtige Mischung aus Treuherzigkeit und Besorgnis. Er fragte nichts und sagte nichts. Er wartete ganz einfach darauf, dass sie fortfahren würde, und nutzte den Moment des Schweigens, um eine Scheibe Schinken zusammenzurollen und von dem Röllchen abzubeißen. Er hielt es wie eine Zigarre.

Barbara hatte bisher die Erfahrung gemacht, dass die meisten Leute längeres Schweigen nicht ertrugen. Dieser Deutsche jedoch machte den Eindruck, als könnte er es ewig aushalten.

Zum dritten Mal zog Barbara die Fotos von Haytham Querashi und Fahd Kumhar heraus. Der Deutsche biss noch einmal von seinem Schinkenröllchen ab und nahm sich eine Scheibe Käse, während er sich die Bilder nacheinander ansah. Er sagte: »Den hier hab' ich schon mal gesehen« und zeigte auf Querashi. »Den hier nicht.« Sein Englisch klang nicht ganz so geübt wie Rudis.

»Und wo haben Sie diesen Mann gesehen?«, fragte Barbara.

Der Deutsche legte den Käse auf eine Scheibe dunkles Brot. »In der Zeitung. Das ist doch der, der letzte Woche ermordet worden ist, nicht wahr? Ich habe danach sein Bild gesehen, vielleicht am Samstag oder Sonntag. Ich weiß nicht mehr genau.« Er biss in sein Käsebrot und kaute bedächtig. Zu trinken hatte er nichts da, aber das schien ihn nicht zu stören, trotz der Hitze, des salzigen Fleisches und der gummiartigen Pampe aus Käse und Brot in seinem Mund. Der bloße Anblick, wie er kaute und schluckte, machte Barbara noch durstiger.

»Vor dem Bild in der Zeitung«, sagte sie.

»Ob ich ihn vorher schon mal gesehen habe?«, sagte er. »Nein. Warum fragen Sie?«

»Wir fanden einen Frachtbrief von *Eastern Imports* unter seinen Sachen. Er war in einem Schließfach eingesperrt.«

Der Deutsche hörte einen Moment zu kauen auf. »Das ist ja wirklich merkwürdig«, meinte er. »Darf ich ...?« Und er griff noch einmal nach dem Foto. Er hatte wohlgeformte Finger mit gepflegten Nägeln.

»Man sperrt doch eigentlich nur Papiere in ein Schließfach, die eine gewisse Wichtigkeit haben«, sagte Barbara. »Meinen Sie nicht auch?«

»Gewiss. Gewiss. Das ist wahr«, antwortete der Mann. »Aber ein Frachtbrief, auf dem ein Einkauf quittiert ist, ist natürlich auch wichtig. Wenn dieser Herr Möbel gekauft hat, die wir noch nicht auf Lager hatten, musste er –«

»Auf dem Frachtbrief war nichts eingetragen. Nichts außer dem Namen und der Adresse dieser Firma hier.«

Der Deutsche schüttelte perplex den Kopf. »Tja«, sagte er, »dann kann ich Ihnen auch nicht sagen ... vielleicht hat der Herr diesen Frachtbrief von jemand anders bekommen? Wir importieren aus dem Fernen Osten, und wenn er die Absicht hatte, irgendwann in der Zukunft bei uns Möbel zu kaufen ...« Er zuckte die Achseln und zog gleichzeitig die Mundwinkel herab, als wollte er sagen: »Wer weiß?«

Barbara überlegte. Was dieser Mann sagte, war immerhin zum Teil einleuchtend. Jedoch nur insoweit, als es das Vorhandensein des Frachtbriefs unter Querashis persönlichen Besitztümern erklärte. Um seine Aufbewahrung in einem Schließfach zu erklären, reichte es nicht.

»Ja«, meinte sie. »Sie haben wahrscheinlich recht. Kann ich mich kurz umsehen, wo ich schon mal hier bin? Ich spiele schon eine ganze Weile mit dem Gedanken, mich neu einzurichten.«

Der Deutsche biss wieder von seinem Käsebrot ab und nickte. Er griff in seinen Schreibtisch und nahm ein Ringbuch heraus, dann noch eins und noch eins. Er schlug die Bücher mit einer Hand auf, während er mit der anderen eine weitere Scheibe Schinken aufrollte.

Barbara sah, dass es sich um Kataloge handelte, die so ziemlich alles von Schlafzimmermöbeln bis zu Küchengeräten enthielten. Sie sagte: »Dann haben Sie hier also keine Möbel auf Lager?« Und sie dachte: »Wieso zum Teufel habt ihr dann überhaupt eins?«

»O doch«, entgegnete er. »Die Großhandelslieferungen. Die sind im Lager.«

»Na wunderbar«, sagte Barbara. »Kann ich mich da mal umsehen? Mit Bildern kann ich überhaupt nichts anfangen.«

»Im Moment ist nicht viel da«, erklärte er, und zum ersten Mal wirkte er abwehrend. »Wenn Sie ein andermal wiederkommen könnten ... Samstag in einer Woche vielleicht?«

»Ach, ich will mich ja nur mal kurz umschauen«, versetzte Barbara freundlich. »Ich möchte mir erst eine Vorstellung von Größe und Material machen, ehe ich mich entscheide.«

Er schien nicht überzeugt, sagte jedoch, wenn auch widerwillig: »Wenn Sie der Staub nicht stört und eine verstopfte Toilette ...«

Sie versicherte ihm, dass ihr das überhaupt nichts ausmache – was bedeuteten schon Staub und verstopfte Klos, wenn man auf der Suche nach der idealen Couchgarnitur war? –, und folgte ihm ins Lager.

Sie wusste selbst nicht recht, was sie erwartet hatte. Jedenfalls warteten in der riesigen Lagerhalle weder Kameras zur Herstellung von Pornofilmen noch Kisten voller Sprengstoff, noch ein Fließband zur Fertigung von Uzi-Maschinenpistolen. Barbara sah nichts als Möbel: drei Etagen voller Sofas, Speisetische, Lehnsessel, Lampen und Bettrahmen. Es war nicht viel da, wie ihr Begleiter gesagt hatte. Und die Bestände waren mit verstaubten Plastikplanen zugedeckt. Zu vermuten, dass hinter den Möbeln etwas anderes steckte – da hätte man seine Phantasie schon überstrapazieren müssen.

Und bezüglich der Toilette hatte er die Wahrheit gesagt. Die ganze Halle stank, als hätten zweihundert Leute die Toilette benützt und nicht gespült. Barbara sah die Quelle des Gestanks durch eine halboffene Tür am Ende des Gebäudes: die verstopfte Toilette und die Überschwemmung, die sich gut vier bis fünf Meter in die Halle hinein ausdehnte.

Der Deutsche bemerkte ihren Blick. »Ich habe den Installateur in den letzten zwei Tagen dreimal angerufen. Ohne jedes Ergebnis, wie Sie sehen. Es tut mir wirklich leid. Es ist schrecklich unangenehm.« Und schon eilte er davon, um die Toilettentür zu schließen, wobei er achtsam um die Riesenpfütze davor herumging. Missbilligend schüttelte er den Kopf über eine Decke und ein durchweichtes Kissen, die seitlich von der Toilette neben einer Reihe verstaubter Aktenschränke lagen. Er hob die Decke auf, faltete sie sorgfältig und legte sie auf den nächsten Schrank; das Kissen warf er in den Mülleimer an der Wand.

Dann kehrte er zu Barbara zurück und zog ein Schweizer Armeemesser aus seiner Tasche. »Unsere Sofas sind von bester Qualität«, erklärte er. »Die Polsterung ist ganz von Hand gemacht. Ob Sie Wolle oder Seide wählen –«

»Ja«, unterbrach Barbara. »Ich hab' schon eine Vorstellung. Gute Sachen. Sie brauchen sie nicht abzudecken.«

»Sie möchten sie nicht anschauen?«

»Ich habe es schon gesehen. Danke.«

Was sie gesehen hatte, war, dass das Lagerhaus nicht anders war als die übrigen auf dem Gelände. Es hatte ein großes Tor, das die Einfahrt von hohen Möbelwagen gestattete. Dass hier in der Tat LKWs aus- und einfuhren, bezeugte das Rechteck freien Raums, das sich vom Tor bis zur gegenüberliegenden Seite der Halle erstreckte. Auf diesem Raum sprenkelten große Ölflecken den Betonboden. Sie sahen aus wie Kontinente, die in einer grauen See trieben.

Sie tat so, als prüfte sie die Möbel unter den Plastikhüllen, und näherte sich diesem großen leeren Rechteck. Die Halle war nicht isoliert, es war so heiß in ihr wie in einem Heizungsraum. Barbara spürte, wie ihr der Schweiß den Rücken hinunterrann, durch die Mulde zwischen ihren Brüsten sickerte, von ihrem Hals zu ihrer Taille herabtropfte.

»Ist das eine Hitze«, sagte sie. »Ist das nicht schlecht für die Möbel? Macht die Hitze das Material nicht spröde oder so was?«

»Unsere Möbel kommen aus dem Fernen Osten, wo das Wetter lange nicht so gemäßigt ist wie in England«, antwortete er. »Die Hitze hier ist nichts im Vergleich.«

»Hm. Da haben Sie wahrscheinlich recht.« Sie bückte sich, um die Ölflecken auf dem Betonboden zu besichtigen. Vier der Flecken waren alt, mit kleinen Schmutzhäufchen, die wie Miniaturberge auf der großen grauen Landkarte des Betonbodens aussahen. Drei waren jüngeren Datums. In einem von ihnen hatte ein nackter Fuß – ein Männerfuß – einen klaren Abdruck hinterlassen.

Als Barbara sich aufrichtete, sah sie, dass der Deutsche sie beobachtete. Mit offenkundiger Verwirrung musterte er zuerst sie, dann die Flecken auf dem Boden, dann sein Möbellager. »Ist etwas nicht in Ordnung?«, fragte er.

Sie wies zu den Ölflecken hinunter. »Die sollten Sie wegmachen. Das ist gefährlich. Da könnte leicht jemand ausrutschen und sich ein Bein brechen, besonders wenn er ohne Schuhe rumläuft.«

»Ja, natürlich. Selbstverständlich«, antwortete er.

Sie hatte keine Veranlassung, länger zu bleiben, außer einem Gefühl, dass sie noch nicht alles erkundet hatte, was es hier zu erkunden gab. Sie wünschte, sie wüsste, wonach sie eigentlich suchte, aber wenn irgendetwas in diesem Lagerhaus darauf hindeutete, dass hier dunkle Geschäfte gemacht wurden, so konnte sie es nicht erkennen. Ihr einziger Anhaltspunkt war ein hohles Gefühl im Bauch, ein Gefühl des Mangels, als wäre etwas unvollendet geblieben. Es war reiner Instinkt. Doch wie konnte sie ihrem Instinkt folgen, wenn sie gleichzeitig Emily Barlows Fähigkeiten in Frage stellte, weil diese ebendas tat? Instinkt war gut und schön, aber irgendwann mussten zu seiner Untermauerung einmal ein paar handfeste Beweise her.

Dennoch – Rudi hatte nur Minuten nach ihrem Besuch das Reisebüro verlassen. Er war direkt hierhergefahren. Er hatte ebendieses Gebäude aufgesucht. Und wenn diese Tatsachen nicht irgendetwas zu bedeuten hatten, was dann?

Sie seufzte und fragte sich, ob das hohle Gefühl in ihrem Bauch nicht vielleicht nur gemeiner Hunger war, eine Folge davon, dass sie die Hälfte ihrer Chips in dem Pub in Harwich zurückgelassen hatte. Sie holte ihren Schreibblock aus ihrer Schultertasche, kritzelte die Nummer des *Burnt House Hotels* auf ein leeres Blatt, riss es heraus und reichte es dem Deutschen mit der Bitte, sie anzurufen, wenn ihm noch irgendetwas von Belang einfallen sollte, insbesondere, wie ein Frachtbrief von *Eastern Imports* in Haytham Querashis Besitz gekommen war.

Er musterte den Zettel aufmerksam, faltete ihn einmal, dann noch einmal und schob ihn in seine Hosentasche. »In Ordnung«, sagte er. »Wenn Sie jetzt genug gesehen haben ...?« Ohne auf ihre Antwort zu warten, wies er mit höflicher Geste zum Büro.

Dort spielte Barbara zum Abschied die alte Leier: Sie dankte ihm für seine Hilfe. Sie machte ihn nochmals auf den Ernst der Lage aufmerksam. Sie betonte die Wichtigkeit rückhaltloser Zusammenarbeit mit der Polizei.

Er sagte: »Ich habe verstanden, Sergeant. Ich zermartere mir schon jetzt den Kopf, um eine Verbindung zwischen diesem Mann und *Eastern Imports* zu finden.«

Apropos Verbindungen, dachte sie. Und während sie den Riemen ihrer Umhängetasche zurechtrückte, damit er nicht so drückte, sagte sie: »Ja. Gut« und ging zur Tür, wo sie noch einmal stehen blieb. Sie kramte in ihrem dürftigen Wissensschatz europäischer Geschichte und erinnerte sich eines Details, das sie für ihre nächste Frage nutzte. »Ihrem Akzent nach scheinen Sie Österreicher zu sein. Kommen Sie aus Wien? Oder Salzburg?«

»Bitte!« Er reagierte genauso beleidigt, wie Barbara gehofft hatte. »Ich bin Deutscher.«

»Ach so. Tut mir leid. Das ist schwer zu unterscheiden. Von wo kommen Sie?«

»Aus Hamburg«, antwortete er.

Woher sonst?, dachte sie. »Und Ihr Name? Ich brauche ihn für meinen Bericht.«

»Natürlich. Reuchlein«, antwortete er und buchstabierte ihn hilfsbereit. »Klaus Reuchlein.«

Irgendwo in ihrem Hinterkopf konnte Barbara Inspector Lynley leise lachen hören.

22

»Kreuzhage sagt, dass Reuchlein zwei Apartments in der Oskarstraße fünfzehn gemietet hat«, schloss Barbara. »Aber die Wohnungen in dem Haus sind alle klein – ein Zimmer, Küche –, wenn einer also das nötige Geld hat, meint Kreuzhage, wird er vielleicht die eine Wohnung zum Schlafen und die andere als Wohnraum benutzen. Besonders, wenn er häufiger Gäste hat und nicht will, dass die auf seinem Bett sitzen müssen. Die Tatsache, dass der Mann zwei Wohnungen gemietet hat, sollte uns also nicht unbedingt misstrauisch machen, sagt er. Wenn es auch vielleicht Querashis Verdacht erregt hat, der ja aus Pakistan kam, wo die meisten Menschen – wie Kreuzhage es formulierte – in bescheideneren Verhältnissen leben.«

»Und er ist sicher, dass der Mieter der Wohnungen Klaus Reuchlein heißt? *Klaus*? Kein anderer Vorname?«

»Ja, Klaus.« Barbara trank den letzten Schluck Karottensaft, den Emily ihr angeboten hatte, als sie sich in ihrem Büro zusammengesetzt hatten, um ihre jeweiligen Ermittlungsergebnisse zu vergleichen. Sie gab sich alle Mühe, keine Grimasse zu schneiden, als ihr das Zeug über die Zunge rann. Kein Wunder, dass die Naturköstler alle so zaundürr waren, dachte sie. Alles, was sie zu sich nahmen, tötete augenblicklich jeden Wunsch ab, mehr davon zu genießen.

»Er sagt, einer seiner Leute hat den Mietvertrag und die Unterschrift gesehen. Wenn der Name Klaus Reuchlein nicht das deutsche Äquivalent für John Smith ist und es an jeder Ecke einen gibt, ist es derselbe Mann.«

Emily nickte. Sie blickte durch das Büro zu der hellen Wandtafel, auf der alle Aktivitäten des Ermittlungsteams nach Nummern aufgeführt waren. Sie hatten vor fünf Tagen mit Aktivität A 1 begonnen. Barbara sah, dass sie jetzt bei A 320 angelangt waren.

»Wir kommen ihm näher«, sagte Emily. »Ich weiß es, Barb. Diese Reuchlein-Geschichte ist der Strick, an dem unser Mr. Superschlau sich aufhängen wird. Der will seine Leute vor uns schützen? Ha, sollte lieber jemand seine Leute vor ihm schützen.«

Barbara war im *Burnt House Hotel* vorbeigefahren, ehe sie in die Dienststelle zurückgekehrt war. Dort hatte sie gehört, dass Hauptkommissar Kreuzhage aus Hamburg angerufen und die für Uneingeweihte unverständliche Nachricht hinterlassen hatte, er habe »weitere Informationen, Sergeant Havers' Hamburger Interessen betreffend«. Sie hatte ihn sofort angerufen und dabei ein Käsesandwich mit Gürkchen verdrückt, zuvorkommenderweise von Basil Treves selbst geliefert, den sie so taktvoll wie möglich von ihrer Zimmertür vertreiben musste, wo er Posten bezogen hatte, um ihr Gespräch zu belauschen.

Zunächst bestätigte Kreuzhage ihren Verdacht, dass die Telefonnummer, die Querashi vom *Burnt House Hotel* aus angerufen hatte, zu der Hamburger Adresse gehörte, und bei dieser Nachricht hatte sie das Gleiche empfunden, was Emily Barlow in diesem Moment empfand: eine wachsende Gewissheit, dass sie der Wahrheit auf der Spur waren. Aber als sie diese wachsende Gewissheit dem gegenüberstellte, was sie bei *Eastern Imports* entdeckt hatte – absolut nichts außer einer verstopften Toilette und einem Kissen auf dem Boden –, fielen ihr statt Antworten nur Fragen ein. Ihre Intuition sagte ihr, dass alles, was sie an diesem Tag gehört und gesehen hatte, auf irgendeine Weise miteinander in Verbindung stand, wenn es auch nicht unbedingt mit Querashis Ermordung zu tun haben musste. Doch ihr Gehirn weigerte sich, ihr zu sagen, wie es in Verbindung stand.

Belinda Warner kam ins Zimmer. »Ich hab' unsere Kartei durchgesehen, Chefin, und eine Liste von allen verdächtigen Vorkommnissen gemacht. Wollen Sie sie jetzt gleich haben oder erst heute Nachmittag bei der Besprechung?«

Emily streckte ihre Hand aus. »Vielleicht finden wir da den Hinweis, den wir brauchen«, sagte sie zu Barbara.

Das Dokument war seitenlang, ein Computerausdruck aller Vergehen und Verbrechen – kleinerer und größerer –, die seit Anfang des Jahres bei der Polizei Balford gemeldet worden waren. Constable Warner hatte jene Vorkommnisse in Gelb hervorgehoben, die in die Kategorie »vertrackt« fielen und daher Chief Inspector Barlows Aufmerksamkeit würdig waren. Emily las laut vor.

Sechs Autodiebstähle seit Januar – einer pro Monat, die Fahrzeuge alle an unterschiedlichen Fundorten, vom Deichweg nach Horsey Island bis zum Golfplatz in Clacton-on-Sea, sichergestellt. Sechs tote Kaninchen vor der Haustür der Grundschuldirektorin. Vier Brandstiftungen: zwei in Mülltonnen, die zur Leerung durch die Müllabfuhr auf die Straße gestellt worden waren, eine in einem ehemaligen Bunker am Rand des Wade, eine auf dem Friedhof der St.-John's-Kirche, wo vermutlich dieselben Täter in eine Krypta eingebrochen und die Wände beschmiert hatten. Fünf Garderobenschränke im Strandbad aufgebrochen. Siebenundzwanzig Einbrüche, darunter in Privathäusern, in einem Waschsalon, wo man den Geldautomaten geknackt hatte, in zahlreichen Strandhütten und in einem chinesischen Schnellrestaurant, wo die Kasse gestohlen worden war. Ein Handtaschenraub auf dem Vergnügungspier. Diebstahl von drei Zodiac-Schlauchbooten des Bootsverleihs East Essex am Jachthafen von Balford, von denen eins bei Ebbe auf der Südseite von Skippers' Island aufgefunden worden war, die beiden anderen antriebslos mitten im Wade.

Bei dieser letzten Meldung schüttelte Emily ärgerlich den Kopf. »Wenn Charlie Spencer auf die Sicherung seiner Boote nur halb so viel Zeit verwenden würde wie auf die Lektüre der Rennzeitung, hätten wir nicht jede Woche einmal Theater mit ihm.«

Aber Barbara dachte daran, was sie am vergangenen Nachmittag gesehen und gehört hatte, was sie am vergangenen Abend entdeckt hatte und sah die Verbindung zu einer der Anzeigen, die Emily soeben vorgelesen hatte. Ihr war schleierhaft, wieso sie die Zusammenhänge nicht schon früher erkannt hatte. Rachel Winfield hatte sie praktisch mit der Nase darauf gestoßen, aber sie hatte die Verbindung nicht hergestellt.

»Sag mal, Em, was ist bei diesen Einbrüchen in die Strandhütten eigentlich gestohlen worden?«

Emily blickte auf. »Na hör mal, Barb. Du glaubst doch nicht im Ernst, dass diese Einbrüche was mit dem zu tun haben, wonach wir suchen!«

»Mit dem Mord an Querashi vielleicht nicht«, versetzte Barbara, »aber sie könnten eine andere Frage klären. Also, was wurde gestohlen?«

Emily blätterte in dem Ausdruck. Sie schien jetzt aufmerksamer zu lesen als bei ihrer ersten Durchsicht der Informationen, dann aber sagte sie wegwerfend: »Salzfässer. Pfeffermühlen. Herrgott noch mal, nichts als Mist. Wer klaut schon ein Stickmustertuch? Oder einen Satz Pingpongschläger und Bälle? Dass man einen Gasherd mitgehen lässt, kann ich ja noch verstehen – den kann man entweder selbst gebrauchen oder verkaufen –, aber hör dir das mal an: ein gerahmtes Foto von Uroma im Strandkorb.«

»Hey, das ist es«, rief Barbara erregt. »Exakt so läuft das: Erst klaut man's, dann verkauft man's. Genau solchen Krempel verhökern doch die Leute auf Flohmärkten und so, Em. Und genau solchen Krempel haben die Ruddocks gestern Nachmittag aus ihrem Wohnzimmer ins Auto geschleppt. Und genau solchen Krempel habe ich gestern Abend in Trevor Ruddocks Rucksack gefunden. *Das* hat er am Freitagabend getan, nachdem er sich von Rachel Winfield getrennt hatte und bevor er zur Arbeit auf dem Pier erschien: Er hat nette kleine Sächelchen aus den Strandhütten geklaut, um das Familieneinkommen aufzubessern.«

»Wenn du wirklich recht hast –«

»Darauf kannst du dich verlassen.«

»– scheidet er als Verdächtiger aus.« Emily neigte sich begierig über den Bericht. »Aber was – was, verdammt noch mal, ist mit Malik?«

Ihr Telefon läutete, und sie fluchte unterdrückt. Den Blick immer noch auf den Bericht gerichtet, hob sie ab. »Barlow hier … ah! Gut gemacht, Frank. Bringen Sie ihn in einen Vernehmungsraum. Wir kommen sofort.« Sie legte auf und warf den Bericht auf ihren Schreibtisch. »Die Fingerabdrücke auf Querashis Nissan konnten identifiziert werden«, erklärte sie Barbara. »Constable Eyre hat unseren Mann gerade hergebracht.«

»Ihr Mann« war in denselben Vernehmungsraum gesperrt, in dem zuvor Fahd Kumhar gesessen hatte. Ein Blick auf ihn überzeugte Barbara, dass es ihnen gelungen war, Querashis mutmaßlichen Liebhaber zu fassen. Die Beschreibung stimmte genau. Er war ein schmaler, drahtiger Mann mit kurzgeschorenem blondem Haar, und an seinen Ohren hing jede Menge Schmuck: Stecker und Ringe und eine Sicherheitsnadel mit Plastikverschluss, einer Windelnadel ähnlich. An dem silbernen Ring in seiner Lippe baumelte ein winziges Kügelchen. Das knapp sitzende T-Shirt ohne Ärmel brachte eine Tätowierung auf seinem Bizeps zur Geltung, die auf den ersten Blick aussah wie eine große Lilie. Bei näherem Hinsehen entpuppte sich der Stempel der Blüte als erigierter Penis. Reizend, dachte Barbara. So subtil.

»Mr. Cliff Hegarty«, sagte Emily und schloss die Tür. »Sehr freundlich von Ihnen, dass Sie hergekommen sind, um uns einige Fragen zu beantworten.«

»Soweit ich sehen kann, hatte ich da keine große Wahl«, versetzte Hegarty. Barbara meinte, nie so weiße und regelmäßige Zähne gesehen zu haben. »Plötzlich standen zwei Männer vor der Tür und fragten, ob ich was dagegen hätte, mit auf die Polizei zu kommen. Gefällt mir echt, wie Ihr Bullen immer so tut, als hätte man eine Alternative, wenn Ihr einen in die Zange nehmen wollt.«

Emily kam ohne Umschweife zur Sache. Seine Fingerabdrücke, erklärte sie Hegarty, seien auf dem Fahrzeug eines Ermordeten namens Haytham Querashi sichergestellt worden. Der Wagen selbst sei am Tatort gefunden worden. Könne Mr. Hegarty ihnen erklären, wie seine Fingerabdrücke auf das Fahrzeug gekommen seien?

Hegarty verschränkte die Arme. Die Pose brachte seine Tätowierung noch effektvoller zur Geltung. Er sagte: »Ich kann jederzeit einen Anwalt anrufen, wenn ich das will.« Sein Lippenring blitzte im Licht der Deckenbeleuchtung, als er sprach.

»Das können Sie, ja«, bestätigte Emily. »Aber da ich Sie noch nicht einmal über Ihre Rechte belehrt habe, finde ich es recht interessant, dass Sie glauben, einen Anwalt zu brauchen.«

»Ich hab' nicht gesagt, dass ich einen brauche. Ich hab' auch nicht gesagt, dass ich einen haben will. Ich hab' nur gesagt, dass ich einen anrufen kann, wenn ich will.«

»Und was soll das heißen?«

Seine Zunge schnellte aus seinem Mund hervor und glitt flink wie eine Eidechse über seine Lippen. »Ich kann Ihnen sagen, was Sie wissen wollen, und ich bin auch bereit, es zu tun. Aber Sie müssen mir garantieren, dass mein Name nicht in die Zeitung kommt.«

»Es ist nicht meine Gewohnheit, irgendjemandem irgendwelche Garantien zu geben.« Emily setzte sich ihm gegenüber an den

Tisch. »Und in Anbetracht der Tatsache, dass Ihre Fingerabdrücke am Tatort gefunden wurden, sind Sie nicht in der Position, Bedingungen zu stellen.«

»Dann sag' ich eben nichts.«

»Mr. Hegarty«, mischte sich Barbara ein, »Ihre Fingerabdrücke wurden von SO4 in London identifiziert. Ich denke, Sie wissen genau Bescheid: Wenn Ihre erkennungsdienstlichen Daten in London geführt werden, dann heißt das, dass Sie auf einem Vorstrafenregister sitzen. Muss ich Sie noch darauf hinweisen, dass es für einen vorbestraften Kriminellen gar nicht gut aussieht, wenn seine Fingerabdrücke am Tatort eines Mordes sichergestellt werden?«

»Ich hab' nie einem Menschen was zuleide getan«, entgegnete Hegarty aufgebracht. »Weder in London noch sonst wo. Und ich bin kein Krimineller. Das, was ich getan hab', war eine Sache zwischen zwei Erwachsenen, und nur weil einer von den Erwachsenen bezahlt hat, heißt das doch nicht, dass ich je irgendwen zu irgendwas hätte zwingen müssen. Außerdem war ich damals noch blutjung. Wenn ihr Bullen euch mehr drauf konzentrieren würdet, den richtigen Verbrechern das Handwerk zu legen, anstatt harmlose Leute zu schikanieren, die sich auf ehrliche Weise ein paar Kröten verdienen wollen und dazu ihren Körper gebrauchen wie jeder Bauarbeiter oder Möbelpacker, dann wär's um dieses Land besser bestellt.«

Emily nahm diesen kreativen Vergleich zwischen Arbeitern und Strichjungen unwidersprochen hin. »Jetzt hören Sie mir mal zu. Ein Anwalt kann nicht verhindern, dass Ihr Name in den Zeitungen erscheint, wenn das der Grund ist, weshalb Sie einen haben wollen. Und ich kann Ihnen nicht garantieren, dass nicht jemand vom *Standard* vor Ihrem Haus lauert, wenn Sie heimkommen. Aber je früher wir Sie hier wieder gehen lassen können, desto geringer ist die Wahrscheinlichkeit, dass das passieren wird.«

Wieder leckte er sich mit seiner Eidechsenzunge die Lippen, während er überlegte. Sein Bizeps spannte sich, und der Lilienphallus krümmte sich. Schließlich sagte er: »Also, es ist nämlich so. Es gibt noch einen anderen Mann. Mit dem bin ich schon eine ganze Weile zusammen. Vier Jahre, um genau zu sein. Ich möchte nicht, dass er erfährt ... Na ja, das, was ich Ihnen gleich erzählen werde.

Er hat schon einen Verdacht, aber er weiß nichts. Und ich möchte, dass es so bleibt.«

Emily warf einen Blick auf ein Klemmbrett, das sie auf dem Weg nach unten bei der Wache mitgenommen hatte. Sie sagte: »Ich sehe, Sie haben ein Geschäft.«

»Ach Scheiße, ich *kann* Gerry nicht erzählen, dass Sie mir wegen der Spiele auf den Pelz gerückt sind. Der hat sowieso was dagegen, dass ich sie vertreibe. Er liegt mir dauernd in den Ohren, dass ich endlich was Anständiges machen soll – anständig nach seiner Definition –, und wenn er rauskriegt, dass ich mit den Bullen Ärger hatte –«

»Und ich sehe, dass sich dieses Geschäft im Gewerbegebiet von Balford befindet«, fuhr Emily ungerührt fort. »Dort hat auch die Firma Malik ihren Sitz. Und bei diesem Unternehmen war Mr. Querashi angestellt. Wir werden im Rahmen unserer Ermittlungen selbstverständlich mit sämtlichen Geschäftsleuten in dem Gewerbegebiet sprechen. Stellt Sie das zufrieden, Mr. Hegarty?«

Hegarty, der gerade Luft geholt hatte, um weiter zu protestieren, atmete auf. Er hatte offensichtlich verstanden. »Ja, in Ordnung«, sagte er. »Damit bin ich zufrieden. Okay.«

»Also gut dann.« Emily schaltete den Kassettenrecorder ein. »Erzählen Sie uns zunächst einmal, woher Sie Mr. Querashi kannten. Es ist doch richtig, dass Sie ihn kannten?«

»Ja, ich hab' ihn gekannt«, bestätigte Hegarty. »Klar hab' ich ihn gekannt.«

Sie hatten sich auf dem Marktplatz in Clacton kennengelernt. Cliff hatte es sich angewöhnt, dorthin zu fahren, wenn ihm die Arbeit über den Kopf wuchs. Zum Einkaufen und, wie er es formulierte, »um ein bisschen Spaß zu haben, wenn Sie verstehen, was ich meine. Es wird auf die Dauer einfach so öde, wenn man tagaus, tagein mit demselben Kerl zusammen ist. Da braucht man mal ein bisschen Abwechslung. Es war total harmlos.«

Er hatte Querashi bemerkt, als der sich an einem Stand imitierte Hermès-Schals angesehen hatte. Er hatte nicht viel von ihm gehalten – »Im Allgemeinen stehe ich nicht auf die dunklen Typen« –, bis der Pakistani den Kopf gehoben und ihn angestarrt hatte. »Ich hatte ihn vorher schon ein paarmal im Gewerbegebiet gesehen und wusste, dass er bei Malik arbeitet«, sagte Hegarty. »Aber gesprochen hatte ich mit ihm nie, und er hat mich auch nicht weiter interessiert. Aber als er mich so angesehen hat, hab' ich gewusst, was los ist. Der wollte was von mir, das war ganz klar. Also bin ich in die Toilette gegangen. Er ist mir sofort nachgekommen. Und so hat's angefangen.«

Die wahre Liebe, dachte Barbara.

Er habe geglaubt, es würde eine einmalige Angelegenheit sein, erklärte Hegarty, was anderes habe er gar nicht gewollt, es sei immer so gelaufen, wenn er auf den Marktplatz in Clacton gegangen sei. Aber Querashi hatte andere Vorstellungen gehabt. Querashi hatte eine dauerhafte – wenn auch heimliche – Liaison gewollt, und die Tatsache, dass Cliff bereits anderweitig gebunden war, war dem Pakistani gar nicht unangenehm gewesen. »Er hat mir erzählt, er wär mit Maliks Tochter verlobt, aber die Ehe würde nur auf dem Papier bestehen. Sie brauchte ihn als Fassade. Er brauchte sie aus dem gleichen Grund.«

»Als Fassade?«, warf Barbara ein. »Ist Maliks Tochter denn lesbisch?«

»Sie ist schwanger«, antwortete Hegarty. »Das hat Hayth mir jedenfalls erzählt.«

Teufel noch mal, dachte Barbara. »War Mr. Querashi ganz sicher, dass sie schwanger ist?«, fragte sie.

»Mir hat er erzählt, die Kleine hätte es ihm selbst gesagt. Sie hat's ihm gleich gesagt, nachdem sie sich kennengelernt hatten. Ihm war's recht. Er hätte natürlich mit ihr schlafen können, aber scharf drauf war er nicht. So hätten sie das Kind als seins ausgeben können, und es hätte ausgesehen, als hätte er in der Hochzeitsnacht seine ehelichen Pflichten erfüllt. Und wenn das Kind ein Junge gewesen wäre, wär' alles in Butter gewesen, und er hätte sich nicht weiter um seine Frau zu kümmern brauchen.«

»Und die ganze Zeit hätte er sich heimlich mit Ihnen getroffen.«

»So war's geplant, ja. Mir hat das auch gepasst. Wie ich schon gesagt hab', tagein, tagaus mit demselben Kerl ...« Er zuckte die Achseln. »Auf die Weise hatte ich ein bisschen Abwechslung, und es hieß nicht immer Gerry, Gerry, Gerry.«

Emily setzte die Vernehmung Hegartys fort, doch Barbara war

mit ihren Gedanken ganz woanders. Wenn Sahlah Malik schwanger war und Querashi nicht der Vater des Kindes, kam für diese Rolle nur ein Mann in Frage. Die Worte »Das Leben beginnt jetzt« gewannen eine ganze neue Bedeutung. Ebenso die Tatsache, dass Theodore Shaw für die Mordnacht kein Alibi hatte. Er hätte nur in seiner Segeljacht vom Jachthafen aus den Kanal hinunterzutuckern brauchen, um die Nordspitze des Nez zu umrunden und das Gebiet zu erreichen, wo Haytham Querashi in den Tod gestürzt war. Die Frage war: Hatte er das Boot aus dem Jachthafen hinausfahren können, ohne gesehen zu werden?

»Wir haben uns immer in dem alten Bunker am Strand getroffen«, erklärte Hegarty Emily gerade. »Eine andere Möglichkeit hatten wir nicht. Hayth hatte zwar eine Wohnung in den Avenues – das Haus, wo er nach der Hochzeit mit der kleinen Malik leben sollte –, aber da konnten wir nicht hin, weil Gerry da abends arbeitet. Er renoviert es.«

»Und wenn Gerry abends gearbeitet hat, haben Sie sich mit Querashi getroffen?«

»Genau.«

Im *Burnt House Hotel* konnten sie sich auch nicht treffen, weil sie befürchten mussten, dass Basil Treves – »Treves, dieser Schlappschwanz«, so nannte Hegarty ihn – jemandem davon erzählen würde, Akram Malik zum Beispiel, der mit ihm im Stadtrat sitzt. Und in Jaywick Sands konnten sie sich nicht treffen, weil der Ort klein war und bestimmt etwas zu Gerry durchgesickert wäre, der es sich nicht hätte gefallen lassen, dass sein Liebhaber sich mit anderen Kerlen herumtrieb. »Wegen Aids und so«, fügte Hegarty hinzu, als hielte er es für nötig, der Polizei Gerrys unverständliche Haltung zu erklären.

Darum also hatten sie sich in dem ehemaligen Bunker am Strand getroffen. Und dort hatte Cliff an dem Abend auf Querashi gewartet, an dem dieser umgekommen war.

»Ich hab' gesehen, wie's passiert ist«, sagte er, und sein Blick wurde dunkel, als sähe er wieder, was er an jenem Abend gesehen hatte. »Es war finster, aber ich habe die Scheinwerfer seines Autos gesehen, als er ankam, weil er fast am Rand der Felsen geparkt hat. Er ist zur Treppe gegangen, und dann hat er sich umgesehen, als hätte er was gehört. So viel konnte ich immerhin erkennen. Ich hab' seine Silhouette gesehen.«

Nach einem kurzen Innehalten vor der Treppe hatte Querashi mit dem Abstieg begonnen. Nach fünf Stufen war er gestürzt. Kopfüber. Er hatte den Fall nicht abfangen können und war, sich ein ums andere Mal überschlagend, zum Fuß des Felsens hinuntergestürzt.

»Ich war wie gelähmt.« Hegarty schwitzte. Das kleine Kügelchen an seinem Lippenring hüpfte auf und nieder. »Ich hab' überhaupt nicht gewusst, was ich tun soll. Ich konnte nicht glauben, dass er gestürzt war ... Ich hab' darauf gewartet, dass er wieder aufstehen würde ... sich die Hose abklopfen würde. Dass er vielleicht lachen würde oder so was, aus Verlegenheit. Und da hab' ich dann den anderen gesehen.«

»Es war noch jemand da?«, fragte Emily rasch.

»Hinter einem Ginsterbusch oben auf den Felsen versteckt.«

Hegarty schilderte, was er beobachtet hatte: eine Gestalt, die aus dem Gebüsch hervortrat, ein paar Stufen hinunterging, irgendetwas entfernte, das am eisernen Geländer zu beiden Seiten der Betontreppen befestigt war, und sich dann schnell davonmachte.

»Da ist mir aufgegangen, dass jemand ihn umgebracht hatte«, schloss Hegarty.

Mit schwungvollem Schnörkel setzte Rachel ihren Namen auf jede schwarze Linie, die Mr. Dobson mit einem Kreuz versehen hatte. Es war so heiß in seinem Büro, dass ihre Oberschenkel am Stuhl klebten und Schweißtropfen wie Tränen von ihren Augenbrauen auf die Papiere herabfielen. Aber sie war weit davon entfernt zu weinen. Kein Gedanke, dass sie an diesem großen Tag Tränen vergießen würde.

Sie hatte ihre Mittagspause dazu benützt, zu den *Clifftop Snuggeries* hinüberzuradeln. Sie war gefahren, als ginge es um ihr Leben, ohne Rücksicht auf die Hitze, auf Autos oder Fußgänger, um Mr. Dobson noch zu erreichen, bevor jemand anders ihr die eine noch unverkaufte Wohnung wegschnappte. Sie war in einer solchen Hochstimmung, dass sie nicht einmal den Kopf einzog, was sie sonst immer tat, wenn sie unter Fremden war, um sich den neugierigen Blicken zu entziehen. Was bedeutete schon das Gaffen dieser fremden Leute, wenn endlich, endlich ihre Zukunft feste Form annahm.

Sie hatte ihre letzten Worte an Sahlah am vergangenen Tag aufrichtig geglaubt. Theo Shaw, hatte sie gesagt, würde zur Besinnung kommen. Er würde Sahlah nicht im Stich lassen. Es war nicht Theo Shaws Natur, einen Menschen, den er liebte, im Stich zu lassen, schon gar nicht in einer Notlage.

Aber sie hatte nicht bedacht, dass Agatha ja auch noch da war.

Keine zehn Minuten nachdem sie an diesem Morgen den Laden geöffnet hatte, hatte Rachel von Agatha Shaws Schlaganfall gehört. Die High Street hinauf und hinunter wurde von nichts anderem gesprochen als von der Erkrankung der alten Frau. Rachel und Connie hatten kaum die große Glasvitrine mit den Halsketten und Armbändern abgedeckt, als Mr. Unsworth, der Buchhändler, mit einer überdimensionalen Genesungskarte, die sie unterschreiben sollten, bei ihnen erschien.

»Was hat denn das zu bedeuten?«, wollte Connie wissen. Die Karte hatte die Form eines dicken Kaninchens. Sie schien eher geeignet, einem Kind fröhliche Ostern zu wünschen als einer Frau, die am Rand des Todes stand, baldige Genesung.

Connies Frage genügte Mr. Unsworth als Anlass, sogleich einen kleinen Vortrag über die Apoplexie zu halten, so bezeichnete er Mrs. Shaws Schlaganfall. Das war typisch für Mr. Unsworth. Wenn gerade kein Kunde in seiner Buchhandlung war, schmökerte er in den Lexika, und er protzte gern mit der Anwendung von Wörtern, die außer ihm kein Mensch verstand. Aber als Connie – nicht im Geringsten eingeschüchtert von seinem Vokabular und sowieso völlig unbeeindruckt von allem, was nicht direkt mit Tanzsport oder Schmuckverkauf zu tun hatte – sagte: »Mensch Alfie, was quatschst du da? Wir haben hier einen Haufen Arbeit«, legte Mr. Unsworth den Mr. Chips ab und ließ sich zu volkstümlicherer Rede herab.

»Die alte Agatha Shaw hat einen Schlaganfall gehabt, Con. Es ist gestern passiert. Mary Ellis war bei ihr. Sie haben sie ins Krankenhaus gebracht, und jetzt hängt sie an jeder Menge Schläuche und Maschinen.«

Ein paar Fragen genügten, um alle Details zu erfahren, deren wichtigstes die Prognose war, die man Mrs. Shaw gestellt hatte. Connie wollte sie wissen, weil der Gesundheitszustand der alten Frau für die Sanierung und Erneuerung von Balford-le-Nez von entscheidender Bedeutung war. Und an diesem Projekt hatten die Geschäftsleute in der High Street natürlich großes persönliches Interesse. Rachel wollte sie wissen, weil Mrs. Shaws gegenwärtiger Zustand zweifellos Auswirkungen auf das zukünftige Verhalten ihres Enkels haben würde. Die Annahme, dass Theo sich unter normalen Umständen auf seine Pflicht gegenüber Sahlah besinnen würde, war realistisch, nicht aber die Erwartung, dass er mitten in einer familiären Krise die Belastung von Ehe und Vaterschaft auf sich nehmen würde.

Und nach dem, was Rachel von Mr. Unsworth gehört hatte – der es seinerseits von Mr. Hodge aus der Bäckerei hatte, der es wiederum von Mrs. Barrigan wusste, die Mary Ellis' Tante väterlicherseits war –, konnte man Mrs. Shaws schwere Erkrankung als eine familiäre Krise größeren Ausmaßes betrachten. Gewiss, sie würde am Leben bleiben, daher war es zunächst wahrscheinlich erschienen, dass Theo sich in der Tat auf seine Verantwortung gegenüber Sahlah Malik besinnen würde, aber als Mr. Unsworth Mrs. Shaws Zustand eingehender schilderte, sah Rachel das anders.

Er sprach von »dauernder Pflege« und »intensiven Rehabilitationsmaßnahmen«, von der »liebevollen Fürsorge naher Verwandter« und sagte: »Sie kann ihrem Schicksal danken, dass sie diesen Jungen hat.« Daraufhin erkannte Rachel sehr schnell, dass Theo Shaws Großmutter vor Sahlah unter diesen Umständen den Vorrang hatte. Zumindest würde er es wahrscheinlich so sehen.

Von da an hatte Rachel den ganzen Morgen lang ständig auf die Uhr gesehen. Ihre Mutter, mit der sie in letzter Zeit ständig über Kreuz war, hatte sie nicht bitten wollen, sie während der Arbeitszeit zu den *Snuggeries* hinauffahren zu lassen. Doch kaum hatte es zwölf geschlagen, da war sie schon aus dem Laden geflitzt und hatte sich auf ihr Fahrrad geschwungen, um loszustrampeln, als wollte sie die Tour de France gewinnen.

»Ausgezeichnet«, sagte Mr. Dobson, als sie ihre Unterschrift auf das letzte Blatt des Kaufvertrags setzte. Er nahm es vom Tisch und schwenkte es in der Luft, als wollte er die Tinte trocknen lassen. Er strahlte sie an und sagte: »Aus-ge-zeichnet. Großartig. Sie werden den Kauf keinen Moment lang bereuen, Miss Winfield. Diese Wohnungen sind eine erstklassige Kapitalanlage. Sie werden sehen, in fünf Jahren wird sich ihr Wert verdoppelt haben. Warten Sie nur ab. Das war eine kluge Entscheidung von Ihnen, die letzte Wohnung zu kaufen, ehe ein anderer Ihnen zuvorkommen konnte. Aber ich vermute, Sie sind überhaupt eine kluge junge Frau, nicht wahr?«

Dann erzählte er ihr eine Menge über Hypothekenzahlungen, Bausparkassen und Anlageberater bei den örtlichen Banken. Aber sie hörte gar nicht zu. Sie lächelte und nickte, schrieb den Scheck für die Anzahlung aus, der ihr Guthaben bei der Midland Bank gewaltig verringern würde, und hatte nichts anderes im Kopf, als diese Formalitäten so rasch wie möglich abzuschließen, um endlich zur Firma Malik hinüberradeln zu können und Sahlah moralische Unterstützung zu leisten, wenn ihr die Nachricht von Agatha Shaws Erkrankung zu Ohren kam.

Zweifellos würde Sahlah diese Nachricht genauso interpretieren wie Rachel und in Mrs. Shaws Pflegebedürftigkeit ein Hindernis sehen, das einem Zusammenleben mit Theo und ihrem gemeinsamen Kind unüberwindlich im Weg stand. Wer konnte sagen, in was für Abgründe diese Erkenntnis Sahlah stürzen würde, zu was für unüberlegten Entscheidungen – die sie später bereuen würde – sie sich in ihrer Verzweiflung hinreißen lassen würde. Ganz klar, dass sie Rachel jetzt brauchte, damit sie sie vor überstürzten Entschlüssen zurückhielt.

Aber trotz aller drängenden Eile konnte es Rachel sich nicht verkneifen, sich noch eine Minute Zeit zu gönnen und einen Blick in die Wohnung zu werfen. Sie wusste ja, dass sie schon bald hier einziehen würde – mit Sahlah zusammen –, aber es erschien ihr immer noch wie ein Traum, tatsächlich Eigentümerin der Wohnung zu sein, und deshalb, um sich die Wirklichkeit bewusst zu machen, musste sie jetzt einmal von Zimmer zu Zimmer gehen, die Schränke öffnen, den Ausblick bewundern.

Mr. Dobson übergab ihr die Schlüssel mit einem »Natürlich, natürlich«, und mit einem Zwinkern und einem anzüglichen Grinsen, was, wie Rachel genau wusste, signalisieren sollte, dass ihn ihr Gesicht nicht im mindesten abstieß, fügte er hinzu: »*Naturellement, chère mademoiselle.*« Normalerweise hätte sie auf solche falsche Jovialität mit Schroffheit reagiert, doch an diesem Nachmittag war sie all ihren Mitmenschen gegenüber voller Wohlwollen, darum warf sie nur ihr Haar zurück, um ihm ihre hässlichste Seite zu zeigen, dankte ihm, nahm den Schlüssel und machte sich auf den Weg zur Wohnung Nummer 22.

Sie war nichts Großartiges: zwei Schlafzimmer, ein Bad, ein Wohnzimmer, eine Küche. Sie lag im Erdgeschoss und hatte vor dem Wohnzimmer eine kleine Terrasse mit Blick aufs Meer. Hier, dachte Rachel voll Behagen, würden sie abends sitzen, und das Baby würde in seinem Kinderwagen zwischen ihnen liegen.

Den Blick zum Wohnzimmerfenster hinaus gerichtet, atmete Rachel tief auf und stellte sich die Szene vor: Sahlahs *dupattā* raschelte in der leichten Meeresbrise. Rachels Rock schwang anmutig, als sie von ihrem Stuhl aufstand, um die Decke über dem schlafenden Kind hochzuziehen. Sie flüsterte ein paar zärtliche Worte und zog behutsam den kleinen Daumen aus dem rosenroten Mündchen. Sie streichelte die weiche, kleine Wange und strich mit den Fingern leicht über das Haar, das – ja, welche Farbe hatte es eigentlich, überlegte sie. Welche Farbe hatte das Haar des Kindes?

Theo war blond. Sahlah war dunkel. Die Haarfarbe des Kindes würde eine Mischung sein, genau wie seine Haut eine Melange aus Theos hellem Teint und Sahlahs dunklen Olivtönen sein würde.

Rachel war verzaubert und überwältigt von der Vorstellung, welch ein Wunder Sahlah Malik und Theo Shaw mit diesem kleinen Leben geschaffen hatten. In diesem Moment wurde ihr bewusst, dass sie es kaum erwarten konnte zu sehen, welche Gestalt dieses Wunder annehmen würde.

Plötzlich verstand sie, wie gut sie – Rachel Lynn Winfield – für Sahlah Malik war und weiterhin sein würde. Sie war ihr mehr als eine Freundin. Sie war ihr ein Lebenselixier. Im täglichen Zusammenleben mit ihr in den Wochen und Monaten ihrer Schwangerschaft konnte Sahlah nur stärker und glücklicher werden, optimistischer im Hinblick auf die Zukunft. Und alles – alles – würde schließlich gut werden: zwischen Sahlah und Theo, zwischen Sahlah und ihrer Familie und vor allem zwischen Sahlah und Rachel.

Diese Gewissheit beglückte Rachel tief. Oh, sie musste sofort zu Sahlah und alles mit ihr teilen. Ach, hätte sie doch Flügel, um zu ihr zu fliegen.

Die Fahrt quer durch die Stadt in der feurigen Hitze war mörderisch, aber Rachel merkte es kaum. Sie radelte in einem Höllentempo die Uferstraße entlang, und nur wenn es bergab ging und sie ihr Fahrrad laufen lassen konnte, nahm sie sich die Zeit, einen Schluck lauwarmen Wassers aus ihrer Flasche zu trinken. Hitze und Unbequemlichkeit kümmerten sie nicht. Sie dachte nur an Sahlah und die Zukunft.

Welches Schlafzimmer würde Sahlah haben wollen? Das nach vorn war größer, aber das nach hinten hatte den Blick aufs Meer. Die Geräusche des Wassers würden auf das Baby sicher beruhigend wirken. Vielleicht auch auf Sahlah in den Momenten, wenn die Verantwortung der Mutterschaft zu schwer auf ihren Schultern lastete.

Würde Sahlah vielleicht das Kochen für ihre kleine Familie übernehmen wollen? Ihr Glaube erlegte ihr beim Essen Beschränkungen auf, und Rachel hatte überhaupt kein Problem damit, sich auf solche Dinge einzustellen. Es wäre also wahrscheinlich das Vernünftigste, wenn Sahlah das Kochen übernähme. Wenn Rachel in Zukunft das Geld verdiente, während Sahlah mit dem Kind zu Hause blieb, würde Sahlah sich sicherlich um die Mahlzeiten kümmern wollen, wie das bei ihr zu Hause ihre Mutter für Sahlahs Vater tat. Was natürlich keinesfalls heißen sollte, dass Rachel in dieser Gemeinschaft die Vaterrolle übernehmen würde. Der Vater von Sahlahs Kind war Theo. Und früher oder später würde Theo diesen Part auch übernehmen. Wenn seine Großmutter sich erst wieder erholt hatte, würde er seine Pflicht tun und sich seiner Verantwortung stellen.

»Die Ärzte sagen, sie kann noch Jahre leben«, hatte Mr. Unsworth ihnen am Morgen erzählt. »Diese Mrs. Shaw ist ein richtiges altes Schlachtross. Von der Sorte gibt's vielleicht eine unter hundert. Um so besser für uns, stimmt's? Die stirbt bestimmt nicht, bevor Balford wieder auf den Beinen ist. Du wirst schon sehen, Con. Es geht bergauf.«

So war es. Wohin man auch sah, rundum ging es bergauf. Und als Rachel die letzte Kurve nahm und in das alte Gewerbegelände im Norden der Stadt einbog, platzte sie fast vor Ungeduld, ihre Glücksgefühle wie Balsam über Sahlahs schmerzensreiche Ängste zu gießen.

Sie stieg von ihrem Fahrrad und lehnte es an einen offenen Müllcontainer, aus dem es durchdringend nach Essig, Apfelsaft und verfaulendem Obst stank. Schwärme von Fliegen hoben sich brummend in die Luft. Rachel wedelte mit den Armen, um die lästigen Insekten zu vertreiben. Sie trank einen letzten Schluck Wasser, straffte die Schultern und nahm Kurs auf die Fabrik.

Noch ehe sie die Tür erreicht hatte, wurde diese geöffnet, als hätte man ihre Ankunft erwartet. Sahlah kam heraus, gefolgt von ihrem Vater, der nicht ganz in Weiß gekleidet war wie sonst, wenn er in der Versuchsküche der Fabrik arbeitete, sondern in Zivil, wie Rachel es für sich formulierte: blaues Hemd mit Krawatte, graue Hose und blankpolierte Schuhe. Rachel vermutete, die beiden wollten zum Mittagessen. Sie hoffte, ihre Neuigkeit über Agatha Shaw würde Sahlah nicht den Appetit verderben. Aber im Grunde spielte es keine Rolle. Rachel hatte andere Neuigkeiten für sie, die ihn wieder anregen würden.

Sahlah sah sie sofort. Sie trug eine ihrer raffinierteren Halsketten, und bei Rachels Anblick umfasste sie sie leicht mit einer Hand, als wäre sie ein Talisman. Wie oft, dachte Rachel, hatte sie in der Vergangenheit diese Geste gesehen. Sie war ein untrügliches Zeichen für innere Ängste, und Rachel eilte sogleich auf Sahlah zu, um sie zu beruhigen.

»Hallo, hallo«, rief sie strahlend. »Das ist ja wieder eine grauenvolle Hitze, nicht wahr? Was glaubst du, wann es endlich mal kühler wird? Diese Nebelbank hängt seit Ewigkeiten da draußen über dem Meer. Wir brauchen nur ein bisschen Wind, der sie reintreibt, dann wird's gleich angenehmer werden. Hast du einen Moment Zeit, Sahlah? Hallo, Mr. Malik.«

Akram Malik begrüßte sie förmlich, wie er das immer tat, ganz als hätte er es mit der Königin persönlich zu tun. Und weder starrte er sie an, noch sah er hastig weg, wie alle anderen das taten. Das war einer der Gründe, weshalb Rachel ihn mochte. Er sagte zu seiner Tochter: »Ich hole den Wagen, Sahlah. Dann hast du noch etwas Zeit, um dich mit Rachel zu unterhalten.«

Als er gegangen war, wandte Rachel sich Sahlah zu und umarmte sie impulsiv. »Ich hab's getan, Sahlah«, sagte sie leise. »Ja, wirklich. Ich hab's getan. Jetzt ist alles geregelt.«

Unter ihrer Hand spürte sie, wie Sahlahs verkrampfte Schultern sich entspannten. Sahlah ließ den Anhänger ihrer Kette los und sah Rachel an.

»Danke dir«, sagte sie ernst. Sie ergriff Rachels Hand und hob sie hoch, als wollte sie sie vor Dankbarkeit küssen. »Oh, *danke* dir. Ich konnte nicht glauben, dass du mich im Stich lassen würdest, Rachel.«

»Aber das würde ich doch niemals tun. Das hab' ich dir tausendmal gesagt. Wir sind Freundinnen, auf immer und ewig. Als ich das von Mrs. Shaw hörte, hab' ich genau gewusst, wie dir zumute sein würde, und dann bin ich gleich losgeradelt und hab's getan. Hast du schon gehört, was passiert ist?«

»Du meinst, der Schlaganfall? Ja. Einer von den Stadträten hat Dad angerufen und es ihm erzählt. Da wollen wir jetzt hin – ins Krankenhaus, um Mrs. Shaw einen Besuch zu machen.«

Zweifellos würde auch Theo dort sein, dachte Rachel. Bei dem Gedanken verspürte sie ein Flattern innerer Unruhe, das sie nicht recht benennen konnte. Sie sagte tapfer: »Das ist wirklich nett von deinem Vater. Aber so ist er eben. Und darum bin ich auch sicher –«

Sahlah sprach weiter, als hätte sie Rachel nicht gehört. »Ich hab' Dad gesagt, dass sie uns wahrscheinlich gar nicht in ihr Zimmer lassen werden, aber er meint, darum ginge es nicht. Er sagt, wir müssen ins Krankenhaus, um Theo zu zeigen, dass wir für ihn da sind. Er hat uns so großzügig geholfen, als wir hier in der Firma auf EDV umgestellt haben, sagt er, und jetzt müssen wir ihm in dieser schwierigen Situation mit unserer Freundschaft beistehen. Eine englische Form von *lenā-denā*. So hat es Dad erklärt.«

»Dafür wird Theo sicher dankbar sein«, sagte Rachel. »Und selbst wenn er jetzt wegen des Schlaganfalls seiner Großmutter nicht zu dir stehen kann, Sahlah, wird er es dir bestimmt nicht vergessen, dass du ins Krankenhaus gekommen bist. Und wenn es seiner Großmutter wieder bessergeht, kommt ihr endlich zusammen, du und Theo, und er wird seine Pflicht tun, wie sich das für einen richtigen Vater gehört. Ganz sicher.«

Sahlah, die immer noch Rachels Hand gehalten hatte, ließ sie jetzt los. »Für einen richtigen Vater«, wiederholte sie. Wieder griff sie nach dem Anhänger an ihrer Kette. Es war eins der Schmuckstücke, die Sahlah am wenigsten gelungen waren. Der Anhänger, der, wie Sahlah erklärt hatte, ein Fossil vom Nez war, wirkte plump und unförmig wie ein Steinbrocken. Rachel hatte die Kette nie besonders gefallen, und sie war immer froh gewesen, dass Sahlah sie nicht zum Verkauf bei *Racon* angeboten hatte. Das ganze Ding war viel zu schwer, dachte sie. Die Leute wollten doch keinen Schmuck tragen, der ihnen wie ein Mühlrad um den Hals hing.

»Ja, klar«, sagte sie. »Im Moment stehen die Dinge natürlich schlimm, da wird er gar nicht an die Zukunft denken können. Deshalb bin ich ja gleich los, ohne erst mit dir zu reden. Als ich von dem Schlaganfall hörte, war mir sofort klar, dass Theo sich jetzt erst mal nur um seine Großmutter kümmern muss. Aber sobald sie wieder auf den Beinen ist, wird er sich ganz bestimmt zu dir bekennen, und bis dahin brauchst du jemanden, der sich um dich und das Kind kümmert, und dieser Jemand bin ich. Drum bin ich zu den *Clifftop* –«

»Rachel, hör auf«, sagte Sahlah leise. Sie umklammerte den Anhänger an ihrer Kette so fest, dass ihre Hand zitterte. »Du hast gesagt, es wäre alles geregelt. Du hast gesagt … Rachel, hast du denn nicht …?«

»Ich hab' die Wohnung«, sagte Rachel freudig. »Ich hab' eben die Papiere unterschrieben. Ich wollte es dir als Erste sagen, wegen der Sache mit Mrs. Shaw. Sie braucht jetzt jemanden, der sie pflegt, weißt du. Es heißt, sie braucht ständige Pflege. Und du weißt ja, wie Theo ist: Er wird wahrscheinlich alles andere stehen- und liegenlassen und sich nur um sie kümmern, bis sie wieder gesund ist. Und das heißt, dass er dich nicht hier rausholen wird. Er könnte es natürlich, aber irgendwie glaub' ich nicht, dass er's tun wird. Sie ist seine Großmutter, und sie hat ihn großgezogen. Da hält er es sicherlich für seine vorrangige Pflicht, sich jetzt um sie zu kümmern. Drum hab' ich die Wohnung gekauft, damit du mit dem Kind ein Zuhause hast, bis Theo sich darüber klargeworden ist, dass er dir gegenüber auch eine Pflicht hat. Dir und dem Kind gegenüber, meine ich.«

Sahlah schloss die Augen, als wäre die Sonne plötzlich zu hell. Am Ende der Straße erschien Akrams BMW und rollte langsam auf sie zu. Rachel überlegte, ob sie Sahlahs Vater vom Kauf der Wohnung erzählen sollte. Doch sie verwarf den Gedanken sogleich; sie wollte es Sahlah überlassen, ihm das in einem günstigen Moment schonend beizubringen.

Sie sagte: »Du musst noch einen Monat oder sechs Wochen durchhalten, bis alles geregelt ist, Sahlah. Mit dem Darlehen und der Bausparkasse, meine ich. Aber in der Zeit können wir uns ja schon mal Möbel anschauen und Wäsche kaufen und so. Theo kann mitkommen, wenn er will. Dann könnt ihr beide euch gleich Sachen aussuchen, die ihr später gebrauchen könnt, wenn du mit ihm zusammenlebst statt mit mir. Siehst du, wie sich alles regelt?«

Sahlah nickte. »Ja«, flüsterte sie. »Ja, ich sehe es.«

Rachel war glücklich. »Gut. Das ist wirklich gut. Also, wann wollen wir mit unseren Einkäufen anfangen? In Clacton gibt's ein paar gute Geschäfte, aber wahrscheinlich haben wir in Colchester mehr Auswahl. Was meinst du?«

»Mir ist alles recht«, sagte Sahlah. Sie sprach immer noch sehr leise, und ihr Blick war auf ihren sich nähernden Vater gerichtet. »Entscheide du, Rachel. Ich überlasse es dir.«

»Ich bin froh, dass du die Sache jetzt mit meinen Augen siehst. Du wirst es bestimmt nicht bereuen«, sagte Rachel mit großer Zuversicht. Sie trat einen Schritt näher an Sahlah heran, als Akram Malik wenige Schritte entfernt seinen Wagen anhielt und auf seine Tochter wartete. »Du kannst es Theo gleich sagen, wenn du ihn jetzt siehst. Der Druck ist jetzt weg. Drum kann jetzt jeder tun, was richtig ist.«

Sahlah ging einen Schritt auf den Wagen zu. Rachel hielt sie mit einer letzten Bemerkung auf. »Ruf mich an, wenn du losziehen willst, okay? Ich meine, um nach Möbeln und Wäsche und Geschirr zu schauen. Du musst natürlich erst allen sagen, was los ist, und das wird wahrscheinlich ein bisschen dauern. Aber wenn du so weit bist, fangen wir mit unseren Einkäufen an. Für uns drei. Okay, Sahlah?«

Sahlah wandte endlich den Blick von ihrem Vater. Sie sah Rachel mit einem Ausdruck an, als wäre sie in Gedanken weit weit weg. Ganz normal, dachte Rachel. Es musste ja so viel geplant werden.

»Also, du rufst mich an?« wiederholte Rachel.

»Wie's dir recht ist«, antwortete Sahlah.

»Ich hab' gewusst, alle würden es für einen Unfall halten, wenn ich nicht was tun würde, um das Bild zu verändern«, fuhr Hegarty fort.

»Und darum haben Sie den Leichnam in den Bunker gebracht und Querashis Wagen auseinandergenommen. Um die Polizei wissen zu lassen, dass es ein Mord war«, sagte Barbara für ihn.

»Was anderes ist mir einfach nicht eingefallen«, antwortete er freimütig. »Und ich konnte mich doch nicht melden. Da hätte Gerry alles erfahren. Und ich wär' erledigt gewesen. Wissen Sie, es ist ja nicht so, dass ich Gerry nicht *liebe*. Aber manchmal ist der Gedanke, dass ich den Rest meines Lebens mit demselben Kerl zusammen sein werde, einfach ... Ach Mist, ich komme mir einfach manchmal vor wie im Gefängnis, wenn Sie verstehen, was ich meine.«

»Und woher wissen Sie, dass Gerry nicht längst Bescheid weiß?«, fragte Barbara. Hier war neben Theo Shaw ein weiterer englischer Verdächtiger. Sie vermied es, Emily Barlow anzusehen.

»Was wollen Sie ...?« Hegarty begriff plötzlich, worauf sie mit ihrer Frage hinauswollte. Er sagte hastig: »Nein. Das war nicht Ger, da oben auf dem Felsen. Nie im Leben. Er weiß nichts von mir und Hayth. Er hat einen *Verdacht*, aber er weiß nichts. Und wenn er's gewusst hätte, hätte er Hayth nicht umgelegt. Er hätte mir einfach den Laufpass gegeben.«

Emily ließ sich von dieser Abweichung nicht aufhalten. »War die Person, die Sie oben am Felsen gesehen haben, ein Mann oder eine Frau?«

Das könne er nicht sagen, antwortete er. Es sei ja stockfinster gewesen, und die Entfernung vom Bunker bis zum Felsen oberhalb der Treppe sei zu groß. Über Alter, Geschlecht, Rasse oder sonst was könne er keine Auskunft geben ... Er wisse es einfach nicht.

»Die Person ist nicht zum Strand hinuntergestiegen, um nach Querashi zu sehen?«

Nein, sagte Hegarty. Der oder die Betreffende sei oben auf dem Felsen in nördlicher Richtung davongelaufen, in Richtung Pennyhole-Bucht.

Was, dachte Barbara triumphierend, die Theorie, dass der Mörder mit einem Boot gekommen war, zusätzlich stützte. »Haben Sie an dem Abend einen Bootsmotor gehört?«

Er habe gar nichts gehört außer seinem eigenen dröhnenden Herzschlag, erklärte Hegarty. Er habe fünf Minuten neben dem Bunker gewartet und versucht, sich zu beruhigen und einen klaren Kopf zu bekommen. Er habe so geschwitzt, dass er nicht mal eine Atomexplosion in nächster Nähe wahrgenommen hätte.

Nachdem er sich wieder einigermaßen gefangen hatte – nach drei Minuten vielleicht, oder auch fünf –, hatte er getan, was getan werden musste. Er hatte vielleicht eine Viertelstunde dazu gebraucht. Dann hatte er sich schleunigst aus dem Staub gemacht. »Der einzige Bootsmotor, den ich gehört hab', war der von meinem eigenen Boot«, sagte er.

»Wie bitte?«, fragte Emily.

»Na, ich bin mit dem Boot hingefahren«, sagte er. »Gerry hat ein Motorboot, das wir an den Wochenenden benutzen. Das hab' ich immer genommen, wenn ich mich mit Hayth getroffen habe. Ich bin von Jaywick Sands aus die Küste raufgefahren. Das ist der direkteste Weg, und außerdem spannender. Ich hab's gern ein bisschen spannend, wissen Sie.«

Das also war das Boot, dessen Motor an diesem Abend auf dem Nez gehört worden war. Enttäuscht fragte sich Barbara, ob sie nun wieder da waren, wo sie angefangen hatten. »Während Sie auf Querashi gewartet haben«, sagte sie, »haben Sie da irgendetwas gehört? Den Motor eines anderen Bootes vielleicht?«

Nein, habe er nicht, antwortete er. Aber die Person oben auf dem Felsen wäre sowieso vor ihm da gewesen. Die Falle war ja schon gelegt, als Haytham Querashi eingetroffen war, denn gesehen hatte Hegarty die Gestalt erst nach Querashis Sturz.

»Wir wissen, dass Sie mit Mr. Querashi im *Castle Hotel* waren«, sagte Emily, »bei einer Veranstaltung namens …?« Sie sah Barbara an.

»*Leather and Lace*«, sagte Barbara.

»Richtig. Das passt nun aber gar nicht zu Ihrer Geschichte, Mr. Hegarty. Wie kamen Sie beide denn auf eine öffentliche Tanzveranstaltung im *Castle Hotel*? Das war doch leichtsinnig, wenn Ihnen wirklich so viel daran gelegen war, Ihre Beziehung zu Haytham Querashi vor Ihrem Liebhaber geheim zu halten.«

»Ger hält sich aus der Szene raus«, antwortete Hegarty. »Das war immer schon so. Überlegen Sie doch mal, wie weit das Hotel von hier weg ist. Mindestens vierzig Minuten mit dem Auto, wenn man richtig Gas gibt. Und von Jaywick oder Clacton aus ist es noch weiter. Ich war sicher, dass niemand uns sehen und Gerry davon erzählen würde. Außerdem hat Ger an dem Abend an dem Haus in der First Avenue gearbeitet; ich wusste, dass er meine Abwesenheit gar nicht bemerken würde. Nein, im *Castle* hatten wir nichts zu befürchten, Hayth und ich.« Doch plötzlich kniff er die Augen zusammen und runzelte die Stirn.

»Ja?«, fragte Emily sofort.

»Einen Moment lang dachte ich ... Aber nein, ausgeschlossen, der hat uns ja nicht gesehen. Und erzählt hat ihm Haytham bestimmt nichts, gerade ihm nicht.«

»Wovon sprechen Sie, Mr. Hegarty?«

»Von Muhannad.«

»Muhannad Malik?«

»Ja, genau. Den haben wir dort gesehen.«

Heiliger Strohsack, dachte Barbara. Konnte denn dieser Fall noch verwickelter werden? »Muhannad Malik ist auch homosexuell?«, fragte sie.

Hegarty lachte wiehernd und griff an die Windelnadel, die sein Ohrläppchen zierte. »Doch nicht im *Hotel*. Wir haben ihn hinterher gesehen, als wir weggefahren sind. Er war direkt vor uns und ist dann rechts abgebogen, nach Harwich. Es war ein Uhr morgens, und Haytham konnte sich nicht vorstellen, was Muhannad mitten in der Nacht in dieser Gegend zu tun hatte. Da sind wir ihm gefolgt.«

Barbara sah, wie Emilys Hand sich fester um den Bleistift schloss, den sie hielt. Ihre Stimme jedoch verriet nichts. »Und wohin ist er gefahren?«

Zu einem Industriegebiet am Stadtrand von Parkeston, antwortete Hegarty. Er habe vor einem der Lagerhäuser geparkt, sei ungefähr eine halbe Stunde lang drin verschwunden und dann wieder gefahren.

»Und Sie sind sicher, dass es Muhannad Malik war?«, fragte Emily.

Daran gebe es überhaupt keinen Zweifel, erklärte Hegarty. Der Kerl habe seinen türkisfarbenen Thunderbird gefahren, und so einen Schlitten gäbe es in Essex ja wohl nur einmal. »Das heißt, das stimmt nicht ganz«, korrigierte sich Hegarty plötzlich. »Er hat gar nicht seinen Wagen gefahren, als er wieder weg ist. Er hat einen LKW gefahren. Er kam in dem LKW aus dem Lagerhaus raus. Danach haben wir ihn nicht mehr gesehen.«

»Sie sind ihm nicht weiter gefolgt?«

»Das wollte Hayth nicht riskieren. Hätte ja sein können, dass Muhannad uns sieht.«

»Und wann war das genau?«

»Im letzten Monat.«

»Mr. Querashi hat nie wieder darüber gesprochen?«

Hegarty schüttelte den Kopf.

Die Intensität von Emilys Interesse verriet Barbara, wie sehr diese darauf brannte, dieser neuen Information nachzugehen. Doch dem Muhannad-Malik-Weg folgen hieß, den anderen Wegweiser, den Hegarty ihnen vorher gezeigt hatte, ignorieren. Fürs Erste drängte Barbara die Gedanken an Sahlah Maliks Schwangerschaft, die sie so heftig beschäftigten, in den Hintergrund. Man konnte deswegen nicht einfach vergessen, dass es einen weiteren Verdächtigen gab.

»Um noch mal auf Ihren Freund zurückzukommen«, sagte sie, »Gerry DeVitt.«

Hegarty, der mit der Zeit direkt locker geworden war und seine eigene Wichtigkeit zu genießen schien, ging sofort wieder in Abwehrstellung. Sein Blick, der wachsam und misstrauisch wurde, verriet es. »Was ist mit ihm? Sie glauben doch nicht, dass Gerry …? Hören Sie, ich hab's Ihnen doch schon gesagt. Er hatte keine Ahnung von mir und Hayth. Das ist doch genau der Grund, warum ich mit Ihnen nicht sprechen wollte.«

»Warum Sie *angeblich* nicht mit uns sprechen wollten«, versetzte Barbara.

»Er hat an dem Abend in Hayths Haus gearbeitet«, beharrte Hegarty. »Fragen Sie doch die Leute in der First Avenue. Die haben bestimmt das Licht gesehen. Und das Hämmern und Klopfen gehört. Ich hab' Ihnen gesagt, was passiert wäre, wenn er dahintergekommen wäre, dass zwischen Hayth und mir was war. Er hätte mich abserviert. Niemals hätte er Hayth umgebracht. Das ist nicht seine Art.«

»Mord ist niemandes Art, Mr. Hegarty«, sagte Emily.

Sie beendete die Vernehmung in aller Form, gab die Zeit an und schaltete den Kassettenrecorder aus. »Es kann sein, dass wir uns noch einmal bei Ihnen melden«, sagte sie, als sie aufstand.

»Aber Sie rufen mich nicht zu Hause an«, forderte er. »Sie werden nicht nach Jaywick kommen.«

»Ich danke Ihnen für Ihre Hilfe«, sagte Emily statt einer Antwort. »Constable Eyre wird Sie jetzt wieder zu Ihrer Arbeit zurückbringen.«

Barbara folgte Emily in den Korridor hinaus, wo diese leise und nachdrücklich erklärte, dass Gerry DeVitt, ob er nun ein Motiv habe oder nicht, keinesfalls ihren Hauptverdächtigen verdrängen könne. »Ganz gleich, was für Zeug es ist, Muhannad bringt es in die Fabrik. Dort packt er es in Kartons oder Kisten, die er dann beim übrigen Versandgut lagert. Er weiß genau, wann die einzelnen Lieferungen rausgehen. Herrgott noch mal, das gehört zu seinem Job. Er braucht seine eigenen Lieferungen nur zeitlich mit denen der Fabrik zu koordinieren. Ich möchte, dass die ganze Firma von oben bis unten durchsucht wird.«

Doch für Barbara war das Gespräch mit Hegarty nicht so leicht erledigt. In den dreißig Minuten mit dem Mann hatte sich mindestens ein halbes Dutzend Fragen ergeben. Und Muhannad Malik war die Antwort auf keine.

Auf dem Weg zur Treppe kamen sie an der Wache vorbei. Dort sah Barbara Azhar mit dem diensthabenden Constable sprechen. Er blickte auf, als sie und Emily erschienen. Emily bemerkte ihn ebenfalls und sagte dunkel zu Barbara: »Ah, der ergebene Diener seines Volkes. Extra aus London angereist, um uns zu zeigen, wie gut ein Moslem sein kann.« Sie blieb stehen und sprach Azhar an. »Ein bisschen früh dran für Ihre Sitzung, nicht wahr? Sergeant Havers ist erst am Spätnachmittag frei.«

»Ich bin nicht wegen unserer Sitzung hier, sondern um Mr. Kumhar abzuholen und nach Hause zu bringen«, erwiderte Azhar. »Seine vierundzwanzig Stunden Haft sind fast um, wie Sie zweifellos wissen.«

»Ich weiß nur«, versetzte Emily bissig, »dass Mr. Kumhar um Ihre Dienste als Chauffeur nicht gebeten hat. Und solange er das nicht ausdrücklich tut, wird er auf dem gleichen Weg nach Hause gebracht, wie er hergebracht worden ist.«

Azhars Blick flog zu Barbara. Er konnte Emilys Ton offenbar entnehmen, welch scharfe Wendung der Gang der Ermittlungen genommen hatte. Sie machte nun nicht mehr den Eindruck, als beunruhigte sie die Möglichkeit weiterer Protestaktionen seitens der Pakistanis. Und dies ließ darauf schließen, dass sie kaum noch zu Kompromissen bereit war.

Sie ließ Azhar keine Gelegenheit zu einer Erwiderung, sondern wandte sich ab und sagte, als sie einen ihrer Beamten kommen sah: »Billy, fahren Sie Mr. Kumhar nach Hause, wenn er mit seiner Toilette fertig ist und gegessen hat. Und nehmen Sie dann seine Arbeitspapiere und seinen Pass mit. Ich möchte nicht, dass der Mann verschwindet, bevor wir seine Aussage genau analysiert haben.« Ihre Stimme war laut und klar. Azhar musste ihre Worte hören.

Als sie zusammen die Treppe hinaufgingen, sagte Barbara vorsichtig zu ihr: »Selbst wenn Muhannad der Mann ist, den wir suchen, kannst du doch nicht glauben, dass Azhar – Mr. Azhar – in die Sache verwickelt ist, Em. Er ist aus London hergekommen. Er wusste ja vorher nicht einmal von dem Mord.«

»Wir haben keine Ahnung, was er wusste oder seit wann er es wusste. Er kam hierher und gab sich als eine Art juristischer Sachverständiger aus, aber nach allem, was wir wissen, könnte er genauso gut der Drahtzieher hinter Muhannads Geschäften sein. Wo war *er* denn am Freitagabend, Barb?«

Die Frage hätte Barbara leicht beantworten können. Sie hatte, hinter dem Vorhang verborgen, von ihrem Häuschen aus beobachtet, wie Azhar und seine kleine Tochter im Garten hinter der alten edwardianischen Villa, in der sie das Erdgeschoss bewohnten, Lamm-Kebabs gegrillt hatten. Aber das konnte sie Emily nicht sagen, ohne ihr gleichzeitig zu verraten, dass sie mit den beiden befreundet war. Deshalb sagte sie nur: »Na ja … ich meine, bei unseren Besprechungen hat er grundanständig auf mich gewirkt.«

Emily lachte mit grimmigem Spott. »O ja, er ist wirklich grundanständig. Er hat eine Frau und zwei Kinder, die er in Hounslow sitzengelassen hat, um sich mit irgendeinem englischen Flittchen zusammenzutun. Der hat er ein Kind angehängt, und dann hat sie ihn verlassen, diese Angela Weston, wer immer sie sein mag. Weiß der Himmel, mit wie vielen anderen Frauen er es in seiner Freizeit sonst noch treibt. Er versorgt wahrscheinlich die ganze Stadt mit kleinen Mischlingen.« Sie lachte wieder. »Genau, Barb, ein grundanständiger Mensch, unser Mr. Azhar.«

Barbara blieb unwillkürlich stehen. »Was?«, sagte sie. »Wie bist du …?«

Emily machte über ihr halt. Sie sah zu ihr hinunter. »Wie ich was? Wie ich hinter die Wahrheit gekommen bin? Ich hab' gleich am Tag seiner Ankunft einen Bericht über ihn angefordert. Ich hab' ihn zur gleichen Zeit bekommen wie die Bestätigung von Hegartys Fingerabdrücken.« Ihr Blick wurde scharf. Allzu durchdringend, dachte Barbara. »Warum, Barb? Was hat die Wahrheit über Azhar denn mit unserem Fall zu tun? Abgesehen davon natürlich, dass sie meine Überzeugung bestätigt, dass man keinem dieser Burschen über den Weg trauen kann.«

Die Frage traf Barbara. Sie hatte wenig Verlangen, über die wahre Antwort nachzudenken. Sie sagte: »Nichts. Gar nichts.«

»Gut«, meinte Emily. »Dann nehmen wir uns jetzt Muhannad vor.«

23

»Trinken Sie jetzt erst mal eine Tasse Tee, Mr. Shaw. Ich bin gleich draußen im Stationszimmer, wie immer. Wenn was mit ihr ist, hör' ich die Maschinen piepen.«

»Aber ich fühle mich ganz wohl, Schwester. Ich brauche wirklich nicht –«

»Keine Widerrede, junger Mann. Sie sehen ja aus wie ein Gespenst. Sie haben die halbe Nacht hier gesessen, und wenn Sie nicht anfangen, ein bisschen besser auf sich selbst zu achten, tun Sie damit keinem was Gutes.«

Es war die Stimme der Tagschwester. Agatha erkannte sie. Sie brauchte die Augen nicht zu öffnen, um zu wissen, wer mit ihrem Enkel sprach, und das war gut so, weil es viel zu viel Anstrengung kostete, die Augen zu öffnen. Außerdem wollte sie niemand sehen. Sie wollte nicht das Mitleid in ihren Gesichtern sehen. Sie wusste nur zu gut, was dieses Mitleid bei ihnen weckte: der Anblick einer Frau, die nur noch ein Wrack war, ein lebender Kadaver praktisch, eine Körperseite völlig verkrüppelt, das linke Bein unbrauchbar, die linke Hand verkrampft wie die Klaue eines toten Vogels, der Kopf schief, linkes Auge und widerwärtig sabbernder Mund ebenso schief.

Zu gut wusste sie, was die Tagschwester und ihr Theo sahen. Mein Gott, sie wusste es nur zu gut.

»Na schön, Mrs. Jacobs«, sagte Theo zu der Schwester, und Agatha hörte, dass er tatsächlich müde klang. Erschöpft und unwohl. Bei diesem Gedanken fühlte sie sich von einer plötzlichen Panik erfasst, die ihr das Atmen schwermachte. Was, wenn Theo etwas zustieß?, dachte sie mit fieberhaftem Schrecken. Nicht ein einziges Mal hatte sie diese Möglichkeit in Betracht gezogen, aber was, wenn er nicht richtig für sich selbst sorgte? Wenn er krank wurde? Oder einen Unfall hatte? Was würde dann aus ihr werden?

Sie wusste, dass er ihr nahe war, weil sie seinen Duft riechen konnte: diesen sauberen Duft nach Seife und seinem Rasierwasser mit dem Hauch von Zitrone. Sie spürte, wie die Matratze des Krankenbetts sich leicht senkte, als er sich über sie beugte.

»Großmutter?«, flüsterte er. »Ich gehe jetzt mal runter in die Kantine, aber mach dir keine Sorgen, ich bleibe nicht lange.«

»Sie werden lang genug bleiben, um ordentlich zu essen«, erklärte die Schwester im Befehlston. »Wenn Sie in weniger als einer Stunde wieder hier sind, mein Junge, schick' ich Sie postwendend zurück. Darauf können Sie sich verlassen.«

»Ist sie nicht furchtbar streng, Großmutter?«, meinte Theo mit leichter Erheiterung. Agatha spürte seine trockenen Lippen auf ihrer Stirn. »Ich bin also in einer Stunde und einer Minute wieder da. Ruh dich inzwischen schön aus.«

Ausruhen?, fragte sie ungläubig. Wie sollte sie Ruhe finden? Wenn sie die Augen schloss, sah sie nichts anderes vor sich als das grauenvolle Bild ihrer selbst: den verkrüppelten Schatten der vitalen Frau, die sie einmal gewesen war; hilflos jetzt, bewegungsunfähig, katheterisiert, völlig abhängig von anderen. Und wenn sie versuchte, dieses Bild zu vertreiben und sich stattdessen die Zukunft vorzustellen, dann sah sie nur das, was sie tausendmal voller Abscheu und Verachtung gesehen hatte, wenn sie in ihrem Auto die Esplanade unterhalb von The Avenues in Balford entlanggefahren war, wo diese Reihe von Pflegeheimen aufs Meer hinausschaute. Dort schlurften, an ihre Gehhilfen geklammert, die abgeschobenen Alten umher. Die Rücken gekrümmt wie die Zeichen hinter einer Frage, die niemand zu stellen wagte, schleppten sie sich den Bürgersteig entlang, ein Heer der Vergessenen und Gebrechlichen. Seit ihrer Jugend war sie dieser menschlichen Relikte stets gewahr gewesen. Und seit ihrer Jugend hatte sie sich geschworen, dass sie ihrem Leben mit eigener Hand ein Ende machen würde, ehe sie so werden würde wie sie.

Aber jetzt wollte sie ihrem Leben kein Ende machen. Sie wollte ihr Leben zurückerobern, und sie wusste, dass sie Theo brauchte, wenn es ihr gelingen sollte.

»Kommen Sie, Schätzchen, ich hab' das deutliche Gefühl, dass Sie unter Ihren geschlossenen Augenlidern hellwach sind.« Die Schwester hing über ihrem Bett. Sie benützte ein starkes Männerdeo, und wenn sie schwitzte – was sie oft und ausgiebig tat –, quoll ihr der scharfe Geruch in Schwaden aus allen Poren. Eine Hand strich Agatha das Haar aus dem Gesicht. Dann begann sie, es mit einem Kamm zu glätten, blieb in einem Knötchen hängen, zog und zupfte beharrlich, gab schließlich auf.

»Ihr Enkel ist wirklich ein Prachtjunge, Mrs. Shaw. So liebenswert. Ich habe eine Tochter, die Ihren Theo gern kennenlernen würde. Er ist doch noch frei? Ich sollte sie mal zu einer Tasse Tee einladen, wenn ich meine Pause mache. Ich könnte mir vorstellen, dass die beiden sich gut verstehen, meine Donna und Ihr Theo. Na, was halten Sie davon? Hätten Sie nicht gern eine nette Frau für Ihren Enkel, Mrs. Shaw? Meine Donna könnte Ihnen gerade jetzt, während Ihrer Genesungszeit, eine große Hilfe sein.«

Auf keinen Fall, dachte Agatha. Das Allerletzte, was sie jetzt brauchen konnte, war ein blödes Flittchen, das seine Klauen in Theo schlug. Was sie jetzt brauchte, waren Ruhe und Frieden, damit sie ihre Kräfte für den bevorstehenden Rekonvaleszenzkampf sammeln konnte. Ruhe und Frieden waren Mangelware, wenn man in einem Krankenhausbett lag. Darum wollte sie möglichst schnell weg von hier. In einem Krankenhausbett wurde man nur beglotzt, betatscht, befummelt und bemitleidet. Und darauf konnte sie gut verzichten. Das Mitleid war das Schlimmste. Sie hasste Mitleid. Sie selbst hatte für niemanden Mitleid, und sie wollte auch von keinem Mitleid haben. Lieber ließ sie sich die Aversion anderer gefallen – genau das, was sie für diese tatterigen menschlichen Wracks auf der Esplanade immer empfunden hatte –, als sich gelähmt und hilflos erleben zu müssen, ein Bündel Mensch, *über* das man sprach, anstatt *mit* ihm zu sprechen. Hinter der Aversion verbargen sich Angst und Furcht, die man letztlich zum eigenen Vorteil ausschlachten konnte. Hinter dem Mitleid verbarg sich die Überlegenheit des anderen, etwas, dem Agatha in ihrem Leben nie ausgesetzt gewesen war. Und sie würde sich dem auch jetzt nicht aussetzen lassen, schwor sie sich.

Wenn sie zuließ, dass irgendjemand Macht über sie gewann, wäre sie besiegt. Einmal besiegt, wären ihre Pläne für Balfords Zukunft vernichtet. Nichts würde nach ihrem Tod von Agatha Shaw bleiben als die Erinnerungen, die ihr Enkel hatte und die er nach seinem Ermessen – zum rechten Zeitpunkt natürlich – an die Nachwelt weitergeben würde. Aber konnte sie sich dann darauf verlassen, dass Theo ihrem Andenken treu blieb? Er würde dann andere Verpflichtungen haben. Wenn also ihr Andenken gewahrt, wenn ihrem Leben vor dem Ende ein Sinn gegeben werden sollte, würde sie selbst zu Werke gehen müssen. Sie würde die Spieler in Position bringen müssen. Und ebendas war sie zu tun im Begriff gewesen, als dieser verfluchte Schlaganfall sie getroffen und ihre Pläne durchkreuzt hatte.

Wenn sie jetzt nicht vorsichtig war, würde dieser schmierige, ungewaschene Malik die Gelegenheit ergreifen, um zu handeln. Er hatte ja schon damit angefangen, als ihr Sitz im Stadtrat vakant geworden war und er sich wie ein Aal hineingeschlängelt hatte, um ihren Platz zu übernehmen. Er würde noch viel weiter gehen, wenn er hörte, dass sie durch einen weiteren Schlaganfall außer Gefecht gesetzt war.

Balford würde sein blaues Wunder erleben, wenn man Akram Malik die Möglichkeit ließ, seine Pläne voranzutreiben. Da würde es nicht beim *Falak-Dedar-Park* bleiben. Ehe die Leute wüssten, wie ihnen geschah, würde auf dem Marktplatz ein Minarett stehen, an der Stelle ihrer schönen St.-John's-Kirche eine protzige Moschee, und an jeder Straßenecke von der Balford Road bis hinunter zum Meer würde es stinkende Tandoori-Küchen geben. Und dann würde die Invasion einsetzen: Scharen von Pakis mit Scharen verlauster Kinder, die eine Hälfte Sozialhilfeempfänger, die andere illegale Einwanderer, und alle zusammen würden sie die Kultur und die Traditionen des Landes, das sie sich als Bleibe ausgesucht hatten, verseuchen.

Sie wollen doch nur ein besseres Leben, Großmutter, würde Theo ihr zu erklären versuchen. Aber sie brauchte keine wohlwollenden und blauäugigen Erklärungen für das, was klar auf der Hand lag. Sie wollten ihr, Agatha Shaws, Leben. Sie wollten das Leben jedes Engländers, ob Mann, Frau oder Kind. Und sie würden weder rasten noch ruhen, noch zurückweichen, bis sie es hatten.

Und das galt ganz besonders für Akram, dachte Agatha. Dieser verdammte, widerliche, elende Akram. Faselte honigsüß von Freundschaft und Brüderlichkeit. Spielte mit seiner lächerlichen *Gentlemen's Cooperative* den großen Einiger. Aber all das Gerede und Handeln konnte Agatha nicht täuschen. Nichts als List, Mittel, um die Schafe, die die Menschen nun einmal waren, einzulullen und glauben zu machen, sie könnten sicher und wohlbehalten auf der Wiese grasen, während sie in Wirklichkeit jede Sekunde von einem Rudel Wölfe beobachtet wurden.

Aber sie würde ihm zeigen, dass sie ihm auf die Schliche gekommen war. Wie Lazarus würde sie sich von ihrem Krankenbett erheben, eine unüberwindbare Macht, die Akram Malik – mit all seinen Plänen – nicht besiegen konnte.

Agatha merkte plötzlich, dass die Schwester gegangen war. Der scharfe Geruch ihres Deos hatte sich verflüchtigt, zurückgeblieben waren die Gerüche der Medikamente, der Plastikschläuche, ihrer eigenen Körpersekretionen, der Bodenpolitur.

Sie öffnete die Augen. Man hatte ihre Matratze leicht angehoben, so dass sie wenigstens nicht ganz flach auf dem Rücken lag. Das war eine wesentliche Verbesserung im Vergleich zu den Stunden unmittelbar nach ihrem Schlaganfall. Da hatte sie nichts sehen können als verschwommene Schallschutzplatten. Jetzt konnte sie wenigstens in den Fernseher schauen, wenn auch der Ton heruntergestellt war und die Schwester vergessen hatte, ihn beim Gehen höherzudrehen. Gerade wurde ein Film gezeigt, in dem ein völlig aufgelöster Ehemann, viel zu hübsch, um wahr zu sein, seine hochschwangere und noch hübschere Ehefrau zur Entbindung im Rollstuhl in eine Notaufnahme schob. Nach ihrem absurden Verhalten und ihrer Mimik zu urteilen, sollte es wohl eine Komödie sein. In der Tat lachhaft, dachte Agatha. Keine Frau, die *sie* kannte, hatte den Akt der Geburt je komisch gefunden.

Mit einer großen Anstrengung gelang es ihr, den Kopf ein klein wenig zu drehen; es reichte ihr, um das Fenster sehen zu können. An der verwaschenen Farbe des Stück Himmels in ihrem Gesichtsfeld sah sie, dass die Hitze ungebrochen war. Doch sie spürte nichts von den Temperaturen draußen, das Krankenhaus gehörte zu den wenigen Gebäuden im näheren Umkreis von Balford, die tatsächlich eine Klimaanlage hatten. Sie hätte es genossen – wäre sie nur zu Besuch im Krankenhaus gewesen, zum Beispiel bei jemandem, der Unglück verdient hatte. Sie hätte mit Leichtigkeit zwanzig Leute nennen können, die dieses Unglück mehr verdient hatten als sie. Sie dachte über diesen Aspekt nach. Sie begann, diese zwanzig Personen namentlich aufzuzählen. Sie amüsierte sich damit, jedem von ihnen seine eigene persönliche Qual zuzuteilen.

Darum merkte sie zuerst nicht, dass jemand ins Zimmer gekommen war. Erst ein vorsichtiges Hüsteln verriet ihr, dass sie Besuch hatte.

Jemand sagte leise: »Nein, bewegen Sie sich nicht, Mrs. Shaw. Gestatten Sie mir, näher zu treten.« Sie hörte Schritte, und plötzlich sah sie sich von Angesicht zu Angesicht mit ihrem finstersten Feind: Akram Malik.

Sie stieß ein unartikuliertes Geräusch aus. »Was wollen Sie? Verschwinden Sie. Hinaus mit Ihnen. Ich werde mir Ihre widerliche Schadenfreude nicht gefallen lassen« sollte das heißen, kam jedoch – infolge der wirren Botschaften, die ihr beschädigtes Gehirn aussandte – nur in einem unverständlichen Schwall primitiver Heul- und Stöhnlaute heraus.

Akram sah sie sehr intensiv an. Zweifellos, dachte sie, machte er Bestandsaufnahme und versuchte, sich eine Vorstellung davon zu verschaffen, wie weit er sie noch treiben musste, damit sie ins Grab stürzte. Dann wäre für ihn der Weg frei, seine schändlichen Pläne für Balford-le-Nez in die Tat umzusetzen.

»Ich sterbe noch nicht, Sie schlitzohriger schwarzer Teufel. Sie können sich also diesen heuchlerischen Blick der Anteilnahme vom Gesicht wischen. Sie bringen mir ungefähr so viel Anteilnahme entgegen, wie ich unter ähnlichen Umständen Ihnen entgegenbringen würde.« Doch was sie aus ihrem Mund hervorbrachte, war einzig eine auf- und abschwingende Abfolge ungeformter Laute.

Akram sah sich im Zimmer um und verschwand einen Moment aus ihrem Blickfeld. In heller Panik glaubte sie, er wolle die Maschinen abschalten, die hinter ihrem Kopf summten und piepten. Doch er kehrte mit einem Stuhl zurück und setzte sich.

Jetzt sah sie auch, dass er einen Blumenstrauß dabeihatte. Er legte ihn auf den Tisch neben ihrem Bett. Aus seiner Jackentasche zog er ein kleines, in Leder gebundenes Büchlein. Er legte es auf seine Knie, schlug es jedoch nicht auf. Er senkte den Kopf und begann zu murmeln, einen Strom von Wörtern in seinem pakistanischen Kauderwelsch.

Wo ist Theo?, dachte Agatha verzweifelt. Warum war er nicht

hier, um ihr dies zu ersparen? Akram Maliks Stimme war durchaus milde, aber sie würde sich von diesem Ton nicht täuschen lassen. Wahrscheinlich sprach er gerade Verwünschungen aus. Er praktizierte Schwarze Magie und Voodoo oder was sonst diese Leute taten, um ihre Feinde niederzumachen ...

Fiel ihr nicht ein, sich das bieten zu lassen. »Hören Sie auf mit diesem Gebrabbel!«, sagte sie. »Hören Sie sofort auf. Und verschwinden Sie sofort aus meinem Zimmer.« Doch ihre Form von Sprache war ihm ebenso unverständlich wie ihr die seine, und seine einzige Reaktion war, dass er seine braune Hand auf ihr Bett legte, als wollte er ihr einen Segen geben, den sie von ihm nicht brauchte und noch weniger wünschte.

Schließlich hob er wieder den Kopf. Von neuem begann er zu sprechen, diesmal jedoch verstand sie ihn mühelos. Und seine Stimme war so zwingend, dass sie nicht fähig war, etwas anderes zu tun, als seinen Blick mit dem ihren festzuhalten. Vage dachte sie, Basilisken sind so, sie spießen einen mit ihren stählernen Augen auf. Dennoch sah sie nicht weg.

Er sagte: »Ich habe erst heute Morgen von Ihrer Erkrankung gehört, Mrs. Shaw. Es tut mir in der Seele leid. Meine Tochter und ich wollten Ihnen unsere Genesungswünsche überbringen. Sie wartet im Korridor – meine Tochter Sahlah –, weil man uns sagte, dass jeweils nur eine Person Ihr Zimmer betreten darf.« Er entfernte seine Hand von ihrem Bett und legte sie auf den Ledereinband des Buches auf seinem Knie. Er lächelte und sprach weiter. »Ich dachte daran, Ihnen aus dem Heiligen Buch vorzulesen. Manchmal finde ich selbst nicht die richtigen Worte für ein Gebet. Aber als ich Sie sah, kamen mir die Worte ganz von selbst. Früher einmal hätte ich mir darüber Gedanken gemacht und nach einem tieferen Sinn darin gesucht. Aber ich habe längst gelernt zu akzeptieren, dass die Wege Allahs für mich häufig unerforschlich sind.«

Was redete er da?, fragte sich Agatha. Er war doch gekommen, um sich an ihrem Unglück zu weiden – daran konnte es keinen Zweifel geben –, warum also kam er nicht endlich zur Sache und ließ sie in Frieden?

»Ihr Enkel Theo war mir in diesem vergangenen Jahr eine große Hilfe. Vielleicht wissen Sie das. Und schon seit einiger Zeit habe ich mir darüber Gedanken gemacht, wie ich ihm seine Freundlichkeit gegenüber meiner Familie am besten vergelten könnte.«

»Theo?«, sagte sie. »Nicht Theo! Nicht mein Theo! Wagen Sie nicht, Theo etwas anzutun, Sie gemeiner Mensch.«

Er fasste, so schien es, dieses unartikulierte Lautgemenge als Ausdruck einer Bitte um nähere Erklärung auf. »Er hat der Firma Malik mit seinem Fachwissen auf dem Gebiet der elektronischen Datenverarbeitung den Weg in die Gegenwart und Zukunft geebnet. Und er war der Erste, der sich an meine Seite stellte und in der *Gentlemen's Cooperative* aktiv wurde. Ihr Enkel Theo hat eine Vision, die der meinen nicht unähnlich ist. Und jetzt, da Sie dieser Schicksalsschlag getroffen hat, sehe ich einen Weg, ihm meine Dankbarkeit für seine Freundschaft zu zeigen.«

Jetzt, da Sie dieser Schicksalsschlag getroffen hat, wiederholte Agatha für sich und wusste nun mit Sicherheit, was er wollte. Jetzt war der Augenblick, da er wie ein Raubvogel herabstoßen wollte, um die Beute zu erlegen. Wie ein Habicht hatte er bei der Wahl des Zeitpunktes genau bedacht, wie viel Schaden er seinem Opfer zufügen konnte. Und sie war gänzlich ohne Schutz.

Zum Teufel mit ihm und seiner Häme, dachte sie. Zum Teufel mit ihm und seiner schleimigen, salbungsvollen Art. Zum Teufel mit ihm und seinem heiligmäßigen Getue. Zum Teufel mit –

»Ich weiß seit langem von Ihrem Traum, diese Stadt zu sanieren und ihre frühere Schönheit wiederherzustellen. Und nun, da die Krankheit Sie ein zweites Mal niedergeworfen hat, fürchten Sie zweifellos, dass Ihr Traum niemals wahr werden wird.« Er legte seine Hand wieder auf das Bett. Diesmal jedoch über ihre eigene. Nicht über ihre gesunde Hand, die sie hätte wegziehen können. Nein, über ihre Klauenhand, die bewegungsunfähig war. Schlau von ihm, dachte sie bitter. Wie clever, auf ihre Schwäche hinzuweisen, bevor er seine Pläne, sie zu vernichten, darlegte.

»Ich werde Theo meine volle Unterstützung geben, Mrs. Shaw«, sagte er. »Die Sanierung von Balford-le-Nez soll vorangehen, wie von Ihnen geplant. Ihr Enkel und ich werden diese Stadt zu neuem Leben erwecken und uns dabei bis ins kleinste Detail an Ihre Planungen und Vorstellungen halten. Um Ihnen das zu sagen, bin ich hergekommen. Machen Sie sich also keine Gedanken, ruhen

Sie sich aus und konzentrieren Sie alle Ihre Anstrengungen darauf, bald wieder gesund zu werden, damit Sie noch viele Jahre unter uns leben.«

Danach neigte er sich herab und berührte mit seinen Lippen ihre deformierte, hässliche, verkrüppelte Hand.

Und da ihr die Sprache fehlte, etwas zu erwidern, fragte sie sich, wie um alles in der Welt sie jemandem den Auftrag geben sollte, sie ihr zu waschen.

Barbara versuchte wie der Teufel, mit ihren Gedanken da zu bleiben, wo sie hingehörten, nämlich bei den Ermittlungen. Aber sie schweiften immer wieder ab, in Richtung London, genau gesagt nach Chalk Farm und Eton Villas, noch genauer gesagt, zu der Erdgeschosswohnung in einer alten gelben Villa. Zuerst sagte sie sich, da müsse ein Irrtum vorliegen. Entweder gab es zwei Taymullah Azhars in London, oder die Informationen, die die Abteilung SO11 der Metropolitan Police geliefert hatte, waren ungenau, unvollständig oder schlichtweg falsch. Aber die wesentlichen Fakten, die die Londoner Nachrichtenabteilung über den Pakistani, dem die Anfrage gegolten hatte, mitgeteilt hatte, stimmten mit denen überein, die Barbara über Azhar bereits bekannt waren. Und als sie den Bericht selbst las – nach der Rückkehr in Emilys Büro –, musste sie zugeben, dass die Beschreibung in vieler Hinsicht mit dem Bild identisch war, das sie bereits hatte. Die Privatadresse war dieselbe; das Alter des Kindes war ebenso korrekt wie der Hinweis auf die Abwesenheit der Mutter. Azhar, hieß es, sei Professor für Mikrobiologie – auch das stimmte, wie Barbara wusste – und in einer Londoner Gruppe namens »Asiatische Rechtshilfe« aktiv, was zu der gründlichen Sachkenntnis, die er bei ihren Verhandlungen an den Tag gelegt hatte, passte. Der Azhar, von dem in dem Bericht aus London die Rede war, musste also der sein, den sie kannte. Nur schien der Azhar, den sie kannte, nicht der zu sein, den sie zu kennen glaubte. Und damit war alles, was ihn betraf, in Frage gestellt, insbesondere seine Position innerhalb der Ermittlungen.

Das gibt's doch nicht, dachte sie. Jetzt brauchte sie erst mal eine Zigarette. Dringend. Und während Emily vor sich hin schimpfte, weil ihr schon wieder einer dieser lästigen und zeitraubenden Anrufe ihres Superintendent ins Haus stand, rannte Barbara in die Toilette, zündete sich mit fliegenden Fingern eine Zigarette an und inhalierte so gierig wie ein Taucher, dem die Luft knapp wird.

Vieles, was Taymullah Azhar und seine Tochter anging, wurde ihr jetzt verständlich: Hadiyyahs achter Geburtstag, bei dem sie der einzige Gast gewesen war; eine Mutter, die angeblich nach Ontario gereist war, aber ihr einziges Kind nicht einmal durch eine Postkarte wissen ließ, wo genau sie sich befand; ein Vater, der niemals die Worte »meine Frau« aussprach, überhaupt nicht von der Mutter seines Kindes sprach, es sei denn, das Thema wurde ihm aufgezwungen; nirgends in der Wohnung Spuren, die verraten hätten, dass bis vor kurzem eine erwachsene Frau hier gelebt hatte. Kein irgendwo stehengelassenes Nagellackfläschchen, keine abgelegte Handtasche, keine Näh- oder Stricksachen, keine *Vogue* oder *Elle*, keine unaufgeräumten Utensilien irgendeines Hobbys wie Aquarellmalen oder Blumenstecken. Hatte Angela Weston – Hadiyyahs Mutter – überhaupt je in Eton Villas gelebt?, fragte sich Barbara. Und wenn nicht, wie lange wollte Azhar dann noch das Märchen von der Mama im Urlaub aufrechterhalten, wenn die Wahrheit »Mama ist durchgebrannt« hieß?

Barbara ging zum Toilettenfenster und blickte zu dem kleinen Parkplatz hinunter. Constable Honigman führte gerade einen frisch gewaschenen, frisch gekämmten und frisch gekleideten Fahd Kumhar zu einem Streifenwagen. Während sie noch hinuntersah, näherte sich Azhar den beiden Männern. Er sprach Kumhar an. Honigman trat dazwischen. Er schob seinen Schützling in den Fond des Streifenwagens. Azhar ging zu seinem eigenen Fahrzeug, und als Honigman losfuhr, folgte er ihnen, ohne zu versuchen, diesen Umstand zu verbergen. Er war, wie versprochen, gekommen, um Fahd Kumhar nach Hause zu bringen. Und er war offensichtlich nicht bereit, sich davon abhalten zu lassen.

Ein Mann von Wort, dachte Barbara. Ein Mann von vielen Worten.

Sie dachte an die Erklärungen zurück, die er ihr als Antwort auf ihre Fragen über seine Kultur gegeben hatte, und sah jetzt, in welchem Maß er selbst betroffen war. Er war von seiner Familie verstoßen worden, genau wie ihm zufolge Querashi verstoßen worden wäre, wäre seine Homosexualität an den Tag gekommen. Seine Familie hatte sich so endgültig von ihm losgesagt, dass sie nicht einmal die Existenz seiner Tochter anerkannt hatte. Die beiden waren ganz auf sich gestellt. Kein Wunder, dass er nur zu gut wusste, was es hieß, ein Ausgestoßener zu sein.

Barbara verarbeitete dies alles mit einem guten Maß an rationaler Überlegung. Sich jedoch damit zu befassen, was diese Neuigkeiten über Taymullah Azhar für sie persönlich bedeuteten, das konnte sie nicht. Sie redete sich ein, es könne für sie persönlich überhaupt keine Bedeutung haben. Gewiss, im Leben seiner Tochter spielte sie die Rolle der Freundin, aber eine Rolle in *seinem* Leben ... die hatte sie nun wirklich nicht.

Sie verstand darum nicht, weshalb sie sich irgendwie von ihm verraten fühlte, seit sie wusste, dass er eine Frau und zwei Kinder im Stich gelassen hatte. Vielleicht, sagte sie sich schließlich, fühlte sie den Verrat stellvertretend für Hadiyyah.

Ja, dachte Barbara. So war es, zweifellos.

Die Toilettentür wurde geöffnet, und Emily kam herein. Sie ging direkt zu einem der Waschbecken. Hastig drückte Barbara ihre Zigarette an der Sohle ihres Baseballstiefels aus und warf den Stummel verstohlen aus dem Fenster.

Emilys Nase zuckte. Sie sagte: »Mensch, Barb, rauchst du immer noch?«

»Ich schaff's nun mal nicht, meine Süchte zu ignorieren«, bekannte Barbara.

Emily drehte das Wasser auf, nahm ein Papiertuch und machte es gründlich nass. Sie drückte es sich in den Nacken, ohne darauf zu achten, dass das Wasser ihren Rücken hinunterrann und ihr Oberteil durchnässte. »Ferguson«, stieß sie hervor, als wäre der Name des Superintendent ein Fluch. »Er hat in drei Tagen ein Gespräch wegen der Beförderung zum Assistant Chief Constable und erwartet im Fall Querashi eine Verhaftung, ehe er vor den Ausschuss muss. Großartig. Dabei rührt er keinen gottverdammten Finger, um mir zu helfen, die Ermittlungen voranzutreiben. Das Einzige, was er fertigbringt, ist, mir mit diesem Blödmann Howard Presley zu drohen und mir einen Knüppel nach dem anderen zwischen die Beine zu schmeißen. Aber den Lorbeerkranz wird er sich natürlich mit Freuden aufsetzen, wenn wir es schaffen, den Fall ohne weiteres Blutvergießen zu klären. Scheiße! Ich verachte diesen Mann.« Sie hielt ihre Hand unter den Wasserstrahl und schob sie dann durch ihr Haar. Sie drehte sich zu Barbara um.

Es sei an der Zeit, sich mit der Firma Malik zu befassen, erklärte sie. Sie hatte beim zuständigen Richter einen Durchsuchungsbefehl beantragt, und der hatte ihrem Wunsch in Rekordzeit stattgegeben. Er war offenbar ebenso erpicht darauf wie Ferguson, den Fall ohne weitere Straßenschlachten abzuschließen.

Aber es gab da noch einen Aspekt, der mit der Fabrik und mit Emilys Überzeugung, dass dort Illegales vorging, nichts zu tun hatte, und den wollte Barbara nicht außer Acht lassen. Sie konnte die Tatsache von Sahlah Maliks Schwangerschaft nicht einfach ignorieren und ebenso wenig die Bedeutung, die diese Tatsache in diesem Fall hatte.

»Können wir unterwegs mal am Jachthafen halten, Em?«, fragte sie deshalb.

Emily sah auf ihre Uhr. »Warum? Wir wissen, dass die Maliks kein Boot haben, falls du immer noch überzeugt sein solltest, dass der Mörder übers Wasser zum Nez gekommen ist.«

»Aber Theo Shaw hat ein Boot. Und Sahlah ist schwanger. Und Theo hat dieses Armband von Sahlah bekommen. Er hat ein Motiv, Em. Klar und deutlich, ganz gleich, was Muhannad und seine Kumpels bei *Eastern Imports* treiben.«

Außerdem hatte Theo kein Alibi, während Muhannad eins hatte, hätte sie gern hinzugefügt. Aber sie hielt den Mund. Emily wusste Bescheid, auch wenn sie noch so wild entschlossen war, Muhannad Malik dranzukriegen.

Emily überlegte kurz mit gerunzelter Stirn, dann sagte sie: »In Ordnung. Okay. Wir überprüfen das mal.«

In einem der neutralen Fords, die zum Wagenpark gehörten, fuhren sie los, bogen in die High Street ein, wo sie Rachel Winfield, vom Meer kommend, in Richtung *Racon* radeln sahen. Das Mädchen war hochrot im Gesicht, als hätte es an einem Rennen teilgenommen. Neben dem Wegweiser zum Jachthafen, der nördlich lag, hielt sie an, um zu verschnaufen. Sie winkte vergnügt, als der Ford an ihr vorüberfuhr. Wenn sie irgendetwas auf dem Gewissen hatte, sah sie jedenfalls nicht danach aus.

Der Jachthafen von Balford lag ungefähr anderthalb Kilometer die Straße hinunter, die im rechten Winkel von der High Street abzweigte. An ihrem unteren Ende begrenzte die schmale Straße auf einer Seite den kleinen Platz, an dem, ihr gegenüber, die Alfred Terrace mit dem schäbigen Haus der Familie Ruddock lag. Sie führte an einem Wohnwagenplatz vorüber und an einem trutzigen Martelloturm, einem runden Küstenfort, von dem aus während der napoleonischen Kriege die Küste verteidigt worden war. Sie endete schließlich am Jachthafen selbst.

Dieser bestand aus einer Reihe von acht Pontons, an denen Segelboote und Jachten festgemacht waren, die im ruhigen Wasser einer Gezeitenbucht lagen. An seinem Nordende stieß ein kleiner Büroanbau an ein Backsteingebäude, in dem Toiletten und Duschräume untergebracht waren. Dort hinaus fuhr Emily und parkte den Wagen neben einer Reihe Kajaks, über denen ein verwittertes Schild mit der Aufschrift *East Essex Bootsverleih* angebracht war.

Der Eigentümer dieses Unternehmens versah gleichzeitig das Amt des Hafenmeisters, sicherlich keine übermäßig anspruchsvolle Aufgabe bei der bescheidenen Größe des Hafens.

Emily und Barbara störten Charlie Spencer bei der Lektüre der Rennzeitschriften. »Na, haben Sie schon jemand geschnappt?«, waren seine ersten Worte, als er aufblickte und Emilys Dienstausweis sah. Er schob den angeknabberten Bleistift, den er in der Hand hielt, hinter sein Ohr. »Ich kann mich hier nicht jede Nacht mit einem Gewehr hinsetzen. Wozu bezahl' ich Steuern, wenn die Polizei nichts für mich tut, hm? Sagen Sie mir das mal.«

»Bessere Sicherheitsmaßnahmen, Mr. Spencer«, antwortete Emily. »Ihr Haus lassen Sie doch sicher auch nicht unverschlossen, wenn Sie nicht da sind.«

»Ich hab' einen Hund, der aufs Haus aufpasst«, gab er zurück.

»Dann brauchen Sie noch einen, der auf Ihre Boote aufpasst.«

»Welches von den Booten da gehört den Shaws?«, fragte Barbara und wies auf die Reihe vertäuter Boote, die bewegungslos im Hafenbecken lagen. Trotz der mittäglichen Stunde und der Hitze, die zu Bootsfahrten auf dem Meer verlockte, waren nur wenige Leute hier.

»Die *Fighting Lady*«, antwortete er. »Das ist das größte da hinten am Ende von Ponton sechs. Die sollten den Kahn eigentlich gar nicht hierlassen, wissen Sie, aber für sie ist es bequem, und sie zahlen pünktlich, da kann ich mich nicht beklagen.«

Als sie fragten, warum die *Fighting Lady* nicht in den Jachthafen gehöre, sagte er: »Wegen des Gezeitenwechsels« und erklärte, dass man sich für ein so großes Boot besser einen Liegeplatz suchen sollte, wo man nicht so sehr von den Gezeiten abhängig war. Bei Hochwasser sei es ja kein Problem, da sei das Wasser auch für so ein großes Boot tief genug. Aber bei Ebbe sinke der Schiffsboden in den Schlamm, und das sei gar nicht gut für das Boot, da die Kabine und die Maschinen dann auf die Infrastruktur drückten. »Das verkürzt die Lebensdauer von so einem Boot«, erläuterte er.

Wie denn der Wasserstand am Freitagabend gewesen sei, erkundigte sich Barbara. Zwischen zehn und Mitternacht zum Beispiel.

Charlie legte seine Zeitung weg, um einen Blick in ein Büchlein zu werfen, das neben der Kasse lag. Niedrigwasser, sagte er. Die *Fighting Lady* habe am Freitagabend so wenig auslaufen können wie die anderen größeren Boote hier im Hafen. »Jeder von diesen Kähnen braucht gut zweieinhalb Meter Wassertiefe, um manövrieren zu können«, erklärte er. »Um noch mal auf meine Anzeige zurückzukommen, Inspector ...« Und er wandte sich Emily zu, um mit ihr darüber zu diskutieren, ob es sich lohne, Wachhunde abzurichten.

Barbara überließ sie ihrer Diskussion. Sie ging aus dem Häuschen hinaus in Richtung Ponton sechs. Die *Fighting Lady* war gar nicht zu übersehen. Sie war das größte Boot im Jachthafen. Rumpf und Reling waren leuchtend weiß gestrichen, die Holzverschalungen und Chromteile waren zum Schutz in blaues Segeltuch gehüllt. Als Barbara das Boot sah, erkannte sie, dass selbst bei Hochwasser weder Theo Shaw noch sonst jemand mit ihm weit an den Strand hätte heranfahren können. Es hätte weit vor dem Nez verankert werden müssen, man hätte also zum Strand schwimmen müssen, und es schien wenig wahrscheinlich, dass jemand, der Mord im Sinn hatte, sein Vorhaben mit einem Bad im Meer beginnen würde.

Sie machte sich auf den Rückweg zum Büro und sah sich dabei die anderen Boote im Hafen an. Auch wenn er nicht übermäßig groß war, diente er einer recht bunten Vielfalt von Booten als Anlegestelle. Da gab es Motorboote, Fischkutter mit Dieselmotoren und sogar einen schnittigen Hawk 31 namens *Sea Wizard*, der eher an die Küste Floridas oder Monacos gepasst hätte.

In der Nähe des Büros sah Barbara die Boote, die Charlie vermietete. Außer den Motorbooten und Kajaks, die auf Gestellen lagen, warteten zehn Kanus und acht Zodiac-Schlauchboote auf dem Ponton. Zwei der Zodiacs waren von Möwen mit Beschlag belegt, deren Genossinnen kreischend über ihnen kreisten.

Während Barbara sich die Zodiacs ansah, rief sie sich die Liste von Vergehen und Verbrechen ins Gedächtnis, die Belinda Warner aus der Kartei der Dienststelle zusammengestellt hatte. Zuvor hatte ihr Interesse sich auf die Einbrüche in den Strandhütten gerichtet, weil ihr dabei sofort Trevor Ruddock und sein fehlendes Alibi für den Mordabend eingefallen waren. Jetzt aber sah sie, dass es in der Liste einen weiteren interessanten Punkt gab.

Sie ging auf den schmalen Ponton hinaus, um sich die Zodiacs näher anzusehen. Jedes der Boote war mit Rudern ausgerüstet, sie konnten aber auch mit Motoren versehen werden, die auf Gestellen ziemlich am Ende des Pontons lagen. Eins der Schlauchboote, bereits mit einem Motor versehen, lag schon im Wasser, und als Barbara den Zündschlüssel drehte, entdeckte sie, dass es sich um einen Elektromotor handelte, der praktisch geräuschlos war. Sie prüfte die Schraubenblätter, die ins Wasser eintauchten. Sie reichten keine sechzig Zentimeter tief.

»Genau«, murmelte sie, nachdem sie das festgestellt hatte. »Ganz genau.«

Sie blickte auf, als der Ponton plötzlich zu schwanken begann. Emily war ihr gefolgt und stand nun, mit einer Hand ihre Augen beschattend, vor ihr. Barbara konnte ihrem Gesicht ansehen, dass sie zu dem gleichen Schluss gelangt war wie sie selbst.

»Was stand gleich wieder in unserer Kartei?«, fragte Barbara rein rhetorisch.

Emily antwortete ihr dennoch. »Dass ihm drei Zodiacs geklaut wurden. Alle drei wurden später in der Gegend vom Wade gefunden.«

»Und wie schwierig wäre es, Em, abends heimlich einen Zodiac zu nehmen und ihn durchs seichte Wasser zu manövrieren? Wenn der Dieb ihn vor Morgen wieder zurückgebracht hätte, wäre es überhaupt nicht aufgefallen. Und Charlies Sicherheitsvorkehrungen sind ja nicht gerade das Gelbe vom Ei, oder?«

»Nein, bestimmt nicht.« Emily wandte sich nach Norden. »Gleich auf der anderen Seite dieser Landzunge ist der Balford-Kanal, Barb. Da, wo du das Fischerhaus sehen kannst. In dem Kanal wäre selbst bei Ebbe Wasser. Und auch hier im Hafen wäre genug Wasser, um dorthin zu kommen. Für die größeren Boote würde es nicht reichen, aber für ein Schlauchboot – kein Problem.«

»Und wohin führt der Kanal?«, fragte Barbara.

»Er führt direkt an der Westseite vom Nez entlang.«

»Es könnte also jemand mit einem Zodiac den Kanal hinaufgefahren sein, um die Nordspitze des Nez herum, und dann irgendwo an der Ostseite angelegt haben, um von da aus zu Fuß zu der Treppe im Süden zu gehen.«

Barbaras Blick folgte dem Emilys. Auf der anderen Seite der kleinen Bucht, in der der Jachthafen eingebettet lag, stieg eine Reihe bebauter Felder zu einem eingezäunten Privatbesitz an. Die Schornsteine des großen Gebäudes, das auf dem Besitz stand, waren deutlich sichtbar. Ein offensichtlich begangener Fußweg grenzte das freie Land von dem Privatgrundstück ab. Er führte am Nordrand der Felder entlang nach Osten bis zur Bucht, wo er sich nach Süden wandte und der Küste folgte. Als Barbara diesen Weg sah, fragte sie: »Wer wohnt in dem Haus da drüben, Em? Dem großen mit den vielen Schornsteinen.«

»Das ist *Balford Old Hall*«, antwortete Emily. »Da wohnen die Shaws.«

»Bingo«, murmelte Barbara.

Doch Emily wollte von so einer simplen Lösung der Gleichung Motiv – Mittel – Gelegenheit nichts wissen. Sie sagte: »Davon bin ich noch nicht überzeugt. Komm, ab zur Senffabrik, bevor jemand Muhannad warnt. Wenn nicht Herr Reuchlein es schon getan hat«, fügte sie hinzu.

Sahlah saß im Korridor des Krankenhauses und starrte auf die Tür zu Agatha Shaws Zimmer. Die Schwester hatte ihnen erklärt, dass jeweils nur eine Person zu der Patientin hineindürfe, und sie war froh, dass dieses Gebot sie eines Besuchs bei Theos Großmutter enthob. Gleichzeitig hatte sie ein ungeheuer schlechtes Gewissen über ihre Erleichterung. Mrs. Shaw war krank – schwer krank nach den vielen Apparaten zu urteilen, die Sahlah bei dem kurzen Blick in ihr Zimmer gesehen hatte –, und ihr Glaube befahl ihr, der Frau Gutes zu tun. Die, welche glaubten und gute Werke taten, lehrte der heilige Qur'aan, würden in die Gärten geführt werden, unter denen die Flüsse strömten. Und konnte man ein besseres Werk tun, als eine kranke Feindin zu besuchen?

Theo hatte natürlich niemals direkt gesagt, dass seine Großmutter die pakistanische Gemeinde insgesamt hasste und jedem Einzelnen ihrer Mitglieder Böses wünschte. Doch ihre Aversion gegen die Immigranten, die sich in Balford-le-Nez niedergelassen hatten, war stets unausgesprochene Realität zwischen Sahlah und dem Mann, den sie liebte, gewesen. Hatte sie genauso getrennt wie Sahlahs klar und deutlich ausgesprochene Worte darüber, welche Pläne ihre Eltern für ihre Zukunft hatten.

Sahlah wusste, dass die Liebe zwischen ihr und Theo von Anfang an unmöglich gewesen war. Tradition, Religion und Kultur waren gegen sie gewesen. Aber jemandem die Schuld daran geben zu können, dass ein Leben mit Theo unmöglich war, war eine Versuchung, gegen die sie von Anfang an hatte ankämpfen müssen. Und wie leicht war es, jetzt die Worte des heiligen Qur'aan zu verdrehen, eine Rechtfertigung dessen, was Theos Großmutter zugestoßen war, aus ihnen zu machen: »Alles Gute, das dir (o Mensch) geschieht, kommt von Allah, und alles Übel, das dir geschieht, kommt von dir selbst.«

So konnte sie behaupten, Mrs. Shaws neuerliche Erkrankung sei die direkte Folge des Hasses, den sie in sich selbst genährt und bei anderen gefördert hatte. Aber Sahlah wusste, dass sie dieselben Worte aus dem Qur'aan auch auf sich selbst anwenden konnte. Denn so sicher wie Theos Großmutter war auch ihr Übel geschehen. Und ebenso sicher war dieses Übel die direkte Folge ihres eigenen selbstsüchtigen und unrechten Verhaltens.

Sie wollte nicht darüber nachdenken, wie das Übel geschehen war und was sie tun würde, um es zu beenden. In Wirklichkeit wusste sie ja nicht, was sie tun würde. Sie wusste nicht einmal, wo sie anfangen sollte, obwohl sie eben jetzt im Korridor eines Krankenhauses saß, wo Eingriffe, die schönfärberisch als notwendige Maßnahmen bezeichnet wurden, wahrscheinlich jeden Tag vorgenommen wurden.

Als Rachel gekommen war, war sie einen Moment tief erleichtert gewesen. Als ihre Freundin gesagt hatte: »Ich hab's getan«, war ihr eine solche Last von den Schultern gefallen, dass sie das Gefühl gehabt hatte, fliegen zu können. Doch als sich gezeigt hatte, was Rachel mit ihren Worten gemeint hatte, dass sie eine Wohnung gekauft hatte, in die Sahlah, wie sie wusste, niemals einziehen würde, hatte die Verzweiflung sie von neuem zu Boden gedrückt. Rachel war ihre einzige Hoffnung gewesen. Mit ihrer Hilfe, hatte sie geglaubt, hätte sie sich in aller Heimlichkeit und mit minimalem Risiko des offenkundigen Zeichens ihrer Sünde gegen ihre Religion und ihre Familie entledigen können. Jetzt, wusste sie, würde sie allein handeln müssen. Und sie hatte keine Ahnung, wo sie anfangen sollte.

»Sahlah? *Sahlah?*«

Sie fuhr zusammen, als sie ihren Namen hörte, ausgesprochen in dem gleichen gedämpften Ton, den er gebraucht hatte, wenn sie sich abends in der Birnenplantage getroffen hatten. Theo stand rechts von ihr, unversehens aufgehalten auf dem Weg zum Zimmer seiner Großmutter, in der einen Hand eine Dose Cola, die mit Feuchtigkeit beschlagen war.

Automatisch griff sie nach dem Anhänger an ihrem Hals, sowohl um ihn vor ihm zu verbergen, als auch aus einem Bedürfnis nach innerem Halt. Doch er hatte das Fossil schon gesehen und die Tatsache, dass sie es trug, offensichtlich auf seine Weise interpretiert, denn er kam zu der Bank, auf der sie saß, und setzte sich neben sie. Er stellte die Coladose auf den Boden. Sie sah ihm dabei zu und ließ ihren Blick dann auf der Dose ruhen.

»Rachel hat es mir gesagt, Sahlah«, sagte er. »Sie glaubt –«

»Ich weiß, was sie glaubt«, flüsterte Sahlah. Sie wollte Theo bitten zu gehen oder sich wenigstens auf die andere Seite des Korridors zu stellen und so zu tun, als wäre ihr Gespräch nichts weiter als besorgte Frage nach dem Befinden seiner Großmutter ihrerseits und höflicher Dank für ihre Anteilnahme seinerseits. Doch nach den langen Wochen der Trennung wirkte seine Nähe auf sie wie ein Rauschmittel. Ihr Herz wollte mehr und noch mehr, obwohl ihr Verstand ihr sagte, dass ihre einzige Möglichkeit, sich selbst zu helfen und letztlich zu überleben, darin bestand, sich zu bescheiden.

»Wie konntest du das nur tun?«, fragte er. »Diese Frage beschäftigt mich unaufhörlich, seit ich mit ihr gesprochen habe.«

»Bitte, Theo. Es hilft nicht, darüber zu reden.«

»Es hilft nicht?«, versetzte er bitter. »Das ist mir recht, weil es mir ziemlich egal ist, wenn es nicht hilft. Ich habe dich geliebt, Sahlah. Du hast gesagt, dass du mich auch liebst.«

Die Umrisse der Coladose in ihrem Blickfeld begannen zu verschwimmen. Sie zwinkerte hastig und hielt ihren Kopf gesenkt. Um sie herum nahm die tägliche Arbeit des Krankenhauses ihren Fortgang. Pfleger eilten, Instrumentenwagen vor sich herschiebend, an ihnen vorbei. Ärzte machten ihre Runden, Schwestern brachten auf kleinen Tabletts ihren Patienten die Medikamente. Sie und Theo waren von ihnen allen abgeschnitten wie durch eine Glaswand.

»Ich würde gern wissen«, sagte Theo, »wie lange du gebraucht hast, um dir darüber klarzuwerden, dass du Querashi liebst und nicht mich. Wie lange, Sahlah, einen Tag? Eine Woche? Zwei? Oder vielleicht war es auch gar nicht so, weil ja bei euch, wie du mir immer wieder gesagt hast, Liebe für eine Ehe nicht notwendig ist. So hast du's doch formuliert, nicht wahr?«

Sahlah spürte das heiße Pulsieren ihres Blutes in dem Muttermal auf ihrer Wange. Es gab keine Möglichkeit, es ihm zu erklären, denn das hätte von ihr eine Wahrheit verlangt, die sie nicht preisgeben konnte.

»Und ich würde auch gern wissen, wie und wo es geschehen ist. Du wirst mir das verzeihen, hoffe ich, denn sicher begreifst du, dass ich in den letzten sechs Wochen praktisch über nichts anderes nachgedacht habe als darüber, wie und wo es zwischen uns beiden *nicht* geschehen ist. Es hätte geschehen können, aber es ist nicht geschehen. Oh, wir waren nahe daran, nicht wahr? Auf Horsey Island. Selbst damals im Obstgarten, als dein Bruder –«

»Theo«, unterbrach Sahlah. »Bitte tu uns das nicht an.«

»Es gibt kein ›uns‹. Obwohl ich es geglaubt habe. Selbst als Querashi auftauchte – genau wie du gesagt hattest –, glaubte ich es noch. Ich habe dieses beschissene Armband getragen –«

Sie fuhr vor dem Wort zurück. Jetzt, das sah sie, trug er das Armband nicht mehr.

»– und immer gedacht, sie weiß, dass sie ihn nicht zu heiraten braucht. Sie weiß, dass sie ablehnen kann, weil ihr Vater sie niemals zwingen wird, gegen ihren Willen zu heiraten. Sicher, ihr Vater ist Pakistani. Aber er ist auch Engländer. In ihm steckt vielleicht sogar mehr Englisches als in ihr. Aber die Tage vergingen, es wurden Wochen, und Querashi blieb. Er blieb, und dein Vater brachte ihn mit in die Kooperative und stellte ihn uns als seinen Sohn vor. ›In wenigen Wochen wird er zu unserer Familie gehören‹, hat er damals zu mir gesagt. ›Er wird meine Tochter Sahlah heiraten.‹ Und ich musste mir das brav anhören und gratulieren, während ich mir die ganze Zeit wünschte –«

»Nein!« Sie konnte es nicht ertragen, dieses Bekenntnis zu hören. Und wenn er glaubte, ihre Weigerung, ihn anzuhören, bedeute, dass ihre Liebe zu ihm tot sei, so war das auch recht.

»Ich will dir sagen, wie es nachts für mich war«, fuhr Theo fort. Seine Rede war knapp, sein Ton bitter. »Tagsüber konnte ich alles vergessen. Ich habe einfach gearbeitet bis zur Besinnungslosigkeit. Aber nachts hatte ich nichts als meine Gedanken an dich. Ich konnte nicht schlafen, und ich konnte kaum essen, aber damit konnte ich fertigwerden, weil ich immer glaubte, auch du würdest an mich denken. Heute Morgen wird sie es ihrem Vater sagen, dachte ich. Und Querashi wird gehen. Und dann werden wir Zeit für uns haben, Sahlah und ich, Zeit und eine Chance.«

»Beides haben wir niemals gehabt. Ich habe versucht, dir das klarzumachen. Du wolltest mir nicht glauben.«

»Und du? Was wolltest du, Sahlah? Warum bist du in diesen Nächten zu mir in den Obstgarten gekommen?«

»Ich kann es nicht erklären«, flüsterte sie trostlos.

»Ja, so ist das mit Spielen. Nie kann sie einer erklären.«

»Ich habe kein Spiel mit dir gespielt. Was ich gefühlt habe, war echt. Ich habe mich nicht verstellt.«

»Gut. In Ordnung. Und das Gleiche hat auf dich und Haytham

Querashi sicher auch zugetroffen.« Er machte Anstalten aufzustehen.

Sie hielt ihn auf. Sie streckte die Hand nach ihm aus und schloss sie um seinen Arm. »Hilf mir«, sagte sie und sah ihn endlich an. Sie hatte das tiefe Blaugrün seiner Augen vergessen, das Muttermal neben seinem Mund, den weichen Fall seines blonden Haares. Sie war erschrocken über seine plötzliche Nähe, erschrocken über die Reaktion ihres Körpers auf diese einfache Berührung. Sie wusste, sie sollte ihn loslassen, aber sie konnte es nicht. Erst wenn sie eine Zusage hatte, würde sie ihn gehen lassen. Er war ihre einzige Chance. »Rachel tut es nicht, Theo. Bitte. Hilf mir.«

»Querashis Kind loszuwerden, meinst du? Warum?«

»Weil meine Eltern …« Wie sollte sie es ihm erklären?

»Was ist mit deinen Eltern? Sicher, dein Vater wird wahrscheinlich ausflippen, wenn er hört, dass du schwanger bist. Aber wenn das Kind ein Junge ist, wird er sich bestimmt bald von dem Schrecken erholen. Du brauchst ihm ja nur zu sagen, dass ihr beide, du und Querashi, so heiß aufeinander wart, dass ihr nicht bis nach der Trauung warten konntet.«

Neben der krassen Ungerechtigkeit seiner Worte – die seinem eigenen Leiden entsprang – presste ihre schiere Brutalität die Wahrheit aus ihr heraus. »Es ist nicht Haythams Kind«, sagte sie. Ihre Hand fiel von seinem Arm herab. »Ich war schon schwanger, als Haytham nach Balford kam.«

Theo starrte sie ungläubig an. Sie sah, wie er mit qualvoll forschendem Blick versuchte, die ganze Wahrheit aus ihrem Gesicht herauszulesen. Er sagte: »Was zum Teufel …?« Aber die Frage kam nicht über seine Lippen. Er wiederholte nur seine ersten Worte. »Sahlah, was zum Teufel …?«

»Ich brauche deine Hilfe«, sagte sie. »Ich bitte dich um deine Hilfe.«

»Von wem ist das Kind?«, fragte er. »Wenn es nicht von Haytham ist … Sahlah, von wem ist es?«

»Bitte hilf mir zu tun, was ich tun muss. Wen kann ich anrufen? Gibt es eine Klinik? In Balford geht es nicht. Das kann ich nicht riskieren. Aber in Clacton …? Es muss doch in Clacton eine Möglichkeit geben. Jemanden, der mir helfen kann, Theo. In aller Stille und schnell, damit meine Eltern nichts merken. Denn wenn sie es erfahren, wird es sie umbringen. Glaub mir. Es wird sie umbringen, Theo. Und nicht nur sie.«

»Wen denn noch?«

»Bitte!«

»Sahlah.« Er packte sie plötzlich am Oberarm. Es war, als hörte er in ihrem Ton alles, was zu sagen sie nicht über sich brachte. »Was ist passiert? In der Nacht. Sag es mir. Was ist passiert?«

Du wirst bezahlen, hatte er gesagt, so wie alle Huren zahlen.

»Ich habe es selbst herausgefordert«, sagte sie mit brüchiger Stimme, »weil mir völlig gleichgültig war, was er dachte. Weil ich ihm sagte, dass ich dich liebe.«

»O Gott«, flüsterte er und ließ sie los.

Die Tür von Agatha Shaws Zimmer öffnete sich, und Sahlahs Vater trat heraus. Er schloss sie sorgfältig hinter sich. Er schien verwundert, seine Tochter und Theo Shaw in ernsthaftem Gespräch anzutreffen. Doch sogleich hellte sich sein Gesicht erfreut auf, wohl weil er glaubte, Sahlah täte ihren Teil, um in den Garten zu kommen, unter dem die Flüsse strömten.

Er sagte: »Ah, Theo. Es freut mich sehr, dass wir noch Gelegenheit haben, Sie zu sehen, bevor wir gehen. Ich habe eben mit Ihrer Großmutter gesprochen und ihr – als Freund und Stadtrat – versichert, dass sie um ihre Pläne zur Erneuerung Balfords nicht zu fürchten braucht. Sie werden genau ihren Vorstellungen entsprechend durchgeführt werden.«

Theo stand auf. Sahlah tat es ihm nach. Sie senkte züchtig den Kopf und konnte so ihr verräterisch dunkel gewordenes Muttermal vor den Augen ihres Vaters verbergen.

»Ich danke Ihnen, Mr. Malik«, sagte Theo. »Das ist sehr gütig von Ihnen. Meine Großmutter wird Ihnen das hoch anrechnen.«

»Sehr gut«, meinte Akram. »Und jetzt, Sahlah, mein Kind, denke ich, sollten wir gehen.«

Sahlah nickte. Sie warf Theo einen letzten Blick zu. Sein Gesicht war bleich geworden unter der leichten Bräunung, und sein Blick flog zwischen Akram und ihr hin und her, als wollte er etwas sagen und wüsste nicht, was. Er war ihre einzige Hoffnung, und wie all die

Hoffnungen, die sie einst an das Leben und die Liebe geknüpft hatte, entglitt er ihr jetzt.

Sie sagte: »Es war sehr nett, mal wieder mit Ihnen zu sprechen, Theo. Ich hoffe, Ihre Großmutter wird bald wieder gesund.«

»Danke«, erwiderte er steif.

Sahlah fühlte, wie ihr Vater ihren Arm nahm, und sie ließ sich zum Aufzug am anderen Ende des Korridors führen. Jeder Schritt schien sie näher an den Abgrund zu führen. Aber da sprach Theo plötzlich.

»Mr. Malik«, sagte er.

Akram blieb stehen und drehte sich um. Er wartete mit freundlicher Aufmerksamkeit. Theo trat zu ihnen.

»Ich wollte eigentlich fragen«, begann er. »Ich meine, entschuldigen Sie, wenn ich mich danebenbenehme, ich muss zugeben, ich weiß nicht genau, was sich in dieser Situation gehört. Aber hätten Sie etwas dagegen, wenn ich Sahlah nächste Woche einmal zum Mittagessen ausführe? Ich würde gern – also, da findet zurzeit eine Schmuckausstellung statt – in *Green Lodge*, wo sie immer die Sommerkurse abhalten –, und da Sahlah doch selbst Schmuck herstellt, dachte ich, sie würde sie vielleicht gern sehen.«

Akram legte den Kopf schief, während er die Bitte bedachte. Er musterte seine Tochter, als wollte er sich ein Bild davon machen, ob man sie einem solchen Abenteuer aussetzen könne. Dann sagte er: »Sie sind ein guter Freund unserer Familie, Theo. Ich persönlich habe nichts dagegen einzuwenden, wenn Sahlah Sie begleiten möchte. Wie ist es, Sahlah?«

Sie hob den Kopf. »*Green Lodge?*«, fragte sie. »Wo ist denn das, Theo?«

Seine Stimme war so ruhig wie sein Blick, als er antwortete: »Das ist in Clacton.«

24

Yumn drückte beide Hände in ihr Kreuz und stieß mit dem Fuß den Gartenkorb zwischen den ihr zugeteilten Reihen im verhassten Gemüsegarten ihrer Schwiegermutter vorwärts. Mürrisch beobachtete sie Wardah, die zwei Reihen weiter arbeitete – so hingebungsvoll um ihre Peperoni bemüht wie eine junge Braut um ihren Ehemann –, und wünschte ihr alles nur erdenkliche Schlechte an den Hals, vom Sonnenstich bis zur Lepra. Es hatte ungefähr zwei Millionen Grad hier im baumlosen Gemüsegarten. Und als wäre die glühende Hitze, die den BBC-Morgennachrichten zufolge Rekordhöhe erreicht hatte, nicht schon Plage genug, schien es auch noch das gesamte Insektenvolk, nicht zufrieden damit, sich von Tomaten, Paprika, Zwiebeln und Bohnen zu nähren, auf menschliche Beute abgesehen zu haben. Mücken und Fliegen sausten Yumn wie boshafte Satelliten um den Kopf. Sie landeten auf ihrem schweißnassen Gesicht, während Spinnen unter ihr *dupattā* krochen und kleine grüne Raupen sich aus rankenden Blättern auf ihre Schultern herabfallen ließen. Wütend schlug sie mit beiden Armen um sich und versuchte, die Fliegenschwärme zu ihrer Schwiegermutter hinüberzuscheuchen.

Sie diesen Strapazen auszusetzen war nur eine der zahlreichen Kränkungen, die Wardah ihr täglich antat. Jede andere Großmutter hätte, froh und dankbar darüber, so bald nach der Heirat ihres Sohnes und so schnell hintereinander zwei Enkelkinder beschert zu bekommen, darauf bestanden, dass Yumn sich unter dem Walnussbaum am Rand des Gartens ausruhte, dort, wo eben jetzt ihre Kinder – zwei *männliche* Kinder – ihre Spielzeugautos zwischen den knorrigen Wurzeln des alten Baumes umherschoben. Jede andere Schwiegermutter hätte eingesehen, dass eine Frau, die vor einer weiteren Schwangerschaft stand, in dieser sengenden Hitze nicht einmal spazieren, geschweige denn schwer arbeiten sollte. Schwere körperliche Arbeit war nicht gesund für eine Frau im besten gebärfähigen Alter, sagte sich Yumn. Aber sollte mal einer versuchen, das Wardah klarzumachen, Wardah, der Wunderfrau, die am Tag der

Geburt ihres Sohnes Muhannad sämtliche Fenster im Haus geputzt, das Abendessen für ihren Mann gekocht, Geschirr und Töpfe gespült und den Küchenboden geschrubbt hatte, bevor sie sich in der Speisekammer niedergekauert hatte, um ihr Kind zu gebären. Nein, Temperaturen, die bis auf fünfunddreißig Grad hinaufschnellten, waren für Wardah Malik nicht mehr als eine kleine Unannehmlichkeit, nicht anders als das anlässlich der Hitzewelle ausgesprochene öffentliche Verbot, in Privatgärten mit Schlauch oder Sprinkleranlagen zu gießen.

Jeder vernünftige Mensch in England hatte daraufhin die Neupflanzungen im Garten stark eingeschränkt. Aber das kam für Wardah natürlich nicht in Frage. Wardah Malik hatte wie immer unendlich viele Reihen zarter Sämlinge gepflanzt, die sie jeden Nachmittag versorgte. Da Gießen mit dem Schlauch verboten war, schleppte sie das Wasser in Eimern vom Außenhahn bei der Küche heran, um jedes einzelne widerwärtige Pflänzchen von Hand zu wässern.

Sie arbeitete dabei mit zwei Eimern. Während sie damit beschäftigt war, den einen Eimer volllaufen zu lassen, um ihn dann zum Rand des Gemüsegartens zu tragen, erwartete sie von Yumn, dass diese aus dem anderen Eimer die Pflanzen goss. Aber vor dieser täglichen Übung musste geschnitten, gestutzt, gejätet und geerntet werden, was reif war. Und auch bei diesen Arbeiten, mit denen sie eben jetzt beschäftigt war, erwartete Wardah Yumns Hilfe. Mochte sie doch in ewig brennender, brutzelnder Qual in der Hölle aller Höllen schmoren.

Yumn wusste genau, was hinter Wardahs ewigen Forderungen – Kochen, Putzen, Sklavenarbeit im Garten – steckte. Wardah wollte sie dafür bestrafen, dass ihr so leicht gelungen war, was sie selbst beinahe überhaupt nicht zustande gebracht hätte. Sie hatte nicht lang gebraucht, um herauszubekommen, dass Wardah und Akram Malik zehn Jahre verheiratet gewesen waren, ehe Wardah endlich Muhannad geboren hatte. Und weitere sechs Jahre waren vergangen, ehe sie ihrem Mann die Tochter Sahlah beschert hatte. Das hieß, sechzehn Jahre des Bemühens hatten ganze zwei Kinder hervorgebracht. Yumn wusste, dass sie selbst in der gleichen Zeit Muhannad mehr als ein Dutzend Kinder schenken würde, und die meisten von ihnen männlich. Wenn also Wardah Malik ihrer Schwiegertochter gegenüberstand, sah sie eine Frau vor sich, die ihr weit überlegen war. Und nur indem sie sie unterdrückte, konnte sie hoffen, sie in Schranken zu halten.

Sollte sie in einer Hölle voller Ratten und Ungeziefer auf ewig die grausamsten aller grausamen Qualen leiden, dachte Yumn, während sie ihre Hacke in die beinharte Erde hieb, die trotz täglicher Güsse von der Hitze steinhart gebacken schien. Mit aller Kraft ließ sie ihre Hacke auf einen Erdklumpen unter einer der Tomatenpflanzen hinuntersausen und stellte sich dabei vor, dieser Brocken, der wie der Felsen von Gibraltar geformt war, wäre Wardahs Gesäß.

Zack, machte die Hacke. Die alte Hexe fährt erschrocken in die Höhe. Zack. Zack. Die widerliche Alte heult auf vor Schmerz. Yumn lächelte. Zack. Zack. Zack. Die ersten Blutstropfen quellen aus dem Hintern der alten Kuh. Zack. Zack. Zack. Zack. Wardah stürzt zu Boden. Zackzackzackzackzack. Sie fleht mit erhobenen Händen um Gnade. Sie bettelt um Yumns Erbarmen, aber zackzackzackzackzack, Yumn weiß, dass der Moment ihres Triumphs gekommen ist, und nun, da ihre Schwiegermutter endlich schutzlos vor ihr im Staub kriecht, der Mordlust der Frau ihres eigenen Sohnes ausgeliefert, eine wahre –

»Yumn! Hör sofort damit auf! Hör auf!«

Wardahs Stimme brach in ihre Gedanken ein wie in einen Traum, und so abrupt wie eine Träumerin erwachte sie aus ihnen. Sie wurde sich bewusst, dass ihr Herz wie wild schlug und der Schweiß von ihrem Kinn auf ihr *qamīs* tropfte. Der Griff der Hacke war glitschig geworden von der Feuchtigkeit ihrer Hände, und ihre mit Sandalen bekleideten Füße waren von der Erde zugedeckt, die sie bei ihrem wütenden Angriff losgebrochen hatte. Staub stieg auf allen Seiten auf und setzte sich auf ihr schweißüberströmtes Gesicht und ihre durchnässten Kleider.

»Was tust du da?«, fragte Wardah scharf. »Du dummes Ding! Schau, was du angerichtet hast!«

Durch die Staubwolken, die sie mit ihren Schlägen aufgewirbelt hatte, sah Yumn, dass sie vier der Tomatenpflanzen umgehackt hatte, die ihrer Schwiegermutter so teuer waren. Wie vom Sturm gefällte Bäume lagen sie da. Und ihre Früchte waren nur noch rotkörniger Matsch und nicht mehr zu retten.

Wie offensichtlich Yumn selbst. Wardah warf ihre Gartenschere in den Korb und ging zornig auf ihre Schwiegertochter zu. »Musst du denn alles zerstören, was du anfasst?«, rief sie. »Hast du schon jemals etwas richtig gemacht, worum ich dich gebeten habe?«

Yumn starrte sie wortlos an. Ihre Nasenflügel blähten sich, und ihre Lippen verzogen sich zu einem Ausdruck wütenden Trotzes.

»Du bist gedankenlos, faul und völlig egoistisch«, erklärte Wardah. »Glaub mir, Yumn, hätte uns dein Vater nicht anständig dafür bezahlt, dass wir dich ihm abnehmen, du wärst immer noch zu Hause und würdest deine Mutter quälen, anstatt nun mir nichts als Ärger zu machen.«

Es war die längste Rede, die Wardah je in ihrem Beisein geführt hatte, und im ersten Moment war Yumn nur verblüfft, ihre sonst so untertänige Schwiegermutter so wortstark zu erleben. Doch ihre Überraschung verflog rasch, und es blieb nichts als ein wütendes Verlangen, dieser Frau ins Gesicht zu schlagen. *Niemand* durfte so mit ihr sprechen. Niemand durfte ohne Achtung, Untertänigkeit und Beflissenheit mit Muhannad Maliks Frau sprechen. Yumn hatte sich gerade wieder so weit gefasst, dass sie zu einer Erwiderung bereit war, als Wardah von neuem zu sprechen begann.

»Mach das hier sofort sauber. Trag die Pflanzen zum Komposthaufen. Bring das Beet wieder in Ordnung. Sofort, bevor ich etwas tue, was mir später vielleicht leidtun wird.«

»Ich bin nicht deine Dienerin.« Yumn schleuderte die Hacke zu Boden.

»Allerdings nicht. Eine so unnütze Dienerin wie dich hätte ich in der ersten Woche entlassen. Heb jetzt diese Hacke auf und tu, was ich dir sage.«

»Ich sehe jetzt nach meinen Kindern.« Yumn machte sich auf den Weg zu dem Walnussbaum, wo ihre beiden Söhne – unberührt von dem Streit zwischen ihrer Mutter und ihrer Großmutter – ihre Spielzeugautos auf den alten, nackten Wurzeln umherflitzen ließen.

»Das wirst du nicht tun. Erst tust du, was ich dir sage. Geh sofort wieder an deine Arbeit.«

»Meine Söhne brauchen mich.« Yumn rief ihren Kindern zu: »Hallo, meine Schönen, soll eure *Ammī-gee* jetzt mit euch spielen?«

Die Jungen blickten auf. Wardah rief: »Anas. Bishr. Geht ins Haus.«

Verwirrt zögerten die Kinder.

Yumn sagte heiter: »Hier kommt *Ammī-gee*, um mit ihren Jungen zu spielen. Was wollen wir denn spielen? Und wo? Oder wollen wir uns bei Mr. Howard ein Eis holen? Würde euch das Spaß machen, meine kleinen Lieblinge?«

Sie strahlten bei der Aussicht auf ein Eis. Wieder griff Wardah ein.

»Anas«, sagte sie streng, »du hast gehört, was ich gesagt habe. Geh mit deinem Bruder ins Haus. Auf der Stelle.«

Der ältere Junge nahm seinen kleinen Bruder bei der Hand und zog ihn aus dem Schatten des Baumes. Gemeinsam rannten die beiden Jungen zur Küchentür.

Yumn wirbelte herum. »Du Hexe!«, schrie sie ihre Schwiegermutter an. »Du gemeine Kuh! Wie kannst du es wagen, meinen Kindern –«

Der Schlag traf sie hart. Und so unerwartet, dass es Yumn die Sprache verschlug. Einen Moment lang vergaß sie, wer sie war und wo sie war. Sie war plötzlich zurückversetzt in ihre Mädchenzeit, hörte ihren Vater schimpfen und spürte seine harten Fingerknöchel, während er gegen sein Schicksal wütete, das es unmöglich machte, für sie einen Mann zu finden, ohne das Zehnfache der Mitgift zu bezahlen, die sie wert war. Und in diesem Moment des Vergessens stürzte sie sich auf Wardah. Sie packte sie bei ihrem *dupattā*, und als dieses von Wardahs Kopf hinunterrutschte, riss sie wütend an beiden Enden des Schals, zerrte und zog laut schreiend, bis sie ihre Schwiegermutter in die Knie gezwungen hatte.

»Nein!«, schrie sie. »Niemals! Niemals wirst du ... ich, die ich deinem Sohn Söhne geboren habe ...« Und als sie Wardah auf den Knien hatte, stieß sie ihre Schultern zu Boden.

Sie begann zu treten. Sie trat mit den Füßen nach der sauber gehäuften Erde des Gemüsebeets, nach den Pflanzen, nach Wardah. Sie begann, die Tomaten um sich zu schleudern, und kreischte dabei: »Ich bin zehnmal so viel Frau ... fruchtbar ... bereit ... begehrt von einem Mann … während du … du … mit deinem Gerede, dass ich unnütz sei … du …«

Sie war so in Wut, dass sie die lauten Rufe zunächst nicht hörte. Sie merkte erst, dass jemand in den Garten gekommen war, als ihr die Arme nach hinten gerissen wurden und sie von der zusammengesunkenen Gestalt ihrer Schwiegermutter weggezerrt wurde.

»Du Luder! Du Luder! Bist du denn völlig wahnsinnig geworden?«

Die Stimme war so verzerrt vor Zorn, dass sie sie im ersten Moment nicht als die Muhannads erkannte. Er stieß sie brutal zur Seite und lief zu seiner Mutter. »*Ammi*, ist dir etwas passiert? Hat sie dir etwas angetan?«

»Ich *ihr* etwas angetan?«, schrie Yumn. Ihr *dupattā* war ihr von Kopf und Schultern gerutscht. Ihr Haar hatte sich gelöst. Der Ärmel ihres *qamīs* war herausgerissen. »Sie hat mich geschlagen. Wegen nichts. Diese gemeine Kuh –«

»Halt den Mund!«, brüllte Muhannad. »Geh ins Haus. Zu dir komme ich gleich.«

»Muni! Sie hat deine Frau ins Gesicht geschlagen. Und warum? Weil sie eifersüchtig ist. Sie –«

Er sprang auf. In seinen Augen brannte ein Feuer, wie Yumn es nie zuvor gesehen hatte. Hastig wich sie zurück.

Sie sagte leiser, in leidenderem Ton: »Nimmst du denn hin, dass jemand die Hand gegen deine Frau erhebt? Ganz gleich, wer?«

Er maß sie mit einem Blick, aus dem so tiefe Abneigung sprach, dass sie zurückschreckte. Dann wandte er sich wieder seiner Mutter zu. Und als er ihr auf die Füße half, dabei leise auf sie einsprach und behutsam den Staub von ihren Kleidern klopfte, kehrte Yumn ihnen den Rücken und rannte ins Haus.

Anas und Bishr hatten sich in der entferntesten Ecke der Küche hinter dem Tisch auf dem Boden zusammengekauert. Aber sie hielt nicht inne, um die Kinder zu beruhigen. Sie lief direkt nach oben ins Badezimmer.

Ihre Hände zitterten unkontrollierbar, und sie hatte das Gefühl, ihre Beine würden gleich unter ihr nachgeben. Ihre Kleider klebten ihr am schweißnassen Körper, feuchte Erde saß in jeder Falte, und der Saft reifer Tomaten sprenkelte den Stoff wie Blut. Im Spiegel sah sie, dass ihr Gesicht schmutzverkrustet war und ihr Haar – zerzaust, voller Spinnweben, Raupen und Blätter – sah schlimmer aus als das einer ungewaschenen Zigeunerin.

Es war ihr gleich. Das Recht war auf ihrer Seite. Ganz gleich, was sie tat, das Recht war immer auf ihrer Seite. Und das Mal, das Wardahs Schlag in ihrem Gesicht hinterlassen hatte, würde das bezeugen.

Yumn wusch sich den Schmutz von Wangen und Stirn. Sie spülte ihre Hände und ihre Arme. Sie tupfte ihr Gesicht mit einem Handtuch ab und musterte sich noch einmal im Spiegel. Sie sah, dass Wardahs Schlag verblasst war. Sie begann sich selbst ins Gesicht zu schlagen, bis ihr Gesicht zu brennen begann und ihre Wange hochrot war.

Dann ging sie in das Schlafzimmer, das sie mit Muhannad teilte. Vom Korridor aus konnte sie die beiden unten hören: Muhannad und seine Mutter. Wardahs Stimme hatte schon wieder diesen heuchlerischen Ton weiblicher Unterwürfigkeit, den sie stets anschlug, wenn sie mit ihrem Sohn oder ihrem Mann sprach. Muhannads Stimme war … Yumn lauschte angestrengt. Sie runzelte die Stirn. Seine Stimme hatte einen Klang, wie sie ihn nie gehört hatte, nicht einmal in ihren intimsten Momenten, als sie gemeinsam zum ersten Mal ihre neugeborenen Söhne betrachtet hatten.

Sie fing einige Worte auf. »*Ammī-jahn* … niemals weh tun … wollte nicht … die Hitze … entschuldigen und Wiedergutmachung leisten.«

Entschuldigen? Wiedergutmachung leisten? Yumn überquerte den Korridor und ging ins Schlafzimmer. Sie knallte die Tür so heftig hinter sich zu, dass die Scheiben in den Fenstern klirrten. Sollten sie doch versuchen, sie dazu zu bringen, sich zu entschuldigen. Wieder begann sie sich ins Gesicht zu schlagen. Sie zog ihre Fingernägel über ihre Wangen, bis Blut unter ihnen hervorquoll. Er würde ja sehen, wie schrecklich seine geliebte Mutter seine Frau misshandelt hatte.

Als Muhannad ins Zimmer kam, hatte sie ihr Haar gekämmt und wieder geflochten. Mehr hatte sie nicht getan. Sie saß an ihrem Toilettentisch, wo das Licht so auf sie fiel, dass er die Verletzungen, die seine Mutter ihr zugefügt hatte, sofort sehen musste.

»Was soll ich denn tun, wenn deine Mutter mich angreift?«, rief sie, noch ehe er etwas sagen konnte. »Soll ich mich von ihr umbringen lassen?«

»Halt den Mund«, versetzte er. Er ging zur Kommode und tat etwas, was er im Hause seines Vaters niemals zu tun pflegte: Er zündete sich eine Zigarette an. Er blieb vor der Kommode stehen, ohne sie anzusehen, und während er rauchte, presste er die Finger einer Hand an seine Schläfe. Er war am Vormittag unerwartet aus der Fabrik nach Hause gekommen. Doch anstatt mit den Frauen und Kindern zu Mittag zu essen, hatte er die nächsten Stunden am Telefon verbracht, hatte Gespräche in gedämpftem, drängendem Ton geführt. Offensichtlich war er noch immer ganz bei seinen geschäftlichen Angelegenheiten. Aber so beschäftigt sollte er nicht sein, dass er gar nicht bemerkte, was seine Frau erlitten hatte. Während er ihr den Rücken kehrte, kniff Yumn sich so stark in die Wange, dass ihr die Tränen in die Augen schossen. Er musste sehen, wie brutal sie misshandelt worden war.

»Sieh mich an, Muni«, forderte sie. »Sieh dir an, was deine Mutter getan hat, und dann sag mir, dass ich mich nicht verteidigen darf.«

»Ich hab' gesagt, du sollst den Mund halten. Und so hab' ich's auch gemeint. Halt endlich den Mund.«

»Ich halte den Mund erst, wenn du mich ansiehst.« Ihre Stimme schwoll an, wechselte die Tonart. »Ich habe es an Respekt fehlen lassen, aber was soll ich denn deiner Meinung nach tun, wenn sie mich angreift? Soll ich mich nicht schützen? Soll ich nicht das Kind schützen, das ich vielleicht in diesem Moment schon in mir trage?«

Dieser Hinweis auf ihr wertvollstes Gut, ihre Gebärfreudigkeit, zeitigte endlich die erwünschte Reaktion. Muhannad drehte sich herum. Ein schneller Blick in den Spiegel zeigte ihr, dass ihre Wange angemessen rot und blutverkrustet war.

»Ich habe nur bei der Arbeit in den Tomaten etwas falsch gemacht«, sagte sie, »das kann bei dieser Hitze doch leicht passieren, und da hat sie angefangen, mich zu schlagen. Soll ich in meinem Zustand« – hier legte sie beide Hände unter ihren Bauch, um ihn zu ermutigen zu glauben, was er wollte – »nichts tun, um das Ungeborene zu schützen? Soll ich es mir gefallen lassen, dass sie ihre ganze Wut und Eifersucht an mir auslässt, bis –«

»Eifersucht?«, rief er. »Meine Mutter ist auf dich so wenig eifersüchtig wie –«

»Doch, Muni. Sie neidet mir dich. Sie neidet uns das, was wir haben. Sie neidet uns unsere Kinder. Und unsere zukünftigen Kinder. Was ich fertigbringe, hat sie nie fertiggebracht. Und dafür lässt sie mich bezahlen, indem sie mich schlimmer behandelt als jeden Dienstboten.«

Er musterte sie von der anderen Seite des Zimmers aus. Er musste doch erkennen, dachte sie, dass sie die Wahrheit sprach. Er musste doch die Wahrheit in ihrem zerschundenen Gesicht und an ihrem Körper sehen, diesem Körper, der ihm schnell und mühelos die Söhne gebar, die er sich wünschte. Auch wenn ihrem Gesicht aller Reiz fehlte und ihr Körper am besten unter den Gewändern verborgen blieb, die zu tragen die Tradition von ihr verlangte, besaß Yumn dennoch jene eine Eigenschaft, die die Männer an einer Ehefrau am meisten schätzten. Und Muhannad würde sie bewahren wollen.

»Was soll ich tun?«, fragte Yumn und schlug demütig die Augen nieder. »Sag es mir, Muni. Und ich verspreche dir, ich werde tun, was du sagst.«

Sie wusste, dass sie gewonnen hatte, als er zu ihr kam und sich vor den Hocker an ihrem Toilettentisch stellte. Er berührte ihr Haar, und sie wusste, dass er später – wenn sie einander gewesen waren, was sie einander sein sollten – zu seiner Mutter gehen und ihr verbieten würde, je wieder irgendwelche Forderungen an die Mutter seiner Söhne zu stellen. Er wickelte ihren Zopf um sein Handgelenk, und Yumn wusste, dass er sachte ihren Kopf zurückziehen und ihren Mund suchen und sie sogar in der schrecklichen Hitze dieses schrecklichen Tages nehmen würde. Und danach –

Er riss ihren Kopf brutal zurück.

»Muni!«, schrie sie. »Du tust mir weh.«

Er neigte sich über sie und sah sich ihre Wange an.

»Siehst du, was sie getan hat.« Yumn wand sich unter seiner Hand.

Er hob ihre Hand und betrachtete sie prüfend, betrachtete ebenso prüfend ihre Fingernägel. Mit seinem eigenen Nagel holte er unter ihrem ein wenig Blut und ein Fetzchen Haut ihres eigenen Gesichts heraus. Sein Mund verzog sich angewidert. Er schleuderte ihre Hand weg und ließ ihren Zopf so plötzlich los, dass sie rückwärts vom Hocker gefallen wäre, hätte sie sich nicht an sein Bein geklammert.

Er zog ihre Hände weg. »Du bist unfähig«, sagte er. »Das Einzige, was von dir verlangt wird, ist, dass du mit meiner Familie in Frieden lebst, und nicht einmal das bringst du fertig.«

»Ich?«, fragte sie heftig. »*Ich* bringe das nicht fertig?«

»Geh hinunter und entschuldige dich bei meiner Mutter. Auf der Stelle.«

»Das werde ich nicht tun. Sie hat mich geschlagen. Sie hat deine Frau geschlagen.«

»Meine Frau« – er sagte das Wort mit einem höhnischen Lachen – »hatte es verdient, geschlagen zu werden. Du kannst von Glück reden, dass sie dich nicht schon früher geschlagen hat.«

»Wie bitte? Bin ich dazu da, misshandelt zu werden? Bin ich dazu da, gedemütigt zu werden? Soll ich wie ein Hund behandelt werden?«

»Wenn du glaubst, du kannst deine Pflichten meiner Mutter gegenüber vernachlässigen, weil du zwei Kinder produziert hast, täuschst du dich. Du wirst tun, was sie dir sagt. Und du wirst tun, was ich dir sage. Als Erstes wirst du jetzt deinen fetten Hintern nach unten bewegen und dich bei ihr entschuldigen.«

»Nein, das werde ich nicht tun!«

»Und danach gehst du in den Garten und bringst die Schweinerei, die du angerichtet hast, wieder in Ordnung.«

»Ich werde dich verlassen«, sagte sie.

»Bitte!« Er lachte, gar nicht freundlich. »Wieso glauben Frauen immer, dass ihnen für ihre Fähigkeit, Kinder zu gebären, Rechte zustehen sollten, die anderen vorbehalten sind? Man braucht keinen Grips, um schwanger zu werden, Yumn. Du erwartest, für etwas vergöttert zu werden, was ungefähr so viel Talent erfordert wie pinkeln oder kacken. Los jetzt, geh an die Arbeit. Und lass mir meine Ruhe.«

Er ging zur Tür. Sie war wie erstarrt, Kälte und Hitze überschwemmten sie gleichzeitig. Er war ihr Mann. Er hatte kein

Recht … Sie war im Begriff, ihm einen dritten Sohn zu schenken … vielleicht schon in diesem Moment wuchs dieser Sohn in ihrem Leib … und er liebte sie, betete sie an, liebte sie abgöttisch um der Kinder willen, die sie ihm geboren hatte und gebären würde, und weil sie die Frau war, die sie war. Er konnte sie nicht verlassen. Nicht jetzt, nicht auf diese Weise. Nicht in einer Stimmung des Zorns, die ihn vielleicht dazu verleiten würde, sich einer anderen zuzuwenden oder auch nur daran zu denken … nein! Das würde sie nicht zulassen. Sie würde nicht die Zielscheibe seines Zorns bleiben.

Hastig begann sie zu sprechen. »Ich tue meine Pflicht, dir und deiner Familie gegenüber. Und mein Lohn ist die Verachtung deiner Eltern und deiner Schwester. Sie sind boshaft und gemein zu mir. Und warum? Weil ich kein Blatt vor den Mund nehme. Weil ich die bin, die ich bin. Weil *ich* mich nicht hinter einer Maske von Sanftmut und Gehorsam verstecke. Ich bin nicht so eine, die die Augen niederschlägt und brav den Mund hält und sich als das kleine Unschuldslamm hinstellt. Ein Unschuldslamm? Die?«, rief Yumn höhnisch. »Ha, in ein paar Wochen wird sie die Wahrheit nicht mehr unter ihrem *gharara* verstecken können. Dann wird sich zeigen, wer hier wirklich seine Pflicht tut und wer ein Leben führt, wie es ihr beliebt.«

Schon an der Tür, drehte Muhannad sich um. Sein Gesicht war wie aus Stein gemeißelt. »Was sagst du da?«

Yumn war erleichtert. Und der Erleichterung folgte Triumph. Sie hatte eine Krise abgewendet. »Ich sage genau das, was du vermutest. Deine Schwester ist schwanger. Und das hätten alle längst gemerkt, wenn sie sich nicht einzig darauf konzentrieren würden, *mich* zu beobachten für den Fall, dass ich irgendetwas tue, wofür sie mich prügeln können.«

Sein Blick verfinsterte sich. Sie sah, wie die Muskeln in seinen Armen zuckten. Sie spürte, wie ihre Lippen sich zu einem Lächeln verziehen wollten, doch sie beherrschte sich. Nun würde die geliebte kleine Sahlah ihr blaues Wunder erleben. Vier ruinierte Tomatenpflanzen waren angesichts dieser Familienschande kaum der Rede wert. Muhannad riss die Tür mit solchem Ungestüm auf, dass sie gegen die Wand krachte und beim Zurückprallen gegen seine Schulter flog. Er verzog keine Miene.

»Wohin gehst du?«, fragte Yumn.

Er antwortete nicht. Er ging aus dem Zimmer und stürmte die Treppe hinunter. Einen Moment später hörte sie den Motor des Thunderbird aufheulen und danach das Prasseln von Kies, der unter den durchdrehenden Rädern seines Wagens aufspritzte und gegen die Karosserie geschleudert wurde. Sie ging zum Fenster und sah ihn die Straße hinunterrasen.

Ach, du meine Güte, dachte sie und gestattete sich das Lächeln, das sie in Anwesenheit ihres Mannes unterdrückt hatte. Die arme kleine Sahlah würde jetzt einiges erleben.

Yumn ging zur Tür und schloss sie.

Wie heiß es ist, dachte sie und streckte ihre Arme über ihren Kopf. Eine Frau wie sie, die im besten gebärfähigen Alter war, durfte sich in der Hitze keinesfalls überanstrengen. Sie würde ein schönes langes Nickerchen machen, bevor sie sich um Wardahs lästige Pflanzen kümmerte.

»Aber, Em«, sagte Barbara, »er hatte ein Motiv, er hatte die Gelegenheit, und jetzt wissen wir auch, dass er die Mittel hatte. Wie lange würde er denn brauchen, um zu Fuß von diesem Haus zum Jachthafen zu gehen? Eine Viertelstunde? Zwanzig Minuten? Das ist doch gar nichts. Und der Weg vom Haus zum Strand ist so gut gekennzeichnet, dass man ihn sogar vom Bootsverleih aus sehen kann. Er hätte also nicht einmal eine Taschenlampe gebraucht, um den Weg zu finden. Kein Wunder, dass wir nicht einen einzigen Zeugen gefunden haben, der an dem Abend jemanden auf dem Nez oder in der Nähe gesehen hat.«

»Außer Cliff Hegarty.« Emily ließ den Ford an.

»Richtig. Und er hat uns Theo Shaw praktisch auf dem Präsentierteller überreicht, ich meine mit der Geschichte von Sahlah Maliks Schwangerschaft.«

Emily fuhr rückwärts von dem Parkplatz herunter. Sie sprach erst wieder, als sie auf der Straße waren, die in den Ort führte. »Theo Shaw ist nicht der Einzige, der am Jachthafen einen von Charlies Zodiacs hätte klauen können, Barb«, sagte sie. »Willst du *Eastern Imports, World Wide Tours,* Klaus Reuchlein und Hamburg einfach vergessen? Willst du alle diese Verbindungen zwischen Querashi und Muhannads zwielichtigen Geschäften als Zufälle bezeichnen? Die Anrufe bei Reuchlein in Hamburg? Den Frachtbrief von *Eastern Imports* im Schließfach? Muhannads nächtliche Fahrt zu diesem Lagerhaus?«

»*Wenn* Muhannad zwielichtige Geschäfte macht«, gab Barbara zu bedenken.

»Er ist morgens um eins mit einem LKW bei *Eastern Imports* weggefahren«, sagte Emily. »Wenn da nicht zwielichtige Geschäfte dahinterstecken! Glaub mir, Barb. Ich kenne den Mann.«

Sie brausten über die Straße in Richtung Ortsmitte, und erst an der Ecke High Street bremste Emily und hielt an, um eine Familie über die Straße gehen zu lassen. Mit Liegen und Klappstühlen, Plastikeimern, Schaufeln und Badetüchern beladen, trotteten die Leute, alle gleich verschwitzt und brummig aussehend, von einem Tag am Meer heimwärts.

Barbara betrachtete nachdenklich die vorbeiziehenden Strandgäste, doch sie konzentrierte sich auf ihr Gespräch mit Emily. Sie wusste, dass sie Emilys Logik rational nicht entkräften konnte. Emily hatte ja völlig recht. Es gab in diesem Fall wahrhaftig zu viele sogenannte Zufälle. Andererseits konnte sie auch nicht einfach über die Tatsache hinwegsehen, dass man Theo Shaw praktisch vom ersten Tag an ein Motiv hatte nachweisen können, Muhannad Malik – mochte er noch so ein Hitzkopf sein – hingegen nicht.

Dennoch scheute sie vor einer Debatte darüber, ob es sinnvoll war, zur Senffabrik hinauszufahren, anstatt einen Abstecher zum Vergnügungspier zu machen, zurück. Es drängte sie zwar, den Möglichkeiten nachzugehen, die sich aus der geringen Entfernung zwischen *Balford Old Hall* und dem Jachthafen ergaben, aber ihr war völlig klar, dass weder sie noch Emily einen einzigen stichhaltigen Beweis gegen irgendjemanden in der Hand hatten. Bisher konnten sie nicht mehr vorweisen als einen Augenzeugen, der auf dem Nez eine schattenhafte Gestalt gesehen hatte, eine Liste seltsamer Telefonate und eine Handvoll verwirrender Indizien; für eine Festnahme reichte das nicht. Sie konnten nur hoffen, irgendeinem Indiz auf die Spur zu kommen, das einen der Verdächtigen eindeutig belasten würde, oder jemanden bei einer Vernehmung in

Widersprüche zu verwickeln, die Schuld offenbaren würden, wo Unschuld vorgegeben worden war.

Da sie schon einmal einen Durchsuchungsbefehl in Händen hatten, war es vernünftiger, erst einmal die Fabrik zu durchforsten. Wenigstens konnte man hoffen, dort irgendetwas zu finden, das vielleicht zu einer Festnahme führen würde. Ein Abstecher zum Pier versprach nicht viel mehr, als noch einmal durchzukauen, was sie bereits wussten, einzig in der Hoffnung, die jeweiligen Aussagen diesmal mit kritischerem Ohr zu hören.

Dennoch ließ sie nicht locker. »Auf dem Armband stand immerhin ›Das Leben beginnt jetzt‹. Es kann doch so gewesen sein, dass er sie heiraten wollte und ihm dann Querashi in den Weg kam.«

Emily warf ihr einen ungläubigen Blick zu. »Theo Shaw Sahlah Malik heiraten? Nie im Leben. Seine Großmutter hätte ihn auf der Stelle enterbt. Nein, für Theo Shaw war es nur von Vorteil, dass Haytham Querashi aufkreuzte. Dadurch konnte er Sahlah ohne großes Theater loswerden. Er hatte überhaupt keinen Grund, Haytham Querashi den Tod zu wünschen.«

Sie folgten der Esplanade ein Stück, ließen dann Radfahrer, Fußgänger und Inlineskater hinter sich, als sie sich bei der Station der Küstenwache landeinwärts wandten und die Hall Lane entlang bis zu dem Knie fuhren, wo sie zur Nez Park Road wurde.

Emily steuerte den Wagen auf das unwirtliche Gewerbegelände. Sie zog den Durchsuchungsbefehl aus dem Handschuhfach und sagte: »Ah, da sind die Jungs ja schon.«

»Die Jungs« waren acht Mitglieder der Truppe, die Belinda auf Emilys Befehl von der Dienststelle aus angepiepst hatte. Sie waren angewiesen worden, die ihnen zugeteilten Aufgaben zurückzustellen – ob es nun um die Überprüfung von Gerry DeVitts Alibi ging oder um Gespräche mit allen Strandhüttenbesitzern, um eventuell Bestätigung für Trevor Ruddocks uneingestandene Diebeszüge zu finden –, um an der Durchsuchung der Fabrik teilnehmen zu können. Rauchend, mit Coladosen und Wasserflaschen gegen die Hitze bewaffnet, standen sie draußen vor dem alten Backsteingebäude herum. Als Emily und Barbara ankamen, gingen sie ihnen sofort entgegen, wobei die Raucher vorher rasch ihre Zigaretten ausmachten.

Emily wies sie an, auf ihr Zeichen zu warten, und ging dann in das Gebäude hinein. Barbara folgte ihr. Am Empfang saß diesmal nicht Sahlah Malik, sondern eine Frau mittleren Alters in Kopftuch und langem Kleid, die gerade die Post durchsah.

Als Emily ihr den Durchsuchungsbefehl vorlegte, entschuldigte sie sich hastig und verschwand in den Verwaltungsbüros, die sich gleich an den Empfang anschlossen. Einen Augenblick später eilte Ian Armstrong auf sie zu, während die Aushilfsrezeptionistin in sicherem Abstand stehen blieb, um seine Konfrontation mit der Polizei zu beobachten.

Armstrong trat durch die Tür, sagte: »Guten Tag, Chief Inspector, Sergeant« und nickte ihnen beiden zu. Er griff in die Brusttasche seines Jacketts. Einen Moment lang glaubte Barbara, er habe die Absicht, ihnen seinerseits irgendein juristisches Dokument vorzulegen, doch er zog nur ein zerknittertes Taschentuch heraus, mit dem er sich die Stirn tupfte. »Mr. Malik ist nicht hier. Er ist weggefahren, um bei Agatha Shaw einen Besuch zu machen. Sie liegt im Krankenhaus. Sie hatte einen Schlaganfall, wie ich hörte. Wie kann ich Ihnen behilflich sein? Kawthar hat mir gesagt, dass Sie gebeten haben –«

»Von einer Bitte kann keine Rede sein«, unterbrach Emily und zeigte ihm den richterlichen Befehl.

Er schluckte. »Ach, mein Gott! In Abwesenheit von Mr. Malik kann ich Ihnen leider nicht gestatten –«

»Was Sie gestatten können und was nicht, spielt keine Rolle, Mr. Armstrong«, klärte Emily ihn auf. »Räumen Sie bitte das Gebäude.«

»Aber wir sind gerade mitten in der Zubereitung.« Er sprach in halbherzigem Ton, als wüsste er, dass sein Protest vergeblich war, fühlte sich jedoch trotzdem verpflichtet, ihn anzubringen. »Das ist ein heikles Stadium, zumal wir gerade an einer neuen Soße arbeiten, und Mr. Malik hat unsere Köche nachdrücklich angewiesen …« Er räusperte sich. »Wenn Sie uns vielleicht eine halbe Stunde geben könnten …? Oder ein klein bisschen länger …?«

Statt ihm zu antworten, ging Emily zur Tür. Sie öffnete sie und sagte: »Machen wir uns an die Arbeit.«

»Aber … aber …« Ian Armstrong rang die Hände und sah Barbara hilfesuchend an. »Sie sind doch gewiss verpflichtet, mir zu sagen ... mir wenigstens einen Hinweis darauf zu geben ... was Sie eigentlich suchen. Da ich in Abwesenheit der Herren Malik hier die Verantwortung trage –«

»Muhannad ist auch nicht hier?«, fragte Emily scharf.

»Aber ja, natürlich ist er – ich meine, er war vorhin hier ... ich hatte angenommen ... er fährt zum Mittagessen immer nach Hause.«

Armstrong starrte mit verzweifeltem Blick zur Tür, durch die Emilys Team hereinmarschierte. Sie hatte die größten und kräftigsten Männer für diese Aufgabe ausgesucht, da sie wusste, dass Einschüchterung bei Durchsuchung und Beschlagnahme ein gutes Rezept war. Ian Armstrong starrte die sich versammelnde Gruppe von Polizeibeamten an und kam offensichtlich zu dem Schluss, dass Widerstand zwecklos war. »Ach, du meine Güte«, sagte er nur.

»Sagen Sie Ihren Leuten, sie sollen das Gebäude räumen, Mr. Armstrong«, ermahnte ihn Emily.

Emilys Team schwärmte in der Fabrik aus. Während die Angestellten und Arbeiter sich draußen auf dem rissigen Asphalt vor dem Gebäude versammelten, verteilten sich die Beamten in den Verwaltungsbüros, der Versandabteilung, der Produktion und den Lagerräumen. Sie suchten nach verbotener Ware, die, entweder als Firmenprodukt deklariert oder zwischen abgepackten Flaschen und Gläsern versteckt, von der Fabrik ausgeliefert werden konnte: Drogen, pornographisches Material, Waffen, Sprengstoff, Falschgeld, Juwelen.

Das Team steckte bis zu den Ellbogen in der Arbeit, als Emilys Handy sich meldet. Sie und Barbara waren im Lager und durchsuchten die Kartons, die zum Versand bereit auf der Laderampe standen. Das Handy hing am Bund von Emilys Hose, und als es zu läuten begann, riss sie es herunter und blaffte, offensichtlich verärgert über den bisher ergebnislosen Verlauf der Suche, ihren Namen.

Barbara, die auf der anderen Seite der Laderampe stand, konnte hören, was Emily sagte. »Barlow hier ... ja. Verdammt noch mal, Billy, ich steck' mitten in der Arbeit. Was zum Teufel ist denn los? ... Richtig, das hab' ich gesagt, und so will ich's haben. Dieser Kerl will doch nur türmen, und sobald sie ihn aus den Augen lassen, wird er das auch tun … Er *was*? Haben Sie auch gründlich nachgesehen? Überall? … Ja, ich kann sein Geflenne hören. Was quasselt er denn? … *Gestohlen*? Seit gestern? Bockmist! Bringen sie ihn wieder in die Dienststelle. Sofort … Es ist mir egal, wenn er sich in die Hose macht. Ich will ihn unter meiner Aufsicht haben.«

Sie machte Schluss und sah Barbara an. »Kumhar«, sagte sie.

»Gibt's Probleme?«

»Was sonst?« Wütend starrte Emily die Kartons an, die sie geöffnet hatten, war jedoch in Gedanken offensichtlich weit weg von der Fabrik. »Ich hab' Honigman gesagt, er soll Kumhars Papiere mitnehmen, wenn er ihn in Clacton abgesetzt hat. Den Pass, die Einwanderungsunterlagen, die Arbeitserlaubnis, alles, was dazugehört.«

»Ja, ich erinnere mich, damit er uns nicht abhaut«, sagte Barbara. »Und?«

»Das war eben Honigman. Dieser kleine Wurm hat anscheinend überhaupt keine Papiere. Jedenfalls nicht in Clacton. Honigman sagt, er wolle jetzt wohl behaupten, sie seien ihm gestohlen worden, während er bei uns in der Dienststelle war.« Sie hängte das Handy wieder an ihren Hosenbund.

Barbara betrachtete diese Neuigkeit im Licht all dessen, was sie wussten, was sie gesehen und gehört hatten. »Querashi hatte doch Einwanderungspapiere in dem Schließfach bei Barclay's Bank, nicht wahr, Em? Gibt es da vielleicht eine Verbindung? Und wenn ja, gibt es auch hier eine Verbindung?« Mit einer Geste umfasste sie ihre Umgebung.

»Genau das«, sagte Emily, »werde ich rauskriegen. Du bleibst hier, Barb. Und wenn Malik aufkreuzt, bringst du ihn gleich zu einem Schwatz in die Dienststelle.«

»Und wenn er nicht kommt?«

»Dann prüf nach, ob er zu Hause ist. Du musst ihn aufstöbern. Und wenn du ihn gefunden hast, dann nimm ihn mit.«

Nachdem die Bullen ihn auf das Industriegelände zurückgebracht hatten, beschloss Cliff Hegarty, für den Rest des Nachmittags Urlaub zu nehmen. Mit einer großen Plastikplane deckte er das

Puzzle zu, an dem er gerade arbeitete – die Vorlage zeigte eine voluminöse, hängebusige Frau in höchst faszinierender, wenn auch physiologisch unmöglicher Position mit einem kleinen Elefanten –, und packte seine Werkzeuge in die Kästen aus rostfreiem Stahl. Er fegte das feine Sägemehl auf, wischte seine Schaukästen ab, leerte und spülte die Teebecher und sperrte ab. Die ganze Zeit summte er zufrieden vor sich hin.

Er hatte seinen Teil getan, um Haythams Mörder seiner gerechten Strafe zuzuführen. Zwar hatte er sich nicht gleich letzten Freitagabend gemeldet, nachdem er mit angesehen hatte, wie der arme Hayth kopfüber die Treppe am Nez hinuntergestürzt war, aber er wusste zumindest, dass er sich gemeldet *hätte*, wenn die Verhältnisse anders gewesen wären. Außerdem hatte er nicht nur an sich gedacht, als er nicht gleich zu den Bullen gelaufen war. Man hatte ja auch an Haytham denken müssen. Hätte Cliff es publik gemacht, dass der Ermordete zum Nez hinausgefahren war, um sich mit einem Schwulen zu treffen, wie hätte sich das auf den Ruf des armen Kerls ausgewirkt? Was sollte es bringen, ihn zu verraten? Das jedenfalls hatte Cliff gefunden.

Und natürlich hatte man auch auf Gerry Rücksicht nehmen müssen. Wozu Ger in Aufregung und Unruhe stürzen, wenn das überhaupt nicht nötig war? Ger redete die ganze Zeit von Treue, als glaubte er selbst aus tiefstem Herzen, dass ihm in einer Beziehung die Treue das Wichtigste wäre. Aber in Wahrheit hatte Ger nur eine Scheißangst vor HIV. Seit die Angst umging, hatte er sich dreimal im Jahr einem Test unterzogen, und was er wirklich glaubte, war, sein Leben lang nur einen Kerl zu bumsen sei der Schlüssel zum Überleben. Wenn er gewusst hätte, dass Cliff es mit Haytham Querashi getrieben hatte, hätte er vor lauter Angst durchgedreht und wahrscheinlich Symptome irgendeiner verrückten Krankheit produziert, die er überhaupt nicht hatte. Außerdem hatte Haytham immer auf Schutz geachtet. Mann, manchmal war's mit Hayth so antiseptisch zugegangen, dass Cliff mit dem Gedanken spielte, sich noch einen dritten Liebhaber zuzulegen, um dem täglichen Einerlei ein bisschen Biss zu geben.

Natürlich hätte er es niemals getan. Aber es gab Momente … Nur dann und wann, wenn Hayth ewig mit diesem verdammten Kondom kämpfte ... Aber mit alledem war es jetzt vorbei. Cliff fasste diesen Entschluss, als er zu seinem Wagen ging. Drüben vor der Senffabrik sah er sechs Streifenwagen stehen, und er dankte seinem Schöpfer, dass er jetzt mit diesen Ermittlungen nichts mehr zu tun hatte. Er würde nach Hause fahren und die ganze Geschichte einfach vergessen. Er war gerade noch einmal davongekommen und müsste schon völlig vernagelt sein, um nicht zu erkennen, dass die Ereignisse der letzten Tage ein Wink von oben an ihn waren, ein neues Leben anzufangen.

Er pfiff vergnügt vor sich hin, während er in südlicher Richtung durch Balford fuhr, erst die Uferstraße entlang, dann die High Street hinauf. Es ging eindeutig bergauf in seinem Leben. Jetzt, wo die Geschichte mit Haytham endgültig abgeschlossen war und er klarsah, was er mit dem Rest seines Lebens anfangen wollte, wusste er, dass er bereit war, sich ganz auf Gerry einzustellen. Sie hatten ein paar schwarze Tage gehabt, aber mehr war es nicht.

Er hatte alle Tricks, die er kannte, ausspielen müssen, um Gerry davon zu überzeugen, dass sein Verdacht völlig unbegründet sei. Zunächst hatte er bei seiner Beschwichtigungskampagne Zorn eingesetzt. Als sein Liebhaber den Vorschlag gemacht hatte, sich einem HIV-Test zu unterziehen, hatte Cliff mit wohldosierter Empörung reagiert, um durchblicken zu lassen, welch schwerer Schlag ihm versetzt worden war.

»Geht das jetzt schon wieder los, Ger?«, hatte er am Morgen in der Küche gefragt. »Ich geh' nicht fremd, okay? Herrgott noch mal. Was glaubst du denn, wie einem zumute ist –«

»Du bildest dir ein, dass Aids dir nichts anhaben kann.« Gerry war wie immer die lästige Stimme der Vernunft, die einen auf die Palme bringen konnte. »Aber da täuschst du dich. Hast du schon einmal jemand an Aids sterben sehen, Cliff? Oder gehst du aus dem Kino raus, wenn sie das zeigen?«

»Bist du eigentlich taub, Mann? Ich hab' gesagt, dass ich nicht fremdgehe. Wenn du mir nicht glaubst, solltest du mir vielleicht sagen, warum.«

»Ich bin doch nicht blöd. Tagsüber arbeite ich auf dem Pier. Abends schufte ich in diesem Haus. Erzähl mir doch mal, was du tust, wenn ich weg bin.«

Cliff war vor Schreck eiskalt geworden, so nahe war Gerry der Wahrheit gekommen, doch er fasste sich schnell. »Erzähl du mir lieber, was das soll. Worauf willst du hinaus? Spuck's aus, Ger.« Die Aufforderung war ein kalkuliertes Risiko. Doch nach Cliffs Erfahrung war der richtige Moment für einen Bluff genau der, wenn er absolut keine Ahnung hatte, welche Karten sein Gegner in der Hand hielt. In diesem Fall wusste er, welcher Art Gerrys Verdacht war, und es gab nur ein Mittel, Gerry zu der Einsicht zu bringen, dass er völlig unbegründet war. Er musste ihn zwingen, seinen Verdacht auszusprechen, um ihn dann mit einer handfesten Demonstration heiliger Entrüstung vom Tisch zu fegen. »Na los, mach schon. Raus mit der Sprache, Gerry.«

»Okay. Gut. Du gehst weg, wenn ich abends arbeite. Und zwischen uns ist es nicht mehr so wie früher. Ich kenne die Anzeichen, Cliff. Da läuft was.«

»Scheiße! Ich kann's nicht fassen. Du erwartest von mir, dass ich hier rumsitze und auf dich warte? Aber ich kann nicht den ganzen Abend hier rumhocken, ohne was zu tun. Da geh' ich die Wände hoch. Also schau' ich, dass ich rauskomme. Ich geh' spazieren. Ich fahr' ein bisschen mit dem Auto rum. Ich gehe auf ein Glas ins *Never Say Die.* Oder ich arbeite an einem Sonderauftrag im Geschäft. Möchtest du Beweise? Soll ich dem Mädchen an der Bar sagen, sie soll mir ein Zeugnis schreiben? Oder soll ich vielleicht im Geschäft eine Stechuhr installieren, damit du mein Kommen und Gehen jederzeit überprüfen kannst?«

Dieser Ausbruch wirkte. Gerrys Stimme veränderte sich, bekam einen beschwichtigenden Unterton, der Cliff verriet, dass er auf dem besten Weg war, die Oberhand zu gewinnen. »Ich sag' ja nur, wenn wir einen Test machen müssen, dann müssen wir eben einen machen. Es ist doch besser, die Wahrheit zu wissen, als mit einem Todesurteil zu leben, ohne es auch nur zu ahnen.«

Gerrys neuer Ton verriet Cliff, dass er nur noch ein wenig mehr aufs Blech zu hauen brauchte, um Gerry weiter in die Defensive zu drängen. »Na großartig! Dann mach doch den Test, wenn du unbedingt willst, aber erwarte von mir nicht das Gleiche. Ich brauch' nämlich keinen Test. Weil ich nämlich nicht fremdgehe. Aber wenn du schon anfangen willst, in meinen Angelegenheiten rumzuschnüffeln, kann ich bei dir das Gleiche tun. Genauso leicht. Glaub mir.« Er wurde noch lauter. »Du bist den ganzen Tag draußen auf dem Pier und malochst die halbe Nacht in dem Haus von irgendeinem Kerl – wenn du da wirklich wegen der Maloche bist.«

»Moment mal«, rief Gerry. »Was soll das heißen? Wir brauchen das Geld, und soviel ich weiß, gibt es nur ein legales Mittel, um es zu beschaffen.«

»Klar. Wunderbar. Schufte doch, so viel du willst, wenn es wirklich das ist, was du tust. Aber erwarte nicht von mir, dass ich mich genauso verhalte wie du. Ich brauche Freiraum, und wenn du bei jedem Schritt, den ich ohne dich mache, immer gleich denkst, ich treib's mit irgendeinem Kerl in einem Pissoir –«

»Du gehst an den Markttagen auf den Marktplatz, Cliff.«

»Herrgott noch mal! Jetzt reicht's mir aber wirklich. Wie soll ich denn sonst einkaufen? Darf ich jetzt nicht mehr zum Markt in Clacton fahren?«

»Die Versuchung ist da. Und wir wissen doch beide, wie leicht du schwach wirst.«

»Klar, das wissen wir, aber dann wollen wir doch auch gleich mal klarstellen, *woher* wir das wissen.« Gerry wurde rot. Cliff wusste, dass er nur noch einen Schritt davon entfernt war, den Sieg in diesem Wortgefecht davonzutragen. »Erinnerst du dich an mich?«, rief er höhnisch. »Ich bin der Kerl, mit dem du's in der Klappe auf dem Marktplatz getrieben hast, als ›Schutzmaßnahmen‹ nicht halb so wichtig waren, wie jeden Kerl zu vögeln, der dich haben wollte.«

»Das ist Vergangenheit«, entgegnete Gerry abwehrend.

»Richtig. Und schauen wir uns doch die Vergangenheit mal an. Du hast die Klappenzeit genauso genossen wie ich. Einen Kerl anzumachen, in die Toilette zu verschwinden, es mit ihm zu treiben, ohne je seinen Namen zu erfahren. Aber ich halt' dir diese Zeiten nicht vor, wenn du dich mal nicht so verhältst, wie ich's gern hätte. Und ich nehm' dich nicht ins Verhör, wenn du einen Abstecher zum Marktplatz machst, um dir einen Salatkopf zu holen. Wenn es denn überhaupt das ist, was du dir dort holst.«

»Warte, Cliff.«

»Nein. *Du* wartest. Fremdgehen kann jeder, und du bist abends viel häufiger weg als ich.«

»Aber ich arbeite doch.«

»Klar. Du arbeitest.«

»Und du weißt genau, wie wichtig mir Treue ist.«

»Ich weiß, dass du *sagst,* Treue sei dir wichtig. Aber zwischen dem, was einer sagt, und wie er wirklich dazu steht, ist ein Riesenunterschied. Ich dachte, das würdest du vielleicht verstehen, Ger. Aber anscheinend hab' ich mich geirrt.«

Und das war's gewesen. Völlig in die Defensive gedrängt, hatte Gerry einen Rückzieher gemacht. Er hatte eine Weile geschmollt, aber er war kein Mensch, der lange in Unfrieden leben konnte, und so hatte er sich schließlich wegen seines Misstrauens entschuldigt.

Cliff hatte die Entschuldigung nicht gleich angenommen. Er hatte niedergeschlagen gesagt: »Ich weiß nicht, Gerry. Wie sollen wir in Frieden miteinander leben – in Harmonie, wie du es dir doch immer wünschst –, wenn wir immer wieder solche Kräche haben?«

Woraufhin Gerry gesagt hatte: »Vergiss es. Es ist die Hitze. Ich glaub', die macht mich fertig. Ich kann gar nicht mehr klar denken.«

Klar zu denken, das war es, worauf es letztendlich ankam. Und Cliff tat es schließlich. Er brauste die Landstraße zwischen Great Holland und Clacton entlang – wo der Weizen unter einem Himmel schmachtete, aus dem vier Wochen lang kein Tropfen Regen gefallen war – und erkannte, dass jetzt eine Neuorientierung, weg vom eigenen Ich und hin zum anderen, angesagt war. Jeder erhielt irgendwann in seinem Leben einen Weckruf. Entscheidend war es, diesen Ruf als das zu erkennen, was er war, und zu wissen, wie man ihm zu antworten hatte.

Seine Antwort wäre unerschütterliche Treue für die Zukunft. Gerry DeVitt war schließlich ein recht anständiger Kerl. Er hatte eine gute Arbeit. Er hatte ein Haus in Jaywick, das keine fünf Schritte vom Strand entfernt war. Er hatte ein Boot und ein Motorrad. Cliff hätte es viel schlechter treffen können. Zum Teufel, das hatte er in der Vergangenheit oft genug getan. Und wenn Gerry manchmal ein bisschen langweilig war, wenn sein Ordnungs- und Pünktlichkeitsfimmel einem hin und wieder gegen den Strich ging, wenn er manchmal allzu sehr klammerte und man ihn am liebsten mit einem Schlag in die nächste Zeitzone befördert hätte … nun, waren das im Grunde nicht lauter Kleinigkeiten im Vergleich zu dem, was Gerry zu bieten hatte? Ganz gewiss. Wenigstens schien es so.

Cliff bog in die Uferstraße von Clacton ein und sauste die King's Parade hinunter. Dieses Stück Heimweg hasste er: eine Reihe heruntergekommener alter Häuser, uralter Hotels und schäbiger Pflegeheime. Er hasste den Anblick dieser Alten, die an ihre Gehhilfen geklammert dahinschlurften, nichts mehr vor sich hatten und nur noch über die Vergangenheit reden konnten. Jedes Mal, wenn er sie sah und dieses Milieu, in dem sie lebten, gelobte er sich von neuem, dass er niemals so enden würde. Eher würde er sterben, sagte er sich stets, als sein Leben auf diese Weise zu beschließen. Und wie immer, wenn das erste Pflegeheim in Sicht kam, drückte er das Gaspedal seines alten Deux Chevaux durch und richtete den Blick auf die wogenden Massen der graugrünen Nordsee.

Heute war es nicht anders. Es war eher noch schlimmer als sonst. Die Hitze hatte die Alten in Scharen aus ihren Höhlen gelockt. Sie bildeten eine wackelnde, schwankende, schiebende Masse glänzender Kahlköpfe, blauer Frisuren und aufgeschwollener Krampfadern. Und der Verkehr auf der Uferstraße stand, so dass Cliff ein ausgiebiger Blick auf das geboten wurde, was die goldenen Jahre des Ruhestands für die bereithielt, die vom Glück nicht begünstigt waren.

Ungeduldig trommelte er auf das Lenkrad, während er sie beobachtete. Weiter vorn konnte er das Blinklicht eines Rettungswagens sehen. Nein, es waren zwei. Oder waren es sogar drei? Na großartig. Wahrscheinlich war ein LKW mitten in so eine Gruppe alter Leute hineingefahren. Und jetzt würde er hier bis in alle Ewigkeit festsitzen, während die Sanitäter Lebende und Tote auseinandersortierten. Aber die waren ja sowieso schon alle halb tot. Warum eigentlich wollten die Menschen unbedingt weiterleben, wenn so offensichtlich war, dass ihr Leben nutzlos war?

Mist. Da vorn bewegte sich gar nichts. Und er verging fast vor Durst. Wenn er halb auf den Bürgersteig fuhr, konnte er es bis zum Queensway schaffen und von da aus durch die Stadt fahren. Gedacht, getan. Er musste sich den Weg frei hupen. Wütende Drohgebärden und Proteste begleiteten ihn, und ein Apfel knallte an seinen Wagen, aber er zeigte allen, die sich über ihn aufregten, den Mittelfinger und schaffte es zum Queensway, wo er zur Stadtmitte abbog.

Das war entschieden besser, dachte er. Er würde sich durch die Stadt schlängeln und hinter dem Pier von Clacton wieder auf die Uferstraße fahren. Von da aus war es ein Klacks bis Jaywick Sands. Wieder in Fahrt, begann er zu überlegen, wie er und Gerry seine Bekehrung zu Monogamie und lebenslanger Treue feiern könnten. Natürlich durfte Gerry nicht erfahren, was sie feierten, da Cliff seine Treue ja unablässig beteuerte. Aber eine kleine Feier war auf jeden Fall angebracht. Und nach einem schönen Essen mit einem Glas Wein, einem dicken Steak, etwas frischem Gemüse und einer buttrigen gebackenen Kartoffel ... Cliff wusste genau, dass er Gerry DeVitt allen Verdacht, den er gegen seinen Liebhaber hegte, vergessen machen konnte. Er würde sich nur irgendeinen plausiblen Grund für die Feier ausdenken müssen, aber bis Gerry nach Hause kam, war ja noch genug Zeit.

Cliff reihte sich in den Verkehrsstrom in der Holland Road ein, die in westlicher Richtung zu den Bahngleisen führte. Er würde die Bahn überqueren und danach in die Oxford Road einbiegen, die ihn schließlich wieder zum Wasser zurückführen würde. Die Gegend war scheußlich – nichts als dreckige Industriegebiete und zwei Spiel- und Sportplätze, deren Gras in der tödlichen Sommerhitze längst strohgelb geworden war –, aber dreckiger Backstein und verdorrter Rasen waren immer noch ein angenehmerer Anblick als die alten Knacker draußen auf der Parade.

Okay, dachte er, während er fuhr, einen Arm im offenen Fenster, die andere Hand leicht auf dem Lenkrad. Was konnte man Gerry als Grund für die kleine Feier nennen? Dass ein großer neuer Auftrag im Geschäft eingegangen sei? Oder wie wär's mit einem kleinen Erbe, das die alte Tante Mabel hinterlassen hatte? Oder mit irgendeinem Jubiläum? Das klang eigentlich gut. Ja, ein Jubiläum. Aber welches? Hatte denn das heutige Datum irgendeine besondere Bedeutung?

Cliff überlegte. Wann hatten er und Gerry sich kennengelernt? Er konnte sich nicht einmal ohne weiteres an das Jahr erinnern, geschweige denn an den Monat oder den Tag. Und da sie's gleich an dem Tag, an dem sie sich kennengelernt hatten, gemacht hatten, konnte er auch diesen großen Moment nicht als Anlass für eine Feier nehmen. Sie waren im Monat März zusammengezogen – besser gesagt, Cliff war zu Gerry gezogen –, daran konnte Cliff sich erinnern, weil an diesem Tag ein wahnsinniger Wind gegangen war. Sie mussten sich also irgendwann im Februar kennengelernt haben. Aber das konnte nicht stimmen. Im Februar war es immer saukalt, und er konnte sich nicht vorstellen, dass er es bei dieser Kälte mit irgendjemandem, ganz gleich, mit wem, in der Klappe auf dem Marktplatz getrieben hätte. Einige Prinzipien hatte sogar er, und eins davon war, dass er nicht gewillt war, sich die Eier abzufrieren, nur um bei irgendeinem gutaussehenden Kerl, der ihm schöne Augen gemacht hatte, zum Schuss zu kommen. Und da er und Gerry einander auf dem Marktplatz begegnet waren und da sie bei dieser Begegnung sofort zur Sache gekommen waren und sich danach ziemlich schnell entschlossen hatten zusammenzuziehen ... Er wusste, dass der März nicht der richtige Monat sein konnte. Scheiße. Cliff fragte sich, was mit seinem Gedächtnis los war. Gerrys war der reinste Karteikasten. Cliff seufzte. Genau das war das Problem mit Gerry. Der vergaß niemals auch nur die lächerlichste Kleinigkeit. Wenn er nur ab und zu mal einen Aussetzer hätte – sich zum Beispiel nicht mehr erinnern könnte, wer wann wo gewesen war –, dann brauchte Cliff sich jetzt nicht den Kopf zu zermartern, um irgendeinen Anlass zum Feiern zu finden. Eigentlich war der Gedanke, feiern zu *müssen*, anstatt einfach locker weiterzumachen, deprimierend.

Denn wenn Gerry auch nur einen Funken Vertrauen im Leib hätte, müsste Cliff sich jetzt nicht bemühen, ihn zu besänftigen. Er müsste sich nicht bemühen, von Gerry wieder in Gnaden aufgenommen zu werden, weil er gar nicht erst in Ungnade gefallen wäre.

Ja, das war das andere Problem mit Gerry. Man musste sich dauernd so verdammt anstrengen. Ein einziges falsches Wort, ein Abend, ein Morgen oder ein Nachmittag, wo man mal nicht in Stimmung war, und schon wurde die ganze Beziehung in Frage gestellt.

Nun doch einigermaßen verärgert über seinen Liebhaber, bog

Cliff nach links in die Oxford Road ein. Die Straße verlief parallel zu den Bahngleisen, durch ein weiteres tristes Gewerbegebiet von ihnen getrennt. Cliffs Blick wanderte über die schmutzigen, rußgeschwärzten Backsteinmauern. Genauso fühlte er sich unter Gerrys ewigen Schuldzuweisungen: schmutzig, als wäre er der letzte Dreck, während Gerry so rein war wie Regenwasser in der Schweiz. Als wenn das wirklich so wäre, dachte Cliff wegwerfend. Jeder Mensch hatte schwache Punkte, auch Gerry. Weiß der Himmel, was Gerry nebenbei so alles trieb. Vielleicht trieb er's mit Schafen. Cliff hätte es ihm direkt zugetraut.

Am Ende der Oxford Road trafen zwei weitere Straßen wie die Schenkel eines Dreiecks zusammen, die Carnarvon Road und die Wellesley Street. Letztere führte zur Pier Avenue, erstere zur Marine Parade, und beide brachten einen ans Meer. Hier hielt Cliff an, die Hand auf dem Schalthebel, weniger um zu überlegen, in welcher Richtung er weiterfahren wollte, als um noch einmal die letzten Tage an sich vorüberziehen zu lassen.

Okay, Gerry war ziemlich sauer auf ihn gewesen. Es war ja nicht so, dass er es nicht verdient gehabt hätte. Andererseits war Gerry immer gleich sauer, wenn er mal irgendein Thema in der Mache hatte. Er konnte einfach nicht lockerlassen.

Und wenn er gerade mal nichts in der Mache hatte – wie zum Beispiel irgendeine Unzulänglichkeit Cliffs, die seiner Meinung nach *auf der Stelle* behoben werden musste –, hing er wie eine Klette an ihm und wollte ständig hören, dass er geliebt und begehrt wurde und – ach, Mist. Manchmal war es wirklich so, als lebte man mit einer Frau zusammen, die einen keinen Moment aus den Klauen ließ. Immer wieder dieses lange, vielsagende Schweigen, das genau richtig interpretiert werden musste, die seelenvollen Seufzer, die weiß der Himmel was signalisieren sollten, die Küsschen in den Nacken, die als Vorspiel gedacht waren, und – und das war das Schlimmste und machte ihn ganz verrückt – dieser steife Schwanz, der ihn morgens wach stocherte und ihm sagte, was von ihm erwartet wurde.

Und er *hasste* es, wenn jemand Erwartungen an ihn stellte. Er fühlte sich von ihnen bedrängt wie von unausgesprochenen Fragen, die er sofort und auch noch richtig beantworten sollte. Wenn

Gerry ihn so bedrängte, hätte Cliff ihm manchmal am liebsten eine geklebt und geschrien: »Willst du was, Ger? Dann sag's doch, verdammt noch mal.«

Aber Gerry sagte nie was direkt. Nur mit seinen Beschuldigungen war er direkt. Und das machte Cliff nun wirklich stinksauer. Da hätte er am liebsten um sich geschlagen, irgendwas zertrümmert, jemanden so richtig fertiggemacht.

Er merkte, dass er ganz automatisch die rechte Seite des Dreiecks genommen hatte, dessen Spitze von der Carnarvon Road und der Wellesley Street gebildet wurde. Ohne sich dessen bewusst zu sein, war er zum Marktplatz von Clacton gefahren. Er hatte sogar, geistig weggetreten, wie er war, am Bordstein angehalten.

Hoppla, rief er sich zu. Was tust du denn da, Junge?

Er umfasste das Lenkrad mit beiden Händen und starrte durch die Windschutzscheibe. Seit seinem letzten Besuch hatte man den Marktplatz mit Fähnchen geschmückt, und die bunten Wimpelketten gingen alle strahlenförmig von einem kleinen Gebäude auf der anderen Seite des Platzes aus, als wollte man sämtliche Blicke auf die öffentliche Bedürfnisanstalt lenken, einen niedrigen Backsteinbau, an dem das Schild *Männer* in der Hitze zu flirren schien.

Cliff schluckte. Gott, war er durstig. Er konnte sich auf dem Marktplatz eine Flasche Wasser holen oder einen Saft oder eine Cola. Und da er nun schon einmal hier war, konnte er auch gleich die Einkäufe machen. Er musste auf jeden Fall beim Metzger vorbei, um das Steak zu holen, und obwohl er sich vorher überlegt hatte, dass er alles Übrige im Lebensmittelgeschäft in Jaywick einkaufen konnte ... War es nicht viel gescheiter, alles gleich hier zu besorgen, wo die Ware frisch war und ebenso die Luft, die man atmete? Er konnte den Salat, das Gemüse und die Kartoffeln mitnehmen, und wenn er noch Zeit hatte – und die hatte er ja, schließlich hatte er sich einen halben Tag frei genommen, oder? –, konnte er ein bisschen an den Ständen herumstöbern und schauen, ob er nicht zur Feier des Tages eine nette Kleinigkeit für Gerry fand.

Und überhaupt, er hatte einen solchen Durst, dass er unbedingt was trinken musste, bevor er auch nur einen Kilometer weiterfuhr. Auch wenn er nicht hier einkaufte, würde er hier auf jeden Fall etwas finden, was diesen brennenden Durst löschte.

Er drückte die Tür auf, stieß sie mit dem Fuß hinter sich zu und schritt zuversichtlich auf den Marktplatz. Er erstand das Wasser, das er suchte, und trank die ganze Flasche in einem Zug hinunter. Ha, er fühlte sich fast wieder menschlich. Er schaute sich nach einem Mülleimer für die leere Flasche um. Und da sah er, dass Plucky, der Schalverkäufer, ganze Stapel seiner imitierten Designerkrawatten, Schals und Taschentücher im Sonderangebot hatte. Das wäre doch ein Geschenk für Ger. Er brauchte ihm ja nicht zu sagen, wo er es gekauft hatte.

Er drängte sich zu dem Stand durch, wo die farbenfrohen Stücke, mit Wäscheklammern befestigt, an einer Leine flatterten. Es gab Schals in allen Größen und Mustern, die mit Pluckys gewohntem Auge für künstlerisches Detail arrangiert waren. Er sortierte sie immer nach Farbnuancen, wobei er sich einer Farbmusterkarte bediente, die er im örtlichen Haushaltswarengeschäft hatte mitgehen lassen.

Cliff rieb sie zwischen den Fingern. Er liebte ihre seidige Glätte auf seiner Haut. Am liebsten hätte er sein Gesicht in ihnen vergraben, so angenehm kühl fühlten sie sich bei dieser gnadenlosen Hitze an. Und –

»Schön, nicht?« Die Stimme erklang von rechts. Dort waren auf einem Tisch in Schachteln verpackte Taschentücher ausgelegt, und vor ihnen stand ein Kerl in so einem knappen Ringerhemd, das von den Schultern nach innen ging und seine wohlentwickelten Brustmuskeln zeigte. Auch seine Brustwarzen ließ es sehen, wie Cliff vermerkte, und eine von ihnen war gepierct.

Verdammt gutaussehender Bursche, dachte Cliff. Mächtige Schultern, dazu die reinste Wespentaille und Shorts, die so kurz und so knalleng waren, dass Cliff unbehaglich von einem Fuß auf den anderen trat, als sein Körper auf das reagierte, was seine Augen wahrnahmen.

Es wäre nichts weiter erforderlich, als diesem Kerl in die Augen zu sehen und etwas wie »Ja, echt schön« zu sagen. Danach ein Lächeln – immer noch seinen Blick festhaltend –, und alles wäre klar.

Aber er musste noch das Gemüse für das Abendessen einkaufen. Er musste den Salat besorgen, die Kartoffeln. Er musste das Essen machen. Das Essen für Gerry. Zur Feier von Einigkeit, unverbrüchlicher Treue und lebenslanger Monogamie.

Doch Cliff konnte seinen Blick nicht von dem Burschen wenden. Er war braungebrannt und fit, und seine Muskeln glänzten in der Nachmittagssonne. Er sah aus wie eine zum Leben erwachte Skulptur. Ach verdammt, dachte Cliff, warum konnte Gerry nicht so aussehen?

Immer noch wartete der andere auf eine Reaktion. Als spürte er Cliffs inneren Konflikt, versuchte er es mit einem Lächeln. Er sagte: »Irre heiß heute, nicht? Aber ich mag's heiß. Du auch?«

Mein Gott, dachte Cliff. Lieber Gott.

Zum Teufel mit Gerry. Immer musste er klammern. Immer musste er fordern. Immer musste er einen mit seinen endlosen verdammten Fragen ins Verhör nehmen. Warum konnte er einem nicht einfach vertrauen? Merkte er denn nicht, wozu er einen mit seinem Verhalten treiben konnte?

Cliff warf einen Blick zu den Toiletten auf der anderen Seite des Platzes. Dann sah er den Kerl wieder an.

»Mir kann's gar nicht heiß genug sein«, sagte er.

Und dann schlenderte er ganz lässig hinüber zum Pissoir.

25

Das Letzte, was Emily brauchte, war eine weitere Konfrontation mit einem der Asiaten, aber als Constable Honigman einen schlotternden Fahd Kumhar zu neuerlicher Vernehmung in die Dienststelle brachte, war Muhannad Maliks Vetter ihm dicht auf den Fersen. Sobald Kumhar Emily sah, ließ er einen ähnlichen Schwall unverständlichen Gebrabbels vom Stapel wie am Vortag. Honigman packte den Mann in der Achselhöhle, kniff in die lose Haut unter seinem Arm und befahl ihm mit barscher Stimme, sein Gequassel einzustellen, was nicht direkt half, den Mann zu beruhigen. Emily wies den Constable an, Kumhar in eine Zelle zu stecken, bis sie Zeit hätte, sich mit ihm zu befassen. Und da erschien Taymullah Azhar auf der Bildfläche.

Sie war nicht in der Stimmung für eine Konfrontation. Bei ihrer Rückkehr in die Dienststelle hatte sie ein weiterer Anruf von Ferguson erwartet, der wissen wollte, was die Durchsuchung der Senffabrik erbracht hatte. Er war über die Nachricht, dass nichts dabei herausgekommen war, etwa ebenso erfreut, wie sie selbst es gewesen war. Aber seine wahre Sorge galt natürlich weniger der Klärung des Mordfalls Querashi als seinem bevorstehenden Gespräch mit dem Personalausschuss, bei dem es um seine Beförderung zum Assistant Chief Constable ging. Und hinter jeder seiner Fragen und Bemerkungen stand der Wunsch, vor diesem Ausschuss, der in weniger als achtundvierzig Stunden zusammentreten würde, mit der Nachricht auftrumpfen zu können, dass der Mord in Balford geklärt war.

»Barlow, Herrgott noch mal«, sagte er. »Was ist denn los? Nach allem, was ich von Ihnen höre, hab' ich den Eindruck, dass Sie sich da drüben ständig im Kreis drehen. Sie wissen doch Bescheid, oder muss ich es Ihnen erklären? Wenn Sie mir nicht bis morgen Vormittag einen Verdächtigen garantieren können, schick' ich Ihnen Presley rüber.«

Emily wusste, dass sie angesichts dieser Drohung vor Furcht erzittern sollte, um danach gehorsam einen Verdächtigen aus dem Hut zu ziehen – irgendeinen –, damit Ferguson sich vor den Leuten, die über seine Beförderung entscheiden würden, ins rechte Licht setzen konnte. Aber sie war zu erbost, um das Spiel mitzumachen. Fergusons erneuter Versuch, sich bei seinem beruflichen Fortkommen fremder Federn zu bedienen, weckte in ihr den Wunsch, durch die Leitung zu kriechen und ihn grün und blau zu schlagen.

»Gut, schicken Sie Presley rüber, Don«, sagte sie deshalb. »Und geben Sie ihm gleich ein halbes Dutzend Constables mit, wenn Sie glauben, dass das den Ausschuss beeindrucken wird. Aber lassen Sie mir endlich meine Ruhe, okay?« Damit knallte sie den Hörer auf.

Und das war genau der Moment, in dem Belinda mit der höchst unwillkommenen Nachricht erschien, dass einer der Pakistanis in der Wache sei und darauf bestehe, sofort mit ihr zu sprechen. So kam es, dass sie nun Taymullah Azhar gegenüberstand.

Er war Constable Honigman nach Clacton gefolgt, als Emily seinen Vorschlag, Fahd Kumhar nach Hause zu bringen, abgelehnt hatte. Er misstraute der Polizei im Allgemeinen und Chief Inspector Barlow im Besonderen und hatte deshalb die Absicht gehabt, vor Kumhars Wohnung Posten zu beziehen, bis Honigman wieder abgefahren war, um danach zu prüfen, wie es um den körperlichen, geistigen und seelischen Zustand des Pakistanis bestellt war. Während er auf der Straße stand und darauf wartete, dass der Constable abzog, hatte er gesehen, wie Honigman mit Kumhar wieder aus dem Haus gekommen war. Und er war ihnen wieder zur Dienststelle gefolgt.

»Mr. Kumhar hat geweint«, berichtete er Emily. »Es liegt auf der Hand, dass er unter beträchtlicher nervlicher Anspannung steht. Sie werden mir zustimmen, dass es wesentlich ist, ihn nochmals auf seine Rechte –«

Emily unterbrach die Leier von Rechten und Pflichten. Sie sagte ungeduldig: »Mr. Azhar, Fahd Kumhar hält sich illegal in England auf. Ich vermute, Sie wissen, wie es unter diesen Umständen mit seinen Rechten steht.«

Azhar schien beunruhigt über diese plötzliche Wendung der Dinge. »Soll das heißen«, fragte er, »dass seine neuerliche Festnahme nichts mit dem Mord an Mr. Querashi zu tun hat?«

»Das soll heißen, was ich bereits gesagt habe. Er ist weder als Besucher eingereist, noch hat er eine Arbeits- oder Aufenthaltserlaubnis. Er hat überhaupt keine Rechte.«

»Ich verstehe«, sagte Azhar. Aber er war nicht der Typ, der sich so leicht geschlagen gab, wie Emily schnell erkannte, als er zu sprechen fortfuhr. »Und wie gedenken Sie, ihm das klarzumachen?«

Zum Teufel mit dem Kerl, dachte Emily. Kühl und gelassen trotz des flüchtigen Erschreckens einen Moment zuvor, stand er vor ihr und wartete in aller Ruhe darauf, dass sie die einzige Konsequenz zog, die sie aus der Tatsache, dass Fahd Kumhar praktisch kein Wort Englisch sprach, ziehen konnte. Sie verwünschte sich dafür, dass sie Professor Siddiqi postwendend nach London zurückgeschickt hatte. Selbst wenn sie Constable Hesketh über Handy erreichte, waren die beiden inzwischen wahrscheinlich längst in Wanstead. Sie würde mindestens noch einmal zwei Stunden verlieren – Zeit, die sie nicht hatte –, wenn sie ihn jetzt anwies, umzukehren und den Professor zu einer weiteren Sitzung mit Kumhar nach Balford zurückzubringen. Und Taymullah Azhar setzte darauf, dass sie ebendas nicht wollte.

Sie rief sich ins Gedächtnis, was sie aus dem Bericht aus London über ihn erfahren hatte. SO11 hatte es für angebracht gehalten, ihn zu überwachen, doch die Recherchen hatten nichts Schwerwiegenderes aufgedeckt als Ehebruch und böswilliges Verlassen. Das zeigte ihn zwar nicht gerade in einem schmeichelhaften Licht, aber ein Krimineller war er deswegen noch lange nicht, sonst hätte man so ziemlich jeden vom Prinzen von Wales bis zu den Pennern von St. Botolph für ein paar Jahre einbuchten müssen. Außerdem war Taymullah Azhar, wie Barbara Havers am Vortag bemerkt hatte, nicht direkt in diese Angelegenheit verwickelt. Und nichts, was Emily über ihn erfahren hatte, deutete auf Verbindungen zu der asiatischen Unterwelt hin, die sein Vetter repräsentierte.

Aber selbst wenn es anders gewesen wäre – was hatte sie denn schon für eine Wahl? Keine, soweit sie sehen konnte. Sie streckte drohend ihren Zeigefinger in die Luft und hielt ihn Azhar direkt vor die Nase. »Kommen Sie«, sagte sie. »Aber ein falscher Schritt, Mr. Azhar, und ich lasse Sie wegen Begünstigung belangen.«

»Darf ich fragen, wie Sie das meinen?«, erkundigte er sich verbindlich.

»Oh, ich denke, das wissen Sie genau.«

Von der Senffabrik aus gesehen, lag der Stadtteil The Avenues genau auf der anderen Seite der Stadt, an den Golfplatz von Balford angrenzend. Es gab verschiedene Routen, dorthin zu gelangen; Barbara wählte die am Wasser entlang. Sie nahm einen der bulligen Beamten mit, die an der Durchsuchung der Fabrik teilgenommen hatten, einen Mann namens Reg Park. Er machte den Eindruck, als würde er mit Vergnügen mit jedem, der nicht sofort spurte, wenn er es für angebracht hielt, ihm Beine zu machen, über zwei oder drei Runden gehen. Barbara vermutete, dass Muhannad Malik über ihre Einladung zu einer Fahrt aufs Revier und einem Schwatz mit Chief Inspector Barlow nicht erfreut sein würde. Auch wenn er in den letzten Tagen einige Stunden dort verbracht hatte, würde er auf einen Zwangsbesuch in dem alten viktorianischen Kasten gewiss nicht erpicht sein. Aber Reg Park würde ihn schon zur Kooperation bewegen.

Sie hielt nach Maliks türkisfarbenem Thunderbird Ausschau, während sie fuhren. Er war während der Durchsuchung der Fabrik nicht erschienen, hatte auch nicht angerufen, um sich zu melden und irgendjemandem Bescheid zu geben, wo er zu erreichen sei. Ian Armstrong hatte dieses Verhalten jedoch ganz normal gefunden. Als Barbara ihn danach gefragt hatte, hatte er erklärt, dass Muhannad Malik in seiner Eigenschaft als Verkaufsdirektor häufig stundenlang – wenn nicht tagelang – unterwegs war. Er musste an Tagungen teilnehmen, Ausstellungen organisieren, sich um die Werbung kümmern, den Verkauf ankurbeln. Seine Aufgaben betrafen nicht die Produktion, deshalb war seine Anwesenheit in der Firma weniger wichtig als seine Außentätigkeit.

Daher hielt Barbara nach ihm Ausschau, während sie und Constable Park am Ufer entlangfuhren. Natürlich konnte er in Firmengeschäften unterwegs sein. Aber es konnte ihn auch ein Anruf von *World Wide Tours* oder Klaus Reuchlein in ganz anderer Angelegenheit weggeführt haben.

Wie dem auch war, sie sah den türkisfarbenen Wagen nirgends

auf ihrer Fahrt. Und als Constable Park vor dem stattlichen, mit vielen Türmchen und Giebeln gezierten Fachwerkhaus der Maliks auf der anderen Seite der Stadt abbremste, war auch in der gekiesten Auffahrt kein Thunderbird zu sehen. Dennoch befahl sie Park, am Bordstein anzuhalten. Die Abwesenheit des Wagens musste nicht unbedingt bedeuten, dass Malik nicht im Haus war.

»Versuchen wir's auf jeden Fall mal«, sagte sie zu Park. »Aber seien Sie bereit, hart zuzupacken, wenn der Bursche da sein sollte, okay?«

Constable Park schien sich nichts Schöneres vorstellen zu können, als hart zuzupacken. Er grunzte wie ein Gorilla, was gut zu seinen überlangen Armen und seinem mächtigen Brustkasten passte.

Er stapfte hinter ihr den Weg entlang, der zwischen Blumenbeeten zum Haus führte. Trotz der Hitze und des Spritzverbots blühten Lavendel, Feuernelken und Phlox in üppiger Pracht. Um die Blumen bei dieser drückenden Hitze und der glühenden Sonne am Leben zu erhalten, mussten sie jeden Tag liebevoll von Hand gegossen werden, dachte Barbara.

Hinter den Rautenglasfenstern der beiden Stockwerke des Hauses rührte sich nichts. Doch als Barbara läutete, wurde von innen ein Fensterchen in der massigen Eichentür geöffnet: eine kleine quadratische Öffnung hinter verschnörkeltem Gitterwerk. Es war ein wenig, als besuchte man ein Kloster, dachte Barbara, und sah sich durch den Anblick einer verhüllten Frau hinter dem Fensterchen bestätigt.

»Ja?«, fragte die Frau.

Barbara zückte ihren Dienstausweis und hielt ihn vor die Öffnung. Gleichzeitig nannte sie ihren Namen und ihren Dienstgrad. »Wir möchten zu Muhannad Malik, bitte«, sagte sie.

Das Fensterchen wurde zugeschlagen. Drinnen im Haus wurde ein Riegel zurückgeschoben, und die Tür öffnete sich. Sie standen einer Frau mittleren Alters gegenüber, die sich im Schatten hielt. Sie trug einen langen Rock, einen Kittel, der bis zu ihrem Hals und zu ihren Handgelenken hinunter geschlossen war, und ein Kopftuch, das sie von der Stirn bis zu den Schultern in ein dunkles Blau einhüllte, das im gedämpften Licht des Vestibüls fast schwarz wirkte.

Sie sagte: »Was wollen Sie von meinem Sohn?«

»Dann sind Sie also Mrs. Malik?« Barbara wartete nicht auf eine Antwort. »Dürfen wir hereinkommen?«

Die Frau überlegte, vielleicht, ob es schicklich sei, die Beamten einzulassen, denn sie musterte sie mit prüfendem Blick, vor allem Reg Park.

»Muhannad ist nicht zu Hause«, erklärte sie.

»Mr. Armstrong hat uns gesagt, dass er zum Mittagessen nach Hause gefahren und nicht zurückgekommen sei.«

»Er *war* hier, ja. Aber er ist wieder gefahren. Vor einer Stunde. Es kann auch sein, dass es schon länger her ist.« Sie sprach den letzten Satz in fragendem Ton.

»Sie können nicht mit Sicherheit sagen, wann er weggefahren ist? Wissen Sie, wohin er wollte? Dürfen wir bitte hereinkommen?«

Wieder richtete die Frau ihren Blick auf Reg Park. Sie zog ihren Schal höher und fester um ihren Hals. Da wurde Barbara plötzlich klar, wie unwahrscheinlich es war, dass diese Frau in Abwesenheit ihres Mannes je einen Mann, der nicht zur Familie gehörte, bei sich zu Gast gehabt hatte – wenn man zwei Polizeibeamte, die in amtlicher Eigenschaft hier waren, als Gäste bezeichnen konnte.

Sie fügte darum hinzu: »Constable Park wird im Garten warten. Er hat Ihre Blumen sowieso sehr bewundert, nicht wahr, Reg?«

Der Constable grunzte wieder auf seine ihm eigene Art. Er trat zurück und sagte mit einem vielsagenden Nicken: »Sie rufen mich, okay?« Er krümmte seine zigarrendicken Finger und hätte zweifellos auch noch mit den Knöcheln geknackt, hätte Barbara nicht mit einem gleichermaßen vielsagenden Nicken in Richtung Blumenbeete »Danke, Constable« gesagt.

Sobald Constable Park abgezogen war, trat Mrs. Malik einen Schritt von der Tür zurück. Barbara fasste das als Einladung auf und trat schnell ins Haus, um der Frau keine Gelegenheit zu geben, es sich anders zu überlegen.

Mrs. Malik wies in einen Raum zu ihrer Linken, offensichtlich das Wohnzimmer, dachte Barbara, nachdem sie durch den offenen Torbogen eingetreten war. Sie blieb in der Mitte des Raumes stehen und drehte sich auf dem Spannteppich mit dem leuchtenden Blumenmuster nach Mrs. Malik um. Sie stellte mit einiger Überraschung fest, dass an den Wänden keine Bilder hingen. Stattdessen sah sie dort in Gold gerahmte Sticktücher mit irgendwelchen Sprüchen auf Arabisch. Nur über dem offenen Kamin hing das Gemälde eines kubusförmigen Gebäudes vor einem azurblauen, wolkenbedeckten Himmel. Unter diesem Gemälde standen die einzigen Fotografien im Zimmer, und Barbara ging hinüber, um sie sich anzusehen.

Eins zeigte Muhannad und seine hochschwangere Frau, Arm in Arm mit einem Picknickkorb zu ihren Füßen. Auf einem anderen waren Sahlah und Haytham Querashi vor der Veranda eines anderen Fachwerkhauses zu sehen. Die restlichen Bilder waren Aufnahmen von zwei kleinen Jungen in verschiedenen Posen, einzeln oder miteinander, in Windeln oder dick eingepackt gegen die Kälte.

»Ihre Enkelkinder?«, fragte Barbara, sich umwendend.

Sie sah, dass Mrs. Malik noch nicht ins Zimmer eingetreten war. Sie beobachtete sie vom Vestibül aus, immer noch im Schatten stehend, als wollte sie sich verstecken oder als hätte sie etwas zu verheimlichen. Woher, dachte Barbara plötzlich, sollte sie wissen, dass die Behauptung der Frau, Muhannad sei nicht mehr im Haus, wirklich stimmte?

Sofort war sie auf der Hut. »Wo ist Ihr Sohn, Mrs. Malik?«, fragte sie. »Ist er noch hier?«

»Nein«, antwortete Mrs. Malik. »Nein, das habe ich doch schon gesagt.« Und als wollte sie ihren Worten Nachdruck verleihen, trat sie zu Barbara ins Zimmer, wobei sie ihren Schal noch fester um Kopf und Hals zog.

Im helleren Licht konnte Barbara erkennen, dass die Hand, die den Schal am Hals zusammenhielt, voller Abschürfungen und blauer Flecken war. Sie hob den Blick zum Gesicht der Frau und sah auch hier ähnliche Verletzungen. »Was ist passiert?«, fragte sie. »Hat jemand Sie angegriffen?«

»Nein, natürlich nicht. Ich bin im Garten gestürzt. Mein Rock ist an etwas hängengeblieben.« Und als wollte sie die Illustration zu ihren Worten liefern, raffte sie eine Handvoll vom Stoff ihres Rockes zusammen und zeigte sie. Der Stoff war in der Tat schmutzig, als wäre sie gestürzt und, um dies noch etwas auszukosten, sich windend auf dem Boden liegengeblieben.

»Niemand holt sich bei einem Sturz im Garten solche Verletzungen«, sagte Barbara.

»Ich leider doch«, entgegnete die Frau. »Wie ich schon sagte, mein Sohn ist nicht zu Hause. Aber ich erwarte ihn heute Abend zum Essen mit den Kindern zurück. Er versäumt niemals ihre Mahlzeiten, wenn es nicht unbedingt sein muss. Wenn Sie dann noch einmal vorbeikommen möchten, wird Muhannad sicher gern –«

»Du hast nicht für Muni zu sprechen«, sagte plötzlich eine andere Frau.

Barbara fuhr herum und sah, dass Muhannads Frau die Treppe heruntergekommen war. Auch sie hatte Male im Gesicht. Und lange Kratzer auf ihrer linken Wange ließen auf einen Kampf schließen. Auf einen Kampf mit einer anderen Frau, sagte sich Barbara, die aus Erfahrung wusste, dass Männer sich im Kampf im Allgemeinen auf ihre Fäuste verließen. Während sie nochmals einen nachdenklichen Blick auf Mrs. Malik warf, überlegte sie, wie sie die Beziehung zwischen den beiden Frauen zu ihrem Vorteil nutzen könnte.

»Nur Muhannads Ehefrau spricht für Muhannad«, verkündete die jüngere Frau.

Und das, dachte Barbara hoffnungsvoll, würde sich vielleicht als Segen erweisen.

»Er sagt«, dolmetschte Taymullah Azhar, »seine Papiere seien gestohlen worden. Sie waren gestern noch in seiner Kommode. Er behauptet, das habe er Ihnen auch gesagt, als Sie bei ihm im Zimmer waren. Und als der Constable heute Nachmittag nach diesen Papieren fragte, wollte er sie aus der Schublade holen und sah, dass sie verschwunden waren.«

Emily hatte sich zu der Vernehmung nicht gesetzt. Sie stand in der stickigen kleinen Zelle, die der Dienststelle als einer von zwei Vernehmungsräumen diente. Auf dem Tisch lief der Kassettenrecorder, und nachdem sie ihn eingeschaltet hatte, hatte sie sich an der Tür postiert. So konnte sie auf Fahd Kumhar hinuntersehen und dem Mann auf diese Weise klarmachen, wer hier das Sagen hatte.

Taymullah Azhar hatte an einem Ende des Tisches Platz genommen, und Kumhar saß rechts von ihm, mit Blick auf Emily. Bisher schien es zumindest so, als teilte Azhar seinem Landsmann in der Tat nur das mit, was Emily genehmigte.

Das Gespräch hatte mit einer weiteren Runde ängstlichen Gebrabbels von Kumhar begonnen. Er hatte auf dem Boden gehockt, als sie den Raum betreten hatten, in einer Ecke zusammengekauert wie eine Maus, die weiß, dass der tödliche Prankenschlag der Katze unmittelbar bevorsteht. Er hatte an Emily und Aszhar vorbeigesehen, als erwarte er eine weitere Person. Als sich zeigte, dass die beiden allein gekommen waren, begann er mit seinem Geschnatter.

Emily hatte wissen wollen, was er sagte.

Azhar hatte etwa dreißig Sekunden lang aufmerksam zugehört, ohne etwas zu sagen, bevor er antwortete. »Er zitiert Teile aus dem Qur'aan. Er sagt, dass unter den Menschen von Al-Madinah Heuchler sind, die Muhammad nicht kennt. Er sagt, sie werden bestraft werden und in die ewige Verdammnis eingehen.«

»Sagen Sie ihm, er soll aufhören«, befahl Emily.

Azhar sprach behutsam auf den Mann ein, doch Kumhar machte weiter wie zuvor.

»Andere haben ihre Fehler bekannt. Auch wenn sie eine rechtschaffene Handlung mit einer anderen verknüpften, die von Übel war, wird Allah ihnen gegenüber vielleicht dennoch Nachsicht üben. Weil Allah –«

»Das hatten wir doch gestern schon«, unterbrach Emily. »Die Gebetsleier zieht heute nicht. Sagen Sie Mr. Kumhar, ich möchte wissen, was er ohne ordnungsgemäße Papiere in England tut. Und ob Querashi gewusst hat, dass er illegal hier ist.«

Daraufhin erklärte ihr Kumhar mit Azhars Hilfe, dass seine Papiere irgendwann zwischen dem vergangenen Nachmittag, als er aus Clacton abgeholt worden war, und seiner Rückkehr am heutigen Tag gestohlen worden seien.

»Das ist doch absoluter Blödsinn«, versetzte Emily. »Constable Honigman hat mir eben berichtet, dass alle anderen Mieter in Mrs. Kerseys Haus Engländer sind, die seine Papiere bestimmt nicht brauchen und auch keinerlei Interesse an ihnen haben. Die Haustür ist immer abgeschlossen, bei Tag und bei Nacht, und vom Garten zu Mr. Kumhars Zimmerfenster hinauf sind es ungefähr dreieinhalb Meter glatte Mauer. Möchte er mir unter diesen Umständen vielleicht erklären, wie jemand seine Papiere gestohlen haben soll und warum?«

»Er hat keine Erklärung dafür, wie es passiert ist«, übersetzte Azhar, nachdem er Kumhar aufmerksam zugehört hatte. »Aber er sagt, dass solche Papiere einen großen Wert haben, man kann sie auf dem Schwarzmarkt an Leute verkaufen, die in ihrer Verzweiflung zu allem bereit sind, um die besseren Arbeits- und Erfolgsmöglichkeiten zu nutzen, die England bietet.«

»Natürlich«, brummte Emily und kniff die Augen zusammen, um den Pakistani mit taxierendem Blick zu betrachten. Seine Hände hinterließen sichtbare feuchte Streifen auf dem Tisch, wenn er sie bewegte. »Sagen Sie ihm«, sagte sie unverblümt, »dass er sich wegen seiner Papiere keine Sorgen zu machen braucht. London wird ihm gern Duplikate liefern. Vor ein paar Jahren wäre das natürlich noch ein Problem gewesen, aber dank den Computern wird die zuständige Behörde ohne Schwierigkeiten feststellen können, dass er mit dem entsprechenden Visum eingereist ist. Es wäre allerdings eine Hilfe, wenn er uns seinen Einreiseort nennen könnte. War es Heathrow? Oder Gatwick?«

Kumhar befeuchtete seine Lippen. Er schluckte. Er begann leise zu jammern, während Azhar ihm Emilys Worte übersetzte.

Emily behielt diese Taktik bei und sagte sachlich: »Wir müssen natürlich wissen, *was* für ein Visum Mr. Kumhar gestohlen worden ist. Sonst können wir ihm ja bei der Beschaffung eines Duplikats nicht behilflich sein, nicht wahr? Fragen Sie ihn also, auf welcher Grundlage ihm die Einreise nach England gestattet wurde. Hat er Verwandte hier? Ist er als Saisonarbeiter hier? Oder wollte er vielleicht als Hausangestellter arbeiten? Ist er Arzt? Oder Geistlicher? Er könnte natürlich auch Student sein oder der Ehemann einer hier ansässigen Frau, nicht wahr? Nur hat er ja eine Ehefrau und Kinder in Pakistan, da ist das wohl nicht wahrscheinlich. Aber ist er vielleicht nach England gekommen, um sich hier privatärztlich behandeln zu lassen? Wohl eher nicht, er sieht nicht aus, als verfüge er über die nötigen Mittel dazu, nicht wahr?«

Kumhar wand sich auf seinem Stuhl, während er sich Azhars Übersetzung anhörte. Er gab keine direkte Antwort auf die Fragen.

»›Allah verheißt den Heuchlern und Ungläubigen die Feuer der Hölle‹«, übersetzte Azhar. »›Allah verflucht sie und verdammt sie zu ewiger Qual.‹«

Der Kerl war die reinste Betschwester, dachte Emily. Wenn er sich tatsächlich einbildete, Gebete könnten ihn aus seiner jetzigen Situation retten, war er dümmer, als er aussah.

Sie sagte: »Mr. Azhar, erklären Sie diesem Mann, dass –«

»Darf ich einmal etwas versuchen?«, unterbrach Azhar sie. Er hatte Kumhar auf seine ruhige Art beobachtet, während Emily gesprochen hatte. Jetzt sah er sie an, ruhig und offen.

Emily blaffte misstrauisch: »Was denn?«

»Mein eigenes – Gebet, wie Sie es formulieren.«

»Wenn ich die Übersetzung bekomme.«

»Natürlich.« Er wandte sich wieder Kumhar zu, sprach mit ihm und übersetzte dann für Emily. »›Die werden triumphieren, die sich in Reue Allah zuwenden, die ihm dienen, die ihn preisen ... die das Rechte gebieten und das Unrechte verbieten.‹«

»Ja, wunderbar«, sagte Emily. »Aber jetzt reicht's wirklich mit den Gebeten.«

Doch Azhar entgegnete: »Wenn ich ihm vielleicht noch eins sagen darf: dass es keinen Sinn hat, sich in einem Labyrinth von Lügen zu verstecken, da man so leicht auf Irrwege geraten kann.«

»Gut, sagen Sie ihm das«, meinte sie, »aber sagen Sie ihm auch gleich noch, dass das Spiel aus ist. Entweder er sagt die Wahrheit, oder er landet im nächsten Flugzeug nach Karachi. Er hat die Wahl.«

Azhar gab ihre Worte weiter. Kumhars Augen füllten sich mit Tränen. Ein Strom von Worten sprudelte aus seinem Mund.

»Was sagt er?«, fragte Emily, als Azhar nicht sofort übersetzte.

Es schien Azhar schwerzufallen, sich von Kumhar abzuwenden, doch schließlich tat er es. »Er sagt, er möchte sein Leben nicht verlieren. Er bittet um Schutz. Er wiederholt im Großen und Ganzen das, was er schon gestern Nachmittag gesagt hat. ›Ich bin niemand. Ich bin nichts. Beschützen Sie mich bitte. Ich bin in diesem Land ohne Freunde. Und ich möchte nicht sterben wie der andere.‹«

Endlich, dachte Emily triumphierend. »Dann weiß er also etwas über Querashis Tod.«

»So scheint es«, antwortete Azhar.

Hier, sagte sich Barbara, würde es sich vielleicht als nützlich erweisen, nach dem Motto »Teile und herrsche« vorzugehen. Mrs. Malik wusste entweder tatsächlich nicht, wo ihr Sohn war, oder sie war nicht bereit, ihn der Polizei zu übergeben. Muhannads Frau andererseits schien so erpicht darauf zu zeigen, dass sie und ihr Mann ein Herz und eine Seele waren, dass sie in ihrem Bestreben, ihre Wichtigkeit für ihren Ehemann unter Beweis zu stellen, vielleicht dies oder jenes bedeutsame Detail ausplaudern würde. Doch um das zu erreichen, musste sie die beiden Frauen trennen, das war Barbara klar. Das erwies sich als einfacher als gedacht. Muhannads Frau nämlich machte ganz von selbst den Vorschlag, ein Gespräch unter vier Augen zu führen.

»Es gibt Dinge zwischen Mann und Frau«, erklärte sie Barbara selbstgefällig, »die nicht für die Ohren von Schwiegermüttern bestimmt sind. Und da ich Muhannads Frau bin und die Mutter seiner Söhne –«

»Ja, natürlich.« Keinesfalls wollte Barbara sich noch einmal das ganze Gelaber anhören, das diese Frau ihr an ihrem ersten Tag in Balford serviert hatte. Sie hatte den Eindruck, dass Yumn, welchem Glauben auch immer sie angehörte, zu biblischer Breite auflaufen konnte, wenn es ums Gebären ging.

»Wo können wir miteinander sprechen?«

Sie würden nach oben gehen, antwortete Yumn. Sie müsse vor dem Abendessen Muhannads Söhne baden, und Sergeant Havers könne dabei mit ihr sprechen. Sie würde das sicher sowieso sehen wollen. Die Söhne seien ein wahrhaft herzerfreuender Anblick.

Na klar, dachte Barbara. Sie konnte es kaum erwarten.

Mrs. Malik sagte: »Aber, Yumn, möchtest du denn nicht, dass Sahlah sie heute badet?« Sie sprach so ruhig, dass jemand, der es nicht gewohnt war, auf feine Untertöne zu achten, gar nicht gemerkt hätte, dass ihre Frage weit spitzer war als Yumns Bemerkungen zuvor.

Barbara war überhaupt nicht verwundert, Yumns Antwort zu entnehmen, dass *sie* höchstens ein Axthieb zwischen die Augen hätte aufmerken lassen. Ein spitzer kleiner Dolchstoß zwischen die Rippen bewirkte gar nichts. Sie sagte: »Dafür kann sie ihnen ja heute Abend vorlesen, *Sus-jahn.* Natürlich nur, wenn sie nicht zu müde sind. Und wenn sie nicht wieder eine Lektüre wählt, von der mein kleiner Anas Alpträume bekommt.« Und zu Barbara gewandt: »Kommen Sie.«

Barbara folgte dem breiten Hinterteil der Frau die Treppe hinauf. Yumn schwatzte unbekümmert. »Dass die Menschen sich doch immer selbst etwas vormachen müssen«, meinte sie in vertraulichem Ton. »Meine Schwiegermutter ist überzeugt, dass ihr allein das Herz meines Mannes gehört. Das ist traurig, nicht wahr? Er ist ihr einziger Sohn – sie konnte nur zwei Kinder bekommen, wissen Sie, meinen Muni und seine Schwester –, da ist sie viel stärker an ihn gebunden, als gut für sie ist.«

»Ach, tatsächlich?«, sagte Barbara. »Ich hätte gedacht, dass ihre Bindung zu Sahlah stärker wäre. Da sie doch beide Frauen sind. Sie wissen schon.«

»Sahlah?« Yumn lachte kurz. »Wer möchte mit so einem unnützen Ding viel zu tun haben? Meine Söhne sind hier drinnen.«

Sie ging voraus in ein Zimmer, in dem zwei kleine Jungen auf dem Boden spielten. Das jüngere Kind hatte nur eine Windel an, die ihm völlig durchnässt fast bis zu den Knien hinunterhing, während der ältere Junge nackt war. Seine abgelegten Kleidungsstücke – Windel, T-Shirt, Shorts und Sandalen – lagen in einem Haufen aufeinander, der den beiden Jungen beim Spiel mit ihren Autos offenbar als Teil eines Hindernisrennens diente.

»Anas! Bishr!«, rief Yumn lockend. »Kommt zu *Ammī-gee.* Es ist Zeit für euer Bad.«

Die Jungen spielten weiter.

»Und hinterher gibt es ein Eis, meine Kleinen.«

Das wirkte. Sie ließen ihre Spielsachen sein und ließen sich von ihrer Mutter auf den Arm nehmen. Yumn sagte: »Kommen Sie« zu Barbara und trug ihre Schätze ins Badezimmer. Sie ließ ungefähr so viel Wasser in die Wanne laufen, dass deren Boden gerade bedeckt war, setzte die beiden Jungen hinein und warf drei gelbe Enten, zwei Segelschiffe, einen Ball und vier Schwämme hinein. Sie drückte jede Menge Flüssigseife auf die Spielsachen und die Schwämme, die sie den Jungen zum Spielen gab. »Baden soll ein lustiges Spiel sein«, erklärte sie Barbara, als sie zurücktrat, um zuzusehen, wie die Kinder anfingen, mit den schäumenden Schwämmen nacheinander zu schlagen. Seifenblasen stiegen in die Luft. »Eure Tante rubbelt und schrubbt immer nur, nicht wahr?«, fragte Yumn die Jungen. »Blöde Tante. Aber mit eurer *Ammī-gee* macht das Baden Spaß. Sollen wir mit den Schiffchen spielen? Brauchen wir noch ein paar Entchen? Mögt ihr eure *Ammī-gee* lieber als alle anderen auf der Welt?«

Die Jungen waren zu sehr damit beschäftigt, sich gegenseitig die Schwämme ins Gesicht zu klatschen, um besonders auf sie zu achten. Sie zauste ihnen das Haar und sagte dann mit einem Seufzer tiefer Befriedigung zu Barbara: »Sie sind mein ganzer Stolz. Und der ihres Vaters. Sie werden einmal genau wie er, Männer unter Männern.«

»Sicher«, antwortete Barbara. »Ich kann die Ähnlichkeit sehen.«

»Ach ja?« Yumn trat noch einen Schritt von der Wanne zurück und betrachtete ihre Söhne, als wären sie Kunstwerke. »Ja. Anas hat die Augen seines Vaters und Bishr ...« Sie kicherte leise. »Sagen wir einfach, dass mein Bishr eines Tages in anderer Hinsicht ganz wie sein Vater sein wird. Nicht wahr, mein Bishr, du wirst einmal ein richtiger Stiergott für deine Frau?«

Sie griff ihrem Sohn zwischen die Beine, um seinen Penis zu zeigen, der etwa die Größe von Barbaras kleinem Zeh hatte. Na prima, dachte Barbara, man kann gar nicht früh genug damit anfangen, Komplexe heranzuzüchten.

»Mrs. Malik«, sagte sie. »Ich bin hergekommen, weil ich Ihren Mann sprechen wollte. Können Sie mir sagen, wo er ist?«

»Was wollen Sie denn von meinem Mann?« Sie beugte sich über die Wanne und rieb Bishrs Rücken mit einem Schwamm ab. »Er hat doch nicht etwa vergessen, einen Parkzettel zu bezahlen?«

»Ich würde ihm nur gern einige Fragen stellen«, antwortete Barbara.

»Fragen? Worüber denn? Ist etwas passiert?«

Barbara runzelte die Stirn. So ahnungslos konnte die Frau unmöglich sein. Sie sagte: »Haytham Querashi –«

»Ach, das! Aber über Haytham Querashi müssen Sie nicht mit meinem Mann sprechen. Er hat ihn ja kaum gekannt. Da müssen Sie mit Sahlah sprechen.«

»Ach ja?« Barbara sah zu, wie Yumn spielerisch Seife auf Anas' Schultern tropfen ließ.

»Natürlich. Sahlah hat böse Geschichten gemacht. Haytham ist dahintergekommen – wer weiß, wie? –, und es gab einen Streit. Der Streit führte zu ... Es ist traurig, wozu solche Streitereien meistens führen, nicht wahr? Kommt her, meine Kleinen. Wollen wir unsere Schiffchen auf den Wellen reiten lassen?« Sie bespritzte ihre Söhne mit Wasser. Die Boote schaukelten. Die Jungen lachten und schlugen mit ihren Fäusten ins Wasser. »Was für böse Geschichten?«, fragte Barbara.

»Sie war nachts immer sehr beschäftigt. Wenn sie glaubte, dass das Haus schliefe, wurde unsere kleine Sahlah immer sehr munter. Sie ist aus dem Haus gegangen. Und mehr als einmal ist jemand zu ihr ins Zimmer gekommen. Sie bildet sich natürlich ein, niemand wüsste davon. Aber sie weiß nicht, dass ich, wenn mein Mann abends ausgeht, kaum ein Auge zutue, bis er wieder in unserem Bett ist. Und ich habe gute Ohren. Sehr gute Ohren. Nicht wahr, meine Kleinen?« Scherzhaft puffte sie die Bäuche ihrer kleinen Söhne. Anas revanchierte sich, indem er ihr einen Schwall Wasser auf den Kittel spritzte. Sie lachte und spritzte zurück. »Und das Bett unserer kleinen Sahlah quietscht ganz schrecklich, nicht wahr, meine Schätze?« Wieder wurde kräftig gespritzt. »Sie schläft ja so unruhig, euer Tantchen. Quietsch, quietsch, quietsch, geht es da fast die ganze Nacht. Haytham ist dahintergekommen, was dieses hässliche Quietschen zu bedeuten hatte, nicht wahr, meine Kleinen? Und er und unsere Sahlah haben sich furchtbar gestritten.«

Was für eine Schlange, dachte Barbara. Dieser Frau sollte man mal kräftig eins über den Schädel geben. Sie war ziemlich sicher, dass es im Haus mehr als eine Person gab, die das gern getan hätte. Na schön, dieses hinterhältige Spiel konnten auch zwei spielen. Barbara sagte: »Haben Sie einen *chādor*, Mrs. Malik?«

Yumn, die gerade neue Wellen für ihre Jungen produzieren wollte, hielt inne. »Einen *chādor?*«, wiederholte sie. »Wie merkwürdig. Wie kommen Sie auf eine solche Frage?«

»Nun, Sie sind doch ziemlich traditionell gekleidet. Es hätte mich nur interessiert. Das ist alles. Gehen Sie viel aus? Machen Sie abends bei Freunden Besuche? Vielleicht in diesem oder jenem Hotel, um einen Kaffee zu trinken? Allein, meine ich. Und wenn Sie das tun, tragen Sie dann einen *chādor*? In London sieht man sie ja überall. Aber ich kann mich nicht erinnern, hier draußen einen gesehen zu haben.«

Yumn griff nach einem großen Plastikkrug, der neben der Wanne auf dem Boden stand. Sie zog den Stöpsel der Wanne heraus und füllte den Krug mit Wasser aus dem Hahn. Sie begann das Wasser über die Jungen zu gießen, die laut kreischten und sich schüttelten wie junge Hunde. Sie gab Barbara keine Antwort, sondern konzentrierte sich ganz darauf, die beiden Kinder gründlich abzuspülen und danach in große weiße Badetücher zu wickeln. Sie hob einen Jungen auf jede ihrer Hüften, wandte sich zur Tür und sagte zu Barbara: »Kommen Sie mit.«

Doch sie kehrte nicht in das Zimmer der Jungen zurück, sondern ging zum anderen Ende des Korridors, zu einem Zimmer, das im rückwärtigen Teil des Hauses lag. Die Tür war geschlossen. Sie öffnete sie mit einer herrischen Geste und bedeutete Barbara einzutreten.

Es war ein kleines Zimmer, ein schmales Bett stand an einer Wand, eine Kommode und ein Tisch an der anderen. Das Rautenglasfenster war offen, man konnte den Garten sehen und jenseits des Gartens eine Backsteinmauer mit einer Pforte, die in einen gepflegten Obstgarten führte.

»*Das* ist das Bett«, bemerkte Yumn in einem Ton, als handelte es sich um einen Ort höchster Schande. »Und Haytham hat gewusst, was hier vorging.«

Barbara wandte sich vom Fenster ab, jedoch ohne das Bett weiter zu beachten. Sie wollte gerade sagen: »Und wir wissen beide, dass Haytham Querashi davon erfahren hat, nicht wahr, Verehrteste«, als sie bemerkte, dass der Tisch auf der anderen Seite des Zimmers eine Art Werkbank zu sein schien. Neugierig trat sie näher.

Yumn sprach derweilen weiter. »Sie können sich vorstellen, wie Haytham zumute war, als er hören musste, dass seine zukünftige Frau – die ihm von ihrem Vater als rein und züchtig präsentiert worden war – kaum mehr wert war als eine gemeine … Nun, meine Ausdrucksweise ist vielleicht ein wenig zu stark. Aber nicht stärker als meine Gefühle.«

»Hm«, machte Barbara nur. Sie betrachtete drei Miniaturkommoden, in deren Schubladen Perlen, Münzen, Muscheln, Steine,

Eisenvitriolsplitter und andere kleine Dinge, die als Schmuck dienen konnten, geordnet waren.

»Wir Frauen geben unsere Kultur weiter«, erklärte Yumn. »Unsere Aufgabe ist es nicht nur, die Rolle der Frau und Mutter zu erfüllen, sondern auch, den Töchtern, die uns nachfolgen, Vorbilder der Tugend zu sein.«

»Ja. Natürlich«, sagte Barbara. Neben den drei Kommödchen war ein Gestell mit verschiedenen Werkzeugen: kleine Schraubenschlüssel, Bohrer, spitze Zangen, Scheren, zwei Drahtscheren.

»Und wenn eine Frau bei diesen Aufgaben versagt, bringt sie Schande über sich selbst, ihren Mann und ihre Familie. Sahlah wusste das. Sie wusste, was sie erwartete, wenn Haytham ihre Verlobung lösen und seine Gründe dafür bekanntgeben würde.«

»Ich verstehe. Ja«, sagte Barbara. Und neben dem Gestell mit den Werkzeugen lag eine Reihe großer Spulen.

»Kein Mann hätte sie danach mehr gewollt. Wenn sie nicht ganz aus der Familie ausgestoßen worden wäre, so wäre sie wie eine Gefangene gehalten worden. Wie eine Sklavin. Sie hätte jedem zu Diensten sein müssen.«

»Ich muss mit Ihrem Mann sprechen, Mrs. Malik«, sagte Barbara und legte ihre Hand auf die Kostbarkeit, die sie soeben entdeckt hatte.

Unter den Spulen, die mit feinen Kettchen, Nylonfaden und bunten Schnüren umwickelt waren, befand sich eine mit sehr feinem Draht, der sich zweifellos bestens als Stolperdraht eignete, um einen Ahnungslosen in der Finsternis oben auf dem Nez in den Tod zu stürzen.

Bingo, dachte sie. Es war nicht zu glauben. Barlow die Schreckliche hatte von Anfang an recht gehabt.

Emily musste ihnen beiden gestatten zu rauchen. Es schien die einzige Möglichkeit, für Kumhars Beruhigung zu sorgen und ihn so weit zu bekommen, dass er endlich alles sagen würde, was er wusste. Während ihr also um die Brust immer enger wurde, ihre Augen tränten und ihr Kopf zu dröhnen begann, ließ sie sich wohl oder übel von den Rauchschwaden aus seinen Benson & Hedges einhüllen. Es brauchte drei Zigaretten, ehe er so weit war, etwas zu sagen, was der Wahrheit vielleicht halbwegs nahekam. Vorher hatte er es mit der Behauptung versucht, er sei in Heathrow durch den Zoll gegangen. Dann stieg er auf Gatwick um. Als er jedoch weder Flugnummer noch Fluggesellschaft, noch das Datum seiner Einreise angeben konnte, blieb ihm schließlich nichts anderes übrig, als die Wahrheit zu sagen.

Azhar übersetzte. Sein Gesicht blieb die ganze Zeit völlig ausdruckslos. Sein Blick allerdings zeigte mit dem Fortgang der Vernehmung zunehmende Bestürzung. Emily jedoch traute dieser Bestürzung nicht. Sie kannte diese Pakistanis gut genug, um zu wissen, dass sie alle Schauspieler waren.

Es gab Leute, die einem halfen, erklärte Kumhar zunächst. Wenn man nach England auswandern wollte, gab es in Pakistan Leute, die wussten, wie man das Verfahren abkürzen konnte. Sie konnten die Wartezeit verkürzen und einem, auch wenn man die Voraussetzungen nicht erfüllte, ordnungsgemäße Papiere besorgen ... das alles hatte natürlich seinen Preis.

»Was versteht er unter ›ordnungsgemäßen Papieren‹?«, fragte Emily.

Kumhar umging die Frage. Anfangs habe er gehofft, auf legalem Weg in dieses wunderbare Land zu gelangen, sagte er. Er hatte Mittel und Wege gesucht, um das zu erreichen. Er hatte Förderer gesucht. Er hatte sich sogar einer Familie, die nicht wusste, dass er bereits verheiratet war, als Ehemann für ihre Tochter angeboten, ohne Rücksicht darauf, dass das Bigamie gewesen wäre. Aber natürlich habe er nicht gegen das Recht verstoßen, da die Vielweiberei nicht nur erlaubt sei, sondern einem Mann, der über die Mittel verfügte, mehr als eine Frau zu unterhalten, auch wohl anstehe. Nicht, dass er selbst die Mittel gehabt hätte, aber er würde sie haben. Eines Tages.

»Ersparen Sie mir die kulturellen Details«, warf Emily ein.

Ja, natürlich. Als alle seine Pläne, auf legalem Weg nach England zu kommen, fehlschlugen, berichtete ihm sein Schwiegervater von einer Agentur in Karachi, die darauf spezialisiert war, bei Einwanderungsproblemen zu helfen, wie sie es nannten. Diese Agentur hatte, wie er erfuhr, überall auf der Welt Zweigstellen.

»Ja, in jedem erwünschten Einreisehafen«, bemerkte Emily, sich der Städte erinnernd, die Barbara Havers auf ihrer Liste der Zweigstellen von *World Wide Tours* gehabt hatte. »Und in jedem unerwünschten Ausreisehafen.«

So könne man es sehen, meinte Kumhar. Er hatte jedenfalls das Büro in Karachi aufgesucht und sein Anliegen vorgebracht. Und gegen eine Gebühr hatte man sein Problem gelöst.

»Er ist nach England hineingeschmuggelt worden«, sagte Emily.

Nicht direkt nach England. Dafür hatte er nicht das Geld gehabt, wenn auch die direkte Einreise für solche Leute, die fünftausend Pfund für einen britischen Pass, einen Führerschein und einen Krankenversicherungsausweis bezahlen konnten, möglich war. Aber wer außer den Reichen konnte schon einen solchen Betrag hinlegen? Für das Geld, das er in fünf Jahren eisernen Sparens und ständigen Verzichts zusammengekratzt hatte, hatte er lediglich eine Überlandpassage von Pakistan nach Deutschland kaufen können.

»Nach Hamburg«, warf Emily ein.

Wieder antwortete er nicht direkt. In Deutschland, sagte er, habe er – in einer sicheren Wohnung versteckt – auf die Weiterreise nach England gewartet, wo er – zu gegebener Zeit und bei entsprechenden Bemühungen seinerseits, wie man ihm sagte – die Papiere erhalten würde, die er brauchte, um im Land bleiben zu können.

»Sie sind über Parkeston eingereist«, folgerte Emily. »Wie?«

Mit der Fähre, in einem LKW. Die Einwanderer wurden zwischen den Waren, die vom Kontinent herübergebracht wurden, versteckt: Autoreifenmaterial, Weizen, Mais, Kartoffeln, Textilien, Maschinenteile. Es spielte keine Rolle. Nötig war nur ein LKW-Fahrer, der bereit war, gegen eine beträchtliche Entlohnung das Risiko auf sich zu nehmen.

»Und Ihre Papiere?«

Kumhar begann plötzlich wieder zu brabbeln, offensichtlich nicht bereit, mit seiner Geschichte fortzufahren. Er und Azhar traten in einen Schnellfeuerdialog, den Emily mit den Worten unterbrach: »Das reicht. Ich möchte eine Übersetzung. Sofort.«

Azhar wandte sich ihr zu. Sein Gesicht war ernst. »Er sagt immer wieder das Gleiche. Er hat Angst, mehr zu sagen.«

»Dann werde ich es für ihn sagen«, versetzte Emily. »Muhannad Malik steckt bis zum Hals in dieser Sache. Er schmuggelt Illegale ins Land und hält ihre gefälschten Dokumente zurück, um sie zu erpressen. Übersetzen Sie das, Mr. Azhar.«

Als Azhar, dessen Blick sich mit jeder Anklage, die sie gegen seinen Vetter vorgebracht hatte, verdunkelt hatte, nicht gleich zu sprechen begann, sagte sie eisig: »Übersetzen Sie. Sie wollten es doch so. Dann halten Sie sich auch daran. Übersetzen Sie ihm, was ich gesagt habe.«

Azhar begann zu sprechen, aber seine Stimme klang verändert. Ein feiner Unterton schwang in ihr, den Emily nicht direkt identifizieren konnte, den sie aber für Besorgnis hielt. Natürlich. Er würde möglichst schnell seinen widerlichen Vetter unterrichten wollen. Diese Leute klebten zusammen wie Fliegen auf einem Kuhfladen, ganz gleich, welches Verbrechen einer begangen hatte. Aber er konnte nicht weggehen, solange er nicht mit Sicherheit wusste, wie die Wahrheit aussah. Und bis dahin würden sie Muhannad hinter Schloss und Riegel haben.

Als Azhar zum Ende seiner Übersetzung kam, begann Fahd Kumhar wieder zu weinen. Es sei wahr, sagte er. Bei seiner Ankunft in England sei er in ein Lagerhaus gebracht worden. Dort hatten ein Deutscher und zwei ihrer eigenen Landsleute ihn und seine Mitreisenden in Empfang genommen.

»Und Muhannad Malik war einer von ihnen?«, fragte Emily. »Wer war der andere?«

Das wusste Kumhar nicht. Er hatte es auch nie erfahren. Aber dieser andere Mann hatte viel Gold getragen – Uhren und Ringe. Er war gut gekleidet gewesen. Und hatte fließend Urdu gesprochen. Er kam nicht oft ins Lagerhaus, aber wenn er kam, unterwarfen sich ihm die beiden anderen.

»Rakin Khan«, zischte Emily. Die Beschreibung hatte auf keinen anderen gepasst.

Kumhar hatte zunächst beide Männernamen nicht gekannt. Mr. Maliks Namen hatte er nur erfahren, weil sie – und hier wies er auf Emily und Azhar – ihn gestern bei der Vernehmung genannt hatten. Vorher hatte er Malik nur als den Meister gekannt.

»Ein toller Spitzname«, murmelte Emily. »Den hat er sich bestimmt selbst ausgedacht.«

Kumhar sprach weiter. Man hatte ihnen gesagt, man habe ihnen

Arbeit beschafft, damit sie Schritt für Schritt den Preis für die ordnungsgemäßen Papiere abzahlen könnten.

»Was für Arbeit?«

Einige kamen auf Bauernhöfe, andere in Fabriken. Wo immer sie gebraucht wurden, gingen sie hin. Sie wurden mitten in der Nacht mit einem LKW abgeholt und zu ihrem Arbeitsplatz gebracht. Wenn die Arbeit beendet war, wurden sie zurückgebracht, manchmal schon in der nächsten Nacht, manchmal erst Tage später. Mr. Malik und die anderen Männer nahmen ihre Löhne in Empfang und zogen davon das Geld zur Bezahlung der Dokumente ab. Sobald die Dokumente abbezahlt seien, würden sie den Einwanderern übergeben. Danach könnten sie gehen.

Nur war in den drei Monaten, die Fahd Kumhar mittlerweile hier war, um seine Schulden abzuarbeiten, nicht ein Einziger gegangen. Zumindest nicht mit ordnungsgemäßen Papieren. Kein Einziger. Es kamen immer neue Einwanderer, aber keiner schaffte es, genug zu verdienen, um sich die Freiheit erkaufen zu können. Als die Früchte und das Gemüse heranreiften, gab es mehr zu tun, aber so viel man auch arbeitete, es reichte nicht, um die Schulden bei den Leuten abzubezahlen, die einen ins Land gebracht hatten.

Emily war klar, wie die Sache lief. Die illegal eingeschleusten Arbeitskräfte wurden von Landwirten, Fabrikbesitzern und Vorarbeitern eingestellt. Man zahlte ihnen weit niedrigere Löhne, als man regulären Arbeitskräften zahlen musste, jedoch nicht an die Illegalen selbst, sondern an denjenigen, der sie hin- und hertransportierte. Dieser behielt von den Löhnen ein, so viel er wollte, und speiste die Arbeiter mit einem Almosen ab. Die Illegalen glaubten, mit diesem System solle ihnen aus ihrem Dilemma geholfen werden. Doch das Gesetz hatte einen anderen Namen dafür: Sklaverei.

Sie säßen in der Falle, sagte Kumhar. Sie hätten nur zwei Möglichkeiten: Entweder sie arbeiteten weiter und hofften, dass sie früher oder später ihre Papiere erhalten würden, oder sie flohen und schlugen sich nach London durch, wo sie vielleicht in der asiatischen Gemeinde untertauchen konnten, ohne entdeckt zu werden.

Emily hatte genug gehört. Alle steckten sie mit drin: der ganze Malik-Clan und Haytham Querashi ebenfalls. Es war ein Fall gemeiner Geldgier. Querashi war der Schweinerei an jenem Abend im *Castle Hotel* auf die Spur gekommen. Er hatte auch ein Stück von dem Kuchen abhaben wollen. Er war abgeschmettert worden. Im wahrsten Sinne des Wortes. Zweifellos hatte er sich Kumhars bedient, um die Familie zu erpressen, seine Forderungen zu erfüllen. Entweder sie würden ihn finanziell beteiligen, oder er würde das ganze Unternehmen auffliegen lassen, indem er Kumhar veranlasste, sich an die Polizei oder die Presse zu wenden. Schlau gedacht. Er hatte damit gerechnet, dass die Habgier der Familie über eine eventuelle Versuchung, es darauf ankommen zu lassen, siegen würde. Und seine Forderung, ihn am Geschäft zu beteiligen, war ja so abwegig nicht gewesen. Er hätte ja schon bald zur Familie gehört. Er verdiente seinen gerechten Anteil an dem, was alle anderen genossen. Besonders Muhannad.

Tja, nun würde Muhannad sich von seinem Oldtimer, seiner Rolex, seinen Schlangenlederstiefeln, seinem funkelnden Brillantring und seinen goldenen Ketten verabschieden müssen. Dort, wo er hingehen würde, würde er sie nicht mehr brauchen.

Und damit wäre Akram Malik in der Gemeinde erledigt. Die ganze asiatische Bevölkerung wäre erledigt. Die meisten dieser Leute arbeiteten sowieso für ihn. Und wenn die Fabrik infolge der Ermittlungen über die schmutzigen Geschäfte der Maliks schließen musste, würde sie fortziehen müssen, um sich anderswo Arbeit zu suchen. Diejenigen, die rechtmäßig im Land waren.

Sie war also auf dem richtigen Weg gewesen, als sie die Senffabrik hatte durchsuchen lassen. Sie hatte bloß nicht daran gedacht, sie nach Menschen statt nach Waren durchsuchen zu lassen.

Jetzt gab es eine Menge zu tun. SO1 musste eingeschaltet werden, um eine Untersuchung der internationalen Verflechtungen der Operation anzuleiern. Das IND musste informiert werden, um die Deportation von Muhannads illegalen Arbeitskräften zu veranlassen. Einige von ihnen würde man natürlich als Zeugen beim Prozess gegen ihn und seine Familie brauchen. Vielleicht im Austausch gegen eine Aufenthaltserlaubnis, überlegte sie. Das wäre eine Möglichkeit.

Sie sagte zu Azhar: »Eines noch, wie kam Mr. Kumhar mit Mr. Querashi in Kontakt?«

Er sei eines Tages an seinem Arbeitsplatz erschienen, erklärte

Kumhar. Sie hatten sich gerade am Rand eines Erdbeerfelds zur Mittagspause niedergesetzt, als er plötzlich zu ihnen gekommen war. Er suche jemanden, mit dessen Hilfe er ihrer Knechtschaft ein Ende bereiten könne, hatte er gesagt. Er hatte Sicherheit und einen neuen Anfang in England versprochen. Kumhar war nur einer von acht Männern gewesen, die sich freiwillig gemeldet hatten. Querashi hatte Kumhar gewählt und ihn noch an diesem Nachmittag mitgenommen. Er hatte ihn nach Clacton gefahren, ihm ein Zimmer bei Mrs. Kersey besorgt und ihm zum Zeichen seiner guten Absichten einen Scheck für seine Familie in Pakistan gegeben.

Na klar, dachte Emily voller Verachtung. Da war es doch nur um Knechtschaft in einer anderen Form gegangen, wobei Querashi Kumhar als Druckmittel gegen Muhannad Malik und seine Familie einsetzen wollte. Kumhar war nur zu dumm gewesen, um das zu merken.

Sie musste nach oben in ihr Büro, um zu sehen, wie weit Barbara bei ihrer Suche nach Muhannad gekommen war. Aber sie konnte Azhar jetzt nicht gehen lassen, sonst würde er postwendend seine Verwandten informieren, dass man ihnen auf die Schliche gekommen war. Sie konnte ihn als Mithelfer festhalten, aber ein falsches Wort aus ihrem Mund, und er würde so schnell einen Anwalt verlangen, dass ihr schwindlig wurde. Besser, ihn bei Kumhar zu lassen und ihm einzureden, er diene den besten Interessen aller Betroffenen.

Sie sagte zu Azhar: »Ich brauche eine schriftliche Aussage von Mr. Kumhar. Darf ich Sie bitten, bei ihm zu bleiben, während er sie schreibt, und dann eine Übersetzung für mich anzufügen?«

Das müsste gut zwei Stunden in Anspruch nehmen, dachte sie.

Kumhar sprach aufgeregt auf Azhar ein. Seine Hände zitterten, als er sich schon wieder eine Zigarette anzündete.

»Was sagt er jetzt?«, fragte Emily.

»Er möchte wissen, ob er seine Papiere bekommt. Jetzt, wo er Ihnen die Wahrheit gesagt hat.«

Azhars Blick war eine Herausforderung. Er reizte sie.

»Sagen Sie ihm, alles zu seiner Zeit«, antwortete Emily. Und dann ging sie, um Barbara aufzustöbern.

Yumn griff Barbaras Interesse an dem Arbeitsplatz in Sahlahs Zimmer auf. »Das ist ihr Schmuck, so nennt sie es jedenfalls«, bemerkte sie. »*Ich* nenne es ihren Vorwand dafür, ihre Pflichten zu vernachlässigen.«

Sie trat neben Barbara an den Tisch und zog vier der Schubladen aus dem Kommödchen heraus. Sie leerte Münzen und Perlen auf den Tisch und stellte Anas auf den Stuhl davor. Er war sofort hellauf begeistert von dem bunten, glänzenden Krimskrams, zog gleich die nächste Schublade heraus und verstreute ihren Inhalt unter den Münzen und Perlen, die seine Mutter ihm bereits hingeworfen hatte. Lachend sah er zu, wie die kleinen bunten Perlen und Kugeln über den Tisch rollten und sprangen. Vorher waren sie sorgsam nach Größe, Farbe und Beschaffenheit geordnet gewesen. Jetzt lagen sie in hoffnungslosem Durcheinander. Sie neu zu sortieren würde einen langen Abend kosten.

Yumn hinderte ihren Sohn nicht daran, weitere Schubladen auszuleeren. Sie ermutigte ihn eher noch, indem sie ihm lächelnd das Haar zauste und sagte: »Die Farben gefallen dir, nicht wahr, mein Schöner? Kannst du deiner *Ammī-gee* sagen, was für Farben das sind? Das hier ist Rot, Anas. Siehst du Rot?«

Barbara sah nur noch rot. »Mrs. Malik«, sagte sie, »um noch mal auf Ihren Mann zurückzukommen. Ich hätte ihn gern gesprochen. Wo kann ich ihn erreichen?«

»Wozu wollen Sie mit meinem Mann sprechen? Ich habe Ihnen doch schon gesagt –«

»Und ich habe mir jedes Wort, das Sie in den letzten vierzig Minuten gesprochen haben, unauslöschlich eingeprägt. Aber ich muss noch ein oder zwei Fragen bezüglich Mr. Querashis Tod mit ihm klären.«

Yumn, die sich bisher damit vergnügt hatte, mit dem Haar ihres Sohnes zu spielen, wandte sich jetzt Barbara zu. »Ich habe Ihnen gesagt, dass er mit Haythams Tod nichts zu tun hat. Sie sollten mit Sahlah sprechen, nicht mit ihrem Bruder.«

»Dennoch –«

»Es gibt kein ›dennoch‹!« Yumns Stimme wurde lauter. Zwei rote Flecken erschienen auf ihren Wangen. Sie hatte ihr honigsüßes Ehefrau- und Mutter-Getue abgelegt und war plötzlich knallhart.

»Ich habe Ihnen gesagt, dass Sahlah und Haytham Streit hatten. Ich habe Ihnen gesagt, was sie nachts getrieben hat. Ich denke doch, dass Sie imstande sind, auch ohne meine Hilfe zwei und zwei zusammenzuzählen. Mein Mann«, schloss sie mit Nachdruck, »ist ein Mann unter Männern. Und Sie haben keinerlei Anlass, mit ihm zu sprechen.«

»Na gut«, sagte Barbara. »Danke, dass Sie sich die Zeit genommen haben. Ich finde selbst hinaus.«

Yumn verstand, was Barbara mit ihren Worten sagen wollte. Noch einmal sagte sie mit Nachdruck: »Sie haben keinen Anlass, mit ihm zu sprechen.«

Barbara drängte sich an ihr vorbei. Sie ging in den Korridor hinaus. Yumns Stimme folgte ihr.

»Sie haben sich ja schön von ihr einwickeln lassen. Genau wie alle anderen. Sie wechseln genau fünf Worte mit dem kleinen Luder, und das Einzige, was Sie sehen, ist ein liebes kleines Unschuldslamm. So still. So sanft. *Sie* würde doch keiner Fliege was zuleide tun. Sie ziehen sie überhaupt nicht in Betracht. Und sie kommt ungestraft davon.«

Barbara stieg die ersten Stufen der Treppe hinunter.

»Die kann sich doch alles leisten, diese Hure. Ja, Hure! Nimmt den Kerl mit in ihr Zimmer, in ihr Bett, und alle glauben ihrem frommen Getue. Aber fromm war sie nie. Und auch nicht rein oder züchtig oder pflichtbewusst oder gut.«

Barbara hatte die Tür erreicht. Sie griff nach dem Knauf. Aus dem ersten Stock schrie Yumn herunter: »Er war bei mir.«

Barbara erstarrte mitten in der Bewegung. Sie brauchte einen Moment, um das Gehörte zu verarbeiten. Dann drehte sich sich um. »Was?«

Mit ihrem jüngeren Sohn auf dem Arm kam Yumn die Treppe herunter. Ihr Gesicht war bleich bis auf zwei brennend rote Flecken auf den Wangenknochen. Ihr Wanderauge verlieh ihrem Ausdruck etwas Irres. Der Eindruck wurde noch durch den Ton ihrer Stimme verstärkt, als sie sagte: »Ich sage Ihnen das, was Sie von Muhannad hören werden. Ich erspare Ihnen die Mühe, ihn suchen zu müssen. Darum geht es Ihnen doch, oder nicht?«

»Was wollen Sie sagen?«

»Ich will sagen, dass Muhannad mit Haytham Querashis Tod nichts zu tun hat, falls Sie das glauben sollten. Er kann gar nichts damit zu tun gehabt haben. Er war Freitagabend bei mir. Er war oben in unserem Zimmer. Wir waren zusammen. Wir waren im Bett. Er war bei mir.«

»Freitagabend?«, fragte Barbara der Klarheit halber nach. »Sie sind sicher? Er ist nicht weggegangen? Zu keiner Zeit? Hat er Ihnen nicht vielleicht gesagt, dass er einen Freund besuchen wollte? Dass er vielleicht mit einem Freund zu Abend essen wollte?«

»Ich muss doch wissen, wann mein Mann bei mir war«, gab Yumn scharf zurück. »Und er war hier. Bei mir. In diesem Haus. Freitagabend.«

Klasse, dachte Barbara. Einen klareren Beweis für Muhannad Maliks Schuld hätte sie nicht verlangen können.

26

Er konnte die Stimmen in seinem Kopf nicht zum Schweigen bringen. Sie schienen aus allen Richtungen und aus jeder möglichen Quelle über ihn herzufallen. Zuerst glaubte er, es würde ihm schon etwas einfallen, wenn es ihm nur gelang, diese Stimmen abzuwürgen. Aber als er merkte, dass er nichts tun konnte, um ihr wildes Geschrei zu bannen – außer sich umzubringen vielleicht, was er ganz gewiss nicht vorhatte –, war ihm klar, dass er planen musste, auch wenn die Stimmen ihn marterten bis aufs Blut.

Reuchleins Anruf hatte ihn keine zwei Minuten, nachdem die Kuh von Scotland Yard das Lagerhaus in Parkeston verlassen hatte, in der Firma erreicht. »Abbruch, Malik«, war das Einzige, was er gesagt hatte. Das bedeutete, dass die neue Lieferung – die genau heute eintreffen sollte und mindestens zwanzigtausend Pfund wert war, wenn die Burschen lange genug arbeiteten, ohne dass sie türmten – weder am Hafen entgegengenommen noch ins Lagerhaus befördert, noch an die Obstpflanzer in Kent verteilt werden würde, die bereits, wie vereinbart, die Hälfte der Löhne im Voraus bezahlt hatten. Stattdessen würden die Leute bei ihrer Ankunft auf freien Fuß gesetzt werden, und es würde ihnen überlassen bleiben, sich nach London, Birmingham oder in irgendeine andere Stadt durchzuschlagen, wo sie untertauchen konnten. Und wenn sie nicht vorher von der Polizei geschnappt wurden, würden sie mit der Menge verschmelzen und niemandem ein Sterbenswörtchen darüber sagen, wie sie ins Land gekommen waren. Warum reden, wenn reden zur Deportation führen würde? Die Kräfte, die bereits an verschiedene Arbeitsplätze verteilt waren, waren von nun an auf sich selbst gestellt. Wenn niemand kam, um sie zum Lagerhaus zurückzubringen, würden sie schon merken, was los war.

Abbruch hieß, dass Reuchlein auf dem Rückweg nach Hamburg war. Es hieß, dass jedes Papier, das sich auf den Einwanderungsdienst von *World Wide Tours* bezog, in den Reißwolf wanderte. Und es hieß, dass er selbst rasch handeln musste, bevor seine Welt, wie er sie seit sechsundzwanzig Jahren kannte, zusammenbrach.

Er hatte sofort die Fabrik verlassen. Er war nach Hause gefahren. Er hatte seine eigenen Vorbereitungen getroffen. Haytham war tot – wofür er jedwedem göttlichen Wesen, das gerade frei war, dankte –, und er wusste, dass Kumhar nie im Leben den Mund aufmachen würde. Sobald er redete, würde man ihn deportieren, und das war das Letzte, was er jetzt, da sein großer Beschützer ermordet worden war, wollte.

Und dann hatte Yumn – diese hässliche Kuh, die er seine Ehefrau nennen musste – den Streit mit seiner Mutter angefangen. Er hatte sich erst einmal mit ihr befassen müssen und hatte dabei die Wahrheit über Sahlah erfahren.

Er hatte sie verflucht, seine Schwester, diese Schlampe. Sie hatte ihn dazu getrieben. Was erwartete sie denn, wenn sie sich wie eine Hure benahm, noch dazu mit einem Engländer? Vergebung? Verständnis? Hinnahme? Was? Sie hatte sich von diesen unreinen, schmutzigen, korrupten, ekelhaften Händen berühren lassen. Sie hatte sich bereitwillig von diesem Schwein küssen lassen. Sie hatte mit diesem Scheißkerl Shaw auf dem nackten Boden unter einem Baum gelegen, und da hatte sie erwartet, dass er – ihr Bruder, der älter war als sie und ihr Herr – der Szene einfach den Rücken kehrte? Ihrem zweifachen Stöhnen und Keuchen? Dem Geruch ihres Schweißes? Dem Anblick seiner Hand, die ihr Nachthemd hochschob und ihr Bein hinaufkroch?

Ja, er hatte sie gepackt. Ja, er hatte sie ins Haus gezerrt. Ja, er hatte sie genommen, weil sie es nicht anders verdiente, weil sie eine Hure war und vor allem, weil sie bezahlen musste, wie alle Huren bezahlten. Und einmal – eine Nacht – hatte nicht gereicht, um sie ein für alle Mal wissen zu lassen, wer der wahre Herr über ihr Schicksal war. Ein Wort von mir, und du stirbst, hatte er zu ihr gesagt. Und er hatte ihr nicht einmal den Mund zuhalten müssen, um ihre Schreie zu ersticken, wie er eigentlich erwartet hatte. Sie hatte gewusst, dass sie für ihre Sünde bezahlen musste.

Nach Yumns Ausbruch war er losgefahren, um sie zu suchen. Er wusste, es war das Letzte, was er jetzt hätte tun sollen, aber er musste sie finden. Er war wie im Fieber. Seine Augen brannten, sein Herz hämmerte, sein Kopf dröhnte vom Kreischen ihrer Stimmen.

Abbruch, Malik.

Soll ich wie ein Hund behandelt werden?

Sie ist widerspenstig, mein Sohn. Sie hat kein Gefühl für –

Die Polizei war hier, um die Fabrik zu durchsuchen. Sie hat nach Ihnen gefragt.

Abbruch, Malik.

Sieh mich an, Muni. Sieh dir an, was deine Mutter –

Ehe ich wusste, wie mir geschah, hatte sie die Pflanzen zerstört. Ich verstehe nicht, warum –

Abbruch, Malik.

… das kleine Unschuldslamm.

Abbruch.

Ein Unschuldslamm? Die? In ein paar Wochen wird sie die Wahrheit nicht mehr unter ihrem gharara *verstecken können –*

Sie wollten nicht sagen, was sie suchten. Aber sie hatten einen Durchsuchungsbefehl. Ich habe ihn selbst gesehen.

Deine Schwester ist schwanger.

Abbruch. Abbruch.

Sahlah würde nicht darüber sprechen. Sie würde ihn nicht beschuldigen. Sie würde es nicht wagen. Eine Beschuldigung würde sie selbst vernichten, weil dann die Wahrheit über Shaw bekanntwerden würde. Weil er – Muhannad, ihr Bruder – diese Wahrheit ans Licht bringen würde. *Er* würde anklagen. *Er* würde genau berichten, was er im Obstgarten gesehen hatte, und würde es ihren Eltern überlassen, daraus ihre Schlüsse zu ziehen. Konnten sie dem Wort einer Tochter trauen, die sie hinterging und sich nachts heimlich aus dem Haus schlich? Einer Tochter, die sich benahm wie eine gemeine Hure? Von wem, würde er fragen, war eher anzunehmen, dass er die Wahrheit sagte? Von einem Sohn, der seiner Frau, seinen Kindern und seinen Eltern gegenüber seine Pflicht tat, oder von einer Tochter, die Tag für Tag eine Lüge lebte?

Sahlah wusste, was er sagen würde. Sie wusste, was ihre Eltern glauben würden. Darum würde sie nicht darüber sprechen, und sie würde nicht anklagen.

So blieb ihm eine Chance, sie zu finden. Doch sie war nicht in der Fabrik. Sie war nicht im Schmuckgeschäft bei ihrer potthässlichen Freundin. Sie war nicht im *Falak-Dedar-Park*. Sie war nicht auf dem Pier.

Aber auf dem Pier hörte er die Nachricht von Mrs. Shaws Schlaganfall und fuhr zum Krankenhaus. Er traf gerade rechtzeitig ein, um sie alle drei herauskommen zu sehen. Seinen Vater, seine Schwester und Theo Shaw. Und der Blick, den seine Schwester und ihr Liebhaber tauschten, als er ihr die Tür zum Wagen ihres Vaters öffnete, sagte ihm alles, was er wissen musste. Sie hatte geredet. Das kleine Luder hatte Shaw die Wahrheit gesagt.

Muhannad Malik war davongebraust, bevor sie ihn sahen. Und die Stimmen schlugen über ihm zusammen.

Abbruch, Malik.

Was soll ich tun? Sag es mir, Muni.

Bisher hat Mr. Kumhar uns niemanden genannt, den er benachrichtigen lassen möchte.

Wenn einer von uns gestorben ist, ist es nicht deine Aufgabe, dafür zu sorgen, dass er wieder aufersteht.

... tot auf dem Nez gefunden.

Ich arbeite mit unseren Leuten in London, wenn sie Schwierigkeiten mit –

Abbruch, Malik.

Muhannad, schau, das ist meine Freundin Barbara. Sie wohnt in London.

Dieser Mensch, von dem du sprichst, ist für uns gestorben. Du hättest ihn nicht in unser Haus bringen sollen.

Manchmal gehen wir in die Chalk Farm Road und kaufen uns ein Eis, wir waren auch schon mal im Kino, und sie ist sogar zu meinem Geburtstag gekommen. Manchmal besuchen wir auch ihre Mam in –

Abbruch, Malik.

Wir haben ihr erzählt, dass wir nach Essex fahren. Aber Dad hat mir nicht gesagt, dass du hier wohnst, Muhannad.

Abbruch. Abbruch.

Kommst du wieder? Ich möchte so gern deine Frau und deine kleinen Jungen kennenlernen.

Und da – da, wo er sie am wenigsten erwartet hatte – war die Lösung, die er suchte. Sie brachte die Stimmen zum Schweigen und beruhigte seine Nerven.

Er raste zum *Burnt House Hotel.*

»Gut«, sagte Emily mit grimmigem Nachdruck. Sie strahlte. »Gut gemacht, Barbara. Verdammt gut. Dann mal los.« Sie rief nach Belinda Warner. Die junge Frau kam ins Büro gerannt.

Barbara hätte selbst am liebsten gejubelt. Jetzt hatten sie Muhannad Malik am Kragen. Hatten ihn auf einem silbernen Tablett überreicht bekommen wie Salome Johannes, nur dass sie nicht einmal dafür hatten tanzen müssen. Seine eigene dusselige Ehefrau hatte ihn verraten.

Emily begann, Anweisungen zu geben. Der Constable, der in Colchester unterwegs war – der die Straßen rund um Rakin Khans Wohnung abgeklappert hatte, um jemand ausfindig zu machen, der Muhannads Alibi für Freitagabend entweder bestätigen oder ein für alle Mal zerschlagen konnte –, sollte zurückgerufen werden. Die Beamten, die in der Senffabrik sämtliche Personalakten durchsehen wollten, um die Arbeitspapiere zu prüfen, sollten abgezogen werden. Die Männer, die den Einbrüchen in den Strandhütten nachgingen, um Trevor Ruddock vom Verdacht des Mordes an Haytham Querashi zu befreien, sollten dieses Unternehmen einstweilen zurückstellen. Alle verfügbaren Beamten sollten sich an der Fahndung nach Muhannad Malik beteiligen.

»Kein Mensch kann an zwei Orten zugleich sein«, hatte Barbara triumphierend zu Emily gesagt. »Er hat vergessen, seine Frau in sein Alibi einzuweihen. Und sie hat ihm ein zweites gegeben. Jetzt ist es aus mit ihm, Emily.«

Und nun endlich erlebte sie eine Emily Barlow, die ganz in ihrem Element war. Sie stellte einen Schlachtplan auf und verteilte die Aufgaben an ihre Leute mit einer ruhigen Sicherheit, als spürte sie nicht einen Funken der Erregung, die, wie Barbara wohl wusste, in ihr rumorte. Sie hatte schließlich von Anfang an recht gehabt. Sie hatte gespürt, dass Muhannad Malik etwas zu verbergen hatte, dass an seinen lauten Beteuerungen, ein Mann seines Volkes zu sein, etwas nicht stimmte. Es gab sicher irgendeine Allegorie oder Fabel, die die Falschheit von Muhannads Leben auf den Punkt brachte, aber in diesem Moment war Barbara zu aufgedreht, um sie aus ihrem Gedächtnis zu kramen. War ja auch egal. Hauptsache, wir kriegen dieses Schwein, dachte sie.

Beamte wurden in alle Richtungen ausgesandt: zur Senffabrik, zum Haus in den Avenues, zu den Sitzungsräumen des Stadtrats, zum *Falak-Dedar-Park*, zu dem kleinen Versammlungsraum über der Druckerei Balford, wo die Mitglieder von *Jum'a* sich zu treffen pflegten. Andere Beamte wurden nach Parkeston beordert, für den Fall, dass Muhannad Malik auf dem Weg zu *Eastern Imports* war.

Eine Personenbeschreibung Maliks wurde über Fax an alle Gemeinden der Umgebung geschickt. Eine Beschreibung des Thunderbird sowie sein Kennzeichen wurden an die Polizeidienststellen weitergegeben. Der *Tendring Standard* wurde angerufen, weil man Maliks Foto auf der ersten Seite der nächsten Ausgabe unterbringen wollte, falls man ihn bis morgen nicht gefasst hatte.

Die ganze Dienststelle war auf den Beinen. Überall war Bewegung. Die Rädchen der Ermittlungsmaschinerie griffen reibungslos ineinander, und der Motor war Emily Barlow.

Gerade wenn sie auf solche Weise gefordert war, pflegte sie ihre beste Arbeit zu leisten. Barbara erinnerte sich an ihre Fähigkeit, schnelle Entscheidungen zu fällen und ihre Hilfskräfte mit höchster Effektivität einzusetzen. Sie hatte diese Fähigkeit schon bei ihren Übungen in Maidstone gezeigt, wo nichts auf dem Spiel gestanden hatte als die Anerkennung des Kursleiters und die Bewunderung der Kollegen. Jetzt, wo alles auf dem Spiel stand – vom Frieden in der Gemeinde bis zu ihrer Position –, war sie die Ruhe selbst. Nur ihre kurze, abgehackte Sprechweise ließ ahnen, unter welch großer Spannung sie stand.

»Sie waren alle beteiligt«, sagte sie zu Barbara und kippte einen kräftigen Schluck Wasser aus einer Evianflasche. »Querashi auch. Das sieht jeder Blinde. Er wollte einen Anteil an der Knete, die Muhannad von allen kassierte, die seine illegalen Arbeitskräfte einstellten. Aber Muhannad wollte nicht teilen, und da ist Querashi eben die Treppe runtergestürzt.« Wieder trank sie einen Schluck. »Schau dir doch mal an, wie einfach es war, Barb. Malik war ständig auf Achse: Versammlungen von *Jum'a*, Geschäfte mit Reuchlein, Beförderung von Illegalen quer durchs Land.«

»Ganz zu schweigen von den vielen Reisen für die Firma«, fügte Barbara hinzu. »Das hat Ian Armstrong mir erzählt.«

»Seine Familie hat sich also bestimmt nichts dabei gedacht, wenn er an diesem oder jenem Abend unterwegs war. Er konnte jederzeit aus dem Haus gehen, Querashi folgen, sein Arrangement mit Hegarty beobachten – ohne zu wissen, dass es Hegarty war, mit dem Querashi sich traf – und brauchte dann nur noch den richtigen Moment zu wählen, um ihn ins Jenseits zu befördern. Und er hatte bestimmt ein halbes Dutzend Alibis vorbereitet, um für den Abend, an dem sein Plan glücken würde, abgesichert zu sein.«

Ja, dachte Barbara, es passte alles zusammen. »Und dann kreuzte er mit seinen Leuten im Schlepptau auf, um ein großes Theater um den Mord zu machen und sich selbst als Unschuldslamm hinzustellen.«

»Ja, um den Eindruck zu erwecken, er wäre das, was er in Wirklichkeit nie war: ein Bruder unter Brüder, dem es einzig darum ging, den Mord an Querashi aufzuklären.«

»Klar, hätte er uns vielleicht mit seinen Forderungen, Querashis Mörder zu fassen, die Hölle heiß gemacht, wenn er selbst der Mörder gewesen wäre?«

»Das sollte ich glauben, ja«, sagte Emily. »Aber ich habe es nie geglaubt. Nicht einen Moment lang.«

Sie ging zum Fenster, wo immer noch der Kissenbezug hing, den sie am vergangenen Tag angebracht hatte, um die Sonne abzuhalten. Sie riss ihn herunter. Sie beugte sich aus dem Fenster hinaus und sah auf die Straße. Sie sagte: »Das ist das Schlimmste. Das ist der Teil, den ich hasse.«

Das Warten, dachte Barbara. Die Notwendigkeit, selbst hinter den Linien zu bleiben, um die Truppen zu dirigieren, während die Informationen in der Dienststelle einliefen. Das war die negative Seite an der Position, die Emily sich erkämpft hatte. Sie konnte nicht überall zugleich sein. Sie musste sich auf die Tüchtigkeit und die Hartnäckigkeit ihres Teams verlassen.

»Chefin?« Emily drehte sich mit einem Ruck herum. Belinda Warner stand an der Tür. »Wer hat sich gemeldet?«, fragte sie.

»Es geht um diesen Pakistani. Er ist wieder unten. Er –«

»Um welchen Pakistani?«

»Sie wissen schon. Mr. Azhar. Er ist in der Wache und möchte Sie sprechen. Oder Sergeant Havers. Er hat gesagt, Sergeant Havers wäre auch in Ordnung. Der Kollege in der Wache hat gesagt, er sei völlig aufgelöst.«

»Was, zum Teufel, tut er in der Wache?«, fragte Emily. »Ich dachte, er ist bei Fahd Kumhar. Ich hab' ihn bei ihm gelassen. Ich hab' ausdrückliche Anweisung gegeben –« Sie unterbrach sich selbst. »Um Gottes willen«, sagte sie, blass werdend.

»Was ist?« Barbara war aufgesprungen. Die Vorstellung eines völlig aufgelösten Azhar hatte sie aufgeschreckt. Der Pakistani war normalerweise so beherrscht, dass diese Vorstellung sie aufs höchste beunruhigte. »Was ist denn los?«

»Er sollte die Dienststelle nicht verlassen«, antwortete Emily. »Er sollte bei Kumhar bleiben, bis wir seinen Vetter dingfest gemacht haben. Aber als ich aus dem Vernehmungsraum gegangen bin, habe ich vergessen, den Leuten unten in der Wache zu sagen, dass er das Haus nicht verlassen darf.«

»Was wollen Sie?« Belinda wartete auf Anweisungen.

»Ich werde mich um ihn kümmern«, blaffte Emily.

Barbara folgte ihr. Im Laufschritt rannten sie den Korridor und dann die Treppe hinunter. Im Erdgeschoss ging Taymullah Azhar rastlos in dem kleinen Vorraum hin und her.

»Barbara!«, rief er, als er die beiden Frauen sah. Alles Bemühen, Haltung zu bewahren, löste sich in einem Moment heller Panik auf. Sein Gesicht war verzweifelt. »Barbara, sie ist weg. Er hat Hadiyyah entführt.«

»Lieber Gott«, sagte Barbara und meinte es als Gebet. »Was sagen Sie da, Azhar? Mein Gott. Sind Sie sicher?«

»Als ich hier fertig war, bin ich ins Hotel zurückgefahren. Mr. Treves hat es mir gesagt. Mrs. Porter war bei ihr. Sie erinnerte sich an ihn. Sie hatte ihn ja neulich Abend gesehen. Mit uns. Sie erinnern sich. In der Bar. Sie glaubte, es wäre verabredet gewesen ...« Gleich würde er zu hyperventilieren anfangen.

Impulsiv legte Barbara ihm den Arm um die Schultern. »Azhar, wir holen sie zurück«, sagte sie und drückte ihn. »Azhar, wir holen sie zurück. Ich schwöre es. Ich verspreche Ihnen, dass wir sie zurückholen.«

»Was zum Teufel ist hier eigentlich los?«, fragte Emily scharf.

»Hadiyyah ist seine Tochter. Sie ist acht Jahre alt. Muhannad hat sie entführt. Sie glaubte offensichtlich, es wäre in Ordnung, mit ihm zu gehen.«

»Sie weiß, dass sie nicht mit Fremden mitgehen darf«, sagte Azhar. »Niemals. Unter keinen Umständen. Sie weiß es doch.«

»Ja, aber Muhannad ist für sie kein Fremder«, erinnerte ihn Barbara. »Sie hat zu ihm gesagt, sie würde gern seine Frau und seine Kinder kennenlernen. Erinnern Sie sich, Azhar? Sie haben es doch auch gehört. Genau wie ich. Und Sie hatten ja keinen Anlass zu glauben …« Sie wollte ihm so gern die Schuldgefühle nehmen, die ihn quälten. Aber sie konnte es nicht. Es war ja sein Kind.

»Was zum Teufel ist hier los?«, wiederholte Emily.

»Das habe ich dir doch eben gesagt. Hadiyyah –«

»Ich pfeif' auf Hadiyyah, wer immer sie ist. Kennst du diese Leute, Barbara? Und wenn ja, wie viele von ihnen kennst du?«

Barbara erkannte ihren Fehler. Sie hätte Azhar nicht umarmen dürfen. Sie hätte nicht verraten dürfen, was sie über ihn und seine Tochter wusste. Krampfhaft suchte sie nach irgendeiner Ausrede, aber es gab nur die Wahrheit und keine Zeit, sie zu erklären.

Azhar begann wieder zu sprechen. »Er hat sie gefragt, ob sie das Meer mag. Mrs. Porter hat es gehört. ›Magst du das Meer? Wollen wir einen Ausflug aufs Meer machen?‹, hat er gesagt, als sie zusammen weggegangen sind. Mrs. Porter hat es gehört. Barbara, er hat sie –«

»Um Gottes willen. Er hat ein Boot genommen.« Barbaras Blick flog zu Emily. Es war nicht genug Zeit, zu erklären oder zu besänftigen. Sie wusste, was Muhannad Malik vorhatte. »Er hat ein Boot aus dem Jachthafen genommen, wie schon einmal. Aber in Wirklichkeit will er hinüber zum Kontinent. So muss es sein. Das ist ja Wahnsinn. Es ist viel zu weit. Aber genau das hat er vor. Wegen Hamburg. Wegen Reuchlein. Und Hadiyyah hat er mitgenommen, damit wir ihn nicht aufhalten. Wir müssen ihm die Küstenwache hinterherjagen, Em.«

Emily Barlow schwieg. Doch die Antwort stand ihr ins Gesicht geschrieben, und was ihre Miene sagte, hatte nichts mit einer Mörderjagd auf hoher See zu tun. Die Erkenntnis, dass Barbara sie getäuscht hatte, verzerrte ihre Züge, machte ihre Lippen schmal und ihren Blick hart.

»Em«, drängte Barbara, verzweifelt bemüht, sie über diesen Moment hinwegzubringen. »Ich kenne sie aus London. Azhar und Hadiyyah. Das ist alles. Um Gottes willen, Em –«

»Ich kann es einfach nicht glauben.« Emilys Blick brannte. »Gerade du –«

»Barbara!«, rief Azhar angsterfüllt.

»Ich habe erst erfahren, dass du den Fall leitest, als ich nach Balford kam«, sagte Barbara.

»Du hast gegen die Vorschriften verstoßen, ganz gleich, wer die Leitung hat.«

»Okay. Ich weiß es. Ich habe gegen die Vorschriften verstoßen.« Erregt suchte Barbara nach einem Mittel, Emily zum Handeln zu treiben. »Em, ich wollte doch nur verhindern, dass sie in irgendwas hineinschlittern. Ich hab' mir Sorgen um sie gemacht.«

»Und ich habe dir direkt in die Hände gespielt, stimmt's?«

»Was ich getan habe, war nicht in Ordnung. Ich hätte dir gegenüber offen sein müssen. Du kannst es meinem Chef melden. Aber später. *Später*!«

»Bitte!«, flehte Azhar.

»Zum Kotzen unprofessionell, Havers.« Es war, als hätte Emily nicht ein Wort gehört.

»Ja. Gut«, sagte Barbara. »Es war unprofessionell. Ich geb's ja zu. Aber darum geht's doch jetzt nicht. Wir brauchen die Küstenwache, wenn wir Muhannad schnappen wollen. Jetzt, Em. Wir brauchen die Küstenwache!«

Keine Reaktion von Emily.

»Herrgott noch mal, Em«, rief Barbara schließlich. »Geht's hier um Mord, oder geht's um dich?«

Es war ein Schlag unter die Gürtellinie, und Barbara verachtete sich sofort dafür. Doch die Verurteilung, die in der Frage mitschwang, erzielte die gewünschte Wirkung.

Emily sah erst Barbara an, dann Azhar, und nahm die Zügel wieder in die Hand.

»Die Küstenwache kann uns nicht helfen.« Ohne eine weitere Erklärung drehte sie sich um und ging zum rückwärtigen Teil der Dienststelle davon.

»Kommen Sie«, sagte Barbara und packte Azhar beim Arm.

An der Tür zu einem Raum voller Computer und Kommunikationsgeräte blieb Emily stehen. »Setzen Sie sich mit Constable Fogarty in Verbindung«, befahl sie knapp. »Schicken Sie das *ARV* zum Jachthafen. Unser Mann ist auf See und hat eine Geisel genommen. Sagen Sie Fogarty, ich brauche eine Glock 17 und eine MP 5.«

Barbara verstand jetzt, warum Emily von einem Einsatz der Küstenwache nichts hatte wissen wollen. Ihre Boote waren unbewaffnet; ebenso ihre Beamten. Und Emily hatte das *Armed Response Vehicle*, das fahrende Waffenarsenal der Dienststelle, angefordert.

O Scheiße, dachte Barbara angstvoll und versuchte, sich die Vorstellung von Hadiyyah mitten im Kugelhagel aus dem Kopf zu schlagen. »Kommen Sie«, sagte sie wieder zu Azhar.

»Was hat sie –?«

»Sie will ihn verfolgen. Und wir fahren mit.« Es war, dachte Barbara, das Beste, was sie tun konnte, um das Schlimmste für ihre kleine Freundin zu verhindern.

Dicht gefolgt von Azhar und Barbara, eilte Emily durch den Fitnessraum. Hinter der Dienststelle rannte sie zu einem der Streifenwagen, die dort standen. Sie hatte ihn bereits gestartet und das Blinklicht eingeschaltet, als Barbara und Azhar hineinsprangen.

Emily drehte sich um. »Er bleibt hier«, sagte sie. Und zu Azhar: »Steigen Sie aus.« Als er nicht sofort reagierte, fuhr sie ihn wütend an: »Verdammt noch mal, ich hab' gesagt, Sie sollen aussteigen. Ich habe restlos genug von Ihnen. Ich hab' von euch allen genug. Los, raus aus dem Wagen.«

Azhar sah Barbara an. Barbara wusste nicht, was er von ihr wollte, und selbst wenn sie es gewusst hätte, hätte sie es ihm nicht geben können. Ein Kompromiss war das Beste, was sie anzubieten hatte.

»Wir holen sie zurück, Azhar«, sagte sie. »Bleiben Sie hier.«

»Bitte!«, flehte er. »Lassen Sie mich mitkommen. Sie ist alles, was ich habe. Sie ist alles, was ich liebe.«

Emily kniff die Augen zusammen. »Erzählen Sie das Ihrer Frau und den Kindern in Hounslow. Die werden bestimmt überglücklich sein, das zu hören. Und jetzt steigen Sie aus, Mr. Azhar, ehe ich einen Beamten rufe, der Ihnen Beine machen wird.«

Barbara drehte sich auf ihrem Sitz herum. »Azhar«, sagte sie. Er riss seinen Blick von Emily los und sah sie an. »Ich liebe sie auch. Ich bringe sie zurück. Warten Sie hier.«

So schwerfällig, als bereite es ihm übermenschliche Anstrengung, stieg Azhar aus dem Wagen. Sobald er die Tür zugeschlagen hatte, trat Emily aufs Gaspedal. Der Wagen schoss vom Parkplatz auf die Straße hinaus. Emily schaltete die Sirene ein.

»Was zum Teufel hast du dir eigentlich dabei gedacht?«, fragte sie. »Was für eine Polizistin bist du überhaupt?« Sie brausten zur Martello Road hinauf. In der High Street stand der Verkehr. Sie schwenkten rechts ab und rasten in Richtung Meer.

»Wie oft hattest du in den letzten drei Tagen Gelegenheit, mir reinen Wein einzuschenken? Zehnmal? Ein Dutzend Mal?«

»Ich hätte es dir ja gesagt, aber –«

»Spar dir deine Erklärungen«, schnauzte Emily.

»Ich hätte es dir gleich sagen sollen, als du mich gebeten hast, die Verbindungsarbeit zu übernehmen. Aber dann hättest du einen Rückzieher gemacht, und ich hätte im Dunkeln getappt. Ich hatte Angst um die beiden. Er ist Universitätsprofessor. Ich dachte, er hätte sich da auf was eingelassen, dem er nicht gewachsen ist.«

»Ach ja?«, fragte Emily spöttisch. »Den Eindruck hat er auf mich nicht gemacht.«

»Ich wusste doch nicht, dass er sich so gut auskennt. Woher hätte ich das wissen sollen?«

»Das musst schon du mir sagen.«

Sie bogen in die Mill Lane ab. Ein Lieferwagen stand zu weit in der Straße. Sein Fahrer war dabei, Kartons auf einem Transportwagen zu stapeln. Emily wich aus. Fluchend zog sie den Wagen auf den Bürgersteig und nahm eine Mülltonne und ein Fahrrad mit. Barbara grapschte nach dem Armaturenbrett, als Emily den Wagen wieder auf die Fahrbahn lenkte.

»Ich hatte keine Ahnung, dass er sich nebenbei mit diesem ganzen rechtlichen Kram beschäftigt. Ich kannte ihn nur als meinen Nachbarn. Ich wusste, dass er hierherfahren wollte, ja. Aber er wusste nicht, dass ich ihm folgen würde. Ich kenne seine kleine Tochter, Em. Sie ist meine Freundin.«

»Eine achtjährige Freundin? Du meine Güte. Verschon mich.«

»Em –«

»Ach, halt einfach die Klappe, okay?«

Zum zweiten Mal an diesem Tag am Jachthafen, nahmen sie aus dem Streifenwagen einen Lautsprecher mit und sprinteten über den Parkplatz zum Büro des Bootsverleihers. Charlie Spencer bestätigte, dass Muhannad Malik ein Motorboot gemietet hatte. »Ein nettes kleines Dieselboot für eine richtig lange Fahrt. Hatte ein niedliches kleines Mädchen mit«, berichtete Charlie. »Seine Nichte, hat er gesagt. Die Kleine hat noch nie in einem Boot gesessen. Sie war ganz aus dem Häuschen.«

Charlies Berechnungen zufolge hatte Muhannad einen Vorsprung von etwa vierzig Minuten, und wäre das Dieselboot, das er sich ausgesucht hatte, ein Fischkutter gewesen, so wäre er in dieser Zeit nicht viel weiter gekommen als bis zu der Stelle, wo die Pennyhole-Bucht in die Nordsee überging. Doch das Boot, das er genommen hatte, war weitaus stärker, und der Treibstoff im Tank würde reichen, um ihn bis zum Kontinent hinüberzubringen. Sie würden eine echte Rakete brauchen, um es mit ihm aufnehmen zu können, und Emily sah das Boot ihrer Wahl auch schon. Weiß leuchtend im Sonnenlicht hing es, von Charlie aus dem Wasser hochgewinscht, über dem Ponton.

»Ich nehme die *Sea Wizard*«, sagte sie.

Charlie schluckte. »Moment mal. Ich weiß nicht –«

»Sie brauchen nichts zu wissen«, unterbrach Emily ihn. »Sie brauchen sie nur ins Wasser zu lassen und mir die Schlüssel zu geben. Das ist eine Polizeiangelegenheit. Sie haben einem Mörder ein Boot vermietet. Die Kleine ist seine Geisel. Also los, lassen Sie die *Sea Wizard* runter und geben Sie mir auch gleich einen Feldstecher.«

Charlie fiel die Kinnlade herunter. Er übergab ihr die Schlüssel. Als er die Hawk 31 zu Wasser gelassen hatte, traf mit blinkenden Lichtern und heulender Sirene das ARV auf dem Parkplatz ein.

Constable Fogarty kam im Laufschritt angerannt. In der einen Hand hatte er eine Pistole mit Holster, in der anderen einen Karabiner.

»Helfen Sie uns, Mike«, befahl Emily, als er aufs Boot sprang. Sie begann die blauen Planen herunterzureißen, um das Cockpit freizulegen. Während Constable Fogarty nach unten ging, um die Seekarten aufzustöbern, ließ Emily den Motor an und blies die Maschinen kräftig durch. Zwei Minuten später gab sie Gas.

Das Boot lag mit der Nase landwärts. Emily manövrierte es in

Wolken von Abgasen rückwärts ins Hafenbecken hinaus. Charlie rannte auf dem schmalen Ponton hin und her und schrie: »Passen Sie gut auf sie auf. Sie ist alles, was ich habe, und sie ist ein Vermögen wert.«

Barbara lief es kalt den Rücken hinunter. *Sie ist alles, was ich habe* klang wie ein Echo. Und im selben Moment sah sie Azhars Golf auf den Parkplatz des Jachthafens rasen. Azhar ließ das Fahrzeug einfach mitten auf dem Platz stehen. Er schloss nicht einmal seine Tür, sondern rannte sofort zum Ponton. Er versuchte nicht, sie aufzuhalten. Aber sein Blick war starr auf Barbara gerichtet, als Emily das Boot in das tiefere Wasser des Twizzle hinaussteuerte, des Meereszuflusses, der das Marschgebiet östlich des Hafens speiste.

Keine Sorge, signalisierte Barbara ihm in Gedanken. Ich bringe sie zurück, Azhar. Ich verspreche es. Ich schwöre es. Hadiyyah wird nichts geschehen.

Doch sie hatte lang genug mit der Aufklärung von Mordfällen zu tun gehabt, um zu wissen, dass niemandes Sicherheit garantiert werden konnte, wenn ein Killer gejagt wurde. Und die Tatsache, dass Muhannad Malik keine Skrupel hatte, seine eigenen Landsleute in die Sklaverei zu treiben, während er sich als glühender Verfechter ihrer Rechte ausgab, legte nahe, dass er noch weniger Skrupel zeigen würde, wenn es um das Leben eines achtjährigen Kindes ging.

Barbara hob den Arm und streckte den Daumen in die Höhe, das einzige Zeichen, das sie Azhar geben konnte, um ihm Mut zu machen. Dann wandte sie sich vom Jachthafen ab und richtete den Blick auf das Wasser des Flusses, der sie ins Meer hinaustragen würde.

Hier durfte man nicht schneller als fünf Knoten fahren. Und um diese Zeit, am späten Nachmittag, wenn die Ausflugsboote voller Touristen heimkehrten, herrschte auf dem Wasser reger Verkehr. Doch Emily ignorierte alle Warnschilder. Sie schob sich ihre Sonnenbrille auf die Nase, stemmte breitbeinig die Füße in den Boden, um sicher zu stehen, und jagte die Geschwindigkeit so hoch hinauf wie es ging, ohne die eigene Sicherheit und die der anderen zu gefährden.

»Schalten Sie das Funkgerät an«, rief sie Fogarty zu. »Geben Sie der Dienststelle durch, wo wir sind. Fragen Sie, ob wir einen Hubschrauber bekommen können, um ihn aufzuspüren.«

»In Ordnung.« Der Constable legte seine Waffen auf die Plastiksitze. Er begann, an dem Gerät herumzuschalten und dabei rätselhafte Zahlen und Buchstaben aufzurufen. Er drückte auf einen Schalter am Mikrofon, wenn er sprach. Er lauschte mit konzentrierter Miene dem Rauschen und Knacken, das ihm antwortete.

Barbara ging zu Emily. Im Bug waren zwei Sitzplätze mit Blick voraus. Aber keine der beiden Frauen setzte sich. Sie blieben stehen, um größere Sichtweite zu haben. Barbara nahm den Feldstecher und legte sich den Riemen und den Hals.

»Wir brauchen eine Peilung für Deutschland«, rief Emily Fogarty zu, der immer noch in sein Mikrofon brüllte, ohne eine Verbindung zu bekommen. »Die Elbemündung. Suchen Sie die.«

Er drehte den Empfänger des Funkgeräts lauter, legte das Mikrofon weg und beugte sich über die Karten.

»Du glaubst also auch, dass er dahin will?«, rief Barbara Emily zu.

»Es wäre logisch. In Hamburg sitzen seine Partner. Er wird Papiere brauchen. Einen Unterschlupf. Eine Bleibe, wo er sich verstecken kann, bis er nach Pakistan zurückkann, wo er –«

»In der Bucht gibt's Sandbänke«, unterbrach Fogarty. »Achten Sie auf die Bojen. Danach steuern Sie einen Kurs von null-sechsnull Grad.« Er warf die Karten nach unten in die Kombüse.

»Was sagen Sie?« Emily legte den Kopf schief, als hätte sie nicht richtig gehört.

»Ihre Peilung, Chefin.« Fogarty wandte sich wieder dem Funkgerät zu. »Null-sechs-null.«

»Was für eine Peilung?«

Fogarty starrte sie verdutzt an. »Segeln Sie nicht?«

»Ich rudere, verdammt noch mal. Gary segelt. Das wissen Sie doch. Also, was zum Teufel bedeutet null-sechs-null?«

Fogarty fasste sich. Er klatschte mit der Hand auf den Kompass. »Null-sechs-null auf dem da. Ihr Kurs«, sagte er. »Wenn der Kerl nach Hamburg will, ist das der Kurs für die erste Etappe.«

Emily nickte und drückte auf die Tube, dass das Kielwasser in hohen Wellen auseinanderlief.

Zu ihrer Rechten befand sich jetzt die Westseite des Nez; zu ihrer

Linken lagen die Gezeiteninseln des Marschgebiets namens Wade. Der Wasserstand war hoch, aber es war schon spät für Bootsausflüge. Die meisten Freizeitsegler und -bootsfahrer waren auf dem Rückweg zu ihren Liegeplätzen im Jachthafen, und der Verkehr im Kanal war dicht. Emily hielt sich in der Mitte des Gewässers, und als sie die Bojen sichteten, die den Übergang zum Meer markierten, legte sie Geschwindigkeit zu. Die starken Motoren reagierten sofort. Der Bug des Boots hob sich und schlug krachend gegen das Wasser. Constable Fogarty verlor kurz den Halt; Barbara hielt sich am Handlauf fest, als die *Sea Wizard* ins Meer galoppierte.

Die Pennyhole-Bucht und die Nordsee dehnten sich vor ihnen, eine weite, graugrüne Fläche, vom Weiß der Schaumkronen gesprenkelt. Ungeduldig schoss die *Sea Wizard* ihr entgegen, als Emily mehr Gas gab. Der Bug stieg aus dem Wasser und krachte gleich wieder mit solcher Wucht in die Wellen hinunter, dass Barbara meinte, sämtliche ihrer immer noch lädierten Rippen würden noch einmal brechen. Der Schmerz schoss ihr wie eine Stichflamme bis in den Kopf hinauf.

Verdammt, dachte sie. Jetzt nur nicht schlappmachen.

Sie hob den Feldstecher zu ihren Augen. Sie setzte sich rittlings auf ihren Sitz und stützte sich an der Rückenlehne ab, während das Boot seine Bocksprünge vollführte. Fogarty ging wieder ans Funkgerät. Er brüllte, um das Donnern der Motoren zu übertönen.

Der Wind peitschte sie. Gischtschleier flogen zu beiden Seiten des Bugs. Sie umrundeten die Spitze des Nez, und Emily gab Vollgas. Wie ein Geschoss flog die *Sea Wizard* in die Bucht, an zwei Surfern vorbei, die von ihrem Kielwasser erfasst wurden und umfielen.

Fogarty kauerte im Cockpit. Immer noch brüllte er unermüdlich in sein Mikrofon. Barbara ließ ihren Blick suchend den Horizont entlangschweifen, als der Constable endlich eine Verbindung zum Land bekam. Sie konnte nicht hören, was er sagte, und schon gar nicht, was erwidert wurde, aber sie erfuhr das Wesentliche des Gesprächs, als er Emily zuschrie: »Nichts zu machen, Chefin. Unser Hubschrauber ist in Southend-on-Sea bei einem Manöver. Von der Sonderabteilung.«

»Wieso?«, schrie Emily zurück. »Was tun die denn da?«

»Antiterrorismusübung. War schon seit einem halben Jahr geplant, sagen sie. Sie funken den Hubschrauber an, können uns aber nicht versprechen, dass er noch kommt. Wollen Sie die Küstenwache?«

»Was soll uns denn die Küstenwache nützen?«, brüllte Emily. »Glauben Sie vielleicht, die brauchen nur freundlich zu sagen: ›Geben Sie auf‹, und Malik folgt wie ein braver Junge?«

»Dann können wir nur hoffen, dass der Hubschrauber noch rechtzeitig kommt. Ich hab' ihnen unsere Peilung durchgegeben.«

Statt einer Antwort gab Emily Gas. Fogarty fiel hin. Der Karabiner rutschte mit einem Krachen vom Sitz. Emily drehte sich zu den Waffen um. »Geben Sie mir das Holster«, rief sie. Eine Hand am Steuer, schlang sie es sich über die Schulter. Zu Barbara sagte sie: »Siehst du was?«

Barbara suchte den Horizont ab. Im Norden bildeten die rechteckigen Kästen der Fährschiffe eine durchbrochene Linie, die von Harwich und Felixstowe wegzog. Im Süden warf der Pier von Balford im Licht der Spätnachmittagssonne lange Schatten auf das Wasser. Hinter ihnen tanzten die Surfer wie bunte Dreiecke vor der Küste. Und vor ihnen – vor ihnen lag das offene Meer, und an seinem Horizont kroch die schmutziggraue Nebelbank, die dort schon seit Tagen hing.

Es waren Schiffe da draußen, wie im Hochsommer nicht anders zu erwarten war, auch wenn der Tag sich seinem Ende zuneigte. Doch sie wusste nicht, wonach sie Ausschau halten sollte – außer dass es ein Boot sein musste, das den gleichen Kurs hielt wie sie. »Nichts, Em«, antwortete sie.

»Halt weiter die Augen offen.« Emily brachte die *Sea Wizard* weiter auf Touren. Das Boot reagierte mit einem neuerlichen ungebärdigen Sprung aus dem Wasser, um gleich darauf donnernd wieder zu landen. Barbara stöhnte und hielt sich eine Hand an die schmerzenden Rippen. Inspector Lynley, dachte sie, würde nicht begeistert sein, wenn er hörte, wie sie ihren Erholungsurlaub verbracht hatte. Das Boot stieg hoch und sauste abwärts und stieg von neuem hoch.

Gelbschnäbelige Möwen kreisten über ihnen. Andere schaukelten auf dem Wasser. Als die *Sea Wizard* mit höllischem Tempo näher kam, flohen sie in die Lüfte, und ihr Kreischen ging unter im Donnern der Motoren.

Dreißig Minuten lang blieben sie immer auf demselben Kurs. Sie flogen an Segelbooten und Katamaranen vorbei, an Fischkuttern, die, schwer beladen vom Fang des Tages, tief im Wasser lagen. Sie näherten sich stetig der tiefhängenden grauen Nebelbank, die seit Tagen die Küste von Essex mit Verheißungen von Regen narrte.

Barbara blickte durch den Feldstecher starr nach vorn. Wenn sie Muhannad nicht einholten, bevor er die Nebelbank erreichte, würde ihnen ihr Geschwindigkeitsvorteil nicht viel nützen. Er würde sie mühelos ausmanövrieren. Die See war unendlich weit. Er würde nur seinen Kurs zu ändern brauchen, um ihnen zu entwischen, und sie würden ihn nicht schnappen, weil sie ihn nicht sähen. *Wenn* er die Nebelbank erreichte. *Wenn*, dachte Barbara, er überhaupt draußen auf dem offenen Meer war. Vielleicht lavierte er ja an der englischen Küste entlang. Vielleicht wollte er gar nicht zum Kontinent, sondern folgte einem ganz anderen Plan, der längst vorbereitet gewesen war für den Fall, dass sein Unternehmen auffliegen sollte. Sie senkte den Feldstecher. Sie rieb sich mit dem Arm über das Gesicht, nicht um Schweiß zu entfernen, sondern das Salzwasser. Zum ersten Mal seit Tagen war ihr angenehm kühl.

Fogarty war ins Heck gekrochen, um den Karabiner zu holen, der dorthin gerutscht war. Er überprüfte die Waffe und stellte sie neu ein: Einzelschuss oder Dauerfeuer. Barbara vermutete, dass er sich für Dauerfeuer entschieden hatte. Sie wusste, dass die Waffe eine Reichweite von etwa einhundert Metern hatte. Ihr wurde himmelangst bei dem Gedanken, dass er sie tatsächlich abfeuern könnte. Auf hundert Meter konnte er ebenso leicht Hadiyyah wie Muhannad Malik treffen. Sie, die mit Religion nie etwas hatte anfangen können, sandte ein Stoßgebet zum Himmel, dass ein Warnschuss genügen würde, um den Killer zu überzeugen, dass die Polizei nicht aufgeben würde, bis sie ihn zur Strecke gebracht hatte. Sie konnte sich nicht vorstellen, dass Muhannad Malik sich aus irgendeinem anderen Grund ergeben würde.

Sie hob den Feldstecher wieder an die Augen. Konzentrier dich, ermahnte sie sich. Aber immer sah sie das kleine Mädchen vor sich: wie sie mit fliegenden Zöpfen durch den Garten rannte, wie ein Flamingo auf einem Bein stand, um sich mit der rechten großen Zehe die linke Wade zu kratzen; wie sie in tiefer Konzentration die

Nase krauste, während sie sich in die Geheimnisse eines Anrufbeantworters einweihen ließ; wie sie mit strahlender Miene den einzigen Gast zu ihrer Geburtstagsfeier empfing; wie sie vor Freude von einem Bein auf das andere hüpfte bei der Entdeckung, dass sie einen Onkel hatte, obwohl sie jahrelang geglaubt hatte, überhaupt keine Verwandten zu haben.

Muhannad hatte ihr versprochen, dass sie sich wiedersehen würden. Sie musste selig gewesen sein, als das schon so bald eingetreten war.

Barbara schluckte. Sie wollte nicht daran denken. Ihre Aufgabe war es, ihn zu finden. Ihre Aufgabe war es, Ausschau zu halten. Ihre Aufgabe –

»Da! Da! Da ist er!«

Das Boot war ein Bleistiftstrich am Horizont. Es verschwand hinter einem Wellenkamm. Es tauchte wieder auf. Es hielt den gleichen Kurs wie sie. Und es näherte sich schnell der Nebelbank.

»Wo?«, schrie Emily.

»Geradeaus«, antwortete Barbara. »Schnell, schnell. Er hält direkt auf den Nebel zu.«

Sie röhrten weiter. Barbara behielt das andere Boot unverwandt im Blick, gab Anweisungen, berichtete, was sie sah. Es war offensichtlich, dass Malik seine Verfolger noch nicht bemerkt hatte. Aber lange würde es nicht mehr dauern, bis er aufmerksam werden würde. Sie konnten das donnernde Heulen der Motoren der *Sea Wizard* nicht dämpfen. Sobald er es hörte, wüsste er, dass er nun dran war. Und dann würde er vielleicht vor nichts zurückschrecken.

Mit dem Karabiner in der Hand kam Fogarty zu ihnen nach vorn. Barbara sah ihn finster an. »Sie werden das Ding doch nicht benützen wollen?«, rief sie.

»Ich hoffe von Herzen, dass sich das umgehen lässt«, antwortete er, und sie mochte ihn für diese Antwort.

Das Meer um sie herum war eine endlose wogende Fläche schmutzigen Grüns. Längst hatten sie die kleineren Vergnügungsboote hinter sich gelassen. Nur die fernen Fährschiffe, die unterwegs waren nach Holland, Deutschland und Schweden, begleiteten sie.

»Liegen wir noch richtig?«, brüllte Emily. »Oder muss ich korrigieren?«

Barbara hob den Feldstecher. Sie zuckte zusammen, als das Boot einen Satz tat, den ihre Rippen übel vermerkten. »Links«, schrie sie. »Mehr nach links. Schnell, schnell! Mach schnell.« Es sah aus, als wäre das andere Boot nur noch Zentimeter von der Nebelbank entfernt.

Emily hielt nach Backbord. »Ich seh' ihn. Ich hab' ihn!«

Und Barbara senkte den Feldstecher, als sie näher kamen.

Sie waren nur noch etwa hundertfünfzig Meter entfernt, als Malik sie bemerkte. Sein Boot wurde von einer Welle hochgetragen, und er blickte zurück. Dann richtete er seine ganze Aufmerksamkeit auf das Steuer und den Nebel, da er nicht hoffen konnte, ihnen davonzufahren.

Er raste weiter. Das Boot schnitt in die Wellen. Wasser ergoss sich in schäumenden Massen über seinen Bug. Maliks Haar, nicht wie sonst zurückgebunden, flatterte im Wind. Und neben ihm, so nahe, dass es aus der Ferne aussah, als wären die beiden eine Person, stand Hadiyyah, die Hände in den Gürtel ihres Onkels gehakt.

Dumm war er nicht, dieser Kerl, dachte Barbara. Er ließ das Kind nicht von seiner Seite.

Die *Sea Wizard* stürmte vorwärts, erklomm die Wellenkämme und tauchte in die Täler. Als Emily den Abstand zwischen den beiden Booten auf ungefähr vierzig Meter verkürzt hatte, nahm sie Geschwindigkeit weg und griff nach dem Lautsprecher.

»Halten Sie an, Malik«, rief sie ihm zu. »Wir sind schneller als Sie.«

Er raste weiter. Unbeirrt. Ohne die Geschwindigkeit zu drosseln.

»Seien Sie kein Narr«, rief Emily. »Halten Sie an. Sie sind erledigt.«

Nichts.

»Verdammt noch mal«, schimpfte Emily, den Lautsprecher neben sich. »Na schön, du Mistkerl. Wie du willst.«

Sie gab wieder Gas und flog näher an das Boot heran. Der Abstand schrumpfte auf zwanzig Meter.

»Malik« – wieder über den Lautsprecher –, »halten Sie an. Polizei. Wir sind bewaffnet. Sie haben keine Chance.«

Er gab Gas. Sein Boot schoss vorwärts. Er drehte nach Backbord, weg von der Nebelbank. Bei der plötzlichen Richtungsänderung wurde Hadiyyah an ihn geschleudert. Er packte sie um die Taille und hob sie in die Höhe.

»Lassen Sie sofort das Kind los!«, schrie Emily.

Und entsetzt begriff Barbara, dass er genau das vorhatte.

Nur einen Moment lang konnte sie Hadiyyahs Gesicht sehen – in Todesangst, alle Freude an der Bootsfahrt mit dem Onkel vergessen. Dann hatte Muhannad Malik sie auf den Bootsrand geschoben. Er warf sie über Bord.

»Hölle und Teufel!«, schrie Barbara.

Malik war ans Steuer zurückgekehrt. Er zog das Boot herum, weg von Hadiyyah, und hielt direkt auf den Nebel zu. Emily jagte die Motoren hoch. Blitzartig erkannte Barbara – und doch schien der Moment des Begreifens ewig zu dauern –, dass Emily die Jagd aufnehmen wollte.

»Emily!«, schrie sie. »Um Gottes willen! Das Kind!«

Wie eine Wahnsinnige suchte Barbara in den Wellen nach ihr und entdeckte sie. Einen auf und ab tanzenden Kopf, wild um sich schlagende Arme. Sie ging unter, kam wieder hoch.

»Chefin!«, brüllte Fogarty.

»Scheiß drauf!«, brüllte Emily zurück. »Wir haben ihn.«

»Aber die Kleine wird ertrinken.«

»Nein! Jetzt haben wir ihn, diesen Mistkerl.«

Das Kind ging wieder unter. Tauchte auf. Schlug in Panik um sich.

»Herrgott, Emily!« Barbara packte sie am Arm. »Halt das Boot an. Hadiyyah ertrinkt.«

Emily schüttelte sie ab. Gab Gas. »Genau das will er doch«, schrie sie. »Darum hat er's getan. Werft ihr eine Schwimmweste zu.«

»Nein! Sie ist zu weit weg. Sie wird ertrinken, bevor sie sie erreicht.«

Fogarty warf den Karabiner weg. Er riss sich die Schuhe von den Füßen. Er stand schon am Bootsrand, als Emily schrie: »Runter da! Sie bleiben hier. Ich brauche Sie an der Waffe.«

»Aber, Chefin –«

»Nichts da, Mike. Sie haben gehört, was ich gesagt habe. Das ist ein Befehl.«

»Emily! Um Gottes willen!«, rief Barbara. Sie waren schon so weit von dem Kind entfernt, dass Fogarty es schwimmend nicht mehr hätte erreichen können, bevor es ertrank. Und selbst wenn er es versuchte – selbst wenn sie es mit ihm zusammen versuchte –, würden sie nichts bewirken. Sie würden höchstens gemeinsam ertrinken, während Emily Barlow gnadenlos dem anderen Boot in den Nebel folgte. »Emily! Halt an!«

»Für so ein Pakibalg bestimmt nicht«, schrie Emily. »Nie im Leben!«

Und im Wasser kämpfte Hadiyyah mit dem Tod. Barbara stürzte sich auf den Karabiner. Sie packte ihn. Sie richtete ihn auf Emily. »Dreh sofort um!«, schrie sie. »Los, Emily, dreh um! Oder ich knall' dich ab, das schwöre ich dir!«

Emily griff zu dem Holster, das sie trug. Sie umfasste den Kolben der Pistole.

»Chefin! Nicht!« rief Fogarty.

Barbara sah ihr Leben, ihre Karriere, ihre Zukunft vor ihrem inneren Auge ablaufen. Dann drückte sie ab.

27

Emily stürzte zu Boden. Barbara ließ die Waffe fallen. Doch statt Blutes und zerfetzten Fleisches, das sie zu sehen erwartete, sah sie nur schäumendes Wasser, das von beiden Seiten ins Boot spritzte. Der Schuss war danebengegangen.

Fogarty sprang vor. Er riss Emily Barlow in die Höhe. »Sie hat recht, Chefin!«, rief er laut. »Sie hat recht.«

Barbara übernahm das Ruder.

Sie wusste nicht, wie viel Zeit vergangen war. Ihr schienen es mehrere Ewigkeiten zu sein. Sie wendete das Boot mit solcher Geschwindigkeit, dass sie beinahe kenterten. Während Fogarty Emily entwaffnete, suchte sie auf dem Wasser nach dem Kind.

Scheiße, dachte sie. O Gott, bitte. Bitte!

Dann sah sie das kleine Mädchen plötzlich, etwa vierzig Meter entfernt auf der Steuerbordseite. Nicht um sich schlagend, still treibend. »Mike!«, schrie sie. »Da!« Sie gab Gas.

Fogarty sprang, sobald sie dem Kind nahe genug waren. Barbara schaltete den Motor aus. Sie schleuderte die Schwimmwesten und die Sitzkissen ins Wasser, wo sie wie Marshmallows herumschwammen. Dann betete sie.

Es war ohne Bedeutung, dass ihre Haut dunkel war, dass ihre Mutter sie verlassen hatte, dass ihr Vater sie acht Jahre lang in dem Glauben gelassen hatte, sie wären ganz allein auf der Welt. Von Bedeutung war, dass dies Hadiyyah war: fröhlich, unschuldig und voll Lebenslust.

Fogarty hatte sie erreicht. Hadiyyah trieb bäuchlings im Wasser. Er drehte sie herum, fasste sie unter dem Kinn und begann, zum Boot zurückzuschwimmen.

Barbara kamen die Tränen. Wie eine Furie drehte sie sich zu Emily um. »Was hast du dir dabei bloß gedacht?«, schrie sie. »Was, verdammt noch mal, hast du dir dabei gedacht? Sie ist acht Jahre alt. Acht Jahre!«

Emily hob eine Hand, als wollte sie Barbaras Worte abwehren. Ihre Finger krümmten sich zur Faust, ihre Augen wurden schmal.

»Sie ist kein Pakibalg«, rief Barbara. »Sie ist kein namenloses Gesicht. Sie ist nicht entbehrlich. Sie ist ein Mensch!«

Fogarty hatte das Boot erreicht. Er hob das Kind hoch.

»Lieber Gott«, flüsterte Barbara, als sie den zerbrechlichen kleinen Körper ins Boot hob.

Während Fogarty sich ins Boot zog, legte Barbara das kleine Mädchen flach auf den Boden. Ohne darüber nachzudenken, ob es überhaupt einen Sinn hatte, begann sie mit Wiederbelebungsmaßnahmen. Sie wechselte schnell zwischen Beatmung und Herzmassage und hielt dabei die ganze Zeit ihren Blick auf Hadiyyahs Gesicht gerichtet. Doch ihre Rippen schmerzten von den heftigen Erschütterungen, die sie hatten aushalten müssen, und jeder Atemzug brannte. Sie stöhnte. Sie hustete. Sie rammte Hadiyyah ihren Handballen unter die Brust.

»Geh weg!« Es war Emily. Kurz und knapp. Direkt neben ihr.

»Nein.« Barbara legte ihren Mund auf Hadiyyahs.

»Hör auf. Geh mir aus dem Weg. Ich mach' das.«

Barbara reagierte nicht. Noch immer keuchend von der Anstrengung, ergriff Fogarty ihren Arm. »Lassen Sie die Chefin machen, Sergeant. Sie kann's. Es ist okay.«

Barbara überließ also Emily die Arbeit mit dem Kind. Und Emily arbeitete so, wie Emily Barlow immer arbeitete: wirkungsvoll, tüchtig, ohne sich von irgendetwas beirren zu lassen.

Hadiyyah tat einen gewaltigen Atemzug. Sie begann zu husten. Emily drehte sie auf die Seite. Ihr Körper krampfte sich zusammen, ehe sie Salzwasser, Galle und ihren gesamten Mageninhalt auf den Boden von Charlie Spencers kostbarer Hawk 31 spie.

Sie zwinkerte. Dann riss sie verdutzt die Augen auf. Dann nahm sie die drei Erwachsenen wahr, die sich über sie beugten. Ihr verwirrter Blick flog zuerst zu Emily, dann zu Fogarty und fand schließlich Barbara. Sie lächelte glücklich.

»In meinem Bauch hat's hopplahopp gemacht«, sagte sie.

Der Mond war aufgegangen, als sie endlich im Jachthafen von Balford einliefen. Er war strahlend hell erleuchtet. Und es wimmelte von Menschen. Als die *Sea Wizard* um das Kap bog, an dem der Twizzle mit dem Balford-Kanal zusammentraf, konnte Barbara die

Menge sehen. Sie wartete beim Liegeplatz der Hawk 31, und ganz vorn stand ein Mann, dessen kahler Kopf im Licht der Scheinwerfer leuchtete.

Emily, die am Steuer war, blickte mit zusammengekniffenen Augen nach vorn und sagte wütend: »Na großartig.«

Barbara saß hinten im Boot und hielt Hadiyyah, die sie in eine muffig riechende Decke gehüllt hatte, im Arm. »Was ist denn da los?«, fragte sie.

»Ferguson«, antwortete Emily. »Der verdammte Donald Ferguson. Er hat doch tatsächlich die Presse zusammengetrommelt.«

Die Medien waren vertreten durch Fotografen mit Blitzlichtern, Reporter mit Notizblöcken und Kassettenrecordern und einen Aufnahmewagen vom Fernsehen, der ITV Munition für die Spätnachrichten liefern sollte. Zusammen mit Ferguson schwappte die Menge vorwärts und strömte über die Pontons zu beiden Seiten der *Sea Wizard*, als Emily den Motor ausschaltete und das Boot hereintreiben ließ.

Lautes Geschrei von allen Seiten. Blitzlichter explodierten. Ein Videokameramann drängte sich durch das Gewühl. Ferguson schrie: »Wo ist er, gottverdammich?« Charlie Spencer heulte: »Meine Sitzkissen! Was haben Sie mit meinen schönen Sitzkissen angestellt?« Zehn Journalisten brüllten: »Bitte! Nur eine Frage!« Und alle reckten die Hälse nach dem – leider abwesenden – Bösewicht des Stückes, den man ihnen in Ketten, mit gesenktem Kopf und seine Untaten bereuend, in Aussicht gestellt hatte und den man angeblich gerade noch rechtzeitig geschnappt hatte, um ein politisches Desaster abzuwenden. Nur hatten sie ihn eben nicht geschnappt. Sie hatten nichts weiter zu bieten als ein zitterndes kleines Mädchen, das sich an Barbara klammerte, bis ein schlanker, dunkler Mann mit erregten schwarzen Augen drei Polizeibeamte und zwei gaffende Teenager zur Seite stieß, um sich Raum zu schaffen.

Hadiyyah sah ihn. »Dad!«, rief sie laut.

Azhar streckte die Arme nach ihr aus, riss sie von Barbaras Seite. Er drückte sie an sich, als trüge sie all seine Hoffnung auf Erlösung, was wahrscheinlich auch so war. »Danke«, sagte er inbrünstig. »Barbara, ich danke Ihnen.«

In den nächsten Stunden sorgte Constable Belinda Warner dafür, dass der Kaffee nicht ausging. Es gab eine Menge zu besprechen und zu erledigen.

Als Erstes musste man sich um Superintendent Ferguson kümmern. Emily tat es hinter verschlossener Tür. Für Barbara hörte sich das Gespräch wie eine Mischung aus einer Löwenbändigernummer und einem erbitterten Wortgefecht über die Stellung von Frauen im Polizeidienst an. Sie schienen sich da drinnen gegenseitig gekränkte Proteste, wütende Anschuldigungen und zornige Verwünschungen um die Ohren zu schlagen. Dreh- und Angelpunkt war Fergusons mehrmals lauthals wiederholte Frage, was zum Teufel er seinen Vorgesetzten über »diesen monumentalen Mist, den Sie da gebaut haben, Barlow« sagen sollte, sowie Emilys Erwiderung, es sei ihr scheißegal, was er wem sagte, Hauptsache, er tue es weit weg von ihrem Büro und lasse sie ihre Arbeit machen. Die Unterhaltung endete damit, dass Ferguson mit der Bemerkung aus dem Büro stürmte, sie könne sich auf ein Disziplinarverfahren gefasst machen, und Emily zurückschrie, *er* könne sich darauf gefasst machen, dass sie ihn wegen ständiger Belästigung anzeigen würde, wenn er sie nicht endlich in Ruhe ihre Arbeit tun ließe.

Barbara, die mit dem Rest des Teams voll Unbehagen im Konferenzraum neben Emilys Büro wartete, wusste, dass die weitere Entwicklung von Emilys Karriere in ihrer Hand lag. So, wie Barbaras berufliches Schicksal in Emily Barlows Hand lag.

Keine von ihnen hatte ein Wort über jene Momente auf der *Sea Wizard* gesagt, die dazu geführt hatten, dass Barbara das Kommando an sich gerissen hatte. Auch Constable Fogarty hatte eisern den Mund gehalten. Er hatte die Waffen eingesammelt, als sie wieder im Jachthafen angekommen waren, und hatte sich mit ihnen in das *ARV* verzogen. Er hatte ihnen zugenickt, »Sergeant, Chefin, gute Arbeit« gesagt und war dorthin zurückgekehrt, wo auch immer er gewesen war, als ihn der Befehl, zum Jachthafen zu kommen, ereilt hatte. Er hatte bei Barbara den Eindruck erweckt, dass er es nicht als seine Sache betrachtete, sich über die Verfolgungsjagd zu äußern.

Und Barbara wusste nicht, was sie tun sollte, nicht zuletzt deswegen, weil sie nicht genau wusste, was eigentlich passiert war. Dort draußen auf dem Meer waren Grenzen überschritten worden – nicht nur von Emily Barlow.

Chief Inspector Barlows Engstirnigkeit und Bigotterie hätten beinah ein unschuldiges kleines Mädchen das Leben gekostet. Barbaras Reaktion darauf hatte nicht nur die Rangfolge verletzt, sie hatte auch die polizeilichen Ermittlungen behindert und sie um die Festnahme eines Verbrechers gebracht. Sie wusste, dass die Achtung vor den ethischen Grundsätzen ihres Berufs es von ihr verlangte offenzulegen, was sie von Anfang an bei Emily gesehen hatte – ohne es sehen zu wollen: rassistische Vorurteile. Doch einer Aussage von ihr würde Emily ohne Zweifel mit einer ganzen Liste weit schwerwiegenderer Beschuldigungen begegnen, die mit Insubordination begann und mit Mordversuch endete. Man erhob nicht einfach eine geladene Waffe gegen seine Vorgesetzte, drückte ab und hoffte dann, dass dieser vorübergehende Ausraster irgendwie übersehen werden würde.

Als Emily zum Team zurückkehrte, verriet ihr Gesicht nichts über ihre Absichten. Sie war wie immer: energisch und direkt. Genau wie Barbara war sie schmutzig von der Verfolgungsjagd übers Meer, ihr sonst punkig nach oben stehendes Haar lag ihr platt am Kopf, und ihre Wimperntusche war verschmiert. Sie betrat das Zimmer voll tatkräftiger Entschlossenheit, und die Art, wie sie ihrem Team Anweisungen gab, zeigte Barbara, dass sie in Gedanken bei der Arbeit war und nicht bei Vergeltungsmaßnahmen.

Interpol musste eingeschaltet werden. Die Kripo Balford würde den Kontakt über die Londoner Metropolitan Police herstellen. Ihr Ersuchen war elementar genug. Ermittlungen des deutschen BKA waren nicht erforderlich. Erforderlich war lediglich eine simple Festnahme – soweit etwas überhaupt simpel sein konnte, wenn mehr als ein Land betroffen war.

Aber Interpol würde Berichte verlangen, um sie nach Deutschland weitergeben zu können. Und Emily wies mehrere ihrer Leute an, mit der Zusammenstellung dieser Berichte zu beginnen. Andere erhielten Befehl, sich um die Auslieferungsformalitäten zu kümmern. Wieder andere sollten Material für den Pressesprecher zusammentragen. Und schließlich sollte noch eine Gruppe sämtliche Unterlagen – Aktivitätsberichte, Aussageprotokolle, Laborbefunde – sammeln, die der Staatsanwaltschaft übergeben werden sollten, sobald Muhannad Malik gefasst war. An diesem Punkt erschien Belinda Warner mit einem weiteren Servierwagen mit Kaffee und teilte Emily mit, dass Mr. Azhar sie und Sergeant Havers zu sprechen wünsche.

Fast direkt nachdem er seine Tochter wieder in die Arme geschlossen hatte, war Azhar mit ihr verschwunden. Er hatte sich mit den Ellbogen einen Weg durch die Menge auf dem Ponton gebahnt, hatte keine der Fragen beantwortet, die die Reporter ihm zuriefen, und mit stoischer Miene in die Kameras der Fotografen geblickt, die die Bilder für die Morgenzeitung schossen. Er hatte Hadiyyah zu seinem Wagen getragen und war davongefahren. Das Porzellan, das sein Vetter Muhannad zerschlagen hatte, überließ er der Polizei.

Emily sagte: »Führen Sie ihn in mein Büro« und gönnte Barbara endlich einen Blick. »Sergeant Havers und ich erwarten ihn dort.«

Sergeant Havers und ich. Die Worte klangen süß. Barbara wurde ganz schwach vor Erleichterung. Es würde keine Abrechnung geben. Was auf See geschehen war, war vergessen. Sei gepriesen, Emily Barlow, dachte sie und war sich sicher, dass auch Emily aus der Erfahrung genug gelernt hatte, um es für Barbara unnötig zu machen, die andere nun ihrerseits bei ihren Vorgesetzten zu melden.

»Wie geht es ihr?«, fragte Barbara sofort, als Azhar Emilys Büro betrat.

»Es geht ihr gut«, antwortete er. »Mr. Treves ließ ihr freundlicherweise einen Teller Bouillon bringen. Sie hat gegessen und gebadet, und ich habe sie ins Bett gebracht. Sie ist auch schon von einem Arzt untersucht worden. Jetzt ist Mrs. Porter bei ihr, bis ich zurückkomme.« Er lächelte. »Sie hat die Giraffe mit im Bett, Barbara. Die lädierte. ›Das arme Ding‹, sagte sie, ›es ist doch nicht seine Schuld, dass es ganz bekleckert ist. Es weiß gar nicht, dass es schlimm beieinander ist.‹«

»Wer weiß das schon von sich?«, meinte Barbara.

Azhar sah sie einen Moment schweigend an, dann nickte er bedächtig, ehe er sich Emily zuwandte. »Inspector, ich weiß nicht, was Barbara Ihnen über unsere Bekanntschaft erzählt hat. Aber ich fürchte, Sie haben Ihre Beziehung zu meiner Tochter und mir vielleicht missverstanden. Wir sind in London Nachbarn. Sie war so freundlich, sich mit meiner Tochter in« – er zögerte, sah kurz weg, richtete seinen Blick dann wieder auf Emily – »in Abwesenheit ihrer Mutter anzufreunden. Das ist das ganze Ausmaß unserer Bekanntschaft. Sie wusste nicht, dass ich hierherfuhr, um meiner Familie in einer polizeilichen Angelegenheit zur Seite zu stehen. Und sie wusste auch nicht, dass sich meine Erfahrung nicht auf meine Arbeit an der Uni beschränkt, weil ich ihr das nie erzählt habe. Als Sie mit der Bitte um ihre Unterstützung an sie herantraten, hatte sie daher keine Ahnung von irgendwelchen Dingen, die vielleicht –«

»Wie bitte?«, unterbrach Emily. »Was soll ich getan haben?«

»Sie haben sie doch angerufen? Und um ihre Unterstützung gebeten?«

Barbara schloss einen Moment die Augen. Was hatte sie da angerichtet! »Azhar«, sagte sie, »so war es nicht. Ich habe Sie beide belogen. Ich bin Ihretwegen nach Balford gekommen.«

Er starrte sie so entgeistert an, dass Barbara am liebsten im Boden versunken wäre, anstatt weitere Erklärungen abgeben zu müssen. Doch sie wurstelte tapfer weiter.

»Ich wollte nicht, dass Sie da in irgendwas hineingeraten. Ich dachte, ich könnte verhindern, dass Sie in Schwierigkeiten geraten. Offensichtlich hab' ich das nicht geschafft. Zumindest nicht in Hadiyyahs Fall. Das hab' ich total vergeigt.«

»Nein«, widersprach Emily. »Du hast uns auf die Nordsee hinausgebracht, Barbara, und dort mussten wir sein, um die Wahrheit zu erfahren.«

Barbara warf ihr einen dankbaren Blick zu. Es entstand ein kurzes Schweigen, während dem sie hören konnten, wie das Team der Kriminalpolizei Informationen sammelte. Es würde spät werden für sie, aber die Atmosphäre war entspannt, da der Fall bald abgeschlossen sein würde.

Emily richtete das Wort an Azhar. »Solange wir Malik nicht selbst vernehmen können, können wir uns nur ein skizzenhaftes Bild der Vorgänge machen. Sie können uns dabei helfen, Mr. Azhar. So, wie ich es sehe, ist Querashi Muhannad Maliks dunklen Geschäften durch Zufall an dem Abend auf die Spur gekommen, als er ihn nach seinem Besuch im *Castle Hotel* in Parkeston sah. Er wollte seinen Anteil am Geschäft. Er drohte, alles publik zu machen, wenn für ihn nichts abfiel. Muhannad machte Ausflüchte. Querashi schnappte sich Kumhar und brachte ihn auf seine Seite, indem er ihm weismachte, er hätte vor, dem Menschenhandel ein Ende zu bereiten. Er brachte Kumhar in Clacton unter, um ein Druckmittel gegen die Maliks in der Hand zu haben. Aber es ist leider nicht so gelaufen, wie er es sich erhofft hatte. Stattdessen wurde er ermordet.«

Azhar schüttelte den Kopf. »So kann es nicht gewesen sein.«

Emily fuhr gereizt auf.

Alles wieder beim Alten, dachte Barbara.

»Nach allem, was Kumhar über Malik gesagt hat, können Sie doch nicht glauben, dass er mit diesem Mord nichts zu tun hat! Der Mann hat gerade erst Ihre eigene Tochter ins Meer geworfen.«

»Ich zweifle nicht daran, dass mein Vetter in die Sache verwickelt ist, Inspector. Aber in Mr. Querashi täuschen Sie sich.«

Emily runzelte die Stirn. »Wieso?«

»Weil Sie unseren Glauben außer Acht lassen.« Azhar wies auf einen der Stühle in Emilys Büro und sagte: »Sie gestatten? Ich merke, dass ich doch etwas wackliger auf den Beinen bin, als ich dachte.«

Emily nickte. Sie setzten sich alle drei. Barbara lechzte – wieder einmal – nach einer Zigarette und vermutete, dass es Azhar ähnlich ging, als sie sah, wie seine Hand zur Brusttasche seines Hemdes wanderte, in der die Zigaretten steckten. Sie würden sich mit einer Rolle Fruchtdrops begnügen müssen, die Barbara aus den Tiefen ihrer Tasche hervorkramte. Sie bot ihm ein Bonbon an, und er nahm es dankbar nickend an.

»Mr. Querashi hatte in seinem Qur'aan eine Stelle angemerkt«, erläuterte Azhar. »Es ging darum, dass man sich für die Schwachen einsetzen muss –«

»Die Passage, die Siddiqi uns übersetzt hat«, unterbrach Emily. Azhar nickte und fuhr in ruhigem Ton fort. Wie Sergeant Havers bestätigen könne, habe Mr. Querashi in den Tagen vor seinem Tod mehrere Telefongespräche mit Pakistan geführt. Eins mit einem Mullah, einem geistlichen Führer, von dem er eine Definition des Wortes »schwach« erbeten hätte.

»Was hat ›schwach‹ mit dem allen zu tun?«, fragte Emily.

Schwach im Sinn von hilflos, erklärte ihr Azhar. Im Sinn von machtlos oder unfähig, etwas zu bewirken. Ein Wort, das man gebrauchen könne, um einen Menschen zu beschreiben, der allein und ohne Freunde in einem fremden Land sei und sich dort in Knechtschaft gefangen sehe, aus der es keinen Ausweg zu geben scheine.

Emily nickte vorsichtig, aber die Skepsis in ihrem Gesicht ließ erkennen, dass sie erst noch von Azhars Argumentation überzeugt werden musste.

Der andere Anruf habe einem Mufti gegolten, einem Rechtsgelehrten, fuhr Azhar fort. Bei diesem Mann hatte Querashi nur auf eine Frage Antwort gesucht: Konnte ein Moslem, der eine schwere Sünde begangen hatte, ein Moslem bleiben?

»Sergeant Havers hat mir das alles bereits erzählt, Mr. Azhar«, sagte Emily.

»Dann wissen Sie, dass man nicht im Widerspruch zur Glaubenslehre des Islam leben und ein Moslem bleiben kann. Aber das hat Muhannad getan. Und dem wollte Haytham Querashi ein Ende bereiten.«

»Aber hat Querashi es nicht auch selbst getan?«, wandte Barbara ein. »Ich spreche von seiner Homosexualität. Sie haben mir gesagt, Homosexualität sei verboten. Könnte er nicht den Mufti angerufen haben, um über sein eigenes Seelenheil zu sprechen statt über Muhannads?«

»Das wäre möglich«, gab Azhar zu, »aber wenn man es mit allem anderen, was er getan hat, in Verbindung bringt, scheint es unwahrscheinlich.«

»Wenn man Hegarty glauben kann«, sagte Emily, »wollte Querashi sein Doppelleben auch nach seiner Heirat weiterführen. Sein eigenes Seelenheil kann ihm also nicht so wichtig gewesen sein.«

»Die Sexualität ist eine mächtige Triebfeder«, bekannte Azhar, »mächtiger manchmal als persönliche und religiöse Pflichten. Für sie sind wir bereit, alles aufs Spiel zu setzen. Unsere Seele. Unser Leben. Alles, was wir haben und was wir sind.«

Barbara sah ihn an. Angela Weston, dachte sie. Wie musste das für ihn gewesen sein: der verzweifelte Entschluss, alles, was man kannte, glaubte und bisher hochgehalten hatte, in den Wind zu schlagen, um das Unerreichbare zu erlangen?

Azhar fuhr fort: »Mein Onkel – ein frommer Mann – hat von den Geschäften seines Sohnes ganz sicher nichts gewusst, und ich denke, eine gründliche Durchsuchung seiner Firma und eine Prüfung der Papiere seiner pakistanischen Angestellten wird das beweisen.«

»Sie wollen doch nicht behaupten, dass Muhannad diese Geschäfte ganz allein und auf eigene Faust betrieben hat«, entgegnete Emily. »Sie haben gehört, was Kumhar erzählt hat. Es gab noch mehr. Er hat drei Männer gesehen, aber es können leicht mehr gewesen sein.«

»Aber nicht mein Onkel. Sicher hatte Muhannad Partner in Deutschland. Und auch hier. Ich zweifle nicht an Mr. Kumhars Worten. Dieses Unternehmen läuft vielleicht schon seit Jahren.«

»Er könnte es auf der Universität ausgeheckt haben, Em«, bemerkte Barbara.

»Zusammen mit Rakin Khan«, stimmte Emily zu. »Mr. Alibi. Sie haben zusammen studiert.«

»Ich wette, bei einer Überprüfung Klaus Reuchleins wird sich herausstellen, dass die sich alle drei von früher kennen«, fügte Barbara hinzu.

Azhar zuckte die Achseln. »Ganz gleich, wie es zu diesen Geschäften kam, Querashi hat sie aufgedeckt.«

»Zusammen mit Hegarty, wie der uns erzählt hat«, bemerkte Barbara. »An dem Abend, als die beiden im *Castle Hotel* waren.«

»Es war Haythams Pflicht als Moslem, der Sache ein Ende zu bereiten«, erklärte Azhar. »Er wird Muhannad darauf hingewiesen haben, dass seine unsterbliche Seele in Gefahr sei. Und das wegen der niedrigsten aller Begierden: seiner Geldgier.«

»Tja, aber was war dann mit Querashis eigener unsterblicher Seele?«, wandte Barbara hartnäckig ein.

Azhar sah sie direkt an. »Ich vermute, dieses Problem hatte er für sich bereits gelöst, indem er sein Verhalten auf irgendeine Weise vor sich rechtfertigte. Es fällt uns Menschen leicht, unsere fleischliche Lust zu rechtfertigen. Wir nennen es Liebe, wir nennen es die Suche nach einem Seelenfreund, wir behaupten, es sei stärker als wir. Wir lügen, um zu bekommen, was wir haben wollen. Und wir machen uns vor, wir folgten dem Ruf unseres Herzens, vorbestimmt von einem Gott, der in uns Begierden weckt, die befriedigt werden sollen.«

Er hob die Hände in einer Geste der Hinnahme. »Keiner von uns ist gegen diese Art der Selbsttäuschung gefeit. Aber Haytham hätte Muhannads Sünde als die schwerere betrachtet. Sein Verstoß gegen den Glauben betraf einzig ihn selbst. Es *ist* möglich für die Menschen, in einem Bereich ihres Lebens Gutes zu tun und gleichzeitig in einem anderen Bereich Unrecht zu begehen. Mörder lieben ihre Mütter; Vergewaltiger hegen und pflegen ihre Hunde; Terroristen sprengen Kaufhäuser in die Luft und gehen dann nach Hause, um ihre Kinder in den Schlaf zu singen. Querashi kann sich für die Befreiung der Menschen eingesetzt haben, die Muhannad versklavt hatte, und dennoch in einem anderen Bereich seines Lebens selbst gesündigt haben. Das trifft ja auch auf Muhannad zu, der auf der einen Seite *Jum'a* ins Leben rief und auf der anderen verbrecherische Geschäfte machte.«

»*Jum'a* sollte nur den Schein wahren«, widersprach Emily. »Er musste gerade wegen *Jum'a* eine Untersuchung von Querashis Tod fordern. Hätte er es nicht getan, hätten sich alle darüber gewundert.«

»Aber wenn Querashi Muhannads Geschäften ein Ende bereiten wollte«, sagte Barbara, »warum hat er sie dann nicht einfach aufgedeckt und Muhannad der Polizei ausgeliefert? Er hätte das durchaus anonym tun können. Es hätte den Zweck auf jeden Fall erfüllt.«

»Aber es hätte auch zu Muhannads Vernichtung geführt. Er wäre ins Gefängnis gewandert. Er wäre von seiner Familie verstoßen worden. Und ich nehme an, das wollte Haytham nicht. Er suchte stattdessen nach einem Kompromiss, und Fahd Kumhar war das Druckmittel, mit dem er ihn erreichen wollte. Wenn Muhannad mit seinen Geschäften Schluss machte, würde man kein weiteres Wort darüber verlieren. Wenn nicht, würde Kumhar Anzeige erstatten und die ganze Organisation von Karachi über Hamburg bis Parkeston auffliegen lassen. Ich vermute, das war der Plan. Er kostete ihn das Leben.«

Motiv, Mittel, Gelegenheit. Alles war da. Nur der Killer nicht.

Azhar stand auf. Er würde jetzt ins *Burnt House Hotel* zurückfahren, sagte er. Hadiyyah habe friedlich geschlafen, als er gegangen sei, aber er wolle auf keinen Fall, dass sie ihn beim Erwachen nicht vorfinde.

Er nickte ihnen beiden zu. Er ging zur Tür. Dort drehte er sich zögernd noch einmal um. »Ich habe ganz vergessen zu sagen, was mich eigentlich hergeführt hat«, erklärte er in entschuldigendem Ton. »Inspector« – dies zu Emily –, »eins möchte ich noch sagen.«

Emily war gleich wieder argwöhnisch. »Ja?«

»Ich möchte Ihnen danken. Sie hätten weiterfahren können. Sie hätten Muhannad fassen können. Ich danke Ihnen, dass Sie angehalten und meine Tochter gerettet haben.«

Emily nickte steif. Sie sah ihn nicht an. Er ging aus dem Büro.

Emily sah total fertig aus. Der Zwischenfall auf See hatte sie beide die letzten Kraftreserven gekostet, dachte Barbara. Und Azhars völlig unangebrachter Dank musste die Last, die bereits auf ihrer Seele lag, noch drückender gemacht haben. Aber sie hatten an diesem Nachmittag beide etwas gelernt, und was sie gelernt hatten – über sich selbst, über die andere –, war die Gewissenslast und die Erschöpfung wert.

»Wir alle wachsen an dieser Arbeit, Sergeant«, hatte Inspector Lynley mehr als einmal zu ihr gesagt. »Und wenn wir es nicht tun, geben wir unseren Ausweis zurück und nehmen den Hut.«

»Em«, sagte Barbara, um ihr die Last etwas leichter zu machen, »wir alle vermasseln mal was. Aber unsere Fehler –«

»Was da draußen passiert ist, war kein Fehler«, sagte Emily ruhig.

»Aber du wolltest sie doch gar nicht im Stich lassen. Du hast nur nicht nachgedacht. Und du hast uns gesagt, wir sollen die Schwimmwesten rauswerfen. Dir war nur nicht klar, dass sie sie nicht erreichen würde. Das ist passiert. Das ist alles, was passiert ist.«

Emily sah Barbara mit kühlem Blick an. »Wer ist dein Vorgesetzter?«

»Mein …? Was? Wer? Du, Emily.«

»Nicht hier. Ich meine, in London. Wie heißt er?«

»Inspector Lynley.«

»Nicht Lynley. Über ihm. Wer ist da zuständig?«

»Superintendent Webberly.«

Emily ergriff einen Stift. »Buchstabier mir den Namen.«

Barbara wurde kalt. Sie buchstabierte Webberlys Namen und sah zu, wie Emily Barlow ihn niederschrieb. »Em«, sagte sie, »worum geht's eigentlich?«

»Es geht um Disziplin, Sergeant. Oder genauer gesagt, es geht darum, was passiert, wenn man einen Vorgesetzten mit einer Schusswaffe bedroht und die polizeilichen Ermittlungen behindert. Du bist dafür verantwortlich, dass ein Killer entkommen ist, und ich werde dafür sorgen, dass du dafür bezahlst.«

Barbara war fassungslos. »Aber Emily, du hast gesagt ...« Sie sprach nicht weiter. Was genau hatte Emily gesagt? *Du hast uns auf die Nordsee hinausgebracht, und dort mussten wir sein, um die Wahrheit zu erfahren.* Und Emily verhielt sich dieser Wahrheit entsprechend. Barbara hatte sie bloß bis zu diesem Moment nicht begriffen. Barlow die Schreckliche. Tüchtig, effizient und absolut gnadenlos. Sie hatte es gerade aufgrund dieser Eigenschaften so schnell zum Chief Inspector gebracht. Doch in Wahrheit war das, was Barbara an der anderen Frau bewundert hatte, wie Schlangengift: für die Kreatur, die es produzierte, völlig harmlos, für jeden tödlich, der ihr irgendwie in die Quere geriet.

»Du tust es tatsächlich«, sagte Barbara. »Du willst mich anzeigen.«

»Ganz recht.«

Sie wollte mit Emily streiten, aber sie merkte, dass ihr der Kampfgeist fehlte. Und Emilys harte Miene sagte ihr, dass es sowieso keinen Sinn hätte.

»Du bist wirklich völlig daneben«, sagte Barbara schließlich. »Tu, was du nicht lassen kannst, Em.«

»Das werde ich, darauf kannst du dich verlassen.«

»Chefin?« Ein Constable stand an der Tür zu Emilys Büro. Er hielt einen Telefonzettel in der Hand, und er wirkte sehr bekümmert.

»Was ist denn?«, fragte Emily. »Verdammt noch mal, Doug, wenn diese Nervensäge Ferguson –«

»Nicht Ferguson«, sagte Doug. »Wir hatten einen Anruf aus Colchester. Er kam anscheinend so gegen acht. Der Zettel landete bei den anderen in der Zentrale. Ich hab' ihn erst vor zehn Minuten bekommen.«

»Und?«

»Ich habe eben zurückgerufen. Der Ordnung halber. Sie wissen ja, ich war neulich in Colchester, um Maliks Alibi zu überprüfen.«

»Na los, raus mit der Sprache, Doug.«

Er zuckte zusammen bei ihrem Ton. »Na ja, ich hab' mich heute noch mal da umgehört, als wir versucht haben, ihn ausfindig zu machen.«

Barbara fühlte sich plötzlich sehr unwohl. Der Constable sah aus, als erwartete er einen Befehl wie »Tötet den Boten!«, wenn er seine schlechte Nachricht an die Frau gebracht hatte.

»In Rakin Khans Viertel waren nicht alle Leute zu Hause, als ich die beiden Male die Runde gemacht habe. Ich habe deshalb meine Karte hinterlassen. Und daraufhin kam dieser Anruf.«

»Doug, ersparen Sie mir die Einzelheiten. Kommen Sie endlich zur Sache, oder verschwinden Sie.«

Doug räusperte sich. »Er war dort, Chefin. Malik war dort.«

»Was reden Sie da? Er kann gar nicht dort gewesen sein. Ich hab' ihn doch selbst draußen auf dem Meer gesehen.«

»Ich meine nicht heute. Am Freitagabend. Malik war wirklich in Colchester. Genau wie Rakin Khan von Anfang an gesagt hat.«

»Was?« Emily warf ihren Stift weg. »So ein Quatsch! Haben Sie den Verstand verloren?«

»Der Anruf hier« – er wies auf den rosaroten Zettel – »kam von einem Mann namens Fred Medosch. Er ist Handelsvertreter. Er hat ein Einzimmerapartment im Haus gegenüber von Khans Wohnung. Als ich das erste Mal da war, war er nicht zu Hause. Und heute, als ich Malik gesucht habe, war er auch nicht da.« Der Constable machte eine Pause und trat von einem Fuß auf den anderen. »Aber Freitagabend war er zu Hause, Chefin. Und er hat Malik gesehen. In Fleisch und Blut. Um Viertel nach zehn. In Khans Haus. Zusammen mit Khan und einem dritten Mann. Blond, runde Brille, schlechte Haltung.«

»Reuchlein«, sagte Barbara. »Das gibt's doch nicht.« Sie sah, dass Emily leichenblass geworden war.

»Unmöglich«, murmelte sie.

Doug sah sie unglücklich an. »Von seinem Apartment aus kann er direkt ins vordere Fenster von Khans Wohnung sehen. Es ist das Esszimmerfenster, Chefin. Und es war heiß an dem Abend, drum war das Fenster offen. Malik war dort. Medosch hat ihn genau beschrieben, bis hin zum Pferdeschwanz. Er wollte schlafen und konnte nicht, weil die Männer so laut waren. Er hat rübergeschaut, um zu sehen, was los wäre. Und da hat er Malik gesehen. Ich habe die Kollegen in Colchester angerufen. Sie fahren mit einem Foto von Malik zu ihm, um ganz sicherzugehen. Aber ich hab' mir gedacht, Sie würden es gleich wissen wollen. Bevor die Pressestelle bekanntgibt, dass – Sie wissen schon.«

Emily sprang auf. »Das ist ausgeschlossen«, sagte sie. »Er kann nicht dort gewesen sein. Wie soll er das gemacht haben?«

Barbara wusste, was sie dachte. Der gleiche Gedanke war ihr selbst sofort gekommen. Wie konnte Muhannad Malik an zwei Orten zugleich sein? Aber die Antwort lag auf der Hand: Er war nicht an zwei Orten zugleich gewesen.

»Nein!«, sagte Emily eigensinnig. Doug zog sich diskret zurück. Emily ging zum Fenster. Sie schüttelte den Kopf. Sie sagte: »Gottverdammich.«

Und Barbara dachte nach. Sie dachte über alles nach, was sie gehört hatten: von Theo Shaw, von Rachel Winfield, von Sahlah Malik, von Ian Armstrong, von Trevor Ruddock. Sie dachte über alles nach, was sie wussten: dass Salah schwanger war, dass Trevor fristlos entlassen worden war, dass Gerry DeVitt in Querashis Haus gearbeitet hatte, dass Cliff Hegarty der Liebhaber des Ermordeten gewesen war. Sie dachte über die Alibis nach, darüber, wer eins hatte und wer nicht, was jedes einzelne bedeutete und wie es ins Gesamtbild passte. Sie dachte –

»Himmel!« Sie sprang auf, packte mit einer schnellen Bewegung ihre Tasche und nahm den Schmerz, der wie ein Stich durch ihre Brust fuhr, kaum wahr. Sie stand viel zu sehr unter dem Schock der plötzlichen, entsetzlichen, aber kristallklaren Erkenntnis, die ihr gerade gekommen war. »O mein Gott! Natürlich. Ganz klar!«

Emily drehte der Nacht draußen den Rücken. »Was?«

»Er hat es nicht getan. An dem Menschenhandel war er beteiligt, ja. Aber er hat Querashi nicht ermordet, Em. Siehst du denn nicht –«

»Versuch nicht, mich zum Narren zu halten«, schnauzte Emily sie an. »Wenn du glaubst, du kannst einem Disziplinarverfahren entkommen, indem du diesen Mord einem anderen als Malik –«

»Ach, geh doch zum Teufel, Em«, unterbrach Barbara ungeduldig. »Willst du den wahren Mörder fassen oder nicht?«

»Du vergisst dich schon wieder.«

»Sonst was Neues? Setz es in deinen Bericht. Aber wenn du den Fall hier abschließen willst, dann komm jetzt mit.«

Es bestand kein Grund zur Eile, darum schalteten sie weder Blinklicht noch Sirene ein. Während sie die Martello Road hinauffuhren, von da weiter zum Crescent, wo Emilys Haus in Dunkelheit lag, vom Crescent in die Parade einbogen und hinten am Bahnhof vorbeifuhren, erklärte Barbara. Emily leistete Widerstand. Emily widersprach. Emily setzte ihr knapp und heftig auseinander, warum sie sich irrte.

Aber für Barbara war klar, dass alles da war und von Anfang an da gewesen war: Motiv, Mittel und Gelegenheit. Nur hatten sie es nicht gesehen, geblendet von ihrer eigenen vorgefassten Meinung darüber, welcher Typ Frau sich widerstandslos in eine von den Eltern arrangierte Heirat fügte. Sie müsse fügsam sein, hatten sie gedacht. Keinen eigenen Willen haben. Sie würde sich aufgeben, um anderen zu dienen – zuerst dem Vater, dann dem Ehemann, dann den älteren Brüdern, wenn welche da waren –, und sie wäre unfähig zu handeln, selbst wenn es dringend erforderlich wäre.

»Das ist doch das Bild, das wir haben, wenn wir von solchen arrangierten Heiraten hören«, sagte Barbara.

Emily hörte ihr mit verkniffenem Mund zu. Sie waren im Woodberry Way und glitten an den Fiestas und Carltons vorüber, die vor den schäbigen Reihenhäusern in diesem älteren Stadtviertel parkten.

Barbara sprach weiter. Aufgrund der großen kulturellen Unterschiede zwischen West und Ost, erklärte sie, sähe man im Westen die asiatischen Frauen als willensschwach an – wie die Zweige einer Weide, die hilflos in jedem Wind schwankten, der sie erfasste. Aber was man dabei übersehe, sei die Tatsache, dass der Weidenzweig eine große Elastizität besitze, die sich im Lauf der Zeit entwickelt habe. Sollte der Wind wehen, sollte der Sturm doch heulen. Der Zweig bewegte sich, aber nichts konnte ihn vom Baum reißen.

»Wir haben nach dem Offenkundigen geschaut«, sagte Barbara, »weil es das Einzige war, womit wir arbeiten konnten. Es war logisch, richtig? Wir haben nach Haytham Querashis Feinden gesucht. Wir haben nach Leuten gesucht, die was gegen ihn hatten. Und wir haben sie gefunden. Trevor Ruddock, der von ihm gefeuert worden war. Theo Shaw, der mit Sahlah verbandelt war. Ian Armstrong, der seinen Job wiederbekam, als Querashi tot war. Muhannad Malik, der Querashi fürchten musste, weil der von seinen Geschäften wusste. Wir haben alles in Betracht gezogen. Einen schwulen Liebhaber. Einen eifersüchtigen Ehemann. Einen Erpresser. Jede Möglichkeit haben wir genauestens unter die Lupe genommen. Nur was Querashis Tod im größeren Lebenszusammenhang einer ganzen Gruppe von Menschen bedeutet, das haben wir nicht bedacht. Wir sahen seine Ermordung als etwas, was einzig ihn betraf. *Er* war jemandem im Weg. *Er* hatte jemandem die Arbeit genommen. *Er* wusste etwas, was er nicht wissen sollte. Also musste er sterben. Aber wir haben nie erkannt, dass seine Ermordung vielleicht gar nichts mit ihm persönlich zu tun hatte. Uns ist nie in den Sinn gekommen, daran zu denken, dass seine Ermordung nur Mittel zu einem Zweck gewesen sein könnte, den wir als westlich orientierte Menschen mit ganz anderen Sitten und Traditionen als die Pakistanis unmöglich verstehen konnten.«

Emily schüttelte eigensinnig den Kopf. »Du produzierst nur einen Haufen Rauch ohne Feuer.«

Sie waren auf der Fahrt durch das gediegene Mittelklasseviertel, das das alte Balford vom neuen trennte, die heruntergekommenen alten edwardianischen Häuser, die Agatha Shaw in neuem Glanz wiedererstehen lassen wollte, die gepflegten, von Bäumen beschatteten Villen, deren Architektur auf die Vergangenheit zurückgriff. Hier gab es nachempfundene Tudorhäuser, georgianische Jagdhäuser, viktorianische Sommerhäuser, Fassaden im Stil Palladios.

»Nein«, entgegnete Barbara unbeirrt. »Schau dir doch nur uns an. Schau dir an, wie wir denken. Wir haben sie noch nicht einmal nach einem Alibi gefragt. Wir haben keine von ihnen nach einem

Alibi gefragt. Und warum nicht? Weil sie pakistanische Frauen sind, Frauen, die sich unserer Meinung nach von ihren Männern beherrschen lassen und es ihnen überlassen, über ihr Schicksal zu entscheiden. Sie verhüllen gehorsam ihre Körper. Sie kochen und putzen. Sie dienern und katzbuckeln. Sie beklagen sich nie. Sie haben, so sehen wir es, kein eigenes Leben. Und keinen eigenen Willen. Aber was ist, wenn wir uns täuschen, Emily?«

Emily bog nach rechts in die Second Avenue. Barbara zeigte ihr das Haus. Unten schienen alle Lichter zu brennen. Die Familie musste inzwischen von Muhannads Flucht erfahren haben. Wenn sie es nicht von einem Stadtratsmitglied gehört hatten, dann von den Vertretern der Medien, die sie zweifellos mit Anrufen bombardiert hatten, um zu erfahren, wie die Familie Malik auf Muhannads Flucht reagierte.

Emily parkte und musterte einen Moment lang das Haus, ohne etwas zu sagen. Dann sah sie Barbara an. »Wir haben nicht den kleinsten Beweis für deine Theorie. Wie willst du also vorgehen?«

Ja, das war die Frage. Barbara überdachte sie in ihrer ganzen Tragweite, insbesondere im Licht von Emily Barlows Absicht, Muhannads Entkommen ihr – Barbara – anzulasten. So, wie sie es sah, hatte sie zwei Möglichkeiten. Sie konnte Emily abschießen, oder sie konnte ihre gemeinen Impulse und Absichten überwinden. Sie konnte Rache nehmen, oder sie konnte Verantwortung übernehmen; sie konnte es Emily Barlow mit gleicher Münze heimzahlen oder ihr das Mittel in die Hand geben, ihre Karriere zu retten. Sie hatte die Wahl.

Natürlich hätte sie am liebsten Ersteres getan. Sie lechzte danach. Aber die jahrelange Zusammenarbeit mit Inspector Lynley hatte sie gelehrt, dass man ein hässliches Spiel zu einem guten Ende bringen konnte, ohne sich hinterher etwas vorwerfen zu müssen.

»Aus der Zusammenarbeit mit Lynley könnten Sie eine Menge lernen«, hatte Superintendent Webberly einmal gesagt.

Wie zutreffend. Die Erfahrungen aus ihrer Zusammenarbeit mit Lynley lieferten ihr jetzt die Antwort auf Emilys Frage.

»Wir tun genau das, was du eben gesagt hast, Emily. Wir produzieren einen Haufen Rauch. So lange, bis der Fuchs aus dem Bau kommt.«

Emily ließ sich das durch den Kopf gehen. Dann nickte sie kurz und öffnete die Autotür.

Akram Malik selbst öffnete auf ihr Klopfen. Er wirkte um Jahre gealtert, seit sie ihn in der Fabrik gesehen hatte. Er sah erst Barbara an, dann Emily. Er sagte tonlos: »Bitte. Sagen Sie es mir nicht, Inspector Barlow. Für mich ist er bereits tot.« Gerade die Tonlosigkeit seiner Stimme verriet seinen tiefen Schmerz.

Barbara empfand großes Mitleid mit diesem Mann.

»Ihr Sohn ist nicht tot, Mr. Malik«, antwortete Emily. »Deswegen sind wir nicht hier. Soviel ich weiß, befindet er sich auf dem Weg nach Deutschland. Wir werden versuchen, ihn zu fassen und ausliefern zu lassen. Wir werden ihn vor Gericht stellen, und er wird ins Gefängnis kommen. Aber wir sind nicht hier, um mit Ihnen über Ihren Sohn zu sprechen.«

»Dann ...« Er fuhr sich über das Gesicht und besah seine schweißfeuchte Hand. Der Abend war so heiß wie der Tag. Und im ganzen Haus schien kein Fenster offen zu sein.

»Dürfen wir hereinkommen?«, fragte Barbara. »Wir hätten gern die Familie gesprochen. Jeden.«

Er trat von der Tür zurück. Sie folgten ihm in das Wohnzimmer. Seine Frau saß dort und zupfte zerstreut an einer Stickarbeit, einem in einen Stickrahmen eingespannten Stück goldfarbenen Stoffs, in das bereits ein kompliziertes Muster aus geraden Linien und Schwüngen, Punkten und kleinen Schlangenlinien eingewirkt war. Barbara brauchte einen Moment, um zu erkennen, dass es sich um arabische Schriftzüge handelte.

Auch Sahlah war da. Vor ihr auf dem niedrigen Couchtisch lag ein aufgeschlagenes Fotoalbum. Sie war dabei, Fotografien daraus zu entfernen. Auf dem Perserteppich um sie herum lagen die Bilder ihres Bruders, sorgfältig aus einer Aufnahme nach der anderen herausgeschnipselt, die bewiesen, dass er seinen Platz in der Familie verloren hatte. Barbara fröstelte bei dem Anblick.

Sie ging zum Kaminsims, wo sie bei ihrem früheren Besuch die Fotos Muhannads, seiner Frau und seiner Kinder hatte stehen sehen. Die Aufnahme, die den Sohn der Familie mit seiner Ehefrau zeigte, war noch da, waren Sahlahs Schere noch nicht zum Opfer gefallen. Barbara nahm die Aufnahme in die Hand und entdeckte etwas, was ihr vorher nicht aufgefallen war. Das Bild war im Jachthafen von Balford aufgenommen. Hinter dem Paar mit dem Picknickkorb zu seinen Füßen konnte man Charlie Spencers Zodiacs liegen sehen.

Sie sagte: »Yumn ist doch zu Hause, nicht wahr, Mr. Malik? Könnten Sie sie holen? Wir würden gern mit Ihnen allen gemeinsam sprechen.«

Die beiden alten Leute tauschten einen furchtsamen Blick, als verheiße diese Bitte weiteres Unheil. Sahlah war es, die sprach, aber sie richtete das Wort an ihren Vater, nicht an Barbara. »Soll ich sie holen, *Abhy-jahn*?« Sie hielt die Schere senkrecht, ein Bild der Geduld, während sie auf die Anweisung ihres Vaters wartete.

Akram sagte zu Barbara: »Ich bitte um Entschuldigung, aber ich sehe keine Notwendigkeit, Yumn zu belästigen. Sie hat genug durchgemacht. Sie ist Witwe geworden, ihre Kinder haben den Vater verloren. Ihre Welt ist in Trümmern. Sie ist zu Bett gegangen. Wenn Sie also meiner Schwiegertochter etwas zu sagen haben, muss ich Sie bitten, es zuerst mir zu sagen und mir zu gestatten, darüber zu urteilen, ob sie in der Verfassung ist, es zu hören.«

»Dazu bin ich nicht bereit«, entgegnete Barbara. »Sie müssen sie schon herholen, sonst bleiben Inspector Barlow und ich so lange im Haus, bis sie in der Lage ist, mit uns zu sprechen.« Sie fügte hinzu: »Es tut mir leid«, weil sie verstand, in welcher Situation er sich befand. Er saß so offensichtlich zwischen den Stühlen, hin- und hergerissen zwischen Pflicht und Neigung. Die Tradition seines Volkes gebot ihm, die Frauen der Familie zu schützen. Doch seine persönliche Neigung, vom Leben in seiner Wahlheimat gebildet, war es, sich nach den hiesigen Gepflogenheiten zu richten und einer durchaus billigen Bitte der Vertreter des Staates nachzukommen.

Die Neigung siegte. Akram seufzte. Er nickte Sahlah zu. Sie legte die Schere auf den Couchtisch. Sie klappte das Fotoalbum zu. Sie ging hinaus. Einen Augenblick später hörten sie ihre Sandalen auf der Treppe.

Barbara sah Emily an. Ein lautloser Dialog fand zwischen den beiden Frauen statt. »Glaub ja nicht, dass das irgendetwas ändert«, erklärte Emily Barbara. »Wenn es nach mir geht, bist du als Polizistin erledigt.«

Und Barbara antwortete: »Tu, was du nicht lassen kannst« und fühlte sich zum ersten Mal, seit sie Emily Barlow wiedergetroffen hatte, wirklich frei.

Akram und Wardah warteten voll Unbehagen. Akram bückte sich, um die herausgeschnittenen Fotos seines Sohnes aufzuheben. Er warf sie in den offenen Kamin. Seine Frau legte ihre Stickerei weg und faltete die Hände im Schoß.

Dann hörten sie Yumn und Sahlah die Treppe herunterkommen. Sie hörten Yumns Proteste, ihre quengelnde Stimme. »Was soll ich denn an diesem Abend noch alles ertragen? Was wollen sie von mir? Mein Muni hat nichts getan. Sie haben ihn von uns weggetrieben, weil sie ihn hassen. Weil sie uns alle hassen. Wer wird der Nächste sein?«

»Sie wollen doch nur mit uns sprechen, Yumn«, erwiderte Sahlah mit ihrer sanften Unschuldsstimme.

»Nun, wenn ich das schon über mich ergehen lassen muss, dann nicht ohne eine Stärkung. Bring mir Tee. Und ich möchte richtigen Zucker, nicht dieses saure chemische Zeug. Hast du mich gehört? Wohin gehst du, Sahlah? Ich habe gesagt, du sollst mir Tee holen.«

Sahlah trat ins Wohnzimmer. Ihr Gesicht war unbewegt. Yumn rief nörgelnd: »Ich habe dich gebeten – Ich bin die Frau deines Bruders. Du hast mir gegenüber Pflichten.« Dann trat auch sie ins Zimmer und wandte sich sofort an die beiden Beamtinnen. »Was wollen Sie noch von mir?«, fragte sie scharf. »Was wollen Sie mir noch alles antun? Sie haben ihn aus seiner Familie herausgetrieben. Und aus welchem Grund? Weil Sie neidisch sind. Sie sind ganz zerfressen von Neid. Sie haben keine Männer und können es nicht ertragen, dass andere Frauen einen haben. Und nicht irgendeinen Mann, sondern einen echten Mann, einen Mann –«

»Setzen Sie sich«, sagte Barbara.

Yumn schluckte. Sie sah ihre Schwiegereltern an und wartete darauf, dass diese Beleidigung geahndet würde. Eine Außenseiterin habe ihr nichts zu befehlen, sagte ihre Miene. Aber keiner sprang für sie in die Bresche.

Voll gekränkter Würde ging sie zu einem Sessel. Falls sie erkannte, was das Fotoalbum und die Schere auf dem Tisch zu bedeuten hatten, ließ sie es sich nicht anmerken. Barbara warf einen Blick auf Akram, als sie erkannte, dass er die Bilder vom Boden aufgehoben und in den Kamin geworfen hatte, um es seiner Schwiegertochter zu ersparen, eins der ersten Rituale zu bezeugen, die die Verstoßung ihres Mannes begleiteten.

Sahlah kehrte zum Sofa zurück. Akram nahm ebenfalls in einem Sessel Platz. Barbara blieb am Kamin, und Emily trat zu einem der geschlossenen Fenster. Sie sah aus, als würde sie es am liebsten unverzüglich aufreißen. Die Luft im Zimmer war schal und stickig.

Barbara wusste, dass von diesem Moment an ein Würfelspiel aus der Untersuchung wurde. Sie holte einmal tief Atem und schüttelte den Becher. »Mr. Malik«, sagte sie, »können Sie oder Ihre Frau uns sagen, wo Ihr Sohn am Freitagabend war?«

Akram runzelte die Stirn. »Ich sehe keinen Sinn in dieser Frage, es sei denn, Sie sind hergekommen, um uns zu quälen.«

Die Frauen saßen reglos, ihre Aufmerksamkeit auf Akram gerichtet. Dann beugte sich Sahlah vor und ergriff die Schere.

»Gut«, sagte Barbara. »Aber wenn Sie Ihren Sohn für unschuldig gehalten haben, bis er heute Nachmittag die Flucht ergriff, müssen Sie doch einen Grund für diese Überzeugung gehabt haben. Und dieser Grund kann nur sein, dass Sie wussten, wo er am Freitagabend war. Habe ich recht?«

Yumn sagte: »Mein Muni war –«

»Ich würde es gern von seinem Vater hören«, schnitt Barbara ihr das Wort ab.

Akram sagte langsam, immer noch nachdenkend: »Er war nicht zu Hause. Daran erinnere ich mich, weil –«

»Abhy«, rief Yumn, »du musst vergessen haben, dass –«

»Lassen Sie ihn antworten«, herrschte Emily sie an.

»Ich kann antworten«, sagte Wardah Malik. »Muhannad war in Colchester. Er trifft sich dort regelmäßig einmal im Monat mit einem Studienfreund zum Essen. Der Freund heißt Rakin Khan.«

»Nein, *Sus*!« Yumns Stimme war schrill. Sie wedelte mit den Händen. »Muni war am Freitag nicht in Colchester. Er war am Donnerstag dort. Du verwechselst die Tage wegen der Sache mit Haytham.«

Wardah wirkte perplex. Dann sah sie ihren Mann an, als warte sie auf ein Wort von ihm. Sahlahs Blick wanderte langsam zwischen ihren Eltern hin und her.

»Du hast es nur vergessen«, fuhr Yumn fort. »Das ist ja auch ganz verständlich nach allem, was geschehen ist. Aber du musst dich doch erinnern –«

»Nein«, widersprach Wardah. »Ich erinnere mich genau, Yumn. Er ist nach Colchester gefahren. Er hat von der Firma aus angerufen, weil er sich wegen Anas' Alpträumen Sorgen machte, und hat mich gebeten, den Jungen etwas anderes zum Abendessen zu machen. Er meinte, das Essen wäre vielleicht zu schwer.«

»Sicher, ja«, stimmte Yumn zu, »aber das war am Donnerstag, weil Anas in der Nacht zuvor so einen schlimmen Traum gehabt hatte, von Mittwoch auf Donnerstag.«

»Es war Freitag«, sagte Wardah. »Weil ich die Einkäufe fürs Wochenende gemacht hatte, wie ich das freitags immer tue. Das weißt du doch selbst. Du hast mir geholfen, alles einzuräumen, und bist auch ans Telefon gegangen, als Muni anrief.«

»Nein, nein, nein.« Sie bewegte heftig den Kopf, als ihr Blick von einem zum anderen flog. »Er war nicht in Colchester. Er war bei mir. Hier im Haus. Wir waren oben, darum hast du es vergessen. Wir waren in unserem Schlafzimmer, Muni und ich. *Abhy*, du hast uns doch gesehen. Du hast mit uns beiden gesprochen.«

Akram sagte nichts. Sein Gesicht war tiefernst.

»Sahlah! *Bahin*, du weißt, dass wir hier waren. Ich habe Muni gebeten, dich zu holen. Und das hat er getan. Er ist in dein Zimmer gegangen und hat dir gesagt, dass du –«

»Nein, Yumn. Das stimmt nicht.« Sahlah sprach so vorsichtig, als setzte sie jedes Wort auf dünnes Eis, das sie auf keinen Fall zerbrechen wollte. Sie schien genau zu wissen, was ihre Worte bedeuteten, als sie sagte: »Muni war nicht hier. Er war nicht im Haus. Und …« Sie zögerte. Ihr Gesicht war verzweifelt, da ihr vielleicht die gravierende Bedeutung dessen, was sie zu sagen im Begriff war, aufging, und sie erkannte, dass ihre Worte das Leben zweier unschuldiger kleiner Jungen verwüsten würden. »Und du warst auch nicht hier, Yumn. Du warst auch nicht im Haus.«

»Doch!«, schrie Yumn. »Wie kannst du es wagen, so etwas zu behaupten? Was denkst du dir eigentlich, du dummes Ding?«

»Anas hatte einen seiner Alpträume«, sagte Sahlah. »Ich bin zu ihm hineingegangen. Er hat geschrien, und Bishr hatte auch angefangen zu weinen. Ich dachte: Wo ist denn Yumn? Warum geht sie nicht zu ihnen? Wie kann sie so fest schlafen, dass sie diesen Lärm im Zimmer direkt nebenan nicht hört? Ich dachte in dem Moment sogar, du wärst vielleicht einfach zu faul aufzustehen. Aber wenn es um die Jungen geht, bist du nie faul. Da ist dir nichts zu viel.«

»Eine Unverschämtheit!« Yumn sprang auf. »Sag sofort, dass ich hier war! Ich bin die Frau deines Bruders. Ich befehle es dir. Du bist mir Gehorsam schuldig.«

Da hatten sie es, dachte Barbara. Da hatten sie das Motiv. Tief in den Traditionen einer Kultur verwurzelt, über die sie so wenig wusste, dass sie es nicht erkannt hatte. Aber jetzt sah sie es. Es hatte diese Frau, die nichts als eine stattliche Mitgift und ihre Fähigkeit, Kinder in die Welt zu setzen, vorzuweisen hatte, um sich ihrer Schwiegerfamilie zu empfehlen, zu einem Akt der Verzweiflung getrieben. Sie sagte: »Aber Sahlah hätte nicht länger gehorchen müssen, nicht wahr, wenn sie Querashi geheiratet hätte? Nur Sie hätten dann noch gehorchen müssen, Yumn. Sie hätten Ihrem Mann gehorchen müssen, Ihrer Schwiegermutter, einfach jedem – früher oder später auch Ihren Söhnen.«

Yumn war nicht bereit, klein beizugeben. Sie sagte *»Sus«* zu Wardah, *»Abhy«* zu Akram und »Die Mutter eurer Enkel« zu beiden.

Akrams Gesicht verschloss sich, und Barbara sah mit Erschütterung, dass in diesem Moment Yumn aufgehört hatte, für ihren Schwiegervater zu existieren.

Wardah griff zu ihrer Stickerei. Sahlah beugte sich vor. Sie schlug das Fotoalbum auf. Sie schnitt Yumns Bild aus der ersten der Fotografien heraus. Niemand sprach, als es, aus der Gruppenaufnahme der Familie herausgelöst, auf den Teppich zu Sahlahs Füßen flatterte.

»Ich bin ...« Yumn rang keuchend um Worte. »Die Mutter ...« Sie stockte. Sie sah sie alle an, einen nach dem anderen. Aber niemand erwiderte ihren Blick. »Die Söhne Muhannads«, sagte sie verzweifelt. »Ihr werdet mir alle zuhören. Ihr werdet tun, was ich sage.«

Emily richtete sich auf. Sie ging durch das Zimmer und nahm Yumn beim Arm. »Sie werden sich etwas anziehen müssen«, sagte sie.

Yumn warf einen Blick über ihre Schulter, als Emily sie zur Tür führte. »Hure«, sagte sie zu Sahlah. »In deinem Zimmer. In deinem Bett. Ich habe dich gehört, Sahlah. Ich weiß, was du bist.«

Barbara blickte mit angehaltenem Atem von Sahlah zu deren Eltern und wartete auf eine Reaktion. Doch sie sah den Gesichtern des Paares an, dass sie Yumns Beschuldigung nicht ernst nahmen. Yumn war schließlich eine Frau, die sie schon einmal getäuscht hatte. Sie würde nicht davor zurückschrecken, es wieder zu tun.

28

Mitternacht war vorüber, als Barbara endlich ins *Burnt House Hotel* zurückkehrte. Sie fühlte sich wie durch die Mangel gedreht. Aber doch nicht so erledigt, dass sie nicht das wunderbare kleine Lüftchen bemerkte, das vom Meer her kam. Es streichelte ihre Wangen, als sie aus dem Mini stieg und bei dem Schmerz ihrer geschundenen Rippen zusammenzuckte. Einen Moment lang blieb sie auf dem Parkplatz stehen und atmete tief die Salzluft ein, in der Hoffnung, dass ihre stets gepriesenen wohltuenden Eigenschaften die Heilung ihres Körpers beschleunigen würden.

Im silbernen Lichtschein einer der Straßenlampen konnte sie die ersten feinen Nebelfetzen erkennen, die – so lange sehnsüchtig erwartet – endlich der Küste entgegentrieben. Hallelujah, dachte sie beim Anblick der spinnwebfeinen Schwaden. Nie war ihr die Aussicht auf einen trüben, regnerischen englischen Sommer so willkommen gewesen.

Sie warf sich ihre Umhängetasche über die Schulter und ging müde zur Hoteltür. Sie fühlte sich bedrückt, obwohl – oder vielleicht weil – sie diejenige war, die den Fall zu Ende gebracht hatte. Sie brauchte jedoch nicht lang nach einem Grund für ihre Bedrückung zu suchen. Er lag in dem, was sie an diesem Abend gesehen und gehört hatte.

Gesehen hatte sie die Gesichter der älteren Maliks, als diese versucht hatten, mit der Ungeheuerlichkeit des Verbrechens, das ihr geliebter Sohn an seinen eigenen Landsleuten begangen hatte, fertigzuwerden. In ihm hatten seine Eltern die Zukunft gesehen – ihre eigene Zukunft und die Zukunft ihrer Familie, die von Generation zu Generation blühen und gedeihen würde. Er war ihnen Gewähr für ein sicheres und sorgenfreies Leben im Alter gewesen. Er war das Fundament gewesen, auf dem ein Großteil ihres Lebens aufgebaut war. Mit seiner Flucht, nein, mit dem Grund für seine Flucht war dies alles vernichtet worden. Alle Hoffnungen und Erwartungen, die sie in ihn gesetzt hatten, waren unwiederbringlich dahin. Und an ihrer Stelle war nichts geblieben als Schande, die

Schande, die ihr Sohn über sie gebracht hatte, und die Schande, die ihre Schwiegertochter über sie gebracht hatte.

Gehört hatte Barbara Sahlahs leise Antwort auf die Frage, die sie ihr abseits von ihren Eltern gestellt hatte. Was werden Sie jetzt tun?, hatte sie gefragt. Was werden Sie tun im Hinblick auf alles, was geschehen ist? Auf alles, Sahlah. Natürlich war das nicht ihre Angelegenheit gewesen, aber angesichts der Zerstörung, die durch die Habgier eines Mannes und den übersteigerten Geltungstrieb einer Frau angerichtet worden war, hatte Barbara auf ein Zeichen gehofft, dass aus dem Unglück, das diese Menschen getroffen hatte, doch auch etwas Gutes entstehen würde. Ich werde bei meiner Familie bleiben, hatte Sahlah ihr geantwortet, so ruhig und sicher, dass es keinen Zweifel daran gab, dass nichts sie von ihrem Entschluss abbringen würde. Meine Eltern haben niemanden außer mir, und die Kinder werden mich jetzt brauchen, hatte sie gesagt. Barbara hatte gedacht: Und was brauchst du, Sahlah? Aber sie hatte diese Frage, die, wie sie jetzt wusste, einer Frau aus diesem Kulturkreis völlig fremd wäre, nicht gestellt.

Sie seufzte. Jedes Mal, wenn sie glaubte, dem Verständnis ihrer Mitmenschen einen Schritt näher gekommen zu sein, geschah etwas, was sie sofort wieder zurückwarf. Und diese letzten Tage, dachte sie, waren ein einziger permanenter Rückschlag gewesen. Zu Beginn hatte sie in ehrfürchtiger Bewunderung vor der Powerfrau der Kriminalpolizei Balford gestanden, und am Ende hatte sie mit Bestürzung erkennen müssen, dass ihr Idol auf tönernen Füßen stand. Im Grunde genommen war Emily Barlow nicht anders als diese Frau, die sie soeben wegen Mordes verhaftet hatten: Beiden war jedes Mittel recht gewesen – egal, wie zerstörerisch –, um die Welt nach ihrem Willen zu ordnen. Die eine hatte einen Stolperdraht benutzt, die andere Macht. In beiden Fällen war das Ergebnis dasselbe: Sie bekamen, was sie wollten, aber der Preis war unermesslich hoch.

Die Hoteltür wurde geöffnet, bevor Barbara den Türknauf berührt hatte. Sie fuhr zusammen. Im Erdgeschoss brannte nirgends Licht. In der Dunkelheit hatte sie nicht gesehen, dass jemand auf ihre Ankunft gewartet hatte.

O Gott, dachte sie. Bloß nicht Treves. Der Gedanke an eine weitere Runde 007 mit dem Hotelbesitzer war ihr ein Gräuel. Aber dann sah sie den Schimmer eines tadellos gebügelten, leuchtend weißen Hemdes, und einen Moment später hörte sie seine Stimme.

»Mr. Treves wollte nichts davon wissen, die Tür für Sie offen zu lassen«, sagte Azhar. »Ich habe ihm versprochen, auf Sie zu warten und selbst abzusperren. Besonders sympathisch war ihm das nicht, aber er wusste wohl nicht, wie er ablehnen sollte, ohne mich direkt zu beleidigen statt wie sonst durch die Blume. Aber ich bin überzeugt, er wird gleich morgen früh das Silber nachzählen.« Sein Ton verriet, dass er lächelte.

Barbara lachte leise. »Und zweifellos in Ihrem Beisein.«

»Zweifellos«, bestätigte Azhar. Er schloss die Tür hinter ihr und drehte den Schlüssel um. »Kommen Sie.«

Er führte sie in den dunklen Salon. Dort zündete er eine Lampe neben dem offenen Kamin an und begab sich hinter die Bar. Er goss zwei Fingerbreit Black Bush in ein Whiskyglas und schob es über den Magahonitresen zu Barbara. Sich selbst schenkte er ein Glas Bitter Lemon ein. Dann kam er um die Bar herum und setzte sich zu ihr an einen der Tische. Die Zigaretten legte er in die Mitte.

Sie erzählte ihm alles, von Anfang bis Ende. Sie ließ nichts aus, weder Cliff Hegarty noch Trevor Ruddock, noch Rachel Winfield, noch Sahlah Malik. Sie berichtete, welche Rolle Theo Shaw gespielt hatte und was Ian Armstrong mit dem Fall zu tun gehabt hatte. Sie erklärte ihm, was ihr erster Verdacht gewesen war und wohin dieser Verdacht sie geführt hatte, und wie sie schließlich im Wohnzimmer der Familie Malik gelandet waren, um jemanden zu verhaften, den sie nicht einen Moment lang des Verbrechens verdächtigt hatten.

»Yumn?«, wiederholte Azhar erstaunt. »Aber Barbara, wie ist das möglich?«

Barbara erklärte es ihm. Yumn hatte Haytham Querashi ohne das Wissen der Familie Malik aufgesucht. Sie war im *chādor* gekommen – entweder weil es die Sitte gebot, oder weil sie sich verstecken wollte –, und es war ihr gelungen, sich fortzustehlen, ohne dass im Hause Malik jemand etwas gemerkt hatte. Man brauchte sich nur anzusehen, wie das Haus gebaut war, besonders wie Auffahrt und Garage zum Wohnzimmer und zu den oberen Schlafzimmern lagen, um zu erkennen, dass sie ganz leicht eins der Autos hatte nehmen können, ohne bemerkt zu werden. Und wenn sie dies getan hatte, als die Kinder schon im Bett gewesen waren, Sahlah an ihrem Schmuck gearbeitet hatte und Akram und Wardah beim Gebet oder im Wohnzimmer gewesen waren, wäre nie jemand dahintergekommen. Und ebenso leicht war es für sie gewesen, Haytham Querashi lang genug zu beobachten, um zu bemerken, dass er regelmäßig zum Nez ging, und an dem fraglichen Abend mit einem Zodiac dort hinauszufahren, den Draht an der bröckelnden alten Treppe zu spannen und ihn so in den Tod zu schicken.

»Wir wussten immer und haben es auch immer gesagt, dass eine Frau es getan haben könnte«, bemerkte Barbara. »Wir haben nur nicht gesehen, dass Yumn ein Motiv und die Gelegenheit hatte, die Tat zu begehen.«

»Aber wieso musste sie Haytham Querashi denn töten?«, fragte Azhar.

Und auch das erklärte Barbara. Doch als sie ihm auseinandergesetzt hatte, dass Yumn Querashi aus dem Weg räumen musste, um Sahlah weiterhin in ihrer untergeordneten Stellung im Haus zu halten, zeigte Azhar Zweifel. Er zündete sich eine Zigarette an, nahm einen Zug und betrachtete den Filter einen Moment nachdenklich.

»Beruht darauf Ihre Beweisführung?«, fragte er vorsichtig.

»Und auf den Aussagen der Familie. Sie war nicht im Haus, Azhar. Sie behauptete, mit Muhannad oben in ihrem Zimmer gewesen zu sein. Aber Muhannad war, wie inzwischen bestätigt wurde, an diesem Abend in Colchester.«

»Für einen guten Verteidiger wird es aber sicher kein Problem sein, die Aussagen der Familie als unglaubwürdig hinzustellen. Er kann sagen, dass die fraglichen Daten verwechselt wurden; er kann Feindseligkeit gegen eine schwierige Schwiegertochter ins Feld führen und den Wunsch einer Familie, den wahren Mörder zu schützen, einen Mann, der praktischerweise auf den Kontinent entkommen ist. Selbst wenn Muhannad nach England gebracht und hier wegen Menschenhandels vor Gericht gestellt werden würde, würde das Strafmaß geringer ausfallen als bei vorsätzlichem Mord. So jedenfalls könnte die Verteidigung argumentieren, um den Nachweis zu erbringen, dass die Maliks Grund hatten, die Schuld einer anderen Person zuzuschieben.«

»Aber sie haben ihren Sohn doch verstoßen.«

»Richtig«, stimmte Azhar zu. »Aber glauben Sie, einer von den englischen Geschworenen wird verstehen, was es für einen Pakistani bedeutet, von seiner Familie verstoßen zu werden?«

Er sah sie freimütig an. Die Aufforderung war unüberhörbar. Jetzt könnten sie über seine eigene Geschichte sprechen: wie sie begonnen und wie sie geendet hatte. Jetzt könnte sie ihn nach der Ehefrau und den beiden Kindern fragen, die er verlassen hatte. Sie könnte erfahren, wie er Hadiyyahs Mutter kennengelernt und was ihn bewogen hatte, den lebenslangen Ausschluss aus seiner Familie um einer verbotenen Liebe willen hinzunehmen.

Sie erinnerte sich, irgendwo einmal die kurze Entschuldigung gelesen zu haben, die ein Filmregisseur gebraucht hatte, um zu erklären, warum er seine lebenslange Liebe wegen einer Frau verraten hatte, die dreißig Jahre jünger war als er. »Das Herz will, was es will«, hatte er gesagt. Aber Barbara fragte sich schon lange, ob das, was das Herz wollte, in Wirklichkeit überhaupt etwas mit dem Herzen zu tun hatte.

Aber wäre Azhar nicht seinem Herzen gefolgt – wenn dies tatsächlich der betroffene Körperteil gewesen war –, so hätte es Khalidah Hadiyyah nicht gegeben. Und das hätte die Tragik, sich zu verlieben und der Liebe den Rücken zu kehren, noch erhöht. Also war Azhars Entscheidung, statt der Pflicht die Leidenschaft zu wählen, vielleicht zum Besten gewesen. Wer konnte es wirklich sagen?

»Sie kommt nicht aus Kanada zurück, oder?«, begnügte sich Barbara zu fragen. »Wenn sie überhaupt nach Kanada gegangen ist.«

»Nein, sie kommt nicht zurück«, bekannte Azhar.

»Warum haben Sie es Hadiyyah nicht gesagt? Warum lassen Sie sie an der Hoffnung festhalten?«

»Weil auch ich mich an die Hoffnung geklammert habe. Weil einem, wenn man liebt, alles möglich zu sein scheint zwischen zwei Menschen, auch wenn die Unterschiede in Temperament und kulturellem Hintergrund noch so groß sind. Und vor allem, weil die Hoffnung das letzte unserer Gefühle ist, das welkt und stirbt.«

»Sie fehlt Ihnen«, stellte Barbara fest.

»Jede Sekunde des Tages«, antwortete er. »Aber es wird vorübergehen. Wie alles im Leben.«

Er drückte seine Zigarette im Aschenbecher aus. Barbara trank den letzten Schluck ihres irischen Whiskys. Sie hätte noch einen gebrauchen können, aber sie nahm dieses Verlangen als Warnung. Sich zu betrinken würde nichts klären, und der Wunsch, sich zu betrinken, war ein ziemlich sicheres Zeichen dafür, dass etwas in ihr der Klärung bedurfte. Aber später, dachte sie. Morgen. Nächste Woche. Nächsten Monat. In einem Jahr. Heute Abend war sie zu erschöpft, um in den Abgründen ihrer Seele nach dem Schlüssel für unverstandene Gefühle zu suchen.

Sie stand auf. Sie streckte sich. Ihre Rippen rebellierten, und sie zuckte zusammen. »Tja«, sagte sie abschließend. »Ich denke, wenn man lange genug wartet, lösen sich alle Probleme von selbst.«

»Oder wir sterben, ohne sie verstanden zu haben«, meinte er. Doch er milderte seine Worte mit einem Lächeln. Es war ein wenig ironisch, aber warm und herzlich, ein Freundschaftsangebot.

Barbara fragte sich flüchtig, ob sie das Angebot annehmen wollte. Sie fragte sich, ob sie wirklich den Schritt ins Unbekannte wagen und es riskieren wollte, ihr Herz zu öffnen – da war es schon wieder, dieses verflixte, unzuverlässige Organ –, und in Kauf nehmen, dass es gebrochen wurde. Aber da erkannte sie, dass ihr Herz, dieser hinterhältige Diktator allen Verhaltens, sich bereits ganz geöffnet hatte, von dem Moment an offen gewesen war, als sie der zauberhaften Tochter dieses Mannes das erste Mal begegnet war. Was war denn schon so beängstigend daran, noch einen Passagier an Bord des Schiffes zu nehmen, auf dem sie manchmal recht blind durch das Leben segelte?

Sie gingen zusammen aus dem Salon hinaus und stiegen in der Dunkelheit die Treppe hinauf. Erst als sie vor der Tür zu Barbaras Zimmer angelangt waren, brach Azhar das Schweigen zwischen ihnen.

»Frühstücken Sie morgen mit uns, Barbara Havers? Hadiyyah wird sich das ganz besonders wünschen.« Und als sie nicht gleich antwortete, weil sie sich erst einmal – mit Wonne und ganz ohne schlechtes Gewissen – vorstellte, wie ein neuerliches gemeinsames

Frühstück mit den Pakistanis Treves mit seiner Hotelführungspolitik des »Gleich, aber getrennt« aus dem Häuschen bringen würde, fügte er hinzu: »Und auch mir wäre es ein Vergnügen.«

Barbara lächelte. »Gern«, sagte sie.

Und es war ihr ernst damit, trotz der Komplikationen und der Ungewissheit, denen sie mit diesem einen Wort jetzt und für die Zukunft Tür und Tor öffnete.

Danksagung

Der Versuch, als Amerikanerin über Pakistanis in Großbritannien zu schreiben, war ein Riesenunterfangen, das ich ohne die Hilfe der folgenden Personen nicht einmal hätte beginnen – geschweige denn vollenden – können.

Großen Dank schulde ich vor allem Kay Ghafoor, die mit ihrer Aufrichtigkeit und ihrem Enthusiasmus den Weg für dieses Projekt bereitet hat, auf dem ich das Gebäude meines Romans errichtete.

Wie immer schulde ich meinen polizeilichen Helfern in England Dank. Ich danke Chief Inspector Pip Lane von der Cambridge Constabulary, der mich mit Informationen über alles vom *Armed Response Vehicle* bis zu Interpol versorgt hat und als Vermittler zwischen mir und der Polizei Essex tätig war. Ich danke Intelligence Officer Ray Chrystal von der Nachrichtenabteilung Clacton für die Hintergrundinformationen, die er mir zur Verfügung stellte, Detective Inspector Robert Cattermole danke ich dafür, dass er mir Zugang zu seinem Teambesprechungsraum gewährte, und Gary Elliot von New Scotland Yard für eine Insider-Führung.

Mein Dank geht auch an William Tullberg von Wiltshire Tracklements und Carol Irving von Crabtree und Evelyn, die mir bei meiner Suche nach einem geeigneten Familienunternehmen behilflich waren; Sam Llewelyn und Bruce Lack, die mit nautischem Fachwissen halfen; und Sue Fletcher – meiner Lektorin bei Hodder Stoughton –, die ihre Unterstützung, ihre Hilfe und die findige und respekteinflößende Bettina Jamani in den Dienst dieses Unternehmens stellte.

In Deutschland danke ich Veronika Kreuzhage und Christine Kruttschnitt für Auskünfte über die Polizei und die Stadt Hamburg.

In den Vereinigten Staaten danke ich Dr. Tom Ruben und Dr. H. M. Upton, die mir wieder einmal mit medizinischen Fachkenntnissen zur Seite gestanden haben. Ich danke meiner Assistentin Cindy Murphy dafür, dass sie in Huntington Beach die Festung gehalten hat, und ich danke den Studenten meines Schreibseminars dafür, dass sie mich während meiner Arbeit an dem Roman ständig neu herausgefordert haben; Patricia Fogarty, Barbara Fryer, Tom Fields, April Jackson, Chris Eyre, Tim Polmanteer, Elaine Medosch, Carolyn Honigman, Reggie Park, Patty Smiley und Patrick Kersey.

Und aus persönlichen Gründen danke ich einigen wunderbaren Menschen für ihre Freundschaft und ihre Unterstützung: Lana Schlemmer, Karen Bohan, Gordon Globus, Gay Hartell-Lloyd, Carolyn und Bill Honigman, Bonnie SirKegian, Joan und Colin Randall, Georgia Ann Treadaway, Gunilla Sondell, Marilyn Schulz, Marilyn Mitchell, Sheila Hillinger, Virginia Westover-Weiner, Chris Eyre, Dorothy Bodenberg und Alan Bardsley.

Größeren Dank denn je schulde ich Kate Miciak, meiner hervorragenden langjährigen Lektorin bei Bantam. Und last, but not least danke ich meinen kämpferischen Agenten bei William Morris – Robert Gottlieb, Stephanie Cabot und Marcy Posner – für alles, was sie tun, um mich bei der Arbeit zu unterstützen und das fertige Produkt sowohl in den Vereinigten Staaten als auch rund um die Welt zu fördern.

Lust auf mehr Spannung von
ELIZABETH GEORGE?

Dann wird Sie auch ihr Roman,

UNDANK IST DER VÄTER LOHN

begeistern.

Gute Unterhaltung mit der
folgenden Leseprobe!

– Leseprobe –

Prolog

Das Einzige, was er spürte, war eine unbeschreibliche innere Leere. Schwermut und Verzweiflung überwältigten ihn, obwohl – dessen war sich David King-Ryder bewusst – seine Gefühle in völligem Widerspruch zum Augenblick standen.

Unten, auf der Bühne des Agincourt Theatre, hob Horatio ein letztes Mal die Stimme, während Fortinbras seinen Gesang dagegenhielt. Drei der vier Toten wurden von der Bühne getragen, während Hamlet, in Horatios Armen liegend, zurückblieb. Die Mitglieder des Ensembles – dreißig an der Zahl – bewegten sich zur Bühnenmitte, norwegische Soldaten von links, dänische Höflinge von rechts, um hinter Horatio Aufstellung zu nehmen. Als sie den Refrain anstimmten, schwoll die Musik an, und das Donnern der Geschütze – gegen das David sich zunächst gewehrt hatte, weil er fürchtete, es würde Vergleiche mit *1812* herausfordern – wütete aus den Kulissen. In diesem Moment erhoben sich im Parkett die ersten Zuschauer. Das Publikum auf den Rängen folgte ihnen. Musik, Gesang und Geschützdonner gingen unter in tosendem Applaus.

Mehr als zehn Jahre hatte er auf diesen Augenblick gewartet – auf die rückhaltlose Bestätigung seiner künstlerischen Brillanz. Und nun endlich hatte er sein Ziel erreicht. Drei Jahre geistig und körperlich erschöpfender Arbeit fanden in diesem Moment ihre Krönung in den Ovationen, die ihm für seine beiden vorangegangenen Produktionen an diesem Theater verwehrt geblieben waren. Die Art des Applauses und die Reaktion des Publikums hatten damals alles gesagt. Höflicher, pflichtschuldiger Anerkennung für die Schauspieler und Sänger war ein hastiger Auszug aus Parkett und Rängen gefolgt, und die anschließende Premierenfeier hatte mehr einem Leichenbegängnis geglichen. Und die Kritiken in den Londoner Zeitungen bestätigten nur noch einmal, was nach der Premiere die Spatzen von den Dächern pfiffen. Zwei ungeheuer aufwendige Produktionen waren untergegangen wie mit Kanonen überladene Schlachtschiffe. Und David King-Ryder hatte das zweifelhafte Vergnügen gehabt, sich anhand zahlloser Analysen über das Nachlassen seiner schöpferischen Kraft belehren lassen zu müssen. Worte wie »Ein Leben ohne Chandler« waren noch das Freundlichste, was ihm ein wohlwollender Kritiker zuteilwerden ließ. Die übrigen Schmierfinken spitzten morgens am Frühstückstisch ihre Giftpfeile und warteten dann wochenlang auf eine Gelegenheit, sie abschießen zu können. Da blieb alle Sachlichkeit auf der Strecke, die Schlagzeilen reichten von »Scharlatan des Kunstbetriebs« bis zu »Ein Schatten, der sich in vergangenem Glanz sonnt«. Und jener Glanz entsprang natürlich nur einer Quelle: dem Genie Michael Chandlers.

David King-Ryder fragte sich, ob andere Musikerpartnerschaften ebenso scharf unter die Lupe genommen wurden wie seine Zusammenarbeit mit Michael Chandler. Er bezweifelte es. Seinem Eindruck zufolge war es Musiker- und Librettistenduos wie Gilbert und Sullivan oder Rice und Lloyd-Webber gestattet, ohne das Begleitgeheul der Schakale, die ständig nach ihm schnappten, aufzuleuchten und zu verblassen, zu Glanz und Ruhm emporzusteigen, Fehlschläge zu landen, die Kritiker zu überwältigen, zu straucheln und zu triumphieren.

Natürlich hatte der romantische Aspekt einer Verbindung mit Michael Chandler zu diesen Analysen Anlass gegeben. Wenn der eine Partner eines Gespanns, das zwölf der erfolgreichsten Produktionen des West End auf die Bühne gebracht hat, auf so grauenvolle Weise ums Leben kommt, muss aus diesem Tod eine Legende wachsen. Ja, Michaels Tod hatte sich dafür prächtig geeignet: Er hatte sich in einer Unterwasserhöhle vor der Küste Floridas verirrt, die schon zahllose Taucher das Leben gekostet hatte, nachdem er sämtliche Tauchregeln missachtet hatte. Er hatte den Ausflug allein unternommen, bei Nacht, in betrunkenem Zustand. Zurückgeblieben war nur sein Boot, das draußen vor Anker gelegen und die Stelle markiert hatte, wo er ins Wasser gesprungen war. Er hinterließ eine Ehefrau, eine Geliebte, vier Kinder und sechs Hunde. Und einen Partner, mit dem er seit der gemeinsamen Kindheit in Oxford, wo sie beide als Söhne von Fließbandarbeitern aufgewachsen waren, von Ruhm, Reichtum und Erfolg am Theater geträumt hatten.

Das Interesse der Medien an David King-Ryders seelischer und künstlerischer Wiederherstellung nach Michael Chandlers allzu frühem Tod war daher nur verständlich gewesen. Nach seinem ersten Alleingang auf der Musicalbühne fünf Jahre später hatten die Kritiker ihn unter Beschuss genommen, aber sie hatten nur das leichte Geschütz aufgefahren, als meinten sie, ein Mann, der mit einem Schlag den langjährigen Partner und lebenslangen Freund verloren hatte, dürfe einmal scheitern, ohne für sein Bemühen, einen eigenen künstlerischen Weg zu finden, öffentlich gedemütigt zu werden. Bei seinem zweiten Misserfolg allerdings waren sie nicht mehr so gnädig gewesen.

Aber das war jetzt vorbei. Das gehörte der Vergangenheit an.

»Wir haben es geschafft, David! Wir haben es geschafft, verdammt noch mal!«, rief Ginny, die neben ihm saß, überschwänglich. Sie freute sich, dass sie – allen absurden Vorwürfen von Vetternwirtschaft zum Trotz, die man gegen sie und ihren Mann erhoben hatte, als er ihr die Regie des Stücks anvertraut hatte – soeben einen Status erreicht hatte, den Künstler wie Hands, Nunn und Hall in Anspruch nahmen.

Und Matthew, der als Manager seines Vaters nur zu gut wusste, wie viel für sie alle mit dieser Produktion auf dem Spiel stand, packte seinen Vater bei der Hand und sagte rau: »Bravo, Dad. Das hast du grandios gemacht.«

Gern hätte David sich an diesen Worten gewärmt, bedeuteten sie doch, so wie er es verstand, dass Matthew sich von seinen anfänglichen Zweifeln an dem Vorhaben, Shakespeares größte Tragödie zu einem Musicaltriumph zu machen, entschieden abwandte. »Willst du das wirklich wagen?«, hatte er gefragt und die zweite Frage unausgesprochen gelassen: *Forderst du damit nicht den endgültigen Absturz heraus?*

David war klar gewesen, dass er genau das zu tun im Begriff war, aber er hatte es nur sich selbst eingestanden. Hatte er denn eine andere Möglichkeit gehabt, als alles auf eine Karte zu setzen, um seinen Ruf als Künstler wiederherzustellen?

Und das Wagnis war gelungen. Nicht nur das Publikum lag ihm zu Füßen, nicht nur das Ensemble applaudierte ihm begeistert von der Bühne zu, auch die Kritiker, deren Sitzplätze er sich genau gemerkt hatte – um sie »treffsicher in die Luft sprengen zu können«, wie Matthew mit grimmigem Spott vermerkt hatte –, waren aufgestanden und stimmten in den Beifall ein, von dem David bereits befürchtet hatte, er sei ihm so unwiederbringlich verloren wie sein Freund und Partner Michael.

In den folgenden Stunden nahm der Beifall noch zu. Bei der Premierenfeier im Dorchester, in einem Saal, der mit viel Phantasie in ein Schloss Helsingör verwandelt worden war, nahm David an der Seite seiner Frau und der Hauptdarsteller des Stücks die Glückwünsche der Londoner High Society entgegen. Stars aus Film und Theater überschütteten die Kollegen mit Komplimenten und knirschten im Stillen vor Neid mit den Zähnen. Prominenz aus allen Bereichen des gesellschaftlichen und öffentlichen Lebens zollte King-Ryders Hamlet Lob, das von »allererste Klasse« über »einfach fabelhaft, Darling« bis zu »packend von Anfang bis Ende« reichte. Schicke junge Dinger – in ausgefallenen Fummeln mit gewagten Dekolletés, bekannt entweder weil sie überall anzutreffen waren oder berühmte Eltern hatten – erklärten, endlich habe jemand Shakespeare »genießbar« gemacht; Vertreter jenes ehrenwerten Clans, der Phantasie und Wirtschaft der Nation bis zum Äußersten zu strapazieren pflegte – der königlichen Familie nämlich –, wünschten viel Erfolg. Und während alle sich natürlich freuten, Hamlet und seinen Mitspielern die Hände zu drücken, während es allen eine Ehre war, Virginia Elliott zur meisterhaften Inszenierung der Popoper ihres Mannes zu gratulieren, war der umschwärmte Star des Abends der Mann, den man mehr als ein Jahrzehnt lang geschmäht und beschimpft hatte.

Der Triumph war in der Tat vollkommen, und David King-Ryder wünschte, er hätte ihn genießen können. Er lechzte nach einem Gefühl froher Zuversicht, dass sich nun das Leben vor ihm auftun würde, aber er konnte einfach das Gefühl nicht loswerden, dass der Vorhang nun sprichwörtlich gefallen war. *Es ist vorbei,* dröhnte es wie Theaterdonner in seinen Ohren.

Er wusste, was Ginny gesagt hätte, wenn er ihr anvertraut hätte, was seit dem Schluss der Vorstellung in ihm vorging. Sie hätte ihm erklärt, seine Niedergeschlagenheit, Beklemmung und Hoffnungslosigkeit seien ganz normal. »Das ist eine typische Reaktion«, hätte sie gesagt. Und während sie in ihrem gemeinsamen Schlafzimmer

– Leseprobe –

herumgegangen wäre, ihre Ohrringe auf den Toilettentisch gelegt und ihre Schuhe achtlos in den Schrank geworfen hätte, hätte sie ihm gähnend erklärt, dass sie weit mehr Grund zur Niedergeschlagenheit habe. Ihre Arbeit als Regisseurin war getan. Gewiss, es gab noch ein paar Feinarbeiten – »es wäre wirklich schön, wenn der Mann in der Beleuchtung mitmachen und die letzte Szene auch noch richtig hinkriegen würde« –, aber im Grunde war es so, dass sie diese Arbeit jetzt hinter sich lassen musste, um den Prozess bei der Produktion eines anderen Stücks ganz neu aufzunehmen. Ihm hingegen würde der Morgen eine Flut telefonischer Glückwünsche bringen, Bitten um Interviews und Angebote aus aller Welt. Er würde sich entweder in eine weitere Inszenierung von *Hamlet* stürzen oder etwas ganz Neues in Angriff nehmen können. Diese Möglichkeit der Wahl hatte sie nicht.

Wenn er gestanden hätte, dass er einfach nicht die Kraft hatte, etwas Neues anzupacken, hätte sie gesagt: »Nein, im Moment natürlich nicht, David. Das ist doch ganz normal. Woher solltest du die Kraft so schnell nehmen? Lass dir Zeit zur Erholung. Du musst erst wieder zur Ruhe kommen.«

Innere Ruhe war die Quelle der Kreativität, und wenn er seine Frau darauf aufmerksam gemacht hätte, dass sie es anscheinend nie nötig hatte, sich diese Ruhe zu gönnen, hätte sie dagegengehalten, dass Regie etwas ganz anderes sei als die Komposition eines Werks. Sie habe immerhin das Rohmaterial, mit dem sie arbeiten könne – ganz zu schweigen von einem Heer künstlerischer Mitarbeiter, mit denen sie sich auseinandersetzen könne, während die Inszenierung Gestalt annahm. Er habe nur sein Musikzimmer, das Klavier, die Einsamkeit und seine Phantasie.

Und die Erwartungen des Publikums, dachte er trübsinnig. Sie waren der Preis des Erfolgs.

Zusammen mit Ginny hatte er sich von der Feier im Dorchester weggeschlichen, sobald es möglich war. Sie hatte zunächst protestiert, als er ihr sagte, dass er gehen wolle – ebenso Matthew, der, ganz der Manager, argumentiert hatte, es würde keinen guten Eindruck machen, wenn der Held des Abends vorzeitig die Party verließe. David jedoch hatte sich auf Erschöpfung und überreizte Nerven berufen, und Matthew und Virginia hatten das akzeptiert. Er hatte ja wirklich seit Wochen nicht mehr richtig geschlafen, sein Gesicht war fahl, und sein Verhalten während der Vorstellung – die Unfähigkeit stillzusitzen, der ständige Drang, aufzustehen und in der Loge umherzugehen – hatte bereits gezeigt, dass er am Ende seiner Kräfte war.

In der einen Hand ein Glas Wodka, Daumen und Zeigefinger der anderen gegen seine Augenbrauen gedrückt, hüllte er sich in Schweigen, während Ginny mehrmals versuchte, ihn in ein Gespräch zu ziehen. Sie meinte, sie sollten sich nach den langen Jahren harter Arbeit einen Urlaub gönnen. Sie sprach von Rhodos, Capri und Kreta. Oder gewiss wäre auch Venedig schön, wenn sie abwarteten, bis sich im Herbst die Horden von Touristen, die die Stadt im Sommer unerträglich machten, verzogen hätten.

An ihrem künstlich munteren Tonfall merkte David, dass seine Verschlossenheit sie zunehmend beunruhigte. Und in Anbetracht ihrer gemeinsamen Geschichte – sie war seine zwölfte Geliebte gewesen, bevor er sie zu seiner fünften Frau gemacht hatte – hatte sie guten Grund zu vermuten, dass sein Zustand mit Premierennervosität, Erschöpfung nach dem Triumph oder Furcht vor kritischen Reaktionen auf sein Werk nichts zu tun hatte. Die vergangenen Monate waren für ihre Beziehung sehr belastend gewesen, und sie wusste sehr wohl, was er in seiner letzten Ehe unternommen hatte, um seine Lustlosigkeit zu kurieren, sie selbst war ja die Kur gewesen. Deshalb hätte er sie gern irgendwie beruhigt, als sie schließlich sagte: »Darling, so was kommt vor. Das sind die Nerven, weiter nichts. Das gibt sich wieder.« Aber er fand die Worte nicht.

Und so schwieg er noch immer, als der Wagen in die Schatten des Ahornwäldchens eintauchte, das das Stück Land, auf dem ihr Haus stand, begrenzte. Hier, keine Stunde von London entfernt, gab es lichte Wälder, und Trampelpfade, von Generationen von Forstleuten und Bauern ausgetreten, verschwanden in einem Dickicht von Farnen.

Der Wagen bog in die von zwei Eichen flankierte Zufahrt zum Haus ein. Zwanzig Meter weiter öffnete sich ein schmiedeeisernes Tor. Die Straße dahinter schlängelte sich unter Erlen, Pappeln und Buchen dahin und umrundete einen Teich, in dem sich der Sternenhimmel spiegelte, ehe sie eine kleine Anhöhe erklomm, an ei-

– Leseprobe –

ner Reihe gleichförmiger Bungalows vorüberführte, um unversehens in das fächerförmig ausufernde Delta der Auffahrt vor dem Herrenhaus David King-Ryders zu münden.

Die Haushälterin hatte ihnen ein spätes Abendessen gerichtet, das aus einer Auswahl von Davids bevorzugten Speisen zusammengestellt war. »Mr. Matthew hat angerufen«, erklärte sie in ihrem gewohnt ruhigen, würdevollen Ton. Portia, die mit fünfzehn Jahren aus dem Sudan geflohen und seit zehn Jahren bei Virginia angestellt war, hatte das melancholische Gesicht einer schönen schwarzen Madonna in Trauer. »Meine herzlichsten Glückwünsche Ihnen beiden«, fügte sie hinzu.

David dankte ihr. Er blieb im Speisezimmer stehen. In den hohen Fenstern, die vom Boden bis zur Decke reichten, spiegelten sich ihre drei Gestalten. Er bewunderte das Blumenarrangement auf dem Tisch, weiße Rosen mit kunstvoll eingeflochtenem Efeu. Er nahm eine der silbernen Gabeln zur Hand. Er kratzte mit dem Daumennagel an einem Klümpchen herabgetropften Kerzenwachses. Und er wusste, dass er nicht einen Bissen hinunterbringen würde.

Er erklärte seiner Frau, er benötige ein wenig Zeit, um abzuschalten. Er würde ihr später Gesellschaft leisten, denn er brauche einen Moment für sich, um den ganzen Druck loszuwerden.

Von einem Künstler erwartete man stets, dass er sich in das Herzstück seines Schaffens zurückzog. David ging also in sein Musikzimmer. Er genehmigte sich einen weiteren Wodka und stellte das Glas auf den ungeschützten Flügel.

Michael, dachte er, hätte so etwas niemals getan. Michael war in dieser Beziehung immer achtsam. Er war sich des Werts eines Musikinstruments stets bewusst, respektierte seine Grenzen und Möglichkeiten. Er war überhaupt ein achtsamer Mensch. Nur in jener einen unglückseligen Nacht in Florida hatte er sich zu Unachtsamkeit hinreißen lassen.

David setzte sich an den Flügel. Ohne zu überlegen, beinahe automatisch, begann er eine Arie zu spielen, die er liebte, eine Melodie aus seinem größten musikalischen Misserfolg – *Mercy*. Er summte vor sich hin, während er die Tasten anschlug, und versuchte vergeblich, sich an den Text zu erinnern. Das Lied war einmal der Schlüssel zu seiner Zukunft gewesen.

– Leseprobe –

Beim Spielen ließ er seinen Blick über die Wände schweifen, die ihn wie Monumente seines Erfolgs umgaben. Preise und Auszeichnungen auf Borden, gerahmte Urkunden, Plakate und Programmhefte zu Produktionen, die selbst heute noch in allen Teilen der Welt aufgeführt wurden. Und Dutzende von Fotografien in silbernen Rahmen, Dokumente seines künstlerischen Lebens.

Auch Michael war auf vielen dieser Fotos. Und als Davids Blick auf das Gesicht seines alten Freundes fiel, wechselte sein Spiel wie von selbst von der halbvergessenen Arie zu dem Lied aus *Hamlet*, von dem er wusste, dass es der neue Musicalhit werden würde. »Welche Träume auch kommen mögen« war sein Titel, dem berühmten Monolog Hamlets entnommen.

Vor Müdigkeit hörte er auf zu spielen, bevor er zum Ende kam, die Hände glitten ihm von den Tasten. Als ihm die Augen zufielen, sah er immer noch Michaels Gesicht vor sich.

»Du hättest nicht sterben dürfen«, flüsterte er. »Ich habe geglaubt, ein Erfolg würde alles ändern, aber er macht die Angst vor dem Misserfolg nur noch größer.«

Er nahm sein Glas und ging aus dem Zimmer. Mit einem Schluck spülte er den Wodka hinunter und stellte das Glas neben eine Blumenvase in einem kleinen Alkoven. Er merkte gar nicht, als das Glas, das er nicht weit genug nach hinten geschoben hatte, auf den teppichbespannten Boden fiel.

Irgendwo über sich in dem riesigen Haus konnte er das Rauschen fließenden Wassers hören. Wahrscheinlich saß oben Ginny in der Wanne, um den Stress des Abends und die Spannung der letzten Monate wegzuspülen. Er wünschte, er könnte es ihr gleichtun. Ihm schien, er habe so viel mehr Grund dazu.

Noch einmal rief er sich den herrlichen Moment des Triumphs ins Gedächtnis: den begeisterten Applaus des Publikums, das sich von seinen Plätzen erhoben hatte, noch ehe der Vorhang gefallen war, die Ovationen, die lauten Bravorufe.

All das hätte ihm eigentlich genügen müssen. Aber so war es nicht. Es konnte nicht genügen. Es stieß auf taube Ohren oder, genauer gesagt, auf Ohren, die einer ganz anderen Stimme lauschten.

»Petersham Mews und Elvaston Place. Punkt zehn.«

– Leseprobe –

»Aber wo – wo sind sie?«

»Oh, das kriegen Sie schon raus.«

Und während David jetzt versuchte, das Lob und die Komplimente, das aufgeregte Geplapper, die Elogen, die ihm Luft, Licht, Speise und Trank hätten sein sollen, zu hören, vernahm er einzig diese letzten fünf Worte: *Das kriegen Sie schon raus.*

Und es war Zeit.

Er ging nach oben ins Schlafzimmer. Hinter der Verbindungstür genoss seine Frau ihr Bad. Sie trällerte mit einer verbissenen Heiterkeit vor sich hin, die ihm verriet, wie tief besorgt sie in Wirklichkeit um ihn war.

Sie ist ein feiner Mensch, dachte David. Sie war die beste seiner Ehefrauen. Er wollte bis zum Ende seiner Tage mit ihr verheiratet bleiben. Er hatte nicht geglaubt, dass dieses Ende so frühzeitig kommen würde.

Mit drei schnellen Bewegungen war es getan.

Er nahm die Pistole aus der Nachttischschublade. Er hob sie. Er drückte ab.

– Leseprobe –

Autorin

Akribische Recherche, präziser Spannungsaufbau und höchste psychologische Raffinesse zeichnen die Bücher der Amerikanerin Elizabeth George aus. Ihre Fälle sind stets detailgenaue Porträts unserer Zeit und Gesellschaft. Elizabeth George, die lange an der Universität »Creative Writing« lehrte, lebt heute in Seattle im Bundesstaat Washington, USA. Ihre Bücher sind allesamt internationale Bestseller, die sofort nach Erscheinen nicht nur die Spitzenplätze der deutschen Verkaufscharts erklimmen. Ihre Lynley-Havers-Romane wurden von der BBC verfilmt und auch im deutschen Fernsehen mit großem Erfolg ausgestrahlt.
Weitere Informationen unter www.elizabeth-george.de.

Die Inspector-Lynley-Romane:

Gott schütze dieses Haus (auch als E-Book erhältlich)
Keiner werfe den ersten Stein (auch als E-Book erhältlich)
Auf Ehre und Gewissen (auch als E-Book erhältlich)
Mein ist die Rache (auch als E-Book erhältlich)
Denn bitter ist der Tod (auch als E-Book erhältlich)
Denn keiner ist ohne Schuld (auch als E-Book erhältlich)
Asche zu Asche (auch als E-Book erhältlich)
Im Angesicht des Feindes (auch als E-Book erhältlich)
Denn sie betrügt man nicht (auch als E-Book erhältlich)
Undank ist der Väter Lohn (auch als E-Book erhältlich)
Nie sollst du vergessen (auch als E-Book erhältlich)
Wer die Wahrheit sucht (auch als E-Book erhältlich)
Wo kein Zeuge ist (auch als E-Book erhältlich)
Am Ende war die Tat (auch als E-Book erhältlich)
Doch die Sünde ist scharlachrot (auch als E-Book erhältlich)
Wer dem Tode geweiht (auch als E-Book erhältlich)
Glaube der Lüge (auch als E-Book erhältlich)
Nur eine böse Tat (auch als E-Book erhältlich)
Bedenke, was du tust (auch als E-Book erhältlich)
Wer Strafe verdient (auch als E-Book erhältlich)
Was im Verborgenen ruht (auch als E-Book erhältlich)
Wer Zwietracht sät (auch als E-Book erhältlich)